Udo J

Michae

Der Mann n

Udo Jürgens
Michaela Moritz

Der Mann mit dem Fagott

Roman

LIMES

Die Namen der handelnden Personen,
sofern sie nicht historisch belegt sind
oder zur Familie gehören, wurden geändert.

MIX
Papier aus verantwortungsvollen Quellen
FSC® C014496

Verlagsgruppe Random House FSC-DEU-0100
Das für dieses Buch verwendete
FSC®-zertifizierte Papier *Super Snowbright*
liefert Hellefoss AS, Hokksund, Norwegen.

6. Auflage
Filmsonderausgabe August 2011 bei Limes Verlag, München,
in der Verlagsgruppe Random House GmbH.

Satz: Uhl+Massopust, Aalen
Druck und Einband: GGP Media GmbH, Pößneck
Printed in Germany
ISBN: 978-3-8090-2600-6

www.limes-verlag.de

Ich widme dieses Buch meinen Großeltern, Heinrich und Anna Bockelmann, um sie der Vergessenheit zu entreißen, meiner Mutter, meinem Vater und seinen vier Brüdern, weil ihre Liebe mich ermutigt und ihre Zweifel mich gestärkt haben, und meinen Kindern, weil ihr Morgen aus unserem Gestern und Heute erwächst.

Udo Jürgens-Bockelmann

Wahrheit oder Lüge? – Das Leben als Roman

Die Geschichte meiner Familie hat mich seit meiner Kindheit geprägt und mein Weltbild entscheidend mitbestimmt, die Suche nach ihren Spuren hat mich seit vielen Jahren begleitet, die Idee zu diesem Buch trage ich schon beinahe mein ganzes Leben mit mir herum.

Es erzählt die Wahrheit und ist doch ein Roman: Es erzählt die Geschichte so, wie ich sie sehe, sie recherchiert oder erlebt, sie aus den Geschichten meiner Kindheit und Jugend rekonstruiert habe. Aber jede Geschichte enthält so viele Wahrheiten wie Personen, die dabeiwaren oder darüber erzählen.

Ich war nicht dabei, als mein Großvater im Jahre 1912 durch Moskau fuhr, als mein Vater seinen ersten Theaterbesuch erlebte, als 1914 der Erste Weltkrieg ausbrach und mein Großvater in St. Petersburg den Jubel der Massen sah und hörte oder als mein Vater 1945 in Klagenfurt in Gestapohaft saß. Ich weiß nicht, bei welchem Satz genau mein Onkel Werner die Stirn runzelte, als er 1958 beim Versuch, das Haus seiner Kindheit zu photographieren, verhaftet wurde, und mich mögen auch meine Erinnerungen an meine eigene Kindheit und Jugend da oder dort trügen. Freunde und Weggefährten von damals werden vielleicht andere Geschichten erzählen, weil sie genau die gleiche Geschichte anders erlebt haben. Dieses Risiko muß man eingehen, wenn man sich vornimmt, so ein Buch zu schreiben.

Was ich recherchieren konnte, habe ich recherchiert, ich habe historische Bücher studiert, alte Dokumente gesucht und gefunden, bin bis nach Moskau und St. Petersburg gereist, um die Orte zu besuchen, die ich hier beschreibe, und um in Archiven zu forschen. Ich habe Historiker und meine Familie befragt und mich auf meine Erinnerungen und mein Lebensgefühl verlassen.

Wahrscheinlich war nicht jede Geschichte ganz genau so, wie sie hier beschrieben ist, aber sie könnte so gewesen sein, und sicher liegt die Wahrheit nicht allzuweit davon entfernt. Letztendlich enthält dieses Buch die einzige Wahrheit, die ich über meine Familie, meinen eigenen Lebensweg und den »Mann mit dem Fagott« erzählen konnte.

Da und dort haben wir Namen geändert und Personen ein wenig anonymisiert, um niemanden zu verletzen oder an den Pranger zu stellen und die Nachkommen jener, die irgendwann fragwürdig gehandelt haben, zu schützen, denn dieses Buch will nicht anklagen und alte Wunden aufreißen, sondern die Geschichte meiner Familie, an der sich die Geschichte dieses Jahrhunderts spiegelt, auf eine ganz persönliche Weise neu erzählen.

Udo Jürgens-Bockelmann

INHALT

PROLOG

Bremen, Weihnachten 1891

Der Mann mit dem Fagott

Ein dumpfer Aufprall. Ein Schneeball zerspringt dicht vor Heinrich Bockelmanns Kopf an einer Hauswand. Kinderlachen, sich schnell entfernende Schritte. Wieder Stille, nur das Knirschen des Schnees unter seinen Füßen und in der Ferne leise die geheimnisvollen Klänge des Weihnachtsmarktes.

Die frühe Dunkelheit und das Glitzern der Festbeleuchtung im seltsam kalten Winter geben der Stadt ein fremdes, verzaubertes Gesicht. Vielleicht ist es der in dieser Stadt so seltene Schnee, der alles verändert. Oder vielleicht ist es auch nur Heinrichs Blick, der bereits fremd geworden ist, die Stadt wie zum ersten Mal betrachtet mit Augen, die das Besondere suchen, das Bleibende, Bilder, an denen die Erinnerung sich festhalten kann in der Fremde.

Jedes Haus, jeder Baum, jedes Licht, jeder Blick ein Abschiedsgruß. Er hatte es sich nicht so schwer vorgestellt. Mit 21 hatte man erwachsen zu sein, ein zielstrebiger junger Mann, der seinen Weg ging. Er mußte sich an diese Rolle erst herantasten, an den festen, zuversichtlichen Schritt in seine Zukunft.

»Halte die Augen und Ohren offen, sei dir sicher, wer du bist, und sei bereit zu lernen, dann wirst du deinen Weg finden«, hatte sein Vater zum Abschied gesagt und war wieder fortgereist, auf seinem Passagierschiff »Henriette«, mit dem Kapitän Bockelmann die Route Bremen – New York befuhr. Wie meistens würde sein Vater an Weihnachten nicht zu Hause sein. Heinrich kannte es nicht anders, und doch wäre es schön gewesen, den Vater noch ein wenig länger hier zu haben, diesmal … Der Rat des in der Fremde und im Leben so erfahrenen Vaters hätte ihm in diesen Tagen viel bedeutet. Solche Gespräche waren selten gewesen in Heinrichs Leben. Monatelang war der Vater fort, unterwegs auf den Weltmeeren. Kam er zurück, war er ein Fremder. Und kaum war die Fremdheit gewichen, war er schon wieder auf See, existierte nur noch in den wenigen Briefen und bunten Postkarten aus aller Welt, um die Heinrichs Spielkameraden ihn immer beneidet hatten.

Nun trieb es auch ihn fort, so stark die Stimme der Ungewißheit im Moment in ihm auch war und ihn zu halten suchte. Er wird gehen. In wenigen Tagen. Nur wohin, das weiß er noch nicht.

Die goldene Taschenuhr des Vaters, sein Abschiedsgeschenk, fühlt sich schwer an, fremd. Noch berührt er sie ein wenig distanziert, voll Respekt vor ihrem unschätzbaren Wert – und vor dem Gefühl, sie sich erst noch verdienen zu müssen. Noch öffnet er ein wenig verstohlen den Deckel, wie früher, als er heimlich mit ihr spielte. Manchmal ertappte sein Vater ihn damals dabei, lächelte, nahm ihm die Uhr aus der Hand, sagte: »Das ist eine Zauberuhr! Wenn dir die Zauberkräfte hold sind, kannst du sie mit deinem Atem öffnen.« Er ging in die Hocke, um mit Heinrich auf Augenhöhe zu sein, hielt sie ihm vor sein ungläubig-gespanntes Gesicht. »Puste!« Heinrich gab sich Mühe. »Das kannst du aber besser! Fester!« Heinrich pustete mit all seiner Kraft. »Noch mal!« Da sprang wie von Zauberhand der Deckel auf, und die Uhr machte summend und bimmelnd und klingend die Zeit hörbar. Zauberkraft … die könnte er jetzt wirklich brauchen. Heinrich lächelt, schließt den Deckel wieder, steckt die Uhr in seine Tasche. Die Zeit bis zu seiner Abreise möchte er gar nicht ermessen.

Duft nach Zimt und Mandeln aus jedem Haus. Schnaubende Pferde, knirschendes Zaumzeug. Ein zugerufener Gruß. Menschen auf dem Weg in die Stadt. Der Schnee dämpft die Geräusche der Straße, macht sie weicher, sanfter. Alles Alltägliche erscheint Heinrich heute besonders, festhaltenswert. Seit Kindertagen zieht es ihn in die Ferne. Stundenlang hatte er schon als kleiner Junge den Globus im Arbeitszimmer des Vaters studiert, sich die wohlklingenden Namen ferner Länder, fremder Städte eingeprägt, sich vorgestellt, sie später einmal alle zu bereisen.

Nun war der Zeitpunkt gekommen, wegzugehen, sich irgendwo

in der Welt einen Platz zu suchen. Nur wo, das zu entscheiden, fällt ihm schwer. Beim letzten Besuch seines Vaters hatte er ihn um Rat gefragt. Man hatte in großer Runde mit Freunden und deren Familien zusammengesessen. Von Amerika hatte der Vater ihm abgeraten. Natürlich könne er mitfahren auf der »Henriette«, auf der Überfahrt arbeiten und sich damit die Kosten für die Reise verdienen. Natürlich sei das eine Möglichkeit, und sehenswert sei das Land allemal, aber zum Leben? Eher nicht. Es sei auf einem unheilvollen Weg. Unruhen, Aufstände, Streiks, die Stimmung gereizt, nervös. Es wimmle von gescheiterten Existenzen, Kriminellen, ein undurchschaubarer Sumpf, und die Wirtschaft sei auch nicht gerade stabil. Schwierig schon für die Etablierten, aber bestimmt kein gutes Pflaster für einen jungen Mann, der seinen Weg machen wolle. Und dann die Entfernung zu Europa, der unvergleichlichen europäischen Kultur... Der ganze Atlantik dazwischen... Diese Weite beeindrucke sogar ihn selbst noch. Nach all den Jahren, die er diese Strecke nun schon befuhr... Die Freunde des Vaters waren seiner Meinung.

Aber *Rußland*, das sei eine Überlegung wert. Ein junger Maat auf seinem Schiff stamme aus Sankt Petersburg. Was der so erzähle! Es müsse ein unvergleichlich glanzvolles Land sein und vor allem offen, das Land der Starken, so sagte man, das Land, in dem man mit einer Idee und harter Arbeit alles erreichen konnte. Besonders als Deutscher. Die vielen deutschen Einwanderer dort hatten großes Ansehen, Einfluß und Macht erlangt. In ihrem Kreis konnte man sich etablieren. Das wäre vielleicht das richtige für Heinrich. Die Knoops, Freunde des Vaters, hatten begeistert zugestimmt. Man habe Verwandte in Moskau. Die könnten Heinrich bestimmt Adressen für eine Stellung vermitteln. Rußland sei wundervoll! Man sei selbst schon dagewesen! Herrlich! Der Glanz des Zarenhauses, die Kultur, die Weltoffenheit... Dort sei wirklich alles möglich.

Also Rußland? Heinrich zögert noch. Er muß sich bald entscheiden. Mit Jahresbeginn möchte er sein neues Leben beginnen, so hatte er sich vorgenommen, und was man sich vornahm, das hielt man auch ein.

Vielleicht könnte er ja auch in eine andere der europäischen Metropolen gehen? Adressen hatte er sich von überallher besorgt. Die

Freunde seines Vaters hatten Kontakte in aller Herren Länder. Vielleicht sollte er sich mit einem etwas kleineren Schritt begnügen?

Rußland war sicher die exotischste der Möglichkeiten. Dort wäre ihm der größte Aufstieg möglich, aber auch das größte Versagen. Es würde alles in seiner Hand liegen. Also eigentlich genau das, was er suchte, auch wenn er manchmal sogar mit dem Gedanken an ein ganz normales Leben spielte: Er könnte sich einfach in Bremen eine Stelle suchen, vielleicht in einiger Zeit sogar um Katharinas Hand anhalten…

Ja, Katharina. Bei dem Gedanken an ihre warme, weiche Stimme, ihr feines, fröhliches Gesicht, ihre langen blonden Haare, wurde ihm gleichzeitig heiß und kalt. Diese Gefühle kamen zur falschen Zeit. Zu spät. Oder auch zu früh. Er kannte sie noch nicht lange genug, um ihretwegen seine Pläne zu ändern und hierzubleiben. Es wäre wie das Eingeständnis eines Versagens gewesen. Er konnte sie aber auch nicht bitten, auf ihn zu warten. Er hatte daran gedacht, doch zu ungewiß war seine Zukunft, zu wenig klar umrissen die Zeit, die er brauchen würde, um sich zu etablieren, um ihr dort, wohin er ging, ein angemessenes Heim bieten zu können. Die Ungewißheit seines Lebens konnte er ihr nicht zumuten, das war ihm in den letzten Wochen des Kampfes mit sich selbst klargeworden. Damit mußte er fertig werden. Es fiel ihm schwer.

Er wirft eine Münze von der Brücke aus in einen der romantischen Kanäle der Weser. Ein kleines Ritual, wie immer, wenn es im Leben für ihn darauf ankam. Es sollte ja bekanntlich Glück bringen, und Glück konnte er brauchen.

Plötzlich aus der Ferne leise ein ganz besonderer, seltsam anrührender Klang, der ihn merkwürdig berührt. Er lauscht, folgt seiner Richtung, verliert ihn wieder, hält den Atem an.

Da ist er wieder, leise und doch deutlich hörbar, abgesetzt von den Alltagsgeräuschen und den Klängen des Weihnachtsmarktes, eine ganz eigene Stimme im Chor der Töne, allem anderen unterlegt, als wäre er mit seiner sonderbar melancholisch-fröhlichen Melodie das Fundament für alle anderen Klänge und Farben dieses Tages.

Unbewußt versucht Heinrich die Richtung auszumachen, aus der er erklingt und folgt ihm wie selbstverständlich, ohne daß er es beschlossen, sich aus einer Laune heraus oder aus Langeweile dazu entschieden hat. Es war zwingender. Er hatte in diesem Augenblick keine Wahl.

Es kommt aus der Richtung des Marktplatzes, da ist Heinrich sich mittlerweile sicher. Es klingt tiefer als eine Oboe und erhabener als eine Klarinette. Es ist weicher als eine Posaune und rauher als eine Flöte. Heinrich lauscht. Es ist kein Instrument, das man Tag für Tag hört. Vielleicht ist es ja ein Musiker, der zu Hause übt, bei geöffnetem Fenster, aber das ist unwahrscheinlich. Dazu ist der Klang zu präsent, nicht gedämpft durch Mauern und Fenster. Es schweigt, einen Augenblick nur, dann setzt es wieder ein. Er muß jetzt ganz nah sein.

Heinrich tritt aus dem Dunkel der Arkaden und bleibt erstaunt stehen. Der Mann steht etwas abseits des Weihnachtsmarktes. Er trägt eine merkwürdige, prächtig-bunte Verkleidung, einen dunkelblauen Gehrock mit rot umfaßten goldenen Knöpfen, eine dunkle Hose und auf dem Kopf einen schwarzen, zerknitterten Zylinder. Seine Haltung leicht nach vorn gebeugt. Und er spielt auf einem Fagott.

Das war kein Instrument für einen Straßenmusikanten. Und der Mann sieht auch nicht aus wie ein gewöhnlicher Straßenmusikant. Er spielt ein bekanntes Stück, eine ganz einfache Melodie, die Heinrich irgendwoher kennt und doch nicht zu benennen weiß. Es klingt nach einem russischen Volkslied. Unverkennbar. Erstaunlich bitter und traurig die Verse und auf eine seltsame Weise fröhlich und doch nicht unbeschwert der rhythmische, sich ständig steigernde Refrain, als müsse man die Traurigkeit der Welt nur intensiv genug erleben, um sie in etwas Schönes zu verwandeln. Die dunklen Augen des Mannes strahlen, ruhen ganz in sich selbst. Irgendwo hat er diese Augen schon einmal gesehen, denkt er, doch er weiß nicht, wo. Vielleicht im Traum.

Einige Passanten bleiben stehen, versammeln sich um den Fagottisten, klatschen begeistert im immer schneller werdenden Rhythmus der Melodie. Das bunte Treiben des Weihnachtsmarktes verblaßt, so lange er spielt, das kleine Karussell, die bunten Stände mit Lebkuchen und Mandeln und Zimtsternen, der Leierkastenmann mit den Weihnachtsliedern. Das alles kann warten. Heinrich fragt sich, was es mit dem Spiel, der Verkleidung auf sich haben könnte.

Für einen Bettler ist die Kleidung zu gut, die Erscheinung des Mannes zu fein, zu lebendig. Ein Bettler würde den Hut auch nicht auf dem Kopf tragen, sondern vor sich stellen in der Hoffnung auf milde Gaben.

Der Kreis der Zuhörer vergrößert sich. Heinrich wird ein wenig abgedrängt. Er kann den Fagott-Spieler nicht mehr sehen. Nur noch hören. Jemand tuschelt: »Der macht Reklame für das Weihnachtsspiel im Alten Gymnasium in der Dechanatstraße. Da vorn ist ein Plakat mit der Einladung.«

Heinrich Bockelmann lächelt. Erinnerungen an die noch nicht so lange zurückliegende Schulzeit werden wach. Kameraden, Lehrer. Das Alte Gymnasium war auch das seine gewesen. Und das Katharinas. Vielleicht sollte er hingehen. Es wäre eine schöne Gelegenheit, die alten Freunde wiederzusehen. Ein seltsamer Gedanke: Menschen wiederzufinden, die er lange nicht gesehen hat, um sie danach gleich wieder zu verlieren. Er schüttelt den Kopf. Erwachsen zu werden, schien zu bedeuten, Abschied zu nehmen. Nicht nur von der Kindheit. Das hatte er nie in der Schule gelernt.

Heinrich geht ein wenig auf und ab. Das fast mystische Spiel des Fagottisten begleitet ihn, zaubert ein Lächeln auf sein Gesicht, ist in geheimnisvoller Weise Antwort auf Heinrichs unausgesprochene Sehnsucht. Heinrich fühlt es plötzlich ganz klar: Er muß nach Rußland. Es ist, als wäre der Klang des Fagotts, die russische Melodie so etwas wie ein Versprechen, ein Hinweis auf den richtigen Weg. Manchmal konnte Musik solch einen Hinweis geben. Oder auch Dichtung oder Malerei. Er hatte es schon manches Mal in seinem Leben gespürt: wenn er ein Buch las und ihm plötzlich etwas über ihn selbst bewußt wurde, er neue Werte fand oder etwas begriff, was er schon immer in sich selbst gefühlt hatte, ohne es benennen zu können. Doch so stark wie heute hatte er es noch nie empfunden.

Das Fagott schweigt. Plötzlich. Heinrich horcht auf, hält inne, wartet, vermißt den Klang; bestimmt macht der Mann nur eine kurze Pause, setzt gleich wieder ein. Doch ein Atemzug vergeht. Und noch einer. Und wieder einer. Das Fagott schweigt. Hastig bezahlt Heinrich seinen Lebkuchen, eilt zurück an die Stelle, an der er den Mann mit dem Fagott zuletzt gesehen hat, doch die Menge zerstreut sich, der Mann ist verschwunden. Nur das Plakat erinnert noch an ihn, ein Beweis, daß er sich den Mann mit dem Fagott nicht einfach nur eingebildet hat. »Einladung zum Schüler-Weihnachtsspiel im Alten Gymnasium in der Dechanatstraße. An allen Sonntagen im Advent und am Christtag um fünf Uhr nachmittags. Bringen Sie Ihre Freunde mit! Der Eintritt ist frei, Spenden sind erwünscht.«

Heinrich sieht sich um, tritt aus den Arkaden, sieht in jede Straße. Weit kann er noch nicht sein. Er geht ein Stück, biegt um eine Ecke. Plötzlich, in weiter Ferne, in seltsam lichtem Nebel, ist ihm, als ahne er die Konturen des zerknitterten Zylinders, ahne den Gehrock wehen, doch schon im nächsten Moment ist niemand mehr zu sehen. Stille, die ihn beunruhigt, als habe er etwas unendlich Wertvolles in ihr verloren.

Do swidanja

Früh am Morgen. Die Stadt liegt noch in tiefem Schlaf. Dunkelheit. Nur in vereinzelten Fenstern das schwache Licht der Frühaufsteher, Kerzen und Petroleumlampen. Noch hat man den Weihnachtsschmuck in den Gärten, an den Häusern nicht abgenommen. Heinrich hat eine kleine Kutsche gemietet, obwohl er gern zu Fuß gegangen wäre. Doch dazu ist sein Koffer zu schwer.

Niemand begleitet ihn. Es war sein Wunsch. Er hat schon gestern, am Heiligen Abend, Abschied genommen. Von seiner Mutter, dem Bruder, den Großeltern, ein paar Freunden. Nur Katharina hat er nicht mehr gesehen. Er hat ihr einen Brief geschrieben und ihn ihr gestern mittag mit einem kleinen Päckchen in ihren Briefkasten gelegt.

Die Straßen sind menschenleer. Stille. Nur die Räder der Kutsche schleifen, die Hufe des Pferdes klappern leise im Schnee.

Heinrich lehnt sich zurück, fühlt sich plötzlich schwer, ungelenk. Seine Entscheidung erscheint ihm mit einem Mal viel zu groß. Warum hat er es sich selbst so schwergemacht!? – Ausgerechnet Rußland! Für einen Augenblick weiß er keine Antwort darauf.

Doch er weiß, daß er sie wiederfinden wird, später, wenn die Entfernung von hier ihn mehr den Neubeginn fühlen läßt als den Abschied.

Die Kutsche nimmt den Weg durch die engen, verträumten Gassen mit den Fachwerk- und Backsteinhäusern, die für Heinrich Kindheit und Heimat bedeuten.

Plötzlich ein Anblick, der Heinrich fast erschreckt und ihn an seiner Wahrnehmung zweifeln läßt. Ein einziges beleuchtetes Fenster in einer noch völlig im Dunkeln liegenden Gasse, der deutliche Schattenriß einer Silhouette: ein Mann in leicht vorgebeugter, ganz in sich selbst ruhender Haltung, auf dem Kopf ein zerknitterter Zylinder, ein Fagott in der Hand, und ganz leise, kaum hörbar, der vermißte Klang. Ein reglos-ungläubiger Augenblick nur, dann ist man vorbei. Das Rattern der Kutsche hallt von den Wänden der engen Straße wider. Hatten ihm seine Sinne gerade einen Streich gespielt? Es ist ihm völlig unbegreiflich, aber er ist sich sicher: Es war der Mann mit dem Fagott! Wie ein Zeichen, daß er auf dem richtigen Weg sei. Er lehnt sich lächelnd zurück.

Auch der Bahnhof liegt still und einsam vor ihm. Niemand außer Heinrich scheint am ersten Weihnachtstag den Frühzug nach Berlin zu nehmen. Seltsame, fast unheimliche Stille. Nur ein Bettler liegt zusammengekauert in einer Ecke. Heinrich läßt ein paar Münzen in seinen alten, zerschlissenen Hut fallen.

Der Bahnsteigschaffner wirft nur einen kurzen Blick auf seine Fahrkarte.

»Moin, moin, junger Mann, wohin soll's denn gehen?« Die Frage in fröhlich unnachahmlichem Plattdeutsch.

»Nach Moskau«, erklärt Heinrich etwas verunsichert. Seine Fahrkarte reicht nur bis Berlin. Von dort aus muß er irgendwie nach Warschau kommen und dann weiter nach Moskau. Mindestens eine Woche lang wird er unterwegs sein. Vielleicht auch länger.

»Moskau? Junge, Junge, da haben Sie ja etwas vor…«

»Ja.«

Der Schaffner mustert ihn genauer. »Sind Sie Heinrich Bockelmann?«

Heinrich nickt verblüfft. »Ja, woher wissen Sie das?«

Der Schaffner schmunzelt. »Eine junge Dame hat Sie mir beschrieben. Sehr hübsch ...«, erklärt er mit Kennerblick aus seinen fröhlich verschmitzten blauen Augen. »Sie hat das hier für Sie abgegeben.«

Er reicht Heinrich ein kleines, liebevoll verziertes Päckchen, dazu einen Brief, auf dem er Katharinas Handschrift sofort erkennt.

»Wann war das?«

»Tja ...« Er streicht sich mit der Hand über die grauen Bartstoppeln. »Vor etwa zehn Minuten.«

Aber dann hätte Heinrich sie doch noch sehen müssen! Er blickt sich um, überlegt, ob er sie suchen soll. Vielleicht steht sie ja noch irgendwo und beobachtet ihn. Der Bahnsteig ist menschenleer.

Aus der Ferne zwei weiße, sich unaufhaltsam nähernde Lichter, das Fauchen und Rauchen einer Lokomotive. Zischend und dampfend hält der Zug. »Bremen Hauptbahnhof!« Der Schaffner ruft es ins Leere. Niemand steigt an diesem Tag, zu dieser Stunde, in dieser Stadt aus. Heinrich zögert noch einen Augenblick, sieht sich noch einmal um. Niemand ist zu sehen. Sicher ist es besser so. Er nimmt seinen Koffer, hebt ihn über die hohen, engen Stufen, sucht einen Platz im leeren Zug, öffnet ein von Eisblumen bedecktes Fenster.

Die Lokomotive pfeift und faucht.

»Zurücktreten!« Der Ruf des Schaffners ist nur Routine, denn es ist niemand da, der ihm Folge leisten könnte.

Den Ruck des Anfahrens spürt Heinrich bis tief in seine Seele.

Es ist ihm, als spüre er ihren Blick, der ihm folgt, bis die roten Lichter des Zuges in der Ferne entschwunden sind, doch niemand ist da.

In seiner Manteltasche ihr Päckchen. Behutsam öffnet er es. Ein kleiner, vertrauter Band mit Goethes »Römischen Elegien«, den Reise-Versen eines Suchenden, in dem sie immer wieder scheu errötend und doch die fast ungehörig sinnlichen Stellen nicht übergehend gemeinsam gelesen und die nicht erlebte Erotik sehnsuchtsvoll vorausgeahnt haben. Er schlägt es auf. Vorne, zierlich, ihre Widmung: »Mögest auch du in der Fremde das finden, was deine Seele sucht. Viel Glück, Katharina.« Er öffnet ihren Brief. Eine Zeile nur: »Do swidanja, auch wenn wir uns nicht wiedersehen, K.«

Vorbeifliegende Landschaft im silbernen Licht des Morgens auf dem Weg in die Ungewißheit seiner Zukunft. Die schwere Leichtigkeit der Freiheit in Heinrichs Seele schwingt wie der rastlos-traurige Klang eines einsamen Fagotts.

1. KAPITEL

Salzburg, September 1955

Der Teller

Kurz vor 4 Uhr morgens. Ich drücke eine Zigarette aus. Hastig geraucht in der kurzen Pause am Klavier zwischen zwei Songs. 28. September 1955. Übermorgen ist mein 21. Geburtstag. Ich werde volljährig.

Müdigkeit und Aufgekratztheit sorgen für jene merkwürdige Stimmung, die mich Abend für Abend beherrscht. Entspannte Konzentration gepaart mit matter Routine. Ein Leben, das mir manchmal unwirklich erscheint und das doch die Realität in all ihrer Härte in sich trägt. Nicht abgefedert von Illusionen, aber ein wenig gemildert durch Träume, Hoffnungen, Chancen, die sich auftun und wieder zerschlagen.

Ein erster Schritt: Ein Engagement in einem Musikcafé von halb acht Uhr abends bis halb fünf Uhr morgens, danach eine Kleinigkeit essen, ins Bett, wenn andere aufstehen, schlafen bis zum Nachmittag. An Wintertagen die Sonne kaum gesehen. Oft kein Gefühl mehr für Raum und Zeit. Spielen, um zu existieren, in einem ganz und gar prosaischen Sinne. Und doch ist es das, was ich will und immer wollte: Musiker sein. Wie auch immer.

Und ich fühle es, sobald ich am Klavier sitze, selbst um vier Uhr morgens. Das ist mein Leben. Ungeordnet, in den Tag hineingelebt und in die Töne, hoffen auf ein Engagement. Kleine Ziele und große Sehnsüchte. Manchmal auch Angst. Bin ich auf dem richtigen Weg? Ist da, wo ich Fuß zu fassen suche, überhaupt ein Weg für mich?

In etwas mehr als 24 Stunden bin ich volljährig. Uneingeschränkt selbstverantwortlich für mich und für mein Leben. Werde ich die Erwartungen meiner Eltern erfüllen? Und meine eigenen? Bloß weg mit zuviel Nachdenklichkeit.

Ein neuer Drink wird auf mein Klavier gestellt. »Von den Herren da drüben«, sagt der Kellner. Ich folge seiner Geste, grüße die beiden amerikanischen Soldaten in Uniform, die ihre letzten Tage in diesem Land verbringen, das bald seine Unabhängigkeit zurückerhalten wird. Jeder ein Mädchen im Arm. Sie sind schon oft hier gewesen. Ich weiß, was jetzt kommt:

»Play ›Funny Valentine‹«, ruft der eine mir zu. Es ist seine Lieblingsnummer. Bald geht's zurück in die USA; gemäß Staatsvertrag. »Especially for you«, kündige ich mit einer gespielt großen Geste an und gebe den Einsatz. Ein schönes Lied, in dem ich mich sofort zu Hause fühle, nicht weniger als die jungen Amerikaner. Das ist *unsere* Musik: Gefühlvolle Balladen, Swing, Improvisationen, der freie Geist einer neuen, freien Zeit. Instinktiv spüre ich: So wird die Musik klingen, die auch im alten Europa die Jugend und die Zukunft beeinflussen, bewegen und anregen wird. Die Amerikaner sind sichtlich berührt. Ich auch. Erste Erfahrungen mit der unvergleichlichen Spannung zwischen Bühne und Publikum. Ich atme auf, lebe auf. Die Müdigkeit verfliegt in den Tönen.

Im Café Esplanade haben sich die letzten Gäste der Nacht versammelt. Theaterbesucher in Smoking und Abendkleid, Studenten, die an einem Tisch nahe der Bühne über die neue Zeit des Aufbruchs diskutieren, Touristen, die von der Musik, die an jenem Herbstabend leise auf die Straße gespült wird, angezogen wurden, Stammgäste, Musikerkollegen und Kellner aus anderen Lokalen, die früher schließen, Taxifahrer, die noch ein wenig Gesellschaft suchen, ehe sie nach einer langen Schicht nach Hause gehen. Selbst Reisende, die am nahen Bahnhof angekommen sind und noch nicht nach Hause wollen, schauen manchmal bei uns vorbei. Man sehnt sich in dieser langsam aus den Trümmern des Krieges wiederauferstehenden Stadt nach ein wenig Wärme, nach Begegnungen, Lebendigkeit. Das typische Publikum eines frühen Donnerstagmorgens.

Der Qualm von Zigaretten und Zigarren sorgt für diffuses Licht. Kellner servieren die letzten Drinks. Meine Arme schmerzen, wie immer um diese Zeit. Seit dem frühen Abend spiele ich praktisch ohne Pause. Noch eine halbe Stunde, denke ich. »Honey Suckle Rose«, raune ich den Jungs von der Band zu. F-Dur. Ich spiele acht Takte Einleitung. Verdammt, das Klavier ist schon wieder verstimmt, ärgere ich mich und male mir mit wenig Begeisterung die immer wieder geführten Diskussionen mit unserem Chef aus, der nur selten bereit ist, die Kosten für einen Klavierstimmer zu tragen.

»Wie stellst du dir das vor?!« jammerte er immer wieder, »das hier ist schließlich nicht das Grand Café Winkler! Wir sind das Esplanade am Bahnhof! Und außerdem hört das doch sowieso keiner!«

Er konnte nicht ermessen, wie frustrierend es war, auf einem verstimmten Klavier zu spielen, das ohnehin schon ein abgespielter alter Schinken war. Doch egal. Ich spiele, die Band steigt ein.

Patricia in der Ecke lächelt mir zu. Sie kommt oft hier her. Meistens alleine. Mit ihren 19 Jahren schlägt sie sich so durch. Ich weiß nicht viel über sie, nicht einmal ihren wirklichen Namen. Mädchen mit ihrem Job geben sich gerne klingende Namen. Wahrscheinlich hieß sie in Wirklichkeit Liesl oder Mitzi. Wir haben uns angefreundet, und ich nenne sie Patsy.

Sie hat eine kleine Wohnung ganz in der Nähe. Dann und wann, wenn sie keinen Freier hat und nachts nicht allein sein will, bittet sie mich, bei ihr zu bleiben. Zwei junge Menschen auf der Suche nach dem eigenen Leben, und ich bin manchmal froh, der Enge meiner Gemeinschaftsbude zu entfliehen. »Love Is Here To Stay« ist ihr Lieblingslied. Ein Hauch Romantik in einer ganz und gar unromantischen Wirklichkeit. Ich werde es als nächstes für sie spielen, beschließe ich. Das letzte Lied des Abends. Endlich!

Der Teller auf meinem Klavier ist für die vorgerückte Stunde noch ziemlich leer. Außer unserem »Lockvogel«, einem 20-Schilling-Schein, den wir selbst darauf placiert haben, nur ein paar verlorene Münzen. Ein trauriger Anblick. Ich habe immer noch ein gespaltenes Verhältnis zu dem Teller und dem Schild »Bitte für die Musik«, das Buddy Urban, unser Schlagzeuger und mit seinen über dreißig Jahren der älteste, cleverste und erfahrenste von uns vieren, eines Tages ohne mich zu fragen kurzerhand auf meinem Klavier aufgestellt hat.

»Das haben wir doch nicht nötig!« habe ich aufgebracht protestiert. »Wir sind Musiker und keine Bettler! Das kommt überhaupt nicht in Frage, das ist unter unserer Würde!« Und ich schob den Teller mit einer so heftigen Geste beiseite, daß er beinahe zu Boden gefallen wäre.

Mit einer bestimmten, keinen Widerspruch duldenden Bewegung hat Buddy ihn wieder auf seinen Platz gerückt. »Der Teller bleibt. Ich haue kein einziges Mal mehr auf meine Scheißtrommel ohne den Teller! Deine Würde oder ich, entscheide dich!«

Wir haben abgestimmt. Alle außer mir waren dafür gewesen, daß der Teller bleibt. Und sie hatten natürlich recht. Von der Gage allein hätten wir unmöglich leben können.

»Du mußt lächeln, dich bedanken«, hatte Buddy dann auch noch gefordert, als ich bei den ersten Spenden verschämt auf die Tasten gestarrt hatte. Das ging nun wirklich zu weit!

»Aber ich kann mich doch nicht bedanken, wenn ich singe!« rechtfertigte ich mich.

»Doch, du kannst! Lässig und freundlich mußt du das machen! Ganz locker und selbstverständlich!« Und er machte es mir vor. Er hat leicht reden, dahinten an seinem Schlagzeug, denke ich. Doch im Grunde bin ich ihm dankbar, auch wenn das herbe Gefühl geblieben ist.

Die feine Abendgesellschaft rüstet sich zum Aufbruch. Die Herrschaften müssen wie alle Gäste an meinem Klavier vorbei, das in der Nähe der Tür steht. Und an unserem Teller. Ich habe mit »Love Is Here To Stay« für Patsy bereits begonnen. Nicht jetzt, denke ich – und gleichzeitig: Hoffentlich legen sie etwas drauf, wir haben es wirklich nötig. Ich beobachte die eleganten Besucher aus den Augenwinkeln. Man erhebt sich, hilft den Damen in die feinen Mäntel. Ein Schein bleibt auf dem Tisch. Der Kellner wird sich freuen. An uns denkt wieder mal kein Schwein, denke ich und gönne dem Kellner das Zubrot von Herzen. Jetzt sind sie gleich an meinem Klavier. Ein lässiger Griff in die Hosentasche, und ein 50-Schilling-Schein für unseren Teller.

Das ist immerhin ein Tag Essen für uns alle. Buddy sieht mich auffordernd an. Zwischen zwei Zeilen schmuggle ich mich schnell vom Mikrophon weg. Freundlich verbeuge ich mich leicht. »Dankeschön und eine gute Nacht!«.

Buddy strahlt mich an. Ich habe dazugelernt. Ich lächle zurück und male mir doch nicht ohne Bitterkeit die Gefühle meiner Eltern aus, wenn sie den Teller, das Schild auf meinem Klavier sehen. Was ist das nur für ein Beruf? würden sie sicher denken, auch wenn sie so etwas noch nie ausgesprochen haben. Ich weiß, daß sie sich Sorgen machen, auch wenn sie es sich nicht anmerken lassen.

Die Tür öffnet sich. Stimmengewirr. Lachen. Eine Gruppe von auffällig gekleideten, etwas dubios wirkenden Gestalten, wie man sie zur Zeit allerorts sieht, »Schieber« werden sie genannt, und etwas gewöhnlichen, lauten Begleiterinnen, offenbar Kolleginnen von Patsy, aber von der harten, abgebrühten Sorte, betritt das Lokal. Die Gewinner der Zeit, clevere, alles andere als seriöse Leute, die aus dem Wiederaufbau ebenso ihr Kapital schlagen wie zuvor aus Krieg und Verderben. Das Verhökern von allem, womit sich in der noch kaum überwundenen Zeit der Knappheit Geschäfte machen ließ, von geklauten und geschmuggelten Zigaretten, Autoreifen, Benzin aus Militärbeständen bis hin zu Waffen, hatte sie nach oben gespült. Sie können alles »organisieren«, was gewünscht wird, und ihre Methoden sind nicht zimperlich. Der Schwarzmarkt blüht und gedeiht.

»Ist noch geöffnet?« fragen sie schon etwas angeheitert den Chef, der an einem Tisch seinen üblichen Wodka trinkt. Ich bin besorgt. Zahlungskräftige Kundschaft. Da wird er nicht nein sagen, und es wird wieder nichts aus unserem Feierabend.

»Aber selbstverständlich, die Herrschaften«, ertönt es prompt aus seiner Ecke und an uns gewandt: »Na spielt's halt noch a bissel.«

Ich nehme einen Zug von meiner Zigarette, einen Schluck von meinem Wodka Tonic und setze mich wieder. Job ist Job.

Das Ziehen in meinen Unterarmen, die Schmerzen in den Fingergelenken werden immer unangenehmer. Wir spielen immer drei Stücke, dann gebe ich mit dem Klavier ein musikalisches Pausenzeichen, damit sich die Tanzenden wieder setzen. »Sitzen und trinken«, rief manchmal der Chef, wenn er blau war, »Geschäft ist Geschäft!« Für die Musiker folgen zwei bis drei Minuten Pause, in denen sie sich ein wenig ausruhen, sich die Beine vertreten, ein bißchen frische Luft schnappen können. Ich am Klavier aber muß leise weiterspielen. Der Chef will es so. Es darf möglichst nicht still werden im Lokal, das wäre schlecht fürs Geschäft.

Die Gesellschaft hat etwas zu feiern. Man gibt sich weltmännisch. »Champagner für alle! Und zwar vom feinsten! Und Musik! – Was ist denn das hier für ein müder Haufen!? Spielt's amal an richtigen Boogie!« Und zu mir gewandt: »Hau in die Tasten, Burschi!«

Du lieber Gott, das gibt meinen Armen den Rest! Und der größte Boogie-Woogie-Pianist war ich sowieso noch nie. Keine Zeit, darüber nachzudenken. Der Chef unterstützt sofort den Kommandoton:

»Was is, Burschen?! Hört's ihr schlecht? Wugie, Wugie für den gnädigen Herrn!« Und zum Kellner: »Champagner, aber flott!« Und wir spielen und spielen, und meine Arme werden schwerer und schwerer, und dann bricht auch noch Schlagerseligkeit aus, und alles tanzt, und Patsy wittert ihre Chance und tändelt mit einem potentiellen Freier, und in mir verschwimmt die Musik, die so gar nicht meine ist, zu etwas ganz und gar Fremdem, fast Mechanischem.

Da ist kein Platz für mich, denke ich. In Amerika müßte man sein. Dort wird etwas bewegt. Da kommt die Musik her, für die ich lebe, dort könnte ich spielen wie ich fühle, leben in Musik, die mich voranbringt, die mich trägt, leben am Puls neuer Töne. Oder in Berlin … Der Stadt, die gerade wieder zu atmen beginnt, die nach Lebendigkeit klingt, nach Neuem, jedenfalls im Radio, dem von uns ständig gehörten Sender RIAS Berlin, dem Orchester Werner Müller. Da gibt es Spannung, Kultur, Aufbruch – das wär's. Das wäre etwas anderes als Salzburg, etwas anderes als das Esplanade, etwas, das ich vorweisen könnte, auch meinen Eltern gegenüber. Darauf könnten sie stolz sein.

»Hauptsache, du verdienst dein Geld auf ehrliche Weise, Junge«, haben sie immer wieder gesagt, wenn wir über mein Leben gesprochen haben, meinen Berufswunsch, Musiker zu sein. Nie haben sie die Nase gerümpft, weil ich es bisher nur zum Barpianisten in Salzburg gebracht habe. Aber glücklich sind sie darüber bestimmt nicht. Vielleicht sogar heimlich enttäuscht.

Ewig begabt zu sein, davor habe ich Angst, begabt zu sein aber nicht begabt genug. Das geht vielleicht mit zwanzig, aber wie lange werde ich diesen »Jugendbonus« noch haben? – Volljährig, da sollte man schon ein bißchen vorangekommen sein, denke ich nicht ohne Bitterkeit. Immerhin ist es schon vier Jahre her, seit ich mit dem Segen meiner Eltern die Schule und mein Zuhause für die Musik verlassen habe. Das Herz voller Ideale. Vier Jahre, und immer noch nicht wirklich weiter. Das beschämt. Noch habe ich im Leben nichts bewiesen...

Mein älterer Bruder John, von uns Joe genannt, der macht seinen Weg, um ihn braucht niemand sich Sorgen zu machen. Auf ihn kann man stolz sein, ihn kann man vorzeigen. Aber mich? Man hält zu mir, aber uneingeschränkt stolz ist man auf mich wohl kaum. Ja, Berlin, das wäre schon etwas anderes...

»There Will Never Be Another You« bringt mich kurzzeitig auf andere Gedanken. Doch die Gesellschaft fordert »Die Beine von Dolores«, einen neuen Schlager, der gerade ein Riesenerfolg geworden ist. Man muß einfach auf dem laufenden sein. Wer zahlt, befiehlt.

»Ein bißchen wie eine lebende Music Box«, denke ich und schmalze das schönste »Dolores«, dessen ich nach mehr als neun Stunden Singen und Spielen noch fähig bin. Alles nicht so ernst nehmen, mich treiben lassen, die Feste feiern, wie sie fallen. Vielleicht wird der neue Anzug, den ich beim Schneider bestellt habe, mir ja Glück bringen. Ein wunderschöner Einreiher aus mitternachtsblauem englischem Kammgarn mit doppelreihiger weinroter Schalkragenweste, der Meter Stoff zu 320 Schilling. Das ist viel Geld, aber eine Investition in die Zukunft. Schließlich muß ich auf der Bühne etwas hermachen, auch optisch. Das ist ungeheuer wichtig in diesem Beruf. Mein Geburtstagsgeschenk an mich selbst. Das spare ich mir vom Mund ab. Und es wird sich lohnen: Ja bestimmt. Mit dem neuen Anzug wird's auch für mich einen Schritt weitergehen!

Ich lasse mich von der allgemeinen Fröhlichkeit anstecken. Was soll's? Mir geht's doch gut! Immerhin kann ich mir als Musiker mein Geld verdienen, muß keine Kisten schleppen oder Autos betanken wie andere, mit denen ich früher musiziert habe... Das ist doch schon was! Und wir gelten immerhin bei Insidern als beste Band von Salzburg. Die Jugend geht ins »Esplanade«. Man will uns spielen hören. Unser Repertoire ist weit gefächert, von Stimmungsliedern aller Schattierungen über Operetten- und Musicalmelodien bis hin zu jener Musik, an der unser aller Herz hängt: die

Musik einer neuen Zeit, die großen Songs aus Amerika, Gershwin, Sinatra, Swinging music, Jazz. Ich gerate ins Schwärmen.

»Die Beine von Dolores«, der letzte Refrain. Zum Glück. Ist überhaupt nicht mein Ding. Jetzt noch der hohe Ton. – Irgendwie klappt auch der noch. Der Laden johlt. Die Amerikaner sind gegangen. Ich kann's verstehen.

Einer der Schieber, ein junger, glatzköpfiger, etwas snobistisch wirkender Mann hat Patsy fest im Arm. Ich lächle ihr zu, weiß nicht recht, was ich davon halten soll. Ich bin nicht in sie verliebt, aber ich bin um sie besorgt, würde sie gern beschützen vor so einer Welt, der ich noch nicht einmal selbst wirklich gewachsen bin. Jugendliche Liebhaberphantasien. Auch aus Amerika, aus dem Kino. Der Held, der den Drachen tötet und die Prinzessin errettet, das war schon als Kind einer meiner Lieblingsträume. Doch in dieser Zeit haben es Ideale schwer, denke ich mir. Alles ist im Umbruch, im Aufruhr, Werte werden für nichtig erklärt und neu geformt. Orientierung fällt schwer.

Uns gehört die Zukunft, ein Satz, an den ich manchmal sogar glaube. Das eigene Leben in die Hand nehmen, auch so eine leere Phrase. Eine Gratwanderung zwischen Chance und Versagen, auf der ich manchmal auszugleiten drohe.

»In München steht ein Hofbräuhaus« grölen die angeheiterten Gäste. Auch das noch. Aber warum eigentlich nicht? Wir stimmen ein. München, das wäre auch mal eine Reise wert. Jazzkeller, Musiklokale, das Oktoberfest läuft doch gerade … Da war ich noch nie.

Mensch, das wäre doch ein Rahmen für meinen Geburtstag! Am Donnerstagabend ist Ruhetag. Wir könnten am Nachmittag nach München fahren, aufs Oktoberfest gehen und nachts noch in die Jazzschuppen, in meinen Geburtstag hineinfeiern, vielleicht bei einer Jam-Session in einem der verrückten Clubs, ein wenig einsteigen, jazzen mit Münchener Musikern. Am Freitag könnten wir dann rechtzeitig zurücksein, um im Esplanade zu spielen.

Kurze Musikpause. Die Herrschaften protestieren. Ich zünde mir trotzdem noch eine Zigarette an. Mein Kopf dröhnt, meine Arme scheinen aus Blei zu sein. Nie wieder kann ich mit diesen geschwollenen Fingern Klavier spielen, denke ich und weiß, daß ich es doch kann. Buddy nimmt mich beiseite, spricht aus, was ich gerade gedacht hatte:

»München, Oktoberfest! – Das wäre eine Gaudi!« Ich bin sofort dabei. Klaus Behmel, unser Gitarrist, auch. Aber wovon sollen wir das bezahlen? Der Teller kann uns diesen Wunsch heute nicht erfüllen. Mal sehen ... Ich fühle mich seltsam aufgekratzt. Wie meistens zuviel getrunken, zuviel geraucht, zu lange gespielt. Der Punkt bleierner Müdigkeit ist überschritten. Die Finger werden noch einmal auf die Tasten gezwungen. Zur eigenen Motivation »Blues in B«. – Es geht doch, und wir lassen's richtig swingen!

Der Champagner ist geleert, die Gesellschaft will zahlen. Bestimmt kostet das mehr als mein ganzer Anzug. Der Glatzkopf hat Patsy fest im Arm. Man ist sich offenbar einig geworden. Eine alltägliche Sache. Ich zwinge mich, nicht darüber nachzudenken. Wir verabschieden sie mit »Ich hab mich so an dich gewöhnt«.

Der Glatzkopf kommt demonstrativ auf mich zu, den Arm fest um Patsy gelegt. Ein kurzer, ratloser Blick, verstohlen am Glatzkopf vorbei. Die Traurigkeit in ihrem lächelnden Gesicht macht mich betroffen. Jeder einzelne Freier ist für sie noch eine Selbstüberwindung, teuer erkauft gegen die eigene Selbstachtung. Leere in ihren Augen. – »Ich hab mich so an dich gewöhnt, hab mich so sehr an dich gewöhnt, an die Art, wie du beim Küssen deine Augen schließt ...«, zwingt der Refrain mich ausweglos weiter. Kurzes, aber heftiges Versagergefühl. Als Mann, nicht als Musiker. Das kratzt am Ego. Was ist das nur für eine Welt?

Der Glatzkopf grinst mich an. Nicht bösartig, nur gönnerhaft. Ein Schein wandert auf unseren Teller. Deutlich sichtbar, schließlich will man zeigen, was man hat. Wir trauen unseren Augen kaum: 1000 Schilling! Das sind 250 für jeden von uns! Buddy, Klaus und ich sehen uns an: Das ist die Fahrt nach München! Hurra!

Während wir einpacken, schmieden wir eifrig Pläne. Selbst unser Chef scheint mit dem Abend zufrieden zu sein. Er besteht nicht auf dem üblichen »Granada«, seinem Lieblingslied, das wir an fast jedem Morgen nach getaner Arbeit noch für ihn spielen müssen. Heute läßt er uns einfach so ziehen.

Neutralität

Wir treten hinaus auf die Straße, die in fast vollkommener Dunkelheit vor uns liegt. Nur spärlich brennt da und dort eine schwache Straßenlaterne. Der Mond ist bereits untergegangen. Eine trübe Nacht. Kein Stern am Himmel. Es ist kühl. Immer noch regnet es leicht, wie seit Tagen. Der sprichwörtliche Salzburger Schnürlregen, der jetzt, Ende September, besonders in die Kleidung und in die Seele kriecht.

Am Horizont hinter dem Gaisberg ein blau-silberner Schein, der bereits den neuen Tag erahnen läßt. Plötzliche Stille, die irritiert und befreit. Stille, gegen die ich nicht anspielen muß, die ich atmen, in der ich mich frei bewegen kann, die mir Raum gibt für meine Phantasie. Meistens fällt es schwer, sie zu ertragen nach einer durchspielten Nacht. Plötzliche Leere, die fast schmerzt. Das hält der aufgekratzte Kopf nicht aus. Dann lieber noch ins »Maxi«, ein Frühlokal, in dem wir an fast jedem Morgen eine Kleinigkeit essen, bevor wir schlafengehen. Noch unter Menschen sein, Gespräche, Lebendigkeit, nicht auf sich selbst zurückgeworfen sein. Langsam entspannen.

Heute hat dazu keiner von uns Lust. »Nichts wie nach Hause«, beschließen wir. Schließlich wollen wir so früh wie möglich los.

Die Straße ist fast menschenleer, wie immer um diese Zeit. Rund um den Bahnhof und das »Esplanade« ist die Zerstörung noch allgegenwärtig. Der Bahnhof selbst nur provisorisch instand gesetzt, wie vieles in dieser Zeit. Vereinzelte Reisende mit Koffern in ihren Händen. Die ersten Frühzüge gehen bald. Da und dort ein Radfahrer, kaum Autos zu dieser frühen Stunde zwischen den Tagen. Zu spät für die Nachtschwärmer und zu früh für die Frühaufsteher.

Die ersten Blätter des Herbstes sind schon gefallen. Feucht vom Regen. Wir sprechen nicht viel, hängen unseren Gedanken nach. Rauszukommen, das wird mir guttun. Wenigstens für einen Tag. Neue Eindrücke, das ist wichtig.

Wir überqueren die Lehener Brücke mit ihrem Stahlgeländer und den feingliedrigen Jugendstilornamenten. Vor uns liegt Salzburg-Lehen. Eine ganz andere Welt. Auch hier überall Baustellen. Riesige Wohnsilos sollen entstehen. Man nennt das »sozialer Wohnungsbau«. Nicht sehr einladend. Manche Häuser sind beschädigt, nicht unbedingt vom Krieg, der hier nicht sein gewalttätigstes Gesicht gezeigt hat. Der Verfall der Zeit. Schutt am Straßenrand, grau in grau, manche Fenster mit Pappe verklebt, schlechte Straßen.

Ein Zeitungsjunge kommt uns auf einem Fahrrad entgegen. Wir kaufen ihm die Morgenzeitung ab.

Ein Land wird unabhängig, das beherrschende Thema. Vor wenigen Monaten wurde der Staatsvertrag geschlossen. Neue Verantwortung, neue Möglichkeiten. Ein Drahtseilakt. Selbständigkeit bedeutet auch, auf sich allein gestellt zu sein, gemessen zu werden, sich beweisen zu müssen, seinen eigenen Weg zu finden.

Die Illusion der Geradlinigkeit entlarvt sich schnell. Auch in der Politik. Nicht nur Diplomatie, Verträge, das große Parkett. Ohne Leopold Figls Trinkfestigkeit beim Staatsbesuch in Moskau wäre es nicht gegangen, munkelt man über unseren Außenminister.

Es gibt keine vorgezeichneten Wege, das habe auch ich in den vier Jahren seit meinem Weggang von zu Hause gelernt. Das hatte ich mir anders vorgestellt. Eine harte Schule. Wie auch die Freiheit, die gelebt werden muß. »Es gibt keine Freiheit als solche. Sie muß definiert, mit Sinn gefüllt und Tag für Tag unter Beweis gestellt werden. Freiheit ist eine Haltung, kein Selbstläufer«, das hatte mein Vater immer wieder betont. Erfahrungen, auch aus der Naivität seiner jungen Jahre. Gehört habe ich es oft, begriffen erst in der letzten Zeit. – Erwachsenwerden …

Nun also wird Österreich frei. Wir haben alle gefeiert, aber ob »immerwährende Neutralität« das richtige Aushängeschild für ein Land ist? Sich aus allem herauszuhalten und nur sein eigenes Süppchen zu kochen, scheint mir feige zu sein und unausgegoren, wenig dazu geeignet, Profil zu zeigen. Gerade in Zeiten wie diesen, gerade jetzt, da es diese Chance bekommt. Nicht noch einmal Spielball der anderen sein. Sich nicht noch einmal zu verstecken suchen vor der Gewalttätigkeit der Geschichte in vermeintlicher Machtlosigkeit. Nicht noch einmal den Weg des geringsten Widerstandes gehen, sondern aufstehen und Stellung beziehen, für das Gute eintreten, das scheint mir der Weg zu sein, den ein freies Land gehen sollte. Jugendlicher Heißsporn.

»Haltung beziehen, darauf kommt es an im Leben«, beginne ich eine Diskussion. »›Immerwährende Neutralität‹, was heißt denn das? – ›Immerwährende Feigheit‹ vielleicht? Auf der richtigen Seite stehen. Auf der Seite des Guten. Und wenn es nötig ist, auch bereit sein zu kämpfen, anzuecken, für die Sache einzutreten, für die man steht. Nur so kann man sich Achtung erwerben und Profil.«

Der romantisch-naive Träumer in mir schlägt wieder einmal wilde Purzelbäume, auch gegen die Machtlosigkeit, die ich in meinem Leben täglich erfahre. Die wirkliche Freiheit, die wird einem nicht verliehen, die muß man sich erkämpfen, das habe ich bereits gelernt. Freiheit ist immer auch ein Stück weit Kampf um das eigene Gesicht, um Anerkennung, um den eigenen Weg, denke ich angesichts meines eigenen Lebens. Die Autonomie muß erkämpft und unter Beweis gestellt werden.

Bruno Geiger, unser Bassist, sieht das ganz anders. Er ist der mit Abstand solideste von uns vieren. Im Hauptberuf macht er irgendwas mit Versicherungen. Was genau, weiß ich nicht. Er hat's mir mehrmals erklärt. Vergebliche Liebesmüh. Ist einfach nicht meine Welt. Er, der sonst stets freundlich und zurückhaltend, möglichst immer charmant und höflich ist, gerät bei meinen Worten in Rage. Seine ohnehin schon etwas rötliche Gesichtsfarbe verfärbt sich dunkelrot und tritt in einen sehenswerten Kontrast mit seinen roten Haaren:

»Neutralität, das ist doch das einzige, was zählt!« ereifert er sich. »Österreich muß unabhängig bleiben, für alle Zeiten! Nie wieder dürfen wir uns einem Militärbündnis anschließen! Hast du denn nicht gesehen, wohin das führt!? Du hast das doch miterlebt! Das Bekenntnis dieses Landes muß der Frieden sein, die Diplomatie, die Unbestechlichkeit. Nur so können wir ein Vorbild sein. Das ist die einzig sichere Rolle für dieses Land, die einzige Lehre, die wir aus der jüngsten Geschichte ziehen können. Unsere einzige Chance.«

»Sicherheit, Sicherheit...«, höhne ich, um ihn zu provozieren. »Es muß doch schließlich auch noch etwas anderes geben als deine Polizzen! Man kann sich doch nicht gegen alles versichern im

Leben! Das ist doch feige! Was haben denn die Amerikaner gemacht!? – Die sind aufgestanden und haben gesagt: ›So geht's nicht!‹ und haben für die Sache gekämpft! Was, wenn sie das nicht getan hätten?«

»Woher willst du denn wissen, was richtig und was falsch ist, wofür es sich zu kämpfen lohnt?« gibt Bruno zurück. »Die Menschen sind doch verführbar! Nein, nein: Neutralität. Nur so geht's! Nur so können wir ein Sicherheitsfaktor sein. Nur so kann man uns trauen. Neutralität, das ist unsere Freiheit! Wer das in diesen Zeiten nicht erkennt, ist blind – oder schlimmeres!«

Klaus Behmel, unser Gitarrist, der einzige Akademiker unter uns, Chemiestudent in Graz, ist die Diskussion sichtlich leid und bleibt schweigend einige Schritte zurück. Wahrscheinlich hat er solche Diskussionen an der Uni schon so oft miterlebt, daß er sie nicht mehr hören kann. Es ist das beherrschende politische Thema der Zeit. Er blickt erschreckt auf, als er den scharfen Ton hört, der einen handfesten Streit zwischen Bruno und mir nach sich ziehen könnte.

Buddy, der bis jetzt ebenfalls geschwiegen hatte, versucht mit Hilfe seiner natürlichen Autorität als der älteste von uns allen zu vermitteln. Mit Bestimmtheit fällt er mir ins Wort und wechselt das Thema:

»Schluß jetzt mit dem kindischen Blödsinn! Seid's ganz deppert? Wir machen keine Politik, wir machen Musik, und streiten werden wir uns deshalb bestimmt nicht! In ein paar Stunden geht's nach München: Oktoberfest, Bier, Weiber! Vielleicht reißen wir was auf! Und irgendwo gibt's Jazzmusik, Freunde! Ich will jetzt wirklich nichts mehr hören! Sagt's mir lieber: Wie lassen wir's morgen an Udos Geburtstag so richtig krachen? Das ist die Frage, die die Menschheit bewegt!«

Recht hat er! Sofort entspinnt sich eine lebhafte Diskussion um all die wunderbaren leiblichen und musikalischen Genüsse, die uns in München erwarten. Nur Bruno kommt nicht mit. Er hat keinen Spaß an Festen und Trubel und Streß. Er trinkt nie, raucht nicht, geht fast immer schon nach Hause, wenn wir drei anderen noch irgendwo durch die Lokale ziehen, möchte sich einfach nur ausruhen, den freien Tag nutzen, um endlich mal wieder auszuschlafen. Niemand nimmt es ihm übel.

Der Regen ist wieder stärker geworden. Ich ziehe die Jacke fester um mich. Eingehängt gehen wir vier weiter. Gleich sind wir da. Man riecht bereits die Tankstelle, eine kleine, behelfsmäßige Hütte mit Zapfsäulen, direkt vor unserem Fenster. Wenn wir bei offenem Fenster schlafen und das Pech haben, daß der Auspuff eines tankenden Lastwagens auf unser Fenster gerichtet ist, kommt es vor, daß er uns beim Anstarten und Wegfahren eine Dieselwolke durch das Fenster stößt, so daß der Vorhang in das Zimmer geweht wird. Dann ist erst mal minutenlanges gemeinsames Handtuchwedeln und Lüften angesagt. Aber bei geschlossenem Fenster zu schlafen, zu viert in dem kleinen Raum, ist auch nicht gerade angenehm. Das offene Fenster ist ein bißchen wie ein Lotteriespiel, aber wir versuchen es immer wieder. Die Hoffnung auf das kleine Glück des Alltags.

Unsere Gemeinschaftsbude liegt im Hochparterre eines alten Hauses in einer dunklen, unwirtlichen Seitenstraße, in die sich sicher noch nie ein Tourist verirrt hat. Ein länglicher, schmaler Raum. An jeder Wand zwei Betten, dazwischen ein schmaler Gang. Das Fenster direkt auf die Tankstelle hin, davor ein kleiner Tisch und ein Stuhl. Das Treppenhaus heruntergekommen. Ausgetretene Stufen. Geruch nach Bohnerwachs und Spießigkeit.

Ebenerdig auf der rechten Seite die Hausmeisterwohnung, links die Tür zu unserem Zimmer. Dazwischen in einer Nische des Treppenhauses ein kleines Kaltwasserbecken, offen, vor keinerlei Blicken geschützt, unsere einzige Waschmöglichkeit, daneben die Tür zur Toilette. Die Miete von 600 Schilling monatlich, 150 Schilling für jeden von uns, ist erschwinglich. »Nächstes Jahr, wenn der Chef uns wiederhaben will, fordern wir aber mehr Gage. Und dann wohnen wir besser«, hatten wir uns gegenseitig schon oft versichert. Doch letztendlich ist es uns allen nicht so wichtig. Es sind ja auch nur ein paar Wochen, und wir kommen fast nur zum Schlafen hierher. Wir sind nur für die Festspielsaison engagiert, konnten gerade noch um drei Wochen verlängern, für mich unverzichtbar, damit ich mir den Anzug leisten kann. Danach wird man weitersehen.

An vier quer über den Raum gespannten Wäscheleinen hängen an Kleiderbügeln all unsere Habseligkeiten. Für einen Schrank ist kein Platz im Zimmer. Ein gewöhnungsbedürftiger Anblick. Zwei Pullover, vier Hemden, einige Unterhosen, einige Paar Socken auf meiner Leine. Meine graue Alltagshose ist auch schon nicht mehr die beste, stelle ich bei ihrem Anblick wieder mal fest. Aber es kommt im Leben nicht auf die Hose an, sondern auf das Herz, das in ihr schlägt, hatte mein Vater immer wieder gesagt. Hose hin oder her, der Bühnenanzug ist einfach wichtiger. Vielleicht bekomme ich von meinen Eltern ja Kleidung zum Geburtstag geschenkt. Sie brauche ich eigentlich am dringendsten.

Buddy geht als erster ans Waschbecken, beschließen wir, Klaus als zweiter, dann ich und zuletzt Bruno, der ja morgen ausschlafen kann. Mit Schwamm und Lappen müssen wir uns notdürftig waschen. Wenn jemand kommt, schnell ein Handtuch umbinden, ins Zimmer laufen. Privatsphäre gibt es nicht. Aber zu den Zeiten, da wir nach Hause kommen, läuft kaum jemand durchs Haus. Und wenn wir nachmittags aufstehen, ist man hier bei der Arbeit. So haben wir einigermaßen Ruhe. Der letzte wischt den Fußboden auf. Wir wechseln uns ab.

Meinen Eltern habe ich unsere Unterkunft natürlich ein wenig anders beschrieben. Für sie wohnen wir in einer kleinen, bescheidenen, sauberen Wohnung. Ein Zimmer für jeden. Selbstverständlich mit Bad. Und mit einer »Hausfrau«, einer Vermieterin, die zweimal pro Woche nach dem Rechten sieht. Zu wissen, wie ich wirklich wohne, möchte ich ihnen nicht zumuten. Ich will auch nicht ihre sorgenvollen Blicke spüren. Vor allem das nicht. Die Zeiten, da man mich als Muttersöhnchen vor allem beschützen mußte, besonders vor der Wirklichkeit, sind endgültig vorbei, habe ich beschlossen.

Ich kann nicht mehr, wasche mich notdürftig, falle ins Bett, schlafe sofort ein. Träume von Dolores' Beinen, hundertmal hintereinander verlangt und besungen, von Händen, denen die Tasten plötzlich fremd geworden sind, die die Töne nicht mehr finden, meiner Stimme, die unkontrollierbar geworden ist. Ich spüre den Schweiß auf der Stirn, den Puls in den strapazierten Armen. Nur weg hier!

Ich breite die Arme aus, hebe mich wie ein Vogel vom Klavier in die Luft, kann plötzlich fliegen, bin ganz weit weg, unerreichbar. Nie gehörte Klänge. Wilde Akkorde. Das müßte man aufschreiben können. Ich bin zu müde. Kann jetzt nicht denken. Grelles Licht. Scheinwerfer. Eine große Bühne. Ein großes Orchester, davor ein großes, schwarzes Klavier. Ein bißchen wie ein Sarg. Die Angst meiner Kindheit. Ich muß da jetzt raus, auf diese Bühne, an dieses Klavier, muß es bezwingen. Ein Schrei aus tausend Kehlen. Ich kann es! Bin ganz bei mir. Jetzt gelingt mir einfach alles. Schweben in eigenen Harmonien. Verstanden werden, geliebt werden, tausendfach. Ja! Das ist es! Am Ziel sein und doch nicht verweilen. Auf zu neuen Klängen! Im Rhythmus des eigenen Herzschlags. Mein Puls bestimmt die Zeit. – »Es ist Zeit!« – »Es ist Zeit!« – Energisch rüttelt Buddy mich wach:

»He! Aufstehen! Es ist Zeit! Schon nach 12! München wartet!«

Die Nacht von München

München. Nach fünf Stunden Fahrt über die ramponierte, holprige Autobahn endlich am Ziel. Immer noch sind Brücken und Verbindungsstücke zerstört, zwingen uns, auf die alte Wasserburger Landstraße auszuweichen. Überall Baustellen. Dichter Verkehr. Die Menschen sind unterwegs wie noch nie. Mobilität ist wichtig geworden, auch für mich. Das Auto muß ich auch noch abbezahlen, denke ich. Ein alter, dunkelgrüner, gebrauchter VW-Käfer. Zum ersten Mal in meinem Leben habe ich mir von meinem Vater Geld geliehen. 5000 Schilling, ein unvorstellbarer Betrag, den ich nun in Monatsraten abstottere.

Der Regen hat sich verzogen. Die Sonne strahlt. Ein herrlicher Spätsommertag. Im Autoradio unser Lieblingssender RIAS Berlin. – »Rundfunk im amerikanischen Sektor«. Auf Langwelle bis weit über die Zonengrenzen hinaus zu hören. Eigenproduktionen mit dem Orchester Werner Müller. Was für ein Orchester! Dort müßte man mal spielen! Guter Empfang. Heute ist mein Glückstag!

In Schwabing mieten wir uns in einer kleinen, billigen Pension ein. Ein Dreibettzimmer. Buddy hat das irgendwie günstig organisiert. »Sofort auf die Wies'n«, beschließen wir.

Lärm, Buden, Geruch nach gebratenen Hähnchen, Zuckerwatte, Bratwurst, Brezen, Lebkuchen. »Wahnsinn, diese Menschen«, staunen wir angesichts der Massen. Ein Riesenrad, Blick über die ganze Stadt, Baustellen, wohin man schaut. Auch Luxushäuser werden gebaut. Es geht aufwärts! »Aufschwung« heißt das neue Zauberwort, das aus der Tristesse wieder bunte Hoffnung macht.

Wieder auf dem Boden. Schießbuden, eine Geisterbahn. Gruseln für die Kleinsten mit garantiertem Happy-End. Eine Märchenwelt. Schön, daß diesen Kindern das wirkliche Grauen, das wir alle erlebt haben, erspart bleibt! Hoffentlich für immer.

Wir lassen uns treiben, fröhlich im Strom der Masse. An gar nichts denken. Staunen wie ein Kind. Einfach genießen. Vielleicht auch Dummheiten machen. Mal unbeschwert sein.

Irgendwo eine Bratwurst mit Sauerkraut an einem Stand. »Bestimmt hab ich noch nie in meinem ganzen Leben eine so gute Bratwurst gegessen«, übertreibe ich meine Begeisterung sofort. Dann ins Zelt. Das »Augustiner« soll das älteste und traditionsreichste sein, hat man uns gesagt. Nichts wie hin!

Das Zelt ist überfüllt. Menschen, wohin man blickt. 6000 Plätze soll es hier geben. So eine Menge habe ich noch nie gesehen. In der Mitte ein Podium. Großes Blasorchester in Lederhosen. Stimmungsmusik. Die Leute singen die Refrains mit. Gesang aus tausend Kehlen. Ein unglaublicher Klang. Die gemeinsame Stimme einer großen Menge ergänzt sich immer zu einem harmonischen Ganzen, auch wenn jeder einzelne den Ton verfehlt. Eine beeindruckende Erfahrung.

»Da, da drüben! Da ist was frei«, ruft Buddy uns zu und rennt los. Wir hinterher. »Ein Prosit der Gemütlichkeit«. Tausende Liter Bier rinnen durch die Kehlen. Wir bestellen für jeden von uns eine Maß. Und Rettich, »Radi«, wie man hier sagt. Später Brathähnchen. Heute lassen wir's uns gutgehen. Lärm. Gespräche sind kaum möglich. Eine merkwürdige, lebendig-berauschende Atmosphäre. Ich lasse mich von der Stimmung tragen. Selbst die sehr bodenständige Musik macht mir Spaß. Hier paßt sie hin.

Kurz vor zehn. Die Musik hört auf zu spielen, und es heißt »Austrinken«. Wir können doch jetzt nicht gehen! Kommt gar nicht in Frage! Das »Hippodrom« soll als einziges Zelt noch geöffnet sein. Natürlich ist es überfüllt. In der Mitte ein Rondell mit Pferden, auf denen die meist schon angetrunkenen Gäste zur Belustigung des Publikums gegen Bezahlung reiten können. Es wirkt schon ein wenig bizarr. »Hat was von Kafka«, bringt Klaus meine Gefühle auf den Punkt. Um das Rondell herum die Bänke und Tische. Es wirkt ein bißchen wie ein Theater, in dem Darsteller und Publikum eins werden, ununterscheidbar. Selbstdarsteller finden ihr Parkett. Andere sehen nur zu. Das ewige Spiel des Lebens. Ein Hauch von Zirkus, gemischt mit fast ein wenig Eleganz. Volksfest und Varieté.

Nach einer Weile ratlosen Wartens und Staunens finden wir einen Platz. Hier wird nicht nur Bier, sondern auch Wein und anderes getrunken. Die Musik nicht ganz so derb wie in den Bierzelten. Die letzten Minuten meines zwanzigsten Lebensjahrs. Stillschweigend sparen wir uns den Sekt. Daß wir uns den nicht leisten können, ist uns allen klar. Ist auch nicht wichtig.

Uhrenvergleich. Noch ein paar Sekunden. Seltsame Spannung in mir. Ich würde den Moment gern festhalten, das neue Lebensjahr mit würdigen Gedanken zur Volljährigkeit willkommen heißen. Natürlich fällt mir nichts Würdiges ein. Die Sekunden verrinnen. Buddy erhebt sein Glas.

Ein Tusch im Orchester. Wir starren uns entgeistert an. Nein, wir haben uns nicht verhört. Das Orchester spielt tatsächlich »Happy Birthday«! Einen Augenblick lang können wir es kaum fassen, vergessen fast anzustoßen. Doch das Gegröle an einem der anderen Tische klärt uns auf: Eine andere Geburtstagsrunde hat sich diesen musikalischen Gruß etwas kosten lassen. Wie viele von den Tausenden Leuten hier mögen in diesem Augenblick wohl auch ihren Geburtstag feiern, frage ich mich. Ich nehme das Ständchen gern auch für mich in Anspruch und werte es als ein gutes Omen.

»Auf dich und auf deine Zukunft!« prostet Klaus mir zu. »Wenn's einer schafft, dann bist es du!« Wir liegen uns in den Armen. Aufgedreht und trotzdem seltsam ruhig malen wir uns gemeinsam eine großartige Zukunft für mich aus: Große, weite Welt, und ich bezwinge sie. – Träume ... »Wenn nur das nächste Engagement mir meinen Anzug wieder einbringt«, sind die viel näherliegenden Wünsche.

Um eins schließt auch das »Hippodrom«. Mir schwirrt der Kopf, auch von der sehr vordergründigen, lauten, oft banalen Musik. »Jetzt müssen wir aber noch richtige Musik hören! Auf in die Clubs!«

Die Münchener Szene hat sich auch in Salzburg herumgesprochen. Man muß entweder ins neu eröffnete »P1«, den Superschuppen für junge Leute in der Prinzregentenstraße oder in den »Hotclub«. Ins »Studio 15«, das wäre die Krönung! – Freddie Brocksieper, den Gentleman-Drummer der Münchener Jazz-Szene spielen hören. Aber ob wir da reinkommen? Drei Lokale sind zuviel. Das wird zu spät und zu teuer. »Also zwei schaffen wir noch«, gibt Klaus sich sicher. Der »Hotclub« und das »Studio 15« liegen beide in Schwabing. Nicht weit weg von unserer Pension. Das könnte klappen. Also auf nach Schwabing und rein ins Vergnügen!

Schon auf der Treppe nach unten zum »Hotclub«, der in einem Kellergewölbe liegt, begegnen uns seltsame Gestalten. »Existentialisten« flüstert Buddy mir zu, der damit mal wieder seine Kenntnis der Szene und ihrer Terminologie unter Beweis stellt.

Kurz noch die Haare gestylt. Mit viel Liebe und Gel habe ich vor unserem Aufbruch zur »Wies'n« meine Haare gescheitelt und zur Tolle getürmt. Jetzt droht sie sich aufzulösen. Mit dem Kamm, der für solche Zwecke immer in meiner hinteren Hosentasche steckt, bringe ich das wieder in Ordnung. Ein letzter Blick in den Spiegel. »Bist schon schön genug«, zieht Klaus mich lachend auf. Los geht's!

Der Laden ist voll. Sich exzentrisch gebende Menschen. Viele schwarzgekleidet. Blasierte Blicke. Blasse Gesichter. Schöne Frauen, auffallend zurechtgemacht. Offenes, ungebändigtes Haar, das beim Tanzen wild umhergewirbelt wird. Schuhe scheinen unmodern zu sein. Viele Mädchen auf der Tanzfläche sind barfuß. Ich komme mir deplaciert vor mit meinen Alltagsklamotten. Den beiden anderen scheint es ähnlich zu ergehen. Ein Hauch von Provinz – für die »große weite Welt« müssen wir noch viel lernen, denke ich mir, obwohl diese Leute nun wirklich nicht mein Vorbild sind.

Qualm von Hunderten Zigaretten. Süßlicher Geruch nach Marihuana. Man probiert sich aus. Fremd für mich, ein wenig beklemmend und doch faszinierend zu beobachten. Aufregend neu. Ganz anders als bei uns in Salzburg. Es selbst auszuprobieren, reizt keinen von uns. Ganz und gar nicht unsere Welt.

Eine englische Band spielt eine Mischung aus Rhythm and Blues und dem gerade neu aufkommenden Rock'n'Roll. Den Tanz, den ich schon lange als Jitterbug kenne, beherrsche ich gut. Ich tanze ihn oft und gern. Hier aber habe ich keine Lust zu tanzen. Nicht heute abend. Die Frauen hier sind eine Nummer zu schräg für mich. Sicher würde ich für eine Aufforderung zum Tanz nur verächtliche Blicke ernten, ein knappes »Nein, danke«, von oben herab – oder gar keine Antwort. Lieber heute nur zuschauen, einen Drink nehmen, beobachten, zuhören. Als hätte Buddy meine Gedanken erraten, lacht er. »Also das mit dem Aufreißen wird heute wohl nichts...« Natürlich nicht! Was soll's. Wir genießen den Abend auch so. Wir trinken aus und ziehen weiter zum »Studio 15«.

»Zeig deinen Ausweis, Burschi«, fordert ein breitschultriger, großer Türsteher mich freundlich-gelassen auf, fast desinteressiert. Wieder so ein Jugendlicher ohne eine müde Mark in der Tasche, der sich hier reinschleichen will.

Ich bin hoch aufgeschossen, zaundürr, schlaksig, sehe aus als wäre ich höchstens 16. Schweigend ziehe ich meinen Ausweis aus der Tasche. Der Türsteher mustert mich in meinem ganz und gar nicht szenigen Aufzug und meiner mühsam zurechtgestylten, schlurfigen Frisur müde-erstaunt. »Wo kommst denn du her? Aus Regensburg?« »Nein, aus Salzburg« antworte ich etwas schüchtern. Er weiß nichts mehr zu sagen, reicht mir den Ausweis zurück, »na, dann viel Spaß«, tritt etwas zögerlich und immer noch zweifelnd beiseite. Eigentlich ist es ihm egal. Ab Donnerstag kommen eben die Leute vom Dorf.

Das »Studio 15« ist bis auf den letzten Platz gefüllt. Das Zentrum bildet die Tanzfläche und ein kleines Podium mit Platz für eine Combo. Ein schlichtes Lokal, das auch ein Café oder ein Restaurant sein könnte. Das einzig auffällige sind die großen Fenster zu einer um diese Zeit verwaisten Reitbahn, die höheren Söhnen und Töchtern tagsüber als Reitschule dient. Eine völlig andere Welt als im Hotclub. Die Atmosphäre solide. Man gibt sich weltmännisch. Ein Hauch von Understatement. Dichtes Gedränge auf der Tanzfläche. Selbstbewußtsein. Gepflegte Lässigkeit. Kaum jemand beachtet uns. Nur ein paar abschätzige Blicke. Herablassendes Schimpfen. »He, du! Kannst du nicht aufpassen?« als ich im

Gedränge einer jungen Dame im dunklen Kleid und mit zum Knoten aufgesteckten Haar wohl etwas zu nahe komme. »Diese Halbstarken!« Ich entschuldige mich höflich. Ansonsten sind wir einfach nicht vorhanden. Es stört mich hier nicht. Die Musik ist es, für die wir gekommen sind. Die wollen wir hören.

Bei Freddie Brocksieper ist immer die erste Reihe der internationalen Jazz-Musiker zu Gast, haben wir gehört. Nach ihren Auftritten in anderen Lokalen oder in Konzerten kommt so mancher der ganz Großen oft noch hierher, um bei Freddie und seiner Combo einzusteigen. Ella Fitzgerald war schon hier, ebenso wie Oscar Peterson und Nat »King« Cole.

Mir fällt sofort die elegant-konservative Kleidung der Band auf. Alle in schwarzen Smokings. Ich denke an meinen eigenen neuen mitternachtsblauen Einreiher. Bestimmt wird er der richtige für die Bühne sein …

Wir kämpfen uns bis an die Bar durch, stehen in der zweiten Reihe, dicht an die gerade neu entstehende Generation »jung, dynamisch, erfolgreich« gedrängt, die wir auch aus Salzburg schon kennen. Studenten, Jungunternehmer, ein paar Intellektuelle.

Klaus organisiert uns unsere Drinks. Die Band spielt »Georgia On My Mind«, einen bluesigen Jazz-Klassiker. Schön gespielt, aber unaufdringlich und niemals überschwenglich. Ein Sänger singt durchaus gut, aber auch irgendwie unbeteiligt. Es entsteht keine Spannung, kein zwingender Grund, ihm zuzuhören. Kein überspringender Funke.

Eine Weile hören wir schweigend zu, dann spricht Klaus aus, was ich denke: »Das ist ja alles sehr schön, aber haut dich das vom Hocker? Kriegst du davon weiche Knie?«. Und Buddy: »Hier müßte mal einer ordentlich abjazzen, so richtig mit Herz und Bauch.« Und nach einer Pause an mich gewandt: »Hier müßtest du einsteigen, ein bißchen Wind machen!«

Ich schwärme: »Ja, das wäre herrlich! Aber hier kann ich doch nicht einsteigen! Hier kennt mich doch keiner! Da könnte ja jeder kommen …«

Doch Buddy läßt diese Einwände nicht gelten. »Ich mach das schon.« Ehe ich noch etwas sagen kann, kämpft er sich durch die Menge Richtung Podium. Dort wartet er die nächste Musikpause ab und spricht Freddie Brocksieper an seinem Schlagzeug an. Ich sehe nicht sofort Kopfschütteln. Buddy zeigt auf mich. Freddie folgt mühsam der Richtung seiner Geste. Sie reden weiter. Buddy nickt. Freddie nickt. Ich kann kaum erwarten zu hören, was besprochen wurde.

Die Band setzt wieder ein. Buddy bahnt sich seinen Weg zurück. Über das ganze Gesicht strahlend verkündet er schließlich: »Du sollst erst mal die nächste Pausenmusik spielen. Dann sieht man weiter.«

Er ist vollkommen sicher, daß meine Pausenmusik Freddie Brocksieper überzeugen wird. Ich weiß im Grunde auch, daß ich es kann. Am Klavier verfliegt mein Gefühl der Unzulänglichkeit meist schnell. Trotzdem bin ich nervös, als ich mich gemeinsam mit Buddy und Klaus durch die Menge kämpfe.

Die Band spielt »How High The Moon«. Wir sind in Sichtweite. Buddy nickt Freddie Brocksieper zu, zeigt auf mich. Brocksieper nickt kurz zurück. Die letzten Takte. Mein Herz klopft bis zum Hals. Schlußakkord.

Die Musiker erheben sich, verlassen das Podium. Brocksieper weist, an mich gewandt, mit einladender Geste auf das Klavier, entfernt sich Richtung Bar. Buddy schubst mich sanft, ich gehe, setze mich. Leichte Irritation im Publikum. »Wer ist denn das?«

Ich höre es wie aus weiter Ferne.

Kurz durchatmen. Berühre die Tasten, fühle mich sofort sicher, lausche. Ein herrlicher Flügel, wunderbar gestimmt. Die Töne sind meine Freunde. Ich erwecke sie zum Leben, forme sie, lasse sie tanzen, verbinde sie zu Harmonien, löse sie wieder auf, gestalte etwas Neues. Heute geht es mir leicht von der Hand. Die teilnahmslose Nähe der Menschen inspiriert mich, macht mich sensibel.

Man horcht schon auf. Ein kurzer Blick zu Brocksieper, der scheinbar desinteressiert an der Bar steht. Doch ich spüre die aufmerksame Spannung auch in seinem Rücken. Nach einer besonders geglückten Passage mit einer etwas extremen Harmonienfolge blickt er erstaunt in meine Richtung. Klaus und Buddy strahlen mich an. Noch ein paar Takte. Brocksieper dreht sich um und nickt. »Okay!«

»C Jam Blues«, kündigt Brocksieper kurz an, nachdem er und seine Musiker wieder auf dem Podium platzgenommen haben.

Herrlich! Ein zwölftaktiger Blues mit einem simplen Thema, über das jeder einzelne Musiker improvisiert. Hier kann man sich warmspielen, zeigen, was man draufhat. An mich gewandt: »Spiel vier Takte Einleitung«. Freiheit! Hochkonzentriert in kraftvollen, ungewöhnlichen Harmonien zum Thema. Die Band greift mein Spiel auf, unterstützt es, spiegelt meine Interpretation. Spiele den ersten Chorus in der üblichen Art der Singlenoten. »Denen allen hier zeig' ich's!« Brocksieper ermuntert mich weiterzumachen, feuert mich an. Ich gehe zu aggressiven Akkorden und Blockharmonien über. Bin ganz in meinem Element. Schwitze. Daß die Tolle sich wieder mal auflöst, spielt keine Rolle mehr. Der Funke springt über. Grenzen verwischen. Die Atmosphäre im Lokal ändert sich mit einemmal. Keine Fremdheit mehr, keine Sprachlosigkeit. Alles hört zu, swingt mit. Alles drängt sich um mein Klavier. Man atmet in meinen Tönen. Ich lebe! Ich spiele!

Riesenapplaus. Brocksieper weist auf mich, fragt Buddy, wie ich heiße, stellt mich vor. Ich verneige mich, will gehen.

»Komm, bleib, spiel noch einen«, fordert Brocksieper mich auf. »Sag, was du spielen willst.« Ich lasse mich nicht lange bitten. Meine Wahl: »›All Of Me‹. B-Dur. « Die Nummer habe ich perfekt für mich arrangiert. Ein absoluter Abräumer.

»All of me, why not take all of me« singe ich und stoße den Rhythmus im Shuffle-Beat, den Freddie Brocksieper und die anderen sofort übernehmen, hart in die Tasten. »Jetzt lasse ich es krachen!« Mit der richtigen Mischung aus Alkohol, der enthemmt, und der konzentrierten Anspannung, die nötig ist, um gut zu sein, improvisiere ich, drücke den Harmonien meinen Stempel auf, binde sie fest, lasse sie frei, die Töne fliegen, ich schwebe, treibe, fühle mich unbesiegbar, bin ganz bei mir selbst, verloren in mir wie selten in meinem Leben.

Ich füge einen Scat-Vocal-Teil ein, die Menschen umringen das Klavier. Niemanden hält es auf den Stühlen. Alles steht, lauscht, lebt in unserem Beat. »Vier – vier!« rufe ich Brocksieper zu. Jetzt habe ich den Mut, total die Initiative zu übernehmen. Der versteht sofort: Vier Takte Klaviersolo wechseln sich mit vier Takten Schlagzeugsolo ab. Das Publikum klatscht mit und bricht alle vier Takte in Jubel aus. Ich spüre die unbezwingbare Macht der Töne, die Kraft der Musik, die mich stark macht.

Ja, es war richtig, diesen Beruf zu ergreifen! Ja, ich werde die großen Bühnen erreichen, werde in Berlin singen! In Hamburg, in Wien, in Paris – überall, wo man Musik hört! Ich weiß es, fühle es mit jeder Faser meines Herzens und meines völlig verausgabten Körpers. Ich blicke in strahlende, bewegte Gesichter. Die Menschen haben sich verändert, haben ihre vornehme Steifheit verloren, sind erreichbar geworden. Offenheit in ihrem Blick.

»Ja, schau dir diesen dürren Salzburger an...«, scheint sich der Türsteher zu denken, der hereingekommen ist. Er reckt mir den nach oben gestreckten Daumen entgegen. Auch die junge Frau im dunklen Kleid, der ich beim Betreten des Lokals zu nahe gekommen war, sieht mich nun ganz anders an. Beinahe ein Lächeln.

Ja, Musik verändert die Welt! Ich kann es fühlen. »Zugabe, Zugabe, Zugabe«-Rufe. Zum ersten Mal in meinem Leben höre ich sie so entfesselt. An meinem 21. Geburtstag! Das Leben kann so schön sein!

Jemand reicht mir ein Taschentuch. Ich wische den Schweiß aus meinem Gesicht. Buddy und Klaus umarmen mich, heben mich hoch. Brocksieper kommt auf mich zu, reicht mir die Hand. Ich schlage ein. »Hast du nicht Lust, öfter bei uns einzusteigen?« – Meine Antwort ist eine Umarmung.

»Tango Nocturno«

Den Freitagnachmittagsverkehr haben wir unterschätzt. Viel später als erwartet kommen wir wieder in Salzburg an. Es wird knapp. Gleich müssen wir wieder ins »Esplanade«. Ich fühle mich stark wie selten, schwebe auf den Schwingen meines Erfolgs. Buddy und Klaus schwelgen mit. Keine Zeit, Bruno von unserem Abend zu erzählen. Geburtstagsumarmung.

Auf dem Bett einige Umschläge. Briefe. Geburtstagspost. Das kann ich jetzt nicht alles lesen. Morgen. In Ruhe. Kein Paket. Ich bin erstaunt, hatte mit ein bißchen Proviant aus Ottmanach, meiner Heimat, gerechnet, etwas von der herrlichen Leberwurst,

Speck, selbstgemachtem Schinken. Und natürlich mit meinen Wintersachen, vielleicht einem neuen Pullover.

Ich sehe mir die Kuverts genauer an. Groß und ausladend die charaktervolle Schrift meiner Mutter auf einem Umschlag. Innen nur ein paar Zeilen: »Herzlichen Glückwunsch zum Geburtstag! Wir haben eine Überraschung für Dich: Wir beide und Dein Bruder John sind in der Stadt. Wir wohnen im Hotel Mirabell und werden heute abend im ›Esplanade‹ sein, um mit Dir zu feiern. Wir freuen uns! Alles Liebe, Deine Eltern«.

Habe kaum Zeit, die Worte in mich aufzunehmen. Wo ist meine Bühnenhose? Streß. Gedränge am Waschbecken. Katzenwäsche. Man müßte mal wieder ins Hallenbad zum Duschen.

»Wir werden heute abend im ›Esplanade‹ sein, um mit Dir zu feiern«, klingt es in mir nach. Ich kann die energisch-fröhliche Stimme meiner Mutter bei jenen Worten förmlich hören, die Freude, mit der sie sich auf einen besonderen Abend vorbereitet. Meine Mutter liebt große Anlässe, Feiern, gesellschaftliches Leben. Das ist ihre Welt. Aber wie wird sie das »Esplanade« empfinden?

Ich bin hin- und hergerissen. Glücklich und besorgt gleichermaßen: Werden sie sich wohl fühlen? Was, vor allem, werden sie zu dem Teller sagen? Eine Schlappe, besonders in den Augen von Joe. Und werde ich überhaupt Zeit für sie haben?

Und was, wenn Patsy kommt? Ich will nicht, daß meine Eltern ein falsches Bild von mir und meinen Freunden bekommen, will nichts erklären müssen. Und eigentlich bin ich ja auch mit Gitta zusammen, Brigitta Köhler, einer ernsthaften jungen Schauspielerin, die am Stadttheater in Klagenfurt und nun auch bereits in Wien erfolgreich die großen Charakterrollen spielt: Von Iphigenie über Jeanne d'Arc bis hin zu Julia. Meine Eltern haben Gitta in ihr Herz geschlossen. Das mit Patsy würden sie wohl kaum verstehen, die seltsame Verbindung zwischen uns beiden, die aus der Einsamkeit dieser neuen Zeit resultiert. Das ist nicht ihre Welt.

Aber darf ich wegen Gitta jetzt Patsy nicht mehr kennen? Gitta ist meine erste wirkliche Liebe, ja! Aber bedeutet das, daß ich deshalb jeder anderen Frau aus dem Weg gehen muß? Du lieber Gott, was kommt denn da mit der Liebe alles auf mich zu! Die Sache scheint wirklich kompliziert zu sein. Darauf bereitet einen keiner vor in all den schönen Hollywood-Filmen mit der großen, klaren Liebe und herrlichem Happy-End zu Geigenklängen. Wenn es nur wirklich so einfach wäre!

Ich bin aufgeregt, nervös. Und dann auch noch dieser *Teller*!

Wir müssen los! Auch in Salzburg scheint die Sonne. Es ist kühl. Ein herrlicher, strahlender, farbenfroher Herbsttag. In unserer Bühnenkleidung, über die wir dicke Jacken gezogen haben, machen wir uns schnellen Schrittes auf den Weg ins Lokal. Unterwegs berufe ich hastig eine »Krisensitzung« ein:

»Freunde, heute an meinem Geburtstag könnt ihr mir doch keinen Wunsch abschlagen, oder?«

Ratloses »Natürlich nicht«-Gemurmel, und fragende Blicke. »Meine Eltern kommen heute ins Lokal, und ich will nicht, daß sie den Teller sehen, bevor ich ihn ihnen erklären kann...«, und bestimmend: »Der Teller bleibt also heute ausnahmsweise einmal weg. Jedenfalls vorläufig.«

Man kann mich verstehen. Ich wende mich an Buddy, werde ganz ernst, nenne ihn bei seinem wirklichen Namen: »Erwin, heute abend brauche ich ganz besonders deine Hilfe...«

Buddy Urban, mit bürgerlichem Namen eigentlich Erwin Urbanschitz, vertritt mich ab und zu bei der einen oder anderen Nummer als Sänger, übernimmt vor allem die Schlager- und Wienerliederabteilung, kann aber auch vieles andere aus unserem Repertoire tadellos singen. »Buddy« habe ich ihn immer schon genannt. Das englische Wort für »Freund«. Es wurde auch sein Künstlername.

Fragendes Ja.

»Kannst du mir einen Gefallen tun und mich an diesem besonderen Abend ein bißchen entlasten, ein wenig mehr als sonst singen, damit ich wenigstens den einen oder anderen Drink mit meiner Familie nehmen, mich ein bißchen zu ihnen setzen und reden kann?«

Das sichert er mir gerne zu.

Kurz vor halb acht. Gerade noch rechtzeitig im Lokal. Kribbeln wie sonst selten. Schnell den Teller unter meinem Stuhl versteckt. Am schönsten Tisch direkt gegenüber von meinem Klavier das »Reserviert«-Schild. »Für Bockelmann«. Ab 21 Uhr.

Noch ein bißchen Zeit. Ich entspanne mich ein wenig. Beginne mit Hintergrundmusik. Heute lassen wir's langsam angehen, brauchen alle etwas Erholung.

Nach und nach füllt sich das Lokal. Freitags haben wir vor allem junge Gäste. Studenten, junge Angestellte, die das Wochenende kaum erwarten können und schon in Freizeitstimmung sind. Ich liebe diese Abende! Da können wir »unsere« Musik spielen, in der großen weiten Musikwelt jenseits des Großen Teichs schwelgen, aus unserem Lieblingsrepertoire schöpfen. Es ist eine leichte, entspannte Stimmung.

Immer wieder blicke ich abwechselnd auf meine Uhr und zur Tür. Ich möchte, daß das ein ganz besonderer Abend für sie wird, möchte zeigen, was ich kann, möchte, daß sie stolz auf mich sind.

Es ist viel los. Viertel vor neun. Ich spiele ein Potpourri aus Gershwin-Melodien, meinem Idol, seit ich seine unnachahmlichen Songs zum ersten Mal gehört habe.

»s' Wonderful« läßt uns musikalisch gerade abheben, als meine Eltern und mein Bruder das Lokal betreten. Sie legen ab, lassen sich vom Kellner an ihren Tisch geleiten. Der Song muß noch beendet werden. Begrüßung mit einem Lächeln und einem unauffälligen Winken.

Ich staune wieder einmal über die schwer zu beschreibende Präsenz meiner Eltern. Wenn sie einen Raum betreten, werden sie wahrgenommen. Die unerklärliche und nicht erlernbare Ausstrahlung zweier Menschen, die Haltung nicht nur zeigen, sondern auch leben.

Etwas früher als eigentlich üblich gebe ich das Pausenzeichen, eile auf meine Eltern zu. »Herzlichen Glückwunsch, Junge!« umarmt mich meine Mutter. »Alles Liebe zur Volljährigkeit«, drückt mein Vater mich an sich.

Wie immer, wenn er sich fein machen wollte, hat er Kölnisch Wasser aufgelegt, ein Duft, den ich, seit ich denken kann, mit meinem Vater, mit besonderen Tagen und auch mit Kindheit verbinde.

Auch Joe umarmt mich, gratuliert mir. Ein großer, athletischer, ungewöhnlich gutaussehender junger Mann, der gerade dabei ist, sich eine Karriere bei »British Petrol« aufzubauen.

Daß er gekommen ist, macht mich ganz besonders stolz, aber auch besonders nervös. Vor allem um seinen Respekt habe ich schon von frühester Kindheit an hart gekämpft. Rivalität unter

Brüdern, wie sie heftiger kaum sein konnte. Totales, gegenseitiges Unverständnis. Körperlich war ich ihm immer vollkommen unterlegen, habe unter seinen Hänseleien, seiner Stärke gelitten, wie er wohl auch unter der Aufmerksamkeit, die man mir plötzlich schenkte, sobald ich mich an ein Klavier gesetzt habe. Als wir noch kleiner waren, hat er mich immer spüren lassen, daß er diese Kraft, die einzige, die ich hatte, nicht so ganz ernst nahm.

Daß er nun gekommen ist, um mich spielen zu hören, ist eine ganz besondere Auszeichnung für mich. Aber auch eine Herausforderung.

»Schön, daß ihr da seid! Fühlt ihr euch wohl?« beginne ich die Unterhaltung etwas steif.

»Ja, ja, natürlich! Kümmere dich gar nicht um uns«, beteuert meine Mutter sofort und protestiert, als ich Sekt bestelle.

»Geht auf Kosten des Hauses«, flunkere ich und dulde keinen Widerspruch. »Außerdem lädt das Geburtstagskind ein.« Und immerhin hat der Chef mir heute Hauspreise gewährt.

Buddy hat für einen Block übernommen. Ich lasse mir schnell die wichtigsten Neuigkeiten aus Ottmanach, meiner Kärntner Heimat, erzählen. Man wird das Schloß, das mein Großvater Heinrich Bockelmann meinen Eltern zur Hochzeit geschenkt hat, wahrscheinlich nicht halten können. Die Bewirtschaftung und der Erhalt verschlingen einfach viel mehr, als es abwirft. Ich sehe die Traurigkeit im Blick meines Vaters, als davon gesprochen wird, fühle auch selbst einen dicken Kloß im Magen beim Gedanken, das Schloß, meine Heimat, den wunderschönen Ort meiner Kindheit zu verlieren, doch die Beklemmung wird überspielt. Meine Eltern wollen nicht darüber reden:

»Heute ist dein Geburtstag! Die Volljährigkeit ist etwas ganz besonderes, da sollten wir keine Probleme wälzen, sondern feiern!«

Ich bin sofort ihrer Meinung. Es ist nicht der Augenblick für ein längeres, ernstes Gespräch. Ich muß auch gleich wieder auf die Bühne.

»Hier ist Mampis Geschenk für dich!«

Mein kleiner Bruder Manfred, den wir alle »Mampi« nennen, da er als Kleinkind seinen eigenen Namen nicht anders aussprechen konnte, ist gerade zwölf Jahre alt. Mein Vater holt aus seiner Aktentasche ein lose eingewickeltes, gerahmtes Bild hervor. »Der

Junge hat es voriges Jahr nach unserer kurzen Venedig-Reise gemalt. Es ist das erste Bild von ihm, das wir gerahmt haben. Und Mampi möchte es dir schenken.«

Ich wickle das Bild aus dem Papier und bin sprachlos: eine wunderbare Szene aus Venedig – nichts Kindliches, strahlende, nicht aufdringliche Farben, ein intelligent gewähltes Motiv.

»Wie kann ein Kind ein so reifes Bild malen? Wenn der nicht Maler wird, verstehe ich nichts mehr«, sage ich, als ich mich wieder gefaßt habe. Der kleine, stille, liebe Kerl fehlt mir plötzlich sehr.

»Und *unser* Geschenk für dich«, fährt mein Vater mit seinem leicht baltisch anmutenden Akzent, den ich so gern höre, fort, »möchten wir dir morgen mittag beim Essen geben. Nicht hier zwischen Tür und Angel. Denn ich hab dir auch ein paar Worte dazu zu sagen.«

Ich rätsle, worum mein Vater solch ein Geheimnis machen könnte, habe aber keine Zeit, darüber nachzudenken, denn Patsy hat soeben das »Esplanade« betreten. Ein kleines, bunt eingewickeltes Päckchen in der Hand, stutzt sie erst, als sie mich nicht auf der Bühne findet, sieht sich dann um, mir gerade in die Augen, strahlt, kommt schnurstracks auf mich zu, meine flehenden Blicke, »Bitte nicht jetzt! Später!« nicht erkennend.

»Alles, alles Liebe zum Geburtstag und daß deine Wünsche in Erfüllung gehen!« lacht sie mich an, überreicht mir das Päckchen, das ich ratlos ablege, und umarmt mich.

»Bitte jetzt nicht, später«, flüstere ich ihr zu und laut: »Das ist aber lieb von dir! Vielen Dank!«

Immer noch sieht sie mich fragend an.

»Mutter, Vater, John, darf ich euch Patsy vorstellen, eine Freundin von mir. Sie studiert hier in Salzburg. Patsy, das sind meine Eltern, Käthe und Rudolf Bockelmann, und das ist mein älterer Bruder John, auch Joe genannt«, stelle ich Patsy meiner Familie vor. Patsy stutzt, begreift endlich, reicht meinen Eltern höflich-zurückhaltend die Hand.

»Es freut mich sehr, Sie kennenzulernen.« Und gleich: »Entschuldigen Sie mich bitte. Ich möchte gern auch Udos Kollegen begrüßen. Ich wünsche Ihnen noch einen wunderschönen Abend und viel Vergnügen!« Und zu mir gewandt: »Bis später dann!«

Es tut mir leid, sie so gehen zu lassen, aber ich werde bestimmt später eine Gelegenheit finden, es ihr zu erklären.

Meine Eltern bieten mir an, Patsy, die sichtlich Eindruck auf sie gemacht hat, an unseren Tisch zu bitten. Ich wiegle ab, »später vielleicht«, lege ihr Päckchen unauffällig beiseite. Ich möchte es lieber nicht vor meinen Eltern öffnen. Sie fragen nicht nach, denken offenbar schon gar nicht mehr daran.

»Läuft alles gut bei dir?«

»Ja, bestens«, beeile ich mich zu sagen und erzähle begeistert von unserer Stippvisite in München, meinem Triumph im »Studio 15«.

»Siehst du, du darfst nicht ungeduldig werden! Du machst schon deinen Weg!« beteuert mein Vater und sucht mit seinen großen, dunklen Augen fest meinen Blick.

Ich muß wieder auf die Bühne, wenigstens für einen Block oder für zwei. Buddy ist sichtlich froh, daß ich wieder übernehme. Das Lokal hat sich mittlerweile immer mehr gefüllt. Wir spielen »On the Sunny Side of the Street«, einen Jazzklassiker.

Meine Eltern tanzen. Ein fröhliches, schönes Paar. Meine Mutter Käthe ist mit ihren 48 Jahren noch immer eine attraktive Frau, lebensfroh, stark, strahlend. Sie ist ganz in ihrem Element. Fröhliches Lachen aus ihren hellblauen Augen.

Mein Vater Rudolf, genannt Rudi – oder öfter noch »Rudjascha«, dem russischen Kosenamen seiner Kindheit, der ihm bis heute blieb – mit seinen 52 Jahren ein Mann in den allerbesten Jahren, gutgelaunt, die dunklen Haare nach der Art der 20er Jahre streng gescheitelt und nach hinten gekämmt. Seine Körpersprache verrät den einstigen Sportler, dabei wirkt er aber feinfühlig, oft leicht melancholisch und charmant.

Lange schon haben sie mich nicht mehr spielen gehört. Es liegt in meiner Hand, diesen Abend für sie zu einem unvergeßlichen zu machen. Ich stimme »Jealousy« an, einen Tango, bei dem sie so richtig glänzen können. Ich weiß, wie gern sie Tango tanzen.

Ob auch ich eines Tages so völlig eins in vollkommener Liebe und Harmonie mit einer Frau den Tanz des Lebens bewältigen kann? Ich zweifle. Bin zu unruhig in meinem Wesen. Die große Liebe meiner Eltern scheint mir ein aussterbendes Modell in unserer unüberschaubar gewordenen Zeit zu sein.

Mein Bruder Joe trinkt genüßlich von seinem Rotwein. Auch er fröhlich, entspannt, sieht sich um, hört mir zu, beobachtet unsere Eltern. Die Unterschiede zwischen uns könnten größer kaum sein: Er mit seinen 24 Jahren groß, breitschultrig, mit dichten, schwarzen Locken, den feinen Zügen unserer Mutter, der Figur eines Zehnkämpfers, locker-selbstbewußt im Auftreten, gefestigt.

Ich dagegen dürr, schmächtig, von der Hand in den Mund lebend, in einem Beruf, der in unserer Familie eigentlich in einem Atemzug mit leichtsinnigen Halodris und Verlierern genannt wird. Klassischer Musiker, das würden meine Onkels und Verwandten sicherlich noch gelten lassen, aber Unterhaltungsmusiker, Barpianist und Sänger? Ich möchte mir nicht ausmalen, was für ganz und gar unerfreuliche Diskussionen meine Eltern mit den Verwandten in den vergangenen vier Jahren über mich geführt haben mögen.

Lachen, Tanzen, Swingen, Stimmengewirr, klingende Gläser.

Patsy allein an der Bar. Ihr Päckchen habe ich auf mein Klavier gelegt, auch als Zeichen an sie, daß ich es nicht vergessen habe. Die Studentin nimmt man ihr ab. Sie ist unaufdringlich und schlicht gekleidet, ungewöhnlich für ihren grellen Job. Wir tauschen freundliche, fast zärtliche Blicke aus. Sie scheint nicht böse zu sein, nippt an ihrem Drink. Auch Joe hat sie entdeckt, geht auf sie zu, verneigt sich, führt sie auf die Tanzfläche.

Der Laden ist inzwischen gerammelt voll. Viele Amerikaner. Wir spielen »C-Jam-Blues« und »All Of Me«, in Erinnerung an gestern. Ich bin sicherer geworden, ausdrucksstärker, das spüre ich. Buddy gibt mir mit Gesten zu verstehen, wie sehr er den Teller vermißt. Heute würde er einiges einbringen. Ich gebe ihm recht. Es geht aber nicht. Nicht vor meinen Eltern, meinem Bruder. Jedenfalls nicht, bevor ich mit ihnen darüber sprechen konnte. Buddy gibt mir ein Zeichen, es endlich zu tun. »In der nächsten Musikpause«, raune ich ihm mit einem etwas mulmigen Gefühl zu und habe keine Ahnung, wie ich es anstellen soll.

Wieder ein Set beendet. Meine Eltern sind völlig außer Atem. »Das ist ja herrlich hier!« Keine Spur von Befangenheit.

»Wenn ich euch so höre, dann tut mir schon leid, daß ich so früh mit dem Klavierspielen aufgehört habe«, meint mein Vater mit seiner typisch nachdenklich-fröhlichen Art. »Aber Spaß gemacht hat es mir immer.«

Ich erinnere mich gut daran. Sein Spiel war meine erste Begegnung mit der Musik. Irgendwo im Damenzimmer des Schlosses auf dem Fußboden sitzend habe ich mit großer Ehrfurcht und Faszination gelauscht, wenn mein Vater dem großen, schwarzen Ungetüm die sanften Töne der »Mondschein-Sonate« entlockte. Mit nichts war ich als kleines Kind leichter in den Bann zu ziehen und zu beruhigen.

»Daß du das noch weißt!« Mein Vater sieht mich erstaunt an.

Joe führt Patsy an unseren Tisch. Sie spielt ihre Rolle perfekt, erzählt ihm von einer Seminararbeit über Rousseau. Philosophie also. Woher sie das nur hat? Wieder einmal stelle ich fest, wie wenig ich über sie und ihr Leben weiß.

Buddy sieht mich drängend an. Ich beschwichtige ihn mit einem Blick. Wie bringe ich meinen Eltern nur die Sache mit dem Teller bei, verflixt noch mal!?

»Aber sag mal: Bekommst du hier eigentlich kein Trinkgeld?« will mein Vater plötzlich von mir wissen und reißt mich aus meinen Gedanken.

»Na ja, normalerweise schon, aber...«, druckse ich herum.

»Das könnt ihr euch doch nicht entgehen lassen! Ihr müßtet vielleicht einen Teller aufs Klavier stellen... Ja, einen Teller! Das gehört doch dazu!« Allgemeines Gelächter, als ich die Geschichte des Tellers und seines heutigen Verschwindens erzähle. Erleichterung bei Buddy und den anderen. Der Teller steht ab sofort wieder auf seinem Platz.

Wieder am Klavier. Das Publikum an diesem Abend macht es mir leicht. Die Songs treffen ihre Stimmung. Die gleiche Wellenlänge.

Patsy am Tisch meiner Eltern wirkt etwas nervös, sieht oft auf die Uhr und dann zur Tür, blickt mich leicht verzweifelt an, als wolle sie mir unter vier Augen etwas erklären. Ich kann jetzt das Set nicht unterbrechen.

Kurz vor elf. Wieder ein Blick auf die Uhr. Und zur Tür. Erschrecken in ihrem Gesicht. Ein großer, distinguiert wirkender Mann hat den Laden betreten. Typ Geschäftsmann. Er sieht sie fragend an. Sie gibt ihm irgendein Zeichen. Schnell erhebt sie sich. An ihren Bewegungen erkenne ich die Hektik, mit denen sie meinen Eltern irgendetwas erklärt. Allgemeines Händeschütteln. Abweisende Geste gegenüber Joe, der sie zur Tür begleiten will. Ein ratloser Blick zu mir, ein Wink, den ich sofort verstehe. Ich gebe ihr ein Lächeln mit auf den Weg. Mehr kann ich nicht tun.

Ein greller Stich in mir, den ich verberge. Inneres Aufbegehren. Machtlosigkeit. Musik als meine einzige Waffe gegen die Verletzungen einer ganz und gar nicht märchenhaften Zeit. Ein zu schwacher Schutz für sie. Schnell verschwindet sie in der Menge. Daß sie das Lokal mit dem Mann verläßt, können meine Eltern nicht sehen. In der nächsten Pause erzählen sie mir, sie habe heimgehen müssen. Lernen, wie sie sagte. Ich weiß nicht, was ich fühlen und denken soll, versuche, es zu verdrängen. Wenigstens hat er gelächelt, versuche ich mich selbst zu beruhigen. Was für eine lächerliche Abwehr meiner eigenen Schuldgefühle, denke ich.

Auch meine Eltern und mein Bruder denken an Aufbruch. Sie alle sind das Nachtleben nicht gewöhnt.

»Morgen werden wir mehr Ruhe haben«, erklärt mein Vater, »Ruhe für ein Gespräch. Und für dein Geschenk.«

Die Ankündigung des Gesprächs macht mich ein wenig nervös. Gespräche mit meinem Vater waren schon immer auch Prüfungen. Gütig, aber klug und unbestechlich im Urteil zwingt er einen in Unterredungen zur Auseinandersetzung mit sich selbst, ob es einem paßt oder nicht. Meine Mutter hat immer eher gepoltert, konnte für einen Augenblick lang zornig sein oder zynisch, oft sogar ungerecht, und mit ihren spitzen Bemerkungen hat sie sich sicher nicht selten auch Feinde gemacht, aber im nächsten Augenblick konnte ihr ansteckendes Lachen alle Wogen wieder glätten.

Mein Vater hingegen blieb immer ruhig, wohlwollend, aber auch klar in seinem Standpunkt über unsere Leistungen und Verfehlungen, unwiderlegbar in der Argumentation. Er forderte stets unser Bestes. Charakterstärke, Zuverlässigkeit, Humanität waren seine Werte, und die hat er uns auch vermittelt. Eine Aussprache mit ihm konnte vieles bedeuten, Lob oder Tadel, Wegfindung oder Kritik. Sein »ich bin stolz auf dich« lindert ein wenig meine Nervosität.

»Morgen mittag zum späten Frühstück im ›Café Bazar‹ an der Salzach?«

Sie stimmen begeistert zu. Ein allerletzter Tanz vor dem Heimweg. »Tango Nocturno«, ein Wunsch, den wir ihnen gern erfüllen.

Noch einmal strahlend über das Parkett. Spiel von Nähe und

Verweigerung, der ewigen, sich nur für kurze Momente erfüllenden Sehnsucht.

Kurz vor Mitternacht. Die letzten Minuten meines Geburtstags. Fühle mich ein wenig verloren. Nur einen Augenblick lang. Die Volljährigkeit ist unwiderruflich geworden. Bin auf mich selbst gestellt, ganz offiziell. Sonst hat sich nichts verändert.

Der Teller ist mäßig gefüllt, die Leute rufen mir ihre Wünsche zu, spendieren mir den einen oder anderen Drink, tanzen oder lachen, unterhalten sich. Menschen kommen einander näher bei unserem Spiel oder trennen sich, sprechen über ihre Sorgen oder vergessen sie für einen Augenblick, stillen ihre Sehnsucht nach Wärme oder fühlen sich allein wie nie. Gegensätze vereinen sich im »Esplanade« wie überall in dieser Zeit. Und wie in mir selbst.

Kurz nach vier Uhr morgens. Die letzte Zigarette des Abends, der letzte Drink. Nur noch wenige Gäste. Wir sind alle müde.

Patsy betritt vorsichtig das Lokal, vergewissert sich erst, daß meine Familie gegangen ist, setzt sich an die Bar. Sie wirkt abgespannt. Unendliche Einsamkeit in jeder Bewegung. Rettungslos verloren im Jetzt und Hier, keine lebenswerte Zukunft greifbar. Kleine Träume von Unbeschwertheit, fast wie ein Kind. Die Wirklichkeit holt sie schnell wieder ein, läßt sich nicht wegspülen mit einem Drink und auch nicht wegsingen mit dem romantischsten Liebeslied. Ihre Seele im Aufruhr. Aufbegehren gegen die Ungerechtigkeit der Welt. Suche nach Liebe, nach Reinheit. Den Glauben daran hat sie noch nicht verloren, das macht es ihr auch so schwer.

Die letzten Gäste sind gegangen. Der Chef, wieder mal völlig betrunken, will noch nicht heimgehen, will »Granada« hören. Auch er ein Verlorener der Nacht, gestrandet in einer Bar, einem Leben fern der Wirklichkeit, das keinen Schutz davor bietet, von ihr eingeholt zu werden. Trost gibt es hier nur, wenn man ihn nicht wirklich dringend braucht. Ich kann ihm seinen Wunsch heute nicht abschlagen. Immerhin hat er mir Hauspreise gewährt. Und er legt 100 Schilling auf unseren Teller, wie für jedes »Granada«, das ich ihm zuliebe singe. Davon können wir nach dem Esplanade noch ins »Maxi« gehen und uns auch am nächsten Tag im »Stierwascher« satt essen. »Granada« hat uns schon so manches Menü finanziert. Das eigentlich sehr schöne Lied kann ich aber schon nicht mehr hören.

Ich überwinde meine Müdigkeit noch einmal und singe ihm sein Lieblingslied. Völlig blau grölt er mit. Das hat mir gerade noch gefehlt. Patsy nimmt ihm sanft den Drink aus der Hand, nimmt ihn am Arm. Die Kellner sind bereits gegangen.

Während wir einpacken, schaltet Buddy noch schnell das Radio ein. Vielleicht kommt ja noch eine schöne Nummer, irgendein Song, der die plötzliche Stille nicht so wichtig erscheinen läßt. »BFN«, British Forces Network, da läuft immer gute Musik. Krachen, Rauschen, dann hat er den Sender gefunden. Dinah Washington. Na bitte, das ist doch etwas! Er strahlt mich an. Kurze Freude.

Doch dann plötzlich die aufgeregte Stimme des Radio-Sprechers in die letzten Takte von »Tell Me Why« hinein: Worte, die wir nicht sofort begreifen. Es fällt der Name James Dean, und »killed by accident«, »bei einem Unfall verstorben«. Nein, bitte nicht! Wir haben uns bestimmt verhört! Das kann doch einfach nicht wahr sein!

»Mach mal lauter!« fordere ich energisch. In der plötzlich eingetretenen Stille hätte man die berühmte Stecknadel fallen hören können. Sogar der Wirt schaut uns völlig ungläubig an. Die Nachricht wird noch einmal wiederholt. Nein, wir haben uns nicht verhört.

Es wird zur traurigen Gewißheit: James Dean ist tot! Im Radio irgendein langsames Lied. Keiner sagt etwas. Entsetzt schauen wir uns an. Vor kurzem haben wir noch gemeinsam »Denn sie wissen nicht, was sie tun« gesehen. Dieser junge, so unglaublich charismatische Amerikaner hatte eine Revolution jugendlichen Denkens und Fühlens ausgelöst. Das neue Selbstbewußtsein meiner Generation, das sich bislang noch nie artikuliert hatte, hat durch ihn ein Gesicht bekommen. Eine ganz neue Variante des Hollywood-Helden.

Wir alle haben ihn bewundert und verehrt. Und jetzt soll er tot sein? Mit nur 23 Jahren? Ausgerechnet an *meinem* 21. Geburtstag?! Diesem herrlichen Tag, der so viel Freude und Hoffnung für mich brachte!? Seltsame Verschlingungen des Schicksals. Wir können es überhaupt nicht fassen. Totale Ernüchterung.

Völlig in unsere Gedanken versunken, still wie selten, packen wir ein und schließen ab.

Eine klare, trockene, kalte Nacht. Beinahe Vollmond. Patsy

zeigt mir die Sterne. Dahin denkt sie sich manchmal, erklärt sie mir, ganz weit weg. Einfach ins Weltall. Weg von all diesen Dingen, die man so schwer verstehen kann. Sie glaubt noch an das Märchen von der Goldmarie, vom Glück, das die Guten irgendwann trifft, die, die eine gute Seele haben. Und vom Beschützer, der für sie die Sterne vom Himmel holt. Das würde ihr schon reichen: geliebt zu werden, eine Schulter zum Anlehnen zu haben, jemanden, für den sie die ganze Welt ist. Mehr braucht sie nicht zum Glücklichsein. Man muß dieses verdammte, unbegreifliche Leben genießen, denke ich mir. Es kann so kurz sein.

»Komm doch mit zu mir«, bittet sie mich, »es ist so leer und kalt dort alleine.« Auch ich sehne mich in dieser Nacht nach Wärme, nach der Nähe eines Menschen, auch nach einer schönen Dusche, einem kuscheligen Bett, frei vom Gestank der Tankstelle.

Ich lege meinen Arm fest um sie. Beinahe schweigend gehen wir nach Hause.

Patsy versucht schnell, das zerwühlte Bett ein wenig zu richten. Im Aschenbecher die ausgedrückten Zigaretten ihres Gastes, auf dem Nachttisch eine Flasche Sekt und zwei Gläser. Ein schmerzlicher Anblick. Schwierig, nicht hinzusehen. Ich öffne endlich ihr Päckchen: eine kleine Flasche meines Lieblingsrasierwassers »Eau Sauvage«. Sie errötet:

»Weißt du, ich rieche das immer so gern an dir. Wenn ich das rieche, fühle ich mich sofort sicher und geborgen.« Ich schließe sie in die Arme.

»Es wäre schön, wenn es immer so sein könnte«, meint sie nach einem Moment der Stille, »wenn du einfach hier wärst, für mich da wärst. Du könntest bei mir wohnen, müßtest gar keine Miete zahlen. Es wäre einfach schön, nicht so allein zu sein…«

Ich zögere. Der Ritter in mir, der sie beschützen will. Doch ich weiß, daß ich es nicht kann.

»Weißt du, ich bin nicht der richtige dafür«, sage ich traurig. Es ist auch eine persönliche Niederlage. »Ich kann doch noch nicht mal auf mich selbst so richtig aufpassen. Ich kann dir nicht die Sterne vom Himmel holen, und du hast einen Mann verdient, der das kann. Ich muß mich genau wie du mit Sternschnuppen und Träumen und Wünschen begnügen. Das hilft dir nicht weiter. Und mir auch nicht.« Und nach einer Pause. »Und ich kann nicht in

Salzburg bleiben. Nicht für lange. Ich muß weiter. Wohin, das weiß ich noch nicht, dorthin, wohin mein Job mich treibt. Du kennst doch meine etwas unruhige Seele. Du brauchst einen Mann, der im Leben steht, der dir eine Zukunft bieten kann, der dich vielleicht aus der Scheiße rausholt. Und das kann ich nicht. Ich weiß ja nicht mal selbst so genau, ob ich eine Zukunft habe.«

»Du *hast* eine Zukunft«, antwortet sie mit trauriger Sicherheit, »und zwar eine große. Das kann ich einfach fühlen. Aber in dieser Zukunft ist kein Platz für mich. Du wirst die Sterne erreichen, und vielleicht denkst du dann noch manchmal an mich. Das wäre schön! Dann bist du auch ein bißchen *meine* Zukunft.«

Wir schließen uns fest in die Arme, die Liebe eines Augenblicks. Schweigen. Suchen Halt an einem Moment, der vergehen muß. Mehr als der Moment bleibt uns nicht. Nur Wärme, Nähe, Nicht allein sein. Mehr geschieht nicht in dieser Nacht. Wir schlafen, uns fest in den Armen haltend, ein.

Heinrichs Vermächtnis

Die Sonne scheint mir ins Gesicht, als ich in Patsys Wohnung gegen Mittag erwache. Sie ist schon aufgestanden, hat sich angezogen, muß zum Einkaufen. Samstags schließen die Läden früh.

»Möchtest du auf mich warten und mit mir frühstücken?« Ihre rührende Sehnsucht nach der Illusion biederen Familienlebens. Ich kann nicht bleiben, muß noch nach Hause, mich umziehen, dann zum Mittagessen mit meinen Eltern.

»Dann eben ein andermal.« Wir verabschieden uns mit einer sanften Umarmung, deren Leichtigkeit mich überrascht. »Du kannst bleiben, so lange du willst. Zieh einfach die Tür hinter dir zu.«

Ich nehme schnell eine Dusche. Herrlicher Luxus! Keine Zeit nachzudenken, eile, noch in meiner Bühnenkleidung, nach Hause. Die anderen schlafen noch. Leise ziehe ich mich um, mache mich auf den Weg.

Das ›Café Bazar‹ ist an diesem Mittag nur schwach besucht. Meine Eltern haben einen Tisch an einem der großen Fenster mit Blick auf die Salzach und die bei aller noch sichtbaren Zerstörung fast atemberaubend schöne Silhouette der Stadt bestellt. Ruinen und Pracht nebeneinander. Gegensätze, deren Spannung auch inspiriert. Wunden der Zeit, die man zu schließen versucht. Mahnmale für den Frieden.

Meine Eltern sind auch gerade erst gekommen.

»Ist das nicht schrecklich, diese Sache mit James Dean«, begrüßt mich meine Mutter. Sie hat es gerade in der Zeitung gelesen. Allgemeine Betroffenheit.

Mein Bruder Joe kann leider nicht bleiben. Er muß gleich weiter nach München, überreicht mir sein Geschenk, ein Bühnenhemd, das wunderbar zu meinem neuen Anzug passen wird. Ein liebevolles Zeichen seiner Anerkennung, das mich berührt, wie seine Begeisterung für den gestrigen Abend. Annäherung der ungleichen Brüder.

Liebevoll verpackt überreichen meine Eltern mir die ersehnten Leckereien aus Ottmanach und den Pullover, den ich mir gewünscht habe. Doch mein Vater macht es spannend, hält noch ein Päckchen bereit, das wichtigste, bedeutungsvolle. »Nach dem Essen!«

Die unbeschwerte Stimmung des gestrigen Abends hält an. »Patsy ist ja ein wirklich zauberhaftes Mädchen. »Wenn die mal nicht Gitta gefährlich wird«, scherzt mein Vater.

»Du wirst das schon machen«, vertraut mir meine Mutter, für die es immer ganz selbstverständlich war, daß ihre jungen Söhne Freundinnen hatten. Liebe macht kreativ, und junge Männer müssen sich austoben, war immer ihr Motto.

Den Stich in meiner Seele lasse ich mir nicht anmerken. Denke nicht ohne Schuldgefühle an Gitta – und an Patsys Sehnsucht nach dem kleinen Glück, die so gar nicht meine ist. Schuldgefühle nach allen Seiten. Typisch für mein Wesen. Die Seele im Aufruhr. Die Liebe scheint mir ein unlösbares Problem zu sein. Wie soll das später mal nur werden, wenn es jetzt schon so losgeht! Komplikationen. Gefühlschaos. Es ist soviel passiert in den letzten Tagen. Bin hin- und hergerissen zwischen Hoffnung und Zweifeln. Ein Leben in irgendeinem normalen Beruf wäre sicher einfacher, denke ich manchmal, aber für mich nicht lebbar, das weiß ich. Selbst wenn ich mein Leben lang in Bars singen und spielen muß, bin ich glücklicher als in irgendeinem anderen Job. Ein Leben mit Sicherheitsnetz kann ich mir nicht vorstellen, entspricht so gar nicht meinem Wesen. Meine Eltern wissen das, haben nie versucht, mich daran zu hindern, meiner Seele zu folgen. Dafür bin ich ihnen dankbar.

Ich frage nach meiner Heimat. Nachdenklichkeit und fröhlicher Tatendrang im gleichen Moment. Meine Eltern sind dabei, den »Lamisch« auszubauen, eine zum Gut Ottmanach gehörende Alm mit atemberaubendem Blick über die Karawanken, Wiesen, Wälder, den niemand, der einmal dort war, jemals wieder vergißt. Dort wollen sie mit meinem jüngeren Bruder Manfred leben, wenn sie das Schloß verkaufen müssen. Sie sagen es mit leicht melancholischer Heiterkeit, fügen sich in das Unvermeidliche. Es ist eben nicht zu ändern. Und es ist kein Weltuntergang. Sie scheinen sich auf ein Leben auf dem Lamisch zu freuen.

Bei meinen nächsten Besuchen zu Hause werde ich Abschied nehmen müssen von Ottmanach, der Welt meiner Kindheit, den dicken Mauern, in denen unsere Familie der Zeit trotzte, dem herrlichen, weitläufigen Park, in dem ich jeden Busch und jeden Baum kenne, dem Teich, in dem ich mit vier Jahren schwimmen gelernt habe, den Feldern, auf denen wir Söhne meinem Vater bei unzähligen Ernten geholfen haben, dem großen »Eixendorfer Boden«, auf dem ich als Neunjähriger mit meinem Vater die Saat ausgebracht habe, ich auf dem kleinen, er auf dem großen Traktor. Wann immer wir uns begegneten, zog er mit großer, herrschaftlicher Geste und ernstem Gesicht grüßend seinen Hut vor mir. Seine Art von Humor. Ich habe diese Spiele geliebt, so schwer mir die körperliche Arbeit auf dem Gut fiel. Tausenderlei Erinnerungen, die ihre Heimat verlieren und ihren Ort bald nur noch in meinem Gedächtnis haben werden. Es wird mir schwerfallen, doch meine Gedanken und Gefühle behalte ich für mich, trinke genußvoll meinen starken Kaffee. Dann ist der große Augenblick gekommen.

Die Form des Päckchens kommt mir gleich bekannt vor. Mein Vater überreicht es mir mit bedeutungsvoller Geste:

»Dies hier ist das Vermächtnis deines Großvaters, meines Vaters, und ich möchte es, wie er es verfügt hat, anläßlich deiner Volljährigkeit an dich übergeben. Ich glaube, es ist jetzt genau der richtige Zeitpunkt dafür, und ich bin sicher, du wirst es in Ehren halten.«

Vorsichtig löse ich die Schleife, öffne das Papier und finde ein kleines, schwarzes Kästchen, das ich sehr gut kenne.

»Das ist ja die Uhr!« staune ich, noch ehe ich das Kästchen geöffnet habe. Die goldene Taschenuhr meines Großvaters, die mein Vater immer an besonderen Tagen aus seinem Schrank geholt und getragen hat. Dann durften wir Söhne der Reihe nach auf seinem Schoß sitzen und das Wunderwerk bestaunen. Eingehüllt in seinen Duft nach Kölnisch Wasser, der uns gleich das Gefühl von Besonderem vermittelt hat, hat einer nach dem anderen gebettelt: »Die Uhr! Bitte, zeig mir die Uhr!«

Geheimnisvoll hat er sie an ihrer goldenen Kette aus seiner Tasche geholt. Außen ganz aus Gold, schwer und glänzend. Der oberste Deckel, der den Blick auf das Zifferblatt freigab, ließ sich mit einem geheimen Knopf öffnen, den wir Kinder nicht kannten. Mein Vater hat sachte gepustet, wie von Zauberhand öffnete sich der Deckel, und wir konnten das Zifferblatt sehen. Große, edle, prachtvoll geschwungene schwarze Zahlen und Zeiger auf weißem Hintergrund. Die Uhr machte die Zeit in einem Summen und Klingen hörbar. Immer wieder mußte unser Vater das Spiel wiederholen, die Uhr durch die Magie seines Atems dazu bringen, sich auf unerklärliche Weise zu öffnen. Auch wir selbst durften pusten, und manchmal waren die Zauberkräfte uns zugeneigt und ließen den Deckel aufspringen. Was für ein Erlebnis!

Der Klang der Zeit. Tief und würdig der Stundenschlag, heller, beschwingter das Bimmeln der Viertel- und halben Stunden, und ganz leichtfüßig, fast tickend das schnellere Summen der Minuten. Zeit hatte damals etwas Fröhliches und zugleich Würdiges für mich, etwas wunderbar Geheimnisvolles, nichts Bedrohliches wie später, als die Zeit zu verrinnen und zu fordern begann. Zeit war Musik, war Klang, war das wundersame Zusammenspiel von Zahnrädchen und Hämmerchen, geborgen im Schutz meines Vaters.

Die Uhr, im 19. Jahrhundert kunstvoll gefertigt, war immer eines seiner kostbarsten und liebsten Besitztümer gewesen. Ich wage kaum, das schwarze Kästchen mit dem weichen roten Samtfutter zu öffnen und tue es dann doch, wiege das schwere, goldene Wunderwerk in meiner Hand. Geschlossen. Kann mich nicht lösen von dem Gefühl, daß nur mein Vater es öffnen sollte. Mit seiner Zauberkraft. Irgendwie gehört die Uhr zu ihm, nicht zu mir.

»Dein Großvater hat sie mir als dem Zweitgeborenem vererbt, wahrscheinlich einfach weil ich sie so geliebt habe, noch mehr als mein älterer Bruder Erwin, und weil Heinrich ja selbst der Zweitgeborene war. Auch er hat die Uhr von seinem Vater bekommen, als er mit 21 von Bremen nach Moskau ging, und wie es für ihn typisch war, hat er daraus eine Tradition geschaffen, die ich gern mit dir als *meinem* Zweitgeborenem fortsetzen möchte.«

Im Deckel des Kästchens ein fast vergilbtes altes Blatt Papier. Das habe ich noch nie zuvor gesehen. Vorsichtig nehme ich es heraus, entfalte es, erkenne gleich die große, ausdrucksstarke Schrift meines Großvaters, die mein Vater uns oft in seinen alten Briefen gezeigt hat. Die altdeutsche Schrift zu entziffern fällt mir schwer. Es ist eine Art Testament, ein Vermächtnis, wie mein Vater richtig gesagt hatte. Langsam setze ich mir die Wörter zusammen:

An meine Nachkommen. – In einer Stunde, in der die mögliche Freiheit mir ebenso nah ist wie das mögliche Ende und ich außer diesen Worten und diesem kostbaren letzten Besitz nichts weiterzugeben habe, schreibe ich diese Zeilen und vermache die goldene Taschenuhr meines Vaters an meinen zweitgeborenen Sohn Rudi. Sie soll ihm am Tag seiner Volljährigkeit zusammen mit diesen Zeilen übergeben werden, und so möge dies von Generation zu Generation weiter geschehen, in der Hoffnung, einen Teil von mir selbst fortleben zu lassen in den Gedanken und Gefühlen meiner Nachkommen. Denn eine Familie ist wie ein Baum, im Erdreich verankert durch ein Geflecht von starken und schwachen Wurzeln, die sich in seinem Stamm vereinen und in den dem Himmel zugewandten, nach oben strebenden Ästen und Zweigen ihr Spiegelbild finden. Jeder ein Teil des Ganzen, aber nur gemeinsam das Wunderwerk, das Wind und Wetter und auch der Zeit trotzt.
Nur wer die Stärken und die Schwächen des Ganzen kennt, wird kraftvoll in seiner Zeit stehen, unantastbar wie die Eiche im Sturm – wie ich selbst es mir für mein Leben oft gewünscht habe aber nicht immer war.
Dafür möge diese Uhr Symbol und Erinnerung sein und ein Anker im Sturmwind des Lebens.

Moskau, 31. Mai 1915

Gewichtige Worte, ganz im konservativen, nachdrücklichen Stil meines Großvaters. Schweigen.

Behutsam falte ich dann den Brief, lege ihn wieder zurück an seinen Platz auf dem roten Samt des Kästchens. »Komm, laß uns spazierengehen«, fordert mein Vater mich auf, wie meistens, wenn er in Ruhe ein Gespräch mit einem von uns drei Söhnen führen möchte.

Meine Mutter bleibt lieber im Café, genießt die elegante Atmosphäre, den Blick, die vielen Zeitungen, in die sie sich sogleich vertieft. »Geht ihr nur! Ich informiere mich solange darüber, was los ist in der Welt« und ist schon ganz versunken in einen politischen Artikel des »Spiegel«.

Unser Weg führt uns am Mozarteum, der berühmten Musikhochschule, entlang. Aus den geöffneten Fenstern ein buntes Gewirr der unterschiedlichsten Klänge: Geigen, eine Sopranstimme, Klaviere, Flöten. Übende Studenten. Ein ganz und gar nicht aufeinander abgestimmtes Orchester hoffnungsvoller und zweifelnder Begabungen. Auch ich verbringe hier so manchen Nachmittag. Wenn ich von den Nächten im »Esplanade« nicht zu müde bin, besuche ich hier die Kurse, die mich interessieren, nicht das volle Programm, dafür fehlt mir neben der Arbeit im »Esplanade« die Zeit und die Kraft.

In die vielstimmige Klangkulisse mischt sich tief und geheimnisvoll ein Fagott. Mein Vater staunt mit einem seltsam in die Ferne gerichteten Blick, bis er sich löst und wir wie selbstverständlich und ohne uns abgesprochen zu haben, den Weg zur Salzach einschlagen.

Eine Weile schlendern wir schweigend am Ufer entlang. Strahlend die Blätter des Herbstes im Sonnenlicht. Rascheln unter unseren Füßen.

Auf der anderen Seite des Flusses der Dom, halb aufgerissen von den Bombeneinschlägen. Die Kuppel gerade wiedererrichtet. Man hat Krieg geführt auch gegen die Kulturdenkmäler der Feinde. Immer schon. Angriff auf die andere kulturelle Identität. Demonstration der Vergänglichkeit an Symbolen der Ewigkeit. Noch nie zuvor hat sie ein solches Ausmaß erreicht. Auch dies gehört im Bombenkrieg dazu. Eine neue, verletzende Erfahrung. Aber auch eine fast tröstende Demonstration der gefürchteten und unbezwingbaren Macht von Kunst und Kultur. Der Wiederaufbau des Domes erhält höchste Priorität in dieser Stadt, wird zum Symbol des diplomatisch zurückeroberten Rechts auf ein eigenes Gesicht. Suche nach Identität.

Mein Vater betrachtet kopfschüttelnd die Silhouette mit dem zerstörten Dom, dann meint er gedankenverloren: »Weißt du noch, wie du mit 12 Jahren den ›Valse Musette‹ komponiert hast? – Spätestens da wurde deiner Mutter und mir klar, daß in deiner Musik deine ganz große Kraft liegt und daß wir dir darin nicht im Weg stehen dürfen. Wir haben dich vor vier Jahren ziehen lassen, und wir bereuen diese Freiheit, die wir dir geschenkt haben, nicht. Du hast uns bewiesen, daß es dir ernst ist, daß du mit Disziplin und eisernem Willen deinen Weg gehst, und ich möchte dir sagen, wie stolz ich auf dich bin.«

Ich schweige, weiß nicht, was ich sagen soll.

»Die Uhr«, fährt er fort, »soll dich auch immer daran erinnern, wie wichtig die Zeit im Leben ist. Nicht nur die Stunden und Tage, die vergehen und natürlich mit Sinn erfüllt werden wollen, sondern auch die Epoche, in der du stehst. In der Mitte eines neuen Jahrhunderts, in dem der Welt schon gräßliche Wunden zugefügt worden sind und in dem jetzt zum ersten Mal seit langem die Chance auf Frieden besteht. Mit der Uhr, die dein Großvater 1915 aus den Wirren von Umsturz und Weltkrieg aus Rußland gerettet hat und die ihren Weg durch die Katastrophen, Kriege und Umwälzungen dieses Jahrhunderts bis hierher zu dir nach Salzburg gefunden hat, ist auch eine gewisse Verantwortung verbunden, in deiner Zeit auf deinem Platz zu stehen. Für deinen Großvater hat immer gegolten: Es ist nicht wirklich wichtig, was du im Leben an Geld und Gut erreichst. Wichtig ist, daß du deinen eigenen Weg mit Haltung gehst, daß du dir selbst mit reinem Gewissen in die Augen schauen kannst.«

Schweigend und nachdenklich setzen wir unseren Weg fort. Neben uns die Salzach mit ihren Strudeln und Wirbeln. Ein Stück Holz treibt auf ihr, wird in einen Strudel gerissen, taucht an anderer Stelle wieder auf. Wohin es mich im Strom der Zeit und des Lebens wohl verschlagen wird? Wohin unsere Zeit gehen wird? Strudel, Wirbel, Irrungen gehören sicher dazu. Auch für mich. Aus ihnen hervorzugehen, macht stark und inspiriert. Möchte nicht treiben in der Brandung der Zeit, sondern steuern, wie als Kind das Schiff meiner Phantasie, nicht umhergeworfen werden, sondern geschickt die Klippen umschiffen. Auch mal gegen den Strom. Nicht Fähnlein im Wind sein, sondern selbst Sturm entfachen, der andere mit sich zieht. Jugendliche Allmachtsphantasie, eingesetzt für das, wofür ich stehe. Manchmal ahne ich, daß sie sich erfüllen kann. Irgendwie. Irgendwann.

Zurück im Café. Meine Mutter immer noch in ihre Zeitungen vertieft, aufbegehrend gegen alle Ungerechtigkeit der Zeit. Und gegen Frauenmagazine, die in ihren Augen ein dümmliches, oberflächliches Frauenbild zeichnen. »Rudjascha, Udo, das *müßt* ihr euch anschauen – oder vielleicht auch besser nicht! Das ist doch wirklich das Letzte! Wo gibt's denn so was? Sind wir Frauen wirklich so blöd!? Das kann doch wohl alles nicht wahr sein!«

Meine Mutter, wie sie leibt und lebt. »Worüber habt ihr gesprochen?«

»Über die Zukunft und über die Zeit«, erklärt mein Vater ein wenig geheimnisvoll.

»Und über Haltung, die man bewahren und zeigen sollte«, versuche ich das Gespräch auf den Punkt zu bringen.

»Ah! Das ist gut! Jetzt trinken wir noch einen Kaffee! Der Kuchen hier ist herrlich!«

Die Uhr

Sechs Uhr morgens. Wieder in unserer Gemeinschaftsbude. Meine Eltern sind am Nachmittag zurück nach Kärnten gefahren. Wir haben im »Esplanade« gespielt. Ein ganz normaler Abend. Es war viel los, wie immer am Samstag. Patsy ist nicht gekommen. Leichte Wehmut. Die anderen schlafen schon. Ich streiche mir noch ein Leberwurstbrot. Heimatgefühl.

Gittas Brief auf meinem Bett hebe ich mir für morgen auf. Sehnsucht nach ihren großen, lebendig-melancholischen Augen, der Klarheit ihres Verstandes, ihrem Lachen, ihrer Ernsthaftigkeit.

Aber auch Angst vor den Schuldgefühlen, vor Bindungen, die unfrei machen. Wie haben das meine Eltern nur geschafft?

Behutsam nehme ich das Kästchen mit der Uhr, öffne es wieder, lese im schwachen Licht, das die Tankstelle durch unser Fenster wirft, noch einmal den Brief, wiege das kostbare Geschenk in meiner Hand. Sitze lange so da. Gedanken über die Zukunft und über die Zeit. »Woher ich auch komm, wohin ich auch geh«, singt es in mir. Man müßte ein Lied schreiben, das so heißt. Denke an Patsy und an ihre Sterne. »Reach For The Stars«, auch ein schöner Titel.

Die Uhr liegt schwer in meiner Hand. Unvorstellbar der Weg, den sie genommen hat, um nun hier in Salzburg in meinem kleinen Zimmer an einer Tankstelle zu landen. Es erscheint mir unwirklich, kaum begreifbar. Was für Zeiten, durch die meine Familie seit Anbruch dieses Jahrhunderts gegangen ist: Kriege und Hoffnung, Glanz und Elend, Glück und Verzweiflung. Zum zweiten Mal eine Chance auf Frieden. Das Vermächtnis meines Großvaters Heinrich, die Worte meines Vaters. Wohin auch immer es mich verschlagen, mein Weg mich führen wird: Ja, ich werde an meinem Platz stehen, wie mein Großvater an seinem Platze stand, mein Vater, seine Brüder. Ich werde sie nicht enttäuschen, gelobe ich mir selbst feierlich, voll jugendlichen Ernstes.

Puste dann lächelnd, vertrauend auf meine Zauberkraft. Sie ist mir zugeneigt. Der Deckel öffnet sich. Zum ersten Mal nur für mich. Schlägt und bimmelt und summt.

»Ruhe!« brummt es schwach aus Brunos Bett. »Ich will schlafen!«

2. KAPITEL

Moskau, September 1912

Das neue Automobil

Die ersten Blätter sind gefallen. Im milden, goldenen Licht des Herbstes erstrahlt Moskau in märchenhaftem Glanz. Sonntag, ein sonniger Nachmittag. Familien promenieren auf den Straßen. Kutschen warten vor den herrschaftlichen Häusern, in denen die feine Gesellschaft Moskaus zum Tee geladen ist. Es herrscht reges Leben. Tabuletkrämer mit Bauchläden bieten ihre Waren feil, Zeitungen, Tabakwaren, Früchte, Seife und dergleichen Kostbarkeiten mehr. Droschken suchen sich ihren Weg über die noch immer kaum ausgebauten Straßen mit Holzbelägen, schadhaftem Kopfsteinpflaster oder auch nur Erde. Ein Wasserrohrbruch hat die Lehmstraße an der Kamergerskij Pereulok wieder einmal in einen Schlammweg verwandelt. An solche Beeinträchtigungen ist man in dieser Stadt gewöhnt. Vom Wasser aufgerissenes Kopfstein- oder Holzpflaster ist der Preis, den man für das gerade entstehende und noch nicht ganz ausgereifte System der Wasserversorgung zahlen muß. Man weicht großräumig aus.

Nach dem großen, prachtvollen dunklen Automobil, in dem der deutsche Kaufmann Heinrich Bockelmann sich mit seinen beiden ältesten Söhnen Erwin und Rudi bewegt, drehen sich die Menschen um. Als er vor einigen Jahren voll Stolz seinen ersten Wagen gekauft hat, war es eines der ersten Autos in Moskau gewesen. Seiner Meinung nach sogar das allererste. Aber neuerdings ist man an den Anblick von Autos im Straßenbild neben all den Pferde- und Ochsengespannen, den Straßenbahnen, Droschken, Fahrradfahrern und Menschen, die zu Fuß gehen, schon etwas gewöhnt. Doch so ein prächtiges Automobil wie Heinrich Bockelmann es fährt, hat man in Moskau noch nie gesehen. Vor kurzem erst ist der neue Horch beim Automobilsalon in Sankt Petersburg präsentiert worden. Heinrich hatte ihn sofort gekauft. Er liebte alles, was mit neuer Technik zu tun hatte, und Autos ganz besonders. Daß man bei diesem hier bei schönem Wetter das Dach nach hinten klappen kann, ist eine Spielerei, die ihm ganz besonders gefällt. Und das schöne sibirische Nußbaumholz der Innenverkleidung – davon kann er begeistert schwärmen.

Bewundernde Blicke im Vorbeifahren.

In solchen Momenten schien noch alles beim alten zu sein. Da war nichts zu spüren von den Konflikten, die seit einigen Jahren in Rußland brodelten. Arm gegen reich, Sozialismus gegen Kapitalismus, Demokratie gegen Autokratie, Russen gegen Deutsche, die zur Wirtschaftselite des Landes gehörten. Keine protestierenden Arbeiter sind zu sehen, auch wenn da und dort eine rote Fahne aus einem der Fenster hängt. Es gehört schon fast zum gewohnten Straßenbild, stört die alltägliche Ordnung kaum noch. Niemand mokiert sich über den Wagen, den zur Schau gestellten Reichtum. Im Gegenteil: Man scheint sich zu freuen, solch ein schönes und seltenes Gefährt auf den Moskauer Straßen zu sehen.

Heinrich Bockelmann glaubt fest daran, daß der wirtschaftliche Fortschritt, der ihm persönlich nützt und für den er sich einsetzt, letztlich auch dem Land, in dem er sich mittlerweile heimisch fühlt, und vor allem den Menschen, die mit ihm und für ihn arbeiten, helfen wird, die Zukunft zu meistern. Wer arbeitet, der soll auch leben, ist eine seiner Überzeugungen.

Er selbst hatte es vom Volontär zum Leiter und Mitbesitzer der Junker-Bank, der ersten und einflußreichsten Privatbank Moskaus, gebracht. Selbst der Zar hatte privates Vermögen beim Bankhaus J. W. Junker & Co. angelegt.

Rußland war ein Land mit vielen, beinahe unbegrenzten Möglichkeiten, ein offenes Land, in dem man es mit Können und Fleiß weit bringen konnte. Es war so etwas wie ein kulturelles und wirtschaftliches Zentrum, und in den Städten hatte die deutsche Wirtschaftselite gemeinsam mit der französischen Kulturszene das Leben geprägt. Auf drei russische Geschäfte kam ein deutsches. Es war ein idealer Nährboden für multikulturelle Ideen, Abenteurer und Menschen, die ihre Chance suchten. Heinrich Bockelmann hatte diese Chance gesucht und gefunden. Nun war er 42 Jahre alt, ein stattlicher Mann in den allerbesten Jahren, groß, von mächtiger Gestalt, einflußreich, Vater von vier Söhnen, ein fünftes Kind war gerade unterwegs, er war Angehöriger der gesellschaftlichen Führungsschicht seiner zweiten Heimat und genoß die Früchte seines Aufstiegs.

Die Unruhen der neueren Zeit werden sich bestimmt auch bald wieder legen, hofft er, und dieser herrliche Sonntag, an dem kein noch so kleiner Hauch von Aufruhr die ruhige Heiterkeit trübt, scheint ihm recht zu geben. Sicher mußte man neuerdings ein wenig vorsichtiger sein, durfte sich nicht leichtsinnig in dunklen Seitengassen aufhalten, aber Pöbel und Wegelagerer hatte es schon immer gegeben. Und für die Demonstrationen der Arbeiter, die immer wieder einmal die Stadt für kurze Zeit ins Chaos stürzten, hat Heinrich sogar ein gewisses Verständnis. Irgendetwas würde sich in diesem Land sicher ändern müssen, davon war auch er, wie die meisten seiner Geschäftsfreunde, überzeugt. Man würde den richtigen Weg für dieses Land schon finden.

Apollo

Ein paar Straßenkinder laufen dem Wagen, der im Schrittempo fährt, hinterher. Heinrich Bockelmann greift an die Außenseite des fensterlosen Fahrersitzes, wo sich der quietschende Gummiball der Hupe befindet, hupt ein paarmal und lacht wie die Kinder über den quäkenden Ton, der mehr zu einer flüchtenden Ente als zu einem eleganten Automobil paßt. Er liebt die sonntäglichen Ausfahrten mit dem Auto. Wochentags, für die Alltagsfahrten nahm er meistens die Kutsche. Manchmal auch den Wagen. Dann saß aber sein Chauffeur Wasja Kargaschwili am Steuer, ein junger, aufgeweckter, ein wenig schlitzohriger und doch zuverlässiger Georgier mit blitzenden, dunklen Augen und einem bewundernswerten technischen Verstand.

In seiner Freizeit genoß Heinrich es jedoch, den Wagen selbst zu lenken, den Chauffeur auf dem Beifahrersitz. Er brauchte ihn, um den Wagen mit der Handkurbel zu starten; ein Vorgang, der Fingerspitzengefühl und technisches Können erforderte – und Bereitschaft, sich schmutzig zu machen. Wenn der Motor kalt war, brauchte es oftmals zahlreiche Versuche, um ihn in Gang zu bringen. Außen wurde gekurbelt, innen mußte im richtigen Moment einer der beiden kleinen Hebel in der Mitte des Lenkrads auf Frühzündung und, sobald der Wagen angesprungen war, auf Spätzündung gestellt werden, damit er nicht wieder abstarb. Immer wieder gab es einen lauten Knall, eine Rauchwolke. Wenn aber der Motor einmal angesprungen war, lief er wunderbar ruhig und gleichmäßig. Ein Schnurren, das Heinrich Bockelmann sofort gute Laune machte.

Das Fahren hatte er sich selbst beigebracht. Sehr zur Beunruhigung Wasjas, der sonntags mit besorgtem Blick ängstlich-verkrampft auf dem Beifahrersitz saß und erleichtert aufatmete, wenn man wieder wohlbehalten zu Hause ankam. Heinrich Bockelmann fuhr leidenschaftlich gern, aber schlecht, und der Verkehr in dieser Stadt war hektisch. Pferde scheuten vor den ungewohnten Autos, die traditionell rücksichtslosen Droschkenkutscher fluchten und schimpften, Fußgänger wußten nicht, wohin sie ausweichen sollen, eine Straßenbahn, noch wie die meisten von Pferden gezogen, obwohl es schon einige wenige elektrische gibt, bimmelte plötzlich heftig.

Ob diese komplizierten Gefährte sich als Fortbewegungsmittel im Alltag durchsetzen würden, daran hegte auch Heinrich so manchen Zweifel, aber Spaß machte es allemal, und Technik in jeglicher Form faszinierte ihn sowieso.

»Schau mal, da ist das Bolschoj«, ruft sein zweitgeborener Sohn Rudi von hinten. Er ist acht Jahre alt und liebt dieses weiße Gebäude mit den Marmorsäulen und dem Gott Apollo mit dem vierspännigen Wagen als Schutzpatron auf dem Dach.

Heute begeistert ihn dieser Anblick ganz besonders, denn abends würde Heinrich mit seiner Frau Anna und dem befreundeten Ehepaar Knoop die beiden ältesten Söhne Erwin und Rudi zum ersten Mal ins Theater ausführen. Man würde hierher kommen, ins Bolschoj-Ballett, um »Schwanensee« zu sehen. Rudi zeigte seine Vorfreude offen, während Erwin sich betont gelassen und erwachsen gab, doch daran, daß er in diesen Tagen noch ein wenig störrischer und aufsässiger war als sonst, konnten Heinrich und Anna erkennen, wie sehr auch ihn der bevorstehende erste Theaterabend seines Lebens beschäftigte. Heinrich fährt besonders langsam am Theater vorbei, damit die Söhne den Anblick genießen können.

Zum ungezählten Male möchte Rudi von ihm die Geschichten um den Gott Apollo hören, den Gott der geistigen Ordnung und der schönen Künste, der Wahrheit und des Lichts, den Gott, der das Theater und die Musik wie auch die Weisheit vor allen Gefahren beschützte. Zwar versteht er noch nicht alle diese Geschichten, aber er liebt es ebenso, sie zu hören, wie sein Vater es liebt, sie zu erzählen.

Heinrich Bockelmann ist fasziniert von Literatur, Musik, Kunst. Die Ausgaben der deutschen und russischen Klassiker, aber auch der neuen Literatur besorgt er zweimal im Monat im Buchladen Knebel in der Rodjestwenka nahe der Bank. Abends, wenn die Familie zu Hause versammelt war, las man gemeinsam die großen Klassiker, vergnügte sich mit Gedichten, oder er erzählte ihnen die klassischen Heldensagen, die die Söhne gar nicht oft genug hören konnten. Besonders die Geschichten von Apollo hatten es Rudi angetan. Ob man alles verstand, war dabei nicht wichtig. Die Atmosphäre war es, die zählte, das herrliche Kribbeln, das er beim Klang von Heinrichs voller, kräftiger Stimme verspürte, wenn sie sich in dieser wunderbar geheimnisvollen literarischen Sprache voll entfaltete.

Wie jetzt, als Heinrich Rudis Drängen nachgibt und ihm wieder einmal von Apollos Heldentaten erzählt.

Während Heinrich von Feinheit und mildem Glanz, von Theater und Musik spricht, denen Apollo Schutz gewährt, entsteht für Rudi das Bild eines wunderbaren strahlenden Helden, der mächtig im Himmel des Theaters thront und allen Gefahren trotzt.

Vor der Junker-Bank am Kusnezkij Most hält man, mitten in einer der wichtigsten und zentralen Einkaufs- und Handelsstraßen Moskaus. Sogar sonntags wird hier vor den prächtigen französischen Modehäusern, den Delikatessengeschäften und auch den Börsennachrichten in den Schaufenstern der Junker-Bank promeniert.

Fast immer sieht Heinrich hier auch sonntags nach dem Rechten, legt einige zu Hause bearbeitete Papiere auf die Schreibtische und Stehpulte seiner Angestellten, versieht sie mit kleinen Anweisungen, nimmt anderes mit, wirft noch einmal einen Blick auf seinen Terminkalender für die kommende Woche. Rudi liebte es, seinen Vater dabei zu begleiten, aber heute ist er ungeduldig. »Wie spät ist es denn, wie lange dauert es denn noch?«

Rudi hüpft von einem Bein auf das andere. »Laß mich schauen, wie spät es ist, bitte!«

Heinrich Bockelmann schickt sich mit der Geduld, die für ihn zu den besonderen Vergnügungen des Sonntags gehört, wieder einmal an, die schwere goldene Taschenuhr aus der Tasche seiner Weste zu holen.

Mehr als zwanzig Jahre war es nun schon her, seit sein Vater sie ihm zum Abschied aus Bremen geschenkt hatte. Seither hatte sie Heinrich immer begleitet, und sie war ihm auf seinem Weg ein Glücksbringer geworden. Ein Stück Halt und so etwas wie ein gutes Omen. Auch seine Kinder liebten die Uhr, die in so unvergleichlichen Tönen der Zeit ihren ganz besonderen Klang verlieh.

Die elegante Geste, mit der er sie zur Hand nimmt, gehört zum Ritual. Er läßt sich, sehr zur Verwunderung der Passanten, in seinem edlen grauen Gehrock in die Hocke nieder, um mit seinem Zweitältesten auf Augenhöhe zu sein und hält ihm die Uhr vor sein Gesicht.

»Mal sehen, ob du heute die Zauberkraft besitzt. Puste – puste, Rudjascha!« Der Junge pustet aus Leibeskräften.

»Das war doch noch gar nichts! Fester!« Rudis Augen strahlen. Konzentriert pustet und pustet er, bis der Deckel der Uhr wie von Zauberhand aufspringt und eine leise Melodie hörbar wird, die satten, tiefen Schläge der Stunden, das Klingen der Viertel- und halben Stunden und das Summen und Ticken der Minuten.

»Nun, wie spät ist es?« will sein Vater von ihm wissen.

»Viertel nach drei«, antwortet Rudi stolz.

Heinrich lächelt. »Genau. Also sind es nicht mehr ganz fünf Stunden bis zur Vorstellung und ein bißchen vorher ziehen wir uns um und holen Wera und ihre Eltern zu Hause ab. Du kannst also ganz ruhig sein, wir haben noch viel Zeit.«

Rudi nickt. Der Gedanke an Wera lenkt ihn ein bißchen von seiner Unruhe ab.

Die knapp dreizehnjährige Wera Knoop, die Tochter von Freunden der Familie, ist seit einigen Jahren Elevin am Bolschoj-Theater. Ein zauberhaftes, stilles, feingliedriges Mädchen mit schwarzem, langem gelocktem Haar und herrlichen dunklen Augen, in denen sich Rudi immer wieder verlor, wenn sie vom Tanzen erzählte und von Musik und von Gedichten, die sie las. Sie war das wunderschönste junge Mädchen, das Rudi je in seinem Leben gesehen hatte. Manchmal hatte er sie gemeinsam mit seinem Vater von einer der Proben am Bolschoj abholen dürfen, hatte sie dabei beobachtet, wie sie tanzte, wie zerbrechlich und voll Anmut sie dann war, wie sie zu schweben schien, ein bißchen so als wäre sie ein Engel.

In der Bank herrscht die Stille des Sonntags, an dem sie geschlossen ist. Heinrich grüßt im Vorbeigehen Wassilij Sergejewitsch Kropotkin, den Hausmeister, Monteur und Heizer der Bank, den alle nur »tschornyi tschelowek« nennen, den schwarzen Mann. Ein stiller, etwas düster wirkender Mann, der immer schwarze Arbeitskleidung trägt, im Winter, wenn er mit dem Kohleeimer unterwegs ist, um zu heizen, auch eine dunkle Schürze. Er mochte ungefähr in Heinrichs Alter sein, doch seine Züge waren bereits vom harten Leben auf dem Land gezeichnet, das er vor einiger Zeit verlassen hatte, um sein Glück in der Stadt zu suchen. Heinrichs Schwiegervater hatte ihn mehr oder weniger von der Straße aufgelesen, hatte ihm eine Anstellung und ein kleines Zimmer im hinteren Teil der Bank gegeben, und seither sorgte der »schwarze Mann« dafür, daß die Räume gut geheizt und belüftet waren, tauschte Glühbirnen aus, ölte Schlösser, leerte die Papierkörbe und verrichtete tausenderlei Arbeiten mehr. Er war immer da, wenn Heinrich Bockelmann die Bank betrat, grüßte ihn immer mit einer tiefen Verbeugung, nannte ihn stets nur »Barin«, Herr, wie in Rußland die Herrschenden von den Dienenden genannt wurden.

Kropotkin war ein wenig scheu, aber dienstbeflissen, wirkte zufrieden, wenn auch ein wenig verschlossen und undurchschaubar. Schon fast auffallend demütig hatte er Heinrich Bockelmann die Hand geküßt, als der Barin ihn beim letzten Weihnachtsfest in der Bank, das hier traditionellerweise immer nach deutscher Art am 24. Dezember mit Bescherung und Weihnachtsbaum gefeiert wird, persönlich mit Backwerk und Wodka und einer Sonderzuwendung beschenkte. Es war irgendetwas in seinem Blick gewesen, was Heinrich irritiert hatte, doch er konnte nicht sagen, was es war und maß dem auch nicht viel Bedeutung bei. Er mußte eben noch vieles lernen, um die russische Seele wirklich zu verstehen.

Heinrich grüßt ihn freundlich, erkundigt sich, ob alles in Ordnung sei, legt seine Akten ab, nimmt ein neues Bündel Papiere mit. Daß die Kinder in Gegenwart des »schwarzen Mannes« immer erstaunlich still wurden und ein wenig verschüchtert wirkten, ist ihm zwar aufgefallen, doch er nimmt es nicht wirklich ernst. Wahrscheinlich ängstigten sie sich vor dem dunklen, ein wenig geheimnisvollen Mann, der hinter seinem dichten Bart und den etwas zu langen, schwarzen Haaren ein wenig seltsam und fremd wirkte. Vielleicht hatten sie irgendwo den russischen Aberglauben aufgeschnappt, wonach Menschen mit einem Muttermal auf der linken Wange Boten eines kommenden Unglücks seien, fast so etwas wie menschgewordene Dämonen und Garanten für Unheil, gezeichnet von der dunklen Macht des Bösen. Wassilij Sergejewitsch Kropotkin hatte solch einen großen, besonders auffälligen und bizarr gezeichneten Leberfleck auf der linken Backe. Und daß seine Erscheinung sehr an den dämonischen Rasputin erinnerte, mochte ein übriges tun. Kinder waren eben so.

Bei Kropotkins Anblick hatten sie gleich das Weite gesucht und sind ganz in den Globus in Heinrich Bockelmanns Arbeitszimmer vertieft. »New York«, dorthin fuhr ihr Großvater als Kapitän zur See, »Berlin«, die Hauptstadt des Landes, dessen Bürger sie waren. Sogar »Bremen« konnten sie mit einiger Mühe, ganz klein geschrieben, finden. Dort hatte ihr Vater seine Kindheit und Jugend verbracht. Vor allem Erwin möchte das alles irgendwann einmal sehen. Heinrich bereitet die Unberechenbarkeit und Eigenwilligkeit seines Ältesten manchmal Sorgen. Wann immer dieser Junge sich etwas in den Kopf gesetzt hatte, war er nicht davon abzubringen. Sein Wille war von ungeheurer Kraft und nicht zu brechen. Da half weder gutes Zureden, geduldiges Erklären, noch Strenge oder Strafen. Diese Haltung würde es ihm im späteren Leben nicht gerade leichter machen, fürchtete Heinrich. Dieser Junge hat nur zwei Möglichkeiten, denkt er immer wieder, entweder er zerbricht an seiner Unnachgiebigkeit, oder er wird ein ganz Großer. Aber sein Erstgeborener hatte in diesem schwierigen Wesen auch etwas,

was Heinrich Bockelmann unendlich imponierte. Rudi war viel zugänglicher, offener, aber auch verträumter. Man würde in der Erziehung dieses indes aufpassen müssen, ihn an die Realitäten der Welt heranzuführen, ohne die Sensibilität des Jungen zu brechen.

Heinrich konzentriert sich auf das Näherliegende, schreibt eine Notiz für seinen Schwager und Mitarbeiter Werner Vogel, wirft einen Blick in die Bücher auf seinem Pult, dann tritt man wieder auf die Straße. Er spürt den Blick des schwarzen Mannes in seinem Rücken und wundert sich darüber, daß ihn das Gefühl irritiert, doch ehe er weiter darüber nachdenken kann, fällt ihm ein Mann in abgerissener, ärmlicher Kleidung auf, der sich von der anderen Straßenseite in tiefer Verbeugung nähert. Ein Bettler, denkt Heinrich zuerst und will eine abweisende Handbewegung machen, doch irgendetwas an diesem Mann kommt ihm bekannt vor und läßt ihn innehalten. Irgendwo hat er diesen Mann schon einmal gesehen.

»Barin, ich danke Ihnen«, sagt der Mann plötzlich leise und mit gebeugter Haltung, und im selben Augenblick flüstert Rudi seinem großen Bruder zu: »Ich glaube, das ist der Bauer vom Roten Platz.«

Erwin nickt, und auch Heinrich erkennt ihn in diesem Augenblick wieder.

Vor wenigen Wochen hatte er einen Unfall auf dem Roten Platz verursacht, weil ihn die komplizierte Technik des Wagens und die hektische Verkehrssituation wieder einmal überfordert hatten. Er hatte versucht, einem Bauern mit einem Handwagen voll Gemüse auszuweichen und hatte ihn dann doch angefahren und zu Fall gebracht. Ein Polizist war sofort herbeigeeilt und hatte den Bauern beschimpft: »Was fällt dir ein, du verfluchter Mistkerl, dem Barin in den Wagen zu laufen! Hast du nicht gesehen, daß es den Herrschaften beliebt, hier zu fahren?«

Er hatte seinen Schlagstock erhoben und wollte dem auf dem Boden liegenden Mann offenbar noch Prügel versetzen, denn er hatte ganz offensichtlich gegen die allgemeine Regel verstoßen, daß Automobile immer und überall Vorfahrt haben, Fußgänger immer auf sie achten müssen und der Automobilbesitzer bei einem Unfall grundsätzlich immer im Recht ist. Heinrich hatte eingegriffen, dem entgeisterten Polizisten erklärt, daß es seine eigene Schuld gewesen sei, ihn davon abgehalten, den Mann zu bestrafen und obendrein dafür gesorgt, daß der Bauer auf seine Kosten in ein

Krankenhaus gebracht und bestens versorgt und daß seine kaputte Ware bezahlt wurde. Seither hatte er nicht mehr an den Vorfall gedacht – bis heute.

»Ich danke Ihnen, Barin«, wiederholt der Mann und verbeugt sich noch tiefer. »Ich habe schon versucht, Sie in der Bank zu sprechen, aber man hat mich nicht vorgelassen.« Er macht eine Pause. »Ich wollte Ihnen nur sagen, wenn es Ihnen wieder einmal beliebt, jemanden umzufahren, nehmen Sie bitte wieder mich!«

Heinrich schüttelt verständnislos den Kopf. »Wie meinen Sie das? Ich habe Sie doch nicht absichtlich umgefahren. Was damals geschehen ist, tut mir unendlich leid, und ich hoffe, man hat Ihnen den Schaden ersetzt und Sie sind völlig wiederhergestellt?«

Der Mann sieht ihn voll Dankbarkeit an. »Barin, mir ging es noch nie so gut wie in diesen Tagen im Krankenhaus. Ich habe noch nie vorher in einem richtigen Bett geschlafen. Ich habe so viel zu essen bekommen, daß ich davon satt wurde, ich konnte mich mit fließendem Wasser waschen. Ich danke Ihnen! Ich würde gern wieder von Ihnen umgefahren werden.«

Bevor Heinrich noch etwas erwidern kann, verschwindet der Mann nach einer tiefen Verbeugung in der Menge.

Aus einer Nebenstraße plötzlich Lärm, Stimmengewirr, Schreie. Eine kleine Arbeiter-Demonstration ist entstanden, wie sie seit einigen Jahren nahezu täglich scheinbar spontan irgendwo stattfanden. Jemand schreit »swolotsch-kapitalist!« – »Kapitalisten-Schwein!« – in Heinrichs Richtung. Heinrich nimmt die Jungs an der Hand und beeilt sich, den Wagen zu erreichen, obwohl er ihnen zu erklären versucht, daß das alles harmlos sei. Kein Grund zur Besorgnis betont er und hofft, daß die beiden Söhne den beklemmenden Anblick einer eingeschlagenen Schaufensterscheibe an einem der schönen Modehäuser gegenüber nicht wahrgenommen haben.

Er ist froh, als man wieder das Auto erreicht, und im Kampf mit der ungewohnten Technik ist die Beunruhigung von eben und die seltsame Begegnung mit dem Bauern schnell wieder vergessen. Ob der wohl wirklich dachte, daß es zu den Vergnügungen der reichen Leute gehörte, mit ihren Automobilen Bauern umzufahren, will Rudi von seinem älteren Bruder wissen, doch der zuckt nur abweisend mit den Schultern, und Rudi überläßt sich ganz seiner Begeisterung für die schöne Stadt, die vor dem Wagenfenster vorbeizieht und der Vorfreude auf den heutigen Abend.

Vor dem Theaterbesuch

»Nun halt doch mal still!« Pascha Ziganowa, das Dienstmädchen der Bockelmanns versucht seit einer Viertelstunde, Rudis Schleife zu binden. Das Anziehen der neuen und noch völlig ungewohnten Abendgarderobe bereitet größere Schwierigkeiten als erwartet, zumal Rudi kaum stillhält und Pascha löchert mit Geschichten über Musik und Ballett und Wera und Schwäne und Apollo, die er mit großen Gesten untermalt.

»Das mußt du dir vorstellen, Pascha, die schöne Musik, die wir heute abend hören werden! Und ganz viele Musiker werden spielen. Und ich werde neben Wera sitzen. Wie spät ist es denn? Ich muß mal!« Der Junge ist aufgeregt wie selten und steckt damit auch seine beiden jüngeren Brüder an. Werner mit seinen bald fünf Jahren hat schon allein das Wort »Theater« verzaubert, und sogar der dreijährige Gert will plötzlich mit seinen ältesten Brüdern mitgehen und ist nur schwer mit seinen Spielsachen abzulenken. Kindermädchen Ilja Rechtern zählt die Stunden, bis die Eltern mit den beiden Großen aus dem Haus sind und bei den Kleinen wieder Ruhe einkehrt.

Erwin hingegen hat darauf bestanden, sich ganz allein anzukleiden. Er will dabei keine Hilfe und kein Publikum und hat die Tür zu seinem Zimmer geschlossen. Man läßt ihm seinen Willen.

Um so mehr Hilfe braucht Anna, Heinrichs Frau, die von Kindesbeinen an daran gewöhnt ist, von allen Unannehmlichkeiten des Alltags möglichst verschont zu werden. Als Tochter des Bank-Teilhabers Johann Förster ist sie in einem Haushalt aufgewachsen, in dem sie dazu erzogen wurde, eine Dame der vornehmen Gesellschaft zu sein, die sich mit Alltagsdingen nur am Rande abgibt. Sie hatte den Haushalt zu überblicken und die Aufgaben zu delegieren. Schon als junges Mädchen war sie eine »Herrin«, streng erzogen und auch selbst meist streng im Umgang mit ihren Kindern oder den Dienstboten. Nur gegenüber ihrem Mann Heinrich, ihren Eltern oder engen Freundinnen zeigte sie sich manchmal von ihrer weicheren, weiblicheren Seite. Die vier Jungen sind ihr ganzer Stolz, und sie wissen das. Mit aufgeschlagenen Knien und anderen Wehwehchen aber wendet man sich an das Kindermädchen oder an Pascha. Anna wäre mit solchen Dingen vollkommen überfordert. Sie führte einen vornehmen Moskauer Haushalt, gab große Gesellschaften, repräsentierte als eine der ersten Damen der Stadt. Das war vorrangig.

Die Ehe mit Heinrich, den sie als jungen, aufstrebenden und begabten Mitarbeiter und Schützling ihres Vaters in dessen Hause kennengelernt hatte, war erfolgreich, und dieses Verdienst rechnete sie – ebenso wie die gesellschaftliche Stellung ihrer Familie – auch ein wenig sich selbst zu. Einen Knopf zu schließen oder sich die Haare zu kämmen, stellte sie aber vor eine schier unlösbare Aufgabe. Darum hatte Pascha sich zu kümmern, ein junges Mädchen vom Land, das ihr Geburtsjahr nicht kennt und bereits seit Annas und Heinrichs Heirat im Jahre 1901 als Dienstmädchen bei den Bockelmanns lebt. Damals mochte sie wohl an die zwölf oder dreizehn Jahre alt gewesen sein. Ihre Eltern, eine arme Bauernfamilie, waren froh, die Tochter auf diese Weise versorgt zu wissen. Und Pascha schien ihrer Familie nicht nachzutrauern. Jedenfalls sprach sie nie über sie, erzählte auch den Kindern niemals von ihrem Elternhaus, obwohl sie ihnen sonst allerlei Geschichten und Märchen erzählte.

»Die Großen sind fertig angezogen«, versichert Pascha zu Annas Beruhigung und legt deren tiefschwarzes Haar in einen strammen, kunstvollen Knoten, steckt eine elegante, zierliche Goldspange hinein, die ganz besonders gut zu Annas Schmuck und der schwarzen Abendrobe paßt. Noch verbarg sie Annas Schwangerschaft ganz gut. Anna fühlt sich wohl wie selten und freut sich darauf, ihren Mann zum ersten Mal seit der viel zu langen Sommerpause des Theaters wieder in die Junkers-Privatloge im Bolschoj zu begleiten.

Ein letzter prüfender Blick in den Spiegel, ein Zupfen dort und da, dann schreitet sie die große Treppe hinab zum Salon, wo Heinrich und die beiden Ältesten sie schon erwarten. Ausrufe des Staunens, als sie ihre Mutter zum ersten Mal seit langem wieder in festlichen Gewändern sehen. Man verbeugt sich. Heinrich in seinem Frack reicht ihr die Hand und geleitet sie die letzten paar Stufen herab.

Ein kleiner Imbiß, bei dem Rudi kaum einen Bissen anrührt, dann steigt man endlich in den Wagen. Diniert wird heute später, nach dem Theater, in Heinrichs Lieblingslokal, dem »Metropol« nahe dem Bolschoj. Darauf freut auch Rudi sich schon, vor allem auch, weil er Weras »Tischherr« sein wird.

Weras heimliche Liebe

Den Wagen lenkt diesmal natürlich wieder der Chauffeur, wie es sich für einen Abend wie diesen gehört.

Ein kurzer Halt bei der Villa der Knoops. Heinrich steigt aus, um die Gäste des Abends zum Wagen zu geleiten und wird von Baron Gerhard von Knoop, seiner Gattin Gertrud und ihrer Tochter Wera freundschaftlich begrüßt. In dem großzügigen Wagen mit den zusätzlichen Klappsitzen finden alle bequem Platz, und es geht geradewegs, aber in gemessener Fahrt durch die Pokrovka Uliza, den Lubjanskij Prospekt und den Teatralnyj Prospekt zum Bolschoj-Theater.

Mittlerweile ist es dunkel geworden, und die zahlreichen Lichter der Stadt haben es Wera und Rudi angetan und steigern die Vorfreude.

»Moskau ist so schön«, freut Wera sich an beinahe jeder der großzügigen Villen, an der sie vorbeifahren, an den vielen roten und bunten Kathedralen mit den charakteristischen Zwiebeltürmen, den Parks und Klöstern. »Ich möchte nirgendwo anders leben!«

Fröhlich mischt man Deutsch, Russisch und Französisch. Sprachbarrieren gibt es nicht. Rudi und seine Brüder sprechen alle drei Sprachen fließend. Mit der in Rußland geborenen Mutter Anna und untereinander sprach man meistens russisch, mit dem

Vater eher deutsch. Und Französisch lernte man sowieso von Kindesbeinen an. Es war die vornehme Sprache, die bei Hofe und in den Salons, bei Teegesellschaften und in den Foyers der Theater gesprochen wurde. Wer dem ersten Rang der russischen Gesellschaft angehörte, mußte fließend Französisch sprechen.

Wera beginnt von »Schwanensee« und vom Bolschoj-Ballett zu schwärmen, in dem sie seit langem Unterricht nimmt: »Stellt euch vor, wenn ich so weitermache, darf ich nächstes Jahr bei den Aufführungen im Corps de Ballet mittanzen. Ist das nicht großartig!«

Ihr ganzes Wesen ist in fröhlichem Aufruhr. Sie erzählt von allen Einzelheiten des Balletts, das man heute abend sehen wird, und streicht sich immer wieder die vollen, dichten Haare aus der Stirn. Sie ist im Überschwang wie selten.

Rudi hängt wie immer an ihren Lippen, während Erwin unbeteiligt tut und doch nicht unbeeindruckt ist. Sie hält kurz inne und nimmt in schnellem Entschluß ein mit ihrer schönen, zierlichen Schrift auf ein gutes, vom vielen Lesen schon ein wenig beanspruchtes Blatt Papier abgeschriebenes Gedicht aus ihrer Tasche und reicht es nach leichtem, errötendem Zögern Rudi. »Das ist mein Lieblingsgedicht. Wenn du magst, darfst du es lesen.«

Wer immer sie kannte, hatte das Blatt schon oft in Weras Hand gesehen, auch Rudi hatte Heinrich schon manchmal gefragt, was das wohl sei, was sie da immer lese, doch gezeigt hatte sie es ihm noch nie, und er hätte es auch nie gewagt, sie darum zu bitten. Gespannt entfaltet Rudi das Blatt und liest. Heinrich schielt ihm unauffällig über die Schulter und schaltet die Leselampe an:

Ich lebe mein Leben in wachsenden Ringen,
die sich über die Dinge ziehn.
Ich werde den letzten vielleicht nicht vollbringen,
aber versuchen will ich ihn.

»Das ist von Rainer Maria Rilke«, erklärt sie stolz. Sie schwärmte schon lange für diesen jungen, aufstrebenden Dichter, mit dem ihre Familie seit langem befreundet war. Sie hatte ihn auch selbst schon ab und zu in München getroffen, wo ihre Eltern ihren zweiten Wohnsitz hatten und wohin sie immer wieder einmal reisten. Wenn sie von Rilke sprach, röteten sich ihre Wangen, und es schien fast, als berge schon allein Rilkes Name für sie ein Geheimnis, das sie verzauberte – vielleicht ähnlich wie das Geheimnis, das Apollo für Rudi war.

Wera trägt immer ein Photo Rilkes bei sich und das Gedicht. Rudi liest es noch ein zweites und ein drittes Mal durch. Heinrich lächelt und weiß, daß die Worte ihm eine Atmosphäre entfalten, die er liebt, ohne sie zu verstehen. Er selbst wundert sich darüber, daß dieses so junge, begeisterungsfähige Mädchen ausgerechnet ein Gedicht vom ungelebten und nicht vollendeten Leben bei sich trägt, als ahne sie einen viel zu frühen Tod. Es ist ihm unheimlich, doch ehe er weiter darüber nachdenken kann, sind plötzlich, aus irgendeiner dunklen Gasse wieder die Sprechchöre zu hören, die zur Zeit in dieser Stadt fast schon zum Alltag gehören, und völlig unerwartet wird ein Stein gegen das Auto geschleudert. Er verfehlt den Wagen nur knapp, erschreckt aber den Fahrer, der um seine Fassung ringt. Die Passagiere haben kaum etwas bemerkt. Eine leise Irritation im Ausweichmanöver des Fahrers.

»In der Nähe des Theaters gibt es sehr oft Demonstrationen«, warnt Wasja seine Fahrgäste. »Vielleicht empfiehlt es sich, einen Umweg zu fahren.« Man hat noch etwas Zeit und stimmt zu.

Heinrich und Baron von Knoop ereifern sich in einer heftigen Diskussion darüber, welche politische Strömung für diesen Steinwurf verantwortlich gewesen sein könnte. Heinrich ist davon überzeugt, daß die Urheber in den Reihen der immer aggressiver auftretenden Sozialisten zu suchen seien, mit ihrem Haß gegen jeglichen Reichtum, gegen die »swolotsch-kapitalisty«, wie er selbst ja erst heute nachmittag, bei der kleinen Demonstration, beschimpft worden war.

Baron von Knoop hingegen argumentiert heftig für einen der immer häufiger werdenden Anschläge der sogenannten »Schwarzhunderter«: »Diese Hinterhältigkeit spricht doch viel eher die Sprache dieser verbitterten Anti-Demokraten, Anti-Deutschen, Anti-Semiten. Einen Stein aus dem Hinterhalt zu werfen, das ist doch die typische Aggression der Verlierer der Reformbewegungen. Haben Sie noch nichts von den Plünderungen und der sinnlosen Gewalt gehört, mit der die ›Schwarzhunderter‹ ihrer Enttäuschung über die neuen Entwicklungen Luft machen? Das sind nicht die idealistischen Roten mit ihren auf demokratische und humanistische Ziele gerichteten politischen Aktionen! Das ist ein dumpfes Pack, das nichts mehr zu verlieren hat und allen neuen Entwicklungen, allem, was von außen kommt, die Schuld für das eigene Versagen zuschreibt!«

Natürlich hatte Heinrich schon von den gefürchteten »tschornaja sotnja«, den »Schwarzhundertern« gehört, die plündernd und gewalttätig ein slawisches Rußland forderten – und die Wiederherstellung der alten Ordnung, die langsam ein wenig aufbrach und erste Spuren von Demokratie erahnen ließ. Eine unberechenbare, verlumpte, frustrierte Gruppe von gestrandeten Existenzen aus allen Schichten und Berufen, Gelegenheitsarbeitern, gescheiterten Studenten, Bauern, die ihr Glück in der Stadt vergeblich gesucht hatten, kleinen Handwerkern, deren Betriebe der Konkurrenz durch die großen Manufakturen nicht gewachsen waren, Beamten, die ihre Macht gefährdet sahen, sogar einfachen Polizisten. Ein Auffangbecken für alle Verlierer der neuen Zeit, absolute Reformgegner, denen sich auch politisch völlig uninteressierte gewöhnliche Kriminelle angeschlossen hatten, die zu Tausenden nach der Oktoberamnestie freigekommen waren. Plündernd und gewaltbereit zog der Pöbel durch die Straßen auf der Suche nach Waren, die sich zu Geld machen ließen und nach Angriffszielen für ihre sinnlose Wut. Alles, was neu ist, erfolgreich ist, von außen kommt, ist ihnen verhaßt und wird bekämpft – ohne eigentliches Ziel. »Dumpfe Gestrige«, nennt Baron von Knoop sie knurrend.

»Diese sinnlose Gewalt, die Steine wirft und Schaufenster einschlägt und Passanten ausraubt und verprügelt, hat doch nichts, aber auch gar nichts mit den zielgerichteten Aktionen zu tun, in denen die jungen Sozialisten manchmal über das Ziel und die Grenzen politischer Kultur hinausschießen. Die Sozialisten wollen wenigstens etwas bewegen und versuchen das manchmal leider auch mit Gewalt. Sie haben Ideale, und nicht alle davon sind unbegründet. Die Schwarzhunderter wollen nur Angst und Schrecken verbreiten und dafür sorgen, daß die Verhältnisse unter ihrer Gewalt vollkommen erstarren. Das kann man doch wirklich nicht vergleichen!«

Heinrich lacht über den Eifer Baron von Knoops. »Wie ich merke, sind Sie selbst ein junger Sozialist! Wenn die alle so gebildet und von humanistischen Idealen getragen wären wie Sie, dann bräuchte ich mir keine Sorgen zu machen. Aber ich fürchte, daß Sie von denen auf der Straße für Ihre Sympathie doch nur Hohn und Gewalt ernten würden. Sie sind und bleiben der Feind, der Ausbeuter, der auf seidenen Laken schläft und es sich in seinem Wohlstand auf dem Rücken der Unterdrückten gemütlich einrichtet. Akzeptanz und Dankbarkeit werden Sie von denen niemals bekommen – höchstens den Pflasterstein, den man auf Ihr Auto oder durch das Fenster Ihrer Villa wirft! Das ist nun einmal die traurige Realität, glauben Sie mir, sowenig uns das auch gefallen mag! Reformen müssen von Menschen getragen werden, die Kultur haben. Gewalt disqualifiziert sich dabei selbst!«

Die Diskussion zwischen den beiden Freunden wird allzu heftig, doch die Frauen beschwichtigen:

»Das ist kein Abend für Politik! Laßt uns die schöne Abendstimmung genießen und uns auf die Musik freuen!«

Auch Heinrich und Baron von Knoop wollen sich den Abend nicht verderben lassen, doch die katastrophale politische Situation sorgt in der letzten Zeit häufig für Verunsicherung und gereizte Stimmung.

Die Lage im Land ist unübersichtlich geworden. Gewalt auf allen Seiten. Und Parolen, in deren Mühlen die reichen Deutschen im Lande von allen Seiten geraten – ebenso wie die wirtschaftlich erfolgreichen Juden. Antisemitische Hetzschriften machten schon lange die Runde und durchzogen alle politischen Strömungen. Wer immer in diesem Land an die Macht kommen oder an ihr festhalten wollte, war gegen die Juden und stempelte sie mehr und mehr zu Sündenböcken für alles, was in diesem großen, schier unregierbaren Land im argen lag.

Mindestens ebenso besorgniserregend für Heinrich und Baron von Knoop und den übrigen Moskau-Deutschen Freundeskreis war aber die zunehmende und immer erbitterter geführte Propaganda gegen die Deutschen. Den einen erschienen sie wie Maden im Speck der alten Ordnung und damit als Reformgegner und Ausbeuter, den anderen als Fremde, die mit ihrem wirtschaftlichen Erfolg alles im Lande an sich rissen und veränderten, »eindeutschten«. Man sagte ihnen nach, das russische Selbstverständnis und Selbstbewußtsein, die russische Kultur zu gefährden.

Sowohl Heinrich als auch Baron von Knoop waren angesichts

dieser Entwicklung angespannt, und man sprach da und dort auch bereits über ein – zumindest vorübergehendes – Verlassen des Landes, bis die Situation sich wieder beruhigt habe. Doch letztendlich war man davon überzeugt, daß diese Beruhigung der Lage sich in nicht allzu ferner Zeit einstellen würde.

Für Rudi sind alle diese Dinge ganz weit weg. Politik, das war etwas Fernes, etwas, über das man sich auseinandersetzte, das die Erwachsenen vor Aufgaben stellte, die man löste und das ihm und der Familie niemals zu nahe kommen oder gefährlich werden würde, da war er sich ganz sicher. Nur die Gereiztheit in der Stimme seines Vaters und die Worte vom Wegziehen machen ihm etwas angst, doch er vertraut auf die Kraft seines Schutzherrn. Voll Vorfreude blickt er aus dem Fenster. Das Theater ist bereits aus der Ferne zu sehen.

Die Lichter, die es magisch anstrahlen, verleihen ihm ein geheimnisvolles Aussehen, ein Glänzen, als würde es aus sich selbst heraus leuchten. Rudi kann sich von dem Anblick kaum lösen, ist in jeder Kurve, in der das Haus aus dem Blickfeld verschwindet, voll gespannter Ungeduld, es hinter der nächsten Ecke wieder zu erspähen und vergeht ganz in dem Spiel aus Erwartung und Entdeckung, so daß er die vielen Menschen vor dem Theater, dem man sich langsam aus einer Nebenstraße nähert, erst gar nicht bemerkt. Man hat sich mit roten Fahnen ausgerüstet und skandiert: »Nieder mit dem Zaren« und »Alle Macht den Räten«. Niemand greift ein. Die Polizei hält die Gruppe nur auf Abstand.

Heinrich und Anna überlegen, den Theaterbesuch abzusagen, auch der Kinder wegen, doch auch Baron von Knoop beschwichtigt. Diese Demonstrationen vor dem Theater seien doch seit sieben Jahren Tradition, seit jenem denkwürdigen Tag im Oktober 1905, als der Zar die Reformwünsche der Bevölkerung nach all den Streiks und Unruhen endlich anerkannt und die Duma zum ersten Mal einberufen habe. Damals sei es hier vor dem Bolschoj zu einer spontanen Verbrüderung zwischen Arm und Reich gekommen, zu einem neuen Aufflackern von Hoffnung für dieses Land, und die Demonstrationen vor dem Bolschoj seien nur dazu da, diesen Geist wachzuhalten. Sie seien fast immer friedlich verlaufen, und auch jetzt würden die Theaterbesucher ja ganz offensichtlich nicht angegriffen. Man wolle wohl nur Aufmerksamkeit erregen und vielleicht sogar um Sympathie unter den Spitzen der Gesellschaft werben, ein durchaus vernünftiges Anliegen also …

Das Argument der Friedfertigkeit überzeugt auch Heinrich und Anna, und Rudi fällt vor Erleichterung ein riesiger Stein vom Herzen, als man sich entschließt, hineinzugehen. Der Chauffeur bahnt sich im unvermeidlichen Moskauer Verkehrschaos seinen Weg vor den Eingang des Theaters. Von beiden Seiten drängelt sich Wagen an Wagen, Hupkonzerte, scheuende Pferde. Auf der anderen Straßenseite gehen die Pferde einer noblen »lichatsch«-Kutsche laut wiehernd durch. Lärm und Gezeter von allen Seiten. Als man die Türen öffnet, kann man die Sprechchöre deutlicher verstehen. »Nieder mit dem Zaren!« und aus einer anderen Richtung: »Nieder mit den Deutschen, nieder mit den Juden!« Rudi hat keine Ahnung, was hier vor sich geht. Erstaunt betrachtet er das Schauspiel, dessen Gegensätzlichkeit größer kaum sein könnte: Hier Glanz und Pracht und Licht und schöne Kleider und Bedienstete, dort Männer in etwas zerschlissener Kleidung, viele mit langen Bärten, überall rote Fahnen, Spruchbänder, getragen von seltsamen Gestalten, deren glänzender, durchdringender Blick Rudi fesselt und verwirrt.

Der Moment der Irritation geht schnell vorbei. Viel zu sehr fasziniert ihn das strahlende Haus, die prächtig gekleideten Gäste, die Pagen in ihren rot-goldenen, phantasievollen Uniformen, die die Gäste sofort empfangen und ins Theater geleiten. Baron von Knoop bückt sich nach einem der Flugblätter in russischer, französischer und deutscher Sprache und liest es interessiert, während man unbehelligt eintritt.

Sofort ist man umschlossen von einer vollkommen anderen Welt. Diener nehmen den Gästen die Mäntel ab, geleiten sie über den roten, weichen Teppich ins besonders noble Foyer vor den Logen, in dem die strahlenden Lichter der Lüster und Kerzen Rudi die sonderbaren Ereignisse vor dem Theater, sofort vergessen lassen. Diener mit silbernen Tabletts reichen Kaviar und feine Degustationen, andere gehen mit Tabletts voll Gläsern von Gast zu Gast, bieten Champagner für die Erwachsenen und Zitronenlimonade für die Kinder an. Man greift zu Lachsbrötchen und dem edlen schwarzen Malosol-Kaviar, doch Rudi hat dafür wenig Sinn. Er hat Angst, sich den neuen Anzug zu bekleckern. Und vor allem möchte er endlich ins »richtige Theater«. Das Herumstehen im Foyer dauert ihm schon viel zu lange. Er ist in Apollos Palast, in einer Märchenwelt, und die möchte er nun auch endlich erkunden. Er weiß gar nicht, wohin er bei all den Lüstern und Kerzen und all den prächtig gekleideten Menschen zuerst blicken soll.

Heinrich trifft viele Bekannte, grüßt nach allen Seiten.

Die kleine Gruppe um den deutschen Bankier und seine Gäste steht schnell im Mittelpunkt allgemeiner Aufmerksamkeit.

Ganz in der Nähe betritt ein großgewachsener Glatzkopf mit dichtem Bart und undurchdringlichem Gesicht das Foyer: Der Petersburger Bankier Dmitri – genannt Mitka – Rubinstejn. Ein schwer zu durchschauender Mann mit allen erdenklichen, da und dort wohl auch dubiosen, Kontakten. Einer seiner Freunde soll – so munkelt man – der höchst fragwürdige aber mächtige Mönch Rasputin sein. Rubinstejn behandelt Heinrich immer irgendwie ein wenig von oben herab, bleibt dabei aber immer freundlich, als tue er ihm schon damit einen Gefallen, daß er ihn überhaupt bemerkt. Auch jetzt nähert er sich, begrüßt ihn mit Handschlag und laut tönendem: »Bockelmann, mein Freund! Wie schön, Sie hier zu sehen! ›Schwanensee‹, das kann man sich natürlich nicht entgehen lassen, auch wenn es immer anstrengender wird, ins Theater zu gehen! Stellen Sie sich vor, beinahe hätte ich noch einen Stein an den Kopf bekommen! Diese *Leute*... Wird Zeit, daß die Polizei andere Saiten aufzieht. Aber einige Ihrer Freunde scheinen ja mit dieser neuen Gesellschaft – Pöbel darf man ja kaum noch sagen – einer Meinung zu sein.« Dabei deutet er auf die rote Armbinde von Baron Knoop und wendet sich, ohne Heinrichs Antwort abzuwarten, schon wieder anderen Bekannten zu.

Heinrich versteht im ersten Moment nicht, was Mitka Rubinstejn meint. Er hat die rote Armbinde noch gar nicht bemerkt, die auch Baron von Knoop, wie viele andere Theater-Besucher, über seinem Frack trägt. Eine Geste der Sympathie für die Demonstranten auf der Straße. Als Intellektueller, Schriftsteller und Angehöriger der führenden Gesellschaftsschicht fühlt er sich berufen, ein Bindeglied zwischen alten Werten und neuen Ideen zu sein.

»Es *muß* sich in diesem Land einfach etwas verändern! Dieser hochmütige Zarenhof führt unser Rußland in die sichere Katastrophe! Nikolai ist doch unfähig zu regieren, und die wichtigen Ämter werden sowieso lange schon nach den Wünschen dieses seltsamen Rasputin besetzt und nicht nach Fähigkeiten und dem, was für dieses Land am besten ist! Es müssen endlich einmal andere, neue, realistische Kreise hier zu wirken beginnen, der Dekadenz Einhalt geboten werden«, verkündet Baron von Knoop und nippt genüßlich an seinem Champagner.

Heinrich ist von der roten Armbinde etwas befremdet, vor allem nach der Auseinandersetzung auf der Fahrt hierher. Verbrüderung mit dem Pöbel, das geht ihm einfach zu weit.

Viele Deutsche in diesem Land engagieren sich für die Anliegen der Reformer. Es gibt sogar unter den »Oktobristen«, wie die »Partei des 17. Oktober« verkürzt genannt wird, die sich für Reformen und eine Umgestaltung des Landes in eine konstitutionelle Monarchie und Selbstherrschaft des Volkes einsetzt, eine eigene deutsche Gruppe, in der viele von Heinrichs Freunden Mitglied sind. Andreas Baron von Knoop, ein Verwandter von Gerhard von Knoop, ist ihr Vorsitzender. Aber zwischen Engagement für die Oktobristen, die schließlich jeden Extremismus ablehnen, von welcher politischen Seite auch immer er kommen möge, und dem Tragen einer roten Armbinde als Zeichen der Sympathie mit den Kommunisten, die deutlich zeigen, daß sie auch vor Gewalt nicht zurückschrecken, liegt doch ein gewaltiger Unterschied, der Heinrich mehr als unbehaglich ist.

Für Heinrich steht Aufklärung im Zentrum, Bildung, Erziehung des Volkes. Solidarisierung im Sinne einfacher Gleichmacherei ist ihm ein Greuel doch er hält sich an diesem Ort zurück, und sich deswegen mit einem guten Freund zu streiten, lohnt sich einfach nicht.

Ein Offizier in einer weißen Prachtuniform gesellt sich zu der Gruppe um Heinrich, grüßt Erwin von Mann zu Mann mit Handschlag und kneift Rudi wie ein kleines Kind kameradschaftlich in die Wange. Rudi windet sich und betrachtet die Platzanweiser und Wächter vor den prunkvollen Türen. Ihre Uniformen haben es Rudi angetan. In seiner Phantasie sind das die Helfer seines großen Helden, eine unangreifbare Armee der Kunst, vor der auch große Generäle des Zaren die Waffen zu strecken haben.

»Papa, sind das die Soldaten Apollos?« flüstert er Heinrich Bockelmann voll ehrfürchtiger Sehnsucht nach Bestätigung zu.

Leider hat auch Erwin die Frage gehört, und er nutzt sie wieder einmal, um seine Überlegenheit zu demonstrieren.

»Du Dummkopf! Apollo gibt es doch gar nicht so richtig! Diese Geschichten sind doch bloß Mythologie!« Verächtlich fährt er fort: »Soldaten Apollos ..., du bist ja vielleicht blöd! Das sind Platzanweiser, Personal, Lakaien!«

Rudi, bloßgestellt und den Tränen nahe, weiß sich nicht anders zu helfen, als aufgewühlt »Du lügst! Du bist selber blöd!« zu stammeln und mit seinen Fäusten gegen Erwin zu boxen, der nur lacht und die unbeholfenen Schläge mühelos abwehrt. Schnell greift Heinrich ein, packt die beiden Streithähne an den Handgelenken. »Schluß jetzt!«

Erwin und Rudi winden sich.

»Ihr habt beide recht«, versucht Heinrich die erhitzten Gemüter zu beruhigen. »Apollo wird wirklich, wenn man an ihn glaubt. Und es ist wichtig, ihn existieren zu lassen! Aber so eine Armee wie du denkst, braucht er nicht. Er hat die Macht der Phantasie auf seiner Seite, und das ist mehr als genug.« Er macht keinerlei Anstalten, diese Worte näher zu erklären, und Rudi fühlt sich ebenso bestätigt wie Erwin. Trotzdem schlagen die Wogen der Aufregung immer noch hoch.

Heinrich nimmt Zuflucht zu seiner bewährten Methode, Bruderzwist in seinem Hause mit väterlicher Autorität und einem Appell an den Familiensinn der Streithähne zu schlichten. »Gebt euch die Hand!« fordert er. »Sonst gehen wir sofort nach Hause!«

Widerwillig fassen die Brüder sich an den Händen. Sie wissen schon, was jetzt kommt. »Sprecht mir nach: ›Siehe wie schön und lieblich es ist‹.« Die Brüder murmeln folgsam und mit gesenkten Köpfen den Spruch, den sie schon auswendig kennen und in solchen Momenten besonders hassen, »›wenn Brüder einträchtig miteinander leben‹«.

»Schwanensee«

Es ertönt ein dunkler, satter, wunderschöner Gong, und als sei dieser Ton das geheime Zeichen Apollos, öffnen die Theaterdiener die Türen. Obwohl Rudi weiß, daß es unhöflich ist, sich vorzudrängeln, schiebt er sich zwischen Anna und Frau Baronin Knoop, um schon einmal einen Blick in die Loge zu erhaschen. Staunend blickt er um sich. Wohin auch immer er schaut, sieht er strahlende Lichter, Vorhänge aus schwerem, dunkelrotem Samt und Menschen, die sich in die prächtigsten Kleider gehüllt haben, die Moskau zu bieten hat. An Wänden, Logen und sogar an der Decke goldene Ornamente, ein riesiger, strahlender Lüster, umringt von den Musen. Heinrich erklärt ihm ihre Bedeutung: »Das da rechts ist Erato, die Muse der Liebesdichtung, daneben Thalia, die Muse des Lustspiels, also der Theaterstücke zum Lachen, und Melpomene, sie bewacht die Kunst der Tragödie, das sind die ganz ernsten Stücke, und da drüben, ganz wichtig für dieses Haus, Terpsichore, die Muse des Tanzes.«

Rudi nimmt die Namen auf wie große, wunderbare Geheimnisse, die er mit seinem Vater teilt.

Heinrich zeigt ihm hinten in der Mitte die prachtvoll ausstaffierte Zarenloge, umrahmt von Fresken, geschützt von einem großen, roten Vorhang, der geöffnet ist.

»Wenn der Vorhang offensteht, dann bedeutet das, daß jemand von der Zaren-Familie der Romanoffs anwesend ist«, erklärt Heinrich, und Rudis Phantasie hat neue Nahrung.

»Der Zar! Bestimmt wird heute der Zar da sein!« Welche Krönung für diesen ersten Theaterbesuch.

Zur Feier des Tages dürfen die beiden Knaben ganz vorne in der Privatloge der Junker-Bank im ersten Rang sitzen, von wo aus sie den besten Blick haben. In die Mitte nehmen sie Wera, die sich mit ihrem edlen Fächer Luft zufächelt, wie es Damen der Gesellschaft zu tun pflegen. Rudi ist von dieser Geste etwas befremdet. Sie paßt so gar nicht zu Wera, und er hat ein wenig Angst, während der gesamten Vorstellung dieses Gewedel neben sich zu haben, das ihn ablenken würde. Wenn sie nachher nicht aufhört, wird er sie ganz lieb und höflich bitten, beschließt er.

Mittlerweile füllt der Saal sich immer mehr. Überall, auch in der Zarenloge, Offiziere in Garde-Uniformen mit Frauen in Kleidern der neuesten Pariser Mode, dazwischen Zivilisten, die Spitzen des Wirtschafts- und Kulturlebens in Fracks, zum Teil mit Orden dekoriert. Und sogar einen jungen Mann von einem der Husarenregimenter kann er erkennen, mit ihren ganz besonderen, prächtigen Uniformen, bei denen der rechte Arm nach alter Tradition immer frei bleibt, um jederzeit für Fechtkämpfe bereit zu sein.

Heinrich nimmt sich noch einmal die Zeit, um den Söhnen die Dimensionen des Stückes zu erklären, das sie gleich hören werden, die geniale Begabung des lange Zeit über verkannten Pjotr Iljitsch Tschaikowskij, sein unglückliches Leben, seinen tragischen Tod wenige Tage nach der Uraufführung seines letzten Werkes, der berühmten sechsten Symphonie »Pathétique«. Heinrich erzählt von der prunkvollen Beerdigung, die er als ganz junger Mann in St. Petersburg miterlebt hat. Sogar der Zar war anwesend. Er spricht vom Einfluß der deutschen Kultur auf diesen zutiefst russisch fühlenden Künstler, von der deutschen Romantik mit ihrer mythischen Sagenwelt, der Musik Wagners und davon, daß das Stück, das sie jetzt sehen werden, ein ganz besonderes Märchen sei, leicht, farbenfroh, aber auch ein wenig traurig. Mehr zu sich selbst fügt er hinzu, daß große Kunst fast immer auch etwas mit Traurigkeit zu tun habe, mit leichter Wehmut und Einsamkeit, die der Künstler in Musik verwandle, die die Seele berühre, oder in Literatur oder Malerei.

Diese leisen Worte Heinrichs versteht Rudi noch nicht so ganz. Er hat jetzt auch keinen Sinn für so komplizierte Gedanken.

Endlich entsteht auch Bewegung in dem bisher leeren Graben vor der Bühne, in dem einige große Instrumente neben leeren Stühlen stehen. Von seinem schönen Platz aus kann er alles ganz genau sehen. Kontrabässe erkennt Rudi, und ganz hinten die große Pauke. Jetzt treten viele Herren ein, im schwarzen Frack, die meisten mit ihren Instrumenten in den Händen. Geigen, Flöten, Klarinetten und sogar ein Fagott. »Papa, das ist doch ein Fagott, genau wie bei der Figur, die wir zu Hause haben!«

Heinrich lächelt, ganz in Gedanken versunken. Ein Augenblick voller Erinnerungen: Bremen, das Weihnachtsfest, die seltsam verschneite Stadt, der rauhe, sehnsuchtsvolle Klang, der ihn so eindringlich berührte, der Mann mit dem Fagott, den er nie in seinem Leben vergessen hat, seine Augen, die er irgendwoher kannte und doch nicht wußte, woher. Und dann, nur wenig später in Moskau, der kleine Antiquitätenladen in der Twerskaja, den er aus einer Stimmung heraus betrat. Die fast erschreckte Faszination, als er genau so eine Figur in Bronze dort hat stehen sehen: ein Mann mit einem zerknitterten Zylinder, einem Gehrock und einem Fagott. Alles stimmte überein. Sogar die leicht vorgebeugte Haltung entsprach seinen Erinnerungen an den geheimnisvollen Musiker in Bremen.

Er ging immer wieder hin, sah sich in dem romantischen, farbenfrohen Laden um, in dem er dieses kleine Stückchen Heimat gefunden hatte, bestaunte die Figur, lernte sie immer besser kennen, beschloß, daß er sie haben mußte. Irgendwann. Auch wenn er niemals hinter ihr Geheimnis kommen würde, die unerklärbare Verbindung zwischen dem Fagottisten in Bremen und dieser Bronzefigur hier in Moskau, das eine ein Abbild des anderen. Er sparte jede Kopeke, die er von seinem kleinen Anfangsgehalt abzweigen konnte.

Eines Tages, kurz bevor er die Summe zusammenhatte, die ungefähr dem Wert der Figur entsprechen mochte und in den Laden ging, um eine Anzahlung zu leisten, war die Figur verschwunden. Verkauft, wie der Händler ihm mit bedauerndem Blick erklärte. Er habe sie eigentlich gar nicht weggeben wollen. Sie sei schon seit Jahrzehnten in dem Laden gestanden, er habe sich so sehr an sie gewöhnt, und auch sein Sohn habe sie so sehr geliebt. Aber der Käufer habe immer mehr dafür geboten, und was solle man machen, man müsse ja auch irgendwie überleben...

Heinrich konnte seine Enttäuschung kaum verbergen.

Wochen vergingen mit den Vorbereitungen für seine bevorstehende Hochzeit. Der Verlust der Figur geriet darüber ein wenig in den Hintergrund, bis er an seinem Hochzeitstag inmitten all der Päckchen und Geschenke ein ziemlich schweres, ungewöhnlich geformtes Paket vorfand, das er, einem unbestimmten Gefühl folgend, sofort öffnete. Darin lag – der »Mann mit dem Fagott«. Dazu eine Karte:

Der ›Mann mit dem Fagott‹ hat Dir den Weg nach Rußland gewiesen. Er soll auch Eurer Liebe den richtigen Weg weisen und Dich immer daran erinnern, wie wichtig es ist, manchmal im Leben der Melodie Deiner Träume zu folgen. Viel Glück und willkommen in der Familie, Dein Schwiegervater John Förster

Kein anderes Geschenk seit der Taschenuhr seines Vaters hatte ihm je so viel bedeutet wie diese Figur und diese Zeilen. Er hatte den »Mann mit dem Fagott« in seinem Salon aufgestellt, damit sein Blick immer darauf fallen konnte. Und manchmal, wenn es galt, eine schwierige Entscheidung zu fällen, hatte er innegehalten, ihn besonders lange betrachtet, sich ins winterliche Bremen, an den Marktplatz zurückgeträumt, der Melodie seiner Phantasie gelauscht, und meistens wußte er dann, was zu tun war. Auf eine geheimnisvolle, unergründlich schicksalhafte Weise.

Auch die Kinder fühlten, daß von diesem »Mann mit dem Fagott« ein ganz besonderer Zauber ausging und liebten ihn. Besonders Rudi.

»Ja, genau, Rudjascha, das ist ein Fagottist, genau wie unser ›Mann mit dem Fagott‹«, erklärt Heinrich schließlich und drückt den Jungen behutsam an sich.

Anfangs versucht Rudi, die Musiker zu zählen, dann gibt er auf. Es sind viel, viel mehr, als er erwartet hatte.

Vor Aufregung hat er ganz nasse Hände. Es ist ihm peinlich, und er bemüht sich, sie möglichst unauffällig auf seiner Hose zu trocknen.

Das Stimmengewirr im Saal wird leiser, die Musiker haben Platz genommen.

Deutlich entfaltet sich nun ein ganz anderer Ton, der sehnsuchtsvolle, hölzern-sphärische Klang einer Oboe, den die anderen Instrumente nach und nach leise aufnehmen, der anschwillt und wieder verebbt und sich wieder erhebt.

Der Saal beruhigt sich langsam immer mehr. Rudi hält beinahe den Atem an, um nur ja nichts zu verpassen.

Dann endlich konzentrierte Ruhe. Sogar Wera unterbricht ihr Gewedel. Das Licht wird vollkommen abgedunkelt. Nur an den Notenpulten der Musiker noch schwaches Licht. Der Dirigent betritt den Orchestergraben und schlängelt sich durch die Reihen der

Musiker. Applaus. Atemlose Stille. Langsam hebt der Dirigent seinen Taktstock und zeigt auf einen einzigen Musiker. Wie aus weiter Ferne beginnt die Oboe, untermalt von leisen Streichern, eine Melodie zu spielen, die Rudi sofort in seinem ganzen Wesen erfaßt und mit sich in eine Traumwelt zieht. Wera gibt dieser Traumwelt leise einen Namen: »Das ist das H-Moll-Thema.« Es ist das allerschönste, was Rudi jemals in seinem Leben gehört hat, schöner als der Klang des Regens an seinem Fenster und das Knirschen weichen Neuschnees unter seinen Füßen, schöner als das lang ersehnte, bunt gemischte, fröhliche und würdige Klingen aller Glocken der Stadt an Ostern, schöner als die Melodie des Windes und das Singen der Vögel im Frühling, schöner sogar als der Klang der Uhr seines Vaters und jener von Weras Stimme. Der einsame Klang der Oboe erfüllt ihn mit einer tiefen, unergründlichen Sehnsucht, die ihn sein Leben lang nicht mehr wieder loslassen wird.

Geradeausgehen

Minutenlang anhaltender Applaus. Jubel. Erwin, Rudi und Wera sind aufgesprungen. Tänzer verbeugen sich auf der weltberühmten schräggestellten Bühne des Bolschoj-Theaters, die den Zuschauern vom waagrechten Parkett aus guten Einblick gewähren soll und für die Tänzer eine große Herausforderung und erhebliche körperliche Belastung bedeutet, wie Wera aus eigener Erfahrung von der ebenso schräggestellten Probebühne weiß.

Die Rückverwandlung der Figuren in Tänzer kann Rudi kaum begreifen. Eben war der junge Prinz mit seiner Geliebten dem Licht entgegengeschwebt. Jetzt verbeugt er sich lächelnd Hand in Hand mit ihr und dem bösen Zauberer Rotbart, der ihre Liebe mit List und Tücke töten wollte. Ein erster kleiner Einbruch von Realität, der irritiert, den Rausch des Abends aber nicht bricht. Immer wieder wird der Vorhang gesenkt, um sich dann doch wieder zu heben und den Tänzern Gelegenheit zu einer neuen Verbeugung zu geben.

Heinrich und Anna möchten sich eigentlich schon auf den Weg machen, um nachher nicht ins Gedränge zu kommen, doch die schier unstillbare Faszination der jungen Leute, die mit glühenden Wangen ihren Blick kaum von den Geschehnissen auf der Bühne abwenden können, läßt sie ihr Vorhaben aufgeben. Sogar Erwin ist völlig gefangen im Bann des Märchens. Daß es wahrscheinlich, wie er irgendwo gelesen hat, in Deutschland spielt, fasziniert ihn besonders, im Herkunftsland seiner Familie, eine Vereinigung zwischen deutscher und russischer Kultur, wie in seinem eigenen Leben. Das hat er so noch nie empfunden, und Heinrich stellt stolz fest, daß sein Ältester bereits eine ganz neue Art von National- und Kulturbewußtsein entwickelt, ein doppeltes Heimatgefühl gegenüber zwei Kulturnationen, die er in seiner Seele vereint, wie Heinrich selbst.

Rudi hat vor allem die Musik beeindruckt. Er hat einen Entschluß gefaßt, erklärt mit großen Augen und feierlichem Ernst: »Papa, ich möchte auch Musiker werden! – Wenn ich fleißig weiter Klavier übe, dann kann ich später ja vielleicht auch so schöne Musik machen wie der Tschaikowskij, und ganz viele Tänzer tanzen dazu…«

Heinrich Bockelmann lächelt nachsichtig. Er legt einen Arm um seinen Zweitgeborenen, drückt ihn an sich. »Na, Rudjascha, nun setz dir mal lieber keine Flausen in den Kopf! Du spielst zu deiner und unserer Freude. Aber als Beruf machen das nur Verrückte und Genies.«

Rudi nickt folgsam und ein wenig enttäuscht. Aber er muß die Sache mit dem Beruf ja auch noch nicht heute entscheiden. Vielleicht kann er ja auch Schriftsteller werden wie Goethe oder Lokomotivführer in einem dieser neuen schönen Züge oder Pferde züchten wie sein Onkel Roman Lehmann oder Chauffeur werden wie Wasja, das mußte aufregend sein! Aber Musik, das wäre schon das allerschönste. Er wird seinen Vater um die Noten von »Schwanensee« bitten. Vielleicht kann er ja einiges davon schon lernen.

Es war das schönste Märchen, das er je gehört hatte. Und die Liebe hatte über das Böse gesiegt. Immer noch ist er zornig auf den gemeinen Rotbart, die Macht der Finsternis, vor der Apollo die Menschheit beschützt. Er versteht jetzt noch viel besser, was sein Vater damit gemeint hat.

Wera hört ihm gar nicht zu. Sie ist viel zu sehr damit beschäftigt, den, wie sie unentwegt betont, »grandiosen« Tänzerinnen und Tänzern zu applaudieren, die immer wieder vor den Vorhang treten, hat vor Freude ganz rote Wangen bekommen, und ihre Augen strahlen.

Als der Vorhang sich wirklich zum letzten Mal schließt, nimmt Rudi seinem Vater das Versprechen ab, daß er in Zukunft noch ganz, ganz oft an diesen wunderbaren Ort wird zurückkommen dürfen.

An jeder Tür dreht er sich noch einmal um, dann stehen sie wieder auf der Straße, im »wirklichen Leben«, das sie mit abendlich kühler Herbstluft empfängt. Friedlich und sanft erleuchtet liegt die Stadt vor ihnen, die so viele Gegensätze vereint. Die Demonstranten sind nach Hause gegangen, oder in die Teesalons, in denen sie anderen Arbeitern anhand von marxistischen Schriften das Lesen beibringen und gemeinsam ihre Ideen einer neuen, gleichgeschalteten Ordnung entwickeln.

Heinrich freut sich nach dem Kunstgenuß besonders auf ein schönes Diner im Restaurant des Hotels Metropol gegenüber dem Bolschoj, doch die Damen schlagen einen kurzen Spaziergang vor, um die herrliche Abendluft und ein wenig von der unvergleichlichen Moskauer Spätsommerstimmung zu genießen. Es gehört an einem solchen Abend einfach dazu. Man schlägt den Weg durch die Petrovka und Kusnezkij Most zur Lubjanka und weiter zum Teatralnyj Projesd mit dem Hotel Metropol ein, läßt den Wagen später für die Rückfahrt vorfahren. Wera erzählt immer noch begeistert vom Können der Tänzer. Rudi ist ganz still geworden, versunken in seine Gedanken und Gefühle, in denen die Wirklichkeit ihn trotz des leichten Windes und des Lärms der Stadt, der dicht an ihm vorbeirasenden, über Kopfsteinpflaster holpernden Wanjka-Kutsche, noch nicht eingeholt hat. Was für eine herrliche Geschichte! Und die Liebe befreit den Menschen von jedem bösen Zauber und beschützt ihn! Ob *seine* Liebe das wohl auch schon kann? Oder muß man dazu ein Prinz sein und erwachsen? Oder eine Prinzessin lieben? Verklärt sieht er Wera an. Irgendwie *ist* sie eine Prinzessin. So schön und rein und geheimnisvoll. Er wird jedenfalls alles tun, um sie vor allen bösen Mächten zu beschützen. Und Apollo wird ihm dabei helfen. Ganz bestimmt.

Baron von Knoop und Heinrich sind erstaunt, wie treffend das Stück die gegenwärtige historische und gesellschaftliche Situation Moskaus spiegelt: Heinrich spannt einen Bogen von den Idealen der Roten zur falschen Geliebten im schönen Kleid, dem schwarzen Schwan im Stück, die Tochter des Bösen, die Siegfried in die Irre führen und vom rechten Weg seiner Liebe abbringen soll. Nur eine schöne Fassade, Parolen, hinter denen nichts Gutes steckt, eine Fratze der Gefahr, die sich schön geschminkt hat.

Baron von Knoop lacht über diesen gewagten Vergleich und greift ihn dann auf seine Weise auf. Er glaubt an Herzensbildung und an das Gute im Menschen, und daran, daß wahre Liebe sich ebensowenig dauerhaft irren kann wie ein humanistisch fühlendes Menschenherz. Erwin hört interessiert zu, ohne sich einzumischen. Diskussionen dieser Art überfordern ihn noch, aber er versucht zu lernen.

Anna und Baronin von Knoop halten sich ein wenig abseits. Sie hat vor allem das Schicksal Odettes, der vom bösen Zauberer in einen Schwan verwandelten Prinzessin berührt und der Schwanensee aus Tränen der Mutter über das Unglück ihrer Tochter. Baronin von Knoop fürchtet all die Gefahren, die heutzutage für junge Damen überall lauern. Wie schnell kann so ein Mädchen, das noch nichts von der Welt weiß, aus Idealismus an den Falschen geraten, der es ins Unglück stürzt. Man überlegt, ob man den Kindern freie Hand in der Wahl ihrer Ehepartner lassen soll, wie es seit einiger Zeit modern ist, oder ob man doch mit kluger, schützender Hand eingreifen sollte, wie es bei ihnen selbst geschehen ist. Geschickt müßte man es natürlich machen…

»Wera ist so gefühlsbetont, das macht mir oft Sorge«, erzählt Baronin Knoop ihrer Freundin. »Bisher habe ich ihre Schwärmerei für Rilke ja ganz rührend gefunden, aber langsam mache ich mir wirklich Sorgen, ob sie in ihrer Begeisterung nicht zu weit geht. Ihre Schwärmerei erfüllt sie so ganz und gar, so beängstigend bedeutsam. Und auch *er* sieht sie so seltsam an. Manchmal kommt es mir sogar fast so vor, als tauschten sie verschwörerisch-geheimnisvolle Blicke aus. Und das gibt Weras Phantasie natürlich immer wieder neue Nahrung…« Das könne doch nicht gut für sie sein. Vielleicht sei es ja auch gerade das Tanzen, das sie so schnell habe reifen und so fast erschreckend ernsthaft habe werden lassen. Und diese herrlich romantischen Geschichten von der Liebe, die eine Frau erst zu dem mache, was sie sei. Das *müsse* einem jungen Ding ja allerhand Flausen in den Kopf setzen. Es seien ja schöne Phantasien, aber mehr eben auch nicht. *Märchen*... Wera nehme das sicher oft zu ernst. Und immerhin sei Rilke ja auch verheiratet, auch wenn diese Ehe als nicht besonders glücklich gelte. Und überhaupt: So ein Künstler sei doch sicher ein Filou! Er habe nicht einmal einen festen Wohnsitz, suche Unterschlupf bei Freunden, ziehe durch die Länder. Sie verurteile das ja nicht, aber wenn Wera ihm ihr Herz weiterhin so weit öffne, könne sie das ihr Lebensglück kosten. Vielleicht habe man sie gar nicht erst mit ihm bekannt machen sollen. Aber wer hätte schon so etwas ahnen können. Auf Töchter müsse man ständig so schrecklich aufpassen. Als Mutter von Söhnen habe man es da schon leichter, mutmaßt sie.

Anna kann sie verstehen, doch Söhne würden auch ganz anders ihren Weg im Leben finden müssen als Töchter. Töchter mußte man beschützen, Söhne führen. Das sei auch nicht immer leicht.

Inzwischen hat man das Metropol mit der wunderschönen Fassade im Stil der russischen Moderne, der farbenprächtigen Majolika am oberen Teil des Gebäudes erreicht, angestrahlt von den geheimnisvollen Lichtern, die Rudi schon vom Bolschoj-Theater kennt. Erwartungsvoll tritt man ein.

In der Mitte des römisch gestalteten Atriums mit weißen Marmorsäulen ein flacher Springbrunnen, die besondere Attraktion des Hauses. Dahinter die Empfangskellner, die die Gäste erwarten und zu ihren Tischen geleiten sollen. Neben dem Brunnen versperren Gruppen von Gästen im Aufbruch, beschäftigt mit ihren Mänteln und Verabschiedungsritualen, den Weg.

Heinrich zögert nur einen Augenblick, leicht verstimmt über diese Umständlichkeit. Dann nimmt er Erwin und Rudi schnellentschlossen an den Händen. »Paßt auf, jetzt könnt ihr etwas für's Leben lernen«, erklärt er den Knaben mit mahnender Miene und lenkt ihre Schritte bestimmt und selbstsicher geradewegs auf den seichten Brunnen zu. Die Kellner schauen ihn einen Moment lang ebenso irritiert an wie die Knaben, die vergeblich versuchen, den Griff zu lockern und dem Unvermeidlichen zu entgehen, als Heinrich auch kurz vor dem Wasser nicht ausweicht. Ohne eine Miene zu verziehen, watet er mit den Jungs geradlinig mitten durch den

Brunnen und das knöchelhohe Wasser auf den eigentlichen Restauranteingang zu und an seinen angestammten Tisch, wo er mit nassen Füßen, durchtränktem Hosensaum und bespritztem Frack, aber völlig ungerührt Platz nimmt. Ehe Anna und die Knoops, sowie die Kellner, die, als wäre es die normalste Sache der Welt, Handtücher reichen, ihn erreicht haben, erklärt er den beiden ratlosen Burschen bedeutungsvoll eine Schule des Lebens: »Merket euch eins. Es gibt Situationen im Leben, da geht man geradeaus und macht keine Umwege!«

Dann erhebt er sich mit galanter Geste, läßt die Damen Platz nehmen, blickt auf seine Uhr und läßt sich, als wäre nichts geschehen, die Speisekarte reichen.

3. KAPITEL

Kärnten, Schloß Ottmanach, Mai 1957

»Man muß die Feste feiern, wie die Schlösser fallen«

Für einen Augenblick vollkommene Stille, nur das rhythmische Klicken der Nadel auf dem Inneren des sich immer noch drehenden Plattentellers. Der alte Parkettboden knarrt, als mein Vater in die Ecke des Zimmers geht, um den Arm des Gerätes auf die Gabel zu legen. Die letzten Takte von »Schwanensee« sind verklungen.

Der Tag vergeht leise in den sanften Tönen der Dämmerung. Hier, im Schloß meiner Kindheit, im Erker des Herrenzimmers hatte ich einst Kapitän gespielt, träumend, ich lenke mein Schiff fort in fremde Länder, sicher durch alle Stürme und Eisberge. Auf dem Globus zu meiner Rechten hatte ich klangvolle Ziele in den fernsten Gefilden gesucht, hatte Abenteuer erlebt und bestanden, neue Länder entdeckt und bereits entdeckte immer wieder neu für mich erobert. Immer volle Kraft voraus in die Welt der Phantasie, geborgen hinter den Mauern, hinter denen ich mich der Wirklichkeit »draußen« nicht zu stellen brauchte, bis mich die Spötteleien meines Bruders oder die Rufe meiner Mutter zum Essen aus meinen Träumen rissen und zurück in die Realität holten.

In diesem Winkel des Schlosses fühle ich mich immer noch geborgen, stelle ich erstaunt und mit leiser Wehmut fest. Eine Geborgenheit, von der es Abschied zu nehmen gilt. Die letzte Bastion meiner Kindheit ist verkauft und wird geräumt. Die meisten Zimmer sind schon leer. Umzugskisten in den verwaisten Räumen. Nur im Herrenzimmer, dem Arbeitszimmer meines Vaters, noch einige Möbel: der große alte Schreibtisch mit dem »Mann mit dem Fagott«, der Bronzefigur des fast in Jazz-Haltung erstarrten, rätselhaften Fagottisten mit dem lebendig-heiteren Gesicht, ganz in sich selbst ruhend, auf dem Kopf ein zerknitterter Zylinder und bekleidet mit einem Gehrock. Die Figur steht auf dem Schreibtisch meines Vaters, beinahe so lange ich denken kann. Ich habe sie vom ersten Augenblick an geliebt. Seit meinen Kindertagen hat sie meine Phantasie angeregt und beflügelt. Daneben die etwas abgewetzte Sitzgarnitur aus dunkelbraunem Leder, die schweren, dunklen, von der Zeit ein wenig verstaubten und vergilbten Vorhänge, der reich verzierte dunkle Schrank mit all den Wirtschaftsbüchern des Gutes Ottmanach, das mein Vater nicht halten konnte und der große, schwere Plattenspieler, den meine Mutter, meine Brüder und ich unserem Vater vor ein paar Monaten zum 53. Geburtstag geschenkt haben.

Die offene Tür gibt den Blick frei ins angrenzende Damenzimmer. Nur noch mein alter Ibach-Flügel steht an seinem Platz. Ansonsten erinnern allein helle Stellen an den Wänden an die Möbel und Bilder, die meine Kindheit begleitet haben. Räume, die mir plötzlich fremd geworden sind.

»Diese Musik hat irgendetwas in mir ausgelöst. Ich weiß auch nicht, was... Aber irgendwie war sie wie eine Antwort auf alle Fragen, die in mir waren, ohne daß ich sie hätte nennen können, vielleicht sogar wie eine Vorausahnung des Lebens, der *guten* Seiten des Lebens, fast wie ein Grund, warum man lebt, um dieses Wunderbare erfahren, diesem Geheimnis auf die Spur kommen zu können...«, erklärt mein Vater mit etwas heiserer Stimme, mehr zu sich selbst als zu uns. »Es ist schon merkwürdig: Wenn man es einmal empfunden hat, dann ist das eine Kraft, die bleibt, auch wenn alles um einen herum zerrinnt.« Unglücklich scheint er dabei nicht zu sein. »Es gibt nun einmal Dinge, die man nicht ändern kann.« Ein schneller, etwas spröde ausgesprochener Satz, fern der Nachdenklichkeit von eben.

Der Verkauf des Schlosses ist vollzogen und unabänderlich. Er scheint sich damit abgefunden zu haben. Jedenfalls möchte er uns das glauben lassen. Melancholie, die sich nicht abstreifen läßt. Wehmut des langsamen Abschieds. Ein bißchen auch der Gedanke: Wenn es doch schon vorbei wäre. Und doch zelebrieren wir den Moment. Sonst würden wir es später bereuen.

Um uns verteilt alte Photos und Briefe, eine Eintrittskarte für das Bolschoj-Theater aus dem Jahre 1912. Mein Vater liest sie uns auf russisch vor. Ich stelle wieder einmal fest, wie sehr ich den Klang der russischen Sprache liebe, obwohl, oder vielleicht sogar *weil* ich sie nicht verstehe. Erinnerungen werden wach: Mein Vater, der uns Kindern Gorkij auf russisch zitiert, weil wir ihn immer wieder darum bitten. Gedichte, die er uns beim Einschlafen vorgelesen hat, Geschichten aus seiner Kindheit, Sonntagnachmittage, an denen wir zusammen hier im Herrenzimmer saßen, die kleine, alte Zigarrenkiste, von uns »Raritätenschachtel« genannt – oder auch nur »die Schachtel« –, vor uns auf dem Tisch, in der mein Vater all die Schätze seiner Kindheit und Jugend aufbewahrt. Das Säckchen mit »Heimaterde«, das er bei der Flucht der Familie aus Moskau mitgenommen und sein ganzes Leben lang aufbewahrt hat, wie die kleine, gepreßte Blume aus dem Garten seines Elternhauses, den Flugschein für die Reise im Luftschiff »Graf Zeppelin«, die er mit seinem Vater gemacht hat, Zeitungsausschnitte, ein paar Briefe und Postkarten und natürlich die Uhr, die schwere, goldene Taschenuhr meines Großvaters, die jetzt meine ist.

Auch jetzt liegt sie wieder vor ihm auf seinem Schreibtisch. Ich habe meinen Vater darum gebeten, sie noch ein wenig für mich aufzubewahren. Bei meinen vielen Reisen wäre sie ein wenig fehl am Platze, die Verlustgefahr zu groß, und irgendwie gehört sie für mich auch noch zu sehr zu meinem Vater und den Dingen, die ihm lieb und teuer sind.

Ganz in Gedanken streicht er sanft über ihren Deckel, während er von jenem Abend im September 1912 erzählt, von seinem ersten Besuch im Bolschoj-Theater, von Tschaikowskijs Musik und dem Brunnen im Hotel Metropol.

Mein kleiner Bruder Manfred, inzwischen fast 14 Jahre alt, hängt genauso an seinen Lippen wie mein älterer Bruder Joe und ich. Ein letzter Besuch in einer versinkenden Welt.

Meine Mutter ist bereits zum »Lamisch« gefahren, der ausgebauten Alm des Gutes, in der meine Eltern nun mit Manfred leben werden. Noch ein paar Stunden, dann werden auch die allerletzten Möbel und Kisten und Erinnerungsstücke verpackt und abgeholt worden sein. Organisation eines Abschieds. Im kleinen Kreis. Das große Abschiedsfest haben wir schon zu Silvester gefeiert, dem letzten Tag, an dem das Schloß uns formal gehörte. Ein paar Monate für den Umzug, den Ausbau des neuen Hauses. Ein vorübergehendes Gastrecht. Jetzt wird es ernst.

Mein Vater hat zur besonderen Feier des Tages eine Flasche von seinem besten Rotwein geöffnet.

»Man muß die Feste feiern wie die Schlösser fallen.« In seiner Stimme bittere Heiterkeit. Auch Manfred darf mit anstoßen. Ein besonderer Moment für ihn. Stolz hebt er sein Glas.

»Auf den Neubeginn«, schlägt mein Bruder Joe vor.

»Ja, auf bessere Zeiten!« stimmt mein Vater zu.

»Auf die Lebensfreude. Und auf den Großvater, der davon ja wohl reich beseelt war«, füge ich hinzu.

»Und auf die Musik«, setzt Manfred schüchtern-stolz nach. Er liebt die Musik wie mein Vater und ich und freut sich immer auf die Bänder und Platten von all den Jazz- und Swing-Bands, die ich bei meinen Besuchen mitbringe. Und auf die Stücke, die ich ihm am Klavier vorspiele. Die Gläser klingen.

»Symphonie Pathétique«

Es ist noch kein wirklich warmer Mai-Abend. Es zieht ein wenig durch die Ritzen der nicht mehr einwandfrei schließenden Türen. An die Kälte in den großen Räumen kann ich mich noch gut erinnern. Man konnte es sich nicht leisten, das ganze Schloß warm zu halten, nicht nur während des Krieges. Nur die wichtigsten Zimmer wurden geheizt, und selbst die blieben meistens zugig und ein wenig klamm.

»Das Schloß verschlingt den Wald«, hatte ich meinen Vater oft sagen gehört, wenn wieder einmal Bäume für die laufenden Kosten des Schloßbetriebs hatten gefällt werden müssen. »Es ist nicht mehr die Zeit für Schlösser.« Auch dies ein Satz, den ich als Kind oft gehört habe. »Eigentlich sind deine Mutter und ich froh, daß wir diesen alten Kasten, der nur Sorgen macht, endlich los sind«, fügt er mit dem in diesen Tagen etwas übertrieben präsentierten Optimismus hinzu, der Mut machen soll, vor allem ihm selbst. Aufbruchsstimmung, die er sich selbst glauben machen will.

Unser Schloß war kein prächtiges Märchenschloß. Es war eine Jahrhunderte alte Trutzburg vergangener Zeiten. Bis zu vier Meter dicke Mauern sollten alles Böse von draußen abwehren. Sie halfen nicht gegen die Wirklichkeit des 20. Jahrhunderts. Der Glanz alter Feudalherrschaft war unwiderruflich abgebröckelt. Die Welt hatte sich geändert. Besitz dieser Größenordnung war kein Garant für Wohlstand mehr. Besitz zu halten war im Gegenteil ein schier unerschwinglicher Luxus geworden. Die Verhältnisse hatten sich umgekehrt. Was unser Großvater wohl dazu gesagt hätte?

»Er hätte es längst abgestoßen. Unwirtschaftlichkeit war ihm immer ein Greuel«, sagt mein Vater, und es scheint ihn zu beruhigen. »Er hatte keinen Sinn für Sentimentalitäten. Er war in solchen Fragen ein harter Geschäftsmann, ganz anders als ich es bin.« Mein Vater nimmt einen tiefen Schluck aus seinem Glas.

»Der Lebenskampf fordert eben manchmal harte Entscheidungen«, erklärt er nachdenklich. Dieser Kampf ist offenbar im Moment auch das große Thema im Leben meines Vaters. Ich kann ihn verstehen.

An meine eigenen Tiefs und Verunsicherungen will ich im Moment nicht denken. Ich habe das Leben vor mir. Fühle Aufwind, zum ersten Mal so etwas wie Erfolg, kleine Chancen. Habe vor einigen Monaten in Berlin mit dem »RIAS Tanzorchester« unter der Leitung von Werner Müller Lieder für den Rundfunk eingespielt, im Herbst letzten Jahres sogar meine erste eigene Platte aufgenommen. Immerhin ein Anfang, auch wenn ich mir die Aufnahmen zuweilen schönreden muß: Lieder, die andere für mich ausgesucht haben, Kompositionen nach dem mir sehr fremden Zeitgeschmack. Irgendwie noch nicht »das Richtige«. Aber es kommt ganz gut an. Ich werde im Rundfunk gespielt. In Bremen wurde sogar schon ein Fanclub für mich gegründet. Ein Udo-Jürgens-Fanclub! Irgendwie kaum zu begreifen. Aber was noch wichtiger ist, ich habe eine erfolgreiche Tournee mit dem Hazy-Osterwald-Sextett absolviert, im Sommer in Wien mit dem Johannes Fehring-Orchester im renommierten »Volksgarten« gespielt, und in ein paar Tagen werde ich mit einem Engagement im angesehenen Bremer Varieté »Astoria« beginnen.

Zum ersten Mal in meinem Leben muß ich mir auf einige Monate hin keine Sorgen um das nächste Engagement machen und kann von meinem Beruf leben. Das ist doch immerhin etwas, auch wenn meine Familie sich sicher immer noch Sorgen um mich macht. Ich habe mir sogar schon meinen zweiten eigenen Wagen von meinem selbstverdienten Geld gekauft. Nach dem gebrauchten, grünen VW-Käfer mit 25 PS, den mein Vater mir vorfinanziert hatte, nun ganz ohne fremde Unterstützung einen alten Borgward Diesel, in dem ich etwas mehr Platz habe. Und der schafft immerhin auf der Autobahn fast 100 km/h – wenn es leicht abwärts geht.

Das alles ist doch nicht schlecht für meine 22 Jahre. Seit dem Esplanade in Salzburg geht es doch aufwärts, auch wenn ich noch lange nicht am Ziel bin.

Aber auf merkwürdige Weise scheine ich manchmal sogar weiter denn je von dem weg zu sein, was mir eigentlich immer das Wichtigste im Leben war: meine Musik. Lieder von anderen zu singen, das kann es nicht für immer sein. Sänger gibt es genug. Das kann ich vielleicht für ein paar Jahre machen, und dann? Der große Durchbruch scheint sich bei allen Achtungserfolgen nicht anzubahnen...

Aber vielleicht schaffe ich es ja als Komponist. Irgendwie wird's schon weitergehen...

Jetzt kommt erst mal die Amerikareise im Sommer, die mein Freund Herwig Jasbetz für uns beide organisiert. Ein Studenten-Austauschprogramm, bei dem ich endlich das Land meiner Sehnsucht, die Heimat des Jazz sehen, erleben, hautnah werde fühlen können. Was heißt sehen, erleben, fühlen! Ich werde mit Haut und Haar eintauchen in die neue Welt, die neue Musik, die neue Freiheit! Gedanken voll jugendlicher Euphorie.

Amerika. – Manfred dreht begeistert den Globus im Erker, versucht, die Entfernung zwischen Ottmanach und New York zu ermessen. Und dann jene zwischen Ottmanach und Moskau. Er versucht, sich auszurechnen, wie lange man wohl mit dem Auto fahren müßte, um dorthin zu kommen. Oder mit der Bahn. Oder mit dem Flugzeug.

»So einfach ist das nicht«, erklärt mein Vater lächelnd. »Da sind ja nicht nur die vielen Kilometer, die zwischen Ottmanach und Moskau liegen, es sind Welten, die diese Stadt von uns trennen. Von der Welt, die ich dort erlebt habe, würdest du dort heute nichts mehr finden. Dort steht kein Stein mehr auf dem anderen.« Er schüttelt bekümmert den Kopf.

»Ich würde ja nur zu gern wissen, was Baron von Knoop, der Freund meines Vaters, zu all dem gesagt hätte, was dort zur Zeit passiert. Wenn er auch nur geahnt hätte, welch ein in jeder Hinsicht unwürdiges System die Sowjets in unserer zweiten Heimat errichten würden, er hätte niemals eine rote Armbinde getragen. Ich habe oft darüber nachgedacht. Als Junge hat mich das fasziniert, genauso wie die politischen Diskussionen, auch wenn ich nichts verstanden habe. Welche Gefahr von all dem ausgeht, konnte ich natürlich überhaupt nicht ermessen.«

Mein Vater hält inne. In seinem Gesicht Spiegel von Erinnerungssplittern, die unausgesprochen bleiben. Blitzende Fröhlichkeit und besorgte Nachdenklichkeit fast im gleichen Augenblick. Gedankenverloren spielt er mit der Uhr. Ich versuche, ihn mir als Achtjährigen vorzustellen, der an die Zauberkraft glaubt, mit der er den Deckel in der Hand seines Vaters aufpusten kann, und es gelingt mir mühelos.

»Habt ihr denn gar nicht gemerkt, daß ihr in einer Scheinwelt gelebt habt, die früher oder später untergehen *mußte*?« will mein Bruder Joe wissen. »Ich meine, es war doch wohl nicht zu übersehen, daß dieses Land vor dem Abgrund stand, daß dieser Zar völlig überfordert war, daß es dem Volk schlechtging? Habt ihr von all dem gar nichts mitbekommen?«

Mein Vater ist aufgestanden, hat Tschaikowskijs sechste Symphonie, die »Pathétique«, aufgelegt. Der Klang von Kontrabässen und Celli erfüllt den Raum und klingt fremd im ungewohnten Hall des leergeräumten Schlosses. Mein Vater schließt für einen Moment die Augen. »Ihr müßt einfach nur diesem Klang lauschen, dann wißt ihr eigentlich alles über die Zerrissenheit der Welt, in der wir damals lebten. Ja, Zerrissenheit, das trifft es wohl am besten, das war sicher das herausragende Merkmal der Zeit. Nie wieder habe ich solch eine Farbenpracht des Reichtums und so ein kaltes Grau der Armut ineinander verwoben gesehen. Man nahm

Gegensätze als etwas Natürliches hin. Es gab Reichtum und es gab Elend, das war normal. Man hat Wohltätigkeitsprojekte unterstützt und daran geglaubt, daß es mit der Ankurbelung der Wirtschaft auch den Menschen bessergehen würde. Aber Gleichmacherei …«

Mein Vater schüttelt den Kopf.

»Gleichmacherei hätte man als unnatürlich belächelt. Und was hat sie letztendlich auch gebracht?« Mein Vater läßt den Deckel der Uhr aufspringen, klappt ihn wieder zu. »Man hat einfach allen Glanz, alle Pracht, alles, was die Reichen dort geschaffen hatten, eliminiert. Übrig blieb das Grau – und das blutige Rot der neuen Ordnung, die keine ist. Und das Land meiner Kindheit ist einfach verschwunden …«

Mein Vater schiebt die Uhr mit einer entschlossenen Geste ein Stück von sich weg, als stünde sie ihm für die Zeit und die Magie seiner verlorenen Kindheit.

Rilke und Wera

»Es ist ein wenig kalt geworden, findet ihr nicht auch?« Mein Vater wartet kaum unser zustimmendes Nicken ab. Ruhig geht er zum Kamin, in dem die Holzscheite wie immer bereits gestapelt sind, zündet geduldig zum letzten Mal das Reisig an. Ein Abschiedsfeuer.

Langsam geht er zu seinem Schreibtisch. Ganz in Gedanken versunken beginnt er, die Erinnerungsstücke aus seiner Vergangenheit wieder in ihre Schachtel zu legen, die Erde, die Blume, die Bolschoj-Karten, und, nach einem fragenden Blick zu mir, auch die Uhr. Er ordnet die wohl letzten an die Adresse »Schloß Ottmanach« adressierten Briefe, Glückwünsche zum Umzug und Rechnungen. Inmitten der Kuverts ein Umschlag mit rot-blauer Umrandung. Mein Vater stutzt, runzelt die Stirn und reicht ihn mir:

»Entschuldige, das hätte ich über all dem Chaos beinahe vergessen. Dieser Brief ist gestern für dich gekommen.«

Erstaunt nehme ich den leichten Seidenpapier-Umschlag entgegen. Luftpost aus Amerika. Kein Absender. Die Handschrift ist mir völlig fremd. Vorsichtig öffne ich den Umschlag. *»Lieber Udo«* steht da, mit ungeübter Schrift.

Lange haben wir uns nicht mehr gesehen, aber ich habe gehört, daß Du in Berlin Plattenaufnahmen gemacht hast. Das freut mich sehr. Du weißt: Du mußt Deinen Weg machen. Es ist schön, zu sehen, daß jemand nach den Sternen greift und sie auch erreicht. Das macht Mut. Und Mut brauche ich wirklich. Immer noch. Oder mehr denn je.
Ich glaube, ich habe gefunden, was ich immer gesucht habe: einen guten Mann, der für mich sorgen will, ohne nach meinem bisherigen Leben zu fragen. Ein Amerikaner. Er war als Soldat in Salzburg. Er weiß nicht, was ich damals gemacht habe, und so soll es auch bleiben. Vor ein paar Tagen bin ich mit ihm in seine Heimatstadt im Mittleren Westen gezogen. Er hat hier eine kleine Autowerkstatt, und auch seine Eltern sind sehr lieb zu mir. Wir werden im Sommer heiraten. Du lachst jetzt vielleicht. Aber es ist sicher das Beste, was mir passieren konnte. Er trinkt nicht und ist gut zu mir. Ich denke oft an Dich. Du hast mir immer das Gefühl gegeben, etwas Besonderes zu sein. Irgendwie werde ich Dich immer lieben. Leb wohl, Deine Patsy

PS: Und vergiß nicht: Hol Dir die Sterne!

Sofort kehrt die wehmütige Traurigkeit zurück, die mich immer in Patsys Nähe erfaßt hat, die belastende Unfähigkeit zu helfen, der machtlose Ritter. Die Anstrengung, mit der sie versucht, einen leichten, positiven Ton zu treffen, lastet auf meiner Seele. Nicht einmal ein Absender. Keine Adresse. Der Versuch, mich nicht zu belasten, mich freizugeben, alles hinter sich zu lassen. Ich scheine blaß geworden zu sein.

»Alles in Ordnung, Junge?« fragt mein Vater besorgt. Ich bemühe mich um ein Lächeln. Eigentlich sind es doch gute Neuigkeiten. Bestimmt ist es das richtige für Patsy, versuche ich mich wieder zu beruhigen, hilflos wie früher, wenn ich sie aus dem Esplanade mit einem Freier habe ziehen lassen müssen.

Hoffentlich wird sie glücklich werden. Und ich frage mich, wieso ich mich eigentlich für Patsys Glück verantwortlich fühle. Es war doch nur eine Zufallsbegegnung, zwei etwas orientierungslose junge Menschen, die so etwas wie Halt aneinander gesucht haben. Eine Nähe für den Augenblick, mehr nicht; eine kleine, romantische Geschichte in einer ganz und gar unromantischen Welt. Gefühle, mit denen ich meine Liebe zu Gitta nie verraten habe und für die ich mich doch schuldig fühle. Unerklärlich für mich selbst wie meine Traurigkeit.

»Ja, natürlich, alles in bester Ordnung«, schwindle ich, auch weil ich nicht so genau weiß, was eigentlich nicht in Ordnung ist mit diesem Brief.

»Du mit deinen ewigen Liebestragödien«, klopft Joe mir ein wenig spöttisch auf die Schulter, ein bißchen hilflos, wenn es um Gefühlsdinge geht. Darüber, was er bei dem Gedanken fühlt, daß er selbst im Sommer heiraten wird, hat er noch nie mit uns gesprochen. Ich bin ratlos, ob ich ihn für seine offensichtliche Stabilität in diesen Dingen beneiden oder für die Mühelosigkeit, mit der er Unsicherheiten und Zweifel, aber auch Romantik abzuschütteln scheint, bemitleiden soll; schließlich entgeht ihm doch auch viel... Leben zwischen Traumtänzerei und Bodenhaftung. Von einer Emotion zur nächsten. Ein ständiger Schwebezustand. Von außen betrachtet sicher nicht sehr erstrebenswert. Und doch das Gefühl von Lebendigkeit, das mich weiterträgt, ohne das ich nicht sein könnte.

»Was ist eigentlich aus Wera Knoop geworden? Konnte sie trotz des Kriegsausbruchs Tänzerin werden?« frage ich meinen Vater, um das Thema zu wechseln.

Es sollte eine heitere, unbeschwerte Frage sein, eine Überleitung in harmlose, schöne Geschichten von ersten kindlichen Schwärmereien, wie wir alle sie erlebt haben, unerfüllt und gerade deshalb groß und leicht. Doch auf die Miene meines Vaters fällt ein Schatten. »Wera Knoop...« Er seufzte als gäbe es für das, was er zu sagen hat, keinen Anfang. Dann steht er schweigend auf, tritt an sein Bücherregal. Er braucht nicht lange zu suchen, greift nach einem Band mit Gedichten Rilkes, läßt die Seiten durch seine Finger gleiten. Ein Photo als Lesezeichen. Das Portrait eines jungen Mädchens mit schwarzem, dichtem Haar, feinen Gesichtszügen, vollen, lebenshungrigen Lippen und großen, dunklen, ein wenig wehmütigen Augen.

»Das ist Wera Knoop.« Er reicht uns die Photographie, hält das aufgeschlagene Buch ein wenig unschlüssig in seinen Händen. »Vielleicht beantwortet das deine Frage.« Er legt den Band behutsam vor sich auf den Schreibtisch, setzt seine Lesebrille auf. »Dies hier ist – wie Rilke es formuliert hat – ihr ›Grab-Mal‹.«

Ratlos und erschreckt von den düsteren, ungewohnt kryptischen Worten meines Vaters blicken wir auf die aufgeschlagene Seite.

»Die Sonette an Orpheus«, steht da, und: »Geschrieben als ein Grab-Mal für Wera Ouckama Knoop. Von Rainer Maria Rilke, Château de Muzot im Februar 1922«. Mein Vater sucht nach etwas, das der Geschichte einen Zusammenhalt gibt, so etwas wie eine innere Logik, beginnt dann doch am Ende.

»Für mich war es die erste schmerzliche Erfahrung mit einem ungerechten und nicht zu begreifenden Schicksal...« Er unterbricht sich, nimmt einen Schluck Wein. Wir wissen, daß er erzählen wird und stören ihn nicht mit einer Frage. Nachdenklich schaut er in sein Glas.

»Wera war ein so lebensfrohes und offenes und kluges junges Mädchen. Sie war ernst und fröhlich zugleich, und sie hat mit solch einer Disziplin und berstenden Lebensfreude getanzt, daß die Bühnen der Welt ihr offengestanden hätten.« Er räuspert sich. »Wenn das Schicksal es nicht anders gewollt hätte.«

Dann versucht er, so sachlich wie möglich zu erzählen: »Relativ kurze Zeit nach meinem ersten Theaterbesuch im Bolschoj ist Wera mit ihrer Familie aus Moskau weggegangen. Zurück nach München, wo die Familie ihren zweiten Wohnsitz hatte. Es hatte wohl mit der unsicheren politischen Situation in Rußland zu tun. Ihre Mutter hat noch ab und zu mit meiner Mutter korrespondiert. Angeblich soll Rainer Maria Rilke in jener Zeit sogar um Weras Hand angehalten haben, aber vielleicht ist das auch nur eine Legende, die sich in unserer Familie mit der Zeit um den Mythos Weras herumgerankt hat.« Er hält inne. Joe bietet mir wortlos eine Zigarette an, gibt uns Feuer.

Mein Vater rückt uns ganz in Gedanken den Aschenbecher auf seinem Schreibtisch entgegen.

»Jedenfalls haben wir uns damals in Moskau verabschiedet.

Übrigens an der Zarenglocke im Kreml, an der wir uns oft getroffen haben: eine Glocke, die niemals erklingen konnte, die bei irgendeinem großen Unglück kurz bevor sie in den Glockenturm gezogen werden sollte, zerbrach und die man dann einfach auf der Erde stehenließ, mit der offenen Wunde, durch die man eintreten und in ihr spielen konnte.« Er lächelt in der Erinnerung an seinen kindlichen Lieblingsplatz. »Es war ein wunderbarer, geheimnisvoller Ort für uns Kinder, und vielleicht ist es auch irgendwie bezeichnend, daß Wera und ich uns ausgerechnet an diesem ›verwundeten Platz‹ zuletzt gesehen haben. Ich weiß es noch, als wäre es gestern gewesen. Wir haben uns über Rilke unterhalten und über Deutschland und über das Tanzen und darüber, daß wir uns natürlich bald wiedersehen würden. Ganz bestimmt.«

Mein Vater hält inne, glättet mit der Hand die aufgeschlagene Buchseite. »Doch irgendwie hatte ich schon damals das unerklärliche Gefühl, ich würde Wera niemals wiedersehen.«

Er putzt seine Brille. »Es war eine geheimnisvolle Krankheit, die plötzlich von ihr Besitz ergriffen haben muß. Jedenfalls vergingen keine fünf Jahre, bis Weras Lebenslust nach und nach ›zuerst aus ihrem Körper, dann aus ihrer Seele schwand‹, wie ihre Mutter Gertrud es in Briefen formuliert hat. Sie magerte ab, verlor all ihre Kraft, mußte mit dem Tanzen aufhören. Kein Arzt konnte ihr helfen, und ihre Mutter mußte machtlos zusehen, wie Wera mit ihren 19 Jahren langsam verlöschte und schließlich starb.« Mein Vater hält inne. »Die Krankheit nannte man damals ›Schwindsucht‹. Ein Name für alles mögliche, für alles, was man sich nicht erklären konnte. Vielleicht war es eine schwere Lungenentzündung, vielleicht auch Leukämie. Wie auch immer, damals konnte man nichts für Wera tun.« Mein Vater hält inne. »Das, was sie und Rilke verband, muß jedenfalls doch mehr als ihre Jungmädchenschwärmerei gewesen sein. Als er von ihrem Tod erfuhr, war er, wie man heute in seinen veröffentlichten Briefen nachlesen kann, schwer betroffen. Er hat tage- und nächtelang nichts anderes mehr gemacht, als zu schreiben, um Wera mit den Mitteln des Dichters ein wenig von ihrer Lebendigkeit zurückzugeben. Und damit hat er sie irgendwie unsterblich gemacht. So sind die berühmten ›Sonette an Orpheus‹, entstanden, Wera gewidmet. In seinen Briefen habe ich bestätigt gefunden, was Weras Mutter meiner Mutter erzählt haben soll: Er hat sie um ein Erinnerungsstück an Wera gebeten.«

Mein Vater zeigt uns einen kleinen markierten Absatz in einem Band mit Rilkes Briefen und liest vor:

Nicht wahr, die Zeit wird kommen, da Sie mir still von ihr erzählen. Und da ist eine Bitte: Legen Sie mir irgendein kleines Ding zurück, das Wera lieb gewesen ist, womöglich, eines, das viel wirklich bei ihr war.

»Das werdet ihr wahrscheinlich kaum begreifen, aber es war unfaßbar für mich, das hier zu lesen. So viele Jahre später.

Mein Vater klappt mit einer abschließenden Geste das Buch zu. »Mehr weiß ich darüber auch nicht. Ob die Verliebtheit zwischen Rilke und Wera sich erfüllt hat, wird vermutlich ein ewiges Geheimnis bleiben. Und wahrscheinlich ist das auch gut so. Man muß nicht alles wissen. Tänzerin ist sie jedenfalls nicht geworden, und doch wird sie es gleichzeitig für immer sein.«

Mehr zu mir selbst als an die anderen gewandt spreche ich den Gedanken aus, der mir spontan und wie ein kleiner Trost in dieser traurigen Geschichte in den Sinn kommt: »Was auch immer die beiden bewegt haben mag, ich hoffe für Wera, daß es sich wenigstens noch irgendwie erfüllt hat. Verheiratet hin oder her – manchmal gibt es nun einmal Gefühle, die sind wichtiger als alle Dokumente und Stempel. Ein Mensch, der einmal wirklich geliebt hat, hat auch gelebt!«

Gefühle bahnen sich immer irgendwie ihren Weg, wie zu Tal fließendes Wasser, denke ich und verdränge den Gedanken an meine eigenen Konfusionen, die ich mit diesem Thema immer noch habe.

Das Feuer prasselt.

Manfred blickt ganz in Gedanken versunken aus dem Fenster. »Ist euch eigentlich schon einmal aufgefallen, wie viele Farben sogar die Dunkelheit hat? Sie ist immer ein bißchen anders. Es gibt alle Abstufungen von Blau, dann ist sie wieder eher silbern, dann rötlich, morgens, wenn es ein schöner Tag wird, oft sogar orange – aber ich glaube, schwarz ist sie eigentlich fast nie, obwohl man das doch sagt: pechschwarze Nacht.«

»Und in Sankt Petersburg gibt es sogar weiße Nächte«, nimmt mein Vater den Gedanken auf. »Im Juni, wenn die Sonne am höchsten steht, geht sie die ganze Nacht hindurch nicht richtig unter und hüllt die ganze Stadt in ein seltsames, geheimnisvolles, weißes, manchmal auch silbernes Licht. Es dämmert auf der einen Seite des Himmels, und auf der anderen geht schon wieder die Sonne auf.«

Manfred wendet sich um. »Das würde ich ja gern einmal sehen!«

Mein Vater lächelt. »*Ich* werde bestimmt nie wieder in dieses Land fahren können. In meinem Paß steht ›geboren in Moskau‹, und das ist ein unüberwindliches Hindernis. In Rußland gilt bis heute der Grundsatz von der Staatsbürgerschaft durch Geburt. Für die Russen bin ich also bis heute ein Russe. Und daß wir damals das Land verlassen haben, würde man mir als Fahnenflucht auslegen. Man würde mich sofort verhaften. Und das Land meiner Kindheit gibt es ohnehin nicht mehr.«

»Warum genau seid ihr damals eigentlich geflohen? Wart ihr direkt in Gefahr, oder war das nur eine Vorsichtsmaßnahme?«

Nachdenklich steht mein Vater auf. Der Kamin flackert.

Ich blicke aus dem Fenster in die rötlich gefärbte Dunkelheit des Kärntner Frühlings. Patsys Brief in meiner Tasche. Leben ist Veränderung, ist Abschied. Knarrendes Parkett. Zugige Abendluft dringt durch die offenen Türen, flüstert fremd in den leeren Räumen, spielt geheimnisvoll in den Saiten meines verwaisten Klaviers. Wind der Zeit. Konturen verwischen.

4. KAPITEL

St. Petersburg / Moskau / Ural
1914–1915

Die Gefahr

»Mehr Kohle ins Feuer, wir verlieren Druck! Los! Schneller!« treibt der Lokführer den Heizer an. Rußgeschwärzt und schwitzend schaufelt dieser die Kohlen in die Flammen der Heizkammer unter dem Dampfkessel, ohne die Papirossa, einen selbstgedrehten Zigarettenersatz, aus dem Mundwinkel zu nehmen, gerade so als wäre noch nicht genug Rauch und Ruß um ihn herum. Dröhnendes Rasseln beim Überqueren der Stahlbrücke über den Wolchow. Noch rund eine Stunde Fahrt. Die riesige schwarze Lokomotive modernster russischer Bauart liegt gut im Plan.

Ende Juli. Mittagszeit. Die Sonne beinahe im Zenit. Fauchend und tosend bahnt sich der Expreßzug Moskau – St. Petersburg seinen Weg. Lärm der über die Schienen ratternden Räder. Höchstgeschwindigkeit. Schnurgerade liegt der Schienenstrang in der flachen Landschaft. Nervöses Pfeifen. Die flirrende Hitze drückt den schwarzen Qualm nach unten. Er verwirbelt sich zwischen den Waggons. Ein Schwall aus Ruß wird durch das offene Abteilfenster gepreßt, in dem Heinrich Bockelmann sich mit seinem Schwager Werner Vogel, der seit drei Jahren unter Heinrichs Anleitung in der Junker-Bank arbeitet, Alfried Bladt, dem Leiter der Devisenabteilung und seinem Chauffeur Wasja auf der Fahrt zu einer Krisensitzung nach St. Petersburg befindet. Ein Glutfetzen fällt auf den Artikel des »Westnik Finansow«, des »Finanzboten«, den Heinrich gerade liest. Herausgegeben von Graf Sergej Juljewitsch Witte, dem ehemaligen russischen Finanz- und Wirtschaftsminister deutsch-holländischer Abstammung, der während seiner vierzehnjährigen Amtszeit mit seiner Politik massiv dazu beigetragen hatte, daß Rußland zum überhitzten Treibhaus des Kapitalismus geworden war. Der Einfluß des Deutschtums in Rußland reichte längst auch bis in die höchsten politischen Ämter und hatte schon längst begonnen, für Mißstimmung im Land zu sorgen. Daß Witte eigentlich Holländer war, tat nicht viel zur Sache. Ein zu feiner Unterschied. Er galt als Deutscher und gab sich auch so.

Mißmutig wischt Heinrich das glimmende Stückchen Kohle beiseite, tritt die Glut mit seinen Schuhen aus. »Wasja, mach um Himmels willen das Fenster zu!« herrscht er seinen Chauffeur an. »Lieber ersticke ich hier, als diesem Dreck ausgeliefert zu sein!« Dieser gehorcht sofort. Wie meistens begleitet er Heinrich auf seinen Reisen, ist ihm beim Kofferpacken, beim Tragen des Gepäcks, diversen Besorgungen und allen kleineren und größeren Handreichungen behilflich.

Der Rand des Loches, den die Glut in die Zeitung gebrannt hat, glimmt immer noch. Heinrich klopft mit seinem Taschentuch darauf. Unwillig legt er sie beiseite.

Die Hitze im Abteil macht Heinrich Bockelmann zu schaffen. Schweiß auf seiner Stirn. Ganz entgegen seiner sonstigen Gewohnheiten hat er seine Jacke abgelegt. Nervös greift er sich eine Zeitung vom dicken Stapel derer, die er auf der Fahrt bereits gelesen hat, fächert sich Luft zu. »Westnik Jewropy«, der »Europabote«. Nichts Gutes war darin zu lesen. Russische Generalmobilmachung. Das Ultimatum Deutschlands. Vaterland gegen Vaterland.

»Wasja, wird es Krieg geben?« wendet er sich an den jungen Georgier, dessen wacher Blick ihm gefällt.

»Ich weiß es nicht, Barin«, ist die zögerliche Antwort. Wenn nicht einmal mehr die Dienstboten sich bemühten, die Kriegsgefahr herunterzuspielen, dann schien die Katastrophe unausweichlich. Sie näherte sich mit Riesenschritten. Man sah sie förmlich auf sich zukommen, trieb ihr unaufhaltsam entgegen. Die Geschwindigkeit des Zuges bereitet Heinrich plötzlich Beklemmungen. Ihm ist für einen Moment, als rase er in diesem schwarzen, fauchenden Ungetüm mitten ins Unheil.

Ruhelos geht er auf und ab, öffnet das Fenster doch wieder. »Das ist ja nicht auszuhalten hier!« Einige Atemzüge frischen Fahrtwind, dann der nächste Rußschwall. Hustend und mit brennenden Augen verriegelt er das Fenster wieder und setzt seinen Gang fort. Hin und her durch das luxuriös ausgestattete Abteil, das alle Annehmlichkeiten bietet: bequeme Sitze, Teppiche, schöne, eingebaute Mahagoni-Tischchen für all die Papiere, die die Geschäftsreisenden bei sich haben, Kissen, mit denen man es sich bequem machen konnte. Das Modernste und Luxuriöseste, was die Bahn zu bieten hatte. Heute kann Heinrich die Annehmlichkeiten nicht genießen.

Seine Begleiter werfen sich vielsagende Blicke zu. So hat man Heinrich bisher nur in schwersten Krisen erlebt, in Momenten, in denen eine dunkle Wolke der Gefahr sich über dem Finanzmarkt und seinem Lebenswerk zusammenbraute. Bislang waren alle dunklen Wolken nach kurzer Zeit wieder verflogen, doch diesmal schien es keinen Ausweg mehr zu geben. Man hatte bei allem gesellschaftlichem Einfluß die Fäden nicht mehr in der Hand. Das eigene Schicksal wurde von anderen bestimmt. Man konnte nicht mehr handeln, nur noch reagieren, eine Ohnmacht, die Heinrich nur schwer ertrug.

Seit Tagen herrschte ein schier undurchschaubares Chaos im Land und in der Junker-Bank. Eine Lawine, die alles mit sich zu reißen droht, was Heinrich Bockelmann sich erarbeitet hat und woran er glaubt. Der Deutschenhaß, bisher nur verhohlen und meist hinter vorgehaltener Hand ausgesprochen, manchmal hinterrücks in kleineren Anschlägen offensichtlich, war binnen weniger Tage fast offizielle Haltung und salonfähig geworden. Persönlich war er von diesen Anfeindungen bisher noch verschont geblieben, aber die Konten, die zum Teil jahrzehntelang auf der Junker-Bank lagen, wurden plötzlich zu Hunderten aufgelöst. Schlangen an den Kassen, wie Heinrich sie noch nie zuvor erlebt hatte. An manchen Tagen war die Bank nur noch stundenweise geöffnet. Man hatte Mühe, die Gelder, die eingefordert wurden, termingerecht bereitzustellen. Der russischen Staatsbank, die in Krisen wie dieser aushalf und die selbst jetzt noch der deutschen Privatbank Bargeld zur Verfügung stellte, gingen langsam die eigenen Geldreserven aus. Und es mangelte an Personal. Die russischen Angestellten waren in Scharen zu ihren Regimentern einberufen worden. Und auch viele deutsche Mitarbeiter hatten sich in ihre erste Heimat zurückgezogen. Die abtrünnige Kundschaft bedauerte, einer deutschen Privatbank in Zeiten wie diesen nicht mehr die Treue halten zu können, aber man habe keine andere Wahl. Immerhin stand zu befürchten, daß die Bank bald enteignet, Gelder eingefroren oder gar vom russischen Staat für sich beansprucht werden würden.

Heinrich Bockelmann konnte sie bei aller Bitterkeit verstehen. Was ihn aber nahezu verrückt machte, war die Tatsache, daß der Petersburger Bankier Mitka Rubinstejn mit seinen zweifelhaften Geschäftsbeziehungen und seiner Freundschaft zu dem zwielichtigen Rasputin bereits unverhohlen begonnen hatte, die Situation auszunutzen und seine Hände nach der Junker-Bank auszustrecken. Aber noch konnte sich alles zum Guten wenden. Zu Heinrichs Erstaunen war das Vermögen der Zarenfamilie noch nicht abgezogen worden. Vielleicht war dies ja ein gutes Zeichen. An Tagen wie diesen war man dankbar für jedes positive Signal.

Werner Vogel blättert in seinen Papieren, geht mit Heinrich noch einmal die Punkte durch, auf die es bei der großen Besprechung der deutschen Wirtschafts- und Kulturelite im Lande ankommen würde. Es schien außerordentlich schwierig zu sein, die verschiedenen politischen Strömungen im Kreis der deutsch-russischen Freunde miteinander in Einklang zu bringen. Wichtig und fast entscheidend wird sein, auf gar keinen Fall zu polarisieren, stellen sie übereinstimmend fest. Es wird darauf ankommen, das gemeinsame Interesse an der Abwendung des Schlimmsten zu betonen. Das deutsche Lager durfte nicht auch noch auseinanderbrechen. Wenn man überhaupt eine Chance haben wollte, mußte man mit *einer* Stimme sprechen und handeln.

Die Besprechung im Petersburger Hotel »Astorija« war vielleicht eine wirkliche Chance. Wenn man es richtig anging. Das gesellschaftliche Gewicht konnte sich nicht von einer Stunde auf die andere völlig in nichts aufgelöst haben. Wenn man dies nun geballt und vereint in die Waagschale der Geschichte warf, mußte das doch irgendeine Wirkung zeigen. Auch jetzt noch. Und zur Not würde er seine persönlichen Kontakte zum Zarenhaus zu nutzen versuchen. Irgendwie gab es immer einen Weg. Und immerhin war Zar Nicolai mit dem deutschen Kaiser Wilhelm verwandt, Cousins. Sie sollen sich in Briefen und bei persönlichen Begegnungen salopp mit »Nicki« und »Willy« ansprechen, hört man in Diplomatenkreisen. Der Zar hat eine deutsche Frau, das sind doch alles Bande, die mehr wiegen als die gegenwärtigen Probleme. Das muß doch eigentlich helfen, in letzter Minute eine Einigung zu finden.

Diese Hoffnung beruhigt Heinrich Bockelmann ein wenig. Er setzt sich, um sofort wieder aufzustehen, als Bladt ihn mit leiser Stimme wissen läßt: »Es fällt mir schwer, das auszusprechen, Herr Bockelmann, aber ich bin eigentlich seit gestern entlassen.«

Heinrich begreift nicht. »Aber wie? Ich meine, wie kommen Sie denn darauf? Ich habe Sie doch nicht entlassen! Sie sind einer meiner wichtigsten und fähigsten Mitarbeiter. Ich kann ganz unmöglich auf Sie verzichten.« Er runzelt die Stirn, verwundert und fast ein wenig belustigt über die Absurdität dieses Gedankens.

Bladt schüttelt den Kopf. »Nein, Sie haben mich natürlich nicht entlassen, aber es gibt eine offizielle Weisung, wonach alle deutschen Angestellten ihre Tätigkeiten sofort einzustellen und auf weitere Anweisungen zu warten haben.« Er macht eine Pause. »Aber selbstverständlich gilt das nur offiziell. Ich werde Ihnen natürlich inoffiziell gern zur Verfügung stehen, so lange Sie mich brauchen.«

Werner Vogel nickt zustimmend. »Ich brauche wohl nicht extra zu betonen, daß dies auch für mich gilt. Auch ich bleibe natürlich zu deinen Diensten, sofern du dies wünschst.«

»Was denn? Du etwa auch!« Heinrich Bockelmann wendet sich entsetzt an seinen Schwager. Dieser nickt. »Das kann doch wohl nicht wahr sein!« Heinrich Bockelmann schlägt wütend mit der flachen Hand gegen das Abteilfenster. »Soweit kommt es noch, daß die russische Regierung mir vorschreibt, mit wem ich zusammenzuarbeiten und wen ich zu entlassen habe! Noch ist das *meine* Bank, noch entscheide *ich*, wer bei mir angestellt ist und wer entlassen wird! Das wäre ja noch schöner. Das kommt überhaupt nicht in Frage. Ihr bleibt – beide!«

Alfried Bladt nickt. »Selbstverständlich.«

Werner Vogel pflichtet ihm bei.

Heinrich Bockelmann kann sich über diese neue Information kaum beruhigen. Aufgebracht wendet er sich an seinen Schwager: »Nimm diesen Punkt auf die Themenliste, Werner! Sowohl mit der Petersburger Filiale als auch im großen Rahmen muß diese

Frage angesprochen und geklärt werden. Das können wir uns nicht bieten lassen. Noch sind wir nicht rechtlos. Oder ist es etwa schon soweit?«

Werner Vogel zuckt ratlos mit den Schultern und notiert erstaunlich ruhig den neuen Tagesordnungspunkt.

Der Zug verlangsamt seine Fahrt, bleibt für einen Moment unplanmäßig in einem kleinen Bahnhof stehen. Heinrich öffnet die Tür, die vom Abteil aus direkt auf den Bahnsteig führt, in der Hoffnung auf ein wenig frische Luft, doch von draußen dringen nichts als Hitze und Lärm in das Abteil. Laut zischender Wasserdampf entweicht pfeifend aus den Bremsventilen der Räder und nebelt alles ein. Beißender Geruch nach verbrannter Kohle und abgestandenem Wasser. Als die Schwaden sich verzogen haben und den Blick auf den Perron freigeben, unglaubliches Chaos vor seinen Augen. Menschen eilen scheinbar ziellos umher. Soldaten, wohin man auch blickt. Und zwischendrin Frauen, Kinder, Zivilisten. Familien, die sich verabschieden. Hektik. Gruppen von jungen Rekruten kauern auf dem Boden, die Gewehre auf den Knien, warten auf einen Zug, der sie irgendwohin bringen wird. Irgendeine Stimme brüllt irgendwelche Kommandos, versucht offenbar, Ordnung in das Chaos zu bringen. Eine junge Frau, ein weinendes Baby auf dem Arm, umarmt einen Leutnant, der sich behutsam loszumachen sucht. Die andere Welt schon in seinem ernsten Blick. Pflicht gegenüber dem Vaterland. Eine andere Art von Verantwortung. Eine Mimik, die Heinrich so schnell nicht wieder vergessen wird. Entschlossenheit, die ihren Weg geht. Gefühl eines brodelnden Dampfkessels, der jederzeit überkochen kann.

Jemand schreit: »Türen geschlossen halten! Nicht ein- oder aussteigen! Zurücktreten!« Heinrich Bockelmann schließt die Tür wieder. Schon setzt der Zug seine Fahrt fort. Heinrich fühlt sich plötzlich gefangen. Wie in einem Käfig, denkt er und ahnt noch nicht, wie sehr er sich für diesen Gedanken im Luxusabteil des Expreßzuges Moskau – St. Petersburg schon bald schämen wird. Noch hat er keine Ahnung, wieviel schlimmer es kommen kann.

Man fährt durch Uljanowka, einen Vorort von Sankt Petersburg. Noch an die fünfzehn Minuten Fahrzeit. Heinrich greift nach der Taschenuhr in seiner Weste, öffnet den Deckel. Es summt und bimmelt und klingt. Töne, die Heinrichs Nervosität in diesem Moment nur steigern. Gereizt drückt er auf den kleinen Knopf, der die Uhr schweigen läßt. Ein schneller Blick auf das Zifferblatt. »Wenigstens die Züge sind noch pünktlich.«

Bald wird er in der Kutsche durch eine der schönsten Städte der Welt fahren, die romantischen Kanäle überqueren, die Newa mit ihren atemberaubenden Brücken wiedersehen, die glanzvollen, großzügigen, herrschaftlichen Paläste... Heinrich Bockelmann wundert sich darüber, daß der Anblick ihn in diesen Stunden interessiert und ihn einen Augenblick lang innehalten läßt in der angsterfüllten Unruhe, die er sein Leben lang in dieser Form noch nicht kannte. Schönheiten, die bleiben, in einer Welt, die zu versinken droht. Einen Wimpernschlag lang Hoffnung.

Krisensitzung

»Das dürfen wir uns einfach nicht gefallenlassen, meine Herren!« Baron Friedrich von Taube blickt mit seinen harten, kalten, grauen, von den Anstrengungen der letzten Zeit sichtlich überreizten Augen herausfordernd in die Runde. Treffen der Petersburger Kaufmannschaft. Krisensitzung.

An die achtzig der bislang einflußreichsten Wirtschaftsführer deutscher Herkunft ringen um ihre berufliche und persönliche Zukunft. Man sitzt an ovalen Tischen – nach Einfluß und Bedeutung im Raum gruppiert. Die wichtigsten Männer im Zentrum. Hoffnungsträger. Die Nerven liegen blank. Dichter Qualm von Pfeifen, Zigaretten und Zigarren im prächtigen und doch ein wenig abgeschabten Konferenzraum des Petersburger Astorija. Die verschnörkelte, rot-goldene Architektur des Salons, die riesigen, edlen Teppiche, die Sofas und Sessel aus rotem Samt, der große, vielflammige Lüster, die livrierten Diener lassen die heraufziehenden Bedrohungen unwirklich erscheinen. Kultiviertes Auftreten wider die eigene Angst. Eleganz, die sich in nervösen Blicken, offenstehenden Hemdkrägen, hervortretenden Adern, aufgequollenen, roten oder blassen Gesichtern auflöst. Geruch nach Tabak und Rauch, süßlichem Wein und Tee. Kein Gefühl mehr für Tag und Nacht. Geschlossene Fenster, zugezogene Vorhänge, als könne man damit die Wirklichkeit draußen halten. Heinrich Bockelmanns Aufmerksamkeit ist fiebrig geschärft.

Baron Friedrich von Taube, Direktor der Lebensversicherungsgesellschaft Nadezhda – »Hoffnung« – wartet, bis das allgemeine Gemurmel sich wieder etwas gelegt hat, fährt dann fort: »Diese Besprechung hier findet eigentlich um einige Wochen zu spät statt. Wir hätten schon viel früher all unsere Kräfte vereinen und *handeln* müssen. Die Eskalationen der neuesten Zeit hätten uns nicht so unvorbereitet treffen dürfen. Vor wenigen Tagen hat man hier in St. Petersburg die deutsche Botschaft gestürmt, meine Herren! Man hat sie geplündert und alle Möbel, Kunstwerke, sogar die große Statue vom Dach in die Fontanka geworfen. Mit Wissen und Billigung der Polizei. Und jetzt: Entlassung aller deutschen Angestellten, Aufforderung, abzuwarten, bis man uns mitteilt, wie man mit uns zu verfahren gedenkt. Wir müssen den Russen zeigen, daß sie das mit uns nicht machen können!« Er macht eine rhetorische Pause, um dann mit geballter Aggression zum Kern seiner Aussage zu kommen: »Wer war es denn, der die Wirtschaft in diesem Land aufgebaut hat! Das waren *wir Deutschen*! Was wäre denn dieses Land ohne uns? Ein armseliges, hoffnungslos rückständiges Reich, in dem nichts funktioniert!« Allgemeine Unruhe, Applaus von der einen Seite, Verunsicherung und Mißbilligung von der anderen.

Der Baron, ein dicklicher, rotgesichtiger Herr mit bauschigem Schnurr- und Backenbart lockert erhitzt seine Krawatte, rückt sich den Kneifer auf seiner Nase zurecht. Seine Hände zittern vor Erregung. Mit lauter Stimme setzt er sich gegen die Einwände der anderen durch: »Doch anstatt dankbar zu sein, vergilt man uns unseren Einsatz mit offenen Aggressionen und Drohgebärden. Und das ist erst der Anfang, verlassen Sie sich darauf! Wir sollten unserem deutschen Vaterland den Rücken stärken und den Russen klarmachen, daß sie sich mit diesem Gegner übernommen haben.« Applaus und mühsam gezähmte, abwartende Empörung im Raum.

Heinrich Bockelmann nimmt einen Schluck Portwein, der weder beruhigt noch die Gedanken klärt. In ihm herrscht ein Gefühl von nebulöser Unwirklichkeit und fast schmerzlich durchdringender Realität im gleichen Augenblick. Das surreale Empfinden, als sitze er mit achtzig Männern in einem von der Welt vergessenen Raum und diskutiere über Wirklichkeiten, die es längst nicht mehr gibt, als seien sie die letzten Vertreter einer untergegangenen Welt und hätten es nur noch nicht gemerkt. Er verscheucht das Gefühl, winkt einem der Diener, bittet um ein Glas Wasser, ordnet seine Notizen.

Bernhard Junker, Leiter der Petersburger Filiale der Junker-Bank und Vorsitzender der Diskussion versucht, die Stimmung wieder etwas zu beruhigen, doch Baron von Taube setzt sich mit all seiner geballten Wut auf die gegenwärtige Lage wieder durch und reißt das Wort an sich.

»Wir dürfen uns dieser Willkür nicht fügen! Man braucht uns hier! Und selbst im äußersten Fall: Die deutsche Armee ist mehr als gerüstet. Der Zar wird es nicht wagen, noch weiterzugehen. Das Attentat von Sarajewo liegt mehr als einen Monat zurück. Wenn's wirklich ganz ernst wird, hätte es schon längst passieren müssen. Bis jetzt ist noch nichts geschehen. Machtgeplänkel, sonst nichts. Man plustert sich künstlich auf, doch noch weiter kann man nicht gehen. Der Zar hat genug eigene Probleme. Nicht einmal im eigenen Land ist er stark genug, um es sich leisten zu können, es noch weiterzutreiben. Er weiß genau, daß er bei diesem Spiel nur verlieren kann. Wir werden die Gewinner sein, so oder so!« Einige Anwesende applaudieren, andere entrüsten sich mit wachsendem Zorn.

Robert Lehmann, künftiger Erbe eines großen landwirtschaftlichen Mustergutes in Nemtschinowka mit Pferdezucht, eigener Orangerie, Schnapsbrennerei, Tennisplätzen, einem Wasserturm und Badesee springt auf, ruft seinen Protest unaufgefordert in den Raum. Bernhard Junker klopft mit seiner Pfeife auf den Tisch. »Beruhigen Sie sich, meine Herren! Ich bitte Sie! Jeder hier im Raum ist gereizt, bedenken Sie das!« Dann an Robert Lehmann gewandt: »Bitte, vertreten Sie Ihren Standpunkt.« Und energisch: »Ruhe!«

Er klopft erneut auf den Tisch.

Baron von Taube setzt sich mit abwartender Miene, säubert seinen Zwicker, wischt sich mit einem Taschentuch den Schweiß von der Stirn.

Robert Lehmann echauffiert sich: »Sie fragen, was das Land

ohne uns wäre? Ich aber frage: Was wären *wir* ohne dieses Land? Es hat uns erst zu dem gemacht, was wir sind, und wir müssen bei aller Liebe zum Land unserer Vorfahren einsehen: Es ist eine Unverschämtheit, was Deutschland sich nun anmaßt! Diesem selbstgerechten, arroganten Kaiser mit seinen deutschen Allmachtsphantasien muß man seine Grenzen zeigen! Wir haben alle deutsche Wurzeln, das ist es, was uns eint, aber viele von uns sind hier in Rußland inzwischen heimisch geworden, haben sogar die russische Untertanenschaft angenommen. Ich zum Beispiel bin ein treuer Diener meiner neuen Heimat, und wenn es darauf ankommt, werde ich das auch unter Beweis stellen. Mit meinem Herzen und, wenn es sein muß, mit meinem deutschen Blut.«

Zweifel und Zustimmung halten sich die Waage.

Der Baron schlägt erbost mit der Faust auf den Tisch, kommt aber diesmal nicht zu Wort. Werner Vogel betrachtet seinen Schwager und bislang besten Freund Robert Lehmann mit der Fassungslosigkeit wachsender Fremdheit und wird bei seinen Worten zusehends nervös. Heinrich Bockelmann beobachtet ihn besorgt und ratlos und mit dem zunehmenden Gefühl der Ohnmacht.

Robert Lehmann beruhigt sich ein wenig, erklärt sachlicher und um Zustimmung werbend mit dem typischen Akzent der Rußlanddeutschen: »Wir haben diesem Land viel zu verdanken, und ich sehe für uns nur einen einzigen Weg: Wir müssen das Vertrauen des Zaren erwerben. Wir müssen uns geschlossen zu Rußland bekennen. Rückhaltlos. Immerhin hat der Zar eine deutsche Frau. Er ist uns Deutschen auf tausenderlei Weise verbunden. Wir müssen ihm nur die Möglichkeit geben, sich unserer Loyalität zu versichern. Eine Ergebenheitsadresse an den Zaren, in der wir uns unter seinen Schutz und Befehl stellen, das ist unsere einzige Chance. Und der einzige Weg, unsere Ehre und – wenn es zum Äußersten kommt – auch unsere berufliche und persönliche Existenz zu bewahren.«

Er hält einen Augenblick lang inne, fährt dann fort: »Sie werden das jetzt nicht gern hören, meine Herren, aber wenn es ganz hart auf hart kommt, müssen wir sogar noch weitergehen: Vor hundert Jahren hat die deutsche Kaufmannschaft den patriotischen Krieg des Zaren Alexander gegen Napoleon nicht nur ideell, sondern auch finanziell unterstützt. Dafür ist das Zarenhaus uns deutschen

Kaufleuten bis heute dankbar. Wenn wir wirklich sichergehen wollen, daß der Zar von unserer Ergebenheit überzeugt ist, sollten wir sie auch diesmal nicht nur erklären, sondern mit einer stattlichen Summe für die Kriegskasse des Zaren unterstreichen. Die Generalmobilmachung verschlingt ja große Summen. Auch wenn es nicht zum Letzten kommt.«

Jetzt kann Werner Vogel sich nicht mehr halten. »Robert, was du hier vorbringst, ist eine schamlose Aufforderung zum Hochverrat! Unterwerfung und auch noch Finanzierung der russischen Kriegstreiberei gegen Deutschland? Bedenk doch bitte, in welcher Runde du dich hier befindest! Du bist russischer Soldat, aber ich bin ein Angehöriger der *deutschen* Armee, ich bin Oberleutnant der Reserve im sächsischen Leibregiment, und ich bin stolz darauf. Ich habe meinem deutschen Vaterland Treue bis in den Tod geschworen, und ich weiß, wo ich stehe. Auch wenn du inzwischen russisch fühlst, das ist doch Wahnsinn! Wo bleibt deine Soldatenehre!«

Heinrich Bockelmann, erschreckt über die scheinbar unversöhnliche Heftigkeit sogar innerhalb der eigenen Familie, versucht zu vermitteln: »Eine Ergebenheitsadresse oder gar eine Zuwendung für die zaristische Kriegskasse wäre mit Blick auf die deutschen Soldaten, die es unter uns gibt, natürlich undenkbar, aber über eine Erklärung unserer Neutralität müssen wir nachdenken. Das wäre in diesem Falle viel eher klug als feige. Was meint ihr dazu?«

Ehe einer der beiden darauf antworten kann, pflichtet Hofphotograph Fritz Eggler Heinrich bei: »Das ist richtig! Ich heiße Fritz Eggler und bin Russe. Und sogar Photograph des Zaren! Das sagt doch eigentlich alles. In all den Jahrzehnten war dies ein Paradox, mit dem sich gut leben ließ. Die meisten von uns sind ein Teil dieses Landes und seiner Kultur geworden. Das läßt sich doch nicht leugnen oder mit dem deutschen Blut übertünchen, das in unseren Adern fließt. Wir alle haben nicht nur eine Heimat, sondern zwei, und wenn diese beiden Heimatländer sich nun in Zwietracht gegenüberstehen, dann kann man nicht von uns verlangen, Partei zu ergreifen! Der Zar wird das begreifen. Dieser Konflikt spaltet unsere Seele!«

Albert Spies, Leiter der russischen Zigarettenfabrik mit dem modern französisch klingenden Namen »Compagnie Laferm« in St.

Petersburg erhebt sich und höhnt: »›Unsere Seele!‹ Ach, wie reizend! Es ist in Wahrheit doch viel schlimmer! Es spaltet unsere Freundschaften und sogar unsere Familien! Wir erleben hier eine Katastrophe, der wir uns alle nicht entziehen können, wenn es uns nicht auf diplomatischer Ebene gelingt, sie abzuwenden! Wir sorgen uns um unsere Betriebe, aber vielleicht werden wir uns bald über unser nacktes *Leben* Sorgen machen müssen. Es gibt immerhin Drohungen, uns Deutsche im Fall einer Kriegserklärung Deutschlands aus unseren Häusern zu treiben und samt unseren Familien totzuschlagen. Gejammer über zerrissene Seelen hilft uns hier wirklich nicht weiter!« Und ganz leise, aber eindringlich fährt er fort: »Wenn auch nur einiges von dem eintritt, was zu befürchten steht, scheint mir ein Ende der Zivilisation und des europäischen Gedankens bereits eingetreten – auch bei Ihnen, meine Herren!«

Bedrücktes Schweigen im Raum. Verlegenheit. Der Baron kritzelt mit wichtiger Geste etwas auf sein Notizblatt, Fritz Eggler stopft seine Pfeife. Man nimmt ein wenig von der »Sakuska«, die wie bei jeder anderen Besprechung auch garniert auf den Tischen bereitsteht. Russische Vorspeisen: Salzgurken, halbierte Eier mit Kaviar und dergleichen kleine Happen mehr. Heinrich Bockelmann bedient sich ohne Appetit und schaut auf seine Uhr. Ein Blick, der ohne Aussagewert bleibt. Die Zeit spielt keine Rolle an diesem Tag, in diesem Raum. Den Blick des jungen russischen Leutnants auf dem kleinen Bahnsteig irgendwo südlich von hier vor Augen. Das Gefühl, ein Spiel zu spielen, das man nur verlieren kann. Und doch gespannte Hoffnung. Wie ein Spieler, der seinen letzten Einsatz macht. Eine allerletzte Chance. Man kann sich nicht entziehen. Es geht um alles oder nichts. Die Kugel rollt. Man hat nicht mehr viel Zeit.

»Wenn's zum Äußersten kommt, dann können wir unsere Firmen wirklich durch nichts mehr schützen. Im schlimmsten Fall müssen wir versuchen, unsere Familien und unsere eigene Haut zu retten! Ergebenheitsadresse hin oder her. Wir sind sowieso in der Hand des Zaren. Das müssen wir ihm nicht erst schriftlich geben. Und uns vor jenen Gruppen im Land zu schützen, die unser Leben bedrohen – dazu ist auch der Zar nicht in der Lage!« Johann Kirchner, Inhaber eines großen Kalenderverlags macht aus seiner Mutlosigkeit keinen Hehl. »Vielleicht sollten wir aber für alle Fälle unsere Betriebe vertrauenswürdigen russischen Staatsbürgern überschreiben und für uns selbst und unsere Familien freies Geleit aushandeln. Ich denke, das ist unsere einzige Chance, wenn wir vielleicht irgendwann zurückkehren wollen.«

Allgemeines Aufbegehren. Unruhe im Saal. Bedrückte Zustimmung und heftige Ablehnung. Unvereinbare Fronten. Aufgebrachtheit.

Im Chaos allgemeiner Ratlosigkeit erhebt sich ein junger, großer, schlanker Mann mit fast schulterlangen Haaren und etwas extravaganter Kleidung, er stellt provozierend seine rote Armbinde zur Schau. Blitzende Wut in seinen blauen Augen.

Baron von Taube versucht, ihn zurückzuhalten. »Du wirst dich hier nicht einmischen, Junge! Ich habe deine jugendlichen politischen Launen lange genug toleriert, aber jetzt spreche ich ein Machtwort: Setz dich und behalte deine Ansichten für dich!«

Doch der junge Mann schüttelt die beschwichtigende Hand auf seinem Arm einfach ab. »Laß mich, Vater! Du wirst mir nicht länger den Mund verbieten! Diese Zeiten sind vorbei! Ich pfeife auf deine ach so noble ›Toleranz‹! Du und deine mächtigen und reichen Freunde hier… wenn ihr wüßtet, wie widerwärtig mir euer Gefasel ist, eure Angst um eure dicken Bäuche und fetten Bankkonten. Jeder von euch mit euren Villen und exquisiten Manieren und mindestens zwanzig Dienstboten, die den ganzen Tag um euch herumscharwenzeln und aufpassen, daß eure fetten Ärsche es bequem haben.«

Tumult im Raum. Doch der junge Baron fährt völlig unbeeindruckt fort, die Zwischenrufe mühelos übertönend: »Ja, schimpft nur ruhig, darüber kann ich nur lachen. Was bildet ihr euch eigentlich ein? Da draußen hungern Menschen. Sie schuften vom Morgengrauen bis zur Dämmerung und tragen Lumpen und frieren und haben trotzdem nicht das nötigste für sich und ihre Familien auf dem Tisch. Aber Hauptsache, euch geht's gut. Lobt euch selbst für eure Heldentaten, die ihr in diesem Land vollbracht habt und schämt euch nicht einmal dafür.«

Der junge Mann blickt eindringlich in die Runde und in einzelne der versteinerten Gesichter, fährt dann voll Verachtung fort: »*Ihr* seid es doch, die diesem Land diesen Schaden, diese unmenschliche Kluft zwischen arm und reich zugefügt habt! Ihr habt immer nur den Reichen zugearbeitet, habt dem herrschenden, menschenverachtenden Regime gedient und nach dem Mund geredet, und die einfachen Leute, die, von denen ihr lebt, sind auf eurer Strecke geblieben. Aus dem Land jagen sollte man euch Ausbeuter!«

Ein allgemeiner Aufschrei. Die Erstarrung entlädt sich in Wut, Chaos. Gebrüll.

»Jetzt ist aber Schluß!«

»Das hör ich mir nicht länger an!«

»Nun bringt doch endlich diesen roten Terroristen zum Schweigen!«

»Raus!«

»Halt endlich dein verfluchtes Schandmaul!«

»Wie kann dieser verzogene Lümmel es wagen, uns so in den Rücken zu fallen!«

Jeder versucht, den anderen zu übertönen.

»So tun Sie doch etwas!« wendet Bernhard Junker sich hilfesuchend an den Baron.

Fritz Eggler stößt, vor Aufregung wild gestikulierend, versehentlich eine Karaffe mit Portwein um. Ein Diener ist sofort zur Stelle.

Der Baron springt endlich auf, packt seinen Sohn am Kragen. Ein letzter, verzweifelter Versuch, Autorität zurückzugewinnen. Zornesröte in seinem Gesicht. Mit sich überschlagender Stimme brüllt er: »Hör sofort auf! Du weißt nicht mehr, wer du bist! Wie kannst du es wagen? Ist das der Dank dafür, daß ich dich sogar zu Lenin nach Krakau habe fahren lassen? Ist es das, was man euch dort beibringt? – Ist das euer neuer Anstand?« Er versucht, seinen Sohn zu schütteln, doch dieser weicht einen Schritt zurück, stößt seinen etwas behäbigen, massigen Vater mit der Kraft seiner Jugend einfach zurück in seinen Sessel. Die Augen zu schmalen Schlitzen zusammengekniffen, erklärt er mit aufgebrachter Ruhe:

»Wage es ja nicht, mich noch einmal anzufassen, Vater! Das tust du nie wieder. Ich habe keine Angst mehr vor dir. Vor niemandem. Du tust mir nur noch leid.«

Und an die anderen im Raum: »Wenn man euch *einmal* die Wahrheit sagt, das könnt ihr nicht verkraften. Aber die Zeit der Wahrheit ist gekommen, auch für euch! Ihr werdet schon sehen. Fortjagen, das ist die richtige Antwort auf euch Parasiten. Zurück in euer wunderbares Deutschland mit Wilhelms verlogenen Sozialreformen, die uns klein halten sollen. Aber auch dort werdet ihr dem Umsturz nicht entgehen. Die Zeit der Monarchien ist vorbei. Und sollte es Krieg geben, dann freue ich mich darauf! Wenn der Zar und alle Kaiser und Könige auf der Welt damit beschäftigt sind, sich die Köpfe einzuschlagen, dann ist endlich *unsere* Zeit gekommen. Denk an meine Worte, Vater!«

Er hält inne und fährt scheinbar gelassener fort: »Du hast meinen und unseren Kampf für Gleichstellung immer als lächerliche Spinnerei abgetan. Du hast mich nie ernstgenommen. Nun werde ich dich dazu zwingen. Sie alle hier. Ich wünschte, du würdest mich verstehen, Vater, aber ich kann nicht anders!« Er leert seine Taschen, wirft Münzen und ein Bündel Scheine vor dem Baron auf den Tisch. »Ich möchte nie mehr im Leben einen einzigen Rubel von deinem dreckigen Geld haben!« Dann geht er schnellen Schrittes zur Tür, die ein Diener ihm dienstfertig und in gebückter Haltung öffnet. In der Tür dreht er sich noch einmal um, hebt zum sichtlichen Erstaunen des Dieners seine geballte rechte Faust, ruft »Alle Macht den Räten, alle Macht dem Volk!« und geht.

Der Baron ist blaß geworden, ringt um Atem. In wenigen Augenblicken um Jahre gealtert, blickt er seinem Sohn nach, unfähig, sich zu erheben, sich ihm in den Weg zu stellen. All seine kraftstrotzende Durchsetzungskraft, sein gesellschaftliches Gewicht und sein Rang lassen ihn keine Antwort auf die Fragen und Vorwürfe des Sohnes finden. Die Zeiten haben sich schon geändert. Er hat ihnen nichts mehr entgegenzusetzen. Schweigend sammelt er mit hilfloser Geste die Münzen und Scheine auf, weist die Hilfe des herbeigeeilten Dieners zurück.

Jede Kampfeslust ist aus seinen nun fast rührend-kindlichen Gesten und seinem um Souveränität bemühten Blick gewichen. Die Versammlung droht auseinanderzubrechen. Der Baron, offensichtlich bemüht, dies zu verhindern, macht Anstalten, sich zu erheben, zu einer Entschuldigung anzusetzen, wie es der Ehrbegriff von ihm verlangt, als ein Saaldiener in verhaltenem Laufschritt eintritt und sich sichtlich erregt Bernhard Junker nähert. Jenseits aller Regeln der Etikette wartet er nicht, bis man ausgesprochen hat, sondern klopft dem Vorsitzenden ungeduldig auf die Schulter, beugt sich über ihn, flüstert ihm, noch ehe er dazu aufgefordert wurde, etwas ins Ohr. Aus Bernhard Junkers Gesicht scheint plötzlich jegliche Farbe gewichen zu sein. Mit erstarrter Miene hört er zu. Es wird still im Raum. Der Saaldiener verläßt im Laufschritt den Salon. Knarzendes Parkett unter den dicken Teppichen.

Bernhard Junker erhebt sich. »Meine Herren!« Man hält den Atem an. Irgendwo im Foyer fällt klirrend ein Glas zu Boden. Unruhe auf der Straße, von den geschlossenen Fenstern und schweren Vorhängen gedämpft, aber nicht verborgen. Geschrei. Licht, das durch einen Vorhangspalt fällt und bricht. Ein Farbenspiel. Angespannte Mienen.

Mit bemüht fester Stimme erklärt Bernhard Junker knapp: »Meine Herren, soeben erreicht uns die Nachricht: Deutschland hat Rußland den Krieg erklärt. Wir haben Krieg.«

Auf verschiedenen Seiten

Langsam sinkt Bernhard Junker in seinen Sessel zurück. Stille im Raum. Für eine Weile herrscht vollkommene Bewegungslosigkeit. Erstarrung, als könne man mit dem eigenen Atem auch die Welt anhalten, den rasenden Gang der Geschichte, der die achtzig Männer im Salon des Petersburger Astorija überrollt hat und mit sich reißen wird. Ausweglos. Ihre Zeit ist Vergangenheit, ihre Welt ausgelöscht. Innerhalb von Augenblicken. Ein Atemzug zwischen Gestern und Heute, Frieden und Krieg, Hoffnung und Ohnmacht. Ihre Zukunft verglüht im Feuerstoß der Geschichte. Man versucht, das Unfaßbare zu begreifen, dem Unvermeidlichen ins Auge zu sehen. Mühsames Tasten, als wäre man aus dem hellen Licht der Sonne in einen düsteren, schwarzen, völlig unbekannten Raum gekommen. Die Sinne haben sich noch nicht daran gewöhnt. Bewegungen und Gedanken wie in einer langsamen Folge von Standphotos.

»Wir haben Krieg« tönt es wie ein Echo in Heinrich Bockelmanns Kopf immer und immer wieder nach. Auch in der Wiederholung bleibt der Satz fremd, unbezwingbar in seiner grausamen Banalität.

Langsam und fast unmerklich verlassen die ersten der achtzig Männer den Raum. Die äußersten Tische lichten sich. Einige bleiben sitzen, verloren im Unbegreiflichen, das sie vor der Tür des noblen Hotels, in der Wirklichkeit der Zarenstadt erwarten wird. Jeder ist auf sich allein gestellt. Freunde verabschieden sich mit Handschlag, manche umarmen sich. Nirgends ist mehr ein Diener zu sehen.

Das Geschrei auf der Straße schwillt an. Die Nachricht spricht sich herum. Brodelnde Hektik, die sich unaufhaltsam ausbreitet.

Roman Antonowitsch Lehmann ist aufgestanden. Schweigend steht er hinter dem Vorhangspalt am Fenster, öffnet es ein Stück, blickt geschützt vor den Blicken der Passanten auf die Straße, verharrt bewegungslos.

Noch nie hat die Stadt so geklungen. Jeder bewegt sich im Laufschritt, eilt nach Hause oder in die Kaserne oder schließt sich den größeren Menschengruppen an auf der Suche nach Informationen. Man treibt die Pferde an. Klappernde Hufe, ratternde Räder, hupende Automobile. Stimmengewirr aus unzähligen Kehlen. Ängstlich und siegessicher. Überreizt. Erste Rufe von Zeitungsjungen: »Extrablatt! Deutschland hat uns den Krieg erklärt! Extrablatt!« Mit immer größerer Wucht schlagen die Wogen des Unabwendbaren gegen die Bastionen verlöschender Macht.

Leise schließt Roman Antonowitsch Lehmann das Fenster wieder. Noch einen Moment lang innehalten, sich sammeln, versuchen zu begreifen. Noch einen Moment lang hoffen auf ein glückliches Erwachen aus einem grausamen Alptraum, ehe man sich der neuen Lage stellt. Immer und immer wieder hat man in den letzten Wochen versucht, sie sich vorzustellen, sich vorzubereiten, gewappnet zu sein. Immer und immer wieder hat man alle Eventualitäten durchdacht und im Geiste durchlitten, hat Hoffnungen und Ängste geschürt und verworfen und versucht, auf alles vorbereitet zu sein. Doch die Wirklichkeit bleibt unbezwingbar und trifft wie ein Schlag aus einem völlig dem Blickfeld entzogenen Hinterhalt.

Es wird wenig gesprochen. Leise. Niemand wagt es, seine Stimme zu erheben. Geruch nach kaltem Rauch. Lärm und rege Betriebsamkeit vor der Tür. Im Foyer brüllt jemand etwas in ein Telefon. Man wartet vergeblich auf eine Leitung. Die Familie in Moskau zu erreichen, ist demnach aussichtslos. Heinrich wird es später von der Petersburger Filiale der Bank aus versuchen. Der erste klare Gedanke. Sorge um die Frau, die Söhne. Zum Glück ist noch keiner von ihnen alt genug, um einberufen zu werden. Anna ist russische Untertanin, bereits in Moskau geboren, Halbrussin. Das wird sie und die Kinder vorerst schützen. Aber man wird Rußland verlassen müssen, in ein neutrales Land ausreisen. Zumindest vorübergehend. Einen anderen Weg scheint es nicht mehr zu geben. Eine klare Erkenntnis, die viel zu spät kommt. Hätte man es kommen sehen müssen? Hoffentlich ist es für den letzten Ausweg nicht zu spät. So schnell ändern sich Wünsche.

Roman Antonowitsch Lehmann steht immer noch am Fenster. Die Mietkutsche ist vorgefahren, Kutscher Kolja wie immer geduldig wartend auf dem Kutschbock, als hätte sich nichts geändert, als sei Roman Antonowitsch Lehmanns Welt nicht vor wenigen Augenblicken untergegangen. Eine Geste der Treue, die ihn rührt.

Sein Sohn Robert ist zu ihm getreten, legt ihm die Hand auf die Schulter. Eine stumme Geste des Abschieds. »Es muß Blut fließen!« hatte er noch vor ein paar Tagen, erzürnt über Kaiser Wilhelms Arroganz erklärt, und »Ich freue mich darauf, meinem neuen Vaterland meine Treue mit der Waffe gegen Deutschland in der Hand beweisen zu dürfen!« Ganz jugendlicher Held. Durchdrungen von einem Ehrbegriff, der durch keinen materiellen oder ideellen Wert aufzuwiegen war. Roman Antonowitsch Lehmann, der mit seinen 59 Jahren immer noch preußischer Reserveoffizier war, hatte dazu geschwiegen und einfach nur gehofft, es möge nicht zum Äußersten kommen, es möge vorbeigehen wie ein Sturm, der sich zusammenbraut, für eine Weile den Himmel verdunkelt und sich verzieht, ohne sein tosendes Spiel mit der Welt zu treiben. Nun stand sein Sohn vor ihm, bereit, für Rußland in den Krieg zu ziehen. Roman Antonowitsch Lehmann hat der Unaufhaltsamkeit der Ereignisse nichts mehr entgegenzusetzen. Er bemüht sich um eine würdevolle Haltung, nickt nur stumm, als Robert kurz erklärt: »Ich glaube, es ist Zeit.«

Auf der anderen Seite des Raumes ist Werner Vogel dabei, Abschied zu nehmen, bereit, sich auf den Weg in sein sächsisches Regiment zu machen und in den Krieg gegen seine zweite Heimat und seinen besten Freund zu ziehen. Die Blicke der beiden jungen Männer treffen sich. Eng verbunden seit Kindertagen. Plötzlich

Gegner, Feinde, durch Eid und Ehre verpflichtet, einander zu töten, sollte man sich im Feld gegenüberstehen. Jeder hält dem festen Blick des anderen stand.

Werner Vogel besinnt sich als erster, geht langsam auf Robert und dessen Vater zu, reicht Robert schweigend beide Hände, die dieser fest ergreift. Der »Riß durch die Seele«, von dem Hofphotograph Fritz Eggler gesprochen hatte, könnte tiefer nicht sein. Er geht mitten durch die Familien, spaltet Freunde, sogar Brüder. Der russische Zar und der deutsche Kaiser sind Vettern und nun, als oberste Kriegsherren, Kriegsgegner. Unbegreifliche Brutalität einer völlig in die Irre gelaufenen Geschichte, die niemand mehr aufzuhalten vermag, keine Vernunft der Welt. Jeder Mann muß seine Pflicht erfüllen, auf der einen, wie auf der anderen Seite, für das Land, das er als sein Vaterland betrachtet, zu Felde ziehen, gegen jeden, der auf der anderen Seite steht, Bruder, Vetter, Freund oder gar Vater.

Roman Antonowitsch Lehmann sieht erschüttert von seinem Sohn zu dessen bestem Freund und wieder zu seinem Sohn. Er schüttelt den Kopf. Die gemeinsame Kindheit der beiden läßt das, was in diesem Moment geschieht, unwirklich erscheinen, kaum zu begreifen, fast unmenschlich. Tausend Erinnerungen werden wach. Gemeinsam hat man das Schwimmen gelernt und das Reiten, hat versucht, sich gegenseitig zu übertrumpfen – um sich im nächsten Augenblick beizustehen und gemeinsam durch's Ziel zu gehen. Geteilte Geheimnisse, Blicke, die die Gedanken des anderen ohne Worte verraten, das Gefühl, den anderen besser zu kennen als einen Bruder. Dutzende Zankereien um einen Ball, einen Roller, später ein Mädchen. Blutige Nasen und versöhnende Umarmungen. Treueschwüre: »Niemals wird eine Frau ernsthaft zwischen uns stehen!« Nun ist es die ganze Welt, die zwischen den beiden steht. Unüberwindlich. Keiner der beiden hat eine Wahl. Der Treueschwur des Soldaten steht höher als jede Freundschaft. Roman Antonowitsch Lehmann war lange genug Soldat, um das zu wissen und um zu begreifen, daß kein Wort der Welt daran irgendetwas ändern kann. Bisher war das immer klar und unantastbar und einfach. Man wird Soldat, um in den Krieg zu ziehen. Sentimentalitäten hatten darin keinen Platz. Ehre und Pflicht waren die Begriffe, die sein Leben geprägt und geformt haben, und so hat er auch seine Söhne erzogen. Doch in dieser Stunde kommen ihm zum ersten Mal in seinem Leben Zweifel. Er versucht, den Gedanken zu verdrängen, doch es gelingt ihm nicht.

Er legt jedem der beiden eine Hand auf den Arm, dieser Abschied erscheint ihm unmenschlich. Wie die Werte, auf die er selbst sein Leben gebaut hat. Waren es diese Werte, die nun dafür sorgten, daß die Welt, in der man bisher gelebt hatte, unterging, daß Freundschaften und Familien zerrissen wurden und kein Stein mehr auf dem anderen blieb? War es dieser vorschnelle Begriff von Ehre und Pflicht, der leichtfertig einen hitzigen Krieg vom Zaun gebrochen hatte? War es die Treue des Soldaten, die in den Köpfen ganzer Völker den Gedanken festgesetzt hatte, Krieg sei ein Mittel, um Konflikte zu lösen – um jeden Preis? Roman Antonowitsch Lehmann ringt um seine Fassung. Er bemüht sich vergeblich um eine feste Stimme, als er sagt: »Bitte, kommt gesund wieder nach Hause. Alle beide.«

Robert Lehmann löst sich behutsam als erster aus der Umarmung. Noch nie hat er seinen Vater so aufgewühlt gesehen.

»Ich komme zurück!« verspricht er und versucht, dabei überzeugend zu klingen. Freundschaftlich reicht er auch Heinrich Bockelmann, der zu ihnen getreten ist, die Hand.

Heinrich sieht ihm fest in die Augen. »Kommt gesund zurück. Alle beide.« Und leise fügt er hinzu: »Gott gebe, daß dieser Irrsinn bald ein Ende findet und daß ihr euch niemals mit der Waffe in der Hand Aug in Aug gegenüberstehen möget!«

»Gott schütze den Zaren«

2. August 1914. Die Mittagssonne taucht St. Petersburg in fast unwirkliche Schönheit, in eine trügerische Illusion der Ruhe und des Friedens. Das herrschaftliche Weiß und Gelb der Prachtbauten erstrahlt würdevoll, das Gold der Ornamente, Kuppeln und Turmspitzen glitzert prunkvoll im unvergleichlichen Licht des nordischen Sommers. Das leicht aufgewühlte Wasser der Newa und

ihrer Kanäle malt tanzend leuchtende Muster auf die Fassaden der Häuser an ihren Ufern. Eine beinahe unheimliche Stille liegt über der Stadt.

Einsam bewegt sich eine Kutsche in gemessener Fahrt Richtung Nordosten durch die Morskaja uliza, holpert über Kopfsteinpflaster. Die Pferde schnauben. Heinrich Bockelmann lehnt sich für einen Moment zurück. Gern würde er die von der durchwachten Nacht müden Augen ein wenig schließen, doch er kann dem Anblick der von der flirrenden Sommersonne märchenhaft verzauberten Stadt nicht widerstehen und sieht aus dem Fenster. Für Augenblicke läßt er sich in den Bann der Zarenstadt mit dem deutschen Namen ziehen, der deutschesten Stadt aller russischen Städte, betrachtet sie wie zum ersten Mal, ihre Feingliedrigkeit, ihre herrschaftlichen Farben, ihre elegante Pracht, ihre zierlich-anmutige, fast mediterrane Atmosphäre. Der friedliche Glanz läßt ihn für die Dauer eines befreiten Gedankens vergessen, was für ein grausamer Schatten seit wenigen Stunden auf dem Land und Heinrichs Seele lastet – um ihn mit dem nächsten beklommenen Atemzug wieder um so schmerzlicher daran zu erinnern.

Jeder Blick ein Abschiednehmen. Heinrich Bockelmann ahnt, daß er nicht zurückkehren wird. Er blickt auf seine Uhr. Ein schneller Entschluß. Sein Zug nach Moskau verläßt Sankt Petersburg frühestens in zweieinhalb Stunden. Wasja Kargaschwili ist mit dem Gepäck bereits vorausgefahren. Er hat noch Zeit. Er möchte das Winterpalais sehen. Ein letztes Mal. Ein plötzliches Bedürfnis, unreflektiert und zwingend, als könne er dort eine Antwort auf all die bohrenden und quälenden Fragen und seinen inneren Frieden wiederfinden. In guten Zeiten war er manchmal dort gewesen, hatte an den prunkvollen Festen bei Hofe teilgenommen, hatte seine beruflichen und persönlichen Kontakte gepflegt und allen Glanz einer Karriere auf der Siegerstraße der Zeit erlebt. Nun hatte das Blatt sich gewendet, und er fühlt, daß er diesen Ort noch einmal sehen muß.

Änderung der Route. Ein kleiner Umweg nur. Die Kutsche biegt in den Newskij Prospekt ein.

Plötzlich sind die Straßen voll Menschen. Je näher man dem Winterpalais kommt, desto dichter das Gedränge. Als hätten sie sich abgesprochen. Als sei plötzlich ganz Petersburg hier versammelt. Als sei die Welt auf diesen Platz zusammengeschrumpft. Die Polizei des Zaren zeigt Präsenz, ohne einzugreifen. Man läßt die Massen gewähren.

Heinrich Bockelmann erwägt umzukehren, beunruhigt von dem Gedanken, in eine Demonstration des Volkszorns zu geraten, doch die Menge macht einen friedlichen Eindruck, und so läßt er den Kutscher nur über die Seitenstraßen ausweichen, zwei der romantischen Brücken der Mojka überqueren und an der Dworzowaja naberschnaja, der Uferstraße der Newa, nahe der Admiralität halten. Von hier aus hat er eine gute Sicht und kann doch auch jederzeit schnell die Flucht ergreifen, wenn es nötig sein sollte.

Der große Platz vor dem Winterpalais mit der Alexandersäule füllt sich immer mehr. Hunderte, ja Tausende Menschen drängen sich immer dichter aneinander. Noch nie zuvor hat Heinrich solch eine große Menschenansammlung gesehen, nicht einmal bei den Massendemonstrationen in Moskau im Krisenjahr 1905.

Ein Zeitungsjunge drängt sich an der Kutsche vorbei, einen Packen Extrablätter auf dem Arm. Heinrich hält ihn auf. Ein wenig verunsichert und verängstigt weicht der Junge vor dem großen, breitschultrigen Mann mit dem unverkennbar deutschen Akzent zurück. Eine neue Erfahrung für Heinrich, widersinnig gerade in diesem Moment, in dem er sich so machtlos fühlt wie noch nie zuvor in seinem Leben. Er greift in seine Tasche, holt einen Rubel heraus, bittet höflich um eine Zeitung. Mit ausgestrecktem Arm greift der Junge zögernd nach dem Geld, reicht ihm das Blatt und beginnt zu rennen, als suche er Schutz in der Menge. Die Kriegserklärung des Zaren. Mit großen russischen Lettern schwarz auf weiß. Kämpferischer Patriotismus und Deutschenhaß, ungeschönt und hemmungslos, wie Heinrich ihn noch nie zuvor in einer ernstzunehmenden russischen Zeitung gelesen hatte. Er faltet das Blatt, steckt es in seine Jacke.

Der Strom der Tausenden reißt nicht ab. Als die Menschen sich das letzte Mal in Massen diesem Platz genähert hatten, waren sie gekommen, um dem Zaren ihren Protest gegen die unmenschlichen Arbeits- und Lebensbedingungen im Reich zu übermitteln. Eine friedliche Arbeiterkundgebung, die Nikolai durch Schüsse in die Menge beantworten ließ. 500 unbewaffnete Demonstranten waren damals durch die Gewehre der zaristischen Polizei getötet worden. Ein Blutbad auf diesem Platz. Neun Jahre war es her. Es war ein Sonntag wie heute gewesen. Der 9. Januar 1905, nach alter russischer Zeitrechnung, oder der 22. Januar 1905 nach neuer – westlicher – Datumsrechnung. »Blutsonntag.« Der Beginn einer großen Staatskrise, die zehn Monate lang das Leben in Rußland mit einer Streikwelle bisher unbekannten Ausmaßes lahmgelegt hatte und die nach dem Einlenken Nikolais und dem Einsetzen einer Duma mit einigen Scheinreformen gemildert wurde. Bis zum heutigen Tag aber hatte sie unter der Oberfläche weitergeschwelt.

Heinrich fragt sich, welche Gedanken die Tausende Demonstranten heute bewegen. Sind sie gekommen, um gegen den Krieg zu protestieren, riskierten sie wie vor neun Jahren ihr Leben, um dem Zaren ihr Mißfallen zu überbringen? Eine Demonstration gegen einen Krieg, der die Armen des Landes noch ärmer machen, der sie ihr letztes Stück Brot, ihr letztes Getreide und Vieh, ihr letztes Hemd kosten wird? Heinrich Bockelmann hält es für möglich. Es waren einfache Leute, keine Soldaten, die sich hier versammelten. Arbeiter, Frauen, Kinder. Sie dachten nicht in Begriffen von Ehre und Vaterland. Sie dachten an ihr Überleben, dessen war Heinrich sich sicher. Auch einige Männer mit den typischen roten Armbinden haben sich eingefunden. Ungehindert werden auch sie von der Polizei vorgelassen.

Heinrich sieht sich um, sucht nach einem ein wenig erhöhten Platz, um das Geschehen vor ihm noch besser überblicken zu können. Höflich fragt er den Kutscher, ob es ihm etwas ausmache, wenn er sich zu ihm auf den Kutschbock geselle. Sichtlich etwas verwundert verbeugt jener sich wie in alten Zeiten, »Selbstverständlich, Barin!« und reicht ihm eine helfende Hand.

Was Heinrich von hier oben aus sieht, raubt ihm beinahe den Atem. Es sind nicht Hunderte und auch nicht Tausende, sondern wohl Hunderttausende Menschen. Eine unüberschaubare, dichtgedrängte, fahnenschwingende Menge. Farben des Russischen Reichs, des Zarenhauses, der verschiedenen Provinzen wehen im lauen Wind. So sieht keine Protestkundgebung aus. Heinrichs letzte Hoffnung auf den sonst verhaßten und jetzt beinahe ersehnten Volkszorn gegen das Zarenhaus schwindet. Doch ehe er dies ganz begreift, bricht die Menge in lautes Jubeln aus. Der Platz, ja die ganze Stadt hallt wider von der Begeisterung aus hunderttausend

Kehlen. Der Zar hat in seiner weißen, reich verzierten Gardeuniform mit der Zarin den Balkon des Palais betreten. Die Generäle und Berater hinter ihm an der Schwelle des Balkons, kaum zu sehen. Nahezu allein, nahezu schutzlos sieht er sich der riesigen Menschenmenge gegenüber, um ihre Ehrerbietung entgegenzunehmen.

Ein überwältigender Anblick, den Heinrich Bockelmann kaum fassen kann. Nie hätte er diesen Patriotismus, den scheinbar unwiderstehlichen Sog dieses Krieges für möglich gehalten, den noch vor wenigen Stunden niemand zu wollen schien. Er scheint eine tiefe Sehnsucht im Volk geweckt und gestillt zu haben. Sehnsucht nach einem Ziel, nach starker Führung, nach der Illusion einer patriotischen Einheit, die schon lange keine mehr war. Jubel für einen im Frieden verhaßten und verunglimpften Zaren, ein bekämpftes und instabiles Regime.

Arbeiter und Fabrikbesitzer, Bauern und Beamte, Bolschewiken und Kapitalisten demonstrieren ihre Geschlossenheit. Bereit, ihr Leben für diesen Krieg und diesen Zaren zu opfern. Verbündet im durch nichts zu brechenden Willen, ihr Blut für ihren Nationalstolz hinzugeben. Gegensätze, die das Land noch vor wenigen Tagen gespaltet und beinahe zerrissen haben, sind vereint im Kampf gegen einen einzigen Feind. Die paradoxe befriedende Wirkung eines neuen Krieges, der politische Gegner in Blut und Ehre verbrüdert.

Heinrich Bockelmann weiß in diesem Moment, daß es für ihn nie mehr einen Weg zurück in dieses Land geben wird. Seine Zukunft stirbt im Jubelschrei aus hunderttausend Kehlen. Kein Ausweg mehr, keine Lösung, keine Hoffnung, nur noch die große Ungewißheit. Ein schwarzes Loch, das ihn verschlingt.

Die unerträgliche Hitze, die durchwachte Nacht, der Lärm. Die Menge verschwimmt vor seinen Augen. Flimmernde Farbpunkte, Lichtreflexe. Er versucht, sich zu konzentrieren. Kalter Schweiß. Atemnot. Rasender Puls.

Plötzlich, wie von Geisterhand dirigiert, verstummt jeglicher Jubel, und eine ehrfürchtige, fast unheimliche Stille erfüllt den Platz. Hunderttausend Menschen sinken nach und nach vor dem Zaren auf die Knie und beginnen, von niemandem geleitet, von niemandem befohlen, als hätten sie alle nur noch *einen* Willen und *einen* Gedanken, die Zarenhymne zu singen. Ein Chor aus hunderttausend Stimmen, die sich zu einer einzigen großen Stimme vereint. Ein Gesang der Macht, wie er eindrucksvoller noch nie zuvor irgendwo auf der Welt erklungen sein mag. Patriotismus ist plötzlich ein Klang, ist die unvorstellbare Harmonie dieses Gesangs, der von allen Mauern der Stadt und sogar vom Wasser der Newa widerhallt.

Heinrich Bockelmann erlebt es wie ein Unwetter, ein unheilverkündendes Donnergrollen. Seine Knie zittern.

Gott schütze den Zaren,
Mächtig und überlegen.

Er versucht, die Beklemmung zu verscheuchen, die der Gesang um ihn legt. Ruhig zu atmen fällt ihm schwer. Er stützt sich auf die Rückenlehne des Kutschbocks. Sogar der Kutscher stimmt leise in den Chor mit ein.

Herrsche zu unserem Stolz,
Herrsche zu unserem Ruhm!

Die langsame, getragene Melodie wird durch hunderttausend Stimmen zum schier unbesiegbaren Schlachtruf:

Herrsche zur Vernichtung unserer Feinde!
Gott schütze den Zaren!

Heinrich Bockelmann muß sich setzen. Er nimmt das Geschehen um ihn herum mit der fernen, peinigenden Deutlichkeit eines Alptraums wahr. Bisher unbekannte Wogen der Gefahr. Einsamkeit. Er darf jetzt nicht schwach werden. Er muß nach Hause, zu seiner Familie, muß sie in Sicherheit bringen.

Plötzlich eine Hand auf seiner Schulter. Er erkennt das Gesicht des Kutschers. »Barin ...«, eine Stimme wie aus weiter Ferne. »Barin ... ist Ihnen nicht gut?«

Heinrich Bockelmann konzentriert sich. »Es geht schon wieder.« Lächelnd zieht der Kutscher eine kleine, flache Metallflasche aus seinem Leinenhemd. »Nehmen Sie einen Schluck. Bester, selbstgebrannter Wodka. Das hat noch immer geholfen.«

Heinrich Bockelmann greift nach der Flasche, nimmt einen Schluck, hustet, schüttelt sich. Das wohl stärkste Gebräu, das er je in seinem Leben getrunken hat, aber das Brennen scheint die Lebensgeister wieder zu wecken. Er bekommt wieder etwas besser Luft und atmet tief durch.

Einfühlsam und leise die Stimme des Kutschers: »Barin, Sie können mir vertrauen, auch wenn Sie ein Deutscher sind und ich ein Russe. Ich bringe Sie jetzt sicher zum Bahnhof, machen Sie sich keine Sorgen.«

Heinrich Bockelmann nickt dankbar, reicht dem Kutscher mit einer hilflosen Geste die Hand. »Stört es Sie, wenn ich gleich hier oben bei Ihnen bleibe?«

Der Kutscher schüttelt den Kopf. »Aber überhaupt nicht, Barin! Es ist mir eine Freude!«

Lächelnd nimmt er die Zügel auf. Die Pferde setzen sich in Bewegung. Der leichte Fahrtwind in Heinrich Bockelmanns Gesicht erfrischt. Hinter ihm Sprechchöre: »Nieder mit den Deutschen! Tötet die Deutschen!«

Er läßt sie in schneller Fahrt hinter sich zurück.

»Kalinka«

»Kalinka – Kalinka – Kalinka moja ...« Die leise, heisere Stimme einer Frau summt seit Stunden das immer gleiche Volkslied mit der traurigen Melodie, wiegt ihr seit Stunden unentwegt hustendes Kind auf dem Schoß. »Kalinka – Kalinka – Kalinka moja ...« Immer und immer wieder von vorn. Heinrich kennt die Melodie. Plötzlich erkennt er sie wieder. Es ist das Lied, das der Mann mit dem Fagott gespielt hatte, damals in Bremen. Ironie des Schicksals: Damals hat die Melodie ihm den Weg in dieses Land gewiesen, war ihm so etwas wie ein gutes Omen gewesen. Und jetzt ... Er mag gar nicht darüber nachdenken.

Tiefe Nacht. Dunkelheit. Nur die Lichter entlang der Strecke werfen rhythmische Schlaglichter ins Abteil und lassen die Gesichter der Mitreisenden bleich aufblitzen, unwirklich, fast gespenstisch. Das Licht im Zug ist schon irgendwo bei Wyschnij Wolotschok ausgefallen. Nichts scheint mehr zu funktionieren.

Der Blick der Frau ist leer, ihr Gesicht frühzeitig gealtert, die Kleidung abgerissen. Das Kind hustet und wimmert. Die Frau drückt es an sich, wiegt es und summt. »Kalinka – Kalinka – Kalinka moja ...«

Die Melodie dringt tief in Heinrich Bockelmanns Seele, breitet sich in ihm aus, läßt sich nicht verdrängen oder überhören. Die Stunden, die hinter ihm liegen, die Zeit vor ihm verschmilzt zu jener nie enden wollenden Melodie und dem Husten des Kindes. Kopfschmerzen.

Stickige Luft im viel zu engen, überbelegten Abteil zweiter Klasse oder auch dritter. Gedränge auf den schmalen Holzbänken. Desorganisation. Kein Schaffner mehr zu sehen. Reservierungen gelten nicht mehr. Jeder ist auf sich allein gestellt, zwängt sich irgendwo in ein Abteil, in dem noch Platz genug ist zum Stehen.

Heinrich Bockelmann ist ganz froh darüber, daß keine Abteilbeleuchtung ihn den argwöhnischen Blicken seiner Mitreisenden ausliefert. Vielleicht würde man ihn als Deutschen erkennen. Er schließt seine müden Augen, versinkt für Sekunden in einem unruhigen Schlaf, wird von Schreckensbildern des beginnenden Krieges sofort wieder geweckt, blickt auf seine Uhr. Schon fast eine Stunde Verspätung. Kein Platz, um seine Beine zu strecken.

Wasja kauert in einer Ecke auf einem der Koffer. Bestimmt wird auch er bald einberufen werden und auf russischer Seite in diesen Krieg ziehen. Heinrich hat ihn noch nicht gefragt. Jetzt ist nicht der Zeitpunkt dafür. Er wird ihn gehen lassen, ihm viel Glück wünschen, wie all den anderen jungen russischen Bankangestellten und Dienstboten. Eine groteske Situation. Es ging alles so schnell. Sein Bewußtsein kam da nicht mit. Er kann sich die neue Wirklichkeit noch nicht vorstellen, und auch kein neues Leben, irgendwo. Er ist noch nicht zu alt für einen Neubeginn, doch die Ungewißheit, die Leere vor ihm drohen ihn mehr und mehr zu beherrschen und zu lähmen. Er darf sich davon nicht bezwingen lassen. Er muß versuchen zu *handeln*, trotz allem. Hauptsache, man kommt mit der Familie noch heil aus diesem Land. Alles andere muß sich finden.

»Kalinka – Kalinka – Kalinka moja ...« Wenn das Kind doch einmal für ein paar Minuten aufhören würde zu husten, Ruhe finden könnte in den wiegenden Armen und dem Summen der Mutter. Heinrich hat Mühe, sich zu beherrschen. Er kann ja doch nichts tun, nicht einmal helfen.

Der kleine Bahnhof von Lobnja. Nun dauert es nicht mehr lange. Heinrich lehnt sich ans Fenster. Zum Aufstehen ist kein Platz. Soldaten, wie überall entlang der Strecke. Das immer gleiche Bild. Truppentransporte, Sonderzüge. Es gleitet an Heinrichs Blick vorbei.

Das Kind hustet, die Mutter summt. Ein junger Arbeiter entfaltet eine im Abteil herumliegende Zeitung. Hetztiraden gegen Deutschland, für Sekunden vom hereinfallenden Licht angestrahlt. Doch der junge Mann vertieft sich in keinen der Artikel. Mit beherzter Geste reißt er ein handtellergroßes Stück aus dem Blatt, wirft den Rest einfach auf den ohnehin verschmutzten Boden und beginnt, sich eine Papirosa zu drehen. Aus einem kleinen braunen Lederbeutel nimmt er die Machorka, den Tabakersatz, bittere Abfälle aus den zähen, eigentlich ungenießbaren Stielen der billigsten Tabakpflanze. Mit geübten Fingern dreht er die Papirosa zusammen, feuchtet das Zeitungspapier der Länge nach mit seiner Zunge an, klebt es zusammen, drückt ein Ende fest mit seinen Fingern zu einer Art Mundstück. Das kurze Aufleuchten eines Streichholzes. Glimmen und beißender Qualm. Das Kind hustet. Der Arbeiter lehnt sich zurück. Heinrich hält sich schützend die Hand vor Mund und Nase. Es hilft nicht viel. Die Mutter summt. Nur noch ein paar Minuten. Gleich werden die Lichter Moskaus ihn ein wohl letztes Mal empfangen. Zum ersten Mal heißen sie ihn nicht willkommen. Ihr Glanz gilt ihm nicht mehr, bleibt für ihn kalt. Bittere Schönheit.

Heinrich hat die Familie nicht erreicht. Keine Telefonverbindung von Petersburg aus. Seit mehr als 24 Stunden ohne Nachricht. Jetzt, so kurz vor dem Ziel, siegt für Augenblicke die Panik. Was, wenn Anna und den Kindern etwas passiert ist? Wenn der Deutschenhaß eskaliert ist, wenn man das Haus gestürmt, ihnen etwas angetan hat? In Petersburg war es, soweit er wußte, tagsüber ruhig gewesen, aber von Moskau hört man Schlimmes. Keiner weiß Genaues. Vielleicht auch nur Gerüchte. Er hofft es. Er möchte jetzt nur noch nach Hause. Abholen wird ihn wohl niemand. Dafür ist es viel zu spät. Er hat ein Telegramm geschickt. Keine Ahnung, ob es angekommen ist. Wasja wird ihn nach Hause fahren. Auf dem schnellsten Weg. Der einzige Gedanke, der jetzt noch zählt.

»Kalinka – Kalinka – Kalinka moja…« Der Zug verlangsamt sein Tempo. Das helle Licht des Moskauer Bahnhofs. Alles drängt an die Türen. Lärm, in dem sich das Lied verliert wie das Husten. Erleichterung. Auch auf dem Moskauer Bahnhof heilloses Chaos. Soldaten, bewaffnete Miliz. Rußland hofft, den Krieg durch die zahlenmäßige Überlegenheit seiner Armee zu gewinnen. Menschenmassen, »Menschenmaterial«, wie es in der Diktion der Kriegstaktiker wohl heißt. »Masse gegen Geist«, so schätzt man die Ausgangslage ein. Und erstere werde gewinnen. Man zieht jeden kampffähigen Mann ein, dessen man habhaft werden kann.

An jeder Abteiltür bewaffnete Polizei. Heinrich ist erstaunt und befremdet. Ausweiskontrollen. Manche Reisende werden weggeführt. Bevor Heinrich darüber nachdenken kann, erblickt er in einiger Entfernung Wassilij Sergejewitsch Kropotkin, den »schwarzen Mann« aus der Bank. Heinrich ist verwundert, ihn zu sehen, erfreut über das bekannte Gesicht, die Hoffnung auf Nachricht nach der quälenden Zeit des Wartens. Sollte man ihn tatsächlich geschickt haben, um ihn abzuholen? War sein Telegramm angekommen? Oder hatte er vielleicht schlechte Nachrichten von Heinrichs Familie zu überbringen? Angespannte Erwartung.

Noch hat der »schwarze Mann« ihn nicht gesehen. Er blickt angestrengt suchend in die Menge der Reisenden. Heinrich überlegt zu winken, doch in diesem Augenblick treffen sich ihre Blicke. Heinrich erhebt die Hand zu einer grüßenden Geste, doch der »schwarze Mann« nickt nur kurz, mit seltsam starrem Gesichtsausdruck, in seine Richtung, wendet sich dann unvermittelt ab und entfernt sich eiligen Schrittes.

Ehe Heinrich ihm hinterherrufen oder über dieses seltsame Verhalten nachdenken kann, ehe er die Gefahr erahnt, die sich unaufhaltsam nähert, hört er eine scharfe Stimme hinter sich: »Andrej Andrejewitsch Bockelmann?« In Rußland nannte man ihn so. Ein Übersetzungsfehler seines deutschen Vornamens.

»Ja?« Heinrich dreht sich fragend um und blickt in den Lauf eines Gewehres.

»Sie sind verhaftet. Legen Sie die Hände auf den Kopf!«

Heinrich wird nach Waffen abgetastet.

Versteinert sucht sein Blick nach Wasja, der gerade dabei ist, das Gepäck aus dem Zug zu holen, ruft ihm zu: »Sagen Sie meiner Familie Bescheid: Ich komme nach Hause, so schnell es geht! Sie sollen sich keine Sorgen machen. Und bringen Sie mir schnell Nachricht von zu Hause.«

»Ja, Barin, selbstverständlich!«

Die Hände des Polizisten lassen von ihm ab. »Kommen Sie mit.«

Schon wird er weggeführt, angetrieben durch ungeduldige Rufe der Polizisten, Stöße mit den Gewehrläufen.

Durch einen Seitenausgang wird er in die enge Gasse neben dem Bahnhof gebracht. Die Scheinwerfer eines bereitstehenden Lastwagens tauchen die Szenerie in helles Licht und verstärken das Gefühl der Unwirklichkeit. Auf dem Boden der offenen Ladefläche knapp ein Dutzend Männer, sitzend, die Hände hinter dem Kopf verschränkt, bewacht von zwei an das Führerhäuschen gelehnt stehenden Polizisten, die Gewehre im Anschlag. Es werden weitere Gefangene herangeführt. »Aufsteigen«, herrscht man Heinrich an und hilft ihm unsanft, die schmutzige und übelriechende Ladefläche zu erklimmen. Vermutlich hatte man darauf vorher Schweine transportiert oder anderes Vieh.

»Hinsetzen und Hände auf den Kopf!« Heinrich gehorcht. Seine Wahrnehmung ist grell und deutlich. Trotzdem ist ihm, als wäre er nicht wirklich dabei. Er fühlt eine merkwürdige, unbegreifliche Distanz zu den Ereignissen, die den Rahmen all seiner bisherigen Erfahrungen sprengen. Distanz auch zu sich selbst. Als wäre er plötzlich in einer anderen, fremden, vollkommen unbegreiflichen Welt.

Immer dichter drängen sich die Gefangenen, dann wird die Ladeklappe geschlossen, und der Wagen setzt sich in Bewegung.

Heinrich wundert sich darüber, daß er nicht einmal Angst hat. Er beobachtet sich wie von außen. Indirekte Gefühle. Deutlicher spürt er die plötzliche Kälte, die ihn erstarren läßt. Wetterleuchten am Horizont. Kalter Gewitterwind. Böen, die Zeitungspapier durch die Straßen wehen, kleine Äste und Müll. Erste Regentropfen, die die dünne Kleidung sofort klamm werden lassen. Heinrich würde gern den Mantel fester um sich ziehen, doch die Gewehre lauern auf jede Bewegung.

In holpriger Fahrt geht es durch das nächtliche, fast menschenleere Moskau. Gespenstische Ruhe. Nichts ist mehr so, wie er es vor noch nicht einmal zwei Tagen zurückgelassen hat. Die Straßen sind die gleichen. Er kennt ihre Namen, jedes Haus, jeden hervorstehenden Pflasterstein, jeden abgeplatzten Buchstaben auf den Schildern der Läden. Sein Leben hatte sich hier ereignet, in diesen Straßen, diesen Häusern, dieser fast unwirklich-durchsichtigen Moskauer Luft. Doch wo noch vor ein paar Tagen hektische Geschäftigkeit herrschte oder der stille Charme der Teegesellschaften und Modehäuser, hat nun bereits das Chaos der neuen Ereignisse Einzug gehalten und den Straßen seinen Stempel aufgedrückt, seine Fratze der Gewalt. Geschlossene Fensterläden, wohin man blickt. Eingeschlagene Schaufensterscheiben. Glitzernde Glassplitter im Scheinwerferlicht des Lastwagens. Waren liegen auf den Straßen verteilt. Vor dem Musikgeschäft von Julius Hermann Zimmermann ein zerschmetterter Flügel, offenbar aus dem eingeschlagenen Fenster im zweiten Stock auf die Straße geworfen. Zerstörte Musikinstrumente, eine Geige mit eingetretenem Corpus. Eine demolierte Gitarre, sogar ein zerbrochenes Fagott. Sinnlose Wut des Pöbels, die sich an Symbolen der Kultur entlud, von der man ausgeschlossen war. Vor dem Schuhhaus Weiss ein Rest von geplünderten Schuhen, vor Knebels Buchladen zerfetzte Bücher.

Zwei betrunkene Gestalten wühlen im Haufen aus Papier, weichen wie Schatten in eine Nebengasse zurück, als die Lichter des Wagens sich nähern, Literatur als Brennmaterial an sich gerafft. Bizarre Vorgänge, die Heinrich nur betrachten, nicht verarbeiten kann. Orientierungslosigkeit in einer Welt jenseits gefestigter Ordnungen, in denen er gewöhnt war, sich zu bewegen. Keine Ahnung mehr über das Erwartbare menschlichen Verhaltens. Hilfloses Treiben in einem grotesken Strom der Anarchie.

Beißender Rauch wird in die Gesichter der Gefangenen getrieben. Mitten auf der Straße steht ein ausgebrannter, noch qualmender Wagen. Offenbar hatte man die Insassen fortgejagt, die Scheiben zertrümmert, den Wagen in Brand gesteckt. Es kann noch nicht lange her sein, doch es ist niemand mehr zu sehen.

Klirrendes Glas, Gejohle aus einer Nebenstraße, »Nieder mit

den verfluchten Deutschen, Tod den Saujuden, es lebe der Zar«, das im Lärm des Lastwagens verstummt. Nirgends Polizei. Man läßt den Volkszorn gewähren.

Noch keine Vorstellung davon, wohin die Fahrt gehen soll. Man kommt an der Bank vorbei. Sie ist unversehrt. Durch ihre Gitter und Fensterläden hatte der Volkszorn wenig Chance.

»Gerade hinsetzen!« Die bellende Stimme eines der Polizisten läßt Heinrich Bockelmann zusammenfahren. Er war gemeint. Er war in den letzten Minuten in sich zusammengesunken. Der Blick des Mannes trifft ihn kalt und hart. Das Gewehr ist fest auf ihn gerichtet. Die anderen Gefangenen sehen ihn mit leerem Blick an.

Heinrich fragt sich, wohin man sie bringen wird, welchem Zweck diese Verhaftung dient. Vielleicht würde man sie ja nur außer Landes schaffen, hatte einen Sammeltransport organisiert, für die Deutschen und ihre Familien. Vielleicht wartete seine Familie schon dort, wohin man dabei war, ihn zu bringen. Ein Hoffnungsschimmer. Nur noch weg von hier. Daß dies nun sein drängendster Wunsch sein würde, hatte er noch vor ein paar Tagen nicht einmal geahnt.

Aber warum hatte ihn niemand informiert? Vielleicht war der schwarze Mann ja gekommen, um ihm Bescheid zu geben, und hatte es dann, angesichts der zahllosen Polizisten, doch nicht gewagt? Vielleicht erklärte dies sein merkwürdiges Verhalten am Bahnsteig? Aber dazu war Kropotkin zu hochmütig aufgetreten, nicht vorsichtig genug. Ganz im Gegenteil: So arrogant-selbstbewußt hatte Heinrich ihn noch nie zuvor gesehen.

Immerhin: Wenn sein Telegramm aus Petersburg angekommen war, dann wußte der »schwarze Mann«, mit welchem Zug er eintreffen würde. Nein, Heinrich will das alles nicht glauben. Er schämt sich für seinen Verdacht, seinen Argwohn. Die neue Zeit war schon dabei, ihn verrückt zu machen, ihm das Vertrauen an allem und jedem zu rauben. Bestimmt gab es für das Verhalten des schwarzen Mannes eine vernünftige, gute Erklärung. Heinrich war einfach übermüdet, durcheinander, aufgewühlt, verstört. So sehr konnte er sich in einem Menschen einfach nicht geirrt haben. Und wenn doch? Gab es vielleicht schon eine Art Kopfprämie auf die reichen Deutschen?

Eine Windböe reißt einem der Männer den Hut vom Kopf.

Heinrich und zwei andere Männer wollen im Reflex danach greifen, doch ein Warnschuß in die Luft, der gebrüllte Befehl »Sitzenbleiben!« läßt sie innehalten.

»Primitiver Pöbel«, hört man eine Stimme. Heinrich erkennt überrascht den Verleger Kirchner, der gestern auch auf der Petersburger Krisensitzung gewesen war.

»Ruhe!« herrscht der Wärter ihn sogleich an. »Sie sprechen nur, wenn Sie gefragt werden, und dann auf Russisch!«

Heinrich fällt es schwer, nichts zu erwidern. Er denkt an seinen Ältesten Erwin und dessen Probleme mit Autorität. In diesen Minuten kann er ihn besser verstehen denn je. Guter, starker Junge, denkt er liebevoll und schließt die anderen vier Söhne in seine Gedanken und Sorgen mit ein. Wenn das hier nur nicht das Ende ist…

Der Wagen hält an. Ein trostloses Gelände liegt vor ihnen. Die Ladeklappe wird geöffnet.

»Aussteigen! Einer nach dem anderen und die Hände schön hinter den Kopf! Wird's bald!« Einer nach dem anderen klettert ungelenk von der Ladefläche. Die Bewegungen schmerzen nach dem Sitzen in der unnatürlichen Haltung. Sie werden durch ein eisernes Tor geführt.

»Das ist die Krutizkij-Kaserne«, raunt Kirchner Heinrich zu. »Hier müssen sich alle Deutschen melden.«

Schwaches Licht. Soldaten auf Nachtwache. Die Polizisten klären irgendetwas mit einem Offizier, dann wird man zu einer dunklen Baracke gebracht, die bereits jetzt überfüllt ist von Männern. Dicht an dicht liegt man auf nacktem Stroh. Manch einer war so klug gewesen, sich eine Decke mitzunehmen. Das Privileg derer, die man zu Hause verhaftet hatte. Heinrich gehörte nicht dazu. »Hinlegen und Ruhe!« ertönt der Befehl.

»Was geschieht nun mit uns?« will einer der Männer von den Soldaten wissen.

»Das werdet ihr früh genug erfahren!« Die Tür fällt ins Schloß, und damit erlischt auch der matte Lichtschein von draußen, der die Orientierung ermöglicht hatte. Chaos. Vorsichtig tastet man sich durch den Raum auf der Suche nach ein wenig Platz zum Liegen. Wenigstens ist es hier drinnen warm. Heinrich ist für ein paar Minuten die stickige, abgestandene, übelriechende Luft im Inneren der Baracke lieber als die Gewitterkälte draußen. Irgendwie würde er diese Nacht überstehen. Und morgen würde alles bestimmt ganz anders aussehen. Auch die anderen verstummen langsam. Die Erschöpfung siegt.

Wenn er nur wüßte, daß es seiner Familie gutging... Er hätte sie schon früher außer Landes schaffen müssen. Selbstvorwürfe. Er mußte das Versäumte so schnell wie möglich nachholen. Nur wohin? Zurück nach Deutschland? Von einem Kriegsland in ein anderes? Das schien ihm nicht ratsam. Man mußte eine andere Möglichkeit finden.

Unzählige Gedanken in seinem Kopf. Bilder, Töne, Gerüche. Das Rattern des Zuges, Lichtblitze, Schüsse, »Kalinka, Kalinka, Kalinka moja«, das brennende Auto, der Petersburger Salon, der mild-salzige Duft frischer Austern im Metropol, der zerschmetterte Flügel am Kusnezkij Most, der »Mann mit dem Fagott«, der im Nebel entschwindet, die »Schwanensee-Ouvertüre«, still und flehend und majestätisch, die Zarenhymne aus Hunderttausend Kehlen, ein sich schnell drehender Globus, dessen Grenzen verwischen, Bernhard Junkers Stimme: »Wir haben Krieg.« Immer und immer wieder. »Wir haben Krieg...« – »Kalinka, Kalinka, Kalinka moja...« – »Krieg...«

In der Butyrka

»Aufstehen!« Ein gebellter Befehl. Heinrich richtet sich auf, hat Mühe, sich zu orientieren, zu begreifen, wo er sich befindet. »Fertigmachen! In fünf Minuten draußen antreten!«

Heinrich blickt auf seine Uhr. Fünf Uhr dreißig. Wenige Stunden unruhigen Schlafes.

»Was haben die nur mit uns vor?« Jeden der Männer beschäftigt in diesen Stunden die gleiche Frage.

»Ob man uns als Geiseln gegen Deutschland hält?«

»Vielleicht wollen sie Geld? Vielleicht können wir uns freikaufen?«

»Mir ist alles recht, wenn sie uns nur nicht in die Butyrka bringen.« Johann Kirchner spricht aus, was die meisten von ihnen denken. Der Ruf der Butyrka, des berüchtigtsten Moskauer Gefängnisses, reicht bis weit über die Grenzen der Stadt. Fensterlose Zellen, von Wasser geflutete Kerker unter der Erde, Ratten, Krankheiten, grausame Verhörmethoden, ein Ort des Elends, die Hölle auf Erden.

»So weit wird es ja wohl nicht kommen! So können sie bei allem Kriegsrecht nicht mit uns umgehen!«

Man tritt aus der Tür der Baracke ins grelle Sonnenlicht des Appellplatzes. Essensausgabe. Eine dünne Brühe, die man weder als Tee noch als Kaffee erkennen kann und ein Stück trockenes Brot für jeden. Heinrich ißt es, ohne darüber nachzudenken.

Antreten zum Appell. Der Reihe nach vortreten, Ausweise zeigen. Wächter führen Listen. Nach undurchschaubaren Kriterien werden die Männer in verschiedene Gruppen aufgeteilt, auf verschiedene Seiten des Platzes geschickt. Heinrich fragt sich, ob er einen Geldschein in den Ausweis legen soll, doch es erscheint ihm zu gefährlich.

»Name?«

»Bockelmann.«

»Vorname?«

»Heinrich.«

Ein ratloser, fragender Blick.

»In Rußland falsch übersetzt als Andrej.«

Der Soldat beugt sich wieder über seine Liste.

»Vatersname?«

»Andrejewitsch.«

»Nationalität?«

Heinrichs Zunge stockt. Es muß dem Russen wie eine Provokation erscheinen, wenn er es ausspricht. Vielleicht ist es sein Todesurteil. Noch nie hat Heinrich so sehr mit seiner Nationalität gerungen wie in diesem Moment, noch nie so sehr mit sich gekämpft. Er schämt sich für seine Feigheit. In diesen Tagen klingt es wie ein Schuldbekenntnis, Deutscher zu sein. Er möchte es nicht flüstern, seine Heimat nicht in seiner Angst verraten, es aber auch nicht hinausschreien wie eine Kriegserklärung. Leugnen kann er es ohnehin nicht. Er versucht, es ruhig zu sagen, so emotionslos wie möglich, dem Wärter dabei in die Augen zu schauen. »Ich bin Deutscher.«

Der Wärter kümmert sich nicht weiter darum. Er hat es an diesem Tag bereits Dutzende Male gehört.

»Haben Sie um russische Untertanenschaft angesucht?« fragt er mit gelangweilter Routine.

Heinrich wird in diesem Augenblick bewußt, daß er zu einer Lüge greifen muß. »Ja, aber durch die Ereignisse der letzten Tage scheint mein Ansuchen nicht weitergeleitet worden zu sein.«

»Das wird sich herausstellen«, die kalte Antwort des Wärters. Er reicht Heinrich seine Papiere zurück, zeigt wortlos in die Richtung, in die er abzutreten hat. Heinrich gehorcht und nimmt Aufstellung bei den anderen Deutschen, die man auf die rechte Seite des Platzes geschickt hat. Einen Franzosen, der nach Heinrich an der Reihe ist, weist man zur anderen Gruppe. Er wird gleich viel freundlicher behandelt. Bündnispartner. Das ist es, was in diesen Tagen zählt.

In erstaunlich kurzer Zeit haben sich zwei Gruppen gebildet. Heinrich bekommt noch mit, wie die Männer auf der anderen Seite weggeschickt und nach Hause entlassen werden. Für die Männer auf seiner Seite des Platzes bestehen andere Pläne. In größeren Gruppen wird man wieder auf Lastwagen verfrachtet und mit unbekanntem Ziel befördert.

Schon die Route, die der Wagen nimmt, die Straße nach Dubna, in nordwestlicher Richtung, läßt Stimmen laut werden, die die größte Befürchtung aussprechen. In einem einzigen Wort: »Butyrka.« Und tatsächlich hält man vor der ausladend-bedrohlichen, schon von außen düsteren Strafanstalt.

Wieder müssen alle aussteigen, wer zögert, wird mit Gewehrstößen angetrieben. Irgendwo hinter Heinrich Geschrei, ein Schuß. Er wehrt sich gegen den Reflex, sich umzudrehen, nachzusehen, was passiert ist, hat Angst, in Panik zu verfallen. Wahrscheinlich wollte einer der Männer wider jede Vernunft fliehen, wurde angeschossen. Er scheint zu leben. Man hört Schmerzensschreie. Eine Trage wird herbeigeschafft. Schon muß Heinrich mit seiner Gruppe weitergehen.

Eine halb verfallene Treppe, daneben ein heruntergekommener Bretterverschlag als Sichtschutz. Ein kleiner, grün bewachsener Durchgang. Das letzte Sonnenlicht. Ein schmaler Eingang. Endlose, überfüllte, dunkle Korridore. Geruch nach feuchten, alten, klammen Steinwänden. Angstschweiß. Warten auf ein ungewisses Schicksal. Dumpfe Klagerufe, irgendwo aus den Tiefen des Kerkers. Einzelne Gefangene in dicken, zerschlissenen, groben Wolljacken und -hosen werden an ihm vorbeigeführt. Ausgemergelte Gestalten mit dunklen, tiefen Augenringen und gesenktem Blick.

Heinrich spürt mit einemmal, daß es ernst ist, daß Vertrauen auf menschliche Werte und einen würdigen Umgang verfehlt ist und naiv. Es geht um alles. Zeit, es zu begreifen. Alle Hoffnungen zerschlagen sich in der düsteren Atmosphäre der Butyrka.

Es ist nicht mehr viel Zeit. Bewaffnete Soldaten sorgen für Ordnung, lassen einen Neuzugang nach dem anderen an den kleinen Tisch treten, an dem ein Beamter in Zivil mit einer dunklen, abgeschabten Kladde die Gefangenen katalogisiert und offenbar über ihr Schicksal entscheidet.

Irgendwie müßte es doch möglich sein, die langjährigen Geschäftsbeziehungen und Freundschaften zu den Einflußreichen der Stadt in dieser Stunde der Not zu nutzen. Bald wird er an der Reihe sein. Es muß ihm schnell etwas einfallen. Der neue Generalgouverneur von Moskau, General-Adjutant Fürst Jussupow, war früher immer fast überschwenglich freundlich gewesen, hatte Heinrich beinahe hofiert. Doch seit es nicht mehr zum guten Ton gehörte, mit den einflußreichen ausländischen Wirtschaftsführern gesellschaftlich zu verkehren, war seine Maske gefallen, und er hatte ein hartes, deutschenfeindliches Gesicht gezeigt; er schien ein fast sadistisches Vergnügen daran zu finden, das Volk gegen die Deutschen und gegen die Juden aufzuhetzen. Jussupow würde keinen Finger mehr für ihn krümmen. Ganz im Gegenteil. Innenminister Maklakow war ein wenig unberechenbar. Aber der ehemaligen Gouverneur von Moskau und neue stellvertretenden Innenminister Wladimir Fjodorowitsch Dzhunkowskij schien ein aufrichtiger, integrer Mann zu sein. Ja, Dzhunkowskij – wenn es nur möglich wäre, irgendwie mit ihm zu sprechen. Heinrich kannte ihn gut, hatte immer wieder geschäftlich und privat mit ihm zu tun gehabt. Bestimmt würde sich mit dessen Hilfe ein Ausweg für Heinrich und seine Familie finden lassen. Er mußte es wenigstens versuchen. Es war seine einzige Chance. Jedenfalls die einzige, die ihm in diesen Minuten einfiel.

Der Versuch mit dem Bargeld, den er schon auf dem Appellplatz in Erwägung gezogen hatte, war zu direkt. Aber – sein Atem stockt – die Uhr … Die massiv goldene Taschenuhr, die sein Vater ihm bei Antritt seiner Reise nach Rußland geschenkt, die ihn seither an jedem Tag seines Lebens begleitet hatte. Sie war mindestens 300 Rubel wert, eher mehr. Das entsprach mehr als dem Jahresgehalt eines Gefängnisbeamten. Es konnte funktionieren. Es konnte sein Leben retten. Er mußte es riskieren. Völlig konnten die alten Strukturen sich noch nicht aufgelöst haben. Schnell ist ein Plan gefaßt. Der Herzschlag dröhnt in Heinrichs Ohren, als er an der Reihe ist, vorzutreten.

»Name?«

»Bockelmann.«

Der Kommissar stockt. Er scheint diesen Namen bereits einmal gehört zu haben. Das wäre gut. Ein kleiner Moment der Irritation, dann fährt er fort: »Vorname?«

»Heinrich.«

Der Kommissar sieht zum ersten Mal auf, fragt mit leiser Verunsicherung und zur Schau gestellter Härte in seiner Stimme: »Sind Sie der Bankier, der Leiter der Junker-Bank?«

Heinrich ahnt seine Chance. Jetzt oder nie, denkt er sich und antwortet mit fester Stimme, so selbstbewußt wie möglich: »Genau der bin ich. Und bei allem Respekt, ich glaube, das hier muß ein Irrtum sein. Ich denke, ich gehöre nicht hierher. Ich bin ein treuer Freund Rußlands und ein enger Vertrauter von Wladimir Fjodorowitsch Dzhunkowskij, dem stellvertretenden Innenminister dieses Landes, und auch von Generalmajor Ignatij Solotarew, dem Polizeichef dieser Stadt.«

Heinrich hält inne.

Ein undurchdringlicher, abwartender Blick des Kommissars, der ihm nicht ins Wort fällt. Eine kleine Chance. So ruhig wie möglich fährt Heinrich fort: »Bestimmt ist es nicht in ihrem Sinn, daß man mich hier einkerkert wie einen Mörder oder Staatsfeind. Wenn sich eine Lösung finden ließe …« Schnell fügt er hinzu: »Vielleicht wäre es möglich, Sie um ein kurzes, ungestörtes Gespräch zu bitten, damit ich Ihnen meine Lage darstellen kann.«

Gespannt blickt er dem Kommissar ins Gesicht. Dieser mustert ihn einen Augenblick lang, sagt dann mit bestimmter Stimme und aufgesetzt eisigem Gesichtsausdruck: »Kommen Sie mit!«

Hoffentlich war das ein gutes Zeichen! Mit so festen Schritten wie sie ihm bei aller Angst, den blankliegenden Nerven, dem wenigen Schlaf möglich sind, folgt er dem Kommissar zu einem nur wenige Meter entfernt liegenden Raum, offenbar einem Verhörzimmer. Kahl möbliert. Ein grober Schreibtisch, zwei Stühle, eine lose von der Decke hängende Glühbirne. An der kahlen, weißen Wand ein Bild des Zaren.

Kaum hat der Kommissar die Tür hinter sich geschlossen, wird er freundlicher. »Setzen Sie sich«, bietet Heinrich einen Stuhl an. »Also, was haben Sie mir anzubieten?«

Mit solch einer direkten Frage hatte Heinrich nicht gerechnet. Wenn dies nur keine Falle war.

»Wissen Sie«, beginnt er leise und vertrauensvoll zu sprechen. »Ich habe immer nur das beste für Rußland gewollt, und das weiß auch Wladimir Fjodorowitsch Dzhunkowskij. Es ist sicher richtig, daß Rußland alles tut, um sich vor Staatsfeinden zu schützen. Aber ich bin kein Staatsfeind. Ich könnte Ihnen jetzt Geld für Ihre Hilfe anbieten, aber wieviel ist mein Leben, meine Freiheit wert? Es wäre lächerlich und unwürdig, sie mit dem Bargeld bezahlen zu wollen, das ich bei mir habe. Das würde uns nicht weiterbringen.«

Er macht eine Pause, »Aber ich habe etwas viel Besseres. Ich habe diese Uhr.« Er legt die schwere, massiv goldene Taschenuhr auf den Tisch. Ein interessierter Blick des Kommissars. Heinrich wartet einen Augenblick ab, dann erklärt er: »Ich möchte Ihnen diese Uhr nicht schenken. Ich würde sie auch niemals verschenken. Sie bedeutet mir einfach zuviel.«

Der Kommissar blickt erstaunt und ratlos, doch Heinrich gibt ihm keine Gelegenheit, über die vermeintliche Dreistigkeit dieser Worte nachzudenken. Ruhig und unbeirrt fährt er fort: »Diese Uhr hat mir mein bisheriges Leben lang Glück gebracht. Sie soll mir auch jetzt Glück bringen, und deshalb habe ich nicht vor, sie Ihnen zu schenken.«

Er hält inne. »Was nützt sie Ihnen auch? Auf dem Schwarzmarkt bringt sie sicher höchstens ein Zehntel ihres Wertes ein, und das wäre für uns alle ein schlechtes Geschäft.«

Er macht eine erwartungsvolle Pause, fährt dann freundlich und bedächtig fort: »Aber ich möchte sie Ihnen in Verwahrung geben. Als Pfand für mein Leben. Wenn ich heil hier herauskomme, kaufe ich sie von Ihnen im vollen Geldwert zurück. Nehmen Sie sie ruhig. Was meinen Sie, was diese Uhr wert ist?«

Der Kommissar zögert, doch seine Augen leuchten gespannt. Heinrich reicht sie ihm. Sichtlich erstaunt über ihr Gewicht, wiegt dieser sie in seiner Hand.

»Das ist pures Gold«, setzt Heinrich nach. Und nach einer kurzen Pause: »Diese Uhr ist mehr wert als das Jahresgehalt eines verdienten russischen Beamten. Sie können die Uhr gern schätzen lassen.«

Der Kommissar blickt die Uhr fasziniert an. »Und was soll ich dafür tun?«

Der erste Satz seit seiner Frage nach Heinrichs Angebot.

»Bedenken Sie, auch mir sind die Hände gebunden. Ich kann Sie nicht einfach gehen lassen. Das müssen Sie verstehen. Das kann mich Kopf und Kragen kosten.«

Heinrich lächelt ihn freundlich an. »Dessen bin ich mir bewußt. Aber Sie können dafür sorgen, daß ich hier unter einigermaßen menschlichen Bedingungen untergebracht werde. Und Sie können mir helfen, ein Schreiben an den stellvertretenden Innenminister Dzhunkowskij zuzustellen, in dem ich ihm von meiner Lage berichte und ihn um Hilfe bitte. Alles Weitere wird sich dann sicher finden.«

Der Kommissar nimmt ein Päckchen mit billigen Zigaretten aus seiner Tasche, bietet Heinrich eine an, gibt ihm Feuer, bedient sich dann selbst. Heinrich nimmt einen tiefen Zug, läßt den Rauch langsam von seinen Lippen aufsteigen, fährt dann nachdenklich fort: »Für Sie ist das völlig risikolos. Und wenn ich ein Lügner sein sollte: Sie riskieren nichts. Sie haben nur einen Brief zugestellt. Und Sie haben dann immer noch die Uhr und zumindest ihren Schwarzmarktwert.«

Der Kommissar nickt gebannt. Er läßt den Deckel der Uhr aufspringen. Sie summt und bimmelt und klingt. Der Kommissar findet sichtlich Gefallen an der Spielerei, schließt den Deckel dann wieder mit ernster Miene, läßt die Uhr in seine Tasche gleiten. Aus dem Schreibtisch nimmt er einen Stift und Papier, reicht es Heinrich. »Bitteschön, Barin, schreiben Sie!«

Heinrich kann sein Erstaunen über die hochachtungsvolle Anrede kaum verhehlen. Er beginnt zu schreiben, stellt seinem Freund

Dzhunkowskij mit knappen Worten seine Lage dar, reicht dem Kommissar den Brief. Mutig geworden fügt er hinzu: »Und dann hätte ich noch eine ganz persönliche Bitte: Könnten Sie meine Familie über meinen Verbleib informieren und mir Nachricht bringen, ob meine Frau und meine Söhne wohlauf sind?«

»Selbstverständlich. Das sollte kein Problem sein.«

Heinrich bedankt sich. »Haben Sie gehört, wie die Lage draußen ist? Sind die Deutschen in ihren Häusern immer noch in Gefahr?«

Mißbilligendes Stirnrunzeln. »Ja, Barin, leider. Dieses Vorgehen ist durchaus nicht in unserem Sinne. Das ist der Volkszorn. Wir können nicht überall gleichzeitig sein und aufpassen. Es gerät alles außer Kontrolle. Ich bedauere das sehr.«

Heinrich wiegt nachdenklich-verständnisvoll den Kopf. »Kann man denn da gar nichts tun? Sie müssen verstehen. Es macht mich verrückt, hier zu sein und nicht selbst auf meine Familie aufpassen zu können. Ich würde noch mal 100 Rubel drauflegen, wenn Sie mir diese Sorge nehmen.«

Der Kommissar nickt beflissen. »Ich werde eine Wache vor Ihrem Haus organisieren.«

Heinrich bedankt sich erleichtert. »Ich stehe tief in Ihrer Schuld.«

Der Kommissar steckt den Brief an den stellvertretenden Innenminister vorsichtig und mit einer knappen Verbeugung ein, dann fällt ein kleiner Schatten des Bedauerns über sein Gesicht. »Aber, Barin, das Gefängnis ist vollkommen überfüllt. Ich kann dafür sorgen, daß Sie in einer Zelle in den oberen Etagen untergebracht werden. Dort ist es etwas erträglicher und wenigstens trocken, aber das Beste, was ich in dieser Sache im Moment für Sie tun kann, ist eine Zweierzelle, mit nur vier Mann belegt.«

»Nur vier Mann«, denkt Heinrich sarkastisch und entsetzt gleichermaßen, doch daran läßt sich wohl nichts ändern. Dieses Unheil wird er hinnehmen müssen.

Der Kommissar scheint seine Gedanken erraten zu haben. Bedauernd erklärt er: »Das ist wirklich eine außerordentlich gute Unterbringung für dieses Haus. Normalerweise haben Zweierzellen hier zwanzig Insassen.«

Heinrich sieht den Kommissar entsetzt an. »Ich danke Ihnen sehr!«

Man tritt wieder auf den Gang. Sofort wird die Miene des Kommissars unzugänglich, sein Ton herrisch, wieder ganz autoritäre Amtsperson, der den Gefangenen keines Blickes würdigt. Er ruft einen Wärter heran und verfügt barsch: »Dieser Gefangene wird auf Zelle 762 in Block B gebracht. Sie sind mir persönlich für ihn verantwortlich!«

Der Wärter nickt, lächelt leicht. Er scheint diese Wendung zu kennen. Wahrscheinlich bedeutet sie einen kleinen Anteil für ihn. Machtstrukturen. Geld war immer noch das beste Argument.

Ganz unten

Brütende Hitze, beißender Gestank. Ungeziefer, Enge. Ein schmaler, hoher Raum. In der oberen Ecke ein winziges, vergittertes Fenster, ein wenig Tageslicht, doch seit Tagen hat er den Himmel nicht mehr gesehen. Schon lange kein Gefühl mehr für Zeit und Raum. Vier endlose Nächte lang das Morgengrauen ersehnt und bei Sonnenaufgang die Abenddämmerung. Dankbar für jede kleine Abwechslung. Drei Schritte hin, drei Schritte zurück wider die Erstarrung. Nur Sekunden totgeschlagen. Zeit, die stillzustehen scheint.

Heinrich schlägt wütend mit der Faust gegen die massive, eiserne Tür. Manchmal kommt ein Wärter. Für Geld oder Zigaretten sind Vergünstigungen zu kaufen, ein paar Minuten auf dem Korridor in ein wenig besserer Luft, eine kleine Extraration Wasser oder Brot, Gelegenheit, sich zu waschen, frisches Stroh für das Nachtlager.

Fluchen aus einer der beiden Pritschen, auf denen in Schichten geschlafen wird, schmalen Holzkästen mit alten, stinkenden Strohsäcken. Keine Decken. Man benutzt seine Kleidung, seinen Mantel, was immer man bei sich hat. Immobilienkaufmann Andreas Schiller, spezialisiert auf Landgüter und repräsentative Residenzen, hat einen Floh gefangen, zerdrückt ihn mit seinen Nägeln. Ein kleiner, unbedeutender Sieg gegen die Horden von Ungeziefern, mit denen man die Zelle teilt.

»Zum Glück gibt es hier wenigstens nur selten mal eine Ratte. In den unteren Etagen werden die schwächeren Gefangenen von den Biestern angefressen.« Otto Schweitzer, bis vor wenigen Tagen einer der führenden Kaufmänner in der Schokoladenfabrik von Julius Heuss, hat unzählige Schauergeschichten, die im Haus kursieren, auf Lager.

Heinrich lehnt sich gegen die Wand. Ein Anflug von Übelkeit. Beginnende Schwäche. Krämpfe. Man sollte das übelriechende Wasser hier nicht trinken, die dünne, schlechte Kohlsuppe nicht essen, doch man hat keine Wahl. Der schmutzige Blechkrug mit der Tagesration Wasser für alle ist bereits fast leer. Die Hitze trocknet die Kehlen aus. Beinahe beginnt man, um die gerechte Aufteilung des Wassers zu streiten. Heinrich tritt eine Kakerlake tot und hätte dabei beinahe den stinkenden Blecheimer umgestoßen, der als Abort dient und einmal täglich von einem der Gefangenen geleert werden muß. Immer abwechselnd.

Heinrich überläßt Michail Karlowitsch Baron von Keller den letzten Schluck Wasser. Kampf mit sich selbst um den letzten Rest an Menschenwürde und Großzügigkeit.

Es wird wenig gesprochen. Am Tag seiner Ankunft hatte jeder der vier Gefangenen seine Geschichte erzählt. Andreas Schiller und Otto Schweitzer waren wie Heinrich Deutsche, Geschäftsleute, deren Vergehen lediglich in ihrer Nationalität bestanden. Verhaftet, wie Heinrich, völlig unerwartet von der Straße weg. Michail Karlowitsch Baron von Keller war Russe, ein weltoffener junger Mann im auswärtigen Dienst, dem marxistische Umtriebe und staatsfeindliche Spionage gegen Rußland vorgeworfen wurden, nur weil er sich im Ausland mit Andersdenkenden getroffen und Verständnis für deren Anliegen gezeigt hatte. Er war von ihnen allen in dieser Zeit der neuen Zarentreue wohl in der aussichtslosesten Lage, doch wer konnte das schon so genau wissen.

Am ersten Tag hatte man sich gegenseitig verrückt gemacht mit der in tausenderlei Variationen gestellten Frage »Warum?«, auf die es keine Antwort gab, hatte Kräfte verschlissen mit innerem Aufbegehren und äußeren Kämpfen, die nicht zu gewinnen waren. Dann hatte Heinrich vorgeschlagen, den Kampf gegen das Elend mit der Schönheit menschlicher Kultur aufzunehmen, die Unwürdigkeit des Kerkers zu ignorieren und von der Freiheit des Geistes zu zehren, Konversation zu betreiben als wäre man in einem der Salons, Erinnerungen an Literatur und Musik wiederaufleben zu lassen, die man in seinen Gedanken und Gefühlen trug, an Philosophie, die Fragen aufwarf, welche über die Erbärmlichkeit ihrer momentanen Existenz hinauswiesen. Es war einige Stunden lang gutgegangen, doch dann war der Moment gekommen, in dem einer der Gefangenen den Eimer hatte benutzen müssen, und alle Würde und Weihe hatte sich aufgelöst im schmutzigen, stinkenden Elend der Realität.

Seither hatte jeder sich mehr und mehr in seine eigenen Gedanken zurückgezogen. Nur manchmal seufzte einer: »Ich halte das nicht mehr aus! Warum lassen die mich nicht gehen! Ich habe doch nichts getan!«

Manchmal begann einer zu schreien und zu treten, sich die Fäuste an den Wänden oder der Tür blutig zu schlagen, dann war alle Widerstandskraft der anderen gefragt, um ihn wieder zu beruhigen und ihm einen Funken Hoffnung zurückzugeben.

Heinrich fühlt deutlich und beängstigend, wie nahe er selbst in diesen Stunden an jenem Abgrund steht, spürt die Gefahr, daß Panik und Beklemmung siegen.

Der fünfte Tag ohne Nachricht, ohne besondere Ereignisse, ohne Hoffnung. Die Angst zehrt an seiner Seele. Nicht die Angst vor einer ungewissen Zukunft. Zukunft bedeutete Hoffnung, Veränderung, Gefahren, aber auch Chancen. Es ist die Angst vor einer unendlichen Gegenwart, die ihn zu erfassen und zu lähmen beginnt, die Angst vor der Ereignislosigkeit in diesem würde- und zeitlosen Einerlei, das nicht einmal mehr vom Bimmeln und Surren und Klingen seiner Uhr unterbrochen wurde. Vielleicht war es ein Fehler gewesen, sie gegen seine Freiheit zu setzen.

Heinrich beginnt zu zweifeln. Es war ein zu schneller Sieg gewesen. Der Kommissar hatte sich den Verlockungen, die Heinrich ihm bot, viel zu schnell und viel zu rückhaltlos ergeben. Vielleicht war es sein Trick gewesen, eine besonders heimtückische Form der Grausamkeit, sich den Bestechungsversuchen der Gefangenen in fast unterwürfiger Dienstfertigkeit zu beugen – und sie danach im Stich zu lassen, ihnen auf diese Weise die eigene Bedeutungslosigkeit und Ohnmacht besonders schmerzlich vor Augen zu führen.

Heinrich faßt sich an den Kopf. Bestimmt war es so. Auch der

Schwarzmarktwert der Uhr war schon viel Geld für den Kommissar. Warum sollte er mehr riskieren? Ja, so mußte es sein. Sonst hätte Heinrich doch längst etwas von Minister Dzhunkowskij gehört, oder zumindest Nachricht von seiner Familie erhalten. Bestimmt war dies der Preis für seine eigene Unverfrorenheit, seine verachtenswerte Haltung zu denken, alles auf dieser Welt, auch und vor allem die Freiheit, sei nur eine Frage des Preises. Das Leben hatte ihn dies gelehrt, doch vielleicht war jetzt die Zeit für eine andere Lektion gekommen. Vielleicht würde er jetzt zum ersten Mal erleben, daß Würde, Freiheit, Unversehrtheit nicht käuflich waren. Vielleicht würde er jetzt schmerzlich erkennen müssen, daß auch der Macht des Geldes Grenzen gesetzt waren. Vielleicht war jetzt der Zeitpunkt gekommen, an dem er die Rechnung für all den Glanz, allen Erfolg, alle Macht und all die Arroganz seines Lebens würde bezahlen müssen.

Er sinkt auf den schmutzigen Zellenboden, ein großes, breitschultriges Häuflein Elend.

Wie lange er so gesessen hat, kann er später nicht mehr ermessen, als plötzlich polternd die Tür aufgeschlossen wird und der Wärter, ohne einzutreten, ruft: »Bockelmann! Mitkommen!«

»Besuch für Sie!« erklärt der Wärter knapp und läßt Heinrich vorausgehen, weist ihm mit kurzen Befehlen den Weg durch die langen Gänge, in denen ihre Schritte widerhallen.

Aus der Tiefe des Kerkers dumpfes Klagen, Geräusche von Blechkrügen, die gegen Wände und Türen geschlagen werden. Unheimliche Töne.

Ein anderer Wärter kommt ihnen mit einem Häftling in der grauen Sträflingsuniform und Fußketten entgegen. Ein junger Mann mit altem Gesicht. Man blickt sich in die Augen. Heinrich nimmt sich vor, was immer nun auch mit ihm geschehen werde, Haltung und das Bewußtsein zu bewahren, daß es immer noch hätte schlimmer kommen können.

»Stehenbleiben!« Der Wärter schließt die Tür zu Heinrichs Rechter auf, tritt nicht mit ein. Der Raum gleicht jenem, in dem er vor wenigen Tagen das Gespräch mit dem Kommissar geführt hatte, in Größe und Ausstattung. Drinnen empfängt ihn ein Mann, den Heinrich noch nie zuvor gesehen hat. Unsicher bleibt Heinrich stehen, läßt den Fremden auf sich zukommen, der ihm freundlich und scheinbar wohlwollend, aber offenbar auch ein wenig erschreckt von Heinrichs derangiertem Äußeren die Hand entgegenstreckt.

»Guten Tag, Herr Bockelmann! Bitte, nehmen Sie doch Platz! Lassen Sie uns gleich zur Sache kommen. Sie wissen, warum ich hier bin?«

Heinrich zögert, ahnt und hofft es, wagt es aber nicht auszusprechen. Der Fremde bietet ihm eine Zigarette an, die Heinrich dankend annimmt, doch sein geschwächter Körper ist Derartiges nicht mehr gewöhnt und reagiert mit einem leichten Schwindelgefühl.

»Ich bin der erste Sekretär von Minister Wladimir Fjodorowitsch Dzhunkowskij und komme in dessen Auftrag.« Heinrich fällt eine zentnerschwere Last von der Seele.

»Sie müssen verstehen«, fährt der Fremde fort, »daß die aktuellen Ereignisse es Minister Dzhunkowskij verbieten, persönlich zu kommen.« Er zuckt mit den Schultern.

»Selbstverständlich.« Heinrich nickt. Eine bittere, aber unvermeidliche neue Erfahrung. Die unvermeidbare Konsequenz der neuen Zeit. Zeichen für Heinrichs gesellschaftlichen Fall, gewöhnungsbedürftig, aber damit kann er leben.

Der Sekretär öffnet eine Mappe mit einem Dossier. »Zunächst wird es Sie freuen zu hören, daß es Ihrer Familie gutgeht. Alle sind gesund und wohlauf, auch Ihr Haus ist von den Plünderungen der letzten Nächte verschont geblieben. Es wird rund um die Uhr bewacht. Nur Ihr Wagen wurde beschlagnahmt, für die Kriegsverwendung eingezogen, wie alle Privatwagen der Stadt. Damit werden Sie leben müssen.«

»Aber selbstverständlich.« Heinrich sieht den Sekretär dankbar und erwartungsvoll an.

»Darf ich offen sprechen?« Die Züge des Sekretärs sind ernst.

»Ich bitte darum.«

»Was der stellvertretende Innenminister nicht verstehen kann, ist, daß Ihr Ansuchen um russische Untertanenschaft noch nicht eingegangen ist. Wann und wo haben Sie den Antrag denn gestellt? Sie *haben* ihn doch gestellt!? Andernfalls kann es Sie Kopf und Kragen kosten. Ich hoffe, Sie verstehen mich richtig!« wendet er sich eindringlich an Heinrich.

»Durchaus. Ich muß aber gestehen, daß ich die Lage falsch eingeschätzt und noch keine Gelegenheit gefunden habe, dieses Ansuchen einzureichen. Die Ereignisse haben sich einfach überschlagen...« Heinrich versucht, sich zu rechtfertigen.

Der Sekretär unterbricht ihn sogleich: »Das habe ich nicht gehört. Ist es nicht vielleicht so, daß Sie den Antrag abgeschickt haben, aber vermuten, er sei in den Wirren der letzten Tage verloren gegangen?«

Heinrich nickt. »Natürlich.«

Der Sekretär scheint zufrieden. »Minister Dzhunkowskij hat sich schon etwas Ähnliches gedacht. Er kennt Sie als einen ehrlichen und redlichen Freund des russischen Staates, dem es schon lange ein Wunsch und Anliegen war, russische Untertanenschaft anzunehmen.«

Der Sekretär sucht etwas in seiner Mappe. »Wie wir zu unserem großen Bedauern gestehen müssen, ist bei uns in den letzten Tagen einiges durcheinandergeraten. Sie wissen ja: neues Personal, Arbeitsüberlastung. Es ist wirklich ein Jammer.«

Heinrich nickt gespannt.

»Nachdem der Herr Minister Ihr Schreiben erhalten hat, ist er der Sache sogleich auf den Grund gegangen und hat festgestellt, daß Ihr Antrag bereits vor zehn Tagen bei uns eingegangen, aber aus Gründen, die sich jetzt nicht mehr rekonstruieren lassen, nicht weiter bearbeitet worden ist. Wir bedauern die Unannehmlichkeiten, die Ihnen daraus entstanden sind.« Er zwinkert Heinrich zu, legt ein zum Teil ausgefülltes Blatt auf den Tisch, weist auf das bereits eingesetzte, vierzehn Tage zurückliegende Datum. »Nur leider muß auch Ihnen beim Ausstellen des Formulars ein kleines Versehen passiert sein: Es fehlt noch Ihre Unterschrift. Darüber wollen wir aber kein weiteres Wort verlieren.«

Er reicht Heinrich einen Stift, der ohne nachzudenken seine Chance ergreift und seinen Namen unter das rettende Stück Papier setzt. »Ich danke Ihnen von ganzem Herzen!«

Der Sekretär lächelt. »Keine Ursache. Minister Dzhunkowskij hofft, Ihre Sache nun schnell zu einem guten Ende bringen zu können. Wahrscheinlich sind Sie in einigen Tagen frei.«

»Bestellen Sie Wladimir Fjodorowitsch Dzhunkowskij meine besten Empfehlungen und meinen tiefsten Dank!«

Der Sekretär nickt. »Ach, beinahe hätte ich es vergessen.« Er nimmt einen Beutel mit Wodka, Tabak und belegten Broten aus der Tasche. »Mit besten Grüßen von Minister Dzhunkowskij. Das werden Sie hier sicher gut gebrauchen können.«

Heinrich nimmt den Beutel dankbar an sich. Mühsam beherrscht er sich, sich nicht sogleich unter Mißachtung jeglicher Manieren über seinen Inhalt herzumachen.

Der Sekretär reicht ihm die Hand. »Ich wünsche Ihnen alles Gute. Bleiben Sie stark, es kann nicht mehr lange dauern.«

Heinrich nickt.

»Sie können noch eine Weile hierbleiben. Ich habe das für Sie arrangiert. Nehmen Sie sich Zeit.« Er weist auf den Beutel.

Heinrich lächelt dankbar, nimmt sich aber vor, auch etwas für seine Zellengenossen aufzubewahren.

Der Sekretär verläßt den Raum. Heinrich genießt die Ruhe, die frischere Luft, den Anblick eines Stückchens Wiese vor dem geschlossenen und vergitterten Fenster.

Mit der neuen Hoffnung sind auch seine Lebensgeister wieder erwacht. Das Schicksal hatte ihn nur gewarnt, nicht zerstört. Auch im Verlöschen hatte es ihm seine Macht nicht ganz entzogen.

Gerecht ist es nicht, findet er, als er an seine weniger begünstigten Mitgefangenen denkt und bekämpft angestrengt sein schlechtes Gewissen. Es hätte den anderen nicht geholfen, hätte er darauf verzichtet, seine Möglichkeiten zu nutzen. Er würde das Schicksal nie mehr herausfordern, schwört er sich dankbar, und die einfachen belegten Käsebrote scheinen ihm die größte Delikatesse zu sein, die er je zu sich genommen hat.

Hoffnung hinter dem Horizont

Früher Morgen. Stille über der Stadt. Die Dämmerung des anbrechenden Tages. Man spricht leise. Jedes Wort und jeder Schritt hallen von den Wänden des Hauses wider. Die Möbel sind mit großen Tüchern abgedeckt, Hab und Gut in Kisten verpackt. Was man mitnehmen kann, wird Wasja mit Hauslehrer Pfister zum

Bahnhof vorausbringen. Es ist nicht viel. Wertsachen dürfen nicht außer Landes gebracht werden. Den »Mann mit dem Fagott« und ein paar andere Gegenstände, an denen Heinrichs und Annas Herz hing, hatte man dank Heinrichs Kontakten vorausschmuggeln können. Schmuck und das Silberbesteck hat Pascha in den letzten Tagen in Brotlaibe eingebacken. »Reiseproviant.« Doch das meiste mußten sie zurücklassen. Ein letzter Blick auf das, was man aufgeben wird. Rudi tastet nach seinem Taschentuch, in das er Erde aus dem Garten gewickelt hat. »Heimaterde«, die ihn immer an dieses Land, dieses Haus erinnern soll. Eine zarte Blume aus dem Garten steckt im Knopfloch seines Hemdes. »Ich komme wieder«, verspricht er in Gedanken jedem Baum, jedem Strauch, dem Haus, der Stadt und möchte es selbst gern glauben.

Nastasja, die junge Dienstbotin, die wie Pascha keine Familie hatte, war die ganze Nacht aufgeblieben und hatte das Haus saubergemacht. »Was soll ich denn sonst tun? Sonst weine ich nur«, hatte sie gesagt. »Und ich möchte, daß Sie das Haus schön und sauber in Erinnerung behalten.«

Sie hält den siebenjährigen Werner am Arm fest, prägt sich noch einmal sein Gesicht mit der kleinen, runden Brille ein. »Du darfst Rußland nicht vergessen, ja? Auch wenn jetzt schreckliche Dinge passieren, es ist ein gutes Land! Und du wirst wiederkommen, das weiß ich, und ich werde da sein.« Werner nickt ratlos, löst sich schlängelnd aus ihrer ungewohnt festen, etwas fremden Umklammerung und läuft zu Pascha. »Sie hat geweint«, erklärt er erstaunt.

»Ich weiß«, antwortet Pascha und bindet dem eineinhalbjährigen Johnny die Schuhe zu.

Eine merkwürdige »Prozession« macht sich zu Fuß auf den Weg zum Petersburger Bahnhof. Fünf Kinder und drei Erwachsene in die rauhe, kratzende Kleidung der Dienstboten gehüllt, um nicht aufzufallen. Überall auf der Straße werden zur Zeit Deutsche angegriffen, ausgeraubt oder schlimmeres. In der letzten Zeit durften die Kinder deshalb nur noch im Garten hinter dem Haus spielen.

Geheimnisvolles Licht, das die Kinder so nicht kennen. Zu dieser frühen Stunde waren sie noch nie unterwegs gewesen. Abenteuerlust und Angst, Vorfreude und Verweigerung in ständigem Wechsel. Der kleine Johnny schläft auf Paschas Arm, der knapp siebenjährige Werner nimmt Paschas Hand, Gert mit seinen fünf Jahren drängt sich an Anna, während Rudi und Erwin neben ihrem Vater hergehen. Erwin, mit seinen elfeinhalb Jahren schon ganz den Erwachsenen mimend, um dem Vater beizustehen.

Er spürt, wie schwer es dem Vater fallen muß, die Familie zum Bahnhof und damit außer Landes zu bringen, während er selbst zurückbleiben muß. Deutsche Männer im wehrfähigen Alter läßt man nicht ausreisen. Und der Antrag auf russische Untertanenschaft, den er in der Butyrka als Preis für seine Freiheit gestellt hat, hält ihn ohnehin auf unbestimmte Zeit im Lande fest. Aber wenigstens die Familie soll heute in Sicherheit gebracht werden, ins neutrale Schweden. Man hat ein Schreiben von Wladimir Fjodorowitsch Dzhunkowskij, in dem er Anna, den Kindern und drei ihrer Dienstboten Plätze im Sonderwaggon zur Ausreise über die Grenze in die unabhängige Provinz Finnland zuweist. Ein letzter Sonderwaggon, von ihm persönlich zur Verfügung gestellt zur Evakuierung deutscher und deutsch-russischer Familien – ohne die kriegstauglichen deutschen Familienväter oder Söhne im dienstfähigen Alter. Der Waggon wird plombiert und erst in Finnland, das zwar zu Rußland gehört, aber über einen unabhängigen Sonderstatus verfügt, wieder geöffnet werden. Von dort aus konnte jeder seiner Wege gehen.

»Bis ich wieder bei euch bin, übernimmst du die Rolle des Mannes im Haus«, wendet sich Heinrich an seinen Ältesten. »Du paßt auf deine Mutter und deine Brüder auf. Kann ich mich auf dich verlassen?«

»Ja, Papa«, erklärt Erwin stolz.

Auch Pascha wird heute ihre Heimat verlassen. Sie hat bisher in ihrem Leben nur das Dorf gesehen, in dem sie geboren wurde, und später Moskau, in dem sie in Heinrichs und Annas Dienst und Obhut stand. Es hat nie ein Zweifel daran bestanden, daß sie die Familie begleiten und an Annas Seite stehen würde. Etwas anderes war undenkbar. Und auch der Staat hatte keinerlei Bedenken, sie gehen zu lassen. Eine russische Analphabetin, die nicht einmal wußte, wann sie geboren war, ließ man bedenkenlos ziehen.

»Vielleicht ist es in Schweden ja auch ganz schön«, versucht Erwin seinem Vater durch Vernunft zu imponieren, ihm den Rücken zu stärken.

»So schön wie hier ist es da bestimmt nicht«, erwidert Rudi mit kindlichem, ernstem Trotz.

»Dann ist es eben anders schön«, beharrt Erwin. »Ich hab es dir doch auf meinem Globus gezeigt: Da, wo wir hinfahren, ist ganz in der Nähe das Meer. Wir werden immer ans Meer fahren zum Baden! Das wird bestimmt herrlich!«

Rudi sieht seinen Bruder feindselig an. »Ich will nicht baden! Ich will hierbleiben.«

Je näher sie dem Bahnhof kommen, desto mehr wird die Ruhe vom Chaos des anbrechenden Tages abgelöst. Irgendwo fallen Schüsse.

Am Bahnsteig überall Soldaten, doch sie scheinen alle überbeschäftigt, überfordert und desorganisiert. Anna weist ihr Schreiben von Minister Dzhunkowskij vor. Ein flüchtiger Blick, ein Suchen auf seiner Liste. »Bockelmann? Waggon 5.« Dann werden sie alle zum Zug gelassen. Schnell hat man den Waggon gefunden.

Heinrich hilft den Kindern über die hohen Stufen und bringt sie ins Abteil, setzt sich noch – »nur für einen Augenblick«.

Vorbereitung für einen Abschied auf unbestimmte Zeit. Sprachlosigkeit. Es gäbe noch so vieles zu sagen. Nichts scheint der Schwere des Augenblicks angemessen.

Heinrich sieht auf die Uhr. Noch ein paar Minuten. Gleich am Tag nach seiner Entlassung hatte er sie ausgelöst. Der Kommissar hatte ihm gewünscht, daß sie ihm weiterhin Glück bringen möge und sich über das Glück der 400 Rubel gefreut, das sie ihm selbst gebracht hatte. Man hatte den Handel vollzogen und war seiner Wege gegangen, jeder auf seine Weise dankbar. Heinrich hatte nicht einmal heute, in der einfachen Kleidung, auf die Uhr verzichten können. Als wäre er ohne sie verloren.

»Achtung: Noch fünfzehn Minuten bis zur Abfahrt!« Eine Stimme von draußen.

Es wäre der Moment des Abschiednehmens. Heinrich und Anna sehen sich vielsagend und gespannt an. Keiner wagt es zuerst auszusprechen. Es ist eine zu zerbrechliche Hoffnung, ein zu gewagter Gedanke. Aber was, wenn er es tatsächlich einfach tut? Es scheinen keine Kontrollen mehr stattzufinden. Heinrich ist im Zug. Weiter vorn macht man sich schon daran, Türen zu schließen, Waggons zu verplomben.

Gert bettelt: »P…Papa, ich w…will, daß du m…mit uns k…kommst.«

Er stottert, wie immer, wenn er nervös ist, unsicher, aufgeregt, und das kommt bei diesem Jungen sehr oft vor. Mit stockendem Atem sehen Heinrich und Anna sich an, für Augenblicke wie elektrisiert. Heinrich hält den Atem an, als Anna flüstert: »Und wenn du wirklich einfach sitzenbleibst? Ich meine… was hält dich noch in Moskau? Die paar Sachen, die du zu Hause zurückgelassen hast? In der Bank ist auch nichts mehr für dich zu tun. Du bist immerhin hier…«

Sie sieht ihn flehend an.

Heinrich kämpft mit seinem Begriff von Ehre. Und mit seinem Versprechen, zu bleiben, das er dem stellvertretenden Innenminister Dzhunkowskij gegeben hat. Was, wenn er die Situation verkennt, wenn noch einmal kontrolliert, er des Fluchtversuchs überführt wird? Das könnte tödlich für ihn sein. Andererseits: Hier hat doch niemand mehr den Überblick. Es könnte gehen. Es wäre dumm, es nicht zu versuchen. Einfach sitzen bleiben, mehr muß er nicht tun…

Er entschließt sich, nickt fast unmerklich. Erleichterung und Furcht bei Anna. Nur noch ein paar Minuten. Sie werden alles entscheiden.

Draußen bietet ein Limonadenverkäufer seine Waren feil. »Kühle Getränke!« ruft er durch die noch offenen Türen, bimmelt mit seinem kleinen Glöckchen. Die Fenster der Sonderwaggons müssen in den Bahnhöfen geschlossen bleiben.

»P…Papa, ich h…hab D…Durst!« quengelt Gert. »Ich auch«, pflichten Werner und Rudi bei. Tatsächlich hat man nichts zu trinken eingepackt. Heinrich nickt, drückt Erwin mit ernstem Blick einen Geldschein in die Hand. »Mach schnell und unauffällig«, schickt er ihn los.

Der Verkäufer ist schon einen Waggon weitergezogen. Erwin läuft auf ihn zu. Heinrich beobachtet seinen Ältesten durch das Fenster. Der Junge nimmt Getränkeflaschen entgegen, reicht dem Verkäufer den Schein. Kopfschütteln, Gezeter, Hektik. Erwin sucht ratlos den Blick seines Vaters, zuckt hilfesuchend mit den Schultern. Heinrich blickt sich um. Keine Soldaten in unmittelbarer Nähe, doch wenn das Gezeter des Verkäufers so weiterging, würde man Aufsehen erregen. Kurzentschlossen erhebt er sich. »Ich muß dem Jungen helfen, bin gleich wieder da.«

Und steigt schon aus, viel zu schnell, um sich von Anna oder Lehrer Pfister zurückhalten zu lassen.

Mit wenigen Schritten ist er beim Limonadenverkäufer. »Gibt es ein Problem?«

Erwin aufgeregt: »Der Mann sagt, er hat kein Wechselgeld!«

Verzweifelt und beschämt sieht der Junge seinen Vater an. Nie hätte er sich vorstellen können, an solch einer kleinen und doch wichtigen Aufgabe zu scheitern.

Sein Vater lächelt. »Geh du mit den Getränken schon einmal vor. Ich regle das.«

Er schickt seinen Ältesten weg, bezahlt. Der Verkäufer zieht weiter.

Alles scheint ruhig, doch die Männer, die die Waggons verplomben, werden gleich bei seinem angekommen sein. Er muß sich beeilen, blickt sich oberflächlich um, sieht niemanden, vor dem er meint, sich in acht nehmen zu müssen. Nur ein etwas abwesend wirkender Mann in Zivil an der Waggontür, auf die er zueilt. Heinrich setzt seinen Fuß auf die Stufe des Einstiegs. Blitzschnell verstellt der Mann ihm den Weg. »Polizei – Ihre Papiere.« Eine erstaunlich ruhige Stimme. Entsetzt blickt Heinrich dem Mann ins fast unbewegte Gesicht. Ein Routine-Vorgang. Widerstand zwecklos. Zwei Soldaten treten hinzu, Gewehre in der Hand.

Heinrich greift in seine Tasche, zeigt seinen Ausweis, wird unsanft vom Zug weggezogen. Beamten beginnen, den Waggon zu verplomben, in dem seine Familie sitzt. Heinrich muß tatenlos zusehen. Bestürzter Blickwechsel mit Anna. Schuldgefühle und Panik in Erwins bleichem Gesicht. Er beginnt zu weinen. Heinrichs hilfloser Versuch eines Lächelns.

»Weg vom Fenster!« Die Soldaten herrschen Anna und Erwin an. Abschiednehmen mit einem letzten kurzen Blick.

»Sie sind Deutscher?«

»Ja.«

»Sie haben einen Antrag auf russische Untertanenschaft gestellt?« Das entsprechende Papier lag in seinem Paß.

»Ja.«

»Ausreisegenehmigung?«

»Ich habe nur meine Familie zum Zug begleitet, wollte mich nur verabschieden.«

»Sie haben also keine?«

»Nein.«

»Das war also ein Fluchtversuch. Sie wollten doch gerade einsteigen.«

»Ja, um mich von meiner Familie zu verabschieden«, versucht Heinrich verzweifelt, noch irgendetwas an der Situation zu retten.

»Das wird sich später klären. Hände auf den Kopf. Sie sind verhaftet.«

Heinrich wird nach Waffen abgetastet.

Das Pfeifen des Bahnhofsvorstehers. Das Fauchen der langsam anfahrenden Lokomotive. Heinrich nimmt es wie aus weiter Ferne wahr. Wenigstens seine Familie ist in Sicherheit. Was immer ihn selbst jetzt treffen wird, er wird es hinnehmen.

Der Zug verschwindet aus seinem Blickfeld. Länger noch hört er das Rattern und Pfeifen, das langsam leiser wird und schließlich ganz verebbt. Hoffnung hinter dem Horizont.

Er wird weggeführt. Verschlossene Gesichter, wohin er schaut. Feindseligkeit und Fremdheit in jedem Blick. »Feindesland«, denkt er plötzlich und schämt sich nicht für diesen Gedanken, ist nur ein wenig irritiert von der Klarheit, mit der er es mit einemmal fühlt.

»Wer ist denn nun der Reichste hier?«

Ein harter Ruck. Fauchend und zischend das Geräusch der Bremsen. Heinrich drängt sich an eine der schmalen Ritzen in der Wand des Güterwagens, die einzige erbärmliche Licht- und Luftquelle seit Tagen, abgesehen von den kurzen, seltenen Gelegenheiten, bei denen der Zug hielt, die Türen für ein paar Minuten geöffnet wurden. Alle ein bis zwei Tage solch ein kurzer Halt. Wer die Kraft hatte, stieg für einen Moment aus, die Eimer mußten geleert werden, die auch in diesem Zug wie im Gefängnis wieder zur abstoßendsten »Einrichtung« gehörten, einer holte das Brot, die dünne

Suppe, das wenige Wasser, das wieder bis zum nächsten Halt reichen mußte. Die anderen sogen die Luft an der für Augenblicke offenen Tür ein, versuchten, die Schilder der Stationen zu lesen, in denen man hielt. Die Orientierung hatte man schon lange verloren, und die Ortsnamen der winzigen, verfallenen Bahnhöfe, sagten niemandem etwas. Niemand war je zuvor so weit in die Endlosigkeit des Zarenreiches gefahren.

Sechs Tage und Nächte war man nun schon unterwegs. Zusammengepfercht in einem Güterwagen, der nicht einmal mit Stroh ausgelegt war. Nicht jeder hatte Platz zum Liegen. Wer kräftig genug war, saß, lehnte sich an den Nebenmann oder, wenn man Glück hatte, an die Wand.

Endlose Nächte, in denen die Schlaflosigkeit einen frieren ließ, ein Dämmerzustand, der all die grauen Gedanken schärfte, gleichzeitig aber das Gemüt und die Widerstandskraft schwächte. Schmerzende, zitternde Glieder, die den eigenen Körper fremd erscheinen ließen, schwer, unkontrollierbar, fast wie Ballast. Tagsüber quälte die schwüle Hitze, der penetrante Geruch. Die Schwächsten schafften es nicht einmal mehr bis zum Eimer. Unbeschreiblicher Gestank machte sich breit. Schmerzende Glieder, Hunger, Durst, Hitze, Kälte und auch noch Scham angesichts der verdreckten Gestalt, in die man sich plötzlich verwandelt sah.

Schon lange kein Gefühl mehr für Tag und Nacht. Nur die wenigen, die durch die Ritzen spähen konnten, konnten ein wenig Sonnenlicht sehen oder das Grün der Büsche am Rand der Geleise oder nachts das rhythmische Aufflackern der Beleuchtung entlang der Strecke. Die Butyrka war harmlos gewesen im Vergleich zu diesem Zug.

Hauptsächlich Deutsche im Waggon. Einige kannten sich, und man hatte sich dennoch nicht viel zu sagen.

Ab und zu Versuche, sich abzulenken. Mit Geschichten aus Moskau, Einschätzungen der Kriegslage, Vermutungen, wohin man sie bringen würde und Gedanken an die in Moskau gebliebenen oder schon vor längerem ausgereisten Familien. »Hoffentlich haben sie überlebt! Hoffentlich sind sie bis Schweden durchgekommen! Hoffentlich werden *wir* das hier überleben!«

So schnell änderten sich Wunschträume. Die Zeiten, in denen Heinrichs Hoffnungen für den nächsten Tag vom Gang der Börse genährt wurden, die kleinen Freuden seines Lebens in eleganter Kleidung, Theaterbesuchen und Wochenendausflügen mit der Familie auf seine Datscha in Nemtschinowka bestanden, schienen unendlich weit zurückzuliegen und waren doch erst wenige Wochen her. Heinrich schämte sich für die Oberflächlichkeit, mit der er sein Leben oft wie selbstverständlich hatte verstreichen lassen, ohne es in all seiner Kostbarkeit mit all seinen Sinnen und Gedanken aufzunehmen und zu genießen.

»Und? Was kann man sehen?«

Heinrich versucht angestrengt, durch die schmale Ritze nach draußen zu sehen. »Nichts. Wir halten. Es ist hell draußen.«

»Sind da Häuser? Leute? Kannst du irgendetwas erkennen?«

Heinrich schüttelt den Kopf.

Wohin mochte diese endlose, unmenschliche Fahrt wohl gehen? Die Frage quälte alle Gefangenen in Heinrichs Waggon gleichermaßen. »Sibirien« war das Schreckgespenst, die Bedrohung, die den Mut am nachhaltigsten niederdrückte, das Wort, das man nicht einmal auszusprechen wagte. Zuviel hatte man von den berüchtigten Lagern dort gehört. Kaum jemand soll je von der Verbannung nach Sibirien zurückgekehrt sein. Und wenn doch, so hatte sie ihn aufs grausamste gezeichnet. Mit diesen beklemmenden Bildern in den Köpfen war man seit Tagen unterwegs, und manch einer fragte sich, ob es nicht besser wäre, gleich hier zu sterben, im Güterwagen, sich die weitere Fahrt und das, was einen am Ziel erwartete, zu ersparen.

Nur einer hatte für sich eine Entscheidung getroffen. Nicolai Kramer. Er hatte einen kleinen Laden in der Twerskaja gehabt. Vandalen hatten ihn geplündert. Er hatte aufgeräumt, sich den Schaden besehen, die Polizei des Zaren gerufen, die ihn gleich mitnahm. Schließlich war er Deutscher, und alle Deutschen waren eine Gefahr. Während der langen Zugfahrt war er meistens ruhig gewesen. Er hatte nicht viel gesagt, wenig geklagt, war mit seinen eigenen Gedanken beschäftigt gewesen. Niemand konnte seinen Entschluß vorhersehen. Dann, plötzlich, bei einem Halt irgendwo in der endlosen Weite, war er aus dem Zug gesprungen und losgelaufen. Man hörte Schüsse. Nicht einmal einen Schrei. Dann Stille. Zwei andere Gefangene hatten aussteigen, ihn in einen Graben legen, mit Schaufeln voll Erde bedecken müssen.

»Er hat noch gelebt«, behauptete einer der beiden später. »Er hat noch geatmet!«

»Nein, das bildest du dir ein. Und selbst wenn … Er hat es so gewollt. Es war besser so für ihn.«

Dann wieder Schweigen.

Je länger man fuhr, desto beklemmender die Erfahrung der schier unendlichen Weite dieses Landes. Nur wohin es ging, das konnte niemand ermessen.

»Sibirien. Die bringen uns nach Sibirien …« Einer spricht es plötzlich aus.

Das laute Quietschen und Rasseln der Waggonschiebetür. Gleißendes Sonnenlicht nach der tagelangen Dunkelheit. Man ist geblendet. »Aussteigen! Wird's bald! ›Bystro!‹ – Schnell!« Die scharfe Stimme eines Soldaten. Anscheinend ist man am Ziel angelangt. Erschöpfte Erleichterung. Vielen fehlt auch dafür die Kraft.

Man kämpft sich ins Freie. Nicht jeder der Gefangenen kann noch gehen, allein aussteigen. Manche fallen einfach so aus dem Zug, stürzen auf den Bahnsteig und bleiben dort liegen.

»Bereitmachen zum Abmarsch!« Die durchdringende Stimme eines Soldaten.

Mühsam entziffert man das verfallene Schild des kleinen Bahnhofs. »Wjatka« steht darauf zu lesen. Heinrich hat noch nie von diesem Ort gehört. Man sei wohl irgendwo an der sibirischen Grenze, heißt es. Ein alter, traditioneller Verbannungsort für die russische Intelligenzia. Wenigstens spricht man nicht von Arbeitslager. Ein Funken Hoffnung.

Wer noch gehen kann, nimmt Aufstellung in ungeordneten Marschreihen, die anderen stützen sich auf ihre Kameraden. Die schwächsten werden auf einen Leiterwagen gelegt, der von zwei der kräftigsten Männer gezogen wird. Bewaffnete, zum Teil betrunkene Soldaten an allen Seiten. Man nimmt es zur Kenntnis, ohne sich zu wundern. Man hat gelernt, alles, was einem geschieht, als neue Normalität hinzunehmen, sein Verhalten danach auszurichten.

Wieder ein Sammelplatz. Wenigstens eine Gelegenheit, sich zu waschen: Eine einfache Baracke mit heruntergekommenen Waschbecken, bereitstehendem kaltem Wasser, mit dem man sich notdürftig säubern kann. Und wenigstens ein Plumpsklosett. Man gibt ihnen zehn Minuten. Was für eine Wohltat nach der sechstägigen Fahrt, auch wenn die Läuse und Flöhe sich davon sicher nicht abschrecken lassen.

Vor der Baracke ein kahler, ungeschützter Platz, von allen Seiten gut einsehbar. Die schon vertraute Routine der Registrierung. Die Soldaten sind hart, unnahbar. Ein Deutscher, der wohl eine unangemessene Antwort gegeben hat, wird ins Gesicht geschlagen. Stets werden Gewehre im Anschlag gehalten. Die Normalität des Unbegreiflichen.

Einer der Soldaten ruft Namen auf. Wer genannt wird, hat vorzutreten. Heinrich kennt die Namen. Es sind die einflußreichsten Moskauer Kaufleute. Heinrich ahnt, daß jeden Moment sein eigener Name fallen wird.

»Bockelmann!« Wortlos tritt er vor, nimmt Aufstellung in einer Reihe von etwa einem Dutzend Deutschen, die mit gesenktem Kopf ihres Schicksals harren, den Blick auf die heruntergekommene Holzwand einer alten Baracke gerichtet.

Befehl zum Abtreten für die nicht aufgerufenen Männer des Transports. Plötzlich fast quälende Stille.

Vielleicht werden sie jetzt alle erschossen, denkt Heinrich und spürt seine besiegt geglaubte Angst grell und unbezwingbar in ihm hochsteigen und alle anderen Gefühle und Gedanken verdrängen. »Wenn ich jetzt sterbe, wird Erwin sich das nie in seinem ganzen Leben verzeihen«, ist der einzige beherrschende Gedanke neben der Angst. Und immer wieder im Geiste die verhängnisvollen Sekundenbruchteile, die er immer wieder auf's neue durchlebt und durchleidet, Tag und Nacht, als könne er durch irgendetwas seinen Fehler rückgängig machen. Selbstanklage: »Warum bin ich nur ausgestiegen?«

Die schlimmste Fehlentscheidung seines Lebens. Vielleicht wird sie ihm den Tod bringen. Jetzt. In dieser Sekunde. Oder in der nächsten. An irgendeinem gottverlassenen Ort irgendwo an der sibirischen Grenze. Gleichzeitig Hoffnung: »Aber warum sollte man uns bis hierher ans Ende der Welt geschafft haben, nur um uns hier zu erschießen? Das ergibt keinen Sinn ...«

Ein Augenblick vergeht. Dann noch einer und wieder einer. Nichts geschieht. Minuten, die Heinrich wie Jahre erscheinen. Zittern der Knie, das sich nicht unterdrücken läßt. Erwartung eines

Schusses, eines Wortes wenigstens, irgendeines Ereignisses. Rasender Herzschlag. Vielleicht der letzte.

Es öffnet sich eine Barackentür. Ein ehrfürchtiger Gruß der Soldaten dem Ranghöheren gegenüber, der sich nähert. Mächtige, ausladende Schulterklappen, eine saubere, überladen verzierte Uniform, die aber auch schon bessere Tage gesehen hat. Der Kommandant bleibt in etwas Abstand stehen, schreitet dann langsam die Reihe der Vorgetretenen ab, sieht jedem von ihnen eindringlich ins Gesicht, dann erhebt er seine Stimme mit undurchdringlichem Gesichtsausdruck und gelassen-zynischem Tonfall:

»Meine Herren Gefangenen! Ich wollte Sie kennenlernen. Schon lange wollte ich mir ihre Gesichter ansehen, wollte sehen, wie sie aussehen, diese Reichen und Mächtigen, wenn sie Angst haben.« Er lacht. »Nun ist die Macht auf meiner Seite, aber vergessen wir eines nicht: Wir sitzen hier alle im selben Boot, das werden Sie bald spüren. Niemand von uns ist aus freien Stücken hier. Sie nicht, und ich auch nicht. Ich erfülle hier meine Pflicht, weil es Menschen wie Sie gibt, die unserem Land schaden und vor denen wir uns schützen müssen. Es ist auch für mich kein schönes Leben, und es wird ebensowenig für Sie ein schönes Leben sein.« Er macht eine Pause. »Aber wie gut es Ihnen hier gehen wird und vielleicht auch Ihr Überleben, wird davon abhängen, wie gut wir uns arrangieren werden!«

»Wie ich höre, ist auch ein berühmter Bankier aus Moskau unter Ihnen …« Er macht eine eindrucksvolle Pause, fährt dann mit einem Lächeln fort: »Also machen wir's kurz: Wer von Ihnen ist denn nun der Reichste hier?«

Heinrich blickt sich ratlos um. Er kennt die anderen Geschäftsleute. Mit dem Bankier ist sicher er selbst gemeint. Aber muß er sich jetzt melden? Was mochte diese Frage zu bedeuten haben? Ist er der Reichste hier? Woher soll er das wissen? Und worauf will der Kommandant überhaupt hinaus?

Chaos in Heinrichs Gedanken. Er will das Richtige tun. Er spürt die Blicke der anderen auf ihm ruhen. Er hat keine Wahl. Er muß handeln.

Eine kleine Bewegung mit dem Arm, langsam, um die Soldaten nicht zu provozieren. »Ob ich hier der Reichste bin, das weiß ich nicht, aber ich hatte durch meinen Beruf bestimmt am meisten von allen hier mit Geld zu tun.«

Der Kommandant lächelt. »Eine kluge Antwort. Soll mir recht sein. Kommen Sie bitte mit!«

Drinnen riecht es modrig. Einfache Möblierung, an der der Zahn der Zeit bereits offenkundig nagt. Eine Ecke mit dem typisch russischen Tand: ein Zarenbild im reichverzierten Rahmen, Ikonen, Kerzen. Ansonsten triste Sachlichkeit. An einer Wand ein einfacher Bettkasten, wie Heinrich ihn aus der Butyrka kennt. Das Nachtlager des Kommandanten.

Er weist Heinrich einen Stuhl zu, bietet ihm eine Tasse eines erstaunlich dünnen Gebräus an, das er als Tee ausgibt. Heinrich nimmt es dankbar an, noch unsicher, ob er dem freundlichen Verhalten trauen soll oder nicht. Der Mann wirkt nicht unsympathisch, klug, ein Gestrauchelter des Systems.

»Was hat Sie hierherverschlagen?«

Schon die erste Frage konnte eine Falle sein. Heinrich zögert.

Der Kommandant lacht, ohne seine Antwort abzuwarten. »Sie müssen hier nicht auf der Hut sein. Ich urteile nicht über Sie. Dies ist kein Verhör. Ich möchte nur mit Ihnen sprechen. Man hat ja so selten die Gelegenheit dazu.«

Heinrich sieht den Kommandanten zweifelnd an. »Ich weiß nicht«, entschließt er sich schließlich zu sagen. »Das ist eine lange Geschichte… Man hat mich am Bahnhof verhaftet, als ich meine Familie zum Zug begleitet habe. Sie hatten ein Ausreisedokument, ich nicht. Man wirft mir einen Fluchtversuch vor.«

»Und? Wollten Sie fliehen?«

Heinrich schüttelt den Kopf. Ein knappes »Nein.« Keine Erklärung.

Der Kommandant glaubt ihm offensichtlich nicht. »Und selbst wenn. Ich könnte es Ihnen nicht verdenken. Wer will schon hier leben, am Ende der Welt. Das ist doch nichts für jemanden wie Sie.«

Heinrich zuckt mit den Schultern. »Habe ich denn eine Wahl?«

Der Kommandant blättert ein wenig gedankenverloren in einer Akte. »Nein. Natürlich nicht.« Er hält inne, hat offenbar in der Kladde etwas gefunden. »Im übrigen verdächtigt man Sie der Spionage, wußten Sie das?«

Heinrich schüttelt entsetzt den Kopf. »Nein, das muß ein Irrtum sein.«

»Sie hatten doch wohl bis in die kürzere Vergangenheit intensive Kontakte zu in- und ausländischen Unternehmern, Diplomaten, Politikern, einflußreichen Menschen – und auch zur Stahlindustrie.«

Heinrich nickt. »Ja, selbstverständlich! Das gehört doch zu meinem Beruf.«

Der Kommandant geduldig: »Na, sehen Sie, es wird Sie doch wohl nicht verwundern, daß das in Zeiten wie diesen verdächtig ist? Stahlindustrie, Waffenindustrie... Diesen Zusammenhang werden Sie doch wohl nicht leugnen wollen!?«

Heinrich fühlt das Brennen der Gefahr in sich aufsteigen. Spionage. Das konnte wirklich seinen Tod bedeuten. »Aber...«

Der Kommandant unterbricht ihn: »Beruhigen Sie sich. Sie haben offenbar immer noch nicht begriffen. Das alles spielt letztendlich nicht wirklich eine Rolle. Sie sind hier, und Sie werden es auch bleiben, zumindest bis dieser Krieg vorbei ist, und ob dann noch ein Prozeß gegen Sie angestrengt werden wird, wer kann das heute schon voraussehen.«

Der Kommandant sieht Heinrich aufmunternd an, fährt dann im Plauderton fort: »Auch mir gefällt das Leben hier nicht, aber wie das Schicksal eben so spielt...« Er unterbricht sich. Ehe er zu vertraulich wird und Heinrich vom Grund seiner Strafversetzung an diesen abgelegenen Ort erzählt, wechselt das Thema: »Aber es hätte schlimmer kommen können, vor allem für Sie.«

Heinrich sieht ihn abwartend an.

»Man hat Sie nur hierhergebracht, um Sie an staatsfeindlichen Umtrieben zu hindern, um Sie von Ihren mächtigen Freunden in Moskau zu isolieren. Dies hier ist kein Straflager, nur ein Verbannungsort. Das ist ein feiner, aber wichtiger Unterschied.«

Er macht eine Pause, zündet sich eine Papirosa an, bietet auch Heinrich eine an. »Etwas Besseres kann auch ich Ihnen hier leider nicht anbieten. Ein mieses Kraut, aber besser als gar nichts...« Heinrich nimmt einen vorsichtigen Zug, kann das Husten trotzdem nicht vermeiden, dann fährt der Kommandant fort. »Wir könnten hier alle eigentlich ein ganz schönes, erträgliches Leben haben, aber die Zeiten sind hart, der Staat hat durch den Krieg nahezu keine Mittel mehr für uns. Man gibt uns nicht einmal mehr das Nötigste, und das reicht nicht einmal, um diesen Ort und alle Gefangenen hier am Leben zu erhalten.«

Er seufzt betrübt. »Wissen Sie«, beginnt er zu erklären. »Wir haben hier in Wjatka nichts als Probleme. Es fehlt hier einfach an allem. Früher mal, als dies noch der Verbannungsort der russischen Elite war, als der berühmte Architekt Wittberg und andere große, staatskritische Künstler hier waren, berühmte Spione, die die Welt in Atem gehalten haben, Staatsfeinde, die etwas bewegt haben, da hat der Ort hier geblüht. Das waren noch Persönlichkeiten, die zu leben verstanden haben. Zu ihrer Zeit, da hätten Sie Wjatka einmal sehen sollen! Da wurde gebaut und erschlossen, ein kleiner Park angelegt, sogar eine sehr schöne Bibliothek, es waren viele Kaufleute hier, die hier ihre Läden errichtet haben, der Staat hat einiges gegeben, und es ging dem Städtchen gut. Jetzt aber...« Er hält inne, macht eine verächtliche, wegwerfende Handbewegung. »Nur noch kleingeistige Weltverbesserer, bedeutungslose adelige Aufwiegler und irgendwelche armseligen Kommunisten, die keinen Finger krumm machen. Sogar ganz gewöhnliche Kriminelle schickt man uns neuerdings, weil die Gefängnisse voll sind. Das schadet dem Ort und uns allen. Alles verkommt und verfällt, nichts Neues entsteht mehr, es ist ein Jammer.«

Er zieht an seiner Papirosa, löscht sie dann einfach auf dem Holztisch, wischt sie zu Boden und sieht Heinrich neugierig-interessiert an. »Vielleicht wird's mit euch tüchtigen Deutschen ja jetzt besser.« Der Kommandant lacht trocken.

Heinrich weiß nicht, ob er das Lachen teilen soll. Er lächelt abwartend.

Der Kommandant fährt eindringlich fort: »Geradeheraus gesagt: Wir brauchen dringend Geld, damit der Ort sich finanzieren kann, damit die dringend nötigen Reparaturen durchgeführt werden können, damit wir die Gefangenen ernähren, vielleicht sogar das eine oder andere bauen können. Wir müssen uns irgendwie selbst helfen.« Er macht eine effektvolle Pause, sieht Heinrich gespannt in die Augen. »Sie sind immerhin einer der berühmtesten und mächtigsten Männer der Wirtschaft gewesen. Sie sehen: Ich bin im Bilde.« Er lächelt. »Zur Sache: Können Sie sich vorstellen, eine größere Geldsumme zu beschaffen und damit sich selbst und uns allen hier zu helfen? Sie würden dann selbstverständlich im schönsten Haus der Stadt einquartiert, zwar mit drei anderen zusammen, anders geht es zur Zeit leider nicht, aber es würde Ihnen hier an nichts fehlen, und wir alle in diesem Ort wären Ihnen dankbar. Es würde Ihr Schaden nicht sein.«

Heinrich denkt einen Augenblick lang über diese fast unglaubliche Bitte nach, finanziell für das Lager aufzukommen, in dem er selbst festgehalten wird. Ungewöhnliche Situationen erforderten eben ungewöhnliche Lösungen. Auch hier am Ende der Welt.

Er nickt. »Aber dann müßten Sie mich natürlich irgendwie nach Moskau fahren lassen. Einen größeren Betrag kann ich anders nicht beschaffen. Wie Sie wissen, bin ich in der Bank entmachtet, aber vielleicht läßt sich über Beziehungen und mein privates Aktienkapital etwas arrangieren. Ich habe da so meine Quellen. Aber das kann ich natürlich nicht von hier aus in die Wege leiten.«

Der Kommandant nickt. »Natürlich. Aber über eines müssen Sie sich im klaren sein. Wenn Sie fliehen, oder wenn Sie auch nur den Versuch unternehmen zu fliehen, sind Sie ein toter Mann. Dann kann Ihnen nichts und niemand mehr helfen. Und übrigens: Über die Grenze würden Sie es ohnehin niemals schaffen. Man würde Sie aufspüren, und dann wird man Dinge mit Ihnen machen, die Ihnen unser kleines Wjatka wie das Paradies auf Erden erscheinen lassen. Also keine Tricks. Haben wir uns verstanden?«

Heinrich nickt. »Ich gebe Ihnen mein Ehrenwort. Aber bitte: Lassen Sie mich Kontakt mit meiner Familie aufnehmen. Ich muß wissen, ob es ihnen gutgeht und sie wissen lassen, daß ich noch lebe!«

Der Kommandant lächelt. »Alles zu seiner Zeit. Morgen werden Sie erst einmal in unserem schönen Vorzeigehäuschen einquartiert, und zu gegebener Zeit, wahrscheinlich früher als Sie denken, werden wir alles andere besprechen.«

Man verabschiedet sich mit einem Handschlag. Dann schlägt der Kommandant die Hacken zusammen. »Gott schütze den Zaren.« Ironisches Blitzen in seinen Augen.

Ostern an der sibirischen Grenze

4. April 1915. Tiefe Nacht. Seit Stunden das Heulen des Windes. Heinrich lauscht. Seit Stunden keine Sekunde Schlaf. Seltsame Wachheit der Gedanken. Als würde das Aufbäumen der Natur draußen auch seine Seele aufwirbeln, die nicht zur Ruhe kommt. Reglos liegt er auf dem Rücken, den Blick auf die Balken der Decke gerichtet, als wäre dort die Antwort zu finden, die er seit Stunden sucht.

Draußen herrscht klirrende Kälte. Der harte russische Winter hält das Städtchen seit Monaten in eisiger Umklammerung. Festgefrorener Schnee, Frost auf den ungepflasterten Lehmstraßen. In dieser Nacht beginnt Ostern, doch noch immer keine Hoffnung auf Frühling. Noch keine einzige frühe Knospe hat sich durch den erbarmungslosen Winter gekämpft als Zeichen einer neuen Zeit.

Heinrich denkt an Rudi und seine zarte Blume, die er mitgenommen hat ins Exil als Erinnerung an seine russische Heimat.

Mehr als ein halbes Jahr hat er die Kinder jetzt nicht gesehen. Bestimmt waren sie gewachsen. Den kleinen Johnny würde er wahrscheinlich gar nicht mehr erkennen. Bestimmt konnte er jetzt schon ganz gut sprechen. Ob das Wort »Papa« für ihn noch eine Bedeutung hatte? Kinder vergaßen so schnell. Heinrich nimmt sich zurück: Keine Sentimentalitäten, kein Selbstmitleid, das hat er sich vorgenommen. Wie soll er sonst die Zeit hier überstehen, Ruhe finden, die richtigen Entscheidungen treffen und die Kraft haben, sie auch durchzustehen.

Wenigstens ging es der Familie gut. Sie waren bis Schweden durchgekommen, hatten ein kleines Häuschen gemietet. Ab und zu erreichte ihn ein Brief, doch die Post wurde zensiert. Das machte die Korrespondenz schwierig.

Rudis Zeilen waren voll Sehnsucht nach Moskau. Er hatte sogar von seiner Blume erzählt, die er gepreßt und in dünnem Seidenpapier im dicksten Buch versteckt hatte, das er finden konnte. Er schrieb liebevoll verträumt von seinen Erinnerungen an das Bolschoj, an Wera und Apollo. Und er schrieb von russischen Büchern, die er jetzt las, seinen Gedanken und Gefühlen dabei, und Heinrich staunte über das wache, klare Gefühl des Jungen, seinen schon erstaunlich geschärften Geist.

Erwin schrieb knapper, in einem Stil, der sich in merkwürdiger Weise ständig selbst zurücknahm, als wolle er die eigene Bedrücktheit verbergen, die sich dadurch aber nur um so deutlicher in seinen bemüht-erwachsenen Worten spiegelte. Heinrich hätte ihm diese Belastung so gern von der Seele genommen, doch er spürte aus jedem Wort, daß es ihm nicht gelang.

Anna schrieb von dem kleinen Häuschen, das sie einrichtete und davon, wie schön es in Schweden sei. Jedenfalls vermutete Heinrich das, er schloß es aus den Wortfetzen, die man nicht zensiert hatte. Wahrscheinlich hatte man Angst, daß Annas Zeilen über die Schönheit Schwedens ihn zu einem Fluchtversuch animieren könnten.

Flucht... Eine Vorstellung, die ihm anfangs so abwegig erschienen war und die nun doch immer mehr Raum in seinem Denken einnahm. Anfangs mehr eine Phantasie, eine Reise in Gedanken, doch mehr und mehr eine Vorstellung, die konkrete Gestalt annahm. Sollte er es wagen?

Der Wind heult, eine Böe rüttelt an dem kleinen Holzhäuschen, das er gemeinsam mit drei seiner Freunde und seiner lettischen Köchin Gruscha Tenn bewohnte, die ihm ins Exil gefolgt war. Heinrich schüttelt bei dem Gedanken an sie immer noch entgeistert den Kopf: Wie ist das nur möglich: eine russische Bedienstete, die ihrem deutschen Herrn in der Not freiwillig in die Gefangenschaft folgt, als wäre es eine Selbstverständlichkeit? Heinrich lebt nun schon so lange in diesem Land, das er zu kennen meint, hat die russische Seele über Jahrzehnte mit seiner deutschen vereint, doch das Land und seine rauhen und doch so unergründlich gefühlvollen Menschen geben ihm immer noch Rätsel auf.

Von Gruscha Tenn weiß er auch, daß sein enteignetes Wohnhaus in der Kasakowa inzwischen in ein Lazarett umgewandelt wurde: Stadtlazarett Nr. 247, und seine Datscha in Nemtschinovka vor den Toren Moskaus wurde zerstört. Für ihn sind es Nachrichten aus einer anderen Zeit, beinahe einem anderen Leben.

Seltsam helles Licht scheint diffus durch die von Eisblumen bedeckten Fenster. Wie spät es wohl sein mochte? Wie lange lag er wohl schon so da, den Blick auf die Decke gerichtet, allein mit seinen Gedanken, unfähig, zur Ruhe zu kommen?

Heinrich lauscht. Nur das geheimnisvolle Singen des Windes. Sonst herrscht Stille im Haus und auf der Straße. Keine Stimmen, keine Schritte. Der Morgen konnte noch nicht angebrochen sein. Doch das Osterfest in der kleinen Kirche des Ortes war sicher schon seit Stunden im Gange. Die kleinen Prozessionen mit blumengeschmückten Tellern, auf denen die Gläubigen Brot, Eier, Salz, die traditionelle und auch Heinrich liebgewordene Passchespeise und Kulitsch, den Osterkuchen, zur Kirche trugen, begannen kurz vor Mitternacht. In der Kirche war es warm wie in jeder russischen Kirche, ganz im Gegensatz zu den deutschen, hell erleuchtet von Hunderten Kerzen, die den seltsam anheimelnden, typischen Osterduft verbreiteten. Es wurde nicht gebetet, nur gesungen. Klänge aus Hunderten russischen Kehlen. Bunte Ikonen überall. Sinnlichkeit. Für einen Augenblick denkt Heinrich daran, hinzugehen. Es konnte noch nicht zu spät sein. Die Feier dauerte bis zum Morgen. Vielleicht wäre es das richtige, um sich hier, in diesem Land, doch noch einmal zu Hause zu fühlen. Heinrich war nicht gläubig, doch die russische Osterfeier hatte in seiner exotischen Melancholie etwas unerklärlich Bindendes, war für ihn mit einem Heimatgefühl verbunden… Nicht anders als für Anna und die Söhne, die auch in Schweden Ostern auf die russische Art feiern würden, wie sie schrieben.

Heinrich tastet nach seiner Uhr auf dem Nachttisch, drückt auf den kleinen Knopf. Er zählt die Schläge der Stunden, das schnellere, helle Bimmeln der Viertelstunden. Viertel vor drei. Tiefste Nacht. Schon lange hat er sich nicht so einsam gefühlt. Über das, was ihn beschäftigt, kann er mit niemandem sprechen. Das muß er mit sich selbst ausmachen. Und er mußte eine Entscheidung treffen. Bald.

Manchmal war Einsamkeit unentbehrlich, und daß er sie gerade in dieser Osternacht so heftig spürte, war vielleicht nötig, um seinen eigenen Weg zu finden.

Heinrich legt die Uhr wieder an ihren Platz, tastet nach einem Streichholz, zündet mit klammen Fingern die Petroleumlampe auf seinem Nachttisch an, nimmt das Telegramm wieder zur Hand. Der Kommandant hatte es ihm heute gegeben. Natürlich hatte er es vorher gelesen.

»Jemand aus Ihrer Familie?« hatte er deshalb schon gefragt, bevor Heinrich überhaupt hatte zu Ende lesen, den Inhalt der Zeilen hatte begreifen können. Sein Freund Roman Antonowitsch Lehmann teilte ihm mit, daß sein Sohn Robert an der russischen Westfront gefallen war. Im Krieg gegen Deutschland. Schon nach so kurzer Zeit! Heinrich hatte sein Entsetzen vor dem Kommandanten kaum verbergen können.

Er sah den jungen Mann noch vor sich. Sein bedingungsloses Bekenntnis für Rußland, das er bei der Krisensitzung in Petersburg vertreten hatte. »Ich bin ein treuer Diener meiner neuen russischen Heimat, und wenn es darauf ankommt, werde ich das auch unter Beweis stellen. Mit meinem Herzen und, wenn es sein muß, mit meinem deutschen Blut«, hatte er damals voll Enthusiasmus erklärt, überzeugt davon, das Richtige zu tun. Nun *hatte* er sein Blut für Rußland vergossen. Und hatte es irgend jemandem irgendeinen Nutzen gebracht? Hatte er es in der letzten Sekunde vielleicht noch bereut?

Heinrich legt das Telegramm beiseite. Gefallen im Krieg gegen sein eigenes erstes Vaterland? Was war das nur für eine Zeit? Wie weit war man heute von einem im Frieden vereinten Europa entfernt, von dem schon Karl der Große geträumt hatte? Wahrscheinlich wird es das niemals geben können.

Heinrich dreht die Flamme der Petroleumlampe behutsam zurück. Seine Gedanken kommen nicht zur Ruhe. Was hatte das alles nur für einen Sinn? Dieser Krieg, der schon jetzt, soweit man hörte, an Grausamkeit alles bisher Bekannte übertraf. Noch nie war ein Krieg so allumfassend gewesen wie dieser. Die gesamte Wirtschaft der beteiligten Länder war ganz und gar auf ihn ausgerichtet, die Produktion der Staaten konzentrierte sich auf kriegswichtige Güter. Was für ein Irrsinn! Noch nie hatte ein Krieg auch die zivile Bevölkerung so sehr betroffen wie dieser. Das gesamte soziale Leben war hinter diesen Krieg zurückgetreten und hatte ihm zu dienen. Und ein Ende war nicht in Sicht.

Wenn dieser Krieg irgendwann einmal vorbei war, wenn die letzten Schlachten geschlagen, die Toten begraben waren, dann würde in der Welt, die Heinrich kannte, kein Stein mehr auf dem anderen stehen. Es würde keinen Sieger geben, nur Verlierer, ein bitteres Erwachen. Vielleicht war es auch das, was die Menschheit brauchte, diese schmerzliche Lehre, diesen grausamen Irrweg, um daraus zu lernen.

Nach diesem Krieg, der an allumfassender Bestialität und Barbarei wohl alles bisher in einer zivilisierten Kultur Dagewesene übertraf, würde es nie mehr einen Krieg geben können, da war Heinrich sich sicher. Danach würde die Menschheit ein für allemal begriffen haben, daß die Welt von Menschen mit Kultur und Bildung regiert werden mußte. Aber das war eine Vision für eine Zukunft, die noch weit entfernt lag. Noch war dieser Krieg in vollem Gange.

In den ersten drei Wochen hatte die russische Armee wohl tatsächlich Erfolge gegen Deutschland und Österreich gefeiert, da der österreichische Generalstabschef Conrad von Hötzendorf in einem Anflug von Leichtsinn und Fehleinschätzung noch wenige Tage vor Kriegsbeginn offenbar nicht an einen Eintritt Rußlands in den Krieg geglaubt hat und seine eigenen Truppen im Krieg gegen Serbien hatte aufmarschieren lassen. Und die deutschen Truppen waren gegen Frankreich konzentriert.

Doch inzwischen hatte sich das Blatt längst unübersehbar gewendet, das konnten selbst die patriotisch gefärbten Darstellungen in den alten russischen Zeitungen, die man in Wjatka erhielt, nicht mehr verhehlen. Bereits Ende August wurde offenbar eine russische Armee bei Tannenberg in Ostpreußen völlig zerschlagen, und schon zwei Wochen später folgte eine weitere vernichtende Niederlage für die Russen an den Masurischen Seen. Deutschland war offensichtlich, seit General Paul von Hindenburg und Stabschef Erich Ludendorff die Truppen leiteten, auf dem Vormarsch. Die russischen Truppen waren demoralisiert, das hatte sich sogar bis nach Wjatka herumgesprochen. Aber irgendwie konzentrierten sich die ungeheuren Menschenmassen und Kräfte doch trotz allem immer wieder zu Verteidigungsschlachten und ausgedehnten Gegenoffensiven, der deutsche Sieg war nie vollständig, und es zeichnete sich noch lange kein Ende ab. Dieser Krieg würde noch sehr lange dauern, und Heinrich würde noch sehr lange in Wjatka am Ende der Welt ausharren müssen, wenn er nichts unternahm …

Seine Gedanken drehen sich im Kreis.

Was sollte nur aus ihm werden, hier an der sibirischen Grenze? Wie immer dieser Krieg eines Tages ausgehen würde, hier würde er der Verlierer sein. Nach einem Sieg Rußlands würde man ihn als Deutschen Repressalien aussetzen, vielleicht sogar zum Tode verurteilen. Und nach einem Sieg Deutschlands konnte man ihn als »Russischen Verräter« brandmarken. Immerhin hatte er sein Leben hier verbracht, war diesem Land zu Diensten gewesen, hatte sogar um die russische Untertanenschaft angesucht. Wie man es auch drehte und wendete, hier, in Wjatka saß er in der Falle. Sicher, es hätte schlimmer kommen können. Man war in keinem Gefängnis, in keinem Arbeitslager, konnte sich frei bewegen – nur den Park durfte man als Deutscher nicht betreten, und seit er von seiner ersten Moskau-Reise mit 10 000 Rubel zurückgekehrt war, wurde er hier im Ort von jedem, dem er begegnete, mit Ehrfurcht und Freude begrüßt. Er war es, der diese Stadt finanzierte, das brachte ihm so manche Vergünstigung ein.

Eigentlich ließ sich hier leben. Man traf sich abends mit den deutschen Freunden in der bodenständigen Kneipe Wjatkas, einer typischen »podvorje« mit Gastzimmern und einer Versorgungsstation für die Pferde von durchreisenden Gästen, die in jenen Tagen rar waren. Manchmal schloß sich sogar der Kommandant ihnen an. Oder man saß in den Häusern zusammen, spielte Skat, las viel, informierte sich, so gut es eben ging, über die aktuelle Kriegslage. Manche der Gefangenen hatte sogar die eigene Familie nach Wjatka geholt. Johann Kirchner und dessen Bruder Robert lebten hier mit ihren Frauen und Kindern. Man gab Einladungen, hielt Teestunden ab, als wäre man noch in Moskau und gehöre der feinen, angesehenen Gesellschaft an. Es hatte etwas Absurdes, doch man war um jede Ablenkung froh. Auch Hofphotograph Fritz Eggler war hier. Sein besonderer persönlicher Kontakt zur Zarenfamilie hatte ihn nicht vor der Verbannung bewahrt, und gemeinsam mit ihm und Baron Karl von Manteuffel-Katzdangen verbrachte Heinrich die meisten Stunden des Tages.

Es war kein elendes Leben, es war um einiges besser, als er es noch auf der Fahrt hierher hatte erahnen können. Der Ort war hübsch, am Bergufer des Wjatka-Stromes gelegen, doch Heinrich fühlte in den letzten Wochen eine immer stärker werdende Beklemmung seines Gemüts, die ihn seiner inneren Ruhe und jeglicher Lebensfreude beraubte. Trotz aller Freiheiten, von denen er noch in der Butyrka nicht einmal zu träumen gewagt hätte, fühlte er immer schmerzlicher die Fesseln der Unfreiheit, die sich nicht um seinen Körper, aber um seine Seele legten.

Noch vor wenigen Wochen hatte er gedacht, er hätte sich an den Verlust der Freiheit gewöhnt. Jetzt aber fühlte er von Tag zu Tag das Aufbegehren stärker und unbezwingbarer zurückkehren. Es waren nur Kleinigkeiten: die Fenster, die nicht verhängt werden durften, damit die Soldaten ihnen jederzeit in den Kochtopf und in den Nachttopf sehen konnten, die zensierten Briefe, die Ausgangssperren, die immer wieder völlig unvorhersehbar verhängt wurden, das Verbot, den Park zu betreten – und das Wissen, diesen Ort nicht verlassen zu können.

Heinrich atmet schwer.

Er kann nicht länger in diesem Bett liegen bleiben. Alles in ihm strebt nach draußen. Am liebsten würde er sich einfach auf den Weg machen. Gehen und gehen, wohin er möchte, einfach geradeaus gehen, wie er es im Leben immer getan hatte und nie wieder hierher zurückkehren.

Er erhebt sich, wirft seinen Morgenrock über. Der Boden knarrt unter seinen Füßen. Heinrich tritt ans Fenster, das ihm, von den dichten, phantasievollen Mustern der Eisblumen bedeckt, den Blick nach draußen verwehrt. Er legt seine Hände an die Scheibe, haucht dagegen, hält inne. Sein warmer Atem hat die feste, harte Eisschicht noch nicht besiegt. Erst nach einigen Versuchen ergibt sie sich langsam, taut, gibt eine kleine Stelle frei, durch die er in den Garten spähen kann.

Der Himmel ist nicht schwarz. Er ist dunkelblau, erstaunlich hell, fast wolkenlos. Sternklar. Als wüßte der Himmel nichts vom Sturm, der auf der Erde tobt. Hohe Bäume wie Schattenrisse gegen den Himmel. Kraftvoll trotzen sie mit ihren jahrzehntealten Stämmen dem Wind, der sie nur biegen, aber nicht knicken kann. Böen tragen den Schnee von Boden und Ästen mit sich, wirbeln ihn durch die Luft, als würden weiße, wehende Fahnen durch die Nacht getragen.

Geradeaus gehen, das war immer sein Grundsatz gewesen, seine Art, sein Leben zu meistern. Er hatte sich dem Leben und seinen Herausforderungen stets gestellt, hatte den möglichen Konsequenzen ins Gesicht gesehen und war geradewegs darauf zugegangen. Es war ein guter Weg gewesen. Lächelnd denkt er an seine beiden Ältesten, an den Brunnen im Metropol, den er mit ihnen durchschritten hatte, um ihnen diesen Grundsatz auf eindringliche und humorvolle Weise näherzubringen. Es war gerade etwas mehr als zwei Jahre her.

Nun saß er hier in Wjatka fest. Schon seit fünf Monaten. Sein Leben stand still. Draußen tobte die Welt, und er war an den Rand gedrängt, zur Handlungsunfähigkeit verdammt. Heinrich kühlt seine Stirn an der kalten Scheibe. Er war immerhin Vater von fünf Söhnen, Jungen, die ihren Weg machen mußten. Es würde schwer genug sein in dieser Welt, die auch Heinrich nicht mehr verstand. Doch während sie heranwuchsen, sollte er hier abwarten, sich mit Briefen begnügen, deren Erhalt vom guten Willen des Zensurbeamten abhing? Das konnte nicht sein! Er mußte seinen Söhnen doch ein Vater sein, ihnen etwas mitgeben auf ihrem schwierigen Weg ins Erwachsenwerden in dieser fast unbewältigbar gewordenen Zeit. Was für einen gebeugten Lebensmut würde er mit diesem Vorbild seinen Söhnen sein, wenn er einfach hier abwartete, bis die Welt ihren Krieg ausgefochten und auch über sein Schicksal zu Gericht gesessen hatte?

Sollte er es wagen? Er hatte eine Chance. Heute nachmittag hatte sie sich eröffnet. Der Kommandant hatte ihn gebeten, sobald es taute, noch einmal nach Moskau zu reisen, noch einmal Geld zu beschaffen. Die Summe vom letzten Mal war fast aufgebraucht, und man hatte ihn wieder um Hilfe gebeten. Wieder ihn, nicht irgendeinen anderen der wohlhabenden Deutschen hier. Der Kommandant vertraute ihm. Man hatte fast so etwas wie Freundschaft geschlossen. Er hatte Heinrich alle nur möglichen Vergünstigungen zugestanden. Und doch war er der Mann, der ihn in Fesseln hielt, unsichtbar. Es konnte keine Freundschaft geben zwischen Gefangenem und Gefängniswärter. Er würde keine Freundschaft verraten, sondern nur vom Recht, sogar der *Pflicht* eines jeden Kriegsgefangenen Gebrauch machen, einen Fluchtversuch zu wagen. Und er *war* Kriegsgefangener, festgehalten wegen seiner Nationalität. Er fühlte sich als Kriegsgefangener, auch wenn er es strenggenommen nicht war. Aber was sind schon Begriffe in einer Situation wie dieser, in der ihm an Greifbarem, Sicherem, Freiem eigentlich nur noch die eigenen Gefühle geblieben sind, undurchschaubar für die Bewacher und unkontrollierbar.

Heinrich zieht den Morgenmantel fester um sich, wärmt sich die Hände am erlöschenden Glimmen des kleinen, runden, eisernen Ofens in seinem Zimmer. Wenn es mißlang, würde er tot sein. Aber wenn er hierblieb, in dieser letzten Ecke der Welt, gefangen, abhängig von der Gunst russischer Soldaten, fast lebendig begraben. Noch nicht einmal 45 Jahre alt. Man würde ihn nicht freilassen, auch nicht mit Erreichen dieses Geburtstags, der normalerweise den Männern der feindlichen Staaten die Freiheit wiedergab, weil sie damit als nicht mehr wehrfähig galten. Ihn würde man nicht laufenlassen. Der Spionageverdacht hatte diese Tür für ihn zugeschlagen, da ist er sich ganz sicher.

Die Eisblumen haben die kleine Lücke, die sein Atem vorhin schuf, schon wieder fast geschlossen. Nur noch eine kleine Öffnung. Enge des Blicks, die ihn schärft. Einen Herbst und einen kalten Winter hatte er nun schon in der Gefangenschaft verbracht. Nichts war geschehen. Und es würde noch lange nichts geschehen.

Sollte er darauf warten, bis seine Zukunft hinter ihm lag und vielleicht auch die seiner Söhne?

Heinrich trinkt einen Schluck Wasser. Fast fünf Uhr früh. Der Sturm beginnt, sich zu legen, die Melodie wird sanfter, säuselnder. Er legt sich wieder in sein Bett. Seine Gedanken klären sich, sein Atem kommt zur Ruhe.

Nein, an den Verlust der Freiheit konnte man sich nicht gewöhnen! Niemals!

Das Bahnhofshotel

29. Mai 1915. Stille. Nur das Geräusch des schweren Zimmerschlüssels, der wortlos auf die schon völlig zerkratzte Empfangstheke in der kleinen Pension im Moskauer Bahnhofsviertel gelegt wird. Die Uhr an der Wand zeigt weit nach Mitternacht. Zimmer 21. Heinrich hat es gleich für eine ganze Woche in bar bezahlt, so erspart er sich das Ausfüllen von Anmeldedokumenten. Er hat zwar sein offizielles, drei Wochen lang gültiges Reisedokument aus

Wjatka bei sich, in dem ihm gestattet wird, sich im Auftrag des Gouvernements Wjatka für den genannten Zeitraum in Moskau und auf der Strecke zwischen Wjatka und Moskau aufzuhalten und dort frei zu bewegen, doch er möchte kein Aufsehen erregen, nicht registriert sein. Es ist besser für seine Pläne. Und mißtrauische Fragen könnten alles gefährden.

Der alte Portier stellt keine Fragen. »Im zweiten Stock«, erklärt er noch knapp und weist mit dem Kopf in die Richtung der schmalen Treppe.

Heinrich greift schon nach seinem Koffer, als ihm noch etwas einfällt. »Sagen Sie, könnten Sie mir vielleicht noch einen Gefallen tun?«

Der Portier blickt langsam auf. Ein etwas müder, fragender Blick.

»Ich habe morgen viel zu erledigen. Unter anderem muß ich Kontakt mit Ole Karlsen, dem Verwalter der Prochrow-Zindelfabrik, aufnehmen. Könnten Sie bis morgen früh für mich feststellen, ob er sich zur Zeit in Moskau aufhält und wie ich ihn am besten erreichen kann?«

Ole Karlsen gehörte zu seinen engsten und ältesten Moskauer Freunden. Er war der erste, dem er in diesem Land begegnet war. Heinrich erinnert sich daran, als wäre es gestern gewesen. Die einsame Ankunft in Moskau, der erste Abend in der neuen Stadt, nur die Adresse der Junker-Bank in der Tasche, die ihm die befreundete Familie Knoop aus Bremen, Verwandte von seinem späteren Freund Gerhard Knoop, besorgt hatte. Tausend neue Eindrücke, die er mit niemandem hatte teilen können. Allein in eine Kneipe, ohne Russisch zu sprechen. Versuche, sich beim Traktirschtschik, dem Kneipenwirt, irgendwie verständlich zu machen. Plötzlich ein junger, sympathischer Mann, der sich vom Nebentisch erhob. »Gestatten Sie, daß ich mich vorstelle. Mein Name ist Ole Karlsen. Kann ich Ihnen behilflich sein?«

Plötzlich ein Gesprächspartner, ein erster Vertrauter. Man hatte bis in die Nacht hinein miteinander geredet, gemeinsam gegessen und das eine oder andere Glas Wodka geleert. Karlsen hatte ihn viel über dieses Land gelehrt, auch die ersten Worte der neuen Sprache. Ein wahrer Freund der ersten Stunde, und der letzte, der noch hier war. Knoops waren längst nach Deutschland emigriert, die meisten anderen waren eingezogen worden oder lebten wie Heinrich in der Verbannung. Er sucht einen Vertrauten. Der Gedanke, den alten Freund morgen zu sehen, mit ihm alles das besprechen zu können, was ihm auf der Seele lag, hatte in all dem Aufruhr etwas Beruhigendes.

Der Portier sieht Heinrich mit sichtbar wacherem, erstauntem Blick kopfschüttelnd an. »Verwalter Karlsen von der Prochrow-Zindelfabrik? Ja, lesen Sie denn keine Zeitung?«

Heinrich verneint.

»Ich war lange weg«, meint er nur knapp.

»Sie müssen ja weit fortgewesen sein.« Der Portier spricht mit unüberhörbar deutschem Akzent. »Es ist alles so furchtbar.« Er schüttelt bedrückt den Kopf. »Jedenfalls: Verwalter Karlsen hat hoffentlich seinen Frieden gefunden.« Er bekreuzigt sich. »Vor zwei Tagen ist er ums Leben gekommen. In der Moskva ertrunken. Es war schrecklich. Russische Arbeiter haben ihn reingeschmissen und mit Steinen beworfen, bis er nicht mehr aufgetaucht ist.« Er bekreuzigt sich wieder, erwidert Heinrichs entsetzten Blick. »Und die Polizei hat zugeschaut. Und dann wurden in der Schrader-Fabrik vier russische Frauen umgebracht, weil man sie für Deutsche gehalten hat. Na ja, und seither… ach, darüber kann man gar nicht sprechen. Da kann man froh sein, wenn man so alt ist wie ich und niemand sich mehr für einen interessiert.« Sein Blick richtet sich weit in die Ferne. »Dann ist man auch als Deutscher hier noch relativ sicher. Aber sonst… Das nimmt kein gutes Ende.« Er sieht Heinrich traurig in die Augen, legt eine Hand auf seinen Arm, flüstert dann: »Wenn Sie meinen Rat wollen, gehen Sie so schnell wie möglich von hier weg. Dieses Land bringt Ihnen nur noch Unglück. Ich würde ja selbst weggehen, aber ich bin zu alt. Mich wird man hier begraben.« Er schiebt Heinrich den Schlüssel zu. »Warten Sie nicht zu lange«, dann beugt er sich über sein Gästebuch, in dem er einen fremden russischen Namen für Zimmer 21 vermerkt.

Heinrich nimmt betroffen und erschöpft seinen Koffer und trägt ihn über die enge, knarrende Treppe in den zweiten Stock. Er kann kaum begreifen, was der Portier ihm da erzählt hat. Sein Freund Karlsen tot! Umgebracht von meuternden, aufgehetzten Arbeitern!

Jemand ruft »Ruhe!« in den Gang. Heinrich bemüht sich, so leise wie möglich aufzutreten. Die Wände hier haben Ohren.

Endlich in seinem Zimmer packt er nicht einmal den Koffer aus, legt nur sein Jackett ab, öffnet das Hemd, wäscht sich notdürftig mit dem abgestandenen Wasser, das in einem Krug bereitsteht. Sein abgemagertes, graues Ebenbild im gesprungenen Spiegel erschreckt ihn. Die vier Tage dauernde Reise von Wjatka hat an seinen Kräften gezehrt. Zwei Tage lang war man im Schnee festgesessen. Es hatte kein Ende nehmen wollen. Auch die letzten Monate hatten ihn gezeichnet.

Erschöpft setzt er sich auf das schmale, durchgelegene Bett. Er legt sich zurück. Nur einen Moment ausruhen. Nachdenken...

Er muß sich über sein Vorgehen klarwerden. Es sind wichtige Entscheidungen zu treffen. Seine Gedanken sind wie gelähmt. Das grausame Schicksal seines Freundes, die Einsamkeit, die Vorgänge in der Stadt. Er kann es nicht wirklich erfassen. Nicht in diesem Moment. Sein Blick schweift nervös in dem verlotterten, muffigen Zimmer umher. Die billige Tapete ist an vielen Stellen eingerissen, die feuchte Decke an den Ecken schwarz vom Schimmel. Er beobachtet eine Spinne, die ihr Netz auslegt. Dann fallen ihm die völlig übermüdeten Augen zu. Traumloser Schlaf, bis das Geräusch einer nebenan zuschlagenden Tür ihn aufschreckt.

Er reibt sich angestrengt die Augen, braucht einige Sekunden, um sich zu erinnern, wo er ist. Ein Blick auf die Uhr. Tatsächlich schon Morgen. Schnell zieht er sich an, wäscht sich die Spuren der wenig erholsamen Nacht aus dem Gesicht. Ein Blick ins Treppenhaus. Er möchte niemandem begegnen.

Der Portier ist hinter der Theke eingenickt. Heinrich räuspert sich. »Ja bitte? Ach, Sie sind's! So früh schon wieder auf?«

Heinrich nickt. »Ja. Darf ich Ihr Telefon benutzen?«

Der Portier führt ihn ins Hinterzimmer, läßt ihn allein.

Heinrich kurbelt, verlangt nach dem stellvertretenden Innenminister Dzhunkowskij. Die Nummer hat er noch im Kopf. Als hätte sich nichts geändert. Es dauert eine Weile, bis die Verbindung steht.

»Ja?« Die Stimme klingt etwas nervös, sonst aber unverändert.

»Hier spricht Heinrich Bockelmann. Sie erinnern sich an mich?«

Ein knappes »Ja«, nichts weiter. Nicht unbedingt eine Aufforderung um weiterzusprechen, aber auch keine deutliche Abfuhr.

»Sie wissen, was mit mir geschah?«

»Natürlich. Aber...«, Dzhunkowskij wird ungeduldig. Heinrich spricht schnell weiter.

»Ich rufe aus Moskau an, bin hier im Auftrag des Gouvernements Wjatka. Vielleicht verstehen Sie, daß ich mir Gedanken um meine Zukunft mache. Ich bin vor zwei Tagen 45 Jahre alt geworden. Eigentlich ist das, soviel ich weiß, der Zeitpunkt, an dem Verbannten die Freiheit wiedergeschenkt wird. Können Sie mir sagen, wie es um meinen Fall steht?«

Dzhunkowskij seufzt. »Moment bitte.« Knacken in der Leitung. Heinrich fürchtet, er könnte aufgelegt haben, doch dann, nach einer kleinen Ewigkeit, wieder die etwas gereizte Stimme: »Ihre Akte liegt mir vor. Eigentlich sollte in Ihrem Fall schon alles für einen Gefangenenaustausch vorbereitet werden, aber es wurde ein Antrag gestellt, Ihre Entlassung bis auf weiteres auszusetzen. Immerhin haben Sie einen Fluchtversuch unternommen, und, was schwerer wiegt, es liegt der Vorwurf der Spionage gegen Sie vor. Das wird in Tagen wie diesen nicht auf die leichte Schulter genommen. Jedenfalls: Ihre Entlassung wurde ausgesetzt. Mehr kann ich Ihnen dazu nicht sagen.«

»Meinen Sie, Sie können da vielleicht irgendetwas für mich tun? Immerhin bin ich unschuldig.«

»Über Schuld oder Unschuld habe nicht ich zu entscheiden. Hier ist alles im Aufruhr, ich habe viel zu tun, und die Verbindung ist außerdem sehr schlecht. Ich wünsche Ihnen alles Gute.« Dann hängt er auf.

Ein Augenblick beklemmender Resignation, dann nimmt Heinrich den Hörer wieder auf, läßt sich mit der Direktion der Junker-Bank verbinden. Inzwischen wird sie tatsächlich von seinem Erzrivalen Mitka Rubinstejn geleitet. Mit dem Ärger darüber darf Heinrich jetzt keine Energie vergeuden. Nun heißt es handeln.

Man ist etwas erstaunt, seine Stimme zu hören, doch sofort gibt man ihm den gewünschten Termin bei einem seiner ehemaligen Angestellten. Zum Glück scheint der neue Bankchef im Moment nicht in Moskau zu sein. So wird Heinrich wenigstens diese unangenehme Begegnung erspart bleiben. In einer halben Stunde? Natürlich.

Heinrich geht ein paar Schritte Richtung Bahnhof, nimmt eine der billigen »Wanjka«-Kutschen, die sich in gefährlich hohem

Tempo über die holprigen Straßen in Bewegung setzt. Die Stadt erscheint ihm lauter denn je, fast noch hektischer. Viele geschlossene Fensterläden, dunkle, aufgelassene Gaststätten, verwaiste Geschäfte, eingeschlagene Scheiben. Übler Geruch. Müll, seit Wochen nicht von den Straßen geräumt, geplatzte Wasser- und Kanalrohre, die niemand repariert. Bettler überall auf den Straßen. Die ersten Kriegsversehrten sind zu sehen. Die Zeitungen voller Schlachtrufe. Hetzkampagnen gegen die deutschen Teufel, die dem Land angeblich nur Schaden und sogar die Cholera gebracht haben. An allem Schlechten sind die Deutschen schuld. Heinrich möchte es gar nicht lesen und hören.

Sogar die ehemaligen Prachtstraßen haben ihren Charme verloren. Armseligkeit einer barbarischen Zeit.

Die Bank wenigstens scheint nach außen hin unversehrt zu sein. Keine Zeit für Wehmut, als Heinrich sie betritt. Man empfängt ihn, als wäre er immer noch der Chef des Hauses, kehre nur von einer längeren Dienstreise zurück. Ein erholsames Gefühl, doch Heinrich weiß, er muß wachsam bleiben. Ein merkwürdiges Gefühl, in seinem ehemaligen, fast unveränderten Büro zu sitzen, auf der anderen Seite des Schreibtisches. Sogar sein alter Globus steht noch hier. Ein kurzer, schmerzlicher Gedanke an Erwin, dann zwingt er sich, die neue Situation als selbstverständlich hinzunehmen.

Schnell wird das Finanzielle erledigt. Heinrich wird 5000 Rubel von seinen persönlichen Wertpapieren lockermachen und sie nach Wjatka an den Kommandanten überweisen. Daß er eine solche Summe nicht in bar mitnehmen möchte, leuchtet jedem ein. Im stillen wundert er sich, daß die deutschen Konten und Wertpapiere noch nicht enteignet worden sind.

Die Transaktion wird vordatiert. Sie soll erst in zehn Tagen ausgeführt werden. So kann Heinrich sie noch stoppen, wenn das Blatt sich wendet, er seine Pläne überraschend ändern muß.

Einige Mitarbeiter von früher haben von Heinrichs Besuch gehört, treten an ihn heran, schütteln ihm die Hand, fragen nach seinem Befinden, nach der Familie in Schweden.

Heinrich schaut durch die große Glasscheibe in die wunderschöne, mintgrüne Schalterhalle, in der die Zeit stehengeblieben zu sein scheint. Er sieht Kunden kommen, andere gehen und plötzlich einen Mann in seltsam verschlissenen Kleidern, mit langem, etwas ungepflegtem Bart und ungeordneten Haaren. Eine Erscheinung, wie sie eigentlich nicht einmal in Zeiten wie diesen in die edle Junker-Bank paßt. Und um so seltsamer der »Hofstaat«, den dieser »Kunde« um sich versammelt: eine Reihe von Männern, die ganz offensichtlich so etwas wie Leibwächter für diesen eigenartigen Herrn sind. Heinrich ist merkwürdig berührt von dem stechenden Blick des Mannes, der mit seiner Gefolgschaft sicheren Schrittes durch die Halle einem Ziel zu steuert und sich hier offenbar auskennt.

»Ja, es ist Rasputin, der wahre Herrscher im Kreml«, flüstert ihm ein ehemaliger Angestellter zu, der seinem Blick folgt. »Die neue Führung bringt neue Kundschaft.« Heinrich wendet sich ab, möchte von diesem mächtigen und sicher auch nicht ungefährlichen Fremden lieber nicht bemerkt werden.

Heinrich möchte eigentlich schon wieder gehen, als er etwas abseits, sichtlich bemüht nicht aufzufallen, plötzlich Wassilij Sergejewitsch Kropotkin entdeckt, der gerade aus einem der vielen Zimmer gekommen ist, stehenbleibt und Heinrich undurchdringlich anstarrt, sich dann abrupt abwendet, offenbar wieder hinter der Tür verschwinden möchte, durch die er gerade gekommen ist. Jetzt muß Heinrich es wissen. Er ruft laut Kropotkins Namen. Der »schwarze Mann« wendet sich um, Abwehr in seinem Blick. Heinrich geht auf ihn zu. »Kann ich Sie einen Augenblick sprechen? Unter vier Augen?«

Unruhig und mit der Aggressivität des Unterlegenen sieht der »schwarze Mann« ihn an. Einige Sekunden vergehen, dann nickt er. »Sie wollen mich sprechen? Gut, dann sprechen wir!«

Heinrich nickt. »Wo sind wir ungestört?«

Der schwarze Mann zögert. »Gehen wir in meine kleine Kammer hier im Haus. Da wohne ich nämlich immer noch.«

Es klingt ein wenig vorwurfsvoll, als ob Heinrich dafür die Verantwortung trüge, doch Heinrich nimmt den Vorschlag an.

Kropotkin geht voraus in den hinteren Trakt des Gebäudes. Er schließt eine unauffällige Tür auf, lädt Heinrich mit einer knappen Geste ein, einzutreten. Der Raum ist winzig, ein schmales Bett, ein kleiner Tisch, ein Stuhl. Ein winziges Fenster oben an der Wand.

Fast wie in der Butyrka, denkt Heinrich.

Abgestandene Luft. An den Wänden rote Fahnen. Photographien von Karl Marx, Lenin und einigen anderen kommunistischen Idolen. Heinrich sieht sich interessiert und verwundert um.

»Deshalb?« fragt er nur und weist mit dem Kopf auf die Bilder, die roten Fahnen.

Der schwarze Mann gibt sich verständnislos: »Wie meinen Sie das: deshalb?«

Heinrich lächelt sarkastisch. »Sie wissen doch genau, was ich meine! Lassen Sie uns offen miteinander reden, von Mann zu Mann...« Er hält kurz inne, gibt dem schwarzen Mann aber keine Gelegenheit zu antworten und fährt fort: »Ich möchte nur wissen: Warum? Warum haben Sie mich damals am Bahnhof verraten und der russischen Polizei ausgeliefert? Weil Sie zu den Roten gehören? Oder haben Sie mich einfach nur gehaßt, habe ich Ihnen irgendetwas getan?«

Der schwarze Mann lacht verächtlich. »Sie sind natürlich wieder einmal nur der Gute, der Verständnisvolle. Wenn Sie wüßten, wie mir diese herablassende Art zuwider ist. Sie wollen die Wahrheit wissen?«

Der schwarze Mann nimmt eine vergilbte Photographie von der Wand, die einige Bauern vor einem winzigen, verfallenen Haus zeigt. »Wissen Sie, wer das ist? Das ist...« Er korrigiert sich. »Das *war* meine Familie.«

Heinrich sieht Kropotkin verständnislos an.

»Ihr habt doch keine Ahnung! Ihr habt eure Feste gefeiert und euch der Wohltätigkeit gerühmt, in der ihr euch gegenseitig überboten habt. Aber meine Familie hat um ihr Überleben gekämpft. Niemand von uns hat lesen oder schreiben gelernt oder die Möglichkeit bekommen, etwas Anständiges zu werden. Meine Eltern und meine Geschwister haben in Fabriken geschuftet. Für einen Hungerlohn. Und sie haben um das kleine Stückchen Land gekämpft, das nicht einmal einen von uns sattmachen konnte. Und vor zehn Jahren und vier Monaten haben mein Vater und mein ältester Bruder die weite, beschwerliche Reise nach Sankt Petersburg angetreten, um den Zaren untertänigst um Hilfe zu bitten. Zusammen mit vielen Tausend anderen Arbeitern und Bauern. Doch was ist passiert? Der ›Blutsonntag‹ ist daraus geworden! Man hat sie erschossen. Einfach so. Die Polizei des Zaren hat einfach in die

Menge geschossen. Auf unbewaffnete Arbeiter! Mein Vater und mein Bruder waren nicht sofort tot. Nein, so einfach war es nicht. Nicht einmal genau gezielt haben diese Schweine! Sie haben noch einige Minuten gelebt, haben im Schnee gelegen und geschrien, bis sie dann auch dafür keine Kraft mehr hatten. Das hat mir ein überlebender Freund erzählt. Man hat die Leichen durch die Zarenstadt getragen. Eine schauerliche Prozession war das. Stunden hat sie gedauert. Ich habe mir damals geschworen, sie zu rächen, meine Familie und all die anderen. Ich habe mir geschworen, dafür zu kämpfen, daß das Land hier ein anderes wird. Ich wollte nicht, daß ihr Tod sinnlos war! Damals habe ich mich den Roten angeschlossen, und man hat mir als erstes lesen und schreiben beigebracht. Wußten Sie das? Daß sie uns in den Teestuben lesen und schreiben beibringen, damit wir die Schriften von Marx und Engels lesen können? Nicht wie ihr, die ihr uns dumm halten wolltet, damit wir schön auf unserem Platz bleiben!«

Heinrich Bockelmann schüttelt betroffen den Kopf. »Nein, das wußte ich nicht, und ich habe großes Mitgefühl mit Ihnen und Ihrem Schicksal. Ich kann Ihren Haß sogar verstehen. Aber was hat das alles mit mir zu tun? Haben Sie mich gehaßt? Oder haben Sie mich stellvertretend für alle meines Standes gehaßt?«

Kropotkin nimmt einen Schluck Wodka aus einer Flasche, die er unter seinem Bett hervorgeholt hat, wischt den Flaschenhals mit dem Ärmel seines kragenlosen Hemdes ab, hält Heinrich die Flasche hin, der sie nach kurzem Zögern nimmt und aus ihr trinkt.

»Nein, es ging nicht um Sie«, erklärt Kropotkin dann nachdenklicher und streicht sich über seinen vollen, schwarzen Bart, der sein großes, schwarzes Muttermal auf der linken Wange kaum verbergen kann. »Sie können nichts dafür, daß Sie auf der privilegierten Seite der Menschheit geboren wurden. Aber das spricht Sie nicht frei von Verantwortung. Auch Sie haben davon profitiert, daß man uns klein und dumm hält. Aber nein, es ging nicht gegen Sie persönlich. Es begann damit, daß man mich zusammen mit einigen politischen Freunden dabei erwischt hat, wie wir bei einer Demonstration ein russisches Geschäft geplündert haben. Der Besitzer war ein Halsabschneider, aber das hat die Polizei nicht interessiert. Man hat uns gesagt, daß die Deutschen unsere Feinde seien, daß die reichen Deutschen daran schuld seien, daß es unsereins so dreckig geht und daß das Land im Elend ist. Man hat gesagt, wir hätten die gleichen Interessen: wir Roten und die Polizei.«

Kropotkins Augen werden zu schmalen Schlitzen. »Pah! Wie konnte ich nur so dumm sein. Die Polizei des Zaren! Die Mörder meiner Familie! Man wußte, daß ich für Sie in der Bank arbeite. Man wollte Sie schon lange festsetzen. Warum, das weiß ich nicht. Wahrscheinlich waren Sie irgend jemandem ein Dorn im Auge. Oder vielleicht auch einfach nur, weil Sie Deutscher sind. Ich weiß es nicht...« Er schüttelt den Kopf. »Ist ja auch egal... Jedenfalls hat man mir nahegelegt, daß man den Einbruch und die Mitgliedschaft in einer staatsfeindlichen Organisation erst einmal vergessen würde, wenn ich ihnen von Ihren rußlandfeindlichen Äußerungen erzähle und Sie ihnen ausliefere.«

Heinrich protestiert: »Aber ich habe doch nie gegen dieses Land...«

Kropotkin unterbricht ihn ungeduldig: »Natürlich nicht! Aber das war denen doch egal! Sie brauchten nur etwas, um Sie erst einmal festzusetzen, und da kam ich ihnen gerade recht.« Er geht nervös auf und ab, zwei Schritte hin, zwei Schritte her, dann setzt er sich wieder auf sein Bett.

Heinrich schüttelt schweigend den Kopf. Noch nicht einmal 24 Stunden war er in der Stadt, doch die Wogen der Ereignisse schlugen bereits über ihm zusammen.

»Sie sind ja ganz blaß geworden.« Kropotkin hält ihm noch einmal die Wodkaflasche hin. Nach einer Pause fragt er: »Und jetzt? Werden Sie fliehen?«

Heinrich verschluckte sich bei dieser offenen Frage fast am Wodka. »Wie kommen Sie darauf?«

»Sie wären dumm, wenn Sie es nicht täten! Sie haben ja sicher schon gehört, was hier los ist, was sie mit euch Deutschen machen. Wenn Rußland diesen Krieg gewinnt, werden Sie das nicht überleben. Dann wird man Sie hinterher der Spionage anklagen und Sie erschießen. Und wenn Deutschland gewinnt. Dann wird man Sie vorher auch umbringen, alle, die man noch in die Finger bekommt«. Er hält kurz inne. »Wenn ich es mir recht überlege, eigentlich ist dieser Staat jetzt irgendwie unser gemeinsamer Feind. Ihrer und meiner.« Kropotkin hält nachdenklich inne. »Ist es eigentlich wahr, daß Ihr Kaiser Wilhelm auch gegen Rußland kämpft, weil er das System hier für menschenverachtend hält und soziale Reformen möchte?«

Heinrich nickt zögernd. Soll er Kropotkin erklären, daß er das für eine Propaganda des Kaisers hält, um auch die starken sozialistischen Kräfte des Landes hinter sich und diesen Krieg zu stellen? Er entscheidet sich für einen Mittelweg. »Ich weiß es nicht so genau. Er sagt es jedenfalls, und viele der deutschen Soldaten sind sicher mit der Vorstellung in diesen Krieg gezogen, gegen ein zutiefst menschenverachtendes System zu kämpfen. Aber was Wilhelm wirklich denkt? Wer kann das schon so genau wissen.«

Kropotkin nickt.

»Hier in Rußland müßten Sie eigentlich auf Lenins Seite sein«, erklärt er plötzlich scheinbar zusammenhanglos.

Heinrich sieht ihn etwas verständnislos an.

»Na, das ist doch ganz klar: Lenin und die Bolschewiki möchten diesen Krieg beenden. Sie wollen keinen vom Zaren angezettelten Krieg mit Deutschland, sie wollen Frieden und Ruhe, um die Verhältnisse hier im Lande zu ordnen. Wer für den Zaren ist, ist in Zeiten wie diesen damit gleichzeitig auch für den Krieg. Wer für Lenin und die Bolschewiki ist, der ist für den Frieden …«

Heinrich nickt. Eigentlich hat Kropotkin nicht so unrecht. Es ist der Krieg der Kaiser, denen die Menschen zur Zeit auf allen Seiten zum Opfer fallen. Und weniger der Krieg der Völker, auch wenn durch diesen Krieg der Haß der Völker aufeinander sicher befördert werden wird …«

Kropotkin mustert Heinrich lange, dann meint er plötzlich: »Wissen Sie was? Ich werde Ihnen helfen!«

Heinrich sieht ihn ungläubig an. »Wie meinen Sie das?«

»Na, ich werde Ihnen helfen zu fliehen. Wobei denn sonst?«

Heinrich entschließt sich, es als einen Scherz aufzunehmen. Er versucht ein Lachen, das ihm in dieser Situation nicht so recht gelingen will. Doch Kropotkin erklärt noch einmal mit ruhiger Stimme: »Nein, es ist mein Ernst. Sie brauchen Hilfe, um von hier wegzukommen, und wenn ich Ihnen helfe, schade ich dem Zaren. Das ist eine Genugtuung für mich.«

Heinrich runzelt nachdenklich die Stirn. »Und woher weiß ich, daß Sie mich nicht nur dazu bringen wollen, über Fluchtpläne zu sprechen, um mich dann wieder zu verraten?«

Kropotkin holt einen Beutel unter seinem Bett hervor und kramt darin herum. »Sie müssen nichts sagen. Hören Sie mir einfach nur zu. Angenommen, Sie wollten weg, dann brauchen Sie zuerst einmal eine Verkleidung. So, wie Sie jetzt aussehen, würde man sofort auf Sie aufmerksam werden. Da kommen Sie nicht weit. Die Bahnhöfe werden scharf bewacht, und einen anderen Fluchtweg gibt es nicht. Ich hätte hier Sachen für Sie. Sie haben meinem Bruder gehört. Arbeitersachen. Sie müßten Ihnen passen. Auch Arbeiterschuhe. Mit den Schuhen, die Sie im Moment tragen, fallen Sie sofort auf. Damit brauchen Sie sich gar nicht erst zu verkleiden. Schuhe sind überhaupt das wichtigste ...«

Heinrich staunt. So weit hatte er noch gar nicht gedacht.

»Nun. Angenommen, Sie wollten fliehen, dann kann ich Ihnen diese Sachen hier geben. Und ich kann Ihnen auch einen Bart besorgen. Wir haben da unsere Quellen. Er würde wie echt aussehen. Das wäre schon einmal wichtig für den Anfang. Und ich habe da noch so eine Idee, aber es ist besser, wenn Sie davon vorerst nichts wissen.«

Heinrich wiegt nachdenklich den Kopf. »Aber wie kann ich wissen, daß Sie es ehrlich meinen?«

Kropotkin zuckt mit den Schultern. »Das können Sie nicht wissen. Sie müssen mir vertrauen oder es lassen. Es ist Ihre Entscheidung.« Er hält ihm den Beutel mit den Kleidungsstücken hin. »Hier. Nehmen Sie das schon einmal an sich. Sie können sich das alles ja noch in Ruhe überlegen. Aber zögern Sie nicht zu lange. In diesem Land sind Sie als Deutscher nicht mehr sicher. Das Päckchen mit dem Bart werde ich Ihnen so schnell wie möglich zukommen lassen. Da ist ein kleiner Zeitungsstand vor dem Petersburger Bahnhof. Er gehört einem alten Deutschen. Er ist einer von uns. Dort können Sie morgen früh ein kleines Päckchen abholen. Gehen Sie hin oder lassen Sie es. Der Rest wird sich finden.«

Heinrich nickt unschlüssig, nimmt dann den Beutel. Ein Händedruck, und Heinrich verläßt die Bank durch einen Hinterausgang. Er muß nachdenken und möchte jetzt niemandem begegnen.

Ein Abschiedsbrief

31. Mai 1915. Wie schreibt man einen Brief, der vielleicht ein Abschiedsbrief werden könnte, das letzte, was der Familie von ihm bleibt – wenn es schiefgeht? Wie bringt man das zu Papier, was von einem selbst Bestand haben soll? Die Beklemmung dieser Vorstellung lähmt seine Gedanken. Heinrich starrt auf sein seit Stunden leeres Blatt Papier. Zu vieles wäre zu sagen.

Neben ihm die kleine Schachtel mit dem Bart und dem Leim, die er vor ein paar Stunden abgeholt hat. Der Zeitungsverkäufer war freundlich gewesen, dankbar für die paar Rubel, die Heinrich ihm im Tausch gegen das Päckchen in die Hand gedrückt hatte. Lächelnde, warmherzige Augen. Ein seltener Anblick in diesen Tagen. Die Zeitung, die er zur Tarnung gekauft hatte, hatte er gleich in den nächsten Papierkorb geworfen. Schreiende Haßtiraden gegen ihn und seinesgleichen.

Erst in seinem Zimmer hatte Heinrich das Päckchen geöffnet, hatte den Bart darin gefunden, der seiner eigenen Haarfarbe tatsächlich sehr ähnlich war. Und einen Zettel: »Petersburger Bahnhof, Montag, 21 Uhr, dritte Klasse!« Eine ungeübte, fast kindlich-unschuldige Handschrift, die jeden Gedanken an Verrat geradezu grotesk erscheinen läßt. Doch es ist nicht ausgeschlossen. Soll er die Anweisung befolgen? Oder bewußt einen anderen Zug nehmen?

Heinrich versucht zu ermessen, was in Kropotkins Kopf vorgehen mag. Hat er gestern sein wahres Gesicht gezeigt? Oder war das Gesicht damals, auf dem Bahnsteig, als er ihn verriet, sein wahres gewesen? Die letzten Monate haben Heinrichs Glauben an die eigene Menschenkenntnis erschüttert. Und ausgerechnet jetzt muß er mit seinem eigenen Leben für Vertrauen oder Mißtrauen einstehen. Ein hoher Preis. Und niemand, mit dem er sich beraten kann.

Meine liebe Anna, lieber Erwin, Rudi, Werner, Gert und Johnny. Wenn alles gutgeht, werde ich schon wieder bei Euch sein, wenn diese Zeilen Euch erreichen. Wenn nicht, dann muß ich Euch aus tiefstem

Herzen um Euer Verständnis und Eure Vergebung bitten. Es ist mir einfach nicht länger möglich, in Unfreiheit und fern von Euch zu leben – ohne Aussicht auf Entlassung. Irgendwann. Man hat einen Spionagevorwurf gegen mich konstruiert, eine Schlinge um meinen Hals, die sich irgendwann zugezogen hätte. Ich habe mich entschieden, zu fliehen. Wenn dieses Vorhaben gelingt, werde ich Euch in ein paar Tagen endlich wieder in die Arme schließen, und dieser Alptraum hat ein Ende. Wenn nicht, dann hat das Schicksal es mir nicht bestimmt, noch ein zweites Mal in meinem Leben glücklich zu werden. Ich hoffe, daß es Dir, liebe Anna, irgendwann möglich sein wird, mein restliches Vermögen aus diesem Land und in Deine Hände zu bekommen und alles zu unternehmen, um unseren Söhnen eine gute Zukunft zu ermöglichen. Ansonsten habe ich nur wenige Habseligkeiten bei mir. Bis auf die Uhr. Falls man Dir die Sachen übergibt, sorge bitte dafür, daß Rudi sie gemeinsam mit dem Brief, den ich diesem Schreiben beifüge, zu seinem 21. Geburtstag bekommt. Ich habe es ihm versprochen …

Heinrich hält abrupt und fast ungläubig inne. Was er zu hören glaubt, scheint ihm kaum Realität sein zu können. Bestimmt ist es die Nervosität, die seine Sinne verwirrt. Er öffnet sein Fenster. Der Klang wird lauter. Nein, er hat sich nicht getäuscht, auch wenn er, was er hört, kaum begreifen kann.

In die lebendige Geräuschkulisse der Bahnhöfe, auf die er von seinem Zimmer aus blickt, in das Stimmengewirr von Verkaufsständen, Reisenden, Kutschen, Zügen, Straßenmusikanten mischt sich ganz leise, aber deutlich hörbar, ein ganz anderer Klang, tiefer als alle anderen Töne, rauher als eine Oboe aber weicher als eine Posaune, erdverbundener als eine Flöte und erhabener als eine Klarinette. Eine Melodie, die allen anderen Klängen der Stadt zugrunde zu liegen scheint – der unverkennbare Klang eines Fagotts. Heinrich kann nicht sofort erkennen, woher es kommt, beugt sich weit aus dem Fenster und kann kaum begreifen, was er da sieht. Da unten, auf dem Platz vor den beiden nebeneinanderliegenden Bahnhöfen steht der Mann mit dem Fagott. Ein zerknitterter Zylinder, ein Gehrock, einen braunen, schäbigen Koffer mit Messingbeschlägen vor sich auf dem Boden.

Heinrich wirft in seiner Fassungslosigkeit alle Vorsicht über

Bord, rennt die Treppe hinab, vorbei am Portier, der ihm noch ein »Ist alles in Ordnung? Ist irgendetwas passiert?« hinterherruft und ein knappes »Nein, nein, alles bestens« als Antwort bekommt. Er rennt aus der Tür, überquert, fast ohne sich umzuschauen, die Straße, läuft die Treppen zum Bahnhofsvorplatz hoch.

Da steht er, ganz in sein Spiel versunken. Ein wenig älter geworden, aber dieselben Augen, dieselbe Haltung, der Zylinder, der Gehrock ein wenig abgeschabt, die Hose geflickt, aber zweifellos derselbe. Heinrich läuft auf ihn zu. Der Mann erschrickt, setzt das Fagott ab, blickt sich gehetzt um, offenbar auf der Suche nach einem Fluchtweg.

Heinrich entschuldigt sich eilig: »Nein, nein, keine Angst. Ich bin nicht von der Polizei.«

Der Mann mit dem Fagott – die Begegnung

»Bremen – das ist noch gar nicht so lange her, aber mir ist, als wäre es in einem anderen Leben gewesen ...«

Heinrich Bockelmann versteht genau, was der »Mann mit dem Fagott« meint.

Man hat sich im hektischen Gewühl des Bahnhofsvorplatzes auf die Treppe gesetzt.

»In Bremen, da war ich Lehrer für Musik und Kunst.« Er hält inne. »Bockelmann? Der Name kommt mir bekannt vor. Ich habe einen Bockelmann unterrichtet. Waren Sie das? Wilhelm?«

Heinrich schüttelt den Kopf. »Nein, das war mein Bruder.«

Der Mann mit dem Fagott lächelt. »Es war eine schöne Zeit. Deutschland ... Ich wollte die Heimat meiner Mutter kennenlernen. Mein Vater hatte hier in Moskau einen kleinen Antiquitätenladen ...«

Heinrich unterbricht ihn, von einem plötzlichen, fast unglaublichen Gedanken beherrscht, der ein seit mehr als zehn Jahren ungeklärtes Geheimnis endlich lüftet. »Etwa an der Twerskaja?«

Der Mann mit dem Fagott sieht ihn überrascht an. »Ja! Woher wissen Sie...«

Heinrich erzählt ihm die Geschichte von der Figur, die er, kaum in Moskau angekommen, in jenem Laden entdeckt und schließlich auf solch geheimnisvolle Weise geschenkt bekommen hat.

»Ja, die Figur.« Der Blick des Mannes richtet sich in die Ferne, die bunte Vergangenheit seiner Kindheit. »Ich habe sie mein Leben lang geliebt. Schon als Kind. Sie hat mich fasziniert. Ich habe sogar ihretwegen angefangen, dieses wunderbare Instrument zu lernen. Und zu besonderen Anlässen habe ich mich gekleidet wie sie. Das hat mir Glück gebracht. Bis heute...« Der Mann sieht mit resigniertem Blick an sich herunter, das zerschlissene Kostüm, der Zylinder, an dem der Zahn der Zeit sichtbar genagt hat. »Jetzt hilft es mir beim Betteln.«

Heinrich nickt einfühlsam. »Diese Zeit macht aus manchem einen Bettler.«

»In Deutschland konnte ich nicht bleiben«, erklärt der Mann mit dem Fagott. »Der Krieg hat es unmöglich gemacht. Ich mußte fliehen. Und hier will man mich auch nicht haben. Ich finde keine Anstellung. Man vertraut mir nicht, weil ich so lange in Deutschland war. Man hält mich für einen Spion. Oder für sonst einen schlimmen Gesellen. Es grenzt an ein Wunder, daß sie mich noch nicht verhaftet haben.« Er schüttelt den Kopf. »Das ist also aus mir geworden. Ein Bettler!«

Heinrich kann den Mann mit dem Fagott nur allzugut verstehen. »Was wollen Sie denn jetzt machen?«

Der Mann schüttelt ratlos den Kopf. »Vorläufig spiele ich hier für ein paar Münzen am Tag. Der Antiquitätenladen meines Vaters wurde geplündert. Die Angestellten sind verschwunden. Ich schlafe im Laden. So habe ich wenigstens ein Dach über dem Kopf. Momentan kann ich nichts anderes tun als darauf zu warten, daß die Zeiten sich wieder ändern.«

Heinrich nickt gedankenvoll. »Ihr Spiel hat, auch wenn Ihnen das seltsam erscheinen mag, mein Leben bestimmt, und es hat mir Glück gebracht. Sie waren wie ein Wink des Schicksals für mich, damals, in Bremen. Und jetzt...« Er hält inne. »Daß wir uns unter diesen Umständen wiedersehen, daß ich Sie endlich finde, hier, in Moskau, in einer Zeit, in der das Leben uns übel mitgespielt hat.

Irgendwie scheinen unsere Wege auf geheimnisvolle Weise verschlungen zu sein ...«

Der Mann mit dem Fagott nickt. »Aber ob ich Ihnen jetzt wieder Glück bringen kann? Ob ich noch irgend jemandem Glück bringen kann? Am wenigsten wohl mir selbst.«

Er zuckt mit den Schultern.

Heinrich lächelt.

»Daß wir uns jetzt hier begegnen, ist bestimmt so etwas wie ein gutes Omen. Für beide von uns«, erklärt er geheimnisvoll. Dann erhebt er sich. Die Zeit drängt. Wenn er den Abendzug nehmen möchte, von dem Kropotkin schrieb, muß er bald mit den Vorbereitungen beginnen. Er reicht dem Mann mit dem Fagott die Hand. »Sie hören von mir. Der Antiquitätenladen in der Twerskaja ist mir vertraut.« Leise fügt er ein »Alles Gute!« hinzu, vielleicht mehr, um sich selbst Mut zu machen.

Wieder in seinem Zimmer steht Heinrichs Entschluß fest. Er wird Kropotkin und seinem eigenen Gefühl vertrauen.

Von draußen erklingt leise der wehmütige, tiefe Klang des Fagotts. Er begleitet ihn, während er den Brief an Anna und die Zeilen an seine Söhne vollendet. Er gibt ihm Hoffnung, während er sich mit ungeübten Fingern den Bart anklebt, seine nötigsten Habseligkeiten in den groben Leinensack packt, den Kropotkin ihm gegeben hat, und sich in einen Arbeiter, in Kropotkins Bruder verwandelt. Und es macht ihm Mut, während er die Briefe an seine Familie zusammen mit einem Geldschein in einen größeren Umschlag steckt, den Namen des Nachtportiers daraufschreibt und ihn bittet, seine Zeilen in zwei Tagen auf den Weg zu bringen. Schließlich ist alles erledigt. Das Fagott schweigt. Heinrich schließt das Fenster und macht sich auf den Weg.

In fremden Schuhen

Die engen, harten Schuhe mit den groben, unflexiblen Sohlen nehmen Heinrichs Schritten sofort die sonst selbst in Zeiten wie diesen noch gewohnte Souveränität. Sie verleihen ihm den groben Gang eines Arbeiters, ohne daß er sich darum bemühen müßte, um seine Verkleidung glaubwürdig erscheinen zu lassen. Die rauhe Kleidung und der fremde Bart tun ein übriges.

Heinrich ist froh, in diesem Aufzug niemandem zu begegnen, der ihn kennt, die Reception unbesetzt vorgefunden zu haben. Einsam macht er sich in der einsetzenden Dämmerung auf den Weg. Ein nobler Herr zischt ihm ein »aus dem Weg, verlottertes Pack« hinterher. Heinrich zuckt zusammen und atmet doch erleichtert auf. Die Verkleidung scheint geglückt.

Am Bahnhof der typische Trubel. Heinrich beobachtet das Geschehen aus den Augenwinkeln, versucht einzuschätzen, von wem Gefahr drohen könnte.

Plötzlich Blickkontakt mit Augen, die ihm vertraut sind.

»Hast du Feuer?« Kropotkins Frage laut und unverdächtig. Heinrich sucht die Taschen nach seiner Streichholzschachtel ab, zündet eines an und reicht es Kropotkin. »Schalter drei«, flüstert dieser ihm zwischen zwei Zügen zu. Heinrich geht so unbeteiligt wie möglich weiter.

Am Schalter eine kurze Schlange. Niemand nimmt Notiz von ihm.

»St. Petersburg. Einfach.« Heinrich vermeidet zu viele Worte. Seine Sprache würde ihn entlarven, der deutsche Akzent, der Tonfall der vornehmen Gesellschaft. Die Ausdrucksweise und Sprachfärbung der einfachen Leute beherrscht er nicht. Der alte Mann am Schalter schiebt ihm die Karte zu. Dritter Klasse, ohne daß Heinrich darum hätte bitten müssen.

Am Bahnsteig wieder Kropotkin, Zeitung lesend an einen Mast gelehnt. Noch kann Heinrich umkehren. Noch hat er sich nicht schuldig gemacht. Erst wenn er einsteigt, die Karte nach St. Petersburg in der Tasche, würde ein neuerlicher Fluchtversuch beweisbar sein. Heinrich zögert. Kropotkin weist ihm mit einer kleinen

Geste mit dem Kopf den vorletzten Wagen zu. Heinrich sieht sich um. Er atmet tief durch, dann ist er mit zwei Schritten im Zug, sucht sich einen Platz in einer möglichst unauffälligen Ecke. Ein verstohlener Blick aus dem Fenster. Kropotkin im Gespräch mit einem großen, breitschultrigen, etwas düster wirkenden Mann. Heinrichs Atem stockt. Kropotkin im gestenreichen Dialog. Der Mann lacht. Kropotkins Blick trifft Heinrichs Augen. Der Zug setzt sich in Bewegung.

Laut und alles beherrschend die Gespräche der Arbeiter im Abteil, ihr Gelächter, ihre groben Witze. Über die Reichen und über die Juden und über die Deutschen. Billiger Qualm. Nebel, in dem Heinrich sich geschützt fühlt. Sein Bart juckt. Immer wieder die Angst, daß er sich lösen könnte, daß es schon geschehen sei, ohne daß es ihm auffiel. Vor den Fenstern Dunkelheit, die die Scheiben in Spiegel verwandelt. Heinrich betrachtet sein Gesicht wie das eines Fremden. Er sieht alt aus, sehr alt, stellt er fest. Der Bart sitzt noch. Der Mann gegenüber schläft mit offenem, fast zahnlosem Mund. Er wüßte gern, wie spät es ist. Die Uhr hat er lose in die weite, unförmige Hose gesteckt. Er zieht sie lieber nicht hervor.

»Die Fahrkarten bitte!« Der Schaffner steht direkt vor Heinrich, sieht ihn auffordernd an. Schweigend reicht er dem Schaffner seine Fahrkarte. Dieser sieht Heinrich prüfend und mit offenkundiger Irritation an. Dann reicht er ihm die Karte zurück. »Gute Fahrt«.

Heinrich nickt, lehnt sich zurück. Irgendwo hat er diesen Schaffner schon gesehen. Ein vertrautes Gesicht. Kein gutes Zeichen in einer Stunde wie dieser.

Okulowka. Der Zug hält. Heinrich will gerade das Fenster öffnen, als eine Stimme hinter ihm ertönt: »Ihre Fahrkarte bitte!« Schon zum zweiten Mal. Heinrich wendet sich erschreckt um.

Der Schaffner sieht ihm fest in die Augen. Nervös sucht Heinrich in den Taschen der fremden Jacke, findet schließlich das Billett. Ein kurzer Blick auf die Karte. »Hier müssen wir etwas klären.« Und leiser: »Bitte, folgen Sie mir!«

Zögernd und mit stockendem Atem erhebt sich Heinrich. Der Schaffner führt ihn auf der dem Bahnsteig abgewandten Seite ins Freie, führt ihn am Zug entlang zu den Erster-Klasse-Waggons. Er hat jetzt keine Wahl, als abzuwarten, was das Schicksal in Gestalt dieses Schaffners für ihn vorsieht.

Dieser geht schweigend vor ihm her, schließt die Tür zu seinem Dienstabteil in der ersten Zugklasse auf.

»Steigen Sie ein, und schließen Sie den Vorhang! Ich will Sie nicht am Fenster sehen!« Keine Erklärung. Dann schließt er die Tür hinter Heinrich ab. Der Zug setzt sich wieder in Bewegung. Auch die Tür zur anderen Seite ist verschlossen. Heinrich ist wieder gefangen.

Nervös geht er im Abteil auf und ab. An Stillsitzen ist nicht mehr zu denken. Noch fast drei Stunden bis St. Petersburg. Vielleicht ist der Schaffner ja längst dabei, Kontakt mit der Polizei aufzunehmen, ihn abholen zu lassen. Woher kannte er ihn nur?

Ja, jetzt erinnert er sich wieder. Er war oft mit dem Zug gefahren. Früher. Mindestens einmal im Monat nach St. Petersburg. Und fast jedes Wochenende zu seiner Datscha in Nemtschinovka. Anfangs hatte die Bahn dort nicht gehalten. Er hatte fast eine halbe Stunde lang weiterfahren und von dort aus mit der Kutsche oder dem Automobil zurückfahren müssen, obwohl der Zug direkt an seinem Grundstück vorbeifuhr. Heinrich war die längere Zugfahrt, die nachfolgende Kutschfahrt lästig. Sie raubte ihm kostbare Zeit seiner Wochenenden. So hatte Heinrich begonnen, wenn der Zug an seinem Grundstück vorbeifuhr, ganz einfach die Notbremse zu ziehen. Die Kutsche hatte er an jene Stelle bestellt, und er begann in aller Ruhe mit dem Umladen des Gepäcks, bis der Schaffner kam und schimpfend und zeternd die Strafe für diesen Mißbrauch kassierte. Heinrich hatte sie ohne zu zögern bezahlt – und ein fürstliches Trinkgeld obendrauf. Nachdem er sich so einige Male den mühsamen Weg erspart hatte, erklärte der Schaffner schon bei der Fahrkartenkontrolle, der Zug werde heute am gewünschten Ort halten. Heinrich könne sich also das Ziehen der Notbremse sparen. Er kassierte das Trinkgeld schon bei Antritt der Fahrt, und fortan hielt der Zug Richtung Minsk an Heinrichs Datscha, wenn er selbst, Anna oder Gäste der Bockelmanns im Zug saßen. Ja, jetzt weiß er es wieder: das Gesicht des Schaffners. Es war ihm gleich so bekannt vorgekommen. Es war jener, der damals oft an der Strekke nach Nemtschinovka Dienst tat. Bestimmt hatte er Heinrich erkannt. Er hatte sich damals ja auch auffällig genug verhalten.

Würde er nun mit seinem Leben für seine Dreistigkeit bezahlen müssen?

Vier Schritte hin, vier Schritte zurück. Das feindselige Pfeifen der Lokomotive, das Rattern der Räder, das auch alle Gedanken überrollt. Gefangen.

Diesmal hat die Begegnung mit dem Mann mit dem Fagott ihm offenbar kein Glück gebracht.

Heinrich geht ans Fenster. Sachte schiebt er den Vorhang beiseite. Tiefe, regnerische Nacht. Sein fremdes Gesicht im Spiegel. Rhythmisch die Lichtblitze entlang der Strecke. Das Fenster läßt sich öffnen. Vorbeifliegende Landschaft. Einzelne Regentropfen fallen ins Abteil. Glänzend die kalten, harten Schienen. Rauch, den der Fahrtwind in sein Gesicht drückt. Heinrich beugt sich ein wenig nach draußen. Das Pfeifen einer entgegenkommenden Lokomotive. Nein, das ist kein Ausweg für ihn. Nicht so. Keine Selbstaufgabe, solange noch Hoffnung besteht, und wenn es auch nur ein Funken ist. Heinrich schließt das Fenster wieder. Zieht zumindest die engen, harten Schuhe aus. Vier Schritte hin, vier Schritte her. Das donnernde Geräusch der Stahlbrücke über den Wolchow. Bald würde sich sein Schicksal entscheiden.

Wieder ein Halt. Kolpino. Noch an die zwanzig Minuten bis St. Petersburg. Ein Schlüssel wird im Schloß gedreht. Jetzt schon? Heinrichs entsetzter Gedanke, doch der Schaffner ist allein. Er schließt die Tür von innen wieder ab.

»Wissen Sie schon, wie es weitergehen soll, wenn wir in Petersburg angekommen sind? Haben Sie einen Plan?«

Heinrich sieht den Schaffner verdutzt an. Was für eine merkwürdige Frage. »Wie meinen Sie das?«

Der Schaffner runzelt die Stirn. »Sie können mit dem Versteckspiel aufhören! Ich habe Sie erkannt. Sie sind der verrückte Deutsche, der im Zug nach Minsk immer die Notbremse gezogen hat. Ich habe Sie sofort erkannt. Und erzählen Sie mir nicht, Sie seien jetzt ein einfacher Arbeiter geworden.«

Heinrich zuckt mit dem Schultern. Der Schaffner fährt unbeirrt fort: »Sie sind also auf der Flucht. Das geht mich eigentlich nichts an, und ich hätte Sie auch gar nicht behelligt, aber in Okulowka kam plötzlich die Polizei in den Zug. Haben Sie das nicht bemerkt? Da habe ich mir gedacht, es kann nicht schaden, Sie für's erste aus der Schußlinie zu bringen. Es war wirklich knapp. Sie hatten zweimal Glück.«

»Zweimal?«

»Ja, natürlich! Das erste Mal schon in Moskau! Kurz vor der Abfahrt! Ein Geheimpolizist war schon dabei, in Ihr Abteil einzusteigen; ich kenne diese ›Herren‹ inzwischen, diese auffällige Unauffälligkeit, und dann lassen sie die Falle zuschnappen. Ein ganz eigenes Volk…« Er macht eine verächtliche Handbewegung. »Doch gerade in letzter Sekunde hat ihn am Bahnsteig ein anderer Mann in ein Gespräch verwickelt. Sah aus wie ein Bolschewiki. Sind nicht die schlechtesten. Auf den ersten Blick ein etwas unheimlicher Typ. Er hatte einen großen Leberfleck auf der linken Wange.«

Heinrich stockt der Atem: Kropotkin. Der Schaffner sprach ganz eindeutig vom schwarzen Mann!

»So ein Leberfleck ist ja eigentlich ein Zeichen für einen Unglücksboten, aber Ihnen hat er Glück gebracht. Trotzdem sind Sie noch nicht in Sicherheit. Der Bahnhof wird gut bewacht. Aber so wie Sie aussehen, fallen Sie nicht auf! Ihre Verkleidung ist gut, wirklich! Ich werde nachsehen, wann der richtige Augenblick zum Aussteigen ist. Dann mischen Sie sich einfach unter die Menge.« Der Schaffner hält inne, um nachzudenken. »Und wenn Sie hier raus sind, gehen Sie am besten zum Finljandskij woksal, dem finnischen Bahnhof. Auf Gleis 8, ganz am Ende des Bahnsteigs, ist eine kleine Hütte für die Arbeiter. Dort fragen Sie nach Wladimir Kekkonen. Ein finnischer Russe. Man nennt ihn den ›Wikinger‹. Auch ein Roter. Er bringt Sie in einem der Güterzüge außer Landes. Natürlich kostet das. Aber er ist ein zuverlässiger Mann. Ein Freund von mir. Sagen Sie ihm, Sie kommen von Boris.«

Heinrich nickt. »Warum tun Sie das alles für mich? Warum riskieren Sie so viel?«

Der Schaffner schüttelt den Kopf. »Ich riskiere doch gar nichts. Was riskiere ich denn? Wenn die Polizisten Sie hier gefunden hätten, hätte ich einfach gesagt, ich hätte Sie in Petersburg der Polizei übergeben wollen und hätte Sie hierhergebracht, damit Sie nicht fliehen können. Aber dieses Abteil hier wird ohnehin nie durchsucht! So weit gehen die noch nicht!«

»Aber Sie hätten das trotzdem nicht tun müssen.«

»Natürlich nicht. Aber irgendwie hat mir Ihre direkte Art schon immer gefallen. Und vor allem: Ich kann es nicht ertragen, mit anzusehen, wie man den Deutschen hier inzwischen zusetzt. Meine Frau ist Deutsche …«

Heinrich lächelt. »Aber woran haben Sie mich erkannt? So gut wie Sie sagen, kann meine Verkleidung dann offenbar doch nicht sein.«

»Den Kerl mit der Notbremse vergesse ich in meinem ganzen Leben nicht, da können Sie sich verkleiden, wie Sie wollen.«

Die Lichter der nahenden Stadt.

Der Zug verlangsamt seine Fahrt. Ruckartige Bewegungen beim Überfahren der Weichen. Der Schaffner erhebt sich. Er drückt Heinrich die Hand.

»Viel Glück!«

Dann schließt er die Tür auf, wartet, bis der Zug Schrittempo erreicht und steigt aus.

Der Zug hält.

Der Wikinger

Einsam und ruhig liegt der Finnländische Bahnhof in der Dunkelheit der frühen Morgenstunden vor Heinrich. Etwa eine halbe Stunde lang ist er zu Fuß durch die fast menschenleere Stadt gelaufen. Er hatte nicht den direkten Weg über die Hauptstraßen Newskij Prospect und Litejnyi Prospect genommen, sondern die kleineren Seitenstraßen, war jedem anderen Passanten ausgewichen, hatte sich im Schutz der Dunkelheit beim Betreten jeder Straße vergewissert, daß er niemandem begegnen würde.

Unangenehm war das Überqueren der langen Litejnyi Most-Brücke über die Newa gewesen. Lange hatte er am Ufer gewartet, Ausschau gehalten, ob sich am anderen Ufer jemand der Brücke näherte. Dann erst hatte er es gewagt, sie zu betreten, sich der gefährlichen Sichtbarkeit von allen Seiten auszuliefern. Ein letzter Blick auf die selbst in regnerischer Nacht atemberaubende Silhouette der Stadt, dann ist er am Ziel. Nur noch um Haaresbreite von der Freiheit entfernt. Wenn er es schafft, diesen »Wikinger« zu finden und von ihm in einem Güterzug Richtung Finnland untergebracht zu werden, dann kann er schon in wenigen Stunden in Freiheit sein. Heinrich wagt es kaum, daran zu denken.

Er nähert sich dem Bahnhof. Ganz außen Gleis Nummer 8. Schwach beleuchtet. Er folgt dem Bahnsteig, der, je weiter Heinrich geht, immer dunkler wird. Heinrich fragt sich bereits, ob der Schaffner sich mit dem Bahnsteig, dem »Wikinger« geirrt hatte, als er zwei Gleisarbeitern begegnet. Er zögert, entschließt sich dann doch zu fragen. »Wladimir, der Wikinger?« Die beiden nikken, weisen noch weiter in die Dunkelheit. »Dort hinten. In der Hütte. Suchst du Arbeit?«

Heinrich zuckt mit den Schultern. »Mal sehen. Zahlt man denn hier gut?«

Die beiden lachen, als hätte Heinrich einen Scherz gemacht. »Wo zahlt man heutzutage noch gut! – Aber Arbeit ist Arbeit, und es gibt jeden Tag ein warmes Essen.«

Nach einigen Minuten entdeckt Heinrich tatsächlich eine kleine, primitive Blockhütte zwischen den Gleisen. Im Fenster das schwache Licht einer Petroleumlampe. Heinrich zwingt sich, nicht zu zögern und klopft beherzt an. Kräftig wird die Tür aufgerissen. »Ja?«

Ein Hüne mit breiten Schultern, roten, langen Haaren und ebenso rotem, vollem Bart steht vor Heinrich und sieht ihn fragend an.

»Wenn du Arbeit suchst. Da vorn steht ein Waggon mit Stahlrohren. Gerade angekommen. Wird dringend gebraucht. Du kannst beim Ausladen helfen. 6 Kopeken die Stunde. Eine Schicht dauert 12 Stunden. Um 8 Uhr gibt es zu essen.«

Er schickt sich bereits an, die Tür wieder zu schließen, als Heinrich den Kopf schüttelt. »Ich suche keine Arbeit. Boris schickt mich.«

Der »Wikinger« sieht Heinrich überrascht an, dann tritt er einen Schritt zurück, läßt ihn eintreten.

Ein winziger Tisch, zwei Klappstühle, eine Liege. Pläne mit für Heinrich völlig unverständlichen Zeichen und Anweisungen auf dem Tisch. Daneben ein Samowar. Wladimir Kekkonen bietet

Heinrich eine Tasse Tee an und wartet vorsichtig ab. »Über die Grenze?«

»Ja.«

Kekkonen schweigt. Er beugt sich über seine Pläne, streicht sich durch den dichten Bart, murmelt etwas, schüttelt dann den Kopf, sucht mit dem Finger irgendein besonderes Zeichen auf seinen Listen. Dann hält er inne. »In gut zwei Stunden. Gleis 11. Eine Lieferung mit Maschinenteilen nach Turku. Das müßte gehen. Kommen Sie in einer Stunde wieder hierher, dann bringe ich Sie hin. Aber bequem wird's nicht. Und ganz billig auch nicht.«

Heinrich nickt. »Wieviel?«

Der Wikinger mustert Heinrich eingehend, offensichtlich, um abzuschätzen, wieviel bei ihm zu holen ist. »Können Sie 60 Rubel bezahlen?«

Heinrich nickt zögernd.

»Gerade so«, lügt er, um sich nicht als Kapitalist zu entlarven.

Der Wikinger nickt. »In Ordnung. Geben Sie mir 50.«

Heinrich zählt das Geld unter dem Tisch ab, legt es auf die vor ihnen liegenden Pläne. Der Wikinger steckt es sofort ein. »Und jetzt gehen Sie. In einer Stunde wieder hier!«

Heinrich tritt wieder in die Dunkelheit.

Fahrt ins Ungewisse

Diesmal tritt der Wikinger auf Heinrichs Klopfen hin sofort aus der Tür. »Kommen Sie.« Man geht quer über die Gleise zum anderen Bahnsteig. Heinrich hatte die Zeit sitzend neben einem schlafenden Bettler an einer Außenwand des Bahnhofs verbracht und hatte mühsam gegen die Müdigkeit angekämpft, die er sich in diesen Stunden nicht leisten konnte, und ständig auf der Hut, ob jemand sich näherte. Doch es war ruhig geblieben.

Erste Dämmerung am Horizont. Kekkonen geht schnellen Schrittes. Heinrich hat Mühe mitzuhalten.

Die schwache Beleuchtung des Bahnsteigteiles taucht den bereitstehenden Güterzug und die daran beschäftigten Arbeiter in ein fast unheimliches Licht. Der Wikinger gibt ihnen ein Zeichen, betritt gemeinsam mit Heinrich den Zug. Er schiebt einige Kisten zur Seite, bildet so eine Höhle und bedeutet Heinrich, sich hineinzulegen.

»Nach etwas mehr als zwei Stunden Fahrt sind Sie sicher in Finnland. Warten Sie lieber drei Stunden. Wenn der Zug zwischendurch steht, ziehen Sie diese Haltezeiten von der Fahrzeit ab. Sollte die Tür vorher geöffnet werden, verhalten Sie sich ruhig. Danach können Sie irgendeinen Halt benutzen um herauszusteigen. Von da an sind Sie wieder auf sich gestellt. Aber in Finnland droht Ihnen keine Gefahr mehr. Sie können auch an die Tür klopfen, dann holt man Sie heraus. Sagen Sie nicht, wer Ihnen geholfen hat und wo Sie eingestiegen sind. Sagen Sie, Sie seien bei langsamer Fahrt aufgesprungen. Viel Glück.« Er schiebt die Kisten wieder vor, läßt Heinrich nur einen schmalen Spalt, durch den ein wenig Licht fällt. Dann schließt er die Tür.

Heinrich befreit sich von seinen Schuhen, nimmt den groben Leinenbeutel als Kopfkissen, zieht zur Sicherheit noch einmal die Uhr auf. Der Lärm verrät ihm, daß die anderen Waggons noch beladen werden.

Schlimmer als die Fahrt nach Wjatka kann es auch nicht werden, denkt er. Der Lärm ebbt ab. Längere Stille. Dann das vertraute und ersehnte Rattern der Räder, das Pfeifen der Lokomotive. Holpernd setzt der Zug sich in Bewegung, Minute für Minute der Freiheit näher.

Helsinki

Beinahe drei Stunden sind überstanden. Er müßte in Finnland sein! Ein Gedanke, der Heinrich für Augenblicke die Fassung raubt. Mühsam zwingt er sich, noch eine Stunde lang liegenzubleiben. Zur Sicherheit. Und dann noch eine. Wenn der Zug gefahren ist, schien er recht schnell unterwegs gewesen zu sein.

Wieder ein Halt. Lärm, der auf Ladetätigkeit in einigen der Waggons schließen läßt. Plötzlich das Rasseln und Quietschen der aufgeschobenen Tür. Gleißendes Sonnenlicht. Ein strahlender Frühlingstag, der Heinrich selbst durch den schmalen Spalt, den der Wikinger zwischen den Kisten gelassen hatte, blendet. Wenn er ihn nicht belogen hatte, mußte er in Sicherheit sein.

Jemand macht sich im Waggon zu schaffen. Schritte, Gemurmel, das Schleifen weggezogener Kisten. Dann wieder Stille. Leider keine Worte, deren Sprache Heinrich die Angst nehmen könnte.

Irgendwann muß er es wagen. Er kann nicht ewig hier liegenbleiben. Alle Knochen schmerzen. Es kostet Heinrich Kraft, die Kisten wegzuschieben. Mühsam richtet er sich auf, wartet einen Moment, blickt dann vorsichtig aus der Tür. Die Männer sind beschäftigt. Niemand beachtet ihn. Er steigt aus, geht bangen Herzens den Bahndamm entlang. Wenn er jetzt ein Ortsschild in kyrillischer Schrift sieht, ist es sein Verderben. Dann ist er noch in Rußland. Irgendwo in der Tiefe des Landes.

Übermüdet und seltsam wach im gleichen Augenblick zwingt er sich, einen Fuß vor den anderen zu setzen. Frohe Erwartung und beklemmende Angst. Vorne das große Bahnhofsgebäude. Er kommt ihm näher. Ein Zug donnert ganz in der Nähe an Heinrich vorbei. Noch ungefähr dreihundert Meter bis zum ersten Schild. Er legt sie, von plötzlicher Ungeduld getrieben, im Laufschritt zurück.

Dann der Anblick, der all seine Sinne gefangennimmt, ihn in seinem ganzen Wesen erfaßt wie noch kein Gefühl zuvor in seinem Leben und ihn gleichzeitig vor Erschöpfung und Demut gegenüber seinem Schicksal auf die Knie sinken läßt.

Es ist ein Schild in lateinischer Schrift. Und das Wort, das er liest, wird ihm in dieser Sekunde zum Tor der Freiheit, zum Inbegriff eines neuen Lebens, zum Synonym für eine verloren geglaubte Zukunft. Noch nie zuvor hat er sich so unermeßlich reich gefühlt wie in diesem Augenblick. Alle seine Wünsche und Gedanken vereinen sich in diesem einen, einzigen Wort, diesen drei Silben auf jenem Schild.

Helsinki.

5. KAPITEL

Rotterdam – Amerika, Juli bis Oktober 1957

Vor der großen Reise

»Helsinki« – Der Name des Frachters mit weißer, übertrieben verschnörkelter, schon ein wenig verblaßter Schrift auf dem schwarzen Bug des riesigen alten Schiffes, das gerade von Schleppkähnen eskortiert in den Hafen gezogen wird. Hektische Betriebsamkeit. Mächtige Ozeanriesen. Aufgewühltes Wasser. Schiffssirenen. Fischhändler. Nervöse Schreie von Möwen. Geruch nach Diesel. Nur manchmal, für einen kurzen Moment, der feinere, zarte, salzige Duft des Meeres, der Hauch von Weite, der mich die nächsten Tage begleiten wird.

Morgen werde ich hier, in diesem gewaltigen Rotterdamer Hafen, der mit seiner Imposanz all meine provinziellen Vorstellungen von einem Welthafen in den Schatten stellt, an Bord gehen. Zehn Tage lang wird die »MS Waterman« der »Rotterdam-Amerika-Line« unterwegs sein. Zehn Tage auf See, und dann werde ich sie endlich sehen: The Statue of Liberty, New York, Amerika, das Land des Swing, der Freiheit, das Land der unbegrenzten Möglichkeiten und wohl vielmehr noch das der unbegrenzten Unmöglichkeiten: echte Blue Jeans, Jazz, den Broadway, Hollywood, Wolkenkratzer, höher, größer, stärker, Farbenpracht, ganz anders als bei uns, ein scheinbar intaktes Land, von keinem Krieg beschadet und von keiner Schuld. Ein Musterland zum Staunen und Lernen.

Und genau das haben wir auch vor. Eine kleine Studentengruppe aus Österreich, eingeladen von der amerikanischen Organisation »Experiment In International Living«, um nach den Jahren des Krieges und den Anstrengungen des Wiederaufbaus etwas vom »American Way Of Life« in unsere jugendlichen Köpfe und Herzen zu säen.

Zuerst liegen zwei Wochen an der Alfred University in New York vor uns, danach vier Wochen Aufenthalt bei amerikanischen Gastfamilien in Pittsburgh, Gastseminare an Universitäten, Interviews in der lokalen Presse. Eine Chance für mich. Kontakte, Austausch, Clubs, alles aufsaugen, was es zu sehen und zu hören, zu wissen und zu erfahren gibt.

Und dann vier Wochen lang auf eigene Faust quer durch das Land. Ein Dollar Tagesbudget für jeden. Wir haben ausgerechnet, daß man von einem Dollar pro Kopf und Tag eine ausreichende Menge Milch, Brot, Cornflakes und ein wenig »Bacon«, den billigsten Speck, kaufen kann. Eine kleine Grundversorgung. Mehr haben wir nicht zur Verfügung. Schon dafür hat jeder von uns monatelang gespart. Entweder wir schaffen es mit diesem Dollar, oder wir müssen es bleibenlassen. Wir haben uns entschlossen, es zu versuchen. Es muß einfach gelingen! »Unmöglich« – das gibt's nicht! Ein bißchen Angst vor der eigenen Courage. Keine Ahnung, was da vor mir liegt, wie es mich und meine Welt verändern wird. Aufbruchsstimmung. Nervosität und Vorfreude.

Wie muß sich da erst mein Großvater gefühlt haben, als er vor fast 66 Jahren von Bremen nach Rußland aufbrach, um erwachsen zu werden, um seinen Weg zu finden.

Ob uns Abenteurer von heute viel von den damaligen Glücksrittern unterscheidet? Ich weiß es nicht, vermute, daß mein Großvater vornehmer unterwegs war als wir heute mit unserem kleinen, klapprigen Minibus, den Herwig für die Fahrt nach Rotterdam irgendwoher »organisiert« hat. Sechzehn Stunden Fahrt von Klagenfurt aus liegen hinter uns vier Weltenbummlern und Gitta, die mitgekommen ist, um vor der langen Zeit der Trennung, die vor uns liegt, noch ein paar gemeinsame Stunden mit mir zu verbringen. Unsere Freunde unternehmen eine kleine Fahrt durch Rotterdam. Nutzen die kurze Zeit für einen ersten Eindruck von der »großen, weiten Welt«. Gitta und ich wollen allein sein, die letzten Stunden mit niemandem teilen. Hilflose Gefühle und die leise Ahnung, daß es im Leben nicht genügt, sich zu lieben.

Abschied nehmen. Brücken hinter mir nicht einreißen, sie aber doch sich selbst überlassen. Alles für möglich halten und es so nehmen, wie es kommt. Mich nicht gebunden fühlen.

Ich habe es mir einfacher vorgestellt, und doch weiß ich, daß mein Leben, meine Ziele es von mir fordern. Auch mein Wesen. Vielleicht ist es die Unruhe meines Großvaters in mir. Und die meines Urgroßvaters, des Kapitäns, der im letzten Jahrhundert auf seinem Dampf-Segelschiff die Route Bremen – New York befuhr, Auswanderer in die Neue Welt geleitete und die, die es nicht geschafft hatten, zurück. Ein ewig Reisender. Von einem Abschied zum nächsten. Nirgends zu Hause und doch ganz bei sich selbst.

Gedankenverloren wirft Gitta Brotkrumen ins Wasser, füttert die Möwen, und ich weiß mit einemmal, daß dies ein Bild sein wird, das ich niemals vergessen werde: Gitta in ihrem hellen Sommerkleid am Pier, das rötlich-dunkle Haar von der Brise leicht zerzaust, ein Lächeln zwischen Nachdenklichkeit und Selbstironie im Blick. Letzte gemeinsame Stunden. Der erste Sommer seit vier Jahren, den ich ohne sie verbringen werde. Eindrücke, Erfahrungen, die alles verändern können.

Gitta versucht, es mir leichtzumachen. »Egal, was aus uns wird, die Reise ist gut für dich. Und wichtig. Wichtiger als ich, als wir. Stell dir vor, was du alles sehen wirst! Das wird dich alles deinen Zielen näher bringen.«

Ich nicke, weiß, daß sie recht hat. »Aber daß alles, was für mich gut ist, immer für uns schlecht sein muß.«

Sie lacht, und ich bewundere sie für die Leichtigkeit und Offenheit dieses Lachens. »Nun mal' doch nicht alles so schwarz! Das paßt doch gar nicht zu dir! Im Moment ist das eben so. Und vielleicht...« Sie bricht mitten im Satz ab, als wäre ihr die Aussichtslosigkeit dieses »vielleicht« selbst gerade bewußt geworden. Ein Hauch von Melancholie auf ihrem Gesicht, dann ein fast spöttischer, trotziger, lebensfroher Zug um ihre Lippen, Kraft in ihrem Blick. »Wie auch immer es wird, es wird gut sein.«

Ich fühle in ihr eine Größe, die mir zu fehlen scheint.

»Laß uns irgendetwas trinken gehen«, schlage ich so leichtmütig wie möglich vor, und es erscheint mir gleichzeitig so unendlich banal. Wie füllt man Stunden, die so unermeßlich kostbar sind? Wie schafft man sich Erinnerungen, Intensität, etwas, das während der langen Trennung bleibt? Für einen aufwendigen Abend fehlt uns natürlich das Geld. Eine kleine Kneipe, ein Drink, ein Imbiß, das ist das höchste der Gefühle. Den Rest muß unsere Phantasie besorgen. Und die herbe Romantik dieses Hafens. Ein passender Ort für einen Abschied.

Stiller Kampf in mir. Es wäre der Zeitpunkt für Treueschwüre, für Versprechungen, für ein »Nichts auf der Welt kann uns beide jemals wirklich trennen.« Wie gern würde ich es aussprechen, zu der Verantwortung stehen, die die lange gemeinsame Zeit mir auferlegt. Verantwortung, die Gitta nie von mir gefordert hat und die doch im Raum steht.

Man kann nicht immer unverbindlich bleiben. Gespräche mit meinem Vater, kurz vor der Abfahrt geführt: »Du mußt dir langsam überlegen, was du vom Leben willst, Junge! Eine Frau wie Gitta ist nicht für ein ›Bratkartoffelverhältnis‹ gemacht. Sie ist eine Frau, zu der man steht oder die man freigibt. Du wirst eine Entscheidung treffen müssen. Was du im Augenblick tust, ist nicht sehr fair.«

Gitta ahnt nichts von diesem Gespräch. Sicher hat mein Vater recht, und vielleicht wartet sie auch wirklich auf ein Zeichen von mir, eine Bindung, ein »Zu-ihr-Stehen«, auch wenn sie es mir nicht zeigt. Doch ich fühle mich zu jung dafür mit meinen noch nicht einmal 23 Jahren. Die ganze Ungewißheit der Zukunft vor mir wie ein undurchdringlicher Nebel, aber auch wie eine geheimnisvolle Freiheit, die ich nicht aufgeben kann. Ratlosigkeit. Ausflüchte vor mir selbst. Immer wieder vertagte Entscheidungen.

Es ist eigentlich genau das Unmögliche, was ich im Augenblick will: Freiheit und Geborgenheit. Gleichzeitig.

Vielleicht fehlt mir aber auch einfach noch die nötige Reife. Bestimmt wird es mit der Zeit leichter, diese Entscheidung zu fällen. Dann werde ich es fühlen. Noch bin ich einfach nicht soweit, bewundere meinen Bruder Joe, der in wenigen Wochen den Schritt in die Ehe wagen will und fühle gleichzeitig schmerzliche Beklemmung bei der Vorstellung, an seiner Stelle zu sein. Dilemma zwischen Ritter und Schuft. Dafür, daß Gitta mich damit nicht bloßstellt, liebe ich sie.

Eine kleine, liebenswert heruntergekommene Kneipe am Hafen. Wunderbar unordentlich. Vielleicht genau das richtige für einen Moment wie diesen. Etwas abgewetzte Ledersofas in kleinen Nischen. Geruch nach kaltem, abgestandenem Rauch, eine schweigende Musicbox, das rhythmische Klacken eines nicht mehr ganz neuen Ventilators, der, bei jeder Umdrehung leicht schaukelnd, die warme, stickige Luft nicht abkühlt, sie nur verteilt.

Es ist wenig los zu dieser Stunde. Ein Mann in abgerissener Kleidung sitzt unrasiert mit geröteten Augen vor einem fast leeren Glas Bier und stiert ins Nichts. Ein anderer liest Zeitung, einen kleinen, beigen Leinenseesack neben sich, die typische Schiffermütze auf dem Kopf. Ein schwarzer Kellner trocknet Gläser ab. Aus dem Radio die »Platters« mit »Only You«. Der Kellner sieht uns fragend über den Tresen hinweg an. Wir bestellen jeder ein Heineken.

Blick aus dem Fenster: Die »Helsinki« wird entladen. Kräne heben riesige Ballen, Kisten, Fässer auf die Pier. Ein blauäugiger, breitschultriger, ein wenig grob und rauh wirkender Hüne mit roten, langen Haaren und ebenso rotem Vollbart diskutiert mit schwerfälligen, großen Gesten mit einem Zollbeamten, und ich muß lächelnd an den »Wikinger« denken, Wladimir Kekkonen, der meinem Großvater das Leben gerettet hat. Vielleicht so etwas wie ein gutes Omen.

»Songs For Swingin' Lovers«

Rauschen, Quietschen und Pfeifen aus dem Radio. Der Kellner sucht einen neuen Sender. »No good music«, erklärt er strahlend auf meinen fragenden Blick. »Something swingin' – that's what I'm looking for… You know?«

Ich nicke, verstehe ihn sehr gut, besser, als er vielleicht denkt. Ein holländischer Schlager dröhnt aus dem Lautsprecher. Der Kellner dreht schnell weiter. Auch die neue, erfolgreiche weiße Rockmusik aus den USA findet nicht seine Gnade. Bill Haleys »Rock Around the Clock« – der Kellner gibt ihm nicht einmal zwei Takte. »This is no music…«

Rauschen, Quietschen und Pfeifen, und dann, plötzlich, eine

vertraute, unnachahmliche Stimme, die seit Jahren die Welt bewegt; leicht und spröde, ernst und heiter zugleich. »The Voice« Frank Sinatra. Zufriedenes Nicken beim Kellner. »Yeah!« Er trocknet im Rhythmus der Musik weiter seine Gläser ab.

Ich springe auf. »Gitta! Das ist aus der Platte, von der ich dir erzählt habe. ›Songs for Swingin' Lovers!‹ Hör mal! Ist das nicht einfach phantastisch!?«

»I've got you – under my skin – – I've got you – deep in the heart of me – so deep in my heart, that you're really a part of me – – I've got you – under my skin ...«, singe ich leise mit, schnippe den Rhythmus mit den Fingern. »Das ist so wunderbar! Und dieses Orchester: Nelson Riddle! Das beste, das es derzeit weltweit gibt! Wie die spielen! Hör mal!« Ich kann mich gar nicht beruhigen, mime die Streicher, das Saxophon, tanze durch die kleine Bar. Gitta schüttelt lächelnd den Kopf, amüsiert über meine fast kindliche Leidenschaft, die Frage »Wird der jemals erwachsen?« in ihrem Blick.

»Yeah, man«, lacht der Kellner. »You like that kind of stuff!«

»Mensch! Das einmal live hören zu können. Mit so einem Orchester vielleicht sogar *spielen* zu können ...« Meine Begeisterung kennt keine Grenzen. »*Das* ist Musik! Dagegen ist alles, was es bei uns auf dem Markt gibt, ein Witz. Etwas, das dem auch nur *nahe*kommt, hat hier noch keiner produziert.« Ich schwelge.

»Dann mach's *du* doch«, meint Gitta plötzlich nach einer Pause scheinbar zusammenhanglos mitten in die schönste Orchesterstelle des Songs.

Ich runzle irritiert und ein wenig unkonzentriert die Stirn, bin gerade so schön beim Zuhören, mag mich gar nicht losreißen.

»Wie meinst du das ›machen‹. – Was soll ich ›machen‹?« gebe ich etwas unwillig zurück, lausche dem knallharten Bläsereinsatz, der wie eine Antwort auf geheime Wünsche genau im richtigen Moment erklingt und, bevor man im Gefühl versinkt, wieder für Klarheit sorgt.

Gitta sieht mich lange nachdenklich an, sucht offenbar nach den richtigen Worten, hat sich vielleicht ein bißchen zu weit vorgewagt, etwas ausgesprochen, was sie eigentlich an diesem Tag gar nicht mit mir besprechen wollte.

Sie nimmt meine Hand, wartet, bis ich ihr in einer Musikpause zuhöre, meint dann ganz ruhig: »Weißt du, ich will ja das, was du in den letzten Jahren gemacht hast, nicht schlechtmachen, wirklich nicht! Und du weißt, welch große Hochachtung ich vor dem habe, was du versuchst, dir aufzubauen. Aber irgendwie... ich weiß auch nicht...« Sie unterbricht sich, setzt dann neu an: »Wenn du live in irgendeinem Club spielst, dann fühle ich etwas ganz Besonderes. Eine Art... eine ganz große Intensität. Ja, ich glaube, das trifft es am besten...«

Sie macht eine Pause, hält mir fragend eine Zigarettenschachtel hin – »Austria 3«, flachgedrückt, filterlos und so locker gestopft, daß der Tabak aus der billigen Schachtel rieselt, wenn man sie öffnet. Ich winke kopfschüttelnd ab, bin viel zu nervös, um jetzt zu rauchen, möchte wissen, was sie zu sagen hat, beobachte ungeduldig die etwas umständlichen Bewegungen, mit denen sie sich selbst eine nimmt, sie in ihre Zigarettenspitze steckt, die ich ihr zum letzten Geburtstag geschenkt habe – ganz »Dame von Welt«, sie endlich anzündet und einen tiefen Zug nimmt, bis sie endlich weiterspricht:

»Aber wenn ich mir die Platten anhöre, die du in der letzten Zeit so gemacht hast, mit Nummern, die andere für dich geschrieben haben, mit denen man versucht, den deutschen Markt zu bedienen... Sei mir bitte nicht böse, aber da fühle ich von all dem nicht mehr sehr viel.«

Sie nimmt einen weiteren Zug von ihrer Zigarette, fällt mir aber sofort ins Wort, als ich zu einer Entgegnung ansetze. Hastig erklärt sie: »Mir ist klar, daß du jedes Engagement und jede Chance, die sich dir bietet, annehmen mußt, schon allein, um dich finanziell über Wasser halten zu können. Aber trotzdem scheint mir das alles irgendwie nicht der richtige Weg zu sein. Du kannst viel mehr, und ich glaube, du solltest jetzt wirklich langsam versuchen, dein Talent über alle Oberflächlichkeiten hinaus zu entwickeln und etwas Eigenes auf die Beine zu stellen. Ich hab ein bißchen das Gefühl, daß du die Dinge seit einiger Zeit ein bißchen zu sehr treiben läßt, keine Weichen stellst. Hauptsache, da ist irgendein Weg, und irgendwohin wird der schon führen...«

Sie hält inne, versucht das, was sie zu sagen hat, mit soviel Wärme und Ruhe wie möglich zu sagen, um mich nicht zu verletzen.

Aus dem Radio erklingt »I Like New York in June – How About You«. Anscheinend spielen sie das ganze neue Sinatra-Album, das erst vor kurzem mit sensationellem Erfolg erschienen ist und das in den Plattenläden in Österreich vor meiner Abreise noch nicht erhältlich war. Und jetzt kann ich die Lieder doch noch einmal hören. Wir sehen uns an, müssen bei dem Titel beide lächeln. Dieses Lied am Tag vor meiner Abreise nach New York! Was für ein Zufall und was für eine Gelegenheit für Melancholie, die keiner von uns aufkommen lassen möchte. Die Musik stellt mit ihrer ansteckenden Leichtigkeit alle anderen Gefühle in den Schatten, läßt für Augenblicke alles andere auf der Welt völlig unwichtig erscheinen. Es gibt nur diesen Moment, und der ist gut. Eine Kraft, die mit nichts vergleichbar ist. Ich höre zu und fühle genau, was Gitta meint, weiß, daß sie im Grunde recht hat, fühle aber gleichzeitig eine beklemmende Überforderung, habe keine Ahnung, wie ich das, was an meinem Weg nicht in Ordnung ist, ändern soll.

Ich schüttle den Kopf. »Ich bin nun einmal alles andere als der Superstar, der bei Plattenaufnahmen bestimmen kann, welche Nummern er singt«, erwidere ich trotzig und mime sarkastisch den Ton einer Diva. »›Das singe ich nicht‹, das wäre in meiner Situation doch vollkommen undenkbar! Was soll ich denn deiner Meinung nach tun? Ich kann doch nicht…«

Gitta unterbricht mich: »Das verstehe ich ja, aber ich habe eigentlich immer gedacht, du möchtest deine eigene Musik machen. Und wenn dem so ist, dann wirst du etwas riskieren müssen. So, wie es im Moment läuft, verrätst du dich selbst, so empfinde jedenfalls ich das! Irgendwie weiterkommen um jeden Preis und gegen deine Seele, ich glaube, das rächt sich irgendwann.« Nach einem hektischen Zug an der Zigarette fährt sie energisch fort. »Es scheint mir manchmal fast ein wenig so, als wolltest du diese Karriere so sehr, daß dir fast völlig egal ist, was dabei auf der Strecke bleibt. Nicht nur in deinem Privatleben, sondern auch in dem, was dich selbst als Mensch und Musiker ausmacht, und das mitanzusehen, läßt mich zweifeln…«

Ich bin entsetzt. Jetzt scheint sie mir doch ein bißchen zu weit zu gehen.

»Wie stellst du dir das vor?« erwidere ich heftig. »Soll ich etwa in einem Musikverlag arbeiten und darauf warten, von jemandem für etwas entdeckt zu werden, das auch vor *deinen* Augen Gnade findet? Eine Familie gründen, einen geregelten Job annehmen und dem hinterhertrauern, was hätte sein können und abends in der Kneipe meinen Kumpels erzählen, was ich doch für ein großer Musiker geworden wäre, wenn nicht... Ja, wenn was eigentlich nicht... Wenn ich mir nicht zu gut dafür gewesen wäre, auch Angebote anzunehmen, die mich ein wenig unter meinem Wert verkaufen!«

Ich atme tief durch, beruhige mich etwas, streiche ihr über den Arm. »Entschuldige. Ich verstehe, daß du es gut meinst, aber ich bin wirklich ratlos. Ich kann doch nicht die großen amerikanischen Nummern auf Platten aufnehmen, die ich in den Clubs singe und die natürlich auch mir besser gefallen als die ›Herz-Schmerz-Lieder‹, in denen sich ›Zeit‹ auf ›Leid‹ reimt und ›Glück‹ auf ›zurück‹. Du weißt doch genau, wie ich das finde! Aber mit den großen amerikanischen Nummern hab ich doch auf dem deutschen Markt keine Chance. Die Sinatra-Songs werden eben von Sinatra besser gesungen als von mir.«

Gitta nickt. »Das mag schon sein, aber warum schreibst du dann nicht deine Lieder selbst? Genau so, wie du sie fühlst, aus den Wurzeln deiner – *unserer* – Kultur und deiner Seele. Das verstehe ich einfach nicht. Du komponierst instrumentale Jazz-Stücke, die sehr gut sind. Da muß es doch möglich sein, singbare Melodien für dich selbst zu schreiben!«

Sie hält inne. Für einen Augenblick sehe ich sie bestürzt an. Sie hat ausgesprochen, was ich immer schon gefühlt, aber noch nie zu Ende gedacht habe.

»Die Musik dafür zu schreiben, traue ich mir ja noch zu, aber woher bekomme ich die Texte? Die müßten dann ja schon anders sein als das Übliche. Die jüdischen Textdichter, die diese herrlich-skurrilen Vorkriegsschlager wie ›Veronika, der Lenz ist da‹ oder ›Was machst du mit dem Knie, lieber Hans‹ oder ›Mein kleiner grüner Kaktus‹ und all diese anderen wunderbaren, ironischen Texte voll Wortwitz und Lebensfreude geschrieben haben, die gibt es nicht mehr. Die sind emigriert oder schlimmeres. Man hat fast schon vergessen, daß es solche Lieder, solche Texte in deutscher Sprache gab! Bis jetzt ist jedenfalls niemand gekommen, der diese Lücke schließen könnte.«

Gitta sieht mich aufmunternd an. »Dann mußt du solche Texter eben suchen. Überall gibt es talentierte Menschen. Und für den Anfang mach es doch selbst. Ich hab doch von dir schon sehr gute Texte gelesen.« Sie macht eine Pause, setzt dann beschwörend nach: »Du mußt es versuchen! Du wärst der erste, der bei uns so etwas macht, und ich bin davon überzeugt, es wäre der richtige Weg. Es wäre das Risiko wert, auch den Ärger, den du vielleicht am Anfang mit deinen Produzenten hättest, wenn du plötzlich deine eigenen Ideen umsetzt. Groß wird nur der, der etwas Neues wagt. Nur tote Fische schwimmen mit dem Strom, das solltest du nie vergessen.«

Schweigend sehen wir uns an. Fühle Aufgekratztheit. Sinatra singt »You make me feel so young«. Und ich weiß, Gitta hat recht!

Der Mann mit dem Seesack in der Ecke ruft nach einem Genever. Die beiden letzten Zigaretten aus Gittas Schachtel. Ich gebe uns Feuer. Der Kellner legt uns die auf einfacher Pappe von Hand geschriebene, fleckige Speisekarte hin. Dankbar für diese Ablenkung stecken wir die Köpfe zusammen. Plötzlich sind wir beide hungrig. Der »Outsmeider« ist das Billigste auf der Karte. Ein kleines Sandwich, belegt mit gekochtem Schinken und einem Spiegelei, »Rausschmeißer« genannt, wie der Kellner uns lächelnd erklärt. Irgendwie paßt das.

»You go overseas?« will der Kellner von mir wissen, als er uns das Gewünschte bringt.

»New York!« erwidere ich voll Vorfreude.

»Wow! You will have a wonderful time there!« Irgendwann werde er auch in eines der Schiffe einsteigen und nach New York zurückgehen. Wenn er genug Geld zusammenhabe. Dafür arbeite er hier. Europa – das sei nichts für ihn. Für eine Frau sei er damals hergekommen. »Eine lange Geschichte … ein wenig traurig …« Er schüttelt die Erinnerung ab, lächelt zuversichtlich: Vielleicht noch ein Jahr oder zwei, dann reiche es für die Rückfahrkarte und für einen Neubeginn. Schließlich wolle man vor der Familie nicht als Versager dastehen. Er hält einen Moment lang gedankenvoll inne, dann strahlt er wieder. Er habe schon viele Reisende vor der Abfahrt bedient. Von überallher. Sieger und Verlierer. Wir beide würden wie Sieger aussehen, meint er geheimnisvoll. Wir würden »drüben« sehr glücklich sein. Wir nicken, wollen ihn nicht enttäuschen, ihm nicht die ganze Geschichte erzählen. Vielleicht wollen wir auch einfach in dieser Stunde nicht von Abschied sprechen.

Unser letztes gemeinsames »Abendessen« vor einem langen Sommer. Wortkarg wie selten sitzen wir einander gegenüber. Erschöpft von dem, was wir uns sagten und dem, was wir verschwiegen. Stoff zum Nachdenken. Überfordert auch von der Bedeutung des Augenblicks. Ab und zu ein hilfloses Lächeln. Besprechung dessen, was es noch zu erledigen gilt: Das Hochzeitsgeschenk für Joe, das Gitta abholen und zur Trauung mitbringen will, bei der ich nicht dabeisein kann, der Brief an meine Eltern, den ich ihr übergebe, der Kieselstein vom Strand, um den Gitta mich bittet. Nur darum. Kein anderes Mitbringsel aus Amerika. Nur dies und die Briefe, die ich zu schreiben verspreche, damit sie »ein bißchen dabei ist«.

Die Gestrandeten der Zeit

»We'll Be Together Again« klingt der letzte Song der Sinatra-Sondersendung aus dem Radio, als wir zusammenlegen, um die Rechnung zu bezahlen. Gitta hat sich geweigert, sich einladen zu lassen, und insgeheim bin ich ganz froh darüber.

Der Kellner nimmt uns das Versprechen ab, seine Heimat von ihm zu grüßen. Er sei sich sicher, das bringe Glück. Wem, das sagt er nicht. Es spielt auch keine Rolle.

»We'll be together again.« Die letzten Takte geleiten uns wie ein Versprechen auf die Straße.

Draußen die klare Seeluft, die erfrischt. Wohltuend nach der stickigen, verrauchten Kneipe. Der Hafen fast unwirklich im silbernen Abendlicht. Farben, die ich Manfred gern vermitteln würde.

Schiffe werden vertäut, Befehle gerufen. Die »Helsinki« immer noch am Kai. Kräne, die sie neu beladen. Ich erzähle Gitta die Geschichte meines Großvaters, erzähle von der Verbannung, der Flucht, dem angeklebten Bart, vom »Mann mit dem Fagott« und erzähle von Rußland im Zarenreich, von »Schwanensee«, von der Uhr, die Heinrich Bockelmann dem jeweils Zweitgeborenen unserer Familie vermacht und die mein Vater mir vor kurzem übergeben hat – und vom »Geradeausgehen«. Gitta lächelt. »Das solltest du dir immer vor Augen halten: Wie wichtig es ist, im Leben geradeaus zu gehen und auch auf Umwegen nicht vom eigenen Weg abzukommen. Ich glaube, das ist wichtiger als vieles andere.«

An einer der Anlegestellen drängen sich Menschen, warten auf ihre Einschiffung. Viele trotz des Sommers in mehrere Kleidungsschichten gehüllt, Mäntel darüber, notdürftig zugeschnürte Pappschachteln unter dem Arm. Offenbar haben sie all ihre Habseligkeiten mitgebracht, lassen nichts zurück als ihre enttäuschten Hoffnungen im Nachkriegseuropa, an das man nicht glaubt. Die legendäre Ausreisewelle bekommt ein Gesicht. Und einen Klang. Fremde Sprachen. Polnisch, Tschechisch, Ungarisch. Selten Deutsch dazwischen. Gebrochenes Englisch. Ich denke an die grauenhaften Bilder von der Niederwälzung des Ungarn-Aufstands, die wir vor kurzem in allen Zeitungen gesehen haben. Ob das Menschen sind, die diese Katastrophe miterleben mußten? Mitansehen, wie Familienangehörige, Freunde, Kinder, Geliebte von den russischen Panzern überrollt wurden? Eine fast unerträgliche Vorstellung. Ich schäme mich ein bißchen, Gitta gerade noch so von Rußland vorgeschwärmt zu haben, vom Zarenreich, der Pracht, dem Glanz, von dem auch mein Vater immer wieder mit strahlenden Augen erzählt. Fast bedeutungslos vor dem Terror, den das Land heute über die Menschen ausübt. Und doch eine Nuance, die nicht untergehen sollte im Angesicht, das dieses Land uns heute zeigt.

»Es ist auch das Rußland Tschaikowskijs und Dostojewskijs und Puschkins«, betont mein Vater immer wieder, wenn neue Greueltaten aus dem Sowjetreich bekannt werden. »So wie Deutschland auch immer das Deutschland Goethes und Rilkes und Beethovens und Brahms' war. Das vergißt man nur leider manchmal.« Zuflucht in der Welt der Kultur. Vielleicht eine etwas blauäugige Hoffnung und doch ein schöner Gedanke.

Einige der Wartenden breiten ihre Sachen aus, richten sich offenbar für die Nacht ein. Gitta und ich fühlen uns plötzlich unendlich reich mit unserem Pensionszimmer, in dem wir nachher Zuflucht suchen können. Es ist alles eine Frage der Perspektive, würde mein Vater jetzt sagen.

Im Stundenhotel

Ein enges, hellhöriges Pensionszimmer. Luxus, den wir uns leisten für unsere letzte Nacht vor dem Sommer. Die anderen schlafen im Bus. Wir haben uns lange auf diese Nacht gefreut, auf die ungeahnten Möglichkeiten der Zweisamkeit, die es in Holland angeblich geben, die fast unvorstellbare Toleranz, die hier in diesen Dingen herrschen soll. Bei uns zu Hause wäre es undenkbar, völlig unmöglich, sich zu zweit in einem Hotelzimmer einzumieten, ohne verheiratet zu sein, oder sich über Nacht zu besuchen. Zu Hause bestehen Zimmerwirtinnen darauf, daß die Türen offenbleiben, wenn Besuch empfangen wird, und es gibt Gesetze, die »Kuppelei« verbieten.

Mein Bruder Joe wurde vor kurzem sogar festgenommen, als er bei seiner zukünftigen Ehefrau Christa in deren Elternhaus die Nacht verbrachte. Nachbarn hatten Anzeige erstattet, die Polizei war gekommen, hatte Joe mitgenommen und gegen Christas Eltern eine Klage wegen »Kuppelei« angestrengt. Nur mit großer Mühe und dem glaubwürdigen Beweis, daß die beiden verlobt sind, ließ sich die Sache doch noch irgendwie in Ordnung bringen. Seither sorgt die Geschichte zwar immer wieder für große Erheiterung im Familien- und Freundeskreis, doch sie ist für alle jungen Leute von bitterer Realität. Jeder von uns kennt die verzweifelte Suche nach einer Gelegenheit, miteinander allein zu sein, ungestört. Gestohlene Stunden der Zweisamkeit... eigentlich nur im Auto möglich.

Um so verheißungsvoller war Gitta und mir die Aussicht einer gemeinsamen Nacht in einer kleinen, verschwiegenen holländischen Pension erschienen. Vorfreude...

Nur, trotz allem. Wir hätten ahnen müssen, daß hier etwas nicht stimmt, als wir unten von der älteren, grell geschminkten und etwas ordinär wirkenden Frau in gebrochenem Englisch gefragt worden waren, welches Bett wir uns wünschten. Wir hatten all unseren Mut zusammengenommen und »Doppelbett« gesagt, »Doppel*zimmer*« nachgesetzt, zur Sicherheit. Die Frau hatte gelächelt, »of course«, uns wortlos den Schlüssel gereicht. Kein schräger, prüfender Blick, keine Frage. Nur zahlen mußten wir sofort. Nun ist unüberhörbar, wohin wir hier geraten sind: Gerade erst hatte ein Mann nebenan an die Tür geklopft. Er war mit uns zusammen angekommen. Keine fünf Minuten später schon das rhythmische Quietschen der Matratze durch die dünnen Wände, routiniertes, professionelles weibliches Stöhnen.

Gefühl der Peinlichkeit. Wo habe ich Gitta hier nur hingebracht? Kann ich ihr nicht einmal ein ruhiges, gemütliches, anständiges, romantisches Zimmer für diese so unendlich wichtige Nacht bieten? Sollen wir in der Zukunft unser Leben in Stundenhotels verbringen? Unentschlossen stehe ich vor meiner Tasche. Auspacken oder lieber wieder gehen, die Nacht bei den anderen im Bus verbringen? Vielleicht wäre es würdevoller.

Gitta und ich sehen uns unsicher an. Nebenan schnelleres Quietschen, Keuchen, dann abrupt Stille. Skurrilität und Beklemmung im gleichen Augenblick. Wir sehen uns in die Augen – und müssen plötzlich schallend lachen.

Wir bleiben.

MS Waterman

Tief und weithin tragend, durchdringend der Ton der Schiffssirene. Mit großen Winden werden die Taue der »MS Waterman« eingeholt. Vorbereitung zur Abfahrt. In wenigen Minuten geht's los.

Unsere kleine Reisegruppe ist schon seit einigen Stunden an Bord. Wir haben unsere Pritschen im Massenschlafsaal belegt, an dessen Wänden man die Kälte des Ozeans fühlen kann, haben unsere Koffer unter den quietschenden, durchgelegenen Kojen verstaut, uns ein wenig umgesehen, sind durch das Labyrinth der engen, zum Teil mit Getränke- und Speisekisten vollgestellten Gänge geirrt. Von Luxus weit und breit nichts zu sehen.

»Bist du sicher, daß dieses Schiff in der Lage ist, den Atlantik zu überqueren?« habe ich Herwig ein wenig zögernd gefragt, als wir »unser« Schiff in Augenschein nahmen.

»Na, die ›Titanic‹ ist es sicher nicht«, gibt Herwig sarkastisch zurück, »aber dafür bringt dieses Schiff uns nach New York. Hoffentlich…«

Mit ihren 10 000 Bruttoregistertonnen ist die »MS Waterman« wesentlich kleiner als die anderen Ozeanriesen, zwischen denen sie etwas verschämt vertäut liegt. Die auf den ersten Blick weiße Farbe ist an vielen Stellen bereits abgesplittert und kann nur noch oberflächlich den Rost überdecken, der sich darunter an vielen Stellen gebildet hat. Dieses Schiff hat ohne Zweifel schon bessere Tage gesehen. Nein, es ist kein Luxusdampfer, der reiche Urlauber von Europa nach Amerika und wieder zurückbringt. Die Offiziere sind Holländer, die Mannschaft größtenteils Asiaten. Es ist ein eigentlich für diese Reise viel zu kleiner, enger Kahn mit Massenschlafsälen, sehr einfacher Verpflegung. Alles ist etwas heruntergekommen, wie wir schon in diesen ersten Stunden, noch im Hafen liegend, feststellen konnten. Ein Schiff, mit dem nicht mehr viel Staat zu machen ist. Die meisten unserer Mitreisenden sind Emigranten, die ihr letztes Geld in diese Überfahrt investiert haben, ohne Rückfahrticket. Gestrandete des Schicksals, die »drüben« auf eine neue Chance warten, ihre allerletzte. Kriegsheimkehrer, die vor dem Nichts stehen, Flüchtlinge vor dem Kommunismus, Menschen, die nicht an Europa glauben und die aus den Trümmern der Geschichte in die »Neue Welt« fliehen, die unbeschadet ist und stark und frei… Dazwischen Studentengruppen aus anderen europäischen Ländern, die wie wir mit »Experiment In International Living« in die Neue Welt fahren.

In meinen von Hollywood-Filmen geprägten Phantasien vom Auslaufen eines Ozeandampfers nach Übersee habe ich immer Hunderte Menschen winkend am Pier gesehen, ein kleines Orchester, das die Reisenden würdig verabschiedet, weiße Taschentücher, die im Wind wehen. Das Auslaufen der »MS Waterman« aber scheint kaum jemanden anzulocken. Die meisten Passagiere auf diesem Schiff lassen niemanden zurück, der ihnen eine gute Reise und eine gute Rückkehr wünscht. Sie haben niemanden mehr in der alten Welt, und sie werden auch nicht zurückkehren. Nur ein paar Neugierige bleiben stehen, Touristen auf Hafenbesichtigungstour. Dazwischen Gitta, einsam winkend. Sogar mit einem weißen Taschentuch wie im Film. Eine in dieser Konstellation etwas skurrile und doch unendlich berührende Inszenierung. Lächelnd krame ich ebenfalls mein Taschentuch heraus und winke zurück.

Plötzlich erklingt sogar Musik. Es ist aber nicht der zünftige Klang eines Blasorchesters, der uns verabschiedet, sondern jener einer einsamen Trompete: ein Mann in zerschlissener Kleidung, einen alten Hut neben sich auf dem Boden, spielt »Muß i' denn, muß i' denn zum Städtele hinaus«, wirbt um ein paar Groschen.

Was für ein merkwürdiger Abschied, denke ich, während das Schiff sich unendlich langsam, von Schleppkähnen gezogen in Bewegung setzt, die Melodie immer leiser wird, Gitta und ihr winkendes Taschentuch immer kleiner und kleiner werden und schließlich in der Ferne verschwinden.

»Schickt mir, die arm sind und geschlagen«

»Da! Da vorne! Das muß es sein!« Gedränge an Deck, obwohl es kühl ist in dieser Nacht, der Fahrtwind und die aufpeitschende Gischt ein übriges tun. Wetteifern in verschiedenen Sprachen, um der erste zu sein, der die Lichter sieht, den verheißungsvollen nächtlichen Glanz der Neuen Welt. Zehn Tage ist es nun her, seit wir Rotterdam verlassen haben. In wenigen Stunden sollen wir New York erreichen.

Manche der Emigranten haben sogar schon jetzt, fast einen halben Tag vor der Ankunft, ihr Gepäck an Deck gebracht, die verschnürten alten Koffer, Wolldecken, ihr weniges Hab und Gut. Sie hält es angesichts ihrer neuen Heimat nicht mehr in den engen Schlafsälen. Zu groß sind die Erwartungen, die Unruhe, die Hoffnungen und Ängste.

Und tatsächlich, ganz in der Ferne, am Horizont ein etwas hellerer Himmel, als würde er angestrahlt von Millionen von Lichtern. Ein geheimnisvoller Schimmer. Das kann nur New York sein!

Wir haben es uns nicht eingebildet. Man kann es wirklich schon ahnen!

Herwig und ich haben bis vor einer Stunde in der Offiziersmesse Klavier gespielt, wie in fast jeder Nacht an Bord. Einfach so. Niemand hat uns engagiert. Eines Nachts habe ich nur so für mich auf dem alten Klavier im völlig leeren Speisesaal gespielt. Zwei der Offiziere haben mich gehört und sich zu uns gesellt. Herwig und ich wurden in die Offiziersmesse eingeladen, und irgendwann habe ich mich auch dort an das kleine, verstimmte Klavier gesetzt, aus Spaß. Ich habe gespielt, Herwig hat mich bei den viel gewünschten Boogie-Woogies, die ja so gar nicht mein Metier sind, unterstützt: Er unten den »Duba-duba-duba«-Rhythmus, den er erstklassig beherrscht, ich oben das typische »Dinge-dinge-ling«-Geklimper, und das Ganze im Stehen, damit die Leute glauben, etwas ganz Besonderes geboten zu bekommen. Wir haben für Stimmung gesorgt und brauchten uns plötzlich über unsere Verpflegung an Bord keine Sorgen mehr zu machen. Fast wie selbstverständlich aßen wir mit der Mannschaft, bekamen Drinks spendiert, den Wodka, den es an Bord gab, manchmal Wein, Kaffee, soviel wir wollten. Wir gehörten irgendwie dazu. Wenn wir nicht in der Offiziersmesse waren, haben wir die Zeit genutzt, um Kontakte mit den Studentengruppen aus anderen europäischen Ländern zu knüpfen, die mit uns an Bord sind.

Auch dies eine neue Erfahrung für uns: der Kontakt mit jungen Leuten aus ganz Europa, die uns doch bisher eher fremd geblieben waren. Engländer, Franzosen, Belgier waren uns bisher nur als Besatzer begegnet. Zum ersten Mal so etwas wie ein echter Austausch, Gleichwertigkeit, Offenheit, Entdeckung von Gemeinsamkeiten und Unterschieden. Die beiden anderen aus unserer eigenen Reisegruppe, Marlene und Freddy, haben wir dabei fast ein bißchen aus den Augen verloren. Dafür haben wir uns vor allem mit Robert Ohana angefreundet, einem jungen, freundlichen Marokkaner aus der französischen Gruppe, der sich uns bei der Reise durch das Land, die wir auf eigene Faust unternehmen wollen, anschließen wird. Um so besser, so verteilen sich die Kosten für den Wagen auf fünf, auch wenn wir dann etwas enger sitzen werden.

Eigentlich wollten wir nur kurz an Deck ein wenig frische Luft schnappen. Daß man schon die Lichter New Yorks sehen würde, daran haben wir nicht so ganz geglaubt. Wir haben frühestens in zwei oder drei Stunden damit gerechnet. Aber tatsächlich, wenn man ganz genau hinschaut, weit, weit am Horizont, kann man schon Lichtpunkte erkennen! Deutlich grenzen sie sich ab von den Sternen der klaren Nacht, werden dichter und langsam auch größer. Jemand ruft etwas verfrüht »Land in Sicht!« Jubelstimmung. Man stößt mit dem dünnen Kaffee an, den es an Bord gibt oder mit Wasser oder billigem Wein. Keiner denkt mehr daran, schlafen zu gehen.

Ein älterer Mann aus Ungarn hat seine Klarinette ausgepackt, beinahe sein einziges Gepäckstück. Nur die Klarinette und ein kleines Bündel mit Kleidern. Seine Pritsche im Schlafsaal lag nahe an unserer. Wir haben ihn oft spielen gehört in den letzten Tagen. Ins Gespräch zu kommen, war unmöglich, da er kein Wort Englisch spricht und wir kein Ungarisch. Aber wir haben manchmal gemeinsam musiziert. Alte ungarische Volkslieder und gängige Schlager der Zeit. Auch jetzt stimmt er wieder ein altes Lied seiner verlassenen Heimat an. Eines jener Volkslieder von heiterer Traurigkeit, die Johannes Brahms zu seinen Ungarischen Tänzen inspiriert haben. In die von so unendlich vielen Erwartungen geprägte Nacht hinein erklingt die Klarinette: klar, rein und wehmütig, wie es nur dieses Instrument kann.

Einige der Emigranten beginnen zu tanzen. Ein anderer hat seine Geige mitgebracht, stimmt ein, gibt die nächste Melodie vor. Sie spielen alles, was ihnen in den Sinn kommt: Von »Hava Nagila« bis »Quantanamera«, von »Lili Marleen« bis »What Shall We Do With The Drunken Sailor«, von »Rolling Home« bis »My Bonnie Lies Over The Ocean«, während die Lichter immer näherkommen, sich in ihnen langsam die Skyline abzeichnet, ohne daß sich schon Gebäude erkennen ließen oder ihre Begrenzungen. Eine Stadt aus Lichtern. Ein bißchen wie eine Theaterkulisse. Verheißungsvolles, geheimnisvolles Glänzen. Ich frage mich, wie oft mein Urgroßvater, der Kapitän, die Annäherung an diese Stadt, die Hoffnungen, den Jubel, erlebt haben mag.

Ein polnischer Kellner aus der Offiziersmesse, der auf abenteuerlichen Wegen über Deutschland nach Holland gekommen war und auf der »MS Waterman« angeheuert hatte, um sich mit der Arbeit auf dem Schiff einen Teil der Überfahrt zu verdienen, packt in unserer Nähe sein Akkordeon aus, die Kellnerschürze noch umgebunden, und unterstützt wie selbstverständlich die anderen in ihrem Spiel. Herwig und ich klatschen lachend im Takt. Unsere Blicke treffen sich mit den seinen. Wir nicken uns zu.

Am Horizont lassen sich inzwischen mit etwas Phantasie schon erste Konturen der riesigen Stadt erkennen, schwach begrenzt gegen den langsam in silbernem Licht tagenden Himmel.

Kaum noch vorstellbar, durch welch schwere Stürme wir noch vorgestern fuhren. Zwei Tage lang wurde das Schiff umhergeschleudert, den unbändigen Kräften der Natur scheinbar hilflos ausgeliefert, gewaltige Brecher, die über den zwölf Meter hohen Bug und über die Aufbauten des Schiffes schlugen, Geräusche von knarrenden, unter Druck stehenden Stahlwänden, die ich mein Leben lang nicht vergessen werde. Und dann plötzlich ein ruhiger Morgen, als wäre nie etwas geschehen. Alle Urgewalt vergessen. Und auch in diesen Stunden liegt die See ruhig und glatt vor uns. Gleichmäßig gleitet die »MS Waterman« ihrem Ziel entgegen. Zum letzten Mal das Gefühl von Weite, das uns die letzten zehn Tage – manchmal auch beklemmend – umgab.

Schweigend beobachten wir das seltsam bunt zusammengewürfelte Völkchen der feiernden Passagiere, und ich begreife plötzlich, daß wir paar Dutzend Studenten aus Europa die einzigen »normalen« Passagiere auf dem Schiff sind. Was auch immer uns in Amerika erwartet, wir wissen, daß wir wieder zurückkehren werden in unser mehr oder weniger geregeltes Leben. Aber diese Menschen hier… Für sie *gibt* es nicht einmal mehr ein Zuhause, in das sie zurückkehren könnten. Nur noch diese eine einzige Chance: Amerika.

Zum ersten Mal wird mir bewußt, daß es neben der Freiheit, die wir alle immer wieder beschwören, auch noch eine ganz andere, eine tragische, bittere Freiheit gibt. Nichts mehr zu haben, nur noch das eigene Leben und die paar Dinge, die man mit sich tragen kann, völlig auf sich selbst zurückgeworfen zu sein…

Und seltsamerweise scheint es immer nur Amerika zu sein, das dann für die Menschen zum letzten Ausweg wird, ein Auffangbecken für die Opfer der Geschichte.

Vielleicht ist dieses Land auch deshalb so groß geworden, weil es Menschen anzieht, die nur noch ihre eigene Kraft haben und weil es ihnen diese letzte Chance gibt, aus dem Nichts noch einmal aufzusteigen. Wer es geschafft hat, hilft mit, dieses Land groß zu machen. Wer scheitert, dem wird allerdings auch keine helfende Hand gereicht. Vielleicht ist das das Geheimnis der vielbeschworenen amerikanischen Freiheit.

Ich beobachte nachdenklich den Tanz der Möwen, die weit hinausgeflogen sind und in der Morgendämmerung unser Schiff begleiten. Die ersten Boten der Neuen Welt. Die Passagiere begrüßen sie fröhlich. Viele werfen ihnen Brocken zu, mit leichter Hand, freuen sich an ihrem taumelnden Schweben, ihrer Leichtigkeit und Freiheit. Beinahe unbeschwert. Beinahe schon am Ziel. Und doch unendlich weit von ihm entfernt. Zerrissenheit im lebensfrohwehmütigen Klang der Klarinette, die sich in die Schreie der Vögel mischt. Für einen Augenblick die bittere Ahnung, daß der Mann mit seiner Klarinette und seinem Bündel vielleicht schon bald an irgendeiner Straßenecke stehen wird, die junge Frau mit dem kleinen Kind und den traurigen Augen sich vielleicht wird verkaufen müssen. In bizarrer Weise am Ziel ihrer Träume, die hier zu Ende sind. Zynisch und unerbittlich. Und zum ersten Mal der Gedanke, daß Freiheit und Gerechtigkeit nicht dieselben Wurzeln haben.

Der junge Mann mit dem Akkordeon nähert sich mir, hält es mir hin. Ich wehre erst ab. »Bitte, spielen Sie für uns«, erklärt der Kellner mit seinem polnischen Akzent. »Ich habe Sie Klavier spielen gehört. Das hier ist wie ein Klavier.« Er hält es mir nochmals entgegen. »Bitte! Vielleicht bringt es uns Glück!«

Einige Umstehende applaudieren aufmunternd, Herwig flüstert mir ein »Na los!« zu. Der Kellner hilft mir, das schwere Instrument umzuschnallen. Ich denke an die Schloßfeste auf Ottmanach, bei denen ich als Kind die Gäste mit dem Akkordeon willkommen hieß. Finde mich schnell wieder in die Harmonien, begleite die von Geigen und Klarinette vorgegebenen Melodien. Der Kellner tanzt mit einem kleinen Mädchen, das in der Nähe stand.

Plötzlich von der Klarinette vertraute Töne, ein kleines, russisches Lied, das meinem Großvater so viel bedeutet hat: »Kalinka«. Ich halte einen Augenblick inne, stimme dann mit dem Akkordeon ein. D-Moll. Für meinen Großvater, für meine Familie, denke ich mir, ganz und gar angesteckt von der fast betäubend ausgelassenen Stimmung an Bord, mit der viele der Reisenden sicher auch ihre Ängste und Zweifel zu verdrängen suchen.

»Kalinka, Kalinka, Kalinka moja« spielen wir. Die Passagiere lassen sich vom Rhythmus anstecken, tanzen an den schnellen Stellen, klatschen in die Hände, singen mit, während sich uns Schlepper und das Lotsenboot nähern, die uns die letzten Stunden des Weges begleiten sollen. Euphorisch werden sie begrüßt. Einer der Matrosen winkt zurück, die anderen widmen sich ganz ihrer Arbeit. Zu oft schon haben sie diesen Jubel erlebt, zu genau wissen sie wohl, was die Reisenden in ihrem Land erwartet. Keine Illusionen mehr.

Einige der Offiziere kommen an Deck, um nach dem Rechten zu sehen. Sofort werden sie in den Kreis der Feiernden gezogen, zum Tanz gebeten, bekommen Wein angeboten, Kaffee, auch selbstgebrannten Rum und Wodka, der jetzt die Runde macht. Etwas skeptisch lassen sie sich von der allgemeinen Fröhlichkeit anstecken, vielleicht der letzten, bevor der neue Ernst für die meisten der Asylsuchenden beginnen wird.

»Kalinka« und kein Ende. Habe die Wiederholungen nicht gezählt. Der Kellner wirbelt das kleine Mädchen umher, eine Frau an der Reling wiegt schweigend ihr in Decken gehülltes Baby in den Schlaf und hinter uns erhebt sich langsam die frühe Morgensonne aus dem Meer und taucht die allmählich deutlich erkennbare Skyline New Yorks in beinahe feierliches, warmes, weiches Licht. Die letzten Sterne verblassen.

Stunden der Annäherung. Ganz im Bann der Wolkenkratzer. Eine von Menschen geschaffene, bizarre Landschaft. In ihrer Schönheit auch beklemmend. Atemberaubend in ihrem Gigantismus, schon aus der Ferne. Monumente des Machbaren, und doch wirken sie in ihrer Größe auch zerbrechlich, vergänglich. Schwindelgefühle bei dem Gedanken an all die Tausenden Menschen, die hinter den erleuchteten Fenstern leben, dicht an dicht. Nähe, die einsam macht. Und für uns doch berauschende Lichtzeichen einer Neuen Welt.

Fast schon kann man die Freiheitsstatue erkennen, noch nicht viel mehr als ein Pfahl, der irgendwo in der Ferne scheinbar mitten aus dem Wasser des Hudson River ragt.

»Das muß sie sein!« mutmaßt jemand in unserer Nähe.

»Nein, das kann nicht sein! Die müßte doch viel größer sein!« Ein anderer kann es nicht so recht glauben.

Die Feierstimmung ebbt allmählich ab, wird abgelöst vom

schweigenden Staunen, den unzähligen individuellen Gedanken und Hoffnungen der Reisenden, die sich mit dieser Figur verbinden. Und wirklich: Sie ist es! – »Miss Liberty«, die siebenstrahlige Krone stellvertretend für die sieben Kontinente und Weltmeere auf dem Kopf, die Unabhängigkeitserklärung in ihrer Linken, die Fackel der Freiheit in ihrer Rechten, zu ihren Füßen die gesprengten Ketten der Sklaverei. Als Geschenk Frankreichs an Amerika zur Befreiung des Landes von der Sklaverei, zum Sieg der Demokratie, der Freiheit und Menschenwürde ist sie selbst als »Einwanderin« in dieses Land gekommen. Und nun heißt sie die Einwanderer und Asylsuchenden willkommen, die Schiffbrüchigen unserer Zeit, menschliches Strandgut, aus dem Meer der Geschichte an ihr Ufer gespült. Ein Augenblick des Innehaltens bei ihrem Anblick. Gänsehautgefühle, die auch Herwig und mich erfassen.

Und vor uns, in der Ferne, auf der rechten Seite, die Brooklyn Bridge. Auf Dutzenden Bildern bestaunt. In ihrer gigantischen Größe doch auch fragil. Und direkt an ihrem Fuße, beinahe unter ihr, auf der Brooklyner Seite, dort muß das berühmte »River Café« sein, über das ich schon in so vielen Zeitungen gelesen habe, Treffpunkt der Reichen und Berühmten. Schon heute eine Legende. Einmal dort einen Kaffee trinken zu können, vielleicht Frank Sinatra oder Sammy Davis zu beobachten, wie sie, ohne den Hut abzunehmen, an der Seite schöner Frauen Whiskey schlürfen, schwärme ich in Gedanken. Für die anderen Reisenden zählen ganz andere Ziele.

Einige werfen ihre letzten europäischen Münzen ins Meer. Tribut an das Schicksal. Man läßt nichts unversucht. Kein Atemzug in diesen Stunden ist bedeutungslos. Leben im Jetzt und Hier wie selten sonst. Man hat nichts als den Augenblick und ergreift ihn ganz. Nichts wird versäumt, nichts übergangen. Feier einer zweiten Geburt, dem Schicksal ausgeliefert, beinahe so wie damals, bei der ersten.

Miss Liberty ist nun unmittelbar vor uns. Wir fahren scheinbar direkt auf sie zu. Der polnische Kellner hat sich zu uns gesellt. Schweigend, fast demütig blickt er der Hüterin der »Neuen Welt« entgegen, als wäre sie ein Orakel, eine Göttin, die es milde zu stimmen gilt. Fast ein wenig so, als könne ihr Wohlwollen oder ihre Mißachtung über sein Schicksal entscheiden.

»Wissen Sie, was auf ihrem Sockel steht?« fragt er uns mit rauher Stimme und dem typischen polnischen Akzent. Wir schütteln den Kopf. Mit von der Arbeit und der Kälte des frühen Morgens geröteten Fingern holt er einen zusammengefalteten, ein wenig zerlesenen Zettel aus seiner Jacke.

»Es ist ein Gedicht von Emma Lazarus. Meine Mutter hat es so sehr geliebt. Sie hat es auf Deutsch in irgendeinem alten deutschen Buch gefunden. Sie war Deutsche...« Er bekreuzigt sich, hält einen Augenblick inne, meint dann offenbar, erklären zu müssen: »Sie ist zwei Wochen vor Kriegsende umgekommen. Sie hat den Frieden nicht mehr erlebt, den sie sich immer gewünscht hat. Ein letztes Gefecht... Partisanen sollen sich irgendwo in der Nähe verschanzt haben. Eine Granate... ganz kurz vor dem Ende. Es war so sinnlos...« Er hält inne, bekreuzigt sich noch einmal. Er lächelt. »Sie hat immer das Gedicht gelesen, und dann haben wir uns ausgemalt, wie es sein wird, wenn wir nach Amerika gehen. Bald. Wenn der Krieg endlich vorbei ist. ›In Amerika liegt unsere Zukunft‹, hat sie immer gesagt, wenn alles zu schwer zu werden schien. Jetzt hoffe ich, daß es auch für mich eine Zukunft hat...« Er schluckt schwer, dann beginnt er zu lesen. Er liest die fremden Worte mit seinem polnischen Akzent und blickt doch kaum auf seinen Zettel:

Schickt mir, die arm sind und geschlagen,
Bedrückte Massen, die's zur Freiheit drängt,
Der Länder Abfall, elend, eingeengt,
Die Heimatlosen schickt, vom Sturm getragen
Zum goldnen Tor, dahin mein Licht sie lenkt!

Eine Weile sehen wir Miss Liberty schweigend entgegen. »Glauben Sie, daß diese Worte wahr sind?« fragt der Kellner uns dann plötzlich leise. Und dann, nachdrücklich: »Glauben Sie an das Versprechen?«

Herwig und ich sehen uns unsicher an, betrachten die unüberschaubare Menge von Menschen, die alles, was sie noch haben, auf dieses Versprechen setzen. Beklemmende Gedanken, die keiner von uns ausspricht.

»Ja, ich glaube an die Kraft der Hoffnung in jedem einzelnen

Menschen«, sage ich schließlich ein wenig ausweichend und doch zutiefst davon überzeugt, daß ein Schicksal, das in die eigenen Hände genommen wird, gemeistert werden kann. Ich will es einfach glauben. Für den Kellner, für all die anderen auf diesem Schiff und ein wenig auch für mich selbst.

Der Kellner drückt mir dankbar beide Hände. Tränen in seinen Augen. Verstohlen wischt er sie mit den Fingern weg. »Es ist nur der Fahrtwind«, murmelt er entschuldigend und wischt sich mit dem Ärmel seines Hemdes über seine Augen.

Immer näher kommen wir ihr, immer deutlicher erkennbar das Antlitz jener Statue, das über alle Kulturen hinweg zum Inbegriff der Freiheit geworden ist, zur Verkörperung des Gedankens, der in unserem Jahrhundert zum vielleicht wichtigsten des Universums wurde. Majestätisch, erhaben, unendlich beeindruckend, blickt sie uns entgegen und doch über uns hinweg, ein wenig so, als würden wir gar nicht existieren. Vielleicht ein bißchen symbolisch für den Geist der Freiheit, der in seiner Allgemeinheit den einzelnen viel zu oft übersieht.

Irgendwo beginnt jemand, leise für sich zu singen. Andere stimmen ein. Summend nur. Jeder kennt die Melodie, niemand aber kennt den Text des Liedes, das für die Menschen auf diesem Schiff zum wortlosen Klang ihrer letzten Hoffnung wird. Immer mehr Menschen stimmen ein, und fast wie von selbst erklingt an Deck der »MS Waterman«, begleitet von einer Klarinette, einer Geige, einem Akkordeon und dem leisen Grollen der Maschinen die Hymne Amerikas. – Der wohl seltsamste Chor, den Miss Liberty je gehört hat: Summend legt man alle Hoffnung und alle Zuversicht in diese Melodie, begrüßt die neue Heimat mit »ihrem« Lied, als könne man sich das Schicksal in diesem Land damit gewogen stimmen oder als könne man sich wenigstens selbst damit ein wenig Mut machen. Ungezählte zaghafte und doch hoffnungsfrohe Stimmen erheben sich zu einem sprachlosen Chor, während über New York der Tag erwacht und die »MS Waterman«, ein kleines Auswandererschiff, das schon bessere Tage erlebt hat, nach zehntägiger Fahrt, zum Teil durch schwere Stürme und unruhige See ihr Ziel erreicht und ich das Ziel meiner jugendlichen Träume: New York!

Das Tor zur Freiheit

Den Klang der Hymne habe ich noch im Ohr, heute, zehn Wochen später. Auch an meine Gefühle bei der Ankunft kann ich mich noch gut erinnern: Euphorie, drängende Neugierde, unbändige Vorfreude. Nun, beinahe drei Monate später, zurück am Ausgangspunkt unserer Reise, wenige Tage vor der Rückfahrt, haben diese Gefühle sich verflüchtigt, sind einer gewissen Ratlosigkeit gewichen. Wir haben wohl alles in diesem Land gesehen, was es für Fremde zu sehen gibt, jedes Naturdenkmal, jede Stadt, die unser Interesse weckte. In unserem für 700 Dollar gekauften Ford Customline haben wir 17 000 Kilometer zurückgelegt, doch ob wir diesem Land auf die Spur gekommen sind? Ich weiß es nicht. Begeisternde Eindrücke und auch große Ernüchterungen. Doch anhaltende Neugierde. Herwig sieht es genau wie ich.

»Vielleicht muß über unseren Erfahrungen erst Zeit vergehen, damit sie reifen können«, faßt er etwas hilflos zusammen, was wir beide nicht so richtig begreifen.

Wir stehen wieder im Battery Park, an einem der Piers, dort, wo wir vor ungefähr zehn Wochen angekommen sind. Der laue Wind läßt kaum den beginnenden Herbst erahnen. Nur die Farben, die längeren Schatten, die kürzeren Tage zeugen untrüglich vom Voranschreiten des Jahres, dem vergehenden Sommer.

Unsere drei Freunde und Reisegefährten sind bereits vor ein paar Tagen abgereist. Herwig und ich bleiben noch eine Woche. Herwig hat Freunde in Fort Wayne, die ihn für ein paar Tage aufnehmen werden. Er kann dort wahrscheinlich auch den Wagen wieder verkaufen. Für 400 Dollar. Seine Freunde haben das arrangiert. Für uns lebenswichtig.

Wo ich in diesen Tagen bleiben sollte, stand bis vor ein paar Stunden noch nicht fest. Bis wir irgendwo bei Washington mitten auf der Autobahn Junius Chambers kennenlernten. Ein freundlicher junger, schwarzer Mann in unserem Alter, der sich durch die Aufschrift »Students from Austria and Marokko«, die wir auf unseren Wagen gepinselt hatten, für uns interessierte, minutenlang neben uns herfuhr, uns wilde Zeichen gab, das Fenster herunterzukurbeln, durch den Fahrtwind brüllend, nach unserer Route fragte und vorschlug, an der nächsten Tankstelle rauszufahren, was wir dann auch taten.

Bei einer Cola im Pappbecher unterhielten wir uns angeregt über Europa und über Amerika, über das, was wir in den vergangenen Wochen gesehen und erlebt hatten, die unglaubliche Strecke, die wir in nur vier Wochen zurückgelegt hatten; eigentlich vollkommener Irrsinn, der ihm gefiel. Und ehe ich mich's versah, hatte er mich eingeladen, in diesen Tagen doch bei ihm und seiner Familie in Harlem zu wohnen, als wäre diese Einladung das Selbstverständlichste auf der Welt. Das sei überhaupt kein Problem. »If you come tomorrow evening, you will be welcome!« Seine Freunde und er würden sich meiner annehmen. Ich müsse mir überhaupt keine Sorgen machen.

Das gleiche erklärte er seiner Mutter auch am Telefon, als er ihr aus einer Telefonzelle an der Tankstelle von mir und seiner Einladung erzählte: »Believe me! He's okay! Yes...« Es entstand eine Pause, dann die entscheidende Antwort: »He's white...« Und schnell hinzugefügt: »But don't worry! I handle it!«

Und mit einem strahlenden »Everything's perfect« kam er aus der Telefonzelle zurück.

Wir luden mein Gepäck bis auf ein paar wenige Habseligkeiten in seinen Wagen und verabredeten einen Treffpunkt am Plaza Hotel, nahe dem Central Park. Angeblich nicht zu verfehlen. Und Harlem liegt nun einmal nicht weit von dieser vornehmsten Gegend New Yorks entfernt. Einer der wohl typischen Gegensätze, die dieses Land beherrschen. Ohne viel Aufhebens um unseren Plan zu machen, brauste er mit quietschenden Reifen davon.

Herwig und ich setzten unsere Fahrt nach New York fort, hatten die Nacht in irgendeiner billigen Jazz-Kneipe verbracht und uns dann mit dem Wagen einen Schlafplatz gesucht. Waren auf der Suche nach einem ruhigen Plätzchen zuerst in den sogenannten »Meat-District« geraten, der Gegend der Metzger und der Prostituierten, doch die immer wieder an unsere Scheiben klopfenden Liebesdienerinnen auf der Suche nach Freiern und der Gestank der Schlachthöfe, nach Fleischabfällen und verbrannten Kadavern vertrieben uns schnell von dort.

Fanden eine bessere Stelle noch ein Stück weiter südlich, ganz nah dem Pier, an dem die »MS Waterman« damals angelegt hatte. Purer Luxus, uns den Wagen nur noch zu zweit und nicht mehr zu fünft teilen zu müssen, wie so oft in den letzten Wochen. Eine erstaunlich ruhige Nacht. Nur ein einziges Mal wurden wir von einem Penner geweckt, der gegen unsere Scheibe klopfte, um etwas Geld, etwas zu trinken oder zu essen bettelte, aus Enttäuschung über unser Kopfschütteln gegen den Reifen pinkelte und dann in der Dunkelheit verschwand.

Ansonsten nur die Geräusche von Lieferwagen, die bei den kleinen Geschäften entladen wurden, und dem Berufsverkehr, wahrgenommen im Halbschlaf, wie aus weiter Ferne.

Irgendwann ein kleines Frühstück im Wagen aus zwei Scheiben Brot und einer brüderlich geteilten Scheibe Bacon. Den meistens flauen, manchmal knurrenden Magen jener Wochen kann diese »Mahlzeit« jedenfalls kaum verscheuchen.

Herwig ist seltsam gedankenverloren, offenbar besorgter als ich über mein Vorhaben, die nächsten Tage in Harlem zu verbringen. »Ich kann mir nicht helfen, aber ich hab kein gutes Gefühl bei der Sache. Weißt du denn auch wirklich, worauf du dich da einläßt? Harlem! Ausgerechnet! Du weißt doch, was los ist. Die Rassenunruhen in Little Rock, die aufgeheizte Stimmung überall im Land. Und du der einzige Weiße weit und breit, mitten in Harlem ... das ist doch Irrsinn!«

Aber er weiß, ich habe es mir nunmal in den Kopf gesetzt, in New York zu bleiben, diese Stadt endlich ein bißchen besser kennenzulernen als damals, zu Beginn unserer Reise, auf der Durchreise nach Pittsburgh. Und wo sollte ich diese Stadt direkter und näher an ihrem Puls erleben als ausgerechnet in Harlem. Verrückt ist es sicher, aber bestimmt auch unendlich aufregend und faszinierend und unvergeßlich.

»Na gut«, seufzt er etwas ratlos. »Dann sehen wir uns hoffentlich in Montreal wieder.« Durch das geöffnete Fenster reicht er mir den Umschlag mit meinen übrigen Notreserven. Außen hat er die Telefonnummer der Helmkes, seinen deutsch-amerikanischen Freunden in Fort Wayne notiert. »Nur für alle Fälle. Das Geld im Umschlag müßte im Notfall für ein Zugticket nach Fort Wayne reichen.«

Ich nicke.

Ein letztes »Paß auf dich auf«, dann fährt er los, und ich stehe allein an diesem lauen Tag im Frühherbst am Pier, dort, wo vor zweieinhalb Monaten alles begann.

Möwenschreie. Irgendwo, leise, der einsame Klang einer Geige der immer lauter wird, bis ich um eine Ecke biege und vor einem alten Mann stehe, der an einer Weggabelung, ganz in sich selbst versunken, spielt. Emotion in seinem Blick und seinen Tönen. Er spielt erstaunlich gut, besser als so mancher Geiger, die bei uns zu Hause in den Orchestern der Theater und Radiostationen angestellt sind. Es scheinen Passagen aus dem Violinkonzert von Tschaikowskij zu sein, hinreißend interpretiert, präzise intoniert. Noch nie habe ich irgendwo einen Straßengeiger so spielen gehört.

Wie gut muß man sein, um in diesem Land seinen Weg zu machen? Oder wie hold muß einem der Zufall sein, das unberechenbare Schicksal, dem man *alles* gibt und das einen dann doch im Stich läßt und einen auf einen Platz im Park verweist, in der Hoffnung auf ein paar Münzen zum Überleben, einen freundlichen Blick als Dank für den Moment der Leichtigkeit, den man den Passanten schenkt – an einem guten Tag.

Ich höre eine Weile zu, ganz allein, kratze ein paar Cents zusammen, werfe sie in seinen alten, abgeschabten Geigenkasten mit der von der Zeit verblaßten russischen Aufschrift, die ich natürlich nicht entziffern kann. Zu gern hätte ich den Mann nach seiner Geschichte gefragt, doch er ist so ganz und gar in sein Spiel versunken, daß ich ihn nicht stören, mich nicht mit lästigen Fragen aufdrängen möchte. So gebe ich mich mit der Erleichterung darüber zufrieden, daß es nicht der Mann mit der Geige ist, der vor wenigen Wochen mit uns auf der »MS Waterman« nach New York fuhr, schlendere weiter und stolpere beinahe über einen »Homeless«, der am Wegrand schläft. Der Körper des Obdachlosen vorzeitig gealtert, die Haut vergilbt, die Hände aufgerissen, im Sinn nur noch das Überleben, der Schutz des Bündels, auf dem er schläft, die paar Lumpen, die ihm alles bedeuten.

Wieviel Hoffnung braucht der Mensch, um weiterzuleben? Reicht es irgendwann aus, sich auf den nächsten Sonnenaufgang zu freuen, auf die Farben des Frühlings oder jene des Herbstes, das Gefühl von Sonne auf der Haut oder die nächste Ration Alkohol?

Wieviel Hoffnung braucht der Mensch, um sein Leben noch als sinnvoll zu betrachten? Kann Lebensglück irgendwann in einer achtlos weggeworfenen Zigarette bestehen, die man am Wegrand findet, in einer Dollarnote, die der Wind in den Weg weht oder in einem trockenen, warmen Schlafplatz für eine einzige Nacht?

Wieviel Hoffnung braucht der Mensch? Und wieviel in einer Stadt wie dieser, die so gnadenlos verschleißt: Sieger oder Verlierer, die letzteren werden weggewischt, sind keinen Gedanken wert.

Der Penner dreht sich ächzend um, zieht instinktiv seine Habe noch fester unter sich, ohne die Augen zu öffnen. Keiner der Passanten nimmt Notiz von ihm. Mitgefühl mit einem wie diesem kennt man kaum in diesem Land. Man glaubt fest an die Legende von der Chance, die jeder einzelne in seinem Leben hat. Wer sie nicht nutzt, endet eben am Wegrand. Kein Grund für einen verschwendeten Gedanken. Wenn es ihm dort nicht gefällt, müßte er ja nur aufstehen und einen anderen Weg für sich suchen, so scheint man hier zu denken. Wieviel Kraft irgendwann jeder einzelne Schritt kostet, wenn die Hoffnung klein geworden ist, die Selbstachtung nicht einmal mehr ausreicht, sich in seiner Schutzlosigkeit vor den eindringlichen Blicken Fremder zu verbergen und der Mut nicht einmal für einen Gedanken an morgen, das will man nicht einmal wissen.

Paradoxerweise schon gar nicht hier, im Battery Park, am heruntergekommenen südlichsten Zipfel der Stadt, vor den Augen der Freiheitsstatue, die weit, weit draußen im Meer steht, meistens von einer Wolke aus Dunst und Nebel geheimnisvoll eingehüllt und doch in Sichtweite. Gerade hier scheint man die Symbolkraft der Patronin für die Tat zu nehmen: Man glaubt mit patriotischer Inbrunst an die Prinzipien und Symbole, die man sich auf die Fahnen geschrieben hat. Man betet sie an, feiert sich selbst als »das einzige freie Volk«. Mehr ist nicht zu tun.

Vor ein paar Wochen habe ich selbst ganz oben im Kopf »Miss Libertys« gestanden, habe ungezählte enge Treppen erklommen in der Hoffnung auf einen unvergeßlichen Ausblick, der den Horizont erweitert. Statt dessen ließ sich nur durch schmale Öffnungen ein Blick nach draußen werfen. Alles schien unendlich weit in der Ferne zu liegen. Kaum etwas erhob sich aus dem Dunst. Schwindelgefühle, Enge und das Gefühl einer unüberwindlichen Distanz.

Ein Symbol, das sich in vielerlei Hinsicht selbst ad absurdum führt und das doch als Mahnmal einer Vision bis heute seine Berechtigung bewahrt hat.

Eine Fackel, die nichts entzünden, sondern die Welt erleuchten soll.

Ein Gesicht, das nach Ansicht des Bildhauers, der sie schuf, von »Strenge und Schmerz« geprägt sein sollte: Strenge und Schmerz, mit deren Hilfe Freiheit erlangt und bewahrt wird, aber auch Strenge, mit der sie herrscht. Schmerz, den sie zufügt – auch denen, die sie eigentlich schützen und aufnehmen sollte:

Bis vor zwei Jahren mußten die, »die arm sind und geschlagen« zu ihren Füßen die »Insel der Tränen« passieren, die berühmt-berüchtigte Einwanderungsstation auf Ellis Island, auf der begutachtet, für wertvoll befunden und aufgenommen oder für unwert, krank, unmoralisch erklärt und zurückgeschickt wurde: alleinstehende Schwangere, die als moralisch bedenklich galten, Kranke, Behinderte, politisch Andersdenkende, sie alle bekamen das berüchtigte Kreuz mit der Kreide auf den Rücken gemalt, und das »Land der Freiheit« blieb ihnen für immer versperrt – paradoxerweise gerechtfertigt mit der Phrase vom »Schutz« ebenjener Freiheit, die man ihnen verwehren müsse, um sie dem Land zu erhalten. All dies, fatal an den Judenstern erinnernd, wird hierzulande nicht verschwiegen, aber es wird auch nicht diskutiert. Erste Irritationen meines Amerika-Bildes.

Heute ist das »Tor zur Freiheit« auf Ellis Island geschlossen. Das Problem ist in die Heimatländer der Emigranten verlegt worden: aus Kostengründen. Wer nicht willkommen ist, erhält erst gar kein Ticket und muß somit auch nicht kostspielig wieder zurückgeschickt werden. Und für die Optik ist es ohnehin besser, mit Ellis Island kein Symbol der Ausgrenzung mehr unmittelbar vor der Tür zu haben. Da baut man schon lieber ein Museum, das die Einwanderungsgeschichte ins gewünschte Licht setzt.

Midway Lounge

Menschenmassen an einer Ampel. Mittagszeit. Aus den Büros im Financial District strömen Männer in dunklen Anzügen auf dem Weg zum Business Lunch. Beinahe ausschließlich Weiße. Schwarze fast nur in den Livreen der dienenden Berufe, als Liftboys, Schuhputzer, Portiers, Kellner. Funktionalisiert und nur in dieser Weise hingenommen. Irgendwie scheint Wall Street bis heute der Schutzwall gegen alles Fremde, Unberechenbare zu sein, als der diese Straße vor rund vierhundert Jahren errichtet wurde: ein Holzwall, dem »Wall Street« bis heute ihren Namen verdankt, gebaut zum Schutz vor den »Ureinwohnern« aus dem Norden Manhattans, der damals noch nicht erschlossen war, ein dichter, undurchdringlicher, geheimnisvoller Wald, in dem die Indianer lebten.

Eine etwas beklemmende, kalte Atmosphäre, Enge, nichts zu fühlen vom Herzschlag der Weltwirtschaft, der hier zu Hause sein soll. Atmosphäre eines Geheimbunds, die keinen Eindringling duldet. Verschlossene, elitäre Gesichter, fast immer halb bedeckt von den tief in die Stirn gezogenen Hüten. Imposante, abweisende Portale. Ganz und gar nicht meine Welt. Auch meinen von der Börse begeisterten und sein Leben lang so erfolgreich mit Aktien handelnden Großvater kann ich mir hier beim besten Willen nicht vorstellen. Zuwenig Seele für einen Genuß- und Kulturmenschen wie ihn.

Ich gehe schnell weiter, versuche, in Gedanken einen Brief an Gitta zu formulieren, einen Brief, wie ich ihn ihr schon seit Wochen schuldig bin, ein Dutzend Mal angekündigt in all den kurzen, eilig hingeworfenen, ein wenig dünnen Zeilen, die ich ihr bisher schrieb, doch bis heute nicht erfüllt. Es soll ein schöner Brief werden. Ein liebevoller. Einer, der sie an all den Eindrücken teilhaben läßt, die mein Leben in diesen letzten Wochen beherrscht und bereichert haben.

Doch wie soll ich ihr offen von allem berichten, was meine Zeit hier geprägt hat, wenn ich doch manches Wichtige verschweigen muß. Sie wird das bange Schweigen zwischen den Zeilen spüren, das weiß ich, das schlechte Gewissen, das aus jedem noch so liebevollen Satz sprechen wird, so sehr ich es auch wortreich zu übertönen versuche.

Wie kann ich über meine Erfahrungen vom Umgang mit Schwarz und Weiß sprechen, ohne von der prägenden Begegnung mit Adrianne Hall in Pittsburgh zu erzählen? Erst einige Wochen her und für mich doch schon eine Ewigkeit zurück in dieser rastlos erfüllten Zeit. Und doch auch wiederum nicht lange und weit genug entfernt, um das schlechte Gewissen in mir zum Verstummen zu bringen. Beiden gegenüber.

Bin wieder einmal unbedarft und leichtsinnig in eine Situation geschlittert, die schon nach kurzer Zeit unlösbar geworden zu sein scheint. Wieder einmal typisch für mich und meine schnell entflammbare Begeisterungsfähigkeit.

Hätte ich gegen Adriannes Blicke immun sein müssen? – Damals, in der »Midway Lounge« in Pittsburgh, einem Jazzclub, in dem vor allem Farbige verkehrten und der schon nach ein paar Tagen in jener Stadt zu unserem Stammlokal geworden war. Man war offen, fröhlich, liebte die gleiche Musik wie wir, interessierte sich für uns, für Europa, für das Studienprogramm, dem wir unseren Aufenthalt in dieser Stadt verdankten.

Nach einigen Abenden lud man mich ein, mit der Band zu spielen, ein wenig zweifelnd sicherlich, ob »der Europäer« auch nur annähernd an das Feeling und die Seele herankommen würde, mit der diese überwiegend schwarze Band diese Musik zelebrierte.

Ich spielte erst die klassischen zwölftaktigen Blues-Tunes zum Anwärmen. Das ungewohnte farbige Publikum, die Jazz-Atmosphäre, von der ich in Europa immer nur geträumt hatte, inspirierte mich wie niemals ein Publikum zuvor. Anfeuernde Zwischenrufe. »That Lucky Old Sun«, ein alter Gospelsong, den ich speziell für mich bearbeitet habe. Das seltene, berauschende Glücksgefühl zu spüren, daß mir in diesen Augenblicken *alles* gelingen wird, was auch immer ich an diesem Klavier und mit meiner Stimme versuche. Momente höchster Konzentration und purer Gegenwart. Sah die Menschen um mich herum wie durch einen Schleier, den nur einzelne Blicke für Sekunden durchdrangen.

Immer wieder die lebendigen Augen eines jungen, dunkelhäutigen Mädchens, Verstehen ohne Worte. Offenheit, die die Musik erweckt. Gleichklang des Gefühls. Strahlendes Lächeln. Wie selbstverständlich ging ich, getragen vom Applaus und dem Geschenk des Augenblicks auf sie zu. Allgemeiner Jubel, als wir uns, ohne ein Wort zu sprechen, einfach in den Armen lagen. Hätte ich mich diesem unbändigen Moment verschließen sollen?

»I would love to see you again.«

»Of course.«

Schon am nächsten Nachmittag sahen wir uns wieder, trafen uns in einem kleinen Coffee Shop. Gespräche voll Leichtigkeit, Augenblicke der Nähe, die wahrscheinlich schon zuviel versprachen.

Später schlenderten wir Hand in Hand durch die Stadt. Die feindseligen Blicke für einen weißen Mann mit einer farbigen Frau an seiner Seite machten ihr zu meinem Erstaunen nichts aus. Aber es war das Letzte, was ich hier erwartet hatte: ausgerechnet im freien Amerika. Waren es nicht die amerikanischen und kanadischen Soldaten, Schwarz und Weiß, Seite an Seite in ihren Armeen, die uns Kindern vor noch nicht einmal dreizehn Jahren im gerade besiegten Hitler-Deutschland zum ersten Mal so etwas wie Toleranz und Gleichberechtigung nahebrachten, Werte, die wir bis dahin nicht einmal kennen durften? Und nun dies: eiskalte Rassentrennung, Trinkbrunnen zweierlei Klassen: »White« und »Colored«, Toiletten für dreierlei Menschen: »Ladies«, »Gentlemen« und »Colored«, und das alles galt als völlig normal.

Ich wollte da nicht mitmachen, trank demonstrativ immer nur bei den Trinkbrunnen für »Colored« und ließ Adriannes Hand auch bei den mißbilligendsten Blicken von Passanten nicht los.

»Man muß doch wenigstens kleine Zeichen setzen«, widersprach ich ihr heftig, als sie mich bat, mich wenigstens nach außen hin an die gewohnte Ordnung zu halten. »Ich verstehe das einfach nicht: Wie könnt ihr diesen Irrsinn normal finden? Bei uns würde es niemand für möglich halten, was wir hier gesehen haben: eigene Viertel für die Schwarzen, für die Juden, für die Weißen, für die Hispanos. Das ist ein Weltbild, das ich nach 1945 für überwunden hielt. Das könnt ihr doch nicht einfach so hinnehmen!« wetterte ich mit dem puren Entsetzen des jugendlichen Weltverbesserers.

»Der Unterschied ist der, daß es hier keine *Gesetze* für Ausgrenzung und Diskriminierung gibt«, versuchte Adrianne zu erklären,

»Die Juden scheinen sich eben unter Juden am wohlsten zu fühlen und wir Schwarze unter Schwarzen. Es ist ein freies Land.«

»Immer wieder dieser stereotype Satz. Was bedeutet das schon, wenn einem Schwarzen zwar nicht gesetzlich verboten wird, in einem weißen Viertel zu wohnen, er dort aber einfach keine Wohnung vermietet bekommt?«

Endlose Diskussionen, die von Anfang an zwischen uns standen, uns gleichzeitig aber auch enger aneinanderbanden. Die Tatsache, daß sie eine Farbige war, faszinierte mich, und das Gefühl, sie vor einer ungerechten Welt beschützen zu müssen, brachte mich ihr noch näher. Der ewige Ritter, der romantisch auf verlorenem Posten kämpft und seine Ohnmacht, die Welt zu verändern, für persönliches Versagen hält.

Ein aus dem Auto nachgerufenes »Nigger-Fucker« mußten wir uns in diesen Tagen einige Male anhören. Adrianne blieb in solchen Momenten ganz ruhig und begann, scheinbar unbeeindruckt, mit mir über ganz andere Dinge zu sprechen. Sie hatte mit ihrer Gelassenheit sicherlich recht, auch wenn ich mein Aufbegehren nie ganz zum Schweigen bringen konnte.

Gemeinsame Tage, die mich verwirrten, enttäuschten und begeisterten: unbeschwert, wenn wir unter uns waren, in Jazz-Kneipen oder Musik-Cafés, dort, wo nicht zählt, woher jemand kommt, sondern nur, wer jemand ist. Und bedrückend überall dort, wo ich Amerika von seiner rassistischen Seite her kennenlernte.

Schon dieses Hand-in-Hand-Gehen eine Demonstration, die nichts von jener Leichtigkeit hatte, mit der ich zu Hause mit Gitta Hand in Hand gegangen bin oder auch mit Patsy. Vielleicht lag schon hier der Beginn aller Mißverständnisse. Es hat meinen Absichten eine Ernsthaftigkeit, eine Verpflichtung verliehen, die ich weder eingehen konnte noch wollte und die Adrianne wahrscheinlich doch nicht anders hatte verstehen können.

Und natürlich hatte die Tatsache, daß ich sie, ohne mir etwas dabei zu denken, sogar zu Hause bei ihrer Familie besucht hatte, noch das Ihrige dazu beigetragen, ihre Hoffnungen zu stärken. Es *mußte* ja wie ein »Antrittsbesuch« ausgesehen haben, wie mir inzwischen klar ist…

Sicher war es ein Fehler gewesen, ihr dann, um sie nicht zu enttäuschen, auch noch zu versprechen, ich würde nach unserer Amerikareise und vor meiner Rückkehr nach Europa auf jeden Fall noch einmal zu ihr nach Pittsburgh kommen.

Ein Versprechen, von dem ich schon in dem Moment, als ich es gab, insgeheim klar wußte, daß ich es nicht würde halten können. Für eine solche Reise würde allein schon das Geld nicht reichen, und Herwig hatte sich in Kenntnis meiner Unvernunft und meiner Begabung, mich immer tiefer in Liebesnöte zu verstricken, auch strikt geweigert, mich hinzubringen oder mir sonst irgendwie dabei zu helfen, Adrianne wiederzusehen (»Du spinnst wohl! Du wirst mir noch dankbar sein!«). Im Grunde weiß ich, daß er recht hatte, fühle mich sogar ein bißchen erleichtert: Was sollte ich ihr auch sagen? Eine gemeinsame Zukunft, wie sie es sich vielleicht erhofft hatte, war sowieso undenkbar. Nicht nur wegen Gitta. Es geht nicht um Gitta, und es geht auch nicht um Adrianne. Es geht nicht um eine Entscheidung zwischen beiden.

Es geht allein um *mich*, um meine Freiheit, meine Angst vor der Verpflichtung, die Frauen immer mit der Liebe zu verbinden scheinen. Es geht immer gleich um ein Versprechen: »Wirst du mich auch morgen noch lieben? Und übermorgen? Und nächste Woche? Und nächstes Jahr? Und in zwanzig Jahren?«

Verdammt noch mal, ich bin 23 Jahre alt und möchte eine Zukunft haben! Ich weiß nicht, was morgen ist und übermorgen und in zwanzig Jahren, und ich *will* es auch gar nicht wissen! Das sind Fragen, so beklemmend, daß sie jede Liebe, die ich zu geben habe, sofort im Keim ersticken. Gefühl von Verschlungenwerden, Bedürfnis nach Distanz, wo eben noch Liebe war und Nähe.

Liebe mußte doch nicht immer eine Zukunft haben! Was mich mit Adrianne verband, war Liebe, aber es war eine Liebe auf Zeit. Sie war erfüllt in dem, was wir in den Tagen in Pittsburgh erlebten. In diesem Sinne war sie groß. Und wichtig. Und unvergeßlich. Sie hatte eine Gegenwart, keine Vergangenheit und keine Zukunft.

Adrianne scheint das anders gesehen zu haben. Frauen scheinen mit einer Absolutheit zu lieben, die mir angst macht: Wenn sie nur lieben, wird alles andere für bedeutungslos erklärt, werden Berge versetzt, werden Pläne vollständig negiert, neue geschaffen, das Leben aus einer ganz neuen Perspektive gesehen. Bewundernswert, aber völlig undenkbar für mich. Jedenfalls im Augenblick. Für mich zählen vor allem meine Ziele. Und dazu brauche ich Freiheit.

Ich habe Adrianne nichts versprochen, doch offenbar verletze ich, wo immer ich versuche, so zu leben und zu lieben, wie es mir entspricht: im Augenblick. Ich wollte Adriannes Gefühle nicht verletzen. Und ich wollte Gittas Gefühle nicht verraten. Doch begreifen würde das keine von beiden.

Der Klang Amerikas

Hupend fährt ein Auto an mir vorbei, rauscht dicht an meiner Seite durch eine große Pfütze an einem undichten Hydranten. Nässe von oben bis unten bringt mich unsanft zurück in die Gegenwart. Weg aus Pittsburgh, weg von Adrianne. Zurück nach New York. Großstadthektik. Mittagszeit. Menschen, die an mir vorbeihetzen, während ich mit einem Taschentuch versuche, das Malheur einigermaßen zu beseitigen. Es ist warm, und die Sonne wird meine Kleidung schnell trocknen.

New York hat mich wieder: bunt, fremd, sich an jeder Straßenecke verändernd. Die erste von keinem Krieg versehrte Stadt, die ich in meinem Leben sah. Häuser, die immer weiter in den Himmel gebaut wurden, während Europa in Schutt und Asche lag. Doch auch hier der Verfall der Zeit. Häßliche, heruntergekommene, sechsstöckige Downtown-Häuser mit Feuerleitern an den Außenfassaden, denen auch der nachgeahmten Jugenstil-Schmuck an den Geländern keine größere Eleganz verleiht. Bilder, wie man sie aus vielen Filmen kennt. Doch belebt von einer Fremdartigkeit, die alle Vorstellungskraft übersteigt.

Innerhalb weniger Schritte von der leidlichen Vertrautheit New Yorks in eine völlig fremde Welt, die an die Abenteuer- und Reiseromane aus fernen Ländern erinnert, die mein Vater, solange ich denken kann, verschlungen hat. Canal Street. Chinatown. Dominanz von Rot und Gold in einem chaotischen Farbenmeer. Üppigkeit. Vollgestellte Schaufenster mit Drachen, Lampions, bunten Stoffen, Fläschchen, Büchsen. Stände mit offen dargebotenem Reis, Gewürzen, exotischen Früchten. Tüten mit Muscheln, mannshohe bunte Vasen, Schwerter, Gemüse. Von den Decken der Geschäftseingänge baumelnde Beutel mit Waren, Taschen, Kleidungsstücken. Unentwirrbares Sprachengemisch auf dem Bürgersteig. Hektische Betriebsamkeit. Straßenhändler, schmale Geschäfte, manche nur durch Wellblech voneinander getrennt, aber 25 Meter tief geheimnisvoll ins Innere der Häuser ragend. »Wong Rice and Noodle Shop«. Daneben eine asiatische Bank. Gegenüber ein kleines Geschäft, bis vor den Eingang Fische in allen Größen in Holzkisten auf Eis gebreitet; manche über einen Meter lang. Interessierte fassen sie an, heben die Kiemen. Unverständliche Verkaufsgespräche, Kopfschütteln, ein neues Angebot, Geld wechselt den Besitzer, und der Fisch wird samt Eis in eine Tüte gepackt. Imbißstände, an denen eine unüberschaubare Menschenmenge ansteht. Der etwas strenge Duft nach Gebratenem und chinesischen Gewürzen. Ich lasse mich vom Strom der Menschen treiben, biege um eine Ecke und werde umfangen von einem ganz anderen Flair.

Fast europäisches Ambiente. Souvenirläden mit venezianischen Miniaturgondeln, großen, polierten Meeresmuscheln, Taschen, Sonnenbrillen. Kleine Lebensmittelgeschäfte, Schuster, Hutmacher, ein Wettbüro und ein »Gelati!« rufender Eisverkäufer mit seinem Wagen. Ein Restaurant dicht an das andere gedrängt. Little Italy.

Überall Tische und Stühle auf der Straße. Atmosphäre wie auf einer italienischen Piazza, trotz des durch die enge Straße rollenden Verkehrs. Duft nach Pizza und frischem Fisch. Spüre meinen knurrenden Magen. Ein Kellner mit weißer Schürze hält vor dem Eingang seines Lokals Zigarettenpause, obwohl der Laden voll ist. Er grüßt mich freundlich, und mein Blick fällt auf ein Schild, bei dessen Anblick mir das Wasser im Munde zusammenläuft: »Spezialangebot! Nur heute: Ein Teller Spaghetti, Salat und ein Glas Wein, 75 Cent«, mit Kreide auf eine Tafel gemalt.

Richtiges, warmes Essen, ein echtes Glas Wein, wie viele Wochen ist es her, seit ich solche Köstlichkeiten genoß? Und »nur« 75 Cent, also knapp einen Dollar … soll ich? Das Schild scheint mir das Paradies auf Erden zu versprechen.

»Unsere Spaghetti sind wirklich fantastico«, erklärt der Kellner gestenreich »Come in Italia!« setzt er noch nach.

Ich spüre schon fast den Geschmack auf meiner Zunge.

Und ehe ich mich's versehe, sitze ich in der Sonne an einem der wenigen freien Tische. Nachgeahmte Jugendstilfassade. An der Wand bunte Kacheln, die von italienischen Landschaften erzählen.

Ohne auf eine Aufforderung zu warten, schenkt der Kellner mir ein Glas mit stark nach Chlor riechendem Wasser ein. Ich lasse es lieber unberührt.

Menschen strömen vorbei. Englisch und Italienisch vermischen sich zu einem weichen Klang. Eine unvorstellbar dicke Frau versucht, auf italienisch zeternd, ihre Kinderschar zusammenzuhalten. Einer der Jungen hat sich schmutzig gemacht, wird schimpfend mit harten, energischen Bewegungen mit einem von der Mutter angespuckten Taschentuch abgewischt. Der Kleine windet sich. Sein älterer Bruder lacht ihn aus. Manches scheint sich überall auf der Welt immer wieder aufs neue zu wiederholen, denke ich mit einem Lächeln an die Konflikte zurück, die mein älterer Bruder Joe und ich in unserer Kindheit hatten und an jene zwischen meinem Vater und Erwin, seinem älteren Bruder. Der kleine Junge geht wütend auf den größeren los. Der große Bruder grinst überlegen. Der Kleine rennt weg, der Große hinterher, und ich verliere sie aus dem Blickfeld.

Mein großer Bruder Joe hat inzwischen geheiratet. Irgendwie kann ich ihn mir in der Rolle des Ehemanns sogar ganz gut vorstellen. Besser jedenfalls als mich. Gitta war bei dem Fest dabei. Was sie wohl gedacht hat? Hat sie gehofft, den Brautstrauß zu fangen? Es waren sicher keine einfachen Stunden für sie.

Ich denke zum ersten Mal seit langem wieder an den Kieselstein vom Strand, um den sie mich gebeten hat. Die wenigen Male, an denen ich am Meer stand, dachte ich an alles, nur nicht daran, einen Kieselstein aufzuheben und mitzunehmen. In Kalifornien habe ich zum ersten Mal in meinem Leben den Pazifischen Ozean gesehen. Alles beherrschende Faszination eines weltumspannenden Meeres. Irgendwie zu groß und zu mächtig, um an einen kleinen Kieselstein zu denken. Beschämende Gedankenlosigkeit in Liebesdingen. Vielleicht kann ich ja auch einfach einen Stein von der Straße nehmen, einen glitzernden, runden. Vielleicht merkt sie den Unterschied nicht. Aber nein … mit Symbolen lügt man nicht.

Der Kellner bringt einen wunderbar duftenden, dunkelroten italienischen Landwein. Ich nehme einen Schluck, spüre, wie meine Lebensgeister erwachen.

»Hi! Cheers!« prostet mir eine junge Frau vom Nebentisch sofort mit der Offenheit zu, die ich in den Wochen hier als typisch für dieses Land kennengelernt habe. »Where are you from?«

Als ich Austria sage und nach Känguruhs gefragt werde, wird es etwas kompliziert. Salzburg hilft weiter: Man hat gerade »The Sound of Music« gesehen, den brandneuen Film, der alle Österreich-Klischees auf einmal bedient. Bei uns zu Hause kennt ihn kaum jemand. Hier aber scheint seit diesem Film jedermann in eine lederhosenselige Alpenschwärmerei zu verfallen, wenn man Austria erwähnt. Als ich erzähle, daß ich Musik mache, ist es um die Fassung der jungen Leute endgültig geschehen. »Oh, like the Trapp-Family, how wonderful!« Ich spare mir die Mühe einer Erklärung.

Im Weggehen wünscht man mir noch alles Gute, läßt die Zeitung liegen, die »New York Times«.

Neben der aufgebrachten Diskussion um den Gewerkschaftsführer James R. Hoffa, dem offensichtlich kriminelle Machenschaften und Nähe zur Mafia unterstellt werden, dominieren immer noch die Vorgänge in Little Rock die Schlagzeilen.

Seitenlange Berichterstattung über die neun schwarzen Schüler, die seit Anfang des Monats zum ersten Mal gemeinsam mit weißen Schülern in einer High School in Little Rock unterrichtet werden sollten. Gouverneur Faubus hatte daraufhin – angeblich aus Angst vor Unruhen – die Schule von Nationalgarde und Polizei umstellen lassen, um die schwarzen Schüler am Betreten der Schule zu hindern und zog seine Truppen erst vor wenigen Tagen, auf richterliche Anordnung hin zurück. Daraufhin verließen jedoch die weißen Schüler die Schule, und es kam zu heftigen Ausschreitungen, die Auswirkungen auf das ganze Land hatten.

Louis Armstrong hatte vor einigen Tagen aus Protest eine von der amerikanischen Regierung organisierte Reise in die Sowjetunion abgesagt und ist damit in unserer Achtung ins Unermeßliche gestiegen.

Präsident Eisenhower hatte nun vorgestern endlich reagiert und tausend Mann der 101. Luftlandedivision unter dem im Zweiten Weltkrieg hochdekorierten und für seine Furchtlosigkeit berühmten Generalmajor Edwin A. Walker nach Little Rock geschickt, um weitere Ausschreitungen zu verhindern und für Rassenintegration zu sorgen.

In Kampfuniformen, mit aufgepflanzten Bajonetten hatten die Soldaten die Schule umstellt, jede Versammlung aufgelöst. In der Schule waren 24 Scharfschützen postiert worden. Gouverneur Faubus hatte sich daraufhin öffentlich über die »nackte Demonstration von Gewalt« gegenüber seinem Bundesstaat beschwert, während Generalmajor Edwin A. Walker versuchte, die Schüler für die offenbar noch nicht besonders bekannte Tatsache zu sensibilisieren, daß die USA ein Staat sei, der von Gesetzen und nicht von Pöbel und Faustrecht regiert werde.

Ein Busfahrer schrie inzwischen die das Schulgebäude umstellenden Soldaten an, sie bräuchten nun nur noch eine russische Fahne, und eine Frau grüßte mit hochgestrecktem rechtem Arm aus dem Fenster ihres Wagens und schmetterte den Truppen Generalmajor Walkers, die zuletzt 1945 in Berchtesgaden zur Auflösung des Berghofs stationiert waren, ein »Heil Hitler« entgegen.

Ich lege die Zeitung beiseite und versuche zu begreifen, was nicht zu begreifen ist: Integration, die militärisch durchgesetzt und bewacht werden muß. Sechs schwarze Mädchen und drei schwarze Jungen, die eine solche Bedrohung für die weiße Elite zu sein scheinen, daß sie nur von hochdekorierten Militäreinheiten geschützt zu ihrem Schulrecht kommen können. Teenager, die für bürgerkriegsartige Zustände sorgen, nur weil sie schwarz sind.

Ich verstehe das alles nicht, hätte gern mit Adrianne darüber gesprochen und gewußt, ob sie immer noch der Meinung sei, der Staat solle sich in die Wertevermittlung möglichst wenig einschalten…

Der Kellner bringt einen kleinen Teller mit Salat und einen kleinen Korb mit Weißbrot.

»They're all crazy in Little Rock!« erklärt er nach einem flüchtigen Blick auf die Zeitung mit wegwerfender Geste, und dann, fast ohne Pause. »Aber haben Sie von Ava Gardner gehört? Die Scheidung von Frank Sinatra ist noch keine drei Monate her, da hat sie schon wieder den nächsten abserviert. So sind die Weiber. Wissen einfach nicht, was sie wollen: heute so, morgen so… *impossibile*! Und die schlimmsten sind die aus Hollywood«, erklärt er mit Verachtung und schimpft im Weggehen weiter vor sich hin, doch der Rest seines Satzes geht im Lärm eines durch die Straße ratternden Lastwagens unter. Einer dieser imponierenden, chromblitzenden

»Mack«-Trucks mit Scheinwerfern, die jede Bühnenlicht-Anlage in den Schatten stellen. Mit aggressivem Hupen aus laut tönenden Rohren, die aussehen wie Trompeten und auf dem Dach des Führerhauses montiert sind, drängt er alles zur Seite, verschafft sich Vorfahrt. Die Tauben in der Nähe fliegen erschreckt auf.

Ich widme mich hingebungsvoll meinem Salat: Frisch, knackig, mit herrlichem Öl, Weinessig und Senf zubereitet. Bin dankbar für das Leben, das ich führe: In New York in einem kleinen Straßenlokal sitzend, zwar nur ein paar lumpige Dollar in der Tasche, aber jung, frei und zufrieden fühle ich einen Reichtum, den ich gegen nichts auf der Welt eintauschen würde.

Auf der Suche nach dem Kulturteil nehme ich die Zeitung wieder zur Hand, stoße auf einen Bericht über den wahnwitzigen Versuch eines Ärzte-Teams, einem Hund in einer vierstündigen Operation das Herz eines anderen Hundes einzupflanzen. 68 Minuten lang hatte es tatsächlich geschlagen, dann war der Hund gestorben. Trotzdem spricht man von einem Erfolg und hofft, diese Operation eines Tages sogar beim Menschen durchführen und damit Leben retten zu können. Was für ein Irrsinn, denke ich, das wird doch nie funktionieren. Schon seltsam, auf was für merkwürdige Ideen die Leute heutzutage kommen. Demnächst wird man vielleicht noch versuchen, zum Mond zu fliegen. Eine Rakete will man ja immerhin in ein paar Tagen tatsächlich ins All schicken. Eine tolle Vision, aber die viel näherliegenden Probleme auf der Erde, die Probleme zwischen Menschen, bleiben ungelöst. Man fliegt ins All, anstatt die Menschen in Little Rock einander näher zu bringen!

Ich blättere weiter, finde endlich die Kulturseiten: Überfliege einen Nachruf auf den großen finnischen Komponisten Jean Sibelius, der vor ein paar Tagen in Helsinki gestorben ist, finde die Annonce eines Beethoven-Klavierkonzertes mit Artur Rubinstein in der Carnegie Hall – bei dieser Ankündigung würde mein Vater ins Träumen geraten …

Und dann unter dem Titel »The Jungles of the City« ein Artikel, den ich verschlinge. Premierenbericht eines Stückes, das gestern abend am Broadway im »Wintergarden Theatre« uraufgeführt wurde: »West Side Story«. Komponiert von Leonard Bernstein, einem Dirigenten und Komponisten, der seit kurzem neben Dimitri Mitropoulos zweiter Chefdirigent der New Yorker Philharmoniker ist und eine Weltkarriere vor sich zu haben scheint. Ein Grenzgänger zwischen Klassik und Jazz, zwischen Tradition und Jugend, zwischen Schaffen und Bewahren.

Sein neuestes Stück ist in Musikerkreisen schon seit langem Gesprächsthema. Man hat gehört, es soll eine Art Jazz-Oper sein, eine ganz neue, aufregende Form. Eine moderne Romeo-und-Julia-Geschichte, die die Straße schrieb: Rivalitäten von Jugendlichen ohne Perspektive und eine Liebe, die letztendlich alle Grenzen und allen Haß überwindet, die Fragen stellt, aufwühlt und versöhnt. Es muß ein ganz neuer Weg sein, eine Geschichte in Musik zu erzählen: lebendig, pulsierend, emotional, ohne süßlich zu sein wie die Operetten und Schlager bei uns. Genau das, was Gitta bei unserem Gespräch in Rotterdam meinte: emotional zu sein, ohne kitschig zu werden, den Mut zu haben, in Musik zu fassen, was die Seele in unserer Zeit bewegt. Die Amerikaner machen's mal wieder vor, und im Nu bin ich für Augenblicke völlig versöhnt mit diesem Land, das so rätselhaft ist und so enttäuschend, aber auch so neu und aufregend und Maßstäbe setzend. Jedenfalls in der Musik.

Die Kritik ist hymnisch: Von einer »bewegenden« Geschichte ist da die Rede, von einem Stoff, der »abscheulich« sei wie der Müll der Straße und einer Umsetzung, die ihn erstrahlen lasse, von einer Musik, die die Nervosität der Bronx einfängt, die der Geschichte Leidenschaft und Tiefe und Augenblicke von Glanz und Größe verleihe. Von Tönen, die die Härte und Wut der Straße fühlbar machen, genauso aber auch die aufgewühlte Zärtlichkeit wahrer Liebe. Ein Stück, das Schönheit mit dem Schmutz der Hinterhöfe vereint und das einen Standpunkt vertritt, unverzichtbar in unserer Zeit.

Wieder und wieder lese ich mir die Zeilen durch. Es muß etwas Gewaltiges entstanden sein. Und ich bin in der gleichen Stadt gewesen! Irgendwo, ganz in der Nähe erklangen diese Töne und werden heute abend wieder erklingen. Was für ein Gefühl, auch wenn ich nicht dabeisein kann...

Wahrscheinlich ist es überhaupt das erste Mal, daß Aggression getanzt wird, daß Probleme, die der Menschheit *in der Gegenwart* auf den Nägeln brennen, in einer Art Oper, Musical oder Ballett eine Sprache und eine Bühne finden. Und sind es nicht Wut und Zorn viel eher als Harmonie und »hehre Schönheit«, die die unvergänglichen Meisterwerke der Menschheit geschaffen haben? Nun wird es endlich hörbar, sichtbar, ganz unmittelbar. Eine Revolution in der Tradition des Musiktheaters. Lebendigkeit pur.

Beinahe kann ich die Klänge in den Worten dieses Zeitungsberichts hören, stelle mir eine Mischung aus Gershwins »Porgy and Bess« und Dvoraks »Symphonie aus der Neuen Welt« vor – und natürlich die ganz eigene, vom Jazz beeinflußte Sprache Bernsteins. Es muß atemberaubend sein! Und die entscheidenden Fragen unserer Zeit und dieser Gesellschaft stellen.

Was heißt es, »Amerikaner« zu sein? Was heißt es, Grenzen zu überschreiten? Was heißt es, zu lieben? Es sind Werte, die nicht vom Staat vermittelt werden, sondern von der Musik, der Literatur, der Kunst! Am Ende wird sie es sein, die Katastrophen wie Little Rock im Keim erstickt, hoffe ich mit aller Eindringlichkeit, mit der ich an diese Chance glauben möchte.

»Der Klang Amerikas«, denke ich, unergründlich in seinem spannungsgeladenen, vielstimmigen Zusammenspiel aus Millionen von Schicksalen, Lebensrhythmen, dem täglichen Bemühen Unzähliger, dem eigenen Lebenstraum auf die Spur zu kommen, ihn sich in all dem Lärm, den Anforderungen dieses fordernden Landes zu erhalten und niemals aus den Augen zu verlieren. Er wird immer dissonant sein und harmonisch, unergründlich und betörend, chaotisch und letztendlich doch seiner eigenen Ordnung folgend, denke ich und lausche dem unverwechselbaren Klang dieser Stadt, dem Rauschen des Verkehrs, den nervösen Polizeisirenen, die wieder und wieder den Ton New Yorks beherrschen, mal ganz nah, dann wieder weiter entfernt, aber immer präsent, dem Stimmengewirr, dem Geschrei und dem Flüstern des Windes, der stets durch die Straßen zieht, die Luft klärt und eine leichte Erinnerung an die Nähe des Meeres mit sich trägt.

»Prego, Signore!« die Stimme des Kellners, die meine Gedanken unterbricht. Der feine Geruch von dampfenden Spaghetti. »Buon appetito!« In diesem Moment bin ich mir wieder mal vollkommen sicher, noch nie in meinem Leben so wunderbare Spaghetti gegessen zu haben wie hier, in diesem kleinen italienischen Straßenlokal mitten in New York.

Gestärkt wage ich mich endlich an den Umschlag, den Herwig mir gegeben hat. Meine finanziellen Notreserven. Wieder und wieder zähle ich nach: Ich finde tatsächlich noch 18 Dollar und ein paar Cent! Ein Vermögen für mich! Und das, obwohl ich mir das zur Zeit so populäre »Take Five«-Album von Dave Brubeck und die heißersehnten »Songs For Swingin' Lovers« geleistet habe und zweimal im Kino war, unter anderem in »High Society«, dem neuesten Kassenschlager. Aber da ich manchmal in Clubs Klavier gespielt und ein paar Dollar zugesteckt bekommen habe, bin ich offenbar nicht ganz so arm, wie ich eigentlich gedacht hatte. Ich bin sogar beinahe reich. Was für ein unverhofftes Glück. Mit Musik läßt sich eben richtig Geld verdienen!

Das eröffnet mir ungeahnte Möglichkeiten. Ich kann mir tatsächlich eine neue Jeans kaufen, Traum unserer Amerikareise, und »A Star Is Born«, die neueste Platte von Judy Garland, und vielleicht sogar noch einmal ins Kino oder in eine der Shows gehen, einen Stehplatz irgendwo, Hauptsache dabeisein. »West Side Story«, das wäre natürlich der Traum, aber da sind jetzt sicher nicht einmal auf dem Schwarzmarkt Karten zu bekommen. Aber vielleicht »Porgy and Bess« oder »The Threepenny Opera« – die »Dreigroschenoper« – die zur Zeit hier laufen soll, das wäre doch auch schon was! Ich stecke das Geld wieder ein, lehne mich entspannt zurück und bestelle mir mit weltmännischer Geste eine Portion Erdbeeren mit Sahne, denke an zu Hause, an das kleine Erdbeerbeet bei uns im Garten, dessen Existenz meine Mutter dem Reichsernährungsministerium bei der Erhebung des Reichsnährstands im Krieg verschwiegen hat. Niemand forderte uns in der Zeit der Rationierung auf, die Früchte abzuliefern, und so haben wir auch in den Kriegsjahren pro Ernte eine Schüssel voll mit Erdbeeren aus dem eigenen Garten gepflückt. Es war ein Feiertag für uns, als mein Vater die herrlichen Früchte brüderlich verteilte, sie mit irgendwie organisiertem Zucker bedeckte. »Es muß knirschen«, war sein Spruch. Diese Momente, dieses Glück werde ich nie im Leben vergessen.

Ein Homeless wühlt im Müll eines nahen Abfalleimers, fördert einige undefinierbare Reste zutage, verbirgt sie schnell unter seinem Mantel und verkriecht sich unter dem Treppenaufgang eines Nachbarhauses. Fühle mich plötzlich vom Leben fast unanständig begünstigt und nehme mir fest vor, dem Mann nachher soviel zuzustecken, wie ich selbst für dieses opulente Essen hier bezahle. Irgendwie bin ich das meinem Schicksal heute schuldig.

»Niemand ist so nah dran wie der, der mit dem Herzen dabei ist«

Greenwich Village. Künstlerviertel. An einer Straßenecke ein junger Mann in einem seltsamen bunten Umhang mit langen Haaren, der von Gott predigt, der die Erde längst verlassen habe, vom Zorn des Schöpfers, der Amerika einen vernichtenden Krieg mit Rußland bringen werde, von der Liebe, die allein die Welt retten könnte. Niemand nimmt Notiz davon.

Ein Windstoß weht mir Zeitungen, Plastiktüten, Blätter entgegen. Verschmutzte, vom Abfall kaum befreite Straßen. Ein Problem, das diese Stadt einfach nicht in den Griff zu bekommen scheint.

Ein abenteuerlicher Stadtteil. Schmucke, bunte Häuschen neben verwahrlosten. Zerborstene Fenster, Feuerleitern, die ins Nichts führen. Ein Gewirr aus den wie anscheinend überall in dieser Stadt abenteuerlich verlegten Stromleitungen: außen an Häusern entlang, manche auf von der Zeit schräggestellte Pfosten montiert, irgendwie kreuz und quer die Straße überspannend.

Vielleicht finde ich hier irgendwo eine Jeans, denke ich mir. Ich sollte irgendwo hier unten, im Süden, danach suchen, denn je weiter ich in Richtung Central Park komme, desto teurer wird es werden.

Finde einen riesigen Laden, der mit großen Schildern die heruntergesetzten Preise ankündigt. Neben Cowboyhüten und -stiefeln und Lederjacken mit amerikanischen Motiven bekommt man hier auch Jeans in allen möglichen Formen. Ich will das Original: natürlich eine echte Levis 501, gerade geschnitten, unten umgeschlagen; 8 cm breit sollte die Stulpe sein. Mehr wäre Angeberei, weniger wäre ärmlich. Die hübsche Verkäuferin findet kaum ein Ende darin, den guten Sitz und die hervorragende Qualität der Hose zu loben, und keine Viertelstunde später stehe ich wieder auf der Straße, in nagelneuen Jeans, dunkelblau, gut sitzend, ein ganz neuer Mensch, wie ich finde. Für 3 Dollar 75. Kleider machen eben doch Leute, denke ich und werfe die alte Jeans ein paar Straßen weiter in einen Mülleimer, so schwer es mir auch fällt. Sie ist einfach hinüber.

»Don't walk«, das rote Licht beleuchtet die Ampelschrift an der nächsten Straße. Warte, drehe mich gedankenverloren noch einmal um und sehe gerade noch, wie ein zerlumpter Mann am Mülleimer stehend meine Hose herausnimmt und mit seinem Fund hinter der nächsten Ecke verschwindet. Ein etwas seltsames Gefühl, doch wenigstens nützt sie so noch jemandem.

Auf der anderen Straßenseite kommen Männer mit einer Trage aus einem der Häuser. Die Konturen eines schlanken menschlichen Körpers unter einer dünnen roten Decke, die unwirklich in der strahlenden Nachmittagssonne leuchtet. Gespenstische Augenblicke. Fühle beinahe Stille in all dem Lärm. Der Körper wird in einen Lieferwagen gehievt und abtransportiert. Es hat nicht einmal eine Minute gedauert. Eine schnelle, kleine, fast unmerkliche Begegnung mit dem Tod. Keine Trauernden. Ein Mensch ohne Geschichte, jedenfalls für mich, und ich denke an die Schicksalstürme, die in dieser Stadt in die Wolken ragen, Tausende Menschen auf engstem Raum, Glück und Verzweiflung, Leid und Ekstase, Geburt und Tod Wand an Wand, Etage an Etage, von den Nachbarn unbemerkt, nur von den Sirenen der Stadt begleitet und dem unheimlichen Gefühl, wenn sie sich nähern. Dieser Tod hat keine Sirenen herbeigerufen. Still und beinahe heimlich war er vor sich gegangen, verborgen unter einer im Sonnenlicht glänzenden roten Decke.

Bleecker Street, 6th Avenue: eine legendäre Gegend. Der Ruf dieser Straße hat sich bis zu uns, ins ferne Europa herumgesprochen. Ecke West 3rd Street, der Traum eines jeden Jazz-Fans: das »Blue Note«. Hinter dieser ganz und gar unspektakulären, schlichten Fassade haben alle Großen der Jazz-Szene gespielt: Von Ella Fitzgerald bis Dave Brubeck, von Count Basie bis Duke Ellington, von Oscar Peterson bis Errol Garner. Ein Tempel des Jazz, der Olymp der Szene. Ein kleiner Schaukasten mit Bildern der Highlights. Stehe fasziniert davor.

Doch bei aller Begeisterung für diese Musik fühle ich, seit ich in Amerika bin, immer deutlicher, daß dies für mich kein Weg in die Zukunft sein kann: Diese Musik braucht Musiker, die den Bodensatz des amerikanischen Lebensgefühls in sich tragen, die Wurzeln des »American Way Of Life«, das selbstverständliche Aufwachsen in dieser vielschichtigen Kultur, das von außen kaum zu erwerbende Gefühl für eine Musik, die in der wilden Mischung aus wehmütig-hoffnungsvollen Spirituals der Sklavenzeit und dem bodenständig-heimatverbundenen Countrysound ihren Ursprung findet. Töne für ein schmerzliches und doch immer wieder siegreiches Jahrhundert, für ein ständiges Werden, nicht ein immer wieder beschworenes Sein. Ähnlich wie jede »echte« Volksmusik braucht auch der Jazz die prägende Identität, die dieses Land und dieses Jahrhundert dieser Musik und ihren Musikern gegeben hat. So sehr ich diese Atemlosigkeit, dieses Spiel mit Harmonien bis an die Grenze des Erträglichen auch liebe, in diesem Land wird diese Musik immer »echter« klingen, als wenn wir Europäer sie spielen.

Für mich selbst suche ich einen anderen Weg, etwas, das mehr auf die Menschen zugeht, ohne sich anzubiedern, etwas, das eine Antwort ist auf die Gedanken und Gefühle, die das Publikum in sich trägt, ohne sie benennen zu können, etwas, das mit Sehnsucht zu tun hat und mit Leidenschaft, etwas, das wie die Unterhaltungsmusik ist, die man am Broadway hört, durchaus mit Elementen des Jazz durchsetzt.

Das Gespräch mit Gitta hat seine Wirkung nicht verfehlt. Mehr denn je denke ich über meine musikalische Zukunft nach und darüber, daß ich vielleicht wirklich wieder den Mut haben sollte, Lieder zu schreiben, so wie früher, mit 15, 16, 17 Jahren, als ich meiner ersten großen Liebe und meiner ersten großen Enttäuschung Lieder gewidmet habe. Und allem, was meine Teenagerseele berührt hat. Man müßte daran anknüpfen, mit den Emotionen von heute. Gitta hat recht: Das muß in der Zukunft der Weg für mich sein, auch wenn es mich Jahre kosten sollte, ihn mir zu erkämpfen.

Hätte mich beinahe verlaufen, finde mich in einem kleinen Park wieder. Mit meterhohen Zäunen abgetrennte Basketballplätze, auf denen Jugendliche diesen amerikanischen Nationalsport spielen. Basketball scheint in diesem Lande manchmal eine größere Bedeutung zu haben als Armut, Börsencrashs oder auch die Rassenunruhen in Little Rock. Auf dem Spielplatz schwarze und weiße Kinder wie selbstverständlich im gemeinsamen Spiel. Ein irgendwie beruhigender Anblick.

Überdimensionierte Schachfelder und die typischen schwarzen

und weißen Figuren. Fast lebensgroß. Konzentrierte Zweikämpfe, schwarze Dame bedroht weißen König oder umgekehrt. Seltsame Parallelen.

Ein Junge, der ganz in der Nähe Fahrradfahren lernt, nicht merkt, daß sein Vater das Rad längst losgelassen hat und er schon ein ganzes Stück weit allein gefahren ist, sich schließlich erstaunt umdreht und vom Schreck dieser Erkenntnis das Gleichgewicht verliert. Ein Vater, der herbeieilt und dem Jungen lachend wieder aufs Fahrrad hilft.

So haben wir's schließlich alle gelernt, denke ich und bin für einen Augenblick auf unserem Kärntner Schloß, Ottmanach, kämpfe mit einem viel zu großen schwarzen Fahrrad. Mein großer Bruder Joe dreht provozierend klingelnd seine Runden um mich. »Nun streng dich doch an, du Pfeife«, fährt lachend davon, während ich immer wieder versuche, ein paar Meter voranzukommen, ohne zu kippen. Karl Schindler, der Verwalter des Gutes und Freund von uns Kindern, hält mich fest, gibt mir Tips. Und schließlich geht es. Ein paar Meter; er läuft, mich am Gepäckträger festhaltend, hinter mir her, bis ich ins Schwanken komme. Und wieder. Und wieder. Schließlich schwanke ich nicht, schaffe es bis zum nächsten Baum und noch weiter, beinahe schon die ganze Einfahrt unseres Schlosses entlang. »Prima, Junge!« Karl Schindlers Stimme klingt erschreckend weit weg. Ängstlich merke ich, daß ich das ganze Stück allein gefahren bin und – kippe um …

Der kleine Junge hier im Washington Square Park ist schnell getröstet. Schon fährt er wieder, sicherer jetzt, triumphierend.

Ein nicht besonders vertrauenerweckender Mann kommt mir entgegen, spricht mich halblaut an, »Do you need something?« zeigt mir, unter dem Mantel verborgen, kleine Plastikbeutel mit braunem Inhalt. »Marihuana«, erklärt er. »Best quality«, holt blitzschnell eine seltsame Ampulle aus seiner Tasche. »Morphine«, murmelt er mit kaum geöffneten Lippen, da ich offenbar nicht gleich begreife. Morphium also … Ich schüttle den Kopf, »No, thank you«, wende mich ab, gehe schnell weiter, durchquere den Park, so schnell ich kann.

Gehe durch den berühmten Triumphbogen, »Washington Arch«, ein kleiner »Arc de Triomphe«, und traue meinen Augen nicht. Mein Blick fällt auf eine schier nicht enden wollende, breite, gerade, lichtdurchflutete Straße. Die legendäre 5th Avenue nimmt hier ihren Anfang. Kann kilometerweit blicken, zwischen den Häuserreihen durch, bis in die Unendlichkeit, wie mir scheint. Eine überwältigende Weite des Blickes, und doch geführt von den Wolkenkratzern, in einer bestimmten Bahn gehalten. Das Sonnenlicht spielt in den vielen, vielen Fenstern. Klare, beinahe durchscheinende Luft. Spiel von Licht und Schatten im Rhythmus der Querstraßen.

Geradeausgehen, das Lebensmotto meines Großvaters, findet hier sein gewaltiges, berauschendes und gleichermaßen verspieltes Bild.

Freitag nachmittag. Beginn der Rush-hour. Verkehrschaos. Überall gelbe Taxis, die die Farbe der Straßen prägen. Natürlich sind wir nie in einem gefahren. Unnötiger Luxus. So wie wir überhaupt auf dieser Reise durch Amerika überall waren und doch fast alles nur von außen gesehen haben.

Eine von Anfang an völlig verrückte Idee: 17 000 km in knapp vier Wochen zurücklegen zu wollen, wissend, daß wir im Freien oder zu fünft im Wagen schlafen, uns mit einem Dollar pro Kopf und Tag ernähren würden, daß wir natürlich in kein Museum, kein Theater, keine Show gehen könnten. Wir würden nie dabeisein, immer nur davor. Und trotzdem wollten wir es, hätten um nichts in der Welt darauf verzichtet, und keiner von uns hat es auch nur einen Augenblick lang bereut. Niemand ist so nah dran wie der, der mit dem Herzen dabei ist.

Ungeahnte Glücksmomente, als wir vor den Metro-Goldwyn-Mayer-Filmstudios standen, wo all jene Filme gedreht worden waren, die unser Amerikabild bis dahin geprägt hatten, als wir das Observatorium sahen, in dem James Dean seine berühmte Messerkampfszene aus »Denn sie wissen nicht, was sie tun« drehte – und natürlich, als wir vor dem »Sands« in Las Vegas standen, gerade als Sammy Davis jr. darin auftrat. Natürlich konnten wir keinen Blick auf ihn erhaschen, keinen Ton von ihm vernehmen, aber allein das Wissen, ganz nah zu sein, das Plakat zu sehen, das von diesem Konzert berichtete, uns davor gegenseitig zu photographieren, bedeutete uns alles. Der Gedanke, eine Karte kaufen und die Show sehen zu können, war nicht mehr als ein flüchtiger, unerreichbarer Wunschtraum, mit dessen Erfüllung niemand von uns ernsthaft rechnete.

Wir versuchten es trotzdem. Am Spielautomaten. Gesamteinsatz: ein Dollar. Würden wir fünf Dollar gewinnen, so würde man mir von dem Gewinn eine Stehplatzkarte spendieren. Eine Sekunde lang Hoffnung: Was wäre wenn...

Natürlich war der Dollar schnell verspielt und der Traum ausgeträumt. So what, die Chance war es wert gewesen.

Einmal auch ein Versuch, dem Traum ein bißchen näher zu rücken: Los Angeles, »Capitol Records«, dem wie aus unzähligen Schallplatten zusammengesetzten Turm der größten und wichtigsten Plattenfirma in diesem Lande. Hier werden die Platten von Frank Sinatra produziert und die von Nat King Cole und überhaupt wohl beinahe alle Platten, die unseren Musikgeschmack in den letzten Jahren geprägt und geformt hatten.

Lange standen wir davor, bestaunten den Turm. Ich hatte meinen extra für solche Anlässe mitgebrachten Anzug angezogen, eine Krawatte angelegt, hatte meine erste Schallplatte dabei, »Es waren weiße Chrysanthemen«, und ein Tonband, das ich vor kurzem für den RIAS Berlin aufgenommen hatte. Das Repertoire, aus dem ich zur Zeit bei meinen Auftritten eben schöpfe. Soll ich reingehen, soll ich nicht? Bis Herwig ein Machtwort sprach: »Zu deiner Beruhigung: Ich habe dich für heute nachmittag angemeldet.« Allgemeines Gelächter über mein verdutztes Gesicht, dann trat ich ein.

In der riesigen Empfangshalle erklärte ich einer höflichen Empfangsdame mein Anliegen. »Artist from Europe« und so. Freundliches Nicken, ein Anruf irgendwo im Gebäude, dann wurde ich nach oben geschickt. Achter Stock. Überall Bilder von Frank Sinatra und seinen Kumpels Dean Martin und Sammy Davis jr., dem sogenannten »Rat Pack« und Nat King Cole und all den anderen ganz Großen an den Wänden. Vor Ehrfurcht und Faszination wagte ich mich nur lautlos zu bewegen. Leises Gefühl von Scham für meine Mitbringsel. Wenn ich ehrlich bin, die »Weißen Chrysanthemen« gefallen ja nicht einmal mir selbst. Am liebsten hätte ich diese Platte irgendwo im Papierkorb oder zumindest hinter dem roten Sofa verschwinden lassen, doch es war zu spät.

Ein Mann in Anzug, weißem Hemd und Krawatte und die freundliche Frage, ob ich der junge Musiker aus Europa sei. Welche Ausbildung, welche Auftritte, welchen Musikstil? Höfliches Nicken zu meinen Erklärungen. Beschämte Übergabe der »Weißen Chrysanthemen«. Höflich-ratlose Entgegennahme und bei mir das bedrückende Gefühl tiefster Provinzialität. Man wünschte mir viel Glück, werde sich bei mir melden. »Bye, bye and good luck.« Ein paar Minuten mitten im Herzen »meiner« Musik und das deutliche Bewußtsein, wie weit ich selbst davon noch entfernt bin. Und die Ahnung, daß ich von »Capitol Records« natürlich niemals wieder etwas hören würde.

Eine Gruppe bildhübscher Studentinnen, die mich anlachen, bringt mich in die Gegenwart zurück: New York, 5th Avenue. Ich erwidere die freundlichen Blicke. Meine neuen Jeans scheinen zu wirken, denke ich mir und bewundere stolz mein Ebenbild im Schaufensterspiegel eines Gemischtwarenladens.

Die Gegend wird langsam vornehmer, je weiter ich nach Norden komme. Bin auf Höhe der 16. Straße. Langsam gepflegtere Häuser. Doch auch hier Papier, das vom Wind getragen wird, weggeworfene Flaschen, schwarze, prall gefüllte Müllsäcke, Servietten, Reste von Hot Dogs, über die sich Tauben und Spatzen hermachen. In der Ferne Sirenen. Hupen. Verkehrslärm.

Ein paar Schritte weiter ein alter, buntgekleideter Zeitungsverkäufer. Stapel von verschiedenen Blättern um ihn herum verteilt, mit großen Steinen beschwert. Ja, natürlich, Postkarten führe er auch. Ich kaufe eine mit der Skyline und eine von der Freiheitsstatue bei Nacht. Falls ich den Brief nicht schaffe, kann ich Gitta wenigstens wieder eine Postkarte schreiben. Erschrecke fast ein wenig, als ich auf den Zeitungen das Datum lese: schon der 27. September! Wo sind die Wochen geblieben? Fühle mich wie aus der Zeit gefallen. Soviel erlebt. Durch die Zeit gerast. Tag und Nacht unterwegs. Ist erst ein Tag vergangen, sind es schon fünf? Wo waren wir gestern? Wo vorgestern? Wo heute vor einer Woche? Durcheinandergeratene Chronologie. Noch nie zuvor so intensiv gelebt…

Vor mir ein hohes, dreieckiges Gebäude. Reich verziert. Wegen der Bügeleisenform »Flatiron Building« genannt. Seltsame Thermik darumherum. Menschen mit zerzausten Haaren, Frauen mit hochgewehten Röcken. Angeblich kommen viele Männer nur deshalb hierher. Auch mich erfaßt, als ich vor ihm stehe, ein seltsam zerrender, heftiger Wind, der nach wenigen Metern wieder nachläßt. Hole meinen Kamm aus meiner Hosentasche, ordne meine Haartolle im Schaufensterspiegel eines Herrenausstatters.

Drehe mich um und sehe, über Bäume hinweg blitzend, die Spitze des Empire State Buildings. Wie ein Richtpfeiler in den Himmel weisend. Das heimliche Zentrum der Stadt, vielleicht sogar der Erde? Ein flüchtiger Gedanke, genährt von den gewaltigen Dimensionen dieser Stadt.

Uptown Manhattan

Ein überdimensionierter Kopf inmitten eines blinkenden Lichtermeers, Polizisten, Ampeln, Hupen. Rauchwolken steigen in rhythmischen Abständen aus dem Mund des Kopfes auf. Schwarzer Hut, kerniges Gesicht. Darüber, in riesigen Buchstaben: »Camel«. Der berühmte »Camel-Smoker« am Times Square. Eine überdimensionierte Installation, selbst für die ohnehin gigantomanischen Verhältnisse an dieser Kreuzung. Lichtdome des Konsums. Vordergründig, deutlich, mit einer Direktheit, die ihresgleichen sucht:

Der Mensch als Zielgruppe, als Objekt zur Ankurbelung der Wirtschaft. Freiheit als Freiheit des Konsums. Deutlicher als hier kann es wohl nirgendwo auf der Welt dargestellt werden. Und in all der Aufdringlichkeit hat es doch auch etwas unendlich Faszinierendes. Die Strategien sind durchschaubar und wirken trotzdem. Blinkende Heilsversprechungen einer besseren Welt. Einfache Botschaften, einfache Antworten, Lösungen für alle nur denkbaren Probleme. Die Hare-Krischna-Jünger auf der anderen Straßenseite könnten wohl nirgendwo verfehlter wirken als ausgerechnet hier.

Und ausgerechnet hier kreuzen sich Konsum und Kunst: die 5th Avenue und der Broadway, der ehemalige Kriegspfad der Ureinwohner, der einzige Weg, der aus dem Urwald Manhattans zur Südspitze der ersten Siedlungen führte. Die einzige Straße dieser Stadt, die aus dem klaren, geometrisch-rechtwinkeligen Rahmen fällt. Eine schräge, die akkuraten Rechtecke des Stadtplans schneidende Straße, ein Weg, der sich nicht ins Schema fügt, eine ganz eigene Ordnung. Und ausgerechnet hier die legendäre Heimat der wichtigsten Sprech- und Musiktheater und Kinos. Eine schönere

Symbolik für das »Querliegen« der Kunst läßt sich wohl nirgendwo anders auf der Welt finden.

Die aktuellsten Kinofilme, Shows, Stücke in einer Vielfalt wie wohl nirgendwo anders auf der Welt. Dicht an dicht. »Can-Can« und »The Threepenny Opera«, George Bernhard Shaws »Man of Destiny« neben Maria Schell in »The Last Bridge«. Audrey Hepburn, Gary Cooper und Maurice Chevalier in »Love in the Afternoon« neben Cary Grant, Frank Sinatra und Sophia Loren in »The Pride and the Passion«. »Romanoff and Juliette«, das neue Theaterstück von Peter Ustinov, neben John Osbornes »Look Back in Anger«.

Und dann der »Wintergarden« mit der Ankündigung, die mein Herz höher schlagen läßt – in riesigen Buchstaben, hoch über den Köpfen der Menschen: »West Side Story«! Schon der bloße Anblick dieser Schrift läßt mich fasziniert innehalten. Schlangen von Menschen, die bis an die nächste Ecke anstehen, um Karten zu bekommen. Immer wieder wird eine Information bis ans Ende der Schlange weitergegeben: »Jetzt bekommt man schon nur noch Karten ab Januar.«

Laufe durch die 50. Straße nach Osten, mitten durch das Rockefeller Center, vorbei an der »Radio City Music Hall«, dem größten Revue- und Filmtheater Amerikas. Revues, Shows, Kinofilme. Ein Palast der Unterhaltung, bewacht von Prometheus, dem rebellischen griechischen Gott, der gegen den Willen Zeus' eine Fackel an den Strahlen der Sonne entzündete und den Menschen das Feuer brachte. In den frühen dreißiger Jahren, mitten in der Wirtschaftskrise, den Jahren der Inflation und Arbeitslosigkeit errichtet, waren selbst und gerade in jenen Jahren die Veranstaltungen auf Wochen hin ausverkauft. Not und Hunger waren vergessen, wenn das geheimnisvolle Licht der Shows und der Theater anging und die Wirklichkeit hinter dem Vorhang die triste graue Realität des Tages vergessen ließ. Das ewige Wunder der Kunst, das selbst in Katastrophen, in Kriegen, Elend und Verzweiflung den Menschen für Augenblicke neuen Mut, Hoffnung und Lebenskraft schenkt. Von der Butyrka, wo die Gefangenen gemeinsam mit meinem Großvater versuchten, die Katastrophe der Gegenwart mit Literatur, die sie zitierten, in den Hintergrund rücken zu lassen, bis nach Stalingrad, wo die Theater bis in die letzten Stunden spielten – neben Sterbenden und dem größten, grausamsten und unvorstellbarsten Elend, das Menschen Menschen antun können. Ob im Gefängnis, Krieg oder Armut, das vielleicht wunderbarste Rätsel der Menschheit.

Zurück auf der 5th Avenue, die ihr Gesicht hier, nahe dem Central Park zu einer Noblesse gewandelt hat, die schier unvorstellbar ist. Ein Reichtum, wie ich ihn noch nirgendwo sonst gesehen habe: Juwelierläden mit Schmuckstücken für hunderttausende Dollar im Schaufenster. Modedesigner, bei denen ich für mein ganzes Geld nicht einmal ein einfaches T-Shirt bekommen würde. Kaufhäuser, deren Luxus mich in ihren Bann zieht und gleichzeitig einschüchtert. »Saks«: funkelnde, glitzernde Lichter aus dem Innenraum. Ein livrierter Türwächter am Eingang. Einzutreten käme mir ohnehin nicht in den Sinn. Ich weiß genau, daß ich mir hier nicht einmal eine Seife als Mitbringsel für Gitta leisten könnte.

Die kleinen, geheimnisvoll beleuchteten Schaufenster von »Tiffany & Co.« Das Billigste, was es hier zu kaufen gibt, soll ein silberner Zahnstocher für 6 Dollar sein. Davor ein Bettler, gebückt, in eine fast majestätisch wirkende, lichtblaue Decke gehüllt, die er über seine Schultern geworfen hat. Eine Schachtel mit seinen Habseligkeiten zieht er an einer Schnur hinter sich her. Als eine reiche Dame in weißem Kleid, mit Hut und hohen Schuhen, mit Tüten bepackt aus dem Geschäft kommt, läßt er seine Schachtel in Sichtweite stehen, nähert sich der Frau in devoter Haltung, nimmt ihr die Tüten ab, hilft ihr, sie im Wagen zu verstauen, hält ihr die Wagentür auf, erhält ein paar Cent Trinkgeld, wünscht ihr eine gute Fahrt. Er scheint zufrieden zu sein, kehrt lächelnd zu seiner Schachtel zurück. Gerade noch rechtzeitig, bevor der Türsteher diesen »Müll« vor der Tür beseitigt.

Linker Hand kommt langsam das Grün eines großen Parks in mein Blickfeld. Das muß der Central Park sein, hoffe ich. Und tatsächlich stehe ich ein paar Minuten später vor dem »Plaza Hotel«. Ein Wolkenkratzer mit barocken Attitüden. Auch hier Türsteher mit bunten Phantasieuniformen. Habe noch Zeit bis zu meiner Verabredung mit Junius Chambers. Hoffentlich wird er überhaupt kommen. Zum ersten Mal der leise Anflug eines Zweifels. Er wird schnell verscheucht.

Central Park. Innerhalb von Sekunden ist nichts mehr zu spüren von der New Yorker Hektik. Der Verkehrslärm, die Sirenen als leise Klangkulisse wie aus weiter Ferne. Alles blüht, gepflegte Wiesen, zwitschernde Vögel. Irgendwo hier soll es sogar einen Adlerhorst geben. Menschen liegen in den Wiesen, lesen, spielen, lachen.

Straßenmusiker an jeder Ecke. Manche mit seltsamen Instrumenten, einer Gitarre mit aufgesteckter Mundharmonika, ein Mann, der auf unterschiedlich hoch gefüllten Wassergläsern das unvermeidliche »Für Elise« spielt, ein Klarinettist, ein Streichquartett, eine Frau mit einem Saxophon. Sogar ein Schlagzeuger hat sein Instrument aufgebaut und versucht sich in gewagten Rhythmus-Soli. Die Klänge liegen im Wettstreit miteinander, fügen sich zu einem ganz und gar nicht harmonischen, aber lebendigen Durcheinander an Melodien und Klangfarben.

Spaziergänger, Radfahrer, überall angelegte Teiche und Bäche, Brücken, eine Idylle, die den Städtern Ruhe und Frieden schenken soll. Doch vor allem nachts soll dies die gefährlichste Gegend New Yorks sein. Sogar noch gefährlicher als Harlem oder die Bronx. Tagsüber ist davon kaum etwas zu spüren.

Natürlich viele Homeless, die auf den Bänken liegen oder halb hinter Büschen verborgen. Eine Gruppe von Pennern (Homeless klingt eigentlich viel menschlicher), die sich um eine Parkbank versammelt haben und der rauschenden Übertragung irgendeines Baseballspiels aus dem Kofferradio lauschen. Jubeln oder fluchen im Chor mit dem Moderator, während sie eine in braunes Papier gehüllte Flasche herumreichen und brüderlich teilen. Alkohol darf in diesem Land nicht zur Schau gestellt werden. Ganz normal im Straßenbild Menschen mit in braunes Packpapier gewickelten Bier- oder Schnapsflaschen. Seltsame Verschämtheit. Begeisterung über den im Radio verkündeten Spielstand. Die Erfahrung, daß die Faszination eines Baseballspiels sich selbst für diese Menschen am Rande der Gesellschaft nicht verloren hat, erstaunt mich. Als ob Siege und Niederlagen »ihres« Teams irgendeine lebensentscheidende Bedeutung für sie hätten. Die rätselhafte Kraft einer indirekten Hoffnung.

Ein Mann in einem farbenprächtigen, phantasievollen Kostüm. Eine Geige, an der eine kleine Glocke hängt. Er spielt eigentlich keine Melodie, sondern meditative Tonfolgen, die offenbar nur seiner eigenen inneren Stimme folgen. Singt zwischendurch seltsame Töne dazu, schlägt mit dem Bogen gegen die Glocke. Alles wie in einer Art Trance, ganz und gar nicht an ein Publikum gerichtet, obwohl seine aufwendige Kostümierung eine andere Sprache spricht. Das Ganze hat eine merkwürdige Faszination, als kenne er ein Geheimnis, das er dem, der es versteht, in seinen Tönen offenbart.

Ein weißgeschminkter Gaukler bemalt die Gesichter von Kindern mit phantasievollen Farben. Ein Mann läuft auf Händen. Clowns versuchen, Kinder zum Lachen zu bringen. Eine als Katze verkleidete Frau zaubert riesige Seifenblasen, steigt durch sie hindurch. Ein alter Mann fährt auf einem Einrad. An jeder Ecke wird versucht, Menschen in den Bann zu ziehen, einen kleinen Obolus zu erhalten. Künstler neben Spinnern, Musiker neben Dichtern, Akrobaten neben Weltverbesserern.

Finde eine Bank, von der aus ich den Eingang des Plaza-Hotels überblicken kann. Leichte Nervosität: Was, wenn Herwig mit seinen Bedenken recht hatte? Was, wenn ich Junius Chambers irgendwie mißverstanden habe und wir uns verpassen oder was, wenn er gar nicht kommt? Immerhin habe ich ihm beinahe mein ganzes Gepäck mitgegeben. Wenn ich einem Betrüger aufgesessen bin, sind alle meine Sachen weg, und ich weiß nicht, wo ich in den nächsten Tagen bleiben soll. Vielleicht war ich wirklich mal wieder naiv. Versuche, mich zu beruhigen.

Viel wichtiger ist jetzt, daß ich endlich den Brief an Gitta schreibe. Das dünne Seidenpapier für den Luftpostbrief habe ich schon vor Tagen gekauft. Auch die Anrede steht schon da: »Meine liebe Gitta«, verwackelt auf irgendeiner Autofahrt geschrieben und dann nicht weitergewußt. Es ist wie verhext: Wenn ich an Gitta denke, wenn ich in Gedanken an sie schreibe, dann weiß ich immer so genau, was ich sagen möchte und *wie* ich es sagen möchte. Ich schreibe ihr die klügsten Briefe – in meinem Kopf. Doch wenn ich dann vor diesem fordernden Blatt Papier sitze, bin ich spätestens nach der Anrede rat- und sprachlos, und es scheint, als fürchteten alle Gedanken das Papier. Bestimmt liegt das an meinem schlechten Gewissen. Und an der räumlichen Distanz zwischen Gitta und mir: ein ganzer Ozean zwischen meinen Erfahrungen und Gittas Gegenwart. Die Brücken, die ich mit Worten zu bauen versuche, scheinen mir für diese Ausmaße allesamt lächerlich schwach und wenig tragfähig zu sein.

Ein Blick auf die Uhr und zum Vorplatz des Hotels. Es ist noch zu früh, aber meine Nervosität steigt. Ob ich mir eine Telefonzelle und ein Telefonbuch suchen, Junius' Telefonnummer ausfindig machen soll, nur für alle Fälle? Doch wer weiß, wie viele Chambers es in Harlem gibt. Vielleicht hat er mir ja auch einen falschen Namen angegeben. Aber nein, nein, nein, bestimmt ist er schon unterwegs.

Ich lehne mich zurück, versuche, den atemberaubenden Blick auf die Skyline vor dem Park zu genießen. Das typische amerikanische Stilgemenge zwischen modernen Bauten und nachempfundenen alten europäischen Epochen. Das typisch Amerikanische scheint nur in den gigantischen Ausmaßen der Gebäude zu liegen, als wolle man Originalität durch Größe übertrumpfen. Und irgendwie scheint es sogar zu gelingen. Im Höher, Größer, Stärker nachgeahmter europäischer Baukunst liegt eine seltsame Form von Eigenständigkeit. Vielleicht ist es das Nebeneinander von eigentlich Unvereinbarem, das dieses Land ausmacht. Und die Respektlosigkeit gegenüber dem scheinbar Unmöglichen.

Wenn ich mit Gitta jetzt hier säße, unter diesen Bäumen, vor uns die Einzigartigkeit dieser Stadt, würde ich Worte für alles finden, da bin ich mir plötzlich sicher. Vielleicht sogar für das, was ich mit Adrianne erlebt habe. Sie würde sogar das verstehen. Wenn sie mit mir hier säße, wenn wir diesen Anblick, diese Erfahrung gemeinsam hätten, wäre alles soviel einfacher. So aber scheitere ich in dieser Stadt der Stein gewordenen menschlichen Macht schon an dem kleinen Kieselstein vom Strand, um den sie mich gebeten hat. Worte auf einem kleinen Brief, der sie ohnehin erst nach meiner Rückkehr erreichen würde, scheinen mir da so kläglich zu versagen, daß ich das Blatt wieder einstecke. Statt dessen eine der beiden Karten. Die Skyline bei Nacht. Kitschig und beeindruckend gleichermaßen. Das Bild, das man zu Hause erwartet, und auch ein bißchen das, was ich aus einer anderen Perspektive gerade sehe. Ein kleiner Versuch, den momentanen Blick mit ihr zu teilen.

»Mein Liebes, die Tage hier sind so unfaßbar, daß ich in meinen Versuchen, sie dir zu beschreiben, immer wieder kläglich scheitere. Bald bin ich zurück, und dann machen wir uns eine wunderschöne Zeit, und ich erzähle dir alles. Ich bringe herrliche Platten mit. In Gedanken bei dir.« Ein in die letzte Ecke gequetschtes »Love, Udo«. Das muß für den Moment genügen.

Stecke die Karte in meine Tasche. Drüben beim Plaza-Hotel ist ein Briefkasten. Werde sie nachher einwerfen. Wieder ein Blick auf die Uhr. Kurz vor sechs. Um sechs sind wir verabredet. Bin mir plötzlich ganz sicher, daß es Junius Chambers gar nicht gibt. Bestimmt war ich mal wieder zu vertrauensselig. Klar, ich bin auf einen Gauner reingefallen. Und neben den Schallplatten ist auch mein bester Anzug weg. Sein Autokennzeichen habe ich mir natürlich auch nicht gemerkt. Wie lange soll ich abwarten, ehe ich etwas unternehme?

Immer wieder stehe ich auf, um den Platz vor dem Hotel noch besser überblicken zu können. Dort trifft man alle möglichen Vorbereitungen für den 50. Geburtstag, den das Hotel in drei Tagen feiern wird; genau an meinem 23. Geburtstag. Ich habe jetzt keinen Sinn dafür. Kann nicht mehr stillsitzen. Bestimmt habe ich da wieder mal einen meiner gigantischen Fehler begangen.

Nein, ich werde jetzt dreißig Sekunden lang nicht auf den Platz vor dem Hotel starren. Mindestens. Und dann... Ja, was dann? Zum Glück habe ich wenigstens meine Papiere und die wichtigsten persönlichen Dinge bei mir behalten. Und immerhin habe ich noch 12 Dollar.

Quietschende Reifen. Gegen alle guten Vorsätze schaue ich auf – und sehe den alten grünen Ford, den ich sofort wiedererkenne. Ein junger Schwarzer steigt aus, blickt sich um, sieht mich, winkt mir lachend zu. Er ist es! Ich raffe meine Tasche zusammen und laufe los, dem Abenteuer Harlem entgegen.

»Take The A-Train«

»Peggy the pig«, »I love you, Anne«, Wände, von bunten Farben bemalt: »Burt fucks Susan«, von einer entsprechenden Skizze untermalt. Daneben: »Motherfucker«, Strichmännchen, Gewaltszenen, Sex-Phantasien, aber auch Asphaltpoesie »Today is the first day of the rest of your life«. Sechsstöckige Backsteinhäuser, verrostete Feuerleitern, eingezäunte Basketballplätze, viele Mauern, wenig Grün, durchhängende Stromleitungen.

Auf den ersten Blick eine deprimierende, öde Gegend. Gefühl von Eingesperrt- und Festgelegtsein, eine Umgebung, die keinen Ausblick bietet, die Träume einmauert, ein Viertel, das sich schon auf den ersten Blick schwer ertragen und offensichtlich kaum überwinden läßt. Kleine Fluchten auf Beton gemalt. Manchmal auch nur einzelne Namen, Namenskürzel, Zeichen von »Ich lebe noch«. Oder zumindest von »Ich *habe* hier gelebt«.

Der erste Eindruck: Sichtbare Armut überall, an die ich mich auch nach drei Tagen noch nicht gewöhnt habe. Frage mich, ob man sich überhaupt jemals daran gewöhnen kann. Ein Gedanke, den ich Junius gegenüber verschweige. Sensible Bereiche. Möchte ihn nicht verletzen.

Trotz der Armut und Betonwüsten Fröhlichkeit in den Gesichtern vieler Menschen. Ein irgendwie aufwühlender Gegensatz. Gedränge überall, Lärm, Musik, spielende Kinder, überall kleine Verkaufsbuden, Straßenhändler. Jemand verkauft selbstgemachte Einkaufsnetze. Ein Stand mit gebrauchten Büchern, fast nur Kinder und junge Erwachsene davor. Eine Ecke weiter drängen sich Dutzende um einen kleinen, schräg aufgeschichteten Verkaufsstand, in denen Obst in Kisten angeboten wird. Daneben Bananenschachteln, in denen dichtgedrängt Menschen wühlen. Ein alter, gebückter Mann sucht einen Käufer für ein einziges Bild: Sklavenbefreiung. In den bunten Farben der Hoffnung gemalt. Findet keinen Käufer. Zu teuer, wie Junius auf den ersten Blick sieht. »Wer hat schon dafür Geld!«

Achtlos weggeworfener Müll, dazwischen ein Homeless; tot oder lebendig, es interessiert niemanden.

»Don't waste your time and risk your life!« zischte Junius mir eindringlich zu, als ich mich dem Mann nähern wollte. Vielleicht zieht er, wenn man sich über ihn beugt, eine Waffe und nutzt seine Chance. Ein abwegiger Gedanke bei diesem Häuflein Elend, doch mit Gefahren kennt man sich hier aus, also füge ich mich der Gruppe. Junius und fünf seiner Freunde, die mich seit meiner Ankunft hier begleiten. Allein läßt man mich nicht aus dem Haus. Sogar auf die Toilette in Lokalen werde ich von mindestens zwei meiner neuen Freunde verfolgt. Gewöhnungsbedürftig, aber es scheint nötig zu sein. Gesetze der Straße, für mich ebenso fremd wie undurchschaubar. Und unbegreiflich. »Wenn du deine eigene

Haut gefährdest, änderst du die Welt auch nicht.« Das leuchtet bei aller Härte ein.

Der Homeless liegt nach drei Tagen immer noch reglos an derselben Stelle. Immer noch krampft sich alles in mir zusammen, als ich scheinbar achtlos an ihm vorbeigehe. Schiele nach seinen Augenlidern, meine, ein leises Zucken wahrgenommen zu haben, das mich beruhigt, obwohl es für diesen Mann vielleicht eine Erlösung wäre, dem Lebenskampf in dieser Stadt nicht länger ausgeliefert zu sein.

Junius wohnt mit seiner Familie in einer etwas besseren Gegend: rote, saubere Backsteinhäuser mit großen Treppenaufgängen, wie ich sie aus anderen Stadtteilen kenne. Der Vater ist Lokführer im berühmten »A-Train«, der den Süden Manhattans mit Harlem verbindet, die Mutter Hausfrau, ganz einfach und unspektakulär. Versuch von Normalität inmitten des Verfalls. Der ältere Bruder Medizinstudent in Kalifornien. Junius will Anwalt werden, studiert hier, in New York, an der renommierten Brooklyn Law School. Mit einem Stipendium. Hart erkämpft und erarbeitet. Er will seinen Weg machen, will ganz hoch hinaus. Als Schwarzer müsse man in diesem Land mindestens doppelt so gut sein wie als Weißer, um etwas zu erreichen. Erfahrungen, die schon ein wenig wie ein Klischee anmuten und doch so real sind wie die nach Rassen getrennten Trinkbrunnen und Toiletten und die Armeetruppen, die in Little Rock schwarzen Kindern den Zugang zur Schule erkämpfen. Doch noch bedrohlicher scheint die Wohnsituation. Baufällige Häuser, Mietskasernen mit Wucherpreisen. In manchen dieser Häuser teilen sich mehrere Personen im Acht-Stunden-Rhythmus die Zimmer. Man nutzt sie zum Schlafen, der Rest des Lebens findet auf den Straßen statt. Schichtarbeit, Schichtwohnen. Wie im Wien der Jahrhundertwende mit seinen »Bettgehern«.

Junius wettert bei jeder sich bietenden Gelegenheit über den Mietwucher, der solche Zustände möglich macht, hofft, wenn er erst Anwalt ist, mit derartigen Praktiken ein für allemal aufräumen zu können. Denke an das Gespräch mit Herwig, das wir auf der Überfahrt führten, an seine Zweifel an seiner Berufswahl, die Suche nach unserem Weg.

Warten vor einem halbverfallenen Laden, in dem es »Smoked Fish, Herrings and Pickles« gibt, auf »Papa Dandy«, einem von Junius' Freunden. Warum er trotz seines sehr jugendlichen Alters diesen Spitznamen trägt, kann mir keiner sagen. Im Viertel ist Papa Dandy bekannt wie ein bunter Hund. Rote Jacke, spitze Schuhe, manchmal sogar mit Gamaschen, Krawatte, Sonnenbrille, weißer Hut, den er angeblich nicht einmal in der Kirche abnimmt. Immer gute Laune. Ein Original. Mit tänzerisch-swingenden Schritten kommt er die Straße entlang. Ritualisierte Begrüßungsgesten mit ausgestreckten, zurückgezogenen, wieder ausgestreckten Händen, wechselseitigem Einschlagen, an das eigene Ohr fassen. Für mich als Außenstehenden schwer zu durchschauen.

Ich werde freundlich mit Handschlag und »Hey, man, how is life?« begrüßt. Und der lachend gestellten Frage: »What are you doing with all those niggers around you?« Junius bekommt ein strahlendes »Hey, you black ass! Nice to see you!« zu hören. »Ass« und »Fuck« und »Nigger« scheinen gängige Begriffe innerhalb einer Clique zu sein. Verstehe bei weitem nicht alle Zoten, die in breitestem Amerikanisch ausgetauscht werden.

Ein heißer Spätsommertag. Wie immer werde ich in die Mitte genommen, von den anderen nach allen Seiten hin umringt und abgesichert.

Menschenmassen auf den Straßen. Gedränge überall. Heruntergekommene Hotdog- und Imbißbuden, vor denen Gangs von Jugendlichen herumlungern. Von der Decke der Buden herabhängende Wurstketten, girlandenartig drapiert. Wenige Schritte weiter, neben einem Geschäft mit Wühltischen und billigen Hemden im Sonderangebot ein einbeiniger und einarmiger Bettler, an eine Wand gelehnt. In der verbliebenen Hand einen Hut, den er Passanten mit leerem Blick entgegenstreckt, die Krücke unter den Arm geklemmt.

»World War Two«, antwortet Junius knapp auf meine Frage, warum hier, in Harlem, so viele Verstümmelte um ein Almosen betteln. Menschen, denen Gliedmaßen fehlen, manchen sogar beide Beine oder beide Arme, Menschen mit Augenklappe, Menschen, deren Kopf seltsam verstümmelt ist. Der Krieg ist gerade mal zwölf Jahre her. Man wollte weiße, unversehrte Veteranen, die man präsentieren kann. Siegertypen. Mit schwarzen, verkrüppelten ehemalige Soldaten läßt sich kein Staat machen. Im Dienst fürs Vaterland haben sie ihre Pflicht getan. Doch jetzt, im Frieden, hat das Vaterland sie vergessen. So sind sie eben auf der Straße gelandet, ist Junius' etwas bittere, lapidare Erklärung. Normalität einer abgehärteten Welt. Jeder ist sich selbst der Nächste. Zweckgemeinschaften in Gruppen, um die eigene Haut zu schützen. Nur gemeinsam ist man hier stark und überlebensfähig. Ohne eine Gang wäre man diesem Viertel hilflos ausgeliefert. Man würde nicht lange leben, formulierte Junius es drastisch und blieb dabei ganz ruhig. Eine Selbstverständlichkeit eben. Die Gang als Schutzschild. Hinter jeder Ecke kann Gefahr lauern. Wie in einem kleinen Krieg, denke ich. Krieg, weil jeder aus dem Weg geschaffte Konkurrent die eigenen Chancen zu erhöhen scheint. Unbegreiflich für mich.

»Na, so schlimm ist es auch wieder nicht«, versucht Junius mich lächelnd zu beruhigen. »Wir führen keinen Krieg, wir sind nur vorsichtig. Du weißt nie, ob ein anderer deine Schuhe will oder dein Geld oder deinen Alkohol oder deine Freundin oder nur den Hotdog, den er sich nicht leisten kann. Es ist hart, aber wenn man ein paar Regeln beachtet, kann man sehr gut hier leben. Und wo sonst in New York siehst du so viele lachende Gesichter wie hier in Harlem?«

Ein Schwarzer mit Schnauzbart, etwas älter als wir, in einem Smoking ohne Hemd und barfuß spielt auf einem Saxophon. Jazz-Klänge von großem Unterhaltungswert. Mehr Entertainment als musikalische Kunst, aber allemal sehens- und hörenswert. Menschen haben ihn umringt, manche werfen etwas in seinen Hut.

»Yeah, he's positive, that's what you have to be in a town like that«, erklärt der etwas rundliche und immer strahlende Jeremy, einer von Junius' Freunden. Wilde Lockenmähne, rote Brille, lachende Augen. »If you feel like a loser, you become a loser. If you feel positive, life smiles at you, right, man?«

»By the way, how should we spend this evening?« Papa Dandy wartet unsere Antwort gar nicht erst ab, sondern fährt gleich fort: »Maybe you wanna go to the concert with Count Basie and his Orchestra? They play tonight at the Apollo.« Und nach einer kurzen Pause: »He's simply the greatest! He gives you the swing *and* the blues…«

Und bevor wir diesen doch sehr überraschenden und vermutlich zu hochgegriffenen Vorschlag kommentieren können, erklärt Papa

Dandy uns seinen Plan: Als Platzanweiser im »Apollo-Theater«, einer der traditionsreichsten Jazz-Bühnen der Stadt, will er uns alle ein paar Minuten nach Beginn der Show unauffällig auf die Stehplätze im oberen Rang schummeln. Gratis!

Was für eine atemberaubende Chance! Count Basie live! Und das heute abend! An meinem 23. Geburtstag. Bevor ich den Gedanken zu Ende gedacht habe, sprudelt es aus mir heraus: »This would be absolutely the greatest birthday-event for me!«

Eigentlich wollte ich kein großes Aufhebens von diesem Tag machen, hätte ihn sogar beinahe vergessen. All die anderen Eindrücke und Erfahrungen erscheinen mir hier um ein Vielfaches wichtiger als dieser Geburtstag. Doch in diesem Moment fällt es mir wieder ein.

»Your birthday? Why didn't we know that. Fuck, shit, man, that's wonderful!« Papa Dandy ist kaum noch zu halten.

Junius umarmt mich. »Great! Your birthday! But why didn't you say anything before?« Und bevor ich antworten kann, erklärt er entschieden: »We celebrate it with Count Basie!«

Fühle den Hauch eines Zweifels: Frage, ob meine Hautfarbe ein Problem sei. Allgemeines Kopfschütteln. »Relax, man! No problem.«

Muß an meinen Vater als Kind in Moskau denken, seine kindliche Hoffnung: »Apollo wird mich beschützen, was auch immer geschieht.« Ein Gedanke, der plötzlich auch für mich eine ganz neue Bedeutung bekommt. Der Hüter der Kunst, der Weisheit und des Lichtes. Auch hier in Harlem. Man hat ihn hier sicher nötig. Und er wird mir heute abend eine Begegnung mit Count Basie verschaffen!

Die anderen wollen meinen Geburtstag schon jetzt vorfeiern. Ein Drink in »Truth's Coffee House« irgendwo an der 7th Avenue und 135th Straße erscheint ihnen angemessen. Noch weit zu laufen, aber dort soll es eine erschwingliche Bloody Mary und die schönsten Harlemer Girls geben.

Kreuzen die Park Avenue, weit, weit im Norden. Immer noch eine breite Hauptstraße, aber fern von jeder Pracht. Halb abgerissene Plakate an den Wänden, nicht mehr zu entziffernde Werbebotschaften. Ein Mann verkauft seine Möbel: einen Tisch, zwei Stühle. Kinder spielen Himmel und Hölle, hier »hopscotch« genannt. Dunkle Augen, die mich neugierig anstarren. Kinderlachen. Tuscheln. Unterhaltungen, die verstummen, wenn ich Weißer mich inmitten meiner schwarzen Freunde nähere. Blicke zwischen Freundlichkeit bei den Kindern, Hochmut bei den Jugendlichen und Argwohn bei den Älteren. Manchmal auch Feindseligkeit. Beschließen spontan einen kleinen Umweg, als uns in größerer Entfernung eine Gruppe von anderen Jugendlichen entgegenkommt.

»Better we don't come too close to those Puerto Rican streetgang. These Latinos are always looking for trouble. They're all on drugs«, zischt der unauffällige, kleine Sharky durch seine Zahnlücke. Anscheinend befinden wir uns ganz nah an der Grenze zum puertoricanischen Viertel. Man geht sich aus dem Weg. Besonders in meiner Anwesenheit. Weiße sind hier, im tiefsten Harlem, immer ein Potential für Ärger, und so lange ich jetzt hier bin, habe ich auch noch keinen einzigen gesehen. Mit mir im Schlepptau bietet die Clique um Junius Angriffsfläche. Bin mir dessen bewußt. Sinnlos, darüber zu sprechen. Zugeben würden sie es nie, und ändern läßt es sich auch nicht.

Ein Junge wirft mir seinen Football zu und freut sich spitzbübisch, als ich ihn ihm zurückwerfe.

Vor den Häusern da und dort Gruppen von Frauen in Gespräche vertieft. Ein typisches Bild in dieser Gegend. Die etwas bessergestellten in unglaublich bunten Kleidern und mit abenteuerlichen Hutkreationen. Junge Typen mit buntgeringelten Häkelmützen. Im Augenblick hier wohl der letzte Schrei. Ein Erfrischungsstand mit eisgekühlten Fruchtsäften. Überall kleine Straßenhändler, die Kleidung verkaufen, je bunter, desto beliebter. Eine junge Frau in Lockenwicklern. Man scheint diese Dinge hier nicht so eng zu sehen. Weiter vorn spielt eine kleine Dixieland-Band.

Plötzlich eine fast romantisch anmutende Wohnstraße: dreistöckige, reichverzierte Jahrhundertwende-Häuser, manche von Efeu bewachsen, Treppenaufgänge mit verschnörkelten Geländern, kleine Vorgärten, da und dort sogar eine Steinfigur, ein Löwe oder ein Schwan. Früher wohl von bessergestellten Familien erbaut und bewohnt, ist ein Haus in dieser Straße immer noch eine für Harlem gute Adresse, doch die Figuren in den Gärten sind verwittert, herunterhängende Fensterläden, brüchige Fassaden. Auch hier Spuren des Verfalls.

»Niemand hier kann es sich leisten zu renovieren. Jeder muß sehen, daß er durchkommt«, erklärt mir Junius das Unübersehbare.

Ein kleines Mädchen kommt, nachdem es uns lange Zeit mit seinen Freundinnen tuschelnd beobachtet hat, einfach auf mich zu und fragt, wer ich sei und ob ich mich verlaufen hätte. Das sei ihr nämlich auch schon mal passiert. Meine Antwort, »No, everything's okay. I'm just here to see my friends«, bringt ein breites Lächeln in ihr Gesicht.

Ein paar Straßen weiter drängen sich Jugendliche um einen der Hydranten. Mit Eimern wird Wasser für die Familie geholt. Anscheinend gibt es in einer der Straßen mal wieder ein Problem mit der Wasserversorgung, meint Junius.

Erstaunlich viele schwarze Juden überall hier in Harlem. Bis vor ein paar Tagen hatte ich keine Ahnung, daß es schwarze Juden überhaupt gibt, zumal Rassenkonflikte in Amerika häufig gerade zwischen Schwarzen und Juden ausgetragen werden. Überraschende neue Eindrücke: schwarze Männer mit breitkrempigen Hüten, schwarzen Anzügen, den typischen Locken, Jungen mit Hemd, Fliege und der flachen Mütze auf den Köpfen. Immerhin war Harlem zu Beginn des Jahrhunderts ein hauptsächlich jüdisches Viertel, erklärt mir Junius. Viele ehemalige Synagogen sind zu katholischen oder baptistischen Kirchen umgebaut worden, doch die jüdische Kultur existiert hier noch. Ob Junius und die anderen Kontakt zu ihr haben? Man winkt ab. »It's a completely different world.«

Auch hier also kaum Berührungen. Abgrenzungen allerorten.

Jugendliche auf einem der riesigen eingezäunten Basketball-Plätze.

»Die Gang, die diese Straße beherrscht, hat auch das Recht auf ›ihren‹ Platz«, klärt Jeremy mich auf. Basketball ist neben Boxen und Musik das Wichtigste in Harlem, meint Junius. Wer groß ist und gut mit dem Basketball wie Junius' Idol Wilt Chamberlain, *der* Star der »Harlem Globetrotters« oder schnell und treffsicher mit den Fäusten wie einst das Box-Schwergewicht Joe Lewis, von dessen Kämpfen Papa Dandy immer noch schwärmt, oder ein Talent auf dem Saxophon, der Trompete oder dem Klavier wie all die Jazzgrößen, die auch mein musikalisches Weltbild entscheidend geprägt haben, hat hier die besten Chancen, Geld zu machen, wegzukommen von hier, vielleicht sogar Millionen zu verdienen. Träume von der großen Sport- oder Musikkarriere, die alle Möglichkeiten eröffnet, die den Jungen in dieser Gegend sonst für immer verschlossen bleiben, »American Dream« hin oder her. Karrieren in Musik- und Sportbusiness scheinen sich doch manchmal erstaunlich ähnlich zu sein.

Überall Mülltonnen mitten auf dem Weg, manche umgekippt. Immer wieder wühlen Homeless darin. Ein Bild, an das man sich nach ein paar Tagen tatsächlich zu gewöhnen beginnt.

Kommen an der »New York Public Library Schomburg Collection of Negro Literature and History« vorbei. Nischendenken. Eine Gruppe von schwarzen Jungen und Mädchen kommt gerade aus dem Gebäude. Eine andere Welt noch in den Blicken, von der Sonne geblendet, von der Wirklichkeit mit Straßenlärm und grellem Licht und Hitze überrollt. Ähnlich wie der Blick von Menschen, die aus einem Kino kommen, einige Augenblicke lang überfordert von der Realität, in die sie treten. Junius hat einen großen Teil seiner Kindheit und Teenagerzeit hier, in der Harlemer Public Library verbracht, mit leuchtenden Augen in die Abenteuer von Tom Sawyer und Huckleberry Finn vertieft, erzählt er mir lächelnd, in Bücher über die Sklavenzeit und historische Abrisse über Sklaverei und Befreiung, schwarze Kultur, schwarze Geschichte. Daß man hier keine weiße Literatur, keine weiße Geschichte findet, ist für Junius und seine Freunde ganz normal – und gut. Die Schwarzen sollen sich mit ihren schwarzen Wurzeln beschäftigen, ihrer Kultur – und nicht in der Dominanz der weißen Gesellschaft untergehen. Integration dürfe nicht den Verlust der eigenen Geschichte bedeuten. Ich lerne zu begreifen.

Junius und seine Freunde sind seit meiner Ankunft bemüht, mir alles Positive in ihrem Harlem zu zeigen: pulsierende Nightclubs, Coffee Shops, Bars, Cafés mit Pool-Billard-Zimmern, in denen mit versteinerten, siegessicheren Mienen andere Kämpfe ausgetragen werden als jene mit Fäusten oder Waffen. Und natürlich den berühmten »Cotton Club«, der uns mit unseren finanziellen Mitteln freilich verschlossen blieb und die anderen Jazzclubs, in denen wir die letzten Nächte verbracht haben.

Einer davon, das »Blackbird«, völlig schwarz gestrichen, schwarz möbliert, kaum beleuchtet. Darin ein schwarzes Klavier, auf dem ich letzte Nacht gespielt habe. Eine dieser spontanen Jam Sessions mit ihrem furiosen, unnachahmlichen Irrsinn, der mich immer wieder spüren läßt, daß ich nur in diesem Beruf leben kann. Und Gesichter, in denen ich lesen konnte, daß das Klavier mir Seelen öffnete und meine neuen Freunde zu ahnen begannen, was der Kosmos der Töne für mich bedeutet. Lebensgefühl, einzig möglicher Weg…

»You're absolutely crazy, man«, bekam ich später voll Anerkennung von Papa Dandy zu hören. Und eine schwarze junge Frau in einem hellroten, beinahe leuchtenden Kleid. Gedanken an Adrianne Hall in Pittsburgh. Und wieder ein Augenblick der Nähe, der Grenzen überschritt.

Danach in einer Verkehrskontrolle: Eine Härte, die ich noch nirgendwo so erlebt habe. Eine Kelle, die uns aufhielt. Zwei Streifenwagen. Sofort vier Polizisten mit gezogenen Pistolen an unserem Wagen. Mußten mit auf den Kopf gelegten Händen aussteigen, uns dann an den Wagen lehnen. Man trat uns hart von innen gegen die Beine, so daß wir sie grätschten. Beine gespreizt, Hände am Wagen aufgestützt, so wurden wir durchsucht. Rauher Befehlston. Keine Erklärung. Angst, obwohl ich sicher sein konnte, daß ich mir nichts hatte zuschulden kommen lassen. Fragen, was ich Weißer hier mache. Skepsis. Durchsicht aller Ausweise, Durchsuchung des Wagens. Dann durften wir weiterfahren.

»They're looking for drugs and arms«, ist Junius' knappe Erklärung. Anscheinend sind Vorfälle wie dieser hier an der Tagesordnung. Keinen weiteren Gedanken wert.

Kommen wieder an einer der Kirchen vorbei, in denen ich mit Junius und seiner Familie einen Gospel-Gottesdienst besucht habe. Es wurde singend Lebendigkeit gepredigt und Frieden, Liebe und Menschlichkeit. Vielstimmig, lebensfroh, in nichts an die leidend-verbissenen Gottesdienste bei uns erinnernd, an die Selbstaufgabe, mit der man seine Würde und seine Lebendigkeit in den Kirchen meiner Heimat in endlosen, angstvoll gemurmelten Litaneien an einen Herrgott überantwortet oder an den selbstgerechten Klerus, der die »Schäflein« klein hält, »Herr, ich bin nicht würdig, daß du eingehst unter mein Dach, aber sprich nur ein Wort, so wird meine Seele gesund«, kniend erfleht. Hier singt man stehend, strahlend, fröhlich, kleidet sich farbenfroh. Niemand kniet. Man läßt sich hier nicht unterdrücken von der Schwere des Kreuzes an der Wand, einem der niederdrückendsten Symbole unserer Welt.

Vor der Kirche ein Mann mit weißer Jacke, grellgrünem Hemd, blauer Jeans, gelber Brille und einem dreirädrigen Fahrrad: Ein großes Rad hinten, zwei etwas kleinere vorn, vor der Lenkstange, darauf ein Aufbau, in dem er Jazzplatten zum Kauf anbietet. Von Gerry Mulligan bis Ella Fitzgerald und von Dave Brubeck bis B. B. King ist alles dabei, was unsere Herzen höher schlagen läßt. Wühlen im reichlichen Angebot, feilschen um Preise, sind einen Augenblick lang abgelenkt.

Geschrei auf der anderen Straßenseite, etwa zwanzig Meter von uns entfernt. Schneller, lauter Wortwechsel, von dem ich nichts außer »fucking ass-hole« und »shit« verstehe. Das erste, was ich sehe, ist ein erster, mit rückhaltloser Gewalt geführter Schlag. Ein dumpfer Schrei, ein Mann geht zu Boden. Vielstimmiges Gebrüll. Vergeltungsschläge. Frauen, die zu beschwichtigen versuchen: »Stop it!« und »Help!« und »Police!« Eine hängt sich in den Arm eines Mannes, versucht, ihn zurückzuhalten, wird beiseite geschmettert, stürzt zu Boden. Passanten bleiben in einiger Entfernung wie angewurzelt stehen. Lange Zeit bewegt sich nichts. Nur Fäuste, die auf Körper niederschnellen. Blitzende Gegenstände, die plötzlich aufleuchten. Schlagringe, Schlagstöcke. Ich glaube sogar, in einer Hand einen Revolver oder ein Messer zu sehen. Papa Dandy drängt mich weg von der Straße in einen Hauseingang. Ich beobachte wie erstarrt. Unfaßbare Brutalität. Schmerzensschreie, Stöhnen, Blut. Jemand liegt auf dem Boden. Tritte. Eine Frau schreit: »Oh my god! You've killed him!« Polizeisirenen, die sich nähern. Jemand läuft weg, andere treten immer noch auf den oder die Körper auf dem Bürgersteig ein. Die Sirenen verklingen. Sie galten offenbar nicht dem Vorfall hier.

Kampf auf Leben und Tod. Ein kräftiger Stoß mit einem Messer in die Seite eines Gegners. Sekundenschnell ist das Hemd voll Blut. Es färbt die Straße, läuft den Rinnstein entlang. Wieder läuft jemand weg. Andere folgen. Frauen stürzen in einen »Meat Market« auf der Suche nach einem Telefon, um endlich die Polizei zu holen. Oder einen Krankenwagen. Blutüberströmte, gekrümmte Körper auf der Straße. Einer reglos. Sonst weit und breit niemand mehr zu sehen. Die vorher belebte Gegend ist plötzlich menschenleer. Gespenstische Stille. Auch unser Plattenverkäufer hat mit seinem Fahrrad die Flucht angetreten.

Stehe immer noch bewegungslos im Hauseingang. Jemand zieht an meinem Arm. Höre vertraute Stimmen, die auf mich einreden: »Come! We can't do anything! Let's run before the cops come! Hurry up!«

Lasse mich wegziehen. Beginne, mit den anderen wie im Reflex zu laufen. Ein Gefühl, als gehöre mein Körper nicht zu mir. Gedanken und Gefühle wie aus weiter Ferne. Unzählige Schlägereien, in Filmen gesehen. Die Realität ist unsagbar grausamer. Schock der Wirklichkeit. Brutalität, die mir tief in die Seele gedrungen ist.

Habe nur danebengestanden, habe nichts getan. Hätte nichts tun können, wäre nur selbst zwischen die Fronten geraten. Dennoch Versagergefühle.

Kann plötzlich nicht mehr weiterlaufen, sinke auf einen der Treppenaufgänge vor den Häusern. Junius und die anderen umringen mich. Kinderstimmen von weit her. Hohes, glucksendes Lachen. Gefühl von Unwirklichkeit. Spüre, wie mein ganzer Körper zittert. Spüre Tränen, die sich nicht zurückhalten lassen. Junius voll Wut auf sich selbst: »You shouldn't have seen this shit!«

Verdrängung pur. So ist eben das Leben hier.

Auf Bloody Mary und »girls« hat jetzt niemand mehr Lust. Das Konzert heute abend aber findet statt. Mit uns!

»Wir lassen uns doch Count Basie nicht entgehen, nur weil sich ein paar Idioten die Köpfe einschlagen«, verkündet Jeremy. »Wenn es danach ginge, müßten wir jeden Abend zu Hause bleiben! But life goes on!«

Irgendwie hat er recht. Alle stimmen ihm zu, sind schon wieder fröhlich. Nur ich kann noch nicht wirklich in meine Geburtstagslaune und die »Easy Going«-Stimmung von vorhin zurückfinden. Gewalt als Realität, das habe ich zuletzt als Kind am Ende des Krieges gesehen. Ein Glück, daß Herwig jetzt nicht hier ist. Das eben Erlebte, ist noch um einiges härter als seine Befürchtungen, auch wenn ich selbst nicht involviert war. Trotz allem bereue ich noch keine einzige Sekunde, die ich in Harlem verbracht habe Beschließe, Herwig vorerst nichts von der Schlägerei zu erzählen. Wozu auch?

Ein alter Mann mit einem grauen Vollbart verkauft an einer Ecke vor einer Ampel karierte Regenschirme. Junius findet das plötzlich »cool« und will unbedingt einen als Geschenk für seine Mutter kaufen. Spüre natürlich, daß er mich nur auf andere Gedanken bringen will und lasse mich doch gern darauf ein. Beraten, ob man sich lieber für grün oder für orange entscheiden sollte, flanieren abwechselnd mit dem einen und mit dem anderen, entscheiden uns schließlich für einen in hellblau, schlendern lachend weiter, mimen Gene Kelly in der berühmten Regenschirm-Szene: »Singin' in the rain«. Nur mit guter Laune kann die Wirklichkeit ertragen werden.

Abendessen bei den Chambers'. Man hat mich wie einen dritten Sohn aufgenommen. Kein Wort mehr von Unmöglichkeiten und weißer Hautfarbe. Große Herzlichkeit und Gastfreundschaft. Und ein Toast auf meinen Geburtstag: »May all your dreams come true, especially the impossible ones.« Ein schöner Wunsch, in seiner Unerfüllbarkeit vielleicht typisch für dieses Land und den sprichwörtlichen »American Way«.

Typisch amerikanisches Abendessen mit den für einen Europäer gewöhnungsbedürftigen Kombinationen: Als Vorspeise ein kleines Stück Truthahn mit süßen Kartoffeln und einer Art Marmelade und als Hauptgericht Prime Rib of Beef – ähnlich unserem Roastbeef – mit süßem Yorkshire Pudding, dazu nicht etwa Wein, Bier oder Wasser, sondern dünnen Kaffee, Wodka, Cola oder Longdrinks.

Junius' Vater will viel über Europa wissen. Über die bei uns stationierten amerikanischen Soldaten, über den Bombenkrieg, den Wiederaufbau, über meine Musik, meine Familie. Leicht, fast nebenher, wie selbstverständlich die Frage nach Rassismus in Europa, insbesondere in Deutschland und meine etwas verkrampfte Suche nach einer Antwort. Spüre Vorurteile.

Erwähne etwas schüchtern und so zurückhaltend wie möglich meine Verwunderung über die Rassentrennung in Amerika, die bei uns inzwischen undenkbar wäre, die Trinkbrunnen, die Toiletten, die abgegrenzten Wohnviertel, Little Rock. Und die Schlägerei, die mir immer noch tief auf der Seele lastet. Ernte nur Erstaunen. Ähnliche Antworten, wie sie mir auch Adrianne gegeben hat: Geschichtlich gewachsene Strukturen, Floskeln vom freien Land –

und wer gut genug ist, der wird sich über die Schranken schon hinwegsetzen. Man müsse eben mindestens doppelt so gut sein wie ein Weißer. Schon wieder das Klischee. Mit Rassismus bringt man das alles offenbar nicht in Verbindung. Rassismus, das ist etwas, das in Deutschland existierte und dort vielleicht immer noch existiert. Rassismus, das ist »Herr Hitler« und wie sie alle heißen. Nichts, was in den USA ein echtes Problem sei. Trotz Little Rock. Und Little Rock ist ja auch so weit weg! Und Ärger kann's natürlich überall mal geben. Die typische »Don't worry«-Mentalität dieses Landes. Man übt sich nicht in ständiger Betroffenheit wie bei uns.

Was auch immer in diesem Land zur Zeit vorgehe, es sei jedenfalls kein Grund zur Beunruhigung. Man habe alle Möglichkeiten. Unverhohlener Stolz auf das Erreichte, die Wohnung in einer der besseren Straßen des Stadtteils, die beiden studierenden Söhne, den eigenen Beruf im öffentlichen Verkehrssystem New Yorks. Und überhaupt auf ganz Amerika. »Glory, glory hallelujah!«

Werde beim Wein, den es nach dem Essen doch noch gibt, in die faszinierenden Geheimnisse des »A-Train« eingewiesen, der sich durch ganz Manhattan zieht. Signale, Weichen, der rhythmische Klang der Schienen, die Geräusche, an denen Junius' Vater jede noch so kleine Gefahr, jede mögliche Fehlerquelle sofort erkennt. Leuchten in seinen Augen. Sein A-Train scheint für ihn von einer in dieser Welt sonst unerreichten Vollkommenheit zu sein, beinahe anbetungswürdig. Nicht erst seit Duke Ellington ihn mit seinem Song: »Take The A-Train« berühmt gemacht hat.

Sitze mit Junius noch ein paar Minuten auf dem engen Balkon vor Junius' Zimmer. Zwei Stühle, ein winziger Tisch. Blick auf backsteinfarbene und graue Hinterhöfe, Dächer mit den eigentümlichen New Yorker Wasserkesseln, wie etwas unförmig dicke, kurze und stumpfe Bleistifte auf seltsamen Stahlgestellen auf jedem Haus montiert. In den besseren Gegenden von Dachkonstruktionen kaschiert, hier natürlich freistehend, leicht verrostet. Die Dächer glitzern gespenstisch im Abendlicht. Eine ganz andere Skyline als jene, die man von den Postkarten und Photos kennt.

Seltsam weiße Abendstimmung, in der Konturen verwischen. Nach Sonnenuntergang wird es schon merklich kühl. Der Herbst hält langsam Einzug in diese Stadt. Merkwürdige Stille. Irgendwo, ganz weit weg, ganz leise der Lärm der Stadt, Verkehr, Sirenen, beinahe vom Rauschen und Summen der auf den Dächern montierten Klimaanlagen und Ventilatoren übertönt.

Ist das ein Gefühl von »Ruhe vor dem Sturm« oder eher die berühmte »Stille nach der Schlacht«? Frage mich, was aus den Menschen, die heute auf der Straße liegengeblieben sind, geschehen ist, ob sie noch leben. Spreche den Gedanken nicht aus, doch Junius scheint zu erraten, woran ich denke.

»Was du heute gesehen hast, das ist nur *eine* Realität von Harlem«, versucht er zu erklären. »Es ist das bittere, harte Gesicht. Aber es ist nicht das einzige. Du kannst überall abgleiten, drogensüchtig werden, kriminell oder in die falsche Gesellschaft geraten. Aber wenn du *hier* nicht untergehst, bist du stärker als alle anderen. Daran glaube ich ganz fest.«

Junius zündet sich eine Zigarette an, bietet mir auch eine an, gibt mir Feuer, nimmt einen tiefen Zug.

Ich verstehe vielleicht zum ersten Mal, daß es nicht um Abstumpfung geht, sondern um ein Aufsparen der Kräfte für das, was wirklich wichtig ist, den eigenen Weg, beobachte Tauben, die auf einem der Dächer sitzen, ganz friedlich und ruhig.

»Natürlich kostet es Kraft«, fährt Junius schließlich nachdenklich fort, »und es ist ein ständiger Kampf, obenauf zu bleiben, wenn das Geld für die Krankenversicherung mal wieder nicht reicht, wenn wir meine Mutter mit ihren Asthmaanfällen nicht zum Arzt bringen können, weil der unbezahlbar ist und man uns im Krankenhaus wieder wegschickt, weil es nicht schlimm genug sei. Natürlich hat es uns geprägt, daß mein Bruder und ich meiner Mutter lesen und schreiben beibringen mußten, weil sie es in der Schule nicht gelernt hat. Natürlich ist es schlimm, daß so viele Menschen hier Analphabeten sind. Jeremy ist nicht der einzige in unserer Clique, der nicht viel mehr als seinen Namen schreiben kann, weil er in der Schule durch den Rost gefallen ist. Große Klassen, schlecht ausgebildete Lehrer. Der Staat nimmt das einfach hin, es ist nicht einmal ein Thema ...« Er macht eine Pause. »Und natürlich kostet es unendlich viel Kraft, wenn die Frau, die man liebt, im Drogenrausch in einem Straßengraben stirbt.«

Junius schluckt, beeilt sich aber weiterzusprechen, möchte ganz offenbar nichts dazu gefragt werden, fährt hastig fort: »Und selbstverständlich ist es ganz und gar nicht einfach, wenn wir jeden Monat darum zittern müssen, daß mein Vater seinen Arbeitsplatz behält. Natürlich darf er nicht krank sein, denn für Tage, an denen er nicht arbeitet, bekommt er eben kein Geld, und wenn er weniger Geld bekommt, können wir uns die Miete nicht leisten, und wenn er zu lange fehlt, wird er durch einen anderen ersetzt. So ist das eben. Aber es geht irgendwie.« Er schenkt uns noch einen Schluck Wein aus der schon fast leeren Flasche nach. »Und auch die Tatsache, daß mein Bruder und ich studieren, ist alles andere als eine Selbstverständlichkeit. Ein Privileg, für das meine Familie und natürlich vor allem wir beide Semester für Semester wieder hart kämpfen müssen. Es wird uns nichts geschenkt, aber eines weiß ich: Ich werde mein Stipendium Semester für Semester wieder erhalten, auch wenn ich dabei nicht mehr zum Schlafen komme. Ich werde dieses Studium abschließen, und dann werde ich etwas für die Menschen hier tun.«

Die letzten Sätze hat Junius mit großer Bestimmtheit ausgesprochen, wie um sich selbst Mut zu machen. Er nimmt den letzten Zug seiner Zigarette, wirft sie zu Boden, tritt sie mit dem Fuß aus, schiebt sie nach vorn und unter dem Balkongeländer durch aus unserem Blickfeld.

»Hast du jemals von der Bewegung um Martin Luther King gehört?« fragt er mich plötzlich, scheinbar zusammenhanglos.

Ich denke einen Augenblick lang nach, schüttle dann unsicher den Kopf, eine vage Ahnung, mehr nicht. »Irgendwo habe ich den Namen schon gehört, aber im Moment weiß ich nicht, wo...«

Junius nickt. »Er ist eigentlich baptistischer Pastor, seit kurzem Präsident der ›Southern Christian Leadership Conference‹, einer Bürgerrechtsbewegung, die sich mit ausschließlich gewaltfreien Mitteln für die Menschenrechte von uns Schwarzen einsetzt. Eine Art ›Gandhi der Schwarzen‹. Es hat alles vor einem Jahr mit dem Busboykott von Montgomery angefangen. Das war eine Reaktion auf die Festnahme einer Schwarzen, die sich geweigert hatte, ihren Sitzplatz für einen Weißen freizumachen, wie es das Gesetz von ihr verlangt hätte. Martin Luther King hat den Boykott angeführt. Daraufhin haben Gegner Kings Haus in die Luft gesprengt, er hat Morddrohungen erhalten, aber er hat unbeirrt weitergemacht, und nach über einem Jahr hat die Bewegung um King gesiegt. Es gibt seither keine Rassentrennung in öffentlichen Verkehrsmitteln mehr. Und die ›Southern Christian Leadership Conference‹ ist dabei, sich auszuweiten. Ich glaube, daß sie eine gute Sache ist.« Er hält inne, meint dann nachdenklich: »Vielleicht kann ich eines Tages für Martin Luther King und die Bewegung arbeiten. Das ist *mein* ›unmöglicher Traum‹«, greift Junius den Trinkspruch seiner Eltern wieder auf.

»Also gibst du doch zu, daß dieses Land ein Rassenproblem hat?« frage ich ihn nach einer kurzen Pause direkt.

Junius blickt mich ruhig an, dann nickt er langsam. »Natürlich gibt es das, aber wem hilft es, darüber zu lamentieren? ›Try to make the best out of it‹, mehr gibt es dazu nicht zu sagen. Jeder muß in dieser Stadt, diesem Land mit seiner Hautfarbe und seinen Fähigkeiten eben seinen Platz und seinen Weg finden. Ihr Europäer seht das immer so schrecklich sentimental. Aber mit Sentimentalität ist da nichts zu machen.«

Ein Augenblick gemeinsamen Schweigens, zerrissen vom Klingeln der Türglocke. Die anderen warten schon auf uns.

Man hat von Gang-Krawallen entlang unseres Weges zum Apollo gehört. Müssen eine andere Route nehmen, die uns ein kurzes Stück durch eine der Slum-Gegenden führen wird.

Auch abends überfüllte Straßen, Straßenmusiker, Marktschreier, Jugendliche auf den Basketballplätzen. Je näher wir der Slum-Gegend kommen, desto verwahrloster werden die Straßen. Holprige Lehmfahrbahnen, Gehwege, vom Müll überhäuft. Menschen, die überall dort Zuflucht gesucht haben, wo sie sich ein wenig geschützt fühlen: unter den Treppenaufgängen der Häuser, in Bretterverschlägen, Mauervorsprüngen, Nischen. Von Mietern und der Stadt aufgegebene Straßenzüge. Menschen in Lumpen gehüllt. Leere Augen, die uns anstarren. Rauch und Flammen aus einer brennenden Mülltonne. Man schützt sich gegen die einsetzende Kühle des Herbstes. Eine Betrunkene weint laut. Plötzlich, direkt neben mir, das laut schlürfende Geräusch eines Kanaldeckels. Mache erschreckt einen Satz zur Seite. Zwei schmutzige Hände, die das Gitter anheben, beiseite werfen, dann ein schmutzverschmierter Kopf, vom Abendlicht offensichtlich geblendete Augen, ein ausgemergelter Körper, der sich mühsam aus der Enge der Öffnung stemmt, schwankend und hinkend hinter der nächsten Ecke verschwindet.

»He's a mole – ein Maulwurf«, erklärt Junius knapp. Menschen, die sich in den Tiefen der Kanalisation oder der U-Bahn-Schächte in Hohlräumen eingenistet haben. Obdachlose, die hier ihre Bleibe finden. Es heißt, daß tausende Menschen im Untergrund dieser Stadt leben. Für Junius' Vater in den unterirdischen Abschnitten des »A-Train« immer wieder beunruhigende Begegnungen. Und Ärger, wenn einer nicht aufpaßt, auf die Gleise torkelt, überfahren wird. »Homeless and Rats«, wird lapidar zusammengefaßt was eben nicht zu ändern ist. Hier liegen die Wurzeln des »Blues«, denke ich mir. Die andere Seite Amerikas. Dort, wo Glanz und Erfolg Menschen an den Rand gespült haben, dort, wo der Mensch nur noch mit zynischer Betrachtung als Meister seines eigenen Schicksals gelten kann. Dort, wo es keine Sicherheitsnetze gibt, wo Traurigkeit und der Staub der Straße sich in Tönen aufbäumt, wo die Trostlosigkeit in Trotz aufgelöst wird, der über die Resignation siegt. Ein gemeinsames Lebensgefühl in der »Blue Note«, dem Moll-Ton im Dur-Klang des Daseins, traurig und doch nicht hoffnungslos, einsam und doch getragen vom Chor derer, die das Schicksal und die Lebenserfahrungen hier, »ganz unten«, teilen.

Unser Weg mündet auf die 5th Avenue, die hier, mitten in Harlem, alles von ihrem legendären noblen Flair eingebüßt hat. Müllsäcke, zum Teil von Homeless aufgerissen oder von Ratten aufgebissen. Häuser, die einzustürzen drohen, aber offenbar von Dutzenden Menschen bewohnt werden. Wäscheleinen an Häuserfassaden zwischen Feuerleitern und Balkonen. Dazwischen mit Brettern vernagelte Fenster. Kaum mehr vorstellbar, welche Renommiermeile diese Straße nur einige Kilometer weiter südlich ist und wie wenig ein Bewohner der 5th Avenue hier, weit im Norden mit einem Bewohner der gleichen Straße dort südlich gemein hat.

Nicht einmal die in New York erhältlichen Stadtpläne dieser Stadt reichen so weit bis nach Norden. Sie enden alle auf Höhe der 100. oder höchstens der 107. Straße, dort, wo Harlem beginnt. Im letzten, nordöstlichen Winkel der Karte steht noch »East Harlem« zu lesen. Mehr braucht der New York-Besucher nicht zu wissen. Und als ich mich in Manhattan mit einem Plan von Harlem versorgen wollte, erntete ich nur Verständnislosigkeit. Es lohne sich nicht, dorthin zu fahren. Dort gebe es nichts zu sehen, und gefährlich sei es außerdem. Aber der Norden dieser Stadt existiert! Er exi-

Udo Jürgens' Urgroßvater Johann Hinrich Bockelmann, Kapitän des Dampfseglers »Henriette« auf der Route Bremen New York, 1889

Die Liebe zur Schiffahrt hat sich vererbt: Udo als Vierjähriger (links) mit seinem Bruder Joe bei seiner ersten Bootsfahrt auf dem Wörthersee, ca. 1938

Großvater Heinrich Bockelmann, 1920

Das Hochzeitsphoto der Großeltern Heinrich und Anna Bockelmann, 1901

Aktie der Bank Junker & Co., Moskau 1912

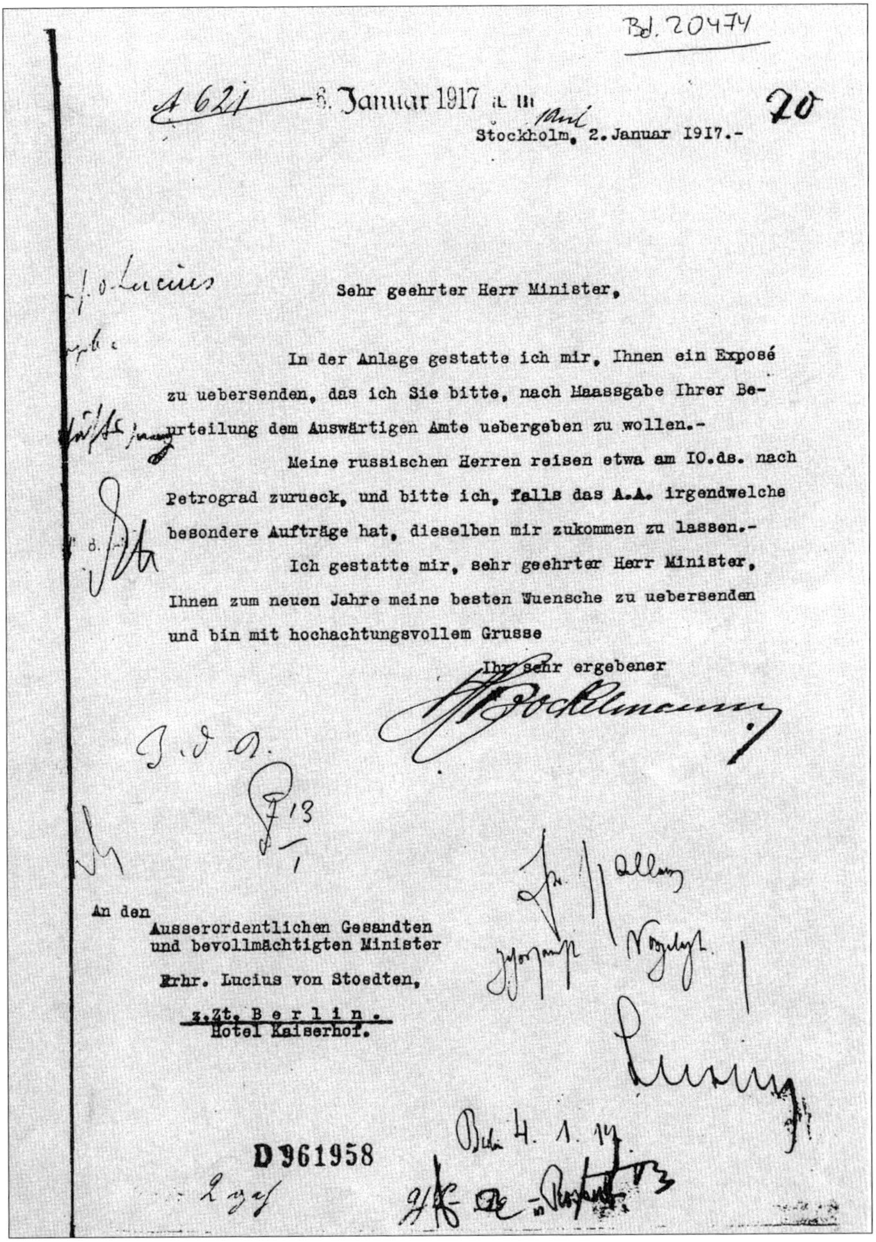

Bd. 20474

A 621 — 8. Januar 1917 a. III

20

Stockholm, 2. Januar 1917.-

Sehr geehrter Herr Minister,

In der Anlage gestatte ich mir, Ihnen ein Exposé zu uebersenden, das ich Sie bitte, nach Maassgabe Ihrer Beurteilung dem Auswärtigen Amte uebergeben zu wollen.-

Meine russischen Herren reisen etwa am 10.ds. nach Petrograd zurueck, und bitte ich, falls das A.A. irgendwelche besondere Aufträge hat, dieselben mir zukommen zu lassen.-

Ich gestatte mir, sehr geehrter Herr Minister, Ihnen zum neuen Jahre meine besten Wuensche zu uebersenden und bin mit hochachtungsvollem Grusse

Ihr sehr ergebener

Kockelmann

An den
Ausserordentlichen Gesandten
und bevollmächtigten Minister

Frhr. Lucius von Stoedten,

~~z.Zt. B e r l i n .
Hotel Kaiserhof.~~

D 961958

Bln. 4. 1. 17.

Aus dem »Stockholmer Briefwechsel«

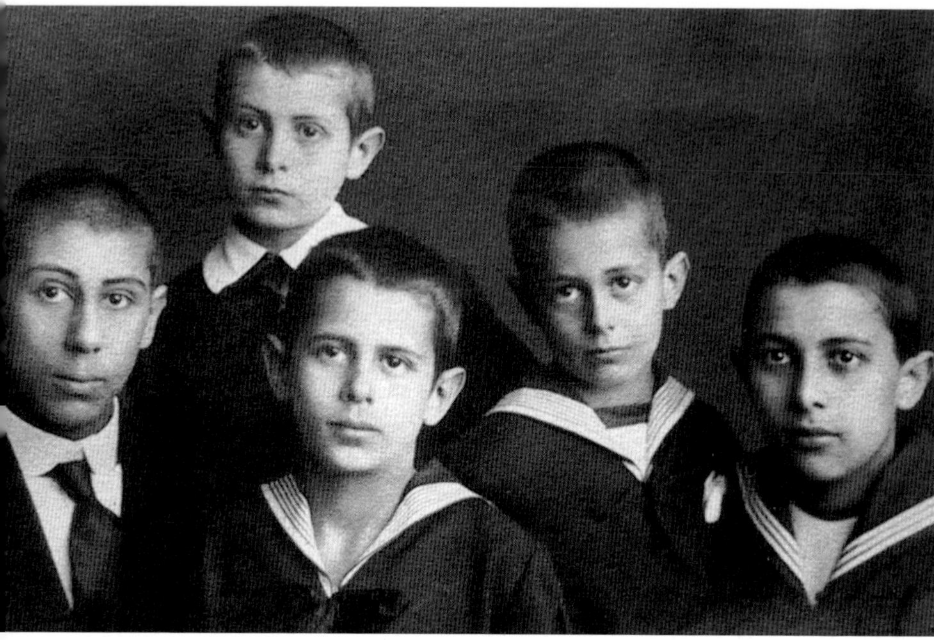

Die fünf Brüder: Erwin, Werner, Gert, Johann (»Johnny«) und Udos Vater Rudolf (»Rudi«) von links nach rechts, um 1918

Heinrich Bockelmann und seine fünf Söhne: Rudi, Gert, Werner (stehend von links nach rechts), Johnny, Heinrich, Erwin (sitzend von links nach rechts)

Udo Jürgens' Mutter Käthe Bockelmann (links) und ihre Mutter Lilly Arp
(»die blonde Omi«) in den frühen Zwanziger Jahren

Oberbürgermeister Werner Bockelmann bei der Begrüßung von John F. Kennedy in Frankfurt/Main, Juni 1963

Käthe und Rudi Bockelmann in jungen und späteren Jahren

stiert, bis weit über die 140. Straße hinaus, auch wenn die Karten das verschämt verschweigen.

Das Apollo in der 125. Straße. Eingerahmt von normalen Wohn- und Geschäftshäusern. Nur das über den Köpfen der Menschen ein Stück weit in den Bürgersteig reichende Entré mit der beleuchteten Aufschrift »Apollo Theater« und die Leuchtreklame an der Fassade verraten, daß es sich um ein Konzertgebäude handelt. Keine indirekte Beleuchtung, die das Gebäude anstrahlt, als würde es aus sich selbst heraus leuchten. Keine Apollo-Statue, keine Musen auf dem Dach, keine griechischen Säulen, kein großer Treppenaufgang. Bescheiden in eine Straßenreihe etwas verlotterter Mietshäuser geduckt, von außen mehr wie ein Kino dritter Klasse wirkend, liegt es vor uns, in dem der Blues und Jazz ein klingendes Zentrum hat, einen Ort der Bewährung. Von hier aus hat er seinen Siegeszug um die ganze Welt, sogar bis ins ferne Klagenfurt angetreten. Hier ist das eine oder andere Stück, der eine oder andere ganz neue Sound, die eine oder andere neue Stimme zum ersten Mal vor Publikum erklungen.

Fasziniert stehen wir vor der Aufschrift, die in Riesenlettern die Attraktion des heutigen Abends verkündet. »Tonight: Count Basie« und etwas kleiner darunter: »... and his Orchestra«.

Kann es fast noch nicht glauben, hier zu sein. Junius erzählt von den Nachwuchsabenden im »Apollo«. Jeden Mittwochabend entscheidet ein gnadenloses Publikum über bejubelten Triumph oder schmachvolle Niederlage eines Nachwuchs-Performers, und wer es am Mittwoch im »Apollo« geschafft hat, der hat vielleicht eine kleine Chance, bei einer Plattenfirma wenigstens vorgelassen zu werden. Und er erzählt von den »Untergrund-Konzerten« in Privatwohnungen, die in Harlem seit Jahrzehnten eine Jazzkultur geschaffen und damit das »Apollo-Theater« vielleicht überhaupt erst möglich gemacht haben. Man lädt befreundete Musiker in eine der Wohnungen ein. Die Orte sprechen sich herum. Ein paar Cent Eintritt, dichtgedrängte Menschen in den Wohn- und Schlafzimmern im tiefsten Harlem. Die Einnahmen werden geteilt: ein paar Dollar für die Musiker, der Rest für den Wohnungsmieter. Und die Chance, sich unter Insidern einen Namen zu machen. Eine Referenz, wenn das »Apollo-Theater«, der »Cotton-« oder sonst ein Club Musiker für die Hausband sucht. Die Größten der Großen haben so angefangen – und nicht selten kommen sie zurück. Sie geben ein Konzert, im »Apollo« oder irgendwo in der Stadt – und spielen dann nachts noch in einer der Wohnungen, für ihre Freunde, die so wieder ein paar Wochen lang ihre Miete zahlen können. Auch heute noch könnte man also in irgendeiner engen Privatwohnung Ella Fitzgerald begegnen oder Oscar Peterson. Das ist Harlem.

Kultur, die hier entsteht, irgendwo nördlich der 107. Straße, dort, wohin die Stadtpläne Manhattans nicht reichen. Ein geheimnisvolles Niemandsland, so scheint es manchmal. Und ausgerechnet hier, in diesem »Niemandsland« zwischen verlotterten Häusern, vernagelten Fenstern, in der Enge kleiner Wohnungen, auf Hinterhöfen, in einer vom Existenzkampf geprägten Atmosphäre wird Musik, »echte« Musik, Jazz, Blues, Swing zum Lebensinhalt. Musik, die tief in die Seele dringt, die neu ist und aufregend und authentisch.

Echte Kreativität entwickelt sich an Orten wie diesem, so scheint es mir, in Harlem und anderswo, dort, wo man dem Staub unter der Tischplatte näher ist als dem noblen Tafelsilber, wo Musik noch eine Lebensform ist, ein Mittel, um als Mensch zu überleben, um nicht im Sumpf von Aggression, Resignation und der Enge der Häuser zu ersticken, um aus all der Wut und Aussichtslosigkeit etwas entstehen zu lassen, was befreit, wenigstens für die Dauer eines Songs. Keine Armutsromantik, sondern Erkenntnis der Wurzeln dessen, was Kunst zu einer Haltung macht, nicht zu einer leeren Attitüde vermeintlich besserer Kreise, für die sie allzuoft nur noch Anlaß ist, sich im schönsten Kleid und Schmuck zu zeigen, bevor man sich selbst beim noblen Abendessen feiert.

Auch Mozart war zeit seines Lebens den Hinterhöfen, dem Staub, der Enge und dem glanzlosen Alltag näher als der vornehmen und blasierten Gesellschaft, die ihm damals zum Überleben diente und ihn heute zu ihrer Ikone gemacht hat. Es waren die Existenzkämpfe, die auf die eine oder andere Art die Melodien von Brahms bis Beethoven, von Bach bis Mozart, von Tschaikowskij bis Liszt oder von Johann Strauß bis George Gershwin so bleibend und wahrhaftig gemacht haben. Kunst auch immer als Überwindung von Leid, Beklemmung, Grenzen. Das ist es, worauf es ankommt. Das ist es, was die Wurzeln des Jazz geschaffen hat und was die Seele berührt.

Gerade heute, nach der schockierenden Erfahrung des Nachmittags, habe auch ich stärker denn je das Bedürfnis nach Musik. Möchte sie hören, fühlen, eintauchen. Und ich *werde* sie hören. Inmitten meiner neuen schwarzen Freunde, die mich ohne jedes Vorurteil, ohne irgendetwas über mich zu wissen, aufgenommen haben, als wäre ich schon seit langem einer der ihren.

Schlangen vor den Türen. Auch wir drängen uns ins Foyer. Es scheint schon lange nur noch vorbestellte Karten zu geben. Ausverkauft. Nichts zu machen. Etliche Besucher werden wieder weggeschickt. Hoffentlich hat Papa Dandy sich mit dieser »Einladung« nicht zuviel vorgenommen.

Bilder an den Wänden zeugen von all den Großen, die hier schon gespielt haben: Von Billie Holiday, der weiblichen Urstimme des Jazz, bis zu James Brown, dem Urschrei des Rhythm and Blues. Von Oscar Peterson, schon jetzt einer Legende am Klavier bis zu seinem Vorbild, dem blinden Pianisten Art Tatum, virtuos bis zur Unglaublichkeit und überraschend in der Harmonik wie kein anderer. Vom Steptänzer Bill Bailey bis zu Lionel Hampton mit seinen perlenden Xylophon-Kaskaden. Vom wie kein anderer singenden und tanzenden Sammy Davis jr. und seiner Mutter Martha Davis, einer exzellenten Jazzpianistin und Sängerin, bis zum Show-Jazzsänger Cab Calloway, immer im weißen Frack. Von Duke Ellington, B. B. King, Louis Armstrong und natürlich von der rauchig-samtigen Stimme Nat King Coles ganz zu schweigen. Und auch Count Basies Lehrer Fats Waller ist tief in diesem Hause verwurzelt, hier, unter Apollos Dach.

»May all your dreams come true, especially the impossible ones«, klingt der Trinkspruch der Chambers' zu meinem Geburtstag noch in mir nach. Der »unmögliche Traum« – einmal für einen der Großen in diesem Schaukasten einen Song zu schreiben, das wäre solch ein »impossible dream«. Meine Töne aus dem Mund eines dieser ganz Großen zu hören, ein Song von mir, interpretiert von Nat King Cole oder Louis Armstrong oder Sammy Davis jr. Einen von ihnen mit meiner Musik zu erreichen. In einen Dialog zu treten, der keine Grenzen kennt, eine gemeinsame Sprache zu finden, die sich über alle Schranken hinwegsetzt. Träume, über deren Unerfüllbarkeit ich lächeln muß. Konzentriere mich lieber auf das Naheliegendere: auf diesen Abend, dieses Konzert, diesen Traum, der erfüllbar scheint.

Warten bei einer Cola. Langsam leert sich das Foyer. Die Menschen drängen in den Saal. Von drinnen hört man schon Klatschen, Rufe, Jubel, bevor noch ein Ton erklungen ist. Mißtrauische Blicke der Kartenverkäuferin, die die Rolläden ihres Schalters schließt, irgendwohin verschwindet.

Rhythmisches Klatschen, »Basie! Basie!«-Rufe. Der Saal scheint schon jetzt eine Art Tollhaus zu sein. Papa Dandy in Platzanweiseruniform, aber mit seinem unvermeidlichen weißen Hut auf dem Kopf, an einer der Treppen. Er bedeutet uns mit einer Geste, noch einen Augenblick zu warten. Alles okay, ein paar Minuten noch.

Ein Aufschrei wie ein Orkan sagt uns, daß »The Count« und das Orchester die Bühne betreten haben. Unverzüglich beginnt die Rhythmusgruppe zu spielen. Ich kann es nicht erwarten, endlich hineinzukommen. Schon dringen die ersten Töne des Klaviers zu uns heraus, sparsam und auf den Punkt, wie es Basies Art ist, wie Nadelstiche, intensiv, Akkorde nur angedeutet.

Papa Dandy gibt uns ein Zeichen: schnell. Niemand im Foyer, der uns sehen könnte. Laufen die Treppen hinauf. Die Tür zum obersten Rang steht schon offen. Menschen dicht gedrängt. Quetschen uns dazu.

Publikum in bunter Kleidung, Mützen und Hüte auf den Köpfen. Drängen uns bis an die Brüstung vor. Staune nach der nüchternen Fassade über den fast prunkvollen Theaterraum: rote Samtsitze, Stuck an der Decke, Goldverzierungen. Wunderbar nostalgisch und elegant.

Count Basie, immer noch Piano solo, leicht über sein Klavier gebeugt, wie auf all den Photos. Keine Pose, lässige Konzentration. Töne, die bis ins Mark zu dringen scheinen. Noch nie erlebte Spannungsbögen. Totale Zurücknahme, Verzicht auf jeden Showeffekt, weniger ist mehr. Smoking als Hommage an die klassische Musik. Schlicht, auch hier keine Effekthascherei. Lebendigkeit. Gefühl von purer Ehrlichkeit. Nicht nur ein Spiel um die beste Wirkung.

Spannung, die sich in den Gesichtern spiegelt, in den Körpern, einbezogen in das Geschehen auf der Bühne, wie ich es noch nie erlebt habe.

Nur ein leichtes Nicken mit dem Kopf, eine kleine Geste mit der Hand in die Richtung der Trompeten und Posaunen: Ein Bläserstoß wie eine Explosion. Überfallartig. Nach hinten abstürzend wie ein Wasserfall, der im Aufschrei des Publikums untergeht. Das ist Count Basie! Und die Sprache seines neuen, jungen Arrangeurs Quincy Jones, gerade mal 24 Jahre alt und schon jetzt ein Sound, der aufhorchen läßt, ein Klang, der den Jazz in die Zukunft führen wird.

Die Zuschauer im Sturm totaler Begeisterung. Wogend im Rhythmus des Swing, tanzend, Phrasen mitsingend. »Yeah, give it to me!« Dann wieder ganz still, voll Spannung lauschend, um beim furiosen Schlagzeugsolo aufzuspringen. Ganz im Rausch der Trommeln. Pure, peitschende Kraft.

Im Publikum wird geraucht. Männer mit selbstgedrehten Zigaretten, die aussehen wie die russischen Papirossy, die mein Großvater und auch mein Vater uns immer wieder beschrieben hat. Sogar Frauen mit Zigarren. Jeder feiert den Abend auf seine Weise.

Großes, elektrisierendes Orchester-Tutti. Wilde Akkordfolgen in atemberaubendem Tempo. Melodienbögen wie bizarre Gebirgslandschaften. Unbezwingbar und keines Wortes bedürftig. Dahinter Klangflächen wie geheimnisvolle Schattenrisse. Konturen von Klängen. Bekenntnisse. Stechende, raumfüllende Saxophonwogen. Überraschende Wendungen. Wechselbad der Emotionen. Ein Trompeter singt einen Scat-Vocal-Teil.

Papa Dandy an der Tür ist in einen swingenden Tanzrhythmus verfallen, anscheinend ohne es überhaupt zu merken. Skurrile Schrittfolgen und Drehungen mit ausgebreiteten Armen. Der Hut ist ihm tief in die Stirn gerutscht.

Im Publikum fliegt alles mögliche durch die Luft. Hüte, Jacken, Mützen, sogar Schuhe. Entfesselte Menge.

Dann ein Zeichen an einen der Saxophonisten. Betont lässig schlendert er nach vorn. Wie die anderen Solisten vor ihm. Kein großer Auftritt, keine betörenden Lichteffekte. Kein Walhalla inszenierter Heldenverehrung. Nur Klang. Farben der Musik. Rein, intensiv, bodenlos. Er beginnt sein Solo mit einer Tonfolge, die drei verschiedene Harmonien durchdringt, landet auf einem schier endlosen Falsettton. Der Saal gerät in Raserei, die auch mich immer mehr erfaßt. Scheine schon nicht mehr auf dem Boden zu stehen. Musik, die mich trägt, von jeder Schwerkraft befreit.

Das furiose Solo endet in einem zweitaktigen Riff, der von den anderen Saxophonen unisono übernommen wird. Als auch die Posaunen und schließlich die Trompeten in dieser Figur landen, steigert sich die Intensität ins schier Maßlose. Schweben pur. Kindheitsphantasien, endlich wahr gemacht. Heute, an meinem 23. Geburtstag.

Der Raum hebt ab, mit jedem Ton der Bläser, jedem subtilen Klavierakkord, jedem Schlag auf die Becken und Felle, jedem Trompetenstoß. Harmonien wie Wind unter den Flügeln der Zeit. Kein Zweifel mehr: Das »Apollo-Theater« hat sich aus der 125. Straße inmitten der heruntergekommenen Miethäuser erhoben, um hoch über dem Boden, hoch über der Skyline dieser Stadt irgendwo in die Wolken zu gleiten. Mit jedem Ton höher und sicherer, schwebend im Himmel des Klanguniversums.

»A good old friend is going home«

Tiefe, rötlich gefärbte Nacht über New York. Merkwürdige Stille des Abschieds. Alles Wichtige ist schon gesagt worden. Monotones Dahingleiten. Rücklichter von anderen Wagen. Leuchtende Ampeln. Reklameschilder. Das rhythmische Aufleuchten des Gegenverkehrs. Ein eigenartiger, aufgeregter, blinkender, tonloser Riff.

Musik aus dem Autoradio: Das neue amerikanische Rock-Idol Elvis Presley: eine Art verflachter Rhythm and Blues, ähnlich, wie man es schon von B. B. King gehört hat, nur mit butterweicher Stimme interpretiert. Leichter konsumierbar als sein schwarzes Vorbild, an ein weißes Publikum gerichtet, was vielleicht das Geheimnis seines unglaublichen Erfolges ist. Klingt nach Millionengeschäft aber nicht nach Ursprünglichkeit. Eine neue Zeit der Kommerzialisierung von Blues- und Jazzelementen in einem modisch eingängigen, vordergründigen Stil, Rock'n'Roll genannt, scheint angebrochen zu sein.

»What a Fuck«, murmelt Papa Dandy gelangweilt von hinten, während Junius bereits wortlos einen neuen Sender sucht.

Nachrichten. Unpünktlich wie meistens in diesem Land. Little

Rock nur noch als Randbemerkung. Man betet um Frieden. Als ob die Kraft von Menschlichkeit und Toleranz nicht ausschließlich in jedem einzelnen Menschen läge. Die Top-Meldung: Die Russen haben einen Satelliten namens »Sputnik« ins All geschossen. Die USA wollen in Kürze nachziehen. Man darf den Gegnern im Kalten Krieg schließlich keinen Vorteil lassen. Eroberung des Weltraumes. Irgendwo da oben kreist jetzt also eine sowjetische Kugel, die irgendwelche Daten über die Welt und das All sammelt. Distanzen verschwinden, Unmögliches wird möglich, aber die menschliche Kluft zwischen West und Ost, zwischen Menschen und Menschen scheint unüberbrückbar. Denke an die Wunde, die man Deutschland schlägt. Wie das wohl weitergehen wird mit diesem unwürdigen Zonenzustand? Doch noch trennen mich Tausende Kilometer von Europa, von Deutschland. Noch bin ich hier, in New York. Letzte Augenblicke in dieser Stadt.

Mein Koffer liegt seit Stunden im Kofferraum. Habe meine Freunde von meinen letzten Dollar zu einem Abschiedsabend ins »Blue Note« im weißen Greenwich Village eingeladen. Wollte die Stadt, die Musik auskosten bis zur letzten Minute. Und wurde durch einen Auftritt von Chet Baker und Gerry Mulligan belohnt. *Die* Götter des Cool Jazz. Weiß und trotzdem authentisch. Eine Offenbarung und der denkbar passendste Abschluß meiner Tage in diesem Land.

Nun wird es Zeit. Junius und die anderen bringen mich zum Greyhound-Busbahnhof. In weniger als einer Stunde wird mein Bus abfahren, der mich zu meinem Schiff nach Montreal bringen wird. In weniger als 24 Stunden werde ich auf diesem Schiff meine Heimreise antreten, und in knapp zwei Wochen werde ich wieder in Europa sein, zu Hause, vielleicht bei Gitta ...

Gemischte Gefühle.

Letzte Blicke aus dem Fenster auf diese Stadt. Ein Land, das mir Rätsel aufgibt, heute sogar noch viel mehr als früher, als ich es nur aus der Ferne unkritisch verehrt habe. Die vollendete Demokratie, die große Freiheit, die das Land sich auf die Fahnen geschrieben hat, habe ich hier nicht gefunden. Und auch nicht die vielzitierten »unbeschränkten Möglichkeiten«, die doch mehr ein Mittel zu sein scheinen, um die Härte dieser Gesellschaft, die niemanden auffängt, zu tarnen. Ein Land ohne Mitgefühl, aber auch ohne

Neid. Nur Sieger und Verlierer. Trotzdem: Wenn man an die eigentlich aus dem Frankreich des späten 18. Jahrhunderts stammenden Begriffe »Freiheit, Gleichheit, Brüderlichkeit« denkt, denkt man heute an Amerika. Als hätten die Franzosen diesem Land mit der Freiheitsstatue auch ihre Maxime übergeben. Werte der Sehnsucht, die hier ebensowenig verwirklicht sind wie anderswo, die aber hier mehr als sonst irgendwo auf der Welt in den Köpfen und Herzen der Menschen eine Heimat gefunden haben.

Ein letztes Mal vorbei am »Camel-Smoker« am Times-Square. Ein später Schuhputzer vor einem Kino, der seinen Laden für heute schließt. Ein Zeitungsjunge mit den Nachrichten des neuen Tages. Ein Mann im schwarzen Anzug, mit Hut und weißem Schal auf einer der Treppen vor einem Haus sitzend, den Kopf in eine Hand gestützt, eine in braunes Packpapier gewickelte Flasche in der anderen, offenbar einen schlechten Abend ertränkend. Menschen, Gesichter, Schicksale. Wir lassen sie alle hinter uns. Unzählige Geschichten, die diese Stadt schreibt. Nur wenigen bin ich auf die Spur gekommen.

Der Busbahnhof in Harlem liegt kalt beleuchtet vor uns. Ein bißchen wie ein forderndes Monument aus einer anderen Welt, denke ich, als wir aussteigen, durch den unbelebten, schmutzigen Schalterraum gehen, vorbei an einigen in den Ecken zusammengekrümmten Gestalten, die hier ein wenig Schutz suchen.

Kahle, phantasielose, eckige Säulen, Warteplätze. Biegen um eine Ecke – und finde mich plötzlich Dutzenden Menschen gegenüber, die mich mit großem Jubel empfangen. Wage meinen Augen nicht zu trauen: Jeder, mit dem ich in den vergangenen Tagen in Harlem auch nur ein paar Worte gewechselt hatte, ist mitten in der Nacht zu diesem Busbahnhof gekommen, um mich zu verabschieden, um mir einen letzten Händedruck, eine letzte Umarmung, ein letztes »Good bye and good luck« mit nach Europa zu geben. Die gesamte Nachbarschaft von Junius hat sich versammelt: Junius' Eltern, Freunde, Menschen, denen ich täglich vor ihren Häusern begegnet bin, ganze Familien samt Kindern; mindestens 25 Menschen sind gekommen, um mir Lebewohl zu sagen.

Umarmungen. Stammle Dankesworte.

»Don't talk shit, man! Move your white ass back to Europe!« Papa Dandy drückt mich fest an sich, Junius umarmt uns beide.

Irgend jemand beginnt zu singen: »A good old friend is going home, hallelujah – – A good old friend is going home, hallelujah«, und alle stimmen in einen spontan improvisierten A-Capella-Chor ein, klatschen rhythmisch dazu. Lachende Gesichter. Gefühle, für die ich keine Worte kenne.

Dutzende Hände, die winken, als der Bus sich mit einem schmerzlichen Ruck in Bewegung setzt. Menschen, die kleiner werden und kleiner und schließlich in einer Kurve verschwinden. Vor mir Europa, hinter mir das Land meiner jugendlichen Träume.

Die Erinnerungen an Baudenkmäler, an das künstlich-pompöse Las Vegas, sogar an Hollywood und an die Niagara-Fälle, vielleicht auch die Erinnerung an den Blick über New York vom Empire State Building aus wird wahrscheinlich irgendwann verblassen, zu einem bloßen »Dort bin ich auch gewesen« verkommen, von keiner Lebendigkeit mehr getragen. Doch die Zeit in Harlem, die Freundschaften, die man mir hier geschenkt hat, haben meinem Blick auf die Welt eine neue Perspektive gegeben und unauslöschliche Spuren in meine Seele gezeichnet.

Ruhig und gleichmäßig, einschläfernd schaukelnd bahnt der für Europäer ungewohnt luxuriöse Greyhound-Bus sich seinen Weg durch die Nacht. Dunkelheit vor den Fenstern. Durch meinen Kopf schwebende Bilder: Die Freiheitsstatue im Nebel. Der zerlesene Zettel in der zitternden Hand des polnischen Kellners. Der Klang der Hymne aus ungezählten Kehlen, während die »MS Waterman« New York erreichte. Ein schwarzer Junge mit einem Football in Harlem. Ein Teller Spaghetti in Little Italy. Der tote Körper unter dem roten Tuch. Kinderlachen. Brutalität. Blut, das in den Rinnstein sickert. Töne von Count Basie. Der Blick Adrianne Halls in der Midway Lounge, der mich umschloß. Ein schmaler, schmutziger Körper, der aus einem Kanalloch kriecht. Papa Dandys swingender Gang …

Pochendes Kaleidoskop in meinem Kopf. Irgendwo zwischen Wachen und Träumen. Was liegt hinter mir, was vor mir? Versinkende Gegenwart, nachts in einem Bus unterwegs durch ein unermeßliches Land. »Unermeßlichkeit«, denke ich, scheinbar zusammenhanglos. Trunken von diesem Land, der Zeitlosigkeit dieser Nacht, die mich zurück in meine Welt bringt.

»Zu Hause«, hämmert es in meinem Kopf. »Europa.« Meine

Wurzeln. Gedanken, schon fast geträumt. Der Erker des Schlosses. Mein kleiner Bruder, der den Globus mit seinen Fingern dreht, um Amerika zu suchen. Das Ticken und Bimmeln und Summen der Uhr. »Puste, Junge! Fester!« Die Stimme meines Vaters. Und die meines Großvaters, die präsenter geblieben ist als sein Bild, an das ich mich nur noch schemenhaft erinnern kann: ein mächtiger, großer Mann, der sich wie ein Schattenspiel vor den Fenstern des Schlosses in Ottmanach abzeichnet. Mein Vater am Sonntagmorgen, nach Kölnisch Wasser duftend. Seine Stimme, die Gorkij zitiert und uns von unserem Großvater erzählt. Vom zaristischen Rußland, vom Bolschoj-Theater und vom Geradeausgehen. Die Raritätenschachtel mit ihren Schätzen. Das verlassene Schloß meiner Kindheit. Patsys Brief. Der Mann mit dem Fagott. Und immer wieder Klänge, die ich in mir erahne, flüchtig und ungefähr, und doch Töne, die meiner Zukunft eine Richtung geben und eine Hoffnung.

6. KAPITEL

Ottmanach und Berlin, September 1944 bis Januar 1945

Rassenkunde

Spätsommer. Wir schreiben das Jahr 1944. Ich werde bald zehn Jahre alt. Die Welt ist im Krieg, aber das ist ja nichts Besonderes. Ich kann mir ein Leben ohne Krieg irgendwie gar nicht vorstellen. Das muß komisch sein, ein Leben ohne Krieg. Ich liege in der Wiese im Obstgarten von Schloß Ottmanach. Dichte Baumkronen gegen den strahlenden Himmel. Laut zirpende Grillen im nahen Wald. Vogelgezwitscher. Ansonsten Stille.

Die Arbeit auf den Feldern ist getan. Die Ernte ist eingebracht. Unsere Landwirtschaft produziert kriegswichtige Güter, Ernährung für die Soldaten an der Front – und natürlich für die Zivilbevölkerung. Jeder wird gebraucht, auch wir Kinder. Für die Feldarbeit gibt es schulfrei. Was wir selbst behalten dürfen, ist vom Reichsernährungsamt streng reglementiert und wird überwacht. Manchmal, bei der anstrengenden Arbeit auf den Feldern, stelle ich mir vor, wie die Rüben oder Kartoffeln, die ich mit Joe und den anderen Kindern ernte, irgendwo an der Front ankommen. »Heimatfront« nennt man das.

Die Felder unseres Schlosses reichen bis an den Horizont und über ihn hinaus. Ein riesiges Gut. Mein Vater sagt, das kommt nur mir so groß vor. Tausend Morgen Land und Wald. Für mich ist das unermeßlich viel. Wohin ich auch blicke, Felder, die zu unserem Gut gehören. Mit Mais, Getreide, Kartoffeln, Rüben und dreitausend Obstbäumen.

Siebzehn Kilometer über Schotterwege entfernt liegt Klagenfurt, die Gau-Hauptstadt. Und viele Kilometer weiter im Westen und im Osten die Front. Allerdings scheint sie in den letzten Wochen immer näher gerückt zu sein. Aber über den Krieg und über Politik wird nicht gesprochen. Wir sollen so wenig wie möglich davon mitbekommen, das spüre ich. Den riesigen Volksempfänger anzustellen, der im Herrenzimmer steht, ist uns ohne Erlaubnis der Eltern verboten. Und wenn wir es heimlich doch tun, dringen nur lautes Rauschen, Donnern, Wüten – und Marschmusik aus dem Apparat. Warum die, wenn sie was reden, immer so brüllen, weiß ich nicht. Vielleicht, damit man sie auch wirklich überall hört.

Manchmal verstummen Gespräche, wenn ich ins Zimmer komme. Meine Mutter denkt offenbar, daß der Krieg bald zu Ende sei. Sie hat es zu meinem Vater gesagt. Als ich nachgefragt habe, hieß es, das verstehe ich noch nicht.

An die Zeit vor dem Krieg kann ich mich nicht erinnern. Ich erinnere mich daran, hier, im Teich von Schloß Ottmanach schwimmen gelernt zu haben. Da war ich vier. Und ich erinnere mich ungefähr an meinen Großvater, der hier bei uns gelebt hat, als die Ostmark noch Österreich hieß, und danach verschwand. »Diese verfluchten Nazis werden noch ganz Deutschland vernichten« habe ich ihn oft schimpfen gehört. Jetzt lebt er in Meran, weil er mit alldem hier nichts zu tun haben will. Und weil er alt ist und herzkrank und das Klima dort ihm guttut.

Ich erinnere mich an Besuche meiner Onkels bei uns auf dem Schloß, einmal kam Onkel Werner sogar mit dem Flugzeug. Ich habe ihn mit meinem Vater vom Flugplatz abgeholt und zum ersten Mal solch eine Maschine aus der Nähe gesehen. Und ich erinnere mich an eine Motorbootfahrt mit meinem großen Bruder Joe und meinem Großvater auf dem Wörthersee. Das alles war vor dem Krieg, so haben meine Eltern jedenfalls gesagt. Aber ich weiß nicht, was damals anders war als heute und wie es »nachher« werden soll.

Ich trage das braune Hemd des Jungvolks, das ich vor ein paar Tagen endlich bekommen habe. Zum Schulanfang. Weil ich bald zehn Jahre alt sein werde, und mit zehn wird man aufgenommen. Die »Pimpfenprobe« wurde nur noch ganz schlampig gemacht, und bei den Sportprüfungen wurden alle Augen zugedrückt. Aber das »Horst-Wessel-Lied« und das »Fahnenlied« habe ich fehlerfrei gesungen. Und schließlich brauche man jeden Mann, hieß es.

»Jungvolkjungen sind hart, schweigsam und treu. Jungvolkjungen sind Kameraden. Der Jungvolkjungen höchstes Gut ist die Ehre«, haben wir schließlich geschworen. Der Eid des Jungvolks.

Dann wurden wir eingekleidet. Eigentlich hatte ich auf eine ganze Uniform gehofft, doch ganze Uniformen gibt es nicht mehr. Einige aus meiner Altersgruppe haben eine Mütze bekommen, andere eine Hose, einen Gürtel, ein Halstuch oder ein Hemd. Manche auch nur ein Abzeichen. Die ganz glücklichen waren die, die eine Koppel mit dem Dolch bekommen haben, auf dem »Blut und Ehre« steht.

Eine der kurzen schwarzen Hosen wäre auch nicht schlecht gewesen, aber mit meiner kurzen Lederhose, die ich sommers wie winters trage – im Winter mit verhaßten langen Strümpfen darunter – und dem Hemd sehe ich auch schon fast so aus wie die Hitlerjungen, die man immer in der Kino-Wochenschau sieht.

Ein Hemd ist eigentlich gut, denke ich. Es ist unübersehbar. Ich gehöre jetzt zum Jungvolk, trage das »Kleid des Führers«, wie sie es nennen. Endlich werde ich ein kleines bißchen respektiert! Aber das wichtigste ist: Unser Lehrer als Zivilist darf mich jetzt nicht mehr schlagen oder sonst irgendwie züchtigen. Das Hemd schützt mich. Es hat Zauberkräfte. Es macht mich ein wenig zu einem Mann, und niemand wird mich mehr schwach und klein nennen. Nicht einmal Joe. Und schon gar nicht unser Lehrer, Herr Sauer. Er ist ein Aushilfslehrer, den man uns schickt, weil unser Lehrer sehr viel krank ist. Herr Sauer ist wehruntauglich wegen einer Behinderung.

Er soll stolze deutsche Jungen aus uns machen, so sagt er immer wieder. Rassenkundeunterricht hat er am allerliebsten.

»Es genügt nicht, die Juden zu hassen«, fordert er immer wieder von uns, und sein Gesicht scheint dann irgendwie anzuschwellen und wird ganz rot. »Ihr müßt sie *fanatisch* hassen!« brüllt er. In unserem Rassenkundebuch sind Bilder von ihnen: Verwachsene, böse, häßliche Gestalten mit wulstigen Lippen, krummen Nasen und hinterhältigem Blick. Und dann zeigt er uns begeistert die germanischen Menschen in unserem Rassenkundebuch: Menschen mit ebenmäßigen Zügen, strahlenden Augen, athletischen Körpern. Die deutschen Mädchen in dem Buch sind die schönsten Mädchen der Welt: blond, blauäugig, schlank; ein bißchen wie meine Mutter aussieht.

Ich habe noch nie in meinem Leben einen Juden gesehen. Bei uns hier gibt es keine. In Klagenfurt soll es ein paar geben, aber wenn ich in Klagenfurt bin, ist ja immer mein Vater oder meine Mutter dabei. Die wüßten bestimmt, was zu tun ist, wenn uns einer begegnet.

Irgendwann ist mein Vater mit mir spazierengegangen, weil er etwas Wichtiges mit mir besprechen wollte. Und er hat ganz ruhig »Hör zu, Junge« gesagt. Das weiß ich noch ganz genau, weil ich mir plötzlich so erwachsen vorkam und ich das Gefühl hatte, er wolle mir irgendetwas ganz Besonderes anvertrauen. Und ich hab genickt und ganz aufmerksam zugehört.

»Du mußt jetzt ganz genau aufpassen, was ich dir sage«, hat er gesagt. »Und du mußt mir vertrauen. Über den Krieg und über die Juden und das alles reden wir irgendwann mal. Nicht jetzt. Aber das verspreche ich dir, der Tag wird kommen. Bis es so weit ist, sehen und hören wir nichts, und wir diskutieren nicht über all das. Und vor allem: kein Wort über diese Dinge oder das Gespräch, das wir jetzt führen, in der Schule oder auf dem Spielplatz! Warum das so ist, kann ich dir heute noch nicht sagen. Stell mir deshalb also bitte auch keine Fragen.«

Ich habe ganz genau gespürt, daß es meinem Vater mit dem, was er gesagt hat, ernst war, und ich hab versprochen, ihm zu vertrauen. Trotzdem ist das alles so verwirrend, und ich würde so viele Dinge so gerne verstehen und so gerne wissen, was für ein großes Geheimnis hinter alldem steckt!

Mein Vater hat in Opas ehemaligem Arbeitszimmer auch ein sehr schönes Bild hängen, das »Der Jude« heißt. Es zeigt einen alten Mann mit einem langen Bart und einem gütigen Gesicht. Keine Ahnung, warum dieses Bild »Der Jude« heißt und warum es da hängt. Mein Vater liebt das Bild. Einmal sind schon Leute von der Gestapo oder so gekommen, und sie haben wegen dem Bild Ärger gemacht, wollten wissen, ob das ein Familienmitglied sei. Mein Vater hat nein gesagt und unsere Arier-Nachweise gezeigt, dann sind die Leute weggegangen, aber ich hab manchmal Angst, daß sie wiederkommen und irgendetwas unternehmen.

Eigentlich hab ich das mit den Juden dem Lehrer Sauer früher nicht so ganz geglaubt, aber dann habe ich gesehen, daß es sogar in unserem Rassenkundebuch drinsteht, und da sind auch Bilder dabei. Und wenn es sogar in einem Buch steht, dann *muß* es ja wahr sein.

Und in dem Buch steht auch, daß es irgendwo in Afrika auch noch Neger und andere Menschenrassen gibt. Rassen, die nur durch harte Führung der Germanen im Zaum zu halten sind, steht in dem Buch. Die Neger würden andere Menschen essen und unsere Frauen gefangennehmen und alles verwüsten. Das ist ganz schön unheimlich! Aber Neger gibt es bei uns erst recht nicht. Nicht einmal in Klagenfurt, und ich glaube, nicht einmal in Berlin, unserer schönen Reichshauptstadt. Ich bin noch nie da gewesen, aber es soll die schönste Stadt der Welt sein: groß und mächtig und wichtig und abenteuerlich …

Vor unserem Aushilfslehrer Sauer haben wir alle Angst. Manchmal reicht schon ein schiefer Blick oder ein Räuspern im falschen Moment, damit er wütend wird. Und dann denkt er sich die fürchterlichsten Strafen für uns aus: Wir müssen auf einem dreieckigen Holzscheit knien, bis wir vor Schmerzen zusammensacken. Oder wir bekommen Schläge mit dem Rohrstock auf die flachen Handflächen, und dann kann ich wieder tagelang nicht Ziehharmonika spielen und habe Schmerzen beim Schreiben meiner Hausaufgaben. Im Winter ist es irgendwie am schlimmsten. Wenn er dann einen von uns bestrafen will, zwingt er ihn, in einem zwanzig Zentimeter schmalen Spalt hinter dem heißen Ofen in unserer Klasse zu stehen. Man muß den Kopf zur Seite drehen, sonst paßt man nicht hinein und verbrennt sich.

Der Lehrer Sauer macht dabei nicht einmal einen Unterschied zwischen Jungen und Mädchen. Wenn er so richtig wütend wird, wird sein Gesicht ganz rot, eine dicke, zweigeteilte Ader auf seiner Stirn tritt hervor, und er prügelt mit seinem Stock wild auf denjenigen oder diejenige ein, die ihm gerade in die Quere kommt. Manchmal steigert er sich so in seine Wut hinein, daß er, auch wenn man schon auf dem Boden liegt, nicht aufhört und nach dem Schlagen auch noch tritt. Dann müssen ein paar von den Größeren eingreifen und ihn zurückhalten, damit er aufhört. Er zappelt dann noch wild mit den Armen und Beinen, und die Großen haben alle Hände voll zu tun, den Sauer festzuhalten.

Wir haben nämlich nur eine einzige Klasse für alle Altersgruppen. Alle sitzen im selben Raum, und während die Großen Mathematikaufgaben lösen, müssen die Drittklässler etwas lesen, die Zweitklässler Schreibübungen machen, und die Erstklässler erhalten Rassenkundeunterricht. Und wehe, wenn einer auf die Frage, welcher Rasse dieser furchterregende Untermensch auf dem Bild angehört, nur sagt: »Das ist ein Jude!« Das kann schon reichen, damit Lehrer Sauer böse wird. Zumindest gibt es für diese Antwort bestenfalls eine Drei. Nur wer sagt, »Das ist ein Sau-Jude«, bekommt eine Eins und ist vor den Attacken fürs erste sicher.

Welche der Bestrafungen die schlimmste ist, ist schwer zu sagen. Sie sind alle schrecklich. Ich hab sie alle schon erlebt, wie jeder in meiner Klasse.

Nur wer das »Kleid des Führers« trägt, ist geschützt. Deshalb gehen alle, die in der HJ oder im BDM sind, in Uniform oder wenigstens in Uniformteilen in die Schule. Und die wenigen, die übrig sind, bekommen die Wut ganz alleine ab. Manchmal haben wir überlegt, unseren Eltern zu erzählen, was der Sauer mit uns macht, aber ein deutscher Junge ist schweigsam, sein wichtigstes Gut ist die Ehre, und die wollen wir nicht verlieren.

Alle Schüler hassen unseren Aushilfslehrer. Er erzählt auch alles aus der Klasse der Gestapo. Vor kurzem hat der Alois aus meiner Bank in der Klasse erzählt, daß sein Vater gesagt hat, der Krieg sei sowieso verloren. Am nächsten Tag hat die Gestapo den Vater von Alois abgeholt. Jetzt wissen sie nicht, wo er ist. Das hat natürlich der Sauer gepetzt.

Meine Knie tun immer noch weh von der letzten Bestrafung mit dem Holzscheit. Ich hatte unsauber geschrieben, und das gehört sich natürlich nicht für einen deutschen Jungen. Ich kann machen, was ich will, irgendwie kommt immer ein Fettfleck oder ein Tintenklecks in mein Heft. Ich passe so gut auf, und trotzdem passiert mir ständig so eine Sauerei. Wenn ich da an Benedikt aus meiner Klasse denke, der immer dreckig ist, der sich, glaube ich, niemals wäscht – aber seine Hefte sind immer die schönsten der ganzen Klasse: kein einziger Fleck, kein ausgestrichener Buchstabe, nicht einmal ein Eselsohr, noch nicht mal ein ganz kleines. Mit wunderschöner Schrift schreibt er seine Hausaufgaben in sein Heft. Ich weiß wirklich nicht, wie er das macht!

Aber vielleicht hat der Lehrer Sauer ja auch recht, wenn er sagt, ich sei wirklich zu nichts zu gebrauchen. Im Sport bin ich eine

Niete, in Rechnen und Rechtschreiben auch. Ständig bin ich krank und fehle in der Schule, und auch bei der Arbeit auf den Feldern bin ich alles andere als tüchtig. Aber jetzt, mit dem neuen Hemd, wird sicher alles besser werden. Ich werde mich bemühen wie noch nie in meinem Leben, dann wird es schon gehen. Vielleicht werde ich in drei oder vier Jahren auch Flakhelfer sein wie einige meiner älteren Freunde. Das bringt dann noch größere Ehre mit sich als nur das Hemd; als Flakhelfer ist man schon ein bißchen etwas Besonderes. Da kann einen nicht mehr jeder so herumschubsen wie es ihm gerade paßt.

Und das schönste ist die Kameradschaft, das haben die Großen erzählt, die schon in der HJ sind. Das muß ein schönes Gefühl sein. Wir werden im Zeltlager sein, gemeinsam Abenteuer bestehen, Musik machen. Und wenn man gut ist in der HJ, kann man es zu etwas bringen. Man kann sich sogar später zum Flieger ausbilden lassen. Dann hat man wirklich etwas erreicht. Joe möchte am liebsten Flieger werden; jedenfalls hat er mir das irgendwann mal erzählt, und bei ihm kann ich mir das auch sehr gut vorstellen, denn schließlich ist er tapfer und stark und klug und besteht jede Mutprobe. Ich stelle es mir auch sehr schön vor zu fliegen, aber ich glaube, das schaffe ich nie. Aber vielleicht kann ich ja irgendwann beim Fanfarenzug mitmachen. Leider kann man dabei kein Akkordeon gebrauchen.

Und außerdem ist mein liebstes Stück auf dem Akkordeon der amerikanische Navy-Marsch, den ich von einer Schallplatte her kenne, die wir vor dem Krieg bekommen und immer wieder auf unserem Grammophon gehört haben. Ich konnte ihn sofort nachspielen. Er ist wirklich wunderschön, und manchmal spiele ich ihn auch jetzt noch heimlich, aber dann darf wirklich kein Fremder in der Nähe sein, denn das wäre gefährlich. So eine Musik ist verboten. Schließlich sind die Amerikaner unsere Feinde.

Ich habe schon mal auf einer geliehenen »Fanfare«, einer Art kleinen Posaune, geübt, und das kann ich schon ganz gut. Ich glaube, das würde mir am allerbesten gefallen: im Fanfarenzug Musik zu machen. Jeder muß an seinem Platz das Beste geben, dann wird er auch geehrt. Nur wer nirgends dazugehört oder wer aus einer zweifelhaften Familie mit Sympathien für die Kommunisten kommt oder so, der wird eben nicht geehrt. Aber jetzt bin ich erst mal froh, daß mein Hemd mich vor dem Hilfslehrer Sauer beschützt.

Irgendwo höre ich meinen kleinen Bruder Manfred lauthals lachen. Wahrscheinlich spielt Joe irgendein verrücktes Spiel mit ihm. Manfred ist gerade ein Jahr alt geworden. Ein fröhlicher Bursche, der gerade erst gelernt hat zu laufen. Keiner meiner Onkel hat ihn bisher gesehen. Und auch mein Großvater nicht.

Lange hat uns schon keiner meiner Onkel mehr besucht. Man bekommt nicht so ohne weiteres eine Reiseerlaubnis. Und jeder wird auch an seinem Platz gebraucht: Onkel Erwin, der älteste Bruder meines Vaters, bei der »Olex« in Hamburg; dort macht er Benzin für die Autos und Strom oder so was. Onkel Werner in Riga als Soldat, Onkel Gert auf dem Landgut Barendorf bei Lüneburg, mein Vater hier und Onkel Johnny, der Jüngste, irgendwo im Krieg. Seit Anfang August haben wir nichts mehr von ihm gehört. Damals war er gerade in Bukarest stationiert. Aber anscheinend ist Bukarest inzwischen von den Russen besetzt worden, und von Onkel Johnny gibt es kein Lebenszeichen. Ich glaube, meine Eltern machen sich große Sorgen. Aber wenn etwas Schreckliches passiert wäre, hätten wir es bestimmt erfahren. Man bekommt eine Mitteilung, wenn ein Soldat für seine Heimat gefallen ist. Jedenfalls haben meine Freunde, deren Väter, Brüder oder Onkel im Felde gefallen sind, solch eine Nachricht bekommen.

Onkel Johnny und Onkel Werner sind meine Lieblingsonkels. Jedenfalls haben sie bei ihren Besuchen immer die schönsten Späße mit uns gemacht, und sie schicken die liebsten Briefe.

Onkel Erwin ist immer so streng und redet dauernd von »Zucht und Ordnung« und Disziplin wie in der Schule.

An Onkel Gert kann ich mich fast gar nicht erinnern. Ich weiß nur, daß er in Afrika war und einen echten Löwen geschossen hat. Seither nennen ihn alle nur den »Löwentöter«. Und sicher hat er in Afrika sogar Neger gesehen. Ich muß ihn unbedingt mal fragen, ob die wirklich so schlimm sind, wenn ich ihn irgendwann sehe oder wenn meine Eltern mit Barendorf telefonieren.

Wir sind nämlich die einzigen im Dorf, die ein eigenes Telefon haben. Wenn man jemanden sprechen will, der auch ein Telefon hat, dreht man an der Kurbel, dann meldet sich ein Fräulein vom Amt, und man sagt ihr, wen man sprechen will. Und wenn man

Glück hat, läutet schon eine Stunde später der Apparat, und man kann mit jemandem in Klagenfurt sprechen. Oder auch mit Barendorf. Vielleicht sogar mit meinem Opa in Meran. Bestimmt würde ich auch meinem Großvater in dem neuen Hemd gefallen. Schade, daß er mich jetzt nicht sehen kann.

So auf der Wiese liegen und über alles mögliche nachdenken, das liebe ich.

Eine Schwalbe fliegt hoch über mir, schwebt, zieht ihre Kreise. Hier, auf der Erde, ist alles irgendwie so schwer und kompliziert. Aber da oben muß es wunderschön sein und still. Man hört sicher nur den Wind ganz leise in den Ohren sausen und spürt die Kraft der eigenen Flügelschläge. Es muß eine schöne Melodie sein, die man da hört.

Ich folge der Schwalbe mit meinem Blick, das ist mein Lieblingsspiel. Und plötzlich *bin* ich diese Schwalbe, bin ganz leicht, erhebe mich, schwebe, tanze ...

Ich bin ganz versunken in mein Spiel, als ich plötzlich ganz leise, in der Ferne das bedrohlich vertraute Geräusch höre, das mir immer sofort eine Gänsehaut aus Spannung und Angst verursacht. Ganz leise, langsam lauter werdend ist das typische Brummen von feindlichen Bomberverbänden zu hören: ein tiefer, lauter Grundton der gleich klingenden Motoren, umrahmt von etwas tieferen und etwas höheren Klängen der Maschinen, die etwas mehr oder etwas weniger Gas geben müssen, um in der Formation zu bleiben. Eigentlich müßte man das auf dem Klavier nachspielen können: tiefliegende Oktaven und die umliegenden Töne. Laut müßte man das spielen; zumindest den Grundton, mit durchgetretenem Pedal, die anderen Töne etwas leiser dazwischen. Ich muß es irgendwann einmal probieren. Bomberverbände kann man auf dem Akkordeon nicht nachspielen, aber auf dem Klavier müßte es gehen.

Ich stehe auf und blicke gespannt in die Richtung, aus der das Grollen kommt. Und tatsächlich erscheinen die »Lancaster«-Bomber. Wir Kinder können schon jeden Flugzeugtyp am Geräusch erkennen. Langsam nähern sie sich, das Geräusch wird immer lauter. Der ganze Himmel ist plötzlich voller Flugzeuge, die immer in Formationen von versetzten Dreierreihen fliegen. Sie werden Klagenfurt bombardieren. In der letzten Zeit sind diese Angriffe häufiger geworden. Und immer hört man, kaum sind die Bomber in Sicht, unsere Flak aus den umliegenden Wäldern. Um die Flugzeuge herum gibt es dann kleine Explosionen, ein kleines Feuerwerk von den Schüssen der Flugabwehr. Kleine, rauchige Sprengungen. Nachher können wir wieder losgehen, um die Splitter der Flak-Granaten zu sammeln, die überall im Wald niedergehen. Sie haben ganz besondere, bizarre, irgendwie wunderschöne Formen, ein bißchen so, wie die geheimnisvollen Figuren, die beim Bleigießen an Silvester entstehen und aus denen man angeblich die Zukunft ablesen kann. Joe und ich haben schon eine Sammlung an Granatensplittern, die sich sehen lassen kann. Noch besser wäre es natürlich, wenn wir Teile von abgeschossenen Flugzeugen in unserer Sammlung hätten... Gespannt warten wir jedesmal darauf, daß einer der Bomber getroffen wird, aber bisher ist das noch nie passiert.

Gebannt blicke ich in den Himmel. Fasziniert vom Klang der Bomber, vom Rhythmus der Schüsse, vom Anblick der in den Wolken explodierenden Munition unserer Flak. Und plötzlich – ja, tatsächlich! – da bricht bei einem der Bomber ein Flügel ab. Das Geräusch verändert sich sofort. Das Flugzeug löst sich langsam aus der Formation, zieht einen langen Feuer- und Rauchschweif hinter sich her. Die Maschine dreht sich, fällt in einen Sturzflug, rast mit heulenden Motoren der Erde entgegen. Weithin kann ich die rauchende, steile Bahn verfolgen! Bisher habe ich das immer nur im Kino gesehen, in der Wochenschau, wenn das Wanderkino manchmal zu uns nach Ottmanach kam und im Gemeindesaal gespielt hat. Noch nie habe ich das mit eigenen Augen erlebt! Es stürzt ganz in unserer Nähe ab! Irgendwo Richtung Gammersdorf!

Ich renne zu meinem Fahrrad. Joe sitzt auch bereits auf seinem. »Hast du das gesehen!« Im Taumel des Abenteuers radeln wir los. Laut hören wir den gewaltigen Knall des Aufschlags, gleich darauf eine mächtige Explosion. Bestimmt ist irgendwas im Flugzeug explodiert.

Inzwischen fallen die ersten Bomben auf Klagenfurt. Die Luft ist erfüllt von Detonationen und Geräuschen, als würden drei Gewitter gleichzeitig losbrechen.

An jeder Weggabelung treffen wir auf andere Kinder und Jugendliche, die sich wie wir auf den Weg zur Absturzstelle machen. Wir fahren über Felder und Stock und Stein. Und nach einigen Kilometern sind wir plötzlich ganz nah. Umgestürzte Bäume. Überall verteilte kleine Metallteile. Hitze. Und schließlich ein riesiger, tiefer, weiter Krater, in dem der größte Teil des zerfetzten Flugzeugs liegt und brennt. Es riecht nach heißem Metall. Wie das abgefeuerte Jagdgewehr unseres Vaters. Nur viel stärker. Und nach verbranntem Fleisch, ein süßlicher Geruch, den ich von einem Brand in einem Stall eines Nachbarhofes her kenne. Damals hat es zwei von den Schafen erwischt. Es hat genauso gerochen.

Die Munition der geladenen Maschinengewehre explodiert wie bei einem Feuerwerk. Manchmal fliegen Patronenhülsen durch die Luft. Ein Schauspiel, das mich zutiefst in seinen Bann zieht. Fasziniert bleibe ich stehen. Andere Kinder erforschen die Umgebung.

Plötzlich der Ruf eines Jungen: »Kommt mal her! Seht euch das an!« In erregter Neugier rennen wir los und sehen einen Helm, in dem irgendetwas Blutiges hängt. Einer der ganz Mutigen dreht den Helm ein Stück weit – und plötzlich sehe ich den halben Kopf, der darin steckt: ein Klumpen Fleisch, dem das halbe Gesicht weggeschossen wurde. Das verbliebene Auge starrt uns an. Die Mädchen kreischen. Ich schlucke. Ein Junge kreischt nun einmal nicht. Kann meinen Blick nicht sofort abwenden. Laufe dann zum Wrack zurück, stolpere beinahe über irgendetwas Weiches am Wegrand. Es sieht aus wie ein Arm. Will es doch lieber nicht so genau wissen. Aus der Ferne nähern sich Sirenen, die irgendwo in der Nähe stoppen. Man kann die Stelle nur zu Fuß erreichen. Tatsächlich erscheinen unsere Soldaten von allen Seiten auf der Lichtung.

»Haut ab!« herrschen sie uns unfreundlich an. Nicht einmal meinen frisch gelernten soldatischen Gruß erwidern sie, obwohl ich doch das Hemd trage! Sie rempeln uns unsanft zur Seite. »Macht, daß ihr wegkommt! Das ist nichts für euch!«

»Es können jeden Moment noch Bomben detonieren!« ruft ein anderer seinem Kollegen zu.

»Hier ist kein Überlebender!« schreit ein dritter, den ich nicht sehen kann. Bestimmt hat er gerade den Helm mit dem halben Kopf gefunden. Man riegelt das Gelände ab, drängt uns so weit ab, daß wir nichts mehr sehen können.

»Sagt eurem Vater Bescheid«, gibt einer der Soldaten Joe und mir mit auf den Weg, »Ihr seid doch die Bockelmann-Buben, oder?« Wir nicken. Unser Vater ist Bürgermeister der Gemeinde.

Und als solcher muß er bestimmt irgendetwas unternehmen. Stolz über diesen wichtigen Auftrag machen wir uns auf den Weg zurück.

»Ob das ein Jude war?« frage ich ein wenig schüchtern meinen älteren Bruder.

»Was meinst du?«

»Na, der Mann mit dem Helm.«

»Was du immer für einen Blödsinn redest! Das war ein Tommy!« Joe radelt ein Stück vor. Er nutzt seine ganze Kraft und ist mir sofort so weit voraus, daß ich ihn nicht mehr einholen und mit ihm sprechen kann. Alles ging irgendwie so schnell, daß wir nicht einmal ein winziges Teil der abgeschossenen Maschine haben mitnehmen können, noch nicht mal einen einzigen Granatsplitter unserer Flak.

Nachts ein Traum von Lärm in tiefen Oktaven, die sich nähern, immer lauter werden. Wenn das nicht aufhört, platzt bestimmt gleich mein Kopf. Keine Bilder, nur Farbeindrücke. Formen, Geräusche. Gefühl von großer Gefahr. Höre mich irgendwo in weiter Ferne schreien. Höre die Schreie nur indirekt, wie ein Echo meiner eigenen Stimme. Höre in all dem Lärm Worte, deren Sinn ich nicht verstehe. Sie kommen aus dem Radio. Und sie sind gefährlich. Ein ohrenbetäubender, gefährlicher Lärm, gegen den meine eigene Stimme nicht mehr ankommt. Ich muß den Lärm irgendwie aufhalten. Er droht mich zu überrollen wie eine überdimensionierte Walze, die sich immer schneller dreht und immer näher kommt und immer lauter wird. Irgendwo darin, ganz leise, die Stimme meiner Mutter. Ich kann sie nicht verstehen. Wenn nur dieser Lärm endlich aufhörte! Ich bin zu klein und zu schwach für diese Walze, die nur noch Zentimeter von mir entfernt ist.

Schreiend und um mich schlagend wache ich in den Armen meiner Mutter auf, die mich im Bett aufgesetzt hat und mir sagt, daß ich in Sicherheit sei, daß mir gar nichts passieren könne. Ein verstohlener Blick in Joes Bett. Er schläft, wenn es mir auch ein Rätsel ist, wie er das schafft. Ich bin froh darüber, denn bestimmt würde er mich sonst morgen wieder hänseln. Mein Vater ist dazugekommen. Und vom Klang seiner warmen Stimme, die mir von Nils Holgerssohn auf dem Rücken der Wildgänse vorliest, schlafe ich wieder ein.

Das »Kleid des Führers«

»Stillgestanden!« Der Befehl kommt bellend, wie alles, was ich in den paar Minuten seit meiner Ankunft beim allerersten Treffen meiner Jungvolkgruppe gehört habe. Ich gehöre jetzt schon fast zur Hitlerjugend, zu ihrer Vorstufe, der Deutschen Jugend, als Pimpf. Und ich gebe mir Mühe, es gut zu machen.

»Reeeeechts um!« Ich drehe mich, wie es von mir erwartet wird.

»Im Laufschritt – Marsch!« Wir rennen los.

»Hinlegen!« Wir werfen uns auf den Boden.

»Auf! Marsch – Marsch!« Wir stehen wieder auf, rennen ein paar Schritte.

»Hinlegen!«

»Auf! Marsch – Marsch!«

Nach ungefähr 150 Metern ist die Wiese zu Ende. Noch etwa zwanzig Meter, dann hab ich's geschafft. Der kleine Feldweg, der die Wiese begrenzt, erscheint mir wie eine Rettung: Dort kann ich mich endlich ausruhen. Doch daraus wird nichts. Kaum sind wir am Ende der Wiese angekommen, müssen wir wenden, und das Ganze geht in die andere Richtung von vorne los. Und dann wieder und wieder. Meine Lungen brennen, meine Beine schmerzen. Und auch mein neues Hemd wird ganz schmutzig. Ich kämpfe wie ein Mann mit mir selbst, doch trotzdem bleibe ich weit hinter den anderen zurück.

»Aufschließen, Marsch, du Pfeife!« schreit der Jungenschaftsführer in meine Richtung. Ich gebe mir alle Mühe, doch er beachtet mich gar nicht weiter. Zum Glück. Hinlegen, aufstehen, rennen. Hinlegen, aufstehen, rennen. Die Kommandos gibt er nun nur noch mit der Trillerpfeife, die an einer rot-weißen Schulterkordel, dem Erkennungszeichen des Jungenschaftsführers, hängt. Das hatte ich mir wirklich irgendwie anders vorgestellt. Doch bestimmt kommt der schöne Teil noch mit gemeinsamem Singen und Lagerfeuer im Wald und all so was. Schließlich hab ich mich schon seit einer Ewigkeit darauf gefreut!

Inzwischen ist noch ein HJ-Mann dazugekommen. Er ist mit seinem Motorrad bis auf die Wiese gefahren und beobachtet uns.

Das Kennzeichen stammt aus Spittal an der Drau, das ist ganz schön weit von uns weg. Dort ist irgendeine Kommandozentrale der HJ.

Der Mann trägt die grünen Kordel des Jungzugführers und einen schwarzen Lederriemen quer über die Brust. Ein bulliger junger Bursche mit versteinertem Gesicht. Er ist etwa vier oder vielleicht fünf Jahre älter als unser Jungenschaftsführer. Vermutlich achtzehn oder zwanzig Jahre alt.

Der Mann pfeift laut auf seiner Trillerpfeife.

»Stillgestanden!« ruft unser Jungenschaftsführer. Ein wenig Atem holen, was schwierig ist bei der angespannten Haltung, die wir bei diesem Befehl einnehmen müssen. Hände an die Hosennaht.

Der wichtige junge Mann schreitet unsere Reihen ab. Offensichtlich gefällt ihm nicht, was er da sieht: dieser lächerliche, karg uniformierte Haufen von uns Pimpfen, diese bunt zusammengewürfelten Uniformen, die wir tragen.

»Rührt euch!« Wir dürfen wieder lockerer stehen. Trotzdem weicht die Verkrampfung und Anspannung nicht aus meinem Körper.

Der Mann wird uns vorgestellt. Es sei eine große Ehre, daß er uns heute besuche, wie es überhaupt eine große Ehre für uns sei, zur Deutschen Jugend zu gehören, eine Elite, der wir uns als würdig erweisen sollen.

Wir üben das Begrüßen, den soldatischen- und den Deutschen Gruß. Der Jungzugführer scheint immer ungeduldiger mit uns zu werden. Auch das Zusammenschlagen der Hacken im gleichen Augenblick will einfach nicht klappen. Es müßte *ein* entschlossener Knall von allen Schuhen sein: Stillgestanden – Zack! Gleichzeitig und exakt. Bei uns aber ist es eine zögerliche Folge von kleinem Geklapper.

Der Jungzugführer stellt sich vor mich hin. Er mustert mich von oben bis unten. Ich stehe stramm, blicke an ihm vorbei, wie es Vorschrift ist.

»Vortreten!« brüllt er mich schließlich an.

Ich gehorche.

»Die HJ duldet keine Nachlässigkeiten!«

Ratlos sehe ich ihn an, weil ich nicht weiß, was ich falsch gemacht habe. Und dabei darf man das nicht: einen Ranghöheren direkt anschauen, das muß ich eigentlich schon wissen.

»Blick geradeaus!« ruft er auch gleich, und ich gehorche erschrocken. Er schreit: »Ein Schuh, der nicht ordnungsgemäß zugebunden ist, schadet dem Ansehen der Truppe. Er kann im Ernstfall eine ganze Einheit in Gefahr bringen! Und wie siehst du überhaupt aus, du Hanswurst? Dein Hemd ist aus deiner Bauernhose gerutscht!«

Irritiert blicke ich nur einen kleinen Augenblick lang an mir hinunter. Die Lederhose mit dem Latz, natürlich ohne Gürtel, die einzige kurze Hose, die ich habe, hält das Hemd ohnehin kaum. Und bei den Übungen konnte ich auf den Sitz meiner Kleidung beim besten Willen nicht mehr achten. Betreten möchte ich mein Dilemma erklären, murmle irgendetwas wie: »Entschuldigung, das ist nur weil…«

Doch ehe ich den Satz zu Ende gebracht habe, fühle ich einen Schmerz, der mir den Atem raubt. Mein Kopf scheint zu explodieren. Ich habe den Schlag nicht kommen sehen. Er traf mich unvorbereitet und mit aller Wucht. Ich spüre den Schmerz, spüre, wie mein Körper zu Boden geschleudert wird, spüre noch das Aufschlagen, dann wird es dunkel um mich.

Als ich wieder zu mir komme, kniet Alois aus meiner Bank neben mir. Die anderen haben ihre Übungen fortgesetzt.

»Aufstehen!« brüllt die Stimme des Jungzugführers von irgendwoher, doch ich kann nicht. Mein Kopf schmerzt wie noch nie zuvor in meinem Leben. Aus meiner Nase und vor allem aus meinem linken Ohr läuft Blut. Blutgeschmack auch in meinem Mund. Meine Lippe fühlt sich dick an, und sie scheint an der Seite geplatzt zu sein. Das schlimmste aber ist das Ohr. Ein heftiger Schmerz, wie ich ihn noch nicht gekannt habe. Jeder Windhauch scheint sich wie ein Messerstich durch mein Ohr in mein Innerstes zu bohren. Der Wind scheint direkt in meinen Kopf gepreßt zu werden. Und dabei höre ich alles nur noch dumpf. Sogar das Brüllen des Jungzugführers wird zu einem undeutlichen Rufen.

Ich sehe seine Stiefel direkt vor meinen Augen, hebe mit aller Mühe meinen Kopf, treffe mit meinen Augen auf seinen herablassenden Blick, als er an Alois gewandt zischt: »Bring diesen

Schwächling nach Hause! So einen Schlappschwanz können wir hier nicht gebrauchen!«

Alois gibt mir sein Taschentuch, damit ich das Blut abwischen kann. Ich bin zu geschockt für Tränen. Und ich spüre, daß Weinen die Schmerzen in meinem Ohr nur noch vergrößern würde. Jedes Geräusch ist nur noch ein peinigendes Stechen.

»Kånst hamgehn, wånn i da hülf?« fragt mich Alois in breitestem Kärntnerisch, ob ich mit seiner Hilfe nach Hause gehen kann. Bis nach Hause sind es fast vier Kilometer. Aussichtslos. Ich schüttle leicht den Kopf.

»Oba von då miass ma weg«, meint Alois. Von hier müssen wir weg. Dann fällt ihm das Gasthaus am Schattenhof ganz in der Nähe ein. »Wenn ma bis zum Schåttnhof kumman, ruaf i dein Våta im Schloß ån, und der kån di nåchher holn.« Wenn wir es bis zum Schattenhof schaffen, kann er meinen Vater anrufen, damit er mich abholt.

Langsam hilft Alois mir auf die Beine. Alles dreht sich um mich. Alois stützt mich, und Schritt für Schritt machen wir uns schweigend auf den Weg. Die Tränen laufen jetzt doch. Es sind stumme Tränen, kein lautes, verzweifeltes Weinen. Es sind auch Tränen der Scham: Schon wieder habe ich versagt. An meinem allerersten Tag beim »Jungvolk« bin ich kläglich gescheitert! Ich werde nie ein tapferer deutscher Junge sein!

Im Weggehen höre ich die anderen singen:

Wir kennen keine Klassen,
Nur Deutsche, treu geschart,
Der Weltfeind, den wir hassen,
Ist nicht von deutscher Art.

Wie ein Klang meiner Schmach verfolgt mich das »Hitlerjugendlied« weit auf meinem Weg, bis es schließlich immer leiser wird und verklingt.

Zum Glück ist im Gasthaus nicht viel los. Der Wirt ist sichtlich erschrocken, als er mich so sieht. »Was ist den mit dir passiert?« Doch ich finde in diesem Moment keine Worte, und Alois ist mit dem Kurbeln und Herstellen der Verbindung beschäftigt.

Der Wirt bringt mir ein Glas Wasser und einen nassen Lappen, mit dem ich mein immer noch aus dem Ohr und aus der Nase sickerndes Blut abwischen und wenigstens die Lippe kühlen kann.

Endlich schrillt das Telefon. Ich höre es nur noch mit dem rechten Ohr. Es ist die Verbindung mit Ottmanach, doch es ist der Wirt, der meinem Vater erklärt, er solle jetzt keine Fragen stellen sondern seinen Wagen nehmen und so schnell wie möglich herkommen, um den Jürgen abzuholen. Wenigstens hat er nicht »Jürgi« gesagt, wie ich meistens genannt werde. Irgendwie mag ich den Namen Jürgen nicht besonders. Ich kann nicht sagen, wieso, aber »Jürgen« ist für mich der Inbegriff von Schwäche und Unbrauchbarkeit. Eigentlich heiße ich ja »Jürgen Udo«, aber so nennt mich natürlich keiner. »Udo«, das wäre ein richtiger Name, er hat etwas Kraftvolles, Selbstbewußtes, etwas Klares. Statt dessen nennt mich aber alle Welt »Jürgi« oder »Jürgilein« oder bestenfalls einfach »Jürgen«.

Mein Vater scheint erschrocken von meinem Anblick. »Wie ist denn das passiert?«

Ich weiß nicht, was ich sagen soll. Ich schäme mich so sehr, und ich habe so große Angst und so schreckliche Schmerzen. »Ich hab eine Watschen bekommen«, sage ich schließlich nur.

»Ich hab was falsch gemacht«, füge ich noch kleinlaut hinzu.

»Diese Wahnsinnigen!« Aufflackernder Zorn im Gesicht meines Vaters. Irgendwie ist das ganz fremd in seinem Gesicht. Aber er ist überhaupt nicht enttäuscht von mir. Eine kleine Erleichterung.

Über die Schotterstraße fahren wir mit unserem Steyr 100 nach Klagenfurt. Jeder Schlag des Autos ist ein bohrender Schmerz in meinem Kopf. Überall in der Stadt zerstörte Häuser, manche Trümmerhaufen qualmen noch. SS-Leute mit ihren schwarzen Ledermänteln auf Patrouille. Ich nehme es wie aus weiter Ferne wahr. Präsent ist nur noch dieser helle, kreischende Schmerz, das dumpfe Hören, meine Angst, mein Versagen.

»Wie ist denn das passiert?« Die Frage des Arztes, während er mich untersucht.

»Er hat bei einer HJ-Übung eine Ohrfeige bekommen«, erklärt mein Vater kurz.

»Diese Scheißkerle!« entfährt es dem Arzt, aller gebotenen Vorsicht zum Trotz. »Das war keine Ohrfeige, das war ein ganz brutaler Schlag. Das Trommelfell ist buchstäblich zerfetzt«, meint der Arzt mit mühsamer Beherrschung, »da kann man nichts tun. Es muß von selbst wieder zuwachsen. Es wird lange dauern, und es werden Narben bleiben. Der Junge wird nie mehr sein vollständiges Hörvermögen zurückbekommen.«

Der Arzt hat es leise zu meinem Vater gesagt, aber ich habe seine Worte gehört.

Und plötzlich weiß ich nicht mehr, was schlimmer ist: dieser Schmerz, der mich langsam von innen zermürbt oder die Angst, nie mehr richtig zu hören. Was wird dann aus meinem Akkordeonspielen, aus der Musik? Das ist doch das einzige, was ich wirklich gut kann und was mich glücklich macht! Ich möchte mich am liebsten auf die Liege werfen und um mich schlagen vor Wut und Angst und Schmerz, doch statt dessen füllen sich meine Augen nur wieder mit Tränen und der Druck in meinem Ohr steigt. Der Arzt gibt mir irgendetwas, das die Schmerzen lindern soll. Meine Mutter soll mir warme Watte in das Ohr stecken. Und ich muß natürlich zu Hause im Bett bleiben, brauche Ruhe.

Verzweifelt ziehe ich zu Hause das neue Hemd aus, das mich ganz und gar nicht geschützt hat.

»Zu diesen Mistkerlen gehst du nie mehr hin!« hat mein Vater wütend im Auto zu mir gesagt. Ich habe genickt. Eine Mischung aus Erleichterung, da nicht mehr hinzumüssen und Enttäuschung über mein Versagen.

Irgendetwas stimmt nicht mit mir, denke ich. Irgendwie passe ich einfach nicht in diese Welt. Ich bin einfach nicht stark und tapfer und gesund genug, um meinem Land, meiner Familie, mir selbst Ehre zu bereiten. Was ist das nur für eine Welt, in der man immer so stark sein muß und so unverletzbar. Warum zählt es nicht, daß ich Musik machen kann, daß ich in meinen Gedanken wie ein Vogel fliegen kann, daß ich mir die herrlichsten Geschichten ausdenken kann, wenn ich auf meiner Wiese liege?

Wenn ich doch nur ein bißchen so wäre wie Joe. Er besteht jede Gefahr, und ich glaube, er kennt keine Angst: vor nichts und vor niemandem auf dieser Welt. Und ich habe ihn auch noch nie weinen gesehen. Auch wenn er manchmal ganz schön hart mit mir umspringt, er ist der tollste Junge der Welt.

Mutlos vergrabe ich mein Gesicht in meinem Kissen, und unter hemmungslosem Schluchzen möchte ich am liebsten von dieser Welt verschwinden. Oder einfach ganz klein werden wie Nils Holgerssohn und auf dem Rücken der Wildgänse davonschweben. Aber diesmal klappt es nicht mit dem Fliegen in Gedanken. Mein Kopf ist einfach zu schwer. Die Schmerzen halten mich am Boden, in meinem Bett.

Eine kleine Amsel mit einem weißen Kopf ist an mein Fenster gekommen. Der weiße Kopf, eine Laune der Natur. Bestimmt ist es für sie auch nicht einfach, so anders zu sein. Sie sitzt am Fenster und sieht mich einfach nur an, putzt ihr Gefieder, sieht mich wieder an, pfeift nur einmal ganz leise. Ich liege ganz still, um sie nicht zu verscheuchen, und irgendwie scheint sie mit ihrer Leichtigkeit und ihrem Anderssein in diesen Stunden meine Verbündete zu werden. Verbündet gegen eine Welt, die laut ist und grausam und blutrünstig und die bleischwer an mir zerrt.

Vor der Flucht

21. Januar 1945. Sonntag am frühen Morgen. Jemand rüttelt an meinem Arm. »Aufwachen!« Die Stimme meiner Mutter. Ich begreife nicht.

»Aufwachen! Schnell!« Sie sagt es sehr energisch, und da wird mir klar, daß irgendetwas los ist. Ich fahre hoch. Joe murmelt etwas wie »Ich will schlafen!«

»Steht bitte auf, zieht euch an und kommt in die Küche. Wir frühstücken heute dort und müssen etwas Wichtiges mit euch besprechen.« Meine Mutter meint es ganz offensichtlich ernst, und mir wird bewußt, daß ich schon seit Stunden im Halbschlaf Unruhe im Haus gehört habe. Das Scharren von Stühlen, das Schleifen von Kisten oder Koffern oder ähnlichem. Manchmal auch leise Stimmen.

Eigentlich liebe ich den Sonntagmorgen. Wir kriechen dann immer noch zu unseren Eltern ins Bett, sie erzählen uns Geschichten. Zum Frühstück gibt es ein weichgekochtes Ei, das von meinem Vater Löffel für Löffel geteilt wird. Später gehen wir alle spazieren oder Schlittenfahren mit dem neuen Bob, den mein Vater uns zu Weihnachten gemeinsam mit einem Tischler gebaut hat: eine Art Doppelrodel mit einem echten Autolenkrad. Zur Zeit unser Lieblingsspielzeug, und sonntags tollen wir damit herum. Doch mir ist klar, daß dieser heutige Sonntag nicht so sein wird, und es beunruhigt mich.

Alle scheinen heute so früh morgens schon auf zu sein. Es sind nicht nur die Stimmen meiner Eltern, die ich höre, sondern auch die von unserem Kindermädchen Hilde, die aus Lüneburg über Onkel Gert zu uns vermittelt wurde, um bei uns ihren Pflichtdienst zu absolvieren, von Sophie, unserer Köchin, und ihrem Mann, unserem Verwalter Karl Schindler. Ganz sicher bin ich mir da aber nicht, denn mein linkes Ohr ist immer noch mit Watte verstopft. Seit der Ohrfeige des Jungzugführers habe ich Tag und Nacht Ohrenschmerzen. Eine Mittelohrentzündung folgt auf die andere, und ich frage mich, ob das ewig so weitergeht. Das ständige Kranksein, das schlechte Hören hat auf meine Verfassung geschlagen. Ich bin noch dünner als sonst, kann nur wenig in die Schule gehen, bin noch ängstlicher – und trauriger.

Das Zimmer ist kalt, als ich aus dem Bett steige. Ein Blick in Manfreds Bett. Er schläft mit einem Lächeln auf den Lippen und neben den Kopf gestreckten Armen. Manchmal beneide ich ihn um seine Ahnungslosigkeit. Niemand erwartet mit seinen eineinhalb Jahren etwas von ihm, nichts muß ihm Sorge bereiten.

»Glaubst du, es ist etwas Schlimmes?« frage ich Joe, doch der zuckt nur mit den Schultern.

»Wir werden's ja gleich erfahren.« Er gähnt.

Im Eßzimmer sind alle Möbel von weißen Tüchern bedeckt. Im Damenzimmer ist Hilde gerade dabei, ein Tuch über das Klavier zu legen.

»Guten Morgen. Eure Eltern warten in der Küche«, sagt sie ungewohnt knapp und wendet sich wieder ihrer Arbeit zu. In der Diele stehen irgendwelche Gepäckstücke.

In der Küche riecht es nach Muckefuck, dem billigen Kaffee-Ersatz, den wir sonntags immer trinken; wir Kinder bekommen nur einen kleinen Schluck davon ab, für uns gibt es eigentlich warme Milch. Echten Kaffee gibt es schon lange nirgends mehr. Ich kann mich aber noch an den herrlichen Duft erinnern und würde das so gern mal wieder irgendwo riechen.

Sophie ist dabei, alles vorzubereiten. Sie hat nachts ein paar Laibe Brot gebacken. Es gibt sogar unser geliebtes Frühstücksei.

»Stellt jetzt keine Fragen. Wir alle verreisen, und zwar noch heute«, beginnt mein Vater behutsam aber eindringlich. »Eure Mutter und ich haben uns das lange überlegt. Kärnten ist nicht mehr sicher genug für euch. Wahrscheinlich wird es bald ein schlimmes Kampfgebiet werden. Und durch die Nähe zu Jugoslawien werden vermutlich die Russen zuerst hier sein. Und was das bedeutet, das wißt ihr ja. Es geht jetzt darum, euch zu retten. Von den Russen in einem Schloß vorgefunden zu werden, kann tödlich sein. Wir versuchen, irgendwie zu Onkel Gert auf das Gut Barendorf durchzukommen. Es ist so gut wie sicher, daß dort, in Norddeutschland, die Engländer die Besatzer sein werden.«

»Was heißt Besatzer?« will Joe wissen.

Unser Vater schaut ganz ruhig erst meinen Bruder an, dann mich. »Besatzer, das heißt, daß Deutschland von den alliierten Truppen besetzt werden wird, und hier in Kärnten werden das wahrscheinlich die Russen sein, in der Lüneburger Heide vermutlich die Briten.« Wir sehen ihn ratlos an, und er merkt offenbar, daß er noch mehr erklären muß. Er braucht einige Augenblicke, um sich dazu durchzuringen, dann sagt er mit bemüht fester Stimme: »Wenn wir schon so offen miteinander reden: Der Krieg wird in ein paar Wochen oder Monaten zu Ende sein, und es gibt keinen Zweifel – er ist für Deutschland verloren.« Er hält einen Augenblick inne, und ich habe das Gefühl, er hat diese Worte selbst zum ersten Mal ausgesprochen und ist fast geschockt von ihrem Klang.

»Bis es soweit ist, dürfen wir *alle* das natürlich nirgends sagen. Das wäre lebensgefährlich«, fügt er schließlich noch hinzu.

Und meine Mutter sagt in die entstandene Stille betont sachlich: »Wir haben schon beinahe alles gepackt. Keiner von euch geht heute mehr aus dem Haus. Wir packen jetzt noch eure Sachen, und dann machen wir uns auf den Weg. Wir müssen früh genug am Bahnhof sein, damit wir überhaupt eine Chance haben, Plätze in einem Zug zu bekommen. Keiner weiß, wann Züge gehen, aber wir haben gehört, heute nacht oder morgen ganz früh soll es eine Möglichkeit geben, zumindest mal ein Stück voranzukommen. Dann sehen wir weiter.«

»Dürfen wir uns denn von unseren Freunden verabschieden?« frage ich ahnungslos.

Ein entschiedenes »Nein!« von meinen Eltern im Chor. »Niemand darf davon erfahren.«

Was das bedeutet, ein verlorener Krieg, kann ich mir irgendwie überhaupt nicht vorstellen. Wir sind doch die Guten, oder etwa nicht? Kommen jetzt die Bösen zu uns? Das kann doch alles gar nicht sein.

»Heißt das, daß jetzt die Bösen die Guten besiegt haben?« frage ich irritiert.

Ganz ruhig sagt mein Vater: »Junge, wahrscheinlich verstehen wir alle das erst später, aber ich glaube fast, es ist umgekehrt.«

Ich spüre, daß für alle diese Fragen jetzt kein Platz ist. Vielleicht kann ich das ja nachher mit Joe besprechen. Er hat zu all dem überhaupt noch nichts gesagt. Seine Miene ist undurchdringlich. Ich würde *zu* gern wissen, was er denkt. Doch bei aller Verwirrung, das frische Brot schmeckt wirklich köstlich.

»Wieso müssen wir immer alle fliehen?«

Es ist stockdunkle Nacht, als wir unsere Koffer auf den Anhänger des Traktors laden. Karl Schindler wird sie zum Bahnhof bringen. Er fährt mit Hilde und Sophie voraus. Später werden Karl und Sophie den Wagen und den Traktor zurück zum Schloß bringen. Hilde wird mit uns nach Barendorf kommen, sonst niemand. Wir konnten nur soviel in die Koffer packen, wie wir tragen können. Nicht einmal mein Akkordeon durfte ich einpacken, sosehr ich auch darum gebettelt habe. Ich hätte gern auf meinen Sonntagsanzug und alles andere verzichtet, wenn ich nur meine Ziehharmonika hätte mitnehmen dürfen, aber meine Mutter sagte, das käme überhaupt nicht in Frage. Jeder von uns müsse auf Dinge verzichten, die ihm wichtig sind. Ich könne dafür meine Mundharmonika mitnehmen, als ob das ein Ersatz wäre. Aber in Barendorf gibt es zum Glück wenigstens ein Klavier.

Eigentlich hatte ich gedacht, Sophie hätte den Schmuck und alles Wichtige in das frische Brot eingebacken, so wie Pascha es damals bei der Flucht meiner Großmutter und der Familie aus Rußland gemacht hatte, aber meine Mutter hat über diese Frage nur gelacht. Sie hätte gar nicht soviel Schmuck, und den wenigen, den sie besitze, lasse sie natürlich hier.

Mein Vater nimmt nicht einmal die Raritätenschachtel mit, nur die Uhr meines Großvaters. Aber mein Vater will in zwei Wochen oder so ja auch wieder zurückkommen. Er meint, er müsse hier die Stellung halten. Erstens weil er Bürgermeister sei und daher eine Verantwortung habe; er könne das Dorf ja nicht sich selbst überlassen, wenn die Russen kommen, müsse für eine geordnete Übergabe des Ortes sorgen. Und vielleicht könne er ja etwas tun, schließlich spreche er russisch. Zum anderen will er versuchen, das Schloß und das Gut, unsere Heimat, irgendwie für uns zu retten. Er allein könne sich wehren, aber die Familie müsse vorher in Sicherheit sein.

»Aber das *verstehe* ich nicht«, suche ich verzweifelt nach einer Antwort für all das, was mich in diesen Stunden bewegt. »Wieso müssen wir immer alle fliehen: Du damals mit deinen Eltern aus deiner Heimat Rußland und ich heute mit euch aus meiner Heimat Kärnten? Wir haben doch alle nichts Böses getan!«

Mein Vater schüttelt ratlos den Kopf. »Warum das so ist, das weiß ich leider auch nicht. Ich war genauso alt wie du, als ich meine Heimat Rußland verlassen und ich mit meinen Eltern flüchten mußte. Ich weiß genau, wie du dich fühlst. Vielleicht kannst du, wenn du eines Tages erwachsen bist, ja für all das eine Antwort finden. Ich kann es heute nicht, und ich glaube, das kann zur Zeit niemand. Das ist eben der Wahnsinn eines Krieges … Vielleicht kommt ja irgendwann in Europa mal eine Zeit des dauerhaften Friedens, und vielleicht erleben deine Kinder es, nicht zu Flüchtlingen zu werden, aber heute können wir das alles nicht ändern.« Und nach einer kleinen Pause: »Aber jetzt müssen wir wirklich fahren!«

Ich nicke nachdenklich.

»Nur eine Minute! Ich hab noch was vergessen«, schwindle ich.

Und dann betrete ich noch einmal das Schloß, gehe durch die verlassenen Räume. Wer weiß, ob ich sie noch mal wiedersehe.

Der Flügel im Damenzimmer. Er hat mir immer angst gemacht und mich doch magisch angezogen. Ich hebe das Tuch ein wenig, setze mich, berühre die Tasten. Erst sind es leise Töne, die ich anschlage, dann spiele ich mit zwei Händen eine tiefe Oktave und schlage die Töne schnell hintereinander an. Die danebenliegenden Tasten nehme ich wie zufällig manchmal dazu. Ich drücke das Pedal voll durch und lasse den Klang anschwellen bis zur vollen Lautstärke. Alle Saiten beginnen zu schwingen. Und ich stelle überwältigt und selbst ein wenig erschrocken fest: »Jawohl, Bomber kann man nachspielen.«

»Hör sofort damit auf und komm!« Die ungewohnt scharfe Stimme meiner Mutter. Ich habe sie gar nicht kommen hören. Entsetzt und beinahe starr vor Betroffenheit sieht sie mich an. »Das ist ja furchtbar, was du da spielst. Das hört sich ja an wie ein Bomberverband!«

»Ich wollte doch nur verstehen, wie das Geräusch entsteht, das die Bomber machen!« flüstere ich, klappe betroffen den Klavierdeckel zu, laufe die Treppe nach unten und steige in den Wagen. Der Klang hallt noch in meinem Kopf, während wir losfahren und Ottmanach für unbestimmte Zeit hinter mir in der Dunkelheit dieser Nacht und einer undurchdringlichen Zeit versinkt.

In Opas Haus

Wie lange wir schon unterwegs sind, darüber hab ich den Überblick verloren, und ich weiß auch nie, wo wir gerade sind. Die Züge sind überfüllt, das ganze Land scheint unterwegs zu sein. Man steigt in irgendeinen Zug Richtung Westen oder Norden, kommt irgendwo an, wo es plötzlich nicht mehr weitergeht, sitzt dort stundenlang herum, bis man plötzlich hört, daß wieder ein Zug irgendwohin in ungefähr die Richtung gehen soll, in die man möchte, und man fährt wieder ein Stück.

Immer wieder halten wir, weil die Gleise zerstört sind oder weil wir aus irgendwelchen anderen Gründen nicht weiterfahren können. Ganz oft steht ein Zug stundenlang in irgendeinem Bahnhof, und man wartet auf eine Lok. Die meisten Lokomotiven werden für Truppentransporte gebraucht.

So fahren wir seit Tagen Zickzack durch Deutschland, machen Umwege, und ich hab überhaupt keine Ahnung, wie lange das noch so weitergehen wird.

Überall, im Gang jedes Waggons, an Häuserwänden, in den Bahnhöfen ein seltsames Plakat, das die Silhouette eines großen Mannes mit Hut und Mantel zeigt, der in Lauschhaltung irgendwo steht. Daneben steht in einer seltsam gestalteten Schrift: »Pssst – Feind hört mit!«

Ich finde das Plakat ziemlich unheimlich und kann es mir auch nicht erklären: Heißt das, daß die SS oder die Gestapo immer mithört, schließlich laufen sie ja immer mit solchen schwarzen Mänteln und Hüten herum? Aber warum steht dann da das Wort »Feind«? Oder sollen das die Juden sein, die mithören? Oder die bolschewistische Weltverschwörung, gegen die wir kämpfen? Ich finde einfach keine Lösung. Und irgendwie ist das alles so komisch: einerseits die ständige laute Schreierei aus dem Radio und in der Wochenschau und so und andererseits das immer so wichtige Schweigen, das wir ja schon im Eid der Hitlerjugend schwören mußten. Schreien und Schweigen, dazwischen scheint es irgendwie nichts zu geben.

Meistens fahren wir nur nachts, verdunkelt, um nicht bombardiert oder von Fliegern angegriffen zu werden. Manchmal, wenn es nicht weiterging, haben wir in Bahnhofsmissionen auf dem Boden übernachtet. Die wenigen Feldbetten waren alle belegt, und die Menschen lagen kreuz und quer, wo sie gerade ein bißchen Platz gefunden haben, manche aneinandergekauert. Und wir müssen sehr aufpassen, daß uns nichts von unseren Sachen geklaut wird. Ich lege mich immer irgendwie auf meinen Koffer und beschütze ihn. Mami, Papi und Hilde wechseln sich in der Betreuung von Manfred ab, der oft aufwacht, und wir alle sind froh, wenn es endlich wieder weitergeht. Und wir alle staunen, weil Manfred nie weint. Er ist zwar unruhig, aber sobald man ihn ansieht, strahlt er.

Hilde fragt immer wieder nach meinem Onkel Johnny, den sie

wohl irgendwann bei seinem letzten Besuch bei uns oder in Barendorf kennengelernt haben muß, aber das ist sehr lange her. Wir haben schon furchtbar lange nichts von ihm gehört und haben große Angst um ihn.

»So ein stattlicher und netter Mann«, sagt sie immer wieder und bekommt ganz glänzende Augen. Das ist merkwürdig in diesem ganzen Chaos um uns herum.

Wenn wir irgendwo durch eine Stadt kommen und es ist nicht mitten in der Nacht und verdunkelt, dann sehen wir fast nur Ruinen. Überall auf den Straßen liegt Schutt. Und manchmal hat man vor den Ruinen Plakate aufgestellt, auf denen steht, daß unser Führer an vorderster Front ist und für uns kämpft. Ich stelle mir dann immer den Führer vor, wie er allein vorausläuft und ganz laut schreit und schießt und alle Feinde vernichtet, aber das finde ich eigentlich ziemlich komisch.

Manchmal höre ich Leute etwas von einer Wunderwaffe sagen. Viele glauben, daß der Führer irgendetwas vorbereitet hat, was die Feinde mit einem Schlag vernichten kann, aber das kann ich mir nicht vorstellen.

Wir werden wahrscheinlich bald irgendwie nach Berlin kommen, weil fast alle Züge nach Berlin geleitet werden.

»Es ist der wichtigste Verkehrsknotenpunkt, der noch aufrechterhalten wird«, sagt mein Vater, und er sieht dabei besorgt aus.

Meine Mutter sieht sehr nachdenklich aus, und dann sagt sie zu meinem Vater, es wäre doch ganz schön, wenn wir in Berlin in Opas Haus unterkommen könnten. Sie hat die Idee, Opa in Meran anzurufen und zu fragen, ob sein Haus in Berlin noch steht und ob wir dort reinkönnen, bis wir nach Barendorf weiterkommen.

Papa entschließt sich dann nach einigem Hin und Her wirklich, vom Bahnhof aus ein Gespräch nach Meran anzumelden, und es kommt sogar nach ganz kurzer Zeit zustande, was mir fast ein wenig komisch vorkommt in dem ganzen Chaos.

Ich glaube, mein Vater ist ein bißchen nervös, so plötzlich mit meinem Großvater zu sprechen, und ich hab in seinen Augen auch Tränen gesehen. Jedenfalls unterhalten sie sich ziemlich lang, und ich höre, wie mein Vater verspricht, mit uns allen nach Meran zu fahren, wenn »das hier vorbei ist«.

Dann drückt mein Vater mir den Hörer in die Hand und sagt,

Joe und ich dürften auch noch kurz mit unserem Großvater sprechen. Und ich höre Opa »Hallo, mein Junge« sagen, und die Stimme erkenne ich sofort wieder. Sie ist irgendwie ganz besonders, und ich habe sie in der ganzen Zeit, in der ich sie nicht gehört habe, nicht vergessen. Ich weiß gar nicht so recht, was ich ihm zuerst erzählen soll und würde ihm eigentlich gern sagen, daß er eine sehr schöne Stimme hat, aber das kommt mir irgendwie komisch vor und so sage ich, daß wir auf der Flucht sind, so wie er damals in Rußland, und er sagt ganz ernst, daß das eine schlimme Zeit ist. Und ich höre mit ganz laut klopfendem Herzen zu, als er mir sagt, Joe und ich müßten, wenn unser Vater zurück nach Ottmanach fährt, gut auf unsere Mutter aufpassen, so wie mein Vater und seine Brüder das damals in Schweden mit meiner Großmutter Anna gemacht haben, als mein Großvater in Rußland in der Verbannung war.

Opa muß oft Atem holen. Manchmal spricht er plötzlich sehr leise, so, als würde ihn das alles furchtbar anstrengen.

Ich muß ihm versprechen, »Verantwortung zu übernehmen«, und ich verspreche es und bin stolz darauf, daß er mir soviel zutraut. Ich würde gern so viel fragen und erzählen, aber das kann ich nicht, weil Joe neben mir immer ungeduldiger nach dem Hörer greift und mich ziemlich heftig in die Seite boxt, um endlich auch mit Großvater sprechen zu können.

Mit Joe spricht er viel länger als mit mir. Irgendwie hat unser Großvater mit Joe schon immer mehr Zeit verbracht, aber mit Joe konnte man ja schon immer auch mehr unternehmen als mit mir …

Meine Eltern stehen ein bißchen abseits, und ich höre, wie mein Vater zu meiner Mutter sagt, daß Opa auch nicht weiß, ob das Haus noch da ist, daß Großvater ihm aber gesagt hat, wo der Schlüssel ist. Und daß Opa auch gesagt hat, wenn wir können, sollen wir alles aus dem Haus mitnehmen, was uns brauchbar erscheint, vor allem aber den »Mann mit dem Fagott«. Der müsse dort noch irgendwo stehen, und er sei ihm lieb und teuer, und Großvater wolle, daß wir ihn an uns nehmen und daß er bei uns bleibt, weil mein Vater schon immer ganz besonders an der Figur gehangen habe, und mein Vater sagt das mit ganz rauher Stimme.

Als ich das höre, werde ich ganz aufgeregt: diese geheimnisvolle Bronzefigur, von der mein Vater uns so oft erzählt hat und die ich noch nie mit eigenen Augen gesehen habe! Wenn wir Glück haben, kann ich also bald nicht nur unsere schöne Reichshauptstadt endlich kennenlernen, sondern auch den »Mann mit dem Fagott«! Irgendwie macht mir die ganze Fahrerei jetzt schon viel weniger aus.

Als Joe endlich aufgelegt hat, drängen wir uns wieder auf den Bahnsteig, und meine Eltern scheinen ein bißchen erleichtert zu sein, weil wir jetzt ein Ziel haben.

Irgendwann geht auch wirklich wieder ein Zug, und wir pressen uns mit vielen, vielen anderen Leuten hinein. Mami hat es auf unerklärliche Weise geschafft reinzukommen, und Papi hebt nun uns Kinder und am Schluß Hilde durch das Fenster hinein, drängt sich dann selbst irgendwie durch die Tür und kämpft sich zu uns durch. Manche Leute sitzen sogar auf den Puffern oder auf dem Dach, und das ist ziemlich gefährlich. Wir haben nur noch Platz auf dem Gang, auf unseren Koffern, und wir haben auch nicht mehr sehr viel Brot und Wasser und selbstgemachte Salami dabei. Mein Ohr tut auch weh, aber meine Mutter sagt, es könne jetzt nicht mehr lange dauern, bis wir in Berlin sind.

Rattern, schaukeln. Dann wieder ein Halt, langsame Anfahrt. Draußen ist es dunkel, doch irgendein seltsam flackerndes Licht begleitet uns. Ich weiß nicht, ob ich wach bin oder träume. Um uns herum scheint es zu brennen. Bizarrer Lichterschein. Häuserfassaden, hinter denen keine Häuser mehr stehen. Sirenenlärm, ganz aus weiter Ferne. Der Klang eines Fagotts, aber bestimmt träume ich das nur. Und wieder dieser Lärm, der sich mir wie eine Walze nähert, meine Stimme, die nicht dagegen ankommt. Irgendwo, ganz weit weg, höre ich mich schreien. Ein Mann in HJ-Uniform schlägt nach mir. Langsam wie in Zeitlupe nähert sich seine Hand meinem Kopf. Der Schlag explodiert wie eine Bombe. Irgendwo in der Explosion höre ich die Stimme meiner Mutter, die ich nicht verstehen kann. Jemand berührt mich. Ich trete um mich. »Aufwachen! Jürgen! Aufwachen! Wir sind da!« Benommen vom Schrecken des immer wiederkehrenden Alptraums wache ich auf. Mein Ohr schmerzt höllisch.

»Du brauchst keine Angst zu haben, wir sind alle bei dir«, sagt meine Mutter, während irgendwo wirklich eine Sirene erklingt.

»Wir sind in Berlin«, fügt mein Vater hinzu, und ich bin sofort hellwach.

Als wir aus dem Anhalter-Bahnhof treten, ist es dunkel. Nicht einmal eine Straßenlaterne brennt. Irgendwie hatte ich mir vorgestellt, daß in Berlin alle Häuser hell erleuchtet sind, so, wie mein Vater mir das vom Bolschoj-Theater in Moskau erzählt hat, aber natürlich geht das nicht, weil man dann die Häuser viel besser treffen könnte. Dann war das magische Flackern, das ich vom Zug aus im Halbschlaf gesehen habe, wohl auch nicht die märchenhafte Stadtbeleuchtung, sondern das Züngeln der Flammen aus brennenden Häusern, das ich auch jetzt da und dort sehe. Es läßt die Konturen der Ruinen sehr gespenstisch aussehen. Es liegt ganz viel Rauch über der Stadt, und die Straße vor dem Bahnhof ist voll von Schutt. Man muß manchmal über Trümmer steigen. Und es ist bitterkalt. Irgendwie hatte ich mir Berlin ganz anders vorgestellt.

Eine Weile stehen wir ratlos herum. Eine alte Frau, die alles, was sie besitzt, am Körper zu tragen scheint, viele Schichten übereinander, fragt uns, ob wir eine Scheibe Brot für sie hätten. Meine Mutter gibt es ihr und den letzten Rest unserer Wurst aus Ottmanach, und die alte Frau beginnt zu weinen und beschreibt uns den Weg. Es ist offenbar viel zu weit, um zu Fuß zu gehen, und Straßenbahnen oder so fahren natürlich nicht. Taxis soll es noch ein paar geben, aber wir sehen keins. Schließlich spricht uns ein junger, einbeiniger Mann in einer verschlissenen Uniform an:

»Na, och keen Dach überm Kopp, wa?«

Wir erklären, daß wir zum Grunewald müssen und nicht wissen, wie wir da hinkommen können.

»Wenn a 'n paar Jroschen oder 'n paar Lebensmittelmarken habt – da steht meine ›Luxus-Droschke‹. Na ja, een Rolls Royce is es nich jerade…« Er lacht und weist mit seiner Hand auf eine Art Leiterwagen ein paar Meter weiter, vor den ein Pony gespannt ist.

Mein Vater berät sich kurz mit ihm, reicht ihm ein paar Marken und etwas Geld, dann gibt er uns ein Zeichen zu kommen. Wir klettern alle auf den merkwürdigen Wagen.

»Könn' Se ma helfen?«

Mein Vater hilft dem Einbeinigen auf den Wagen, und der treibt sein altes, müdes Pony an, das uns durch die ganze Stadt bringen soll.

Meine Mutter wickelt Joe, Manfred und mich in Decken. Hilde hält Manfred fest. Entsetzt sehen wir uns um. Die Stadt scheint nur noch aus Trümmern und Ruinen zu bestehen. Überall raucht es, manche Häuser brennen. Überall auf den Straßen scheinen Menschen unterwegs zu sein. Einmal heulen die Sirenen, aber unser »Kutscher« ist davon nicht beeindruckt und fährt einfach weiter. Und bald gibt es auch Entwarnung, und aus den Kellern kommen überall Menschen.

Ich frage mich, wann wir endlich am schönen Reichstag und am Brandenburger Tor und so vorbeikommen, aber das muß irgendwo ganz anders sein. Ob das wohl auch alles zerstört ist? Aber bestimmt werden diese Gebäude ganz besonders gut bewacht.

Ich frage lieber nicht.

»Ja, ja, ihr kiekt schon richtig, det is der Ku'damm«, erklärt unser ›Fahrer‹, und mein Vater flüstert Joe die Übersetzung, »Kurfürstendamm«, zu. Das kann ich kaum glauben, denn der Kurfürstendamm ist ja eigentlich eine Prachtstraße. Das *kann* also eigentlich gar nicht sein... Unser Kutscher erzählt uns, gestern nacht hätte es einen der größten Angriffe auf Berlin gegeben.

Vor einer Ruine, die noch ganz hell brennt, sitzt eine junge Frau und weint. Sie hat nicht einmal einen Mantel an. Ein paar Meter weiter räumen Frauen hektisch Trümmer zur Seite, scheinen nach irgendetwas zu suchen, rufen nach irgendetwas oder irgend jemandem.

»Und die Ruine da, det war de Jedächtniskirche...«, sagt der Einbeinige beiläufig, aber ich kann erst gar nichts sehen und erblicke dann, im Flammenschein ganz in der Nähe eine Turmruine, die einmal eine große Kirche gewesen sein könnte.

»De Toten vonne Straße ham se wenigstens schon wechjeräumt«, sagt der Einbeinige in gleichgültigem Tonfall.

Von den herrlichen Bauwerken unserer schönen Reichshauptstadt sehe ich kein einziges. Ich glaube, ich habe überhaupt kein Haus gesehen, das noch ganz war, und auch mein Vater hat schon zu meiner Mutter gesagt: »Ich glaube ja nicht, daß hier noch irgendetwas steht«.

Unser Kutscher hat das gehört und hat gesagt: »Nee, nee, det würd ick nich sajen. Im Jrunewald is et noch nich so im Arsch. Da steht noch viel.«

Wir könnten also Glück haben mit Opas Haus.

Ich weiß natürlich, daß man Menschen, denen ein Bein fehlt,

nicht anstarrt, und ich will auch eigentlich gar nicht ständig auf das Stück Holz schauen, das aus dem rechten Hosenbein unseres Kutschers ragt, aber irgendwie kann ich meinen Blick doch auch nicht ganz abwenden, und der Kutscher scheint das aus den Augenwinkeln gesehen zu haben, denn plötzlich sagt er zu mir: »Da kiekste Kleener, wa?«

Ich nicke nur verlegen.

Er zeigt auf sein Bein.

»Det war anner Ostfront. Peng – weg war et!« erzählt er gutgelaunt.

Mit einem Freund, dem das andere Bein fehlt, habe er seine Schuhe geteilt, meint er lachend, und sagt es sei in Zeiten wie diesen doch eigentlich ganz praktisch, nur einen Schuh zu brauchen.

»Is doch jut, wa, jetzt kann ick für den eenen Schuh bei meinem Freund pennen. Det spart richtig Kohle, wa!« Und er haut sich auf den Schenkel und lacht so laut, als habe er gerade den besten Witz gehört.

Wir sehen uns betreten an.

Und dann fügt er hinzu, es sei furchtbar mit den Angriffen in letzter Zeit und meint: »Ick würde ja och jerne abhauen, aber wo soll ick denn hin? Und wat anderes anzuziehen als diese olle Uniform hab ick ooch nich mehr. Allet weg. Wohnung, Klamotten, Been ... So is det mit dem Scheißkrieg, wa.«

Den Rest habe ich nicht mitbekommen, denn ich muß wieder eingeschlafen sein, und plötzlich hält die Kutsche, und ich wache davon auf, und der Mann sagt: »Ick gloob, wir sind da. Kiekt mal, det is es doch, oder?«

Das Haus steht tatsächlich noch. Es ist eine große, schöne Villa.

Es gibt offenbar keinen Strom, jedenfalls passiert nichts, wenn man am Lichtschalter dreht. Aber damit haben wir gerechnet. Da meine Mutter viel raucht, hat sie immer Streichhölzer dabei, und in der Küche finden wir Holz und sogar einige Kerzen, so können wir ein bißchen etwas sehen und uns orientieren, denn schließlich kennt niemand von uns das Haus.

Das Haus ist völlig verlassen und verstaubt. Überall Tücher über den Möbeln, die von einer dicken Staubschicht bedeckt sind. Überall sind Spinnweben, Schmutz, jahrelang nicht geputzte Fenster, die ganz milchig aussehen. Es ist eine geheimnisvolle, gespenstische Atmosphäre, und wir suchen uns im ersten Stock, in einem der Schlafzimmer, Platz, um unser Nachtlager aufzuschlagen, decken uns mit allem zu, was wir finden. Keiner von uns sagt mehr etwas.

Lange kann ich nicht geschlafen haben, bis ich in der Morgendämmerung erwache. Ferne Luftschutzsirenen wecken mich mit ihrer beunruhigenden Melodie. Ich schlage die Augen auf, brauche einen Moment, um zu begreifen, wo ich überhaupt bin. Dann hält es mich nicht mehr im Bett.

Meine Eltern und meine Brüder schlafen noch. Leise schleiche ich mich aus dem Zimmer, gehe über den Flur, blicke in jeden Raum. Da und dort hebe ich eines der Tücher hoch, ganz behutsam. Ich finde einen alten Globus und ein Photo von meinem Vater als Kind mit seinen Brüdern und ein Porträt von meinem Großvater und altes silbernes Teegeschirr, und sogar einen russischen Samowar, wie wir ihn auch in Ottmanach haben.

Und plötzlich fällt mein Blick im Herrenzimmer meines Großvaters auf etwas Seltsames, das auf dem Schreibtisch steht: oben flach, auf der Seite eine Spitze, von einem Tuch bedeckt. Ich fühle ein ganz sonderbares Kribbeln in meinem Bauch und weiß, daß ich gefunden habe, was ich suche, noch bevor ich das Tuch abhebe. Die Sonne scheint sanft durch das schmutzige, blinde Fenster und taucht ihn in wunderschönes, geheimnisvolles Licht. So steht er vor mir: rätselhaft angestrahlt, ein geheimnisvolles Lächeln auf seinem Gesicht, ausgeprägte Backenknochen, feingliedrige, seltsam anziehende Züge, einen zerknitterten Zylinder auf dem Kopf, die Haltung leicht nach vorn gebeugt, mit einem Gehrock bekleidet und ein Fagott in der Hand.

Ich halte unwillkürlich den Atem an, möchte am liebsten durch das Haus laufen und »Ich hab ihn gefunden!« rufen, aber gleichzeitig kann ich meinen Blick nicht von ihm abwenden.

Ich weiß nicht, wie lange ich so im Herrenzimmer meines Großvater gestanden und im Geiste nach Rußland gereist bin, in den kleinen Antiquitätenladen und in das Haus meines Großvaters und zum Petersburger Bahnhof, als ich plötzlich die Stimme meines Vaters hinter mir höre: »Ist er nicht wunderschön?«

Und Joe sagt: »Ja, schön ist er schon, aber ist es nicht ziemlich unpraktisch, ihn mitzunehmen?«

Mein Vater nickt, aber er sagt, daß wir das trotzdem irgendwie organisieren müssen. Er wolle sich jetzt nicht mehr von ihm trennen.

»Wie ist das mit dem ›Mann mit dem Fagott‹ eigentlich weitergegangen, nachdem Opa aus Moskau geflüchtet ist?« will Joe wissen. »Hat Großvater noch mal was von ihm gehört?

Mein Vater lächelt.

Und mitten in Berlin, das in Trümmern liegt, in einer Zeit, die unbegreiflich ist und grausam und verwirrend und die uns zu Flüchtlingen gemacht hat, in einem verlassenen, gespenstischen Haus, in dem der Geist meines Großvaters trotz allem noch irgendwie zu spüren ist, vergesse ich alles um mich herum und folge meinem Vater in eine völlig andere Welt.

7. KAPITEL

Moskau, November 1920

Kropotkins Auftrag

Ein kalter Spätherbsttag, der mit seiner Dunkelheit, seinen Temperaturen, seinem Nebel den langen russischen Winter bereits erahnen läßt. Wassilij Sergejewitsch Kropotkin hat seinen neuen Pelzmantel angezogen und sich abends, nach Bankschluß auf den Weg zum Petersburger Bahnhof gemacht, um einer etwas verrückten Bitte dieses seltsamen ehemaligen Direktors Bockelmann nachzugehen.

Er hätte natürlich auch einen Bediensteten, den neuen Heizer der Bank oder seinen Sekretär bitten können, diese Aufgabe zu erledigen, aber aus irgendeinem Gefühl heraus möchte er es gern selbst tun. So schlendert er in seinem neuen Pelzmantel durch die Stadt, zu Fuß, denn einen Fahrer zu beauftragen, hätte vielleicht zuviel Aufsehen erregt. Und er hat sich an seinen neuen Wohlstand auch noch nicht wirklich gewöhnt. Er muß sich manchmal selbst daran erinnern, daß er nun Bankdirektor ist und sich einiges leisten kann. Als die Bolschewiki alle Betriebe verstaatlicht haben, hat man ihm, Wassilij Sergejewitsch Kropotkin, die Leitung des Instituts angetragen, da er seit Jahrzehnten in diesem Hause arbeite und daher so etwas wie ein Fachmann sei, und zwar einer der »ihren«, ein Mann der ersten Stunde. Und es erscheint ihm immer noch wie ein seltsamer Traum, wenn er sich plötzlich selbst in diesem Büro sitzen sieht, in dem er früher für Direktor Bockelmann geheizt hat – und ein paar Jahre lang auch für den Bankier Mitka Rubinstejn, der die Bank von Heinrich übernommen hatte. Nun macht ein anderer die »niedrigen« Dienste, und er, Wassilij Sergejewitsch Kropotkin, ist der Chef. Die Bolschewiki haben ihm eine schöne neue Wohnung ganz in der Nähe zur Verfügung gestellt. Er hat einen Dienstwagen, einen Sekretär und einflußreiche Freunde. Von all dem hätte er früher nicht einmal zu träumen gewagt. Ja, so ändern sich eben manchmal die Zeiten. Obwohl er sich selbst eingestehen muß, daß er eigentlich kaum etwas von Geldgeschäften versteht, um diese Funktion erfüllen zu können. Manchmal wundert er sich, daß trotzdem alles irgendwie seinen Gang geht. Die Leute, die die nötige Ausbildung gehabt hätten, schienen der Partei nicht vertrauenswürdig genug. Wer sich schon vor dem Bolschewismus mit einer Geldkarriere beschäftigt hatte, war verdächtig. Also war die Wahl auf ihn, Wassilij Sergejewitsch Kropotkin, gefallen. Andere Zeiten schaffen eben andere Karrieren.

Daß Bankier Bockelmann es damals tatsächlich geschafft hat, aus dem Land zu kommen, freut ihn. Er hat seit sechs Jahren nichts mehr von ihm gehört, hat ihn schon für tot gehalten, und nun dieser Brief. Diese merkwürdige Bitte hat ihm die alte Zeit, die für ihn längst hinter dem Schleier der blutrünstigen Geschichte dieser Jahre versunken war, wieder heraufbeschworen.

Ganz von diesem Gefühl beherrscht, schlendert Wassilij Sergejewitsch Kropotkin die Straßen entlang, über die Moskva-Brücke. Er staunt über die vielen Bettler auf den Straßen, den katastrophalen Zustand vieler Häuser. Auch die Straßenbeleuchtung funktioniert nur da und dort. Es ist eben noch vieles im Umbruch, versucht er, sich zu trösten. Bestimmt wird das Land bald einem wahrhaft goldenen, gerechten und prachtvollen sozialistischen Zeitalter entgegengehen.

Vor dem Kalantschevskaja-Platz, von dem aus drei Bahnhöfe Züge in drei Himmelsrichtungen führen, herrscht Gedränge. Unzählige Klänge durcheinander. Menschen, die ihre letzten Lumpen verkaufen. Ein Mann hat ein paar Ziegen, eine Kiste voll Hühnern und eine andere mit Hasen mitgebracht und versucht, sie an den Mann zu bringen. Ein anderer führt eine Gans an der Leine und preist sie an. Eine Frau bietet ein paar getragene Damenschuhe an. Sie selbst hat in der Kälte ihre Füße mit Lumpen umwickelt. Kropotkin fühlt sich zunehmend unwohl in seinem neuen, wunderbar weichen, wärmenden Pelzmantel, und er beschließt, daß diese

Menschen, die hier stehen und ihr letztes bißchen Habe verkaufen, sicher die Reichen von einst gewesen waren, und er fühlt sich gleich bedeutend besser. Und da vorne steht ja auch tatsächlich ein Mann in Kleidung, die einmal die bessere Gesellschaft getragen hat. Jetzt ist sie abgenutzt, und er verkauft altes Silber: Tafelservice, Besteck, Samowar. Bestimmt sein ehemaliger Reichtum ... Früher hat er sicher feine Tee-Empfänge gegeben und auf die einfachen Arbeiter nur gespuckt. Jetzt lernt er die andere Seite kennen.

Aber auch viele Verkrüppelte aus dem Krieg betteln, weil sie kein anderes Auskommen finden.

Gut, daß ich das alles hier mal wieder sehe. Es gibt viel zu tun, denkt Kropotkin.

Er greift in seine Manteltasche und holt einen silbernen Flachmann heraus, ein Geschenk an sich selbst zum Einstand als Bankdirektor. Der Wodka tut gut und beruhigt.

Eigentlich muß ich ja verrückt sein, hierherzukommen. Ich weiß doch gar nicht, ob er immer noch hier ist, denkt er. Er hatte sich zwar erkundigt, und ihm war berichtet worden, daß ein Mann, auf den die Beschreibung paßte, in der letzten Zeit am ehemaligen Petersburger Bahnhof, der jetzt Petrograder Bahnhof hieß, gesehen worden sei, aber sicher konnte er sich da natürlich nicht sein. Vielleicht war der Mann, den er suchte, ja längst gestorben. Und überhaupt: Worauf ließ er sich da nur gerade wieder ein? War das, was er auf Bockelmanns Bitte hin vorhatte, nicht eigentlich gefährlich?

Er nimmt einen neuen Zug von seinem Wodka. Ein zusammengekauertes Bündel Mensch im Rinnstein, eine bettelnde Mutter mit Baby. So hatte er sich die Segnungen des Kommunismus eigentlich nicht vorgestellt. Na ja, es geht eben nicht von heute auf morgen, beruhigt er sich wieder. Große Veränderungen brauchen nun einmal ihre Zeit.

Musiker an jeder Ecke: mit Fiedeln, Balalaikas, Flöten, einem Akkordeon und allem, was irgendwie Töne von sich gibt. Insgesamt eine Kulisse aus Lärm, Stimmengewirr, dröhnende Menschenmenge.

Kropotkin weiß nicht, wo er beginnen soll zu suchen. Er sieht sich mal hier um und mal dort, treibt ein wenig ziellos umher. Eine junge Frau mit tiefen Augenringen und hochhackigen Schuhen nennt ihn »Süßer« und fragt, ob sie ihn nicht zu sich nach Hause begleiten solle. »Vielleicht später«, meint er. Einem Schäferstündchen ist er eigentlich nicht abgeneigt, obwohl Prostitution im neuen sozialistischen Staat natürlich streng verboten ist. Es paßt auch wirklich nicht in das Bild der neuen Frau, des neuen Menschen, der ausbeutungsfreien Gesellschaft. Aber er hat nun einmal keine Frau, ist ein Mann in den besten Jahren, und ein bißchen Spaß wird man ja wohl noch haben dürfen. Vielleicht später. Die Frau folgt ihm in einiger Entfernung, spricht nebenbei auch andere Männer an, wird weggestoßen.

Plötzlich eine Gruppe von Menschen, die sich um jemanden schart. Kropotkin hört die Töne eines bekannten russischen Volkslieds, aber von welchem Instrument sie kommen, kann er nicht zuordnen. Er kennt sich mit solchen Dingen nun einmal nicht aus. Kultur war schließlich immer den Reichen vorbehalten gewesen. Und eigentlich ist es ja auch etwas ganz und gar Unnötiges, eine bloße Zerstreuung, die nichts zur Besserung der Gesellschaft beiträgt. Er drängt sich ein bißchen vor, die Menschen weichen vor ihm zurück. Früher sind sie immer wegen seines großen dunklen Mals auf der linken Wange zurückgewichen, im Aberglauben, jemand, der solch ein Mal trägt, bringe Unglück. Jetzt weichen sie eher vor seiner Macht zurück, vor dem Sowjetstern auf dem Revers des teuren Pelzmantels, der eine deutliche Sprache spricht, das fühlt er, und er genießt es.

Die Menschen geben den Blick auf den Mann frei, dem sie gelauscht hatten: ein Mann in den besten Jahren, etwas ausgezehrter Körper, ein seltsames, buntes, abgewetztes Kostüm. Er trägt einen dunkelblauen Gehrock mit rot umfaßten goldenen Knöpfen, eine dunkle Hose und auf dem Kopf einen schwarzen, zerknitterten Zylinder. Seine Augen hat er geschlossen. Seine Hände stecken in alten, vorne abgeschnittenen Wollhandschuhen, aus denen die Finger herausragen. Seine Haltung leicht nach vorn gebeugt, und er spielt auf einem langen Instrument aus Holz, von dem ein kleines Metallrohr abzweigt, in das er bläst. Bestimmt ist das ein Fagott, wie Bockelmann schrieb, denkt Kropotkin, ich hab ihn gefunden.

Nur weiß er nicht genau, was er jetzt tun soll. Er hat sich seine Vorgehensweise nur bis hierher überlegt und nicht weitergedacht.

Ich kann immer noch zurück, überlegt er, ich kann mich einfach umdrehen und weggehen, und keiner wird je wissen, daß ich da gewesen bin, aber irgendwie reizt ihn sein Auftrag. Eine alte Abenteuerlust, die Bockelmann in ihm geweckt hat. Und es ist ja auch ein Auftrag, der einen armen Menschen glücklich machen wird, also nimmt er einen Zettel aus seiner Tasche, einen Bleistift und schreibt: »Ich habe eine wichtige Nachricht für Sie. Kommen Sie morgen um 7 Uhr abends zur Junker-Bank am Kusnezkij Most. Fragen Sie nach dem Direktor, und nennen Sie als Stichwort ›Der Mann mit dem Fagott‹. Es wird sich für Sie lohnen.«

Er wirft den Zettel und ein paar Kopeken in den merkwürdigen braunen, abgenutzten Koffer mit den Messingbeschlägen und verschwindet in der Menge.

Heinrichs Brief

Zwanzig vor sieben. Seit Stunden ist es dunkel. Der beginnende Winter. Nur die Bank ist noch hell erleuchtet. Wassilij Sergejewitsch Kropotkin mag dieses helle elektrische Licht, das ihm das Gefühl gibt, daß alles um ihn herum funktioniert und die Welt sich zum Guten wandelt. Und er liebt die beiden großen Fenster seines Büros: das eine, das zur Straße führt, die wie meistens nur spärlich beleuchtet ist – und fast noch mehr das andere, das ihn von seinem Büro aus die Schalterhalle überblicken läßt. Ein, obwohl er ihn schon so viele Jahre lang kennt, immer noch überraschend schöner Jugendstilraum mit mintgrün-weißen Wänden, Säulen, Glasdecken, die auf geheimnisvolle Weise Tageslicht in den Raum scheinen lassen. Kropotkin kann sich an der Schönheit der Räume manchmal gar nicht satt sehen. Heute baut man natürlich anders, zweckmäßiger, preiswerter, aber eine Bank wie diese hier – das ist schon etwas ganz Besonderes. Früher hatte Bockelmann von hier aus den Überblick, und nun steht Kropotkin oft an diesem goldgerahmten Fenster und genießt es einfach nur, den Leuten zuzusehen, die unter seiner Leitung arbeiten.

Heute abend sind die Mitarbeiter längst nach Hause gegangen, und den Wachdienst am Eingang hat die Abendschicht übernommen. Er hat die Leute informiert. Sie haben ihn nicht einmal verständnislos angesehen. Zumindest damit hatte er eigentlich gerechnet, einem leisen Zucken einer Augenbraue, einem mühsam verborgenen Schmunzeln, vielleicht sogar einer direkten Frage. Aber nichts dergleichen. Die Leute haben auf den Auftrag, einen Mann, der heute abend kommen und als Stichwort »Der Mann mit dem Fagott« nennen würde, zu Kropotkin zu bringen, genauso reagiert wie auf alles andere, was er in seiner Zeit als Bankdirektor angeordnet hat. Die Zeiten schienen für die meisten Menschen so verwirrend zu sein, daß sie nichts mehr wirklich überraschte, und das ist Wassilij Sergejewitsch Kropotkin sehr recht.

Irgendwie fühlt Kropotkin, daß er Teil einer ganz besonderen Geschichte wird. Er genießt die schöne Macht, die er in Händen hält, diesen seltsamen »Mann mit dem Fagott«, an dem Bockelmann irgendeinen merkwürdigen Narren gefressen zu haben scheint, glücklich machen zu können. Es reizt ihn, den Glücksboten in dieser fast märchenhaften Angelegenheit zu spielen. Schließlich gibt es viel zu wenige Märchen in der Wirklichkeit dieses Landes. Daß er selbst es nun tatsächlich zu etwas gebracht hat, ist eines davon. Und daß er heute diesen Mann empfangen und vielleicht sein Leben für immer verändern wird, könnte ein anderes sein.

Unruhig blickt er auf die große Uhr an der Wand seines Büros. Noch fünf Minuten – wenn der Mann pünktlich ist… Der Brief von Bockelmann liegt bereit. Er spielt gedankenverloren mit ihm, als es pünktlich um sieben an seiner Tür klopft und der Wachmann mit diesem seltsamen Gesellen vor ihm steht. Er sieht aus wie gestern in seinem etwas verschlissenen Gehrock. Den Zylinder und die seltsamen, abgeschnittenen Handschuhe trägt er in der Hand, und das Instrument führt er anscheinend in jenem braunen, abgenutzten Koffer mit den Messingbeschlägen bei sich, in den Kropotkin gestern den Brief und ein paar Kopeken geworfen hat. Offenbar kommt er direkt vom Spielen am Bahnhof.

Der Besucher begrüßt Kropotkin mit »Barin«, was ihm gefällt, obwohl diese Anrede offiziell abgeschafft ist. Der Mann hält den Zettel von gestern in der Hand. »Entschuldigen Sie, aber…«

Kropotkin läßt ihn nicht ausreden, nickt nur rasch und energisch, bittet den Mann herein, schickt den Wachmann weg. Man setzt sich. Der Besucher blickt sich unruhig in dem imposanten Raum um. Er hat ganz offensichtlich keine Ahnung, was er hier soll.

Kropotkin bietet ihm Tee aus dem Samowar in der Ecke an, den der Fremde dankbar annimmt. Er nimmt einen hastigen Schluck, wärmt dann seine Hände an der Tasse.

»Sicher werden Sie sich über diesen Zettel sehr gewundert haben«, beginnt Kropotkin dann bedächtig, und der Mann nickt ratlos und hoffnungsvoll. Am liebsten würde Kropotkin sagen: »Hier halte ich Ihre Zukunft in meinen Händen.« Aber das erscheint ihm dann doch zu pathetisch, und er entscheidet sich lieber, dem Mann von jenem seltsamen gemeinsamen Bekannten namens Heinrich Bockelmann zu erzählen, diesem Deutschen, der diese Bank früher geleitet habe.

Der Besucher nickt langsam. An den Namen erinnert er sich gut, wenn es auch eine Begegnung aus einer völlig anderen Zeit zu sein scheint, aber die Erinnerung ist mit einem positiven Gefühl verbunden.

»Jedenfalls hat dieser Bockelmann schon vor langer Zeit das Land verlassen, und es scheint ihm dort, wo er jetzt lebt, wieder gutzugehen«, der Besucher nickt ratlos. Offenbar hat er immer noch keine Ahnung, was das alles hier mit ihm zu tun haben soll. Kropotkin macht es Spaß, den Besucher langsam an den Kern der Sache heranzuführen.

»Ist das Spielen am Bahnhof Ihr einziger Lebensunterhalt?«

Der Mann scheint von der Frage verwirrt, doch dann antwortet er höflich: »Beinahe. Der kleine Antiquitätenladen in der Twerskaja, den meine Familie aufgebaut hat, wurde enteignet. Ich darf als ›Angestellter‹ für einen geringen Lohn dort weiter arbeiten. Aber wer kauft in Zeiten wie diesen schon Antiquitäten!« Er schüttelt den Kopf. »Und als Lehrer will mich keiner, weil ich in Deutschland gelebt habe und daher politisch als unsicher gelte. Was will man schon machen. Zum Glück habe ich wenigstens mein Fagott. Ein Musiker kann mit seinem Instrument immer irgendwie überleben. Aber warum interessiert Sie das, Barin?«

Kropotkin nimmt genüßlich einen weiteren Schluck von seinem Tee. »Es scheint jedenfalls unseren gemeinsamen Bekannten Heinrich Bockelmann sehr zu interessieren, wie es Ihnen ergeht.

Er selbst hat es, nachdem für ihn hier alles eingestürzt ist, in seiner Heimat tatsächlich noch einmal geschafft. Gerade hat er ein großes Landgut in Norddeutschland gekauft, wo er mit seiner Familie lebt. Und Anteile der Bank Löwenherz in Berlin, so hat er mir geschrieben. Na ja, hier bei uns wäre so etwas natürlich inzwischen undenkbar, und das ist auch gut so, aber in Deutschland weht eben ein anderer Wind.«

Der Besucher nickt mit unbestimmtem Interesse. Das Lebensglück anderer ist zwar schön, und daß es diesem merkwürdigen Bockelmann anscheinend wieder gutgeht, freut ihn, aber sollte der ganze Aufwand nur für diese Information gemacht worden sein? Das scheint ihm dann doch ein wenig merkwürdig.

Kropotkin entschließt sich, endlich zur Sache zu kommen. »Nun, Sie fragen sich sicher, warum ich Ihnen das erzähle.«

Der Besucher nickt und blickt ihn fragend an.

»Kurz gesagt, Sie scheinen in Bockelmanns Leben irgendwie eine besondere Rolle gespielt zu haben, und er hat mich gebeten, ihm dabei zu helfen, Ihnen nun seinerseits eine Art Lebenshilfe zukommen zu lassen. Was es damit genau auf sich hat, steht in dem für Sie bestimmten Brief hier.« Er gibt dem Mann einen verschlossenen Umschlag, der in Heinrich Bockelmanns entschlossener, geübter Handschrift die seltsame Anschrift trägt: »An den Mann mit dem Fagott, Moskau«.

»Ich bin nur der Bote. Ich habe keine Ahnung, was genau in diesem Brief steht. Er hat mich nur gebeten, Sie zu finden, Ihnen diesen Brief zu überreichen.«

Der Besucher sieht Kropotkin unsicher an, dann beginnt er mit einer entschlossenen Geste den Brief zu öffnen.

Kropotkin geht zu dem edlen Mahagoniwandschrank, in dem sich eine Bar verbirgt, holt sich eine Flasche und gießt sich Wodka in seinen Tee. »Sie auch?« Der Fremde nickt abwesend. Er hat inzwischen den Brief geöffnet und liest:

Lieber Freund,
ich spreche Sie so an, weil Sie in meinem Leben immer wieder ein gutes Omen waren, mir mit Ihrem Spiel Mut gemacht haben, meinen Weg zu gehen. Das erste Mal in Bremen im Winter 1891, als Sie ein russisches Volkslied spielten und mir mit dieser Begegnung

die Entscheidung leichter gemacht haben, mein Glück in Rußland zu versuchen. Dann bin ich Ihrem in Bronze gegossenen Ebenbild in jener Statue im Antiquitätenladen in der Twerskaja wieder begegnet und habe sie von meinem Schwiegervater als Hochzeitsgeschenk bekommen. Und als ich in Moskau im Frühling 1915 vor der Entscheidung stand, zu fliehen oder in die Verbannung zurückzukehren, erschien es mir fast wie ein Wunder, Sie am Petersburger Bahnhof spielen zu hören. Damals haben wir auch ein längeres Gespräch geführt.
Wassilij Sergejewitsch Kropotkin, den ich gebeten habe, den »Mann mit dem Fagott« zu suchen, hätte Sie nicht dort gefunden, wo ich ihn zu suchen bat, wenn sich Ihr Leben inzwischen zum Besten gewandt hätte, und Sie hielten meinen Brief nicht in Ihren Händen.
Meine Flucht nach Schweden ist geglückt. Ich bin mit meiner Familie wieder vereint und mein Leben hat sich dank der Starthilfe, die mir ein kluger Mann gab, wieder zum Guten gewendet. Die gleiche Chance möchte ich nun Ihnen geben:
Bei der Bank »N. M. Rothschild And Sons« in London liegt unter dem Paßwort »Der Mann mit dem Fagott« Geld für Sie bereit. Es ist zuwenig für einen dummen Mann, um sich ein schönes Leben zu machen, aber genug für einen klugen Mann, um sich etwas aufzubauen. Der Weg nach London wird Ihnen irgendwann gelingen.
In unserem Schicksal sind wir uns nicht unähnlich mit unseren beiden Heimaten, die es uns schwermachen. Ich fühle mich Ihnen eng verbunden.
In diesem Sinne verbleibe ich in großer Herzlichkeit,
Ihr Heinrich Bockelmann.

PS: Einen persönlichen Wunsch habe ich! – Ich würde Sie sehr gern noch einmal auf Ihrem Fagott spielen hören. H.B.

Der Besucher hat stumm gelesen. Seine Haltung ist angespannt. Schweigend reicht er Kropotkin den Brief und legt seine Hände gedankenverloren an die Tasse. Er spürt ihre Wärme, und das ist das einzige klar benennbare Gefühl, das er im Augenblick des inneren Aufruhrs hat. Um die Tasse an den Mund zu führen, zittern seine Hände viel zu sehr. Tausend Gedanken in seinem Kopf. Wirklichkeiten haben sich in Augenblicken völlig verändert.

Nichts ist mehr so, wie es noch vor wenigen Minuten schien. Irgendein merkwürdiges Schicksal hatte ihn zweimal die Wege dieses Mannes kreuzen lassen. Kleine, eigentlich fast unbedeutende Begegnungen. Jetzt veränderten sie alles.

Kropotkin hat zu Ende gelesen. Er blickt langsam auf. »Ich gratuliere Ihnen, aber den Weg nach England müssen Sie alleine schaffen, davon will ich nichts wissen.«

Draußen hat es in dicken, weißen Flocken zu schneien begonnen. Kropotkin steht wortlos auf, holt zwei Gläser aus der Bar, gießt sie halbvoll mit Wodka. »Auf Ihre Zukunft!«

»Auf Direktor Bockelmann«, ergänzt der Besucher und leert das Glas mit einem einzigen Zug.

8. KAPITEL

Barendorf, Februar 1945

Der Klang der Gefahr

Lautes Kettenrasseln aus der Ferne, und in meinem Kopf immer wieder die Legende vom Krampus, der in Österreich den Nikolaus begleitet: ein häßlicher, furchterregender Teufel, der mit lautem Kettenrasseln die »bösen« Kinder holt und bestraft, während Nikolaus die »braven« belohnt. Die beiden treten immer gemeinsam auf, und allein dieser Krampus hat mir das Nikolausfest immer verleidet. Nur klingt das Kettenrasseln, das ich hier in Barendorf in der Ferne höre, irgendwie noch viel intensiver als das Geräusch, das der Krampus in Österreich mit seiner Kette macht. Es ist zwar weiter weg, aber es dauert oft ganz lang und muß gewaltig sein.

Ich weiß natürlich, daß da draußen in den Wäldern rund um Barendorf kein Krampus unterwegs ist, um uns »Böse« mit seinen Ketten zu holen und zu bestrafen, aber wenn ich wie jetzt nachts im Bett liege und das Geräusch höre, sehe ich trotzdem immer wieder die Krampusfratze vor mir, und unheimlich sind die Vorgänge im Wald allemal.

»Das sind die Panzerketten«, hat mein Vater mir erklärt, bevor er nach Kärnten zurückgefahren ist. Aber das zu wissen, hilft mir auch nicht wirklich weiter, und ich kann mich an dieses Geräusch einfach nicht gewöhnen.

Das Kettenrasseln ist vielleicht das unheimlichste der Geräusche »da draußen«. Vor allem nachts trägt es oft weit. Aber es ist natürlich nicht nur das Rasseln, das wir hören. Darunter liegt das tiefe Brummen von Motoren. Immer wieder hören wir auch Schießereien und das Krachen von den Panzergeschützen. Und Kanonendonner. Auch dies ein ganz neues Geräusch, das tiefe, lang anhaltende Grollen. Der ewige Nachhall der Schüsse. Ein Echo, das wie ein unheimlicher Bote über den Wald zu uns zieht. Manchmal hat man das Gefühl, daß man das Geräusch förmlich sehen kann, so eindringlich und langsam und beharrlich nähert es sich und verklingt dann irgendwann, irgendwo. Und manchmal hören wir auch Trommelfeuer. Richtige Gefechte, ein Schuß nach dem anderen, wieder eine kleine Pause und neue Schüsse. Dazwischen das scharfe, helle Knattern von Maschinengewehren. Das geht manchmal stundenlang so, und dann liege ich wach in meinem Bett, und ich weiß, daß Joe auch wachliegt, aber wir sagen kein Wort, weil es sowieso nichts zu sagen gibt. Nur Manfred schläft seelenruhig weiter und läßt sich von alldem Lärm nicht stören.

Oft frage ich mich, wie weit die Gefechte noch weg sind, aber das kann man nicht genau feststellen. Manchmal sehen wir nachts ganz weit weg einen blitzenden Lichtschein vom Mündungsfeuer der Kanonen oder auch der Granateinschläge. Und viel, viel später hören wir erst den Schuß. Wenn wir die Sekunden zählen, können wir die Entfernung ungefähr ermessen – wie bei Gewittern.

Jedenfalls haben wir in der Zeit, seit wir hier sind, gemerkt, daß die Geräusche von Tag zu Tag ein bißchen lauter werden und die Abstände zwischen Blitz und Donner kürzer, die Gefechte kommen offenbar näher. Das kann ich trotz meines schmerzenden und immer noch fast tauben linken Ohres wahrnehmen. Sie müssen schon irgendwo in den Wäldern sein, irgendwo in der Lüneburger Heide. Ob die Granaten, die wir hören, plötzlich auch bei uns einschlagen werden?

Ich weiß, daß sich das alle hier fragen, aber niemand spricht darüber. Wenn mein Vater geahnt hätte, daß er uns hierher in ein Kampfgebiet bringt, wären wir sicher im vergleichsweise friedlichen Kärnten geblieben. Ich hab gehört, wie meine Mutter das zu jemandem gesagt hat, und ich glaube, sie hat recht.

Manchmal hören wir natürlich auch Bomben, die irgendwo niedergehen, Sirenen, und ein paarmal sind wir schon alle in den Keller geflüchtet, aber meistens machen wir gar nichts, wenn Luftalarm kommt, denn wer sollte schon ausgerechnet ein kleines Dorf, sieben Kilometer von Lüneburg entfernt, bombardieren? Trotzdem machen mir all diese Gefechte in den Wäldern oft große Angst, und dann denke ich daran, welch großes Glück wir hatten, daß wir überhaupt heil nach Barendorf gekommen sind und daß wir den »Mann mit dem Fagott« aus Großvaters Haus in Berlin gerettet haben.

In der Nacht nach unserer Abreise gab es nämlich wieder einen großen Bombenangriff auf Berlin, und das Haus meines Großvaters ist dabei »dem Erdboden gleichgemacht« worden, wie mein Vater es genannt hat.

»Wären wir einen Tag später in Berlin gewesen, wären wir jetzt alle tot«, habe ich meine Mutter zu meinem Vater sagen gehört. Aber vielleicht ist der »Mann mit dem Fagott« ja sogar so was wie ein Schutzengel für uns. Schließlich hat er irgendwie auch schon meinen Großvater und seine Familie beschützt. Also kann er das ja jetzt auch für uns tun...

In Kärnten hab ich nur ab und zu die Bomber gesehen, die nach Klagenfurt flogen, ansonsten haben wir von Kämpfen und Krieg und alldem nicht soviel gemerkt. Hier oben aber wird fast Tag und Nacht geschossen. Alles kommt mir viel gefährlicher vor als zu Hause.

Wir leben hier auch mit viel mehr Menschen unter einem Dach als in Kärnten: Natürlich wohnen Onkel Gert und seine Frau Maria hier, denen das Landgut Barendorf gehört. Und ihre drei Töchter, meine Cousinen. Dann noch die »schwarze Omi« Anna, die Mutter meines Vaters und seiner Brüder, die wir wegen ihrer langen schwarzen Haare so nennen. Und das Dienstmädchen Pascha, das die Familie seit der Zeit in Rußland nie mehr verlassen hat. Außerdem Tante Rita mit ihren Söhnen Mischa und Andrej. Tante Rita ist die Frau von meinem Onkel Werner, der irgendwo in Danzig stationiert ist. Und viele andere Familienmitglieder und Bekannte bitten immer wieder um ein paar Tage oder Wochen Gastfreundschaft. Kaum noch jemand hat eine eigene Wohnung, so scheint es in diesen Zeiten jedenfalls; vor allem, wenn man eigentlich in einer der Großstädte wohnt, und in Barendorf rücken alle eben immer enger zusammen.

Und dann die vielen, vielen Flüchtlinge, die vor allem aus dem Osten kommen. Sie haben alles, was sie besitzen, auf irgendwelche Leiterwagen geladen, die Fracht mit Planen und Teppichen abgedeckt und sind seit Tagen und Wochen unterwegs. Die Bauern, die noch irgendwo ein Pferd, einen Esel oder auch eine Kuh hatten, haben dabei noch Glück. Sie können die Tiere die Lasten ziehen oder tragen lassen und die Kuh auch noch unterwegs melken und so den schlimmsten Hunger und Durst stillen. Wenn es gar nicht mehr anders geht, wird das Tier geschlachtet und gegessen. Aber die meisten sind zu Fuß unterwegs, ziehen einen Handwagen oder schleppen ihre Habseligkeiten. Es sind Unzählige, die jeden Tag bei uns anhalten – und noch viel mehr, die an uns vorbei weiterziehen. Scheinbar endlose Trecks aus Menschen, die irgendwo einen neuen Platz zum Leben und so etwas wie Sicherheit suchen, falls es das überhaupt noch irgendwo gibt. Fast alle haben Kinder dabei. Es sind abgemagerte Gestalten, die eine unvorstellbar lange Reise durch den Winter, zum Teil auch durch Kampfgebiete und andere Gefahren hinter sich haben. Auf dem Hof bekommen sie etwas zu trinken und wenn es geht auch ein bißchen Brot oder etwas anderes zu Essen und manchmal für eine Nacht in den Scheunen Unterschlupf, bevor sie weiterziehen. Wir kochen in riesigen Kesseln Suppe und verteilen sie, damit sie wenigstens etwas Warmes zu essen bekommen, und oft ist das die erste Mahlzeit, die sie seit Tagen bekommen haben.

Einmal hat ein ganz ausgemergelter Junge in meinem Alter zu mir gesagt: »Ihr habt's gut, ihr habt wenigstens ein Dach über dem Kopf und etwas zu essen! Das gibt es in ganz Deutschland schon fast nirgends mehr.« Da hab ich mir vorgestellt, daß in diesem ganzen großen Deutschland fast keine Häuser mehr stehen und die Leute nichts zu essen haben, und dann hab ich mich ganz schnell ans Klavier im Salon gesetzt und einfach irgendwas gespielt, was schön klang und was mich beruhigt hat. Ich mußte ja mein Akkordeon in Ottmanach lassen, und so versuche ich einfach das, was ich auf dem Akkordeon gespielt habe, irgendwie aufs Klavier zu übertragen, und es geht besser, als ich dachte. Nur daran, daß ich mit der linken Hand auch Tasten und nicht Knöpfe habe und die Akkorde daher ganz anders spielen muß, muß ich mich erst gewöhnen.

Abends hab ich dem Jungen, der mir von den zerbombten Häusern und vom Hunger erzählt hat, heimlich die Hälfte von meinem eigenen Essen gebracht, obwohl ich das eigentlich nicht darf, weil wir den Leuten zwar helfen, aber erst mal sehen müssen, daß wir selbst bei Kräften bleiben. Aber der Junge hat mir so leid getan. Er hat es zuerst kaum glauben können, als ich ihm das Essen gebracht habe. Und dann hat er es ganz schnell in sich hineingeschlungen. Alle anderen in der Scheune haben ihn sehnsüchtig angestarrt, und da hab ich gemerkt, daß man nichts tun kann, daß es einfach zu viele Leute sind und bin ganz schnell wieder ins Haus gelaufen.

Ansonsten scheint die Zeit nur noch aus Warten zu bestehen: Warten auf Post, auf Telefonverbindungen, auf Luftangriffe, auf Entwarnung, auf Nachricht von meinem Vater, von Onkel Werner und Onkel Johnny, von dem wir seit August immer noch nichts gehört haben – und auf das Ende des Krieges.

Die »schwarze Omi« sagt zu alldem nicht viel, und über Opa wird in Barendorf auch nur ganz wenig gesprochen. Unsere »schwarze Omi« und Großvater haben sich schon vor Jahren scheiden lassen. Opa hat kurz danach eine andere Frau geheiratet. Sie heißt Grete und lebt mit ihm in Meran. Seither spricht die »schwarze Omi« nicht mehr gern über ihn, aber sie meint, er bleibt trotzdem unser Opa, und manchmal gehe im Leben eben nicht alles so, wie man es sich wünsche.

Das beste hier in Barendorf ist eigentlich der weiche Heidesand. Meine Cousins und Cousinen, ein paar Freunde, Joe und ich verbringen fast jede freie Minute damit, in den Wäldern unterirdische Gänge und Bunker zu graben, die wir mit Stöcken abstützen. Gerade so groß, daß wir Kinder durchpassen. Die Eingänge liegen hinter Büschen verborgen, und nur wir Eingeweihten können sie finden. In diesen Bunkern hüten wir unsere Schätze: Wir haben den Erwachsenen ein paar Zigaretten geklaut, die wir hier verstecken. Manchmal rauchen wir hier, drehen uns selbst »Zigaretten« aus Blättern. »Das ist eine Papirosa«, hat Joe den anderen erklärt, weil er sich das Wort aus den alten Geschichten unserer Familie aus Rußland gemerkt hat, und alle haben dann damit angegeben, daß wir Papirossy rauchen.

Einer unserer Freunde hat im Wald ein zerfleddertes Heft mit nackten Frauen gefunden, das er hier versteckt. Sicher hat es ein Soldat hier verloren oder weggeworfen, wie die meisten unserer »Schätze«. Nackte Frauen zu sehen, das ist schon irgendwie besonders aufregend. Die Frauen in dem Heft haben alle ganz große Busen und räkeln sich. So was haben wir alle noch nie gesehen. Die

Mädchen wollen das Heft auch immer wieder anschauen. Die kriegen dann ganz rote Flecken im Gesicht oder sie kichern wie verrückt. Manchmal wollen sie dann sogar mit den größeren Jungs herumschmusen und so was.

Ein anderer aus unserer Gruppe versteckt ein kleines Messer. Joe hat ein paar Patronenhülsen und eine alte Gasmaske im Wald gefunden, und ich einen verbeulten Stahlhelm, den ich irgendwie unheimlich finde, von dem ich mich aber doch nicht trennen kann und ein altes, in der Mitte durchgeschlagenes Gewehr. Joe hat gesagt, daß die Soldaten, die flüchten oder die wissen, daß sie gefangengenommen werden, ihre Gewehre gegen Bäume schlagen, um sie kaputtzumachen. So ein Gewehr hab ich gefunden. Natürlich kann man damit nicht mehr schießen, aber ich spiele oft damit und frage mich, wem es wohl gehört hat.

Manchmal versuche ich, mir die Welt nach dem Krieg irgendwie vorzustellen, aber es gelingt mir einfach nicht. Hoffentlich werden wir nicht alle erschossen oder ins Gefängnis gesteckt, weil wir doch wohl irgendwie die »Bösen« sind, und in Filmen und Büchern macht man das ja mit den Bösen. Aber ich weiß wirklich nicht, was wir Böses gemacht haben, und niemand will es mir erklären. Anscheinend weiß es auch von den Erwachsenen keiner genau.

Und solange man das nicht weiß, schickt man uns in die Schule. Irgendwie ist schon an meinem ersten Schultag wieder alles schiefgelaufen. Ich wollte diesmal auf gar keinen Fall wieder etwas falsch machen. Die haben sicher auch hier in der Schule wieder einen Lehrer wie unseren Herrn Sauer, hab ich mir gedacht. Auf gar keinen Fall wollte ich wieder eine Ohrfeige bekommen oder Schlimmeres. Also hab ich mir alles ganz genau überlegt und mir gedacht, daß es bestimmt das beste ist, wenn ich ganz vorschriftsmäßig grüße mit ausgestrecktem rechtem Arm und laut »Heil Hitler« brülle.

Und so hab ich das dann auch gemacht, aber komischerweise kam das überhaupt nicht an. Ich verstehe das zwar nicht so ganz, weil der Krieg ja noch nicht vorbei ist und niemand gesagt hat, daß man nicht »Heil Hitler!« rufen soll, aber irgendwie ist man hier von der ganzen Sache wohl nicht mehr besonders überzeugt, ganz anders als in Kärnten. Ein Mitschüler hat, nachdem ich »Heil Hitler!« gerufen habe, sogar ganz laut in der Klasse gefragt: »Wo kommst du denn her? Vom Mond?« Und er hat mein »Heil Hitler!« nachgeäfft und eine ganz abfällige Handbewegung gemacht. Aber er hat dafür keine Ohrfeige vom Lehrer bekommen. Der hat nur gesagt, es sei wohl besser, wenn wir versuchen, Unterricht zu machen, so lange es noch irgendwie geht. Er war ganz ruhig und freundlich. Man hat nicht einmal mit mir geschimpft. In Kärnten wäre es absolut unmöglich gewesen, über Hitler so eine abfällige Handbewegung zu machen.

Wenn ich nur wüßte, wo Papi ist und daß es ihm gutgeht. Aber jetzt muß ich wirklich endlich schlafen. Jetzt ist es auch gerade mal still.

Ich lausche in die Dunkelheit, denke an Berlin und an Opa und meinen Vater und Onkel Johnny und an den Mann mit dem Fagott, mein Ohr tut weh und ich spüre, wie der Alptraum wieder näherkommt. Diesmal mit einem lauten Kettenrasseln und Kanonendonner. Und ich kämpfe und weiß doch, daß es nur ein Traum ist und kann doch nichts dagegen tun und die Dinge nicht aufhalten.

Ich muß aufwachen, denke ich mir und reiße gewaltsam die Augen auf, setze mich in mein Bett und habe Angst, wieder einzuschlafen und lausche in die Nacht, während das Haus immer noch still daliegt und in der Ferne wieder Schüsse zu hören sind.

9. KAPITEL

Kärnten, Februar 1945

Rudis Heimkehr

8. Februar 1945, 6 Uhr morgens. Rudi Bockelmann erreicht gerade noch den Zug von Klagenfurt nach Willersdorf. Von dort sind es dann noch vier Kilometer bergauf, zu Fuß. Bei gutem Wetter und guter Kondition ein Marsch von etwa einer Stunde, heute, mit dem Gepäck, der Übermüdung in den Knochen und dem vereisten Boden wahrscheinlich das doppelte. Aber wenn er diese letzte Strecke bewältigt hat, wird er endlich wieder zu Hause sein – auf Schloß Ottmanach, auch wenn es sehr leer sein wird ohne seine Frau und seine drei Söhne. An den Abschied darf er gar nicht denken: An den Ernst, mit dem Joe, der Älteste ihn ansah, der die Tragweite der Stunde sicher am allerbesten begriff, die Tränen in Jürgens Augen, und an den strahlenden kleinen Manfred, der mit seinen eineinhalb Jahren noch gar keine Ahnung hatte, was vor sich ging. Wenn Rudi es nicht schaffte, diese letzten Kriegswochen zu überleben, würde Manfred später nicht einmal mehr Erinnerungen an seinen Vater haben. Der Kleine hatte ihm strahlend nachgewinkt. Und dann der Abschied von Käthe, die Größe, die sie aufbrachte, als sie ihn umarmte und dann noch mal und noch mal und dann einfach wegging, um es ihm nicht noch schwerer zu machen. Wann würde er sie jemals wiedersehen?

Jedenfalls würde er bald endlich zu Hause sein nach einer tagelangen Odyssee durch ein vollkommen zerstörtes Land. Allein von Lüneburg bis Fulda zu kommen, hatte zwei ganze Tage und Nächte gedauert. Immer wieder hatten die Züge angehalten, und alle Passagiere mußten ins Freie, sich auf den Boden werfen. Einmal waren Flugzeuge im Tiefflug herangerast, hatten aber nicht geschossen. Ein SS-Mann hatte mit seiner Maschinenpistole hinterhergefeuert. Die mitgeführte Flak war nicht einmal ausgepackt worden. Als Rudi Bockelmann die Soldaten danach fragte, hieß es nur mit einem Schulterzucken, man habe sowieso keine Munition mehr.

Irgendwann hatte man sich so sehr an diese Unterbrechungen der Fahrt, das Warten im freien Feld bis Entwarnung gegeben war, gewöhnt, daß man die Gelegenheit nutzte, sich an einem Bach in der Nähe notdürftig zu waschen oder zu rasieren, in den Zügen gab es dafür schon lange keine Möglichkeit mehr.

Rudi Bockelmann hatte auch immer wieder Truppentransporte gesehen und konnte sich des Eindrucks nicht erwehren, daß da der letzte traurige Rest von Deutschlands Männern ins Feld geschickt wurde: Lastwagen, auf deren Ladefläche alte, ausgemergelte Männer saßen. Einer hatte ihm mal zugerufen: »Wir alten Affen sind die neuen Waffen« und dabei bitter gelacht. – Noch schlimmer aber war der Anblick der Truppen, unter denen sich Kinder befanden: Jungen mit Kindergesichtern und Stahlhelmen, die viel zu groß auf ihren Köpfen wackelten; manche davon waren sicher nicht älter als sein ältester Sohn Joe. Dieser Anblick hatte ihn wütend gemacht, aber er konnte doch nichts tun, nur hoffen, daß dieser Irrsinn so bald wie irgend möglich ein Ende finden würde.

Irgendwann nach Tagen war er in München angekommen. Die Stadt war vollständig zerstört. Am Bahnhof wieder wie überall das Transparent »Räder müssen rollen für den SIEG«.

Rudi widerte das alles an. Jahrelang war man offenbar nur belogen und betrogen worden. Er selbst war diesen Lügen lange Zeit hindurch aufgesessen, aber langsam mußte doch damit Schluß sein!

Er selbst war Parteimitglied. Die Leute im Dorf hatten ihn kurz nach dem Anschluß Österreichs ans Reich darum gebeten, Bürgermeister der Gemeinde Ottmanach zu werden. Er war als Besitzer des Schlosses und größter Landwirt der Gemeinde dem Dorf gegenüber irgendwie verpflichtet gewesen, hatte eine herausragende Stellung. Alle im Dorf nannten ihn »Chef«. Man kam mit allen Sorgen und Nöten zu ihm, ob man Geldprobleme hatte oder Ehestreit. Sogar wenn eine Kuh Schwierigkeiten beim Kalben hatte und der Tierarzt nicht erreichbar war oder wenn man sich bei der Arbeit verletzt hatte. Man kam zum Schloß, bat um Hilfe.

Als der Anschluß Österreichs beschlossen war, war man in Ottmanach in Sorge gewesen, einen linientreuen Bürgermeister vor die Nase gesetzt zu bekommen, irgendeinen Fremden aus dem Reich, der überall herumschnüffeln und sich in alles einmischen würde. Das wollte man unbedingt vermeiden, also hatte man ihn, Rudi, gebeten, sich für das Bürgermeisteramt zur Verfügung zu stellen. Dazu mußte er aber in die Partei eintreten, was ihm widerstrebte.

Nicht, daß er den Wahnsinn dieser Leute, der sich allmählich immer deutlicher herausstellte, schon damals auch nur annähernd durchschaut hätte, aber sie waren ihm immer vulgär und irgendwie abstoßend erschienen, und es gefiel ihm ganz und gar nicht, daß er offiziell dazugehören sollte, nur um Bürgermeister zu werden.

Er hatte mit seinem Vater heftigst darüber gestritten. Heinrich war immer fürs Geradeausgehen gewesen. Er hatte ihn daran erinnert, wie er damals in Moskau nach der »Schwanensee«-Aufführung mit ihm, Rudi, und seinem älteren Bruder Erwin mitten durch den Brunnen des Restaurants gegangen war, um den beiden Söhnen eine Lehre darüber zu erteilen…

»Offenbar war diese Lehre nicht stark genug für dich«, hatte Heinrich gezürnt, als Rudi ihm seine Absicht gestand. Er hatte von einem Pakt mit dem Teufel gesprochen, von einem primitiven, gefährlichen Pack, mit dem niemand sich ungestraft einlassen könne und dergleichen mehr. Auch Käthe war dagegen gewesen, und sicher hatte Heinrich recht gehabt, und man hätte den geraden Weg gehen sollen. Doch Heinrich konnte auch einfach nach Meran gehen, die politische Situation weitgehend ignorieren. Aber Rudi hatte eine Verantwortung gegenüber dem Gut, der Familie und der Gemeinde zu erfüllen, da war der »gerade Weg« nicht einmal deutlich zu erkennen. Und vielleicht würde aus all dem Vulgären und Lauten, das ihn so abstieß, ja doch noch etwas Gutes erwachsen, so hatte er sich damals noch eingeredet, vielleicht war das nur eine Sprache, die dieses von der Niederlage des ersten großen Krieges gedemütigte Volk am ehesten verstand, ein Volk, das sich nach Stärke und Selbstbewußtsein sehnte, so hatte er gehofft – und kann seine eigene Naivität heute selbst kaum noch glauben.

All das steht ihm heute wieder klar und beklemmend vor Augen. Es hat ihn die ganze Rückreise von Barendorf hindurch begleitet und belastet.

Als er durch das zerstörte München marschierte, war er an jenem Kino vorbeigekommen, in dem er mit Käthe vor fast genau fünfzehn Jahren den ersten Film als Eheleute gesehen hatte: »Zwei Herzen im Dreivierteltakt«. Er kann sich noch gut daran erinnern. Aber das Kino stand nicht mehr, alles in Schutt und Asche.

Kurz vor dem Bahnhof war er auf einem engen Gehweg in eine Gruppe von ungefähr fünfzig Juden geraten, die von einem SS-Kommando ebenfalls zum Bahnhof geführt wurden. Für ein paar Meter ging man auf engstem Raum. Es waren Menschen mit verzweifelten, viele auch mit leeren Gesichtern, Männer, Frauen und Kinder, alle mit dem Judenstern am Mantel, und jeder einen kleinen Koffer in der Hand. Sie sahen ihn mit Blicken an, in denen er nicht lesen konnte, und er fragte sich, was man wohl mit diesen armen Menschen vorhatte. Daß man jetzt, so kurz vor dem Ende des Krieges noch Umsiedlungsaktionen durchführte? Rudi wunderte sich darüber, aber an noch Schlimmeres, wie die Schauergeschichten, von denen man manchmal munkeln hörte, wagte er gar nicht erst zu denken.

Als die Gruppe rechts abbog und Rudi Bockelmann geradeaus weiterging, rammte ihm ein SS-Mann einen Gewehrkolben in die Seite. »Hallo, hallo! Hiergeblieben, Freundchen! Einordnen! Wird's bald!«

Rudi Bockelmann drehte sich erschrocken um. Noch nie zuvor hatte er das Gefühl erlebt, von einer Waffe bedroht zu werden. Er fühlte Ohnmacht, Angst. So bestimmt wie möglich nannte er seinen Namen und sein Reiseziel, zeigte seinen Ausweis und ein Dokument, das ihn als Bürgermeister der Gemeinde Ottmanach im Gau Kärnten auswies – und natürlich den Mitgliedsausweis der Partei. Nun war das verhaßte Ding ihm also doch noch zu etwas nutze. Der SS-Mann runzelte die Stirn und ließ ihn gehen.

»Heil Hitler!«

»Heil Hitler!« Rudi setzte seinen Weg fort. Jetzt erst begannen seine Knie zu zittern.

Am Bahnhof tatsächlich ein Zug, der bis nach Salzburg gehen sollte, aber kein Platz in irgendeinem der Abteile, also war er auf die Puffer zwischen den Waggons geklettert und so stundenlang gefahren, bis der Zug irgendwo bei Wasserburg wieder anhielt, weil die Strecke beschädigt war: mitten in der Nacht, bei Kälte und Regen ein mehrstündiger Fußmarsch bis nach Rosenheim, dann ging es durchnäßt und verdreckt mit einem anderen Zug weiter. Mit selbstgebranntem Schnaps, den er bei sich trug, konnte er sogar ein paar Landser im Gang bewegen, noch enger zusammenzurücken, damit auch für ihn noch Platz war.

Oft hatte Rudi auf dieser Reise an seinen Vater Heinrich gedacht, an die Flucht der Familie aus Rußland, damals, bei Ausbruch des Ersten Weltkrieges. Rudi Bockelmann kann sich gut an den Moment vor fast einunddreißig Jahren erinnern, als man seinen Vater Heinrich am Bahnsteig verhaftete, während der Zug sich in Bewegung setzte, der Rudis Mutter Anna, Rudi und seine Brüder in Sicherheit brachte, damals, als ihn alle noch »Rudjascha« nannten. Den Blick seines Vaters, als man ihn abführte, wird er wohl nie in seinem Leben vergessen.

Rudi war damals so alt gewesen wie sein Sohn Jürgen heute. Irgendwie kam es ihm auf dieser Fahrt, die er nun allein nach Ottmanach antrat, während Frau und Kinder in Barendorf blieben, so vor, als hätten sie die Rollen getauscht: Er war plötzlich in der beinahe gleichen Situation wie damals sein Vater, fuhr in ein ungewisses Schicksal. Und Jürgen durchlebte und durchlitt das, was er, Rudi, selbst als Kind im gleichen Alter hatte durchstehen müssen. Was war das bloß für ein Jahrhundert, in dem man da lebte? Das Jahrhundert der flüchtenden Menschen, des industriellen Krieges und des Todes.

Er lehnt seinen Kopf an die Scheibe. Kaum jemand benutzt wie er den Frühzug von Klagenfurt nach Willersdorf. Oder vielleicht sitzt er ja genaugenommen auch im Abendzug von gestern, der zehn Stunden Verspätung hat. Solche Dinge weiß heutzutage wohl niemand mehr.

Draußen ist es noch dunkel. Überall sind Berge von Neuschnee aufgetürmt. Der Fußmarsch nach Hause würde also beschwerlich werden. Aber das würde er auch noch schaffen.

Der Zug hält. Willersdorf. Rudi Bockelmann schreckt auf. Die paar Minuten Schlaf haben ihn nicht frischer gemacht. Er steigt aus dem letzten Waggon – ganz am Ende des kleinen Bahnhofs, weit vom eigentlichen Bahnsteig und der winzigen Bahnhofshütte entfernt. Eine kleine Funzel beleuchtet das schon halb verrottete Schild »Willersdorf«. Rudi überlegt, vom Bahnhof aus zu Hause anzurufen und Karl Schindler zu bitten, ihn mit dem Traktor abzuholen, aber bis die Verbindung zustande kommen würde, dauerte es bestimmt eine Stunde oder länger, oder es klappte gar nicht. Dann würde er sehr viel Zeit verlieren. Außerdem sind am Bahnhof seltsamerweise einige Gestapo-Leute in ihren typischen dunkelbraunen Ledermänteln und tief in die Stirn gezogenen Hüten zu sehen, und Rudi hat keine Lust, ihnen zu begegnen. Sie können immer irgendwelchen Ärger machen. Also nimmt Rudi Bockelmann den kürzeren Weg am Bahnhofshäuschen vorbei, schultert seine Tasche und macht sich auf den beschwerlichen Weg durch den Schnee Richtung Ottmanach.

Unterwegs begegnet er dem einen oder anderen Bekannten, die sich allesamt ein wenig linkisch und ausweichend benehmen. Man begrüßt ihn fast überrascht, ein bißchen so, als hätte man nicht damit gerechnet, ihn hier noch einmal zu sehen.

Kilometerweit geht es über steile Feld- und Waldwege bergauf. Immer wieder muß Rudi Bockelmann innehalten, sich an einen Baum lehnen, durchatmen, bevor es weitergeht. Er hat nichts mehr zu trinken dabei und nimmt ein bißchen Schnee, um den schlimmsten Durst zu lindern. Dann geht es weiter. Seine Stiefel sind schon lange durchnäßt, seine Tasche wird ihm immer schwerer auf der Schulter.

Doch dann, endlich, hat er die Steigung überwunden. Der schmale Hohlweg führt aus dem Wald, und die Bauernhäuser von Treffelsdorf liegen wenige Hundert Meter vor ihm. Sein Blick schweift über das breite, herrliche Tal des Klagenfurter Beckens bis zur Karawankenkette. Gerade geht die Sonne auf und taucht die Landschaft, die ihm in den letzten fünfzehn Jahren, seit er hier in Kärnten lebt, zu seinem Zuhause geworden ist, in ein mildes, goldenes, friedliches, fast märchenhaftes Licht.

Rudi Bockelmann hält inne und nimmt diesen Anblick der Ruhe ganz in sich auf. Alle außer seiner Frau Käthe hatten ihm davon abgeraten zurückzukehren. Man hatte ihm das Schlimmste prophezeit. Er würde hier, wenn die Russen kamen, wie in einer Mausefalle festsitzen, sein Leben wäre in Gefahr und dergleichen Dinge mehr, die man natürlich nicht abtun konnte. Doch nun steht er hier, blickt über das winterliche Tal, die Felder, die zu seinem Gut gehören, von der Morgensonne verzaubert, und in diesem Augenblick weiß Rudi Bockelmann wieder, warum er unbedingt zurückkehren wollte.

Wie schrecklich und düster auch immer diese Zeit sein mochte, es lohnte sich, mit ganzer Seele für diese – nach Rußland, Schweden und Norddeutschland – vierte Heimat seines Lebens zu kämpfen und an die Zukunft zu glauben.

Fahnenflucht?

Es ist kurz nach acht Uhr morgens, als Rudi Bockelmann durch den Torbogen tritt, der die Zufahrt des Schlosses umrahmt. Zwei Arbeiterinnen sehen ihn zuerst, rennen ins Haus, und nur Augenblicke später kommen alle angelaufen: Karl und Sophie Schindler, Hansl Voith, und auch Maria Maric, eine gute Freundin, die sich während Rudis Abwesenheit um alles gekümmert hat mit ihrem Mann. Rudi wird freundlich begrüßt, doch er spürt vom ersten Augenblick an, daß irgendetwas nicht stimmt. Vor allem Maria Maric benimmt sich fremd, fast ein wenig so, als wäre ihr Rudis Rückkehr unbehaglich.

Rudi nimmt es wahr, doch er verdrängt den Gedanken.

Im Schloß erinnert kaum noch etwas an die Abreise von vor drei Wochen. Viele Zimmer sind belegt. Man hat Leute einquartiert, die in Klagenfurt ausgebombt wurden. Eigentlich ist Rudi ganz froh darüber, so wird er weniger an die Trennung von seiner Familie erinnert. Er will ins Schlafzimmer, sich vor dem Frühstück ein bißchen frischmachen, doch Maria Maric hält ihn zurück, zieht ihn ins Herrenzimmer, schließt die Tür.

»Du hättest vielleicht besser nicht zurückkommen sollen, Rudi«, sagt sie plötzlich offen und sieht ihm dabei direkt in die Augen.

Rudi versteht nicht.

»Sie suchen dich schon«, erklärt Maria. »Eigentlich hätten sie dich schon am Bahnhof in Willersdorf verhaften sollen. Sie haben dort auf dich gewartet. Hast du sie nicht gesehen?«

»*Wen* gesehen? Wieso denn *verhaften*?« Rudi wird allmählich ungeduldig. Das alles ergibt für ihn immer noch keinen Sinn.

»Na, die *Gestapo*! Sie suchen dich! Kaum wart ihr weg, ging das hier los mit den Gerüchten: Ihr wärt unter Mitnahme großer Mengen an Nahrungsmitteln und kriegswichtiger Güter geflohen, du wärst von deinem Amt als Bürgermeister desertiert. Und ich brauche dir ja wohl nicht zu sagen, daß auf so etwas die Todesstrafe steht!«

Rudi verschlägt es bei dem Wort einen Augenblick lang den Atem. Langsam beginnt ihm zu dämmern, daß die Gestapo-Leute, die er am Bahnhof in Willersdorf gesehen hat, seinetwegen dort gewesen waren.

Er muß sich setzen, steht dann aber gleich wieder auf, beginnt, im Zimmer auf und ab zu gehen.

»Die haben überall herumgeschnüffelt«, berichtet Maria weiter. »Defätismus nennt man das, was man dir vorwirft, Wehrkraftzersetzung und Diebstahl am deutschen Volk! Man will dir einen Strick drehen und spricht von einem zweiten Fall des Bürgermeisters von Breslau. Den hat man liquidiert, weil er seine Gemeinde im Stich gelassen hat. Man will nun auch an dir ein Exempel statuieren. Eigentlich wollte man das Schloß und das Gut sofort enteignen, aber das ging nicht, weil es offiziell ja nicht nur dir, sondern auch noch deinen vier Brüdern gehört. Sogar im Radio ist dein Name gestern abend als erstes gefallen.«

Rudi schüttelt erschüttert den Kopf. Seine Gedanken drehen sich im Kreis. Von Flucht war doch niemals die Rede gewesen! Was warf man ihm da bloß vor?

Rudi geht auf und ab. Alle Müdigkeit ist plötzlich verflogen. Was soll er jetzt bloß tun?

Bestimmt hat sich seine Rückkehr schon herumgesprochen. Bestimmt sind sie schon auf dem Weg zu ihm. Es gibt nur einen Weg: er muß *die Flucht nach vorn* antreten, geradeausgehen, jedenfalls dieses eine Mal. Er würde jetzt sofort Landrat Guttenberg anrufen und sich zurückmelden. Guttenberg war in einer führenden bürokratischen Stelle der Gauleitung tätig.

Er geht nach unten, meldet die Verbindung an. Minuten später klingelt der Apparat, und der Landrat ist selbst am Telefon. Rudi versucht ruhig zu erklären, daß man nur die Familie in Barendorf besucht habe, daß man eigentlich habe zurückkommen wollen, daß dann aber der Kleinste krank geworden sei, und man habe deshalb den Entschluß gefaßt, daß Rudi zunächst allein zurückkehren würde, um die Gemeinde nicht zu lange allein zu lassen. Käthe und die Kinder würden dann nachkommen, sobald Manfred gesund sei, sofern die Reiseverhältnisse dies zuließen. Die Geschichte war für alle Fälle so mit Käthe abgesprochen.

Landrat Guttenberg tat verständnisvoll, aber es lägen nun einmal deutliche und ernstzunehmende Beschuldigungen vor. Mehr könne er dazu nicht sagen. »Entschuldigen Sie, Herr Bockelmann, aber ich habe in diesen turbulenten Zeiten schrecklich viel zu tun.«

Er wünschte ihm alles Gute, dann war die Leitung unterbrochen.

Rudi versucht, ein Gespräch nach Barendorf anzumelden. Er möchte wenigstens Käthe über die neuste Entwicklung Bescheid geben, bevor man ihn abholt. Das Fräulein vom Amt ist freundlich. Man verstehe, daß es dringend sei, aber es könne Stunden dauern, wenn sich diese Verbindung überhaupt herstellen lasse.

Er bleibt einige Augenblicke lang ratlos vor dem Telefon stehen, nimmt dann den Hörer erneut ab, versucht, ein Gespräch nach Meran anzumelden. Ein Gespräch mit seinem Vater wäre jetzt genau das richtige, um ihn zu stärken. Immerhin hatte Heinrich damals in Rußland Ähnliches durchgemacht, war von einer Stunde zur nächsten zum Feind geworden. Rudi würde jetzt gern mit ihm sprechen. Außerdem wußte Heinrich bestimmt auch noch nichts davon, daß das Haus im Grunewald inzwischen zerstört worden war, eine paar Stunden nachdem Rudi mit seiner Familie es verlassen hatte.

Rudi dreht an der Kurbel. Das Fräulein vom Amt ist wieder dasselbe. Ja, sie versuche, die Verbindung herzustellen. Mindestens drei Stunden werde es aber schon dauern.

Resigniert hängt Rudi den Hörer ein.

In diesem Moment bringt Sophie ihm das Frühstück: frisches Brot, selbstgemachte Marmelade, ein Ei, Muckefuck und Grütze. Seit Tagen hatte er sich darauf gefreut, doch jetzt verzehrt er es ohne jeglichen Appetit.

Nach dem Frühstück geht er in sein Zimmer, duscht, rasiert sich, zieht frische Sachen an.

Er fühlt sich nun etwas besser, geht ins Herrenzimmer, sucht alle nötigen Papiere zusammen, alles, was er vielleicht wird brauchen können. Dann nimmt er sich den dicken Poststapel vor, der sich in seiner Abwesenheit angesammelt hat. Er blättert ihn durch: wie immer zuerst auf der Suche nach irgendetwas, das ein Lebenszeichen von seinem jüngsten Bruder Johnny beinhalten könnte. Aber wieder ist nichts dergleichen dabei. Heute hat der »Kleine« Geburtstag, fällt Rudi plötzlich ein. Er wird 32 Jahre alt. Wie mag er wohl diesen Tag verbringen? Für einen kurzen Moment überdeckt die Sorge um den jüngsten Bruder seine eigenen Ängste um sein Schicksal. Was mag mit Johnny wohl geschehen sein? Durch welche Hölle schritt er? Daran, daß er vielleicht gar nicht mehr am Leben sein könnte, mag Rudi nicht denken. Irgendwie spürt er, daß der Kleine noch lebt... Wenn er tot wäre, würde Rudi es fühlen, dessen ist er sich sicher.

In der Post wenigstens ein paar Zeilen von Werner. Allerdings mehr als sechs Wochen alt. Ein Feldpostbrief aus Danzig. Er hoffe, daß alle fünf Brüder sich bald wiedersehen könnten. Ein richtiges »Fünf-Brüder-Treffen«, wie sie es schon seit Jahren nicht mehr hatten. Natürlich kein Wort über die militärische Lage.

Feldpostbriefe kommen schon lange nicht mehr durch. Einige von jenen, die Rudi ihm schrieb, findet er in seinem Poststapel wieder. Sie sind zurückgekommen. Ein entmutigendes Gefühl.

Ein anderer Umschlag trägt den Absender Lilly Arp aus Prasdorf. Käthes Mutter, wegen ihrer langen blonden Haare die »blonde Omi« genannt, couragiert wie niemand sonst, den Rudi kennt, aber auch manchmal fast erschreckend halsstarrig. In all den Jahren der Nazizeit hatte sie stur und offen am Kommunismus festgehalten. Und keiner weiß so genau, ob sie nicht auch irgendwie im Untergrund tätig ist, Kommunistenfreunde versteckt und dergleichen mehr. Sie war auch schon verhaftet worden, dann aber wieder freigekommen, was an ein Wunder grenzte. Die Familie hatte den Kontakt zu ihr stark einschränken müssen, um sich nicht selbst zu gefährden. Jeder ihrer Briefe war gefährlich wie eine Bombe. Zündstoff, wenn er in die falschen Hände kam. Auch jetzt öffnet Rudi ihn mit einem flauen Gefühl im Magen, untersucht erst die Gummierung auf irgendwelche Zeichen hin, daß der Umschlag bereits geöffnet worden sein könnte, doch es sieht nicht danach aus. Rudi reißt ihn vorsichtig auf und liest. Es ist eine Einladung auf ihren Bauernhof nach Prasdorf bei Kiel.

»Wenn diese Nazi-Pest Euch zu schaffen macht, seid Ihr hier jederzeit willkommen.« Ein Glück, daß die Gestapo, die Rudi suchte, offenbar nicht auf die Idee gekommen war, seine Post zu beschlagnahmen.

Rudi zerreißt den Brief in kleine Fetzen und wirft sie in den Kamin, schiebt sie mit dem Schürhaken unter die Flammen, als es an der Tür klopft und Maria Maric mit bleichem Gesicht eintritt.

»Da ist jemand für dich«, sagt sie nur leise, und hinter ihr steht auch schon Joseph, ein Gendarm vom Gendarmerieposten in Pischeldorf. Sie kennen sich gut. Rudi war immer wieder gemeinsam mit ihm zur Bewachung des Elektrizitätswerkes in Lassendorf eingeteilt gewesen. Eine Bürgerpflicht.

Beinahe herzlich bittet er den Mann herein, und er erstarrt, als ihm bewußt wird, daß nun ausgerechnet dieser befreundete Gendarm nicht als Besucher gekommen war, sondern daß er den Auftrag hatte, ihn abzuholen.

»Vernichtest du Beweise?« fragt Joseph ihn lächelnd, bezugnehmend auf sein Gestocher mit dem Schürhaken im Kamin.

»Natürlich«, gibt Rudi so launig zurück, wie er es in dieser Stunde eben sein kann.

Joseph setzt eine ernste Miene auf. »Es tut mir leid, aber du weißt ja inzwischen selbst, was los ist. Ich soll dich vorführen.«

»Vorführen, so nennt man das also«, antwortet Rudi mit leisem Zynismus in der Stimme.

»Ja, das ist das Wort dafür. Niemand hat etwas von Einliefern gesagt.«

»Heißt das, ich kann nach einem Gespräch wieder gehen?« will Rudi wissen.

»Sie haben nichts von Einliefern gesagt, also stehen die Chancen wahrscheinlich nicht schlecht.«

Rudi nickt, und wie um sich an diese Hoffnung zu klammern, beschließt er, nichts mitzunehmen, sich nicht auf einen längeren Aufenthalt einzurichten.

Rudi zieht sich warm an. Angesichts der Kälte, des Schnees und der Straßenverhältnisse hat man beschlossen, mit dem Pferdeschlitten die siebzehn Kilometer nach Klagenfurt zu fahren. Hansl Voith wird den Schlitten lenken und wieder zurückbringen.

Er macht den Abschied von seinen Leuten so kurz wie möglich, will keine große Wehmut aufkommen lassen.

Draußen ist es inzwischen dunkel geworden. Joseph, Hansl Voith und Rudi besteigen den Schlitten, vor den zwei Pferde gespannt sind, und sie machen sich auf den dunklen Weg, Rudis ungewissem Schicksal entgegen.

Das Verhör

Die Schlittenfahrt durch die vom vielen Schnee fast unpassierbaren Straßen, die zerstörte Stadt, die Menschen, denen sie begegnen, manche davon Bekannte von Rudi, und immer wieder die Frage, die er sich bei jeder dieser Begegnungen stellt: Wissen sie, wohin ich gerade gehe? Dann das Gestapo-Gebäude in der Burg mitten in der Stadt, der Beamte am Empfang, der ausschließlich mit Joseph spricht, Rudi nur eines abschätzenden Blickes würdigt, die beiden dann in den zweiten Stock, Zimmer Nummer 28, zu Kommissar Brettschneider schickt. Die grellgeschminkte Stenotypistin im Vorzimmer und dann der Kommissar, schlank, dunkelhaarig, etwa so groß wie Rudi selbst, mit glatt nach hinten gekämmten Haaren und fast schwarzen, stechenden, kalten Augen, italienischer Typ. Gutaussehend, aber mit einem listig-lauernden Gesichtsausdruck. Rudi nimmt das alles wie eine schrille Folge von zusammenhanglosen Ereignissen wahr. Es hat etwas Unwirkliches.

»Ja, wen haben wir denn da? Der Herr *Bürgermeister*!« Süffisant dreht sich Kommissar Brettschneider zu Rudi um. »Daß wir *Sie* hier noch mal zu Gesicht bekommen. Wer hätt's gedacht. Setzen Sie sich mal dahin.« Er weist Rudi einen Holzstuhl zu, dann wendet er sich an den Gendarmen. »Was stehen Sie denn noch hier herum? Haben Sie nichts zu tun?«

»Ich dachte ...«, stammelt Joseph.

»Das Denken können Sie mal getrost uns überlassen! Abtreten!«

»Jawohl!« erwidert Joseph und fügt dann doch noch hinzu: »Wird es denn nicht gewünscht, daß ich auf Herrn Bürgermeister Bockelmann warte und ihn wieder nach Hause bringe?«

Der Kommissar grinst selbstzufrieden. »Das wird nicht nötig sein. Der Herr *Bürgermeister* bleibt sicher noch eine ganze Weile bei uns.« Er deutet er auf die Tür. »Heil Hitler!«

»Heil Hitler!« Der Gendarm hat verstanden und geht.

Kommissar Brettschneider setzt sich Rudi gegenüber hinter eine Schreibmaschine. »Und nun zu Ihnen. Da haben Sie sich ja etwas Schönes geleistet. Abzuhauen, alles hier im Stich zu lassen. 1500 kg Gepäck mitzunehmen. Das war Diebstahl am eigenen Volk. Und gerade Sie als Bürgermeister müßten das wissen und mit gutem Beispiel vorangehen.«

Rudi weiß nicht, was er sagen soll. Daß er 1500 kg Gepäck mitgenommen haben soll, ist einfach lächerlich. Immerhin waren sie mit dem Zug unterwegs, hatten nur mitgenommen, was sie hatten tragen können. Doch soll er das jetzt erklären? Oder ist es besser, zu warten, bis er etwas gefragt wird?

Schon fährt Kommissar Brettschneider fort: »Das Volk hört und sieht alles! Das Volk ist unsere größte und wichtigste Waffe. Und das Volk weiß auch, wie man mit Verrätern wie Ihnen umzugehen hat. Das Volk von Ottmanach hat das Urteil über Sie gesprochen, und unsere Aufgabe ist nun eigentlich nur noch, es zu vollstrecken. Das Volk irrt nie!« Brettschneider blättert in irgendwelchen Papieren, und Rudi unterdrückt ein fassungsloses Kopfschütteln über diese Aussage aus dem Mund eines Mannes, der einem System dient, dem das Wohl des Volkes weniger als ein Fliegendreck wert ist.

»Alle Kleider Ihrer Frau und Ihrer Söhne sind aus den Schränken verschwunden, schreibt uns eine Bedienstete von Ihnen«, fährt Kommissar Brettschneider fort. »Und da haben Sie die Frechheit, uns zu erzählen, Sie hätten nur Ihre Familie besuchen wollen? Finden Sie das nicht selber lächerlich?«

Offenbar hat der Kommissar Eingaben aus der Bevölkerung vor sich. Der Neid oder die Lust, Gerüchte zu streuen, war anscheinend größer als er es je für möglich gehalten hatte.

»Es sind nicht alle Kleider meiner Frau und meiner Söhne verschwunden!« erwidert er schließlich mit fester Stimme. »Das ist eine bösartige Verleumdung, und wenn es gewünscht wird, kann ich jederzeit den Gegenbeweis antreten... Aber natürlich haben wir einiges mitgenommen. Wir wußten ja nicht, wie lange wir unterwegs sein würden. Sie wissen ja selbst, wie die Verhältnisse sind!«

»Und bei diesen ungewissen Verhältnissen lassen Sie Ihr Volk im Stich und machen eine Vergnügungsreise?«

Rudi hält es für besser, nichts darauf zu erwidern. Brettschneider blättert weiter in seinen Papieren. »Und dann sollen Sie sich ja auch noch bestens mit den Ostarbeitern verstehen. Sie sprechen Russisch?«

Rudi nickt. »Ja, wie Sie wissen, bin ich in Moskau geboren.«

»Sieh einer an. Man versteht sich offenbar darauf, die Seiten zu wechseln. Bei den Kommunistenschweinen geboren, bei uns Parteimitglied, aber sich mit den Ostarbeitern verbrüdern.« Brettschneider sieht Rudi triumphierend an. Rudi versucht zu erklären, daß er keineswegs unter den Kommunisten geboren worden sei, aber der Kommissar fällt ihm sofort ins Wort: »Sie sprechen hier nur, wenn Sie etwas gefragt werden!«

Brettschneider blättert weiter in seinen Papieren. Offensichtlich Rudis Akte.

Bevor er seine nächste Frage stellen kann, geht die Tür auf, und der oberste Gestapo-Chef, Obersturmbannführer Berger, tritt ein. Rudi kennt ihn flüchtig. Kommissar Brettschneider springt sofort auf, grüßt militärisch und erstattet Meldung.

»So, so, der Herr Bürgermeister! Desertiert, wie?« beginnt Obersturmbannführer Berger gleich zu schreien. »Na, das Problem werden wir ja schnell lösen! Der Fall liegt ja wohl eindeutig! Sehen Sie – wir kriegen sie alle!« Den letzten Satz hat er fast ruhig gesagt, mit einer deutlich spürbaren Genugtuung, und Rudi begreift zum ersten Mal ganz, in welch einer katastrophalen und lebensbedrohlichen Lage er sich befindet. Er begreift es zuerst körperlich, spürt zum ersten Mal eine Welle der Panik und Verzweiflung in sich aufsteigen. Er weiß, er muß ruhig bleiben, jedenfalls ruhig *wirken*. Jede Regung wird den Gegnern als Eingeständnis eines schlechten Gewissens erscheinen, es wird wohl klüger sein zu schweigen.

Der Obersturmbannführer bittet Kommissar Brettschneider

kurz vor die Tür. Das gibt Rudi Gelegenheit, sich wieder ein bißchen zu beruhigen. Wie geht man mit der Erkenntnis um, sich in Lebensgefahr zu befinden?

Als Brettschneider wieder eintritt, trägt er eine neue Mappe mit sich. Er knipst seine derbe Schreibtischlampe an, richtet den Lichtstrahl auf Rudis Gesicht, ist nur noch schemenhaft zu sehen. Rudi hat so etwas bisher nur in Kriminalromanen gelesen. Daß man das wirklich so macht, wundert ihn, genauso wie die einschüchternde Wirkung, die es sofort auf ihn hat.

»Wir haben in Ihrem Haus ein sehr merkwürdiges Bild gefunden. Können Sie uns das erklären?«

»Welches Bild meinen Sie?« Rudi ist der Sinn der Frage zunächst wirklich nicht ganz klar.

»Als ob Sie das nicht wüßten, Herr Bürgermeister! Stellen Sie sich doch nicht dümmer als Sie sind. Das Bild heißt ›Der Jude‹, wie Sie einem Beamten seinerzeit selbst freundlich erklärt haben.« Er nimmt ein aus dem Rahmen gelöstes Bild aus der Mappe und zeigt es Rudi. Es ist das Bild aus dem alten Arbeitszimmer seines Vaters, das ihm vor einigen Monaten schon einmal »Besuch« von der Gestapo eingebracht hatte. Damals war er aufgefordert worden, es zu entfernen. Er hatte es auf sich beruhen lassen, lebensgefährlich leichtsinnig, wie sich jetzt zeigte.

»Ein Familienmitglied?« fragt Brettschneider lauernd.

Wäre die Situation nicht so ernst, die Frage hätte etwas Komisches. Rudi antwortet mit fester Stimme: »Keineswegs, Herr Kommissar. Das ist ein wertvolles altes Bild des ungarischen Malers Koloswany, das mein Vater irgendwann geschenkt bekommen hat. Meine arische Herkunft wurde schon vor langem genauestens überprüft.«

»Das wird sich klären«, meint Brettschneider ausweichend und fügt nach einer kleinen Pause hinzu: »Wenn wir schon davon sprechen. Hat Ihr Vater sich früher nicht eng mit Juden umgeben?«

Rudi wäre nie auf die Idee gekommen, über solche Dinge nachzudenken, Nazidiktion hin oder her. Etwas zögernd antwortet er: »Soviel ich weiß, hat mein Vater als Bankier natürlich viel mit Juden zusammengearbeitet, aber das liegt alles sehr lange zurück, ich weiß darüber im einzelnen nichts.«

Brettschneider signalisiert deutlich, daß er Rudi nicht glaubt.

»Wie auch immer. Wir werden der Sache nachgehen.« Nach einer kleinen Pause hakt er nach: »Sie finden Juden und Bilder von Juden also schön?«

Betont sachlich antwortet Rudi: »Das kann man so nicht sagen. Ich kenne keine Juden, und ich kenne auch sonst keine Bilder von Juden. Das Bild, das Sie meinen, gehört meinem Vater. Ich habe lange schon keinen Gedanken mehr daran verschwendet.«

»Und das, obwohl die Gestapo Sie vor nun beinahe einem Jahr dazu aufgefordert hat, das Bild zu entfernen?«

Rudi weiß nicht, was er sagen soll: »Wissen Sie, ich habe ein riesiges Gut zu leiten, da hab ich das Bild wohl vergessen.«

»So, so… Sie haben in Ihrem Hause also ein Bild hängen, das einen Juden zeigt und das Sie ›vergessen‹ haben, aber in diesem ganzen riesigen Schloß haben wir nicht ein einziges Bild des Führers gefunden, obwohl wir wirklich jeden Quadratzentimeter abgesucht haben. Wahrscheinlich haben Sie das auch ›vergessen‹«, er lächelt über seinen eigenen Zynismus. Lauernd fährt er fort: »Und wir haben auch sonst nichts gefunden, was auf Ihre nationalsozialistische Gesinnung schließen ließe.« Er hält inne. »Können Sie mir erklären, wie es kommt, daß wir bei Ihnen auch nicht ein einziges einschlägiges Buch zum Nationalsozialismus gefunden haben, noch nicht einmal ›Mein Kampf‹?«

Rudi fühlt, wie die Fragen ihn mehr und mehr in die Enge treiben und wie seine Gedankenlosigkeit in diesen Fragen ihm nun zum Verhängnis wird. »Ich habe die Lektüre generell in den letzten Jahren stark vernachlässigt. Das war sicher ein Fehler.«

Brettschneiders Stimme verrät ein hinterlistiges Lächeln. »So, so, zum Lesen sind Sie nicht gekommen, die Bilder an den Wänden haben Sie ›vergessen‹…«, er unterbricht sich, vertieft sich wieder in seine Mappe, zieht einen Zettel heraus.

»Und die Bücher von« – er liest die Namen ab – »Stefan Zweig, Maxim Gorkij, Fjodor Dostojewskij, Thomas Mann, Heinrich Mann, Erich Kästner, Karl Kraus, Kurt Tucholsky, Robert Musil, Erich Maria Remarque und so weiter und so weiter in Ihrem Bücherregal, lauter verbotene Autoren, die haben Sie demnach wohl auch einfach *vergessen*?«

Rudi zuckt zusammen. Er braucht einen Augenblick, um sich zu fassen, dann sagt er: »Vieles davon sind alte Ausgaben aus meiner

Kindheit und Jugend und aus der Zeit vor dem Krieg. Ich mußte bei Beginn des Ersten Weltkrieges mit meinen Eltern und meinen Brüdern aus Rußland fliehen, wir lebten einige Jahre in Schweden, dann in Norddeutschland, später hier. Dabei ging so vieles an Erinnerungsstücken verloren. Ich konnte es einfach nicht übers Herz bringen, diese Bücher zu vernichten. Sie standen aber einfach nur im Regal. Ganz hinten, in der zweiten Reihe. Natürlich habe ich niemals mehr darin gelesen.«

Er kommt sich ein wenig schäbig dabei vor, seine geliebten Autoren zu verraten, aber in dieser Stunde bleibt ihm nichts anderes übrig.

»Und was, wenn einer Ihrer Söhne diese wehrkraftzersetzenden und entarteten Bücher in die Finger bekommen hätte oder sonst jemand, der bei Ihnen aus und ein geht? Glauben Sie denn wirklich, Sie könnten sich, nur weil Sie Bürgermeister und Schloßbesitzer sind, eine Privatliebhaberei wie diese Bücher oder Bilder von diesem Judenpack leisten? Denken Sie, Sie sind von den Gesetzen ausgenommen?« Brettschneider hat die letzten Sätze beinahe geschrien.

»Natürlich nicht, und ich bedauere es sehr, daß ich diesen Fragen keine größere Aufmerksamkeit gewidmet habe.« Rudi sieht keinen anderen Weg, mit diesem Herrn zu sprechen. Jede Erklärung bringt ihn offenbar nur noch tiefer in die Probleme. »Selbstverständlich bin ich jederzeit gern bereit, alles, was in meinem Hause beanstandet wird, zu vernichten.«

Brettschneider lacht zynisch. »Ja, das glaube ich gern, daß Sie jetzt Beweismittel vernichten möchten. Keine Sorge, diese Aufgabe haben wir Ihnen bereits abgenommen. Die Bücher und das Bild sind natürlich beschlagnahmt.«

Rudi schweigt. Irgendwo schlägt eine Turmuhr. Es ist nach neun Uhr abends. Auch der Kommissar blickt auf seine Taschenuhr. »Ich lasse Sie dann morgen wieder holen.«

Er knipst die Lampe aus.

»Wäre es denn vielleicht möglich, daß ich gegen mein Ehrenwort, Ottmanach nicht zu verlassen und mich jederzeit bereitzuhalten, zurück nach Hause gehe? – Schließlich ist der Betrieb auch für das Reich wichtig.«

Brettschneider grinst schadenfroh. »›Ihr *Ehrenwort*‹«, äfft er

Rudi nach. »Ihr Ehrenwort zählt nicht mehr. Sie bleiben hier. Ihr Betrieb kam während Ihrer Vergnügungsreise ja auch gut ohne Sie zurecht. Wir werden einen Verwalter bestellen. Es würde sich sowieso gut machen, wenn Sie angesichts der Vorwürfe, die gegen Sie erhoben werden und angesichts der Tatsache, daß Sie ohnehin keine Zukunft mehr haben, Ihren Besitz dem Deutschen Reich überschrieben. Vielleicht würde man Ihnen das als Geste anrechnen.«

Rudi erschrickt. Er spürt, wie jede Farbe aus seinem Gesicht weicht. Sein Herz rast. Er ballt unwillkürlich seine Hand zur Faust, preßt sie so fest zusammen, daß seine Fingerkuppen weiß werden, atmet ein paarmal tief durch, ehe er so besonnen wie möglich sagt: »Ich hoffe doch sehr, daß ich die Vorwürfe gegen mich werde entkräften können. Im übrigen gehört das Schloß und das zugehörige Gut nicht mir allein, sondern mir gemeinsam mit meinen vier Brüdern, die alle mit einer Übereignung einverstanden sein müßten. Ich werde meinen Brüdern bei nächster Gelegenheit Ihre Forderung natürlich unterbreiten, nur läßt die Lage im Augenblick keine Kontaktaufnahme zu: Mein jüngster Bruder ist seit August verschollen und der mittlere ist wohl irgendwo im Danziger Kessel.«

Brettschneider notiert irgendwas. »Dann erfüllt er ja wenigstens als Soldat seine Pflicht, was man von Ihnen ja nicht gerade behaupten kann.«

Rudi schweigt. Auch der Kommissar sagt lange Zeit hindurch nichts mehr, schreibt irgendetwas auf. Dann steht er auf, zieht seinen Mantel an. Rudi nimmt es als Zeichen, das gleiche zu tun.

Schweigend verlassen sie das Gestapo-Hauptquartier und gehen in Begleitung von zwei Polizisten die paar Schritte zum Gefängnis. Rudi hat das Gefühl, von jedem Menschen, dem sie begegnen, angestarrt zu werden. Als ob sie alle wüßten, wohin er geht. Die Luft ist klar und kalt.

Zelle 62

Im Gefängnis ein Aufnahmeraum. Drei Beamte in Uniform spielen Karten. Einer dreht sich halb um, als sie kommen, sieht sie fragend an. Brettschneider erklärt ihm kurz irgendetwas.

»Aha, für die Gestapo«, meint der Beamte gelangweilt.

Brettschneider nickt, übergibt ihm Papiere. Ein kurzes »Heil Hitler!« Dann verläßt er das Gebäude, ohne Rudi auch nur eines weiteren Blickes zu würdigen.

»Na, dann wollen wir mal ...«, ringt sich der Wärter dazu durch, sich zu erheben und sich mit Rudi zu beschäftigen. »Komm mal mit.«

Rudi wird wie selbstverständlich geduzt. Er wird durch lange Gänge in einen Raum mit Gittertür geführt, in dem sich außer einem Schreibtisch und einem Holzstuhl nichts befindet. Unverputzte Wände, fahles Licht.

Der Beamte schließt die Tür hinter ihm zu, verschwindet.

Ratlos steht Rudi im Raum. Keine Möglichkeit für ihn, sich zu setzen. Der Stuhl am Schreibtisch ist sicher dem Beamten vorbehalten. Wie lange soll er wohl hier warten? Und was erwartet ihn danach? Aus der Tiefe des Gebäudes hört er das dumpfe Echo von Stimmen, in die sich – nein, er irrt sich nicht – die Schmerzensschreie eines Mannes mischen. Fast rhythmisch. Dazu Schläge, die durch das Gebäude widerhallen, und das Gebrüll eines Wärters oder wohl eher eines Gestapo-Beamten.

Rudi ergreift eine tiefe Angst vor dem Unbekannten, die er so in seinem Leben noch nicht gekannt hat. In einem der Nebenräume die Erkennungsmelodie der Sondermeldungen. Bestimmt hören einige der Wärter Nachrichten. Natürlich kann Rudi die Meldungen nicht verstehen, hört nur die gebrüllte Rede eines Naziführers. Sie mischt sich seltsam mit den Geräuschen aus den Zellen und dem unter den Schlägen stöhnenden Mann unter ihm.

Durch den Gang herannahende Schritte. Der Wärter kommt zurück, schließt die Gittertür auf, tritt ein. »Gesicht an die Wand, aber schnell«, brüllt er ihn ohne Vorwarnung an. Rudi gehorcht, dreht sich um. Kalter Schweiß auf seiner Stirn. Wird er jetzt auch geschlagen? Oder nur durchsucht?

Der Stuhl in der Ecke scharrt, der Beamte setzt sich offenbar. Dann soll er durch diese Haltung also nur gedemütigt werden? Seine Selbstachtung werden sie nicht brechen, schwört er sich.

»Name?« Die Stimme des Wärters ist ein wenig hoch und weichlich, hörbar um Härte bemüht.

»Bockelmann.«

»Vorname?«

»Rudolf.«

»Wohnort?«

»Schloß Ottmanach, Gemeinde Pischeldorf.«

»Geburtsdatum?«

»14. Dezember 1904.«

»Geburtsort?«

»Moskau.«

Der Beamte hält inne. »Ostarbeiter, wie?«

Rudi schüttelt den Kopf. »Nein, mit Verlaub, Besitzer von Schloß Ottmanach.«

»Oh!« Es klingt überrascht und sogar ein bißchen beeindruckt.

»Wie hat es Sie denn in dieses gastliche Haus hier verschlagen?« Plötzlich wird er wieder gesiezt. Besitz scheint den Menschen auch in Zeiten wie diesen immer noch zu imponieren. Rudi erzählt kurz seine Geschichte, dann wird er doch noch durchsucht. Gürtel, Brieftasche, Uhr, Hut und Handschuhe werden ihm abgenommen. »Die brauchen Sie hier nicht.«

»Den Mantel können Sie ruhig behalten. Den können Sie in der Zelle gut gebrauchen.«

Dann macht man sich auf den Weg durch scheinbar endlose Gänge, Treppen und viele Gittertüren zum Zellentrakt für die Gestapo-Häftlinge. Der Beamte hält vor einer der Zellen, öffnet das Guckloch und ruft nach drinnen: »Wieviel Mann?«

»Neun!«

Der Beamte geht mit Rudi weiter. An einer anderen Tür dasselbe Spiel. Zelle Nummer 62.

»Wieviel Mann?«

»Sieben!«

»Also los, hier rein!« Der Wärter sperrt die Tür auf, schiebt

Rudi nach vorn. Ein betäubender Gestank schlägt ihm entgegen, und Rudi spürt, wie ihm die Knie weich werden.

»Aber das geht doch nicht«, protestiert ein Reichsdeutscher mit grober Stimme von drinnen. »Wir haben doch keinen Strohsack und keine Decke mehr.«

»Ach was, Scheiße«, antwortet der Wärter. »Irgendwie wird es schon gehen« Er stößt Rudi in die Zelle, schließt die Tür hinter ihm zu, schiebt den Sicherheitsriegel vor, ein Geräusch, das ihm bis ins Mark dringt.

Der Raum wird von einer kleinen Funzel beleuchtet. Es ist noch viel enger, als er es erwartet hatte. Vielleicht vier auf drei Meter. An der rechten Wand eine schmale, enge Holzbank, auf der zwei Häftlinge hocken. Davor ein schmaler Tisch. Auf der anderen Seite drei Pritschen mit Strohsäcken, schmutzigen Leintüchern und Decken, daneben ein Strohsack auf dem Boden. Ein enges Fenster, mit Verdunkelungspapier verklebt. Und links von Rudi der bewußte Eimer, aus dem ein unbeschreiblicher Gestank dringt. Die Wände sind vollgekritzelt mit seltsamen Botschaften, pornographischen Darstellungen, Strichmännchen – und einer fast kunstvoll ausgestalteten Zeichnung: irgend jemand hat ein kleines Bauernhaus am Waldesrand mit Blick auf eine Bergkette gezeichnet. Sehnsucht nach einem kleinen Zuhause, nach Freiheit und Frieden. Es könnte einer der Höfe aus der Nachbarschaft des Schlosses sein, und sofort droht das Heimweh nach Ottmanach, nach seiner Familie Rudi zu überwältigen.

Auf den Pritschen, der Bank und dem Tisch haben sich sieben Männer irgendwie Platz gesucht. Für Rudi bleibt nur noch der einzige freie Fleck der Zelle zwischen der Tür und dem Eimer. Er hat keine Wahl, als sich auf den blanken Boden zu legen. Seine zusammengerollte Jacke dient ihm als Kopfkissen, sein Mantel als Decke.

»Hast du Zigaretten?« fragt ihn jemand.

»Nein, ich rauche nicht«, antwortet Rudi bedauernd.

»Mann, so ein Mist! Da hat man mal Gelegenheit, wieder was zu rauchen zu bekommen, und wieder fürn Arsch.«

»Was macht denn die Front?« Wenigstens über die aktuelle Kriegslage, soweit Rudi selbst sie kennt, kann er berichten. Dann geht plötzlich das Licht aus.

»Scheiße!« Einer der Insassen wäre wohl beinahe über einen anderen gestolpert. Abendessen gibt es irgendwann am Nachmittag, so gegen halb vier, erklärt man ihm. Heute wird Rudi also mit leerem Magen schlafen müssen, und er ist froh, daß er wenigstens gut gefrühstückt hat.

Draußen am Gang Unruhe. Schleifende Schritte, Namen, die gerufen und mit einem »Hier!« von irgendwoher beantwortet werden. Türen, die auf- und wieder zugeschlossen werden, und wieder ein Name.

»Was ist denn da draußen los?« fragt Rudi in die Dunkelheit seiner Zelle. »Was sind denn das für Namen, die sie aufrufen?«

»Sei froh, wenn deiner nicht dabei ist«, erwidert einer seiner Mithäftlinge. »Heute stellen die wieder mal einen Transport fürs Konzentrationslager zusammen.«

»Schnauze! Ich will schlafen!« ruft der Reichsdeutsche aus seiner Ecke. Anscheinend ist er der »Zellenälteste« oder Wortführer.

Schlafen, denkt Rudi beklommen. Als ob man hier *schlafen* könnte... Und er bedauert, seinen Vater nie danach gefragt zu haben, wie er das damals geschafft hat, diese Nächte und Tage zu überstehen – und ob man sich jemals daran gewöhnt.

»Und daß mir niemand scheißen geht!« herrscht der Mann aus der Ecke wieder in die Dunkelheit »Ich will meine Ruhe haben!«

Die Bombe im Hof

Minutenlang das nervöse Heulen von Sirenen. Draußen eilige Schritte. Ein Wärter ruft dem anderen zu: »Schnell! Sie sind schon über St. Veit!« Rudi glaubt, die weichliche hohe Stimme des Wärters zu erkennen, der die Aufnahmeformalitäten mit ihm erledigt hat. Man hört den keuchenden Atem, das Scharren des Laufschritts, Stimmen, die sich entfernen. Auf den Gängen plötzlich gespenstische Stille, und von draußen die Sirenen.

»Wann kommen die denn, um uns in den Keller zu holen?« fragt Rudi besorgt. Es ist der erste Fliegeralarm, den er hier erlebt. Immerhin befinden sie sich im obersten Stock des Gefängnisses.

Sein Mitgefangener Förner lacht. »Glaubst du im Ernst, die machen mit uns so ein Geschiß?« Ein anderer fügt hinzu: »Wir sind ja schließlich keine gewöhnlichen Verbrecher, Mörder, Vergewaltiger, Einbrecher aus den unteren Etagen. Die werden natürlich in die Luftschutzräume gebracht. Aber wir sind nunmal die ›Elite‹, wir sind die ›Politischen‹, wir sind keine Menschen mehr, wir sind Abschaum. Wenn wir draufgehen, wen interessiert's? Dann sparen sie sich eine Menge Papierkram.« Er zuckt seine Schultern.

Rudi erschrickt. Er kann einfach nicht begreifen, was er da hört. Seit Tagen hält man ihn nun schon hier fest, seit Tagen die Ungewißheit, die Enge, der Hunger, und nun soll er auch noch hier in seiner Zelle im obersten Stock des Gefängnisses bleiben, während Klagenfurt bombardiert wird. Er beginnt, nervös auf und ab zu gehen, immer drei Schritte hin und drei Schritte zurück. Wie ein Tier im Käfig, denkt er. Seit Tagen hat er die Sonne nicht gesehen.

Brettschneider hat ihn seit seiner Einlieferung noch kein einziges Mal zum Verhör geholt, obwohl er doch gesagt hatte, er werde ihn am nächsten Morgen holen lassen, um seine Angaben zu Protokoll zu nehmen. Seither wartet er hier ohne jegliche Nachricht von draußen.

Frühmorgens gibt es eine verwässerte Suppe und eine einen halben Finger breite Scheibe Brot, mittags und »abends« noch mal das gleiche, wobei das Abendessen meistens zwischen 15 und 16 Uhr gebracht wird. Sonntags sogar schon um 13 Uhr. Ansonsten sind sie den ganzen Tag hindurch sich selbst überlassen. Sie haben ein kleines Waschbecken, aber natürlich keine Seife. Und aus der Leitung kommt ohnehin nur eine rostbraune Brühe.

Manchmal wird einer von ihnen zum Verhör geholt. Nicht immer kommt er wieder. Und die Sonne sieht man nur, wenn man sich auf Zehenspitzen auf die Pritsche stellt und durch einen Spalt im Verdunkelungspapier linst…

Drei Schritte hin, drei Schritte zurück. Draußen immer noch das nervöse Heulen der Sirenen. Auf den Gängen gespenstische Stille.

Rudi wundert sich, daß alle seine Zellengenossen sich hingelegt haben. Eigentlich ist es strengstens verboten, sich tagsüber hinzulegen. Manchmal gibt es Kontrollen, und wer erwischt wird, wird mindestens mit Essensentzug bestraft, was hier drinnen eine echte Katastrophe ist.

»Fliegeralarm ist die beste Zeit des Tages, da gibt's keine Kontrollen«, erklärt ihm Major Prester mit englischem Akzent, ein amerikanischer Funker, der mit dem Fallschirm in Kärnten abgesetzt worden war, um das Gelände und die Stimmung der Bevölkerung auszukundschaften. Er wurde gefunden und verhaftet und sitzt seither in Klagenfurt im Gestapo-Gefängnis.

»Ganz recht, man muß die Stunden dieser Freiheit nutzen«, bekräftigt Förner und dreht sich gemütlich auf seinem Strohsack auf die Seite.

Rudi sieht ihn ungläubig an.

»Bleib ruhig!« brummt Förner faul aus seiner Pritsche hervor. »Wenn's uns trifft, ist es eben vorbei. Wer weiß schon, was uns dann erspart bleibt. Wir Politischen sind sowieso immer mit einem Bein im Grab, mit oder ohne Fliegeralarm. Und bisher ist es noch immer gutgegangen.«

Drei Schritte hin, drei Schritte zurück. Man hört das sich nähernde Dröhnen der Motoren, das die Sirenen bereits übertönt. So nah und laut hat Rudi sie noch nie wahrgenommen. Die Maschinen müssen tiefer als sonst auf Klagenfurt zurasen. Rudi hält inne, versenkt sich in das Bild des kleinen Bauernhauses an der Wand. In Rudis Phantasie ist es plötzlich kein Bauernhaus mehr, sondern das Schloß. Es ist Ottmanach. Es ist ein Ort der Geborgenheit, der Sicherheit. Er lehnt sich an die Wand, betrachtet das Bild.

Das Brummen der Maschinen geht in ein ohrenbetäubendes Dröhnen über, am ehesten vergleichbar einem vorbeirasenden Expreßzug.

Detonationen ganz in der Nähe. Rudi spürt deutlich die Erschütterungen des Bodens. Er hört das Klirren von Fensterscheiben, das Einstürzen von Gebäuden ganz in der Nähe. Manche der Detonationen sind so nah, daß er glaubt, das Gefängnisgebäude sei getroffen worden, und gleich werde alles über ihm zusammenbrechen. Was für ein Tod, hier in dieser dreckigen Zelle, umgeben von Fremden, fern von seiner Familie, so kurz vor dem jahrelang herbeigesehnten Ende des Krieges ... Was für eine unwürdige und sinnlose Art zu sterben.

Lärm, Staub, Gestank, Angst beherrschen ihn und rauben ihm jegliches Zeitgefühl.

Plötzlich ist der Spuk vorbei, die Detonationen und Erschütterungen hören auf. Die Sirenen heulen Entwarnung. Eine Turmuhr schlägt drei, auf den Gängen hört man wieder Schritte. Seine Mitgefangenen rappeln sich langsam von ihren Pritschen auf, strecken sich noch einmal, rechtzeitig, bevor sich einer der Wärter am Guckloch zu schaffen macht.

Rudi wacht aus seiner Erstarrung auf, findet zurück in die Wirklichkeit. Er ist am Leben.

Bevor er durchatmen und begreifen kann, daß zumindest *diese* Gefahr überstanden ist, wenigstens für heute, öffnet sich plötzlich die Tür, und ein Wärter ruft: »Bockelmann – mitkommen!«

Gemeinsam geht man schweigend den Gang entlang, und Rudi muß sich erst wieder daran gewöhnen, zu gehen. Er spürt erst jetzt, daß er in den wenigen Tagen schon viel von seiner Kraft verloren hat. Es bereitet ihm Mühe, mit dem Wärter mitzuhalten.

»Vorwärts! Kommissar Brettschneider wartet nicht gern«, treibt dieser ihn an. Brettschneider also. Etwas beruhigt es ihn sogar. Rudi hat das Gefühl, nun wenigstens ein bißchen einschätzen zu können, was auf ihn zukommt.

Man tritt auf die Straße. Kalte Luft umfängt ihn. Er friert, zieht seine Jacke fester um sich und genießt es, endlich frische Luft atmen zu dürfen. Zum ersten Mal seit Tagen Luft, die nach Freiheit riecht, nach Winter, nach dem Lebensmittelgeschäft in der Nähe, aber auch nach dem beißenden Brand- und Metallgeruch der Bomben.

Ich sollte versuchen, diesen Kommissar diesmal gleich von Anfang an etwas milder zu stimmen, beschließt Rudi. Ich werde einfach mit ›Heil Hitler‹ grüßen. Ja, das ist bestimmt das beste …

Er betritt das Verhörzimmer. »Heil Hitler!«

»Sind Sie verrückt geworden?« poltert Brettschneider sogleich los. »Der deutsche Gruß ist Häftlingen strengstens untersagt. Hat man Ihnen das etwa nicht mitgeteilt?«

»Nein«, antwortet Rudi etwas mutlos.

Mit einer Geste weist Brettschneider Rudi den schon bekannten Stuhl zu.

»Der Herr *›Bürgermeister‹*… Vielleicht kommen wir ja heute weiter. Wie wär's denn diesmal zur Abwechslung mit der Wahrheit? – Sie haben ja sowieso nichts mehr zu verlieren.«

Rudi sieht ihn so fest wie möglich an. »Ich habe auch beim letzten Mal bereits die Wahrheit gesagt.«

Er merkt selbst, wie brüchig seine Stimme klingt.

Brettschneider antwortet nicht. Er richtet die altbekannte Lampe auf ihn, die jede Nuance von Rudis Mimik gnadenlos ans Licht zerrt, sein Gegenüber aber beinahe völlig in der Dunkelheit verschwinden läßt. Es ist ein merkwürdiges Gefühl von Einsamkeit, das Rudi beschleicht, als er in diesem grellen Licht sitzt, während Brettschneider nur noch als Schatten und als Stimme präsent ist.

Der Kommissar reicht Rudi einen Brief. »Nur eine Formsache: Ihr Parteiausschluß. Unter den gegebenen Umständen sind Sie für die Partei natürlich nicht mehr tragbar.«

Rudi nimmt den Umschlag ohne besondere Gefühle entgegen.

Auf dem Boden neben Brettschneider sieht er ein Paket stehen, das offensichtlich Rudis Namen trägt. Es wurde aufgerissen. Wäsche quillt heraus. Brettschneider folgt seinem Blick. »Ja, das ist vor ein paar Tagen für Sie gekommen. Die Nahrungsmittel haben wir natürlich herausgenommen, aber Wäsche und eine Zahnbürste dürfen Sie behalten.« Er macht keine Anstalten, Rudi das Paket zuzuschieben. »Die Leberwurst von Ihrem Gut schmeckt übrigens ganz besonders köstlich. Die Produkte von Ihrem Hof sind wirklich vorzüglich.«

Rudi starrt ins Leere hinter der Wand aus grellem Licht. Seit Tagen hat er nichts als dünne Suppe und trockenes Brot gegessen. Heute gab es wegen des Alarms seit dem Frühstück noch gar nichts zu essen. Er spürt einen bohrenden Hunger, wie er ihn noch niemals in seinem ganzen Leben gekannt hatte. Er würde jetzt sogar verschimmeltes Brot essen, wenn er nur überhaupt irgend etwas in den Magen bekäme.

Vieles, was ihm selbst im Krieg als selbstverständlich erschienen war, hatte sich in der kurzen Zeit seiner Gefangenschaft radikal verändert, und es war vor allem auch die brutale physische Seite, unter der er litt. Fast noch mehr als unter der geistigen Abstumpfung und der Herausforderung zu begreifen, was hier mit ihm geschah. Seit seiner Einlieferung hatte er sich noch kein einziges Mal rasieren oder duschen dürfen. Er hat sich, wie er selbst findet, innerhalb der vergangenen Woche in ein heruntergekommenes, verwahrlostes, übelriechendes Subjekt verwandelt. Hier, diesem frisch rasierten, sauber gekleideten, korrekt uniformierten, satten und selbstgerechten Kommissar gegenüber wird sein Zustand und seine Ohnmacht ihm schmerzlich bewußt.

Brettschneider blättert raschelnd in irgendwelchen Unterlagen. Schließlich hält er inne: »Ihre Frau wurde inzwischen in Lüneburg der zuständigen Gestapo-Stelle vorgeführt, und sie hat zu Ihrer Flucht das gleiche ausgesagt wie Sie.« Er hält inne. »Beinahe wortwörtlich!« setzt er mit Triumph in der Stimme nach, als würde das gegen die Richtigkeit von Rudis Darstellung sprechen. Rudi ist erschrocken und erleichtert zugleich.

»Die Kollegen in Lüneburg werden die Verhöre aber fortsetzen. Natürlich wird man auch Ihre Söhne befragen. Zumindest den ältesten. Immerhin ist er alt genug, um zum Volkssturm eingezogen zu werden.«

Rudi zuckt zusammen. So viel Skrupellosigkeit hatte er nicht einmal von der Gestapo erwartet. Mühsam beherrscht er sich, dann erwidert er so ruhig wie möglich: »Es muß schon schlimm um Deutschland stehen, wenn Sie auf die Aussage eines Dreizehnjährigen angewiesen sind.«

Weiter kommt er nicht, denn der Kommissar holt zu einem Schlag mit der flachen Hand aus, die Rudi samt des Holzstuhls zur Seite kippen und zu Boden stürzen läßt. Für einen Augenblick kann Rudi, als er aufsieht, Brettschneiders brutalen Blick sehen.

»Gesicht zu Boden!« wird er sogleich angeschrien. Rudi gehorcht.

Nach einigen Augenblicken hat Brettschneider sich wieder gesetzt.

»Aufstehen! Wird's bald! – Hinsetzen!«

Rudi richtet den Stuhl auf, setzt sich, tastet nach seiner Lippe. Blutgeschmack auf seiner Zunge.

Der Kommissar gibt ihm ein Taschentuch. »Machen Sie sich sauber. Und überlegen Sie sich Ihre Worte! Wir können auch andere Saiten aufziehen!«

Rudi preßt das Taschentuch an seinen Mundwinkel. Er hört den Kommissar wieder blättern.

»Sie haben sich also bestens mit Ihren Ostarbeitern verstanden, da Sie ja auch deren Sprache sprechen«, stellt Brettschneider fest.

»Ich spreche Russisch, ja. Und ich habe meine Leute immer gut behandelt, aber daß ich mich ›gut mit ihnen verstanden habe‹ drückt es nicht ganz richtig aus.«

»Und wie kommt es dann, daß Sie auf Ihrem Hof mit soviel weniger Ostarbeitern ausgekommen sind als das auf anderen Höfen der Fall war?« Rudi begreift nicht, worauf Brettschneider hinauswill. »Kann es vielleicht sein, daß Sie ihnen einen russischen Endsieg versprochen und sie damit zu Höchstleistungen angetrieben haben?« stößt Brettschneider schließlich mit dem Kern seiner Frage vor.

Rudi schüttelt den Kopf so besonnen wie möglich. »Natürlich nicht. Ich habe mit meinen Ostarbeitern überhaupt nicht über Politik gesprochen. Es wird mir doch wohl nicht zum Verhängnis gemacht werden, daß ich die Leute gut eingesetzt habe?«

»Das zu beurteilen, überlassen Sie mal getrost uns«, erwidert Brettschneider ruhig. »Worüber haben Sie denn mit den Leuten gesprochen, wenn nicht über Politik?«

»Nun, ich habe sie natürlich über Rußland ausgefragt, über die Orte meiner Kindheit, über Straßennamen, an die ich mich erinnere und über das Bolschoj-Theater und über solche Dinge. Und wir haben natürlich über das, was auf dem Gut zu tun ist, gesprochen. Niemals über etwas anderes.«

»Sie haben die Politik so wenig ernstgenommen, daß Sie Ihren Arbeitern, wie ich höre, nicht einmal die Schriften der Partei, die wir eigens für diese Leute auf russisch haben drucken lassen, ausgehändigt haben.«

Rudi zuckt mit den Schultern. »Solche Schriften habe ich angefordert aber aus irgendwelchen Gründen niemals bekommen. Obendrein können die meisten der Leute ohnedies nicht lesen und schreiben. Das haben sie erst hier ein bißchen gelernt. So viel, wie eben gerade nötig ist.«

»So, so«, antwortet Brettschneider süffisant. »Sie wollten die Leute wohl lieber an Gorkij und die anderen verbotenen Autoren in Ihrem Hause heranführen als an die Schriften unserer Partei.«

Rudi schüttelt den Kopf. »Nichts dergleichen trifft zu. Ich glaube, ich habe die Leute so gut wie möglich behandelt, und sie haben deshalb so gut wie möglich für mich gearbeitet.«

»Wenn Sie keinen besonderen Einfluß ausgeübt haben, wie kommt es dann, daß die Leute sich weigern weiterzuarbeiten, solange Sie nicht auf Ihren Hof zurückkehren?«

Rudi braucht einen Augenblick, um zu begreifen, was er da hört. Natürlich hat er von diesem »Streik« nichts gewußt. Er ist ja seit seiner Einlieferung ohne Nachricht von draußen. Doch Brettschneider scheint keine Antwort zu erwarten, sondern spricht gleich weiter: »Ihr Gut ist von großer Bedeutung für das Wohl unseres Volkes, und es ist dringend dafür Sorge zu tragen, daß er diese Bedeutung weiterhin erfüllen kann.« Er macht eine Pause. »Natürlich könnten wir die Leute alle erschießen, aber bis wir dann neue Kräfte angefordert, und eingearbeitet haben, kann ein großer Schaden angerichtet worden sein. Die einzige Macht, die Sie noch haben, ist die, diesen Streik zu beenden, und ich rate Ihnen, diese Macht einzusetzen. Es ist in Ihrem ureigensten Interesse, denn ohne diesen funktionstüchtigen Hof müssen wir mit Ihnen, Herr *Bürgermeister*, leider kurzen Prozeß machen.«

Brettschneider hält inne und genießt die Wirkung, die seine Worte auf Rudi haben. Dann fährt er fort: »Aber vielleicht könnte man, wenn Sie kooperieren, sogar darüber nachdenken, Sie vor Ihrer Hinrichtung zu einem Minenräumdienst oder an die Front zu schicken. Daß Sie genau wie Ihre Herren Zellengenossen dem sicheren Tod ins Auge sehen, ist Ihnen inzwischen ja sicher klar. Die Frage ist nur, wann und wie. Wir könnten Sie einfach an die Wand stellen oder aufhängen. Aber das Land braucht gerade jetzt Männer, die nichts zu verlieren haben, für ganz spezielle Einsätze. Das wäre dann doch wenigstens noch ein würdiger Tod, auch wenn Sie den ganz bestimmt nicht verdient haben. Und Sie hätten ein paar Tage oder Wochen länger Zeit, das Tageslicht und vielleicht sogar noch einmal Ihre Familie zu sehen. Das muß für jemanden wie Sie doch schon ein unermeßlicher Gewinn sein, nicht wahr?«

Brettschneiders Stimme hat wieder ihren zynischen Tonfall angenommen.

Rudi atmet tief durch. Seine Lippe blutet immer noch. Er weiß, er hat keine Wahl. »Was muß ich tun?«

»Sie nennen uns den Namen einer Vertrauensperson auf Ihrem Hof. Wir bringen diese Person zu Ihnen, und Sie sorgen dafür, daß alles so weiterläuft als wären Sie selbst da. Aber keine faulen Tricks und keine Hinhaltetaktik. Ich warne Sie! Wenn wir davon etwas merken, sind Sie fällig. Ich persönlich finde ja sowieso, daß man Leute wie Sie ohne großes Aufsehen wegräumen müßte, schon aus

Abschreckungsgründen, aber leider, leider hab ich das nicht allein zu entscheiden.«

Brettschneider seufzt und schraubt an irgendeiner Kanne herum. Köstlicher Duft echten Kaffees steigt auf. Ein beinahe vergessener Geruch. Erinnerung an bessere Zeiten. Was würde Rudi für einen einzigen Schluck davon geben. Oder auch nur für sauberes Wasser.

Brettschneider schlürft hörbar. Rudi gibt sich einen Ruck. »Wäre es vielleicht möglich, daß ich einen Schluck Wasser bekommen könnte?«

Der Kommissar lacht. »Sieh einer an, Wünsche haben wir auch noch.«

Dann steht er aber tatsächlich auf, geht an den Wasserhahn an der Wand und gießt ihm ein Glas voll ein. Er stellt es auf seinen Schreibtisch, schlürft weiter seinen Kaffee, blättert in seinen Akten herum. Jemand tritt ein, gibt ihm einen Zettel, verläßt den Raum wieder. Brettschneider scheint das Papier zu studieren.

Als Rudi gerade nach dem Wasser greifen will, hört er Brettschneiders Stimme: »Heinrich Bockelmann, geboren in Osternburg-Bremen am 28. Mai 1870. Ist das Ihr Vater?«

Rudi nickt. »Jawohl.«

»Der Mann, der Bankier in Rußland war und seinen letzten Wohnsitz in Meran hatte?«

Rudi stutzt. Wieso *»hatte«*? Ihn beschleicht eine üble Ahnung, doch er will sie nicht wahrhaben.

»Soviel ich weiß, wohnt mein Vater immer noch in Meran«, antwortet er in etwas verunsichertem Tonfall.

Beiläufig, als würde er Rudi fragen, ob das Wasser ihm schmecke, meint Brettschneider mit einer Geste auf das Papier in seiner Hand: »Ach, übrigens, Sie sind offenbar noch nicht informiert: Ihr Vater ist letzte Woche gestorben.«

Der Satz trifft Rudi härter als der Schlag, den er vorhin hatte einstecken müssen. Worte, die in ihrem gleichgültigen Tonfall tief in seine ohnehin schon schwer verwundete Seele dringen. Warum? Der pochende, sinnlose Gedanke in seinem Kopf. Das innere Aufbegehren gegen das Schicksal, das ihm seinen Vater ausgerechnet jetzt entreißt, ausgerechnet in diesen Wochen, in denen er jeden Halt, jede Zuversicht soviel dringender braucht als je zuvor. Als hätte das Schicksal darauf Rücksicht zu nehmen, in welcher Verfassung ein Mensch sich befindet, ehe es zuschlägt. Er fühlt Wut auf das Schicksal, das Leben, das sich so schmerzlich gegen ihn verschworen hat.

Und immer wieder der Gedanke an das letzte Telefongespräch. Es ist erst ein paar Wochen her. Es war auf der Fahrt nach Berlin. Es hatte gutgetan, seine Stimme zu hören. Heinrich war zwar ein wenig kurzatmig gewesen, aber sonst schien es ihm doch gutzugehen. Er war jedenfalls guter Dinge, sprach von einem Wiedersehen.

Tausend Erinnerungen in Rudis Kopf. Kindheitsgeschichten. Das Wiedersehen, als Heinrich damals aus Rußland nach Schweden geflüchtet war, die Geste, mit der er die Kinder den Uhrdeckel aufpusten ließ. Seine Stimme, sein Lachen, sein Gang.

Und der Gedanke, wie schrecklich es für Heinrich gewesen sein mußte, in diesen Stunden Abschied von der Welt zu nehmen, ahnungslos, ob der Krieg je zu Ende gehen würde und wie. Den jüngsten Sohn verschollen zu wissen, den Zweitältesten im Gefängnis, die Welt am Zerbrechen ...

Rudi ringt um seine Selbstbeherrschung. Immerhin ist er immer noch beim Verhör. Am liebsten würde er weinen, fluchen, mit dem Schicksal hadern, aber er muß um seine Fassung kämpfen, und um sein nacktes Leben, dabei möchte er nur mit irgend jemandem sprechen. Wenn es nicht anders ging, zur Not auch mit Brettschneider, aber das war natürlich undenkbar. So viel Menschlichkeit trug der nicht in sich.

»Wie ist er denn gestorben?« Rudi findet seine Sprache wieder und wagt eine Frage ohne Unterwürfigkeit.

»Bin ich ein Auskunftsbüro?« herrscht Brettschneider ihn an und läßt dann den Brief, den man ihm ins Zimmer gereicht hatte, auf Rudis Seite des Schreibtischs fallen. »Hier, lesen Sie von mir aus selbst!«

Rudi greift nach dem Stück Papier. Es trägt Erwins Schrift. Gerade als er beginnen will zu lesen, ertönen die Sirenen. Keine Vorwarnung, gleich Alarm. Brettschneider rennt aus dem Zimmer, ruft einem seiner Polizisten irgendetwas zu. Rudi soll wieder ins Gefängnis gebracht werden. Im Laufschritt geht es durch die leergefegten Straßen, durch die langen Gänge des Gefängnisses, die

Treppen in den obersten Stock hinauf und in die Zelle. Der Wärter entfernt sich eilig.

»Was haben sie denn mit dir gemacht?« Förner meint offensichtlich Rudis gesprungene Lippe. Rudi hatte schon kaum noch daran gedacht.

»Ach nichts.« Er möchte jetzt nicht darüber reden.

Schon donnern die Flugzeuge näher. Die anderen legen sich hin. Rudi tut es ihnen gleich. Plötzlich kann er sich für diesen Augenblick nichts Besseres vorstellen, als seine Ruhe zu haben, auf seinem Strohsack zu liegen, Erwins Brief zu lesen, seinen Gedanken nachzugehen, zu trauern, und wenn's sein muß – zu sterben. Seltsamerweise fühlt er nicht einmal Angst. Er hört die sich unaufhörlich nähernden Bomberverbände, die schreienden Sirenen, und er fühlt gar nichts dabei. Eine unbegreifliche Normalität des Grauens. Er hat keine Kraft mehr für Angst oder Wut, die doch nichts ändern könnten. Wenn es zu Ende gehen soll, jetzt, hier, in diesem Gefängnis, dann geht es eben zu Ende.

Die ersten Detonationen. Und wieder das berstende Krachen einstürzender Gebäude. Zitternde Wände. Putz, der aus einem Spalt in der Zellenwand rieselt. Immer noch mehr Flugzeuge, die sich nähern. Rudis Hände sind ruhig, als er Erwins Brief entfaltet.

»Mein lieber Bruder«, liest er, während ganz in der Nähe eine Bombe niedergeht. Um ihn herum Explosionen, die die Stadt in Trümmer zu legen scheinen, und er liest die Zeilen, die geschrieben wurden ohne Ahnung, in welcher Situation sie ihn erreichen würden. Es sind ratlose Zeilen, die ihn bitten, sich mit Heinrichs Witwe Grete in Verbindung zu setzen und ihr nach Möglichkeit zu helfen. Und dann der Satz, an dem er sich festhält, während ein Knall ganz in der Nähe sie alle auffahren läßt. »Käthe und Deinen Buben geht es gut. Sie vermissen Dich alle sehr. Wir alle können das Wiedersehen kaum erwarten – hoffentlich in friedlicheren Zeiten. Gott schütze Dich, Dein Bruder Erwin.«

Ein trockener, mächtiger Schlag ganz in der Nähe. Ein rollendes Geräusch wie von einem Faß auf dem Asphalt im Gefängnishof. Rudi erwartet die Explosion. Die Bombe muß so nah sein, wie noch keine zuvor. Eine Sekunde vergeht. Dann noch eine und noch eine. Nichts geschieht. Wie lange braucht so ein Geschoß, um zu explodieren? Auch die anderen sind hellhörig geworden, erheben sich.

»My God, es hat uns getroffen!« schreit Prester, aber nichts geschieht.

»Ein Blindgänger«, vermutet Förner und beschließt, daß einer von ihnen nachsieht. Wenn zwei Männer mit dem Rücken zur Wand eine Räuberleiter bilden und die anderen ihm helfen, kann Rudi vielleicht auf die Schultern der beiden anderen klettern, sich zum Fenster hochziehen, das Verdunkelungspapier abziehen und in den Hof schauen.

Prester und Förner verschränken ihre Hände, Rudi zieht sich an ihnen hoch.

»Gut, daß die ›Verpflegung‹ hier so schlecht ist; immerhin bin ich dadurch leichter geworden«, versucht Rudi es mit Galgenhumor. Er hat in der kurzen Zeit tatsächlich schon merklich abgenommen. Seine Kleidung schlottert an seinem Körper.

Während ganz in der Nähe weitere Bomben niedergehen, erreicht er schließlich die Gitterstäbe, zieht das Papier weg und sieht tatsächlich eine riesige Bombe auf dem Hof liegen. Matt glänzend, mit vier nach oben ragenden Stabilisierungsflügeln und jederzeit bereit, sie doch noch alle in den Tod zu reißen.

»Es ist wirklich ein Blindgänger!« Rudi klettert wieder auf den Boden. Die Flugzeuge entfernen sich, die Sirenen geben Entwarnung. Die Anspannung entlädt sich für Augenblicke.

»Bis jetzt meint das Schicksal es anscheinend gut mit uns«, verkündet Förner. »Aber zwei oder drei von uns Politischen werden das Ding entschärfen müssen. Die Todeskandidaten.«

»Aber die haben doch hoffentlich Ahnung von dem, was sie da tun?« Rudi erntet Erheiterung.

»Ahnung«, höhnt der stille Dr. Wallner, ein junger Arzt und Familienvater, der im Hause eines befreundeten Bauern einen deutschen Deserteur mit erfrorenen Beinen behandelt hatte. Dieser war gefaßt worden und hatte im Verhör verraten, wer ihn behandelt hatte. Wallner war sofort abgeholt worden und erwartete seither täglich, gehenkt zu werden. Manchmal war er erstaunlich ruhig, meistens aber fahrig und nervös. Manchmal wurde er geholt, um Gefangene zu behandeln, und er hoffte, dadurch dem Strang so lange wie möglich zu entgehen. Im Augenblick war er zynisch wie selten. ›Ahnung‹, das kommt ganz darauf an, was du Ahnung nennst. Man bekommt eine ›Ausbildung‹, die dauert eine halbe

Stunde, dann muß man mit zweien mitgehen, die's schon mal gemacht haben und beim nächsten Mal muß man selber ran.«

»Ein Fehler, und wir fliegen doch noch alle in die Luft«, sagt Förner so kalt, als würde er von irgendeinem kleinen, unbedeutenden möglichen Unfall sprechen, und Rudi fragt sich, wie oft die Würfel des Schicksals noch zu ihren Gunsten fallen werden.

Die Flure beleben sich. Namen werden aufgerufen.

»Wie ich gesagt habe: Sie stellen das Räumungskommando zusammen«, sieht Förner sich bestätigt. Rudi erwartet jeden Moment, seinen Namen zu hören. Drei sind schon aufgerufen. Fremde. Rudi bereitet sich in Gedanken darauf vor zu gehen. Er ist sich ganz sicher, daß der Wärter gleich »Bockelmann« schreien wird.

Tatsächlich öffnet sich die Zellentür.

Sieben Mann zucken zusammen.

»Förner!« ruft der Wärter.

10. KAPITEL

Barendorf, März bis Mai 1945

Der »Löwentöter«

Die große Uhr im Salon des Barendorfer Herrenhauses schlägt 4 Uhr nachmittags. Alle, die es irgendwie einrichten können, haben sich einen Platz auf dem Sofa, den herbeigeschafften Stühlen gesucht oder stehen irgendwo im Zimmer herum. »Teestunde« ist eine tägliche Barendorfer Tradition, die ich zwar meistens ein bißchen langweilig finde, aber sie hat auch etwas herrlich Geheimnisvolles. Manchmal werden dabei die alten Geschichten erzählt. Von Rußland und der Flucht und wie Großvater Heinrich dann viele Jahre später Barendorf gekauft hat.

Großvater Heinrich ist vor ein paar Wochen gestorben. Onkel Erwin hat es uns erzählt. Alle waren ziemlich traurig, auch die schwarze Omi hat geweint. Ich selbst kann mir noch gar nicht richtig vorstellen, daß Opa tot ist. Ich hab mich so darauf gefreut, mit ihm Wasserflugzeug zu fliegen und ihn über Rußland auszufragen und die Geschichte vom Mann mit dem Fagott von ihm selbst erzählt zu bekommen… Irgendwie erzählt sie in unserer Familie jeder ein bißchen anders, und ich hätte so gern gewußt, welche denn nun die richtige ist.

Plätschernd wird Tee in unsere Tassen gegossen. Er ist dünn und wird immer mehrmals aufgebrüht, weil es schon kaum mehr irgendwo Tee zu kaufen gibt, aber die schwarze Omi will auf keinen Fall, daß die Tradition aufgegeben wird.

»Seit meiner Kindheit gab es keinen Tag, an dem nicht um vier Uhr nachmittags Tee getrunken wurde, ob in Rußland, Schweden oder Deutschland. Sogar auf der Flucht haben wir das organisiert. Was ist schon so ein blöder Krieg gegen unsere Teestunde!« verkündet sie resolut.

Irgendwie ist es ein bißchen seltsam, hier zu sitzen und Tee zu trinken, während man aus den Wäldern die Schießereien schon ziemlich laut und nahe hören kann. Wir Kinder sitzen an einem provisorischen Kindertisch und trinken aus ganz normalen Tassen, während die Erwachsenen das Silberservice aus Rußland benutzen, das Opa und die schwarze Omi damals nach Schweden geschmuggelt haben. Darauf ist die schwarze Omi immer noch ein bißchen stolz. Und wenn es draußen besonders laut kracht, während hier drinnen mit Silberlöffeln im Tee gerührt wird, lacht die schwarze Omi manchmal spitzbübisch und sagt: »Vornehm geht die Welt zugrunde.«

Sie hat es kaum ausgesprochen, als eine extrem laute Detonation aus dem Wald zu hören ist. »Bum, bum«, sagt mein kleiner, noch nicht ganz zweijähriger Bruder Manfred und strahlt begeistert über das ganze Gesicht.

Bei diesen Teestunden wird aber auch jeden Tag beraten, wie wir alle uns verhalten sollen, wenn die kämpfende Front uns erreicht hat. Besonders wir Kinder bekommen strenge Anweisungen: Wir sollen nicht aus dem Haus gehen, ohne Bescheid zu sagen, wo wir sind. Wenn die Soldaten kommen, sollen wir uns ruhig verhalten, den Erwachsenen unbedingt gehorchen und all so was. Wir nicken immer brav, aber natürlich wissen die Erwachsenen immer noch nichts von unserem Bunkersystem, und wir werden es ihnen auch nicht sagen.

Meine Mutter ist heute nicht dabei. Sie mußte schon wieder nach Lüneburg zur Gestapo, sie erzählt uns nicht, was sie denn immer so Wichtiges von ihr wissen wollen. Sicher hat es mit Papi zu tun. Nun ist er schon fast sieben Wochen weg.

»Hast du schon einmal eine echte Granate gesehen?« will mein kleiner Cousin Mischa plötzlich von mir wissen und sieht mich mit großen Augen neugierig an.

»Ja, einmal, aber nicht ganz aus der Nähe«, antworte ich und erzähle ihm von dem abgeschossenen Flugzeug, das wir in Kärnten gesehen haben und von den Bomben, die noch an Bord waren.

Das ganze Thema scheint ihn brennend zu interessieren.

»Wie ist so eine Bombe gebaut? Wieso fliegt sie mit dem Sprengkopf nach unten?« Er kann gar nicht genug bekommen von diesen Fragen. Joe beantwortet sie mit einer Engelsgeduld, die ich so gar nicht von ihm kenne. Wenn ich ihn etwas frage, nennt er mich oft einfach »Blödmann« und antwortet so knapp, daß ich auch nicht mehr verstehe als vorher. Vielleicht liegt es einfach daran, daß Mischa soviel jünger ist und deshalb vieles noch nicht wissen kann. Oder daran, daß er Joe ganz offensichtlich ein bißchen anhimmelt. Kein Wunder: Joe ist ja auch schon dreizehn Jahre alt, und er kann und weiß so vieles. Das ist für Mischa, der gerade sechs geworden ist, natürlich mächtig interessant. Er selbst hat keinen großen Bruder, nur einen kleineren, Andrej, der bald vier wird. Mein Onkel Werner, der Vater der beiden, ist irgendwo bei Danzig verschollen. Sie haben auch schon lange nichts mehr von ihm gehört. Fast so wie wir von unserem Papi.

Joe erklärt dem Kleinen so ungefähr, wie Bomben und Granaten funktionieren, und Mischa lauscht begeistert und stellt immer neue Fragen.

Normalerweise ist er eher ruhig. Er scheint irgendwie in seiner eigenen Welt zu leben. Manchmal wirkt er so, als kenne er ein ganz besonderes Geheimnis und lebe still damit, so ähnlich hat meine Mutter das mal zu seiner Mutter Rita gesagt, und ich fand es sehr schön.

Er ist pausbäckig, hat ganz dunkle Haare und dunkle große Augen, die einen immer so seltsam mustern. Außerdem sieht er immer ein bißchen so aus, als würde er über etwas ganz Wichtiges nachdenken. Er hat seltsame Schienen an den Beinen, weil irgendwas mit seinen Muskeln oder Knochen nicht ganz in Ordnung ist, aber das wird sich auswachsen. Er muß die Dinger nur ein paar Monate tragen, sagt Tante Rita. Ich glaube, er schämt sich deswegen, und viele von den anderen Kindern aus dem Dorf verspotten ihn deshalb. Seit das mit dem Verspotten losging, trägt er lange Hosen, was komisch aussieht bei einem so kleinen Jungen, aber die anderen treten seither erst recht gegen seine Beine und sagen dann: »Du hast ja ein Holzbein! Du bist ein Kriegskrüppel!« Dann weint er und fragt seine Mutter, wie er den anderen erklären soll, daß er doch gar kein Holzbein habe.

Er redet jetzt schon seit einer Ewigkeit mit Joe über die Bomben und Granaten und Patronen. Und er erzählt uns, daß er im letzten Jahr, als sein Vater auf Heimaturlaub war und sie alle zum Timmendorfer Strand gefahren sind, nachts gesehen hat, wie Hamburg gebrannt hat.

»Der ganze Nachthimmel war damals feuerrot!« erzählt er mit glänzenden Augen. Er fand das wunderschön, aber die Erwachsenen haben geweint, und er hat zuerst gar nicht begriffen, warum, wo sie doch etwas so Wunderschönes zu sehen bekamen.

Joe versucht, ihm zu erklären, daß, wenn Hamburg brennt, ja viele Menschen ihre Häuser verlieren, verletzt werden oder sterben. Und er sagt ihm, daß solche Bomben, Granaten und Patronen sehr gefährlich sind. Wenn man eine findet, darf man sie auf keinen Fall anfassen, weil sie sonst explodiert, und das kann einen töten oder zumindest schwer verwunden. Mischa sagt, das hätte ihm Onkel Gert auch schon gesagt.

Ich höre nur noch halb zu, weil mich der Löwe an der Wand über dem Kamin gerade eigentlich viel mehr interessiert. Es ist der Löwe, den Onkel Gert in Afrika geschossen hat. An der gegenüberliegenden Wand hängt ein Bild von ihm mit einem großen Hut und Stiefeln und einem Gewehr, und er stellt darauf gerade seinen Fuß auf den Kopf des toten Löwen. Onkel Gert sieht auf dem Bild aus wie ein Star aus einem der Filme, die ich von den Broschüren kenne, die meine Eltern früher immer aus dem Kino mitgebracht haben. Ein bißchen so wie Willy Birgl oder Viktor de Kowa. Er ist von allen fünf Brüdern sicher der schönste. Und daß er einen Löwen getötet hat, macht auf die Frauen bestimmt einen ganz besonderen Eindruck.

Weil mein Tee kalt geworden ist und mir sowieso, weil er so bitter ist, nicht besonders schmeckt, stehe ich auf und schaue mir den Löwen aus der Nähe an.

»Gefällt er dir?« höre ich plötzlich die Stimme von Onkel Gert hinter mir. Ich spüre, wie ich ganz rot im Gesicht werde und drehe mich nur halb um, kann nur »mhm« murmeln.

»Möchtest du mal seine Mähne fühlen?«

Ich nicke, und er hebt mich hoch, läßt sie mich streicheln.

»Bestimmt geht jetzt ein bißchen etwas von der Kraft eines Löwen auf dich über«, erklärt er mir mit ganz ernsthafter Stimme und einem Lächeln im Gesicht.

»Das kann ich mir nicht vorstellen!« Bestimmt verschaukelt er mich nur.

Er stellt mich wieder auf den Boden. »Im Ernst: Man erzählt, daß jeder, der einen Löwen berührt, ein bißchen etwas von seiner unglaublichen Kraft übernimmt. Und noch mehr Kraft bekommt man, wenn man einen Löwen tötet.«

Ich staune. »Dann hast du die Kraft des Löwen bekommen?«

Onkel Gert lacht und setzt sich mit mir aufs Sofa. »Ja, ein bißchen ... Weißt du, ich hab ja als Kind und als junger Mann stark gestottert, und ich war auch sonst immer ein bißchen ängstlich, und dein Großvater hat sich überlegt, wie man aus mir einen ›richtigen Mann‹ machen könnte. Und weil ich ja sowieso Landwirtschaft lernen wollte, um Barendorf übernehmen zu können, hat er sich gedacht, es könnte nicht schaden, wenn er mich für ein paar Jahre auf eine Farm in Afrika schickt.« Er räuspert sich, und ich sehe, daß er in Gedanken ganz weit weg reist, und er beginnt, mir von der unendlichen Weite des Landes dort zu erzählen, von den ganz anderen Farben der Sonne und der Landschaft, von der Arbeit auf den Feldern, die er dort geleistet hat und von der Großwildjagd, zu der der Farmbesitzer ihn schließlich mitgenommen hat.

Ein alter Löwe, ein Einzelgänger, hat großen Schaden bei den Rinderherden der Farmen angerichtet und war inzwischen auch für die Menschen sehr gefährlich geworden. »Nach stundenlangem Warten haben wir ihn endlich aufgespürt. Der Löwe hat uns überhaupt nicht gesehen. Ich war noch nie in meinem Leben so aufgeregt gewesen wie in diesem Moment. Ich hab geschossen – und getroffen.«

Onkel Gert strahlt über das ganze Gesicht. »Und von dieser Minute an hab ich nicht mehr gestottert!« Er steht auf.

»Hast du Angst gehabt?« frage ich ihn.

Er schüttelt den Kopf. »Vorher schon, aber als es dann so weit war, nicht mehr.«

Ich gebe mir einen Ruck. Jetzt will ich es endlich wissen. »Und hat man auch Angst, wenn man plötzlich einem Neger begegnet?«

Onkel Gert lacht, wird dann ganz ernst und setzt sich wieder.

»Wie kommst du denn *darauf*?« fragt er mich statt einer Antwort.

»Na, in Afrika gibt es doch Neger, und das sind doch Untermenschen, und die essen andere Menschen und all so was …«, erkläre ich schnell. »Das steht in meinem Rassenkundebuch«, füge ich noch hinzu.

Onkel Gert lächelt. »Hör mal zu, mein Junge. Ich habe lange in Afrika gelebt, und ich hab andauernd mit Schwarzen zusammengearbeitet, und ich hab nie erlebt, daß sie einen Menschen gegessen haben oder so was. Natürlich gibt es noch wilde kriegerische Stämme, die auf die Weißen nicht besonders gut zu sprechen sind, aber wenn du ein bißchen größer bist, wirst du das auch verstehen.« Er hält inne. »Weißt du, im Grunde ist es bei den Schwarzen genauso wie bei den weißen Menschen: Es gibt gute und böse, wie bei uns auch.« Und dann sagt er noch: »Du darfst nicht alles glauben, was in Büchern steht.« Er tätschelt meine Wange und geht weg, und ich fühle mich ganz durcheinander, weil in Büchern doch die ganz großen Wahrheiten über das Leben stehen und weil ich plötzlich überhaupt nicht mehr weiß, was ich glauben soll, wenn ich nicht glauben darf, was in Büchern steht.

Ich setze mich ans Klavier und versuche nachzuspielen, wie ich mir das Brüllen eines Löwen vorstelle und wie es klingen muß, wenn plötzlich ein Schuß fällt und der Löwe zusammensinkt, aber ich stelle fest, daß Gewehrschüsse und Löwengebrüll und all so was ganz schwer zu spielen sind; viel schwerer als Bomberverbände. Vielleicht muß ich dazu das Klavier erst noch besser kennenlernen. Ich klappe den Deckel zu, genieße es, für ein paar Minuten ganz allein im Salon zu sein, streichle noch einmal das Bein des Einzelgänger-Löwen, weil ich seine Kraft ganz gut gebrauchen kann und beiße in einen meiner Kekse, die ich vorhin bei der Teetafel haben »mitgehn lassen«.

Mein kleiner Bruder Manfred kommt mit einem Keks in der Hand auf mich zugelaufen.

»Makeks gut«, sagt er und streckt ihn mir entgegen. Er hat die Angewohnheit, fast alle Worte mit »Ma« zu beginnen: »Ma« wie Mami, aber auch wie Manfred – oder »Mampi«, wie er sich selbst nennt. »Ma« scheint für ihn die wunderbarste Silbe der Welt zu sein: »Matoffel«, »Maschiebkarre«, »Makkordeon«…

Im Wald herrscht wieder ein Feuergefecht, aber das kennen wir ja schon.

»Viele Mawehre bum, bum!« sagt Manfred und strahlt.

Zum Volkssturm

»Lieber Papi, leider wissen wir immer noch nicht, wo Du bist und ob es Dir gutgeht. Ich wünsche es mir so sehr. Und ich wünsche mir, daß wir alle bald wieder in Ottmanach sein können, denn ich vermisse es so sehr…« Das laute Klingeln an der Tür reißt mich aus meinen Gedanken und dem Brief, den ich an meinen Vater zu schreiben versuche.

Draußen steht Karsten, ein Junge aus unserer Schule in einem merkwürdigen Gemisch aus Teilen einer HJ- und Teilen einer Militäruniform und ein paar Zivilsachen. Über ein braunes Hemd hat er eine Soldatenjacke gezogen, die kurze Hose ist aber eine Lederhose wie meine eigene, und die Füße stecken in Soldatenstiefeln. Auf dem Kopf hat er einen Stahlhelm, und er trägt ein Gewehr über der Schulter. Er ist vielleicht 15 oder 16 Jahre alt. Wir kennen ihn vom Sehen. Er reckt den rechten Arm nach oben, schlägt die Hacken zusammen. »Heil Hitler!«

»Hallo Karsten, was willst du denn mit dem Gewehr?« Meine Mutter bittet ihn gar nicht erst herein.

»Ähm… Ich…«, Karsten braucht einen Moment, um sich zu fassen, dann spricht er wieder ganz militärisch weiter: »Also, ich bin gekommen, um Ihren Sohn Joe abzuholen.«

Beim Sprechen wackelt der viel zu große Helm auf seinem Kopf herum, so daß Karsten ihn mit der Hand festhalten muß.

»Was heißt hier ›abholen‹?« Die Stimme meiner Mutter wird immer strenger.

»Zum Volkssturm. Alle HJ-Jungen ab dreizehn müssen sich freiwillig melden und werden an der Panzerfaust ausgebildet, um Barendorf vor dem Feind zu schützen.«

Joe zeigt keine Regung. Ich merke erst jetzt, daß ich mich schon seit einer Weile fest an seine Hand klammere.

»Wenn ihr meinen Jungen abholen wollt, mußt du zuerst mich erschießen«, sagt unsere Mutter ganz entschlossen und sieht Karsten direkt in die Augen. Und bevor er etwas sagen kann, setzt sie noch nach: »Und du solltest auch nach Hause gehen, dieses blöde Gewehr wegwerfen und mit diesem ganzen Quatsch aufhören.«

Karsten sieht sie nur verdutzt an.

»Komm, Junge, mach dich nicht unglücklich, geh nach Hause, bald ist sowieso alles vorbei«, sagt sie ein bißchen versöhnlicher, und Karsten geht ratlos weg und vergißt sogar seinen Hitlergruß.

»Joe, du gehst in der nächsten Zeit nicht mehr vor die Tür, auch nicht in die Schule oder sonstwohin. Und wenn irgendwelche Fremden ins Haus kommen, verschwindest du im Keller und versteckst dich hinter dem Kohlenhaufen«, erklärt sie meinem Bruder mit einer Stimme, die keinen Widerspruch duldet, und er nickt nur und verschwindet in unserem Zimmer.

»Tausend Panzer«

18. April 1945. Die Schule ist wieder ausgefallen, wie so oft in letzter Zeit. Vor allem, seit vor kurzem Lüneburg von Bombern angegriffen wurde. Es gab viele Tote und Verletzte. Selbst bei uns in Barendorf hat das ganze Haus gewackelt, und Mami hat uns aus den Betten geholt und ist mit uns in den Keller gelaufen. Dort saßen wir dann todmüde und haben gewartet, aber es ist zum Glück nichts passiert, und wir sind alle wieder schlafen gegangen. Aber unser Lehrer wurde ausgebombt, und seither gibt es nur noch manchmal Unterricht.

Es ist ein ungewöhnlich schöner Frühlingstag. Die Sonne verzaubert die geheimnisumwitterte hundertjährige Buche im Park des Barendorfer Herrenhauses, die mit ihren hängenden Ästen so eine herrliche Höhle, eine Art grünes, magisches Tor bildet, und taucht den Waldrand direkt an der Grenze des Gutes in ein mildes, friedliches Licht. Überall blüht es bereits, und es duftet nach dem ersten gemähten Gras des Jahres. Leider muß Joe im Haus bleiben. Wir haben vorhin ein bißchen Tischtennis gespielt, aber dabei verliere ich immer, und er spielt jetzt mit einem Freund, der ihm ein besserer Gegner ist. Eigentlich spiele ich jetzt gerade mit Mischa und Andrej Verstecken, aber ich kann sie schon lange nicht mehr finden. Bestimmt sind sie in die Bunker gegangen, obwohl das beim Versteckspielen unfair und deshalb verboten ist, so haben wir's abgemacht. Ich suche sie zwar noch, aber nur noch halbherzig und habe keine Lust mehr an dem Spiel. Eigentlich bin ich ja schon viel zu groß dafür, aber die beiden spielen es eben gern.

Aus dem Wald die immer gleichen Geräusche, die wir seit Wochen kennen. Der Lärm scheucht die Vögel auf, und von ihrem Gesang hört man natürlich sowieso nichts mehr. Er wird von all dem Kriegslärm inzwischen völlig übertönt.

Eigentlich ist also alles ganz normal, denke ich mir, aber ich werde trotzdem das Gefühl nicht ganz los, daß irgendetwas heute nicht stimmt. Die Geräusche sind anders als sonst. Vielleicht kommt mir das auch nur so vor, weil heute ansonsten so ein ruhiger und friedlicher Tag ist, und ich hab ja in den letzten Wochen schon oft geglaubt, daß sie nun schon ganz nah sind und jede Minute bei uns vor der Tür stehen. Vor allem, wenn sie Lüneburg bombardiert haben. Aber dann ist immer nichts passiert, und ich frage mich manchmal, ob es nicht sein kann, daß sie vielleicht einfach an Barendorf vorbeifahren, weil es ja so ein winziger Ort ist. Vielleicht fahren sie vorbei und erobern nur die größeren Städte, und dann erklären sie irgendwann einfach, daß der Krieg vorbei ist, und dann beginnt irgendetwas ganz Neues.

Die Erwachsenen haben immer wieder darüber beraten, wann der beste Zeitpunkt sei, die weißen Fahnen, also weiße Bettlaken und so was aus den Fenstern zu hängen, aber sie hatten immer Angst, das zu früh zu tun und Ärger mit der Gestapo zu bekommen. Deshalb haben wir nur alles für den Ernstfall vorbereitet, damit wir dann ganz schnell handeln können.

Ich sehe mich wirklich ganz genau um, aber ich kann einfach nichts Verdächtiges entdecken. Ich bin jetzt schon fast an der Grenze unserer Felder, und eigentlich darf ich sie nicht überschreiten, ohne den Erwachsenen Bescheid gesagt zu haben. Der Lärm der Motoren und Ketten wird unerträglich laut, und ich bekomme es mit der Angst zu tun.

»Mischa, Andrej, machen wir Schluß, wir sollten abhauen!« rufe ich so laut ich kann, weil ich spüre, daß gleich etwas passieren wird.

Plötzlich, wie auf Kommando, fangen die Sträucher, Hecken

und kleinen Bäume am Waldesrand an zu schwanken und zu schaukeln. Es knackt und knirscht und rasselt und dröhnt, und soweit mein Auge reicht, bricht eine ganze Front von Panzern gleichzeitig aus dem Wald und fährt, alles niederwalzend, direkt auf unser Haus zu.

Sie sind riesig, viel, viel größer als ich mir das jemals vorgestellt habe: fast so groß wie ein Haus. Sie sind mächtig und furchteinflößend und schrecklich laut, und der Anblick übertrifft alles, was ich bisher gesehen habe, und ich bekomme schreckliche Angst und renne so schnell ich kann und schreie immer wieder: »Maaaaamiiiiii! Da kommen tausend Panzer aus dem Wald!«

Das »Schokoladengefühl« vom Frieden

»Maamii! Da kommen tausend Panzer aus dem Wald!« Ich bin ganz außer Atem, als ich das Haus erreiche. Mischa und Andrej stehen hinter meiner Mutter. Zum Glück, sie sind also in Sicherheit. Drinnen herrscht schon undurchschaubare Hektik. Die Frauen sind dabei, Laken aus den Fenstern zu hängen.

Auch meine Mutter hat weiße Tücher in ihren Händen. »Ja, mein Junge, wir haben dich gehört!« Sie drückt mir ein paar von den Tüchern in die Hände. »Da, häng die noch schnell auf der Parkseite aus den Fenstern, binde sie am Rahmen fest, dann nimm den kleinen Koffer, den wir gepackt und unter das Bett gestellt haben und renn in den Keller!«

Schon hat sie sich umgedreht und ist dabei, irgendetwas zu organisieren.

Inzwischen hört man die Panzer ganz laut und deutlich sich unserem Haus nähern. Sie kommen nicht nur aus dem Wald, sondern scheinbar von allen Seiten. Offenbar auch über die Straße, die Richtung Dahlenburg führt. Die Panzerketten klingen auf dem Asphalt noch viel lauter, direkter, quietschender.

Eine endlos lange Maschinengewehrsalve aus Richtung Dahlenburger Straße.

»Mensch, dort sitzen doch die Jungs vom Volkssturm, zu denen auch Joe hätte geholt werden sollen!« Tante Rita wird ganz blaß.

Joe, der von irgendwoher aus dem Haus kommend plötzlich neben mir steht, die Hände ebenfalls voll mit weißem Stoff, nickt. »Meinst du, die Salve ging in den Schützengraben, in dem Karsten und die Jungs mit der Panzerfaust sitzen?«

Rita sieht ihn entsetzt an. »Um Gottes willen, hoffentlich nicht!«

Wir können uns jetzt nicht darum kümmern. Ich bin mit meinen Tüchern fertig, hole meinen Koffer und renne in den Keller zu den anderen. Immer noch mehr von uns Bewohnern drängt sich im Raum. Auch ein paar Flüchtlinge, die wie wir hier Schutz suchen. Als letzte kommt meine Mutter mit Tante Rita. Onkel Gert ist heute nicht da. Er hat irgendwas in Lüneburg zu tun und verpaßt mal wieder das Wichtigste.

Manche der Frauen schluchzen oder stöhnen unaufhörlich »Mein Gott, was wird nur werden!« Die kleineren Kinder schreien aufgeregt durcheinander. Joe ist ganz still, und ich würde wirklich gern wissen, was jetzt in seinem Kopf vorgeht. Manfred lacht wie immer und freut sich über das bunte Treiben.

»Ruhe jetzt!« ergreift meine Mutter das Wort. Sie sagt es nicht einmal besonders laut, aber wie immer, wenn sie etwas sagt, hören alle zu.

»Das wichtigste ist jetzt, daß wir Ruhe bewahren. Wir wußten, was kommen würde, und wir werden das Beste aus der Situation machen. Wir werden kooperieren und die Soldaten so freundlich wie möglich empfangen und uns unter ihren Schutz und Befehl stellen. Keine Diskussionen, kein Geheul, ich will nichts hören! Wir warten jetzt hier, bis sie uns finden. Diese Soldaten haben vor allem vor einem Angst: jetzt, in diesen letzten Stunden des Krieges, noch erschossen zu werden. Wenn sie irgendetwas sehen oder hören, was sie beunruhigt, werden sie nicht zögern, sofort zu schießen. Wir dürfen ihnen nicht den leisesten Grund bieten. Also müssen wir besonnen sein. Wir warten hier, sie werden uns finden, und dann sehen wir weiter. Wenn wir keinen Fehler machen, wird alles schon irgendwie gutgehen.«

Dann setzt sie sich zu Joe und mir auf den Kohlenhaufen.

Von oben hört man ganz laut einen Panzer, der wirklich direkt vor unserer Haustür sein muß. Man hört, wie eine Tür eingetreten wird. »Is anyone in here?« Dann überdeutlich die schweren Schritte von Militärstiefeln. Immer wieder das Geräusch von eingetretenen und aufgestoßenen Türen. Einmal sogar ein Schuß. Wahrscheinlich haben sie gedacht, daß da irgend jemand im Hinterhalt sei. Eine der fremden Frauen kreischt auf.

Sie sind direkt über uns. Die Decke bebt unter ihren Schritten. Ich halte die Hand meiner Mutter und die von Joe, der ganz ruhig ist. Eigentlich finde ich das alles ja spannend und habe überhaupt keine Angst. Und was meine Mutter in die Hand nimmt, wird sicher gutgehen. Sie weiß einfach immer, was gerade zu tun ist.

Jetzt sind sie auf der Kellertreppe. Man hört es ganz deutlich. Sie kommen herunter. Die Tür neben dem Raum, in dem wir sind, wird aufgestoßen. »Is anyone there?«

Dann unsere. Ein entschlossener Tritt, eine auffliegende Tür, ein Riese steht vor uns. Schwarz, breitschultrig, muskulös, in voller Kriegsuniform, das Gesicht verschmiert, ein Schrank von einem Mann, so groß, wie ich noch nie in meinem Leben einen Menschen gesehen habe. Zweige auf dem Helm, das Maschinengewehr im Anschlag. Wir starren ihn an.

»Ein Neger!« flüstere ich ängstlich-fasziniert in Joes Ohr und bin ganz aufgeregt, weil ich endlich einen in echt sehe und nicht nur auf den Bildern im Rassenkundebuch.

»Hands up!«

Wir nehmen alle die Hände nach oben, sogar Manfred macht begeistert mit, als wäre es ein Spiel.

Hinter dem Schwarzen treten noch andere Soldaten ein. Dahinter kommt ein Offizier.

»Das sind Kanadier«, flüstert Joe mir zu. »Die kämpfen unter britischer Flagge.«

Wir werden flüchtig durchsucht, aber es scheint ihnen sehr schnell klar zu sein, daß von den Frauen und Kindern und dem einzigen alten Mann im Raum keine Gefahr droht. Der Schwarze nimmt seine Maschinenpistole runter, während er mit meiner Mutter und Tante Rita auf Englisch spricht. Sie übersetzen alles, was besprochen wird, für die anderen im Raum.

Wir werden Einquartierungen bekommen, und vorerst darf niemand das Haus verlassen. Wir müssen uns zur Verfügung halten und Zimmer frei machen. Außerdem wird man natürlich unsere Namen erfassen, und falls wir Waffen im Haus haben sollten, müssen wir sie abgeben. Onkel Gert muß sich, wenn er zurück ist, melden. Man wird uns Bescheid sagen, was mit uns und mit dem Haus geschieht.

Wir werden nach oben eskortiert, man will das Haus ganz genau durchsuchen und die Anzahl der Räume und der Bewohner festlegen und all so was. Als wir oben ankommen, traue ich meinen Augen nicht: Ein Panzer steht wirklich direkt vor, eigentlich schon *in* unserer Eingangstür, wahrscheinlich damit keiner mehr raus oder rein kann. Das Kanonenrohr ragt ein Stück weit durch die offene Tür ins Haus.

Die Erwachsenen müssen ihre Papiere abgeben.

»Young men, you look soooo tired«, sagt auf einmal die schwarze Omi mitfühlend zu den Soldaten, und der Schwarze grinst so breit, wie ich bestimmt noch nie in meinem Leben jemanden grinsen gesehen habe. Es ist ein schönes, strahlendes Lachen, und er hat ganz unbeschreiblich schöne weiße Zähne. Wieso die schwarze Omi auf einmal englisch kann, weiß ich nicht, aber die Soldaten scheint es zu freuen, und der Schwarze beginnt Mischas und Manfreds Kopf zu tätscheln. Die beiden haben sich am schnellsten von uns Kindern in seine Nähe gewagt. Einer der Soldaten fragt offenbar nach unseren Namen, denn meine Mutter beginnt, die Kindernamen aufzuzählen. Der Schwarze versucht sie nachzusprechen, was besonders bei »Jürgen« offenbar gar nicht einfach für ihn ist. Dafür geht »Joe« ihm ganz besonders gut über die Lippen, und er wiederholt den Namen immer wieder ganz begeistert und strahlt meinen Bruder an. Dann greift er in die Tasche seiner Uniform und holt »some sweets« heraus, wie er sagt, verteilt Schokolade, Bonbons und etwas seltsam Neues an uns, was er »Tschuing Gam« oder so ähnlich nennt und amüsiert sich köstlich darüber, daß wir dieses zähe Etwas nicht kennen. Er macht uns vor, daß man darauf kauen kann, so lange man will, und es dann aber nicht runterschluckt… Das kommt mir etwas seltsam vor, und ich mache mich nach einem fragenden Seitenblick zu meiner Mutter erst mal lieber über die Schokolade her, lasse sie mir genüßlich auf der Zunge zergehen. Ein lang vergessener, sehnsuchtsvoll vermißter, intensiver Geschmack, der plötzlich eine leise Ahnung von dem wachruft, wie es »früher« gewesen sein mag, vor dem Krieg. Keine konkrete Erinnerung, aber ein plötzliches Lebensgefühl, das irgendwie mit Schokolade zusammenhängt. Dieses Schokoladengefühl vom Frieden…

Teilkapitulation

4. Mai 1945. Fast drei Wochen ist es jetzt her, seit die Engländer und Kanadier Barendorf eingenommen haben. Es waren immer wieder Offiziere bei uns einquartiert. Manchmal haben wir mit mehr als 80 Personen im Haus gewohnt. Die britischen und kanadischen Soldaten waren zu uns Kindern meistens freundlich. Besonders die vielen Schwarzen in dieser Truppe haben Scherze mit uns gemacht, uns ein paar Brocken Englisch beigebracht, und vor allem kennen sie ganz herrliche Lieder. Einmal hatte der schwarze Riese, den ich zuerst gesehen hatte, von irgendwoher ein Akkordeon organisiert, und ich sollte ihm darauf vorspielen. Vor allem, wenn ich den amerikanischen Navy-Marsch gespielt habe, waren die Soldaten in ihrer Begeisterung kaum zu bremsen. Und am schönsten war es, wenn sie mir »Swing-Songs« vorgesungen haben, die bei uns bis jetzt natürlich verboten waren und die ich daher noch fast nicht kenne. Meistens singt einer der Soldaten mir etwas vor, schnippt im Rhythmus mit den Fingern, und ich probiere ein bißchen auf dem Akkordeon herum, versuche, die Melodie, die Harmonien und den Rhythmus zu kapieren.

Die Soldaten haben mir manchmal Sonderrationen zugesteckt, die ich dann gleich zu meiner Mutter gebracht habe: Schokolade, Bonbons, aber auch Corned Beef und Cornflakes. Ich konnte mit der Musik richtig was verdienen, und ich habe beschlossen, daß Frieden, wenigstens in dieser Hinsicht, etwas ganz Tolles ist.

Auch die Feuergefechte aus dem Wald, das Rasseln der Panzerketten und all das hat aufgehört. Nur manchmal hört man noch irgendwo Schüsse. Anscheinend wissen ein paar Soldaten noch nicht, daß der Krieg hier inzwischen vorbei ist.

Das schlimmste in diesen Wochen war der Tag, an dem wir gehört haben, daß Joes Schulfreunde, die in dem Graben an der Dahlenburger Straße saßen und mit ihrer Panzerfaust die Alliierten aufhalten sollten, dabei umgekommen sind. Auch Karsten, der Joe hatte zum Volkssturm abholen wollen. Nur ein einziger von ihnen hatte eine Panzerfaust, die anderen Kinder hatten nur Gewehre. Die Soldaten im Panzer haben nur gesehen, daß sich etwas im Graben bewegt. Daß es Kinder sind, haben sie gar nicht wahrgenommen. Sie haben sofort geschossen. Was hätten sie sonst auch tun sollen, sagt meine Mutter und bekommt ein ganz zorniges Gesicht über die Dummheit derer, die Kinder in einen Graben gesetzt und von ihnen erwartet haben, daß sie die alliierten Panzer aufhalten können. Ein Glück, daß sie Joe davor bewahrt hat.

Vor ein paar Tagen hat man dann im Radio gehört, daß Hitler im Kampf um Berlin an der Front gefallen ist und daß nun Großadmiral Karl Dönitz der neue Reichskanzler ist, und es war schon ein komisches Gefühl, zu hören, daß Hitler tot ist. Tante Rita hat zu Mami gesagt, es wäre besser gewesen, wenn die Alliierten ihn verhaften und vor ein Gericht hätten stellen können. Ich staune darüber, daß man jetzt plötzlich ganz offen über all so was sprechen darf.

Einmal bin ich furchtbar erschrocken, weil unten im Salon plötzlich ganz grausige Photos an den Wänden hingen. Darauf waren ganz viele ausgemergelte Menschen in Sträflingskleidern mit ganz leeren Augen zu sehen. Und Berge von übereinander aufgeschichteten Toten, die bis auf die Knochen abgemagert waren. Die Soldaten haben die Bilder dorthin gehängt und gesagt, das seien Bilder aus dem befreiten Lager in Bergen-Belsen. Bergen-Belsen ist ganz nah bei Lüneburg, und wir haben schon manchmal gehört, daß es dort eine Art Straflager und Übergangslager für die großen Umsiedelungsaktionen geben sollte, aber daß sie dort so furchtbare Dinge mit Menschen gemacht, sie gefoltert und gequält und sogar umgebracht haben, wenn sie zu schwach zum Arbeiten waren, das kann ich einfach nicht glauben.

Die Bilder waren schrecklich, aber meine Mutter und Tante Rita haben auch gesagt, daß das vielleicht nur Propaganda sei.

Jedenfalls haben Rita und meine Mutter heftig mit den Soldaten diskutiert und geschworen, daß sie das alles nicht gewußt hätten, und die Soldaten haben gesagt, wir alle hätten uns mitschuldig gemacht, weil wir nichts dagegen unternommen und uns gegen das alles nicht aufgelehnt hätten. Und meine Mutter und Tante Rita haben gesagt, daß sie das anders sehen, aber wie dem auch sei, es seien Kinder im Haus, und die könnten ja schließlich ganz bestimmt nichts dafür, und dann haben sie die Photos wieder abgenommen.

Was mit Papi ist, wissen wir immer noch nicht. Es versinkt alles in einem unbeschreiblichen Chaos.

Und wahrscheinlich hat auch nur deswegen keiner gemerkt, daß wir Kinder uns immer wieder in der Dunkelheit zuerst durch unser Bunkersystem und dann durch das Dickicht im Wald an das Basislager der Soldaten im Wald herangeschlichen haben, unter dem Zaun durchgeklettert sind, der das Lager umgab, von hinten in das Versorgungszelt gekrochen sind, das im Gegensatz zu den Wohnzelten unbeleuchtet und schon daran gut erkennbar war und dort alles das »organisiert« haben, was wir gebraucht haben: Decken, Taschenlampen, vor allem aber Nahrungsmittel, Corned Beef, getrockneten Schinken, Cornflakes, Dosenwurst, Brot, Coca Cola, Süßigkeiten und all so was, außerdem natürlich Zigaretten; die meisten davon haben wir unserer Mutter gegeben. Wir hätten auch Kleidung oder Munition oder Schlafsäcke mitnehmen können, aber das haben wir uns nicht getraut. Fast alles bekommt man in diesen Tagen nur, wenn man es irgendwie »organisiert«. Wie wir das machen, sagen wir keinem, und es fragt uns auch keiner. Nur daß wir »vorsichtig« sein sollen, schärft man uns immer wieder ein. Daß wir uns in die Zelte der Soldaten geschlichen haben, ahnt sicher niemand.

Diese nächtlichen Beutezüge waren natürlich riskant, weil die Soldaten sicher nicht gezögert hätten zu schießen, wenn sie gemerkt hätten, daß sich jemand in ihrem Lager herumtreibt. Im Nachbardorf sind zwei Jungs beim »Organisieren« erschossen worden, weil die Soldaten in der Dunkelheit einfach nicht rechtzeitig gesehen haben, daß es nur Kinder waren. Aber wir haben trotz des Risikos nicht darauf verzichten wollen. Die Besatzer haben unsere Nahrungsmittel viel strenger kontrolliert und noch viel knauseriger zugeteilt als die deutschen Behörden im Krieg, und ohne diese Sonderrationen wäre es wirklich schwer geworden, uns alle satt zu bekommen.

Manchmal sind wir auch einfach nur in den Wald gegangen und

haben nach brauchbaren Dingen gesucht und vieles gefunden. Deutsche Soldaten haben dort ganze Uniformen weggeworfen, wohl um sich nicht als deutsche Soldaten bei den Besatzern zu erkennen geben zu müssen, aber auch Lebensmittel, Soldbücher, Waffen, Munition, eine kaputte Uhr und dergleichen mehr. Wir haben alles gesammelt, zum Teil in unseren Bunkern versteckt, zum Teil zu Hause abgeliefert, und wir mußten nur aufpassen, daß die Offiziere, die bei uns einquartiert waren, nichts von all diesem »Organisieren« merken.

Heute haben wir gehört, daß am Timeloberg bei Lüneburg, beim Hauptquartier General Montgomerys irgendein wichtiges Ereignis stattfinden soll. Man sagt, daß der berühmte englische General, den alle meistens nur »Monty« nennen, stellvertretend für General Eisenhower die Kapitulation von Norddeutschland oder sogar vom ganzen Reich entgegennehmen soll, so genau wissen wir das nicht. Irgendwelche deutschen Generäle sollen schon gestern dortgewesen sein und verhandelt haben. Tante Rita meint, die deutschen Soldaten wollen sich lieber den Briten oder Amerikanern ergeben als den Russen in die Hände zu fallen. Montgomery hat schon seit ein paar Tagen sein Hauptquartier in der Lüneburger Heide, und einer unserer Freunde hat gesagt, er habe ihn dort sogar schon gesehen, er wohne in einem großen Wohnwagen.

Vor ein paar Tagen soll von versprengten deutschen Soldaten ein Adjutant von Montgomery mit einem Bajonett erstochen worden sein. Angeblich war das ein ganz enger Freund, fast schon so was wie ein Sohn für den General, und nachdem ja schon seine Frau gestorben ist, hat ihn der Tod des Adjutanten, wie man hört, ganz verzweifelt und wütend gemacht, und man sagt, daß die deutschen Generäle, die jetzt mit ihm verhandeln, das ganz deutlich zu spüren bekommen hätten.

Jedenfalls soll es ein großer Tag sein, und wir haben schon überlegt, ob wir unsere Fahrräder nehmen und einfach hinfahren sollen, aber unsere Mutter hat uns nicht erlaubt wegzufahren.

Überhaupt gehen heute ganz seltsame Dinge vor sich: Als wir heute morgen aufstanden, waren die Kanadier und Engländer wie vom Erdboden verschluckt. Alle Soldaten, alle Fahrzeuge einfach weg, auch die Offiziere aus unserem Haus. Letzte Nacht wurde schon das Basislager im Wald geräumt. Als wir hinkamen, um wieder ein paar Sachen für uns zu organisieren, war alles weg: der Zaun, die Zelte, einfach alles. Nur eine Feuerstelle war noch ganz warm, und darauf stand tatsächlich noch eine Pfanne mit Essensresten: warme Kartoffeln und Würstchen, die wir natürlich leergegessen haben. Wir konnten uns das alles nicht erklären, haben uns nicht lange dort aufgehalten und nur flüchtig den Boden und die umgebenden Büsche nach Brauchbarem abgesucht. Joe hat tatsächlich eine wunderschöne, leuchtendrote, ganz luxuriöse Aktentasche aus echtem Leder gefunden. Joe hat sich über diesen Fund gefreut wie ein Schneekönig und hat gesagt, daß er sie als Schultasche nehmen wird und daß er glaubt, daß sie ihm Glück bringt.

Vorerst sind wir aber alle sehr verunsichert, was dieser plötzliche Weggang der Soldaten zu bedeuten hat, und während wir auf der Terrasse sitzen und beratschlagen, was nun werden soll, kommen Lastwagen voll mit fremden Soldaten auf das Haus zu. Sie haben andere Uniformen als die Engländer und Kanadier, sind sehr laut, schreien irgendwie ganz unmilitärisch durcheinander, und der eine oder andere hat sogar eine Bierflasche in der Hand.

»Guten Tag, kann ich Ihnen irgendwie helfen?« fragt Gert den Offizier, als dieser in Begleitung von drei Soldaten vor der Haustür steht. Alle halten Gewehre im Anschlag, und ich höre, wie Joe Mami zuflüstert: »Die sind ja betrunken!« Und Mami erwidert: »Das kommt wahrscheinlich von den tagelangen Siegesfeiern.«

Mit ganz glasigem Blick überreicht der Offizier Gert ein Schriftstück. Meine Mutter und Onkel Gert lesen und sehen die Fremden entsetzt an.

»Aber das geht doch nicht, daß wir alle aus unserem Haus müssen! Wo sollen wir denn hin?« versucht Gert noch irgendetwas für uns zu retten.

»Das ist wirklich Ihr Problem«, gibt der Offizier in gutem Deutsch zurück. »Sie haben hier keine Rechte mehr. Und schließlich haben Sie genug Scheunen und Ställe.« Gert will ganz offenbar etwas erwidern, aber der Offizier läßt ihn gar nicht erst zu Wort kommen. »Ihr habt genau zwei Stunden Zeit und keine Minute länger.«

»Schnell, wir dürfen keine Zeit verlieren!« Gert ruft alle zusammen. »Die Belgier sind ab sofort hier die Besatzungsmacht. Sie werden das Herrenhaus zu ihrem Hauptquartier machen. Alles, was wir in zwei Stunden rausschaffen können, dürfen wir mitnehmen, alles andere bleibt hier und gilt als beschlagnahmt, also packt alle mit an!«

Und meine Mutter fügt hinzu: »Jeder nimmt zuerst seine persönlichen Sachen, Kleidung, Wertsachen und so was und dann alles, was wir sonst noch dringend brauchen: Decken, Matratzen, Stühle, Tische, Kochgeschirr, Vorräte. Was nicht kaputtgeht, werft aus den Fenstern. Wir schaffen das dann später in die Wirtschaftsgebäude. Wer wo einzieht, besprechen wir dann. Los!« Zu Joe und mir sagt sie auf dem Weg nach oben in unser Zimmer: »Und vergeßt bloß nicht die Sachen von Manfred!«

Mein kleiner Bruder hört seinen Namen, strahlt in die Runde und streckt einem belgischen Soldaten seinen Keks entgegen. »Makeks gut!« Der Belgier ziert sich ein wenig, dann nimmt er den Keks aber doch entgegen. »Dankeschön. Wie heißt du denn?«

»Mampi.«

Der Belgier tätschelt ihm die Wange. Manfred zeigt mit dem Finger auf das Gewehr des Soldaten, lacht vergnügt und sagt: »Mawehr. Bum, bum, bum, bum, bum.«

Der Belgier sieht ihn ratlos an.

Währenddessen entsteht um uns herum bereits ein Durcheinander, wie ich es noch nie zuvor erlebt habe. Alle rennen kreuz und quer, rufen sich schnelle Befehle zu. Wir packen hastig unsere Sachen ein, werfen alle Matratzen, Bettzeug, Bündel mit Kleidung aus den Fenstern, während die belgischen Soldaten herumstehen, den Frauen hinterherpfeifen, die Zimmer in Augenschein nehmen und sich aus Onkel Gerts Barschrank Schnaps und Cognac gleich aus der Flasche genehmigen.

Einmal hören wir unten auch einen Schuß, ein lautes Klirren und großes Gelächter. Zum Glück ist nichts passiert, die Belgier haben sich nur einen Spaß daraus gemacht, auf ein Photo zu schießen, auf dem Onkel Werner in Uniform zu sehen ist.

Rita wird so wütend, wie ich sie noch nie gesehen habe. »Was soll das? Habt ihr noch nicht gemerkt, daß der Krieg vorbei ist!«

Gert hält sie zurück. »Das bringt doch nichts. Die suchen Ärger. Das sind nur Besatzungstruppen, die haben keinen einzigen Kampf gekämpft und führen sich jetzt auf, als hätten sie den Krieg gewonnen! Auch das wird vorbeigehen.«

»Nazischweine!« ruft einer der Belgier, die alle ganz gut, aber mit hörbarem Akzent Deutsch sprechen, und wir gehen raus, kümmern uns lieber wieder um unsere Arbeit.

Manche Soldaten sitzen immer noch auf ihren Militär-LKWs, rauchen, trinken, andere laufen im Park herum, trampeln durch Beete, einer pinkelt an die Hauswand, und alle scheinen sich über das Chaos bei uns richtig zu freuen.

Die zwei Stunden sind beinahe um. Nur noch fünf Minuten.

»Teppiche. Wir sollten noch Teppiche haben!« ruft meine Mutter plötzlich. »In den Wirtschaftsgebäuden und Scheunen ist es kalt auf dem Boden.«

Joe und ich rennen ins Haus und rollen zwei der Teppiche von oben zusammen, klemmen uns das Bündel unter den Arm.

»Moment!« Ich lasse mein Ende noch einmal los und hole den Mann mit dem Fagott. »Den hätten wir beinahe vergessen!«

Joe sieht mich etwas genervt an, sagt aber nichts, und wir beginnen, vorsichtig die Treppe hinunterzugehen. Ich voraus. Die Uhr in der Diele zeigt deutlich, daß wir noch zwei Minuten Zeit haben. Doch als ich unten um die Ecke biege, starre ich plötzlich in den Lauf einer gezogenen Pistole.

»Stop!« schreit mich ein völlig betrunkener belgischer Soldat an. Ich bleibe verstört stehen.

»Verdammt, was ist denn?« ruft mein Bruder von oben, läßt sein Teppichende los und kommt nachsehen.

»Die zwei Stunden sind um, ihr seid Diebe!« sagt der Belgier, »Und wißt ihr, was wir mit Dieben machen?«

Er genießt unsere Angst, wartet ein paar Sekunden und sagt dann mit schwerer Zunge: »Wir erschießen sie natürlich.«

Dann lacht er grölend und schießt in die Decke. Der Schuß ist ein dröhnender Schmerz in meinem Ohr, das in den letzten Tagen wieder sehr weh tut. Putz rieselt auf uns herunter.

Ein anderer Belgier hält den, der uns bedroht, zurück. »Laß sie!« Und zu uns gewandt sagt er: »Nehmt den blöden Teppich, verschwindet und laßt euch hier nicht mehr blicken!«

Der Tod des Kollaborateurs

»Nein, bitte nicht!« Der an das Stalltor auf unserem Hof gebundene Mann windet sich unter Schlägen, die mit Knüppeln und Gewehrkolben überall auf seinen Körper niedergehen. Der Körper des Mannes fliegt immer ein kleines Stück weit auf die eine oder andere Seite, fällt hart in die Fesseln, bekommt den nächsten Schlag und Tritte. Zwischendurch setzen die Soldaten Schnapsflaschen an und nehmen einen kräftigen Schluck.

Wir sind durch lautes Geschrei auf das Geschehen aufmerksam geworden. Es sind auch Schüsse gefallen, ein paar belgische Soldaten haben den Mann offenbar im Wald aufgegriffen, gefesselt, ihn mit Tritten auf unseren Hof gebracht und an das Tor gebunden.

»Das ist wahrscheinlich ein Kollaborateur«, erklärt mir Joe. »Ein Ausländer, der für die Deutschen gekämpft hat.« Der Mann trägt auch tatsächlich eine deutsche Uniformhose. Das Hemd hängt ihm in Fetzen vom Körper. Joe und ich sitzen hinter einem Gebüsch, nicht sehr weit vom Geschehen entfernt. Einer der Peiniger ist der Soldat, der uns, als wir den Teppich geholt haben, mit der Waffe bedroht und in die Decke geschossen hat.

Auf einmal nähert sich Tante Rita ganz aufgeregt und schreit irgendwas vom Aufhören, doch der eine Belgier hält ihr nur seine Schnapsflasche entgegen, prostet ihr zu, »A votre santé, Madame«, und erklärt ihr irgendwas von Nazischwein. Der zweite richtet drohend seine Waffe auf sie. Sie rennt davon.

Plötzlich kommt noch ein weiterer Soldat dazu. Es ist derselbe, dem Manfred gestern seinen Keks geschenkt hat. Er hat ein Stück Stacheldraht an einen Stock gebunden, um sich selbst nicht zu verletzen und schlägt damit auf den Gefangenen ein. Sofort ist überall Blut. Es spritzt mit jedem Schlag aus der aufgerissenen Haut. Der Mann schreit vor Schmerzen, wie ich noch nie in meinem Leben jemanden schreien gehört habe. Ich schlage meine Hände vors Gesicht. Wie durch Zwang schaue ich aber doch durch die Spalten zwischen meinen Fingern, und ich merke, daß auch Joe zittert und daß er ganz weiß im Gesicht ist.

»Hör auf zu winseln, du Schwein!« brüllt einer der Soldaten sein Opfer an und versetzt ihm den nächsten Hieb. Der Mann schreit. Die Peiniger halten kurz inne. Plötzlich fängt einer an, mit der Mistgabel Stroh und Dreck vom Boden aufzusammeln.

»Friß das, du Feigling!«

»Nein!« Der Mann wehrt sich mit dem Rest seiner Kraft, versucht verzweifelt, den Kopf zur Seite zu drehen. Einer der Belgier dreht ihn gewaltsam wieder nach vorn, drückt ihm den Mund auf, ein anderer schiebt ihm mit einem Stock das Stroh tief in den Rachen. Der Mann würgt, dann hört man kaum noch etwas von ihm.

Die Soldaten grölen. Einer lacht sogar. Sie lassen wieder ihre Schnapsflasche herumgehen, gießen auch dem Gefangenen etwas davon über das Gesicht. Er stöhnt. Dann gehen die Belgier ein Stück zurück, und ich denke schon, daß sie jetzt auch finden, daß es genug sei und ihn freilassen, aber sie nehmen nur ihre Gewehre, legen an.

Der Mann wimmert ein letztes Mal mit weit aufgerissenen Augen »Nein!« Man kann es wegen des Strohs in seinem Mund fast nicht hören. Er starrt mit einer nackten Angst, die ich noch an keinem Menschen je gesehen habe, in die Gewehrläufe. Einer der Soldaten zählt auf französisch bis drei, dann schießen sie alle. Ein Aufbäumen geht durch den Körper, dann sinkt der Mann nach vorn, hängt nur noch in den Armfesseln. Einer der Belgier nimmt sein Taschenmesser und schneidet ihn los. Keiner hält ihn, der schwere Körper fällt einfach zu Boden. Einer gibt ihm sogar noch einen Tritt, spuckt aus, dann gehen sie weg. Wie von Teufeln gehetzt rennen Joe und ich ins Haus.

Am Abend kommt Onkel Werner. Zu Fuß und ganz überraschend. Er hat sich irgendwie durchgeschlagen. Aus dem Danziger Kessel kam er nur raus, indem er sich Zivilkleidung angezogen und den Russen auf Russisch zugerufen hat, es sei alles in Ordnung. Mit diesem unglaublichen Trick hat man ihn nicht als Deutschen erkannt, und so ließen sie ihn ziehen, ohne mißtrauisch zu werden. So ist er nicht in die ihm sonst sichere russische Kriegsgefangenschaft geraten. Er sagt, Russisch zu können, hat ihm das Leben gerettet, und ich frage mich, ob unserem Vater das auch nützen wird, zu Hause, in Kärnten, an der jugoslawischen Grenze. Ein bißchen bin ich neidisch auf Andrej und Mischa, die ihren Papi jetzt wiederhaben, und ich merke, daß auch Joe sehr nachdenklich ist.

Onkel Werner erinnert mich in so vielem an meinen Vater. Sie sehen sich ähnlich, haben sogar fast die gleiche Stimme, die gleiche Art zu sprechen mit ihrem leicht russischen Klang.

Über die Folterung haben wir abends mit den Erwachsenen lange gesprochen, und Rita hat gemeint, daß man das dem lokalen Kommandeur melden müsse. Sie will das am nächsten Tag auch tun, aber daß es viel nützen oder Folgen für die Täter haben wird, bezweifeln alle.

Die schwarze Omi scheint diese neue Zeit und das, was um uns herum passiert, noch weniger zu verstehen als alle anderen. Sie ist sehr schweigsam und nachdenklich geworden in den Monaten, seit wir alle hier sind. Irgendwie scheint sie sich an ihren vertrauten Zeremonien aus Rußland festzuhalten, an der Teestunde, an der Art, wie wir vor ein paar Wochen Ostern gefeiert haben mit der typischen russischen Osterspeise aus Quark. Aber wenn man sie etwas zu den neuen Ereignissen fragt, sagt sie immer nur Sachen wie »Schrecklich!« und »Wohin soll das führen!« und ähnliches. Ich glaube, sie leidet unter diesen Zuständen am meisten von uns allen.

Nachts wird es noch empfindlich kalt, und seit ein paar Tagen funktionieren weder Heizung noch Strom, und auch das Wasser scheint irgend jemand abgestellt zu haben. Das Leben ist sehr mühsam geworden. Mit Schokolade hat der Frieden schon lange nichts mehr zu tun.

Frierend liege ich in meinem Bett in einem der Wirtschaftsgebäude. Draußen die grölenden Gesänge heimkehrender belgischer Soldaten.

»Was, glaubst du, haben sie mit dem gemacht, den sie heute umgebracht haben?« frage ich Joe.

»Das weiß ich nicht«, antwortet er leise, eine Ahnungslosigkeit, die mir an ihm sehr fremd ist. Normalerweise hat er immer zu allem zumindest eine Vermutung.

»Meinst du, er liegt noch dort?« setze ich nach.

»Bestimmt nicht«, meint Joe und erzählt, er habe gehört, daß man in manchen Orten die ermordeten Kollaborateure am Straßenrand aufgehängt hat, um die Überlegenheit zu zeigen.

Ich will mir das lieber nicht vorstellen und versuche, ganz, ganz fest an Ottmanach zu denken, daran, wie schön es sein wird, nach Hause zu kommen, Papi wiederzusehen.

»Glaubst du, wir können bald nach Hause?« frage ich Joe.

»Das weiß ich nicht. Ich hoffe es. Laß mich schlafen.« Ich habe es noch nie erlebt, daß Joe sich so sehr in sich selbst zurückzieht wie in diesen Stunden, und dabei würde ich so gern mit jemandem über alles reden.

Der »Mann mit dem Fagott« steht auf dem Boden neben meinem Bett. Ich taste nach ihm, fühle das kühle Metall, das feine Gesicht der Figur, und das tröstet mich ein bißchen, wie die Gewißheit, daß Pascha auf dem Fußboden vor unseren »Zimmern« schläft, vor allem um die Frauen zu bewachen. Immer wieder haben sich Soldaten angeschlichen und wollten nachts polternd in die Zimmer der Frauen, aber Pascha ist ihnen immer entgegengetreten. »Hier alle schlafen! Ihr auch schlafen, ihr Idioten!« Obwohl sie manchmal mit »totmachen« gedroht haben, sind sie bisher noch jedesmal wirklich wie die begossenen Pudel abgezogen.

Mein Ohr schmerzt wieder stärker. Ich fühle, daß ich wieder Fieber habe. Hoffentlich nicht wieder eine neue Mittelohrentzündung, denke ich voll Angst, und ich weiß doch ganz genau, daß es wieder eine ist. Ich habe aufgehört, zu zählen, wie oft ich seit der Ohrfeige des Jungzugführers schon Mittelohrentzündung gehabt habe. Es ist alles vernarbt, und ich höre schlechter als früher.

Mein ganzer Körper zittert vor Kälte. Ich schließe die Augen und spüre schon, wie es näher kommt. Diesmal ist alles rot. Blutrot. Nein, ich will nicht, will aufwachen. Es wird immer größer, dröhnender. Irgend jemand lacht mit aller Brutalität, mit der man lachen kann. Ich höre Schläge. Und Schüsse. Sie hallen pochend in meinem Ohr. Blut spritzt, jemand schreit unter Folterqualen. Andere rufen gellend französische Befehle. Und dazwischen Manfred, der immer »Makeks« sagt und strahlt und nichts von der Gefahr merkt, die uns mit allem Lärm, dessen Menschen fähig sind, überrollt.

11. KAPITEL

Kärnten, April bis Mai 1945

»Vom Eise befreit sind Strom und Bäche«

Sonntag, 1. April 1945, Ostern. Glockengeläute und Feiertagsstille im Gefängnis und über der Stadt. Rudi Bockelmann liegt auf seiner Pritsche. Feiertage und Sonntage sind am schlimmsten. Da scheint die Zeit stillzustehen, und die Gedanken und Gefühle sind noch stärker als sonst von der Sehnsucht nach »draußen«, nach der Familie, nach Freiheit beherrscht. Es ist eine Sehnsucht, die immer nur um Haaresbreite von purer Verzweiflung entfernt liegt, und manchmal, sosehr Rudi sich auch dagegen wehrt, wird er von ihr überrollt. Ostern, das ist immer ein wichtiges Fest in der Familie gewesen, eine Mischung aus den russischen Traditionen und den deutschen Bräuchen, und die Kinder hatten im Garten Ostereier gesucht. Ob sie das auch heute tun würden? In Barendorf? Ob es ihnen gutging? Rudi macht sich große Sorgen.

Vor ein paar Tagen hatte Dr. Wallner, der wegen Kollaboration verhaftete Arzt, Gelegenheit gehabt, Nachrichten zu hören. Es war ein purer Zufall gewesen, die Unachtsamkeit eines Wärters, der Wallner geholt hatte, um nach einem Gefangenen zu sehen, der aus dem Folterkeller kam, mit inneren Verletzungen und hohem Fieber. Der Wärter war mit Wallner kurz in sein Büro gegangen, um irgendetwas zu holen, und dort war das Radio gelaufen, so hatte Wallner sich nach Wochen wieder einmal einen Eindruck von der Kriegslage verschaffen können, und es schien eindeutig zu sein. Es war unüberhörbar: In Norddeutschland gingen offenbar große

Kampfhandlungen vor sich, die Front im Osten rückte immer näher, anscheinend standen die Russen bereits vor Wien, hatten weiter im Norden die Oder-Neisse-Linie erreicht, im Westen standen die Alliierten am Rhein, und in manchen Gebieten schien er weit überschritten, Frankfurt am Main schien besetzt zu sein, genauso wie Köln und Mannheim, und überall rückte die Front immer weiter vor, überall auf deutschem Gebiet wurde gekämpft.

Wallner hatte seinen Mitgefangenen natürlich sofort davon berichtet, und seither kämpfte Rudi hart mit sich selbst, um nicht von Panik über die Gefahr beherrscht zu werden, in der seine Familie schwebte, während er hier im Gefängnis saß.

Und die Gefahr, nicht zu überleben, bestand inzwischen nicht mehr nur in einem möglichen Todesurteil gegen ihn, sondern auch die Haftbedingungen selbst hatten das ihre dazu getan. Er ist inzwischen bis auf die Knochen abgemagert, hat wohl schon über 30 Kilo verloren, sein Körper wird immer wieder von heftigen Fieberschüben geschüttelt, er hat Krämpfe. Dr. Wallner versucht, ihm zu helfen, so gut es geht, er vermutet Ruhr, aber mit den wenigen Medikamenten, der katastrophalen Ernährung und den unvorstellbaren hygienischen Verhältnissen im Gefängnis läßt sich da auch mit ärztlicher Kunst nicht sehr viel ausrichten. Rudi weiß ganz genau: Wenn es noch lange dauert, bis die Alliierten kommen oder bis Wallner es wenigstens durchsetzen kann, ihn in ein Krankenhaus bringen zu lassen, könnte es für ihn zu spät sein.

Wenn nur dieses penetrante Osterglockenläuten endlich aufhören würde, dieser Irrsinn vom fröhlich bimmelnden Osterfest in diesen Tagen! Allein die Vorstellung, daß nur wenige Meter von ihm entfernt ahnungslose Klagenfurter Bürger beim Osterspaziergang sind, bringt Rudi fast um den Verstand. Er hält sich die Ohren zu und weiß doch genau, daß das auch nichts nützt.

Lange Zeit hat er sich im Gefängnis dringend ein Buch, irgendeine geistige Anregung gewünscht, aber dafür wäre er inzwischen viel zu geschwächt. Lange Zeit hat er sich bemüht, täglich so oft wie möglich in der Zelle auf und ab zu gehen, während die anderen auf ihren Pritschen lagen, um die körperliche Kraft nicht völlig zu verlieren, und hat dies seinen »Spaziergang« genannt. Doch inzwischen ist er froh, wenn er den Gang von seiner Pritsche bis zum Eimer schafft.

Und dann die Ungeziefer. Er sucht seinen Körper nach Läusen und anderem Getier ab und empfindet beinahe schon keine Abscheu mehr dabei.

»Vom Eise befreit sind Strom und Bäche...« Rudi rezitiert im Geiste den berühmten »Osterspaziergang« aus »Faust«, eine der Lieblingsstellen seines Vaters. Ob er wohl inzwischen beerdigt ist?

»Im Tale grünet Hoffnungsglück; der alte Winter, in seiner Schwäche, zog sich in rauhe Berge zurück...« Weiter kommt er nicht mehr. Er hätte den Text noch vor ein paar Wochen im Schlaf hersagen können, und jetzt kommt er über die ersten Zeilen nicht mehr hinaus.

Wallner wird wieder zu einem Gefangenen geholt. Immer öfter kommt es jetzt vor, daß der Arzt gebraucht wird: Gefangene mit schweren Krankheiten oder Verletzungen, zum Teil mit Schußwunden, die von ihrer Verhaftung her stammen, andere, die aus den Folterkellern kommen.

»Sie haben eine perfide Art zu foltern«, hatte Wallner seinen Zellengenossen berichtet. »Sie lassen die Gefangenen mit den Armen ihre Knie umfassen, fesseln dann ihre Hände, stecken einen Stock zwischen Knien und Armen durch und legen die armen Teufel in dieser gekrümmten Haltung für Stunden auf dem Rücken auf den Boden. Die Schmerzen sind unvorstellbar, und die Folgen ebenfalls. Oder sie schlagen mit Sandbeuteln und ähnlichem auf ihre Opfer ein, das ist von außen nicht zu sehen, führt aber zu schwersten inneren Verletzungen.« Mehr als einer sei danach schon innerlich verblutet, und er, Wallner, habe nur danebensitzen und versuchen können, mit Aspirin die schlimmsten Schmerzen zu lindern, was natürlich absolut lächerlich sei.

Insgesamt schien mit der Angespanntheit der kriegerischen Lage in den letzten Wochen auch die Gereiztheit und die Gewaltbereitschaft der Wärter und Kommissare zugenommen zu haben. Rudi nimmt es mit Besorgnis zur Kenntnis: Irgendetwas würde sicher mit den Gefangenen geschehen, bevor die Alliierten kamen, und die wahrscheinlichste Vorgehensweise schien ihm diejenige zu sein, an die er gar nicht denken mochte. Sie würden sich natürlich ihrer »Zeugen« entledigen wollen. Gedacht hatte das sicher schon jeder hier in der Zelle, aber ausgesprochen hatte es bisher noch keiner.

Voralarm. Wenigstens hört jetzt das Ostergebimmel auf. Ansonsten fühlt Rudi schon lange nicht mehr viel dabei. Manchmal hat einer von ihnen das Fenster erklommen und versucht, irgendetwas zu erspähen. Manchmal konnte man sehen, wie die Bomben ausgeklinkt wurden, und es wurden Vermutungen angestellt, welcher Stadtteil getroffen werden würde. Meistens aber legten sie sich nur hin, schwiegen oder phantasierten gemeinsam, in einem Luxusrestaurant zu sein mit Kerzenlicht, Klaviermusik und vor allem Essen, unter dem sich die Tische bogen. Einer von ihnen mimte den Oberkellner, es wurden Chateau Briand und Kaviar und Rehrücken bestellt, es wurde »serviert« und diniert und Wein getrunken und das Leben genossen, und man überbot sich in den »Ahs« und »Ohs« über die Feinheit des Fleisches, den herrlichen Wein und nannte die Zelle fortan nur noch »Hotel Moser« nach dem besten Hotel und Restaurant der Stadt, in dem Rudi in besseren Zeiten gerne zu Gast gewesen war. Galgenhumor, der die letzten Kräfte freisetzt.

Heute steht ihm nach dem »Kellnerspiel« nicht der Sinn. Einzig das Hauptthema aus »Schwanensee«, das er im Geiste immer und immer wieder hört, wenn er glaubt, alles nicht mehr aushalten zu können, tut noch seine Wirkung. Für Minuten kehrt er dann in seinen Gedanken zurück in eine ganz andere, längst versunkene Welt, in der im Moskau des Jahres 1912 seine kindliche Liebe Wera Knoop mit ihrem wissenden Lächeln Rilke zitiert. Es ist eine Welt ohne Grenzen, in die er sich träumt, eine Welt, in der Apollo sein Schutzpatron ist und das Böse immer ganz, ganz sicher vom Guten besiegt wird. Eine Kindheitswelt eben. Für Minuten siegt diese Welt, während um Rudi herum die Bomben niedergehen. Für Augenblicke schenken die Klänge in seinem Geist, die Erinnerungen ihm Träume und Hoffnung, aber die quälende Präsenz seiner Schmerzen, des Elends dieser Zelle, des Gestanks, der Hoffnungslosigkeit seiner Gegenwart und des ohrenbetäubenden Lärms der Bombardements läßt den Zauber immer schon nach kurzer Zeit verblassen.

Der Lärm ebbt allmählich ab. Das Gefängnis wurde wieder einmal verschont. Beinahe täglich haben sie, seit er hier ist, Alarm gehabt, und es waren bestimmt schon an die dreißig Bombenangriffe auf Klagenfurt, die er inzwischen in dieser Zelle miterlebt und überlebt hat. Wie lange wird das noch gutgehen?

Langsam erheben sich die Gefangenen von ihren Pritschen.

Rudi fehlt dazu die Kraft. Er hat dank Wallners ärztlichem Einspruch Erlaubnis, liegen zu bleiben. Die Besetzung der Zelle wechselt oft, nur Förner, Prester, Wallner und Rudi selbst scheinen so etwas wie das »Stammpersonal« von Zelle Nr. 62 zu sein. Alle anderen waren bisher nur für ein paar Tage hier gewesen, dann waren sie wieder geholt worden, keiner wußte, wohin, und andere hatten sie ersetzt. Erstaunlich oft waren es in letzter Zeit Männer gewesen, die kein Deutsch sprachen, meist jugoslawische Partisanen, die man wohl irgendwo in den Wäldern aufgespürt hatte.

Der Wärter bringt Wallner zurück. Dieser schweigt.

»Laßt mich ein bißchen in Ruhe«, bittet er leise und verkriecht sich auf seine Pritsche, den Kopf der Wand zugedreht.

Kurz danach wird Prester geholt. Neuerdings zwingen sie ihn, an seine amerikanischen Truppeneinheiten in Italien falsche Funksprüche abzusenden, damit sie in eine von der SS gestellte Falle tappen, und ahnen nicht, daß Prester die Nachrichten natürlich mit dem vereinbarten Code versieht, der besagt: »Alles, was ich hier sende, ist falsch.« Prester freut sich diebisch über die Ahnungslosigkeit der Gestapo-Leute und genießt es, auf diese Weise immer wieder wenigstens für Stunden rauszukommen, frische Luft zu atmen, manchmal sogar die Soldaten, die ihn bei seiner Funkerei überwachen sollen, überreden zu können, ihm eine Wurstsemmel oder etwas anderes zu essen zu besorgen.

Rudi versinkt in einer Art Dämmerschlaf. Verhört worden ist er schon lange nicht mehr, und er hat keine Ahnung, wie es nun mit ihm weitergehen könnte. Einmal war er in die Besucherzelle gerufen worden und war dort auf einen gewissen Herrn Schulze aus dem Reich getroffen, den die Gestapo zum Gutsverwalter bestimmt hatte. Dieser hatte ihn nach allerlei Einzelheiten ausgefragt, und Rudi hatte nur gerade soviel preisgegeben, daß Schulze die nötigsten Aufgaben erfüllen konnte und der Betrieb nicht zum Erliegen kam.

Einmal war auch Maria Maric hier gewesen. Ihr Gesicht hatte ihr Erschrecken über seine Erscheinung gespiegelt. Ein kurzes Erstarren, dann hatte sie ihr Entsetzen abgeschüttelt und gelächelt. Maria Maric hatte ihm einen Brief von Käthe und den Buben und ein paar Photos mitgebracht, Rudis wertvollster Besitz in diesen Tagen.

Den Brief konnte er auswendig. Käthe schrieb davon, daß man sich sicher bald wiedersehen würde. Sie erinnerte ihn an die schwere Verlobungszeit. Damals hatte sie sich bei einem Reitunfall eine Rückgratfraktur zugezogen. Sie hatte monatelang im Gipsbett gelegen, danach im Rollstuhl gesessen, hatte mühsam und mit eisernem Willen über ein Jahr lang darum gekämpft, wieder laufen zu lernen – für ihn und für ihre gemeinsame Zukunft. Nun würden sie beide diesen gleichen eisernen Willen aufbringen müssen wie damals, aber sie glaube fest an diese Zukunft.

Joe hatte in seinen Zeilen davon berichtet, daß er mit dem Schulstoff gut vorankomme, notfalls im Selbstunterricht, weil die Schule sehr oft ausfalle, und daß die Familie in Barendorf ganz fest zusammenhalte.

Und Jürgen hatte voll Sehnsucht nach seiner Heimat geschrieben und daß er, Rudi, bald nach Norddeutschland kommen und sie nach Hause holen solle. Und Manfred sei immer ganz fröhlich, und wenn man ihm ein Bild von Rudi zeigt, dann strahlt der Kleine angeblich über das ganze Gesicht und sagt: »Mapapa.«

Selbst der kleine Manfred hatte ihn also noch nicht vergessen, und Rudi muß immer wieder an die Gespräche mit seinem Vater Heinrich denken, in denen er ihm von der Zeit in der Verbannung in Wjatka erzählt hatte und davon, wie sehr ihn damals der Gedanke gequält habe, Johnny, der Jüngste, der damals gerade mal eineinhalb Jahre alt gewesen war, könne ihn in der Zeit der Trennung vollkommen vergessen haben.

Langsam wird es Abend. Prester ist immer noch nicht zurück. In der letzten halben Stunde war auf dem Gang ungewöhnlich viel los gewesen für einen Sonntagabend, an dem man sonst normalerweise so gut wie gar nichts hörte. Immer mehr Leute schienen gekommen zu sein. Man hatte Schritte gehört, Stimmen, ab und zu sogar ein Lachen, die Tür des Wärterzimmers schräg gegenüber, die sich immer wieder geöffnet und geschlossen hatte. Was hatte das wohl zu bedeuten?

Eine Weile ist es still. Rudi braucht Wallners Hilfe, seine Krämpfe lassen seinen ganzen Körper erzittern. Er krümmt sich vor Schmerzen.

Auf einmal draußen, auf dem Gang, wieder ganz und gar ungewöhnliche Geräusche: Schritte von Damen in hochhackigen Schuhen. Das war, seit Rudi hier einsaß, überhaupt noch nie vorgekommen. Alle lauschen still. Plötzlich erklingt Musik. Ganz leise, aber doch gut hörbar. Rudi glaubt zuerst, einer Phantasie zu erliegen, Opfer seiner Fieberanfälle zu sein, aber die anderen hören es auch. Aus der Wärterzelle ertönt tatsächlich Tanzmusik: »Tango Nocturno«. Rudi und die anderen können es kaum fassen. Offenbar findet im Wärterzimmer eine kleine Osterparty mit Damenbesuch und Tanzmusik statt.

Die Gefangenen lauschen, dann verbeugt sich Förner vor Wallner. »Darf ich bitten?«

Und an diesem Osterabend 1945, in der menschenverachtenden Welt dieser erbärmlichen Gestapozelle, beginnen Förner und Wallner tatsächlich, einen Tango zu tanzen: zwei unrasierte, dünn gewordene Männer mit ungewisser Zukunft erklären den Zellenboden zum Ballparkett und wiegen sich im Rhythmus eines argentinischen Tangos. Vor Rudis Augen entsteht ein Bild, an dem er sich festhält, das ihm einen Funken Hoffnung und Lebensmut schenkt: Er und Käthe, irgendwann nach dem Krieg, irgendwo in einer Tanzbar, ein Orchester spielt, und sie tanzen den »Tango Nocturno«.

Führers Geburtstag

20. April 1945, Führers Geburtstag. Förner erhebt sich von seiner Pritsche. Er tut so, als hätte er ein Glas in der Hand. Den Arm nach alter preußischer Offizierssitte angewinkelt, die Hacken zusammengeschlagen bringt er seinen Toast aus: »Meine Damen und Herren – auf unseren Führer Adolf Hitler, der uns dieses wunderbare und einzigartige Leben ermöglicht«, und er zitiert die traditionellen Worte aus der alljährlichen Geburtstagsansprache von Goebbels: »Möge er uns immer bleiben, was er uns immer war und ist: unser Hitler!« Alle prosten zurück. Sarkastisches Lachen.

Rudis körperlicher Zustand hat sich inzwischen ein wenig gebessert. Er war ein paar Tage ins Gefängniskrankenhaus verlegt und dort behandelt worden. Tage, die ihm wie das Paradies erschienen waren: ein richtiges Bett, Essen, das seinem geschwächten Körper guttat, die Möglichkeit, von Krankenhauspersonal in den Garten begleitet zu werden, sich rasieren und baden zu können.

In der Zelle haben sie inzwischen wieder Zuwachs bekommen: ein Sechzehnjähriger, den sie als Deserteur verhaftet haben; ein schmaler, feingliedriger Junge, fast noch ein Kind, der sich den Krieg als eine Art Abenteuerspiel vorgestellt und sich freiwillig gemeldet hatte. Als er dann tatsächlich an die Front kam, ergriff ihn Panik.

»Diese Nächte im kalten, nassen Schützengraben, nur zum Essenfassen für ein paar Minuten raus, und natürlich immer wieder Beschuß. Dieser ständige Lärm, diese ewige Angst, die Kälte und Nässe, das macht einen verrückt«, erklärt der Junge. Dann der Tag, an dem sein gleichaltriger Kamerad auf dem Weg zum Essenfassen erschossen worden war, weil man keinen vernünftigen Versorgungsgraben hatte anlegen können. Der Anblick des Blutes, das plötzlich überall war, das Stöhnen und Zittern, die entsetzten Augen, bis er endlich starb. Da war der Junge abgehauen, erzählt er mit Angst im Blick. Er siezt seine Zellengenossen voller Respekt.

Der Junge zuckt bei jeder Bewegung in der Zelle und vor allem bei jedem Alarm, jedem Schuß, jeder Detonation zusammen, schreckt nachts oft hoch, »Nein, nein!« wimmernd. Einmal hatte sich Rudi, dessen Pritsche an die des Jungen grenzte, aufgesetzt und hatte dem jungen Deserteur den Kopf gestreichelt, beruhigend auf ihn eingesprochen, und irgendwann hatte der Junge nur noch still geweint. Rudis eigene Tränen hat niemand gesehen.

Manchmal schaut Rudi den Jungen lange an und fragt sich, was aus diesem jungen Menschen eines Tages werden soll. Welche Werte hat man ihm vermittelt? Wer soll ihm in der Zukunft Werte vermitteln? Wem wird er noch glauben?

Plötzlich öffnet sich die Zellentür. Der Wärter ruft: »Bockelmann!« Rudi erhebt sich mühsam von seiner Pritsche.

Es geht offenbar nicht in die Besucherzelle. Der Weg führt weiter. Rudi muß immer wieder innehalten, weil ihm von der ungewohnten Anstrengung schwarz vor Augen wird, er sich an die Wand lehnen muß, um neue Kraft zu sammeln.

Draußen ist es in diesen letzten Tagen Frühling geworden. Die

Sonne scheint, die ersten Bäume blühen. Es paßt überhaupt nicht zu den Trümmern, in denen die Stadt liegt und zu dem, was die Welt durchmacht.

Tatsächlich, es geht wieder zum Gestapo-Hauptquartier.

Man bringt ihn in das ihm schon bekannte Zimmer Nr. 28, doch alles hier scheint in Auflösung begriffen: Es stehen zwei Kisten neben dem leergeräumten Schreibtisch, auf dem nur noch eine einzige Akte liegt. Das Hitlerbild ist abgenommen und lehnt an der Wand.

»Guten Tag, Herr Bürgermeister«, begrüßt ihn Brettschneider, und der Zynismus in seiner Stimme ist gegenüber den beiden letzten Verhören zurückgenommen, aber immer noch spürbar.

»Sie haben uns ja große Sorgen gemacht. Sie waren im Krankenhaus?«

Rudi kann die plötzliche Besorgnis des Kommissars nicht einordnen und antwortet nur knapp: »Jawohl.«

»Bitte, setzen Sie sich«, der Kommissar weist mit einer beinahe einladenden Geste auf den bekannten Stuhl. Die Lampe ist schon verpackt.

Brettschneider umfaßt mit einer Armbewegung den Raum. »Entschuldigen Sie das Chaos hier, aber ich bin versetzt worden.« Er macht eine Pause. »Ihren Fall wollte ich aber noch persönlich zum Abschluß bringen.«

Rudi fühlt seinen Herzschlag pochend bis zum Hals. Was sollte das heißen: seinen Fall »zum Abschluß bringen«? Gleich erschießen? Minenräumdienst?

»Nun...« Der Kommissar blättert in der Akte auf seinem Schreibtisch. »Wir haben Ihren Fall genauestens untersucht, und Sie haben sich während Ihrer Haft kooperativ gezeigt.« Er räuspert sich.

»Und angesichts der aktuellen Lage...« Brettschneider macht eine bedeutsame Pause und sieht Rudi direkt an. »... und Ihrer Kooperation sind wir zu dem Schluß gekommen, daß wir nicht als Unmenschen dastehen wollen. Wir werden Sie in den nächsten Tagen entlassen, obwohl Sie natürlich schwere Schuld auf sich geladen haben.«

Rudi wäre trotz seines geschwächten Zustands vor Freude am liebsten aufgesprungen. Er greift sich fassungslos mit der Hand an seinen Mund, weiß nicht, wohin mit seiner unbändigen Freude und Erleichterung, aber der Kommissar ist offenbar noch nicht fertig. »Wir werden Sie entlassen, aber selbstverständlich werden Sie nach ein paar Tagen einen Einberufungsbescheid an die Front erhalten.« Er mustert Rudis ausgemergelten Körper mit einem kurzen Blick. »Aber vorerst werden Sie sicher nicht wehrtauglich sein. Und wie gesagt: Wir sind ja keine Unmenschen. Bitte, vergessen Sie das nicht, und erinnern Sie sich daran, wenn Sie eines Tages gefragt werden!«

Wieder dieser Blick, der sich des Einverständnisses versichert.

Rudi nickt.

»Selbstverständlich«, ist das einzige Wort, das er in seinem inneren Aufruhr herausbringt.

Der Kommissar blättert in der Akte, übergibt ihm ein Bündel mit Briefen, die Käthes Handschrift tragen. Rudi erkennt das Bündel sofort: Es sind die Briefe, die Käthe und er während der Verlobungszeit getauscht hatten.

Brettschneider lächelt und fühlt sich offensichtlich zu einer Erklärung verpflichtet. »Sie werden verstehen, daß wir Ihre Gesinnung überprüfen mußten. Wir haben uns das nicht leichtgemacht, und dazu gehört natürlich auch Einblick in Ihre private Korrespondenz. Übrigens eine beneidenswerte Ehe, die Sie da zu führen scheinen …«

Rudi überhört den letzten Satz. Was ist das alles schon gegen die Nachricht, die er gerade erhalten hat? So unerträglich ihm dieser Mensch auch war, in diesem Augenblick hätte er ihn umarmen können und war bereit, ihm alles zu verzeihen, alles zu vergessen, alles hinter sich zu lassen, die Verhöre, die Demütigungen, die Haft, die Angst und den Haß, gegen den er sich zu wehren versucht, den er aber doch nicht immer in sich zum Schweigen hatte bringen können. Er wird »in den nächsten Tagen« frei sein! Frei! Frei! Er kann das Wort in Gedanken gar nicht oft genug wiederholen. Frei! Frei! Frei! Und bis er wieder kräftig genug wäre, um eingezogen zu werden, würde, ja, *mußte* der Krieg endlich vorbei sein.

Rudi will gerade fragen, wann genau er denn nun mit seiner Entlassung rechnen könne, als es kurz und polternd an der Tür klopft. Ohne eine Antwort abzuwarten, tritt der oberste Gestapo-Chef,

Obersturmbannführer Berger, ein, der damals auch bei Rudis erstem Verhör hereingeplatzt war. Er sieht Rudi auf seinem Stuhl sitzen, scheint überrascht zu sein, und er sieht aus, als würde es ihm mißfallen, daß Rudi überhaupt noch lebt.

Brettschneider informiert ihn kurz über Rudis Fall und den aktuellen Stand der Dinge. Obersturmbannführer Berger runzelt die Stirn. »Meinetwegen, meinetwegen, dann eben an die Front. Aber lassen Sie ihn unterschreiben, daß sein Gut nach dem Endsieg dem Reich überschrieben wird.«

Brettschneider nickt. »Selbstverständlich, das ist alles geregelt.«

Rudi kann es nicht fassen, daß jemand in diesen Tagen noch ernsthaft das Wort »Endsieg« in den Mund zu nehmen wagt.

»Kommen Sie nachher in mein Büro«, verlangt Obersturmbannführer Berger vom Kommissar, dann reißt er seinen Arm nach oben, schlägt die Hacken zusammen. »Heil Hitler!«

Rudi erschrickt fast. Zu lange hatte er diese Geste schon nicht mehr gesehen.

Brettschneider steht auf und weist den Wärter, der vor der Tür steht, an, Rudi zurück ins Gefängnis zu bringen.

Die Sonne scheint warm auf seine Haut, als sie den kurzen Weg zurücklegen. Rudi genießt es, wie er lange schon nichts mehr genossen hat. Bald wird er frei sein! Frei, frei ... singt es in ihm! Dieser Alptraum wird ein Ende haben! Nun kann ihm nichts mehr etwas anhaben!

In »Schutzhaft«

24. April 1945. Die letzten Tagen waren für Rudi eine Höllenqual: Jeder Augenblick, jede Minute von brennender Ungeduld erfüllt: »Wann komme ich endlich hier raus?« Jeder Bombenangriff wieder ein Ereignis, das ihn am ganzen Körper zittern ließ. Was, wenn er jetzt noch starb, jetzt, wo seine Entlassung beschlossen war, wo er sich schon sicher und beinahe unverletzbar wähnte? Was, wenn jetzt irgendein blöder Zufall es so wollte, daß eine dieser verfluch-

ten Bomben das Gefängnis traf? Wie oft kann dieses russische Roulette noch gut für ihn ausgehen?

Jedes Öffnen der Zellentür ein Aufflackern der Hoffnung: Jetzt würde es endlich so weit sein, und dann doch nur der Name Wallners oder Presters oder das Essen oder der Befehl, den Eimer zu leeren.

Er fragt sich schon, ob Brettschneiders Versprechen, ihn zu entlassen, voreilig gewesen, ob Obersturmbannführer Berger oder irgend jemand anders doch noch sein Veto eingelegt hatte, als sich die Zellentür öffnet und Rudi glaubt, seinen Ohren nicht zu trauen. Tatsächlich: Es fällt sein Name! Und offenbar zum letzten Mal. Der Wärter ruft »Bockelmann – Sie werden entlassen!« und scheint sich sogar selbst ein bißchen mit ihm zu freuen.

Ein schneller Abschied von seinen Leidensgenossen und das Versprechen, schon in ein paar Tagen Besuch zu beantragen, Lebensmittel und Zigaretten und Schnaps mitzubringen.

Ein letztes Mal geht es den langen Gang entlang, durch die vielen Gittertüren, die vor ihnen auf und hinter ihnen wieder zugeschlossen wurden. Ein letztes Mal die beiden Treppen ins Aufnahmezimmer hinab. Ungeduldig läßt er die letzten Formalitäten über sich ergehen, bekommt seine persönlichen Sachen wieder ausgehändigt und eine Bescheinigung über seine Haftzeit, die man – Rudi traut seinen Augen kaum – tatsächlich »Schutzhaft« nennt! Rudi kann seinen Blick kaum abwenden, es ist wirklich schwarz auf weiß, auf Briefpapier der »Geheimen Staatspolizei, Staatspolizeistelle Klagenfurt, Gefängnis«, mit doppeltem Durchschlag zu lesen: »Rudolf Bockelmann, geb. 14. 12. 1904, wohnhaft in Schloß Ottmanach befand sich von 8. 2. 45 bis 24. 4. 45 im hiesigen Gefängnis in Schutzhaft. Der Genannte besitzt keine Lebensmittelkarten, weil er hier in Gemeinschaftsverpflegung stand.« Und man händigt ihm Lebensmittelmarken für die ganze Woche aus.

Dann steht er auf der Straße, die in gleißendes Sonnenlicht getaucht ist. Einen Augenblick lang sieht er sich ratlos um, kann es selbst noch nicht fassen, daß er jetzt frei ist, hingehen kann, wohin auch immer er will, als er plötzlich Maria Maric und Hansl Voith erblickt, die auf der anderen Straßenseite stehen, um ihn abzuholen. Hansl Voith hat Tränen in den Augen.

»Wo soll's hingehn, Chef?« fragt er mit erstickter Stimme.

»Nach Hause«, antwortet Rudi und kann sein Glück kaum begreifen, als der Wagen sich in Bewegung setzt, Ottmanach entgegen.

Ende und Anfang

8. Mai. 1945. Früher Vormittag. Rudi ist seit ein paar Wochen in Freiheit. In Kärnten herrscht eine merkwürdige Atmosphäre der Angespanntheit: Noch immer ist hier der Krieg nicht beendet. Die politischen Häftlinge sind in den letzten Tagen alle entlassen worden, die Bewacher haben sich, soweit sie es konnten, abgesetzt. Manch einer hat Selbstmord begangen, andere tragen Zivilkleidung und erklären sich in diesen letzten Stunden und Tagen zum Widerstandskämpfer. Immer noch aber kann es geschehen, daß man von einem Gestapo-Beamten aufgegriffen und grundlos erschossen wird. Klagenfurt ist gespenstisch ruhig. Die Menschen bleiben in diesen Tagen lieber zu Hause und warten. Überall liegt herrenloser Besitz herum. Überall Spuren der Auflösung. An Straßenecken Haufen von weggeworfenen Waffen und Stahlhelmen. Verlassene Geschäfte und geplünderte Häuser.

Die letzten Tage haben Rudi und sein ehemaliger Zellengenosse Prester damit verbracht, Presters Funkkenntnisse zu nutzen, um Kontakt zu dessen in Italien stationierten alliierten Einheiten aufzunehmen und ihnen einen Informationsvorsprung über die Lage Kärntens zukommen zu lassen. Man hat sie eindrücklich gebeten, Kärnten einzunehmen – bevor die Russen kommen. Vor ein paar Tagen haben sie sogar eine jugoslawische Aufklärungstruppe aus dem Land gedrängt, indem sich Rudi und Prester mit improvisierten alliierten Uniformen und einem alten Kübelwagen, auf den sie »US-Army« gepinselt hatten, als West-Soldaten ausgegeben und den Jugoslawen erklärt haben, Kärnten sei bereits von den Westmächten besetzt worden. Verdutzt waren die Jugoslawen tatsächlich abgezogen, aber noch einmal würde das nicht funktionieren. Rudi kann nichts anderes mehr tun, als abzuwarten und zu hoffen.

Und wie es um seine Familie in Barendorf und seinen verschollenen Bruder Johnny steht, weiß er auch noch nicht: Die Telefonverbindungen sind nach wie vor tot, und ob Post durchkommt, ist mehr als fraglich.

Wenn es doch nur endlich vorbei wäre und man nach vorne blicken könnte! Rudi fühlt eine Nervosität, die ihm eigentlich völlig fremd ist. Die Ungewißheit der Zukunft läßt die Gegenwart in Wartestellung fast sinnentleert erscheinen. Er weicht einem Fußgänger aus, hält dann, einem plötzlichen, unbestimmten Gefühl, einem seltsamen Geräusch folgend, das er nicht gleich zuordnen kann, am Straßenrand an und glaubt, seinen Augen und Ohren nicht zu trauen: Rasselnd und dröhnend nähert sich ihm ein Panzerverband. – Und es sind Panzer der britischen Truppen!

Kein Widerstand aus der Bevölkerung, keine Schußwechsel in der Stadt, aber auch keine Fanfarenzüge und kein Jubelgeschrei. Eine Art Erschöpfung und Fatalismus scheint die Menschen in diesen letzten Tagen zu beherrschen.

Rudi bleibt einige Minuten lang regungslos in seinem Wagen sitzen. Es ist vorbei, tönt es in seinem Kopf. Und es ist gutgegangen. Er hat soeben in diesem kleinen, beinahe unbedeutenden Augenblick den Anbruch einer neuen Zeit erlebt, und dieser Augenblick würde alles verändern. Für immer. Hoffentlich zum Guten! Erleichterung und Nachdenklichkeit beherrschen ihn gleichermaßen und lassen ihm die Tränen über die Wangen laufen. Wenn er diesen Moment doch nur mit seiner Familie teilen könnte!

12. KAPITEL

Lüneburg, März bis Mai 1946

Kriegstod im Frühling des Friedens

»Verbinden Sie mich bitte mit meinem Bruder Rudi in Ottmanach!« Werner Bockelmann lehnt sich, nachdem er seiner Sekretärin den Auftrag gegeben hat, in seinem Schreibtischstuhl zurück und wartet auf das Klingeln des Telefons, genießt die paar Augenblicke der Ruhe, die in seinem neuen Amt selten sind.

Es ist der 29. März 1946. Beinahe ein Jahr ist seit Kriegsende vergangen. Es sind schwierige Umstände, unter denen Werner Bockelmann auf Bitte der britischen Besatzungsmacht vor kurzem sein Amt als Oberstadtdirektor von Lüneburg angetreten und damit als einer der ersten Deutschen politische Verantwortung in einer neu entstehenden Demokratie übernommen hat: Deutschland liegt in Trümmern. Die Menschen haben einen der härtesten Winter seit Jahren hinter sich. Es gab an nichts genug: zu wenige Wohnungen, zu wenig Nahrung, zu wenig Kleidung, zu wenig Heizmaterial, so gut wie keine Sicherheit. Die Leute haben gehungert, gefroren, viele irren herum und suchen ihre Angehörigen, die in den Wirren des Krieges verlorengingen. Reisen innerhalb der einzelnen Zonen sind möglich, aber mühsam, Reisen über Zonengrenzen hinweg sind fast nicht zu organisieren und vor allem nicht zu bewältigen. Auch sein Bruder Rudi ist bisher nicht aus Ottmanach weggekommen, um seine Familie nach Hause zu holen.

Es ist einer der ersten sonnigen Tage in diesem Jahr. Das Fenster seines Amtszimmers steht offen. Die Bäume blühen, die Vögel zwitschern. Es duftet nach Frühling und Neubeginn, und er hat ein

Amt inne, in dem er etwas bewegen kann. Besser hätte er es nicht treffen können.

Seit kurzem wohnt er mit seiner Frau Rita und seinen beiden Söhnen Mischa und Andrej auch endlich wieder in eigenen vier Wänden. Die Dienstvilla liegt nur etwa 300 Meter Luftlinie vom Rathaus entfernt, und Werner freut sich auch darauf, an den Wochenenden wieder in Ruhe Vater zu sein, sich um die Jungs zu kümmern, mit Rita die lange Zeit der Trennung während des Krieges endlich hinter sich zu lassen. Es ist Freitag nachmittag. Er wird heute versuchen, früh zu Hause zu sein und noch ein bißchen mit den Kindern zu spielen.

Er fühlt, daß es ab jetzt aufwärts gehen wird. Der Krieg wird bald nur noch eine schlimme Erinnerung sein. Er hat in der Familie kein Opfer gefordert. Nur um ihren jüngsten Bruder Johnny müssen sie sich noch Sorgen machen. Inzwischen haben sie die Nachricht bekommen, daß er in russischer Kriegsgefangenschaft ist. Irgendwo im Ural. Wenigstens *lebt* er!

Er nimmt seine Briefmappe, unterschreibt, was seine Sekretärin darin vorbereitet hat, und ist überrascht, daß die Verbindung schon nach einer Stunde steht. Die Technik scheint Fortschritte zu machen.

»Werner? Wie schön, daß du anrufst!« Rudis Stimme im Telefon klingt immer noch vertraut, obwohl die Brüder sich seit Jahren nicht mehr gesehen haben. »Wie geht es dir?«

Man tauscht die Neuigkeiten aus. Auch in Ottmanach keine neuen Nachrichten von Johnny. In Kärnten herrscht offenbar immer noch großes Chaos, wie überall im ehemaligen Kriegsgebiet. Rudi kann das Land erst verlassen, wenn er erfolgreich »entnazifiziert« und zum österreichischen Staatsbürger erklärt wurde.

»Und wie geht es deinen Buben? Die sind doch jetzt auch schon ganz schön groß, oder?«

»Ja, Mischa ist gerade sieben geworden. Er entwickelt sich prächtig, kann schon ein bißchen schreiben. Und Andrej wird im April fünf. Ein quirliger kleiner Kerl, der uns viel Freude macht!«

»Und hast du meine Jungs mal gesehen?« Rudis Stimme zittert ein wenig. Immerhin hat er seine Familie seit mehr als einem Jahr nicht mehr zu Gesicht bekommen. Werner spürt, daß Rudi das nicht mehr lange aushält. Rudi war schon immer der empfindsamste von ihnen gewesen.

»Deinen dreien geht es gut, glaub mir! Die beiden Großen haben Privatunterricht; die Schulen sind ja immer noch geschlossen, und ich glaube, sie machen Fortschritte. Dein Ältester treibt wie immer viel Sport und macht schon einen sehr vernünftigen Eindruck. Er ist fast schon ein junger Mann geworden. Jürgen ist wie immer ein bißchen zurückgezogen, ein kleiner Träumer halt. Du weißt ja, daß ich ihn sehr gern hab. Und ich hab gehört, daß er in jeder freien Minute am Klavier sitzt – aber nur, wenn er glaubt, daß ihn niemand hören kann. Der kleine Manfred plappert viel und ist das freundlichste Kleinkind, das ich je erlebt habe. Käthe ist immer zuversichtlich und voll Energie wie eh und je. Und sie streitet mit ihrer kommunistischen Mutter, die gerade in Barendorf zu Besuch war, wie wir das von den beiden ja bestens kennen.«

Rudi lacht. Die Unbelehrbarkeit und Radikalität seiner Schwiegermutter Lilly Arp und die Kämpfe zwischen ihr und Käthe hat er noch lebhaft in Erinnerung.

Mitten in dieses Lachen ertönt irgendwo in der Stadt ein lauter Knall, den sogar Rudi durch das Telefon in Ottmanach hören kann. »Was war denn das?«

»Ach, bestimmt wieder so eine verdammte alte Fliegerbombe oder eine Flakgranate«, gibt Werner aufgebracht zurück. »Überall liegen noch diese Dinger herum, Blindgänger, die beim Abschuß nicht explodiert sind und die jetzt eine tödliche Gefahr für die Bevölkerung darstellen. Damit wir diesen Horrorkrieg nur ja nicht einen einzigen Tag vergessen können.« Werner könnte platzen vor Zorn, wenn er an die vielen sinnlos Verletzten und Getöteten denkt, die diese scheußlichen Kriegs-›Souvenirs‹ immer wieder anrichten. Und er beschließt, daß es oberste Priorität in dieser Stadt haben muß, diese Sprengfallen restlos aufzuspüren und unschädlich zu machen. Anders kann man nicht in die Zukunft blicken. Draußen hört er die Sirenen der Militärpolizei, die wahrscheinlich zu der Unglücksstelle rast.

»Hoffentlich ist niemand verletzt worden«, meint Rudi, als Werners Sekretärin ins Zimmer stürzt und ihm atemlos irgendetwas von einer Explosion in seinem Garten, im Garten seiner Dienstvilla erzählt. Erst als die Namen seiner beiden Söhne fallen und die Worte: »schwerverletzt ins Krankenhaus gebracht«, erfaßt Werner das Entsetzen schlagartig und ungefiltert. »Nein, nein, das kann nicht sein!« schreit es in ihm, als er den Telefonhörer einfach auf den Schreibtisch fallen läßt und losrennt, ohne Mantel, ohne Erklärung, vorbei an seiner Sekretärin, die Treppen runter. Ohne ein einziges Mal innezuhalten, ohne auf den Verkehr oder irgendetwas zu achten, hetzt er los und hat nur noch ein einziges Ziel, einen einzigen Gedanken: Er muß zu seinen Jungs, er muß irgendetwas tun.

Wenige Schritte vor dem Krankenhaus trifft er auf Rita, die gerade von einem Krankenbesuch bei einer Freundin kommt und noch keine Ahnung von der Katastrophe hat, die ab sofort wie ein Alptraum über ihrem Leben hängen und sie nie mehr loslassen wird. Ihr Lächeln erstirbt auf den Lippen, als sie Werner rennend und in offensichtlicher Panik erkennt. Es ist keine Zeit für lange Erklärungen.

»Es ist etwas Furchtbares passiert!« sind die einzigen Worte, die er in diesem Augenblick findet.

Im Krankenhaus herrscht Hektik. Sie werden von einem zum anderen geschickt, werden gebeten zu warten. Um sie herum werden Kranke geschoben, rennen Ärzte und Schwestern zu ihren Patienten.

»Ich will jetzt sofort meine Söhne sehen!« fordert Werner vehement und wird von einem Arzt endlich gemeinsam mit Rita in ein Dienstzimmer gebeten. Man verlangt, daß sie sich setzen.

»Ich will mich nicht setzen, ich will zu meinen Kindern!« Rita ist aufgebracht und voll Angst.

Und dann erklärt der Arzt ihnen in wenigen Sätzen das Schrecklichste, was man Eltern sagen kann: Die Kinder haben im Garten mit einer Flakgranate gespielt, die explodiert ist. Für den größeren Jungen, Mischa, kam jede Hilfe zu spät. Ein Splitter ist in seine Leber eingedrungen. Er ist schon auf dem Weg ins Krankenhaus ins Koma gefallen und hier seinen schweren Verletzungen erlegen. Man konnte nichts mehr für ihn tun. Der Arzt spricht sein Beileid aus.

»Nein!« ruft Rita. »Nein!« Und immer wieder nur »Nein!«

»Und Andrej?« schreit sie dann fast. »Was ist mit Andrej?«

»Wir wissen leider noch nichts Genaues. Ihr jüngerer Sohn ist schwer verletzt. Er wird gerade operiert. Wir tun unser Bestes.«

»Ist er in Lebensgefahr? Sagen Sie uns die Wahrheit! Bitte!« Werner spürt Ritas Hand, die sich fest an seine klammert.

»Wir müssen die Operation abwarten. Er hat schwere Verletzungen des Magens und des Darms, und er hat eine große, tiefgehende Wunde am Bein. Wir wissen noch nicht, wie schlimm die Verletzungen und die inneren Blutungen sind und ob wichtige Blutgefäße verletzt wurden. Unsere besten Ärzte kümmern sich um ihn.«

Werner hat oft davon gehört, wie ein Schock einem alles unwirklich erscheinen läßt und den Schmerz, die Verzweiflung mildert. Er fühlt sich auch tatsächlich wie von dichtem Nebel umgeben. Er hat die Worte gehört, aber er kann sie nicht begreifen, doch der Schmerz ist auch in diesem Nebel peinigend präsent. Er kämpft gegen ihn, er atmet gegen ihn an, aber er läßt sich nicht besiegen und nicht begreifen.

Man führt sie in ein abgelegenes Zimmer. Sie sollen Abschied nehmen. Abschied von Mischa, der heute morgen noch so quirlig Ball gespielt, sich auf die Schule gefreut hat und auf das Wochenende mit seinem Vater. Werner hat ihn beim Weggehen nur kurz gedrückt. Jetzt stehen diese Erinnerungen voll Entsetzen vor seinen Augen. Wenn er doch nur die Zeit zurückdrehen könnte! Wenn er doch nur heute zu Hause geblieben, mit den Jungs gespielt hätte, dann wäre das alles nicht passiert! Wieso mußte Mischa diesen sinnlosen und aberwitzigen Kriegstod sterben – mitten im Frühling des ersten Friedensjahres? Wieso hatte er es nicht verhindern können?

Mischas kleiner Körper liegt in einem der Betten, die Augen geschlossen, die Hände über der Bettdecke gefaltet. Das bleiche Gesicht ist unverletzt. Es spiegelt sich kein Entsetzen über das darin, was der Junge zuletzt gesehen und durchgemacht haben muß. Es gibt Werner ein bißchen Hoffnung: Vielleicht ging ja alles schnell, und er hat wenigstens nicht leiden müssen.

Rita stürzt zu ihrem toten Sohn, legt ihren Kopf an seine Wange. Werner nimmt sie sanft beiseite.

»Er ist tot«, sagt er leise und kann die Worte selbst nicht fassen, die er da ausspricht. Rita nickt, weint an seiner Schulter. Werner begreift nicht, daß er selbst keine Tränen hat. Die Erschütterung ist zu groß für Tränen, und die Angst um Andrej lähmt ihn.

Man hat inzwischen den Unfallhergang rekonstruiert: Gemeinsam mit zwei Nachbarskindern haben Mischa und Andrej im Garten der Dienstvilla gespielt. Mischa habe die Flakgranate entdeckt. Walter, der siebenjährige Nachbarsjunge, Sohn eines Offiziers, habe wohl, um mit seinem Wissen zu prahlen, ein wenig nebenher gesagt: »Wenn man da draufhaut, knallt's.« Mischa war sofort fasziniert und nicht mehr zu halten gewesen. Alles, was knallt, was mit Bomben, Granaten, Gewehren zu tun hat, hat ihn immer schon begeistert. Die Gefahr habe er, wie die meisten Kriegskinder, die das ständige Knallen um sich herum gewöhnt waren, nicht wirklich ernstgenommen. Er habe immer neue Steine angeschleppt und mit ihnen auf die Granate geschlagen, habe seinen kleinen Bruder und die Nachbarstochter aufgefordert mitzumachen. Walter habe große Angst gehabt, aber zuerst sei gar nichts passiert. Walter habe dann sogar die Granate aus dem Garten geschleudert, und auch dabei sei sie nicht explodiert. »Jetzt ist Schluß«, habe er zu Mischa gesagt, aber der sei losgelaufen und habe die Bombe zurückgeholt und weiter draufgeschlagen.

»Du hast gesagt, es knallt, und jetzt will ich das auch hören, oder du bist ein Lügner!« habe er verkündet. Und dann hätte es auch schon »geknallt«.

Danach kann Walter sich an nichts mehr erinnern. Er selbst hat eine schwere Wunde am Bein, seine Schwester wird gerade operiert, aber sie sind beide nicht so schwer verletzt wie Andrej oder Mischa.

Retter, die schnell zur Stelle waren, haben Mischa beinahe unansprechbar auf dem Boden liegend vorgefunden. Andrej hingegen sei mit seiner klaffenden Bauchwunde schreiend herumgelaufen, habe deutlich gezeigt, daß er um sein Leben kämpfen werde, was den Eltern Hoffnung sein soll.

Wieviel Zeit vergangen ist, seit er von der Katastrophe erfahren hat, dafür hat Werner kein Gefühl. Er weiß nicht, wie lange er jetzt hier schon wartet, wie lange Andrej schon operiert wird. Er setzt sich hin, starrt ins Leere, denkt daran, wie Mischa heute morgen noch davon sprach, einen Brief an seinen Onkel Johnny ins russische Lager schreiben zu wollen, einen Onkel, den er nie gesehen hat und nun auch nie mehr kennenlernen würde. Und daran, wie Mischa ihn fragte, wie man wisse, was man im Leben werden wolle und an seine eigene Antwort, das werde die Zeit weisen. Und er denkt daran, daß Mischa nun der erste sein würde, der auf der Grabstelle auf dem Friedhof neben dem Gut Barendorf liegen würde, die Anna gerade gekauft hatte.

Stunden später in Andrejs Krankenzimmer. Überall Schläuche, Verbände. Nur manchmal wacht der Junge für Sekunden auf, öffnet die Augen, murmelt: »Ich hab Durst« und dann »Mischa ist ein Engel. Ich habe gesehen, wie er in den Himmel geflogen ist.« Dann schläft er wieder ein. Man hat ihm noch gar nicht gesagt, daß sein Bruder tot ist. Werner kann es nicht fassen. Wieso *weiß* der Junge das?

Irgendwann ein kurzer Besuch zu Hause. Mechanisches Umziehen, sich waschen, ein paar Atemzüge lang sogar schlafen – um beim Erwachen mit tiefer Verzweiflung zu spüren, daß das Schreckliche seines Alptraums die Wirklichkeit war. Er soll für Rita und für Andrej ein Familienbild mitbringen, greift gedankenlos zu jenem Photo am Schreibtisch, das Rita und ihn selbst mit den beiden Söhnen zeigt, hier im Garten aufgenommen, nur ein paar Wochen vor Mischas Tod. Und seine eigene Hand, die Mischa umarmt, liegt wie zum Schutz genau auf der Stelle, in die später der Splitter eindringen sollte.

Mischas Beerdigung erlebt Werner wie in Trance. Er kann sich schon Minuten später nur noch an wenig erinnern. An das endgültige Klappern des Holzes, als der Sargdeckel geschlossen wurde, an den lauten Klang der Kirchenorgel oder an Joes Worte irgendwo im Stimmengewirr, zu irgend jemandem gesagt: »Ich hab ihm doch noch ganz genau erklärt, daß all diese Bomben und Granaten und Patronen gefährlich sind!«

Und an das Gefühl der kalten, nassen Erde in seiner Hand, die er auf den Sarg fallen ließ.

4. April 1946. Andrej hat das Schlimmste überstanden. Er wird durchkommen. Die ersten Krankenbesuche der Familie. Etwas ratlos, hilflos und mit vielen Geschenken. Ein paar Minuten, in denen Andrej mit Rudis beiden ältesten Buben Joe und Jürgen allein ist. Werner kommt gerade dazu, als Andrej den beiden erzählt: »Wißt ihr, ich hab das gewußt, daß Mischa tot ist. Ich hab das *gesehen*! Ich hab gesehen, wie Mischa zum Himmel geflogen ist, aber ich hab das Mami und Papi nicht gesagt, weil sie mir das sowieso nicht glauben würden.«

»Vielleicht hast du nur gesehen, wie Mischa von der Explosion durch die Luft flog.« Joe versucht, eine vernünftige Erklärung für Andrejs Worte zu finden, aber der Kleine läßt sie nicht gelten.

»Nein, ganz bestimmt nicht! Mischa ist ja gar nicht durch die Luft geflogen. Es hat nur geknallt, und dann ist er umgefallen«, beteuert er.

Werner steht schweigend und von den Kindern unbemerkt in der Tür und schluckt schwer. Andrej sagt die Wahrheit: Wie man inzwischen weiß, wurde keines der Kinder von der Explosion durch die Luft geschleudert.

Joe und Jürgen schütteln nur betroffen die Köpfe, und Werner fragt sich, wie Andrej das alles verarbeiten, wie er mit diesen Erfahrungen erwachsen werden wird. Er fühlt sich überfordert und ratlos wie selten in seinem Leben. Wie soll man seine Kinder schützen, wie ihnen erklären, was geschehen ist, wie dieser schreckliche Krieg überhaupt hatte geschehen können?

Man kann es nicht. Und man kann sie nicht schützen. Man kann nur versuchen, etwas Besseres vorzuleben, kann sich nur alle Mühe der Welt geben, ein guter Vater zu sein – und im Amt mit aller zur Verfügung stehenden Macht für die aufkeimende Demokratie kämpfen, ihre Werte so vehement wie möglich auf sichere Beine zu stellen.

Das Erste und Naheliegendste in seinem Amt hat er bereits veranlaßt: Er hat Trupps zusammenstellen lassen, die jeden Garten, jede freie Fläche in Lüneburg auf Sprengkörper absuchen und diese unschädlich machen. »Wenn es irgendwie in meiner Macht steht, wird nicht noch jemand in dieser Stadt zum Opfer des überstandenen Krieges«, schwört er sich und streicht Andrej über's Haar. Es ist zumindest ein Anfang.

13. KAPITEL

Irgendwo bei Linz, September 1946

Bratkartoffeln

Knackendes, glühendes Holz auf einer Feuerstelle auf einem fremden Bauernhof. Warme, knisternde Flammen. Sprühende Glutfetzen malen Spuren von roten Funken in die beginnende Dämmerung. Flinke, grobe Hände einer Bäuerin schneiden immer mehr Kartoffelscheiben in eine riesige, gußeiserne Pfanne. Ein sich immer wiederholendes, laut prasselndes Geräusch, wenn die Scheiben in das heiße Fett fallen. Duft nach Gebratenem und einem Hauch von frischen Zwiebeln, wie ich ihn herrlicher noch nie gerochen habe. Die Frau in der bunten Kleiderschürze streicht Manfred zwischendurch immer wieder über den Kopf. Wir alle drängen uns um das Feuer. Die Wärme, die Aussicht auf etwas zu essen läßt uns zum ersten Mal nach Tagen der Kälte und Nässe, des Hungers und Durstes ein wenig zur Ruhe kommen.

Schon länger als eine Woche sind wir unterwegs. Zuerst haben Joe und ich uns sogar gefreut, als wir gehört haben, wie wir von Barendorf zurück nach Kärnten reisen würden: Nicht so normal wie im Zug oder mit einem Auto. Nein, wir würden auf einem LKW quer durch Deutschland fahren! Das würde ein tolles Abenteuer werden, haben Joe und ich gedacht. Doch als wir dann endlich unterwegs waren, hat unsere Begeisterung ganz schnell nachgelassen. Die Ladefläche, auf der wir sitzen, hat nicht einmal ein Dach. Sie ist nur mit einer Plane irgendwie abgedeckt, aber nach hinten ist alles völlig offen. Seit wir losgefahren sind, regnet es fast ständig. Und weil hinter unserer Ladefläche noch ein Anhänger hängt, wird die ganze Nässe von der Straße und der ganze Dreck verwirbelt und unentwegt auf unsere Ladefläche, in unsere Gesichter, auf unsere Kleidung, einfach überallhin geschleudert. Mindestens zehn Tage würden wir so unterwegs sein, hieß es. Schon nach zehn Minuten der Fahrt waren wir durchnäßt und halb erfroren, obwohl wir beinahe all unsere Kleider übereinandertragen. Wir alle können uns nicht vorstellen, wie man das durchhalten soll, wenn es noch Tage so weitergeht. Wir sind von einer dicken, schmierigen Schmutzschicht bedeckt, und Platz haben wir auch fast keinen. Irgendwie drängen wir uns zwischen Möbeln und allerlei Gerümpel, das der Fahrer für irgend jemanden transportiert. Mein Vater hat ihn irgendwo aufgetrieben und ihm Geld dafür gegeben, daß er uns als zusätzliche »Ladung« auf seinem Laster mitnimmt. Manfred mit seinen drei Jahren haben wir in ein altes, schmutziges, oben offenes Ölfaß gestellt, das ihm bis zur Nasenspitze reicht, damit er nicht unterwegs vom Lastwagen fällt.

Joe und ich wechseln uns mit einem Autoreifen ab, in dem man beinahe bequem liegen kann, wenn man sich klein macht. Meine Eltern sitzen auf irgendwelchen Kisten. Mein Vater schiebt alle paar Kilometer eine riesige Standuhr, die schlecht befestigt ist und während der Fahrt immer ein Stück in unsere Richtung rutscht, wieder an ihren Platz. Manchmal übernehmen das auch Joe und ich, wenn unser Vater mal eingenickt ist, aber meistens bleibt Papi sowieso lieber wach, weil er ja auf uns aufpassen muß.

Und dann gibt es ja auch noch Wegelagerer: Kleine Banden, die sich an Steigungen, an denen man langsam fahren muß, hinter Büschen verstecken. Wenn ein geeignetes Opfer kommt, bei dem sich der Überfall zu lohnen scheint, springt einer auf und beginnt, Ladung von den LKWs zu werfen, die seine Komplizen einsammeln und irgendwie wegtransportieren. Und es ist nicht einmal ein besonders großes Risiko. Der Fahrer merkt das meistens erst viel, viel später, und selbst wenn er es merkt: Die Leute, die die Nebenstraßen benutzen und keine richtigen Papiere haben, haben – wie wir auch – wenig Interesse daran, zur Polizei zu gehen. Und die ist sowieso überfordert.

Reisen über Zonengrenzen sind eigentlich immer noch völlig unmöglich, auch wenn man gültige Papiere hat, und die bekommt man sowieso nirgends. Deshalb hat mein Vater uns irgendwelche

Ausweise besorgt und hofft, daß wir sie nie zeigen müssen. Um möglichst sicherzugehen, fahren wir fast immer nur über Nebenstraßen, die manchmal nicht einmal asphaltiert sind.

Vor ein paar Tagen ist es dann passiert. Als wir alle gerade ein wenig unaufmerksam vor uns hin gedöst haben, ist in dunkler Nacht in einem steilen Waldstück plötzlich ein Mann auf unsere Anhängergabel gesprungen und hat versucht, auf unsere Ladefläche zu klettern. Ich hab seine vor Schreck weitaufgerissenen Augen noch gut in Erinnerung, als er uns auf einmal da sitzen sah. *Menschen* auf der Ladefläche hat er natürlich überhaupt nicht erwartet. Er hat in seiner Angst ganz vergessen, sich festzuhalten, mein Vater wollte ihn noch in den Wagen ziehen, damit er nicht unter den Anhänger stürzt, aber der Mann hat sich in irgendeinem Fluchtinstinkt nur losgerissen und ist genau unter die Räder vom Anhänger gefallen. Er hat nicht einmal geschrien. Der schwere Anhänger hat geholpert, und es hat ein dumpfes Geräusch gemacht, dann war es vorbei. Wir haben alle lange nichts gesagt, denn es war ja klar, daß der Mann jetzt tot war. Wir hätten auch überhaupt nichts tun können, weil wir ja keinerlei Verbindung zu unserem Fahrer haben und ihn nicht bitten konnten anzuhalten, um nachzusehen. Zwischen uns und dem Führerhäuschen stehen ja all diese Möbel.

Manchmal fahren wir viele Stunden ohne Pause, wenn einer von uns zur Toilette muß, dann hält mein Vater uns fest, und wir hängen uns über den Rand des Lastwagens, anders geht es nicht. Dann aber stehen wir wieder einen Tag, weil unser Fahrer wartet, bis an irgendeiner Straßenkontrolle der »richtige« Beamte, den er kennt und der gegen eine kleine Spende nicht so genau auf die Papiere schaut, Dienst hat.

Aber jetzt winken erst einmal die Bratkartoffeln. Das Leben kann doch schön sein. Unser Proviant ist nämlich längst aufgebraucht, und die herrlichen Kartoffeln, die eine mitleidige Bäuerin irgendwo bei Linz für uns brät, werden die erste warme Mahlzeit sein, seit wir vor über einer Woche in Barendorf losgefahren sind.

Die Bäuerin fragt meine Mutter, ob wir aus Deutschland kommen, wahrscheinlich weil meine Mutter so spricht, wie man das in Schleswig-Holstein, wo sie herkommt, eben tut. »Deutsch« – »reichsdeutsch« – zu sein, wie es immer noch heißt, ist hier in

Österreich ja seit Kriegsende irgendwie überhaupt nicht mehr erwünscht. Erst sollte ich immer stolz darauf sein, ein »deutscher Junge« zu sein, und nun muß man sich dafür fast schämen.

Meine Mutter lacht und erklärt ihr, daß wir seit ein paar Wochen waschechte Österreicher seien mit österreichischem Paß und allem, was dazugehört, und daß sie und Papi schon mehr als fünfzehn Jahre in Kärnten leben. Mein Vater hat uns alle, bevor er nach Barendorf kam, um uns abzuholen, in Österreich einbürgern lassen. Erst als er das geregelt hatte, kam er zu uns. Ein paar Wochen ist es erst her, seit er eines Nachmittags plötzlich auf dem Gut stand – mit einem einzigen Koffer. Er war dünner als früher, man hat ihm die Strapazen der letzten Zeit und der Reise zu uns angesehen, aber es gab keinen Zweifel: Er war wieder da, jetzt würde alles gut werden!

Er hat sich ein paar Tage erholt, und dann sind wir losgefahren.

Noch sind wir in der amerikanischen Besatzungszone. Einmal müssen wir noch über eine Zonengrenze, dann sind wir endlich in der britischen Zone, zu der auch Kärnten gehört und können aufatmen.

Seit ich weiß, daß wir in Österreich sind, und seit ich weiß, daß wir gleich diese herrlichen Bratkartoffeln bekommen, hab ich zum ersten Mal, seit wir in Barendorf losgefahren sind, das Gefühl, daß diese Fahrerei ein Ziel hat, nicht nur eine schier unerträgliche und mühsame Gegenwart, und daß dieses Ziel erreichbar ist.

Ob sich Ottmanach wohl sehr verändert hat? Ob meine Ziehharmonika noch da ist? Und was wohl aus meinen Schulkollegen geworden ist? Ob der Alois aus meiner Bank noch da ist, und ob sein Vater wohl zurückgekommen ist? – Bald werde ich es wissen.

Die Bäuerin wendet die goldbraunen, brutzelnden Kartoffeln mit einem großen Kochlöffel. »Glei' is's fertig«, bedeutet sie uns. Meine Mutter unterhält sich mit ihr über die Nürnberger Kriegsverbrecherprozesse, in denen in ein paar Tagen die Urteile gesprochen werden sollen. Wo immer meine Mutter unterwegs Gelegenheit dazu hatte, hat sie sich über den aktuellen Stand der Dinge informiert, und sie hofft so sehr, daß wir rechtzeitig zur Urteilsverkündung wieder zu Hause sind und sie es im Radio mitverfolgen kann. Es scheint sehr wichtig zu sein. Man hat die Männer angeklagt, die man für die schlimmsten Verbrechen des Nazi-Regimes verantwortlich macht. Oder zumindest die, die man geschnappt hat. Auch Baldur von Schirach, der HJ-Führer, zu dem wir Jungs alle sehr lange irgendwie aufgesehen haben. Ich auch, aber als ich die Ohrfeige bekam, hat meine Begeisterung schon einen großen Dämpfer bekommen, und ich finde es ganz richtig, daß der Reichsjugendführer jetzt auch vor Gericht erklären muß, was er getan hat. Für mein kaputtes Ohr ist er schließlich auch irgendwie verantwortlich, und wenn er bestraft wird, dann auch ein bißchen für mein geplatztes Trommelfell, denke ich mir.

Die Bäuerin lächelt mich an und beginnt, Eier aufzuschlagen und sorgfältig über der Pfanne zu verteilen. Sofort wird der brutzelnde Klang ein wenig dumpfer, die Farbe verändert sich, dann nimmt sie die Pfanne vom Feuer und gibt sie meiner Mutter.

»Leider håm ma nua a anzige saubere Gåbel«, erklärt sie bedauernd und reicht meiner Mutter diese einzige Gabel.

Wir alle drängen uns um sie. Jeder will der erste sein, aber Manfred, der Kleinste, braucht das Essen am dringendsten, erklärt meine Mutter und gibt ihm die Gabel.

Manfred strahlt und beginnt – mit Gabel und Fingern – die Bratkartoffeln in sich hineinzuschieben. »Matoffeln!« erklärt er zwischendurch mit vollen Backen und glänzenden Augen, und ich kann mir so gut vorstellen, wie herrlich diese warmen »Matoffeln« schmecken müssen. Gleich wird die Reihe an mir sein. Voll Vorfreude beobachte ich meinen kleinen Bruder, während ein Riesenbissen nach dem anderen in seinem Mund verschwindet. Schon beinahe die Hälfte der Pfanne hat er leergegessen. Joe sieht ihn und mich mit sichtlich wachsender Besorgnis an. Ob es wohl auch für uns noch reichen wird?

Noch ein Bissen und dann noch einer. Und die Pfanne wird leerer und leerer. Hilfesuchend sehen wir meine Mutter an. »Der Kleinste braucht es eben am dringendsten«, erklärt sie nochmals mit einer etwas hilflosen Geste und kann ganz offensichtlich selbst nicht glauben, was sie da sieht.

Mit jedem Bissen beschwöre ich ihn heimlich: »Jetzt bist du satt!« – »Jetzt bist du satt!« Ich spüre, daß mir langsam die Tränen der Verzweiflung und der Wut aufsteigen, aber nur wenige Minuten nachdem er zu essen begonnen hat, geschieht das völlig Unvorstellbare. Es verschwindet auch noch der letzte Rest Bratkartoffeln in Manfreds Mund.

Glücklich erklärt er dann: »Fertig! – Matoffeln gut!« und legt die Gabel beiseite. Fröhlich wartet er darauf, daß jemand ihn zurück in sein Ölfaß auf der Ladefläche hebt. Hungrig, mit hängenden Köpfen und frustriert wie selten steigen wir anderen zurück auf den Lastwagen und machen uns wieder auf den Weg durch die kalte, klamme Nacht. Wenigstens eine Scheibe trockenes Brot ist für jeden von uns übriggeblieben.

14. KAPITEL

Schloß Ottmanach und Klagenfurt, 30. September 1946

Die Nürnberger Prozesse

Der Duft meines Vaters nach Kölnisch Wasser umfängt mich, als ich in meinem Sonntagsanzug ins Herrenzimmer komme. Mein Vater benutzt es nur an Feiertagen – oder zu ganz besonderen Anlässen, und ich habe schon als kleines Kind diesen Duft dafür geliebt, daß er mir die besonderen Tage untrüglich verkündet hat.

Daß wir das alles, den Krieg, die erste schlimme Besatzungszeit, die lange Trennung von zu Hause und von meinem Vater, diese gräßliche Rückfahrt auf dem offenen Lastwagen jetzt hinter uns und irgendwie überstanden haben, kann ich manchmal noch gar nicht begreifen. Hier ist alles noch ganz neu und dabei doch wunderbar vertraut für mich, wie der Duft nach Kölnisch Wasser an meinem Vater. Es hat sich kaum etwas geändert, sogar mein Akkordeon ist noch da, und ich kann wieder in meinem geliebten Erker im Herrenzimmer von Schloß Ottmanach stehen und auf den Hof mit den alten Kastanien schauen und einfach ganz bei mir selbst, ganz daheim sein.

Es ist mein zwölfter Geburtstag, und das ist ein ganz besonderer Tag, denn heute morgen beim Frühstück hab ich statt eines Päckchens mit buntem Papier und Schleifen einen kleinen Umschlag auf meinem Platz vorgefunden. Und darin waren – ich kann es immer noch kaum glauben – vier Karten für das Klagenfurter Stadttheater. Für heute abend! Lehars »Das Land des Lächelns«. Mein allererster Theaterbesuch! Ich kann es noch immer kaum fassen und bin vor Aufregung ganz zappelig.

»Klagenfurt ist natürlich nicht Moskau, das Stadttheater ist nicht das Bolschoj und ›Das Land des Lächelns‹ ist nicht ›Schwanensee‹«, hat mein Vater lächelnd erklärt, als er meine Spannung und unbändige Vorfreude gespürt hat. »Aber wir werden einen schönen Abend erleben, das verspreche ich dir.« Als ob es daran je einen Zweifel gegeben hätte!

Nur langsam bekomme ich wirklich Angst, daß wir zu spät kommen könnten. Meine Mutter denkt offenbar gar nicht daran, sich vom Radio loszureißen, aus dem unter Pfeifen, Rauschen und Quietschen bei BFN, »British Forces Network«, die Urteilsverkündung der Nürnberger Prozesse übertragen wird. Sie hat ihren Stuhl direkt davor gestellt und beugt sich in ihrer Abendkleidung ganz nah an den Lautsprecher, damit ihr nur ja nichts entgeht.

Joe ist auch noch nicht fertig. Er kämpft seit einer Ewigkeit mit seiner Krawatte. Wir wollen mit dem heutigen Abend auch *seinen* Geburtstag nachfeiern. Vor knapp zwei Wochen, als er fünfzehn wurde, saßen wir auf diesem schrecklichen Lastwagen, irgendwo unterwegs durch das Land, und natürlich hat den Tag damals niemand besonders gewürdigt.

»Papi, wie spät ist es denn? Wann gehen wir denn endlich los?«

Mein Vater lacht. Mit einer gespielt großen Geste nimmt er die Taschenuhr aus der Weste. Erst seit heute trägt er sie wieder. Er hält sie mir lächelnd entgegen, und wir spielen das Spiel einer verloren geglaubten Zeit: »Puste, Junge! – Das war ja noch gar nichts! – Fester!«

Ich puste, wie von Zauberhand springt der Deckel auf, und es summt und bimmelt und klingt.

»Mensch, bist du nicht langsam zu alt dafür?« hänselt mich Joe, als er endlich mit akkurat gebundener Krawatte hereinkommt.

»Nein, dafür werde ich nie zu alt sein«, gebe ich zurück.

»Wie wär's, Jungs, wenn wir heute einfach alles hinter uns lassen und uns einfach einen schönen Abend machen, als gäbe es nur die Welt des Theaters und keine andere«, schlägt mein Vater uns vor und wendet sich an meine Mutter am Radio. »Und willst du uns nicht langsam auch Gesellschaft leisten?«

»Gleich! Psst! Einen Augenblick noch.«

Meine Mutter hört noch einige Minuten lang dem Radio zu, dann dreht sie es mit einer entschlossenen Geste ab.

»Die Urteilsverkündung wird sich noch bis morgen hinziehen, aber es sieht nach vielen Todesurteilen aus«, sagt sie leise zu meinem Vater, der ein ganz nachdenkliches Gesicht bekommt.

»Ob das die Antwort ist? Ich meine: Verdient haben die Herrschaften das sicher, aber ob so eine Rachejustiz wirklich die richtige Botschaft bringt? Man fühlt sich irgendwie nicht wohl dabei, oder? Als ob man mit Hinrichtungen irgendetwas sühnen oder einen besseren Geist in die Welt bringen könnte. Ich weiß nicht... Aber ich bin froh, daß ich diese Dinge nicht entscheiden muß und daß wir uns heute einen schönen Abend machen können. Meine Damen und Herren – darf ich bitten.« Und er läßt uns den Vortritt und geleitet meine Mutter am Arm zum Wagen.

»Tommyschweine«

Je näher wir der Stadt kommen, desto stärker werden die Spuren des überstandenen Krieges, die natürlich noch immer gegenwärtig sind. Immer noch sieht man überall Ruinen, Trümmer. Da und dort wird gebaut. In den Straßen viele britische Soldaten. Sie sind beinahe die einzigen jungen Männer, die man sieht. Viele der österreichischen Männer sind immer noch nicht aus dem Krieg, aus der Gefangenschaft zurück, und etliche von denen, die hier sind, sind verstümmelt.

An einer Ampel klopft eine junge Frau mit ganz alten Augen an unseren Wagen.

»Bitte, haben Sie irgendwas für mich? Ich hab alles verloren!«

Meine Mutter reicht ihr ohne nachzudenken eine halbvolle Schachtel mit Zigaretten durch das Fenster. »Damit kann sie sich einen Laib Brot kaufen oder ein paar Gramm Butter«, erklärt sie uns, während mein Vater weiterfährt durch unsere Gau-Hauptstadt, die jetzt natürlich nicht mehr so genannt wird, woran ich mich erst gewöhnen muß. Zigaretten scheinen inzwischen eine bessere Währung zu sein als Geld, von dem man immer weniger kaufen kann. Am Schwarzmarkt und auch in vielen normalen Geschäften wird Geld fast gar nicht angenommen, sondern man tauscht gegen Zigaretten.

Aber wenigstens gibt es jetzt keine Fliegeralarme mehr. Trotzdem schrecke ich immer noch jede Nacht aus meinen Alpträumen hoch, und noch immer werde ich dafür verspottet, daß ich so dünn und schwach bin und solche extrem abstehenden Segelohren habe, und die Welt ist immer noch kein Ort für Jungen, die nicht sportlich und kräftig und tapfer sind wie mein Bruder Joe. Das hatte ich mir immer irgendwie anders vorgestellt...

»Da oben hab ich gesessen« sagt mein Vater plötzlich leise, mit fast erstickter Stimme, als wir am Gefängnis, das mitten in der Stadt liegt, vorbeikommen. »Da oben, dieses Fenster im obersten Stock...« Wir alle folgen seinem Blick, und meine Mutter greift schnell nach seiner Hand, aber schon ist der Augenblick vorbei.

Schon sieht man die Lichter des Stadttheaters, das geheimnisvoll angestrahlt wird und in der Dämmerung herrlich leuchtet. Wie durch ein Wunder ist es nicht zerstört, und es hat angeblich auch im Krieg gespielt, und mein Vater hat gesagt, daß das vielleicht das wichtigste ist. Egal, was man gerade für eine schreckliche Zeit durchmachen mag, es muß die Möglichkeit geben, für ein paar Stunden die Wirklichkeit hinter sich zu lassen, ein Theaterstück zu sehen, einen Kinofilm, eine Oper, ein Konzert zu hören, das gibt den Menschen wieder Kraft und Hoffnung, und wenn man ihnen das nimmt, dann demoralisiert man sie.

Vor dem Theater stehen ein paar britische Soldaten und passen auf, daß alles geordnet vor sich geht.

»Tommyschweine«, hören wir eine Frau fluchen, als wir gerade aus dem Auto steigen. Und als ich sie entgeistert anschaue sagt sie nur: »Was schaust denn so bleed, Bua! Die hobn mein Månn und mein Buabn umgebrocht, soll i denen vielleicht dånkboar sein?« Doch mein Vater zieht mich einfach weiter, und ehe ich mich's versehe bin ich in einer völlig anderen Welt.

Schon das Foyer mit den verzierten Wänden und der Stuckdecke, die Treppen mit den Teppichen zieht mich völlig in seinen Bann. Ich weiß gar nicht, wo ich zuerst hinschauen soll in diesen festlichen Räumen, bei all den eleganten Menschen und den vielen schönen Bildern an den Wänden. Und den Photos von Schauspielern und Aufführungen... Ich kann mich gar nicht satt sehen...

Mein Vater trifft viele Leute, die er von früher kennt, und viele verhalten sich ein wenig seltsam ihm gegenüber. Manche scheinen richtig überrascht zu sein, ihn zu sehen. Es gab ein Gerücht, daß er hingerichtet worden sei, und dieses Gerücht hält sich offenbar hartnäckig.

Ein kleiner, etwas dicklicher Mann in der Ecke sieht oft zu uns her, versucht den Blick meines Vaters einzufangen, wendet sich wieder ab, sieht wieder her, dann entschließt er sich, kommt direkt auf uns zu, schüttelt meinem Vater die Hand. »Herr Bockelmann! Vielen Dank, daß Sie mich nicht verraten haben. Ich war nie wirklich auf deren Seite. Aber was hätte man denn machen sollen? Man konnte sich den Befehlen schließlich nicht widersetzen.«

Die Stimme ist ungewöhnlich hoch, ein bißchen weichlich. Mein Vater sieht ihn lange direkt an, und der Mann senkt ständig seinen Blick, was ich sehr merkwürdig finde.

Als mein Vater immer noch nichts sagt, druckst der Mann ein bißchen herum und will sich dann offenbar wieder abwenden. »Ich wünsche Ihnen einen schönen Abend!«

Wieder diese hohe Stimme.

Da findet mein Vater endlich seine Sprache wieder: »Sie waren der Wärter, der mich in meine Zelle gebracht hat.«

Er wird für einen Moment ganz ernst. Der Mann nickt ein wenig verschämt und verkrampft seine Hände ineinander.

»Ich wollte Ihnen nicht… Ich habe nur Befehle ausgeführt…«, stottert er und verbeugt sich.

»Ja, ja, das haben wir schließlich alle«, sagt mein Vater ruhig.

»Also noch einen schönen Abend«, stammelt der Mann und wendet sich unsicher ab.

Mein Vater schaut ihm gedankenverloren nach. »Auch so ein armes Schwein.«

»Das Land des Lächelns«

Im Saal ein großer, edler, roter Samtvorhang, acht Lüster mit vielen, vielen Lichtern, verzierte Wände, ein wunderschönes altes Ornament an der Decke … ich recke und strecke mich nach allen Seiten, damit mir auch ja nichts entgeht, was mir wieder einen Knuff von Joe einbringt.

»Jetzt glotz doch nicht so auffällig rum!« zieht er mich auf.

Ich werfe ihm einen giftigen Blick zu.

»Wann geht's denn endlich los?« frage ich nervös und rutsche auf meinem Stuhl herum. Und während mein Vater auf die Uhr schaut und mir zu verstehen gibt, daß es nicht mehr lange dauern kann, ertönt der Gong mit seinem tiefen, vollen Klang, und nicht nur die letzten Besucher zwängen sich endlich auf ihre Plätze, sondern auch die vielen, vielen Musiker betreten den Orchestergraben vor der Bühne. Es sind fast nur ältere Männer, dazwischen auch einige Frauen, und da sitzt wirklich auch ein Mann mit einem Fagott. Er sieht natürlich ganz anders aus als *unser* Mann mit dem Fagott, und er hat auch keinen Gehrock, kein Kostüm an oder so was, aber trotzdem bin ich begeistert, als ich ihn sehe. Als wäre ein Mann mit einem Fagott so etwas wie ein Glücksbringer oder vielleicht sogar so etwas wie Apollo es für meinen Vater war, und schon der seltsame, irgendwie geheimnisvolle Ton beim Stimmen der Instrumente steigert meine Anspannung bis ins beinahe Unerträgliche.

Der Dirigent betritt sein Pult. Applaus ertönt. Ich bin viel zu aufgeregt, um zu klatschen.

Dann gibt er den Einsatz, und all die vielen Musiker, all die Geigen und Flöten und auch das Fagott beginnen zu spielen, und das ist für mich in diesem Augenblick das Schönste, was ich überhaupt jemals in meinem Leben gehört habe. Es ist Musik, die nicht aus dem Radio oder von einer Militärkapelle kommt. Es ist ein richtiges, großes Orchester, das so voll und klar und satt und berauschend klingt, wie ich mir das nicht einmal in meinen schönsten Träumen habe vorstellen können. Es ist irgendwie das, was in mir schon immer angeklungen ist und das jetzt, in diesem Moment, eine Bedeutung bekommt. Ich fühle Gänsehaut am ganzen Körper, halte den Atem an, als könne ich sonst nicht jede winzige Nuance richtig hören. Ich möchte, daß dieses Gefühl nie mehr in meinem Leben aufhört.

Und dann hebt sich auch noch der Vorhang und gibt den Blick frei auf die Bühne mit wunderschönen Kulissen, Menschen in herrlichen Kostümen, die das Thema der Ouvertüre aufgreifen und zu singen beginnen. Magisches Licht auf einer bunten Bühne – und die Darsteller *leben* dort. Sie leben nicht in dieser grauen, anstrengenden, gefährlichen Welt mit all den Ruinen und den Menschen, die andere foltern und wo es soviel Schwieriges und Düsteres und Böses gibt. Sie leben in Licht und Musik, in der Vollkommenheit, die ich immer für unerreichbar gehalten habe.

Und in diesem Augenblick habe ich alles andere um mich herum restlos vergessen, und ich gebe meiner unbändigen Faszination in einem lauten »Ahhhhh« Ausdruck, was natürlich alle, die um uns herum sitzen, gehört haben und sie die Blicke nach mir wenden läßt.

Joe gibt mir einen Tritt, und ich spüre, wie ich rot werde, aber im Grunde ist mir das alles völlig egal, denn während ich da so sitze und der Musik lausche, fühle ich, daß das, was ich da erlebe, mir in irgendeiner Weise, die ich noch nicht ganz verstehe, eine Antwort auf etwas gibt, das ich immer in mir gespürt habe und doch nicht erklären kann. Meine ganzen seltsamen Gefühle, mein Anderssein bekommt in diesem Augenblick für mich plötzlich irgendwie einen Sinn – so lange nur die Lichter nicht verlöschen und dieser Klang nicht aufhört! Und ich weiß, daß ich alles dafür tun muß, daß das nicht geschieht.

Ich habe keine Ahnung, wie ich das anstellen soll, aber ich weiß plötzlich ganz genau, daß der einzige Weg für mich, um mich vor meiner Schwächlichkeit und dem Verspottetwerden und Problemen mit den Hausaufgaben und den Alpträumen und Ohrenschmerzen – und vielleicht sogar vor Fliegeralarm und dem Anblick von Erschießungen und Kettenrasseln und abstürzenden Flugzeugen zu schützen, darin liegt, dieses Licht, diesen Klang, diese Vollkommenheit, die ich gerade erlebe, für immer fortdauern zu lassen. Wenn mir das gelingt, wird mir die Wirklichkeit, in der Kinder von Blindgängern getötet werden und alles zerstört ist und man Tage in Hunger und Kälte auf einem offenen Lastwagen verbringt und überall Menschen sieht, die betteln, und in der es so viele gibt, die meinem Vater oder meinem Onkel Johnny oder Millionen anderen Unrecht und Schmerz zufügen, nie mehr etwas anhaben können, das fühle ich plötzlich ganz deutlich. Diese Dinge werden dann einfach hinter mir liegen. Ich werde ihnen dann nie mehr ausgeliefert sein.

Der schwere, dunkelrote, geheimnisvoll schimmernde Vorhang, der die Bühne vom Zuschauerraum trennt, scheint mir das Tor zu einer anderen – besseren, einfach vollkommenen – Welt zu sein.

Ich kämpfe gegen die Tränen. Was soll Joe nur über mich denken, wenn er das merkt? Man weint doch nicht, weil etwas so schön ist, oder etwa doch?

Jedenfalls weiß ich in dieser Stunde: Nichts wird mir jemals im Leben wieder so wichtig sein wie dieses Gefühl, das steht mir mit einer Klarheit vor Augen, die mich fast ein bißchen erschreckt. Und auch Joe spürt anscheinend, daß etwas in mir vorgeht, und er sieht mich nur noch erstaunt, aber gar nicht mehr zynisch an und scheint fast ein bißchen Respekt vor mir zu bekommen.

»Möchtest du vielleicht auch Sänger werden und auf großen Bühnen auftreten?« fragt Joe mich auf dem Rückweg ganz ernsthaft, und er legt mir die Hand auf die Schulter. So etwas hat er noch nie gemacht.

Ich schüttle den Kopf. Was für eine seltsame Idee! Daran hab ich überhaupt nicht im entferntesten gedacht. »Nein, ich will doch nicht *singen*«, gebe ich zurück. »Ich möchte die Musik *schreiben*, die so wunderschön strahlt und die von so einem tollen Orchester gespielt wird.

»Ich möchte komponieren«, füge ich leise hinzu, und ich sehe mich im Geiste an meinem Klavier auf der Bühne sitzen, irgendwo am Rand, umgeben von *meinen* Tönen, die von einem großen Orchester gespielt, vielleicht auch von Sängern gesungen werden. Das Spiel meines Klaviers mischt sich mit allen Klängen des Orchesters, Klängen, die mich in ein weiches, buntes, wunderschönes Licht tauchen und abheben lassen.

Sänger sind für mich austauschbar, und sie imponieren mir, wenn überhaupt, nur dann, wenn sie das, was sie singen, auch komponiert haben, aber von solchen habe ich noch nie etwas gehört. Und Pianisten spielen ja immer nur das, was andere geschrieben haben. Das interessiert mich eigentlich auch nicht. Ich will selbst all das in Töne fassen, was ich fühle, und es so zu einer neuen Schönheit und Klarheit führen und in meinen Gefühlen endlich von der Welt verstanden werden. Ich möchte Melodien komponieren, die so richtig große Gefühle auslösen. Ich möchte Musik für Filme und für das Theater schreiben. Ich möchte Lieder schreiben, die die Menschen singen und auf dem Weg zur Arbeit pfeifen. Das ist es, was ich mir am meisten wünsche. Heute abend ist mir das irgendwie klargeworden. Der Weg dahin liegt für mich noch im Dunkeln, aber eigentlich ist das egal.

Und als wir nach Hause kommen, da kann ich es kaum erwarten, mich an das Klavier zu setzen. In den letzten Monaten habe ich in Barendorf jede Minute, die ich allein im Haus war und in der niemand mich hören konnte, am Klavier gesessen. Es war schrecklich verstimmt, und die Tasten waren ausgeleiert, aber ich hatte ja kein Akkordeon, und ganz ohne Musik zu leben, das ging für mich einfach nicht. Wenn man etwas in Töne verwandelt, dann kann man viel besser mit seiner Angst und seinen Gefühlen zurechtkommen, das hab ich schon gespürt, als ich als kleines Kind zum allerersten Mal eine Mundharmonika in der Hand hatte.

Ich wußte ja schon ein bißchen, was Akkorde und Tonarten sind und wie man eine Melodie gestaltet, und so hab ich so lang herumprobiert, bis es mir gelungen ist, meine rechte »Akkordeonhand« irgendwie auch auf meine linke Hand zu übertragen. Ich hab schnell gemerkt, wie man die Baßtöne spielen muß, daß man am besten weite Lagen verwendet, weil die tiefen Töne sonst zu sehr verwischen und hab das alles für mich erforscht und erkundet und mir dabei eine ganz eigene, irgendwie »wilde« Technik angeeignet, bei der ich die gesamte Breite der Klaviatur ausnutze. Mit dieser Technik kann ich schon nach kurzer Zeit alles, was ich gehört habe, so nachspielen, quer durch alle Tonarten, daß es klingt, als wäre es so geschrieben worden. Ich spiele sicher nicht so, wie »richtige« Pianisten spielen, und von »Fingersätzen« und so was hab ich auch keine Ahnung, aber das brauche ich, wie ich gemerkt habe, jetzt noch gar nicht, für mich reicht es im Augenblick, und es macht mir unglaubliche Freude. Es sind die einzigen Momente, in denen ich alles um mich herum vergessen kann und die Welt als einen schönen, aufregenden, spannenden Ort empfinde.

Erzählt hab ich von meinen vielen Stunden allein am Klavier niemandem. Ich hatte ja auch gar keine Ahnung, wohin mich das alles führen sollte. Es war mein kleines Geheimnis, eine Welt, die ich nur für mich hatte und die sich heute abend für mich geöffnet und begonnen hat, einen größeren Sinn zu ergeben.

Ich fühle mich sicher wie nie, vertraut wie nie, drücke ein paar Tasten, muß irgendwie diesen Abend verlängern und wiederaufleben lassen und verstehen und beginne, einen Querschnitt der Melodien und Harmoniefolgen, die ich gerade gehört habe, zu spielen. Ohne Noten natürlich. Ich spiele einfach nur für mich selbst, auch wenn die Anwesenheit meiner Eltern und meines Bruders mich inspirieren. Ich habe bisher ja immer nur ganz allein gespielt, und niemand hat mir bisher jemals zugehört, und ich staune über das gebannte Gesicht meiner Eltern, als ich den letzten Ton mit dem gedrückten rechten Pedal langsam verklingen lasse. So nachdenklich und berührt und stolz hat mein Vater mich, glaube ich, noch nie angesehen.

»Junge, du spielst ja Klavier! Und wir wissen das gar nicht! Das ist ja unglaublich.« Er sucht offenbar irgendwie nach Worten, was ich von ihm gar nicht kenne.

»Das ist eigentlich gar nicht schwer«, erkläre ich, was für mich selbstverständlich ist. Ich weiß natürlich inzwischen, daß anderen Menschen das alles überhaupt nicht leichtfällt und daß sie auch nicht so dringend Musik in ihrem Leben brauchen, wie ich das tue, aber andere Menschen sind ja auch stark und haben nicht so große Angst und kommen mit dem Leben gut zurecht. Wahrscheinlich braucht man das dann nicht. Bei mir ist das alles anders.

Mein Vater sieht mich nachdenklich an. »So was gibt es doch eigentlich gar nicht. Du mußt unbedingt Unterricht bekommen. Wir sprechen morgen darüber. Du mußt uns ganz in Ruhe erklären, wie du das gemacht hast.«

Auch Joe scheint mich zum ersten Mal in meinem Leben fast ein bißchen zu bewundern, und ich genieße das Gefühl. Und zum ersten Mal in meinem Leben fühle ich mich für Augenblicke stark und unbesiegbar, nicht mehr wie »Jürgilein« mit all seinen Problemen. Ein bißchen bin ich diesem Namen und seiner Schwäche entwachsen, das spüre ich.

Nachts, als alle schlafen, schleiche ich mich noch mal ins Damenzimmer im anderen Trakt des Schlosses, wo man mich von den Schlafzimmern aus nicht hören und ich niemanden stören kann, setze mich ans Klavier und spiele, was schon lange als Idee in meinem Kopf war: einen kleinen Walzer aus meinen eigenen Tönen. Komponieren ist eigentlich ganz einfach, denke ich und freue mich an den perlenden Klängen, die aus meiner Seele entstehen. Ich spiele und spiele und vergesse Raum und Zeit um mich, als ich plötzlich eine Hand auf meiner Schulter fühle.

Ich weiß nicht, wie lange mein Vater mir schon zugehört hat. »Junge, das ist ja wunderschön, das Stück kenne ich ja gar nicht.«

Ich lächle, erkläre: »Das kannst du auch gar nicht kennen, das hab ich gerade erst komponiert.« Ich lasse mir das Wort »komponiert« dabei stolz auf der Zunge zergehen.

Mein Vater schüttelt ungläubig den Kopf. »Spielst du es noch einmal für mich?«

Mein Vater blickt aus dem Fenster auf den Hof, und seine Haltung drückt Gefühle aus, die wir beide gar nicht in Worte fassen können.

Lange nachdem ich den letzten Ton habe verklingen lassen, dreht er sich um und meint mit etwas rauher Stimme. »Hast du schon einen Namen dafür?«

Ich nicke. Seltsamerweise war der Name für das Stück mir von Anfang an klar, den Titel hatte ich irgendwo schon mal bei einem Chopin-Klavierstück gelesen: »Ich möchte es gern ›Valse Musette‹ nennen, und ich möchte es dir schenken.«

Mein Vater umarmt mich, setzt sich zu mir, und er spricht mit mir wie mit einem Erwachsenen: über die Sorgen, die er sich immer um mich gemacht hat, die Ratlosigkeit, vor die ich ihn mit meinen Schwierigkeiten immer gestellt habe, die Frage, ob man hart mit mir umgehen, mich einer Erziehung mit starker Hand unterziehen müsse, damit aus mir im Leben irgendetwas werden könne, die er manchmal mit seinen Brüdern und mit meiner Mutter diskutiert habe. Und über sein Gefühl, daß das falsch wäre und daß das alles irgendwie schon seine Richtigkeit habe und daß er jetzt ganz genau wisse, daß er damit recht gehabt habe.

»Junge, morgen ist ein neuer Tag, und gleich wenn du aus der Schule zurückkommst, müssen wir mit ausgeruhtem Kopf über deine Zukunft sprechen. Laß uns jetzt schlafen gehen.«

Mein zwölfter Geburtstag liegt seit mehr als zwei Stunden hinter mir. Vielleicht wird man mit zwölf wirklich ein bißchen erwachsen, denke ich.

Er legt mir eine Hand auf die Schulter. Leise, mehr zu sich selbst als zu mir meint er, als wir zurück zu den Schlafzimmern gehen: »So etwas Verrücktes. Da geht man einmal mit dem Buben ins Theater, und das kommt dabei heraus« – und lacht.

15. KAPITEL

Wien, Mai / August 1959

»Jenny«

»Jenny, oh Jenny, bin ferne von dir.« Ich taste mich noch etwas unsicher in B^{b}-Dur herum, eine Melodie im Kopf, an der ich seit Tagen feile und die langsam zum Leben erwacht. Ein bißchen wie ein Schubert-Lied müßte man das arrangieren, ganz schlicht. Die Melodiebogen laden geradezu dazu ein. Vielleicht sollte man ein paar Streicher nehmen – und natürlich mein Klavier. Gegen Ende müßte es aufblühen. Ja, nach dem Mittelteil gibt es eine ganz logische Möglichkeit, nach oben zu transponieren, nicht nur einen halben oder ganzen Ton, nein, eine kleine Terz! Nach Des-Dur, das strahlt und blüht. Ja, das ist es! Ich fühle es: Ich bin auf dem richtigen Weg!

Das Klavier in der Wiener Wohnung von Gittas Eltern ist mir seit Jahren vertraut. Ein wunderschöner, alter Bösendorfer Flügel, der sich fast wie von selbst spielt und dessen Klang mich inspiriert wie Gittas Nähe. Trotz aller Probleme, die seit langem zwischen uns stehen und jeder Begegnung einen Hauch von Abschied verleihen.

Ein paar gemeinsame Tage in »unserer« Stadt, Besprechungen und Proben für mein Juli-Engagement mit Johannes Fehring im Volksgarten, bevor ich in etwas mehr als einer Woche gemeinsam mit dem Münchner Orchester Max Greger auf Rußland-Tournee gehen und die erste Heimat meines Vaters zum ersten Mal mit eigenen Augen sehen werde. So langsam tut sich etwas in meiner Karriere, und es kommen interessante Aufgaben auf mich zu, aber immer noch ausschließlich mit Liedern, die nicht von mir sind.

»Jenny« wird vielleicht der Anfang für etwas Neues sein...

Wien, die Stadt, in der ich als Sechzehnjähriger den österreichischen Komponistenwettbewerb unter 300 Teilnehmern als jüngster Bewerber gewonnen habe… Ich bin damals gemeinsam mit meiner Mutter zur Endausscheidung angereist.

Die Stücke wurden von einem großen Orchester – nicht von den Komponisten selbst – gespielt und direkt im Radio übertragen. Wir saßen im Zuschauerraum, und ich wußte, daß mein »Je t'aime« in diesem Augenblick in ganz Österreich zu hören war. Genauso wie die Verkündung des Siegers – mein Name! Ein einziger Taumel aus Begeisterung und Unfaßbarkeit. Ein Umtrunk »zu meinen Ehren«, sogar erste kleine Interviews. Was für ein Abend! Was für ein Leben, das mir plötzlich fast wie selbstverständlich offenzustehen schien!

Danach ein Spaziergang mit meiner Mutter durch das frühe Nachkriegswien. Der Stadtpark bei Nacht. In der Nähe ein Blumenkiosk, der noch aufhatte. Ich kaufte zwei rote Rosen – eine für meine Mutter, eine brachte ich Johann Strauß an sein Denkmal im Stadtpark. In meinem Sonntagsanzug und den guten Schuhen kletterte ich auf den Sockel, lachte über die Proteste meiner Mutter: »Junge, was machst du denn da schon wieder für einen Blödsinn. Komm sofort da runter! Hörst du! Auch als Komponistenpreisträger kannst du doch nicht einfach so was machen!«

Aber da hatte ich die Rose schon mit einem leisen »Danke« auf die Geige »meines« Schutzpatrons gelegt…

Damals habe ich unsere Hauptstadt zum ersten Mal gesehen, und sie hat mir immer wieder Glück gebracht. Heute scheint es ähnlich zu sein. Die Sonne steht hoch über den Dächern. Durch die geöffneten Fenster weht ein sanfter, warmer Hauch von Frühling. Die Wohnung von Gittas Eltern liegt mitten im Zentrum der Stadt, in einer der engen Gassen des ersten Bezirkes, in denen sich reichverzierte Patrizierhäuser aneinanderreihen. Viele sind noch vom Krieg beschädigt, und in vielen Gegenden macht die Stadt einen ziemlich verwahrlosten Eindruck. Wien war für mich immer schon ein wenig »balkanesk« mit dieser typischen Haltung von »nur net aufreg'n« oder »irgendwer wird's schon richten«, die eigentlich gar nicht so recht zu den Prachtbauten und dem Innenstadtflair alter Weltherrschaft passen will und der Stadt und den Menschen hier natürlich auch einen ganz und gar unverwechselba-

Das Barendorfer Herrenhaus, der Familiensitz der Bockelmanns

Schloß Ottmanach, Udos Elternhaus

»Der Traum vom Fliegen«, Udo ca. 1937/38

Rechts: Udos erster Schultag, 1940

Die drei Brüder: John (»Joe«), Manfred und Udo (von links nach rechts) um 1946

Udo und Manfred Bockelmann am Teich von Schloß Ottmanach, um 1950

Rechts:
Beim Komponieren, um 1950

Udo und Brigitta (»Gitta«) Köhler um 1957

Die »Udo Bolan Combo« in der ersten Besetzung: Arnulf Wadl (Schlagzeug), Bruno Geiger (Baß), Klaus Behmel (Gitarre) und Udo Jürgens

Rechts: »If I Never Sing Another Song«, Konzert von Sammy Davis jr., München 1978. (© Melwa)

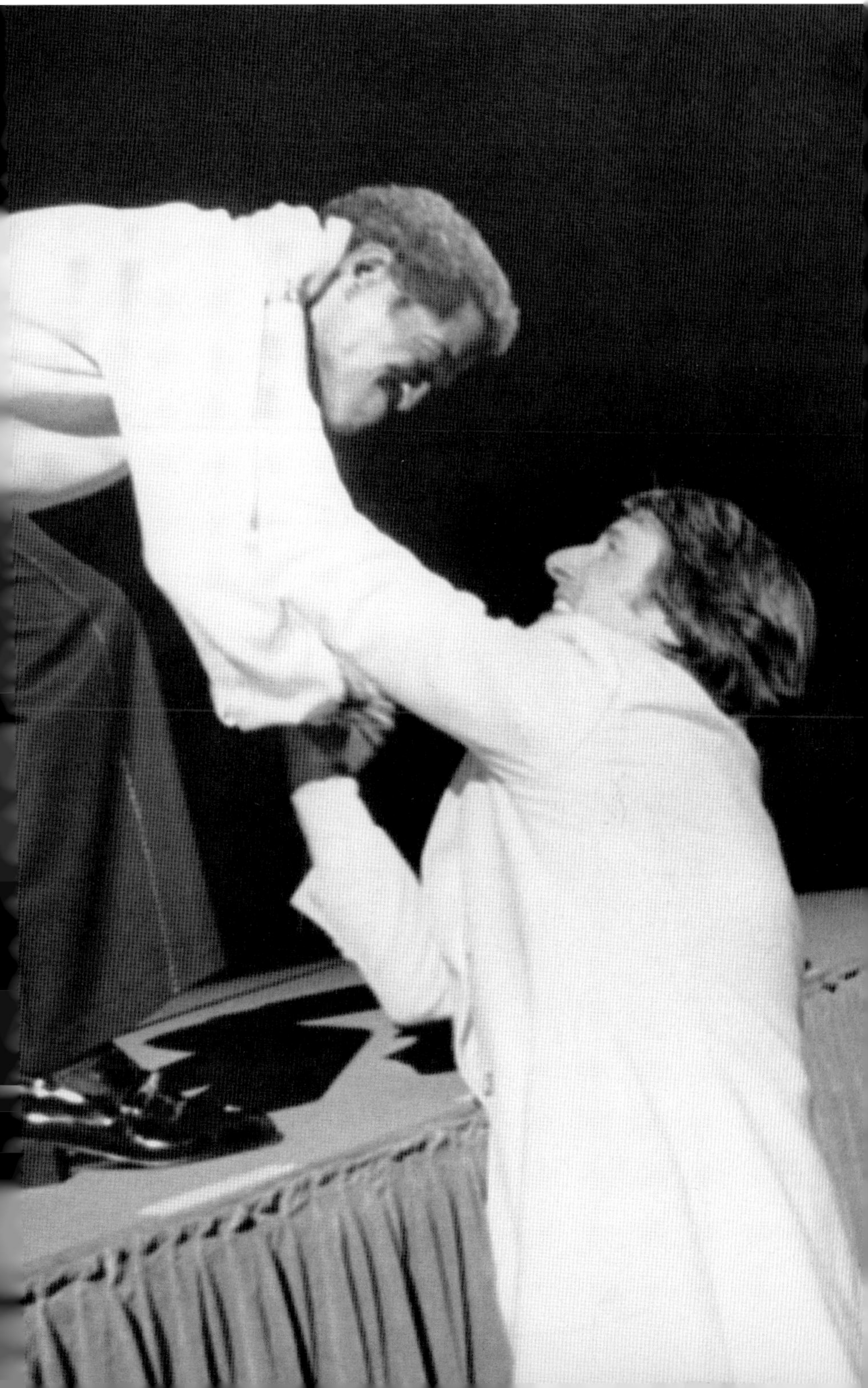

»Das Spiel kann beginnen«, Udo Jürgens mit dem Orchester Pepe Lienhard, Tournee 2003/2004. (© Gunter Ausmann)

ren Charme verleiht. Das »Nur net aufreg'n« scheint ein Wahlspruch der Wiener zu sein. Dabei scheint es mir, als würde man sich nirgends sonst auf der Welt über alles und jedes so maßlos schimpfend und zeternd aufregen wie in Wien.

Aus der Ferne der wenige Straßen weiter liegenden Ringstraße dringt gedämpft das monotone Rauschen des Großstadtverkehrs – oder ist es der Wind in den Bäumen des nahen Stadtparks? –, das sich merkwürdig in das Klappern der Hufe, das Schnauben der Pferde und das Rollen der Kutschräder der Fiaker mischt, die hier, durch die engen Innenstadtgassen, Touristen zu den Sehenswürdigkeiten bringen. Merkwürdig anachronistische Töne, die die seltsame Atmosphäre einer längst verklungenen Zeit in die Gegenwart zaubern, der man sich in dieser Stadt irgendwie niemals wirklich zu stellen scheint. Widersprüche, für die ich Wien so liebe. Traum und Leben reichen sich hier die Hände.

Vielleicht ist es gerade diese Mischung aus Melancholie und Frühlingserwachen, die mich in diesen Stunden anregt zu komponieren. Die Melodie nimmt langsam Formen an: Schlicht, verträumt wie dieser Nachmittag und fast ein wenig volksliedhaft.

»Ein bißchen hat es die Stimmung von Brahms' Wiegenlied«, meint Gitta, und ich stimme ihr zu.

Aber wie soll ich nur an einen guten Text kommen? Die erste Zeile, die ich gerade wie selbstverständlich auf die Musik gesungen habe, hört sich ja eigentlich ganz gut an, aber wie geht's weiter?

Zwei Jahre ist es nun her, seit ich im Gespräch mit Gitta vor meiner Abreise nach Amerika den Plan gefaßt habe, meine eigenen Lieder in deutscher Sprache zu schreiben, aber noch immer bin ich keinen ernsthaften Schritt auf diesem Weg weitergekommen. Der größte Hemmschuh dabei ist nach wie vor, geeignete und wirklich gute Texte zu finden. Mit 15, 16 Jahren habe ich zu meinen ersten Liedern die Texte selbst gemacht. Ziemlich naiv natürlich. Eigentlich sollte ich das heute, zehn Jahre später, ja besser hinbekommen.

Es ist merkwürdig, in Englisch klingt immer alles irgendwie charmant, sogar wenn es heißt »I've got you under my skin – I've got you deep in the heart of me...« Das klingt lässig und gut. Aber »Ich hab dich unter meiner Haut – ich hab dich – tief in meinem Herzen«, hört sich einfach lächerlich an. Die deutsche Sprache hat einen völlig anderen Zugang zu Emotionen, eine ganz andere

Peinlichkeitsschwelle als die englische. Selbst von Menschen, deren Muttersprache Englisch ist, werden Texte wie »Every time I see you grin, I'm such a happy individual« überhaupt nicht als grotesk empfunden. In deutsch ernsthaft singen zu wollen »Jedes Mal, wenn ich dich grinsen seh, bin ich so ein glückliches Individuum«, wäre schlicht albern. Seltsame Gesetze der Sprache, die mir das Finden meines Weges ganz schön schwermachen.

Man müßte sich an den französischen Chansons orientieren. Das sind Texte, die aus der Alltagssprache kommen. In ihnen kommen ganz normale Worte wie »Treppenhaus«, »Mülleimer«, »Rechtsanwalt«, »Zigarettenschachtel« oder ähnliche Begriffe vor, die man in Liedern normalerweise nicht kennt. Es werden Geschichten aus dem täglichen Leben, aus der Erfahrungswelt der modernen Gesellschaft erzählt. Man müßte begabte Autoren finden, die man in diese Richtung beeinflußt.

Egal. Erst einmal »Jenny« ausarbeiten, dann sieht man weiter. Da werde ich den Text mal wieder selber versuchen. Dieses Lied braucht keine große Philosophie, der Inhalt sollte schlicht und einfach sein, eine kleine Liebesgeschichte.

Wie ich gerade auf den Namen »Jenny« komme, weiß ich nicht so genau. Instinktiv fühle ich, daß es der richtige Name für das Lied ist. »Jenny«, das »stimmt« einfach. Und vielleicht bringt der Name mir ja Glück. Er kam sogar in meiner Familie schon einmal vor: die Schwester meiner »schwarzen Omi« hieß Jenny. Der Name hat also sogar mit meinen Wurzeln zu tun. Und obendrein gibt es eine alte Songschreiberregel: »Wenn dir keine wirklich überzeugende Titelzeile einfällt, nimm einen hübschen Mädchennamen, das zieht immer.«.

Gitta sieht mich erwartungsvoll an, und ich weiß nicht, ob dieser Blick mehr dem Gedeihen meines Liedes oder mir selbst gilt. Wir haben uns lange nicht gesehen. Früher ließ sich die Unsicherheit bei jedem neuen Wiedersehen innerhalb von Sekunden durch einen Blick, ein Lachen, eine Berührung verscheuchen. Heute aber ist mir das Klavier soviel wichtiger als alles andere, soviel wichtiger als unser Wiedersehen und Zusammensein, und Gitta schwankt ganz offensichtlich zwischen Freude über meine neu aufflackernde Kreativität und Verunsicherung über meine scheinbare Kühle ihr gegenüber.

Für mich ist in diesem Augenblick aber die Frage viel wichtiger, ob B^{b}-Dur richtig ist für das neue Lied oder ob A-Dur oder H-Dur vielleicht besser wären. Aber A-Dur wäre etwas zu tief für meine Stimme, und H-Dur würde zu sehr strahlen, und der Schluß wäre dann in D… Nein, nein, B^{b}-Dur und am Ende Des-Dur ist richtig, da behält das Lied den nötigen Hauch Melancholie. B^{b}-Dur also.

Gitta bringt mir einen Kaffee. Ich sehe kaum auf.

Vor ein paar Jahren noch war ich davon überzeugt gewesen, daß wir spätestens wenn ich 25 Jahre alt bin, verheiratet sein würden. Als wir uns kennenlernten, dachte ich, bis dahin würde ich die nötige Reife besitzen, und ich würde bereit sein, mich zu binden. Nun bin ich bald 25 und meilenweit von dieser Reife entfernt. Wenn ich ganz ehrlich zu mir bin, will ich eigentlich nur zwei Dinge: unbelastet Musik machen, so wie ich mir das vorstelle, und mir damit ein Leben aufbauen und zwischendurch soviel Spaß haben, wie es für einen jungen Mann möglich ist. Beziehung, das steht für mich einfach nicht annähernd so im Lebensmittelpunkt wie es wohl sein müßte, wenn ich eine Ehe eingehen würde.

Ich habe es ja nicht einmal geschafft, ihr damals aus Amerika den Kieselstein vom Strand mitzubringen, um den sie mich gebeten hatte. Ich habe es einfach vergessen. Sie hat gelacht und gesagt: »Ach, das war doch nicht so wichtig.« Aber ihr Lachen hatte bemüht geklungen. Ich wußte, ich hatte sie enttäuscht, und ich würde sie immer wieder enttäuschen.

Und ich bin ihr schon in diesen paar Jahren nicht treu gewesen und habe keine Ahnung, ob ich das jemals könnte. Sie weiß es wahrscheinlich nicht, aber sie ahnt es bestimmt, verdrängt es wahrscheinlich.

So ist mein Privatleben natürlich immer mehr aus allen Fugen geraten. Es war ja auch nur eine Frage der Zeit bis zu einer Situation, die unlösbar scheint. Wie um das Chaos perfekt zu machen, habe ich neben meiner immer schwieriger werdenden Beziehung zu Gitta schon seit längerer Zeit in München, meinem neuen Wohnsitz, ein ungestümes Verhältnis zu einer ganz anderen Frau, von der ich mich immer wieder getrennt habe, um dann nur um so heftiger wieder mit ihr zusammenzukommen. Wir sind wie Feuer und Wasser. Ich weiß genau, daß das nicht gutgehen kann, aber ich kann auch die Finger nicht von ihr lassen.

Sie heißt Erika, nennt sich Panja, manchmal jobbt sie als Fotomodell, manchmal hilft sie in einer Bar aus. Panja ist eine der attraktivsten und eigensinnigsten Frauen in der Münchener Existentialistenszene. Als ich sie zum ersten Mal sah, wirbelte sie barfuß, schwarz gekleidet und mit unbändigen dunklen Haaren auf der Tanzfläche des »Hotclubs« herum. Alle anderen Tanzpaare waren auf die Seite getreten und feuerten sie an, ihr Partner spielte eine Statistenrolle für die berauschende Vorstellung, die sie gab, und ich fühlte eine Faszination, die mir fast den Atem raubte. Sie war die beste Rock'n'Roll-Tänzerin, die ich jemals gesehen hatte. Sie sah meinen Blick und erwiderte ihn mit einer gewissen Herablassung, aber sie versicherte sich fortan immer wieder der Tatsache, daß ich sie immer noch ansah.

So begann eine heftige, leidenschaftliche Affäre, die so ganz anders ist als meine Beziehung mit Gitta. Vor Gitta fühle ich mich oft unzulänglich – menschlich und musikalisch. Panja gegenüber kenne ich solche Gefühle nicht, aber die verworrene Situation kostet mich unendlich viel Kraft.

Wie, in aller Welt, kommen eigentlich andere Menschen mit diesen Widersprüchen in der Seele, diesem ständigen Zwiespalt zwischen Freiheit und Zweisamkeit zurecht? Aber so sehr mich diese inneren Kämpfe auch belasten, ich fühle auch ganz deutlich: diese Sehnsucht, die mich untreu und irgendwie auch rücksichtslos sein läßt, kommt ganz eindeutig aus der gleichen Quelle wie jene treibende Kraft, die mir Ideen, Lebensfreude gibt, mich Musik machen läßt.

»Jenny, oh Jenny, bin ferne von dir«, stimme ich wieder ein und probiere verschiedene Melodiebogen über der in ruhigen Dezimen zerlegten Akkordbegleitung aus. Langsam wird das Lied immer »runder«, und es scheint fast ein bißchen so, als wäre es immer schon da, immer schon in mir gewesen und hätte nur entdeckt werden müssen. Wie ein Archäologe, der irgendwelche seit unendlichen Zeiten vergrabene und vergessene, aber immer vorhandenen Mauern und Steine ans Tageslicht fördert. Mit jedem Ton, den ich spiele, spüre ich, daß das Lied genau so und nicht anders sein muß, und das gibt mir ein Glücksgefühl, das bei all der persönlichen inneren Zerrissenheit, die ich in mir spüre, beinahe absurd und doch um so bedeutender und wichtiger für mich ist.

Was sollen bloß diese privaten Quälereien?, begleiten meine Gedanken mein Klavierspiel. Das, was ich hier an diesen 88 Tasten mache, das ist mir wichtig. Alles andere, ob es mir oder anderen weh tut, ist doch letztlich nebensächlich. Spießerkram. Unwichtig. Belastend, verdammt nochmal.« Beinahe wütend haue ich in die Tasten. Wütend auf Panja, die mich ohne es zu wissen in dieses innere Chaos gestürzt hat. Und auf Gitta, die mir mit ihrer Selbstlosigkeit Schuldgefühle macht. Vor allem aber wütend auf mich selbst, der ich mich mit dem, was für *mich* nun einmal wichtig ist, nicht durchsetzen kann, wütend auf diese ganze Spießerwelt mit ihrer Ordnung, die mir so verlogen und kraftraubend zu sein scheint, und überzeugt davon, daß der gnadenlose Egomane in mir, der mich beherrscht, sobald ich am Klavier sitze, zu seinem Recht kommen muß, allem anderen zum Trotz, sonst kann ich all meine Träume und Ziele und Wünsche gleich begraben.

»Das ist wunderschön!« Gitta nickt mir lächelnd zu, und ich schaue in ihr offenes, intelligentes Gesicht. Plötzlich fühle ich mich ihr wieder ganz nah, und ich beschließe, ihr vorerst nichts von Panja und meinen Gedanken an Trennung zu sagen.

Der »Alles-auf-die-lange-Bank-Schieber« in mir gewinnt langsam wieder die Oberhand. Was sind schon alle möglichen Verwicklungen der Liebe gegen ein neues Lied?

Die Musik habe ich inzwischen fertig. Längst bin ich dabei, den Text irgendwie hinzukriegen: »Gib mir die Antwort, sag, was du denkst, ob du dein Herz von neuem mir schenkst.« Na ja, nach großer Lyrik klingt es nicht gerade, aber gesungen könnte es sich ganz gut anhören. Es könnte das erste eigene Lied werden, das ich auf Platte aufnehme. Es ist vielleicht noch nicht der ganz große Wurf, aber doch tausendmal besser und authentischer als das meiste, was ich bisher an Fremdkompositionen – zum Teil mit erheblichen Bauchschmerzen und Peinlichkeitsgefühlen aufgenommen habe. Das müssen doch auch die Verantwortlichen bei den Plattenfirmen spüren. Irgendwie werde ich damit bestimmt einen Produzenten überzeugen können.

»Dann komm ich heimwärts, heimwärts will ich zieh'n!«. Ich schreibe die letzten Zeilen aufs Blatt und finde mein Leben einfach total verrückt – und wunderschön.

Das zerrissene Photo

August 1959. Die Straßen und Häuser geben die brütende Hitze des Tages frei. Die milde Abendsonne läßt die renovierungsbedürftigen Gebäude der Wiener Hofburg, die riesigen Reiterstatuen am Heldenplatz beinahe wieder so imposant erscheinen, wie sie früher einmal gewesen sein müssen. Flanierende Menschen auf dem Weg in die Stadt oder die umliegenden Parks und Gärten. Viele Liebespaare Hand in Hand. Aus dem nahen Volksgarten dringt schon leise Duke Ellingtons »Take The A-Train«, gespielt vom Orchester Johannes Fehring. Noch eine halbe Stunde bis zu meinem Auftritt.

Seit kurzem bin ich von meiner Rußland-Tournee zurück, die ich gemeinsam mit dem Orchester Max Greger absolviert habe. Wir waren das erste westliche moderne Orchester, das in diesem Land auftreten durfte. Mehrere Wochen lang haben wir das Riesenreich bereist, immer unter dem wachsamen Auge der Diktatur.

Natürlich haben wir auch in Moskau gespielt, aber von der Atmosphäre und den Erinnerungen, die mein Vater mit seiner Geburtsstadt verbindet, habe ich kaum etwas gefunden. Nirgends eine Spur der verloschenen Zeit. Dem Wohnhaus meines Großvaters in der Kasakowa durfte ich mich aus unerfindlichen Gründen nicht nähern, die »Dolmetscher«, die uns überwacht haben, haben es nicht zugelassen »Keine Gegend für Touristen«, war alles, was sie an Erklärung boten. Auch die Bank konnte ich nur von der anderen Straßenseite aus sehen. Anscheinend ist sie inzwischen so etwas wie die Staatsbank. Nur das Bolschoj-Theater mit Apollo auf dem Dach haben wir besichtigt. Es war ein seltsames Gefühl, dem »Schutzpatron« meines Vaters nahe zu sein. Doch das Theater selbst ist in einem maroden Zustand, Mauerstücke bröckeln, und an der Zarenloge hängt natürlich nicht mehr das Emblem mit der Zarenkrone, sondern das russische Staatswappen mit Hammer und Sichel.

Nun aber bin ich seit wenigen Wochen zurück, habe ein paar Tage mit Panja in München verbracht, bin nun in Wien, um mein Sommerengagement bei Johannes Fehring zu absolvieren – und bin mit Gitta zusammen.

Eine Weile schlendern wir schweigend Richtung Volksgarten. Sie ist heute irgendwie seltsam. Ein wenig traurig, ein wenig unruhig, manchmal scheint sie Anlauf zu nehmen, mir irgendetwas zu sagen und läßt es dann doch, nimmt statt dessen meine Hand.

Beinahe sind wir am Hintereingang des Volksgartens angekommen. Vorne drängen sich Menschen, die auf Einlaß warten. Es ist einer der schönsten Sommerabende des Jahres, und der »Volksgarten« ist wieder bis auf den letzten Platz gefüllt. Bevor wir eintreten können, hält Gitta mich zurück. »Weißt du was, ich glaube, ich komme heute besser nicht mit.«

Ich sehe sie erstaunt an. Normalerweise bleibt sie immer zumindest für eine Weile, um mein erstes Set zu hören, manchmal auch für den ganzen Abend. »Was ist denn los?«

»Nichts. Wirklich. Ich bin nur irgendwie müde und durcheinander und muß morgen früh aufstehen. Wir haben vormittags Probe. Und ich... Ach, ich weiß auch nicht...«

»Nun sag schon, was ist denn los?« Eigentlich steht mir so kurz vor meinem Auftritt der Sinn überhaupt nicht nach einer Diskussion.

Gitta lächelt mich an. »Mach dir keine Sorgen. Ich glaube nur, es ist auch besser für dich, wenn ich nicht jeden Abend dabei bin, während du spielst. Ich möchte nicht immer hier sitzen, als würde ich dich bewachen. Da komme ich mir manchmal so blöd vor. Ich möchte, daß du dich frei fühlst!«

Ich lache etwas gequält. »Rede doch keinen Unsinn!«

Aber Gitta schüttelt den Kopf. »Es ist wirklich besser so. Mach dir keine Gedanken.«

Ich will sie nicht bedrängen, außerdem spielt Hans Salomon, der Alt-Saxophonist des Orchesters gerade ein atemberaubendes Solo, das meine Sinne fesselt. »Gut, wenn du das so willst... dann sehen wir uns also morgen nachmittag?«

Die Nächte können wir selten miteinander verbringen. Bei ihr zu wohnen, in der Wohnung ihrer Eltern, wäre völlig undenkbar. Außerdem spielen wir bis nach Mitternacht, gehen danach oft noch in die »Adebar« in der Annagasse oder in den Jazzclub des phantastischen Klarinettisten Fatty George zu einer Jam Session. Vor fünf Uhr morgens bin ich selten im Bett, und so ein »Lotterleben« könnte ich natürlich nicht in der Wohnung von Gittas Eltern führen.

So habe ich – wie immer, wenn ich in Wien bin – ein Zimmer im »Hotel Wienzeile«, einem Stundenhotel. Da wohnen viele Musiker, Kellner, aber natürlich auch eine seltsame Mischung aus Gestrandeten, Kleinkriminellen, harmlosen Spinnern, Huren, Spielern, Ehemännern mit ihren Freundinnen, Träumern, Trinkern, Einsamen und Verliebten, die hier Unterschlupf suchen, ohne unangenehme Fragen beantworten zu müssen.

Die Zimmer sind billig, es gibt fließendes Wasser, und niemand stellt dumme Fragen, wenn Gitta oder jemand anderes mal bei mir ist. Allerdings muß man damit rechnen, ungefähr einmal pro Woche von einer Razzia früh am Morgen aus dem Bett gerissen zu werden. Sie prüfen die Papiere, dann gehen sie wieder.

Vor ein paar Tagen war Gitta bei mir, als das passierte. Daß sie ab und zu über Nacht wegbleibt, wird von ihren Eltern stumm geduldet. Die Razzia aber könnte dieses Arrangement zerstören. Vielleicht ist sie deshalb heute so seltsam.

Seit Jahren immer die gleichen Probleme mit unserem lockeren Verhältnis, das sie in Stundenhotels und an ähnliche würdelose Orte treibt, um mit mir zusammensein zu können. In einem sogenannten ordentlichen Hotel darf man unverheiratet nicht absteigen, auch in einer Wohnung wäre nächtlicher Damenbesuch undenkbar. Doch das Geld dafür haben wir beide natürlich ohnehin nicht, im Volksgarten verdiene ich kaum 200 Schilling am Abend, aber mit meinen 23 Jahren mit Fehring zu spielen, das ist wichtiger als die Gage.

»Ja, ruf mich an!« So leichtfüßig wie möglich verabschiedet sie sich von mir, wünscht mir »toi, toi, toi« und verschwindet auf die Ringstraße zur Straßenbahnhaltestelle.

Ich blicke ihr einen Augenblick hinterher, dann tauche ich in »meine« Welt des Volksgartens ein, werde umfangen von der trügerisch leichtlebigen Atmosphäre hinter der Bühne, den Klängen dieses exzellenten 18-Mann-Orchesters, denke daran, wie ich vor inzwischen drei Jahren zum ersten Mal bei Johannes Fehring vorgesprochen hatte: ein kleiner, etwas rundlicher Mann schwer zu schätzenden Alters.

Sein Orchester ist schon lange international geachtet! Das Johannes-Fehring-Orchester wird in einem Atemzug genannt mit dem deutschen Weltklasse-Jazz-Orchester Kurt Edelhagen oder mit dem Londoner Orchester Ted Heath, das als das beste Europas gilt. Johannes Fehring – dieser Mann ist für jeden ernstzunehmenden Jazz-Musiker ein Vorbild. Die Solisten des Orchesters bilden eine eigene Combo, die »Austrian All Stars«, die in internationalen Fachblättern als Europas bestes Jazzensemble bewertet wird. Mit so einem Orchester spielen, Musik auf diesem Niveau machen zu dürfen – es war ein Traum, der fast unerreichbar schien.

Die Filmschauspielerin Ilse Peternell, die mich irgendwo am Wörthersee in einer Bar gehört hat, hatte mir den Kontakt vermittelt. Ich sollte eines Nachmittags in die Bar des Parkhotels Schönbrunn in Wien kommen, um Johannes Fehring vorzuspielen, der einen Band-Sänger suchte.

Der Raum lag im Halbdunkel, die Bar war noch geschlossen. Es herrschte eine Atmosphäre von Unwirklichkeit. Johannes Fehring und Ilse Peternell hatten sich mit einem Glas Wein in eine Ecke gesetzt. In der Mitte stand ein tadelloser Flügel.

»Herr Fehring, es ist eine große Ehre für mich, Ihnen vorspielen zu dürfen« Irgendetwas in der Art hab ich wohl gestottert.

»Red net, Burschi, spiel«, war seine überraschende Antwort, aber durchaus in freundlichem Ton. Irgendwie war mir Johannes Fehring in seiner trockenen Art ungemein sympathisch, ich fühlte mich gut in seiner Gegenwart.

Ich ging ans Klavier, begann mit »Funny Valentine«, einer Ballade. Ich spürte, daß meine Stimme ruhig »saß« und mir die Akkordfolgen souverän gelangen. Da und dort baute ich noch einen Tonartwechsel oder eine Dehnung ein und hatte ein richtig gutes Gefühl. Ich ließ den Song in einem leisen Akkord verklingen, Johannes Fehring blickte gar nicht in meine Richtung, er schien nachdenklich in sich versunken, schwieg, klatschte dreimal leise in die Hände, widmete sich wieder seinem Wein.

Ratlos fragte ich mich, ob ich nun das Klavier verlassen sollte, doch da Fehring nichts sagte, entschloß ich mich, noch eine Nummer zu spielen: »I've Got You Under My Skin«. Da konnte ich das Klavier ganz leicht swingen lassen. Meine Stimme klang gut in dem leeren Raum. Ich hatte die Nervosität vor dem »großen« Johannes Fehring abgelegt, nur seine seltsame Reaktion von vorhin verunsicherte mich, aber ich schob das Gefühl beiseite, genoß das präzise gestimmte Klavier.

Als ich fertig war, das gleiche Spiel wie zuvor: drei kurze, leichte Klatscher in die Hände, dann der Griff zum Weinglas. Das war dann wohl also nichts gewesen, dachte ich und versuchte, meine Enttäuschung zu verbergen. Einen Versuch war es aber allemal wert gewesen. Was sollte ich jetzt tun?

Da Johannes Fehring nichts sagte, mich nicht verabschiedete, mir kein Zeichen gab, daß es nun genug sei, dachte ich, ein drittes Stück könne jetzt auch nicht mehr schaden – und sei es auch nur zu meinem eigenen Vergnügen –, und spielte »Lucky Old Sun« mit meinem bewährten Arrangement. Danach würde ich es gut sein lassen, dachte ich mir. Beurteilen mußte er mich nach diesen drei Stücken eigentlich können.

Als ich fertig war, Johannes Fehring wieder dreimal leise geklatscht hatte, stand ich auf. »Vielen Dank, daß Sie mich empfangen haben« und wollte aus dem Raum gehen.

»Burschi, wo willst denn hin?« hielt Johannes Fehring mich zurück. »Engagiert woarst eh schon nåch die ersten acht Takte, i wollt nur noch a bissl zuhörn, du spielst so scheen, kumm, spiel noch a Stückerl. I såg da wos, Burschi, du bist a Wåhnsinn!«

Es war einer der seltsamsten und schönsten Erfolge meines Lebens. Bis heute hat Johannes Fehring mich nie mehr anders genannt als »Burschi«, und ich nehme es als Kompliment.

Draußen »fetzt« und swingt das Orchester. Viktor Blasil am Schlagzeug wächst mal wieder über sich selbst hinaus. Die Musik läßt mich alles vergessen. Die letzte Nummer des Sets. Danach kommt eine kleine Pause, dann mein Auftritt.

Ich spähe nach draußen. Dichtgedrängte Menschen an den Tischen und auf der Tanzfläche. Ein Mikrokosmos der jungen Wiener Gesellschaft im Rhythmus unserer Zeit. Viele Gesichter kommen mir inzwischen bekannt vor. Viele kommen immer wieder hierher, Paare, die sich hier, bei unserem Spiel gefunden haben, deren Werben umeinander wir von der Bühne aus verfolgen konnten. Viele Männer mit dem »Jägerblick«. Frauen, die allein kommen, sind selten, aber die eine oder andere sitzt doch an der Bar, darauf wartend, angesprochen, zum Tanzen aufgefordert zu werden. Manch eine ist auch wegen einem von uns Musikern hier oder *mit* einem von uns, und ich kann Gitta ein bißchen verstehen. Es muß seltsam sein, als Frau allein an der Bar zu sitzen und auf die Pausen zwischen den Sets zu warten. Bestimmt ist das nicht einfach für sie.

»Håst a Feuer?« Die Kollegen haben ihr Set beendet, Charly Drewo, unser Tenor-Saxophonist steht abwartend, die Zigarette im Mund, neben mir.

Ich nicke, suche in den Taschen meiner Jacke nach einem Feuerzeug, finde keins, dafür einen seltsamen Haufen von Papierschnipseln, die ich entgeistert herausziehe. Im ersten Moment kann ich mir nicht erklären, was das ist, dann dämmert es mir langsam. Das darf doch nicht wahr sein! Verdammt noch mal! Das gibt's doch nicht!

Ich setze Teile des merkwürdigen Puzzles zusammen und erkenne ein Bild von Panja, darauf in ihrer Handschrift die Worte: »Damit du unsere Liebe nicht vergißt und mir nicht untreu wirst, deine Panja, die dich jetzt schon vermißt.« Ich hab das Bild vorher nicht gesehen. Aber warum ist es zerrissen? Panja würde es mir doch nicht zerrissen in die Tasche stecken. Es gibt keine andere Erklärung: Panja wird es mir heimlich eingesteckt haben, als Glücksbringer. Und Gitta hat es gefunden, als sie meinen Bühnenanzug für mich aus der Reinigung geholt hat. Wahrscheinlich hat man es ihr in die Hand gegeben. »Das haben wir noch in der Tasche gefunden« oder so ähnlich. Sie weiß es jetzt also. Plötzlich wird mir einiges klar: ihre seltsame Stimmung, ihre Traurigkeit, ihre Gereiztheit. Gitta weiß Bescheid, und sie hat mir aus Rücksicht auf meinen Volksgartenauftritt nichts gesagt. Verzweiflung steigt in mir hoch. Warum mußte das passieren? Warum auf diese Art? Was sollte ich jetzt nur tun?

»Was ist denn mit *dir* los, Burschi? Du siehst ja aus, als hättest du einen Geist gesehen.« Johannes Fehring setzt sich zu mir. »Was hast du denn da?« Er versucht aus meinen Papierschnitzeln irgendwie schlau zu werden.

»Ach, nichts.« Ich spüre, wie ich langsam wieder zurück in die Realität finde. Jetzt weiß sie es also, und wir werden irgendwie damit umgehen. Vorher aber habe ich hier einen Job zu machen, und ich werde ihn gut machen.

»Eine kleine, blöde Geschichte, nichts Wichtiges«, erkläre ich und setze das gleichgültigste Gesicht auf, zu dem ich in diesem Moment fähig bin, greife dankbar nach einer Zigarette, die Fehring mir hinhält, lasse mir Feuer geben, atme tief durch. Gleich kommt mein Auftritt.

»Typisch Musiker«, meint Fehring. »Immer Theater mit de Weiba. Åber warum soll's dir bessagehn. Burschi, vergiß es, jetzt låss'n ma's swingen.« Johannes Fehring strahlt mich an, als er auf die Bühne geht. Das Orchester spielt einen herrlichen, leisen Riff, über den Johannes Fehring mich anmoderiert: »Meine Damen und Herren – begrüßen Sie mit uns – – einen jungen, begabten Nachwuchssänger und Pianisten – – Udo – – Jürgens!!!!!«

Applaus übertönt die Orchestereinleitung meines Eröffnungsliedes, und während ich »All of me – why not take all – – of me« anstimme, spüre ich, wie die Musik, das Publikum mich trägt, wie ich in diesen Momenten erst anfange, zu leben. Und ich weiß, daß ich Gitta verloren habe, weil ich ihr nicht »alles« von mir geben kann, wie es so schön in dem Lied heißt.

Die Trennung

Das letzte Lied des Abend. Es ist ein Uhr nachts. Nachtschwärmer wiegen sich im Takt der Musik. Die Reihen der Gäste haben sich gelichtet.

Plötzlich sehe ich an einem Tisch ganz hinten in der Ecke Gitta. Es besteht kein Zweifel: Sie ist es! Verwundert versuche ich, ihren Blick festzuhalten, aber ich bin nicht ganz sicher, ob sie mich ansieht oder durch mich hindurch. Sie wirkt ein bißchen so, als sei sie nicht sicher, ob sie hier wirklich hergehört oder ob sie besser wieder gehen soll. Insgeheim denke ich: Geh nicht, was immer du über mich denken magst. Bleib hier und laß uns reden. Plötzlich sehne ich mich nach ihrer Nähe, obwohl das bevorstehende Gespräch mir ein mulmiges Gefühl verursacht.

Das Lied ist zu Ende. Ich verbeuge mich, gehe ab, und während Johannes Fehring wie jeden Abend die Abschlußmoderation spricht, gehe ich nicht hinter die Bühne, sondern direkt auf Gitta zu, schließe sie fest in die Arme. »Schön, daß du da bist!«

»Können wir reden?« fragt sie freundlich und selbstbewußt.

»Natürlich. Aber nicht hier.«

Wortlos gehen wir in die Musikergarderobe. Auf dem Tisch immer noch die Papierschnipsel. Gittas Blick fällt darauf. Sie wird ein wenig blaß. Ich werfe die Schnipsel mit einer entschlossenen Geste in den Papierkorb.

Gitta sieht mich etwas verlegen an. Leise sagt sie: »Das hätte ich nicht tun sollen. Ich meine, ich hätte das Bild nicht zerreißen sollen. Dazu hatte ich kein Recht.«

Ich weiß nicht, was ich dazu sagen soll. Ich kann ihre verletzte, wütende Reaktion gut verstehen.

»Das ist schon in Ordnung«, murmle ich und beginne, mich umzuziehen. Meine Musikerkollegen drängen um uns herum. Es wird geraucht, gelacht. Man begrüßt Gitta freundlich und vertraut. Man kennt sie gut, sie gehört irgendwie dazu.

»Wenn ihr Lust habt, wir gehen noch in die Adebar.« Charly Drewo fordert Gitta und mich auf mitzukommen.

Gitta sieht mich fragend an. »Vielleicht kommen wir später noch nach.«

Der »Volksgarten« hat inzwischen geschlossen. Kellner räumen die letzten Spuren der Nacht beiseite. An der Theke lehnt beschwipst ein Einsamer. Schweigend treten Gitta und ich auf die Straße. Vor uns der wie leergefegt wirkende, riesige Heldenplatz.

»Wie lange geht das denn schon?«

Ich zögere, will ihr nicht weh tun. Am liebsten würde ich mit der Frage »Was meinst du denn?« Zeit gewinnen, aber das wäre lächerlich, also atme ich tief durch und will sie nicht länger belügen. »Ein paar Monate.«

Erschrecken auf Gittas Gesicht, dann ein ahnungsvolles Nicken. »Irgendwie hab ich's gewußt. Ich meine, ich hab nichts von dieser Frau gewußt. Aber ich hab gewußt, daß etwas nicht stimmt und daß es da noch jemanden gibt.« Vorsichtig fragt sie: »Ist es etwas Ernstes?«

Ich zucke mit den Schultern. »Was heißt schon ›was Ernstes‹? Du weißt ja, wie ich bin. Ich will eigentlich gar nichts Ernstes. Ich meine, ich will eigentlich nichts, was mich verpflichtet. Ich will etwas Schönes, ich will frei leben. Ernst und wichtig ist mir die *Musik*.«

Ich spüre, daß ich das, was ich fühle, nicht erklären kann. Meine

Worte müssen Gitta verletzen. Es klingt ja, als wäre sie mir nicht wichtig. Sie nicht und Panja nicht und einfach gar niemand, deshalb beeile ich mich hinzuzufügen: »Das hat aber alles nichts mit dir zu tun. Du bedeutest mir sehr viel, und das mit Panja ist etwas ganz anderes. Das kann man nicht vergleichen. Was zwischen ihr und mir ist, macht das, was zwischen dir und mir ist, kein bißchen kleiner oder unwichtiger. Entscheidend ist, daß ich im Moment mit *keiner* Frau meine Zukunft plane.«

Der letzte Satz hat härter und abweisender geklungen als er gemeint war, wie immer, wenn ich mich von einer Situation in die Ecke gedrängt fühle.

Gitta lacht bitter. »So genau will ich das, was zwischen euch ist, auch eigentlich gar nicht wissen, du hast schon alles Entscheidende gesagt. Dem ist im Grunde gar nichts hinzuzufügen.« Und nach einer kleinen Pause sagt sie ganz leise: »Irgendwie kann ich dich sogar verstehen.«

Wir schlendern durch die Stadt. Vor dem noblen Hotel »Sacher« rollt ein Page den roten Teppich ein. Ein alter Portier kehrt schweigend mit einem Besen Zigarettenstummel, Papier, Schmutz vom Trottoir.

An der Ecke ein Blumenverkäufer auf dem Weg zu seinen Lokalen, den Arm voller Rosen. »Wollen wir Johann Strauß eine Rose bringen für all das Schöne, was wir miteinander erlebt haben?«

Gittas Vorschlag überrascht mich, aber ich bin ihr auch dankbar für die Idee. Schnell entschlossen kaufe ich dem Mann zwei rote Rosen ab. Eine für Johann Strauß, die andere für Gitta. Lächelnd sieht sie mich an. »Du hast mir schon lange keine Blumen mehr geschenkt...«

Es beschämt mich, aber sie hat recht. »Ich hab so viele von den Kleinigkeiten vernachlässigt, die eigentlich wichtig wären, sogar den Kieselstein aus Amerika. Es tut mir so leid...«

Gitta lächelt. »Das ist doch nicht so wichtig!«

Das Johann-Strauß-Denkmal ist dunkelbraun-grün vom Zahn der Zeit und nicht mehr hell und golden, wie es früher einmal war. Schmutzig von Vogeldreck und Staub. Inzwischen geübt, hangle ich mich am Sockel der Statue hoch und lege meine Rose auf seine Geige, denke dabei an mein neues Lied, die Dinge, die mir in letzter Zeit geglückt sind und an mein Leben mit Musik, für das

Johann Strauß mir irgendwie Pate steht, ob er will oder nicht. Und ich denke auch an die schöne Zeit mit Gitta.

Eine Weile gehen wir schweigend nebeneinander her, durch den Stadtpark, in dem wir so viele schöne, verliebte Stunden verbracht haben – und noch glaubten, es genügt, daß wir uns lieben. Noch ohne Angst vor der Größe dieses Wortes, dem ich mich heute nicht mehr gewachsen fühle. Wir sind schon seit fast einer Stunde unterwegs, und keiner von uns möchte nach Hause gehen. Ich möchte den Moment hinauszögern, so lange es geht, als ob vielleicht irgendwann im Laufe dieser Nacht und dieses Weges die Lösung für uns wie eine Sternschnuppe vom Himmel fallen könnte.

»Weißt du, ich bin dir überhaupt nicht böse«, sagt Gitta schließlich leise. »Ich meine, als ich das Bild gesehen und gelesen habe, was draufstand, da war ich natürlich stinkwütend.« Sie zündet sich eine Zigarette an. »Und es geht mir eigentlich auch gar nicht darum, ob es nun diese Frau in deinem Leben gibt oder eine andere. Ich weiß, daß es immer irgendwen geben wird. Ich werde für dich nie die einzige sein, und ich werde nicht einmal an erster Stelle in deinem Leben stehen, denn dort steht dein Klavier, und das muß auch so sein. Aber ich habe das Gefühl, daß ich dabei auf der Strecke bleibe. Du brauchst eine Frau, die dir Freiheit läßt, die dich nicht fragt ›Wo kommst du jetzt her, wo warst du so lange und mit wem?‹, wenn du morgens um vier nach Hause kommst. Das könnte ich aber nicht. Ich könnte es nicht schaffen, nicht eifersüchtig zu sein. Ich möchte viel lieber großzügig sein und einfach nur das Schöne, das wir haben, genießen können, aber das kann ich nicht. Ach, ich weiß auch nicht…« Sie schluckt schwer.

Inzwischen haben wir den Stadtpark hinter uns gelassen, die Ringstraße überquert, schlendern durch die Wollzeile, eine enge Gasse mit vielen kleinen Geschäften. Da und dort Obdachlose. Vor einer der Würstchenbuden schwankt ein Mann grölend über die Straße. Ich nehme Gittas Hand, suche Zuflucht in dieser vertrauten Geste. Sie weist mich nicht zurück. Am liebsten würde ich sie jetzt einfach in die Arme nehmen und festhalten und so tun, als gäbe es kein Morgen und keine Zukunft und keine Probleme. Ich fühle mich plötzlich überfordert von diesem Gespräch und den Entscheidungen, die anstehen, meine zögernd: »Wollen wir nicht irgendwo etwas trinken gehen und morgen weiterreden?«

Gitta schüttelt den Kopf. »Ich glaube, es hat keinen Sinn, es noch weiter hinauszuzögern. Ich danke dir für alles, was du mir gegeben hast, für die Liebe, die uns keiner mehr nehmen kann.«

Sie wirkt unendlich stark. Ich bewundere sie. Und ich fühle eine Beklemmung wie selten in meinem Leben.

Inzwischen haben wir die Kärntnerstraße erreicht. Vereinzelte Autos. An der einen oder anderen Straßenecke Prostituierte. Eine spricht mich an: »Junger Mann? Wie wär's? Einen Dreier vielleicht?«

Gitta und ich sehen uns verdutzt an. Gitta beginnt, wie es ihre Art ist, zu lachen, und für einen Augenblick keimt ein Funke Hoffnung in mir, daß dieser Abend mit einem Neubeginn für uns beide enden könnte.

Die Nähe zu ihrer Wohnung lähmt meine Schritte. Ich möchte Zeit gewinnen, hab das Gefühl, mit Worten vielleicht noch etwas retten zu können, doch was soll ich sagen? Daß ich mich von Panja trennen werde? Ich weiß nicht, ob ich das könnte. Panja übt eine geradezu magische Anziehungskraft auf mich aus, obwohl mein Verstand mir sagt, daß diese Verbindung nicht gut für mich ist. Und selbst wenn ich Panja nicht mehr sehe, ich würde bald mit einer anderen Frau fremdgehen. Soll ich Gitta jetzt ewige Treue schwören? Es wäre lächerlich. Und eine schamlose Lüge. Soll ich ihr einen Heiratsantrag machen? Hier, auf der Stelle, aus Angst, sie zu verlieren? Es würde unsere Probleme nicht lösen, sie nur verschlimmern. Und Gitta würde das in dieser Situation auch ganz bestimmt nicht ernst nehmen.

Bevor ich etwas sagen kann, meint sie: »Weißt du, mir ist inzwischen klargeworden, daß ich mir von meinem Partner eine bürgerliche Zuverlässigkeit wünsche. Ich will, daß man wirklich zusammen ist, daß man füreinander so ziemlich das Wichtigste auf der Welt ist. Na ja, das klingt jetzt vielleicht kitschig...« Sie lacht nervös, korrigiert sich dann. »Daß man wenigstens nicht übergangen wird, daß die Gefühle des anderen einem genug bedeuten, um sie nicht zu verletzen.« Sie macht eine Pause. »Ich will nicht verbittert werden.« Sie hält noch einmal inne, dann sagt sie entschlossen: »Nein, ich glaube, ich kann deinen Weg nicht länger mit dir gehen. Nicht um den Preis, den mir und *uns* das abverlangt.«

Ich nicke, fühle mich leer, irgendwie aller Worte und Gesten beraubt, wünsche mir für Augenblicke eine Zauberformel, um die Zeit zurückzudrehen. Aber was würde ich dann eigentlich anders machen? Gar nichts.

Wir haben die Abzweigung zu Gittas Straße erreicht. Gitta hält plötzlich inne: »Laß mich das letzte Stück allein gehen. Bitte.«

Ich suche fragend ihren Blick.

»Geh du noch in die Adebar und triff dich mit deinen Musikerfreunden, das ist gut für dich! Trink dort auch ein Glas auf mich, auf uns beide. Unsere Wege sollten sich jetzt und genau hier trennen. Wirklich.«

»Aber ich möchte dich nach Hause begleiten!«

Gittas Stimme klingt fest und entschlossen, als sie sagt: »Nein. Es ist besser so, glaub mir. Und wenn unsere Wege sich wieder einmal treffen, dann werden wir uns nichts vorzuwerfen haben. Und wenn wir es ohne einander nicht aushalten sollten, wissen wir ja, wo wir uns finden können.« Und nach einer kleinen Pause: »Mach's gut.«

Ein letzter zaghafter Kuß, dann befreit sie sich aus meiner Umarmung, wendet sich ab, geht ihre Straße entlang.

Benommen und wie gelähmt bleibe ich an der Ecke Kärntnerstraße/Weihburggasse stehen, blicke ihr hinterher. Bestimmt wird sie sich gleich umdrehen, denke ich. Bestimmt wird sie innehalten und winken, und dann werde ich einfach loslaufen und sie in die Arme nehmen. Und was immer auch geschieht, ich werde sie halten. Ich will sie nicht verlieren.

Sie wird immer kleiner. Soll ich ihr hinterherrufen: »Warte«? Es ist vielleicht meine letzte Chance. Gleich macht die Weihburggasse eine leichte Krümmung, dann wird Gitta von Häusern verdeckt sein. Soll ich rufen? Losrennen? Nicht, wenn sie sich nicht umdreht, beschließe ich. Sie muß doch spüren, daß ich immer noch hier stehe und ihr hinterherblicke, daß ich nur auf ein Zeichen von ihr warte.

Unbeirrt geht sie weiter, entfernt sich immer mehr von mir.

Die letzten Schritte – und sie verschwindet hinter den Häusern.

Verloren lehne ich mich an die Hauswand, zünde mir eine Zigarette an.

»He, Klaner, du schaust åber traurig drein!« Eine grellgeschminkte Frau in aufreizender Kleidung spricht mich an. »Kommst mit mir? Nur 50 Schilling, und es geht da wieda guat.«

»Nein danke«, stammle ich. Es ist wirklich das letzte, was ich jetzt gebrauchen kann, aber es hat mir geholfen, mich aus meiner Erstarrung zu lösen. Langsam, Schritt für Schritt gehe ich die Kärntnerstraße weiter Richtung Oper, biege in die Annagasse ein. Die Adebar hat bis weit in die Nacht auf. Wenn Gitta mich sucht, weiß sie, daß sie mich dort findet.

»Wenn unsere Wege sich wieder einmal treffen, dann werden wir uns nichts vorzuwerfen haben«, hat sie gesagt. Vielleicht treffen unsere Wege sich ja noch heute nacht in der Adebar. Es wäre schön, wenn es auch keine Lösung wäre.

Mit einer kleinen Hoffnung und einer großen Leere in mir gehe ich schnellen Schrittes durch das nächtliche, menschenleere Wien und weiß nicht, ob Gitta und ich uns jemals wiedersehen werden ...

Liebeskummer und Jazz

Stimmengewirr, Gelächter und Musik sind aus der Adebar schon zu hören, bevor ich überhaupt den Eingang sehen kann. Ein Klanggemisch, das mir das Gefühl von Vertrautheit und ein wenig auch das Gefühl von »Zuhausesein« gibt. Männerfreundschaft, Jazz und ein paar Wodka Tonic. Jetzt bloß nicht zurückschauen. Und nicht nach Hause gehen.

Charly Drewo winkt mich an den Musikerstammtisch. Auch der Schlagzeuger Viktor Blasil, der Posaunist Willy Meerwald und unser Alt-Saxophonist Hans Salomon und ein paar andere aus Fehrings Orchester sind noch da.

Joe Zawinul, ein überirdisch guter junger Jazzpianist mit einem bereits international bekannten Namen, der gerade ein Stipendium an die renommierte Berklee School of Music in Boston bekommen hat und der, wenn er in Wien ist, fast jede Nacht in der Adebar hofhält, sitzt dabei. Er begrüßt mich freundlich: »Servas, Udo, setz di her!«

Friedrich Gulda, ein junger klassischer Pianist, der mitten in den Anfängen einer Weltkarriere steckt, spielt gerade eine freie Jazzimprovisation mit einer perlenden klassischen Technik, die mich begeistert. Ich könnte ihm stundenlang zuhören. Gulda ist vier Jahre älter als ich und ein Genie auf diesem Instrument. Bereits mit zwanzig Jahren hat er an der Carnegie Hall debutiert. Gerade hat er den renommierten Klavierwettbewerb von Genf gewonnen, den vielleicht wichtigsten Wettbewerb für klassische Pianisten. Seit ein paar Jahren hält er sich aber nicht mehr nur an das klassische Repertoire, sondern sprengt die engen Grenzen des Metiers und versucht sich auch als Jazzer, und ich beneide ihn nicht nur um seine brillante Technik, sondern auch um die Kreativität seiner harmonischen Ideen. Gerade spielt er einen Chorus, der unweigerlich das Lokal zum Verstummen bringt, doch vor Zawinuls Ohren finden Guldas Jazzimprovisationen wenig Gnade. Respektlos meint er mit dem typischen Wiener Schmäh: »Klavierspielen kånn er jå schon, åber wie ma richtig Tscheeeß spielt, des lernt der nie.« Nachdem Gulda sich unter Applaus vom Klavier erhoben hat und mit der ihm eigentümlichen, etwas bedächtigen Art, sich zu bewegen an unseren Tisch gekommen ist, fügt Zawinul hinzu: »Gell, Fritzl, des mit dem Tscheeß, des überläßt du in Zukunft doch wieda liaba mir. Du waaßt eh, i håb des Herz von an Neger. Åber im Ernst: Guat håst gspielt – – für an Weißn.«

Gulda nickt lachend. »I håb zwoar net des Herz von an Neger, åber, wås viel wichtiger ist, i håb die Seele von Mozart, und des wår jå bekanntlich der erste Tscheeeßer.«

Alles lacht. Natürlich ist auch Joe Zawinul kein Schwarzer, in der gesamten Geschichte seiner Vorfahren findet sich zu seinem großen Bedauern kein Tropfen schwarzen Blutes. Ein weißer Jazzmusiker zu sein, das ist für ihn ein psychologisches Problem, das er auch im Gespräch immer wieder betont, daher hat er sich das »schwarze Herz« erdichtet, und wenn man ihn spielen hört, glaubt man ihm diese Geschichte sogar. Kaum ein weißer Pianist ist so tief in die »schwarze« Jazzkultur eingedrungen und in ihr verwurzelt wie Joe Zawinul. Jedenfalls habe ich noch keinen so spielen gehört wie ihn.

»Und du, Udo, welches Herz schlågt in deiner Brust?« will Gulda von mir wissen. »Oder ist dein Herz gråd wieder amoi von aner Frau gebrochen worden, wie sich des für aan Sänger gehört?« Lautes Gelächter am Tisch.

»Da liegst du heute gar nicht so falsch«, gebe ich zurück. »Aber ich glaube, dieser Abend ist gerade auf dem besten Weg, es wieder zusammenzuflicken.«

»Darauf trink ma!« Zawinul erhebt sein Glas, und alle stoßen an. »Und da Udo wär sowieso net da Udo, wånn er kaa Theater mit de Weiber hätt. Auf de Weiber und daß sie uns des Leben nur net zu afåch måchn. Sunst warat'n ma jå nimma so oft in da Adebar.« Wieder stoßen alle an.

»Warum bist du eigentlich net in Amerika, ån da Berklee School, wo du hingehörst?« wendet Gulda sich wieder an Zawinul.

»I waaß net, wås i do måchn soll«, erwidert Zawinul. »I håb zwaor des Stipendium, åber i kånn ma net vorstelln, daß i's lång ån aner Hochschule aushålt. I håb gråd a Ångebot von Maynard Ferguson bekommen. Des interessiert mi mehr und då lern i a mehr.«

Wir alle wollen mehr darüber wissen: Maynard Ferguson, der Jazztrompeter, der die höchsten Töne spielt, die man je auf einer Trompete gehört hat. Aber Zawinul hat anderes im Sinn.

»Udo, måch a Hetz, spiel wås«, wendet er sich an mich. »Klavierspieln kånnst zwoa net besonders, åber wånnst dazua singst, bist du unschlågboar.« Ein großes Kompliment aus dem Mund dieses Mannes. Eigentlich kann niemand sich einer solchen Aufforderung entziehen.

»Net glei nåchm Fritzl«, erwidere ich. »Nåchm Gulda kumm i ma am Klavier vor wie a Oarsch. A bissl später vielleicht.« Die Dialektsprache am Tisch steckt mich an, wie immer, wenn ich in Österreich bin.

»Okay«, meint Zawinul, und in betont feinem Hochdeutsch: »Dann höret den Meister.« Und er begibt sich mit einer klassischen Verbeugung selbst ans Klavier: »Stormy Weather«, ein Klassiker in einer freien Improvisation und einer Harmonik, die uns die Welt vergessen läßt. Die locker-schwebende Atmosphäre läßt meine Bedrücktheit verschwinden.

Die Adebar ist der richtige Ort für die Einsamen der Nacht, für die, die vergessen wollen und jene, die sich verloren haben. Sich in Musik ganz spüren und doch ganz verlieren, das ist es, was ich jetzt brauche. Und keine Fragen hören. Nichts erklären müssen. Nicht rechtfertigen, was ich selbst nicht verstehe. Warum es nicht reicht, sich zu lieben. Warum es nicht reicht, zu wissen, daß Gitta viel besser für mich wäre als Panja oder irgendeine andere Frau, die ich vielleicht noch kennenlernen werde. Warum dieses Wissen nichts ändert, warum ich diesen Gefühlen keine Opfer bringen kann und warum ich weiß, daß es so auch besser für mich ist. Seltsame Verwicklungen der Seele, die sich mit scheinbar so einfachen Gleichungen von Liebe und Lebensglück nun einmal nicht entwirren lassen.

Bin ich verantwortungslos? Egoistisch? Gar unmoralisch? Hier, in der Adebar, muß ich mir diese Frage nicht stellen.

Werde ich mein Lebensglück finden? Hier wird die Frage bedeutungslos, denn ich habe es bereits gefunden. In aller Traurigkeit des Moments. In jedem einzelnen Augenblick. Und in den Tönen, die ein Universum meiner Gefühle und Sehnsüchte darstellen wie keine Liebe der Welt es kann.

16. KAPITEL

Frankfurt am Main, 15. August 1961

Kalter Krieg und Portwein

Die Frankfurter Altstadt im Hochsommerglanz. Die Straßencafés sind belebt. Aus einem Radio erklingt mein Lied »Jenny«, das ich vor zwei Jahren geschrieben habe. Es hat mir Glück gebracht: Ich habe vor einem Jahr damit beim Schlagerfestival von Knokke teilgenommen und damit die Einzelwertung gewonnen. Seither wird das Lied häufig im Radio gespielt; es war wochenlang in Belgien Nummer eins, obwohl es noch nicht einmal eine Platte davon gab, nur den Live-Mitschnitt vom Festival und meine Plattenfirma sich erst durch diesen Erfolg aus dem Ausland dazu durchgerungen hat, eine Aufnahme davon zu machen. Mit billigsten Mitteln, aber immerhin. Für die Produktion des Titels bewilligte man mir eine Orgel, Baß und Schlagzeug und eine einzige Geige. Dazu natürlich mein Klavier. Eine armselige Besetzung. Mit der Orgel und der Geige experimentierte ich im Studio mit verschiedenen Hallräumen herum, um eine wenigstens einigermaßen vernünftige Aufnahme zustande zu bringen, aber was immer wir auch versuchten, die Orgel und die einzige Geige klangen auch im besten Hallraum klein und dürftig. Bis ich in einer Toilettenpause den geradezu gigantischen Hall in den Studiotoiletten entdeckte. »Stellt keine dummen Fragen, bringt die Lautsprecher und ein Mikro zur Toilette!« Und tatsächlich, wenn wir die Geige und die Orgel über die Lautsprecher in den Toilettenraum einspielten und das gleichzeitig von dort wieder aufnahmen, klangen die einzelne Geige und die Orgel beinahe wie ein ganzes Orchester. Die Platte mit dieser

»Toilettenaufnahme« von »Jenny« ist ein Riesenerfolg geworden, und manchmal ist es vielleicht ganz gut, daß das Publikum nicht weiß, wie eine solche Aufnahme entsteht.

Kurzzeitig hatte ich durch dieses Lied einen Vorgeschmack darauf, wie es sein könnte, mit meinen eigenen Liedern erfolgreich zu sein, aber seither trete ich wieder auf der Stelle. Nach wie vor weigert die Polydor sich, mich meine eigenen Kompositionen singen zu lassen. Die Macht der wenigen Vertragskomponisten bei der Polydor, die alles für die Firma schreiben, verhindern das Eindringen eines Sängers, der auch noch komponieren will, und der Erfolg, den ich mit »Jenny« hatte, droht sich in Luft aufzulösen.

Ein bißchen wundert es mich, daß in diesen Stunden »Jenny« im Radio gespielt wird, daß überhaupt Musik gespielt wird, daß die Menschen in den Cafés sitzen, lachen, die Sonne genießen. Wenn man den Gesprächen lauscht, mit Menschen spricht, sogar wenn man in der Bäckerei seine Brötchen kauft, gibt es der nach außen hin heiteren Sommeratmosphäre zum Trotz nur ein einziges bedrückendes Thema. Sondernachrichten unterbrechen immer wieder das laufende Radioprogramm: In Berlin spitzt sich die Lage seit ein paar Tagen dramatisch zu. Am Wochenende wurde der Ostsektor Berlins mit Stacheldraht und einem riesigen Aufgebot an Grenzsoldaten abgeriegelt. Gestern hat man das Brandenburger Tor geschlossen. Panzereinheiten und hochgerüstete Volkspolizeiverbände der DDR bewachen das Tor vom Hindenburgplatz aus. Alle Telefonleitungen zwischen West- und Ostdeutschland sind unterbrochen. Es geht das Gerücht, daß die DDR mit dem Bau einer Mauer aus Betonplatten entlang der Sektorengrenze beginnen will. Es müssen sich dramatische Szenen in der Stadt abspielen. Menschen versuchen, in letzter Sekunde noch irgendwie zu fliehen, sogar DDR-Grenzbeamte haben die vielleicht letzte Gelegenheit zur Flucht genutzt.

Die Politik reagiert bis jetzt etwas hilflos mit Protestnoten und diplomatischen Bemühungen, aber die Westmächte verstärken bereits ihre Truppen in Deutschland. Man fürchtet eine katastrophale Zuspitzung der Lage bis hin zu einem neuerlichen Krieg. Von den persönlichen Tragödien der Menschen, die im Osten leben, einmal ganz abgesehen.

Die Angst vor den Konsequenzen dieser Vorgänge, beherrscht

zur Zeit wohl die gesamte westliche Welt, und ich frage mich, ob mein geplantes Treffen mit meinem Onkel Werner angesichts dieser Situation überhaupt stattfinden wird. Immerhin ist Onkel Werner als Oberbürgermeister von Frankfurt sicher mit all den politischen, diplomatischen und menschlichen Konsequenzen, die sich aus dieser Katastrophe für ganz Deutschland ergeben, hautnah konfrontiert, und ihm wird nicht unbedingt der Sinn nach einem Familientreffen stehen. Aber ich habe mich entschlossen, trotzdem zum »Römer«, dem Frankfurter Rathaus zu gehen und ihm zumindest meine Grüße überbringen zu lassen. Nach Berlin, wo ich eigentlich zu Aufnahmen erwartet werde, kann ich heute ohnehin nicht mehr fliegen. Alle Flüge wurden bis auf weiteres gestrichen.

Ratlos und besorgt betrete ich das Rathaus, gehe die imposanten Stufen zu Onkel Werners Arbeitszimmer hinauf. Auf dem obersten Treppenabsatz kommt er mir bereits entgegen. »Hallo, mein Junge, schön, daß du da bist!« Er umarmt mich, und die Geste weckt Erinnerungen an die wenigen Begegnungen, die ich in meiner Kindheit mit ihm hatte. Er war neben Onkel Johnny immer der lockerste der Brüder meines Vaters. Die beiden waren sich nie zu fein dazu, mit uns Kindern zu spielen oder auch mal Blödsinn mitzumachen, und sie waren die einzigen, die meinem Vater nicht ins Gewissen geredet haben wegen meiner schwächlichen Art, meiner »seltsamen« Begabung und meinen in dieser Familie höchst ungewöhnlichen Berufswünschen.

Onkel Werner hat seit vier Jahren das Amt des Oberbürgermeisters von Frankfurt am Main inne.

»Hast du denn angesichts der Lage überhaupt Zeit für mich? Ich würde es wirklich verstehen, wenn wir unser Treffen verschieben müßten.«

»Nein, ich freue mich, daß du da bist. Das bringt mich wenigstens auf andere Gedanken! Ich muß noch für einen Moment ins Besprechungszimmer, dann bin ich für dich da.«

Ich warte in seinem Büro, und wenige Minuten später kommt er von seiner Kurzbesprechung zurück.

»Daß ich so etwas Menschenverachtendes von einem Staat auf deutschem Boden noch einmal würde erleben müssen«, erklärt er unvermittelt, noch bevor er sich setzt, und seine Stirn runzelt sich besorgt und wütend. Sein Herz als Sozialdemokrat hat früher einmal auch entschieden für einen starken Sozialismus geschlagen. Er war in den zwanziger- und dreißiger Jahren sogar Mitglied der Kommunistischen Partei gewesen. Damals natürlich sehr zum Entsetzen der zutiefst bürgerlichen Familie. Im Laufe der Zeit hat sich die Radikalität aus seinen Ansichten verflüchtigt, und die demokratischen Werte wurden ihm die wichtigsten.

Onkel Werner lächelt bitter, und seine klugen Augen sehen mich durch die Brille hindurch direkt an. »Man ist dabei, Menschen mit Mauern und Stacheldrahtzäunen, mit Panzern und Maschinengewehren daran zu hindern, ihr Leben und ihren Aufenthaltsort frei zu bestimmen und Fakten einer Teilung zu schaffen, die unmenschlicher kaum noch sein könnte.« Er schüttelt wütend den Kopf. »Man provoziert uns bis zum Äußersten, aber wir können im Augenblick nichts unternehmen. Es wird in der internationalen Politik gerade darüber diskutiert, ob man Atomwaffen in Deutschland stationieren soll, aber stell dir nur mal die Konsequenzen vor. Würdest du wollen, daß man mit Atomwaffen auf Ostdeutschland zielt? Oder auch auf Moskau? Würdest du mit den Konsequenzen für unser Land, aber auch für die Menschheit insgesamt leben wollen?«

Ich schüttle den Kopf. »Es muß doch auch noch andere Möglichkeiten geben.

Onkel Werner nickt. »Das hoffen wir alle, aber bisher haben wir solche Möglichkeiten noch nicht gefunden.«

»Aber was wird jetzt geschehen? Du mußt doch mehr wissen als wir alle…«

»Das weiß keiner. Mein Parteigenosse und Amtskollege in Berlin, Willy Brandt, bereitet einen Brief an Kennedy vor, in dem er die Lage schildert und um volle Unterstützung unserer Schutzmächte und Einhaltung aller Sicherheitsgarantien, die die West-Alliierten seinerzeit für Berlin gegeben haben, bitten wird. Vielleicht wird der amerikanische Präsident oder zumindest der Vizepräsident Lyndon B. Johnson nach Deutschland kommen, um diese Unterstützung zu demonstrieren. Es wird ein Waffenrasseln auf allen Ebenen geben.« Er hält inne. Werner spricht so besonnen wie es seine Art ist, doch an seiner Mimik und Gestik kann ich deutlich seine innere Aufgewühltheit und Besorgnis ablesen, die er mit dieser Krise verbindet. »Eines macht mir große Sorgen, Junge: Adenauer hat vor, auf gar keinen Fall die Beziehungen zu Moskau irgendwie zu gefährden. Ich persönlich halte diese ›Diplomatie um jeden Preis‹ für falsch und bin der gleichen Meinung wie Brandt, der vor den Folgen einer Zurückhaltung der Westmächte in der Berlin-Frage warnt.«

Onkel Werner seufzt und holt uns einen Portwein aus dem Schrank, schenkt uns ein. »Auf eine bessere Welt!« Wir nehmen einen Schluck, dann steht er auf, geht ans Fenster, sieht eine Weile nachdenklich auf die Paulskirche, meint dann ganz in Gedanken:

»Es ist schon seltsam. Seit dein Großvater Heinrich in Moskau verfolgt wurde, ist die Welt nicht mehr zur Ruhe gekommen. Und inzwischen wird beinahe die ganze Welt von dem Land bedroht, in dem ich geboren wurde.« Er hält inne. »Und als ich vor nicht allzu langer Zeit in meiner Geburtsstadt war und das Haus meiner Kindheit wiedersehen wollte, wäre ich dafür sogar beinahe in der Butyrka gelandet.«

Ich sehe ihn erstaunt an.

»Nun, du warst ja vor kurzem erst in Rußland, du hast ja selbst erlebt, was für ein Geist dort herrscht. Ich war ungefähr zur selben Zeit dort wie du, und was ich erlebt habe, werde ich sicher nie in meinem Leben vergessen.«

Und während im Büro der Sekretärin nebenan die neuesten Entwicklungen in der Berlin-Krise im Minutentakt über den Fernschreiber eintreffen und Deutschland eine der schwersten Krisen der Nachkriegszeit zu bestehen hat, läßt Werners Geschichte uns für Augenblicke in eine ganz andere Welt eintauchen – bizarr, unwirklich und doch beklemmend real.

Nastasjas traurige Augen

Moskau, Juli 1958. Ein schwerer Geruch nach billigem Benzin liegt über der Stadt, als Werner Bockelmann sich vom Flughafen aus seinem Hotel im Zentrum nähert. Er ist als Oberbürgermeister von Frankfurt am Main, Mitglied einer Delegation, die hier zu Gesprächen und einem Besichtigungsprogramm eingeladen ist.

Es ist das erste Mal seit der Flucht der Familie vor fast genau 44 Jahren, daß Werner sein Geburtsland, seine Geburtsstadt wiedersieht. Er hat natürlich nicht erwartet, die Prachtstadt seiner Kindheit wiederzufinden, aber langsam fühlt er doch eine gewisse Beklemmung angesichts der Fülle der Bausünden und des Maßes an Verfall. So hatte er es sich nicht vorgestellt. Er hofft, daß das Haus seiner Kindheit überhaupt noch steht, daß die ehemalige Junker-Bank nicht in einem vollkommen desolaten Zustand ist. Die Dolmetscher möchte er im Augenblick nicht fragen, sie scheinen ohnehin ein wenig verstimmt zu sein, seit sich herausstellte, daß Werner fließend russisch spricht und ihre Dienste somit überflüssig geworden sind – und damit gleichzeitig auch jede Möglichkeit der Manipulation im Keim erstickt wurde.

Werner ist dankbar dafür, die Sprache dieses Landes zu sprechen und sich ein eigenes Bild machen zu können. Er ist dankbar für seine Kindheit und die Art, wie sie sein Weltbild geprägt hat. Einmal hat es ihm sogar schon das Leben gerettet, russisch zu sprechen: Nur so konnte er am Ende des Krieges als deutscher Soldat aus dem Danziger Kessel entkommen. Er hatte den russischen Soldaten einfach auf russisch etwas zugerufen, als wäre er einer von ihnen, und sich dann davongemacht. Daß er keine Uniform getragen hatte, war in den Kriegswirren niemandem aufgefallen.

Werners Gedanken schweifen immer wieder ab. Vor vierundvierzig Jahren ist er als Siebenjähriger zu Fuß in einer lächerlichen Verkleidung mit seiner Familie zum Petersburger Bahnhof gelaufen, Vertriebene der Zeit. Er hatte alles, was ihm vertraut und lieb gewesen war, hinter sich lassen und mit ansehen müssen, wie man seinen Vater vom Bahnsteig weg verhaftet hatte. Heute kehrt er als renommierter deutscher Politiker und Gast des Landes zurück, wird in einem großen »Sim«, dem russischen Staatswagen, zu seinem Hotel gebracht. Erste Erinnerungen, als die Fahrt am Hotel Metropol vorbeiführt, in dessen Restaurant Werners Vater Heinrich so gern nach dem Theater gegessen hat. Ganz in der Nähe lag das Bankhaus. Zum ersten Mal ein Gefühl von freudiger Anspannung. Sobald der Terminplan eine Lücke vorsieht, wird er hingehen. Und ins Haus seiner Kindheit und zur Zarenglocke am Kreml und an all die Orte, an die die Erinnerung ihn treibt.

Nach der ersten nervösen Nacht und den ersten offiziellen Terminen ein freier Nachmittag. Der Dolmetscher, der im Hotel auf ihn gewartet hatte, drängt sich auf, ihn zu fahren, wohin auch immer er möchte, und Werner kann ihn nur mit Vehemenz und einem Zehndollarschein abschütteln. Er genießt seine Freiheit.

Schlangen vor den Geschäften, die seltsamerweise keine Namen tragen wie früher, sondern nur die Bezeichnung dessen, was es hier zu kaufen gibt, wenn es überhaupt etwas gibt: Nicht mehr das vertraute schöne Schild: »Schuhhaus Weiss«, an das er sich aus seiner Kindheit erinnert, sondern nur noch »Obuff« für »Schuhe« oder ein paar Häuser weiter »Mjasso« für »Fleischwaren« oder »Bulotschnaja« für »Bäckerei«. Alle Schilder in einer nüchternen Einheitsschrift. Passanten fragen die Leute, die in der Schlange stehen, was genau hier heute angeboten wird. »Stiefel?« oder »Schreibpapier?«, »Brot?«, »Eier?« oder »Seife?«, erhalten eine Antwort und entscheiden sich, sich einzureihen oder weiterzugehen und eine andere Schlange zu suchen, die für etwas ansteht, was sie noch dringender brauchen. Peinlich berührt denkt Werner an die Köstlichkeiten, die ihm gestern beim Abendessen angeboten worden waren: von Kaviar bis hin zu frischen Früchten, alles, was das Herz begehrt und was diese Menschen hier seit Jahren nicht einmal zu Gesicht bekommen haben.

Menschenmassen auch vor dem Lenin-Stalin-Mausoleum am Kreml, dem Roten Platz und bei der Zarenglocke. Kindheitserinnerungen. Es war der Lieblingsplatz von ihm und seinen Brüdern gewesen, ein verzauberter, romantischer Ort.

Dafür eine Galerie, die ihn seltsam anzieht: »Tretjakoffsche Galerie« steht am Eingang. Er läßt das Taxi kurz anhalten. Fasziniert schlendert er durch die Räume, getragen vom seltsamen Gefühl einer fremden Vertrautheit, als er durch die Säle mit den Bildern der russischen Romantiker streift. Große, monumentale Gemälde mit Themen aus der russischen Geschichte und Mythologie: Zarewitsch mit dem grauen Wolf, Iwan der Schreckliche, der seinen von ihm selbst tödlich getroffenen Sohn in den Armen hält, Bilder aus den napoleonischen Kriegen. Wo hat er das alles schon gesehen? War er mit seinem Vater schon einmal hier gewesen?

Der Saal mit der zeitgenössischen Kunst und den sterilen Bildern, die nur der Stalin- und Soldatenverherrlichung dienen, wirkt gegen die großartigen Gemälde aus der alten Zeit wie ein billiger Abklatsch auf »echte« Malerei, und Werner wird deutlicher denn je bewußt, wie untrennbar Kunst und Freiheit miteinander verbunden sind. Schnell tritt er wieder auf die Straße.

Der Taxifahrer ist nicht besonders begeistert, als Werner ihm die Adresse seines nächsten Ziels nennt. Dorthin könne man unmöglich fahren. Warum, das erklärt er nicht, nur, daß es »nicht gut« sei, zu dieser Adresse zu fahren. Werner wundert sich über dieses seltsame Verhalten, die Andeutungen, aus denen er einfach nicht schlau wird, aber er ist nicht bereit, sein Ziel aufzugeben, und schließlich einigt man sich darauf, daß das Taxi eine Straße weiter halten und er das letzte Stück zu Fuß gehen wird.

Die Häuser der Kasakowa erzählen von einer anderen Zeit: Villen wie aus einem anderen Jahrhundert, im Stil der »russischen Moderne« gebaut. Hier hat der Geist des Sozialismus mit seinen schmucklosen Wohnsilos zum Glück noch nicht Einzug gehalten.

Werner atmet den Geist seiner Kindheit. Langsam aufkommende Erinnerungen an kleine Szenen, an Spiele im Garten, an den alten Horch seines Vaters, an einen Namen, der ihm plötzlich, scheinbar zusammenhanglos wieder einfällt: Wasja Kargaschwili, der georgische Chauffeur des Vaters. Die alte Köchin Gruscha Tenn und das junge Hausmädchen Nastasja mit den traurigen Augen. Er mußte beinahe 51 Jahre alt werden, ehe er hierher zurückkehren konnte, ist heute sieben Jahre älter als sein Vater damals war...

Werner erkennt das Fenster seines Zimmers und die der Zimmer seiner Brüder im ersten Stock. Um ihn herum werden die Stimmen der Vergangenheit lebendig: »Ras, dwa, tri, tschetyre, pjatj, ja idu isskatj!« – »Eins, zwei, drei, vier, fünf, ich geh suchen!« – die Spiele ihrer Kindheit. Und »Werner – kuschatj!« Die Stimme Paschas, die ihn zum Essen rief.

Verstohlen linst er über das niedrige Tor der Einfahrt in den Garten. Ob er einfach die Klinke herunterdrücken, ein paar Schritte hineingehen soll? Er wagt es nicht, entschließt sich, lieber zuerst ein paar Photos zu machen. Ein Photo, noch eins. Ehe er das dritte Bild gemacht hat, stürzt ein bulliger Mann mit verschlossener Miene auf ihn zu. »Photographieren verboten!« herrscht er ihn auf russisch an und verlangt seine Papiere. Werner weiß nicht, wie ihm geschieht. Seinen Paß hat er an der Hotelrezeption abgeben müssen. Er hat nur seinen deutschen Führerschein bei sich. Der Mann nickt jemandem zu, und auf dieses Zeichen hin treten zwei Männer, die hinter ihm stehen, an Werner heran. Er hatte sie zuvor überhaupt nicht bemerkt. Unsanft wird Werner aus der zaristischen Vergangenheit in die sowjetische Gegenwart gerissen. »Was machen Sie hier?«

Werner versucht zu erklären, doch die Männer hören gar nicht zu, reichen sich gegenseitig seinen Führerschein, tauschen vielsagende Blicke: ein Deutscher, der offensichtlich Russisch versteht. »Mitkommen!« heißt es knapp und bestimmt, und Werner wird unsanft in das Haus seiner Kindheit gezerrt.

Sicherheitsdienst am Eingang. Zwei Rotarmisten. Offensichtlich Offiziere. Langsam reimt Werner sich zusammen, daß er offenbar so etwas wie ein militärisches Gebäude photographiert haben muß. Er wird nach Waffen durchsucht. Vor ihm die große, breite Treppe, die in den ersten Stock mit dem Salon und dem Herrenzimmer führte. Die alten Wandmalereien zu beiden Seiten des Foyers, der Stuck an den Decken. Werner kann es kaum fassen, es ist noch genauso wie früher, nur die Einrichtung, die zweckmäßigen, nüchternen Schreibtische, die billigen Teppiche stehen in seltsamem Kontrast mit der Herrschaftlichkeit des Hauses.

An der Treppe eine alte Putzfrau mit Kopftuch und Schürze. Sie dreht Werner den Rücken zu, wischt in sichtbar schmerzend gebückter Haltung den Boden. Einer der Sicherheitsleute schimpft auf russisch »Bystro! – Schneller!« Werner bezwingt nur mühsam seine Wut über diesen unfreundlichen Ton gegenüber dem Personal.

»Name?« Barsch wird von ihm Auskunft verlangt.

»Bockelmann«, antwortet er etwas ungeduldig. Er hat ihn draußen schon mehrmals genannt, muß ihn jetzt buchstabieren. Dabei steht er ja ohnehin im Führerschein.

Die Putzfrau hält inne, richtet sich etwas auf, greift sich mit einer Hand an die Stirn.

»Vorname?«

In diesem Moment dreht die Frau sich um. Mit weitaufgerissenen Augen, in denen Tränen stehen, sieht sie ihn an, und ehe er die Frage der Beamten beantworten kann, entfährt es ihr in russischem Akzent mit dem typischen rollenden »r«: »Werner!« Und sie kommt auf ihn zu, faßt ihm mit einer erschütterten Geste mit ihren von jahrzehntelanger Arbeit rauhen Händen an die Wangen, als könne sie ihn nur durch diese Berührung wirklich wiedererkennen und die Begegnung begreifen. Seine Brille verrutscht. »Werner!« sagt sie noch einmal weinend, und auch in Werner dämmert die Erinnerung: Er war ein Kind, der Morgen der Flucht, die kratzende Dienstbotenkleidung. Nastasja, die die ganze Nacht hindurch geputzt hatte, damit sie das Haus in guter Erinnerung behielten. Als sie gehen wollten, hatte sie Werner zurückgehalten, hatte das Wischtuch weggelegt, mit dem sie gerade die Diele schrubbte und hatte ihn mit ihren feuchten, von der Arbeit ein wenig groben Händen an sich gezogen. Er erinnert sich an diese Geste und die Berührung, als wäre sie gerade erst einen Augenblick her. Und an ihre Worte: »Du darfst Rußland nicht vergessen, ja? Auch wenn jetzt schreckliche Dinge passieren, es ist ein gutes Land! Und du wirst wiederkommen, das weiß ich, und ich werde da sein.«

Werner hatte damals genickt, hatte sich schlängelnd aus ihrer ungewohnt festen, etwas fremden Umklammerung gelöst und war zu Pascha gelaufen.

Nastasja! Sie ist es wirklich! Nastasja! Er kann es kaum fassen. Sie hatte gesagt, er würde wiederkommen, und sie würde da sein. Und hier stand sie nun, 44 Jahre später, eine alte Frau, und sie putzte die Treppe unter den Sowjets, genauso, wie sie sie damals in der Zarenzeit geputzt hatte. Es hatte sich nichts geändert, nur der Ton war unfreundlicher, das Leben für die kleinen Menschen war für viele noch härter geworden.

»Nastasja!« sagt er leise, und sie nickt weinend. Einer der Offiziere drängt sie ab in den Keller, ein anderer weist Werner an weiterzugehen, schiebt ihn rauh ins ehemalige Damenzimmer, das kaum wiederzuerkennen ist. Kein Schmuck, lieblose, zweckmäßige Einrichtung auch hier: Schreibtische, Schreibmaschinen, Telefone, ein Stadtplan an der Wand. Man weist ihm einen einfachen Holzstuhl zu.

»Wer sind Sie, und was machen Sie hier? Woher kennen Sie diese Frau?« Zwei Uniformierte stellen ihm Fragen.

»Werner Bockelmann. Ich bin der Oberbürgermeister von Frankfurt am Main, Deutschland, und Teil einer diplomatischen Delegation, die zur Zeit in Moskau zu Gast ist. Ich wurde in diesem Haus hier geboren, und diese Frau hat damals schon in diesem Haus gearbeitet.«

Die Rotarmisten sehen sich kopfschüttelnd an. »Diese Geschichte können Sie Ihrer Mamuschka erzählen!« Dann sagt einer eindringlich: »Sie können jetzt weiter lügen und sich immer mehr in Schwierigkeiten bringen, oder Sie können die Wahrheit sagen: Warum haben Sie dieses Haus photographiert? Es ist kein touristisch interessantes Gebäude.«

»Es ist mein Geburtshaus.«

»Lassen Sie den Unsinn! Niemand photographiert eine Polizeibehörde.«

Polizeibehörde? Werner beginnt langsam zu begreifen: Offenbar ist das Haus inzwischen nicht nur ein militärisches Gebäude, sondern ein Sitz des Geheimdienstes geworden. Offenbar befindet er sich gerade in den Händen des KGB. Er hat ein Gebäude des KGB photographiert!

»Wir können Sie auch gleich in die Butyrka überstellen. Dort werden Sie schon reden. Sie sprechen akzentfrei russisch, sind aber Deutscher. Wenn Ihre Papiere nicht gefälscht sind. Sie verfügen außerdem über eine moderne Kameraausrüstung. Wer ist Ihr Auftraggeber? Wenn Sie reden, ist es besser für Sie.«

»Aber so hören Sie doch zu. Ich bin kein Spion, und es gibt keine Auftraggeber. Dieses Haus hat meinem Vater, Heinrich Bockelmann, gehört. Er war Leiter und Mitbesitzer der damaligen Junker-Bank am Kusnezkij Most. Wir haben bis Kriegsausbruch 1914 hier gelebt. Ich kenne mich in diesem Haus ganz genau aus, ich kann Ihnen beweisen, daß mir die Räume hier vertraut sind, kann Ihnen sagen, wie die einzelnen Zimmer und Durchgänge liegen, oder was immer Sie wissen wollen. Woher sonst hätte mich Ihre Putzfrau Nastasja erkennen sollen?«

»Die Genossin wird gerade gesondert verhört. Wir vermuten in ihr eine Komplizin. Wo haben Sie so gut Russisch gelernt?«

»In Moskau. Ich bin hier geboren und aufgewachsen.« Werner ist am Verzweifeln. Er mußte die Beamten endlich dazu bekommen, seine Geschichte zu überprüfen. »Ich bin auf Einladung des deutschen Botschafters Knoke hier, wohne im Hotel Bukarest. Sie können das gern überprüfen. Bitte!«

Einer der Beamten geht aus dem Zimmer, ein anderer tritt ein und beginnt von vorn mit den immer gleichen Fragen. Was mußte Nastasja irgendwo in einem anderen Verhörzimmer dieses Hauses gerade durchmachen?

Verstohlen blickt Werner auf seine Uhr. Was, wenn sie ihn tatsächlich in die Butyrka bringen, in das »Haus der stummen Schreie«, wie dieses berüchtigtste Gefängnis der Stadt schon zu Zeiten seines Vaters genannt worden ist?

Unerwartet öffnet sich die Tür. Die beiden Beamten werden barsch hinausgerufen. Kurz darauf kommt ein neuer herein. »Entschuldigen Sie bitte die Unannehmlichkeiten, Towarisch Bockelmann«, plötzlich nannte man ihn also »Genosse«. »Wir haben den Botschafter soeben erreicht, und er hat Ihre Aussagen bestätigt. Wir bedauern in aller Form die Umstände, die wir Ihnen bereiten mußten. Dürfen wir Sie irgendwohin bringen?

Erleichtert steht Werner auf. »Es wäre wirklich schön, wenn ich jetzt in mein Hotel könnte.«

»Selbstverständlich, Gospodin«, es wird Sie jemand hinfahren.« Nun bezeichnete man ihn sogar als »Herr«. Werner unterdrückt ein Lächeln.

»Danke, aber viel wichtiger ist mir zu wissen, daß die Genossin Nastasja keinerlei weitere Probleme haben wird?«

»Natürlich nicht. Wir haben sie für heute nach Hause geschickt.«

»Habe ich Ihr Wort, daß ihr nichts geschehen wird?«

»Ja, selbstverständlich.«

Höflich wird er, ohne einen der Beamten von vorhin und auch ohne Nastasja noch einmal zu sehen, mit einem beinahe unterwürfigen »Mojo potschtenje, Gospodin« hinausgeleitet und in sein Hotel gebracht.

Der deutsche Botschafter und die anderen Offiziellen bemühen sich später redlich, den peinlichen Eindruck, den dieser Vorfall machen könnte, wegzuwischen. Man scheint nach Tisch in einer etwas aufgelockerten Runde aufrichtig interessiert an seinen Eindrücken zu sein, seine Kritik an der Unterdrückung der Menschen, an der Staatskunst, die in Unfreiheit entsteht, ernst zu nehmen. Gespräche in einer erstaunlichen Offenheit. Er wird mit dem Gefühl der Hoffnung nach Hause fahren, daß dies ein Land ist, in dem man langsam zu hören und sich zu öffnen beginnt.

Liebe und Schuld

»Und nun sitzen wir hier, und in Berlin wird eine Mauer gebaut, und die Gräben zwischen Ost und West scheinen tiefer und unüberwindbarer denn je.« Onkel Werner schüttelt ratlos und nachdenklich den Kopf.

Wir sitzen inzwischen beim Abendessen im Restaurant des Frankfurter Hofs. Mein Flug nach Berlin, wo ich mit Werner Müller Radioaufnahmen für den RIAS machen soll, wurde angesichts der aktuellen Ereignisse gestrichen, und ich muß in Frankfurt übernachten, was Onkel Werner und mir Gelegenheit gibt, den Abend gemeinsam zu verbringen.

Onkel Werner erzählt mir von seinen Kindheitserinnerungen an Rußland, von meinem Großvater, vom »Mann mit dem Fagott«, von Erinnerungen an meinen Vater als Kind, aber auch von seinen Gefühlen, als er seinen ältesten Sohn Mischa durch die Bombe im eigenen Garten verlor, von seinen widersprüchlichen Emotionen bei der Erziehung seines überlebenden Sohnes Andrej und der beiden Söhne, die nach Mischas Tod geboren wurden. Er erzählt mir von seiner Jugend als Kommunist und vom Entsetzen der bürgerlichen Familie, als sie von der Parteimitgliedschaft erfuhr.

Er erzählt mir davon, wie er schon 1940 durch seine kommunistischen Freunde Dokumente in die Hände bekam, die die Pläne der Nazis zur Judenvernichtung bewiesen. Als Oberstabsintendent der Marine hat er diese Papiere nach Dänemark geschmuggelt und dort Politiker ins Vertrauen gezogen, in der Hoffnung, daß diese Pläne veröffentlicht würden und das Schlimmste so zu verhindern sei. Er erzählt mir davon, wie ratlos und ungläubig man damals in Dänemark auf diese Unterlagen reagierte und ihn unverrichteter Dinge nach Hause fahren ließ. Wenig später hat er nachts irgendwo auf einem Güterbahnhof einen Zug stehen sehen, der aus Güterwaggons zusammengesetzt war. SS-Leute standen darum herum. Aus dem Inneren drangen seltsame schabende und kratzende Geräusche. Er dachte zu diesem Zeitpunkt noch, es sei ein Tiertransport. Und er erzählt mir von dem Moment, in dem er das Unfaßbare erkannte: menschliche Stimmen, ein vielstimmiges

Stöhnen, wie es nicht von Tieren stammen konnte, sogar einzelne Wörter. Er erzählt mir von seinem Schock, davon, wie ein SS-Mann ihn weggescheucht habe und von der Hilflosigkeit, die er mit seinem Wissen empfand, das im Ausland auf taube Ohren stieß.

Aber wir sprechen auch über meine bisherige Karriere, über meine Ziele und über die Liebe, die Schwierigkeiten, die sie einem in den Weg stellt. Und plötzlich wird Werner ganz ernst, und er sagt: »Weißt du, auch meine erste große Liebe war im Grunde für mich eine Erfahrung des Versagens.«

Er beginnt, mir von seiner Liebe zu Ruth zu erzählen, einer jungen Jüdin, der ersten großen Liebe und der ersten großen Schuld seines Lebens. Damals, in den dreißiger Jahren …

»Natürlich waren unsere Familien dagegen, aber das hat uns nichts ausgemacht. Wir dachten, wir hätten die Liebe neu erfunden. Aber der Nazi-Ungeist begann, sein Unwesen zu treiben, und bald hat uns die Wirklichkeit mit aller Härte schneller eingeholt, als wir uns das hätten vorstellen können.« Werner greift nach meiner Zigarettenschachtel, nimmt sich eine Zigarette, zündet sie an und macht sie gleich wieder aus. »Ich rauche ja schon lange nicht mehr. Manchmal könnte man das fast vergessen.«

Ich bemerke, daß seine Hände leicht zittern.

»Na, jedenfalls«, besinnt er sich, »Ruth war wie ich in der kommunistischen Partei, und es hat nicht lange gedauert, bis sie als Jüdin, die auch noch Kommunistin war und dem Nazi-Klischee somit so uneingeschränkt zu entsprechen schien, fliehen mußte. Eigentlich sollte die Liebe ja stärker sein als alles andere, so heißt es jedenfalls immer, aber der Zauber des Anfangs war irgendwann verflogen, und es blieb diese unermeßliche Belastung, an einer solchen Liebe in dieser Zeit festzuhalten. Es war mehr, als ich aushalten konnte.«

Werner lacht bitter. »Ich war damals nun mal wahrlich kein Held. Ein Teil von mir wollte bei ihr bleiben, sie beschützen, sie heiraten, alles mit ihr durchstehen, ein anderer Teil von mir wollte vor allem nicht alles aufgeben. Und wieder ein anderer Teil hatte einfach Angst und war feige, das muß ich ehrlich zugeben. Wir hätten nach Amerika oder in die Schweiz emigrieren müssen, und dazu war ich innerlich nicht bereit. Hier war meine Familie, und irgendwie war ich natürlich auch noch Deutscher.«

Er macht eine Pause.

»Und dann ging alles sehr schnell. Mitten in dem ganzen Wirrwarr hab ich Rita kennengelernt. Sie war Deutsche mit russischen Wurzeln, ähnlich wie ich. Wir hatten so unendlich viel gemeinsam…« Werner greift wieder nach meiner Zigarettenschachtel, zündet sich eine an, raucht schnell ein paar Züge, drückt sie dann wieder aus.

»Ich habe mich rückhaltlos in diese neue Liebe gestürzt, mit der Kraft der Jugend, sich immer wieder neu zu verlieben und alles andere hinter sich zu lassen.« Werner putzt nachdenklich seine Brille, setzt sie wieder auf und spricht weiter.

»Ich hab einfach alle Verantwortung hinter mir gelassen, der ich mich nicht gewachsen gefühlt habe. Rita und ich haben schon kurz nach unserer ersten Begegnung geheiratet, haben dann bald Mischa und Andrej bekommen, und ich habe meine Schuldgefühle vollkommen verdrängt. Bis zu jenem schrecklichen Tag im März 1946 und Mischas Tod. Da hab ich plötzlich begonnen, mich immer wieder zu fragen, ob dieser Tod meines Ältesten eine Art Rache des Schicksals für meine Schuld gegenüber Ruth gewesen sei.« Er hält inne, spielt mit meiner Zigarettenschachtel.

»Rache des Schicksals, daran kann ich einfach nicht glauben«, werfe ich ein.

»Nein, das gibt es wirklich nicht, und es gibt auch kein Erwachsenwerden ohne Schuld. Wir alle verlieben uns und sind der Verantwortung nicht gewachsen, verlassen, fügen Schmerz zu, verlieben uns wieder. Wenn wir als junge Menschen nicht die Fähigkeit hätten, die Schuld hinter uns zu lassen, müßten wir alle ja mit 30 schon vor Schuldgefühlen beinahe lebensunfähig sein.« Er räuspert sich. »Und die Schuld war damals natürlich noch viel existentieller, weil sie eine Jüdin betraf, die man ja eigentlich hätte schützen und retten müssen.« Werner will sich eine Zigarette nehmen, besinnt sich und schiebt sie mit einer entschlossenen Geste zu mir.

Ich nicke. »Aber Ruth hat den Krieg auch ohne dich überlebt.«

Werner lacht leise. »Ja. Zum Glück hat sie mich als ihren ›Helden‹ zum Überleben nicht gebraucht. Sie hat überlebt, ist heute glücklich, in Zürich verheiratet und hat mit ihrem Mann, Heinz Liepman, eine höchst erfolgreiche Literaturagentur gegründet. Ich habe zu ihrem Glück nichts beigetragen.«

Er lächelt.

»Hast du dich manchmal gefragt, wie dein Leben gewesen wäre, wenn du damals zu Ruth gestanden hättest?«

Werner schüttelt den Kopf. »Natürlich. Manchmal. Aber das ist alles müßig. Gelebtes Leben hat eine unglaubliche Kraft. Ich bereue keinen Tag meines Lebens.«

Werners Worte wühlen etwas in mir auf, das ich immer schon gefühlt, mir aber noch nie in dieser Deutlichkeit bewußt gemacht habe, und während wir unseren Espresso trinken und ich an die Liebeswirren in meinem eigenen Leben denke, kann ich Werner besser verstehen, als er vielleicht ahnt, fühle mich ihm näher denn je.

Und als wir auf die Straße treten, bei einem Zeitungsjungen eine Ausgabe der Zeitung des nächsten Morgens kaufen, uns über die aktuelle Lage in Berlin informieren, ahne ich, was mein Großvater gemeint hat, als er schrieb: »... Eine Familie ist wie ein Baum, im Erdreich verankert durch ein Geflecht von starken und schwachen Wurzeln, die sich in seinem Stamm vereinen und in den dem Himmel zugewandten, nach oben strebenden Ästen und Zweigen ihr Spiegelbild finden ...«

17. KAPITEL

Baden-Baden, 14. und München, 25. Juni 1963

»Wann wird man je versteh'n?«

»Sag' mir, wo die Blumen sind, wo sind sie geblieben? Sag' mir, wo die Blumen sind, was ist gescheh'n ...« Im Zuschauerraum des Baden-Badener Kurhauses ist es so still, daß ich beinahe mein Herz schlagen hören kann. Techniker, Wachleute, Bühnenarbeiter, Putzfrauen, wer immer gerade nichts zu tun hat, hat sich versammelt, um dieser Probe zu lauschen – und wird innerhalb von Sekunden in den Bann einer Frau gezogen, deren pure Ausstrahlung und Intensität einen tief in der Seele erfaßt. Eine lebende Legende – und doch unendlich viel mehr als das. Ein Mythos, eine Sphinx, eine Unberührbare, die Sehnsüchte weckt und doch keinen Hehl daraus macht, daß diese Sehnsüchte, selbst der Wunsch nach einem Lächeln, einer kleinen Geste, einer leisen Berührung unerfüllt bleiben werden. Eine Frau, die unfaßbar bleibt, beinahe unverwundbar und doch so unendlich verletzt von jedem einzelnen Ton, den sie singt. Marlene Dietrich.

Mit maskenhaftem Gesicht, fast unwirklich hell geschminkt, einem hautengen Kleid, immer noch atemberaubenden Beinen steht sie in ihren Bewegungen bewußt auf ein Minimum reduziert auf der Bühne.

»Sag mir, wo die Blumen sind, Mädchen pflückten sie geschwind – wann wird man je versteh'n, wann wird man je versteh'n?« singt sie leise, mit ihrer unverwechselbaren Stimme. Ohne jegliche »Performance«, ohne ihr Lied zu verkaufen, sich bei irgend jemandem mit einem Lächeln, einer Geste, einer Handbewegung einzuschmeicheln, ohne Show zu machen, erreicht sie doch jeden in diesem Raum, selbst die Garderobenfrau, die ganz am Ende des Saales steht und zuhört.

»Sag mir, wo die Männer sind, zogen fort, der Krieg beginnt, wann wird man je versteh'n, wann wird man je versteh'n?« Ich spüre eine Gänsehaut am ganzen Körper. Es ist eines der einfachsten Lieder, die ich je gehört habe, nur drei Harmonien und ein Text, der von Vers zu Vers nur einzelne Worte verändert. Was so scheinbar leicht mit Blumen und Mädchen begann, wird plötzlich zu einem Lied über Soldaten und Gräber, und Marlene Dietrich ändert die Interpretation um keine noch so kleine Nuance. Keine noch so kleine mimische Geste. Sie läßt ihre Stimme wirken, die Melodie, die leise Trommel im Hintergrund, ihre eigene Erscheinung. »Sag' mir, wo die Gräber sind, Blumen weh'n im Sommerwind …«

Niemand im Raum wagt mehr zu atmen. Diese Frau ist die faszinierendste und unergründlichste Erscheinung, die ich je auf einer Bühne erlebt habe.

»Die muß über sechzig sein!« flüstert ein Kabelträger hinter einer Kamera in meiner Nähe einem Kollegen zu.

»Diese Frau ist unglaublich«, antwortet der andere leise.

Und ich soll morgen im Vorprogramm auftreten, in der gleichen großen TV-Show wie diese Legende. Na, das kann ja gut werden. Die beiden Lieder, die ich dort präsentieren werde, sind wieder nichts Eigenes. Wieder irgendwelche lauwarmen Songs, die die Produzenten für mich und »den deutschen Markt« ausgesucht haben. Einfach nichts, womit ich mich identifizieren kann, nichts, worin ich mich entwickeln könnte, nichts, was ich irgendwie gestalten könnte.

Der Trommler läßt den letzten leisen Wirbel verklingen. Schweigen im Raum. Dann der frenetische Applaus der Kameraleute, Kabelträger und Bühnenarbeiter. Marlene Dietrich verbeugt sich knapp und geht ab. Noch einige Sekunden lang bewegt sich niemand im Raum, dann geht man wieder seiner Arbeit nach, es wird für eine Ballettszene umgebaut, es ist laut, hektisch, chaotisch.

Gedankenverloren schlendere ich hinter die Bühne, noch immer völlig im Bann dieser Persönlichkeit, dieses tief unter die Haut gehenden Liedes. Solche Songs bräuchte man. Und natürlich so eine Aura. Aber im Moment kann ich davon nur träumen. Ich bin 28 Jahre alt, und ich spüre deutlicher denn je, daß ich noch viel lernen muß.

Hinten in den Kulissen zwischen herunterhängenden Vorhängen. Scheinwerfern, Kabeln, Kulissenteilen steht der Flügel, den man für meinen Auftritt auf die Bühne schieben wird. Wie selbstverständlich setze ich mich daran, schlage einige Akkorde an.

Was mache ich falsch? Warum geht überhaupt nichts mit meinen eigenen Liedern in Deutschland? Und dabei habe ich doch mit diesen eigenen Liedern längst Erfolg – sogar *Welt*erfolge: Shirley Bassey hat mit meinem »Reach For The Stars« in vielen Ländern, auch in den USA, erste Plätze der Hitparaden erreicht, und Sarah Vaughan mit meinem »Right Or Wrong«, produziert von meinem Idol Qunicy Jones, dem »Gott« der amerikanischen Musikszene, den ich damals in Harlem gemeinsam mit Count Basie erlebt habe, ist ebenfalls überall zu hören. So schlecht kann das, was ich mache, also eigentlich gar nicht sein.

Vielleicht sollte ich langsam ernsthaft darüber nachdenken, nur noch zu komponieren. Vielleicht ist das mein Weg. Und es wäre nicht der schlechteste. Es wäre eine Möglichkeit, über die ich nachdenken sollte, wenn sich in den nächsten Jahren nichts bewegt. Mit dreißig sollte ich mich entscheiden. Dann möchte ich nicht mehr wie jetzt fremde Lieder aufnehmen, um meine Miete bezahlen zu können und das auch noch mit so miserablen Verträgen, die mir, selbst wenn ich einige hunderttausend Platten verkaufen würde, wenn's hochkommt, ein paar tausend Mark Gage einbrächten. So kann es nicht ewig weitergehen. Bis jetzt habe ich immer alles unterschrieben, was man mir angeboten hat, ohne je zu verhandeln, Forderungen oder auch nur eine Frage zu stellen. Hauptsache, ich konnte musizieren und irgendwie davon leben. Geschäftstüchtig war ich ja noch nie, und die Plattenbosse geben einem sowieso immer das Gefühl, nur ein kleiner, unwichtiger, austauschbarer Bittsteller zu sein. Aber langsam stelle ich fest, daß ich ausgenutzt werde. So komme ich nie auf einen grünen Zweig. Es wird höchste Zeit, daß ich irgendwie zu einem Manager komme, der für mich verhandelt, an mich glaubt, sich für mich und meine Musik einsetzt.

»I reach – for the stars – when I reach for your hand«, stimme ich ganz in Gedanken an und finde, daß das Lied mir wunderbar gelungen ist. Ich denke für einen Augenblick an Patsy und ihre Sterne. Wie sie wohl so lebt in der amerikanischen Kleinstadt? Das Leben geht schon seltsame Wege.

»Das ist ja ein schöner Song. Was spielen Sie da?« Eine rauchige, sonderbar vertraute und doch fremde Frauenstimme hinter mir. Ich habe gar niemanden kommen gehört. Ich drehe mich um – und Marlene Dietrich lächelt. Das Maskenhafte ihres Gesichts, die Sphinx, der Mythos ist verschwunden, das enge Bühnenkleid hat sie gegen ein elegantes Kostüm getauscht. Ich springe nervös auf. »Bleiben Sie ruhig sitzen, ich möchte Sie nicht stören.«

Ich schüttle den Kopf. »Aber nein, ich war sowieso gerade fertig.«

Sie zündet sich trotz des Rauchverbotsschildes, das vor uns prangt, eine Zigarette an, bietet mir auch eine an, gibt mir wie selbstverständlich Feuer, lacht, als ich etwas nervös auf das Schild zeige »Einfach ignorieren. Alles, was auf irgendwelchen Verbotsschildern steht, interessiert mich nicht. Erzählen Sie mir lieber von diesem Song«, lehnt sich ans Klavier.

»Das ist ›Reach For The Stars‹. Shirley Bassey hat es gesungen. Vielleicht haben Sie's ja schon mal gehört?« antworte ich etwas hektisch und versuche, mich von meinem unendlichen Respekt vor dieser Frau nicht allzusehr nervös machen zu lassen.

»Oh, ja, jetzt, wo Sie es sagen. Natürlich hab ich das schon gehört. Das ist ja auf der ganzen Welt ein Riesenhit. Ich finde es bemerkenswert, daß Sie solche Sachen spielen.«

»Naja, das fällt mir nicht schwer, der Song ist von mir«, erkläre ich, und meine Verlegenheit ist etwas größer als mein Stolz.

»Oh, das ist ja phantastisch! Ich glaube, ich sollte mir morgen Ihren Auftritt ansehen.« Sie streift die Asche ihrer Zigarette einfach an einem alten Kaffeebecher ab.

»Ich weiß nicht so recht, ob ich Ihnen das empfehlen würde. In der Show singe ich ganz andere Sachen, eher für den deutschen Markt, wie meine Produzenten behaupten. Jedenfalls leider nichts von mir.«

Sie sieht mich ungläubig an. »Das verstehe ich nicht. Sie sollten *nur* Ihre eigenen Sachen singen, da gibt's doch gar nichts zu überlegen!« meint sie mit Bestimmtheit.

»Das sieht meine Plattenfirma leider anders«, erwidere ich ruhig und beginne, meine Anspannung ein wenig zu überwinden. »Aber lassen wir das, so ist es eben. ›Showbusiness‹ und Deutschland, das paßt noch nicht so richtig zusammen.«

Sie lacht. »Ja, und Marlene Dietrich und Deutschland, das paßt irgendwie auch noch nicht – oder *nicht mehr* so ganz.«

Verblüfft sehe ich sie an. »Aber warum denn? Sie haben doch gemerkt, wie Sie gerade bei der Probe bejubelt worden sind. Und was morgen abend hier los sein wird, wage ich mir gar nicht auszumalen.«

»Verschreien Sie's nicht, aber ich habe immer ein bißchen Angst, in meiner alten Heimat aufzutreten, obwohl ich Deutschland liebe. Ich gelte ja hier immer noch als Fahnenflüchtige, fast als Landesverräterin.« Sie lacht, und man spürt die leichte Bitterkeit in diesem Lachen. »Weil ich unter dem Faschismus nach Amerika gegangen bin, weil ich die amerikanischen Soldaten unterstützt habe, weil ich immer ein Mensch war, der demokratisch denkt und fühlt.« Sie zündet sich eine neue Zigarette an, nimmt einen tiefen Zug.

»Aber diese Dinge liegen doch weit zurück. Ich bin sicher, man hat Ihnen inzwischen verziehen.«

Marlene Dietrich legt mit einer schroffen Bewegung ihr goldenes Feuerzeug auf das Klavier. »Ich will aber nicht, daß man mir ›verzeiht‹! Ich will, daß man ›versteht‹! Ich habe nichts falschgemacht!« Sie macht eine wegwerfende Handbewegung, »Aber unser Beruf ist sowieso die einzige Notwehr, die wir gegen diese Welt haben.« Sie sieht mich mit einem erstaunlich offenen Blick an, anscheinend wieder ganz mit sich im reinen. »Aber vielleicht brechen ja jetzt neue Zeiten an: Die Jugend, die in Deutschland heranwächst, verbinde ich mit einer großen Hoffnung. Und daß Kennedy nächste Woche nach Deutschland kommt, ist vielleicht so etwas wie ein äußeres Signal für den anstehenden Neubeginn im Denken und Fühlen. Glauben Sie, daß es so etwas gibt, so einen Neubeginn?«

»Natürlich gibt es das. Leben ohne Veränderung ist undenkbar. Und Kennedy ist jetzt schon so etwas wie ein neues Jugendidol. Nach seinem Besuch hier wird das Dimensionen erreichen, die man sich noch gar nicht vorstellen kann.«

Sie nickt nachdenklich. »Ideale wären vielleicht wichtiger als Idole, aber wir werden ja sehen, wohin die Reise führt.« Und dann meint sie mit einem Lachen: »Es ist schon ein bißchen seltsam, jemanden, den man aufwachsen gesehen hat, jetzt als neues Jugendidol und sogar als den mächtigsten Mann der Welt zu erleben.« Sie schüttelt den Kopf. »Jack…« Sie unterbricht sich. »Sie wissen ja vielleicht, daß wir alle ihn Jack nennen.« Ich nicke. »Jack hat als ganz junger Bursche meiner Tochter Maria schöne Augen gemacht. Aber da hab ich aufgepaßt. Schließlich war er schon als Student ganz offensichtlich ein Frauenheld und Charmeur. Nicht mit meiner Tochter! Ich hab sie nur mit einer Anstandsdame mit ihm ausgehen lassen, sosehr sie das auch gehaßt hat. Und ich weiß natürlich, daß sie mich ausgetrickst und die Gouvernante mit Süßigkeiten und wahrscheinlich dem einen oder anderen Gläschen abgelenkt haben. Aber so ist halt das Spiel des Lebens.« Sie lacht. »Und vielleicht gehört gerade dieses Lebendige und Charmante an Jack zur neuen Politikergeneration dazu. Ich bin jedenfalls gespannt, wie sich die Dinge bei seinem Deutschlandbesuch entwickeln.«

Ihr Kapellmeister ist herangetreten, gibt ihr ein Zeichen, daß man gehen sollte. Sie nickt. »Ich muß los. Aber vielleicht können wir uns beim Abendessen weiter unterhalten? Kennen Sie ein schönes Lokal hier?«

Ich nenne ihr das »Stahlbad«, das einzige, das ich kenne.

»Gut, dann begleiten Sie uns doch? Ich habe ein paar Freunde und Kollegen eingeladen.«

Ich nicke. »Ja, sehr gern!«

»Ich freue mich.« Sie steckt sich vor den Augen eines Feuerwehrmanns, der gerade vorbeikommt, die nächste Zigarette an. Er stockt einen Moment, als er uns rauchen sieht, möchte offenbar etwas sagen und wagt es dann angesichts »der Dietrich« nicht.

»Verraten Sie uns nicht«, macht sie ihn wie selbstverständlich lachend zum Verbündeten und geht mit einem Augenzwinkern an ihm vorbei.

»Ich verstehe immer ›Onkel‹«

München, knapp zwei Wochen später.

»Es werden in Deutschland ganz neue Zeiten im Showgeschäft anbrechen.« Hans R. Beierlein sieht mich lange eindringlich an, um seinen Worten das nötige Gewicht zu verleihen. »Sie können es glauben oder nicht, die Ära der großen, absolut autoritären Musikkonzerne ist ein für allemal vorbei. Die dicken Bosse von den ›Produktionsgruppen Süd, Nord und West‹, wie sie die Polydor zum Beispiel unterhält, die selbstherrlich in ihren dicken Villen im Tessin sitzen, wissen noch gar nicht, daß ihre Zeit langsam zu Ende geht. Da ist eine Entwicklung im Gange, die von Frankreich und Italien kommt und die auch den deutschen Markt erfassen wird, und diese Entwicklung bedeutet, daß die schwerfällige Politik der langen Wege in der Musik vorbei ist.« Er hält kurz inne, sieht aus dem Fenster. »Es kann ja wohl nicht der beste und kürzeste Weg von der Idee zum Lied sein, daß ein in einer Verlagsgruppe angestellter Komponist einen Song schreibt, der dann einem im Grunde ahnungslosen Verlagsgruppenleiter zur Begutachtung vorgelegt wird, dann wird irgendein angestellter Sänger geholt, den nichts mit dem Lied verbindet, und der soll es dann überzeugend singen.« Er lacht. »Schnee von gestern! Was jetzt kommen wird und was ich in Deutschland als erster zum Erfolg führen möchte, ist eine authentische Musik. Und was ist das?« Er sieht mich herausfordernd an. »Was ist der kürzeste Weg von einer Idee zur Schallplatte?«

»Daß der Komponist es selber singt?« frage ich zögernd.

Hans R. Beierlein schnipst mit den Fingern. »Genau. Der Komponist, der seine eigenen Lieder singt! Das ist in diesem Beruf die Zukunft. Das ist Authentizität, das ist eine Kunstform, die Anerkennung verdient, das ist es, was die Menschen wollen und was der Musikmarkt der Zukunft braucht. Die Sänger und die Musikgruppen der Zukunft müssen mehr von Musik verstehen als bisher. Der Performer der Zukunft muß mehr draufhaben als nur ein nettes Stimmchen.«

Hans R. Beierlein hat sich in Rage geredet. Gebannt höre ich ihm zu. Zum ersten Mal spricht jemand mit Selbstbewußtsein und der Aura des »Machers« die Dinge aus, die ich schon lange fühle und die mich doch einfach nur ratlos gemacht haben, weil sie sich nicht umsetzen ließen, weil sie immer an der Mauer der machtvollen Verlagshäuser und Produktionsgruppen abgeprallt sind. Plötzlich scheinen diese Mauern morsch, und Hans R. Beierlein jemand zu sein, der den Willen und die Möglichkeiten hat, sie umzuwerfen. Es wäre zu schön, um wahr zu sein.

Vielleicht ist heute der Tag, auf den ich seit Jahren gewartet habe. Vielleicht ist Hans R. Beierlein der Mann, der meiner Karriere den richtigen Schub gibt. Er strahlt ein Insiderwissen und eine Sicherheit aus, die mich verblüfft und anspornt: ein junger Mann, wenige Jahre älter als ich selbst, mittelgroß, leicht rundlich, mit blitzenden, wachen Augen und einem beißenden, prägnanten Humor. Sein auffallend rollendes »R« verrät den Franken, und seine Liebe zur pointierten Sprache zeigt sich in jedem Satz. Gebildet, kreativ, voller Tatendrang, gleichzeitig knallhart kalkulierend, immer »den Markt« im Blick, das Machbare, den kommerziell erfolgreichen Weg. Er hat genau das Geschäftstüchtige, Durchsetzungsfähige, das mir fehlt, und kennt die Branche wie kaum ein anderer. Gelernter Journalist, aber inzwischen offenbar freischaffender Verleger und Produzent auf der Suche nach neuen Gesichtern, Stimmen, Wegen. Ein gemeinsamer Bekannter hat ihn auf mich aufmerksam gemacht, und Hans R. Beierlein hat mich sofort in sein Büro eingeladen, um mich zu »besichtigen«, wie er es mit einem Augenzwinkern genannt hat.

Was er genau will, was ihm vorschwebt, weiß ich noch nicht. Ich bin gekommen, um mit ihm zu sprechen, zu sehen, ob wir zueinander passen, ob wir irgendetwas gemeinsam auf die Beine stellen können.

Es ist ein warmer Junitag. München strahlt in der gleißenden Sonne, und zum ersten Mal in meiner Laufbahn habe ich das Gefühl, daß meine Karriere an einem Wendepunkt stehen könnte, an dem plötzlich *alles* möglich scheint. In einer Ecke des zweckmäßig eingerichteten Büros das flackernde Licht eines von uns nicht beachteten Fernsehers, der ohne Ton läuft.

»Wenn Sie nur ›Jenny‹ geschrieben hätten, hätte ich Sie nicht eingeladen. Ein einziger Erfolg hat nicht viel zu sagen. Das ist allzuoft nur Zufall. Aber Sie haben ›Jenny‹, ›Right or Wrong‹ und ›Reach For the Stars‹ geschrieben, das ist kein Zufall mehr. Das zeigt, daß Sie das Zeug haben, aus sich etwas zu machen. Sie könnten der erste in Deutschland sein, der diesen Weg erfolgreich geht. Was ich dazu von Ihnen brauche, sind Lieder, Lieder und nochmals Lieder, Kompositionen mit internationalem Touch in der Qualität von ›Reach For The Stars‹. Wenn Sie das schaffen, können wir Großes bewegen. Was meinen Sie?«

»Das ist das, was ich immer wollte!«

»Okay, dann machen wir das doch, aber wir müssen konsequent sein. Von jetzt an kümmern Sie sich um die Musik, und ich kümmere mich um das Geschäftliche, um Verträge, um den Markt. Sie schreiben die Songs. Ohne Songs können wir das Ganze sofort vergessen. Sie sind der Schlüssel zu allem. Auch der beste Sänger ist nur so gut wie sein Lied. Ich treibe die Gelder für die Produktionen auf. Sie werden nur noch Ihre eigenen Lieder singen. Konsequent. Trauen Sie sich das zu?«

»Ja, natürlich, aber …«

Hans R. Beierlein unterbricht mich lachend: »Nix ›Aber‹. Ich will nur hören: Trauen Sie sich zu, gute Songs zu schreiben und sie zu singen oder lassen wir's?«

»Natürlich traue ich mir das zu.«

»Sehen Sie, das wollte ich hören. Erst mal sollten wir anfangen, etwas zu tun. Das Vertragliche zwischen uns können wir immer noch regeln, das hat Zeit. Einverstanden?«

Das ist ganz nach meinem Geschmack. Ich hasse es, immer gleich Verträge zu unterschreiben, wenn man noch gar nicht weiß, was auf einen zukommt. Auch wenn das natürlich einen großen Vertrauensvorschuß voraussetzt, der schiefgehen könnte.

»Einverstanden«, erkläre ich überzeugt.

»Gut. Das nächste Problem sind die Texte. Wir müssen gute Textdichter finden, die diesen Weg mit uns gehen und die uns Texte in der gleichen Qualität wie Ihre Kompositionen schreiben. Bis wir die haben, sollten Sie sich selbst als Texter herausfordern. Sie haben schließlich auch den Text für ›Jenny‹ geschrieben, da müßte eigentlich noch mehr in Ihnen stecken. Die Texter, die wir suchen, müßten Literaten der Gegenwart sein, die für uns schreiben und das für sich als neue Kunstform entdecken. Da werde ich mich umhören. Bis dahin sehen Sie sich das einmal an, das wird Sie inspirieren.« Er reicht mir einen Stapel mit Texten. »Das sind Übersetzungen der Songs, die in Frankreich und Italien erfolgreich sind. Sie werden staunen, wie tief man da in die Sprache und in die Erfahrungswelt des Alltags eindringen kann. Studieren Sie das. Hier reimt sich nicht mehr ›Glück‹ auf ›Zurück‹ und ›Herz‹ auf ›Schmerz‹. Hier geht es um etwas anderes. Und das muß auch unser Ziel sein. Es müssen Lieder entstehen, die die alltägliche Lebenserfahrung der Menschen spiegeln, Lieder, die authentisch sind und die den Puls der Zeit treffen. Die Lieder müssen endlich *Inhalte* bekommen, die unsere Sorgen, unsere Ängste, aber auch unser Glück widerspiegeln. Man muß das hören, was wir hier in diesem Land empfinden. Es müssen deutsche Lieder sein, aber eben ganz anders als bisher. Die Menschen müssen sich von den Liedern aufgefangen fühlen. Verstehen Sie, was ich meine?«

Ich nicke beeindruckt und zunehmend begeistert. Noch kann ich mir das alles nicht wirklich vorstellen. Noch klingt das alles für mich viel zu schön um wahr zu sein, doch die Energie dieses Mannes läßt mich zum ersten Mal wirklich an meine Zukunft in diesem Metier glauben.

»Gut. Darauf sollten wir anstoßen. Lassen Sie uns rübergehen.« Er zeigt in die andere Ecke des Zimmers, wo der Fernseher vor einem ledernen Sofa steht. Er öffnet eine Flasche Weißwein, die im Kühler bereitsteht, schenkt uns ein. »Ich liebe Weißwein. Wie steht's mit Ihnen? Und wenn wir so eng zusammenarbeiten wollen, dann sollten wir uns eigentlich duzen. Was meinen Sie?«

»Ja, gern!« Wir trinken Bruderschaft.

Im Fernsehen Bilder des Kennedy-Besuches in Deutschland. Hans R. Beierlein stellt interessiert den Ton lauter. »Siehst du, auch da brechen neue Zeiten an! Was für ein charismatischer junger Mann mit ganz neuen Ideen, ganz neuen gesellschaftlichen Konzepten! Die Welt verändert sich. Und was ich am besten finde, man munkelt ja, daß er auch den Frauen sehr zugetan ist. Endlich ein Politiker, den man sich auch in den Armen einer Frau vorstellen kann. Für mich ist er dadurch viel glaubhafter.«

Ich nicke, betrachte fasziniert die Bilder von den jubelnden Menschenmassen, denke an das Gespräch mit Marlene Dietrich vor ein paar Tagen in Baden-Baden. Und springe auf einmal begeistert auf: Im Wagen neben John F. Kennedy steht mein Onkel Werner! »Das ist mein Onkel Werner, dort, neben Kennedy!«

»Was? Wieso ›Onkel‹? Ich verstehe immer ›Onkel‹? Wie meinst du das?«

»Naja, Werner Bockelmann ist der Bruder meines Vaters Rudi. Also mein Onkel Werner. Er ist Oberbürgermeister von Frankfurt und offenbar heute Gastgeber des amerikanischen Präsidenten! Das ist ja phantastisch!«

Hans sieht mich überrascht an. »Du scheinst ja eine ausgesprochen interessante Familie zu haben. Das mußt du mir mal in Ruhe erzählen.«

Wir sehen gebannt zu. Die Delegation trifft im Römer ein. Mein Onkel hält die Begrüßungsrede, spricht von der Freundschaft zwischen Deutschland und Amerika, von großen Amerikanern, die Frankfurt besucht haben. Aber noch nie sei es ein amtierender amerikanischer Präsident gewesen. Er überreicht Kennedy als Gastgeschenk einen Brief des ehemaligen Präsidenten Eisenhower.

»Ein souveräner Mann, dein Onkel«, meint Hans anerkennend.

Vor dem Römer ein paar launige Worte Kennedys an die jubelnden Menschen: Seit er in Deutschland sei, würden seine Gastgeber, je nachdem, welcher Partei sie angehörten, erklären, die jubelnden Menschen dort seien Angehörige der SPD, jene dort drüben seien Sympathisanten der CDU. Es sei ihm bis heute nicht gelungen, den Unterschied zu erkennen. »I don't see the difference! I just see friends...« Ein Orkan der Begeisterung und ein offenbar spontanes Bad in der Menge, zum sichtbaren Entsetzen seiner Sicherheitsleute. Dann geht man zur Paulskirche, dem Ort, an dem in Deutschland vor fast 120 Jahren die erste deutsche, demokratisch gewählte Nationalversammlung tagte. Der Geburtsort der Deutschen Republik, der Demokratie in diesem Land, wenngleich sie sich damals, 1848, auch nur kurz halten und sich nur nach schweren Rückschlägen wieder etablieren konnte.

Mein Onkel, »Mayor Bockelmann«, wie er von Kennedy angesprochen wird, immer dicht hinter dem hohen Staatsgast. Kennedy geht auf den geschichtsträchtigen Ort ein. Und auf den deutschen Nationalhelden Goethe, der lange in Frankfurt lebte. Er zitiert den Schlüsselsatz aus »Faust«, wonach der Moment, in dem er »zum Augenblicke sage: Verweile doch, du bist so schön«, der Moment, in dem er also bereit sei, in der Gegenwart zu verharren, statt vorwärts zu streben, der Augenblick sei, in dem er bereit sei, dem Teufel seine Seele zu geben und unterzugehen. Dieser Satz sei zentral und bedeutsam für unsere Zeit, meint Kennedy. Wer nur in der Gegenwart oder der Vergangenheit lebe, verpasse die Zukunft. Und die Zukunft, das sei eine starke Allianz zwischen Europa – besonders Deutschland – und Amerika. Es gelte, diese Allianz zu stärken und mit wachem Blick und offenem Herzen in Freiheit auf die Zukunft zuzugehen, die in unserer Hand liege.

»Das ist ja großartig«, jubelt Beierlein. »Das ist genau das, wovon wir heute gesprochen haben. Es geht um Veränderung, um Entwicklung, um Zukunft. In jeder Hinsicht!«

Zum Schluß ein paar persönliche Worte, die mich tief berühren und Onkel Werner, den man für einige Momente in Großaufnahme sieht, ganz offensichtlich auch. »Wenn ich aus meinem Amt scheide«, meint Kennedy zum Abschied, »werde ich meinem Nachfolger einen Brief hinterlassen, der nur in Stunden tiefster Traurigkeit zu öffnen ist. Und darin werden genau vier Worte stehen: ›Go and visit Germany!‹«

Staunend sehen Hans und ich uns an. »Das ist ja eine Hymne auf unser Land und die Menschen hier. Haben wir Deutsche das wirklich verdient, so positiv gesehen zu werden? Hättest du das gedacht?«

Ich schüttle den Kopf.

»Was für ein Kompliment!« Hans kann sich vor Begeisterung kaum noch beruhigen. »Und das von einem Sieger an die Besiegten! Das hat es noch nie in der Geschichte gegeben! Was für ein Mann!«

»Und dabei habe ich gerade letzte Woche noch mit Marlene Dietrich darüber gesprochen, ob es in Deutschland je wieder möglich sei, einem Politiker zuzujubeln.«

»Mit solchen Gesten macht er den Jubel in Deutschland mit Recht wieder salonfähig und schuldfrei! Da *kann* und *muß* man mit Jubel und Beifall reagieren.«

Kennedy verabschiedet sich von seinen Gastgebern in Frankfurt, steigt in den Wagen.

Hans hebt sein Glas. »Mir scheint, heute haben einige Dinge sich entscheidend geändert. Auf den Wandel.« Wir stoßen an. »Und auf die neue Zeit!«

18. KAPITEL

Luxemburg, 5. März 1966

Der Grand Prix und die Angst

Knirschende Kieselsteine unter meinen Schritten. Beinahe gespenstische Ruhe. Es ist ein ungewöhnlich milder März-Abend, trotzdem spüre ich eine Gänsehaut, meine Knie scheinen wie aus Watte, meine Hände zittern. Nervosität in einem nie gekannten Ausmaß. Pochender Herzschlag. Ich versuche, meinen Atem zu beruhigen, ihn meinen langsamen Schritten anzupassen.

»Du führst!« schreit Hansi Hoffmann, der Pressephotograph, der meinen Manager Hans R. Beierlein und mich nach Luxemburg begleitet hat, mir aus der Tür zum noblen Grand Auditorium de RTL zu. »Du bist weit in Führung!«

»Wie viele Länder noch?«

»Neun!«

Ich winke ab. »Da kann noch viel passieren.«

Ich will es eigentlich gar nicht genau wissen. Dieses Abwarten und Minute für Minute mit den Jurywertungen der einzelnen Länder meinem Sieg oder meiner Niederlage entgegenfiebern, bringt mich an den Rand meiner nervlichen Kraft. Ich möchte allein sein, im Augenblick, in der Stille dieses Parks, mich im knirschenden Geräusch der Kieselsteine unter meinen Lackschuhen verlieren und irgendwann das endgültige Urteil erfahren und damit leben.

Hansi Hoffmann verschwindet wieder im »grünen Salon«, in dem die Teilnehmer des »Grand Prix d'Eurovision de la Chanson« die Punktevergabe miterleben sollen, eingefangen von gnadenlosen Kameras, die das Strahlen der Glücklichen die Tränen der Enttäuschten für das Fernsehen und die Zeitungen von morgen in Nahaufnahme zeigen. Eine Spannung, die mich in die Flucht schlug. Und die Frage: »Warum nur habe ich mir diesen Irrsinn ein drittes Mal angetan? Warum habe ich mich dieser Gefahr noch einmal ausgesetzt, diesem ›Spiel‹, das alles, was ich bisher erreicht habe, an einem einzigen Abend zunichte machen kann?«

Staub an meinen Schuhen. Es spielt jetzt keine Rolle.

Es ist schon das dritte Mal, daß ich an diesem verrückten, unberechenbaren Wettbewerb teilnehme, dem weltweit wichtigsten Wettbewerb, den es in meiner Branche gibt, und diesmal hängt meine Zukunft davon ab, das spüre ich ganz genau. Alles oder nichts. Eine vierte Teilnahme wird es natürlich nicht geben. Schon dieses dritte Mal in jenem »Hexenkessel« war eigentlich gar nicht in meinem Sinne. Ich hatte meine großen Erfolge bei diesem Wettbewerb gehabt, Erfolge, die auch gleichzeitig irgendwie Niederlagen waren und die doch eine Lawine an Bekanntheit und Plattenverkäufen losgetreten, mir vieles ermöglicht haben, was zuvor undenkbar schien.

Vor zwei Jahren war ich mit »Warum nur, warum« fünfter geworden, im letzten Jahr mit »Sag ihr, ich laß sie grüßen« in Neapel vierter. Die beiden Lieder waren Welthits geworden, die in über vierzig Ländern veröffentlicht und nachgesungen wurden. Sie haben meiner Karriere nach all den Jahren des Kämpfens mit mutlosen Produzenten einen Raketenstart beschert. Beim Grand Prix einen der ersten Plätze zu belegen, kann bedeuten, eine Weltkarriere zu starten, einen internationalen »Nummer-eins-Hit« zu haben – beinahe sicher. Ein Erfolg bei diesem Wettbewerb ist wie ein Katapult für die Karriere, wie keine andere Großveranstaltung, kein anderes Ereignis in meinem Beruf es sein kann – nicht nur für den Sieger, sondern zumindest für die ersten fünf, und ich habe diesen beiden sehr guten Placierungen der letzten beiden Jahre beinahe alles zu verdanken, was ich seither erreicht habe.

Gleichzeitig habe ich bei jeder Grand-Pix-Teilnahme die Nervenanspannung gespürt, die kaum erträglich ist, das Gefühl, zu zerreißen, und nach dem Bewerb in Neapel hatte ich dann auch tatsächlich einen schweren Zusammenbruch. Im ersten Moment dachte ich, es sei ein Herzinfarkt. 31 Jahre alt und am Ende aller Kräfte. Panik. Überlebensangst, wie ich sie noch nicht einmal als

Kind im Krieg gekannt habe. Es stellte sich zum Glück heraus, daß es nur ein Mangel an Calcium, ein Preis für mein unsolides Leben, das viele Rauchen, zuviel Alkohol, zuwenig Schlaf, den Streß, die Anspannung gewesen war. Mit meinem Herzen war alles in Ordnung, und ich schwor mir, dies sei das letzte Mal gewesen, daß ich diesen Irrsinn mitmache.

Offenbar war es mir nicht beschieden, diesen Bewerb zu gewinnen. Zwar war ich beide Male – nicht bei der deutschen und österreichischen, wohl aber bei der internationalen Presse – der Favorit gewesen, aber das hat eben nicht gereicht. Das Verlieren hatte mich beliebt gemacht, vielleicht sogar bekannter, als wenn ich beim ersten Mal gewonnen hätte. Da ist dieser Bursche am Klavier, dem das Schicksal in Gestalt der Jury übel mitspielt. Eine Art Märtyrereffekt. Es hat Aufmerksamkeit auf mich gelenkt, und – »verlieren« hin oder her – ich war seither international bekannt und gefragt, hatte als Komponist offene Türen vorgefunden. Ich war als Komponist von Welthits endlich im Geschäft.

Aber noch einmal die Eurovision, das erschien mir fast wie ein musikalischer – und auch nervlicher – Selbstmord. Diesmal verlieren, und ich wäre erst einmal tot, bildlich gesprochen. Ein drittes Mal nicht zu gewinnen, das wäre peinlich, würde mich auf das Niveau des ewig Begabten bringen, der im entscheidenden Moment dann doch versagt. Meine Karriere, all das Erreichte wäre erst einmal im Eimer. Weniger wert als die Kieselsteine unter meinen Füßen.

Ich höre Hansi Hoffmann in den Park brüllen: »Wo bist du, verdammt noch mal? Nur noch fünf Länder, und du führst uneinholbar! Die Kameras wollen dich sehen!«

Ich will es nicht glauben und setze meinen Spaziergang fort.

Die Gesetze der Eurovision sind unergründlich. Abgesehen davon, daß die Qualität eines Liedes ohnehin nicht meßbar ist. Eine unsichtbare Jury zu überzeugen, das ist viel schwieriger als ein Publikum im Saal für sich zu gewinnen. Die Jury, das sind abwesende »Fachleute«, die ihre Entscheidung auch nach politischen Kriterien treffen, so munkelt man jedenfalls. Die skandinavischen Länder geben sich die Punkte gegenseitig, genauso wie die romanischen und die angelsächsischen. Nur die deutschsprachigen gönnen sich gegenseitig nichts. Niemand versteht das, aber so ist es fast immer. Seit Jahren schon. Es entsteht jedesmal eine ganz eigene Dynamik der Punktevergabe, Lied und Interpret sind nicht allein entscheidend. Das schreckte mich ab und machte mich ganz sicher, diesen Wettbewerb in Zukunft hinter mir zu lassen. Inzwischen hatte ich einfach viel zuviel zu verlieren.

Dann kam der Tag, an dem mein Manager Hans R. Beierlein mich bat, das dritte Mal ein Lied für diesen Wettbewerb zu komponieren. Nur zu komponieren. Nicht für mich, sondern für einen anderen Sänger, der noch zu suchen sei. Wenn wir das richtige Lied hätten, würden wir auch den richtigen Interpreten finden, und wir hätten einen Fuß in der Tür, ohne daß ich das Risiko und die Nervenkraft noch einmal zu investieren hätte.

Ich versprach, es zu versuchen. Tagelang fiel mir nichts ein. Eines Abends hab ich dann meinen besten Freund Tommy Hörbiger, den Sohn des bekannten österreichischen Volksschauspielers Paul Hörbiger, ins Vertrauen gezogen. Wir saßen im Hinterzimmer seiner Diskothek, dem »Wiener Playboy Club«, dem populärsten Club in München. Dort stand ein altes Klavier. Wir saßen bei Wodka Tonic, redeten über Musik und Frauen, es war die richtige Stimmung, um ans Klavier zu gehen. Einfach nur so zum Spaß. Zuerst jedenfalls. Ich probierte verschiedenes aus, wir unterhielten uns, ich haderte mit dem Problem der unbeliebten deutschen Sprache und ihrer Unverständlichkeit.

»Man müßte ein Wort, einen Gedanken, irgendetwas finden, was man überall in Europa versteht, und um dieses Wort herum müßte man den übrigen Text bauen. Es müßte sich oft wiederholen und eindringlich sein. So was wie ›Good bye‹, ›Arrivederci‹ vielleicht oder etwas mit ›Amore‹. Ach, ich weiß auch nicht. Alles, was mir einfällt, ist schon so verbraucht«, dachte ich laut vor mich hin. »Und der übrige Text müßte kurz sein, sehr emotional, so daß man durch die international verständlichen Wörter und durch den Klang des Ganzen das Lied auf der Gefühlseben versteht. Wenn mir nur das richtige Wort einfiele.« Ratlos dachten wir nach, ich improvisierte ein wenig am Klavier herum, ohne rechtes Ziel.

»So was wie ›Merci‹ vielleicht?« meinte Tommy Hörbiger nach einer Weile ganz nebenbei.

Ich sah ihn aufgeschreckt an. »Ja, das ist das Wort! Aber es müßte noch etwas anderes dazukommen. ›Merci‹ allein ist zu kurz.« Das zweite Wort lag mir auf der Zunge. Madame? Nein, zu altmodisch. Mon amour? Das ist auch nix. Angestrengtes, unruhiges Nachdenken. »Ich hab's! – Chérie«, schoß es mir plötzlich in den Kopf. »Das ist es, das ist es, das reimt sich sogar!«

Ich begann, am Klavier herumzuprobieren. Die Worte gaben mir die Melodie vor, fast wie selbstverständlich. Wir änderten im zweiten Vers ›Merci‹ in ›Adieu‹ um, dann baute ich einen Mittelteil, in dem ich als Interpret emotional etwas aus mir herausgehen konnte, ansonsten hielt ich mich an die Schlichtheit der Wortmelodie, an die Romantik und Innigkeit, die das Lied brauchte.

So entstand »Merci Chérie«, ein Lied, von dem ich gleich spürte, daß es das Zeug hat, die Menschen zu berühren. Manchmal, ganz selten, gibt es solche Momente, in denen man sich eines Liedes ganz sicher ist, alle Zweifel verliert und sich von den eigenen Tönen leiten läßt. Ich habe es Beierlein vorgespielt, und seine Gesichtsfarbe wurde ein kleines bißchen blasser, als sie ohnehin schon war, und seine Bartstoppel richteten sich auf – bei ihm ein sicheres Zeichen dafür, daß er zutiefst berührt war.

Lange sah er mich schweigend an, dann meinte er ganz ruhig: »Wir haben es!«

Mehr nicht. Er lud die Verantwortlichen und Entscheidungsträger des ORF ein, damit ich es ihnen vorspiele.

»Aber ich gehe nicht zur Eurovision« hatte ich da noch überzeugt erklärt, obwohl ich gleichzeitig wußte, daß nur ich dieses Lied überzeugend interpretieren konnte.

»Natürlich nicht. Ich weiß. Wir werden jemanden finden, der das Lied singt«, meinte Beierlein, aber es klang nicht so ganz überzeugt. Ich war aber beruhigt und bereit zu jenem Treffen mit den ORF-Entscheidungsträgern.

Sie kamen, ich sang. Begeisterte Sprachlosigkeit.

»Aber wir müssen jemanden finden, der es singen kann«, wehrte ich mich immer noch, allerdings schon etwas kleinlaut.

»Den haben wir doch schon. Sie selbst natürlich«, war die keinen Widerspruch duldende Antwort. »*Sie* müssen es singen und niemand anders, das haben Sie uns soeben bewiesen. Und diesmal werden Sie gewinnen. Oder zumindest einen Welterfolg haben.«

Beierlein war derselben Meinung: »Es ist ein Risiko, aber mit diesem Lied ist das Risiko berechenbar. Mit diesem Lied wird dir die Welt offenstehen! Und du willst doch wohl nicht allen Ernstes, daß irgendein anderer die Lorbeeren einstreicht oder diesen wunderbaren Song in den Sand setzt. Wenn du ›Merci Chérie‹ im Bewerb haben möchtest, dann mußt *du* es singen. Manchmal muß man im Leben ein Risiko eingehen. Glaub mir, ich spüre es ganz genau: Dies ist der Moment, es zu tun.«

Ich erbat mir Bedenkzeit und wußte doch ganz genau, daß mein Widerstand längst dahingeschmolzen war.

Olymp oder Fallbeil

Und nun bin ich hier, gehe im Park auf und ab und warte auf das Urteil. Entweder es hebt mich in den Olymp, oder es trifft mich das Fallbeil. Im Vorfeld war ich ein Nervenbündel, doch Hans R. Beierlein und Hansi Hoffmann hatten mich von aller Welt abgeschirmt und mir so zu etwas Ruhe verholfen. Minuten vor meinem Auftritt dachte ich: »Ich kann es nicht. Nicht noch einmal.«

Zum ersten Mal in meiner Karriere lernte ich solche Gedanken kennen. Sonst scheue ich keine Situation, kein Risiko, kein noch so »schwieriges« Publikum. Aber dieser Auftritt hat mir etwas eingejagt, das ich sonst in meinem Beruf nicht kenne: echte, tiefe, schier unüberwindliche Angst. Das Gefühl, davonlaufen zu wollen, auswandern, was auch immer, um nur nicht auf diese Bühne, in diese Ungewißheit treten, mich nicht noch einmal so ausliefern zu müssen.

Dann der Moment, in dem ich angekündigt wurde. Ich nahm es wahr wie in Trance. Der Weg auf die Bühne, ich kann mich kaum daran erinnern, nur an das Gefühl, getragen zu werden von einem brandenden Applaus, viel größer als erwartet. Das Gefühl, man will mich siegen sehen, und gleichzeitig die Angst, ich haue am Klavier daneben, habe den Text vergessen, meine Stimme versagt.

Das gleißende Scheinwerferlicht, das mich auffing, änderte alles. Es gab mich den Blicken preis und ließ mich die Welt vergessen. Ein seltsames, schönes, vertrautes Empfinden von beglückender

Einsamkeit. Endlich nur noch ich. Scheinwerfer, die blenden und einen auf sich selbst zurückwerfen. Die Welt ist nicht mehr sicht-, nur noch hörbar. Sie besteht aus Licht und Wärme und Tönen. Aufblitzende Erinnerungen an meinen ersten Theaterbesuch und das Gefühl, auf dieser Seite des Vorhangs mein Leben leben zu wollen, dort, wo dieses Licht ist und alles andere in der Bedeutungslosigkeit versinkt. Den Gedanken, daß alle in meiner Familie zusehen, ließ ich nur einen Atemzug lang zu, dann habe ich ihn verdrängt.

Danach meine Hände auf den Tasten, ein vertrautes Gefühl, das mir Ruhe gab. Die ersten Arpeggio-Töne, die warme Tonart F-Dur, in die ich mich fallenlassen konnte. Und das Gefühl zu schweben. Ein Augenblick, in dem einfach alles stimmt, ein seltenes Geschenk des Lebens. Genau hier, an dieses Klavier, auf diese Seite der Wirklichkeit, gehöre ich hin, und nirgends sonst. Auch der gefährliche hohe und extrem lange Ton im Mittelteil, der so schnell entgleitet und gepreßt klingt, wackelt oder gar abbricht, wenn man nicht entspannt ist, vorher nicht im richtigen Augenblick extrem tief einatmet und dabei doch ganz ruhig bleibt, kam ganz selbstverständlich, locker und klar, ohne das Gefühl von Schwäche, das ich noch bei der Probe bei ihm empfand. Absolutes Glücksgefühl, das mich mit Dankbarkeit und Demut erfüllte.

Die letzten Töne. Ein Augenblick der Stille, dann der Jubel, der mich zurück in die Gegenwart brachte. Verbeugungen, Abgang.

Umarmungen von Beierlein und Hansi Hoffmann, Leute vom Österreichischen Rundfunk und Fernsehen, die um uns herumschwirrten. Schulterklopfen von allen Seiten. Und der Beginn der Qual. Noch neun Teilnehmer nach mir, dann das Pausenprogramm, die quälend langsame Punktevergabe und die Frage »Warum hab ich mir das nur angetan?«, die seither immer wieder im Rhythmus meines rasenden Pulses in meinem Kopf pocht.

Anderthalb Stunden warten, die längsten Minuten meines Lebens.

»Dies ist erst der Anfang«

»Du gewinnst! Nichts kann dich mehr den Sieg kosten!« Wieder die Stimme von Hansi Hoffmann aus der geöffneten Tür, und jene meines Managers: »Er hat recht! Du hast gewonnen!«

Ungläubigkeit. »Wieviele Länder noch?«

»Noch drei! Aber niemand kann dich mehr einholen! Glaub mir doch!«

»Ich will es nicht wissen!« Zähle sinnlos meine Schritte. Gefühl der totalen Unwirklichkeit. Was, wenn sie sich doch irren? Was, wenn jemand falsch gerechnet hat? Irgendetwas in dieser Art wird bestimmt noch passieren, da bin ich mir plötzlich ganz sicher. Es kann einfach nicht sein, daß ich diesmal wirklich gewinne. Ich wage es nicht, daran zu glauben. Und irgendwie war schließlich schon der ganze Tag so seltsam gewesen, nirgendwo in ganz Luxemburg hatte ich mir eine »Bild«-Zeitung kaufen können. Angeblich seien alle ausverkauft, sagte man mir, wo immer ich auch nachfragte – im Hotel, am Bahnhof, an jedem Kiosk, an dem ich vorbeikam. Und jedesmal machte man dabei so ein seltsames Gesicht. Irgendetwas stimmte da nicht. Und dann das komische Telefon in meinem Zimmer, das plötzlich nicht mehr funktionierte. Ich bekam einfach keine Verbindung »nach draußen«, konnte nur Hans R. Beierlein und Hansi Hoffmann im Hotel erreichen, sonst niemanden. Seltsames Herumdrucksen und Verzögerungstaktik an der Rezeption nach meiner Beschwerde und Beierlein, der so entschlossen, daß mir Widerstand zwecklos schien, sagte: »Du sollst auch gar nicht telefonieren. Du mußt deine Ruhe haben.«

Autorität, der ich mich, ganz entgegen meinem Wesen, beugte. Es war der seltsamste Tag, den ich je erlebt hatte.

Und nun stehe ich hier draußen, und man schreit mir ständig zu, ich würde diesmal gewinnen, es sei ganz sicher.

Ich bin gerade dabei, einen Kieselstein aus meinem Schuh zu schütteln, als Hansi Hoffmann und Beierlein in den Park stürzen und mir um den Hals fallen. »Du hast gewonnen! Du hast doppelt so viele Punkte wie die zweite! Du hast es geschafft!«

Und ehe ich einen klaren Gedanken fassen kann, stürzt alles auf mich ein: Beierlein, der mich mit sich zieht. »Du mußt auf die Bühne!«

Ich sehe ihn nur ratlos an.

»Nun glaub es doch endlich! Du hast GEWONNEN!!! Wir werden jetzt in dieses Theater gehen, und du wirst der Sieger sein. Du wirst gefeiert werden und wirst ›Merci Chérie‹ noch einmal spielen und singen und deinen Preis entgegennehmen!« Er zieht mich mit sich.

Drinnen empfangen mich Fernsehkameras, Blitzlichtgewitter, Dutzende Stimmen, die gleichzeitig irgendetwas von mir wollen. »Wie fühlen Sie sich?« – »Haben Sie damit gerechnet, heute zu gewinnen?« – »Was haben Sie für eine Botschaft an die Welt, die Ihnen in diesem Moment zujubelt?« – »Fühlen Sie sich als Österreicher oder als Deutscher?« – »Hat Sie die ›Bild‹-Schlagzeile von heute belastet?«

»Bild«-Schlagzeile? Welche »Bild«-Schlagzeile? Beierlein raunt mir lächelnd zu: »Das erkläre ich dir nachher« und vertröstet die Journalisten ruhig und professionell auf später.

Irgendwie gelange ich auf die Bühne. Frenetischer Applaus, der gar nicht enden will. Standing Ovations. France Gall, die Vorjahressiegerin überreicht mir die Trophäe. Irgendwie drängt man mich ans Klavier, und erst in diesem Moment komme ich wieder zu mir. Es ist, als wäre die Zeit zwischen meinem Auftritt vorhin und diesem Augenblick im Nichts versunken. Die Tasten sind meine Freunde. Die Menschen jubeln mir zu. Ich frage mich, ob ich in diesem Moment überhaupt werde singen können, empfinde erst jetzt die Emotion, die die Anspannung besiegt und meine Stimme ein wenig brüchig macht. Ich muß mich konzentrieren. Ich spüre die Menschen, ich spüre, wie sehr sie sich für mich freuen. Ich kämpfe mit den Tränen. Ich ahne, daß dies ein ganz entscheidender Moment meines Lebens ist, vielleicht der wichtigste, und ich kann nichts anderes tun, als all diese unfaßbaren Gefühle in dieses eine, einzige kleine Lied zu legen, das mir diesen Augenblick geschenkt hat. Ich spiele, ich singe, ich höre mir wie von außen zu, ändere im letzten Vers spontan den Text: »Merci Jury«. Aufbrausender Jubel.

Danach ein Empfang, Pressegespräche. Wie soll man solch

einen Augenblick kommentieren? Wie in diesem Moment etwas Druckreifes sagen? Hans R. Beierlein und Hansi Hoffmann helfen mir, wo sie nur können. Allmählich erschließe ich mir aus Gesprächsfetzen, was es mit der heute für mich nicht zu bekommenden »Bild«-Zeitung auf sich hat: Der Titel lautete sinngemäß: »Udo Jürgens – ohne Chance«. Beierlein und Hoffmann hatten davon frühmorgens erfahren, als ich noch schlief, und es war völlig klar, daß davon nichts zu mir durchdringen durfte, um meine Nerven nicht noch mehr zu strapazieren und mich nicht zu demoralisieren. Also haben sie, während ich nichtsahnend in meinem Bett lag, die unglaubliche Aktion gestartet, sämtliche in Luxemburg erhältliche »Bild«-Zeitungen aufzukaufen. Es müssen groteske Szenen gewesen sein: »Die ›Bild‹-Zeitung bitte! Nein, nicht *eine*! *Alle*! Alle, die Sie haben, auch die aus dem Lager.«

Man muß sie für völlig verrückt gehalten haben, aber so haben sie Unmengen von »Bild«-Zeitungen aufgekauft und entsorgen lassen. Und damit mich niemand von zu Hause aus per Telefon informieren konnte, hat man kurzerhand im Hotel mein Telefon sperren lassen.

»Und morgen muß ›Bild‹ so was Ähnliches schreiben wie ›Der Sieger: Udo Jürgens!‹ Darauf freue ich mich schon!« Beierlein lacht verschmitzt und reibt sich die Hände.

Wir trinken viel, essen kaum. Ständig werden uns Nachrichten übergeben. Einladungen in die ganze Welt. London, Rom, Paris, Madrid, Rio, Athen, Sidney, Tokio. Ab morgen kann ich mit meinen Liedern rund um den Erdball reisen. Es ist unvorstellbar. Und wunderschön.

Photographen drängen mich neben France Gall, die in dem einen Jahr seit ihrem Eurovisionsgewinn zu einem internationalen Star geworden ist und diesem Wettbewerb *alles* verdankt. Ein bezauberndes junges Mädchen. Wir waren uns schon bei den Proben sehr sympathisch gewesen, und jetzt, da die Spannung langsam von mir abfällt, lachen wir uns offen an. »Ein Photo bitte!« – »Udo, France – könnt ihr euch mal tief in die Augen sehen?« – »Und den Arm um ihre Schultern legen?« Wir lachen, ich nehme sie in die Arme. Ein Lächeln für die Kamera, ein tiefer Blick. Und ich sehe die berühmten Sternchen in ihren Augen.

»A bientôt?«

Ich nicke.

Beierlein nimmt mich beiseite. »Na, da bahnt sich wohl was an! Aber alles zu seiner Zeit. Laß uns kurz in den Park gehen. Das wird uns guttun.«

Ein kurzer Blick zu Hansi Hoffmann, der uns den Rücken freihalten soll. Wenigstens für ein paar Minuten.

Die Stille draußen ist im ersten Moment fast schmerzhaft. Ungewohnt. Sternklare Nacht. Wieder die knirschenden Kieselsteine unter unseren Füßen. Ich atme tief ein. Die klare Nachtluft ist wie ein neuer Lebenshauch, wie frischer Mut, Kraft, Zuversicht. Vielleicht ist das der Moment, in dem ich das Geschehene zum ersten Mal wirklich verstehe. Es scheint mir hier draußen in diesem Augenblick näher, greifbarer, wirklicher zu sein als drinnen in all dem Trubel.

Hans R. Beierlein spricht leise und ernst: »Ich wollte einen Moment der Ruhe mit dir verbringen, bevor wir ab morgen beginnen, die Welt aus den Angeln zu heben.« Er lächelt. »Denn es ist ganz wichtig, daß du eines nie vergißt: Dies ist erst der Anfang.«

Er läßt die Worte auf mich wirken. Ich nicke.

»Du hast heute hier gewonnen, und das kann unser Leben verändern. Das kann dich groß machen. Aber wenn du glaubst, du hättest nun alles erreicht, muß ich dich enttäuschen: Wir haben nur einen Fuß in der Tür. Nicht mehr, aber auch nicht weniger. Wir werden uns auf diesem Erfolg nicht ausruhen, sondern wir werden ihn nutzen. Die nächsten Schritte sind die entscheidenden, nicht die, die wir gerade erfolgreich gegangen sind. Nicht ›Merci Chérie‹ oder ›Warum nur, warum‹, das ist schon von gestern, das haben wir geschafft. Aber das *nächste* Lied, die *nächste* Platte, der *nächste* Schritt, darauf kommt es an.«

Er macht eine Pause. »Wenn du jetzt größenwahnsinnig wirst und abhebst und glaubst, ›Merci Chérie‹, das macht jetzt alles für dich, dann verschwindest du ganz schnell wieder in der Versenkung, dessen mußt du dir bewußt sein. Und was vielleicht noch wichtiger ist: Du wirst jeden Menschen, dem du jetzt auf deinem Weg nach oben begegnest, wieder treffen, wenn du irgendwann auf dem Weg nach unten bist. Und so, wie du ihn jetzt bei deinem Aufstieg behandelst, so wird er dich behandeln, solltest du einmal auf dem Abstieg sein. Wir stehen erst am Anfang.« Er hält inne, sieht mich eine Weile gedankenverloren an. »Es gibt viele Eintagsfliegen in diesem Beruf, und nur alle zwanzig oder dreißig Jahre einen, der das Zeug dazu hat, mit der Musik älter zu werden. Wenn es zur Zeit einen gibt, der dazu in Frage kommt, dann bist du das. Und es liegt seit heute alles ganz allein in deiner – in unserer Hand.« Er lächelt mich an, umarmt mich. »Ich gratuliere dir! Und jetzt laß uns wieder reingehen und feiern, du hast's verdient! France Gall möchte mit dir anstoßen«, zwinkert er mir zu.

»Gleich, ich möchte noch schnell Panja anrufen. Da drüben hab ich eine Telefonzelle gesehen.« Ich deute in die andere Richtung des Parks.

Beierlein nickt. »Aber mach nicht zu lange, alle da drinnen warten auf dich, unter anderem auch die schönsten Frauen! Auch daran wirst du dich von heute an gewöhnen müssen, aber wie ich dich kenne, wird dir das nicht allzu schwerfallen.«

Wir lachen, und ich mache mich auf den Weg durch den Park, in einer Nacht, nach der nichts mehr für mich so sein wird wie vorher.

Ein Lied in der Nacht

Ein Bettler auf einer Bank. Unermüdlich mit seiner Klarinette auf der Suche nach den richtigen Tönen. Neben ihm ein leise spielendes Radio, dessen Melodien er offenbar zu folgen sucht. Ich werfe einen Schein in seinen Hut und denke an den »Mann mit dem Fagott«, das gute Omen unserer Familie.

Panja ist noch wach. »Du glaubst doch nicht, daß ich an solch einem Abend schlafen kann! Ich hab Johnny aufbleiben lassen. Wir haben alles gesehen und uns so unendlich gefreut. Ich glaube fast, daß der Kleine wirklich begriffen hat, was da heute passiert ist. Jetzt schläft er, und er lächelt im Schlaf. Und ich hab gerade mit deinen Eltern telefoniert. Sie sind alle ganz aus dem Häuschen und so unglaublich stolz auf dich! Gratuliere, gratuliere, gratuliere!«

Ich lache, höre an ihrer Stimme aber doch bei aller Freude eine leichte Unsicherheit. Wie wird unser Leben jetzt weitergehen? Ich habe für *mich* ein großes Ziel erreicht, aber was bedeutet das für *uns*? Eine Frage, die sie mir natürlich in diesem Moment nicht stellt und die doch in der Luft liegt. Genau die Frage, deren Unbeantwortbarkeit Gitta dazu gebracht hat, sich von mir zu trennen. Selbst in Augenblicken wie diesen ist dieses offene Problem spürbar.

Panja und ich haben vor zwei Jahren geheiratet. Sie hat ein Kind von mir erwartet, und ich habe meine Bedenken gegen die Ehe zweifelnd aufgegeben. Mein Vater hat mir den geliebten »Mann mit dem Fagott« zur Hochzeit geschenkt, so wie sein Vater ihn von dessen Schwiegervater und er selbst ihn von meinem Großvater bekommen hat. Seither steht er auf meinem Schreibtisch und begleitet mein Leben.

Kurz nach unserer Hochzeit wurde unser Sohn Johnny geboren, benannt nach meinem Bruder John, meinem Onkel Johnny, aber auch nach meinem Urgroßvater, dem Kapitän Johann Hinrich Bockelmann und meinem anderen Urgroßvater John Förster, dem Vater meiner schwarzen Omi.

Nun bin ich also Vater und verantwortlich für Frau und Kind und lebe doch nicht so, als ob ich das wäre, bin 300 Tage im Jahr unterwegs, habe meinen Sohn zum ersten Mal gesehen, als er zwei Monate alt war, und so wird das auch weitergehen. Permanentes schlechtes Gewissen, dem ich in dieser Nacht aber keinen Raum lassen will.

»Es ist schön, daß du für mich da bist«, sage ich deshalb leise. »Ich wollte mich nur kurz melden. Ich muß gleich wieder rein, erzähle dir bald alles in Ruhe. Gib Johnny einen Kuß von mir.«

Auf dem Rückweg wieder der Bettler. Ich glaube meinen Ohren nicht zu trauen, er müht sich auf seiner Klarinette an der Melodie von »Merci Chérie«, das gerade im Radio gespielt wird. Vor wenigen Stunden hat nicht mehr als eine Handvoll Leute dieses Lied gekannt, und nun hat es bereits einen Sog entwickelt, der mich mit sich trägt – und ich werde mich tragen lassen, wohin auch immer dieses Lied mich führt.

19. KAPITEL

Kärnten, August 1967

Das Land der Kindheit

Der Wörthersee im silbernen Abendlicht. Die tiefstehende Sonne läßt die Karawankenkette weit hinter dem südlichen Ufer in Flammen stehen. Riesige, glühende Schattenrisse in bizarren Farben, scheinbar zum Greifen nah. Der See ist aufgewühlt vom gerade abgezogenen Gewitter. Bizarre Wolkentürme, dazwischen der klare, wie blankgeputzte Himmel. Die bewaldeten Hänge des Südufers in satten Grüntönen. Die Farben meiner Kindheit, immer noch vertraut. Ein Gefühl von Heimat, das mich mit innerer Ruhe erfüllt, wie ich sie seit Monaten nicht mehr gekannt habe.

Mein Leben ist in den eineinhalb Jahren seit meinem Grand-Prix-Gewinn von einer Hektik erfüllt, die mich kaum Atem holen läßt. Ich liebe es, unterwegs zu sein, meinen Liedern überallhin zu folgen. Wohin auch immer ich auf der Welt gefahren bin, ob nach Japan, Frankreich oder Brasilien, von wo ich erst seit ein paar Tagen zurück bin, meine Lieder waren schon vor mir dort gewesen. Ich liebe es, in diesem schönsten Beruf der Welt zu arbeiten – und endlich uneingeschränkt so musizieren zu dürfen, wie ich es mir immer gewünscht habe. Manchmal kommt es mir fast unwirklich vor. Vor allem in einem Moment wie diesem, nach Monaten zurück in meiner Heimat, hier, wo ich meine Kindheit verbracht habe.

Hier ist es nicht selbstverständlich, auf einmal, nach all den Jahren der kleinen Schritte und Rückschläge ein Leben auf der Überholspur zu führen, alles erreicht zu haben, was ich mir jemals erträumt habe – und noch mehr. Unglaublich, was sich in diesem Jahr ereignet hat: Millionenauflagen meiner Platten, Auftritte auf der ganzen Welt und so etwas eigenartig Groteskes wie internationaler Superstar-Status. Zum ersten Mal in meinem Leben habe ich mir einen Neuwagen gekauft – einen Ford Mustang Cabrio. Es ist das Auto meiner Träume, weiß mit roten Ledersitzen, elegant und sportlich, wie ich es liebe, und es zeigt aller Welt, daß der kränkliche, dünne »Jürgen« es geschafft hat.

Hier in Kärnten spüre ich wieder den kleinen Jungen von damals in mir: alte, eigentlich längst abgelebte Gefühle. Meine ersten Erinnerungen: eine Motorbootfahrt mit meinem Großvater und meinem Bruder Joe auf dem Wörthersee, als ich vier oder fünf Jahre alt war, die erste Mundharmonika, die ich an meinem fünften Geburtstag bekam, der drohende Klang der Bomberverbände, das abgeschossene Flugzeug, die Ohrfeige des Jungzugführers, unsere Flucht und unsere Rückkehr – und mein erster Theaterbesuch, der alles für mich verändert und mir eine neue, langersehnte Wirklichkeit eröffnet hat.

Hier, in dieser Gegend, verwischen sich Gegenwart und Vergangenheit, mein Lebensgefühl von heute, wie ich es überall sonst auf der Welt verspüre, und mein Lebensgefühl von früher, das mich hier wieder einholt – in einem ganz bestimmten Duft, diesem Licht, dieser Landschaft. »Hier bin ich zu Hause«, der Titel eines neuen Liedes, das ich Kärnten gewidmet und gerade aufgenommen habe. In ein paar Tagen werden wir in Pörtschach, im Hotel Schloß Seefels einen kleinen Film für eine Fernsehshow dazu drehen. Vorher ein paar Tage Urlaub bei meinen Eltern. Ein seltenes Privileg. Und heute nachmittag, nachdem das Gewitter abgezogen ist, eine oder zwei Stunden ganz allein auf dem Wasser, auf meinem Boot. Krafttanken, wieder mal nur ich selbst sein, für niemanden erreichbar, niemandem verpflichtet.

Ich atme tief ein, lasse die Ruhe in mich einströmen und merke, wie sehr ich dieses Gefühl vermißt habe.

Vor ein paar Tagen war ich noch in Rio de Janeiro, habe in der Maracaná-Halle, angrenzend an das berühmte gleichnamige Fußballstadion, vor 40 000 Menschen gespielt.

Dann zurück nach München, zwei Tage bei Panja und den Kindern. Inzwischen haben wir zu unserem Sohn Johnny, der dreieinhalb Jahre alt ist, noch eine Tochter bekommen, Jenny, schon acht

Monate alt, benannt nach meinem Lied und nach Jenny Vogel, der Schwester meiner »schwarzen Omi«. Oft habe ich die Kleine seit ihrer Geburt nicht gesehen. Jede Begegnung mit den Kindern ein neues Kennenlernen: Johnny entwickelt sich zu einem richtig pfiffigen Kerl und zu einem unglaublich lieben, friedlichen Kind, interessiert an allem, was er sieht, jede Baustelle, jeder Schatten, jede Spiegelung in einer Pfütze gibt ihm Rätsel und Fragen auf, die beantwortet werden wollen. Zwei Tage, um ihm die Welt zu erklären …

Jenny hat, anders als Johnny, jetzt schon einen eisernen Willen und weiß immer ganz genau, was sie will und wie sie es bekommen kann. Und sei es mit energischem Gebrüll. Angeblich sagt sie schon »Papa«, wenn sie ein Bild von mir sieht, aber in den beiden Tagen, die ich in München war, habe ich das nicht erlebt.

Meine Ehe ist ein seltsames Konstrukt, das im Grunde scheiternd aufrechterhalten wird. Es hat sich in der letzten Zeit allmählich eine gewisse Sprachlosigkeit zwischen Panja und mir breitgemacht, für die keiner von uns die Schuld trägt. Und was heißt in diesem Zusammenhang auch »Schuld«. Wir leben einfach in zu verschiedenen Welten. Sie zu Hause, mit den Kindern, ich immer unterwegs, von einem Kontinent zum anderen, von einer aufregenden Erfahrung zur nächsten. Aber von den Entwicklungen zu Hause bekomme ich nur sporadisch etwas mit – der erste Zahn, der erste Schritt, das erste Wort, fast nie bin ich dabei, und wenn ich dann mal bei Panja und den Kindern bin, bemüht sie sich, mir eine möglichst heile Welt zu bieten, so daß ich eigentlich gar nicht mehr weiß, wie sie lebt, und sie kann sich mein Leben auch nur in sehr unzureichendem Maße vorstellen. Schlechtes Gewissen, das ich mir ständig ganz gezielt auszureden versuche.

Das alles ist natürlich nicht gut für eine Beziehung, auch wenn uns irgendetwas immer aneinander festgehalten hat.

Daß ich nicht treu bin, weiß Panja. Manchmal frage ich mich, warum Treue für mich eigentlich etwas so Schwieriges ist. Ich muß mir wohl eingestehen, daß ich in diesem Punkt von einem geradezu grenzenlosen Egoismus befallen bin. Auch wenn ich verliebt zu einem Menschen stehe, geht es nie so weit, daß ich Einschränkungen meiner persönlichen Freiheit hinnehmen würde. Niemand scheint mir wichtiger zu sein als meine eigene Ungebundenheit, so seltsam und bedenklich mir das auch selbst manchmal erscheint.

Ob diese seltsame Struktur meiner Seele mit den Verlockungen meines Berufs zu tun hat, mit der Sinnlichkeit der Musik, der inneren Freiheit, ohne die ich niemals kreativ sein könnte, ich weiß es nicht. Jedenfalls stand meine Karriere und auch meine wirtschaftliche Situation – vor allem nach den mehr als harten Anfängen, den Jahren, in denen ich ständig pleite war – für mich immer im Vordergrund, und ich habe mich damit getröstet, daß die Familie mich eines Tages verstehen wird und daß ich meinen Kindern – und auch Panja – wenigstens eine sichere Zukunft bieten kann.

Vor eineinhalb Jahren bin ich dann, als ob das alles noch nicht kompliziert genug wäre, in Wien Vater einer unehelichen Tochter, Sonja, geworden. Ihre Mutter: eine für mich Fremde, eine flüchtige Begegnung, verliebtes Begehren.

Dann Monate später ein Brief von ihr, sie erwarte ein Kind, dessen Vater ich sei. Sie habe aber inzwischen den Mann geheiratet, mit dem sie schon damals verlobt gewesen sei. Er wisse Bescheid und stehe zu ihr. Vaterschaftstest, natürlich hab ich die kleine Sonja anerkannt und werde versuchen, einen guten Kontakt zu ihr aufzubauen, schließlich ist sie meine Tochter, und sie aus den Medien herauszuhalten, um ihr ein ungestörtes Aufwachsen zu ermöglichen, soweit das unter diesen Umständen überhaupt möglich ist.

Panja hat mein Geständnis damals erstaunlich gelassen aufgenommen. Wir hatten uns zu diesem Zeitpunkt auch längst für das Modell »offene Ehe« entschieden. Meine Eltern waren von der Nachricht, daß ich Vater eines unehelichen Kindes wurde, erschrocken und voll Sorge. Was soll aus dem Kind werden? Was aus deiner Ehe? Was, wenn die Presse davon erfährt? Was führst du bloß für ein Leben, Junge, wir kommen da nicht mehr mit. Lebenschaos pur.

Auch wenn die Liebe zwischen Panja und mir nicht mehr genug Kraft hat, um uns als Basis für ein gemeinsames Leben zu dienen, gibt es da doch etwas, das uns aneinander bindet. Es ist nicht ein blasses, verlogenes »Wir wollen wegen der Kinder zusammenbleiben«, wie man es so oft hört, sondern es ist ein Versuch, uns ein aufrichtiges soziales Umfeld zu schaffen, in dem wir trotz der Unzulänglichkeit unserer Liebe so etwas wie ein Zuhause beieinander finden. Wir stehen zueinander, leben respektvoll miteinander und versuchen, den Kindern einen Ort zu bieten, an dem sie in einer

Familie aufwachsen können – und zwar nicht in einer zerrütteten Familie, sondern in echter Geborgenheit, in dem die Eltern unter einem Dach und doch in eigenständigen Räumen leben. Wir wollen das Experiment wagen, eine Mischform zwischen Getrenntsein und Zusammenleben zu finden, mit der wir alle uns wohl fühlen können, und bis jetzt scheint es ganz gut zu funktionieren.

Panja hält auch den Kontakt zu meiner Familie, sie liebt es, nach ihrer alles andere als glücklichen Kindheit, ihrem vaterlosen Aufwachsen, nun endlich so etwas wie Geborgenheit bei meinen Eltern und Onkeln zu finden, darin aufgehoben zu sein. Auch das schweißt uns ein Stück weit zusammen. Daß ich wenig Zeit für sie und die Kinder habe, macht sie mir nicht zum Vorwurf.

Mein eigenes Leben ist viel zu schnell, um über diese Dinge über kurze Augenblicke des schlechten Gewissens hinaus besorgt zu sein. Steuern kann ich es schon lange nicht mehr so richtig, nur reagieren, mich dem Sog hingeben, der sich entwickelt hat und hoffen, daß alles gutgeht und es auch auf eine seltsame Weise genießen.

Die Ruhe, die der Anblick der Karawanken in der Abenddämmerung mir gibt, hatte ich schon beinahe vergessen. Bald werde ich zu Hause sein, am Lamisch, meine Eltern wiedersehen, meinen Onkel Johnny, der gerade zu Besuch ist. Menschen, die mich besser kennen als jeder andere, denen ich nichts vormachen kann oder muß, bei denen ich mich nicht nach den Motiven für ihre Ratschläge oder nach der Aufrichtigkeit ihres »Zu-mir-Stehens« fragen muß. Wir alle wissen, wie dünn das Seil ist, auf dem ich tanze, wie leicht man abrutschen kann, wie leicht es reißt. Bodenständigkeit, die mir guttut.

Rüben, Leberwurst und Schlagzeilen

»Weißt du noch, damals, als du vielleicht neun oder zehn Jahre alt warst und wir gemeinsam unsere Felder bestellt haben, ich auf dem großen, du auf dem kleinen Traktor?« Mein Vater lacht.

Wir sitzen bei einer typischen Kärntner »Jausn« auf der Terrasse des Lamisch, Blick in die Karawanken, die sich heute klar und scharfkantig gegen den blauen Himmel abzeichnen.

Stille, von der ich fast vergessen hatte, daß es sie gibt. Kein Autolärm, keine Züge oder Flugzeuge stören die Ruhe, nur ganz leise, aus dem Tal, das Brummen eines Traktors.

Ich nicke. »Ja, und immer, wenn wir uns auf dem riesigen Feld begegnet sind, hast du mit einer vornehmen Geste deinen Hut vor mir gezogen. Das werde ich nie in meinem Leben vergessen. Das gehört zu meinen schönsten Erinnerungen.«

Mein Vater lacht. Das Traktorfahren habe ich mit neun Jahren fast wie selbstverständlich gelernt. Es gehörte auf dem Land einfach dazu, es war etwas, das ich gut konnte und das mir Spaß gemacht hat. Gemeinsam mit meinem Vater habe ich die Felder gepflügt, er mit dem großen, vierscharigen Pflug, ich mit dem kleinen, zweischarigen. Es waren Stunden, in denen ich meinen Vater ganz für mich hatte, Stunden, in denen ich das Gefühl hatte, wirklich gebraucht zu werden.

Ein Feld zu pflügen und zu bestellen – mein Vater hat uns Kinder früh über den tiefen Sinn dieser Arbeit aufgeklärt, über den Kreislauf der Natur, das Zusammenwirken von Mensch und Umwelt, den Respekt, den wir der Natur schulden, ohne die unser Leben undenkbar wäre, und ich bin heute froh über diese Erfahrungen, die mich auf dem Boden halten.

Seltsamerweise sind es Erinnerungen, die völlig losgelöst scheinen von ihrer Zeit, vom Krieg und meiner Angst. Als hätte es damals zwei Welten gegeben, die nichts miteinander zu tun hatten, und eine davon war ganz friedlich. Die Welt »da draußen« schien ihr nichts anhaben zu können.

»Aber weißt du noch, was für eine schwere Arbeit das ›Rübenverziehen‹ war«, füge ich hinzu. »Tagelang saßen wir auf den riesigen Feldern des ›Eixendorfer Bodens‹, alles hat einem weh getan, die Hände, der Rücken, die Sonne hat gebrannt, und manchmal hab ich geglaubt, ich schaffe das einfach nicht mehr.«

Mein Vater nickt. »Ja, aber es mußte eben gemacht werden ...«

Onkel Johnny sieht uns fragend an. »Rübenverziehen? Was ist denn das?«

Ernsthaft erklärt mein Vater: »Seltsam, daß du das nicht

kennst... Das ist eine der anstrengendsten Arbeiten, die man auf dem Land zu verrichten hat. Nach der Rübenaussaat wächst in dichtem Abstand meistens mehr als nur eine Rübe. Wenn man der Natur ihren Lauf läßt, bekommt man bei der Ernte kleine, verwachsene, mickrige Rüben, weil jede den anderen die Nährstoffe wegnimmt. Also muß man ein paar Wochen nach der Saat in gebückter Haltung, buchstäblich auf den Knien Furche für Furche über die Felder kriechen – für eine Furche braucht man auf einem großen Feld wie dem Eixendorfer Boden viele Stunden –, muß an jeder Saatstelle die Knollen ein wenig freilegen, nachsehen, wieviele Rüben dort wachsen. Dann muß man die größte stehenlassen, diejenige, von der man sich das meiste verspricht. Die anderen muß man ausreißen und wegwerfen. Sie würden der größten, chancenreichsten nur Nährstoffe und Platz wegnehmen, sich zu entfalten.«

Onkel Johnny unterbricht ihn: »Man opfert also die Schwachen, damit die Starken noch stärker werden? Das paßt gut in die ›Gesellschaftsphilosophie‹ unserer Zeit.«

Mein Vater lacht. »Da hast du nicht unrecht, aber so funktioniert nun einmal die Evolution, wenn sie nicht sich selbst und dem Zufall überlassen wird, sondern wenn man wirtschaftliche Interessen hat. In der Landwirtschaft muß der Mensch die Evolution ganz gezielt beeinflussen, wenn er guten Ertrag haben und überleben will. Der Schwache wird geopfert.«

Ich füge hinzu: »Und vielleicht hab ich es auch deshalb so gehaßt, weil ich mich selbst so schwach gefühlt und mich unbewußt mit diesen kleinen, mickrigen Rüben identifiziert habe. Manchmal hab ich übrigens extra die Starken ausgerissen, um zu sehen, was dann aus den Schwachen wird, wenn sie eine Chance bekommen...«

»Ach, deshalb war in deiner Furche die Ernte oft so schlecht«, scherzt mein Vater.

Ich schüttle den Kopf. »Du wirst das jetzt nicht glauben, aber ich habe mir immer ein paar der Stellen gemerkt, an denen ich die kleinste Rübe habe stehenlassen. Immer in der äußersten Furche die drei Büsche vor einem der Bäume, die das Feld außen begrenzt haben. Kurz vor der Ernte bin ich nachsehen gegangen und habe die Rüben verglichen – die Stellen, an denen ich die Stärkste hatte stehenlassen und die Stellen, an denen ich der jeweils Schwächsten eine Chance gegeben habe.« Ich halte inne, alle sehen mich gespannt an, dann erkläre ich mit einem leichten Triumph in der Stimme: »Und die Rüben waren gleich groß!«

Meine Eltern staunen.

»Ihr seht also, auch ein schwacher Start ins Leben kann am Ende zu wahrer Stärke führen, wenn man dem Schwachen eine Chance läßt, sich zu entwickeln.«

Mein Vater nickt fasziniert. »Das ist ja unglaublich interessant! Und das hast du Kerl wirklich gemacht.« Er schüttelt verblüfft den Kopf.

Meine Mutter meint lakonisch: »Ich glaube, ihr interpretiert da zuviel hinein. Möchte noch jemand Kaffee?« Mein Vater und Onkel Johnny halten ihr ihre Tassen hin. Ich genieße mein Leberwurstbrot.

Der Geschmack meiner Kindheit: selbstgemachte Leberwurst aus großen Einweckgläsern, frisches Brot von unserer Köchin Sophie, die immer noch bei meiner Familie ist. Fast wie damals Gruscha Tenn, die meinem Großvater sogar in die Verbannung folgte.

Täglich entdecke ich ein neues, fast vergessenes Stück Kindheit, finde sie in einem Duft, in einem Klang, einem Anblick und »meinem« Baum, der Eiche, die mein Vater, einem alten Brauch folgend, zu meiner Geburt gepflanzt hat. Jeder von uns drei Brüdern hat »seine« Eiche, und sie sind schon erstaunlich groß geworden.

Schrillen des Telefons. »Bestimmt wieder für dich!«

Meine Mutter ist etwas genervt, als sie ins Haus geht, um abzunehmen. Seit ich hier bin, klingelt der Apparat öfter als sonst in einem ganzen Monat.

Mein Vater erzählt davon, wie wir die ersten und einzigen im Dorf waren, die ein Telefon hatten, eines, bei dem man kurbeln mußte. Inzwischen hat natürlich beinahe jeder ein Telefon, man ist sogar dabei, Telefone zu erfinden, die man im Auto einbauen kann, so ist man auch unterwegs immer erreichbar. Ich habe mir so ein Telefon bereits bestellt, werde einer der ersten sein, der in Deutschland eines bekommt, wenn es auf dem Markt ist.

Gerade wird auch das Farbfernsehen in Deutschland und Österreich eingeführt. Ich werde in der ersten Sendung des Farbfernsehens dabeisein, so, wie ich auch schon bei der ersten deutschen

Fernsehunterhaltungssendung Gast war. Mein Vater hat noch die Erfindung der ersten Radiogeräte erlebt. Seine Mutter Anna, meine »schwarze Omi«, hatte meinen Onkel Werner irgendwann in der Zeit in Schweden sogar entrüstet in sein Zimmer geschickt, weil jener davon erzählt hatte, daß man dabei sei, ein Gerät zu bauen, mit dem man die Berliner Philharmoniker, während sie in Berlin spielen, in Stockholm oder wo auch immer hören könne. So ein Ding würde Radio heißen.

»Werner, wenn du so einen Unsinn erzählst, dann hast du hier bei Tisch nichts zu suchen. Solch einen Quatsch möchte ich in meinem Haus nicht hören! Geh auf dein Zimmer«, hatte sie damals streng gefordert.

Wenige Jahre später wurde sie eine der begeistertsten Radiohörerinnen, und inzwischen hat auch sie sogar ein Fernsehgerät, das sie natürlich nicht selbst bedienen kann aber liebt.

Ziemlich aufgebracht kommt meine Mutter wieder. »Stell dir vor, jetzt rücken diese Reporter schon uns auf die Pelle! Es hat sich herumgesprochen, daß du hier bist, und irgend so eine Frauenzeitschrift will eine ›Homestory‹ hier bei uns mit dir machen. Nicht einmal ein paar Tage Urlaub bei deiner Familie sollst du machen können, ohne daß es in der Zeitung steht.«

Sie schüttelt verärgert den Kopf.

»Warum regst du dich denn so auf«, versuche ich zu beschwichtigen.

»Ach, was weißt du denn«, gibt sie immer noch aufgebracht zurück und legt mir eine Zeitung auf den Tisch. »Du hast doch keine Ahnung wie das ist, wenn man ständig diese ganzen Geschichten über dich und die Bilder mit deinen Kindern und das Gewäsch über deine Ehe und deine vermeintlichen Affären in der Zeitung lesen muß – und den ganzen Unsinn, den du dazu zum besten gibst.«

Ich bin sprachlos angesichts dieser unverhohlenen Ausdrucksweise.

»Ach, ist doch wahr«, insistiert meine Mutter. »Und ihr Künstler seid doch selbst schuld an diesen Zuständen! Du nimmst ja in Interviews auch kein Blatt vor den Mund, und sogar die Kinder werden für deine Publicity mit hineingezogen. Warum erzählst du den Reportern bloß überhaupt so persönliche Dinge wie, daß du deinen Freiraum brauchst und solchen Quatsch? So etwas lebt man, von mir aus, aber darüber spricht man doch nicht! Schon gar nicht in der Öffentlichkeit. Und dann auch noch über deine Ängste zu reden, über die Alpträume, die du als Kind hattest, über dein kaputtes linkes Trommelfell und den angeborenen grauen Star auf deinem linken Auge? Da, lies doch selbst, hier steht, daß du bald blind und taub sein wirst und daß du ein von Ängsten zerfressenes Nervenbündel bist.« Sie hält mir die Zeitung vor die Nase und liest vor: »›Udo Jürgens – erblindet er oder wird er taub?‹ So sind dann die Schlagzeilen, die wir lesen müssen, und du wirst in den Artikeln dargestellt als ein oberflächlicher Weiberheld, der von Ängsten zerfressen ist. Das bist du doch gar nicht. Muß dieser Seelenstriptease wirklich sein?« Meine Mutter hat sich ihre Wut von der Seele geredet. »Entschuldige«, versucht sie, die Härte ein wenig zurückzunehmen. »Ich will so etwas über meinen Sohn einfach nicht in der Zeitung lesen.« Sie nimmt meine Hand mit beiden Händen. »Kannst du das verstehen?«

Bevor ich reagieren kann, nimmt mein Vater mir die Zeitung entschlossen aus der Hand. »Es ist so ein schöner Nachmittag, und wir wollen ihn uns wirklich nicht wegen so eines Unsinns vermiesen.«

Er legt das Blatt demonstrativ auf den Boden.

Onkel Johnny bückt sich, hebt sie auf. »Ihr wißt offenbar gar nicht, was für ein Stück Hoffnung, Kultur und Leben so eine Zeitung sein kann! Selbst ein winziger Schnipsel!« Er reißt wahllos einen handtellergroßen Fetzen ab.

»So ein Ausschnitt wie der hier war in der Zeit, als es mir am schlechtesten ging, mein Lebenselixier. Als ich irgendwo im Ural in russischer Kriegsgefangenschaft in einem Lager saß und es keinen größeren Lebensinhalt, keine größere Aufgabe gab, als den jeweiligen Tag zu überleben, war so ein winziges Stück aus einer Zeitung unsere ›Bibliothek‹. Keine Zeile war vollständig lesbar, aber wir haben es gehütet wie einen Augapfel, und es hat uns wochenlang Lebensmut gegeben … – Ich werde nie die Bedeutung vergessen, die so ein Stück Papier für lange Zeit für mich hatte. Wichtiger als das Floß, das ein Ertrinkender zum Überleben braucht.«

Er will meinem Vater den Schnipsel reichen, doch dieser läßt ihn versehentlich fallen. Langsam segelt er zu Boden …

20. KAPITEL

Ural, Kriegsgefangenenlager Nr. 7149/2, Januar 1947 bis Dezember 1949

»Tote raus!«

Irgendwann im Januar 1947. Tiefe Nacht. Eiseskälte. Dr. Johann Bockelmann nimmt eine Handvoll Schnee, meistens die einzige Möglichkeit, sich nach dem Gang auf die völlig verdreckte Lagerlatrine, ein Graben, über den ein Brett führt, notdürftig geschützt von einem halbverfallenen Bretterverschlag, zu säubern. Es ist der Vorteil des Winters: Man hat wenigstens Schnee, um sich behelfsmäßig zu reinigen, und der Gestank an jenem Ort ist etwas erträglicher als im Sommer. Es wimmelt im Winter auch nicht von Fliegen und tausenderlei Ungeziefer.

Davon abgesehen ist diese Jahreszeit die schlimmste von allen. Es ist schon der dritte Winter, den er im Lager im Ural verbringt. Er hat so viele mitgefangene Kameraden sterben sehen, daß er längst aufgehört hat, sie zu zählen. Die meisten davon starben im Winter, und mehr denn je gilt jetzt, irgendwie zu überleben, bis der Frühling wiederkommt und mit ihm neue Hoffnung.

Dr. Bockelmann zieht seinen alten, verschlissenen Mantel fester um sich; sein wichtigster Besitz. Er zieht ihn praktisch niemals aus. Nachts dient er ihm auch als Decke, die einzige, die verfügbar ist. Da er so abgemagert ist, kann er den wärmenden Stoff zum Schlafen beinahe doppelt um sich wickeln. Es hat ihn in mancher Nacht schon vor dem sicheren Erfrierungstod gerettet.

Dr. Johann Bockelmann lehnt sich an den Pfosten des Holzverschlages. Schon die paar Schritte schwächen ihn so sehr, daß er manchmal daran zweifelt, daß er jemals wieder zurück in seine Baracke kommt. Manchmal bricht er auf dem Weg zusammen, bleibt liegen und schafft es nur mit großer Willensanstrengung oder der Hilfe eines zufällig vorbeikommenden Kameraden, wieder aufzustehen und weiterzugehen.

Um ihn völlige Dunkelheit. Soll er eines seiner kostbaren Streichhölzer opfern, um sich zu orientieren? Er könnte sich auch für einen Augenblick daran wärmen. Der Schnee hat seine Hand beinahe gefühllos gemacht. Er entscheidet sich, es zu tun, legt den Schnee beiseite. Der Kopf des Hölzchens ist naß geworden. Er pustet, um es zu trocknen, reibt es ein wenig an seinem klammen Mantel, versucht wieder, es zu entzünden, und tatsächlich: ein schwacher Schein, ein warmes Flackern, das er sorgfältig in seiner Hand birgt. Ein paar Sekunden der Wärme in seiner linken Handfläche, die er genießt, ein kurzes Aufleuchten seiner näheren Umgebung.

Neben ihm die Kiste mit den Abfällen, in die die Wachen manchmal etwas werfen, das sich zum Abwischen eignet. Meistens ist die Kiste leer, doch diesmal liegt sogar etwas drin: Kartonreste, irgendwelche Blätter. Dr. Johann Bockelmann wühlt in dem unsäglichen Haufen, und im letzten Aufglimmen des Streichholzes glaubt er, seinen Augen nicht zu trauen. Er meint tatsächlich, ein Stück aus einer Zeitung zu sehen, ein Frauengesicht. Lächelnd. Wie eine Botschaft aus einer anderen Welt. Er kann es nicht fassen. Er *muß* den Ausschnitt haben. Das Licht ist verloschen. Hilflos wühlt er mit seinen Händen vorsichtig in dem Haufen, bekommt tatsächlich einen Papierschnipsel zu fassen. Das muß er sein. Der Schnipsel wandert in die Manteltasche.

Krämpfe schütteln ihn. Seit Wochen kämpft er gegen die Ruhr. Sein Körper kommt einfach nicht zur Ruhe. Wenn der Schneider Adolf Sterzig, einer seiner Kameraden, der für die Wärter von Zeit zu Zeit Flickarbeiten macht und dafür bessere Verpflegung bekommt, ihm nicht immer wieder etwas von seiner Sonderration zustecken würde, wäre Johann Bockelmann bestimmt längst verreckt. Die normale Lagerverpflegung kann er oft nicht einmal bei sich behalten.

»Adolf, wenn wir beide jemals hier rauskommen, und wenn ich je in meinem Leben wieder einen Anzug trage, dann wirst du ihn mir schneidern … Du und kein anderer, das steht für mich fest. Ich werde nie mehr einen Anzug tragen, der nicht von dir ist«, verspricht er dem Freund, und es ist ihm ernst.

Mühsam schleppt er sich zurück in seine Baracke. Seit einem halben Jahr hat er keine Schuhe mehr. Sie haben sich einfach aufgelöst und waren nicht mehr zu reparieren. Eine Zeitlang hatte er nur noch seine Fußlappen, dann brachte ein Mitgefangener eines Tages von der Arbeit einen kaputten Autoreifen mit. Aus der gebogenen Gummiröhre konnte man sich mit einigem Geschick etwas anfertigen, in dem die Füße einigermaßen geschützt waren. Diese »Schuhe« waren für ihn die beste Errungenschaft seit einem Jahr.

Der Weg von der Latrine zur Baracke ist vielleicht 50 oder 60 Meter weit, für die er wohl an die zehn Minuten braucht. Doch er geht sie diesmal ein wenig leichter. Er hat etwas Besonderes in seiner Tasche, irgendetwas, das er natürlich erst am nächsten Tag untersuchen und genauer betrachten kann. Ein Ausriß aus einer Zeitung, ein Bild von einer lächelnden Frau.

Zurück in der Baracke der Kampf um seinen Schlafplatz. Je zwei bis drei Mann teilen sich eine Pritsche, und natürlich haben die anderen sich in der Zeit seiner Abwesenheit ausgebreitet. Ein Stöhnen und Schimpfen und mühsames Wälzen, dann findet er wieder ein paar Handbreit Platz, um sich hinzulegen. Er zieht den Mantel fester um sich, steckt eine Hand in die Tasche, um das verheißungsvolle Stückchen Papier zu schützen. Was für ein Glück, daß ausgerechnet er es gefunden hat, daß er ausgerechnet zu dieser Stunde die Latrine aufsuchen mußte.

Unruhiges Dösen. Krämpfe, Kälte, Fieber. Wann er zum letzten Mal wirklich geschlafen hat, weiß Johann Bockelmann nicht mehr. Seit zweieinhalb Jahren ist er nun in diesem Lager, und die Zeit, die hinter ihm liegt, scheint ihm in einem merkwürdigen Dämmerzustand verborgen, aus dem manche Momente wie grelle Stiche schmerzhaft herausleuchten.

Seine Verhaftung in Bukarest Ende August 1944 – ein Gefühl von Unwirklichkeit. Er war mit seiner Einheit dort stationiert gewesen, skeptisch geduldet von den verbündeten Rumänen. Johann Bockelmann hatte eigentlich von diesem Krieg nicht viel mitbekommen. Er war wegen seines Doktorgrades gleich Offizier geworden, obwohl er wahrlich alles andere als ein deutscher Vorzeigesoldat war.

Er war viel eher ein »Praliné-Soldat« wie seinem Lieblingsstück »Helden« von George Bernhard Shaw entsprungen. Er war ein Tolpatsch wie er im Buche stand, vergaß regelmäßig laufende Wasserhähne, eingeschaltete Herdplatten, brachte es fertig, sich selbst beim Tennisspielen mit dem Schläger k.o. zu schlagen, lief barfuß und im Nachthemd grippekrank durch die Stadt, weil er sich auf dem Weg zur Toilette auf dem Flur aus seinem Zimmer ausgesperrt hatte und dergleichen mehr. Seine Pistole war schon aus Vorsicht vor einem Mißgeschick nie geladen, und in den Patronentaschen bewahrte er alles auf, nur keine Munition.

Er war nie an der Front gewesen, hatte in all den Jahren seit seiner Einberufung keinen einzigen Schuß abgegeben. Mit 26 hatte man ihn als Rekrut eingezogen und ihm, weil er als Jurist dafür geeignet war, eine Ausbildung zum Verwaltungsbeamten angeboten. Einige Zeit lang hatte er am Bukarester Flughafen Ploeşti Dienst getan. Hier waren vor allem Bomber, Jagd- und Transportflugzeuge stationiert, die Einsätze gegen die Rote Armee in der Ukraine und gegen Partisanen in Jugoslawien flogen. Er hatte diese Einsätze und das dafür nötige Material wie Treibstoff und dergleichen zu organisieren, war mit seinen Kameraden im vornehmen Hotel Lafayette untergebracht und hatte in Bukarest ein beinahe beschauliches Leben geführt – mit Freunden, Büchern, kleinen Festen.

Die Stimmung in der Bevölkerung gegenüber den deutschen Soldaten war in den letzten Wochen vor seiner Festnahme immer feindseliger geworden. Die Russen waren immer näher gekommen, und die Rumänen schienen die Seiten zu wechseln.

Dann der Umsturz, die Entmachtung Generals Ion Antonescu, die Kapitulation Rumäniens gegenüber den Russen. Bevor man die neuen Verhältnisse verstehen und sich wappnen konnte, war die Rote Armee in Bukarest einmarschiert. Früh am Morgen wurde die Tür von Johann Bockelmanns Quartier eingetreten, und er hatte in russische Gewehrläufe geschaut. Man stieß ihn quer durch den Raum, schrie ihn an. Instinktiv zeigte er nicht, daß er Russisch verstand. Er raffte seine Sachen zusammen, wurde gemeinsam mit anderen deutschen Soldaten auf die Ladefläche eines Lastwagens getrieben. Sammelstelle. Uhren, Ringe, Stiefel, alles, was den Rotarmisten irgendwie wertvoll erschien, wurde ihnen abgenommen.

Viehwaggons. So dicht beladen, daß man nicht einmal auf dem

Boden sitzen konnte. Sie standen, Körper an Körper. Umzufallen war nicht möglich. Dunkelheit. Verlust von Zeit und Raum. Wieviele Tage sie so fuhren, konnte er nicht ermessen. Hunger, Durst, Hitze, Gestank. Manchmal der Gedanke, es wäre vielleicht besser, tot zu sein. Aufbringen all seiner Willenskraft, um diese Anfälle von Selbstaufgabe zu bekämpfen.

Er dachte an seinen Vater Heinrich, der vor fast genau dreißig Jahren in einem Güterwagen wie dem, in dem er selbst gerade stand, dichtgedrängt tagelang in die Ungewißheit, die Verbannung gefahren ist. Sie waren zur falschen Zeit am falschen Ort gewesen. Heinrich als Deutscher in Moskau, in einem Moment, in dem die Stimmung der Geschichte sich radikal gewandelt und die traditionelle Freundschaft zwischen Rußland und Deutschland in Feindschaft umgeschlagen war, die bis heute Bestand hatte. Und Johann Bockelmann als deutscher Soldat in einem Krieg, den er nie wirklich verstanden hatte. Theoretisch hatte er als deutscher Soldat gegen sein Geburtsland gekämpft, aber gemerkt hatte er davon eigentlich nichts. Und doch war er nun zwischen die Fronten und in eine Lage geraten, die er sich in seinen schlimmsten Alpträumen so nicht hatte ausmalen können.

Wie hatte sein Vater Heinrich das damals überstanden? Er versuchte, sich zu erinnern, von seinen Erfahrungen zu profitieren, aber es gelang ihm nicht.

Alle paar Tage ein Halt irgendwo. Laut rasselndes Öffnen der Schiebetür. Gleißendes Licht, das nach all der Dunkelheit in den Augen schmerzte.

»Tote raus!« Der gebrüllte Befehl in gebrochenem Deutsch. Von Etappe zu Etappe waren einige gestorben. Im Stehen auf die anderen gesackt, langsam auf den Boden gesunken, auf dem eigentlich gar kein Platz war. Dann, nach Stunden oder Tagen auf Befehl nach draußen geworfen. Manchmal hatte die Verwesung bereits begonnen und Ungeziefer angezogen.

Dr. Johann Bockelmann beschloß: So durfte er nicht sterben. Nicht auf dieser Fahrt, in diesem Viehwaggon, irgendwo in Rumänien oder Rußland abgelegt. Zumindest die Fahrt mußte er überstehen, irgendwie alle Kräfte mobilisieren, ankommen, wo auch immer das sein mochte.

Nach dem Ausladen der Toten wurden die Eimer geleert. Sie

waren kaum benutzt. In der Enge waren sie für die meisten unerreichbar. Die Gefangenen, die nicht in ihrer unmittelbaren Nähe standen, hatten keine andere Möglichkeit, als in die Hosen zu machen. Erfahrung von Demütigung, die kaum erträglich war. Und der irreführende Gedanke: »Schlimmer kann es nicht mehr kommen. Wenn dieser Transport überstanden ist, kann es eigentlich nur besser werden, egal, was mich am Ziel erwartet. Selbst wenn es der Tod ist.«

Johann Bockelmann muß beinahe zynisch lachen, wenn er heute, zweieinhalb Jahre später, an diese Fehleinschätzung denkt.

Wenn der Zug hielt, bekamen die Häftlinge schmutziges Wasser zum Trinken und etwas altes Brot, um das Kämpfe entbrannten. Das Überleben konnte davon abhängen, ob man ein Stück davon erringen konnte. Unwürdigkeit, die Johann Bockelmann noch wenige Tage zuvor für unmöglich gehalten hatte.

Dann, nach einer Weile, hörte man draußen Geschrei auf Rumänisch oder auch Russisch, das Johann Bockelmann wahrscheinlich als einziger der Gefangenen verstehen konnte. Er drängte sich so nah wie möglich an die Tür des Waggons, spähte hinaus:

»Nein, ich bin kein Deutscher!« Verzweifeltes Flehen auf Russisch.

»Kannst du das beweisen?« Die zynische Frage der Wächter.

»Aber ihr habt mir doch gerade meine Papiere abgenommen.«

Gelächter der Wachsoldaten. »Wir haben gar nichts genommen. Untersteh dich, das noch mal zu behaupten.« Sie zerrissen genüßlich grinsend den Ausweis.

»Ich bin Rumäne« oder »Ich bin Russe«, »Ich bin Bauer, kein Soldat«, die verzweifelte Erwiderung.

»Ruhe!« wurde der jeweilige Gefangene angeherrscht, manchmal durch einen Tritt oder Schläge untermauert. »Du bist jetzt ein deutscher Kriegsgefangener. Alles andere interessiert niemanden!« Und es wurden so viele junge rumänische oder russische Bauern, Arbeiter oder wer immer sonst in die Fänge der Wachsoldaten geraten war, in den Waggon gestoßen wie zuvor tot ausgeladen worden waren. Offenbar kam es darauf an, daß die Anzahl stimmte. Diesen Zynismus zu begreifen, ist Johann Bockelmann in den zweieinhalb Jahren, die das nun bereits her ist, nicht gelungen, und wann immer er wieder daran denkt, fühlt er die alte Wut und Verzweiflung über diese Zeit, die Menschen veranlaßt, so etwas zu tun, wieder in sich aufsteigen. Eine Wut, der er bis heute nichts entgegenzusetzen hatte.

Diese auf jene unvorstellbar grausame Weise zu »deutschen Soldaten« gemachten Russen und Rumänen kamen von allen Gefangenen am schlechtesten mit ihrer Lage zurecht. Sie weinten, schrien, tobten, verschwendeten sinnlos ihre Kräfte, bis sie irgendwann nur noch wimmerten oder ganz verstummten. Aus dem, was sie herausschrien oder sich gegenseitig verzweifelt schilderten, hatte Johann Bockelmann mitbekommen, daß man einfach in den Dörfern, in denen der Zug gehalten und wo man die Toten ausgeladen hatte, ausgeschwärmt war und wahllos jeden mitgenommen hatte, der einem über den Weg lief, junge Männer auf dem Weg zur Arbeit oder nach Hause, manchmal sogar Bauern von den Feldern. Wichtig war anscheinend immer nur, daß keiner die Entführung sah. Für die Familien mußten unmenschliche, unlösbare Rätsel geblieben sein. Die Angehörigen, Väter, Brüder, Söhne, waren einfach verschwunden, und keiner ahnte, wohin.

Allein schon deshalb durfte Johann Bockelmann sich auf diesem Transport nicht aufgeben. Sein Tod würde einen weiteren unschuldigen Gefangenen und das Leid einer weiteren Familie bedeuten. Gewissermaßen hielt also diese Grausamkeit der Roten Armee ihn über die Tage des Transports hinweg am Leben …

Fiebergedanken. Johann Bockelmann kämpft gegen die Krankheit, die seinen Körper immer mehr auszehrt. Schon wenn man nicht von der Ruhr und anderen Seuchen heimgesucht wird, braucht man alle Kraft, um in diesem Lager zu überleben. Krankheit bedeutet hier zwangsläufig akute Lebensgefahr.

Daß er überhaupt noch lebt, verdankt Johann Bockelmann auch der Tatsache, daß er bisher verbergen konnte, daß er in Moskau geboren wurde. Wer in Rußland geboren wird, gilt dem Staat zeit seines Lebens als Russe. Ein Russe, der auf deutscher Seite gekämpft hat, das wäre Hochverrat und das sichere Todesurteil. Zum Glück hatte er kurz vor seiner Gefangennahme, als die Rotarmisten die Haustür gewaltsam aufbrachen, geistesgegenwärtig seine Papiere zerrissen und in den Ofen gesteckt. Auch wenn er nicht brannte, dort würde in der Hektik sicher niemand nachsehen. Zwar hatte es ihn auch verdächtig gemacht, daß er keine Papiere hatte, denn nur SS-

Mitglieder vernichteten ihre Dokumente. Aber dieser Verdacht war immer noch besser als die sechs tödlichen Buchstaben seiner Geburtsstadt in seinem Paß: »M-O-S-K-A-U«. Da er keine Blutgruppentätowierung auf seinem Arm trug, wie SS-Mitglieder sie hatten, konnte man ihn nicht derartig beschuldigen. Er war zwar strengen Verhören unterzogen, aber bisher am Leben gelassen worden.

Am schwierigsten war es gewesen, seine Sprachkenntnisse zu verbergen. Mehr als einmal war es vorgekommen, daß der »Dolmetscher« in seinen Verhören seine Antworten bewußt falsch übersetzte und ihn damit belastete. Er mußte es hinnehmen, durfte sich nichts anmerken lassen, durfte auch auf russische Befehle oder Unmutsäußerungen nicht reagieren. Selbstdisziplin, die ihn oft an Grenzen brachte in einer Situation, in der die Kraft und Konzentration von Tag zu Tag dahinschwand.

Wo genau sich das Lager befindet, weiß Johann Bockelmann bis heute nicht. Irgendwo im Ural, vielleicht auch schon in Sibirien. Aus aufgeschnappten Wortfetzen der Wärter vermutet er, daß es in der Nähe von Charkov, also in der Ukraine, sein könnte, aber genau weiß das keiner. Die Gefangenen kennen nur die Lagernummer, mehr nicht. Die geographischen Details werden vor ihnen geheimgehalten, um Fluchtversuche zu erschweren.

Daß an eine Flucht nicht zu denken ist, ist aber ohnehin jedem klar: Hunderte Kilometer weit um das Lager herum gibt es kein privates Haus, kein Dorf, keine Infrastruktur. Man müßte sich – geschwächt wie man ist – durch unwirtliche Steppe, durch Eis oder Schlamm kämpfen, ohne Verpflegung, ohne Orientierung. Das ist einfach nicht möglich. Manche versuchen es trotzdem, wissend, daß sie es nicht schaffen werden. In der Hoffnungslosigkeit, in der sie auch den Glauben daran verloren haben, daß es die »Welt da draußen noch gibt«, scheint ihnen die Selbstbestimmtheit solch eines Todes verlockender als das Dahinvegetieren im Lager. Gefühle, die Johann Bockelmann verstehen kann und gegen die er nun schon seit zweieinhalb Jahren immer wieder ankämpft. Er darf das Bewußtsein für die scheinbar verlorene Welt nicht verlieren. Er muß sich an Barendorf erinnern, an seine Familie, seine Mutter, seine Brüder, an das »normale Leben«, das es irgendwo noch gibt, auch wenn es manchmal hinter den Lagergrenzen im Schlamm verschüttet oder im Eis versunken scheint.

Was für ein Leben. Johann Bockelmann wird demnächst 34 Jahre alt. So etwas wie ein selbstbestimmtes Leben hat er noch nie geführt. Seit er erwachsen ist, herrschen die Nazis, von seinem 26. Lebensjahr an hatte er Kriegsdienst zu leisten. Seine besten Mannesjahre hat er nun hier im Lager verloren, und wenn er sich manchmal, wenn ihm die Haare und der Bart geschnitten werden, in dem fast blinden Spiegel des Lagerfriseurs betrachtet, erkennt er sich beinahe nicht mehr. Er sieht einen alten, dürren Mann mit fahler Haut und beinahe leblosen Augen, die in tiefen Höhlen liegen.

Wenn er im Krieg nicht soviel Glück gehabt hätte, immer weit von der Front entfernt zu sein, hätte er das Leben eines jungen Mannes überhaupt nicht kennengelernt. Der Geschichte abgetrotzte Erfahrungen der Lebensfreude, die ihm heute wertvolle Erinnerungen sind und ihm Kraft geben. Manchmal muß er sich diese Momente ganz bewußt ins Gedächtnis rufen, um den Bezug zu jener Welt nicht zu verlieren.

Seine Hand in der Manteltasche berührt den Zeitungssausschnitt. Sofort wird er ruhiger. Wenn es nur endlich Tag werden würde. Richtig hell wird es auch dann nicht, aber er wird dann wenigstens den Ausschnitt genauer betrachten können. Irgendetwas Lesbares wird er darauf sicher finden. Darauf, diesen Ausschnitt anzusehen freut er sich fast sosehr wie auf eine Extraportion Fett, die die Häftlinge ab und zu erhalten oder auf eine Suppe, in der tatsächlich ein winziges, knorpeliges Stückchen Fleisch schwimmt. Ein Glück, das einem alle paar Monate einmal zuteil wird. Oder auf die wenigen ersten Sonnenstunden im Frühling.

In seinem ersten Winter hatte er, als er wieder mal als Todeskandidat auf der Krankenstation lag, eine in jahrelangem Lagerdienst verrohte Schwester, die etwas deutsch sprach, gefragt, ob es hier eigentlich niemals Sonne gäbe. Sie hatte ihn und seine schmächtige Gestalt mit Kennerblick gemustert und dann wie selbstverständlich gesagt: »Schon scheint hier Sonne, aber du nicht mehr lange genug leben. Du Sonne nicht mehr sehen.«

Diesen Spruch Lügen zu strafen und noch einmal die Sonne zu sehen, war sein Überlebensehrgeiz für Monate gewesen.

Hans Thiede, sein Pritschengenosse, wird von heftigen Krämpfen geschüttelt. Johann Bockelmann versucht, ein kleines Stück von seinem Mantel über ihn zu breiten, ohne selbst der Kälte ausgeliefert zu sein. Hans Thiede ist ihm hier so etwas wie ein echter Freund geworden.

Thiede klammert sich im Fieberwahn an das Mantelstück. Wenn er bloß nicht stirbt! Er *muß* diese Nacht überleben, zumindest dies, der Tag wird neue Kraft bringen, sogar hier.

Johann Bockelmann hat es schon oft erlebt, daß einer seiner Pritschengenossen neben ihm gestorben war. Er war am Morgen schon wohl ein Dutzend Mal neben einer Leiche erwacht. Es waren Erfahrungen, die ein Mensch nicht verarbeiten konnte. »Scheiße!« war das einzige und wohl auch das angemessenste, was man in diesem Moment über die Lippen brachte. Beim ersten Mal hatte er laut aufgeschrien. »Nein! Wach auf!« und den Toten geschüttelt, um ihm vielleicht doch wieder Leben einzuhauchen.

Die Gefangenen, die schon mehr Erfahrung mit dem Lagerleben hatten, hatten ihn sofort angeherrscht. »Ruhe! Halt doch dein Maul! Du schreist ja hier alles zusammen« und ihm dann ruhiger erklärt: »Für den Toten kann niemand von uns mehr etwas tun. Er ist tot, er hat es hinter sich. Aber wenn wir es geschickt anstellen, können wir das für ein paar Stunden, vielleicht sogar für einen ganzen Tag vor den Wachen geheimhalten, und dann haben wir ein Stück Brot, einen Teller Suppe mehr.«

Johann Bockelmann war das beim ersten Mal noch so unvorstellbar erschienen, daß er sich weigerte, seinen Anteil an der Zusatzration anzunehmen. Inzwischen war es ihm auf eine grelle und beklemmende Weise selbstverständlich geworden. Er fragte sich, wie sehr er wirklich schon abgestumpft war, wieviel von seiner Menschlichkeit er hier eigentlich schon eingebüßt hatte.

Aber Hans Thiede durfte nicht sterben. Nicht er! »Thiedegans, halt durch«, flüstert er ihm immer wieder beschwörend zu. Den Spitznamen »Thiedegans« verdankt er der Unfähigkeit der russischen Wachen, ein »H« auszusprechen. Es klang immer wie ein »G«. Bei den Appellen riefen sie immer zuerst den Nach- und dann den Vornamen, was sich bei »Thiede, Hans« anhörte wie »Thiedegans«. Der Name war ihm bis heute geblieben.

»Thiedegans, halt durch! Wenn es Tag ist, wird es heute richtig warm werden. Es wird die Sonne scheinen. Du wirst richtiges Licht sehen, an dem du dich wärmen kannst. Und dann gibt es ein Festessen. Wir bekommen echten Kaffee und Suppe, ganz dick vom vielen Fleisch, mit Fettaugen und Nudeln und danach echten Sauerbraten. Ich kann ihn schon riechen. Mit goldbraunen Bratkartoffeln. Sie bereiten es schon vor. Und danach Erdbeeren mit Schlagsahne und so viel Zucker, daß es zwischen den Zähnen knirscht. Mensch, Thiedegans, und es werden uns Weiber besuchen. Schöne, gesunde, gutriechende Weiber mit dicken Titten. Ich weiß es genau...« Johann Bockelmann strengt all seine Phantasie an, um Hans Thiede neuen Lebensmut zu geben. Daß er den Zeitungsausschnitt in seiner Hand spürt, hilft ihm dabei.

»Gibt es auch Wein?« Nach endlosen Stunden des Wimmerns und Stöhnens die schwache Stimme von Hans Thiede.

»Natürlich gibt es Wein. Den allerbesten sogar. Einen Bordeaux des besten Jahrgangs. Was denkst *du* denn? Ohne Wein geht doch bei uns gar nichts. Du willst doch diesen Festtag nicht verpassen, oder?«

»Nein.« Es klingt noch dünn und angestrengt, aber das Schlimmste ist überstanden, das weiß Johann Bockelmann aus Erfahrung. Ein Mann, der wieder an Essen, Trinken und Frauen denkt, ist nicht verloren.

Träume aus Papier

Der Zeitungsausschnitt ist zerknittert, von Flecken übersät. Behutsam streicht Johann Bockelmann ihn glatt. Seine Zellengenossen drängen sich hinter ihm, um auch einen Blick auf den unerwarteten Schatz zu werfen. Staunend betrachten sie das Gesicht der jungen, strahlenden Frau, das Johann Bockelmann in jener Nacht im Kasten beim Latrinenzelt ins Auge gefallen war.

»Daß es so was überhaupt noch gibt!« Der Schneider Adolf Sterzig blickt so erstaunt, als hätte er in seinem ganzen Leben noch nie eine Frau gesehen.

»Eine wie die im Arm und mir würde nichts mehr zu meinem Glück fehlen.« Herbert Dregger, ein einstmals stattlicher Mann, dem man den früheren Sportler noch ansieht und der vor allem unter der miserablen Lagerverpflegung leidet, bekommt glänzende Augen.

»Ach, spinn doch nicht rum! So eine wie die ist doch viel zu fein für dich. Die würde dich doch nicht mal mit dem Arsch anschauen.«

»Hast du eine Ahnung, wie verrückt die Weiber nach mir sind, wenn ich nur gewaschen und ordentlich angezogen bin und etwas im Magen habe. Da werden alle schwach!«

»Ich will eigentlich gar keine Frau wie die«, meldet sich Lars Baumann zu Wort. »Ich hab ja zu Hause meine Evi. Und meinen kleinen Fritz. Der ist jetzt fast zwei, und er kennt mich gar nicht. Ich will nur zurück zu meiner Evi und meinem Fritz, da könnt ihr lachen soviel ihr wollt.«

»Wir lachen doch gar nicht!« Reinhold Diehl, ein unauffälliger Tischler gilt eigentlich als großer Schweiger, der sich aus allen Diskussionen heraushält. Daß er überhaupt etwas sagt, versetzt alle in Erstaunen.

»Meint ihr, sie wartet auf mich? Ich hab jetzt seit acht Monaten nichts mehr von ihr gehört. Ich kann es ihr auch nicht verdenken, wenn sie längst einen anderen hat. Sie kann ja nicht ihre Jugend opfern und auf einen warten, der vielleicht gar nicht mehr kommt.« Lars Baumann kämpft mit den Tränen.

»Natürlich wartet sie auf dich«, versucht der Schneider Adolf Sterzig ihn zu trösten. »Und natürlich kommst du zurück. Etwas anderes darfst du gar nicht denken!«

Lars Baumann schüttelt resigniert den Kopf. »Nein, ich weiß es genau, ich komm hier niemals mehr raus.«

Adolf Sterzig sieht ihn ratlos an. »Was meinst du denn damit?«

Lars Baumann zuckt mit den Schultern: »Ach... Nur so...«

Er versinkt in deprimierter Nachdenklichkeit.

»Ihr redet vielleicht einen Blödsinn.« Herbert Dregger, der »Weiberheld«, schlägt mit der Hand auf den kleinen, wackeligen Tisch, den die Häftlinge sich selbst gebaut haben. »Ich will so etwas nicht hören«, meint er entschieden. »Baumann, bekomm mir bloß keinen Lagerkoller. Du bist jung, und du kommst wieder nach Hause, wie wir alle. Und jetzt Schluß damit!«

Aus einer Ecke der Baracke ein lautes Stöhnen. Johann Bockelmann und die anderen drehen sich um. Sepp Mittergratnegger, ein Mitgefangener aus Österreich ist schon seit Tagen in schlechter Verfassung. Adolf Sterzig geht zu ihm, tupft ihm den Schweiß von der Stirn. Er tropft ihm die letzten Reste aus seinem Becher auf die Lippen. Das Seufzen wird etwas leiser. Er versucht, etwas zu sagen, doch Adolf Sterzig versteht ihn nicht.

»Ganz ruhig... Bleib ganz ruhig...« Adolf Sterzig bemüht sich, ihn zu beruhigen, doch da ist er schon wieder eingedämmert und röchelt leise im Fieberschlaf.

Die anderen beugen sich weiter über den Artikel. Krankheit und Todesnähe sind hier schon so selbstverständlich geworden, daß man auch in deren bedrohlicher Gegenwart sein gewohntes Lagerleben fortsetzt, schon aus Selbstschutz. Man hat irgendwann einfach keine Kraft mehr für unbeschränktes Mitgefühl, das früher selbstverständlich schien. Es sterben einfach zu viele.

Sepp Mittergratnegger stammt aus Eisenstadt in Österreich, ist höchstens neunzehn Jahre alt, kennt nichts als diesen Krieg und wurde vor kurzem erst bereits krank aus einem anderen Lager hierher verlegt.

»Wird er es schaffen?« Johann Bockelmann wendet sich kurz an Adolf Sterzig, als dieser an den Tisch zurückkommt. Ein ratloses Schulterzucken ist die einzige Antwort.

»Seht mal, hier ist ein kleiner Rest von einem Kinoprogramm!« versucht Jens Klausen, ein Unteroffizier aus Lübeck die beklemmende Stimmung aufzufangen und die allgemeine Aufmerksamkeit wieder auf den Zeitungsausschnitt zu richten. »Mensch, Kino! Das muß ja wunderbar sein. Mit unserer Schönen ins Kino gehen. Und vorher groß dinieren. Was wird die Dame denn essen?«

»Die ißt ein deftiges Gulasch und einen guten Schweinsbraten und vielleicht sogar Blutwurst und ein Eisbein! Glaubt mir, ich kenne mich aus!« Herbert Dregger bemüht sich, sich als Frauenkenner zu etablieren.

»Du spinnst ja! Die hat doch nicht so einen Hunger wie wir. Die ist edel. Sie ißt Austern und Wachtelbrüstchen und Sorbet!«

»›Sorbet‹! Quatsch Sorbet, davon wird doch keiner satt!« Herbert Dregger läßt nicht locker.

»Und in welchen Film gehen wir mit ihr? Was wird denn gespielt? Schau doch mal nach, Bockelmann!«

Johann Bockelmann bindet seine verrutschte Brille wieder fest. Der rechte Bügel ist ihm schon vor langer Zeit abgebrochen, aber er konnte sich bei Albert Sterzig einen Bindfaden organisieren. Den bindet er am Stummel des rechten Bügels fest, führt ihn um seinen Kopf herum und verknotet ihn am linken Bügel. Er ist froh, daß er seine Brille nur zum Lesen braucht.

Das Kinoprogramm ist auch nur zum Teil erhalten.

»Mensch, da steht, sie spielen ›Casablanca‹! Davon hab ich irgendwann schon mal gehört. Das muß ein sehr Nazi-kritischer Film sein mit tollen Schauspielern. Daß sie den jetzt in Deutschland spielen.« Johann Bockelmann ist begeistert.

Adolf Sterzig stimmt ihm zu. »Und was wird sonst noch gespielt?«

»Das andere kann man schwer entziffern. ›Die Mörder sind un...‹, da ist der Zettel abgerissen, und bei den Schauspielern steht ›Hildegard Kn...‹ Kann sich da einer von euch einen Reim darauf machen?« Die anderen schütteln die Köpfe. »Vielleicht ›Die Mörder sind unmenschlich‹«, mutmaßt einer. »Oder ›unehrenhaft‹«, meint ein anderer. »›Unfreundlich‹?« wirft ein dritter ein, und alle lachen.

Danach ist es für Augenblicke totenstill. Man hört nur ihren Atem, der in der Kälte der Baracke sichtbar wird. Ihr eigenes Lachen ist ihnen unheimlich. Es ist für alle gespenstisch, dieses Lachen im Lager, das meistens etwas hysterisch aus ihnen herausbricht, fast anfallsartig, als müßte sich irgendeine Spannung Luft verschaffen und entlade sich in einem Lachen, um die Seele davor zu bewahren durchzudrehen. Seit er im Lager ist, hat Johann Bockelmann nicht mehr unbeschwert und frei gelacht. Es hat etwas Beklemmendes, dieses Lachen, aber für das Überleben ist es doch so unendlich wichtig, sich die Fähigkeit zu lachen nicht ganz rauben zu lassen, auch wenn es ein reduziertes Lachen ist, das bleibt. Johann Bockelmann fragt sich oft, ob er sein altes, freies, unbeschwertes Lachen jemals wiederfinden wird, sollte er je hier herauskommen.

»Klingt nach einem Krimi«, schließt Herbert Dregger irgendwann die »Diskussion« über den Film ab. Und was läuft sonst noch?

»›Tanz mit mir‹ mit Fred Astaire und Ginger Rogers. Mensch,

Fred Astaire und Ginger Rogers! Das ist noch echter Glanz. Überhaupt: Tanzen! Ich würde unsere Schöne ja zum Tanzen ausführen: erst essen, dann Kino, dann tanzen.«

»Ja, ja, du und tanzen«, spöttelt Adolf Sterzig. »Du hast doch zwei linke Füße.«

»Wenn ich hier raus wäre, dann würde sogar ich tanzen«, Johann Bockelmann seufzt. »Ein Freiheitstanz, das wär's. Ich schwör's euch, wenn ich hier herauskomme, dann finde ich eine Frau, die große Liebe meines Lebens, und dann tanzen wir beide einen Freiheitstanz, den die Welt noch nicht gesehen hat. Zwei linke Füße hin oder her… «

Die Zellengenossen nicken wissend. Ihre Lebens- und Freiheitsträume scheinen sich zu gleichen. Die meisten von ihnen sind jung, sie haben noch so gut wie nichts erlebt. Die meisten nicht einmal eine wirklich große Liebe, auch Johann Bockelmann nicht. Liebeleien, das kennt er, aber die echte, einzigartige Liebe, die einem das Gefühl gibt, erst durch den anderen vollständig zu sein, kennt er nur aus Büchern und Filmen. Wenn er nur eine Erfahrung in seinem Leben, in Freiheit noch machen könnte, dann wäre es die Erfahrung der wahren Liebe, die aus ihrer Gruppe einzig Lars Baumann zu kennen scheint. Mit seiner Evi.

»Wer nicht geliebt hat, der hat nicht gelebt«, hat Johann Bockelmanns Vater Heinrich oft gesagt, und der Gedanke verfolgt ihn hier, im Lager, manchmal wie ein Fluch, aber manchmal auch wie eine große Hoffnung, ein uneingelöstes Versprechen des Lebens, ohne das das Schicksal ihn nicht sterben lassen wird. Manchmal klammert er sich daran fest.

»Jetzt dreh doch endlich mal den Ausschnitt um«, fordert Lars Baumann.

Ja, und lies bitte schön laut vor. Ich will auch etwas davon haben!« Thiedegans ist noch zu schwach zum Aufstehen. Er liegt auf seiner Pritsche und hört aufmerksam zu.

»Natürlich, Thiedegans, die Zeitung ist schließlich für alle da. Und jeder darf sie ab morgen sowieso für einen Tag ganz für sich haben. Wir machen einen Plan. Immer reihum. Und weil ich sie gefunden habe, bin ich morgen als erster dran. Dann du, Thiedegans, und dann die anderen. Wer am längsten im Lager ist, kommt zuerst.« Alle stimmen zu.

Aus der Ecke wieder ein lautes Röcheln und Stöhnen, dem eine beunruhigende Ruhe folgt.

»Ich glaube, wir sollten die Wachen holen«, meint Lars Baumann nachdenklich. »Der muß in die Krankenstation.«

»Die ist doch völlig überfüllt«, antwortet Herbert Dregger.

»Trotzdem ... Wir sollten es versuchen.«

Die anderen nicken zögernd. Die Wachen zu holen kann immer auch zusätzlichen Ärger für alle Insassen der Baracke bedeuten. Aufmerksamkeit zu erregen, ist niemals gut.

Herbert Dregger geht hinaus. »Wache«, ruft er. »Hier braucht jemand Hilfe.«

»Job tvoju matj!« (»Fick deine Mutter!«) und andere wüste russische Flüche sind die Antwort. »Der Abschaum da drüben braucht Hilfe«, höhnt einer der Wachleute. »Die Scheiß-Deutschen sollen ruhig verrecken!« Johann Bockelmann ist froh, daß offenbar nur er das versteht. Er schluckt schwer.

Herbert Dregger bleibt länger weg als eigentlich zu erwarten gewesen wäre.

»Was hat denn der Dregger vor?« Adolf Sterzig ist besorgt. »Ich hoffe, der macht keinen Blödsinn und versucht, die Wachen zu bedrängen wegen dem Arzt. Das nützt doch auch nichts und bringt uns allen nur Ärger.«

Doch Herbert Dregger hatte anderes im Sinn. Triumphierend betritt er die Baracke, in der Hand eine riesige tote Ratte, die er am Schwanz hochhält. »Die kam mir gerade recht! Auf dem Weg zur Latrine hab ich sie erwischt. Da haben wir wenigstens einen Zusatzbissen. Die gibt einen kleinen, aber feinen Braten.« Und während die anderen sich halb erfreut und halb angewidert abwenden, beginnt er, die Ratte mit geübten Fingern und einem selbstgeschnitzten Holzmesser auszunehmen und ihr die Haut abzuziehen. Nachts, wenn die Wachen Karten spielen oder schlafen, werden sie ein kleines Feuer machen und sie am Spieß braten. Es ist nicht das erste Mal. Zum Glück haben sie im Sommer nicht nur Ratten und Mäuse, die sie fangen können, sondern auch Frösche, Eidechsen, Engerlinge, Schnecken, Würmer und ähnliches Getier.

Johann Bockelmann nimmt seine »Zeitung« zögernd wieder zur Hand. Einerseits kann er es kaum erwarten, die Rückseite des Ausschnitts anzusehen, andererseits hätte er den Schnipsel nur allzugern allein und ungestört erforscht. Seit seiner Gefangennahme hat er kein einziges Buch, keine Zeitung mehr gelesen. Schriftstücke dieser Art sind im Lager nicht erlaubt und dürfen ihnen auch nicht von zu Hause geschickt werden. Wenigstens dürfen sie, seit sich nach Kriegsende die Wogen des Hasses ein wenig geglättet haben, überhaupt Post und auch Pakete mit Nahrungsmitteln von zu Hause empfangen, dürfen selbst Postkarten nach Hause schreiben – eine pro Monat. Aber natürlich wird alles zensiert, vieles nach Lust und Laune der Wachsoldaten einbehalten, das wertvollste aus den Paketen geklaut. Schließlich haben die Wächter hier auch nicht viel mehr als die Gefangenen. Die wenigen Briefe von zu Hause, die ihn wirklich erreichten, hat er unzählige Male gelesen. Er hat sie alle in seiner Schachtel aufbewahrt, ein kleiner Pappkarton mit seinen allerwichtigsten Besitztümern: die halbe Brille, der Bindfaden, mit der er sie festmacht, ein selbstgebasteltes stumpfes Messer, ein Knopf, den er mal irgendwo gefunden hat, ein alter, rostiger Becher aus seiner Militärzeit, und ab sofort auch der Zeitungsausschnitt.

»Ja, jetzt dreh das Blatt doch endlich mal um, Mensch! Laß uns sehen, was da noch steht.« Herbert Dregger wird ungeduldig. Er hat seine »Arbeit« fürs erste beendet, wischt sich die Hände an seiner Hose ab und gesellt sich wieder zu ihnen.

Gespannt wendet Johann Bockelmann das Blatt. Und zu seiner großen Freude enthält die Rückseite ausschließlich Text. Gedruckte Worte, ein Teil eines Artikels. Endlich etwas »Richtiges« zu lesen, noch dazu unzensiert! Sogar Reinhold Diehl scheint plötzlich interessiert und tritt hinzu.

Aber bevor sie sich dem Artikel widmen können, ertönt wieder ein lautes Stöhnen und Röcheln aus Sepp Mittergratneggers Pritsche. Herbert Dregger und Johann Bockelmann beeilen sich, hinzukommen. Sein Atem geht nur noch schwach, seine Stirn ist heiß.

»Verdammt, warum kommt denn hier kein Arzt!« Herbert Dregger flucht.

Sepp Mittergratnegger ringt nach Luft. Sein Körper bäumt sich auf. Er riecht noch übler als sie alle. Seit Stunden liegt er in seinen eigenen Exkrementen. Die Latrine aufzusuchen, auch nur aufzustehen, ist ein undenkbares Unterfangen. Jeder von ihnen hat das hier im Lager schon erlebt, und die Wachen haben sich immer wieder darüber lustig gemacht. »Ihr Deutschen, alles Dreckschweine! Ihr scheißen euch in Hose!« war ein Standardkommentar, meistens mit zynischem Lachen untermalt.

»Wir brauchen einen Arzt«, ruft Herbert Dregger wieder nach draußen.

»Ruhe«, brüllt es zurück. Sepp Mittergratnegger krümmt sich vor Schmerzen. Reinhold Diehl füllt etwas Schnee in ein Tuch und legt es ihm auf die Stirn.

»Er schläft«, meint er dann. Eine Weile warten sie ratlos ab, dann gehen sie wieder an ihren Tisch, beugen sich wieder über den Artikel.

»Was steht denn da?« ruft einer von hinten.

»Etwas über ›Entnazifizierung‹«, Johann Bockelmann buchstabiert das fremde Wort beinahe.

»Was ist denn *das*?« Jens Klausen beugt sich über ihn. »Tatsächlich, ›Ent-nazi-fi-zierung‹«, bestätigt er. »Hat einer von euch das schon mal gehört, ›Entnazifizierung‹?« Die anderen schütteln die Köpfe.

»Aber vielleicht steht da ja auch, was das heißt?«

Johann Bockelmann liest einige Zeilen. »Der Dirigent Wilhelm Furtw… – Das kann ja eigentlich nur Furtwängler sein, oder? – mußte offenbar im Zusammenhang mit seiner ›Entnazifizierung‹ vor einen Ausschuß, ein Gericht oder so was. Dort soll geklärt werden, ob man ihn wirklich ›entnazifizieren‹ kann. Das verstehe ich nicht.« Ratlos blickt Johann Bockelmann zu seinen Mitgefangenen.

»Vielleicht meinen die ja einen Austritt aus der Nazi-Partei oder so was? Aber die Partei gibt es doch schon lange nicht mehr, oder?«

»War der überhaupt in der Partei?«

»Nein, ich glaube nicht, aber er war der Lieblingsdirigent von Hitler – Berliner Philharmoniker, Bayreuth und was weiß ich was noch alles. Er war schon so was wie ein Aushängeschild. Aber Parteimitglied? Und selbst wenn, der ist doch nicht blöd, der muß doch jetzt nicht von einem Gericht gezwungen werden, aus dieser Partei auszutreten, die es ja sowieso nicht mehr gibt, oder glaubt ihr, eine Nazi-Partei hat in Deutschland doch wieder was zu sagen?«

»Blödsinn! Da fackeln die Siegermächte bestimmt nicht lange.

Wenn einer heute immer noch Nazi ist und als solcher auftritt, dann wird er doch sicher sofort in ein Gefängnis gesteckt. Und so klingt das hier nicht. Es steht hier auch was davon, daß er immer noch ›Leiter der Berliner Philh…‹ ist. Man würde ihn ja wohl kaum im Amt lassen, wenn er Nazi wäre, oder?«

»Ist denn Berlin jetzt eigentlich westlich oder östlich? Wie haben die das alles wohl geregelt? Vielleicht gehört Berlin ja inzwischen zu den Russen?«

Ratlosigkeit in den Gesichtern der Häftlinge.

»Aber ich versteh das immer noch nicht. Entweder man ist Nazi, oder man ist keiner? ›Entnazifizierung‹, so ein saublödes Wort. Das klingt ja wie Entlausung.«

»Ja, oder wie Teufelsaustreibung.«

»Vielleicht machen die im Westen ja so was Ähnliches wie unsere ›Freunde‹ hier im Osten: eine Art ›Umerziehung‹? Vielleicht geht's darum? Vielleicht müssen die Nazis sich umerziehen lassen, und vielleicht muß das auch Furtwängler tun, aber er weigert sich?«

»Spinnen die eigentlich alle? Was haben denn die im Westen für Sorgen? Wollen Furtwängler entlausen oder einen Exorzismus mit ihm machen oder ihn irgendwie einer Gehirnwäsche unterziehen. So ein Blödsinn! Vielleicht müssen wir am Ende ja auch noch entnazifiziert werden, wenn wir nach Hause kommen?«

»Ich glaube, unsere Entnazifizierung überläßt man den Russen. Die treiben uns hier die Flausen schon aus«, wirft Thiedegans ironisch aus dem Hintergrund ein.

»Ich weiß nicht, ich hab ein komisches Gefühl«, meint Jens Klausen dann. »Der Sepp ist schon so lange so still.« Er geht hinüber, fühlt seinen Puls, schüttelt den Kopf. »Sein Herz rast, aber es fühlt sich dabei so kraftlos an.« Johann Bockelmann und die anderen treten hinzu.

»Nicht – schießen«, preßt Sepp Mittergratnegger im Fieberwahn hervor. »Ich – will – nicht – schießen! – Das – sind – doch – auch – Menschen!« Er keucht, dann verstummt er, die Augen entsetzt geweitet.

Johann Bockelmann faßt an seinen Hals. Auch dort kein Puls mehr. Er legt ein Ohr an seinen Mund. »Der atmet nicht mehr…«

»Er ist tot«, Jens Klausen spricht es ruhig aus. Johann Bockelmann nickt. Er drückt ihm die Augenlider zu. »Sollen wir es melden?«

Herbert Dregger schüttelt stumm den Kopf. »Noch nicht. Es ist Winter, da können wir es vielleicht bis morgen verbergen. Und wir können Thiedegans einen besonders großen Bissen von der Extraration geben. Ich glaube, der braucht es am dringendsten.«

»Und zieht ihm gleich die Schuhe aus, bevor die Russen sie ihm klauen«, fährt er fort. »Klausen, du hast nur Fußlappen. Dir müßten die eigentlich passen. Zieh sie gleich an!«

Klausen zögert keinen Moment.

Sie halten einen Augenblick inne, nehmen ihre Mützen ab, dann gehen sie wieder an den Tisch.

»Was sollte das heißen? Das mit dem Schießen?« fragt Jens Klausen nach einer Weile der beklemmenden Stille.

»Ich glaube, der war in der SS. Vielleicht bei einem Erschießungskommando oder so was …«

»Der war doch fast noch ein Kind, verflucht noch mal!« Herbert Dregger schüttelt wütend und fassungslos den Kopf.

»SS oder nicht, auf jeden Fall ist er ein armes Schwein.« Johann Bockelmann spricht offen aus, was alle denken. Die anderen nicken. Lars Baumann ist kreidebleich geworden.

Eine Weile ist es totenstill in der Baracke. Bis einer ein einziges Wort ausspricht: »Scheiße!«

»So eine gottverfluchte Scheiße!«

Die Namen der Toten

24. Dezember 1949. Beinahe drei weitere Jahre sind vergangen.

»Vychodi! Sejtscháschtsche!« (»Antreten! Sofort!«) bellt es in die Baracke. Und ein nachgesetztes »Appell!« auf Deutsch, damit auch wirklich jeder Gefangene weiß, was zu tun ist. Johann Bockelmann und seine Mitgefangenen raffen sich mühsam auf. Der sechste Winter, den Johann Bockelmann in russischer Kriegsgefangenschaft verbringt. Abgemagert, krank, hoffnungslos.

Überlebt hat er bisher nur deshalb, weil sein Lager die traurige Statistik der Lager mit den meisten Toten anführte und eine internationale Kommission, die überprüfen sollte, ob die Genfer Konventionen für Kriegsgefangene wenigstens einigermaßen eingehalten werden, sich der Zustände annahm. Als die Ärzte aus Schweden kamen, galt er als sicherer Todeskandidat und rechnete selbst stündlich mit seinem Tod und damit, die Heimat, die Familie nie mehr wiederzusehen, nie mehr zu fühlen, was es bedeutet, frei zu sein.

Plötzlich änderte sich alles. Man gab ihm für ein paar Wochen richtiges Essen, ein richtiges Bett für ihn allein, sogar echten schwarzen Tee, wirksame Medikamente, es war wie ein schöner Traum. Er kam wieder zu Kräften, konnte irgendwann vom Sterbelager aufstehen, aber letztlich hatte er das alles nur den vielen, vielen Toten zu verdanken, die in diesem Lager schon ihr Leben gelassen hatten. Zynismus der Geschichte. Nachdem die Kommission weg war, war alles natürlich schnell wieder in den gewohnten menschenverachtenden Trott verfallen, aber wenigstens hatte er sein Sterben noch einmal hinausgeschoben und neue Kräfte getankt.

Manchmal hatte er sich seither gefragt, ob sein Überleben wirklich gut für ihn gewesen war. Hatte es nicht nur sein Leiden verlängert? Hatte es nicht nur den Moment hinausgezögert, an dem die anderen in der Zelle sich sein Essen für einen Tag erobern konnten, an dem sein Körper irgendwo in dieser verdammten russischen Landschaft verscharrt werden würde? Denn daß es so kommen würde, heute, morgen oder in ein paar Monaten, das war ihm inzwischen klar, sosehr er auch immer wieder um seine Hoffnung auf Freiheit kämpfte.

»Antreten! Wird's bald!« Wieder der gebellte Befehl. Inzwischen braucht er seine Russischkenntnisse nicht mehr zu verbergen; hier im Lager haben auch alle anderen die Sprache ein wenig gelernt, jedenfalls die verstümmelte, armselige, brutale Sprache der Wärter, mit der man hier konfrontiert war. Daß Russisch auch eine wunderbare Sprache sein konnte, in der die Dichter schrieben, die ihm seit seiner Kindheit vertraut waren und ihm reiche Welten voll Schönheit und Glanz offenbart hatten, daran muß er sich manchmal mühsam erinnern. Dann versucht er, im Geiste wenigstens ein paar Zeilen, den einen oder anderen Vers von Puschkin, Gorkij oder Tolstoj zu memorieren, was ihm zunehmend schwerfällt.

»Was wollen die bloß von uns?« fragt Thiedegans mit gerunzelter Stirn. Ein Appell bedeutete hier nie etwas Gutes.

»Was machen wir denn mit Klausen?« Adolf Sterzig ist besorgt. »Der kann unmöglich aufstehen.« Jens Klausen aus Lübeck liegt seit zehn Tagen mit schwerer Ruhr auf der Pritsche, und jetzt ist auch noch eine Lungenentzündung hinzugekommen.

Sie rütteln sanft an seiner Schulter. »He, Klausen, meinst du, du kannst aufstehen?«

Ein leises Stöhnen ist die einzige Antwort.

»Nein, der kann nicht mit«, Johann Bockelmann schüttelt den Kopf. »Wir müssen das melden, es gibt keinen anderen Weg.«

»Hoffentlich bringt ihn das nicht in Schwierigkeiten?« Thiedegans kann sich selbst kaum auf den Beinen halten. »Mensch, einer nach dem anderen stirbt uns hier weg. Sepp Mittergratnegger, Reinhold Diehl und sogar Herbert Dregger, der Sportler, der von uns allen der robusteste war und immer davon geträumt hat, noch mal in seinem Leben die tollste Frau im Arm zu halten. Und jetzt geht's dem Jens so schlecht, und ich spüre genau, daß ich es auch nicht mehr lange mache. Und du, Bockelmann, du bist eigentlich immer der schwächste von uns allen gewesen, aber du lebst noch! Du scheinst ein zäher Hund zu sein!« Er klopft ihm freundschaftlich auf die Schulter.

Johann Bockelmann legt Thiedegans den Arm um die Schulter. »Wir schaffen das! Du und ich und Sterzig und Baumann – und auch Klausen! Wir kommen hier raus, das verspreche ich dir! Wir dürfen nur den Mut und den Galgenhumor nicht verlieren. Wer sein letztes Lachen verliert, der ist verloren.« Er muß sich fast selbst mehr Mut zusprechen als Thiedegans.

»Weißt du denn eigentlich noch alle Namen? Ich meine alle Namen von denen, die in dieser Baracke neben uns gestorben sind?«

Johann Bockelmann denkt kurz nach, dann schüttelt er den Kopf.

»Nein, nicht alle«, sagt er niedergeschlagen. Anfangs hatte er noch versucht, die Namen zu behalten, damit es wenigstens keine namenlosen Toten bleiben, irgendwo in dieser unendlichen russischen Weite verscharrt – und um die Angehörigen suchen und verständigen zu können, falls er jemals hier herauskäme, aber es waren einfach zu viele.

»Was haben die nur wieder vor?« Lars Baumann ist beunruhigt.

Johann Bockelmann zuckt ratlos mit den Schultern.

»Immerhin ist nach deutschem Kalender heute Weihnachten. Vielleicht hat es damit zu tun.« Adolf Sterzig versucht die niedergeschlagene Stimmung ein wenig zu heben.

»Weihnachten? Bist du sicher?«

»So gut wie. Wenn ich für die Soldaten Flickarbeiten mache, kann ich manchmal in ihren Baracken einen Blick auf den Kalender werfen. Und es deckt sich auch mit meinen eigenen Aufzeichnungen.« Adolf Sterzig hat die Tage der Gefangenschaft mit Strichlisten gezählt.

»Dann ist heute also Weihnachten. Ob sie es wohl wissen?« Thiedegans stellt die Frage leise. Im Grunde spielt es keine Rolle. »Es ist mein siebtes Weihnachten in diesem Lager«, fügt er mit erstickter Stimme hinzu.

Für Johann Bockelmann ist es das sechste, aber er spricht es nicht aus. Er braucht seine ganze Kraft, um sich aufrecht zu halten und aus der Baracke zu treten. Lars Baumann, Thiedegans und Adolf Sterzig folgen ihm.

»Bystro! Aufstellen!« werden sie angefahren, sobald sie sich draußen blicken lassen. Es weht ihnen ein eiskalter russischer Wind ins Gesicht. Johann Bockelmann ist froh, seine »Autoreifen-Schuhe« an den Füßen zu haben. Die meisten Gefangenen haben nur noch ihre zerlumpten, stinkenden Fußlappen. So stehen sie zitternd, von allen Kräften verlassen im Schnee.

Es werden in alphabetischer Reihenfolge Namen vorgelesen.

»Wer aufgerufen wird – Vortreten!« lautet der Befehl. Es sind viele Namen dabei. Heißt es etwas Gutes oder etwas Schlechtes, aufgerufen zu werden?

»Vielleicht werden die Aufgerufenen in ein anderes Lager verlegt«, flüstert Thiedegans ihm zu.

»Schlechter als hier kann es fast nirgends sein«, antwortet Johann Bockelmann. »Hauptsache, man trennt uns nicht.«

»Bockelmann, Johann« Schon fällt sein Name. Er tritt vor. Schlotternd und mit sich ringend, ob er diesen Aufruf als sein

Glück oder als sein Unglück betrachten soll. Er entscheidet sich für ersteres und braucht all seinen Mut, um daran festzuhalten.

»Carstens, Thomas«, geht es weiter. Sie sind schon bei C. Baumann ist also nicht dabei.

»Klausen, Jens«, ertönt es irgendwann. Johann Bockelmann dreht sich zögernd zu Thiedegans und den anderen um. »Klausen, Jens.« Wieder der Name. Johann Bockelmann hebt die Hand.

»Was du wollen?«

»Jens Klausen ist in der Baracke. Er ist zu krank, um aufzustehen.« Der Wärter schreibt irgendetwas auf, dann geht es weiter.

»Sterzig, Adolf« wird irgendwann aufgerufen. Johann Bockelmann ist erleichtert. Was auch immer mit den Aufgerufenen passiert, er wird das Schicksal zumindest mit einem Freund teilen.

»Thiede, Gans.« Es sind inzwischen wohl an die hundert Gefangene vorgetreten.

Der Offizier, der die Prozedur mit den Namen vorgenommen hat, stellt sich in Positur, stemmt selbstgefällig beide Arme in die Seite. »Die Aufgerufenen werden in wenigen Tagen nach Hause entlassen. Abtreten!«

Fassungslosigkeit in den Gesichtern der Vorgetretenen, Verzweiflung bei den anderen. Johann Bockelmann versucht, die Bedeutung der soeben gehörten knappen Nachricht zu begreifen: Entlassen? Nach Hause? Kann das wirklich wahr sein? So viele Jahre hat er auf diese Worte gewartet, und jetzt brauchen sie Minuten, um ganz in sein Bewußtsein zu dringen. Thiedegans begreift es am schnellsten. Er fällt ihm um den Hals, Sterzig schließt sich an, sie liegen sich in den Armen. Die Kälte, die Müdigkeit, die Verzweiflung fällt langsam von ihnen ab.

»Wir müssen in die Baracke! Wir müssen es Klausen sagen, der ist ja auch entlassen!«

Sie stürmen los, schweben wie auf Wolken.

»Klausen! Wir sind frei! Du auch!« bestürmen sie ihn mit der Neuigkeit.

Keine Antwort.

»Klausen! Wir dürfen nach Hause! Du kommst heim! Schon in ein paar Tagen!« Adolf Sterzig rüttelt sanft an seiner Schulter.

»Nein! – Nein! – Bitte nicht! – Das gibt's einfach nicht!« Er rüttelt und rüttelt, keine Antwort.

Adolf Sterzig verfällt in beinahe hysterisches Schluchzen. »Da käme der Kerl frei, und er erlebt es nicht mehr! Der ist tot! Das darf doch einfach nicht sein! Mensch, tut doch was! Er kann doch nicht ein paar Tage vor seiner Entlassung sterben!«

Thiedegans sammelt sich als erster. »Es ist zu spät. Wir können nichts mehr tun«, sagt er leise. Die Emotionen liegen blank wie nie. Entsetzen und unbändige Erleichterung über die eigene Freilassung gehen Hand in Hand. Jahrelang mit aller Kraft bewahrte Fassung löst sich in Tränen, Zittern, Ungläubigkeit auf.

Nach einer kurzen Pause zieht Thiedegans ihm wie selbstverständlich die Schuhe aus. Er wendet sich an Johann Bockelmann: »Du läufst schon die längste Zeit in deinen blöden Autoreifen rum, Johnny. Meine Treter halten sicher noch bis nach Hause.« Er hält ihm Klausens Schuhe hin. In diesen Schuhen – oder dem, was davon übrig ist – sind schon zwei unserer Freunde gestorben: Mittergratnegger und Klausen. Aber dich werden sie in die Heimat tragen!

»Nach Hause entlassen.« Keiner von ihnen kann es wirklich begreifen. Lars Baumann hat, woher auch immer, eine Kerze organisiert, sie in ein kleines Stück Brot gesteckt.

»Es ist Weihnachten… Ihr werdet mir fehlen«, ist das einzige, was er herausbringt. Schweigend sitzen sie um das Licht herum, wärmen abwechselnd ihre Hände daran. Es ist ein stummer Weihnachtsabend, beglückend und beklemmend im gleichen Augenblick. In welches Schicksal werden sie gehen? Was wird sie zu Hause erwarten? Wird es so etwas wie ein Zuhause überhaupt noch geben? Und was wird aus Lars Baumann werden? Keiner spricht es aus. Es wäre zu kompliziert.

»Nach Hause«, pocht es in Johann Bockelmanns Kopf, und langsam beginnen die beiden Worte, ihre Wärme und ihren Frieden in ihm zu verbreiten.

21. KAPITEL

Auffanglager Friedland und Barendorf bei Lüneburg, Dezember 1949 bis März 1950

Baumanns Geheimnis

Berlin in der frühen Abenddämmerung. Johann Bockelmann und die anderen drücken sich so nah wie möglich an die Scheiben des verplombten Waggons, dessen Fenster sich nicht öffnen lassen.

»Mensch, das ist Berlin! Berlin, ich glaub das einfach nicht!«

»Wir sind wirklich in B-E-R-L-I-N!« Es erscheint Johann Bockelmann wie ein irrealer, wunderschöner Traum, aus dem er am liebsten gar nicht mehr erwachen würde. Manchmal hatte er während seiner Gefangenschaft solche Träume: von Deutschland, von Freiheit, von einem warmen, weichen Bett, von Tischen, die sich vor köstlichen Speisen biegen, vom Schlaraffenland, und er hatte sich dann immer solange es irgendwie ging, dagegen gewehrt aufzuwachen. Daß es nun Wirklichkeit sein soll, der normale Waggon mit richtigen Sitzen, der Bahnhof von Berlin, an dem der Zug auf dem Weg zum Auffanglager Friedland Station macht, begreift Johann Bockelmann noch nicht und fürchtet das Erwachen. Aber daß es kein Traum ist, kein Traum sein *kann*, erlebt er an den Ruinen, an denen er seit Stunden und Tagen vorbeifährt, dem ungeahnten Grad an Zerstörung. In seinen Träumen war es ein heiles Deutschland gewesen, in dem er sich wiederfand, das Deutschland seiner Jugend, das Berlin seines Vaters.

»Mensch, Thiedegans, wir sind in Berlin! Hättest du dir das noch mal träumen lassen!«

Thiedegans schüttelt den Kopf. Sprechen kann er in diesem Augenblick nicht. Der Kampf gegen die Tränen schnürt ihm die

Kehle zu. Johann Bockelmann legt ihm den Arm um die Schulter. »Wir haben's geschafft! Wir haben's tatsächlich geschafft!« Thiedegans nickt.

Irgendwo in der Ferne ein roter Lichtblitz, der in buntem Regen zerfällt, gefolgt von einem blauen Blitz. Thiedegans zuckt zusammen. »Was ist denn das?«

Sie warten, und tatsächlich, nach ein paar Sekunden wieder ein solcher Blitz, diesmal ein grüner.

»Mensch, das muß aus dem Westteil der Stadt sein. Die feiern Silvester!« Lars Baumann hat es zögernd gesagt, ungläubig. Daran, daß es Silvester mit Silvesterfeiern und Feuerwerk überhaupt noch gibt, hat keiner von ihnen mehr gedacht.

Fasziniert betrachten sie das Spiel.

»Aber es ist doch noch lange nicht Mitternacht.« Adolf Sterzig kann es nicht begreifen.

»Die fangen halt ein paar Stunden früher an, auf die Pauke zu hauen.«

»Was für eine Begrüßung...«, meint Thiedegans schwärmerisch.

»Daß ich das noch mal erleben darf: Silvester, Feuerwerk, Deutschland! Meint ihr, meine Evi holt mich ab?« Lars Baumann ist seit Stunden in einer Stimmung zwischen Angst und Übermut. Er hat erst am Morgen der Abfahrt erfahren, daß auch er freikommen soll. Die Freigelassenen wurden zum Abmarsch aufgerufen, und plötzlich war auch der Name »Baumann, Lars« dabei. Er hatte es erst gar nicht glauben wollen, war einfach fassungs- und bewegungslos sitzen geblieben, bis Johann Bockelmann ihm einen Stoß in die Seite gab und ihm zuraunte: »Stell jetzt bloß keine Fragen, nimm deine Sachen und komm. Das ist deine Chance, und es ist die einzige.«

Auf dem Weg zur Bahnstation hatte man dann erfahren, daß außer Baumann auch noch andere mit dabei waren, die vor ein paar Tagen, an Weihnachten, als die Freilassungen verkündet worden waren, nicht mit aufgerufen worden waren.

»Wahrscheinlich hat Deutschland eine bestimmte Anzahl von uns armen Schweinen freigekauft, und die, die zur Freilassung vorgesehen waren aber inzwischen gestorben sind, sind schnell durch andere ersetzt worden, damit die Zahl wieder stimmt«, hatte einer vermutet, und es erscheint ihnen plausibel. Als man sie damals ins Lager abtransportiert hatte, war es ja schließlich auch darauf angekommen, daß die Zahl stimmte, und die Toten waren durch Lebende ersetzt worden. Die Bürokratie mußte auch in Zeiten wie diesen funktionieren. Kalter Zynismus der modernen Zeit.

Daß der Tod von Jens Klausen somit vielleicht indirekt Lars Baumann die Freiheit geschenkt hatte, scheint eine der unbegreiflichen Verstrickungen des Schicksals zu sein, dem sie alle seit ihrer Gefangennahme ausgeliefert waren. Unberechenbar und unmenschlich.

»Aber daß die mich wirklich freigelassen haben«, murmelt Baumann seit Tagen immer wieder vor sich hin. »Ich hätte doch nie mehr freikommen dürfen.«

Thiedegans, Sterzig und Johann Bockelmann sehen sich ratlos an, dann ergreift Johann Bockelmann das Wort: »Lars, hör bitte auf zu spinnen! Warum erzählst du eigentlich immer diesen Unsinn, daß du nicht hättest freikommen dürfen? Hör bitte mit diesem Quatsch auf!«

Lars Baumann zögert einen Augenblick, dann meint er tonlos: »Ich hab die Tätowierung unter meinem Arm. Ihr wißt schon... Meine Blutgruppe.« Und nach einer weiteren Pause, leise, mit gesenktem Kopf: »Ich war in der SS.«

Langes, betretenes Schweigen. Das Feuerwerk, der erste Vorbote des neuen Jahres, des neuen Lebens, verklingt, und erst nach quälenden Minuten der Stille spricht er weiter.

»Ich war halt ganz jung, aber das ist natürlich keine Entschuldigung«, versucht Lars Baumann zu erklären, was er selbst nicht mehr versteht. »Ich war als Junge begeistert von Hitler. Ich war stolz, Deutscher zu sein, nachdem das Land so auf dem Boden lag und durch ihn dabei war, wieder aufzuerstehen. Ich war überzeugt davon, das Richtige zu tun, an etwas Großem und Wichtigem teilzuhaben, und ich hab mit meinen siebzehn Jahren damals wirklich geglaubt, daß die germanischen Menschen die Welt beherrschen müssen, damit es eine gute Welt ist und diesen ganzen Unsinn. Könnt ihr euch das vorstellen?« Er sieht die anderen verzweifelt an.

Thiedegans und Johann Bockelmann nicken zögernd.

»Dazu kam dann noch, daß ich äußerlich der richtige Kandidat für die SS war. Jedenfalls haben mir das schon in der Schule immer alle gesagt: blond, groß, sportlich. Es war am Anfang wie ein Spiel. Ich hab sie alle in die Tasche gesteckt, die anderen Jungs meine ich. Ich war ihnen einfach überlegen – körperlich bei diesen Wehrsportspielen und all dem, und auch in Rassekunde. Ich hab immer gehört, daß ich in die beste Rassenklasse gehöre, daß ich etwas Besonderes bin, und ich war stolz darauf. Und ich hab gemerkt, daß ich für mich und meine Familie ein besseres Leben hab, wenn ich mich freiwillig zur SS melde. Das war mir wichtig. Wichtiger als vieles andere.« Er hält inne, überlegt lange, wie er weitersprechen soll, dann entscheidet er sich für die schlichte und ausfluchtslose Form. »Als dann der Krieg begann, wurde ich so einem Lager zugeteilt. Ihr wißt schon … So einem Konzentrationslager. Als Aufseher. Ich war doch völlig ahnungslos!«

»Du meinst, so ein Lager wie das, über das uns die Russen in unserem Lager diesen Film gezeigt haben, den wir alle für Propaganda gehalten haben?«

Lars Baumann nickt. »Das war keine Propaganda«, meint er leise und bekräftigend, »das war die Wahrheit.«

Betretenes Schweigen.

»Ich hab selbst nichts Besonderes getan, ich hab nur auf einem Wachtturm gesessen und Wache geschoben. Zum Glück hat keiner während meiner Schicht versucht zu fliehen. Ich hab keinen erschossen oder vergast oder so was, aber ich hab vieles gesehen, und ich konnte bald nicht mehr und hab begriffen, daß ich das nicht aushalte, daß das alles ein unendlich großes Verbrechen ist und daß ich da raus muß. Ich hab auf krank simuliert und alle Tricks versucht. Schließlich hat man mich irgendwann gehen lassen. Ich hab die SS verlassen und bin dafür an die Ostfront gekommen. Dann hat mir meine Evi im ersten Brief, der zu mir durchkam, geschrieben, daß wir ein Kind bekommen haben, den kleinen Fritz. Da wollte ich nur noch überleben und wieder nach Hause. Aber was soll ich ihm bloß erzählen, wenn er mich später mal nach dieser Zeit in meinem Leben fragt?«

»Die Wahrheit natürlich«, meint Adolf Sterzig schließlich, und nach einer langen Pause: »Du mußt jetzt nach vorn schauen und ein neues Leben anfangen, das ist der einzig mögliche Weg.«

»Es ist der einzig mögliche Weg für jeden von uns, wenn wir

aus unserer Freiheit etwas machen wollen«, meint Thiedegans ruhig.

»Vielleicht werden mich ja jetzt bei der Rückkehr die Deutschen verhaften, weil ich bei der SS war. Möglich wär's.« Keiner widerspricht ihm. »Und wenn meine Evi nicht kommt, dann ist mir das auch egal, dann hat sowieso alles keinen Sinn mehr.«

»Meint ihr, sie wird da sein?« Die wiederholte Frage, während der Pfiff der Bahnhofswärterin ertönt und das Signal zur Weiterfahrt gibt.

»Keiner von uns weiß, ob jemand für uns da sein wird. Wir sind der Hölle entronnen, das sollte das einzige sein, was uns jetzt interessiert.« Der Zug setzt sich wieder in Bewegung, und die Angst fährt mit – bei jedem einzelnen von ihnen.

Sie lassen Berlin hinter sich. Johann Bockelmann spürt eine seltsame Mischung aus Erschöpfung und Erregung. Er wird in wenigen Stunden frei sein, nach beinahe sechs Jahren des unbegreiflichen Elends, der permanenten Todesnähe und einer von Menschen gemachten Grausamkeit, die jedes Vorstellungsvermögen übertraf.

Das Gespräch mit seinem Vater Heinrich, nach dem er sich in den Jahren im Lager immer wieder gesehnt hat, wird es nicht geben. Vor ein paar Tagen erst hat er erfahren, daß Heinrich noch vor dem Ende des Krieges in Meran gestorben ist. Er wird das, was er in den letzten sechs Jahren durchgemacht hat, also nicht mit ihm teilen können. Was wird die Zukunft für ihn bringen? Nun ist er beinahe 38 und hat keine Ahnung vom Leben. In manchen Augenblicken macht es ihm angst.

Die Krankheit, die Kälte, der Hunger haben sich tief in seinen Körper gefressen. Johann Bockelmann fühlt sich unendlich geschwächt, hat kaum die Kraft, einen Fuß vor den anderen zu setzen, um im Zug den Waschraum aufzusuchen. Was für ein unbegreifliches Gefühl: ein »echter« Waschraum mit einer »echten« Toilettenschüssel, Spülung, einem Wasserhahn, aus dem Wasser läuft, wenn man ihn aufdreht. Beim ersten Besuch in jenem Raum hatte er sich kaum daran satt sehen können, hatte das Wasser immer und immer wieder aufgedreht, sich gefreut wie ein Kind.

Er fürchtet auch die vielen Fragen. Wie soll er den Menschen zu Hause von den letzten sechs Jahren erzählen? Wie kann man solche Grenzerfahrungen der Unmenschlichkeit vermitteln? Johann

Bockelmann hat keine Antwort darauf. Mit seinem Vater hätte er vielleicht darüber sprechen können. Doch damals, als Heinrich in der Verbannung war, hatte man ihn zwar seiner Freiheit, nicht aber seiner Würde beraubt. Es war schlimm gewesen, das stand außer Frage, aber damals war man Gefangenen noch mit einem Rest an menschlichem Respekt begegnet.

Das Fortschreiten des Jahrhunderts hatte ein unendliches Fortschreiten von Haß und Barbarei mit sich gebracht, das war Johann Bockelmann in dieser Zeit bewußt geworden. Haß und Barbarei auf beiden Seiten. Sieger oder Verlierer – beide Seiten waren gezeichnet von diesem Krieg, dieser Verwüstung, der Unmenschlichkeit, die alle Grenzen gesprengt hatte. Krieg war etwas geworden, das mit Ehre, Würde, Menschenrechten, Werten nicht mehr das geringste zu tun hatte.

Er selbst hatte – anders, als es in den Jahren, in denen er jung war, üblich war – Krieg noch nie in seinem Leben romantisiert, aber was er erlebt hatte, hatte seine Vorstellungskraft bei weitem übertroffen. Man hatte in diesem Krieg der Brutalität keinerlei Grenzen mehr gesetzt und jede Menschlichkeit brutal niedergewalzt. Johann Bockelmann hatte am eigenen Leib erfahren, wie seine Landsleute im Osten gewütet haben mußten, um dieses Maß an Unbarmherzigkeit heraufzubeschwören. Sollte er davon erzählen, wenn er nach Hause kam? Sollte er alles, was er erlebt hatte, im Erzählen wieder und wieder erfahren? Er weiß keine Antwort darauf.

Wahrscheinlich würde Humor auch in dieser Frage das einzige Mittel sein, um eine Sprache zu finden – und um weiterzuleben. Nur ob er die Kraft dafür haben wird, das weiß Johann Bockelmann nicht.

Friedland

»Mensch, Johnny, wie konntest du uns nur so lange warten lassen!« Werner Bockelmann schließt seinen kleinen Bruder sachte in die Arme. Er würde ihn gern an sich drücken, aber er hat Angst, ihn zu verletzen, so abgemagert und schwach, wie er geworden ist.

»Werner, warum weinst du? Meine Ferien haben eben etwas länger gedauert!« Johnnys kaum hörbare Antwort zwischen Lachen und Weinen.

Lange stehen sie so da, Johann Bockelmann lehnt sich an seinen Bruder, spürt dessen starken, kräftigen Körper und spürt, wie seine eigenen Kräfte schwinden, jetzt, da er am Ziel ist und gehalten wird von jemandem, auf den er sich stützen kann.

Werner Bockelmann spürt den Körper seines Bruders, der höchstens noch dreißig Kilo wiegen mag, spürt jede Rippe, die knochigen Schultern, und all die Angst, die sie um ihn hatten, alles Entsetzen über das, was er durchgemacht haben muß, die ganze eigene Hilflosigkeit kehrt in diesem Moment zurück und ergreift Besitz von ihm.

Es ist spät am Abend. Silvester. Sie stehen am Bahnsteig in Friedland, dem Auffanglager für die Spätheimkehrer aus russischer Kriegsgefangenschaft. Am Morgen erst hatten sie die Nachricht erhalten, daß Johnny noch am selben Abend hier ankommen sollte. Nur ein Telegramm, eine kurze Notiz: »Dr. Johann Bockelmann Ankunft Friedland, 31.12.1949, ab 20 Uhr.« Sie hatten es kaum glauben können.

Erst hatten sie alle gemeinsam hinfahren wollen, Gert und seine zukünftige neue Frau Elke, Erwin und Lilo aus Hamburg, seine Mutter Anna und Pascha, Werner und Rita und die Kinder, aber dann hatte man befürchtet, Johnny mit so einem großen »Empfangskomitee« zu überfordern, und Werner hatte Angst, daß seine Mutter beim Anblick ihres Jüngsten – vielleicht todkrank oder verwundet – zusammenbrechen könnte. Oder was, wenn Johnny doch nicht dabei wäre? Es wäre eine zu große Belastung für sie gewesen. So hat Werner die anderen überredet, ihn allein nach Friedland fahren zu lassen.

Er hatte Angst gehabt. Angst, die er nicht gezeigt hat. Angst, er würde ihn nicht mehr erkennen, Angst, ihn in einem hoffnungslosen Zustand oder gar nicht zu finden. Stunden hatte er auf den Zug gewartet. Dann war er endlich pfeifend und fauchend eingefahren. Die ersten Türen hatten sich geöffnet, die ersten Heimkehrer waren ausgestiegen. Suche nach irgendetwas Vertrautem, irgendeiner Ähnlichkeit mit dem Gesicht, den Augen desjenigen, den er suchte. Und plötzlich stand er vor ihm: unrasiert, bleiche Haut, eingefallene Wangen, um Jahrzehnte gealtert, orientierungslos, fast schüchtern. Man erkannte sich sofort.

Da stehen sie nun inmitten von Herumirrenden, Suchenden. Frauen, die jedem, dem sie begegnen, Photos ihrer Männer zeigen, bei jedem Kopfschütteln ein wenig panischer werdend, Heimkehrer, die jedem auf dem Bahnsteig ihren Namen nennen, fürchtend, man werde sie nicht erkennen, sie übersehen, sie aufgeben. Andere, die sich finden. Schreie des Glücks und des Entsetzens, Glück und Verzweiflung. Ein Durcheinander von Stimmen und Emotionen. Wer von niemandem abgeholt wird, wird sanft von Rotkreuzschwestern beiseite genommen und versorgt. Es kann das Gefühl der Einsamkeit nicht besiegen.

Johann Bockelmann hatte während der Fahrt nicht viel darüber nachgedacht, ob ihn jemand abholen werde und was geschähe, wenn nicht. Jetzt ist er unendlich froh, hier nicht zurückbleiben zu müssen, und er fühlt vielleicht deutlicher denn je in seinem Leben, was es bedeutet eine Familie zu haben, Geborgenheit, Schutz zu genießen, sich in ihren Schoß – und in die Arme seines Bruders – fallenlassen zu können.

»Was hast du denn da? Gib mal her!« Werner will ihm seine Schachtel und seinen Becher abnehmen. Sie ist alles, was er außer dem, was er auf dem Leib trägt, besitzt, alles, was ihm im Lager das Überleben ermöglicht hat.

Johann Bockelmann hält es fest, klammert sich daran. »Nein! Das brauche ich noch! Nein, bitte nicht!« Entsetzen in seinen Augen. »Das ist doch alles, was ich habe.«

»Aber zu Hause wartet doch alles auf dich, was du brauchst. Die Schachtel brauchst du doch nicht mehr. Vertrau mir!«

»Nein!« Johann Bockelmann kämpft mit all seiner ihm noch verbliebenen Kraft. Werner sieht ein, daß es keinen Sinn hat und läßt ihm seinen Schatz. Vielleicht wird es ihm leichter fallen, sich davon zu trennen, wenn sie erst einmal zu Hause sind, in Barendorf, wenn Johnny sieht und am eigenen Leib erfährt, daß er das, was immer in der Schachtel sein mag, nicht mehr braucht.

»Evi? Wo ist meine Evi?« Plötzlich ist Lars Baumann neben ihnen. »Ich finde meine Evi nicht. Evi!« ruft er, so laut er kann, über den Bahnsteig.

»Kommen Sie. Wie heißen Sie denn?« Eine Schwester nimmt sich Baumanns an. »Wenn Sie mit mir mitkommen, kann ich aufschreiben, wer Sie sind, kann Sie bei uns unterbringen, und wenn Sie jemand sucht, kann er Sie so am besten finden. Vertrauen Sie mir... Bitte...«

Lars Baumann sieht Johann Bockelmann hilflos an, als könne der Freund etwas für ihn tun. Werner erfaßt die Situation, gibt der Schwester seine Nummer. »Falls wir irgendwie helfen können.« Er bittet sie um Informationen, wo man den Freund seines Bruders erreichen könne, bekommt von ihr ein bedrucktes Informationsblatt, auf den sie ihren Namen und eine Nummer schreibt.

»Danke, Schwester Gisela«. Sie bringt Lars Baumann weg, der am Ende seiner psychischen Kraft hartnäckig immer wieder versucht, ihr zu erklären, daß seine Frau Eva Baumann heißt und in Aschaffenburg wohnt und daß sie einen Sohn haben, den kleinen Fritz.

»Warum ist sie nicht da?« fragt er im Weggehen noch einmal Johnny, der nur ratlos mit den Schultern zucken kann.

»Sie wird schon noch kommen«, meint er leise.

In einigen Metern Entfernung erblickt er Thiedegans und Adolf Sterzig, die einander zum Abschied umarmen, umgeben von Menschen, die offensichtlich ihre Angehörigen sind. Johann Bockelmann winkt ihnen zu, doch sie sehen es in all dem Wirbel nicht.

Plötzlich schwillt das vorher vereinzelte und kaum beachtete Knallen von Feuerwerkskörpern zu einem infernalischen Lärm an. Leuchtfeuer entzünden den Himmel.

»Es ist Mitternacht«, sagt Werner ruhig.

»Ja...«

»Ich wünsche dir ein frohes neues Jahr!« Werner sagt es sanft, drückt seinen Bruder an sich, und Johann Bockelmann treibt der Satz die Tränen in die Augen, ohne daß er eigentlich wüßte, warum. Es liegt soviel Hoffnung in diesem Satz, soviel Wärme, soviel von all dem, was Johann Bockelmann nie mehr zu erleben glaubte.

»Wollen wir jetzt nach Hause fahren?« Werners Frage, als Johnnys Tränenstrom ein wenig versiegt ist. Sie macht Johann Bockelmann ratlos. Sechs Jahre lang hat er nur gebrüllte Befehle gehört. Nie hat ihn jemand gefragt, was er möchte. Jetzt ist ihm die kleine, eigentlich unbedeutende Frage vollkommen fremd.

»Ja dürfen wir das denn?« Die einzige leise Antwort die er zustande bringt.

»Natürlich. Du bist jetzt frei! Du darfst alles!«

»F-R-E-I« pocht es in Johann Bockelmanns Kopf, und das Wort sucht nach seiner Bedeutung.

Freiheitstanz

Gehen, einfach nur gehen. Geradeausgehen. Johann Bockelmann kennt keinen anderen Gedanken mehr, kein anderes Lebensgefühl. Er will einfach nur immer weiter geradeaus gehen. Nach Jahren, in denen seine Schritte durch Lagerzäune eingesperrt waren und er nur im Kreis gegangen war – wenn er überhaupt die Kraft aufgebracht hatte zu gehen, spürt er jetzt, wie seine Lebensgeister wieder erwachen.

Daß er nun endlich mal wieder allein ist, tut ihm unendlich gut. Er muß zu sich finden.

Die Schachtel, den Mantel, den er sechs Jahre lang am Leib getragen hatte, die zerschlissene Hose, das einzige Hemd, das er bei sich hatte, die unendlich wichtigen Fußlappen, die »Fuß-Autoreifen«, die zerlumpten Schuhe von Jens Klausen haben Werner, Gert und Pascha ihm ein paar Tage später abgenommen. Aller Widerstand war zwecklos gewesen.

»Du brauchst das nicht mehr. Du bekommst hier alles, was du willst...«, hatten sie immer wieder behutsam auf ihn eingeredet.

»Aber meine Bindschnur«, hatte er verzweifelt versucht, ihnen die lebensnotwendige Bedeutung des Stückchens Schnur zu erklären, »die brauche ich doch für meine Brille. Oder um meine Hose festzuhalten.«

»Du bekommst richtige Schuhe, eine neue Brille, neue Hosen und Gürtel, so viele du willst. Du brauchst die Schnur nicht. Und die kaputte Brille brauchst du auch nicht mehr.« Er hatte es nicht begreifen können.

»Aber mein Messer«, hatte er versucht, ein Stück Holz zu retten, aus dem er sich einen Messerersatz gebastelt hatte. »Ich brauche doch noch mein Messer!«

Gert hatte ihn in die Küche geführt, hatte Schubladen aufgezogen, die voll mit glänzendem, silbernem Besteck waren. »Sieh doch, es ist alles da: Messer, Gabeln, Löffel, auch Teller, Tassen, Gläser, mehr als wir eigentlich brauchen können. Das gehört alles auch dir. Du brauchst das vergammelte Holzmesser nicht mehr!«

»Aber meinen Zeitungsausschnitt«, hatte er den zerknitterten, vergilbten, schmutzigen Schnipsel verteidigt, den er vor Jahren im Lager gefunden und der ihm so viele Stunden und Tage lang Hoffnung und eine Beschäftigung gegeben hatte.

»Diesen Fetzen hier meinst du?«

»Ja! Das ist meine Zeitung. Die möchte ich als Erinnerung behalten!«

»Dann tu das«, hatte Werner gemeint. »Aber wir haben eine ganze Bibliothek voller Bücher. Und hier...« Er hatte ihm die aktuelle Tageszeitung gereicht. »Wir bekommen täglich eine neue Zeitung, und ich kann dir jede, die du haben willst, besorgen.«

Es waren für ihn schwer zu begreifende Stunden gewesen, als man seinen wertvollsten und einzigen Besitz verbrannte, aber auch Stunden des Neubeginns.

In den neuen Sachen hat er heute zum ersten Mal seit seiner Rückkehr das Haus verlassen. Die ersten Tage hatte er fast nur in seinem Bett gelegen. Man hatte ihn aufgepäppelt. All die Köstlichkeiten, die er am liebsten essen wollte, sobald er frei sei, konnte er noch nicht vertragen. Feste Nahrung war zuviel für seinen ausgehungerten Magen. Tagelang hatte er Brei bekommen, dazu Zwieback, mal eine Suppe mit richtigen Nudeln, ein wenig Brot.

»Ihr geizt ja mit dem Essen fast so wie die Russen im Lager«, hatte er gescherzt und tapfer versucht, die so unendlich wichtige und so lange vermißte Nahrung bei sich zu behalten.

So waren Tage und Wochen vergangen. Langsam war er wieder etwas zu Kräften gekommen.

Heute hatte sein Bruder Gert ihn gefragt: »Möchtest du nicht mal einen kleinen Spaziergang machen? Wenn du das kleine Stück zum Friedhof am Waldrand gehst wie früher so oft, vielleicht würde dir das guttun.«

Eine Frage, die ihn ratlos gemacht hatte wie alle Fragen nach seinem Willen. Es fällt ihm schwer, Entscheidungen zu treffen, und seien sie auch noch so klein, plötzlich nach so vielen Jahren der Fremdbestimmtheit wieder aus so vielen Möglichkeiten zu wählen. Er hatte einfach nur »ja« gesagt, als Gert ihm den Vorschlag mit dem Spaziergang gemacht hatte.

Er hatte wie selbstverständlich, von Gerts Rat und einer alten Gewohnheit geleitet, den Weg zum Friedhof eingeschlagen. Dort lag auch das Familiengrab der Bockelmanns, das Anna vor einiger Zeit eingerichtet hatte, um hier irgendwann mit ihren Söhnen zu liegen. Heinrich war hier nicht beerdigt. Man hatte ihn in Meran beigesetzt, wie Johann Bockelmann inzwischen erfahren hatte. Ein einziges Grab war bereits belegt. Von einem Kind. »Mischa Bockelmann« stand da, »7.1.1939 bis 29.3.1946«. Johann Bockelmann war zutiefst erschrocken. »Mischa! Mischa ist gestorben?« hatte er entsetzt wie zu sich selbst und doch laut ausgesprochen.

»Johnny? Johnny Bockelmann! Bist du es wirklich?« hörte er plötzlich eine Stimme hinter sich. Als er sich umdrehte, stand Heiner Nettelbeck, der alte Gärtner des Ortes vor ihm. »Mensch, Johnny! Daß ich dich noch einmal sehe! Was haben sie denn mit dir gemacht?« Er faßte ihn an beiden dünnen Handgelenken.

»Die Russen haben mich auf Sommerfrische geschickt, und sie wollten mich gar nicht wieder gehen lassen, so lieb haben die mich gehabt.«

Heiner Nettelbeck, der von allen kurz »Hein« genannt wurde, wußte offenbar nicht, ob er lachen oder weinen sollte. »Seit wann bist du denn wieder da?«

»Seit Silvester, Hein. Pünktlich zum Jahreswechsel.«

Hein hatte genickt und war dann Johnnys Blick zum Kindergrab von Mischa gefolgt. »Ja, ja, eine tragische Geschichte.«

»Was um Himmels willen ist denn passiert?« Johann Bockelmann sah Nettelbeck eindringlich an.

»Sag bloß, du wußtest es noch nicht?« antwortete dieser zögernd. Es war ihm sichtlich unangenehm, die Rolle des Aufklärers spielen zu müssen. Er erzählte die Geschichte von der Granate und dem verspäteten Kriegstod von Werners Sohn so sachlich und ruhig wie möglich, und Johann Bockelmann brauchte lange, um es zu begreifen. »Mischa, der kleine Mischa. Das darf es doch einfach nicht geben! Was ist das nur für eine Zeit!« murmelte er vor sich hin. Der Gärtner begleitete ihn ein kurzes Stück, erzählte ihm vom aktuellen Dorfklatsch. Und von seinen eigenen beiden im Krieg gefallenen Söhnen und dem dritten, dem Jüngsten, der in den Ardennen ein Bein verloren hatte. An einer Lichtung verabschiedete er sich und kehrte um. Johnny aber wollte weitergehen. Es war ein spontaner Gedanke, ein unwiderstehlicher Wunsch, der erste freie Gedanke seit er wieder zu Hause war: Der Weg führte von hier aus schnurgerade durch Wälder, Wiesen und Felder, und dieser gerade Weg übte eine unwiderstehliche Anziehung auf ihn aus. »Nur noch ein kleines Stückchen geradeaus, nur noch nicht umkehren müssen ...«

Gehen, einfach immer weiter geradeaus gehen. Das ist alles, was er in diesem Moment will. Er genießt die Weite des Blicks über die Felder, das milde Licht des späten Winternachmittags, den Duft nach Erde und feuchtem Holz und Freiheit. Er spürt die neuen Schuhe an seinen Füßen. Richtige, feste, warme Schuhe, echte Strümpfe, warme Hosen, Pullover, den neuen Mantel. Man hat ihn eingekleidet. Nur einen neuen Anzug wollte er sich nicht kaufen lassen. »Nein, ich trage nur noch Anzüge von meinem Freund Adolf Sterzig«, da war er hart geblieben.

Geradeaus gehen. An den Rückweg denkt er nicht. Er hat so vieles zu verarbeiten. Und zu verstehen. Sein Bruder Werner hatte mit Schwester Gisela im Auffanglager Friedland telefoniert. Lars Baumanns Evi war gefunden worden. Sie trug inzwischen einen anderen Namen, hatte Lars für tot erklären lassen und einen anderen geheiratet, hatte noch zwei Kinder mit ihrem neuen Mann bekommen. Daß Lars noch lebte, hatte sie beinahe in Panik versetzt und ihr mühsam aufgebautes neues Glück in seinen Grundmauern erschüttert. Sie wolle Lars nicht sehen, war ihre Antwort gewesen, sie könne das jetzt einfach nicht. Lars Baumann saß seither nur noch apathisch herum. »Warum bin ich nicht im Lager gestorben? Warum haben die mich nicht einfach erschossen?«

Inzwischen ist es dunkel geworden. Johann Bockelmann ist von der schnellen Finsternis überrascht worden, und der ungewohnte Spaziergang hat ihn erschöpft. Ratlosigkeit. Wird er genug Kraft für den Rückweg haben? Ein Anflug von Angst. Was soll er tun?

Langsam nähert sich ihm von hinten ein Auto. Die Scheinwerfer erhellen die Bäume. Erschrecken, Unfähigkeit, diese Eindrücke einzuordnen. Der Wagen fährt im Schrittempo neben ihm her, ohne zu überholen. Johann Bockelmann schaut ängstlich in den Wagen. Am Steuer sitzt Gert. »Mensch, Johnny! Was machst du nur für Sachen! Du bist seit fast einer Stunde weg. Wir haben uns Sorgen gemacht!« »Ich wollte doch nur geradeaus gehen...«

Nachts ein wirrer Traum von bizarren Landschaften, schnurgeraden Wegen über den Horizont, Schuhen, die ihm von den Füßen gerissen werden, Suchscheinwerfern in der russischen Öde, seine Brüder in russischen Uniformen, die ihm seine Schachtel abnehmen wollen, die immer wiederkehrende Frage »Was willst du?«, die er beantworten muß, wenn er die Freiheit will – wie der Lohn für die richtige Lösung eines unlösbaren Rätsels.

Zwei Tage später ein Ballsaal in Lüneburg. Bühnenball. Strahlendes, festliches Licht umfängt ihn, ein kleines Orchester spielt Tanzmusik.

Die Wirklichkeit erscheint ihm bizarr, grell, unverständlich. Menschen unterhalten sich, lachen. Frauen mit Zahnpastalächeln an der Seite von Kavalieren wie sie selbst es damals, in ihren Lagerphantasien, hatten sein wollen. Die meisten seiner Leidensgenossen aus der Baracke waren tot: Sepp Mittergratnegger, Reinhold Diehl, Jens Klausen und sogar der kräftige, bodenständige Herbert Dregger, der »Frauenschwarm«, wie sie alle ihn seit jenem Tag im Lager genannt hatten. Er, Johann Bockelmann, der Schwächste von allen, lebt, und er ist nun wirklich auf einem Ball, wie sie es sich erträumt hatten, ist umgeben von schönen Menschen und Musik. Er versucht, es zu spüren, zu begreifen, doch es gelingt ihm nicht. Er steht etwas verloren herum. Der Frack aus früheren Zeiten ist ihm viel zu weit. Ein Smoking hätte es auch getan, aber sein alter Smoking ist verschollen, also trägt er – als einziger – einen Frack. Die Lackschuhe an seinen Füßen ein Fremdkörper. Immer wieder starrt er sie an und versucht, das Tragen von Lackschuhen irgendwie »normal« zu finden. Fast sechs Jahre lang hatte er im Lager von richtigen Schuhen geträumt. Richtige Schuhe waren warm und bequem und stabil. Diese Lackschuhe hier aber hatten mit richtigen Schuhen nicht das geringste zu tun. Sie waren purer Luxus. Johann Bockelmann schüttelt den Kopf: vor ein paar Wochen noch hatte er Schuhersatz aus Autoreifen über zerlumpten Fußlappen getragen, dann hatte er von einem toten Freund die Schuhe genommen, und es war ihm selbstverständlich gewesen – Normalität des Lagerlebens, und jetzt hatte er plötzlich Lackschuhe an den Füßen.

Immer wieder kommen alte Bekannte auf ihn zu, Menschen, deren Gesichter und Namen ihm erscheinen wie vage Eindrücke aus einem fernen Leben. Man ist überrascht, überwältigt, ihn zu sehen. Dann weiß man nichts mehr zu sagen. »Wir sehen uns ja sicher noch…«, man zieht sich wieder zurück, und Johnny versucht zu begreifen, warum ein Abend wie dieser im Lager ein Traum war, den sie alle träumten und warum er jetzt, da er hier ist, eigentlich nur noch nach Hause möchte, verloren in einer fremd gewordenen Welt.

Auf der anderen Seite des Raumes ein junges Mädchen, das genauso verloren scheint wie er. Schwarze Haare, zierliche Gestalt und lächelnde Augen, die ihn immer wieder ansehen. Sollte er sie kennen? Soll er sie ansprechen? Sie auf einen Drink einladen? Aber er hat ja kein Geld bei sich. Seine Brüder haben nicht daran gedacht, ihn mit Bargeld auszustatten, und sie danach zu fragen, wäre ihm peinlich.

Das Mädchen wiegt sich leicht im Takt der Musik. Soll er sie zum Tanz auffordern? Aber er kann ja gar nicht tanzen… Ratlos und scheu lächelt er sie an, und als wäre in diesem Lächeln ein ihm selbst fremder Zauber, der Träume erfüllt, kommt sie auf ihn zu.

»Herr Bockelmann! Ich hab schon gehört, daß Sie wieder da sind! Das ist so wunderbar.« Fragend sieht er sie an. »Ich bin Hilde Kleemann, die Stieftochter des Friseurs. Und ich habe durch die Vermittlung Ihres Bruders Gert bei Ihrem Bruder Rudi und Käthe in Kärnten mein Pflichtjahr als Kindermädchen für die drei Buben und Haushaltshilfe gemacht. Wir haben uns damals kennengelernt, aber das ist lange her.«

Dunkel erinnert sich Johann Bockelmann an das junge Mädchen, das er bei Rudi und Käthe auf Ottmanach gesehen hat. Sie steht gesellschaftlich abseits, ein bißchen wie er selbst seit seiner Rückkehr, das verbindet.

Zum ersten Mal ein Gespräch, das nicht befangen ist, zum ersten Mal eine Sprache, in der er sich frei fühlt und immer wieder ihr Lächeln, das seine Seele berührt.

»Herr Bockelmann, wollen Sie vielleicht tanzen?« Ungezwungen fordert sie ihn auf, und plötzlich erscheint es ihm richtig zu sein, zu tanzen – abgemagert, wie er ist, mit dem viel zu großen Frack, den seltsamen Lackschuhen und den beiden linken Füßen.

Eine Berührung, die ihm Wärme und Halt gibt und das Gefühl, in der Musik zu schweben. Man tanzt und tanzt. Sein Freiheitstanz. Schmetterlinge in seinem Bauch und der Wunsch, daß dieser Augenblick niemals endet.

Erinnerungen an seine Sehnsucht nach einem Abend wie diesem – und nach der großen Liebe, die er noch nicht kannte. »Wer nie geliebt hat, hat nicht gelebt.« Der Satz seines Vaters, der ihn verfolgt hatte. Ob es sich so anfühlt wie dieser Tanz?

Zum ersten Mal ein tiefes Gefühl von Heimat und Ruhe und Angekommensein, getragen von einem langsamen Walzer, der für ihn zum Inbegriff des Schwebens wird, linke Füße hin oder her.

Was, wenn das Orchester gleich seine übliche kurze Pause macht? Was soll er dann tun? Was soll er sagen? Ein Glas Sekt, das wär's, das wäre elegant und romantisch und vielleicht sogar ein bißchen weltmännisch. Aber er hat ja kein Geld. Nervosität, die ihn aus dem Takt bringt.

Hilde lacht. »Herr Bockelmann, darf ich Sie vielleicht zu einem Glas Sekt einladen?«

Ein vollkommen unkonventioneller, gegen alle gesellschaftlichen Regeln verstoßender Satz. Johann Bockelmann hätte Hilde dafür küssen können. Was für eine Frau!

»Ja, sehr gern«, nimmt er die Einladung ohne eine Spur von Peinlichkeit an.

Eine kühle Nacht. Die Terrasse ist menschenleer. Perlender Sekt in ihren Gläsern, vor ihnen die Lichter Lüneburgs. Johann Bockelmann hat einen Arm um Hildes Schultern gelegt, um sie zu wärmen. »Wollen wir morgen spazierengehen?«

»Ja, sehr gern!« Sie lächelt ihn an.

Zum ersten Mal Vorfreude auf morgen, zum ersten Mal ein Plan, ein Wunsch, ein Ziel …

»Wollen wir unser Leben zusammen verbringen?« Eine Frage, die ihm nicht aus dem Kopf geht und die er doch nicht wagt. Noch nicht.

Es ist eine sternklare Nacht. Zum ersten Mal seit vielen Jahren, vielleicht zum ersten Mal überhaupt, spürt er das Leben – *sein* Leben – prickelnd, betörend, spannend, wunderschön – und frei.

22. KAPITEL

Hamburg, 3. und 4. Oktober 1967

Büsumer Krabben und die Ruhe vor dem Sturm

Der Hamburger Hafen in reger Betriebsamkeit. Schiffssirenen, Kräne, Hafenarbeiter, Touristen, Prostituierte. Dunst steigt auf, leichter Hamburger Nebel.

Überall, an jeder Ecke, jeder Litfaßsäule riesige Plakate, die für meine Tournee, für mein Premierenkonzert morgen abend in der Musikhalle werben, obwohl das Konzert seit Wochen ausverkauft ist wie alle anderen Konzerte dieser Tournee. Nach »Jenny«, »Warum nur, warum« und »Merci Chérie« halten mich meine neuen Hits, allen voran das brandneue »Siebzehn Jahr, blondes Haar« auf den vordersten Plätzen diverser Hitparaden und haben zu einem wahren Boom geführt, der mir selbst manchmal fast unheimlich ist und den ich doch nach all den Schwierigkeiten meiner Anfangsjahre unendlich genieße. Wo immer ich in letzter Zeit aufgetreten bin, Jubel, bevor ich überhaupt nur einen Ton gesungen habe, alle Auswüchse des »Star-Rummels«, wie er bisher eigentlich nur den Rock'n'Roll-Helden der neuesten Generation entgegengebracht wurde. Ich bin in der letzten Zeit zu einem Teenageridol geworden, obwohl ich mit meinen 33 Jahren dafür eigentlich viel zu alt bin.

Morgen abend also die Tournee-Premiere in der Hamburger Musikhalle, einem der ehrwürdigsten deutschen Konzertsäle. Es wird mein erstes abendfüllendes Solo-Programm, das mich in den nächsten Monaten durch Deutschland und Österreich führen wird.

Es sind sogar Konzerte in Polen, der Tschechoslowakei, Ungarn, Belgien, Holland, Rumänien und Bulgarien geplant.

Hamburg, die Stadt, in der ich schon in meinen Anfangsjahren so viele Hoffnungen gelebt, gefeiert und begraben habe – erste Plattenverträge, abgeschlossen voll Zukunftsträumen und erfüllt mit Liedern, die andere für mich geschrieben haben, eines dünner als das andere, die natürlich zwangsläufig Mißerfolge geworden sind. Rauswurf wegen anhaltender Erfolglosigkeit, starre Weigerung meiner Plattenfirma »Polydor«, ein Risiko einzugehen und mich meine eigenen Lieder einspielen zu lassen – »Jenny« hin oder her – und ein Streit wegen 900 DM, die ich für sechs noch nicht aufgenommene, aber vertraglich zugesicherte Titel hätte bekommen sollen und nicht bekommen habe. Keinen einzigen Pfennig hat man mir ausbezahlt. Ich könne ja klagen. Natürlich konnte ich mir weder einen Anwalt noch einen Rechtsstreit leisten. Bittere Wochen voll sozialer Angst und der Plan, das Singen ganz aufzugeben, der hier, in dieser Stadt in mir entstand.

Dann die Begegnung mit meinem heutigen Manager Hans R. Beierlein, der mich mit der französischen Plattenfirma »Vogue« zusammenbrachte, die Stars wie Petula Clark und Françoise Hardy unter Vertrag hatte und nicht nur akzeptierte, sondern darauf bestand, daß ich meine eigenen Lieder singe – und sofort die ersten Riesenerfolge mit Millioneneinnahmen. Die Gesichter derjenigen, die damals bei Polydor in den vornehmen Alsterbüros für meinen Rauswurf und die nicht bezahlten 900 DM verantwortlich gewesen waren, hätte ich nur zu gern gesehen.

Vor mir, auf der anderen Seite der Elbe, die berühmte, alles überragende Raffinerie von BP, die mein ältester Onkel Erwin als Direktor bei der deutschen British Petrol als Bauherr mitgestaltet hat. Eine eindrucksvolle, riesige Industrieanlage, die mich immer, wenn ich in Hamburg bin, unübersehbar daran erinnert, wie einflußreich und mächtig Onkel Erwin in dieser Stadt ist... Ein wenig scheint er für mich über sie zu »herrschen«, jedenfalls gehört er zu den führenden Köpfen dieser Stadt, und ich bin beim Gedanken daran immer wieder hin- und hergerissen zwischen Respekt und Ratlosigkeit. Erwin, der Onkel, der meinem Vater deutlich zu verstehen gegeben hat, was er von meinem Lebensweg als »Unterhaltungskünstler« hält. Erwin, der meinetwegen beinahe mit meinem

Vater gebrochen hätte. Erwin, vor dem auch alles, was ich bisher erreicht habe, nicht zu zählen scheint, weil es nicht in sein Weltbild und sein Wertesystem paßt: konservativ, mit einem stark ausgeprägten Standesdünkel und einem Kulturverständnis, das klassische Musiker gelten läßt, in dem aber jemand wie ich, mit meiner Art Musik zu machen, als »Harlekin« oder »Tingeltangel-Musik« abgetan wird. Einem Sproß der Bockelmanns seiner Meinung nach vollkommen unangemessen.

Seit Jahren habe ich meinen Onkel Erwin nicht gesehen, wir haben seit langem kein Wort miteinander gewechselt, und es ist eine Wunde, die sich jedesmal in mir bemerkbar macht, wenn ich nach Hamburg reise. Bestimmt hat er die Plakate gesehen, sie sind ja nicht zu übersehen, die Artikel in den Zeitungen gelesen. Und bestimmt hat er auch meine Einladung zu diesem Konzert erhalten, aber diesmal habe ich nicht einmal die sonst übliche freundliche Absage seiner Sekretärin bekommen. Auch egal ...

»Na, bewunderst du auch das Werk von unserem ›großen Vorsitzenden‹ Erwin?« Hinter mir die gutgelaunte Stimme von Onkel Johnny, der beim Anblick der Raffinerie ähnliche Gedanken gehabt haben muß wie ich. Wir haben uns hier, in Altona, an den Landungsbrücken verabredet, um in einem der vielen kleinen Lokale gemeinsam die von uns beiden so geliebten »Büsumer Krabben« zu essen. Onkel Johnny ist für ein paar Tage nach Hamburg gekommen, weil er geschäftlich hier zu tun hat. Er arbeitet auf Erwins Wunsch hin ebenfalls bei BP – bei der Rechtsabteilung in Frankfurt, und natürlich bringt dieser Job auch so manche Besprechung in der Hamburger Zentrale mit sich.

Daß er dadurch die Gelegenheit bekommt, meine morgige Premiere besuchen zu können, »macht das ganze todlangweilige Palawer«, das er bei all den Firmenbesprechungen zu hören bekommt, »um einiges erträglicher«, wie er meint. Seine Frau Hilde, die er kurz nach seiner Entlassung aus russischer Kriegsgefangenschaft kennengelernt und einige Jahre später geheiratet hat, begleitet ihn, und ich freue mich, die beiden zu sehen. Gemeinsam spazieren wir über die Altonaer Landungsbrücken, die für meinen Onkel Johnny ebenso faszinierend sind wie für mich – ein Ort des Aufbruchs, der Freiheit, der frischen Seeluft, der Gestrandeten und der Weltreisenden. Ich spüre, wie gut es mir tut, vor Beginn dieser Tournee und inmitten all der seelischen Anspannung, die diese Aufgabe für mich mit sich bringt, noch einmal ein paar Stunden abtauchen zu können in diese andere Welt und in Gespräche, die sich nicht um Kartenverkäufe, technische Probleme und um meine Programmgestaltung drehen.

»Was ist das eigentlich für eine dumme Geschichte zwischen dir und Erwin? Was ist damals eigentlich zwischen euch vorgefallen?« nimmt Onkel Johnny den Anblick der Raffinerie zum Anlaß, ein Thema anzusprechen, das offenbar auch ihn beschäftigt.

Ich zucke mit den Schultern. »Ach, nicht so wichtig… Er will halt nichts mit mir zu tun haben, und ich muß das respektieren. Ich bin meinen Weg gegangen, so, wie ich ihn gehen mußte und wollte, und ich bin froh darüber, daß ich dabei keine Rücksicht auf die Kulturvorstellungen eines Teils meiner Familie genommen habe… Wer mit meiner Berufswahl nicht leben kann, der muß es eben bleibenlassen, da kann ich nichts ändern.« Es klingt ein wenig heftiger, bitterer und trotziger, als es eigentlich hätte klingen sollen.

Fünf Jahre ist es nun schon her, seit wir zum letzten Mal miteinander gesprochen haben. Damals habe ich auf Einladung seiner Familie, aber auch, um Geld zu sparen, für ein paar Tage bei ihm in seiner prachtvollen Villa an der Elbchaussee gewohnt, während ich Aufnahmen mit dem Tanzorchester Franz Thon für den NDR zu machen hatte. Am letzten Abend hatten seine Söhne Wolf-Dieter und Peter eine große Party mit jungen Freunden aus der Hamburger Gesellschaft geplant. Tagelang gab es kein anderes Thema im Haus, und auch ich habe mich auf die Feier gefreut, bis Onkel Erwin mich am betreffenden Nachmittag in sein Arbeitszimmer bestellt hat. Er saß an seinem riesigen dunklen Schreibtisch, schwer atmend, von seinem Asthma geplagt, das ihn bereits schwer gezeichnet hatte. Mit seinen damals 59 Jahren war er vor der Zeit gealtert. Seine fahle Gesichtsfarbe und sein rasselnd-pfeifender Atem sind in meiner Erinnerung bis heute bedrückend präsent. Trotz seiner deutlich sichtbaren Krankheit hatte er nichts von der ihm eigenen Autorität und dominanten Erscheinung eingebüßt, die ich schon seit meiner Kindheit gleichzeitig bewundert und gefürchtet hatte. Ein Mann wie ein mächtiges Monument.

Ich stand ratlos vor ihm.

»Jürgen, worum ich dich heute bitten muß, ist ein wenig heikel, aber ich glaube, es ist richtig so.« Er unterbrach sich, um angestrengt Luft zu holen, fuhr dann fort: »Ich gehöre durch Herkunft und Position nun einmal zur führenden Gesellschaft dieser Stadt, und meine Kinder ebenso.«

Ich nickte, ahnungslos, worauf er hinauswollte. »Wir haben heute abend nur junge, vielversprechende Leute eingeladen. Und um es kurz zu machen, das ist nicht deine Welt. Diese Feier ist einfach nichts für dich, du würdest dich da auch gar nicht wohl fühlen, und daher bitte ich dich ...« Er griff nach seinem Asthmaspray, inhalierte zweimal tief und kräftig. »Daher bitte ich dich, heute abend nicht hier zu sein.« Er streckte mir einen Zwanzig-Mark-Schein entgegen. »Mach dir damit einen schönen Abend, geh ins Kino oder was auch immer. Und bitte sag meinen Söhnen nichts von diesem Gespräch. Sie würden es nicht verstehen. Sag ihnen, du hast kurzfristig zu tun und bist deshalb heute abend verhindert.« Er machte eine kurze Pause und wandte seinen Blick leicht beschämt von mir ab, eine kleine, flüchtige Geste, in der ich ihm ansah, daß das, was er mir zu sagen hatte, ihm nicht leichtfiel. Dann meinte er leise, atemlos: »Es geht nicht gegen dich persönlich, wir alle mögen dich sehr gerne, aber mit deiner Art, dein Leben zu führen, bist du meiner Meinung nach nun einmal auf dem Holzweg, und es gibt eben Dinge, die passen einfach nicht zusammen.«

Er begann, seine Stifte und Papiere auf dem ohnehin aufgeräumten Schreibtisch zu ordnen, dann meinte er leise: »Das wäre dann auch schon alles. Wir haben uns verstanden?«

Wie ein begossener Pudel habe ich damals das Haus verlassen. Ziellos und einsam wie selten bin ich durch Hamburg gestreift, mehr als ich wahrhaben wollte getroffen von diesem Maß an Ablehnung, dem Gefühl, nicht gut genug zu sein für diese Familie, nichts zu bieten zu haben, und das, obwohl ich seit Jahren in meinem Beruf einen ehrlichen, anständigen und harten Weg zu gehen und mir Ziele zu erkämpfen versuche. Aber was ich auch tue, es scheint in Erwins Augen nicht auszureichen, bis heute nicht. Inzwischen feiere ich Welterfolge, habe in meinem Beruf mehr erreicht, als ich je zu träumen gewagt habe. Erwin scheint es bis jetzt noch nicht bemerkt zu haben.

Damals hatte ich nachts, nachdem ich zurückgekommen war,

meine Sachen gepackt und noch vor dem Frühstück Erwins Haus verlassen. Seither habe ich nichts mehr von ihm gehört.

»Du darfst Erwin nicht böse sein. Er meint es nicht so. Meine Partnerwahl mit Hilde, die ja nicht zur feinsten Gesellschaft gehörte, hat er auch nie akzeptiert, und trotzdem steht das nicht zwischen uns.«

Hilde lacht. »Ja, auch ich war vor einigen Jahren ausdrücklich *nicht* zur Feier seiner Silberhochzeit eingeladen. Das hat mich damals auch verletzt, aber heute lache ich darüber.«

»Ja, und vergiß nicht, was für eine Last Erwin tagaus, tagein in so vielerlei Hinsicht mit sich herumschleppt. Du kannst dir gar nicht vorstellen, wie froh ich darüber bin, der Jüngste und nicht der Erstgeborene in dieser Familie zu sein. Das gibt mir eine gewisse Narrenfreiheit, die er nie hatte«, meint Onkel Johnny lachend. »Aber auf Erwin lastete da von Anfang an ein ganz anderer Druck. Dieser Wahnsinnsjob als Europachef in einem der größten Energiekonzerne der Welt, und so zwischendurch ist er dann auch noch mal eben Präsident des Welt-Erdölkongresses und damit der mächtigste Vorturner der Welt in Fragen der Energieversorgung. Und dann noch seine Krankheit, er kämpft Tag für Tag mit dem Leben, ringt um jeden Atemzug. Für ihn ist nichts auf der Welt einfach. Das hat ihn hart gemacht. Gesundheitlich ist er durch sein furchtbares Asthma, das ihn von Geburt an verfolgt und ihm das Leben oft zur Hölle macht, der schwächste von uns fünf Brüdern, aber gerade das hat ihn auch in vielerlei Hinsicht zum stärksten von uns gemacht – und hart gegenüber sich selbst, dem Leben und oft auch gegenüber anderen. Man muß ihn einfach so nehmen wie er ist und darf ihn nicht aufgeben.«

Ich stimme ihm zu. »Ich habe ihn zur Premiere ja auch eingeladen. Er wird zwar sicher nicht kommen, aber mein Leben wird auch so weitergehen.«

Inzwischen haben wir in einem der kleinen Lokale Platz genommen und Krabben bestellt.

»Ich werde jedenfalls da sein«, meint Onkel Johnny, »und zwar in meinem neuen Anzug, den ich mir dir zu Ehren gerade von meinem Freund Adolf Sterzig habe machen lassen. Er hat eine Schneiderei in Hamburg, und ich habe, wie ich es damals im Lager geschworen habe, seit unserer Entlassung keinen Anzug mehr getragen, den nicht er für mich gemacht hat. Schließlich hat er mir damals im Lager das Leben gerettet.« Er macht eine kleine Pause. »Du wirst mich gar nicht wiedererkennen, so edel und weltmännisch, wie ich in deinem Konzert erscheinen werde!« Onkel Johnny genießt seine Krabben, bestellt noch ein Glas Wein, während ich fühle, wie meine Nervosität langsam zurückkehrt und meinen Körper und meine Seele zu beherrschen beginnt.

Morgen werde ich also zum ersten Mal in meinem Leben mit einem eigenen Repertoire auf Solo-Tournee gehen. Die Erwartungen von allen Seiten sind hoch. Und meine eigenen Ansprüche an mich selbst sowieso. Da muß das Programm stimmen, müssen die Texte »sitzen«, muß der Klangkörper meiner kleinen Fünf-Mann-Band perfekt sein. Tausenderlei Dinge könnten in den nächsten Monaten schiefgehen: eine meine immer wiederkehrenden Ohrengeschichten, die mich seit der Kindheit und der Ohrfeige des Jungzugführers verfolgen, oder eine Erkältung, Soundprobleme bis hin zu Kurzschlüssen und Totalausfällen der Technik und noch vieles mehr, woran ich gar nicht denken mag, auch gar nicht denken *darf*. Doch die Unruhe läßt sich nicht ganz besiegen, nur für Augenblicke beiseite schieben. Und viele in der Branche vermuten und wünschen sich vielleicht ja sogar einen Reinfall. All der Erfolg, den ich in letzter Zeit hatte, ist ihnen irgendwie suspekt. Und dann gehe ich auch noch auf Solo-Tournee! Ein Schlagersänger, der sich das anmaßt… unmöglich! So was hat es schließlich noch nie gegeben! Der kann ja nur sein blaues Wunder erleben. Das ist doch der pure Größenwahn! Ein Solo-Programm machen anspruchsvolle Künstler, Jazz-Größen. Aber *Schlager*, das funktioniert nur als Revue, als bunter Abend. Dort hat diese Musik ihren Platz. So denken immer noch viele, und es stimmt ja auch. Daß ich aber eigentlich etwas ganz anderes will, etwas, das nicht einfach nur in die Schlagerschublade paßt, eine Musik, die nicht immer nur fröhlich bis hin zur Stupidität ist, sondern Lieder, die eine eigene Sprache sprechen, die auch in der kleinen Form etwas aussagen und die trotzdem unterhalten, das nehmen natürlich nur wenige zur Kenntnis. Noch nicht. Irgendwann vielleicht. Jetzt aber sprengt das, was ich mit dieser Tournee wage, Grenzen, und das eckt an. Viele wollen mich verlieren sehen, das weiß ich. Und vielleicht war es das ja auch tatsächlich schon: ein kurzer Moment des Erfolges, der Triumphe, eine Ahnung von einem Leben, wie ich es mir bisher immer nur hatte erträumen können – und dann – erst einmal alles wieder vorbei. Es wäre irgendwie typisch für meine Karriere. Eine Angst, die mich seit Tagen schon schlecht schlafen läßt.

»Junge, du bist irgendwie so blaß. Ist alles in Ordnung?« Onkel Johnny sieht mich etwas besorgt an. Jetzt erst merke ich, daß ich schon die ganze Zeit hindurch nervös mit meinen Fingern auf den Tisch trommle, was ich sofort sein lasse, als ich es merke.

Ich nicke etwas verstört. »Ja, ja, alles bestens! Es ist nur die Unsicherheit vor dem, was da auf mich zukommt«, sage ich ein bißchen nervös. »Es ist einfach so vieles, woran man denken muß, so vieles, was schiefgehen könnte. Diese Tournee ist ein Risiko …«

Onkel Johnny nimmt meine Hand, und es weckt Erinnerungen an meine Kindheit, an seine Zuversicht und seinen Trost, den er mir damals bei seinen Besuchen gegeben hat, wenn mir wieder mal irgendetwas mißlungen war. »Ich verstehe natürlich nichts von deinem Beruf«, meint er ruhig. »Aber eines fühle ich: Dein Erfolg ist kein Traum, kein Luftschloß ohne Fundament, sondern real und hart erarbeitet, mein Junge. Er zeigt dir doch, daß dein Weg der richtige ist, und darauf darfst du ruhig vertrauen.« Es scheint fast, als habe er meine Gedanken erraten. Er sieht mich fest an. »Das wichtigste ist, geradeaus zu gehen – auch geradeaus auf Dinge zu, die einem manchmal angst machen, und ich bin sicher, du kannst wirklich ruhig und selbstbewußt in den morgigen Tag gehen.«

Seine Worte, seine Ruhe tun mir unendlich gut. Fast so wie früher.

Geradeaus, denke ich, während ich ins Taxi steige, über den Hafen und Erwins von tausend Lichtern beleuchtete Raffinerie im leicht nebeligen Dämmerlicht blicke und mich auf den Weg zur letzten Probe in der Musikhalle mache.

Geradeaus … was für eine beneidenswerte Lebenshaltung und wie schwierig zu leben in einer Zeit wie dieser.

Geradeaus … das wäre ein Thema für ein Lied. Irgendwann vielleicht …

Geradeaus … wieviel Sicherheit erfordert das, auf dem richtigen Weg zu sein, wieviel persönliche Verantwortung, Selbstkritik und wieviel Mut. Und ich denke an Heinrichs Gang durch den Brunnen im Moskauer Hotel »Metropol« – meinen Vater und Onkel

Erwin fest an der Hand. Und an Onkel Johnnys ersten Spaziergang in Freiheit. Und an meine eigenen Ziele und Träume, die in mir brennen und mich treiben, meinen Weg zu gehen. Ob die Erwins dieser Welt das verstehen und honorieren oder nicht!

Die Probe

»... Menschen, wohin ich schau – Großstadtgetriebe – Und auf einmal – sah ich sie – SIE – Siebzehn Jahr'...« Die Probe wird plötzlich von einem gigantischen, schmerzenden Pfeifen unterbrochen. Rückkopplung.

»Verdammt noch mal, Heinz! Was soll denn das? Schläfst du eigentlich?«

Fluchen und Stöhnen von Heinz Allhoffs Platz. »Ihr habt leicht reden. Bedient ihr mal mit einer Hand den Verstärker und spielt mit der anderen Klavier!« Er dreht an den Knöpfen.

Heinz Allhoff ist mein Pianist, der das Klavierspielen für mich übernimmt, wenn ich aufstehe, an die Rampe gehe, was oft vorkommt. Und er bedient gleichzeitig unsere Soundanlage, die aus vier Boxen und einem kleinen Verstärker besteht, den wir immer auf einen Stuhl links neben dem Klavier stellen. Wir transportieren sie selbst auf dem Dach meines Wagens, einem neuen amerikanischen Ford Galaxy Station Waggon, die Instrumente hinten in einem Anhänger. Das Klavier mieten wir vor Ort, manchmal bekommen wir es auch von der jeweiligen Halle gestellt. Lichtanlage haben wir natürlich keine. Einen Spotscheinwerfer gibt es überall, und manche Hallen haben die Möglichkeit, die Bühne wenigstens in rotes oder blaues Licht zu tauchen. Und wenn nicht, geht es ja auch.

Heinz schraubt an seinen Knöpfen, spielt ein paar Töne auf dem Klavier. Es ist wirklich kompliziert für ihn, mit seinem kleinen Kästchen auf dem Stuhl für den richtigen Klang zu sorgen und dazu noch Klavier zu spielen. Irgendwann muß ich mir zu diesem Problem wirklich etwas einfallen lassen. Die großen amerikanischen Stars sollen angeblich mit einem eigenen Tontechniker unterwegs sein, der mit einem kompletten Mischpult im Publikum sitzt. Bei uns wird es das wohl nie geben. Solche Anlagen mit all den Kabeln und dem Platz, den man dafür braucht, sind hier aus Sicherheitsgründen schon feuerpolizeilich nirgendwo im Publikumsbereich erlaubt.

Heinz gibt mir ein Zeichen. Probeweise spreche ich Zahlen ins Mikro. »Einundzwanzig, zweiundzwanzig… Test – Test – Test… Scheint okay zu sein. Kann's wieder losgehen?«

Heinz nickt und spielt die Einleitung, unterstützt von Willy Uebelherr am Keyboard, seinem Bruder Sigi am Baß, Bob Blumenhoven am Schlagzeug und Walter Grägel mit seiner Gitarre, und ich steige ein.

Diesmal klingt es schon viel besser, und ich genieße den klaren, satten Sound in der Hamburger Musikhalle. Ein altes, renommiertes, wunderschönes Haus mit Logenplätzen, Stuckdecken, Sitzen aus rotem Samt. Ein richtiges altes Theater, vielleicht ein wenig wie das Bolschoj in Moskau oder auch das Klagenfurter Stadttheater, in dem ich zum ersten Mal begriff, daß für mich die Wirklichkeit auf der Bühnenseite des Vorhangs liegt und nirgendwo anders… Ein stattlicher und wohlklingender Rahmen für den Beginn einer Tournee. Der Saal bietet ungefähr 2000 Plätze, das ist genau richtig für den Anfang. Später werden wir in viel größeren Hallen spielen, und ich frage mich manchmal, ob unsere kleine »Vier-Boxen-Anlage« von Dynacord da ausreichen wird. Aber das ist heute nicht unser Problem.

»Okay, dann sollten wir ›Was ich dir sagen will‹ noch einmal anspielen. Der Tonartwechsel von G nach As-Moll wackelt jedesmal. Wenn ich die Achtel-Arpeggi auf dem D-Vier und dem Es-Vier-Akkord spiele…« Ich deute die Akkorde auf dem Klavier an »müssen wir alle ein leichtes, aber gleichmäßiges Ritartando hinbekommen. Wir sollten uns da alle nach dem Schlagzeug richten. Bob, bitte spiel diese beiden Takte ganz bewußt, sonst hebt der Instrumentalteil nicht richtig ab. Auf der Platte hab ich an dieser Stelle einen ganzen Streicherwald zur Unterstützung, aber hier muß ich das alleine richtig hinkriegen…«.

Diesmal sitze ich selbst am Klavier, und sofort fühle ich mich viel sicherer. Mein Instrument gibt mir Ruhe und Selbstvertrauen, und das Lied ist seit seiner Veröffentlichung in aller Munde, tönt aus allen Radiogeräten und ist dabei, einen Siegeszug um die ganze Welt anzutreten.

Die Zuversicht und Spielfreude in mir wächst mit jedem Ton. Die Angestellten des Hauses haben sich im Zuschauerraum versammelt und halten inne, hören mir zu. Ein gutes Zeichen. Und auf einmal spüre ich, daß diese erste Solo-Tournee meines Lebens unter einem guten Stern stehen wird.

Der Bademantel

»Zu-ga-be!! – Zu-ga-be!!« Die Rufe wollen einfach nicht verstummen, Minuten nach dem letzten Ton. Schweißgebadet, von der Menge umringt bahne ich mir meinen Weg in die Garderobe. Niemand hält das Publikum zurück. Die Bühne ist gestürmt. Man drängt sich an mich, weicht nicht von meiner Seite. Hilflose Versuche meines Managers Hans R. Beierlein und des Veranstalters Hans-Werner Funke, die Menschen ein kleines Stück zurückzudrängen.

»So etwas hat es hier noch nie gegeben«, wiederholt Hans-Werner Funke immer wieder und kann offenbar nicht fassen, was er gerade erlebt – so wenig wie ich selbst. Die Menge tobt. Ich habe Zugabe um Zugabe gespielt, habe schließlich, als mein Repertoire erschöpft war, sogar die aktuellen Hits wiederholt, habe mehr als drei Stunden lang gespielt, habe *alles* gegeben, aber das Publikum versucht immer noch, mich zurück auf die Bühne zu rufen. Von allen Seiten werde ich von fremden Händen berührt, geküßt, umarmt und beglückwünscht. Die Hamburger Musikhalle ist ein einziges Tollhaus. Die Menschen stehen in den Gängen hinter der Bühne, versperren meinen Musikern den Weg zu mir und mir den Weg zu ihnen. Mühsam können Hans R. Beierlein, mein Fahrer Franz und Hans-Werner Funke dafür sorgen, daß die Fremden wenigstens an meiner Garderobentür haltmachen. »Ich komme gleich! Laßt mir ein paar Minuten, um mich frisch zu machen.«

In der Garderobe lasse ich mich in einen Sessel fallen, atme tief durch, versuche zu begreifen, was mir nicht gelingt. Mein Leben ist in diesem Augenblick nur noch Gegenwart. Keine Reflexion, keine Distanz zu dem, was auf mich einstürmt. Von draußen höre ich immer noch die Chöre, die »Zu-ga-be!« brüllen und meinen Namen skandieren. Jemand von meinen Mitarbeitern hilft mir, die naßgeschwitzten Sachen auszuziehen, reicht mir ein Handtuch, einen Bademantel. Ich schwebe, bin erschöpft und glücklich. Jetzt nur nicht nachdenken. Mich einfach gehenlassen, Kraft tanken, wieder zu Atem kommen.

Durch die geschlossenen Türen dringt Jubel aus dem Saal, die Rufe nach Zugaben, der nicht enden wollende Applaus, obwohl ich nun schon vor Minuten die Bühne verlassen habe, das Saallicht längst an ist.

»Du mußt noch mal raus«, meint Hans R. Beierlein. »Gar keine Frage. Du mußt dich noch einmal zeigen!«

Entgeistert sehe ich ihn an. »Ist das dein Ernst? Wie willst du in dem Chaos die Musiker noch mal zusammentrommeln? Und soll ich die nassen Sachen wieder anziehen?«

Beierlein schüttelt den Kopf. »Du gehst raus, so wie du bist. Im Bademantel und ohne Musiker, verbeugst dich noch einmal. Das ist es, was man jetzt von dir erwartet.«

Ich spüre, daß er recht hat.

Ein Aufschrei der Menschen in den Gängen, als ich mich im Bademantel an ihnen vorbeidränge, zurück in den Saal. Jubelschreie in der Halle.

Mich nur zu verbeugen, erscheint mir zu wenig. Also wieder ans Klavier. Noch einmal »Was ich dir sagen will«, der Titel wird mir zugerufen. Aufwogender Applaus, als ich die Einleitung spiele, im Bademantel, ganz allein. Eine irgendwie groteske Situation. Die Menschen stehen zum Teil auf der Bühne, um mich herum, setzen sich auf den Boden, damit auch die anderen etwas sehen können. Ein kleiner Junge hockt neben mir auf dem Klavierstuhl und sieht fasziniert auf meine Hände.

»Hier bin ich zu Hause«, der neue Titel, den ich im Konzert selbst noch gar nicht gespielt habe. Man könnte ihn hier, in Hamburg, als Anbiederung mißverstehen, hatte ich befürchtet. Jetzt spüre ich, daß ich ihn spielen muß – gerade hier. »Hier – bin ich –

zu Hause – – wo Vertrautes – mir begegnet…« Ich kämpfe gegen den Kloß in meinem Hals, der meine Stimme rauh macht. Hamburg, die Stadt, mit der ich so viele Erinnerungen verbinde, Hamburg, die Stadt, die mich feiert und in der das Familienoberhaupt mich ignoriert und nun diese Menschen vor mir, die lauschen, mich mit offenen Gesichtern ansehen, manche mit feuchten Augen, Menschen, die Feuerzeuge anzünden, sich in den Armen halten, lächeln. Emotion pur.

Hans R. Beierlein und Hans-Werner Funke holen mich von der Bühne, bringen mich durch die Menschenmenge zurück in die Garderobe.

»Gut gebrüllt, Löwe!« Beierleins typisches Lob für einen gelungenen Auftritt, »Und übrigens: die Nummer mit dem Bademantel – das war phantastisch. Das mußt du beibehalten. Das wird zum festen Bestandteil des Programms, das machst du morgen abend wieder. Als allerletzte Zugabe!«

Ratlos sehe ich ihn an. »Meinst du wirklich? Das wird doch lächerlich.«

»Aber woher denn? Du wirst sehen, das wird bestimmt ein Markenzeichen von dir werden, etwas, das deine ganz besondere Nähe zum Publikum noch spürbarer macht. Und obendrein erkältest du dich nicht. Das ist genial! Es ist meine Aufgabe, solche Dinge zu erkennen.«

»Du warst fabelhaft, mein Junge!« Onkel Johnny hat sich zu mir durchgekämpft. Wir umarmen uns. »Ich gratuliere dir! Was du heute geleistet hast, das werde ich nie in meinem Leben vergessen. Das waren Sternstunden!«

»Danke!« Mir fehlen die Worte.

»Wir sehen uns später bei der Premierenfeier. Hilde und ich fahren schon mal vor. Wir können nicht lang bleiben, aber wir werden mit dir anstoßen.« Ich nicke.

»Bis gleich! Daß du hier warst, bedeutet mir viel. Übrigens, dein Anzug ist wirklich Weltklasse!«

Onkel Johnny dreht sich im Weggehen lachend wie ein Mannequin.

Ich mache mich frisch, schlüpfe in ein neues Hemd, neue Strümpfe, als Hans-Werner Funke mir einen Umschlag entgegenstreckt und erklärt: »Herr Jürgens, ein Onkel von Ihnen scheint hier zu sein. Er hat uns eine Nachricht für Sie gegeben und wartet in einem Nebenraum.«

Ich sehe ihn verwirrt an. »Da habt ihr bestimmt etwas verwechselt! Mein Onkel war doch gerade hier. Onkel Johnny ist in der Sekunde gegangen, Sie haben ihn doch rausgelassen!«

Hans-Werner Funke nickt. »Ja, eben, aber das scheint ein anderer Onkel zu sein, ein Erwin Bockelmann. Hier steht's jedenfalls so.«

Ungläubig nehme ich den Umschlag, auf dessen Rückseite sich tatsächlich Erwins Briefkopf findet, reiße ihn auf, finde Erwins Visitenkarte, auf der Rückseite die Worte »Vielleicht kann ich dich kurz sprechen? Danke, Onkel Erwin«. Ich kann es immer noch kaum glauben. »Ihr meint, er ist wirklich hier? *Hier*, in diesem Konzert, dieser Halle? Oder wurde das nur am Eingang von einem Boten für mich abgegeben?«

Hans-Werner Funke schüttelt den Kopf. »Nein, mein Mitarbeiter hat mir gesagt, er saß am Balkon, in einer der hinteren Logen, und man hat ihn jetzt in einen Nebenraum gebracht. Wollen Sie ihn sprechen!«

»Ja, natürlich, sofort.« Ich schlüpfe so schnell es geht in meine Hose, meine Jacke. Draußen skandieren sie immer noch meinen Namen. Ich spüre Nervosität. Was Erwin wohl hergeführt hat? Was wird er mir wohl sagen wollen? Hat er wirklich das ganze Konzert gesehen? Ob dieses entfesselte Publikum ihn wohl beeindruckt oder ihn eher abgestoßen hat? Wird er die Tatsache, daß ich die Menschen zu solch einem selbstvergessenen Jubel führe, mißbilligen oder bewundern? Wird er ein bißchen etwas von dem begriffen haben, was meine Musik mir bedeutet, oder wird er immer noch so denken wie früher, als er das, was ich tue, für eine Art unwürdiger Harlekinade gehalten hat? Egal, er ist hier, und ich werde mit ihm sprechen, wie auch immer dieses Gespräch verlaufen mag.

Etwas gebeugt, schwer atmend, von der Krankheit gezeichnet tritt er ein, reicht mir fast schüchtern die Hand. »Danke, daß du einen Moment Zeit hast.«

»Aber das ist doch selbstverständlich! Bitte, nimm Platz! Darf ich dir einen Schluck Wein anbieten?«

Dankbar setzt Onkel Erwin sich. »Nein, aber ein Glas Wasser wäre schön.«

Beierlein schenkt es ihm ein, erkennt die Situation und zieht sich mit meinen anderen Mitarbeitern zurück.

Ich fühle mich ein wenig in die Lage unseres letzten »Vier-Augen-Gesprächs« zurückversetzt – damals, vor fünf Jahren, im Arbeitszimmer seiner Villa in der Elbchaussee, als er mir sagte, daß ich bei der Party seiner Söhne nicht willkommen sei.

Ich setze mich ihm gegenüber.

»Schön, daß du hier bist«, versuche ich, die etwas steife Situation zu überbrücken.

»Ja. Ich wollte nicht gesehen werden, deshalb habe ich mir etwas versteckte Plätze besorgen lassen und bin erst in den Saal gegangen, als das Licht ausging. Bitte, versuch mich zu verstehen.«

»Natürlich. Hauptsache, du bist gekommen!«

»Ja…« Pause. »Ich mache das nicht sehr oft, aber ich muß mich bei dir entschuldigen«, bricht es plötzlich zwischen zwei pfeifenden Atemzügen aus ihm hervor. »Ich hatte ja keine Ahnung, was du machst, was du den Menschen mit deiner Musik geben kannst und mir auch. Ich hab mich damals geirrt, als ich meinte, aus dir würde nichts werden. Es tut mir so leid! Heute abend habe ich begriffen, wie wertvoll das ist, was du tust… Ich hab so vieles falschgemacht, kannst du mir verzeihen?« Der große, mächtige Mann, vor dem ich seit meiner Kindheit immer ein wenig Angst hatte, hat Tränen in den Augen.

Schweigend gehe ich zu ihm, umarme ihn. Noch nie habe ich mich diesem ältesten meiner Onkel, der mir immer fremd war, so nah gefühlt. Umarmt haben wir uns noch nie, nicht einmal in meiner Kindheit. Er war immer distanziert, vor allem Kindern, ungestümen Menschen gegenüber. In diesem Augenblick spielt das alles keine Rolle mehr. Ich hätte die ganze Welt umarmen können! Kein Erfolg der Welt hätte mir soviel bedeuten können wie diese Worte, diese Geste meines Onkels. Ich spüre seinen schweren Atem nah an meinem Ohr, nehme den leichten Duft nach Kölnisch Wasser wahr, das mir auch von meinem Vater so vertraut und für ihn der Duft der besonderen Tage und Anlässe ist. Erinnerungen, Gefühle, Assoziationen, die nicht faßbar sind und mich mit einer Macht ergreifen, die mich sprachlos macht. Onkel Erwin findet die Worte als erster wieder.

»Ich werde gleich morgen deinen Vater anrufen und ihm alles

erzählen«, meint Onkel Erwin leise. Er löst sich aus der Umarmung und nimmt noch einen Schluck Wasser. Dann öffnet er seine Aktentasche und nimmt zögernd eine dunkle Aktenmappe heraus. »Von deinem Vater weiß ich, wie sehr du dich für die Geschichte unserer Familie interessierst. Ich habe hier etwas für dich. Ich bin sicher, es ist bei dir in guten Händen. Schau es dir in Ruhe an, wenn du nach dem ganzen Rummel in dein Hotel kommst, und gib es dann auch deinem Vater. Ich habe da eine ganz verrückte Entdeckung gemacht, als ich alte Korrespondenzen und Akten geordnet habe. Es betrifft meinen Vater, also deinen Opa.« Er macht eine Pause. »Und ich bin sicher, wenn dein Großvater dich heute abend gesehen hätte, er wäre genauso stolz und glücklich gewesen. Er war ja immer besorgt, was aus dir werden würde, hat viel mehr Vertrauen in deinen älteren Bruder Joe gehabt, aber heute ... heute hättest du ihn nicht nur von dir überzeugt, sondern er wäre dein größter Bewunderer geworden.« Mit einem verschmitzten Lachen, das seinen unter der harten Schale blitzenden Humor erahnen läßt, fügt er hinzu: »Nach mir, versteht sich.«

Erwins Mappe

Drei Uhr morgens. Die Stille des Hotelzimmers schmerzt beinahe nach dem Lärm dieses Tages. Die Premiere liegt hinter mir, auch die Premierenfeier. Chaos der Eindrücke in meinem Kopf. Aufgewühlte Müdigkeit. Hoffentlich werde ich schlafen können. Im Fernsehen nur das Testbild. Ich hätte jetzt gern noch Nachrichten gehört, einen Film gesehen, irgendetwas. Auf dem Nachttisch die Mappe, die Onkel Erwin mir vorhin gegeben hat. Ich habe noch gar nicht hineingesehen, es war einfach zuviel los. Vielleicht ist jetzt der richtige Zeitpunkt dafür.

Obenauf einige Photos, von Erwin sorgfältig auf der Rückseite beschriftet: »Unser Haus in Saltsjöbaden, Schweden, 1916/17«, »Heinrich und die fünf Söhne am Strand«, jeder einzelne der Söhne in Matrosenanzügen an einen Baum gelehnt, ein Bild, das meinen Vater und seinen Bruder Werner mit einem großen Drachen zeigt, Heinrich in seinem Arbeitszimmer, auf dem Schreibtisch der »Mann mit dem Fagott«, der heute auf meinem Schreibtisch steht, Anna mit den Jungs beim Ausritt. Bilder einer versunkenen Zeit. Darunter ein Umschlag, der die Aufschrift »Lenin« trägt. Groß und entschlossen geschrieben, mit schneller Linie unterstrichen. Ich stutze. Was hat Erwin mir denn da gegeben? Bestimmt hat er irgendetwas verwechselt. Das kann ja nun wirklich nichts mit meinem Großvater zu tun haben. Verwundert öffne ich den Umschlag, finde zuerst einen handgeschriebenen Brief Erwins an mich:

Mein lieber Jürgen! Was Du hier lesen wirst, ist so unglaublich und von einer solchen Tragweite, daß ich lange Zeit hindurch Zweifel hatte, ob ich diese Unterlagen nicht einfach vernichten sollte. Doch ich habe mich mit gutem Grund entschlossen, das nicht zu tun. Du und Dein Vater sollt über dieses Kapitel in Heinrichs Leben Bescheid wissen und dann entscheiden, was zu tun ist. Vorläufig möchte ich Euch auf jeden Fall bitten, über das, was Ihr da lesen werdet, Stillschweigen zu bewahren. Wenn diese Dinge die Runde machen, könnte das unabsehbare Konsequenzen für den Zusammenhalt der Bockelmanns und eventuell auch für das politische Ansehen der Familie haben. Und das Wissen über diese Dinge könnte eventuell auch mißbraucht werden. Irgendwann wird sicher die Zeit kommen, in der man darüber offen sprechen kann. Laßt mich wissen, wie Ihr darüber denkt! Dein Onkel Erwin

Ich ziehe einen Stapel mit Dokumenten heraus, die ich nicht sofort einordnen kann, doch nach wenigen Zeilen ist an schlafen nicht mehr zu denken..

»An die Kaiserlich Deutsche Gesandtschaft, Stockholm, 5. Mai 1917...«

23. KAPITEL

Stockholm / Saltsjöbaden, 5. Mai 1917

Der Sturm

»An die Kaiserlich Deutsche Gesandtschaft zu Stockholm...«, Heinrich Bockelmann geht nervös auf und ab, sucht nach den richtigen Worten. Die schwarze Singer-Schreibmaschine mit dem goldverzierten Schriftzug rattert, steht dann wieder still. Sein Sekretär wartet auf eine Fortsetzung des Diktats.

»Euere Exzellenz, im Verfolg meines Berichtes vom 3. dieses Monats teile ich Ihnen mit, daß heute aus Petersburg... Er verbessert sich. »Nein, natürlich ›Petrograd‹, haben Sie das?«

»Ja.«

»... daß heute aus Petrograd folgende Depesche eingetroffen ist: ›Bankaktien steigend zahlet Margen‹, was nach dem vereinbarten Schlüssel bedeutet, daß die Agitation für den Frieden einen günstigen Verlauf nimmt und eine Geldüberweisung gewünscht wird.« Er hält inne, geht auf und ab. Das Klappern der Schreibmaschine gibt ihm den Rhythmus vor. Ein schönes Geräusch, wie er findet. Ein Geräusch, das etwas bewegen könnte, ein gewichtiges Geräusch, ein Geräusch, das den Stillstand, den beklemmenden, vernichtenden Stellungskrieg zwischen seiner Heimat Deutschland und seiner Heimat Rußland beenden und endlich den ersehnten Frieden herbeiführen könnte. Es könnte ein mächtiges Geräusch sein, wenn der Plan funktioniert, den Heinrich Bockelmann gerade gemeinsam mit Geschäftsfreunden aus Deutschland und Schweden, der Kaiserlich Deutschen Gesandtschaft in Stockholm, dem deutschen Reichskanzler Theobald von Bethmann-Hollweg und seinen diplomatischen und geschäftlichen Kontakten in Rußland ausarbeitet und in die Tat umsetzt. Und Heinrich Bockelmann glaubt fest daran, daß er funktionieren wird. Der Plan ist einfach zu gut, als daß er scheitern könnte.

Die Schreibmaschine schweigt. Heinrich Bockelmann denkt nach. »Bitte, lesen Sie noch einmal vor, was wir bisher haben.«

Der Sekretär liest.

»Ja, das ist gut... Geldüberweisung gewünscht wird...«, er hält inne. »Ob und in welchem Umfange eine Geldanweisung à fond perdu am Platze ist, kann ich noch nicht beurteilen.«

Heinrich Bockelmann blickt aus dem Fenster über die grüne, zerklüftete, atemberaubende Küstenlandschaft Saltsjöbadens, etwa fünfzehn Kilometer vor Stockholm in den Schären gelegen; Tausende kleiner Inseln, Reste von ehemaligen Gletschern aus der Eiszeit im Meer verteilt. Heinrich Bockelmann kann sich an dieser geheimnisvollen Landschaft nicht satt sehen. Wenn er sich später in seinem Leben jemals an Schweden erinnern wird, wird es ein Bild dieser Inseln sein, das in ihm bestehen bleibt.

Saltsjöbaden ist ein Ort, den sich die bessere Gesellschaft als besonders lebenswert ausgesucht hat. Wer es sich leisten kann, hat hier eine Villa, zumindest ein Sommerhaus, einen Zweitwohnsitz. Prachthäuser in verzauberter Landschaft, die die Erfolgsgeschichten ihrer Besitzer erzählen.

Das Meer ist aufgewühlt von den Stürmen, die hier dem Frühling zum endgültigen Durchbruch verhelfen, und wenn er über die bizarre Landschaft blickt, scheint ihm unvorstellbar, daß Europa, ja sogar die ganze Welt – mit Ausnahme einiger weniger Länder wie Schweden, in das Heinrich mit seiner Familie fliehen konnte – seit beinahe drei Jahren in einem Kriegszustand nie gekannten Ausmaßes brennt. Aber vielleicht nicht mehr lange. Es ist ein Krieg, der an Grausamkeit alles bisher Dagewesene in den Schatten stellt und die Menschheit an einen Punkt ihrer Existenz geführt hat, der unvorstellbar schien, eine Erfahrung, die in der Menschheitsgeschichte nie mehr übertroffen werden kann, dessen ist Heinrich Bockelmann sich sicher. Der Weltkrieg von 1914 wird als letzter großer Krieg in die Geschichte eingehen, daran gibt es für Heinrich Bockelmann keinen Zweifel. Wenn dieser Krieg überstanden ist, kann es nur noch Diplomatie und irgendwann vielleicht sogar eine Völkergemeinschaft geben, aber nie mehr Krieg, davon sind alle politischen Kommentatoren in den großen Blättern felsenfest überzeugt, und der Gedanke beruhigt ihn in dieser schwierigen Zeit.

Wolken jagen über den dunkelblauen Himmel, Schaumkronen auf dem Meer. Es bahnt sich eines der hier am Meer so besonders beeindruckenden Frühlingsgewitter an. Auch die Jungs sind unruhig. Immer wieder hört er sie oben im Salon toben und streiten, der Hauslehrer hat Grippe, daher gibt es heute keinen Unterricht. Es herrscht eine fiebrige Aufgeregtheit, die alle erfaßt zu haben scheint und die seine eigene Nervosität noch schürt. Paschas Stimme, die laut schimpfend viel zu spät für Ordnung sorgen will – auf Russisch, als wären sie noch in der alten Heimat. Russisch ist immer noch die vorherrschende Sprache in Heinrichs Haus. Die Kinder sprechen fast nur russisch miteinander und mit Anna und ihm, durchsetzt von wenigen französischen und deutschen Dialogen. Und Rußland ist Heinrich auch immer noch viel näher als Schweden. Heimat – das ist für ihn ein Gefühl zwischen Deutschland und Rußland, ein zerrissenes Gefühl.

Heimat, das hat für ihn auch mit Gefordertsein zu tun, mit Bindung, mit einem Einstehen für ein Land. Schweden empfindet er bis heute als eine Durchgangsstation, nicht mehr, aber auch nicht weniger. Viele Emigranten, im Krieg aufgeriebene Geschäftsleute aus Deutschland, aber auch aus anderen Ländern haben wie er hier Zuflucht gesucht. Kontakte, die er nutzen konnte, um sich nach seiner Flucht, dem Verlust der Junker-Bank und eines großen Teils seines Privatvermögens wieder in seinem Metier zu etablieren. Unter anderem verdankt er diese Entwicklung dem Vertrauen, das sein alter Freund Baron Rothschild ihm in Form eines Blankoschecks zum Zwecke des Neubeginns entgegengebracht hat. Heinrich Bockelmann hat damit ein paar gute Investitionen getätigt unter anderem in eine neue Erfindung aus Solingen, deren Wert ihm im Gegensatz zu vielen anderen Bankleuten sofort einleuchtete: rostfreier Stahl, gerade in Zeiten wie diesen für die Waffenindustrie eine wahre Revolution, aber auch in Friedenszeiten ein Gewinn für die Menschheit. Seine »gute Nase« für gewinnversprechende neue Unternehmen hat ihn noch nie getrogen – und so war es auch diesmal. Er hat einen großen Betrag aus dem Rothschild-Darlehen riskiert, hat der neuen Erfindung auf die Beine geholfen, und seine Investition hat sich schnell bezahlt gemacht. In erstaunlich kurzer Zeit hatte er dem Baron seine Leihgabe samt Zinsen zurückzahlen können.

Seither ist er wieder im Geschäft und lebt fast so, als hätte er nicht mit Kriegsbeginn beinahe die Grundlage seiner Existenz verloren. Er macht Geschäfte mit aller Welt, genießt großes Ansehen in diplomatischen, geschäftlichen und gesellschaftlichen Kreisen.

In Stockholm hat er eine prächtige und repräsentative Stadtwohnung und in Saltsjöbaden eine Villa direkt am Meer, wo er mit seiner Familie lebt. Ein Paradies auch für seine Jungs, die sich in der weitläufigen freien Natur an den zahlreichen Stränden austoben können. Er selbst hält von dieser neuen Strand- und Körperkultur nicht allzuviel, aber für die Jugend ist es sicher etwas Wunderbares. Jedenfalls scheinen sie sehr viel Spaß daran zu haben.

Manchmal macht es ihm Sorge, daß seine Söhne die russische Heimat ganz vergessen könnten. Zu präsent ist inzwischen dieses allzu leichte Leben in Schweden. Das Land ist ihm eine Spur zu sorglos, zu sauber, von wirklichen Problemen zu sehr verschont. Deutschland und Rußland, das sind Länder voller Ungereimtheiten und Turbulenzen, da begegnen sich Aggression und künstlerische Poesie. Wilde Gefühle und Emotionen erzeugen Kreativität. Genau das vermißt er hier. Die trügerische Ruhe in diesem Land, die Selbstgefälligkeit könnte seinen Söhnen eine falsche Realität des Lebens vermitteln, so fürchtet er manchmal.

Aber jetzt gilt es erst einmal, diesen wichtigen Brief zu Ende zu bringen. Es ist der zweite innerhalb von drei Tagen. Wie viele Briefe und Berichte er in dieser Sache in den letzten Monaten schon geschrieben hat, weiß er schon gar nicht mehr.

Die Stille der Schreibmaschine hat etwas Forderndes, auch wenn der Sekretär sich bemüht, Heinrich durch sein Abwarten nicht nervös zu machen. Gedankenverloren betrachtet er den »Mann mit dem Fagott«, die Statue, die auf seinem Schreibtisch steht und die so unendlich viele Erinnerungen in sich birgt. Wo wäre er heute, wenn er damals, als Einundzwanzigjähriger auf dem Bremer Weihnachtsmarkt vor sechsundzwanzig Jahren nicht diesen Klang gehört, diesen geheimnisvollen Mann getroffen hätte. Und wo, wenn er ihm nicht an jenem Schicksalstag vor zwei Jahren in Moskau begegnet wäre, als es galt, sich für oder gegen eine

Flucht zu entscheiden? Vergangenheit. Jetzt gilt es, die Gegenwart zu bewältigen.

Er denkt nach. »Absatz...« Die Schreibmaschine rattert und klingelt. »Für und wider den Frieden wird auf allen Seiten auf das schärfste agitiert, und es ist auf das lebhafteste zu bedauern, daß seitens Deutschlands bisher nichts getan wird, um den Parteien, die für den Frieden sind, beizuspringen.« Nun muß er an den wesentlichen Punkt des heutigen Briefes kommen, denn die Sache eilt.

Und dieser Punkt ist ausgerechnet mit den russischen Revolutionären verbunden. Allen voran mit einem gewissen Vladimir Iljitsch Lenin, der bis vor wenigen Wochen in Zürich im Exil gelebt hat, dort fast täglich an seinem Stammtisch im Café Odeon oder in der Konditorei Schober anzutreffen war, Interviews gegeben, diskutiert und in dieser lebendigen Kaffeehausatmosphäre auch seine aufsehenerregenden Schriften verfaßt hat. Man erzählt sich, er habe überall anschreiben lassen und seine Rechnungen dann nie bezahlt. Aber, wie dem auch sei, er ist im Moment der einzige, der einen neuen Wind in die russische Heimat bringen könnte, einen neuen Geist – und letztendlich vor allem den Frieden.

Vor wenigen Tagen ist er gemeinsam mit dreißig Gesinnungsgenossen aus dem Schweizer Exil zurück nach St. Petersburg gebracht worden – in einem verplombten Zug, bestehend aus einer Lokomotive und einem einzigen Waggon, der über Frankfurt, Berlin und Stockholm geführt wurde, also über deutsches und schwedisches Staatsgebiet. Die Aktion ist in den höchsten deutschen diplomatischen und militärischen Kreisen vorbereitet und von deutschen Wirtschaftsträgern finanziert worden. Heinrich hatte sich schon damals daran beteiligt – finanziell und organisatorisch. Es war eine mehr als komplizierte Aktion, zumal sie natürlich geheim bleiben mußte. Die Kontakte liefen über den deutschen Gesandten in Bern, Freiherr von Romberg, der in ständigem Kontakt mit Lenins engstem Vertrautem, dem schweizer Sozialdemokraten Fritz Platten stand und auch Lenins ganz klaren Wunsch an Deutschland weiterleitete, ihn irgendwie nach Rußland zu bringen. Der deutsche General Erich Ludendorff, neben Hindenburg zur Zeit der mächtigste Kriegsherr Deutschlands, hatte das Vorhaben massiv unterstützt.

Der Zug durfte die großen Städte natürlich nur spätnachts passieren. Die Gefahr von Unruhen und Demonstrationen für oder gegen Lenin und seine Anhänger wäre sonst einfach zu groß gewesen. Zu große Angst hat man letztendlich auch in Deutschland vor der unkontrollierbaren Macht eines revolutionären Agitators.

Irgendwie ging es gut, und Lenin ist in St. Petersburg von seinen Anhängern geradezu frenetisch empfangen und gefeiert worden. Daß Lenin in dieser Nacht auf dem Finnländischen Bahnhof ankommen würde, hatte sich herumgesprochen. Ausgerechnet an jenem Bahnhof, von wo aus Heinrich vor mittlerweile zwei Jahren die letzte und gefährlichste Etappe seiner Flucht angetreten hatte, versteckt in einem Güterzug, den »der Wikinger« ihm vermittelt hatte. Damals war alles gutgegangen, und Heinrich hoffte, daß dieser Finnländische Bahnhof nun auch für die »Operation Lenin« ein gutes Omen sein würde. Als der geheimnisvolle Zug den Bahnhof erreichte, war es gerade Mitternacht, und die Bahnhofshalle sowie der Vorplatz waren gefüllt mit Menschen, die rote Fahnen schwenkten. Daß so viele Menschen gekommen waren, hatte zwar sicher auch damit zu tun, daß es Freibier gab und daß gerade das in Rußland so wichtige Osterfest gefeiert wurde, das ohnehin die Massen mobilisierte, aber ein Empfang dieser Größenordnung war trotz allem etwas völlig Ungewöhnliches und auch von den deutschen Geldgebern und Organisatoren Unerwartetes. Eine Militärkapelle spielte die Marseillaise, eine Eskorte brachte ihn zu jenem Warteraum, der früher für den Zaren reserviert war. Dort hieß ihn eine Rätedelegation willkommen, dann trat er vor die Menge, und man empfing den Revolutionär wie einen Welterlöser, so hatte man Heinrich inzwischen berichtet. Es muß gespenstisch gewesen sein, und Heinrich ist manchmal gar nicht so ganz wohl in seiner Haut, wenn er an den Sturm denkt, den auch er mit dieser Aktion mit ausgelöst hat.

Lenin, der ja kaum je in seiner russischen Heimat gelebt hatte, ordnete sich nach seiner Ankunft auch keineswegs der bolschewistischen Partei und deren Programm unter, sondern stieg auf ein Wagendach und verkündete seine eigenen Vorstellungen von der kommunistischen Weltrevolution. Zum Erstaunen der Parteigenossen und zur Begeisterung der Massen. Dann ließ er sich in einem gepanzerten Wagen zum Palais der Kschessinskaja, einer ehemaligen Geliebten des Zaren bringen, das inzwischen zum Hauptquartier der Bolschewiki geworden war, um am nächsten Tag im Taurischen Palais, geschützt von einer bewaffneten Eskorte, bei einer Versammlung von Sozialdemokraten seine neue Definition der Revolution zu proklamieren. Weg von den Vorstellungen der Etablierung einer parlamentarischen Demokratie, hin zu einer »echten Macht der Räte« – und die Bewaffnung der Arbeiter und Bauern zum Zwecke der Revolution.

Was Lenin da propagiert – Sozialismus in einer sehr extremen Form –, ist natürlich für Heinrich und seine Mitstreiter undenkbar, und die Vorstellung, daß diese politische Richtung sich in seiner russischen Heimat durchsetzen könnte, bereitet ihm Alpträume, ebenso wie dessen Aussagen, die Revolution werde sich nicht auf Rußland beschränken, sondern die ganze Welt erfassen. Aber so grotesk es erscheinen mag: Lenin ist im Augenblick die einzige Hoffnung auf Frieden zwischen Rußland und Deutschland. Immer wieder hat Lenin in seinen Reden und Schriften betont, er wolle einen Frieden um jeden Preis, einen sofortigen Rückzug Rußlands aus dem Krieg, um sich auf den innenpolitischen Kampf konzentrieren zu können. Daß er diesen Kampf gewinnen könnte, hat bisher keiner der Geldgeber ernsthaft in Erwägung gezogen, aber er wird mit seinem Vorhaben für soviel Unruhe sorgen, daß Rußland sich aus dem Krieg zurückziehen muß und zwischen Deutschland und Rußland wieder Normalität einkehren könnte. Was Kropotkin damals, im Mai 1915 bei ihrem Gespräch in der Bank gesagt hatte, hatte sich bewahrheitet: Dieser Krieg war ein Krieg der Kaiser, und die Revolutionäre waren die einzige Chance auf Frieden.

Der Zar ist ja mittlerweile gestürzt, und es wurde unter großem Chaos eine provisorische Regierung gebildet mit etwas undurchschaubaren Leuten an der Spitze: dem in Dresden geborenen Georgij Fürst Jewgenjewitsch Lwow und Alexander Fjodorowitsch Kerenskij, beides unberechenbare Männer, die nie klar für oder gegen den Krieg Stellung bezogen haben und die Kriegssituation noch verschlimmern könnten. Lenin ist immerhin ein Mann von bürgerlicher Herkunft, also im Grunde einer von ihnen, das hat auch seine Geschäftsfreunde, die deutsche Gesandtschaft und letztendlich auch den deutschen Reichskanzler Theobald von Bethmann-Hollweg, an den all seine Briefe und Berichte übermittelt werden, überzeugt. Diese bürgerlichen Wurzeln in sich wird auch ein Mann wie Lenin nie ganz abschütteln können, so hoffen sie, allen radikalen Ideen zum Trotz. Und daß er persönliche Annehmlichkeiten wie die Reise in einem bequemen Zug, die Unterkunft in herrschaftlichen Palästen und dergleichen Vergünstigungen zu schätzen weiß, hat er auch im Zusammenhang mit dieser von Heinrich mit organisierten Reise nach Rußland bewiesen. Angeblich hat er im Zug sogar eine »Zwei-Klassen-Gesellschaft« etabliert: Raucher in den einen – schlechteren –, Nichtraucher in den anderen – besseren – Abteilen mit bevorzugter Benutzung der Zugtoilette für die »bessere Gesellschaft« und dergleichen mehr. Er weiß also durchaus, sich seinen persönlichen Vorteil zu verschaffen, wenn auch die Einteilung nach Raucher und Nichtraucher in Heinrichs Augen reichlich spießbürgerlich ist für einen Intellektuellen und Revolutionär. Jedenfalls schätzt Lenin offenbar für sich selbst ein gutes Leben, erkennt seine Privilegien und nutzt sie, und so jemand wird nie bis zum Letzten gehen, wenn es heißt, für seine Ideale in einer Revolution einzustehen und dabei Entbehrungen in Kauf zu nehmen. Außerdem hört man, daß Lenin ohnehin persönlich sehr feige sei, daß er also jedem Tumult aus dem Wege gehe, die Schlachten andere schlagen lasse. So ein Mann wird letztendlich nie so radikal sein, wie er es in seinen Absichtserklärungen ankündigt, um seine Anhänger zu mobilisieren. Man wird ihm also weiterhin vertrauen und das Risiko eingehen müssen. Ganz wohl ist Heinrich nicht dabei, aber es gibt keine Alternative.

Er wendet sich wieder seinem Sekretär zu und diktiert: »Der Sozialist Lenin treibt in Petrograd weiter Friedenspropaganda. Er hat seine Anhänger um sich versammelt und erregt das Volk mit seiner Gehässigkeit gegen Amerikaner, Engländer und Franzosen. In den letzten Tagen hat er eine große Demonstration vor der amerikanischen Botschaft inszeniert, bei der er eine Rede gegen den amerikanischen Kapitalismus gehalten hat, der Amerika in den Weltkrieg hineingezwungen habe, um weitere Milliarden zu verdienen. Absatz.«

Heinrich hält inne. Nachdenklich greift er nach einer in bordeauxrotem Leder gebundenen Mappe, die die Aufschrift »Dokumente« und seine Initialen »H.B.« trägt. Er hat sie heute morgen aus seinem Safe geholt und blättert in den vielen Briefen, die sich dort in der aktuellen Angelegenheit angesammelt haben: Berichte seiner Kontaktpersonen in Rußland, Durchschläge seiner eigenen Briefe, Briefe des deutschen Reichskanzlers von Bethmann-Hollweg. Schnell findet er das Gesuchte: den Brief, in dem der Reichskanzler ihn nach seiner Meinung fragt, ob und inwieweit dieser Lenin in Rußland von der Bevölkerung unterstützt werde und ob man mit finanziellen oder sonstigen Mitteln dazu beitragen könne, dessen Wirkung zu verstärken und so das angestrebte Ziel des Kriegsendes schneller herbeizuführen.

Immer wieder stockt Heinrich Bockelmann der Atem, wenn er an diese Stelle des Briefes kommt. Er hat sie schon oft gelesen, doch das Gefühl der Unruhe hat sich bei diesen Zeilen des Reichskanzlers bis heute nicht verflüchtigt. Was für eine unermeßliche Verantwortung. Worauf hat er sich da nur eingelassen? Aber auch was für eine unermeßliche Chance. Er berührt das Fagott der Bronzestatue, als könne es ihm Glück bringen. Stille im Raum, und Heinrich beginnt, dem Reichskanzler alles, was er weiß über Lenin und die Revolutionäre in Rußland zu berichten.

Er versucht, ganz bei der Sache zu bleiben, seine Einschätzung der Lage so knapp und präzise wie möglich zu formulieren und sich ganz auf diese Fakten zu konzentrieren, doch seine Gedanken schweifen immer wieder ab in beklemmende Erinnerungen an Wassilij Sergejewitsch Kropotkin, dem Verräter und Helfer in einer Person, dem Roten, dem er seine Verhaftung ebenso verdankt wie seine Freiheit. Erinnerungen an seinen Freund, Baron von Knoop, und jenen Theaterabend 1912 im Bolschoj, an dem Baron von Knoop aus Solidarität mit den aufständischen Arbeitern eine rote Armbinde trug.

Die Schreibmaschine rattert und klingelt. Selbst die oben heftig streitenden und tobenden Söhne nimmt er wie durch einen Schleier wahr. Draußen braust eine Windböe auf, dann ist es wieder fast gespenstisch ruhig.

Er kontrolliert seinen Atem, um dem Sekretär seine Nervosität nicht zu zeigen, als er schließlich zu einem Appell ansetzt, der sich mit jedem Wort steigert: »Trotz bedeutender Leute, namentlich Russen und Deutschen, deren patriotische Ansicht es ist, daß daran gearbeitet werden muß, freundschaftliche Beziehungen zwischen

Deutschland und Rußland wiederherzustellen, gibt es keine dahinzielende Organisation, die sich der Sache annimmt, gibt es in Rußland keine von Deutschland unterstützte Presse, keine Menschen, die öffentlich der Agitation der hetzerischen und verleumderischen Arbeit unserer Feinde entgegentreten.«

»... der hetzerischen und verleumderischen ...«, wiederholt der Sekretär fragend und etwas angestrengt.

»Entschuldigen Sie, ich war wohl etwas zu schnell«, erwidert Heinrich sofort und wiederholt seinen letzten Satz. »Haben Sie alles?«

»Ja, danke.«

Heinrich spürt, wie ihm der Schweiß auf der Stirn steht. Selten hat er sich für eine Sache so engagiert, selten hing soviel davon ab, und selten hatte er es mit soviel diplomatischer Unbeweglichkeit zu tun. Die Welt könnte untergehen, ehe die Politik endlich handelt.

Er geht zum Fenster, öffnet es. Einen Augenblick lang läßt er nur den Wind über sein Gesicht streichen, kann sich nicht satt sehen an den klaren Farben, dem beinahe unwirklich schönen Licht, und er möchte wenigstens für Augenblicke ganz eintauchen in diese andere Welt. Weite, Kälte, sich selbst wieder ganz spüren, die Aufgeregtheit abschütteln, das ist es, was er jetzt braucht ... Er wird einen Spaziergang machen, sobald er hier fertig ist, beschließt er.

Er wirft einen Blick auf das Blatt in der Schreibmaschine, legt dem Sekretär dabei versöhnlich die Hand auf die Schulter. Der Sekretär sieht ihn etwas verunsichert an. »Soll ich vorlesen?«

»Nein, nein, ich hab's schon, danke. Arbeit unserer Feinde entgegentreten, Absatz.«

Er ist ganz ruhig geworden, spricht langsam und leise. »Die Geldmittel, die dafür bereitzustellen sind, dürfen im Verhältnis zu den Unsummen, die der Krieg täglich verschlingt, nicht zu groß sein. Es sollte deutscherseits in diskreter Form ein kleines Komitee gebildet werden von Herren, die Rußland kennen, das diese Sache energisch und zielbewußt fördert.«

Heinrich Bockelmann wartet, bis der Sekretär den Satz zu Ende geschrieben hat und sagt dann entschlossen: »Bitte nicht die üblichen Abschlußfloskeln. Meine Unterschrift genügt.«

Der Sekretär nickt.

Heinrich öffnet die Tür. »Pascha! Alle Jungs zu mir ins Arbeitszimmer! Sofort!« Seine Stimme klingt ungeduldiger als er es eigentlich beabsichtigt hatte.

Sechs Männer und ein tanzender Drachen

Oben herrscht betretenes Schweigen. Zaghaft kommen seine fünf Söhne die Treppe herab, versuchen sich gegenseitig mit Blicken Zeichen zu geben, wer als erster spricht und was zur Verteidigung zu sagen sei.

Schließlich ergreift der vierzehnjährige Erwin zuerst das Wort: »Vater, wenn wir zu laut waren, tut es mir leid, aber ...«

Heinrich unterbricht ihn ruhig. »Es ist schon gut, Jungs, wir sind heute alle ein bißchen nervös, und deshalb machen wir sechs Männer jetzt vor dem Essen auch einen Spaziergang.«

Er macht eine kleine Pause. Die Jungs sehen sich entgeistert an. Offenbar hat er schon viel zu lange keine Spaziergänge mehr mit ihnen unternommen.

Der achtjährige Gert protestiert. »P... papa, aber es ist d... doch v... viel zu st... stürmisch draußen.« Immer noch stottert er. Ein wenig ist er das Sorgenkind unter den fünf Söhnen. Neben dem willensstarken und oft unermeßlich dominanten vierzehnjährigen Erwin, der sich, wenn Heinrich in seiner Stockholmer Wohnung ist, immer mehr als der »Herr des Hauses« versteht und seine Brüder herumzukommandieren beginnt. Erwin gönnt sich trotz seines schweren Asthmas selbst keine Schwäche und duldet sie auch nicht in seinem Umfeld.

Heinrich lächelt, streicht Gert über den Kopf. »Sechs Männer wie wir werden sich doch von so ein bißchen Wind nicht ins Bockshorn jagen lassen! Zieht euch warm an, nehmt eure festen Schuhe, und vor allem du, Erwin, nimm den warmen Mantel und den dicken Schal, mit deinem Asthma ist nicht zu spaßen.«

»Wenn ich ständig darauf Rücksicht nehme, kann ich mich gleich begraben lassen«, mault Erwin vor sich hin.

Heinrich verschlägt es von soviel Uneinsichtigkeit und Härte gegen sich selbst beinahe den Atem. »Ich respektiere deine Haltung, dich nicht verweichlichen zu wollen, aber Ignoranz und Dummheit können in diesem Fall nah beieinander liegen. Du hast eine ernstzunehmende Krankheit, und du mußt dich darauf einstellen. Also tu, was ich dir sage.«

Erwins Backen glühen vor Zorn über den Vorwurf der Dummheit, doch er sieht seinen Vater nur geradeheraus an und schweigt. Heinrich weicht dem Blick zuerst aus und ärgert sich gleichzeitig darüber.

Der dreizehnjährige Rudi berührt währenddessen gedankenverloren das Fagott der Bronzestatue, wie er selbst es vor wenigen Augenblicken getan hat.

»Können wir den Drachen steigen lassen?« fragt der vierjährige Johnny in die gespannte Stille. »Oh, ja, bitte!« stimmen die anderen begeistert ein.

Heinrich nickt. »Das ist eine gute Idee. Rudi und Werner, ihr holt gleich den kleinen Drachen, den wir letzten Sommer gebastelt haben, vom Dachboden! Für den großen ist der Wind zu stark.«

Der zehnjährige Werner nickt und rückt seine Brille zurecht. »Der, den wir in Rußland gelassen haben, der wäre jetzt genau richtig. Weißt du noch, den haben wir mit Nastasja steigen lassen. Glaubst du, wir werden sie wiedersehen? Ich hab es ihr nämlich versprochen.« Eindringlich sieht er seinen Vater an.

Heinrich schluckt schwer. »Das weiß leider niemand, mein Junge, aber wenn du an sie denkst, spürt sie das sicher, und sie weiß, daß du dein Versprechen wahrmachen möchtest.« Seine Stimme klingt heiser.

»Aber ist das nicht ungerecht, daß wir weggegangen sind und sie zurückgelassen haben?«

Heinrich sieht ihn überrascht an. »Nastasja hätte mit uns mitkommen können, aber sie wollte es nicht. Es geht ihr sicher gut.«

Werner nickt nachdenklich. »Ja, und wenn die Roten kommen, wird sowieso alles gerechter.«

Heinrich ist entgeistert. Woher hat der Junge das nur? Wieso redet er ausgerechnet jetzt, während der Brief, den er selbst in Sachen Lenin soeben diktiert hat, noch in der Schreibmaschine steckt, ausgerechnet davon, daß die Roten in Rußland an die Macht kommen werden? Er muß sich räuspern. »Darüber reden wir später, mein Sohn. Das ist kein Thema für den Augenblick.«

Er nimmt, auch um sich selbst abzulenken, seine Uhr aus der Tasche, hält sie Johnny hin. »Puste!« Mit glänzenden Augen pustet der Kleine, so fest er kann.

»Das war ja noch gar nichts! Fester!« Er zwinkert Rudi dabei zu.

Johnny pustet mit einer Ernsthaftigkeit, die Heinrich berührt. Die Taschenuhr springt auf und summt und bimmelt und klingt. »Es ist jetzt also halb elf. In fünfzehn Minuten treffen wir uns alle draußen. Pünktlich!«

Polternd laufen die Kinder nach oben. Energisch schließt Heinrich die Tür. Stille umfängt ihn. Die Schreibmaschine schweigt. Der Sekretär nimmt das letzte Blatt mit dem vertrauten Geräusch schleifender Zahnräder aus der Maschine, legt es ihm vor. Heinrich setzt sich, liest das Geschriebene noch einmal sorgfältig durch, an manchen Stellen nachdenklich innehaltend, an manchen seine beklemmende Verunsicherung bekämpfend, setzt dann mit fester Hand und sich selbst abgerungener Entschlossenheit seine Unterschrift darunter.

»Das geht heute noch mit einem Boten an Hugo Stinnes in der deutschen Gesandtschaft zur Weiterleitung an den Reichskanzler!«

»Natürlich.« Der Sekretär versiegelt den Umschlag.

»Das war dann alles. Sie können gehen.« Der Sekretär verläßt mit einer knappen Verbeugung den Raum. Heinrich hält noch einen Augenblick inne, sieht dem Mann mit dem Fagott in das geheimnisvoll lächelnde Gesicht. Wie es ihm wohl in den letzten Jahren ergangen sein mag? Vielleicht wird es ihm über seine Kontaktpersonen in Rußland möglich sein, ihn zu finden. Heinrich verdankt ihm so viel. Man müßte herausfinden, wie es ihm geht und ihm gegebenenfalls helfen, sich ein lebenswertes Leben zu schaffen. Das wird er tun, sobald die Zeiten es zulassen.

Kinderstimmen vor dem Fenster. Die Jungs warten draußen, die Wangen schon gerötet. Werner hat den rot-blauen Drachen unter den Arm geklemmt. Schnell verläßt Heinrich sein Arbeitszimmer, zieht sich warm an und tritt in die kalte, klare Luft. Wolken jagen über den tiefblauen Himmel. Das Meer rauscht und tobt. Brandung, die ans Ufer schlägt.

Rudi sucht seine Nähe, hakt sich bei ihm unter, lauscht eine Weile in den Wind und meint dann leise: »Ich könnte das stundenlang hören, den Klang des Windes und des Meeres. Das ist fast wie eine eigene Melodie. Das ist wunderbar!« Und nach einer Pause. »Mit Wera Knoop hab ich in Moskau manchmal dem Wind zugehört, und einmal hat sie sogar danach getanzt.« Er lacht etwas verlegen bei der Erinnerung daran. Und nach einer Pause ist er plötzlich wieder ganz nachdenklich und fragt ernst: »Meinst du, es geht ihr und ihrer Familie gut in München?«

Heinrich wiegt nachdenklich den Kopf.

»Die Eltern korrespondieren ja von Zeit zu Zeit mit uns, Rudjascha. Ich glaube, Wera ist sehr krank, aber ich weiß nichts Genaueres. Du kannst ihr ja ein paar Zeilen schreiben«, schlägt er vor. Sofort hellen sich Rudis Züge wieder auf. »Oh ja, das mache ich!« Heinrich fragt sich, was einmal aus diesem verträumten Kind werden wird. Ein sonderbarer Junge, ganz ohne jene Härte, die Erwin so sehr charakterisiert. Rudi wird immer seine Welt voller Ideale haben, an der er sich festhalten kann, aber Erwin wird mit seiner Durchsetzungskraft vieles im Leben einfach an sich reißen und wird damit sicher geschäftlichen Erfolg haben, aber ob das ohne die Kraft der Intuition und der Emotion möglich sein wird, auf die der Älteste sich ja offenbar niemals verlassen will? Und Rudi wird von aller Welt geliebt, aber bestimmt auch ganz furchtbar ausgenutzt werden, wenn er nicht lernt, noch etwas mehr Geschäftssinn zu entwickeln und sich nicht nur von Gefühlen leiten zu lassen.

Schnellen Schrittes gehen die Jungs voraus. Erwin als erster, wie immer. Geradeaus, wie er es ihm beigebracht hat. Keuchend und mit seinem Asthma kämpfend, aber er will als Ältester unbedingt der erste sein. Der kleine Johnny holt ihn ein, schiebt vertrauensvoll seine Hand in die des großen Bruders. Heinrich muß lächeln. Seine eigene Kindheit in Bremen scheint unendlich weit weg zu sein. Querelen und ständiger Kampf um Anerkennung von seinem älteren Bruder Wilhelm. Ein scheinbar ewiger Kreislauf des Lebens. Manchmal scheint es ihm fast unwirklich, daß er heute fünf Söhne hat und Verantwortung trägt – auch für deren Zukunft.

Was Werner da vorhin über die »Roten« und Gerechtigkeit gesagt hat, geht ihm nicht aus dem Sinn. Er ruft ihn zu sich. Werner bleibt stehen, klemmt den Drachen zwischen seine Knie, putzt sorgfältig seine angelaufene Brille.

»Ja, Vater?« fragt er ernst.

Heinrich sieht ihm nachdenklich in die Augen. »Sag mal: Was du da vorhin in meinem Arbeitszimmer gesagt hast. Über Rußland und die ›Roten‹ und Gerechtigkeit...«

»Ja?«

»Wie kommst du eigentlich darauf?«

Werner sieht seinen Vater verständnislos an. »Na, das weiß ich noch von damals. Kropotkin hat das manchmal gesagt, und Nastasja auch. Und sogar Wera und ihre Eltern.«

Rudi, der hinzugekommen ist, um den Drachen zu holen und den letzten Teil des Gesprächs mitgehört hat, nickt zustimmend. Offenbar sind da zwischen den Kindern, dem Personal und Freunden der Familie Gespräche geführt worden, von denen Heinrich nicht einmal etwas geahnt hat.

»Und inzwischen hab ich viel darüber in den Zeitungen gelesen, und ich glaube, was die Roten sagen, ist gerecht«, meint Werner mit überzeugter Stimme.

Heinrich wiegt nachdenklich den Kopf. »So einfach ist das nicht, mein Sohn. Wenn du möchtest, kann ich in den nächsten Tagen in einer ruhigen Stunde versuchen, dir das genauer zu erklären.«

Werner nickt. »Oh ja, gern! Ich möchte alles darüber erfahren, und ich möchte, daß die Menschen gerecht und glücklich und ohne Krieg miteinander leben. Können wir jetzt den Drachen steigen lassen?«

Heinrich lacht. »Natürlich, mein Junge!«

»Aber du mußt die Leine halten! Du bist der stärkste!«

»Klar!«

Sofort zerrt der Drachen heftig an der Schnur und hebt sich in einem seltsam-bizarren Tanz immer höher und höher, einer Melodie folgend, die der Wind ihm vorgibt. Und Heinrich scheint es für Augenblicke beinahe unvorstellbar, daß überall in Europa Krieg tobt und seine Gegenwart nur eine kleine Insel des Friedens inmitten einer Katastrophe sein soll, die die Welt, an die er geglaubt, in der er gelebt hat, die er seinen Söhnen vermitteln wollte, vielleicht für immer zerrissen hat.

»Papa, du mußt mehr Schnur nachgeben, dann steigt er noch viel höher«, fordert Werner begeistert und rückt seine Brille zurecht, und Heinrich ist wieder ganz zurück im Augenblick. Für diese halbe Stunde gibt es nur das Hier und Jetzt, so nimmt er sich vor und lauscht den durcheinanderwirbelnden Stimmen seiner Kinder, dem Tosen des Meeres, dem Pfeifen des Windes, der ihm manchmal, wenn er ganz genau hinhört, wie Rudi es vorhin getan hat, ganz leise vertraute Klänge mitzubringen scheint. Als würde irgendwo, in weiter Ferne, leise ein Fagott erklingen und ihm den richtigen Weg weisen.

24. KAPITEL

München, 7. und Barendorf, 12. April 1968

»Ich kenne Sie irgendwoher ...«

»Guten Tag.« Der Taxifahrer am Münchener Flughafen sieht mich mit einem Blick an, der mich erkennt und doch nicht zuordnen kann.

»Wo soll's denn hingehen?« fragt er im Tonfall der Erwartung eines angeregten Gesprächs.

»Nach Vaterstetten, Johann-Strauß-Straße 30«, antworte ich kurz und freundlich und würde mich eigentlich einfach nur im Taxi zurücklehnen und ein bißchen entspannen. Ich komme gerade aus London zurück, wo ich zur diesjährigen Eurovision eingeladen war. Eine schrecklich hektische Veranstaltung ohne große Höhepunkte. Das Siegerlied mit dem äußerst intelligenten Titel »La, la, la« wird man in wenigen Wochen vergessen haben. Das Eurovisionsfestival scheint von Jahr zu Jahr an Qualität zu verlieren.

Seit Wochen war ich nicht mehr zu Hause, kann auch jetzt nur für zwei Tage bleiben, bevor ich wieder nach Paris zu einem Auftritt im legendären »Olympia« und von dort aus nach Amsterdam muß.

»Ich kenne Sie irgendwoher«, meint der Taxifahrer, und ich weiß nicht, was ich sagen soll. So viele Jahre hatte ich jetzt schon Zeit, mich an solche Situationen zu gewöhnen, und immer noch sind sie mir unangenehm. Wenn ich jetzt meinen Namen nenne, wirkt es irgendwie aufdringlich, vielleicht sogar arrogant. Wenn ich es nicht tue, kann sich die unangenehme Situation quälend verzögern. Ich entscheide mich erst einmal für ein knappes und fragendes »Ja?« und frage ihn, anstatt eine Antwort abzuwarten, ob das Wetter hier auch die ganze Zeit hindurch so schlecht gewesen sei. In tiefstem Bayerisch schimpft der Fahrer auf das Wetter, die Kälte, eine Art späte Rückkehr des Winters mit eisglatten Straßen, Kälte, Sturm statt eines beginnenden Frühlings, und ich hoffe, daß er seine Überlegung, woher er mich kennt, darüber vergessen hat.

Er stellt das Radio an. Nachrichten über den Vietnamkrieg und die sich dagegen wendenden Jugendunruhen auf deutschen Straßen und an deutschen Universitäten. Eine neue Jugend-Massenbewegung ist im Entstehen, die »Außerparlamentarische Opposition« – kurz »APO« genannt. Man entzündet sich an den gesellschaftlichen Strukturen, die sich seit dem Ende des Zweiten Weltkrieges in Deutschland gebildet haben, an der Unbeweglichkeit der großen Koalition aus CDU/CSU und SPD unter Georg Kiesinger, aber man wendet sich auch massiv gegen die amerikanische Kriegstreiberei in Vietnam, die Selbstherrlichkeit der Amerikaner, die sich als Heilsbringer für die ganze Welt aufspielen – und dabei mit Bomben und chemischen Kampfstoffen gegen die Zivilbevölkerung vorgehen.

Mich macht das alles ratlos. Der Vietnamkrieg und die amerikanische Rolle dabei ist mir ebenso ein Greuel wie die Straßenkämpfe, die in Deutschland dagegen toben. Und mit einer Gruppierung, die jede bürgerliche Ordnung aus den Angeln zu heben versucht und sich Kommunendenken statt amerikanischer Erfolgsorientiertheit auf die Fahnen geschrieben hat, kann ich mich ohnehin nicht identifizieren.

Entnervt stellt der Taxifahrer das Radio aus. »Immer nur Vietnam und APO. Ich kann es nicht mehr hören. Chaotenpack …« Er schweigt verärgert.

Ich bin froh über die Stille.

»Aber irgendwoher kenne ich Sie«, insistiert der Taxifahrer murmelnd, als er sich wieder beruhigt hat. Ich schweige.

Die Fahrt führt am Stadtrand von München vorbei durch ländliches Gebiet, an Feldwegen und Waldrändern entlang. Seit ungefähr zehn Jahren lebe ich nun in dieser Stadt, bin immer wieder umgezogen. Von winzigen Dachkammern in den Jahren meines mühsamen Anfangs bis hin zum eigenen Haus in der Vorstadt, das ich jetzt mit Panja und den Kindern bewohne. Ein Gefühl von

»Seßhaftsein«, das in mir diffuse Assoziationen weckt: einerseits ein Ort der Ruhe und des Zuhauseseins, andererseits aber gleichzeitig spießiges Festgelegtsein, das mir irgendwie auch nicht entspricht.

Kinder lassen auf einer Wiese einen großen, bunten Drachen steigen. Sie haben Spaß am windig-kalten Wetter, und ich denke daran, daß ich eigentlich in diesen beiden Tagen, die ich zu Hause sein werde, mit meinem inzwischen vierjährigen Sohn Johnny auch einmal einen Drachen steigen lassen könnte, so, wie mein Vater das mit uns Söhnen manchmal gemacht hat, als wir Kinder waren und wie mein Großvater es mit seinen fünf Jungs immer wieder getan hat, wie mein Vater erzählt. Meine Tochter Jenny, die gerade im Januar ein Jahr alt geworden ist, ist natürlich noch viel zu klein dafür, aber zuschauen würde sie bestimmt auch gern. Ja, das mache ich. Ich werde mit Johnny einen Drachen bauen und ihn dann steigen lassen. Oder vielleicht sollte ich lieber einen von diesen Bausätzen kaufen, das entspricht dann doch eher meinem handwerklichen Talent. Vielleicht sind das Erinnerungen, die ihm bleiben werden, wenn er schon sonst nicht wirklich viel von seinem ständig abwesenden Vater hat. Und mir wird es auch Spaß machen, meine Seele dabei ein bißchen baumeln zu lassen.

Wiederauflebenlassen eigener Kindheitsmomente. Manchmal frage ich mich, ob ich dem Vatersein wirklich gewachsen bin. Ich habe keines meiner Kinder stundenlang durch schlaflose Nächte getragen, wie meine Eltern es mit mir gemacht haben, wenn ich Angst hatte und Alpträume und Ohrenschmerzen. Ich habe noch nie in meinem Leben eine Windel gewechselt. Es war für mich immer selbstverständlich, daß Panja dafür zuständig ist. Ich bin für all die kleinen Wehwehchen und großen Sorgen des Alltags nur dann zuständig, wenn ich gerade zufällig zu Hause bin. Ich nehme Anteil an ihrem Großwerden – meist aus der Ferne. Anders läßt sich mein Beruf nun einmal nicht leben. Wenn ich nach Hause komme, bin ich immer zuerst auch ein wenig ein Fremder, versuche, Momente zu schaffen, an die sie sich später erinnern, an denen sie sich festhalten können, die sie spüren lassen, daß ihr Vater sie liebt – auch wenn ich nichts für sie aufgegeben habe. Manchmal komme ich mir dabei ein wenig hilflos vor, und ich kann nur hoffen, daß meine Kinder mich irgendwann verstehen und mir verzeihen werden.

Ich gebe dem Fahrer Anweisungen, wie er mein Haus in Vaterstetten am besten erreicht. Gleich sind wir da. Nur noch zwei kleine Kurven und eine Abzweigung… Ich werde rechtzeitig zu Hause sein, um die Kinder noch vor dem Schlafengehen zu sehen, und werde endlich auch wieder einmal die Nachrichten im Fernsehen sehen können.

»Jetzt hab ich es«, ruft der Taxifahrer plötzlich triumphierend, und ich zucke ein wenig zusammen. »Sie sind doch der, der irgendwas mit ›Siebzehn‹ singt!«

Ich fühle mich ein wenig unbehaglich und doch auch ein bißchen geschmeichelt und bin vor allem froh, daß das Rätselraten jetzt ein Ende zu haben scheint.

»Stimmt«, antworte ich bemüht freundlich, und der Taxifahrer beginnt zu singen: »… Mit Siebzehn…« Die letzte Kurve; gleich werde ich aussteigen können. Das Haus kann ich schon sehen.

»Mit siebzehn fängt doch erst das Leben an, das uns noch soviel geben kann.« Er dreht sich zu mir um und strahlt mich an. »Jetzt hab ich's: Sie sind der Peter Kraus!«

Die Tagesschau

Der stürmische Wind schlägt ein Fenster zu. Der späte Winter hat Deutschland noch einmal fest im Griff. Ich hoffe, es wird morgen nicht zu stürmisch sein, um einen Drachen steigen zu lassen.

Vor mir auf dem Schreibtisch der »Mann mit dem Fagott«, bei dessen Anblick ich mich immer noch wie damals als Kind zu Hause und beschützt fühle.

Panja bringt die Kinder ins Bett, ich soll ihnen später noch einen Gutenachtkuß geben.

»Papa, darf ich nicht noch ein bißchen aufbleiben?« hatte Johnny gefragt.

»Nein, es ist schon spät.«

»Wie spät?«

Ich hatte ihn lange angesehen, dann hatte ich die Uhr aus meinem Schreibtisch geholt. Schwer und vertraut hatte sie in meiner Hand gelegen. Seit ich ein eigenes Haus habe, habe ich sie zu mir geholt. Lächelnd habe ich sie ihm hingehalten. »Puste, Junge.« Und in meiner Phantasie war ich selbst wieder ein Kind gewesen, hatte beinahe den Duft von Ottmanach in der Nase, den ganz eigentümlichen Geruch des alten Gemäuers, den ich bis heute mit Heimat verbinde, und den Duft meines Vaters nach Kölnisch Wasser. Mit leuchtenden Augen hatte Johnny mich angesehen und gepustet. »Fester, das war doch noch gar nichts!« Der Kleine hatte alle Anstrengung in sein Pusten gelegt. Wie von Zauberhand war der Deckel aufgesprungen und hatte die Zeit in satten Tönen und leisem Bimmeln und Summen hörbar gemacht. Staunend hatte Johnny dem Schauspiel gelauscht.

»Und? Wie spät ist es?« hatte ich gefragt.

Ratlos hatte Johnny mich angesehen. »Das weiß ich nicht. Ich kann doch die Uhr noch nicht lesen!«

»Zeit für kleine Jungs, um schlafenzugehen und morgen ausgeruht zu sein«, hatte ich erklärt.

Johnny hatte sich seufzend gefügt. »Aber du kommst nachher noch mal und gibst mir einen Gutenachtkuß?«

»Natürlich.«

Zeit, um mich zu entspannen.

»Du solltest deinen Onkel Werner mal zurückrufen. Er hat gestern versucht, dich zu erreichen. Und in der Post ist ein Brief von ihm... Und wenn du ihn anrufst, denk daran, er hat heute Hochzeitstag«, ruft Panja mir von oben zu. »Ich hab dir bei der Post wie immer zwei Stapel gemacht: rechts die persönlichen Briefe und links die Autogrammpost.«

»Ja, danke, ich werde es gleich durchsehen. Meine Anrufe erledige ich morgen. Zur Tagesschauzeit ruft man sowieso niemanden an, und am Hochzeitstag wollen sie sicher ihre Ruhe haben«, rufe ich zurück und werfe einen kurzen Blick auf die beinahe unbewältigbaren Poststapel auf meinem Tisch.

»Kommst du gleich noch rauf?« Johnnys Stimme.

»Ja, natürlich, mein Junge, und dann bekommst du einen ganz dicken Gutenachtkuß!«

»Das ist schön«, lacht Johnny. »Ich kann mir schon fast ganz allein die Zähne putzen!«

»Da bin ich aber stolz auf dich!«

»Duuu – Papa!«

»Ja?«

»Stimmt das, daß mein Ururgroßvater Kapitän war?«

Ich muß lächeln. »Ja, das stimmt.«

»Und der ist auf einem richtigen Boot gefahren?«

»Ja, auf einem ganz großen. Er hat viele, viele Menschen von Deutschland nach Amerika gebracht.«

»Das ist toll!« Und nach einer Pause. »Ich will auch Kapitän werden, wenn ich groß bin ... Oder Musik machen wie du. Oder Kanalarbeiter sein, das wäre auch spannend.«

Ich muß lachen. Wo er das nur wieder her hat? Nebenher der unverwechselbare Gong der Tagesschau.

»Laß mich jetzt die Nachrichten schauen, und nachher reden wir darüber. Okay?«

»Okay.«

»Hier ist das Erste Deutsche Fernsehen mit der Tagesschau.« Karl-Heinz Köpckes Stimme und das Ritual des Abends in unzähligen deutschen Haushalten. Ein Bericht über Massenunruhen in Amerika nach der Ermordung des amerikanischen Bürgerrechtlers Martin Luther King vor drei Tagen, eine Nachricht über den Papst, der diese Tat als unmenschlich und barbarisch gebrandmarkt hat, Berichte über den Vietnam-Krieg. Diverse Kurzmeldungen, die ich schon im Moment des Hörens wieder vergesse.

Gerade will ich mir eine Zigarette anzünden, als ein Bild erscheint, das mich in einen tiefen Schock versetzt. Der Bruchteil einer Sekunde zwischen Erstarrung und dem eiskalten Schauer des Begreifens: Auf dem Bildschirm ein Photo von Onkel Werner – von einem schwarzen Balken umrahmt. In einem winzigen Augenblick fühle ich mich wie aus der Gegenwart geschleudert und gleichzeitig mit ungebremster Wucht in die Wirklichkeit gerissen. Den Bruchteil einer Sekunde lang hoffe ich auf einen Irrtum, einen Fehler der Graphik, doch gleichzeitig weiß ich, daß diese Hoffnung vergebens ist.

Ich höre die Stimme Karl-Heinz Köpckes wie aus weiter Ferne, der mit der Distanziertheit des Nachrichtensprechers meldet: »Werner Bockelmann, der Präsident des Deutschen Städtetages und ehemalige Oberbürgermeister von Frankfurt am Main, ist heute mittag im 61. Lebensjahr bei einem schweren Verkehrsunfall auf der Autobahn A 81 bei Leonberg ums Leben gekommen.« Sie berichten von einem tragischen Auffahrunfall bei schlechter Sicht. Offenbar ist Onkel Werner auf dem Weg von einer Tagung auf der Insel Mainau zurück nach Bensberg bei Köln gewesen, als ein anderer Wagen in seinen am Ende eines Staus raste. Onkel Werner wurde aus dem Auto geschleudert, jede Hilfe kam zu spät.

Wie betäubt nehme ich den Bericht wahr, den sie zu seiner Würdigung zeigen. Bilder, wie er vor fünf Jahren als Oberbürgermeister von Frankfurt den amerikanischen Präsidenten John F. Kennedy im Römer empfing, eine Würdigung seines Einsatzes für die deutsch-israelische Aussöhnung und dergleichen mehr. Dann geht man routiniert zum nächsten Thema über, einem Bericht über die Broadway-Premiere der neuen Fassung des Films »2001 – Odyssee im Weltraum« von Regisseur Stanley Kubrick, gefolgt von der Meldung über die spanische Sängerin Massiel und ihren Sieg bei der Eurovision in London. Ich nehme es wie aus weiter Ferne wahr, während die Zeit stillzustehen scheint. »Der belgische Radrennfahrer Eddy Merckx hat das Straßenrennen Paris – Roubaix gewonnen...«

Langsam beginne ich, das Unfaßbare zu begreifen. Onkel Werner, mein Paten- und Lieblingsonkel, eine der wichtigsten »Vaterfiguren« unter den fünf Brüdern, ist tot. Eine bösartige Fügung des Schicksals, unvorhersehbar, nicht zu verhindern, nicht rückgängig zu machen...

Natürlich hab ich gewußt, daß ich mich irgendwann mit Todesfällen in dieser Tragweite und Nähe würde auseinandersetzen müssen – aber doch nicht *so*! Nicht so unvorbereitet und plötzlich!

Warum, um Himmels willen, muß ich es aus den Nachrichten erfahren? Weiß es mein Vater schon? Mein Vetter Andrej? Die anderen Onkel?

Alle Telefonleitungen besetzt: Ottmanach, Barendorf, Werners Familie.

Geistesabwesend blättere ich in meinem privaten Poststapel, um irgendetwas zu tun, während ich darauf warte, eine freie Leitung zu meiner Familie zu bekommen. Briefe von Freunden, Bekannten, Vorschläge von Textdichtern für mein nächstes Album, Einladungen zu gesellschaftlichen Ereignissen, Rechnungen. Ich nehme es kaum zur Kenntnis. Und dann, inmitten des Stapels ein Umschlag, der mich beinahe zurückweichen läßt. Eine Handschrift, die mir sofort vertraut ist, handgeschrieben auch der Absender: Werner Bockelmann, Bensberg. Einen Augenblick lang das Gefühl, keine Luft zu bekommen. Ein Moment lang Angst und Zögern, dann reiße ich mit zitternden Fingern den Umschlag auf.

Bensberg, 31. März 1968
Mein lieber Jürgen, in der letzten Zeit habe ich Dich sehr oft und mit großer Freude auf dem Bildschirm, aber schon viel zu lange nicht mehr von Angesicht zu Angesicht gesehen. Das sollte sich schleunigst ändern – oder kennst Du im wohlverdienten Rausch Deines Erfolges Deinen alten Patenonkel vielleicht gar nicht mehr? Seit ich nicht mehr in Amt und Würden als Frankfurter OB, sondern nur noch Präsident des Deutschen Städtetages bin, ist mein Terminplan viel lockerer geworden. (Deine Tante Rita beschwert sich übrigens schon darüber, daß ich nur noch zu Hause herumsitze; sie kann das Klicken der Patiencekarten nicht mehr hören …) Spaß beiseite: Ich muß in ein paar Tagen eine Rede bei einem Kongreß auf der Insel Mainau halten, danach feiere ich am 7. April mit Rita meinen Hochzeitstag zu Hause in Bensberg, das Osterwochenende werden wir bei Gert, Elke und Mutter in Barendorf verbringen, und im Anschluß daran möchte ich spontan ein Treffen mit meinen Söhnen und einigen meiner Neffen organisieren. Dazu würde ich Dich gern einladen! Was hältst Du davon, das Wochenende vom 18. bis 21. April mit meinen Söhnen Andrej und Thomas, Deinen beiden Brüdern und mir in meinem Ferienhaus im Allgäu zu verbringen?
Mich interessiert es auch sehr, was die nächste Generation über unsere Zeit denkt! Es wird mich auch für einen beruflichen Termin in Berlin, bei dem diese Fragen auf der Tagesordnung stehen, inspirieren. Es gibt also viel zu besprechen – und natürlich bei knisterndem Kaminfeuer das eine oder andere Glas zu leeren! Gib mir bitte rasch Bescheid.
Ich freue mich auf Dich, bis bald,
Dein Onkel Werner

»Papa, bist du traurig?« Johnny steht im viel zu großen Schlafanzug hinter mir, hält seinen Teddy im Arm und sieht mich unsicher an.

Ich nehme ihn auf meinen Schoß. »Ja, mein Junge, ich bin traurig. Aber das hat nichts mit dir zu tun.« Er nickt ernst. »Und weißt du, was wir morgen machen?«

Ich setze mein erwartungsfrohstes Lächeln auf.

Gespannt sieht er mich an. »Nein. Was denn?«

»Wir lassen morgen einen Drachen steigen.«

Der Kleine strahlt mich an. »Au ja, das ist toll! Einen richtig großen, bunten!«

»Genau.« Ich versuche, den Kloß in meinem Hals hinunterzuschlucken.

»Und den lassen wir dann ganz, ganz hoch fliegen – weit in den Himmel. Bis zum Mond und noch viel höher, so hoch es geht?«

»Ja.«

»Wer Wind sät, wird Sturm ernten«

Barendorf, 12. April 1968. Stille. Sternklarer Abend. Karfreitag. Es ist immer noch viel zu kalt für den Frühling. Ein Blumenmeer auf dem noch offenen Grab. Kerzenschein in der Dunkelheit. Kränze, Gedenkschleifen in sprach- und hilfloser Trauer. Wie soll man in fünf bis zehn Wörtern zusammenfassen, was einem ein Mensch bedeutet hat? Selbst der Grabstein steht noch nicht. Ein provisorisches Holzkreuz mit einem Namen und zwei Daten: Werner Bockelmann, 25.9. 1907 bis 7.4. 1968. Daneben das Grab seines erstgeborenen Sohnes Mischa mit bereits leicht verwittertem Stein: 7.1. 1939–19.3. 1946. Werner hat ihn um zweiundzwanzig Jahre überlebt.

Schweigend stehe ich mit meinem Vater auf dem Barendorfer Friedhof. Die Beerdigung ist längst vorbei, auch das obligatorische Essen, der Leichenschmaus in der Barendorfer Villa. Meine Verwandten sitzen noch im Salon zusammen, die Politiker sind abgereist.

Es herrschte hektische Aufgeregtheit: Gestern abend ist in Berlin auf Rudi Dutschke, einen der führenden Köpfe der »APO«, geschossen worden. Ein Attentat. Man hat den Täter festgenommen, aber ob eine Verschwörung dahintersteckt, weiß man noch nicht. Ob Rudi Dutschke überleben wird, darüber wagt niemand eine Prognose. Nun gibt es in vielen deutschen Großstädten Demonstrationen und Unruhen durch seine Anhänger. Die Situation zwischen der Staatsgewalt und den zum Kampf bereiten Sympathisanten der APO droht immer mehr zu eskalieren. Manche fürchten gar einen Bürgerkrieg. Außenminister und Vizekanzler Willy Brandt, der mit Werner Zeit seines politischen Lebens eng befreundet gewesen war, mußte in Berlin bleiben – für alle Fälle. Er hat einen Kranz geschickt, ein paar Zeilen des Beileids und Mitgefühls an seine Witwe und die Söhne.

»Weißt du, Werner hätte übernächste Woche nach Berlin fahren sollen zu einem Treffen mit Willy Brandt. Es sollte unter anderem um die neuen ›Notstandsgesetze‹ gehen, um den Umgang mit der APO und dergleichen mehr. Und man wollte besprechen, welche Rolle Werner nach der Bundestagswahl im nächsten Jahr eventuell hätte spielen können, falls die SPD gewinnt. Willy Brandt wollte ihn wohl als Minister im Kabinett. Werner hat aber anscheinend mehr Interesse daran gehabt, deutscher Botschafter in Moskau zu werden. Das wäre sein Herzenswunsch gewesen.« Mein Vater hält inne und schüttelt langsam nachdenklich den Kopf. »Es ist kalt.«

Ich nicke. »Möchtest du zurückgehen?«

»Nein, noch nicht. Ich brauche das jetzt. Bei dieser Beerdigung, bei der man so vereinnahmt wird von der ›öffentlichen Trauer‹ konnte ich nicht Abschied nehmen.« Er macht eine Pause, »Und ich glaube, ich hab es immer noch nicht begriffen. Das ›Fünf-Brüder-Treffen‹, das wir im letzten September zu Werners 60. Geburtstag gefeiert haben, wird also das letzte gewesen sein. Nun sind wir nur noch vier.«

»Möchtest du allein sein?«

»Nein. Ich bin froh, daß du hier bist.«

Ich schweige. Ich bin gerade erst aus Berlin gekommen, hatte dort Aufnahmen für eine Fernsehsendung. Zur Beerdigung habe ich es nicht geschafft, und beinahe hätte ich überhaupt nicht mehr kommen können, denn in Berlin war heute wegen des Dutschke-Attentats die Hölle los.

»Dieses Attentat … Es hat auch hier alles aufgewirbelt«, meint mein Vater nachdenklich. Ich sehe ihn abwartend an. »Es hätte beinahe einen Eklat in der Familie gegeben. Gert hat, als das Thema darauf kam, laut gesagt: ›Es wundert mich überhaupt nicht, daß auf diesen Dutschke geschossen wurde. Der ist doch selbst schuld. Wer Wind sät, wird Sturm ernten‹. Andrej und Martin, Werners ältere Söhne, die natürlich mit Dutschke und der APO sympathisieren, haben daraufhin einen fürchterlichen Streit mit Gert angefangen. Sie haben ihn bezichtigt, mit solchen ›faschistoiden Sprüchen‹ auch das Andenken Werners zu beschmutzen, der die Bewegung um Dutschke durchaus positiv gesehen habe, und so weiter und so weiter …« Er macht eine unwillige Geste. »Erwin ist natürlich Gert beigesprungen, deine Vettern und Cousinen haben sich zwischen dem einen und dem anderen Lager die Waage gehalten, und es wäre beinahe zu einem echten Bruch innerhalb der Familie gekommen. Dein Onkel Johnny und ich hatten ganz schön damit zu tun, die Wogen wieder zu glätten. Es war furchtbar!« Mein Vater seufzt. »Und das ausgerechnet an einem solchen Tag …«

Ich schüttle den Kopf. »Gerade an solchen Tagen liegen die Nerven blank, das darf man wahrscheinlich niemandem übelnehmen.« Und nach einer Pause. »Ich hätte wirklich gern gewußt, wie Werner nun wirklich zu diesen Unruhen stand. Ich weiß einfach nicht, was ich selbst davon halten soll. Eigentlich hatte er nächstes Wochenende mit seinen Söhnen und mit mir darüber diskutieren wollen, und jetzt stehen wir hier an seinem Grab …«

Ich halte inne.

»Ich glaube, Werner hatte in diesen Fragen auch noch keine klare Linie gefunden, und da gibt es wohl auch gar keine eindeutigen Antworten. Stärken diese umstrittenen ›Notstandsgesetze‹, die dem Staat in Krisenzeiten mehr Macht geben, nun die Demokratie oder schwächen sie sie? Und wer entscheidet, wann und wogegen sich die Demokratie wehren darf und soll, ohne sich selbst ad absurdum zu führen? Ich glaube, das kann niemand abschließend beurteilen, und es ist sehr, sehr wichtig, daß ein demokratischer Staat darüber eine kontroverse Diskussion führt, diese Fragen nicht auf die leichte Schulter nimmt. Aber auf einer Beerdigung hat so etwas doch nichts zu suchen, oder?«

Ich nicke. »Natürlich nicht, aber wahrscheinlich hätte Werner sich sogar ein bißchen darüber gefreut, daß man über die Fragen spricht, die auch ihn bewegt haben. Aber sicher haben vorhin alle überreagiert.«

Mein Vater nickt. »Andrej ist ein intellektueller Hitzkopf. Er erinnert mich sehr an Werner, als er ein junger Kommunist und Weltverbesserer war – zum Entsetzen der bürgerlichen Familie.«

Ich muß lächeln. »Eine bürgerliche Familie, deren Oberhaupt seinerzeit erheblich dazu beigetragen hat, daß Lenin in Rußland an die Macht kam.«

Mein Vater kann sich ein Lachen nicht verkneifen. »Also, wenn wir keine verrückte Familie sind.«

Nach einer Pause, in der er eine ohnehin gerade liegende Kranzschleife glattgestrichen hat, meint er leise: »Komm, laß uns zurückgehen. Hier fühle ich mich Werner auch nicht näher als an einem anderen Ort. Er hat so fremd ausgesehen, wie er da lag, ohne seine Brille. Ich habe ihn erst gar nicht erkannt.«

Mein Vater schluckt schwer.

Langsam gehen wir zurück, vorbei an dem Wäldchen, in dem ich mit meinen Cousins als Kinder im letzten Kriegsjahr Bunker gegraben habe, vorbei an jenem Tor, an dem die belgischen Soldaten den Kollaborateur gefoltert und erschossen haben, der Stelle, an der ich die »Tausend Panzer«, bei Kriegsende aus dem Wald habe kommen sehen, der Stelle, an der mein Vater im September 1946 plötzlich stand, anderthalb Jahre, nachdem wir ihn zuletzt gesehen hatten, und uns zurück nach Ottmanach holte. Barendorf – ein Ort, der mit unserer Familie und meiner Erinnerung untrennbar verbunden ist.

»Jetzt hat also in meiner Generation das Sterben begonnen«, meint mein Vater leise und mit bemüht ruhiger Stimme. »Die Phalanx der fünf Brüder ist auseinandergerissen, und meine Generation muß sich nun darauf vorbereiten, die Verantwortung langsam an euch Jüngere abzugeben. Ich bin 64 Jahre alt, da hebt man nicht mehr die Welt aus den Angeln. Werner hätte es noch gekonnt, wenn überhaupt einer von uns. Erwin hat Gewaltiges bewegt, aber sein Gesundheitszustand zeigt allzudeutlich seine Grenzen auf, und auch Gert ist in einer schrecklichen gesundheitlichen Verfassung. Und Johnny, der immer der schwächste war, ist jetzt noch der stärkste von uns, aber die Jahre, in denen ein Mann sonst Großes leistet, hat er in russischer Gefangenschaft zugebracht und hat all seine Kraft eingesetzt, um zu überleben. Er wird keine Bäume mehr ausreißen« Mein Vater schluckt. »Das müßt jetzt ihr Jungen übernehmen…« Er macht eine nachdenkliche Pause. »Und seltsamerweise ist es für mich auch gar nicht mehr wichtig, was *ich* vielleicht noch bewege oder nicht, das wird mir gerade an einem Tag wie heute richtig bewußt. Aber was ihr drei Jungs bewegen und auf die Beine stellen werdet, darauf freue ich mich, das berührt mich. Ob mir sonst irgendetwas in meinem Leben wirklich gelungen ist, weiß ich nicht so genau, ich denke manchmal, ich hätte mehr voranbringen müssen. Aber auf euch drei Söhne bin ich wirklich stolz.«

Ich lege meinen Arm um seine Schultern. »Noch seid ihr vier Brüder da, noch liegt die Zukunft auch in eurer Hand, und wir werden noch ein großes Stück gemeinsam gehen. Noch bist du sehr lebendig, und deine drei Brüder auch.«

Sein Blick fällt auf das provisorische Holzkreuz mit Werners Namen. »Verdammt!« Er hat Tränen in den Augen. Schweigend gehen wir die letzten Schritte.

Ich friere, ziehe den Mantel fester um meine Schultern, lausche den Geräuschen der Nacht, unserem Atem, dem Herannahen und sich wieder Entfernen eines Autos, das Richtung Lüneburg fährt, den Stimmen eines lachenden jungen Pärchens, das von irgendwoher wahrscheinlich auf dem Heimweg ist und dem Rhythmus unserer Schritte, die uns auf das Licht der Villa zuführen, einem neuen Tag entgegen. Und einer Zukunft, die keiner von uns voraussehen kann, die Schweres und Leichtes für uns alle bereithalten wird und der wir uns stellen werden, was immer sie mit uns vorhat.

25. KAPITEL

Berlin, 25. und 26. Juni 1979

Träume in Trümmern

Der Wachtturm im Todesstreifen direkt hinter der Mauer reckt sich schlank in den hellblauen Sommerhimmel über Berlin. Eine Säule aus grauem Beton im Niemandsland, einige Dutzend Meter hinter der Außenmauer und dem Stacheldrahtzaun, darauf eine Plattform. Zwei junge DDR-Grenzsoldaten mit Ferngläsern beobachten die Köthener Straße im Westteil der Stadt. Eine bizarre Grenzlandschaft, unwirklich, erschreckend, grau und für die Berliner doch irgendwie inzwischen »normal«.

Die Köthener Straße am Rande des Potsdamer Platzes ist eine Straße der typischen Berliner Art. Sie läuft schnurgerade einige hundert Meter direkt auf die Mauer zu und wird dann von ihr abgeschnitten. Hier ist nicht einmal ein Grenzübergang, nur diese Mauer, dahinter der Todesstreifen und der Wachtturm. Hier, auf dieser Straße, die ins Nichts führt, fährt selten ein Auto. Und wenn, dann wird es von den Grenzsoldaten ins Visier genommen und nicht aus den Augen gelassen, bis es irgendwo geparkt wird oder wendet und wieder verschwindet. Abwechslung im sicher öden Alltag der Beobachter.

Daß ausgerechnet hier, in dieser Köthener Straße am Rande der Mauer das Hansa-Studio liegt, in dem internationale Künstler ihre Schallplatten produzieren und in dem auch ich seit einigen Jahren meine Alben aufnehme, erscheint fast wie eine Ironie der Zeitgeschichte. Wann immer wir von unserer Studioarbeit aus dem Fenster blicken, sehen wir die Mauer, den Todesstreifen, den

Wachtturm, Soldaten. Wer hier arbeitet, kann die gewaltsame Trennung der Welt niemals vergessen. Man wird pausenlos daran erinnert und hat gelernt, das Erschrecken und Entsetzen zu verdrängen.

Ein kleines Mädchen schlägt immer wieder einen kleinen roten Ball mit einem Holzschläger gegen die Mauer, eine Art »Hinterhoftennis«. Der »Eiserne Vorhang« für die Kinder im Westen eine Selbstverständlichkeit, die man ins eigene Spiel integriert. Man hat sich in dieser trostlosen Normalität eingerichtet. Seit beinahe achtzehn Jahren steht diese menschenverachtende Trennlinie zwischen West und Ost nun bereits, das kleine Mädchen kennt es nicht anders. Es hat Berlin niemals als die pulsierende, moderne, lebendige, vereinte Stadt aus der Zeit vor dem Krieg erlebt. Es kennt den Potsdamer Platz, den die Köthener Straße nach einer Seite begrenzt und die Mauer nach der anderen, nur als Trümmerfeld: Schutthaufen und Häuserreste aus dem Zweiten Weltkrieg, ein Platz voll von Steinen, Geröll, Schmutz. Dazwischen wachsen wilde Gräser, Gänseblümchen, Moose. Als wäre der Krieg gerade erst wenige Monate und nicht bereits vierunddreißig Jahre vorbei. Anscheinend hat die Stadt noch kein Konzept, wie man mit diesem Platz am Rande der westlichen Welt umgehen soll und läßt ihn einfach brachliegen – in der Hoffnung auf bessere Zeiten. Und man vergißt, daß hier früher einmal einer der gesellschaftlich und kulturell bedeutendsten Plätze Europas war: Restaurants, Straßencafés, Theater, Kinos, Feste, Tanzveranstaltungen, Varietés. Tag und Nacht eine Lebendigkeit, die den Vergleich mit keinem Platz der Welt, keiner Stadt der Welt zu scheuen brauchte.

Wie werden meine Eltern wohl den Anblick dieses Potsdamer Platzes aufnehmen – so, wie er sich heute präsentiert? Berlin, das war für meine Eltern Zeit ihres Lebens ein Synonym für Freiheit, Jugend, Liebe, Musik, Kultur, Leben. Wann immer es möglich war, sind sie ihrem Alltag in der Lüneburger Heide entflohen und für ein Wochenende oder einige Tage nach Berlin gefahren, um das Leben und ihre junge Liebe zu genießen. Sie haben den großen Salonorchestern der zwanziger Jahre gelauscht und im »Haus Vaterland«, im »Meistersaal« oder im »Wintergarten« im heutigen Ostteil der Stadt zur Musik von Barnabas von GeČy und George Boulanger getanzt. Der »Meistersaal« im Erdgeschoß des Hauses, in dessen viertem Stock heute das Hansa-Studio beheimatet ist, wird heute vom Studio für Aufnahmen genutzt. Der Charme und die einstige Bedeutung als Bühne für alles, was in den zwanziger- und dreißiger Jahren Rang und Namen hatte läßt sich kaum noch erahnen. Und das »Haus Vaterland«, genau gegenüber des Studios, auf der anderen Straßenseite, am Rande des Potsdamer Platzes ist ohnehin nur noch ein Schutthaufen. Schwer vorstellbar, daß dort früher das Leben pulsierte.

Es war damals eine Zeit, in der alles im Chaos lag. Die Folgen des Ersten Weltkriegs zwangen Deutschland in die Knie, in Amerika herrschte die größte Wirtschaftskrise, die die Welt je gesehen hatte. Deutschland wurde von einer schwindelerregenden Rezession, von Massenarbeitslosigkeit, politischen Umstürzen und öffentlichem Chaos beherrscht, aber wann und wo auch immer es einen Anlaß zum Feiern gab, hat man gefeiert wie später niemals mehr. Man lebte im Jetzt und Hier, man tanzte, man lachte, man liebte das Leben, gerade weil die Zukunft so unvorstellbar war, weil man nur die Gegenwart hatte, die Musik und die Liebe. Das Geld, das man heute verdiente, war morgen sowieso nichts mehr wert, also gab man es aus, als gäbe es kein Morgen. Irgendwie würde es schon weitergehen, so war die Stimmung.

Meine Eltern hatten an ihr teil und waren ihr doch niemals ganz ohne Sicherheitsnetz ausgeliefert. Mein Vater machte eine landwirtschaftliche Ausbildung, und sein Vater Heinrich hatte die finanziellen Weichen rechtzeitig so gestellt, daß die Familie abgesichert war. Man würde also niemals ganz ins Bodenlose fallen. Und wenn die Welt unterging, nun, dann ging sie eben unter, dann konnte man auch nichts daran ändern, und man würde wenigstens tanzend und gemeinsam untergehen. Eine seltsame Dekadenz der Lebensfreude, die es so bisher nie wieder gab.

Berlin – schon bei der Nennung dieses Namens huscht bis heute ein Lächeln über die Gesichter meiner Eltern, und so, wie sie Berlin zuletzt im Februar 1945 erlebt haben – zerbombt, brennend, in Trümmern liegend –, so sollten sie »ihre« Stadt nicht in Erinnerung behalten, habe ich beschlossen und ihnen eine Reise hierher zu ihrer goldenen Hochzeit geschenkt. Es wird vielleicht die letzte größere Reise sein, die mein Vater in seinem Leben noch wird unternehmen können. Er ist in den letzten Jahren stark gealtert, abgemagert, von einer Herzkrankheit gezeichnet, schwach und mit seinen inzwischen 76 Jahren nicht mehr gut auf den Beinen.

Das Sterben der Vätergeneration, das 1968 mit Werners Unfall begonnen hat, hat sich schnell, heftig, beklemmend und eine unauffüllbare Leere hinterlassend fortgesetzt: Nur drei Jahre nach Werner ist Erwin 1971 im Alter von 68 Jahren an einem schweren Asthmaanfall qualvoll gestorben, und auch Gert hat 1975, mit nur 66 Jahren, seine schwere Lungenkrankheit nicht überlebt. Seither wird das Gut Barendorf von seiner zweiten Frau Elke geführt. Meine »schwarze Omi« Anna hat meinen Onkel Werner, den ersten der fünf Brüder, der starb, nur um etwas mehr als zwei Monate überlebt, ist im Juni 1968 im Alter von 85 Jahren gestorben.

Von den fünf Brüdern sind also nur noch zwei am Leben – Onkel Johnny, der jüngste, der nach den schrecklichen Erlebnissen in der Kriegsgefangenschaft gesundheitlich schwer angegriffen ist, und mein Vater Rudi, dem Alter und Krankheit deutlich anzusehen sind. Man sieht, daß die Zeit bereits nach ihm gegriffen hat.

Die Reise hierher war beschwerlich für ihn, doch seit er in Berlin ist, glänzen seine Augen wieder wie früher.

Wir sind gleich hier, in der Köthener Straße verabredet. Ich habe einen Wagen organisiert, der sie herbringen wird, möchte ihnen das Studio zeigen, mit ihnen an einem der kleinen Tische des hauseigenen »Straßencafés« mitten auf dem Bürgersteig einen Kaffee trinken und hoffe insgeheim, daß sie den Potsdamer Platz gegenüber und »ihr« Haus Vaterland am besten gar nicht mehr wiedererkennen.

Das kleine Mädchen zielt mit dem Gummiball immer wieder auf das bunte Graffito, das einen Sonnenaufgang hinter Stacheldraht zeigt. Die Sonne scheint das Zentrum zu sein, auf das sie spielt, nach dem sie ihr Geschick bewertet. Sie wird von den Wachsoldaten auf dem Turm beobachtet, doch es kümmert sie nicht.

Eine vorzeitig gealterte Frau mit lila Rock und grünem Pullover geht mit schwerem Schritt über den staubigen und holprigen Potsdamer Platz, auf einem der Trampelpfade durch eine chaotisch-bizarre Landschaft. Sie geht diesen unbefestigten Weg wohl um ihren Heimweg abzukürzen, links und rechts mit Einkaufstüten bepackt und von den Grenzern mit ihren Ferngläsern beobachtet. Sie hält auf das Haus neben dem Studio zu, erschöpft, müde von einem freudlosen Tag, an dem keine Kleinigkeit ohne Mühe war, und verschwindet in der Tür.

Es ist eine Gegend am Rande der westlichen Welt, hier leben Menschen am Rande des Erfolges, diejenigen, denen günstige Mieten wichtiger sind als repräsentatives Wohnen, eine buntgemischte Szene aus Arbeitern, Studenten, Arbeitslosen, Gastarbeitern. Hier hat niemand etwas zu verschenken. Auf der Köthener Straße gibt es nicht einmal Bettler. Das lohnt sich hier nicht. Man bettelt lieber auf dem Kurfürstendamm oder in den Straßen um die Gedächtniskirche, nicht hier.

Ich versuche, mir Berlin ungeteilt vorzustellen, und es will mir nicht so recht gelingen. Ich war zehn, als ich das einzige Mal in der noch geeinten Stadt war – damals, auf unserer Flucht nach Norddeutschland. Erinnern kann ich mich an den Einbeinigen mit dem traurigen Pferdegespann, der uns zum Haus meines Großvaters brachte, an das Flackern der brennenden Stadt, die zerstörte Gedächtniskirche, die Sirenen und natürlich den Mann mit dem Fagott, den wir damals aus Opas Villa am Grunewald geholt und gerettet haben, wenige Stunden bevor das Haus in einem neuen Bombenangriff zerstört wurde.

Bei meinen nächsten Besuchen in den fünfziger Jahren, als ich mit Anfang Zwanzig immer wieder Rundfunkaufnahmen mit Werner Müller am RIAS und mit dem Orchester William Greiff für den Sender Freies Berlin gemacht habe, war Berlin bereits geteilt und in jeder Hinsicht zwiespältig: elegant und mondän in der Gegend um den Kurfürstendamm und heruntergekommen und armselig in den Gegenden nahe der Zonengrenze.

Und dann kam die Mauer, und bei aller Trostlosigkeit, die sie verbreitet, macht sie doch auch auf eine seltsame Weise kreativ. Eine Kreativität des Trotzes, des »Jetzt erst recht«: Künstler und Intellektuelle aus aller Welt fühlen sich von dieser maroden und in ihrer politischen Brisanz einzigartigen Stadt magisch angezogen. Hier ist ständig alles im Umbruch. Permanente Veränderung. Hier kann man noch etwas bewegen.

Diese Mauer immer im Blick zu haben, täglich an sie zu stoßen, läßt die Gedanken abheben, die Ideen fliegen. Nicht grundlos leben in dieser Stadt so viele Künstler, hier, an diesem unnatürlichen »Ende der Welt«. Sie überwinden die Mauer mit Farben, Tönen,

Worten, schreiben, malen, komponieren gegen sie an, fühlen hier wie kaum irgendwo anders auf der Welt, was wichtig ist, spüren an diesem Rande der Freiheit, was es bedeutet, frei zu sein und fassen die Freiheit in Bilder, Musik und Literatur.

Berlin – eine offene Wunde der Welt – und doch die Stadt, die gerade wegen dieser bizarren Kreativität neben Wien für mich immer die beruflichen Weichen gestellt hat, auch wenn ich nie hier gelebt habe.

Seit einem Jahr lebe ich in Zürich. Die vergangenen elf Jahre waren die turbulentesten meines bisherigen Lebens. Auf unvorstellbare Höhepunkte folgten immer wieder schmerzliche Krisen. Zum ersten Mal in den frühen siebziger Jahren, als meine Popularität an einem ersten schwindelerregenden und wahrscheinlich auch unnatürlichen Höhepunkt angelangt war. Alles, was ich anfing, schien sich plötzlich in einen sicheren Erfolg zu verwandeln, ich hatte einen Höhenflug nach dem anderen, absolvierte 1970 eine Tournee mit 266 ausverkauften Konzerten, wurde gefeiert, geehrt, ausgezeichnet, wo auch immer ich auftrat. Jede Woche war ich auf irgendwelchen Titelbildern zu sehen, einmal auf vier oder fünf der wichtigsten deutschen Magazine gleichzeitig. Das war sicher zuviel des Guten.

Die Stimmung schlug plötzlich um, die Öffentlichkeit schien übersättigt zu sein. Ich war so oft in den Medien zu sehen, daß man begann, meiner überdrüssig zu werden.

Zudem hatte ich die Öffentlichkeit verwirrt, indem ich in dieser Zeit begonnen habe, neben den Liedern, wie man sie von mir kannte und erwartete, auch kritische und unkommerzielle Lieder wie »Lieb Vaterland« zu schreiben; ein Lied, das die Kälte und politische Verkrustung der späten sechziger Jahre aufgriff und thematisierte und mir Kritik von allen Seiten einbrachte. Den Rechten war ich zu links, den Linken nicht links genug und sowieso unglaubwürdig, weil ich selbst gern gut lebte und natürlich auch kein »Protestsänger« oder »Revolutionär« war oder sein wollte. Kritik im Smoking, Kritik von einem, der nach außen hin ein schillerndes Leben führte – das verstörte und machte mich angreifbar. Die Mißverständnisse häuften sich, und ich hatte mich nach allen Seiten in politischen Diskussionen in der Presse und im Fernsehen zu verteidigen.

Als ich dann 1972 auch noch mein Musical-Projekt »Helden,

Helden« nach George Bernhard Shaws Theaterstück »Arms and the Men« auf die Bühne brachte, glaubte man, nun etwas gefunden zu haben, womit man mich endgültig demontieren konnte. Als bei der Premiere im Theater an der Wien in Anwesenheit des Bundespräsidenten die Bundeshymne gespielt wurde, wie es damals bei Musiktheaterpremieren in Wien üblich war, dachten die deutschen Journalisten, es handle sich um einen Publicitygag des cleveren Managers Beierlein. Das war genau die Blöße, auf die man offenbar gewartet hatte. Die deutsche Presse machte sich darüber lustig, stempelte das Stück zum Mißerfolg ab und zitierte nur die negativen Passagen aus den Kritiken. Niemand sprach mehr davon, daß das Theater an der Wien die ganze Saison hindurch äußerst erfolgreiche ausverkaufte Vorstellungen gegeben hatte. Die negative Berichterstattung sorgte allen Publikumsreaktionen zum Trotz dafür, daß über zwanzig Theater in Deutschland, die geplant hatten, das Stück auf die Bühne zu bringen, abgesprungen sind, obwohl wir Vorverträge mit ihnen abgeschlossen hatten – darunter auch das Theater des Westens in Berlin.

Es war für mich eine Zeit voller Selbstzweifel, Überlegungen, mich zurückzuziehen, ähnlich wie früher, in den Jahren meines schleppenden Anfangs.

Meine Familie, meine Freunde und mein Manager Hans R. Beierlein bauten mich wieder auf, und ich habe mich mit der einzigen Waffe zur Wehr gesetzt, die ich zu führen verstehe. Ich schrieb neue Lieder. Es entstanden gemeinsam mit meinem neuen Textdichter Michael Kunze »Griechischer Wein« und »Ein ehrenwertes Haus«, Lieder, die das Lebensgefühl der Zeit trafen wie kaum eines der Lieder, die ich zuvor geschrieben hatte. Michael Kunze hat das auf den Punkt gebracht, wonach ich in meinen Texten schon immer gesucht hatte. Er hatte die neue Sprache, von der ich immer geträumt hatte, das kritische Bewußtsein und gleichzeitig das Gefühl für das richtige Maß an Kommerzialität, das auch meine Musik kennzeichnete. Zwei Lieder, die ins Mark der Zeit trafen, und mit einem Schlag war ich wieder an der Spitze.

Aber drei Jahre später führte ich selbst durch meine Leichtgläubigkeit und Unachtsamkeit in Gelddingen die nächste große Krise herbei. Ich wohnte in Kitzbühel, verdiente das meiste meines Geldes aber in Deutschland, kümmerte mich nicht um meine Steuerangelegenheiten, dachte, meine Finanzberater und mein Management würden das schon irgendwie für mich regeln. Bis eines Tages um 7 Uhr früh die Steuerfahndung bei mir in Kitzbühel vor der Tür stand, jede Schublade durchsuchte. Parallel wurde die Steuerbehörde in Deutschland tätig, und sowohl Österreich als auch Deutschland forderten jeweils den Steuerhöchstsatz von mir, insgesamt 126% meiner Einnahmen.

Die Presse war voll Häme. Es hieß, ich müsse ins Gefängnis, man werde mich beim nächsten Grenzübertritt verhaften und ähnliche »Wunschvorstellungen« des immer zynischer werdenden Boulevardjournalismus mehr. Auch wenn das meiste davon einfach nur Unsinn war, eines habe ich aus dem Schlamassel gelernt: Es war dringend an der Zeit, einiges an meinem Leben zu ändern und in klarere Bahnen zu bringen, denn natürlich trägt man letztendlich immer selbst die Verantwortung.

Gleichzeitig hatte die neue Jugendkultur in Deutschland begonnen, eine Art »Jugendwahn« hervorzubringen, dem meine Karriere entgegenstand. Immerhin war ich zu diesem Zeitpunkt bereits 44 Jahre alt. Schmerzlicherweise hatte ausgerechnet mein Manager Hans R. Beierlein auch in dieses Horn gestoßen, indem er immer wieder Interviews gegeben hatte, in denen er verkündete: »Bei mir wird es keinen Sänger geben, der älter als 40 Jahre ist und noch auf einer Bühne herumhüpft.« Er hat das mir persönlich gegenüber niemals ausgesprochen, aber ich wußte, es waren Botschaften, die besonders an mich gerichtet waren. Es wurde mir klar, daß ich diesem Abgesang etwas entgegenstellen mußte. Ich fühlte, daß ich noch nicht bereit war, zum »alten Eisen« zu gehören. Ich spürte, daß ich noch lange nicht am Ende meines Weges angekommen war, daß ich noch etwas zu sagen hatte. Und ich fühlte mich erst jetzt zum ersten Mal reif, beim Schreiben meiner Lieder hauptsächlich an den Konzertsaal zu denken, an das dafür erforderliche Repertoire, das in der Gesamtheit eines Programms eine ganz andere Wirkung entfaltet und anderen Gesetzen gehorchen muß als Lieder, die für die »Hitparaden« geschrieben wurden. Ich wurde mir zum ersten Mal der Tatsache bewußt, daß Erfolg in den Hitparaden und Erfolg im Konzertsaal zwei völlig verschiedene Dinge sind und daß Kommerzialität allein nicht genügt, um eine Karriere auf lange Zeit hin stabil zu halten.

Nach den vierzehn geradezu phantastisch erfolgreichen Jahren, die ich mit Hans R. Beierlein zusammengearbeitet hatte, spürte ich, daß die Zeit unausweichlich gekommen war, in der es galt, die Weichen in meinem Leben anders zu stellen. Es war ein für mich außerordentlich quälender Prozeß, aber ich mußte damit beginnen, mich zu emanzipieren, und als ich das begriffen hatte, tat ich es gründlich.

Ich habe die Trennung von Hans R. Beierlein vollzogen – und all die öffentlichen und gerichtlichen Schlammschlachten in Kauf genommen, die das mit sich brachte. Ich habe mich nach einem neuen Manager umgesehen, und ich fand ihn in Freddy Burger, einem jungen Schweizer, den ich als Konzertveranstalter meiner schweizer Konzerte als zuverlässig, besonnen, fair kennengelernt hatte. Er schien mir genau der richtige Mann zu sein, den ich brauchte: bodenständig, zuverlässig, respektvoll, bereit, den Weg, den ich für mich gewählt hatte, mit mir zu gehen und das, was ich bisher bereits erreicht hatte, auf ein solides Fundament zu stellen und weiter auszubauen.

Und mein Alter empfand er keineswegs als Makel, sondern im Gegenteil als für einen Musiker meiner Art geradezu ideal. Er machte mir von Anfang an sehr deutlich, daß er kein Manager für einen Künstler sein wolle, der nur noch an der bestmöglichen Vermarktung vergangener Hits interessiert sei, sondern daß er sich auf meine musikalische Zukunft freue.

»Ich will, daß du noch Jahrzehnte auf der Bühne stehst, und ich möchte dabeisein«, hatte er damals voller Begeisterung erklärt. »Deine besten Jahre liegen noch vor dir, du wirst es erleben. Wie ich dich einschätze, wirst du auch mit 70 noch auf der Bühne stehen!«

Die Zahl erschien mir natürlich utopisch, doch seine Zuversicht steckte mich an.

Die Trennung von Beierlein war nicht alles. Gleichzeitig organisierte ich den Umzug mit meiner Familie nach Zürich, wo es klare Steuerregelungen mit Deutschland und Österreich und damit in Zukunft Ordnung in meiner finanziellen und steuerlichen Situation gab.

Panja und ich haben im Zuge des Umzugs auch im Privatleben für klare Fronten gesorgt. Unsere Ehe war ja schon lange ein Arrangement, aber nach außen hin hatten wir sehr lange Zeit hindurch die Illusion von der »heilen Familie« aufrechterhalten. Nun entschlossen wir uns, mit diesem Spiel aufzuhören und unsere Lebensform nicht mehr zu verleugnen: Das gemietete Haus am Zürichberg wurde zwischen Panja und mir aufgeteilt. Nur die Küche und das Eßzimmer als Zentrum benutzen wir gemeinsam. Eine neue Form des »Getrennt-Zusammenlebens«, die wir seit einiger Zeit auch vor den Medien nicht mehr verbargen.

Die Öffentlichkeit nahm mir all diese Veränderungen zunächst übel. Ich galt als »Steuerflüchtling«, und ohne das geniale Management eines Hans R. Beierlein, der in seinem Business neue Maßstäbe gesetzt und amerikanische Managementmethoden wie Marktanalysen und dergleichen als erster in Deutschland eingeführt hatte, sei es wohl endgültig vorbei mit mir und meiner Karriere. Außerdem könne ich in meinem Alter kein Symbol für die Jugend mehr sein und führe durch meine freie Ehe und Frauengeschichten ein unmoralisches Leben ... Es war eine seltsame Zeit der Doppelmoral. Einerseits die vermeintlich so »freie« Jugendkultur, die man beschwor, andererseits das biedere Familienbild, dem ich nicht entsprach und nicht entsprechen wollte. Ich saß, wie so oft in meinem Leben, zwischen allen sprichwörtlichen Stühlen.

Natürlich haben mir diese Schlagzeilen, die Verurteilungen und Gerüchte zugesetzt, aber ich habe irgendwann in all dem Chaos gemerkt, daß der einzige Weg, damit umzugehen, darin lag, all die Wut, Angst und Enttäuschung zu nutzen, um das Feuer in mir wieder neu zu entfachen, und mit noch größerer Begeisterung als früher habe ich neue Lieder geschrieben. Beim Komponieren konnte ich mich am besten von all dem Ärger freimachen. Wenn ich am Klavier saß, wußte ich, wohin ich gehöre und was ich kann, und alles andere rückte in den Hintergrund. Das Ergebnis waren »Aber bitte mit Sahne«, »Mit 66 Jahren« und »Buenos Dias, Argentina«, die millionenfach verkaufte LP mit der deutschen Fußballnationalmannschaft und viele andere Lieder mehr. Sie waren die einzig richtige und sinnvolle Antwort auf die vielzitierte Lebenskrise. Wie schon bei meinem letzten Karriereeinbruch ein paar Jahre zuvor, war es also wieder meine Musik, die mich »rettete«.

Inmitten des ganzen Schlagzeilengezeters, das um mich herum herrschte, machten die neuen Lieder mich stärker denn je zuvor, und alle Nörgeleien verstummten und machten neuen Lobgesängen auf meine »Wiederauferstehung« Platz.

Und nun stehe ich in Berlin, bin 45 Jahre alt und bin dabei, ein ganz neues Album zu produzieren und werde morgen einen ganz besonderen Titel aufnehmen, ein Lied, das ganz anders ist als alle meine bisherigen Lieder. Ein Lied, das versucht, einige Grenzen, die zwischen klassischer- und Unterhaltungsmusik herrschen, zu überwinden, ein Lied, das eigentlich mehr ist als das, das mich aber jetzt, so kurz vor der Aufnahme, auch nervös macht. Es ist ein Experiment, und morgen wird sich zeigen, ob es gelingen kann. Doch ich muß versuchen, die Unruhe in mir zu zügeln, auch weil ich meinen Eltern noch nichts von diesem Projekt erzählt habe. Ich werde sie morgen damit überraschen.

Das kleine Mädchen schlägt den Ball zu hoch. Er fliegt über die Mauer. Die Wachsoldaten im Osten verfolgen irritiert seine Flugbahn, entschließen sich dann aber offensichtlich, es zu übersehen. Eigentlich müßten sie jetzt »amtshandeln«, das Flugobjekt sicherstellen und einen Rapport schreiben. Dazu haben sie sicher keine Lust, und ich kann es verstehen. Das Mädchen sieht erschrocken dem Ball hinterher, dann tritt es wütend gegen die Mauer, wirft den Schläger zu Boden und läßt sich resigniert auf den schmalen, ungepflegten Wiesenstreifen sinken, der der Mauer ein etwas freundlicheres Gesicht verleihen soll. Das Mädchen lehnt sich an die Mauer an, als sei sie irgendeine Wand, während das Taxi mit meinen Eltern in die Köthener Straße einbiegt.

Ich helfe meinem Vater beim Aussteigen. Er stützt sich auf mich, und ich spüre seinen mageren, unbeweglich gewordenen Körper, doch seine Augen leuchten. »Ach, ist das schön, hier zu sein! Dieser Kurfürstendamm und das Hotel Kempinski, das ist ja ein Traum! So etwas habe ich wirklich schon lange nicht mehr gesehen.« Er strahlt, sieht sich um. »Aber die Gegensätze sind ja einfach unfaßbar. Die Gegend hier, da meint man ja fast, man sei in einer ganz anderen Stadt, einem ganz anderen Land. Und das ist sie also – die Mauer...«

Er hält inne, fast als überlege er, ob man sich ihr nähern solle, ob man den Irrsinn besser begreife, wenn man sie berührt.

Wir setzen uns an einen der drei winzigen Tische auf der Straße vor dem kleinen, schmucklosen Café im Haus des Hansa-Studios.

»Was ist denn das eigentlich für ein Platz?« Meine Mutter umfaßt mit ihrem Blick interessiert den Potsdamer Platz gegenüber. »Hier sieht's ja aus, als sei der Krieg gerade erst seit ein paar Wochen vorbei.«

»Das ist der Potsdamer Platz«, erkläre ich.

»Der POTSDAMER PLATZ!« wiederholt meine Mutter ungläubig. Das gibt's doch gar nicht. Dann muß da ja irgendwo das Haus Vaterland gestanden haben!« Meine Eltern sehen fragend auf den Schuttplatz gegenüber, versuchen sich zu orientieren.

Mein Vater nickt nachdenklich, sucht mit seinen Augen die Gegend ab. »Wenn wir aus dem ›Meistersaal‹ kamen, sind wir immer nur schräg über die Straße gegangen und waren dort. Ja, so war's. Dann muß das da drüben ...« – er zeigt mit seinem Arm die Richtung – »dieser Schutthaufen, das muß dann ja das Haus Vaterland gewesen sein.« Er macht eine nachdenkliche Pause. »Dann liegen da drüben die Träume unserer Jugend begraben.« Mein Vater sagt es mit ruhiger Stimme und hält einige Augenblicke lang betroffen inne. »Aber die Zeit steht eben nicht still, und Träume überleben sich.«

Meine Mutter nimmt seine Hand.

»Aber wir haben unsere Erinnerungen, und die kann uns keiner nehmen. Und die Gegenwart auch nicht«, meint sie ruhig, und wie es ihre Art ist, findet sie schnell in die Realität zurück. »Also, Rudjascha, bestelle mir doch bitte einen Kaffee und ein schönes Stück Kuchen. Und ein Weinbrand wäre auch nicht schlecht!«

Die Männer auf dem Wachtturm schwenken mit langsamen Bewegungen die Gegend ab, verharren, die Ferngläser auf unseren Tisch gerichtet.

»Sag mal, Rudjascha, beobachten die uns?« Meine Mutter sieht meinen Vater irritiert an und weist auf die Soldaten auf ihrem Turm.

Mein Vater folgt ihrem Blick und zuckt mit den Schultern. »Das kann ich mir eigentlich nicht vorstellen.«

Skeptisch sieht meine Mutter immer wieder in die Richtung des Turmes, während die Kellnerin uns Kaffee, Kuchen und Weinbrand und für meinen Vater ein Glas Rotwein bringt.

Die Ferngläser der Grenzbeamten schwenken die Gegend ab, verweilen dann wieder auf uns.

»Die beobachten uns ganz eindeutig!« Sie sieht mich fragend an.

Ich versuche, ihr die schwer zu begreifende Wirklichkeit dieser Stadt zu erklären. »Das hat nichts zu bedeuten. Die beobachten immer alles hier, aber das darfst du nicht persönlich nehmen, das ist ihr Job.«

Meine Mutter schüttelt den Kopf. »Was ist das nur für eine Welt?«

Sie macht eine lange, nachdenkliche Pause und meint dann ernst: »Da wird einem so richtig bewußt, an was für einem unglaublichen Punkt der Welt wir hier sitzen. Wir sprechen von einem geeinten Europa, und was haben wir? Ein zerrissenes Deutschland, auf dessen Boden Atomwaffen aufeinander gerichtet sind. Das muß man sich einmal vorstellen!«

Sie nimmt einen Schluck von ihrem Weinbrand. Starr sind zwei Fernrohre auf uns gerichtet.

»Wißt ihr was, ich glaube, ich winke jetzt mal rüber!« erklärt meine Mutter, plötzlich entschlossen, dieser Szene irgendeinen versöhnlichen Abschluß zu geben.

»Das bringt doch nichts«, meint mein Vater kopfschüttelnd doch da hebt meine Mutter bereits ihren Arm, lächelt und winkt den Grenzsoldaten zu.

Augenblicke vergehen. Beide Ferngläser sind auf uns gerichtet. Meine Mutter winkt wieder. Nichts geschieht, nur die Ferngläser werden abgeschwenkt. Die graue Wirklichkeit der Grenze holt uns ein.

Etwas verloren die Geste meiner Mutter, mit der sie die Hand sinken läßt. »Schade, hat nicht geklappt. Die Sache mit der Verständigung von Ost- und Westdeutschen muß wohl noch etwas verschoben werden.«

»Sieht ganz so aus«, meint mein Vater mit einem nachdenklichen Nicken.

Meine Mutter seufzt, prostet uns zu und hebt ihr Glas in die Richtung des Wachtturms. »Und ich trinke trotzdem auf eine versöhnliche Zukunft – und auf schöne Tage hier in Berlin!«

»Was haben Sie denn da bloß geschrieben?«

Die Philharmonie in morgendlicher Ruhe. Zwei Reinigungsfrauen wischen die langen Gänge, das Buffet wird neu beliefert. Die Garderoben im Foyer sind nicht besetzt. Der Portier hat uns freundlich eingelassen und zwei unmittelbar nach uns gekommene Bläser der Berliner Philharmoniker begrüßt: »Haben Sie heute eine Probe?«

»Nein, eine Aufnahme.«

»Nicht einmal ein einziger Tag Pause? Sie sind doch gerade erst von einer Japan-Tournee gekommen.«

»Ja, gestern abend, und morgen geht es zu den Salzburger Festspielen. Aber was tut man nicht alles für die Musik.«

»Genau. Ich wünsche einen schönen Tag.«

Ich bin froh, daß meine Eltern dem Gespräch hinter uns keine Aufmerksamkeit geschenkt zu haben scheinen und daß mein Name im Zusammenhang mit dem Wort »Aufnahme« nicht fiel. Ich möchte mir die Überraschung nicht im letzten Moment verderben lassen. Es war schwierig genug, all die Vorbereitungen für mich zu behalten, meine Eltern von Anfang an nicht in das Projekt einzuweihen, das heute endlich realisiert werden soll. Schon als die ersten Ideen dazu entstanden, habe ich beschlossen, meine Eltern damit zu überraschen – sollten sie je Wirklichkeit werden.

So habe ich ihnen nichts von meiner neuen Komposition erzählt, die einen orchestralen Klang braucht und von meinen heimlichen Hoffnungen, irgendeinen Weg zu finden, dafür die Berliner Philharmoniker zu gewinnen. Zu abwegig erschien mir die Idee, um meinen Eltern davon zu berichten, zu unwahrscheinlich schien mir, daß sich diese Vorstellungen würden umsetzen lassen.

Aber Freddy Burger ermutigte mich: »Immer ganz oben anfangen! Fragen kostet nichts.«

Als dann Herbert von Karajan zu meiner großen Überraschung mein Konzert in der Philharmonie besuchte und mich im Anschluß daran für einen der nächsten Tage zum Tee im Hotel Savoy einlud, keimte in mir ein erster Funken Hoffnung, wenn ich auch all meinen Mut zusammennehmen mußte, um mein Vorhaben gegenüber dem wohl größten und wichtigsten Menschen in der gegenwärtigen klassischen Musikszene anzusprechen. Zum Glück erleichterte er mir den Einstieg, indem er mich freundlich nach meinen künftigen Plänen fragte.

»Nun ... Ich habe gerade ein etwas anderes Stück geschrieben, für das ich eigentlich einen großen symphonischen Klang bräuchte, und mein Traum wäre, dafür Musiker Ihres Orchesters zu gewinnen«, begann ich, mich vorzutasten.

Karajan lächelte freundlich. »Sie brauchen also vermutlich einen Teil der Streicher?«

Ich nickte. »Ja ... oder eigentlich besser ... die *ganze* Streicherbesetzung.«

Karajan: Pause, Staunen in seinem Blick.

Ich: »Und das Blech bräuchte ich eigentlich auch.«

Karajans ungläubiges Stirnrunzeln. »Wie viele?«

Ich – etwas scheu: »Nun ... eigentlich alle. Und wenn's geht auch die Holzbläser und ... genaugenommen ... auch das gesamte Schlagwerk.«

Staunendes Schweigen.

Ich, die Katze endlich aus dem Sack lassend: »Mit anderen Worten, ich habe an das gesamte Orchester, die ganzen Berliner Philharmoniker gedacht.«

Noch nie habe ich auf einem Bild das weltberühmte Gesicht Herbert von Karajans so fröhlich gesehen, dann seine amüsiert-interessierte Frage. »Was haben Sie denn da bloß geschrieben?« Und während ich noch nach einer Antwort suchte, meinte er: »Ich habe natürlich nichts dagegen, aber ich habe das nicht zu entscheiden. Die Berliner Philharmoniker sind demokratisch organisiert. Wenn das gesamte Orchester für so ein Projekt zum Einsatz kommen soll, muß der Orchestervorstand zustimmen. Ich kann Ihren Wunsch gern an ihn weiterleiten. Sie werden dann eingeladen, einem Gremium aus dem Orchester Ihre Komposition vorzustellen, und das wird dann entscheiden. Ich kann Ihnen da nur viel Glück wünschen!«

Verhaltener Optimismus und mein Entschluß, wenn das klappt, dann möchte ich meine Eltern dabeihaben, und ich möchte sie damit überraschen. Also habe ich ihnen nichts von diesem Gespräch, nichts von dieser Begegnung erzählt. Und auch nichts von meinem Termin ein paar Wochen später, bei dem ich mit Händen und Füßen agierend den Entscheidungsträgern des Orchesters nicht nur das Lied, sondern auch einzelne Instrumente und Nebenstimmen singend meine gemeinsam mit dem Arrangeur Uli Roever erstellte Partitur erklärte. Nach etwa zwanzig Minuten war ich schweißgebadet und rechnete damit, mir eine Abfuhr zu holen, ein freundliches aber bestimmtes »Das ist ja sehr ambitioniert, aber das ist leider nichts für uns«, zumal die Herren während meiner gesamten Präsentation keine einzige Miene verzogen hatten. Doch dann, als ich mich bedankte und damit begann, meine Noten zusammenzulegen, wechselten die Herren einen kurzen Blick, nickten sich zu und erklärten: »Das ist ja ein sehr attraktives Stück, das werden wir natürlich aufnehmen.«

Und nun ist es soweit. Wir sind in der leeren Philharmonie, und meine Eltern haben noch immer keine Ahnung von dem, was hier gleich stattfinden wird.

»Bist du sicher, daß wir hier richtig sind? Ich meine… hier ist doch ganz offensichtlich jetzt kein Konzert, und es ist außer uns auch niemand da.« Mein Vater sieht mich ratlos an.

»Ja, ich glaube auch, daß du dich da irgendwie geirrt hast, mein Junge. 10 Uhr vormittags an einem Dienstag, das ist schon eine seltsame Uhrzeit für ein Konzert. Das kann doch nicht stimmen.« Meine Eltern sehen sich suchend nach allen Seiten um, ob vielleicht doch noch andere Besucher kommen und wenden sich dann wieder in Richtung Tür, um den Portier zu fragen, wann das Konzert, zu dem ich sie eingeladen habe, denn nun wirklich stattfindet.

Ich halte sie zurück. »Nein, glaubt mir, das hat schon alles seine Richtigkeit.« Ich blicke in ratlose Gesichter.

»Na, wenn du *meinst*…«

Wir betreten den menschenleeren Saal. »Ihr könnt euch hinsetzen, wo ihr wollt. Die Philharmonie gehört euch allein.«

Meine Mutter sieht mich verwundert an. »Aber das gibt's doch nicht. Du hast doch wohl nicht die *Berliner Philharmonie* für uns gemietet!«

»So ähnlich«, lächle ich geheimnisvoll.

»Nun sag uns doch endlich, was hier eigentlich los ist«, insistiert mein Vater mit vor Neugierde drängendem Blick.

»Ihr werdet schon sehen«, lache ich, »laßt euch überraschen.« Und nach einer kleinen Pause: »Und ich hoffe sehr, daß es Apollo, den Helden deiner Jugend, wirklich gibt und daß diese Stunden unter seinem Schutz stehen.« Während mein Vater mich noch nachdenklich ansieht, entschuldige ich mich für eine Viertelstunde, um letzte Vorbereitungen zu treffen.

Apollos Rückkehr

An die hundert Musiker sind hinter der Bühne, in den Gängen, Probenräumen und Garderoben verteilt. Überall um mich herum der Klang Dutzender Instrumente, die Tonleitern spielen, Melodiefolgen, dann wieder verstummen, von anderen abgelöst werden. Eine Atmosphäre zwischen Angst und erwartungsvoller Vorfreude. Ich habe meinen Manager Freddy Burger gebeten, mich vor der Aufnahme ein paar Minuten allein zu lassen. Er hat sich in den Regieraum zurückgezogen, von dem aus die Aufnahme geleitet wird. Ich möchte an einem Klavier in einem der Probenräume meinen Part noch einmal durchspielen, mich konzentrieren und versuchen, den Augenblick zu begreifen.

Das, was vor mir liegt, kommt mir plötzlich so unwirklich vor. Ich muß an meinen allerersten Theaterbesuch denken, damals, in Klagenfurt, als ich beschlossen habe, daß meine Realität nicht *vor*, sondern *hinter* diesem schönen roten Samtvorhang liegt, der die Bühne von der »Welt da draußen« abgrenzt. An den langen, weiten Weg, den ich seither zurückgelegt habe, an all die Enttäuschungen und Rückschläge, die ich erlebt habe, an den leisen bitteren Beigeschmack, den meine Familie zu tragen hatte, als man begriff, daß ich meine Zukunft nicht in der klassischen Musik sehe, sondern in der Unterhaltungsbranche. Aber auch an all die wunderbaren Momente, die ich in diesen inzwischen mehr als zwanzig Jahren auf ungezählten Bühnen verbrachte, an all die Begegnungen, die mich für Augenblicke berührt haben, auch wenn ich weiterziehen mußte, an Freundschaften, die ich schloß und verlor,

Veränderungen, die ich durchlebte und durchlitt und immer als notwendigen und positiven Teil des Lebens empfand. Und ich denke auch an die Versöhnung mit meinem Onkel Erwin, damals, in Hamburg, die so unendlich wichtig für mich war. Was würde es ihm bedeuten, diese Stunden hier, in der Berliner Philharmonie, miterleben zu können, an jenem Ort, an dem die Familie mich immer so gern gesehen hätte. Was werden meine Eltern gleich denken und empfinden, wenn ich diese Bühne betrete und gemeinsam mit den Berliner Philharmonikern spiele?

Nebenan der Klang einer Oboe, die eingespielt wird. Dazu mischen sich eine Klarinette, ein Horn und ein Fagott in seltsam atonalen und doch faszinierenden Phrasen. Gleich werden sie meine Musik spielen, ein Tagtraum, den ich als Junge immer wieder hatte: meine Melodien von einem großartigen Orchester gespielt und zum Leben erweckt.

Noch zehn Minuten. Das Fagott tritt aus allen Klängen für mich ganz besonders hervor. Ich denke an meinen Großvater und seinen »Mann mit dem Fagott« und wie die Lebenswege dieser Männer sich kaum wirklich gekreuzt und doch in entscheidenden Momenten als glückliche Fügungen des Schicksals befruchtet haben. Hoffentlich wird das Fagott mir heute ebenfalls Glück bringen.

Noch fünf Minuten. Die Musiker begeben sich auf die Bühne, die Oboe gibt das A vor, die Musiker beginnen, ihre Instrumente zu stimmen. Der herrliche, unverwechselbare Klang eines sich vorbereitenden Orchesters. Streicher, Bläser, die Pauke mit ihrem dumpfen, magischen Ton. Nervös gehe ich hinter der Bühne auf und ab. Durch einen schmalen Spalt kann ich meine Eltern sehen, ganz allein in diesem riesigen, amphitheaterähnlichen menschenleeren Zuschauerraum, fast verloren irgendwo in der achten Reihe. Sie halten sich an den Händen, sehen fasziniert dem Geschehen auf der Bühne zu, ahnen vielleicht schon, was hier gleich vor sich gehen wird. Meine Hände zittern.

Der Orchestervorstand betritt das Podium, das Orchester verstummt. »Meine Herren, wie Sie wissen, steht heute eine Schallplattenaufnahme auf dem Programm. Es handelt sich um eine Komposition von Udo Jürgens, den ich hiermit herzlich begrüßen möchte.«

Ich betrete die Bühne, die Streicher klopfen mit ihren Bogen auf die Pulte oder auf den Geigenboden, um mich zu begrüßen. Ich schüttle dem Konzertmeister die Hand.

»Meine Herren, meine Dame.« Bei letzterem Wort drehe ich mich halb um und wende den Blick an meine Mutter, die einzige Frau im Raum, sehe ihren ungläubigen Blick. »Ich freue mich sehr über diese einmalige und ungewöhnliche Chance, mit diesem großartigen Orchester musizieren zu dürfen. Wie Sie wissen, werden wir ein Stück von mir aufnehmen. Es ist eine Komposition von etwa neun Minuten Dauer und trägt den Titel ›Wort‹. Die beiden Gesangspassagen dauern zusammen etwa drei Minuten, sechs Minuten bestehen aus Orchester- und Klavierparts. Neben diesen Stellen, die wir heute aufnehmen werden und meinem Klavier werden darin auch einige moderne Instrumente wie E-Gitarre und Schlagzeug zu hören sein, die wir im Vorfeld bereits aufgenommen haben. Es ist ein Versuch, die üblichen Grenzen zwischen sogenannter ernster und Unterhaltungsmusik ein wenig niedriger zu halten als es sonst üblich ist. Das Stück enthält keine großen technischen Schwierigkeiten, wie Sie ja am Notenbild sehen können, abgesehen vielleicht von einer etwas kniffligen Stelle im Mittelteil, die im ungewöhnlichen ⅞-Takt geschrieben ist. Wie Sie wissen, haben wir nur drei Stunden Zeit, also schlage ich vor, wir fangen sofort an. Ich darf Ihnen den Arrangeur des Stückes vorstellen, der heute auch dirigieren wird: Uli Roever. Ich selbst werde den Klavierpart spielen. Und die beiden Herrschaften im Publikum sind übrigens meine Eltern, die ich mit dieser heutigen Aufnahme überraschen und ihnen zur Goldenen Hochzeit das Geschenk machen wollte, ihr Lieblingsorchester hautnah zu erleben.«

Wieder klopfen die Musiker mit ihren Bögen auf die Pulte und Geigenböden. Meine Eltern halten sich fest an den Händen.

Ich wende mich wieder dem Orchester zu: »Wenn Sie bereit sind, lassen Sie uns bitte beginnen. Die ersten acht Takte bis zum Streichereinsatz sind ein Klaviersolo.«

Ich beginne zu spielen und merke nach den ersten Tönen, daß meine Hände ganz ruhig werden. Acht Takte lang nur ich und mein Klavier, acht Takte lang Zeit, um mich selbst zu finden. Dann der erste warme Streicherklang in G-Moll, der mich umfängt und mir das Gefühl gibt, in eine vollkommene Welt einzutauchen. Ich fühle mich unverwundbar und doch verletzlich wie nie. Ich schwebe.

Meine Eltern mit leuchtenden Augen auf ihren Plätzen. Schon beim ersten Durchspielen höre ich – bei allen Fehlern und Unklarheiten zwischendurch – wie das Stück zu leben beginnt und sich erfüllt.

Aus dem Regieraum konzentrierte Anweisungen über Kopfhörer. Die drei Stunden vergehen wie im Fluge, sind ausgeschöpft bis zur buchstäblich letzten Minute. Die letzten Takte. Das Orchester bäumt sich ein letztes Mal auf, blüht im G-Moll-Thema, reißt dann ab. In die Stille mein Klavier-Arpeggio auf den Tönen Fis, G, A, B, Cis und D abgelöst von einem mächtigen Paukenwirbel, dann der peitschende Schlußakkord. Gespannte Stille, dann über Kopfhörer: »Okay! Phantastisch! Vielen Dank.«

Klappernde Streicherbögen, Händeschütteln, gegenseitiger Dank. Langsam fällt die Spannung von mir ab. Freddy kommt von irgendwoher auf mich zu, umarmt mich. »Damit wirst du neue Zeichen setzen!«

Meine Eltern etwas schüchtern auf ihren Plätzen. Ich gehe auf sie zu. Mein Vater sieht mir in die Augen. »Junge, du weißt nicht, was du uns damit heute geschenkt hast. Ich habe Apollo wiedergesehen!«

26. KAPITEL

Auf See vor Liverpool, 28. Mai 1925

»God Save The King«

Ruhig gleitet die »Maxim Gorkij« durch die sternklare Nacht. Einzelne Nebelbänke werden von einer leichten Brise über die Oberfläche des Wassers getrieben und lassen die Konturen des Schiffes immer wieder minutenlang verschwimmen – beinahe einem Geisterschiff gleich, das in eine Fabelwelt abgleitet und wieder aus ihr erscheint.

Noch etwa 60 Seemeilen bis Liverpool.

Es ist die längste Reise, die das russische Handelsschiff seit langem zurückgelegt hat. Seit vor etwas mehr als einem Jahr Lenin gestorben und Stalin an die Macht gekommen ist, betreibt Rußland kaum noch internationale Geschäfte, und die Handelsschiffe, die früher die Welt bereisten, ziehen ihre Routen meist nur noch von Odessa – dem traditionellen Handelshafen des Landes – aus durch das schwarze Meer – und manchmal ein kleines Stück durch den Bosporus nach Istanbul, ins Marmarameer oder ganz selten gar noch durch die Dardanellen ins Mittelmeer, um Kyrenia auf Zypern oder Alexandria anzulaufen. Seit langen Monaten ist es das erste Mal, daß die »Maxim Gorkij« mit ihrer Fracht aus Baumwolle und Wolle, Zucker, Zement, sowie riesigen Kisten mit Krimsekt, Saratow-Senf und Kaviar den Atlantik befahren, den Sankt-Georgs-Kanal passiert und nun nach zwanzig Tagen Fahrt die Irische See erreicht hat. Seit zwei Tagen gleiten sie die englische Küste entlang, haben die Lichter und Steilküsten Cornwalls und Wales' gesehen und werden nun bald am Ziel sein.

Das Schiff macht gute Fahrt. Eigentlich ist es ein alter, schon etwas angerosteter Seelenverkäufer, aber er leistet noch gute Dienste. Bei voller Fahrt macht die Maxim Gorkij noch ihre zwölf Knoten, aber es ist besser, die Maschinen zu schonen, und so gleitet sie mit zehn Knoten vorbei an der Landzunge von Anglesey und hält in östlicher Richtung direkt auf Liverpool zu. Wenn es weiter so gut vorangeht, wird man den Hafen in etwa vier bis fünf Stunden bei Tagesanbruch erreichen.

Zwölf Passagiere sind an Bord. Russische Emigranten, Künstler, Intellektuelle, die man des Landes verwiesen hat oder die sich sonst irgendwie eine Ausreiseerlaubnis beschaffen und sich die Schiffspassage leisten konnten, verbringen eine schlaflose Nacht damit, nach ihrer neuen Heimat Ausschau zu halten und die bevorstehende Ankunft gebührend zu feiern.

Unter Deck, weit im Bauch der »Maxim Gorkij«, dort, wo man das Dröhnen und Vibrieren der Dampfmaschinen heftiger spürt als seinen eigenen Herzschlag, ist ein Mann dabei, seine wenigen Habseligkeiten zu ordnen. Das meiste wird er zurücklassen. Nur seinen kleinen braunen, etwas abgenutzten Handkoffer mit den Messingbeschlägen wird er mit sich nehmen. Sorgsam streicht er den Saum seines darin gefalteten Gehrocks glatt, wirft einen prüfenden Blick auf seinen zerknitterten Zylinder, ehe er ihn wieder zurücklegt, nimmt behutsam sein Fagott auseinander, legt es so zwischen die Kleidung, daß es so gut wie möglich von ihr geschützt wird, legt ein paar Photographien dazu und obenauf den Brief, der ihm Glück und ein neues Leben bringen soll. Es sind jene Zeilen, die ihn seit mehr als vier Jahren begleiten, seit dieser merkwürdige Kropotkin mit dem großen Muttermal auf der linken Wange sie ihm in der Moskauer Junker-Bank übergeben hat. Es sind die Zeilen dieses geheimnisvollen Heinrich Bockelmann, dessen Wege er nur zweimal im Leben gekreuzt, den er gar nur einmal gesprochen hat und der nun sein Schicksal zum Guten wenden sollte – wenn das, was in diesem Brief stand, stimmte.

Seit er diese Zeilen zum ersten Mal gelesen hatte, hatte er wieder eine Hoffnung und vielleicht so etwas wie eine Zukunft.

Und diese Zukunft und Hoffnung lagen in London. Dort stand auf der Rothschild Bank Geld für ihn bereit. Und dort hatte sein alter Onkel Pjotr schon vor vielen Jahrzehnten einen russischen

Antiquitätenladen eröffnet, in dem er hoffentlich Zuflucht und Arbeit finden wird.

Der Mann vergewissert sich, daß alles, was er mitnehmen will, eingepackt ist, dann schließt er sorgfältig die beiden Lederriemen des Koffers, schiebt ihn unter seine Hängematte, bedeckt ihn mit seinem Seesack, den er zurücklassen wird. Noch darf niemand merken, was er vorhat. Er gehört nicht zu jenen Privilegierten, die von Rußland ausgewiesen oder mit Papieren ausgestattet werden. Seit Stalin an der Macht ist, ist dieser erlesene Kreis ohnehin noch viel weiter eingeschränkt worden. Darauf zu warten würde bedeuten, sein Leben, seine einzige Chance auf Freiheit zu verschwenden, und so hat er den Plan gefaßt, auf einem Handelsschiff wie diesem anzuheuern und auf die Gelegenheit zur Flucht zu warten. Morgen wird sie nach Monaten an Bord und Jahren des Wartens endlich kommen. Er ist kein junger Mann mehr, aber doch noch nicht zu alt für einen Neubeginn. Jedenfalls ist er zu jung, um in einem unter den Roten erstarrten Rußland als Bettler lebendig begraben zu sein. Dann wäre es schon besser, richtig begraben zu sein, wenn er auf der Flucht nicht überlebt. Hauptsache, sie fangen ihn nicht lebend. Sibirien, das wäre die schlimmste aller Möglichkeiten, aber das Risiko muß er eingehen. Es scheint ihm berechenbar zu sein: Das Schiff wird nicht besonders bewacht, seine Kollegen vertrauen ihm, die Faszination des Hafens, das bunte Treiben, das dort herrschen wird, wird ein übriges tun. Wenn er Glück hat, kann es Stunden dauern, bis man sein Verschwinden überhaupt bemerkt.

Es ist seine einzige Chance, und er glaubt fest an sie.

Der Mann sieht sich noch einmal um. Dann steigt er die schmale Eisentreppe empor auf das untere Deck und wundert sich über seine festen Schritte. Innerlich ist er aufgewühlt wie selten in seinem Leben, doch sein Körper bleibt ganz ruhig. Kein Zittern, kein schweres Atmen, kein rasender Herzschlag. Nur eine merkwürdig geschärfte Aufmerksamkeit. Konzentration. Beinahe ist er sich selbst fremd in diesen Stunden. Es ist ein seltsamer Abend, eine seltsame Nacht inmitten eines seltsamen Lebens.

Die frische Seeluft läßt ihn den Mantel fester um seine Schultern ziehen. Der Tag erwacht bereits mit dem silbrigen Licht des grauenden Morgens. Vor ihm die Lichter Liverpools. Sie halten direkt darauf zu. Die See ist ruhig. Bald werden die Lotsenboote sich nähern und die Maxim Gorkij sicher in den Hafen geleiten.

Vom Deck über ihm plötzlich leise spontaner Gesang. Einige der Passagiere haben »God Save The King« angestimmt, die Hymne ihrer neuen Heimat. Der Mann kennt die Töne. Es ist auch die Melodie seiner eigenen Hoffnung. Bewegt lauscht er ihr, doch er bleibt stumm. Noch hat England ihm nichts versprochen, noch wäre es zu früh, das Land als seine neue Heimat zu begrüßen.

Vor ihm taucht die aufgehende Sonne den Horizont, die beinahe schon zu erahnende Skyline der Stadt in rotes Licht. Hier wird er die Flucht wagen. Freiheit, Sibirien oder Tod, sein Schicksal wird sich in wenigen Stunden entscheiden. Der Mann blickt lange in den aufgehenden Schein des Tages, der sein neues Leben birgt. Sein Mantel weht im Wind. Dann versinkt das Schiff wieder in einer der dahintreibenden Nebelbänke, nur das weithin tragende Horn der Maxim Gorkij ist zu hören, beinahe wie der tiefe, geheimnisvolle Ton eines fernen Fagotts.

27. KAPITEL

Zeitsprünge

Der Kieselstein – Hollywood, Santa Monica Beach, 14. November 1980

Die Klänge eines Saxophons gehen beinahe im Tosen des Meeres unter. Ein junger Mann in Shorts, T-Shirt und Baseballmütze spielt gegen die Urgewalt des Pazifiks an. Vor ihm im Sand ein Saxophonkoffer, in dem einige Münzen liegen. Mächtige Wellen rollen heran, brechen sich am Strand, laufen sanft am Ufer aus. Der junge Mann spielt »It Had To Be You«, er spielt erstaunlich gut. Sicher ein Musikstudent, denke ich mir und lege einen Dollarschein in seinen Koffer.

Der Strand ist ungewöhnlich ruhig um diese Jahreszeit. Einige Surfer sind auf der Suche nach der größten Welle, vereinzelt Spaziergänger, nur wenige Sonnenhungrige oder Badegäste. Freddy Burger, Harold Faltermeyer, einige Musikerfreunde und ich sind der Einladung eines Produzenten in sein Strandhaus gefolgt. In diesen Tagen scheinen mir hier fast alle Türen offenzustehen. Heute abend werde ich im »Hollywood Palladium« einen einstündigen Auftritt haben und dabei den »Music Award« für mein Lied »Buenos Dias, Argentina« bekommen, das hier in einer Aufnahme von Marty Robbins zum »Best Country Song of the Year« erkoren wurde, so wie auch früher schon einige meiner Lieder in englischsprachigen Versionen von großen amerikanischen Stars zu Hits gemacht worden sind – wie zum Beispiel »Walk Away«, die englischsprachige Version von »Warum nur, warum«, die Matt Monroe und Nancy Wilson aufgenommen haben, mein »Come Share The

Wine«, die englische Fassung von »Griechischer Wein«, die der große Bing Crosby gesungen hat, oder meine alten Hits »Reach For The Stars« und »Right Or Wrong«, die ich schon zu Beginn meiner Karriere geschrieben habe.

Merv Griffin, der derzeit populärste amerikanische Talkmaster hat mich in seine Sendung eingeladen, ein Privileg, auf das viele große Künstler des Landes lange warten mußten und das für einen europäischen Musiker wie mich eigentlich ganz und gar undenkbar ist und das ich dem großen Respekt verdanke, den man in Amerika den Komponisten erfolgreicher Songs entgegenbringt.

Und ich werde in den nächsten Monaten gemeinsam mit Harold Faltermeyer, dem Münchener Musiker und Arrangeur, der es in Hollywood zu dem derzeit erfolgreichsten Pop-Produzenten gebracht hat, ein Album in englischer Sprache aufnehmen.

Harold hatte ein Konzert von mir in München besucht, anschließend meinte er beim Abendessen: »Wir sollten gemeinsam etwas auf die Beine stellen: Komm nach L.A., miete dir ein Haus und komponiere dort die Songs für ein Album in englischer Sprache. Die Lieder werden sich anders anhören, wenn du sie unter der Sonne Kaliforniens geschrieben hast, und wir haben dort die besten Textdichter Amerikas an der Hand. Dann gehen wir in Hollywood in ein Studio und produzieren mit den besten Musikern der Welt. Was meinst du?«

Wenige Monate später stand das Projekt, einige Lieder sind nun bereits fertig, und der vorläufige Albumtitel »Leave A Little Love« hat alle Verantwortlichen überzeugt. Dank Harold Faltermeyers Beziehungen zu allen Großen der Branche konnten wir sogar Donna Summer dafür gewinnen, am Text eines der Lieder mitzuarbeiten, und wir werden mit der ersten Garde von Studiomusikern produzieren können.

Es ist etwas mehr als ein Ausflug in die Traumwelt meiner Jugend. Viel zu sehr bin ich mit meiner eigenen Kultur, meiner Sprache verbunden, um nun ernsthaft in Amerika Fuß fassen zu wollen, keine Sekunde mache ich mir da irgendwelche falschen Hoffnungen, aber Erfahrungen zu sammeln, einmal in einem der legendären Studios hier zu produzieren, einmal hören, wie es klingt, mich vom Sound dieses Landes inspirieren zu lassen, das ist ein Lebenstraum, den ich mir erfüllen möchte.

Mehr als zwanzig Jahre liegen zwischen meinem ersten Besuch an diesem Strand und heute, eine erschreckend lange Zeit, doch in Augenblicken wie diesem erscheint sie mir wie ein Wimpernschlag. War es nicht erst gestern, daß ich gemeinsam mit anderen jungen Menschen aus dem zusammengebrochenen Europa auf einem Auswandererschiff zum ersten Mal in das »Land unserer Träume« kam? Schliefen wir nicht erst gestern oben bei den Hollywood-Buchstaben im Freien oder in unserem gemieteten Ford Customline, weil wir uns kein Hotel leisten konnten? Stand ich nicht erst gestern vor dem Plakat von Sammy Davis jr. am »Sand's«-Hotel in Las Vegas? Habe ich nicht gestern erst den wertvollen Dollar, die Tagesration für meine Verpflegung, an einem der Automaten in einem der Casinos verspielt, in der Hoffnung, genug Geld für eine Eintrittskarte zu gewinnen? Wahrscheinlich war ich damals der einzige Spieler, dessen Traum nicht ein Millionengewinn, sondern eine einfache Stehplatzkarte für eines meiner Idole war.

Das Leben, das ich heute führe, es könnte gegensätzlicher nicht sein. Damals haben wir von einem Dollar am Tag gelebt, im Auto oder im Freien geschlafen, ich war der einzige von uns, der nicht einmal eine Luftmatratze als Unterlage hatte. Heute wohne ich in einer gemieteten Villa in Beverly Hills mit riesiger Terrasse, eigenem Pool, Konzertflügel, Personal. Es macht mir natürlich Spaß, so zu leben, ich genieße es, aber die Jahre meiner Jugend, meines Kampfes um Erfolg und immer wieder auch um das nötige Geld für mein Abendessen, meine Miete, eine neue Schallplatte von einem meiner Idole oder einen neuen Bühnenanzug, auf den ich monatelang sparen mußte, haben mir eine wohltuende innere Distanz zu meinem heutigen Leben bewahrt. Es wäre nicht das gleiche, wenn ich nicht auch die andere Seite kennengelernt hätte, wenn ich heute nicht wüßte, wie sich das Leben ohne Luxus anfühlt und wie man es als Musiker bewältigen kann. Das Amerika, das ich heute erlebe, wäre für mich nicht annähernd so reich und voll Intensität, wenn ich den Klang dieses Landes nicht in einer ganz anderen Zeit meines Lebens kennengelernt hätte, wenn dieses Land für mich nicht verbunden wäre mit Jazzclubs, in denen ich mir mit meinem Klavierspiel eine Suppe oder ein Sandwich verdient habe, mit Harlem, mit dem Konzert von Count Basie, in das wir uns heimlich geschlichen haben, mit dem Teller Spaghetti und der

Cola für 75 Cent in Little Italy, mit der wahren Freundschaft zu Junius Chambers, die ich damals erlebt habe.

Erfahrungen, die mich auf dem Boden halten und eine Gegenwart, die mich schweben läßt. Mein Leben, das immer schneller zu laufen scheint. Jahre, die vergehen, bevor ich richtig begriffen habe, daß sie begonnen haben. Erlebnisse, die oft nur noch eine lose Kette von Eindrücken bilden. Keine Zeit innezuhalten, wahrzunehmen, Augenblicke festzuhalten und mir zu eigen zu machen. Und doch immer und überall die Musik, die mich führt und meine Wege lenkt. Musik, in der ich ganz bei mir bin, mich fühle, finde und verliere, mich erkenne und verleugne, mit dem Leben spiele und die ich doch ernster nehme als irgendetwas anderes auf dieser Welt.

Musik, die mich das Unfaßbare begreifen läßt und den Kreis zwischen gestern und heute schließt. Damals, als fünfundzwanzigjähriger Bursche, die Augenblicke vor dem Plakat von Sammy Davis jr., unfähig, mir eine Eintrittskarte für sein Konzert zu leisten, und das Glücksgefühl heute, wenn ich daran denke, daß Sammy Davis jr. seit ein paar Jahren ein Lied von mir als Schlußsong jedes seiner Konzerte spielt: »If I Never Sing Another Song«. Frank Sinatra hat das Lied in den Jahren, als er selbst aus gesundheitlichen Gründen keine Schallplatten aufgenommen und keine Konzerte gegeben hat, bei meinem amerikanischen Verleger entdeckt und es an Sammy Davis jr. weitergegeben.

Was für ein Gefühl, als ich in den siebziger Jahren im Großen Saal des Deutschen Museums in München in einem Konzert von ihm saß. Im Trenchcoat kam er nach dem letzten Song noch einmal auf die Bühne zurück, der Pianist spielte die leise Einleitung, spielte *meine* Töne, und das Idol meiner Jugend wandte sich an mich im Publikum, bedankte sich für das Lied, das ihm soviel bedeute, und begann zu singen: »The audience treated him kindly, nobody shouted for more…«

Das Orchester setzte zu den großen, melancholischen Klängen an, und Sammy Davis sang das Lied mit dem berühmten brüchigen Glanz in seiner Stimme, seinem unnachahmlichen Timing, der Intensität, die mir schon als Jugendlicher regelmäßig eine Gänsehaut beschert hat. Tränen, für die ich mich ganz und gar nicht geschämt habe. Danach ein gemeinsames Abendessen und ein merkwürdiges Gefühl von Irrealität.

Wie hätte ich mich wohl gefühlt, wenn ich damals, als Dreiundzwanzigjähriger in Las Vegas einen kurzen Blick in diese Zukunft hätte werfen, wenn ich Sammy Davis mein Lied hätte singen hören können? Erinnerungen, die mein Heute prägen.

Meine Füße versinken im kühlen Sand des Strandes. Der junge Musiker spielt »I've Got You Under My Skin«, und ich muß an Rotterdam, die kleine Bar am Hafen, den Abschied von Gitta denken, meine große Liebe jener Jahre, die Nacht im Stundenhotel und ihre Bitte, ihr einen Kieselstein vom Strand mitzubringen. Sonst nichts, nur diesen gottverdammten Kieselstein. Aber typisch für mich, ich habe ihn vergessen, überwältigt von berauschenden neuen Eindrücken, überdeckt von meiner Liebesgeschichte mit Adrianne Hall aus Pittsburgh, überlagert von all der Musik, all dem Neuen, das auf mich eingeströmt ist. Lange habe ich nicht mehr an Gitta gedacht. 21 Jahre ist es nun her, seit wir uns getrennt haben – damals, in Wien, an der Ecke Kärntnerstraße/Weihburggasse – und mit dem vergessenen Kieselstein aus Amerika fing irgendwie das Ende unserer Beziehung an. Seltsam, daß ich ausgerechnet jetzt, hier, am Pazifik wieder an sie denken muß und an die innere Größe, mit der sie sich damals ohne Bitterkeit von mir getrennt hat, um mir nicht irgendwann wegen der Unerfüllbarkeit ihrer Wünsche an mich böse sein zu müssen. Wie es ihr wohl gehen mag? Wie sie jetzt wohl lebt?

Die Wellen haben sich beruhigt, die Wolken haben sich verzogen, die Sonne hat gesiegt, die Wellenreiter haben die Suche nach der höchsten Woge für heute beendet. Nachdenklich hebe ich einen Kieselstein auf, der in einer kleinen Bucht im sanften Geplätscher des Wassers liegt, und ich wundere mich, wie friedlich dieser größte aller Ozeane an seinen Küsten auch manchmal sein kann. Ich lasse den Kiesel zwischen meinen Fingern hin und her gleiten. Was wäre gewesen, wenn ich damals nicht diesen blöden Stein vergessen hätte? Wäre dann alles anders gekommen? Sicher nicht, aber es hätte vielleicht noch ein bißchen länger gedauert, es wäre eine Geste gewesen, die Gitta etwas bedeutet hätte.

»He, Udo, wollen wir ein Boot nehmen und ein bißchen herumfahren? Dabei können wir dann vielleicht auch ein wenig über die morgige Produktion sprechen.« Harold Faltermeyer reißt mich aus meinen Gedanken. »Du weißt, daß wir mittags Steve Lukather von ›Toto‹ für die Gitarrensoli im Studio haben werden und abends die gesamte Bläsersection von ›Earth, Wind and Fire‹. Das wird der absolute Wahnsinn!«

Ich brauche einen Moment, um wieder in die Gegenwart zu finden.

»Ja, gern!« Ich stecke den Kieselstein gedankenverloren in die Tasche meiner Badeshorts und versuche zu verstehen, daß dieses ferne und doch so präsente Gestern und dieses beinahe unwirkliche Heute Teil eines einzigen Lebens sind.

»Fünf Minuten vor zwölf« – Wien, 6. Oktober 1981

Der frühe Herbst verleiht der Stadt eine Melancholie, die ihren leicht verfallenen Glanz früherer Jahre spiegelt und zu ihr paßt wie keine andere Jahreszeit. Die Atmosphäre dieser Stadt trägt immer einen Hauch von Untergang und Abschied, aber auch ein Aufbegehren gegen diesen Untergang in sich, wie ein großer Sommer, der im Herbst verblüht. Dieser ehemaligen Weltmetropole entspricht für mich der frühe Herbst – nicht der Frühling mit blühenden Bäumen wie im Wienerlied oder der Hochsommer mit vor Hitze dampfenden Straßen oder der Winter, der die Stadt mit eiskaltem Regen begleitet, selten mit Eis und Schnee bedeckt. Zu Wien gehören für mich die bunten Blätter des Herbstes, das Rascheln unter den Füßen auf dem Weg durch den Stadtpark, der heftig zerrende Wind, der durch den ersten Bezirk weht, einen den Mantelkragen hochschlagen und den kommenden Winter bereits erahnen läßt, aber auch die milde Herbstsonne, die die Häuser und Paläste in goldgelbes Licht taucht, als wären sie mit dem Weichzeichner gezeichnet oder mit einem milden Filter photographiert.

Am Parkring, direkt am Stadtpark, die Wohnung meines Freundes Nici Dumba. Hier steht der Blüthner-Flügel, den ich als Gage für TV-Auftritte und Konzerte aus der DDR mitgebracht habe. An diesem Klavier habe ich bereits »Griechischer Wein« geschrieben und »Aber bitte mit Sahne«, »Nur ein Lächeln« und – mein Lied für diese Stadt – »Wien«. Dieses Instrument hat mir wirklich Glück gebracht, und das gibt mir ein Gefühl der Sicherheit und spornt mich an.

Ich kann mich nur schwer von einem meiner Klaviere trennen, wenn ich ein wichtiges Lied darauf geschrieben, wenn wir eine gemeinsame Geschichte haben. So besitze ich mittlerweile sieben Klaviere, die bei Freunden, Musikerkollegen und meiner Familie in Berlin, Kitzbühel, Zürich, Klagenfurt, am »Lamisch«, in Wien und natürlich meinem eigenen Zürcher Haus untergebracht sind und die ich von Zeit zu Zeit »besuche«.

Diesmal habe ich mich für Wien und für den Blüthner-Flügel entschieden, um hier intensiv an meiner neuen Produktion zu arbeiten, und Wien hat sich als der richtige Ort dafür erwiesen. Hier hat für mich alles angefangen, hier habe ich mit 17 meinen ersten Komponistenpreis entgegengenommen – und Johann Strauß die erste Rose dargebracht. Hier hatte ich mein erstes größeres Engagement bei Johannes Fehring im Volksgarten, hier haben die »Götter« der Musik gelebt, und die Stadt scheint immer noch ihren Geist zu atmen. Hier habe ich mit Gitta meine erste wirklich große Liebe erlebt. Nur einige Straßen weiter, in der Weihburggasse, hat sie gewohnt. Hier sind wir in scheinbar endlosen Sommern immer wieder der Wirklichkeit entflohen, in der es keine Zukunft für uns gab, bis sie uns an einem Augustabend vor mehr als zwanzig Jahren schließlich eingeholt hat. Die Stadt hält mir einen wichtigen Teil meiner eigenen Geschichte gegenwärtig. Ich werde sie nie ganz frei, nie mit den Augen der staunenden Touristen sehen können, die sie vor allem im Frühling und Sommer bevölkern.

Oktober in Wien, das ist genau die Atmosphäre, die ich jetzt brauche, um neue Lieder zu schreiben. Und die lauschigen Gastgärten der Heurigenlokale, die Straßencafés mit ihren »Schanigärten« sind jetzt, um diese Jahreszeit, nicht mehr so unwiderstehlich einladend, um mich zu verführen und mich von meiner Arbeit abzulenken. So habe ich gute Chance, am Klavier sitzenzubleiben und ihm nicht zugunsten des pulsierenden Lebens auf den Straßen zu entfliehen. Die einsame Arbeit am Klavier erfordert eine Disziplin, die mir nicht in die Wiege gelegt ist und die ich mir jeden Tag aufs neue erkämpfen muß – auch noch nach all den Jahren.

Die letzte Schallplatte, die von mir erschienen ist, war die amerikanische Produktion »Leave A Little Love«. Wie erwartet, ist sie in Deutschland nicht so ein großer Verkaufserfolg geworden wie meine deutschsprachigen Platten, dafür ist sie aber inzwischen in zwanzig Ländern erschienen, sogar in Rußland, was mir natürlich viel bedeutet. Das Album wurde von den führenden Musikjournalisten Deutschlands auf Platz 1 der »Bestenliste« und somit zum »Album des Jahres« gewählt, und mit dem Titelsong hat man mich zum World Popular Song Festival nach Tokio eingeladen, dem größten Fernsehmusikwettbewerb der Welt, der Ende Oktober mit internationaler Beteiligung stattfinden wird. Er dauert bis zum großen Finale eine ganze Woche lang und wird allabendlich live übertragen. Aber Tokio ist im Augenblick für mich noch weit weg. Im Moment gilt meine ganze Aufmerksamkeit der Arbeit am neuen Album.

Die Songs sind so gut wie fertig, nur ein paar Einleitungen und Zwischenspiele sind noch zu komponieren. Es sind sehr unterschiedliche Lieder geworden: vom stillen Liebeslied »Engel am Morgen« über das leicht anzügliche »Bleib doch bis zum Frühstück« bis hin zu engagierteren Themen wie »Ich bin dafür«, das eine kleine Antwort auf die mir sehr fremde »Ich bin dagegen«-Mentalität sein soll, die sich in Deutschland mehr und mehr breitmacht. Wahrscheinlich wird das Album »Silberstreifen« heißen.

Gerade in diesen Tagen habe ich auch endlich den Song fertiggestellt, der mir noch gefehlt hat, das ganz besondere Lied, das einem Album seinen Charakter gibt. Der Text von Michael Kunze erzählt in sehr klaren Bildern die Geschichte eines Mannes, der für einen kurzen Augenblick beim Zigarettenholen überlegt, ob er dem beklemmenden, grauen Alltag entfliehen soll: einfach weg, aufbrechen, wegfliegen, irgendwohin, vielleicht nach New York oder nach San Francisco, ein ganz anderer Mensch zu sein, ein ganz anderes Leben zu führen. Es könnte ein Lied werden, das die Sehnsüchte einer Generation spiegelt, und der Text ist von der Alltagssprache geprägt: Es ist vom Treppenhaus die Rede, von Bohnerwachs, Spießigkeit, einer Zigarettenschachtel und dergleichen mehr. Lauter Worte, die noch nie in einem deutschsprachigen Lied zu hören waren. Voll Euphorie singe ich für mich den Refrain noch einmal durch: »Ich war noch niemals in New York …«, und ich beschließe, heute abend Johann Strauß wieder einmal eine Rose darzubringen, als das Telefon mich unterbricht.

Etwas unwillig nehme ich ab, noch ganz auf mein neues Lied konzentriert, doch sofort bin ich ganz präsent. Es ist die Stimme meiner vierzehnjährigen Tochter Jenny, die ungewöhnlich aufgewühlt klingt: »Papa, ich *muß* einfach mit dir sprechen. Hast du gerade die Nachrichten gesehen?«

Sie kämpft offenbar mit den Tränen, spricht aufgeregt weiter, ohne meine Antwort abzuwarten.

»Die haben gerade gezeigt, wie dieser herrliche Wald um den Flughafen in Frankfurt wegen der ›Startbahn West‹ von riesigen Baggern gerodet wird! Die Polizisten gehen mit Knüppeln auf die Menschen los, die dort seit Wochen leben und die Natur beschützen wollen und räumen das Gelände! Und du hast doch immer erzählt, wie wichtig es Onkel Werner damals als Oberbürgermeister war, den Wald um Frankfurt herum zu erhalten. Ein Wald, das ist doch *Leben*! Und ich weiß doch auch, wie mein Opa seinen Wald in Kärnten liebt und hegt und pflegt und wie er uns immer erklärt hat, was der Wald für die Natur, die Menschen, für den *Frieden* bedeutet…«

Ihre Stimme zittert vor Erregung, Angst und Hoffnung.

Ich versuche hilflos, sie zu beruhigen. »Jenny, ich verstehe deine Gefühle so gut, aber ich kann mir nicht vorstellen, daß einfach ein Wald abgeholzt wird, ohne daß das durchdacht wäre. Ich habe irgendwo gelesen, daß man in Deutschland für jeden abgeholzten Baum woanders einen neuen pflanzen muß, und wenn das stimmt, wäre das doch wenigstens ein kleiner Trost, oder?«

Jenny antwortet nicht.

»Wir werden uns erkundigen, das verspreche ich dir, und ich bin ja bald zu Hause, dann sprechen wir über alles in Ruhe, okay?«

»Ja, das ist gut.« Sie klingt schon ein wenig zuversichtlicher. »Meinst du, ich soll Opi am Lamisch anrufen und mit ihm darüber sprechen?«

»Das ist eine gute Idee.«

Ich kann Jennys ungeklärte Fragen in ihrem Schweigen, bevor sie auflegt, förmlich hören und weiß genau, daß meine Worte sie nicht wirklich beruhigen konnten – und mich selbst auch nicht.

Ich muß an meine Kindheit denken, an die vielen Stunden, die ich mit meinem Vater im Wald verbracht habe, an die Bäume, die er für jeden von uns drei Söhnen gepflanzt hat. Unbeschwerte

Stunden, in denen ich mit meinem Vater und Joe einen Weihnachtsbaum gesucht habe und er uns angehalten hat, leise zu sein, um den Weihnachtsmann nicht zu stören. Hinter jedem Baum, beim Knacken jeden Astes flüsterte er: »Ich glaube, ich hab gerade den Zipfel seines roten Mantels gesehen!« – oder – »Jetzt habe ich ihn atmen gehört!«

Die langen Spaziergänge, bei denen mein Vater mit uns über wichtige Fragen des Lebens gesprochen und uns die Natur nähergebracht hat. Ein Reichtum, der mir als Kind immer unerschöpflich erschien und der nun mehr und mehr der modernen Lebensweise zum Opfer zu fallen scheint. Werden meine Enkelkinder irgendwann noch die Erfahrung machen können, in den unendlichen Wäldern zu spielen, sich unter den Baumkronen geborgen aber auch demütig zu fühlen? Mehr und mehr beschleicht mich jene Angst und Beklemmung, die ich Jenny zu nehmen suchte.

Im Fernsehen die Bilder, von denen sie mir erzählt hat. Drastisch, gewaltvoll, ohne jede Schönfärbung.

Gerne würde ich jetzt mit meinem Onkel Werner darüber sprechen. Ich weiß, daß er den Schutz des Waldes um Frankfurt und den Erhalt als Naturschutz- und Naherholungsgebiet für die Großstadtbevölkerung immer als eines der wichtigsten politischen Ziele angesehen hat, aber das ist viele Jahre her. Wie würde er wohl heute darüber denken? Wie würde er als Politiker handeln? Und was würde er einem seiner Kinder sagen, wenn es ihn in solch einer echten Verzweiflung anrufen würde, wie es eben meine Tochter Jenny getan hat? Ich spüre auch die Ohnmacht des Erwachsenseins, das Vertrauen meiner Kinder, dem ich irgendwie gerecht werden möchte und die ich doch enttäuschen muß, weil es eben bittere Dinge gibt, die auch wir Erwachsenen – selbst in einer Demokratie – nicht verändern können. Eine entmutigende Erfahrung.

Beim Anblick eines Polizisten, der mit dem Knüppel auf einen Demonstranten einschlägt, bin ich versucht abzuschalten, weil ich die Bilder nicht mehr ertragen kann und bleibe dann doch dabei. Der nächste Bericht läßt mich, aufgewühlt vom vorangegangenen, die Hände vors Gesicht schlagen: Der ägyptische Staatspräsident Sadat, der einzige arabische Politiker, der sich glaubwürdig für den Frieden und für eine Lösung des unseligen und nicht enden wollenden Konflikts zwischen den Israelis und den Palästinensern einsetzt, wurde während einer Militärparade von Attentätern erschossen. Ich sehe die Bilder, höre die Stimmen der Kommentatoren und merke, daß es mich überfordert, diese Dinge noch irgendwie zu begreifen und mich mit ihnen zu versöhnen. Diejenigen, die für den Frieden kämpfen, werden erschossen. Wie soll man so etwas seinen Kindern erklären, ohne ihnen den Glauben daran zu nehmen, daß die Welt auch gut sein kann? Und wie kann man selbst noch daran glauben?

Im kleinen scheint die Antwort darauf so einfach zu sein: in Freundschaften, in dem, was man empfindet, wenn man Musik hört, ein gutes Buch liest, ein Bild betrachtet, die Natur dort erlebt, wo sie noch intakt ist oder einfach Spaß hat, einen schönen Abend erlebt, ein gutes Gespräch führt. In solchen Momenten steht für mich außer Zweifel: Alle Konflikte der Welt sind lösbar. Aber sobald man diesen geschützten Rahmen verläßt, die Nachrichten sieht, die Welt im Ganzen betrachtet, schwindet diese Zuversicht sofort auf ein Minimum, wird manchmal, wie heute, sogar im Keim erstickt. Soll man also keine Nachrichten mehr sehen, eine neue Biedermeierkultur leben, sich ganz ins Private zurückziehen? Das kann doch wohl nicht die Antwort sein.

Nachdenklich schleiche ich um das Klavier herum und spüre, daß ich in diesem Moment darin keinen Trost finden kann, daß mir in diesem Augenblick auch nichts einfallen wird. Ich muß raus, muß mich mit jemandem treffen, mit anderen sprechen und bin froh darüber, daß ich gleich mit meinem Textdichter Michael Kunze verabredet bin. Es wird mir guttun, auf andere Gedanken zu kommen und wieder die Freude von vorhin über das neue Lied zu empfinden.

Eine halbe Stunde später im »Hawelka« an meinem kleinen Stammtisch in der rechten hinteren Ecke. Michael Kunze wartet schon auf mich. Eine Arbeitsbesprechung, und ich spüre, daß es guttun wird, ein paar Stunden mit diesem klugen Mann und unseren neuen Liedern zu verbringen. Ich erzähle ihm von »Ich war noch niemals in New York«, das fertig ist und versuche, meine Freude von vorhin dabei wiederzufinden, was mir mehr schlecht als recht gelingt.

»Hast du eigentlich heute die Nachrichten gesehen?« unterbreche ich mich dann plötzlich. »In Frankfurt roden sie Wälder, in

Ägypten erschießen sie den einzigen Mann, auf dem die Hoffnungen auf Frieden ruhten, in Dutzenden Ländern herrscht Krieg, und ständig hören wir eine Horrormeldung über Luft- und Wasserverschmutzung nach der anderen. Das ist doch alles nicht mehr auszuhalten! Hat man denn gar nichts dazugelernt? Wie soll ich das alles meinen Kindern erklären? – Manchmal hab ich wirklich das Gefühl, es ist fünf Minuten vor zwölf.«

Michael nimmt einen Schluck von seinem Rotwein, dann sieht er mich wie elektrisiert an:

»›Fünf Minuten vor zwölf‹. Du hast gerade den Titel genannt. Das ist es! Das ist das Gefühl unserer Zeit, und das ist die Zeile, auf der wir ein Lied aufbauen müssen. Wir fangen jetzt gleich damit an. Es ist das einzige, was wir tun können, und es ist nicht das schlechteste. Es muß ein hoffnungsvolles Lied werden, trotz allem, ein Lied, das das Negative beim Namen nennt, aber auch das Positive zeigt. Die Bilder, die uns aufwühlen, aber auch die, in denen eine Antwort liegen kann, das muß der Weg sein!«

Michaels Begeisterung und Überzeugung stecken mich an, und ich fühle, wie meine Freude zurückkehrt.

Wir arbeiten die Nacht durch, diskutieren den ersten Textentwurf noch im »Hawelka«, gehen danach zu meinem Blüthner-Flügel, ich finde die Melodie, wir feilen an ihr, am Text, ändern hier, ergänzen dort, und als der Tag erwacht, ist das Lied fertig: »Fünf Minuten vor zwölf«.

Ich begleite Michael Kunze zum Taxi und kehre selbst nicht gleich in die Wohnung zurück. Ich bin viel zu aufgekratzt, um jetzt zu schlafen. Ein Gulasch in einem der Frühlokale, ein Rosenverkäufer, der seine Schicht beendet. Ich kaufe ihm eine seiner letzten Rosen ab, gehe die paar Schritte in den Stadtpark, klettere am Sockel des Johann-Strauß-Denkmals hoch, zu dessen Füßen ein dicker Teppich aus bunten, rauschenden Blättern liegt, lege die Rose auf seine Geige. Ein kopfschüttelnder Passant geht staunend seines Weges.

Wieder zurück auf der Ringstraße ziehen erste Straßenbahnen an mir vorbei, bei einem Bäckerladen an der Ecke werden die Rolläden hochgezogen. Gleich wird Jenny aufstehen, dann rufe ich sie an und spiele ihr zumindest ein paar Takte des Liedes vor, bevor sie in die Schule geht. Vielleicht nur eine kleine Geste, aber vielleicht spürt sie wie ich darin ein wenig Trost und Zuversicht:

Und ich sah einen Wald, wo man jetzt einen Flugplatz baut.
Ich sah Regen wie Gift, wo er hinfiel, da starb das Laub.
Und ich sah einen Mann, der für Hoffnung und Frieden warb,
Und ich sah, wie er dann dafür durch eine Kugel starb.

Doch ich sah auch die Angst, die so viele zur Einsicht bringt,
Jemand sagte zu mir, daß die Zukunft g'rad jetzt beginnt,
Und ich sah auf die Uhr:
FÜNF MINUTEN VOR ZWÖLF…

»Valse Musette« – Kärnten, 6. April 1984

Der Klang meines Klaviers hallt von den Wänden des leeren Raumes wider. Nur mein Vater und ich, und mein Vater kann mich nicht mehr hören. Im Schein von Dutzenden Kerzen nehme ich Abschied. Es ist kalt in dieser Aufbahrungshalle, viel zu kalt, um hier Trost zu finden, aber der Trost liegt ohnehin anderswo, nicht hier und auch nicht heute. Es sind Stunden und Tage, die es zu bewältigen gilt. Irgendwie.

Am Montag ist mein Vater im Krankenhaus in Klagenfurt gestorben. Wochenlang war er dort, schwer herzkrank, Wasser in seiner Lunge, angestrengt von jedem Satz und doch klar bei Bewußtsein, glücklich, wenn er einen von uns sah. Meine Brüder und ich haben uns am Krankenbett abgewechselt, meine Mutter war fast ständig dort. Gerade in diesen letzten Tagen war jeder Augenblick viel zu wertvoll, um verschwendet zu werden. Letzte Gespräche, Hoffnung, noch mal nach Hause zu kommen, den Lamisch noch mal zu sehen, Erinnerungen an früher, an die wilden Zwanziger in Berlin, an das Wiedersehen mit dieser Stadt vor ein paar Jahren, an »Wort«, meine Aufnahme mit den Berliner Philharmonikern »vielleicht eine der wichtigsten und glücklichsten Stunden in meinen letzten Jahrzehnten«. Fragen, ob man alles richtig gemacht hat im Leben, ob man die Weichen richtig gestellt hat, ob man ein guter Ehemann war, ein guter Vater, ein guter Mensch. Was würde man besser machen, wenn einem doch noch einmal Zeit geschenkt werden würde? Ein paar Wochen, Monate, vielleicht ein Jahr, noch einen Frühling erleben, einen Sommer. Glanz in seinen Augen, wenn er davon sprach. Fragen, die nach vorn gerichtet waren: »Was sind deine nächsten Pläne? Komponierst du zur Zeit wieder? Weißt du schon, wie du die Eröffnung deines nächsten Konzerts gestalten wirst?«

Hunger nach Normalität, danach, Anteil nehmen zu dürfen und eine seltsame Beklemmung, wenn ich davon erzählen sollte, von meinem Morgen, Übermorgen, nächsten Jahr, das um soviel gewisser schien als das seine. Und seine Lebensfreude, die zurückkehrte, wenn er einen wertvollen Schluck einfachen Wassers nehmen durfte und es auskostete, als wäre es ein Schluck von einem edlen, vollkommenen Wein.

Als es zu Ende ging, war Manfred bei ihm. Meine Mutter war für ein paar Stunden nach Hause gegangen. Auch sie ist nicht mehr allzu gut auf den Beinen. Wahrscheinlich war es besser so.

Heute wird die Trauerfeier stattfinden. Ein paar Minuten mit ihm allein, dann werden die anderen Gäste kommen. Abschiednehmen. Es ist nichts Wichtiges ungesagt zwischen uns, das tröstet. Ein wenig zumindest. Der Schmerz, ihn nicht mehr fragen, Erlebtes nicht mehr mit ihm teilen zu können, wird immer wieder kommen und mein Leben lang bleiben, das weiß ich.

Mein Klavier erreicht ihn, irgendwo, in einer anderen Welt, auch wenn ich nicht an ein Jenseits in der Form glaube, wie es uns die Religionen erklären. Mein Klavier verbindet uns, hier und jetzt. Es ist die einzige Sprache, die es in diesem Augenblick noch zwischen uns geben kann. Ich spiele das G-Moll-Thema aus »Wort«, er hat es so gerne gehört, und es ist mir fast ein bißchen peinlich, hier zu spielen. Ich möchte mich nicht produzieren. Es war mir wichtig, allein zu sein mit ihm, für ihn zu spielen, nicht für die anderen Trauergäste. Er würde es verstehen. Der Klang meines Klaviers erscheint mir fast zu laut. So leise, wie ich gern spielen würde, kann ich die Töne gar nicht anschlagen. Wie gut muß man eigentlich Klavier spielen können, um diese Ruhe nicht zu stören? Es müßte noch viel intimer sein. »Wort«. Berlin. Erinnerungen.

Schon verblaßt die neuere Zeit, schon ist mein Vater in meinen Erinnerungen wieder ein junger Mann in seinen besten Jahren, so, wie ich ihn als Kind und Jugendlicher gekannt habe. Ein Fels in der Brandung, immer ruhig, zuversichtlich, ein Halt mein Leben lang.

Der Sarg erscheint mir viel zu klein, zu winzig für meinen Vater. Er war doch viel größer.

Eine Zeit versinkt. Nur noch einer der fünf Brüder ist am Leben, mein Onkel Johnny. Für ihn wird es schwierig werden, er und mein Vater standen sich immer besonders nahe. Der letzte Bruder, den er nun verloren hat. Der letzte seiner Generation. Daß meine Brüder, meine Cousins und ich nun nachrücken, die entstandene Leere auffüllen sollen, kann ich mir immer noch nicht vorstellen. Der Gedanke ist für mich ganz weit weg, hat nichts mit meinen Gefühlen und meiner Trauer zu tun. Vielleicht denke ich ihn, um nicht weinen zu müssen. Darüber haben mein Vater und ich in den letzten Jahren nie mehr gesprochen.

Der »Valse Musette« meiner Kindheit, an meinem zwölften Geburtstag habe ich ihn auf dem Klavier zusammengesucht und das dann ganz stolz »komponieren« genannt. Es ist das Stück, mit dem für mich alles anfing und das er wahrscheinlich immer am meisten von mir geliebt hat. Jahrelang habe ich diese kleine Melodie nicht mehr gespielt, und es ist ein Wunder, daß ich mich überhaupt noch an sie erinnern kann. Es ist mein Stück für ihn. Es gehört nur ihm und mir und diesem Raum. Zumindest für eine lange Zeit.

Draußen Stimmen. Leise Ungeduld, die durch die dicke Holztür dringt. Es ist bald soweit, die ersten Trauergäste warten. Die letzten Töne. Eine letzte Nähe, die vergeht und doch für immer bleibt.

Tödlicher Regen? – Wien, 9. Mai 1986

Nur langsam löst sich die Menschenmenge auf. Die Beleuchtung des Rathausplatzes ist fast unmerklich vom unwirklichen Bühnen- zum normalen Abendlicht der Stadt übergegangen. Viele Besucher stehen immer noch vor der Bühne, wollen sich offenbar nur ungern wieder ihrem normalen Leben und den Sorgen dieser Tage zuwenden.

30 000 Menschen sind gekommen, um das Konzert zu hören, das ich zur Eröffnung der Wiener Festwochen gemeinsam mit den Wiener Symphonikern, großem Chor und dem Orchester Pepe Lienhard gegeben habe, das seit einigen Jahren mein ständiges Begleitorchester ist.

Noch am Nachmittag war nicht sicher, ob das Konzert überhaupt stattfinden würde. Mehr denn je zuvor und mehr als bei jedem anderen Open-Air-Konzert fürchtete man Regen. Regen in Wien, an diesem Frühlingstag des Jahres 1986, das wäre nicht nur unangenehm für die Konzertbesucher gewesen, nein, viel mehr als das. Regen in diesen Tagen, das könnte atomarer Regen sein.

Vor knapp zwei Wochen ist in Tschernobyl ein Atomreaktor explodiert und scheint zumindest das nördliche Mitteleuropa in noch unbekanntem Maße mit strahlendem Fallout verseucht zu haben. Genaueres weiß man immer noch nicht: Rußland weigert sich, eingehende Informationen preiszugeben, und Erfahrungswerte gibt es natürlich nicht. Es wird viel spekuliert in diesen Tagen, es werden Sachverständige gefragt, Wissenschaftler, Eingeweihte, doch niemand wagt eine sichere Prognose. Zwischen einer großflächigen atomaren Verseuchung zumindest Europas und einer möglichen Begrenztheit der Folgeschäden um das engere Katastrophengebiet hält man alles für möglich. Kinder sollen die Spielplätze meiden, man soll möglichst im Haus bleiben, die Fenster geschlossen halten, Obst, Gemüse, vor allem Pilze aus unseren Gefilden sollten nicht gegessen werden, meint man, sonst weiß man keinen Rat. Ob die Bevölkerung Wiens künftig ein erhöhtes Krebsrisiko tragen, ob mißgebildete Kinder geboren werden, ob alles noch viel schlimmer kommt – keiner kann es sagen, und was Regen für Folgen hat, das weiß man erst recht nicht. Der Reaktor hat wohl bis gestern immer noch gebrannt.

Man hat lange überlegt, ob man in Zeiten wie diesen überhaupt ein Konzert veranstalten sollte, ob es zu verantworten sei, die Menschen mit so einem Ereignis ins Freie zu locken, wo sie den Gefahren atomarer Strahlung vermehrt ausgesetzt sein könnten. Doch sind sie drinnen geschützter? Gibt es überhaupt irgendeinen Schutz? Gibt es eine Gefahr? Keiner weiß es.

Schließlich hat die Stadtverwaltung beschlossen, daß wir spielen sollen. Das Eröffnungskonzert der Wiener Festwochen, das außerdem im Fernsehen und Radio übertragen wird, ist einfach ein zu großes und traditionsreiches Ereignis für ganz Österreich, um es abzusagen. Der Regen ist bis auf ein paar Tropfen ausgeblieben.

Der Abend war von einer Intensität getragen wie kaum ein Konzertabend zuvor. Es war, als hätten die Menschen ganz bewußt beschlossen, in diesen Stunden, alles Bedrückende zu vergessen und zu *leben*, egal, was morgen sein wird. Selten habe ich so eine gespannte Aufmerksamkeit gespürt, so eine Sensibilität für jede kleine Geste, jeden Song, jede Textzeile. Besonders für Lieder wie »Fünf Minuten vor zwölf«, entstanden vor ein paar Jahren, gar nicht weit von dieser Bühne und dem Rathausplatz entfernt, oder »Ich war noch niemals in New York«, das Lied von ungelebten Sehnsüchten nach purer Lebensfreude, oder »Jenja«, ein Song über einen kleinen Jungen, der mit seinen Spielzeugpanzern »Abrüstung« spielt. Und vor allem natürlich »Der Tag davor«, ein Lied über die atomare Bedrohung der Welt, das ich vor zwei Jahren geschrieben habe. Songs, die an diesem Tag den Nerv der Zeit zu treffen schienen. Man wollte unterhalten werden, aber auch die Fragen und Gefühle der Stunde hören, auch wenn Lieder natürlich keine Antworten geben können.

Immer noch dringen »Zugabe«-Rufe vom Rathausplatz her zu meinem Garderobenwohnwagen. Zehn- bis fünfzehntausend Menschen sind jetzt, eine halbe Stunde nach Ende des Konzertes, sicher noch hier.

Mein älterer Bruder Joe, der seit einigen Jahren in der Führungsetage der BP Österreich arbeitet und in Wien lebt, ist gekommen, und auch Manfred ist aus München angereist, wo er zur Zeit hauptsächlich wohnt und sein Atelier hat. Eigentlich wollte er unsere Mutter aus Kärnten abholen und mitbringen, doch so eine Reise in eine Großstadt ist inzwischen zu anstrengend für sie. Seit dem Tod meines Vaters hat sie viel von ihrer Lebensenergie verloren. Sie lebt ganz allein auf dem Lamisch. Sie will es so, obwohl jeder von uns drei Brüdern angeregt hat, ihr eine Wohnung in der Nähe zu besorgen. Sie möchte nicht mehr umziehen. Ich kann es verstehen.

Meine beiden so unterschiedlichen Brüder sitzen in der ihnen sichtlich fremden Welt meiner Künstlergarderobe, einem Wohnwagen am Wiener Rathaus. Die Gelegenheiten, bei denen wir drei zusammenkommen, sind selten geworden. »Drei-Brüder-Treffen« – in Anlehnung an die früheren »Fünf-Brüder-Treffen« zwischen meinem Vater und seinen vier Brüdern – sind rar. Es hätte eigentlich ein heiteres Treffen werden sollen, getragen von einem großen, unbeschwerten Konzertabend, doch irgendwie liegt in all der Euphorie über den Erfolg auch Nachdenklichkeit. Noch können wir den Wohnwagen nicht verlassen, er wird noch zu sehr belagert, die Polizei bittet um Geduld. Man will uns etwas später, wenn es ruhiger geworden ist, zum Empfang ins Rathaus lotsen.

Jemand fragt, ob man uns ein Radio bringen solle, um die neuesten Informationen vom Reaktorunfall zu bekommen. Wir lehnen dankend ab.

»Ich kann das im Augenblick gar nicht mehr hören, das macht einen nur verrückt und ändert ja doch nichts«, echauffiert sich Manfred. »Wirkliche Informationen geben die Russen ja sowieso nicht preis ... – Daß man bei Unglücken wie diesem in West und Ost nicht zusammenarbeitet, das macht mich noch wahnsinnig! Der ganze Dreck und die Strahlung lassen sich ja auch nicht von Mauern und Grenzen und einem Eisernen Vorhang aufhalten. Da hat Österreich die Inbetriebnahme des Atomkraftwerks Zwentendorf verhindert, obwohl es fertiggestellt war und Milliarden gekostet hat, aber rundherum, vor allem im Ostblock, stehen viel schlimmere Katastrophenreaktoren herum, die jeden Moment hochgehen können.« Manfred zündet sich eine Zigarette an, seine Hände zittern leicht. »Die Halbwertszeit von diesem ganzen Müll beträgt zum Teil 10 000 und noch mehr Jahre, heißt es. Das wären ja ...« er hält inne, rechnet, »... 400 bis 500 Generationen. Welcher Mensch, welche Regierung auf dieser Welt kann sich anmaßen, so eine Verantwortung auf sich zu nehmen?«

»So habe ich darüber noch nicht nachgedacht.« Ich setze mich zu den beiden. »Wenn man das so sieht, dürfte es eigentlich überhaupt keine Kernkraftwerke mehr auf der Welt geben, denn jeder, der das entscheidet, übernimmt sich zwangsläufig – oder er handelt gewissenlos. Wir reden immer davon, unseren Kindern wenigstens eine einigermaßen gesunde Welt hinterlassen zu wollen, aber es werden ja wohl im Moment die Weichen für das Schicksal von 500 Generationen gestellt. Das ist ja irrwitzig!«

Joe hat sich alles in Ruhe angehört und sagt leise: »Da stimme ich euch ja im Grunde zu, aber der Bedarf an Energie läßt sich halt auch nicht aufhalten. Wo soll der Strom aus der Steckdose denn herkommen? Ohne Kernenergie läßt sich dieser Bedarf in Zukunft nun einmal nicht mehr decken, das kann ich euch sagen.« Nach einer kurzen Pause beugt er sich vor und spricht etwas lauter. »Ich finde es geradezu idiotisch, daß Österreich auf diese Energieform verzichtet hat. Als ob wir eine Insel wären und die Bedrohung für uns geringer würde, weil wir selbst kein Kernkraftwerk haben. Und gleichzeitig wird auch noch überall der Ausbau von Wasserkraft verhindert, weil dafür Flüsse begradigt, Täler verbaut, künstliche Zu- und Abläufe geschaffen werden müssen und die Natur aus dem Gleichgewicht gebracht wird. Siehe das abgeschmetterte Donaukraftwerk in den Hainburger Auen. Da hast du, mein lieber Bruder, übrigens auch mit deinen öffentlichen Statements einiges zur Verhinderungspolitik beigetragen.«

Er sieht mich lächelnd-herausfordernd an und hält mitten im Gedankengang inne.

Ich nicke nachdenklich. »Ich war überzeugt davon, das Richtige zu tun und mithelfen zu müssen, dieses herrliche Naturschutzgebiet zu bewahren. Heute wäre ich unsicher, aber in Zeiten wie diesen wird es eben immer schwieriger, richtig und falsch zu unterscheiden. Und als Mensch, der in der Öffentlichkeit steht, wird man halt ständig nach seiner Meinung gefragt, auch wenn man dafür gar nicht zuständig ist. Da muß man Positionen beziehen, auch wenn man sie noch gar nicht wirklich hat.«

Manfred mischt sich entschlossen ein. »Für mich ist das ganz klar. Was auch immer ihr sagt, ich war und bin bis heute dagegen, in Hainburg die Auen zu opfern. Das geht einfach nicht, da muß man andere Wege finden!«

Joe meint mit einem geduldigen Nicken: »Ja, aber welche anderen Wege soll es denn geben? Das mag ja alles seine Berechtigung haben, aber irgendeinen Preis muß eine Gesellschaft eben bezahlen, und bei uns scheint das demokratische Verständnis der Menschen sich immer mehr auf das Verhindern zu beschränken, anstatt etwas zu erschaffen.« Joe nimmt einen Schluck Wein. Konzentriert fährt er fort: »Jede Entwicklung, jeder Lösungsansatz für das Energieproblem wird zur Zeit von einer überhysterischen Umweltschutzlobby im Keim erstickt. Ich bin ja mein Leben lang in der Energiewirtschaft tätig, ich bin damit Tag für Tag konfrontiert, glaubt mir, ich weiß, wovon ich spreche. Am Ende führt das dazu, daß wir Atomenergie von unseren Nachbarn im Ostblock importieren müssen und so dafür sorgen, daß deren unsichere Kraftwerke, diese Rostschüsseln, immer mehr produzieren und ausgebaut werden müssen und am Ende noch explodieren, anstatt daß wir hier, in einem demokratischen Land mit vielen Kontrollmechanismen in den sauren Apfel beißen und Kernkraftwerke nach dem neuesten westlichen Sicherheitsstand bauen. Also, ich empfinde das als krank!«

Eine Weile schweigen wir, dann meine ich nachdenklich: »Das leuchtet mir ein, und ich bin sicher, den beschrittenen Weg mit Atomenergie kann sowieso niemand mehr aufhalten. Aber es sollte wenigstens nicht die Lösung für alle Ewigkeit sein. Als Übergang, bis ausreichend alternative Energiequellen entwickelt worden sind, scheint es mir vorstellbar, mit der Kernkraft zu leben, wenn – wie du sagst – alles Erdenkliche für die Sicherheit getan wird.« Ich greife nach einem Stoß Autogrammkarten und beginne, sie in das Schweigen hinein zu unterschreiben. »Manchmal glaube ich, es müßten Träumer her, die Utopien entwickeln: Ebbe, Flut, die Stürme, die die Meere aufwühlen, eine Kraft, die milliardenfach in jeder Stunde an Felsen und Stränden verpufft und im Laufe der Zeit sogar aus Steinen Sand geschaffen hat, das müßte man nutzen können.«

Manfred wirft ein: »Oder Vulkanenergie, die Feuer aus dem Inneren der Erde, die Unwetter, die Blitze oder was weiß ich, das wäre es doch!« Dann wird er wieder sachlich. »Natürlich alles Träumereien. Aber wenn schon Atomkraft, dann müßte wenigstens eine internationale Kontrollinstanz jederzeit Zutritt zu allen Atomkraftwerken der Welt und überall Befugnis zum Eingreifen, Abschalten oder was auch immer haben. Aber ich habe nicht das Gefühl, daß man sich da um eine echte Lösung bemüht.«

Er macht eine wegwerfende Handbewegung.

»Brüder, ich fürchte, wir können heute abend die Welt nicht mehr retten«, versuche ich die Diskussion zu beenden. »Schließlich können wir uns nicht um alles kümmern. Daher stelle ich den Antrag, daß wir drei jetzt auf den Empfang ins Rathaus gehen und den Abend feiern!«

Joe hebt mit gespieltem Ernst die Hand. »Antrag mit absoluter Mehrheit angenommen!«

Stunden später. Der frühe Morgen hat längst begonnen, die Nacht zu besiegen. Am Horizont wird es bereits hell. Meine Brüder sind gerade gegangen. Angezogen liege ich auf meinem Bett und frage mich, ob ich wohl werde einschlafen können nach so einem Abend.

Inzwischen hat es geregnet. Was es in diesen Tagen bedeutet, wird morgen in den Nachrichten zu hören sein. Durch das offene Fenster streift der Morgenwind über mein Gesicht. Die Vögel singen wie eh und je, und ich frage mich, was für einen seltsamen Beruf ich eigentlich habe: Wenn andere Menschen etwas erschaffen, dann bleibt das Ergebnis der Arbeit bestehen – irgendwie. Es läßt sich anfassen, nutzen, ansehen. Sei es ein Bild, wie Manfred es malt, Energie, wie Joe sie herzustellen hilft, Schuhe, die ein Schuster fertigt, ein Buch, das jemand schreibt, das Brot des Bäckers, das den Hunger stillt, der Baum, den der Gärtner pflanzt. Wenn ich auf eine Bühne gehe, dann bleibt von dem, was diesen Abend prägt, nur die Erinnerung. Er existiert nur im jeweiligen Moment, läßt sich nicht festhalten, nicht wieder und wieder erleben, nicht einmal wenn man eine Aufnahme davon herstellt. Lieder sind Gefühle des Augenblicks, flüchtig, wechselhaft, unstetig – und lassen am Ende eine Einsamkeit zurück, die manchmal sogar schmerzt. Eine Sehnsucht, vielleicht eine Hoffnung oder ein wenig Mut. Was von diesem Abend bleiben wird, weiß ich nicht, aber es war ein wichtiger Abend, dessen bin ich mir gewiß. Morgen werde ich zum Johann-Strauß-Denkmal gehen.

Ich spüre die Müdigkeit, ziehe die Vorhänge über das offene Fenster, bin ganz mit mir allein und doch nicht einsam. Es ist ein gutes Gefühl.

Ein Stück aus der Mauer – Hannover, 11. November 1989

Raschelnde Blätter unter meinen Füßen. Der Herbst hat schon ganze Arbeit geleistet. Leichter Nieselregen, der den Weg durch den Park über das gefallene Laub der letzten Tage zu einer Rutschpartie macht. Ich habe nicht die richtigen Schuhe für so einen Spaziergang dabei, aber umkehren will ich nicht. Ich spüre, wie die frische Luft, die Stille, das Geräusch unter meinen Füßen mir guttun und mich beruhigen in diesen Tagen der Hektik, überbordenden Emotion und Nervosität. Eigentlich müßte ich jetzt im Kuppelsaal am anderen Ende dieses Parks sein, um die letzten Konzertvorbereitungen für heute abend zu treffen, aber das Orchester ist aus Berlin noch nicht nach Hannover durchgekommen, und auch die Lastwagen mit dem Equipment hatten Verspätung, die Bühne ist noch nicht fertig aufgebaut. Schier unendliche Staus an allen innerdeutschen Grenzübergängen. Die Ereignisse dieser Tage fordern ihren Tribut.

In meiner Jackentasche ein Stück aus der Mauer, ein faustgroßer Brocken, den ich selbst herausgebrochen habe. Auf der einen Seite bunt vom Rest eines Graffitis, auf der anderen Seite grau, Beton, der die Freiheit begrenzt, die Menschen 28 Jahre lang umschlossen und gefangengehalten hat und der vorgestern endlich brach, von der friedlichen Kraft der Menschen besiegt wurde, nachgab, sich überrollen ließ.

Ja, die Berliner Mauer ist vor zwei Tagen gefallen! Unaufhaltsam, unvorhergesehen und immer noch unbegreiflich. Und ich war dabei.

In einem unergründlichen Zufall hat die Tournee mich mitten ins Zentrum des wahrscheinlich wichtigsten historischen Ereignisses seit dem Ende des Zweiten Weltkrieges geführt – mit einem Konzert in Berlin, gestern, am ersten Tag der neuen Freiheit, das erste Konzert überhaupt in der nicht mehr geteilten Stadt.

Nur wenige Stunden ist es her, seit ich letzte Nacht gemeinsam mit meinem Orchesterchef Pepe Lienhard und einigen Freunden in einem noch nie erlebten Taumel am Brandenburger Tor stand. Wir sahen Menschen, die sich durch schmale Maueröffnungen zwängten, auf der Mauer tanzten, dort, wo sie noch stand, sich auf beiden Seiten des Todesstreifens in die Arme fielen, sahen Tränen und hörten Jubelschreie, waren Teil eines Meeres der ungezähmten Emotion, und es erscheint mir immer noch irreal, wie ein merkwürdig intensiver, fremdartiger Traum.

Ich hatte noch keine Zeit zu begreifen. Mein Leben scheint gerade in diesen Tagen beinahe ausschließlich aus Gegenwart zu bestehen, Augenblicke, die erlebt werden und vergehen, ohne verarbeitet, gedeutet und mit Seele und Verstand erfaßt zu werden.

Vor allem in diesen Tagen ist jedes Zeitgefühl in mir verlorengegangen. Seit fast zwei Monaten bin ich unter dem Motto »Ohne Maske« auf Tournee. Fast täglich ein Konzert, Reisen von einer Stadt zur nächsten, insgesamt ein halbes Jahr, mehr als 120 Auftritte lang. Das meiste liegt noch vor uns. Emotionen liegen blank, Eindrücke verwischen. Wo war ich gestern? Vorgestern? Letzte Woche? Ich muß in meinem Kalender nachsehen, um mich zu erinnern, und der Tunnel der routinierten Abläufe – reisen, auspacken, Soundcheck, Konzert, Abendessen, schlafen, Koffer packen, wieder reisen – und der alles andere als routinierten Gefühle, Abend für Abend auf der Bühne gelebt, ist noch lang und läßt eigentlich keinen Raum für Außergewöhnliches. Schon das Normale wirft uns immer wieder in einen schier unbezwingbaren Sog von Gefühlen. Wie soll man da auch noch ohnehin unbegreifliche Ereignisse wie den Mauerfall, die völlige Neuordnung der Geschichte, gedanklich erfassen, verstehen, sich setzen lassen?

Augenblicke ganz für mich allein sind selten. Meistens kann ich sie auch schwer ertragen, umgebe mich mit Menschen, Ablenkungen, um nicht plötzlich auf mich selbst zurückzufallen, den aufgewühlten Gedanken nicht schutzlos ausgeliefert zu sein. Die gefürchtete Einsamkeit der Nächte immer wieder in flüchtigen Begegnungen erstickt. Kurze Lieben, die mit dem Anbruch des neuen Tages abgelebt waren, ein Abschied, ein Anruf, vielleicht nach Monaten ein Wiedersehen. Immer bemüht, zumindest eine gewisse Würde zu wahren, wenn es auch sicher nicht immer gelang. Meistens wenigstens mit Dankbarkeit, und doch nie von Dauer.

Bin ich überhaupt fähig zu lieben, mit jener Ernsthaftigkeit, die ich manchmal nur aus Romanen und Filmen und meinen eigenen Liedern zu kennen glaube? Müßte ich es sein? Es sind immer noch die gleichen Fragen wie vor dreißig Jahren, die ich mir stelle, und ich muß immer noch der gleichen Antwort entgegensehen: »Wahrscheinlich nicht…«

Wird man mit zunehmendem Alter reifer? – Ich fürchte, nein. Und macht diese Unfähigkeit zu lieben mich stark oder schwach? Egoistisch oder unabhängig? Frei oder gefangen in mir selbst, ohne mich mit der Absolutheit der anderen auf einen Menschen einlassen zu können? Geht mir dadurch etwas Wichtiges verloren, etwas, das ich nicht einmal erahnen kann? Und warum bin ich nicht bereit, den Preis dafür zu bezahlen, den Verlust der Freiheit hinzunehmen für ein Mehr an Nähe? Oder lebe ich meine Gefühle vielleicht viel zu sehr in meinen Liedern aus, so, daß für das »wirkliche Leben« vielleicht einfach nicht mehr genug übrigbleibt? Soll ich darüber traurig sein oder froh? Ich weiß es heute genausowenig wie vor dreißig Jahren.

Vor wenigen Monaten sind Panja und ich geschieden worden. Wir haben es lange geplant. Getrennt waren wir ja ohnehin schon seit Jahrzehnten, seit zwei Jahren gehen unsere Kinder Jenny und Johnny ihre eigenen Wege. Panja und ich haben den Drahtseilakt, eine verstorbene Ehe in Vertrauen und Freundschaft zu verwandeln, geschafft, und auch das »Getrennt-Zusammenleben«, das Selbstverständnis, eine Familie zu sein, haben wir gut bewältigt. Nur hat es sich jetzt überlebt, und es ist Zeit für eine neue Freiheit. Für beide von uns.

Der Park, an dessen Rand das Hotel und der Konzertsaal liegen, ist beinahe menschenleer. Nur ein altes Paar sitzt in dicken Mänteln auf einer Parkbank und füttert Tauben. Der Mann nimmt lächelnd für einen Augenblick die Hand der Frau. Gelebtes, gemeinsames Leben, Zueinanderstehen, Liebe, die das Leben besiegt und besteht. Es berührt mich. Es trifft mich tief in der Seele und gibt mir ein Gefühl großer Unzulänglichkeit und Einsamkeit. Für einen winzigen Moment beneide ich die beiden. Ich singe darüber, und diese beiden leben es.

Ich schlage den Kragen meiner Jacke hoch, spüre das Mauerstück in meiner Tasche wie einen körperlichen Beweis dafür, daß das, was gerade in Berlin geschehen ist, Wirklichkeit ist. Manchmal muß ich mich dessen für einen Augenblick vergewissern, muß das Stück Beton spüren, sehen, erfassen, um mir sicher zu sein. Es schien plötzlich so einfach zu sein: Mauerplatten, die der Kraft und Entschlossenheit der Menge nicht lange standhielten. Was für ein unüberwindbares Gewicht hatten sie noch vor Tagen gehabt? Wie unüberwindlich, für die Ewigkeit gebaut, schien die Mauer da?

Noch weiß keiner, ob diese neue Freiheit nicht nur ein schöner Spuk ist, der vorübergeht. Ist Deutschland wieder ein geeinter und freier Rechtsstaat, wie es in der Hymne heißt? Wird die DDR-Regierung abtreten oder wird sie doch noch irgendeinen Weg finden, die Macht mit Hilfe der Schutzmacht UdSSR wieder an sich zu reißen und zurückzuschlagen und diese Tage damit zum historischen Intermezzo werden zu lassen, als dessen einzige Folge leicht gelockerte Reisebedingungen bleiben?

Warum es wieder ausgerechnet der 9. November war, das Datum, das in der deutschen Geschichte dieses Jahrhunderts so ein schicksalsträchtiges ist, das wird man ohnehin niemals beantworten können. Am 9. November 1918 hat man den deutschen Kaiser Wilhelm II. zur Abdankung gezwungen und innerhalb von zwei Stunden die Deutsche Republik unter Philipp Scheidemann und die Freie Sozialistische Republik unter Karl Liebknecht ausgerufen, der Beginn einer Ära voll von politischem Chaos. Genau fünf Jahre später, am 9. November 1923, hatte Hitler mit einem Putschversuch in München zum ersten Mal vergeblich nach der Macht gegriffen. Und weitere fünfzehn Jahre später, wiederum am 9. November 1938, folgte ein Akt der Barbarei und Menschenverachtung, der Deutschland in die dunkelste Zeit seit Menschengedenken katapultierte: die »Reichskristallnacht«, die Nacht der Pogrome.

Und nun, genau 51 Jahre später, hat sich ausgerechnet in jener Nacht des 9. November die Menschlichkeit und Freiheit durchgesetzt, hat die Mauer zwischen Ost und West eingerissen und – so hoffen wir alle – eine neue Ära der Humanität und Freundschaft begründet. Was für eine Zeit!

Was hätte mein Großvater darum gegeben, das zu erleben? Und was mein Vater und seine Brüder, von denen nur noch einer am Leben ist, Onkel Johnny.

Leider hat auch meine Mutter diese historischen Stunden nicht mehr erlebt. Ihr Lebenstraum hat sich neun Monate zu spät erfüllt. Sie ist im Februar dieses Jahres im Alter von 80 Jahren in der Innsbrucker Universitätsklinik gestorben. Ihr Sterben, ihre Zeit im Krankenhaus dauerte wenige Wochen, doch im Grunde hat es bereits mit dem Tod meines Vaters begonnen, der auch ihr schleichend den Lebensmut und die Energie nahm.

Weihnachten und den Jahreswechsel habe ich mit ihr im Tiroler Ort Telfs in einem Luxushotel mitten in den Bergen verbracht. In dieser Zeit schimmerte wieder ein wenig von ihrer früheren Begeisterungsfähigkeit durch, und ich konnte manchmal in ihren lachenden Augen die junge Frau von früher erahnen, das Mädchen, das ich nur von Bildern kenne. Doch das Gehen fiel ihr schwer.

»Tanzen werde ich wohl nicht mehr, aber die Champagnerkorken lassen wir knallen, einverstanden, mein Junge?« hatte sie noch in der Silvesternacht gesagt, und es hatte fröhlich geklungen. Wir haben auf das neue Jahr angestoßen, haben gefeiert, sind irgendwann schlafen gegangen.

Am nächsten Morgen bin ich vom Lärm in ihrer Suite aufgewacht, die neben meiner lag. Sanitäter waren dabei, meine Mutter zu versorgen. Man erklärte mir, offenbar habe eine Thrombose aus ihrem Bein sich gelöst und eine Lungenembolie verursacht. Man brachte sie ins Krankenhaus. Sie war meistens ansprechbar und klar bei Sinnen. Dann folgten zwei Schlaganfälle, sie fiel ins Koma und starb zwei Wochen später.

Wieder waren meine Brüder Joe und Manfred und ich abwechselnd bei ihr. Wieder war es Manfred, der, bevor sie ins Koma fiel, zuletzt mit ihr gesprochen hat. Sie hatte phantasiert, war in Berlin, mit meinem Vater, sie waren wieder jung, Potsdamer Platz, Haus Vaterland, Barnabas von Gečy... Sie tanzten...

Was hätte sie dafür gegeben, diesen 9. November, diesen Sieg der Menschlichkeit noch zu erleben? Vielleicht ein Schritt zu einem wieder geeinten Land, zu einem endlich vereinten Europa, dem Lebenstraum meines Großvaters und meiner Eltern. Ein Europa der Freiheit, der Freundschaft, der Offenheit, des Vertrauens, der Kultur, der Demokratie, ein Europa, zu dem selbstverständlich auch Rußland gehört, zumindest der westliche Teil davon, ein Anknüpfen an frühere Gemeinsamkeiten. Ein Europa, das Dresden, Prag, Warschau, Budapest, St. Petersburg und Moskau genauso einschließt wie Paris, London, Wien, Berlin.

Ein Schauer der Begeisterung läuft mir bei dem Gedanken über den Rücken. Natürlich sind das alles noch immer nur Träume, aber wer nie zu hoch greift, erreicht nie die Sterne, und vielleicht sind wir in diesen Tagen diesen Träumen ja tatsächlich einen Riesenschritt nähergekommen.

Der Regen wird allmählich stärker. Ich spüre eine leichte Erkältung in mir aufsteigen. Wahrscheinlich habe ich sie mir letzte Nacht an der Mauer geholt. Im Taumel spürte man die Novemberkälte nicht mehr. Wer hätte 1961, als ich meinen Onkel Werner just in jenen Tagen traf, in denen diese Mauer errichtet wurde, gedacht, daß ich 28 Jahre später ein Stück daraus in meiner Hand halten würde?

Langsam muß ich zurückgehen. Schließlich habe ich heute abend ein Konzert zu spielen, auch wenn ich es mir immer noch nicht wirklich vorstellen kann. Ein wenig kommt es mir sogar lächerlich vor, heute abend aufzutreten – als hätte die Geschichte sich nicht gerade in einer friedlichen Revolution völlig auf den Kopf gestellt. Was bedeutet in diesen Tagen schon »Musik machen«? Was können Lieder in Zeiten wie diesen bedeuten? Das Konzert ist ausverkauft, aber werden die Menschen wirklich ein Konzert hören wollen, anstatt sich persönlich an den innerdeutschen Grenzen von der neuen Weltordnung zu vergewissern oder im Fernsehen gebannt die Berichte zu verfolgen, die sich beinahe stündlich mit Neuigkeiten überschlagen? Sollte man nicht aufgrund der aktuellen Ereignisse absagen? Zumindest ein paar Tage Pause machen, die ausgefallenen Konzerte am Tournee-Ende nachholen?

Das alte Paar ist aufgestanden, kommt mir Hand in Hand entgegen. Scheu sieht der Mann mich an, überlegt offensichtlich, ob er mich ansprechen soll. Ich lächle ihn an, sie lächeln beide zurück. »Entschuldigen Sie, wenn wir Sie ansprechen. Sie haben uns mit Ihren Liedern schon viel Kraft gegeben, und wir möchten Ihnen danken. Wir freuen uns auf heute abend …«

Er schüttelt meine Hand.

Ich bedanke mich, sehe ihnen noch lange nach, wie sie davonschlendern. Plötzlich freue ich mich wieder darauf, heute abend zu spielen, egal, wie chaotisch es auch werden wird. Ich werde spielen. Ich werde für die neue Zeit spielen, und auch für das alte Paar aus dem Park. Und ich werde für den Traum meiner Eltern und Großeltern spielen. Ich werde das Mauerstück zeigen, den Menschen von meiner Nacht am Brandenburger Tor erzählen.

»Wo bleibst du denn?« Mein Betreuer Hans Peter Escher, der von allen nur »H.P.« genannt wird, kommt mir entgegen. »Die Band ist endlich da, die Bühne ist aufgebaut, wir können noch einen ganz kurzen Soundcheck machen, dann ist Einlaß. Das Konzert beginnt natürlich verspätet.«

Zwei Stunden später. Ein verstohlener Blick in den Saal, der bis auf den letzten Platz gefüllt ist. Gespannte Erwartung. Letzte Meldungen werden mir zugeraunt: »Die Grenzer an etlichen Übergängen sollen sich ganz zurückgezogen haben …«

Ich nehme einen Schluck Weißwein gegen die Nervosität, setze meine weiße Maske auf, die zur Eröffnung dieses »Ohne Maske«-Tourneeprogramms gehört, denke an das alte Paar, das irgendwo im Publikum sitzt, stecke das Mauerstück in meine Smokinghose und fühle mich frei.

»Independence Day« – New York – Zürich, 6. / 7. Juli 1999

Nacht. Seit Stunden das gleichmäßige Surren der Triebwerke, das leichte Vibrieren des Flugzeugs, das mir so vertraut ist. Draußen ist es dunkel. Wir müssen irgendwo über dem Atlantik sein. Das Zeitgefühl habe ich verloren, wie immer bei weiten Flügen über die Zeitzonen hinweg. Ich werde mich tagelang wie im Fieber fühlen. Die meisten anderen Reisenden schlafen. Ich sehe mir ohne großes Interesse den Bordfilm an, »Star Wars«, ein Film, der zur Zeit in aller Munde ist. Die ständige Knallerei im Weltraum langweilt mich eher, aber ich habe jetzt auch keinen rechten Sinn dafür. Ich bin müde und gleichzeitig aufgekratzt. Vielleicht auch einfach zu müde, um zu schlafen. Oder zu aufgewühlt von dem, was hinter mir liegt.

Einige Reihen hinter mir blättern mein Manager Freddy Burger und seine Frau Christine gemeinsam in einem Magazin, und neben mir, durch den Gang des wenig besetzten Flugzeugs getrennt, schläft Corinna, die Frau, die ich vorgestern in New York geheiratet habe. Heimlich. Unter Ausschluß der Öffentlichkeit. Nicht einmal meine Kinder wissen davon, nur mein Freund Bernhard Lackner, der das Hotel Plaza Athénée in der East 64th Street in Manhattan leitet, in dem die Zeremonie stattfand und mein Manager Freddy Burger mit seiner Frau Christine, die unsere Trauzeugen waren, wurden eingeweiht. Und natürlich wußten Corinnas Eltern Bescheid, denn altmodisch, wie ich manchmal bin, habe ich um ihre Hand angehalten.

Es war eine Hochzeit im kleinsten Kreis in einer Hotelsuite vor einem schwarzen Friedensrichter mit schneeweißem Haar, in einem feierlichen Englisch, das weder Corinna noch ich in allen Feinheiten wirklich verstanden haben, am amerikanischen Unabhängigkeitstag, einem Datum, das symbolisch für diese Ehe stehen soll: »Frei, doch nicht allein zu sein«. Genauso, wie es in einem meiner Lieder heißt.

Es war kein einfacher Weg dorthin. Manchmal wird mir richtig schwindelig, wenn ich die über zwanzig Jahre Revue passieren lasse, die wir uns nun schon kennen. Corinna und ich haben alle Höhenflüge und Enttäuschungen der Liebe schon erlebt. Wir lernten uns in den späten siebziger Jahren, in einer Zeit kennen, in der mein Leben mehr als chaotisch war. Eine scheinbar flüchtige erste Begegnung in der Aachener Fußgängerzone, die für uns beide lebensbestimmend wurde. Sie war blond, groß, schlank. Ich war fasziniert von ihrer Fröhlichkeit, ihrem Wesen, der Art, wie sie mir meinen Freiraum ließ. Zum ersten Mal seit langem hatte ich das Gefühl, hier einen Menschen getroffen zu haben, der meiner Vorstellung von einer Frau, mit der ich leben könnte, nahekam. Spielerisches Glück. Wir hatten Spaß miteinander, verreisten, lachten. Ich dachte, das reiche. Irgendwie nahm ich das, was uns verband, das, was sie mir zu geben hatte, zu selbstverständlich, das weiß ich heute. Ich dachte einfach nicht über die Zukunft nach oder darüber, daß sie ihr Leben an mir orientierte, ohne dafür so etwas wie Sicherheit zu bekommen.

Ich war ja auch noch mit Panja verheiratet, die Kinder waren noch nicht einmal Teenager, und Panja und ich hatten unseren Pakt: Scheidung erst, wenn die Kinder erwachsen sind. Über eine neue Ehe dachte ich also wirklich nicht nach.

Dazu kam der Zeitgeist jener Tage, die Lebenshaltung einer Zeit, die sich die »freie Liebe«, die Sexualität ohne Verpflichtung, ohne Verantwortung auf die Fahnen geschrieben hatte. Man propagierte »Love and Peace«, verstand »Love« aber meistens nur als oberflächliche Freizeitbeschäftigung ohne Konsequenzen, nahm sich vor, eine ganz neue Gesellschaftsform zu entwickeln, wobei grundlegende menschliche Sehnsüchte und Bedürfnisse über Bord geworfen und mit zynischen Wahlsprüchen wie »Wer zweimal mit der gleichen pennt, gehört schon zum Establishment« als spießig verachtet wurden. Ich nahm die Zeit mit ihrer eisigkalten Spaßgesellschaft so, wie sie nun einmal war, und lebte im Augenblick.

Natürlich konnte ich damit Corinna nicht gerecht werden – so, wie ich in meinem Privatleben noch nie einem Menschen voll und ganz gerecht geworden war, nicht einmal meinen Kindern. Wer sich mit mir einließ, wußte schließlich, was ihn erwartete, redete ich mir ein. Und hinter meinem Beruf konnte ich mich sowieso immer auch ganz gut verstecken, Verantwortung von mir schieben. Diffuse Schuldgefühle kamen immer wieder einmal auf und wurden verdrängt. Ernsthaft dachte ich über diese Dinge nicht nach.

Dazu kam die Öffentlichkeit, die uns vereinnahmte. Titelblätter mit Geschichten über uns, Titelblätter mit Geschichten über mich und andere Frauen. Ich habe so etwas nie besonders ernstgenommen, ich habe mich über Jahrzehnte in meinem Beruf an diese Art von »Presse« gewöhnt. Corinna aber wurde dem ausgeliefert, ohne dieses Leben gewählt zu haben, nur weil sie nun einmal einen Mann liebte, der in der Öffentlichkeit stand. Ein Druck, der uns das Leben zunehmend schwermachte.

Es kam eines zum anderen, wir trennten uns, sahen uns wieder, waren uns nah, ich begann zu ahnen, wie schmerzhaft es sein kann, einen Menschen zu verlieren. Trennungen, neue Versuche einer Zweisamkeit.

Corinna nahm ihr Leben in ihre eigene Hand, verließ mich, verreiste mit ihrem neuen Freund – und telefonierte täglich mit mir. Chaos pur. Ein neues Wiedersehen, die alte Vertrautheit, Nähe, auch wenn keiner von uns mehr der gleiche war. Ich begann zu ahnen, daß wir uns brauchten, daß irgendetwas an dieser Beziehung schicksalhaft war und einen Weg vorgab, der zu Ende gegangen werden mußte, doch ich wagte es noch nicht, es mir voll und ganz einzugestehen.

Mein unstetes Leben ging nebenher weiter. Vor nicht ganz fünf Jahren bin ich ein viertes Mal Vater geworden, habe eine fünfjährige uneheliche Tochter Gloria, der ich irgendwie gerecht werden muß. Sie ist wie Sonja in Wien geboren, stammt aus einem Verhältnis mit einer Wiener Jurastudentin. Mein chaotisches Leben hat mich wieder einmal eingeholt. Eine Medienschlacht war die Folge, und ich konnte Gloria nicht wie seinerzeit Sonja ein Aufwachsen abseits des öffentlichen Interesses ermöglichen, was die Vaterrolle, die ich da spiele, keineswegs einfacher macht und ihr sicher auch die Kindheit nicht unbedingt erleichtert.

Des öfteren plagen mich Gewissensbisse, und ich frage mich, warum ich mit über 60 Jahren immer noch in solche Verwirrungen und Verwicklungen des Lebens stolpere. Aber ich weiß, daß ich zumindest die Verantwortung auch für diesen Teil meines Lebens übernehmen muß und versuche, bei all dem den richtigen – oder zumindest einen für alle *gangbaren* – Weg zu finden, auch wenn der Lebenswirrwarr mir manchmal über den Kopf wächst.

Corinna hat mir keine Vorwürfe gemacht. Sie war einfach für mich da, stand mir zur Seite, bedrängte mich nicht, auch wenn sie darunter sicher gelitten hat. Und wenn ich zwischendurch ratlos war angesichts der verletzten Gefühle von Glorias Mutter und der dadurch an mich herangetragenen Forderungen und Vorwürfe, hat Corinna in mir immer Verständnis für die schwierige Lage dieser jungen Frau geweckt.

Inzwischen war ich von Panja geschieden, und ich spürte, daß die Begegnung mit Corinna schicksalhaft für mich geworden war und daß ich es früher nicht hatte wahrhaben können – oder wollen.

Das Flugzeug sackt leicht ab, gleitet dann wieder völlig ruhig durch die zu Ende gehende Nacht. Vor uns am Horizont schon der erwachende Tag, der ein weiches, silbernschimmerndes Licht auf Corinnas Gesicht wirft.

Wohin auch immer unser Weg uns führen wird, wir werden ihn gemeinsam gehen. In Liebe, in Freundschaft, in Nähe, die nicht einengt, und in Eigenständigkeit, die nicht allein läßt, das wurde mir irgendwann klar. Es schien mir immer eine Illusion zu sein, doch in diesen Tagen glaube ich daran, daß sie auch für mich lebbar ist.

Und diesen Weg gehen wir nur für uns, ohne Öffentlichkeit, ohne Kommentare, vorläufig einmal ohne lauernde Journalisten, die jeden unserer Schritte kommentieren, bevor wir selbst unsere Richtung gefunden haben, darüber waren wir uns einig. Diese Tage, dieser neue Lebensweg, an den ich mich selbst erst behutsam herantasten muß, ist mir einfach zu wichtig, um ihn als Einsatz im »Spiel des Prominentseins« zu setzen.

Daher New York, daher heimlich – und daher am 4. Juli, dem »Independence Day«, dem amerikanischen Unabhängigkeitstag.

Um so größer unsere Überraschung, als wir in den Gängen der New Yorker Behörden, bei denen wir die Trauung beantragen mußten, zahlreiche deutsche Touristen sahen, die wohl ebenso wie wir in New York heiraten wollten. Um nicht erkannt zu werden, setzte ich mir eine Baseballmütze auf, versteckte mich hinter einer Säule, mein Freund Bernhard Lackner erledigte als »Bräutigamdouble« das Ausfüllen der Formulare für mich. Ich trat erst hervor, als es darum ging zu unterschreiben, streckte meinen Arm zwischen Corinna und Bernhard durch, der mich ansonsten verdeckte, setzte meinen Schriftzug unter die Papiere, schlenderte wieder unauffällig hinter meine Säule. Es muß ein bizarres Bild gewesen sein. Die Beamtin hat nichts bemerkt, sie hat während der ganzen Prozedur nicht ein einziges Mal aufgeschaut.

Letztendlich ging alles gut, die deutschen Pärchen haben mich nicht erkannt, die intime Trauung im Hotel war genau so, wie wir es uns vorgestellt hatten. Wir haben den Ernst der Stunde gespürt, uns umarmt und geschworen, füreinander einzustehen, getanzt, viel gelacht, waren uns nah, und um Mitternacht gab es zum »Independence Day« das wahrscheinlich schönste und größte Feuerwerk der Welt, das wir von der Terrasse aus beobachtet haben und das natürlich »nur für uns« den Himmel über der New Yorker Skyline in bunten Farben erstrahlen ließ.

Daß unsere Familien nicht dabeisein konnten, war ein Wermutstropfen, den wir hinnehmen mußten. Sechs Monate, vielleicht ein Jahr werden wir schweigen, dann werden wir es meinen Kindern, meiner Familie, unseren engen Freunden sagen und anschließend öffentlich bekanntgeben. Dann wird es sicher keine Sensation mehr sein.

New York, das war für mich schon immer ein gutes Omen. Ich muß an meine erste Reise hierher denken, damals, als ich dreiundzwanzig war und die ganze ungewisse Zukunft vor mir lag. An Patsy, die irgendwo in Amerika lebt, an Adrianne Hall aus Pittsburgh, an Junius Chambers in Harlem. Ob er wohl sein Studium abgeschlossen, seine Karriere gemacht hat? Und an Gittas Kieselstein vom Strand, den ich damals mitzubringen vergaß und den ich viele Jahre später aus einer spontanen Stimmung heraus mitnahm. Seither liegt er in meiner Zürcher Schreibtischschublade – wie eine ewige Mahnung, aufmerksam zu sein und die kleinen Gesten des Lebens im Trubel des großen Stroms nicht zu vergessen. Wie mag es ihr wohl gehen?

Vierzig Jahre ist es nun her, seit wir uns an der Ecke Kärntnerstraße/Weihburggasse getrennt haben und ich zu ahnen begann, daß mein Leben so, wie ich es lebe, auch Leid zufügt. Und daß Liebe verletzbar ist und an meiner allzu wirren Freiheitssuche scheitern kann.

Nun bin ich also wieder verheiratet und begreife es noch kaum. Ich muß an meine Eltern denken, die in einer ganz anderen Zeit eine jahrzehntelange Ehe geführt haben und sich am Ende näher schienen denn je. Was hätten sie wohl gesagt, gedacht, gefühlt, wenn sie diese letzten Tage in New York miterlebt hätten? Corinna hat meine Eltern noch kennengelernt, und sie hatten sie wegen ihrer immer fröhlichen, positiven Art ins Herz geschlossen. Manchmal schien es mir, als hätte meine Mutter sich in Corinna ein wenig wiedererkannt. Sicher hofften sie, daß Corinna meinem Leben endlich so etwas wie Stabilität verleihen und mich zur Ruhe kommen lassen würde.

Langsam erreichen wir Europa. Noch ein paar Stunden, dann landen wir in Zürich. Wir fliegen der aufgehenden Sonne entgegen, die den Himmel bereits in ein warmes, helles Licht taucht. Unter uns die Wolken, zu denen ich als Kind immer aufgesehen habe. Eine Stimmung der Ruhe und des Angekommenseins im Unterwegssein.

Corinna erwacht, lächelt mich mit einem Strahlen an, das die Zuversicht für ein ganzes Leben in sich trägt.

»Guten Morgen! Hast du gar nicht geschlafen?« Ich schüttle den Kopf. Die Stewardeß serviert das Frühstück. Corinna bestellt Champagner und zwei Gläser, schenkt uns ein. Wir stoßen an. »Auf die Zukunft.« – »Auf unser neues Leben.« – »Und darauf, daß alles so bleibt wie es ist und sich gleichzeitig doch immer verändert.« – »Auf die Paradoxien des Lebens, den Aufbruch zu neuen Ufern und auf die Liebe.«

Freddy und Christine sind nach vorn gekommen, stoßen mit uns an.

»Wunderbar, daß du alter Lump jetzt endlich auch unter der Haube bist«, meint er. Wir lachen, die Sonne scheint mir ins Gesicht, und ich spüre einen jener kostbaren Momente im Leben, der mir sagt, daß alles gut werden wird.

Eine Zeit erlischt – Barendorf bei Lüneburg, Januar 2001

»Weißt du, mit der Heimaterde hast du ihm eine riesige Freude gemacht, das hat ihm soviel bedeutet. Jeden Tag hat er sie angesehen und von Rußland erzählt«, raunt Hilde Bockelmann mir leise zu, um die Zeremonie nicht zu stören.

Nieselregen auf dem kleinen Friedhof in Barendorf. Die Familie, die beiden Töchter, die Enkel, Nichten und Neffen sind versammelt. Weiße Blumengebinde um sein Grab herum. Onkel Johnny ist vor einer Woche gestorben. Er ist 87 Jahre alt geworden, hat das neue Jahrtausend noch erlebt, hat am vergangenen Neujahrstag den 51. Jahrestag seiner Rückkehr aus der russischen Kriegsgefangenschaft gefeiert, seine »zweite Geburt«.

Ich habe die Nachricht von seinem Tod nach einem Konzert bekommen, bin wieder einmal auf Tournee. Der freie Tag gestern hat es möglich gemacht, daß ich heute hier sein kann.

»Ich bin so froh darüber, daß Johnny meine Rußlandreise noch miterlebt hat, daß ich ihm noch ein bißchen aus der Welt seiner Kindheit nach Frankfurt bringen konnte«, gebe ich leise zurück.

Vor wenigen Monaten war ich in Moskau auf den Spuren meines Großvaters in der Kindheitswelt meines Vaters und seiner Brüder. Ich habe das Bolschoj-Theater mit Apollo auf dem Dach gesehen, die Zarenglocke am Kreml, die Butyrka, das Bankhaus der ehemaligen Junker-Bank am Kusnezkij Most, das inzwischen zur russischen Außenhandelsbank geworden ist, habe im Hotel Metropol gewohnt, dessen Brunnen es tatsächlich noch gibt, habe das Wohnhaus gesehen, in dem inzwischen die Moskauer Straßenbaubehörde untergebracht ist und habe aus dem letzten Rest des ehemaligen Gartens, der zum Großteil inzwischen einem Parkplatz weichen mußte, Heimaterde mitgebracht.

»Er ist friedlich eingeschlafen«, flüstert Hilde, die Liebe seines Lebens, die er nach seiner Rückkehr aus der Gefangenschaft geheiratet und mit der er sein Leben verbracht hat, ein glückliches, erfülltes Leben ohne Groll über die verlorenen Jahre, sondern voll Dankbarkeit über sein Überleben, die Chance, alt zu werden, die nicht viele Schicksalsgenossen hatten. Hilde hat auch am Ende seine Hand gehalten.

»Er hat noch gesagt, Rudi, Werner, Erwin und Mama seien gekommen, sie seien im Zimmer, ich müsse sie doch sehen, sie seien gekommen, um ihn zu holen, sie würden auf ihn warten. Es hat ihn getröstet, von da an war er ganz ruhig.« Sie schluckt schwer, dann lächelt sie. »Und er ist in einem Anzug von Adolf Sterzig, dem Schneider aus dem Lager beerdigt worden, darauf hat er bestanden. Weder im Leben noch im Tod wolle er einen Anzug tragen, der nicht von Adolf Sterzig gemacht sei. Typisch Johnny...«

Ich nicke lächelnd. Nachdenklich sehe ich auf die Gräber vor uns. Außer meinen Eltern, die in Ottmanach begraben sein wollten, solange einer von uns Söhnen dort lebt und außer Heinrich, der kurz vor Kriegsende in Meran gestorben ist und dort beerdigt wurde, liegt die ganze Familie hier: Werner, Erwin, Gert, der kleine Mischa, meine »schwarze Omi« Anna, sogar Pascha und nun auch Onkel Johnny. Vor wenigen Wochen habe ich ihn noch besucht und ihm ein baldiges Wiedersehen versprochen, spätestens wenn die Tournee mich wieder nach Frankfurt führt. Das wäre in vier Wochen gewesen. Nun wird er hier in Barendorf beerdigt, direkt neben dem Weg, den er vor fast fünfzig Jahren nach seiner Entlassung aus der Gefangenschaft gegangen ist, dem Weg am Friedhof vorbei nach Scharnebeck, dem Weg, den er geradeaus ging und auf dem er zum ersten Mal begriff, was es bedeutete, wieder frei zu sein.

Nun ist also der letzte der fünf Brüder gestorben, der letzte aus der Generation meines Vaters. Und vielleicht ist es das letzte Mal, daß die Familie hier zusammenkommt. Das Gut Barendorf, das Heinrich 1920 gekauft und lange mit seiner Familie bewohnt hat, ist ohnehin schon lange nicht mehr im Familienbesitz. Die verbliebene Villa und der Rest des Grundstücks, das Haus, in dem ich die letzte Kriegszeit und das Kriegsende erlebt habe, soll nun ebenfalls verkauft werden. Dann wird einzig der Lamisch in Österreich, auf dem mein Bruder Manfred heute lebt, von Heinrich Bockelmanns ehemaligem Imperium übrig sein. Ein karger Rest.

Beinahe die ganze Ortschaft Barendorf hat einst den Bockelmanns gehört. Das Gut war jahrzehntelang der größte Arbeitgeber der Gemeinde. Doch wenn man heute junge oder neu zugezogene Bürger der Gemeinde nach dem Namen Bockelmann fragt, ist er kaum noch jemandem ein Begriff. Spuren verwischen. Heute schneller denn je. Und wenn die Kränze auf Onkel Johnnys Grab verwelkt, die Wunden in der frisch ausgehobenen Erde verschlossen sein werden, wird auch er in Vergessenheit geraten, dann wird eine große Zeit erloschen sein.

In der zum Verkauf ausgeschriebenen Villa mit Onkel Gerts in Afrika geschossenem Löwen an der Wand heben wir ein letztes Mal das Glas auf Onkel Johnny, dann muß ich weiter. Abends habe ich meinen nächsten Auftritt in Hannover. Keine Zeit, innezuhalten. Ich werde ihm den heutigen Abend widmen, mehr kann ich nicht mehr tun. Und in mir entsteht eine Frage, setzt sich in meinen Gedanken fest: Was, wenn ich das Haus kaufe, eine Begegnungsstätte hier einrichte, das Gestern mit dem Heute verbinde und ins Morgen führe, aus Tradition und dem, was mein Großvater erschaffen hat, etwas Neues entstehen lasse? Könnte ich, der Enkel, von dem mein Großvater sicher am wenigsten erwartet hat, derjenige sein, der die alte Zeit vor dem Versinken bewahrt? Oder wäre es ein Festklammern an etwas, das nur im Gestern seine Erfüllung fand? Die Frage wird mich sicher in den nächsten Monaten beschäftigen.

Noch ein paar Schritte geradeaus gehen auf Onkel Johnnys »Freiheitsweg«, dann kommt mein Fahrer und holt mich ab. Schnell versinkt Barendorf im Dunst des Nieselregens hinter uns.

Brücken zwischen den Zeiten – Wien, Juli 2001

Das 67 Meter hohe Riesenrad dreht sich langsam hoch über meinem Kopf. In den Gondeln Paare auf Flitterwochen, Großeltern mit ihren Enkelkindern, ganze Familien, Touristen, Schulklassen, Jungverliebte. Von der nahen Straße her mischt sich das Hufgeklapper der Fiaker wie vor hundert Jahren mit dem Straßenlärm des 21. Jahrhunderts. Stimmengewirr. Clowns, Akrobaten, Feuerschlucker, ein Spiegelkabinett, kleinere Fahrgeschäfte, Zuckerwatte, ein Leierkastenmann. Jemand führt einen Schimpansen an der Leine, ein anderer jongliert. An einer Wurfbude kann man Stofftiere gewinnen, an einer Schießbude Rosen mit einem Gewehr erbeuten. Nur die Mode und einige sehr neuzeitliche halsbrecherische Fahrgeschäfte unterscheiden den Prater von heute von jenen Bildern von früher, die man kennt. Die Menschen tragen keine Hüte mehr, die Frauen keine langen Kleider und Sonnenschirme, sonst scheint sich in Wiens Naherholungs- und Vergnügungspark, dem ehemaligen kaiserlichen Jagdgebiet, das vom fortschrittlichen Kaiser Josef II. im 18. Jahrhundert dem Volk gewidmet wurde, nicht viel geändert zu haben. Jedesmal wieder ein Eintreten in eine ganz andere Welt.

An einer Litfaßsäule ein Plakat, das für mein Konzert in der Staatsoper wirbt, überklebt mit dem »Ausverkauft!«-Schild. Bald wird es abgenommen und durch ein anderes ersetzt worden sein. Das Konzert ist einige Tage her, und noch immer habe ich nicht ganz begriffen, daß ich tatsächlich in den »Heiligen Hallen« der Staatsoper gespielt, daß ich dort ein Solo-Konzert ganz allein am Klavier, bei manchen Liedern unterstützt von dem Geiger Christian Fink, gegeben habe. Ein Höhepunkt meiner Karriere, und wieder der Gedanke: Was, wenn meine Eltern das noch miterlebt hätten?

Mehr als fünfzig Jahre ist es her, seit meine Mutter mich als Sechzehnjährigen auf meiner ersten Reise nach Wien zu meinem ersten Schritt in die Musikwelt, dem Finale des großen österreichischen Komponistenwettbewerbs begleitet hat, zu dem man mich eingeladen hatte. 300 Komponisten, darunter auch viele Berufskomponisten Österreichs, haben daran teilgenommen, und ich habe mit meinem Lied »Je t'aime« als jüngster Teilnehmer gewonnen – und schon für Tage geglaubt, nun liege mir die Welt zu Füßen. Was für ein langer Weg war danach noch zu gehen, wie viele Stolpersteine, Zweifel und Ängste lagen damals noch vor mir, und wie weit war es bis heute, bis zu diesem Konzert in der legendären Wiener Staatsoper, einer Bühne, von der ich noch nicht einmal zu träumen gewagt hatte.

Ich habe schon des öfteren auf »klassischen« Bühnen gespielt, ob im Leipziger »Gewandhaus« oder im »Concertgebouw« in Amsterdam, ob im Großen Festspielhaus in Salzburg oder in der

Berliner Philharmonie, aber die Wiener Staatsoper, das ist schon etwas ganz Besonderes. Vielleicht auch, weil ich mit dieser Stadt so wichtige Jahre meines Lebens, so wichtige Erfahrungen verbinde, die Sommer, in denen ich mit dem Orchester Johannes Fehring im Volksgarten gespielt habe, die Jahre mit meiner ersten Liebe Gitta. Mehr als vierzig Jahre ist es her, seit wir uns an der Ecke Kärntnerstraße/Weihburggasse getrennt und nie mehr wiedergesehen haben. Mehr als vierzig Jahre lang haben wir nichts voneinander gehört. Doch heute werde ich ihr wieder begegnen.

Ich taste nach dem Stein in meiner Tasche, dem Kieselstein vom Strand in Amerika, den ich ihr 1957 versprochen und damals natürlich vergessen habe. Heute habe ich ihn dabei. Wie werden wohl die ersten Augenblicke sein, das erste Wort, das erste Lächeln? Wie wird sie aussehen? Werde ich sie überhaupt noch erkennen? Werden wir uns noch etwas zu sagen haben?

Mein Bruder Joe hat mir all die Jahre verschwiegen, daß er die ganze Zeit hindurch lose den Kontakt mit ihr gehalten hat. Sie hatte ihn darum gebeten, es mir nicht zu sagen, sie wolle im Hintergrund bleiben. Erst jetzt, nach mehr als vierzig Jahren, hat sie sich dazu entschlossen, sich einem Wiedersehen zu öffnen. Sie war in meinem Staatsopernkonzert. Joe hat mir davon erzählt, auch davon, wie sehr sie mitgefiebert hat. Und er hat ein Treffen organisiert: heute abend im »Schweizerhaus«, seit Jahrzehnten unser Stammbiergarten im Wiener Prater. Der Kieselstein vom Strand in Amerika ist in meiner Tasche. Vielleicht werde ich ihn ihr heute Abend überreichen, wenn die Situation es zuläßt. Wahrscheinlich ist es aber auch einfach lächerlich. Sicher hat sie den Stein und ihren Wunsch von damals sowieso schon längst vergessen.

Der riesige Garten des »Schweizerhauses« ist gefüllt bis auf den letzten Platz. Im Schatten der Kastanien- und Nußbäume genießen die Menschen die milde Luft des späten Nachmittags, unterhalten sich, heben ihre Gläser, lachen. Ich mache mich auf zu unserem »Stammtisch« unter dem großen Nußbaum, halte noch einmal inne, atme noch einmal durch, frage mich, ob es noch etwas Verbindendes zwischen uns gibt oder ob die Zeit sich zwischen uns gestellt und eine Kluft aufgerissen haben könnte, die durch Worte nicht mehr zu überbrücken ist.

Vielleicht war es eine ganz schlechte Idee herzukommen, vielleicht sollte man die Vergangenheit und das eigene Bild, das man sich von ihr gemacht hat, ruhen lassen. Was, wenn Gitta gar nicht mehr der Mensch ist, den ich in Erinnerung habe? Was, wenn dort eine verbitterte, alte Frau sitzt, die mit Gitta gar nichts mehr zu tun hat? Vielleicht sollte ich erst ganz vorsichtig um die Ecke schielen, und wenn dort bei Joe und Christa eine mir fremde Frau sitzt, umkehren, Joe anrufen und mich unter irgendeinem Vorwand entschuldigen? Aber das wäre feige. Nein, es gibt nur einen Weg: den nach vorn. Was immer der Abend mir bringt, ich werde das Beste daraus machen, und Joe ist ja auch noch da.

Ich atme tief durch, dann biege ich um die Ecke und sehe Joe, seine Frau Christa – und dann, zunächst noch von Joe fast verdeckt, – Gitta. Und sie sieht fast genauso aus wie früher. Natürlich ist sie älter geworden, aber ich erkenne sofort die junge Frau von damals in ihr. Die gleichen großen, ausdrucksvollen Augen, die gleichen kupferroten Haare, die gleiche Frisur, der gleiche kluge, wache Blick, das gleiche Lächeln. Ein kurzer schüchterner Moment, dann kommt sie auf mich zu und umarmt mich wie selbstverständlich und beinahe wie damals.

»Schön, dich wiederzusehen!« Ein etwas hilfloser erster Satz. Sie spricht ihn leise, hält mich lange fest, und es schmelzen all die Jahrzehnte zu einem Nichts zusammen.

Stunden vergehen wie Augenblicke. Erinnerungen schlagen Brücken zwischen den Zeiten. Gestern und Heute verschmelzen zu einer beinahe surrealen Gleichzeitigkeit. Die späte Dunkelheit des Sommers hat sich über die Stadt gesenkt. In den engen Gassen des Zentrums staut sich die Hitze des Tages, in Betonwänden gefangen. Mein Bruder Joe und seine Frau Christa sind längst nach Hause gegangen. Gitta und ich haben uns zum Luegerplatz am Stadtpark bringen lassen. Wir möchten noch ein paar Schritte gehen, den Weg von »damals«.

Im Café Prückl sitzen wenige Menschen an den Tischen auf der Straße. Einzelne Nachtschwärmer flanieren an uns vorbei. Ansonsten ist alles ruhig. Die Wollzeile ist menschenleer, ein einzelner Wagen nähert sich uns und zieht langsam an uns vorbei. Dann wird es wieder still. Die Gitter und Rolläden vor den Geschäften sind geschlossen. Ein Blumenverkäufer eilt mit einem Arm voller Rosen an uns vorbei auf dem Weg in die Bars und Lokale der Innenstadt. Ich halte ihn auf, kaufe ihm eine Rose ab genau wie damals.

»Warum hast du eigentlich nie geheiratet?« frage ich Gitta ruhig.

Sie sieht mich überrascht an. »Weil es sich nicht ergeben hat. Und ich bin froh darüber, daß heute alles genau so ist, wie es ist! Ich genieße mein Leben. Ich habe viel gearbeitet, Theater, Fernsehen, auch manchmal im Film. Ein Star bin ich nie geworden, und das wollte ich auch nie sein, aber ich habe schöne Rollen gespielt, bin finanziell gut versorgt, und ich hatte und habe einen wunderbaren Freundeskreis, reise gern. Ich genieße jeden einzelnen Tag. Es ist alles so, wie es sein soll! Wirklich! Das Leben ist einfach herrlich!« Sie sieht mich offen an, und ihre Augen sind voll Energie und Lebensfreude.

»Dann hast du es also nicht bereut?«

Sie lacht kurz auf, dann wird sie wieder ernst, sieht mich eindringlich an. »Was soll ich denn bereut haben?« Sie hält inne, dann meint sie ruhig: »Die vier Jahre, die wir miteinander hatten, waren die schönsten und vielleicht wichtigsten Jahre meines Lebens. Was wir uns in dieser Zeit gegeben haben, kann mir niemand mehr nehmen, diese Liebe und alles, was ich dabei erlebt habe, bleibt doch, auch wenn es zur Vergangenheit gehört.« Sie sieht mich nachdenklich an. »Aber natürlich bereue ich auch nicht, daß wir uns getrennt haben. Es hat weh getan, natürlich, aber es war richtig so.« Sie spricht den letzten Satz mit Nachdruck, spielt nachdenklich mit der Rose in ihrer Hand. »Glaubst du, wir würden heute so friedlich und liebevoll nebeneinander durch die Stadt laufen, wenn wir geheiratet hätten?« Sie macht eine kurze Pause, sieht mich herausfordernd an, dann lacht sie und gibt die Antwort selbst, bevor ich etwas sagen kann. »Sicher nicht! Wahrscheinlich wären wir längst geschieden, hätten die schöne Zeit zerstört, die wir uns durch unsere Trennung bewahrt haben, auch wenn das paradox klingt.« Sie streicht sich eine Strähne aus der Stirn.

Ich nicke. »Wahrscheinlich hast du recht...«

Energisch fährt sie fort: »*Natürlich* hab ich recht! Das ist eben gelebtes Leben. Wir haben alles ausgekostet, bis es eben vorbei war.« Sie unterbricht sich, läßt einen Radfahrer vorbei, der sich wild klingelnd auf dem Gehweg Vorfahrt verschafft. »Nein, ich bereue nichts, gar nichts! Du etwa?«

Herausfordernd sieht sie mich an.

»Natürlich nicht, aber manchmal mache ich mir schon Gedanken über die Menschen, die ich bei meinem turbulenten Leben zurückgelassen habe«, erwidere ich nachdenklich. »Und ich muß mir wahrscheinlich schon die Frage gefallen lassen, warum ich eigentlich nie in der Lage war, der Liebe alles andere unterzuordnen.«

Sie lacht. »Weil du dann keine Karriere gemacht hättest! Das ist doch ganz einfach. *Ich* jedenfalls sehe mich dabei ganz und gar nicht als Opfer.«

Überrascht von soviel Offenheit sehe ich sie an. »Es freut mich natürlich, daß du das so siehst.«

Sie hakt sich wie selbstverständlich bei mir unter. »Und du ahnst nicht, wie sehr ich mich über deine Karriere gefreut habe. Als du bei der Eurovision warst, hab ich mitgefiebert, und von da an war alles, was du getan hast, ja ein öffentliches Thema. Du warst also immer irgendwie in ›meinem Leben‹. Und ich war so froh, zu merken, daß du wirklich deinen ganz eigenen Weg gefunden hast. Da war ich beinahe stolz.«

Sie lacht.

Ich zünde mir eine Zigarette an. »Daran warst du auch nicht ganz unbeteiligt. Du hast mir ja damals in Rotterdam ganz klar gesagt, daß du etwas anderes von mir erwartest als irgendwelche Lieder aufzunehmen, die die Produzenten mir aufzwingen. Das hat Eindruck auf mich gemacht, und mir war von diesem Tag an klar, daß ich etwas verändern muß.«

Inzwischen sind wir am Stephansplatz angekommen. Hier herrscht selbst im Hochsommer meistens ein heftiger Wind, der an uns zerrt. Einige Fiaker stehen noch bereit und warten auf Kundschaft. Pferde schnauben. Ein Eisverkäufer hat regen Zulauf. Die Straßencafés sind jetzt gut besucht. Die Theater- und Kinovorstellungen sind wohl zu Ende, die Menschen kehren auf dem Heimweg noch auf einen kühlen Drink irgendwo ein. Leise Musik aus der offenen Tür eines Cafés. Wir entschließen uns, einen kleinen Schlenker über die »Broadway Bar« zu machen, dem aktuellen Musiker- und Künstlertreffpunkt in Wien.

Heute ist es ruhig. Die Musiker, die sich hier treffen, kommen meistens erst irgendwann nach Mitternacht. Auch ich habe hier schon herrliche Musiknächte mit klassischen Musikern, die hier einfach aus Spaß musizieren oder gerade vor ein paar Tagen mit Popgrößen wie Billy Joel erlebt, mit dem ich vierhändig gespielt und ein halbstündiges, spontanes »Minikonzert« gegeben habe.

Wir nehmen einen Tisch in der Ecke. Béla, der Besitzer, ein ungarischer Pianist, zündet uns eine Kerze an.

»Daß wir jetzt, nach 43 Jahren, gemeinsam hier sitzen, das kommt mir immer noch beinahe unwirklich vor«, meint Gitta leise. Und nach einer Pause, in der sie nachdenklich in die zuckende Flamme der Kerze auf unserem Tisch sieht, fügt sie lächelnd hinzu: »Weißt du eigentlich, wann ich wußte, daß es im Grunde vorbei ist, daß wir keine Zukunft haben?«

Ich schüttle den Kopf, sehe sie fragend an. »Nein.«

Sie schaut mich direkt an. »Das wird dir vielleicht merkwürdig vorkommen, aber für mich war das klar, als du den Kieselstein aus Amerika vergessen hast.« Sie lacht. »Es war so eine Kleinigkeit und eigentlich so unwichtig, aber daran habe ich doch gemerkt, daß du dich ganz langsam von mir entfernst.«

Sie legt gedankenverloren die Hände um ihr Glas.

Ich nicke, greife in die Tasche, spüre den Stein, bin immer noch ein wenig unsicher, ob ich mich vielleicht lächerlich mache, beschließe dann, daß es keine Rolle spielt.

»Damals habe ich es vergessen, aber ich hoffe, daß du dies hier trotz der kleinen Verspätung von 43 Jahren noch annimmst« – und lege ihr lachend den Stein so beiläufig wie möglich auf den Tisch.

Fassungslos sieht sie mich an. »Das ist jetzt aber nicht wahr, oder? Wo hast du denn jetzt plötzlich diesen Stein her?«

»Den hab ich vor beinahe zwanzig Jahren vom Strand in Kalifornien mitgebracht und seither in meinem Schreibtisch gehabt. Und heute kann ich ihn dir endlich geben.«

Stumm legt sie den Stein auf ihre Hand, betrachtet ihn mit nachdenklichem Blick im Kerzenschein, streicht mit dem Finger darüber und meint dann leise lächelnd. »Du hast keine Ahnung, was mir das heute bedeutet – davon, was es mir *damals* bedeutet hätte, wollen wir gar nicht reden. Danke.« Und umschließt ihn fest mit ihrer Hand.

Es ist sternklare Nacht, als wir die Ecke Kärntnerstraße/Weihburggasse erreichen. »Ja, ich wohne immer noch hier.«

Damals haben wir uns hier, an dieser Ecke, getrennt. Sie war eine junge Frau von 28 Jahren, ich ein Bursche mit 25.

»Wenn unsere Wege sich wieder einmal treffen, dann werden wir uns nichts vorzuwerfen haben«, hat sie damals gesagt.

Heute gehen wir gemeinsam das kurze Stück Weges, das sie damals allein gegangen ist. Oben in der Wohnung, steht sicher noch der Bösendorfer Flügel, auf dem ich damals »Jenny« komponiert habe, denke ich mir. Erinnerungen.

Wir umarmen uns an der Haustür. Sie gibt mir die Rose zurück, die ich ihr vorhin geschenkt habe. »Bring die doch Johann Strauß, so wie damals, das ist die richtige Nacht dafür. Und ich hab ja jetzt den Stein!«

Diesmal wird es keine 43 Jahre dauern, bis wir uns wiedersehen, versprechen wir uns, dann schließt sich die Tür hinter ihr, und ich stehe allein in der menschenleeren Weihburggasse. Beinahe wie damals und doch ganz anders. Gelebtes Leben.

Gitta hat recht, ich werde jetzt in den Stadtpark gehen und Johann Strauß eine Rose zum Dank bringen – zum Dank für mein Konzert in der Staatsoper und für all das, was mein Musikerleben mir geschenkt hat.

Hufgetrappel hallt von den Häuserwänden der engen Gasse wider, als ich mich auf den Weg mache. Ein jungverliebtes Pärchen auf nächtlicher Fahrt durch die Stadt. Romantik, die ein Leben lang verbinden soll. Was wird die Zukunft diesen jungen Menschen bringen, die da eng umschlungen durch das nächtliche Wien fahren und wahrscheinlich noch glauben, es genügt, wenn man sich liebt, und der Zauber des Augenblicks reicht aus, um das gemeinsame Leben zu bestehen. Sie wissen es nicht, und das ist gut so.

Lächelnd schlendere ich Richtung Stadtpark und bin unendlich froh darüber, daß man die Wege und Irrwege des Lebens nicht planen kann.

»Hier ein Lächeln und dort Narben, ein paar Tränen mittendrin« – Kärnten, Mitte August 2003

Mein Wagen gleitet ruhig und gleichmäßig dahin.

»Wer sieht den See zuerst?« haben wir, als ich Kind war, immer, wenn wir von weither zurückkamen, mit meinem Vater gespielt, später haben meine Kinder genauso begeistert nach dem ersten Schimmern des Wassers gesucht, und selbst heute noch warte ich jedesmal gespannt auf den Moment und mache ihn zu etwas ganz Besonderem.

Ich fahre die Seeuferstraße zwischen Pörtschach und Klagenfurt entlang. Seit ein paar Minuten liegt der Wörthersee glitzernd und funkelnd neben mir. Die Reflexionen der Sonne auf dem leicht aufgewühlten Wasser malen bizarre Lichtmuster an der Oberfläche. Geheimnisvoll tanzende Punkte, wohin man blickt. Dahinter die langgezogenen Bergketten der Karawanken, die seit meiner Kindheit den Blick nach Süden begrenzen wie Schattenrisse verschiedener Blautöne gegen den strahlenden Himmel. Der unveränderliche Blick meiner Kindheit, den ich bis heute mit Heimat verbinde. Vertrautheit mit der Veränderung der Farben im Lauf der Sonne: Tagsüber, im hellen Licht des Mittags, scheint das Panorama der Karawanken grau bis grün. Gegen Nachmittag und Abend verwandelt sich die Silhouette langsam in ein Spektrum aus blauen Schatten, unten dunkler, oben immer heller werdend, die Waldstriche fast schwarzblau. Eindrücke, die auch meinen Bruder Manfred geprägt haben und immer wieder Thema seiner Bilder sind.

Mit diesem See, diesem Anblick verbindet sich meine allererste bewußte Erinnerung: eine Motorbootfahrt mit meinem älteren Bruder Joe und meinem Großvater Heinrich hier auf dem Wörthersee, als ich wohl an die vier Jahre alt war. Ich durfte für Minuten das Steuer halten. Der Duft des Sees in meiner Nase, die Freiheit, mit dem Boot über das Wasser zu gleiten. Nicht einmal das Quengeln meines Bruders. »Jetzt darf *ich* aber wieder fahren, bitte, Opa«, das er mit einem kleinen, unauffälligen Rippenstupser gegen mich unterstrich, hat mein Glücksgefühl damals gestört. Ich habe immer noch die klangvolle Stimme meines Großvaters im Ohr, der uns von seinem Vater, dem Kapitän erzählte, der seinen Dampfsegler »Henriette« von Bremen nach New York und zurück steuerte. Mein Urgroßvater, ein Kapitän! Genau das wollte ich später auch werden, das stand für mich seit jenem Nachmittag erst einmal fest, und die Erinnerung an dieses Gefühl, an jenen Tag ist für mich bis heute geblieben, genauso wie meine Liebe zum Wasser und zu allem, was sich darauf bewegt. Mein eigenes Motorboot schenkt mir immer wieder kleine Fluchten aus meinem fordernden Leben. Momente des Alleinseins, der Unerreichbarkeit, Augenblicke der puren Gegenwart, des Krafttankens und Nachdenkens. In den nächsten Tagen werde ich mir davon so viele Stunden wie nur irgend möglich gönnen.

An den Wörthersee, nach Kärnten zu kommen, das ist für mich immer noch ein Nachhausekommen, obwohl mein Zuhause, mein Lebensmittelpunkt ja seit vielen Jahren in Zürich liegt. Aber Kärnten, das war meine erste Heimat, meine ersten Erinnerungen, der Ort, an dem ich meine Kindheit verbracht habe, und das werde ich immer am allermeisten mit »Zuhausesein« verbinden. Vielleicht auch, weil dieses Zuhause ein unbequemes war, eine schwierige Zeit, die erste Welt, in der ich bestehen mußte. Die Orte, die ich mir danach zum Leben ausgesucht habe, haben mir viel weniger Widerstände entgegengesetzt. Aber hier Kind zu sein, schwächlich, kränklich in einer Welt zu sein, in der man von einem Jungen Stärke erwartete, noch dazu während des Krieges, das war schon eine ganz besondere Herausforderung. In dieser Welt, dieser Zeit, auf dem Land zu leben, zu spüren, daß man ganz andere Interessen und Fähigkeiten hat als die anderen gleichaltrigen Jungen, daß man mit all dem, was sie auszeichnet, überfordert ist und wahrscheinlich in einem normalen Leben gar keinen Platz findet. In dieser Zeit, dieser Welt festzustellen, daß man sich nur glücklich, vollständig und geborgen fühlt, wenn man Musik machen kann, das war schwierig. Und doch bin ich dankbar für diese Zeit, diese Herausforderung, die keinen Platz für Halbheiten und ein Durchschlängeln ließ, sondern mich gezwungen hat zu bestehen.

Erinnerungen, die mich reich machen.

Für ein paar Tage kehre ich wie in jedem Sommer zurück an diesen Ort meiner Kindheit, diese erste Heimat, in der ich immer noch ein bißchen unsicherer bin als in meinem sonstigen Leben, in der ich Menschen begegne, die mich schon als Kind gekannt haben, Menschen, die mich heute noch »Jürgen« nennen, beim Namen meiner Kindheit, der für mich der Name meiner Schwäche war, und denen »Udo« kaum über die Lippen geht. Es ist gut so. Es verunsichert mich, doch es ist gut, daß auch diese Erfahrungen nicht völlig untergehen und im Lauf einer grausam schnell verrinnenden Zeit versinken.

Ich fahre den Lendkanal entlang, die Straße, in der mein Vater damals, 1945, die britischen Panzerdivisionen kommen sah und wußte, daß eine neue Zeit begonnen hatte, und denke daran, wie er in dieser Stadt zuvor gelitten hatte. Monate seines Lebens in Gestapo-Haft, zum Tode verurteilt, abgemagert, eine Zeit, die er nur durch die Kraft der Erinnerung an all das Schöne, das das Leben bereithalten kann, überlebt hat, durch die Erinnerung an Tschaikowskijs »Schwanensee«, das Zwitschern eines kleinen Vogels, der immer wieder an sein Zellenfenster geflogen kam, und natürlich die Gedanken an seine Familie, an uns, die wir weit entfernt in Barendorf waren und nicht wußten, ob wir ihn jemals wiedersehen würden.

Wenige Augenblicke später liegt der Neue Platz mit dem Lindwurm vor mir, der mir früher immer viel größer erschienen war und läßt eine ganz andere Zeit auferstehen: die Jahre als Teenager, als wir Halbstarken immer am Reisebüro hier an der Ecke herumstanden, wie Humphrey Bogart eine Zigarette lässig im Mundwinkel, und uns das Leben, die große weite Welt, ferne Länder vorstellten und wie wir einmal erfolgreich sein und sie uns erobern würden. Wir ahnten ein Erwachsensein und eine Kraft des Lebens, das soviel bunter, freier, intensiver und erfolgreicher sein würde als unsere Gegenwart im grauen, Nachkriegs-Klagenfurt. Alles schien uns möglich, die Weichen waren noch nicht gestellt, seltsamer Zustand des Schwebens in unzähligen Möglichkeiten eines erahnten Lebens.

Für die meisten Freunde von damals werden diese Träume in einem normalen Alltag erstickt worden sein und nur manchmal, in der Erinnerung an frühere Tage als leise Vorstellung dessen, wie es hätte sein können, wiederauferstehen. Daß für mich die Wirklichkeit die Träume übertreffen würde, konnte ich damals natürlich noch nicht ahnen.

Gleichzeitig die ersten verliebten Gefühle, schüchterne Spaziergänge Hand in Hand durch die Stadt und erste tastende Versuche mit diesem neuen, kaum zu fassenden Gefühl. Wer besonderes Glück hatte, fuhr mit seinem Mädchen zum Kreuzbergl, dem Treffpunkt für Pärchen, die schon ein wenig über das Händchenhalten hinausgingen. Meine große Liebe von damals ging nicht mit mir zum Kreuzbergl und verließ mich schließlich für einen dreißig Jahre älteren Weinhändler – für mich ein Moment, an dem ich ernsthaft mein Leben beenden wollte – und mein erstes dramatisches Liebeslied schrieb, mit dem ich kurz danach den österreichischen Komponistenwettbewerb als jüngster Teilnehmer gewann. Wunderbare Verkehrungen von Glück und Unglück.

Mein Weg führt mich vorbei am Stadttheater. Dort habe ich mit zwölf Jahren »Das Land des Lächelns« gesehen und gefühlt, daß ich mein Leben auf der anderen Seite des Vorhangs führen muß. Und Jahre später habe ich genau dort meine erste erfüllte Liebe kennengelernt: Brigitta Köhler, die am Stadttheater als Schauspielerin gemeinsam mit Peter Weck engagiert war, während ich als Anfänger in meinem Beruf in einer Operette mitwirken durfte. Peter Weck und ich freundeten uns an, ich gab ihm Klavierunterricht und hatte so Gelegenheit, auch Gitta kennenzulernen, die ich schon lange aus der Ferne unter anderem in der Rolle der Marie in Goethes Clavigo bewunderte und verehrte. Es folgten vier intensive gemeinsame Jahre, in denen sie mir auch half, zu erkennen, was für mich in meinem Beruf wichtig ist, und meinen Weg zu finden, dann die Trennung – und vor zwei Jahren ein Wiedersehen nach mehr als vierzig Jahren. Wie im Film gleiten Orte und ihre Geschichte an mir vorbei, tragen mich fort aus Zeit und Raum, vom Hier und Jetzt.

Wie hätte sich mein Leben entwickelt, wenn ich damals in die Zukunft hätte sehen können? Hätte es mich gelassener gemacht? Nervöser? Selbstgerechter? Ruhiger? Ich bin froh darüber, daß man das nicht kann, daß man das Leben nur in der Gegenwart leben kann, jeden einzelnen Tag bestehen muß, daß die Zukunft nur schemenhaft vor einem liegt, undurchschaubar und täglich veränderbar. Bin ich noch derselbe Mensch wie damals? Manchmal scheint es mir, als hätte jedes Lebensjahrzehnt sein eigenes Bewußtsein, seine eigene Selbst- und Weltwahrnehmung, seine eigene Gefühlswirklichkeit. Keine ist besser oder wahrer als die andere, doch jede hat ihre Zeit. Heute, kurz vor meinem siebzigsten Lebensjahr stehen die Wirklichkeiten der Vergangenheit gleichzeitig vor mir – in Erinnerungen gebannt. Ich kann sie für Momente wieder fühlen und doch nicht ganz in sie eintauchen, kann nicht mehr der sein oder nicht mehr wie derjenige empfinden, der ich vor zehn, zwanzig, dreißig Jahren oder in meiner Jugend war – ich kann es aber verstehen und für Augenblicke wieder zur Gegenwart machen. Doch ich könnte nicht mehr darin leben.

Welchen Rat würde ich aus heutiger Sicht mir selbst vor dreißig oder vierzig Jahren geben? Ich weiß es nicht. Jede Lebensphase muß mit ganzer Seele durchlebt und auch durchlitten werden. Nichts läßt sich überspringen. Und ich bin gespannt, welche Erfahrungen ich heute, morgen, übermorgen machen werde, welche Wirklichkeit meiner Seele für mich in der restlichen Zeit meines Lebens gelten wird.

Inzwischen bin ich in Ottmanach angekommen, auch hier ein Gast in früheren Zeiten, der Welt meiner Kindheit und Jugend. Ich parke an der Kirche mit dem Friedhof, auf dem meine Eltern begraben liegen, wenige Meter von der Volksschule entfernt, meiner ersten Bewährungsprobe im Leben, an der ich beinahe verzweifelt bin. Gleich daneben Schloß Ottmanach, in dem ich meine Kindheit und Jugend verbracht habe. Ein zaghafter Blick in den Park, die Allee, die meine Kindheit begleitet hat. Daneben die kleine Mauer, auf der ich immer lag und mich in ferne Welten geträumt habe, die Wiese unter den Bäumen, in deren Schatten ich dem Tanz der Schwalben zusah und für Augenblicke selbst eine Schwalbe war, leicht, frei, unbekümmert der Welt entfloh. Es ist nicht mehr mein Zuhause, und doch überkommt mich ein merkwürdiges Gefühl leiser Nachdenklichkeit, wenn ich diesen Ort wiedersehe, dessen Grundmauern so unerschütterlich scheinen und mich so lange beschützt haben. Tempi passati.

Mein Vater war viel jünger als ich heute, als er das Schloß verkaufen mußte, ein Gedanke, der meine Vorstellungskraft übersteigt. Lange schon ist mein Vater nicht mehr am Leben, gerade bin ich an der kleinen Aufbahrungshalle vorbeigekommen, in der ich damals von ihm Abschied genommen und ein letztes Mal meinen »Valse Musette« für ihn gespielt habe. Doch für mich liegt er nicht in diesem Grab am kleinen Friedhof hinter mir, sondern er ist immer noch der Mann in seinen besten Jahren, an den ich mich erinnere, und bis heute frage ich mich an wichtigen Wendepunkten meines Lebens: »Was würde mein Vater mir raten? Wie würde *er* die Dinge sehen?« Und bin für Momente dann wieder Sohn, ein junger Mann, der sich Rat beim älteren, erfahreneren Vater holt.

Für Augenblicke entfliehe ich damit auch dem kaum zu fassenden Bewußtsein, daß meine Brüder und ich inzwischen selbst die Väter- und Großvätergeneration unserer Familie sind. Ohne es wirklich zu merken, haben wir, während wir unser Leben lebten und immer darauf warteten, es ganz zu durchdringen und zu begreifen, ein Alter erreicht, dessen Zahl wir gar nicht wirklich erfassen können: Mein älterer Bruder Joe ist schon vor zwei Jahren 70 geworden, mir steht das Überschreiten dieser Schwelle im nächsten Jahr bevor, und selbst mein »kleiner« Bruder Manfred hat vor wenigen Wochen die 60 überschritten. Wir haben Kinder, die längst erwachsen sind, ich bin wie mein Bruder Joe Großvater, eine Rolle, die ich für mich noch gar nicht definiert habe.

Früher waren Großväter mächtige Gestalten, Männer, die wußten, wie das Spiel des Lebens zu spielen und zu gewinnen ist, Männer, vor denen selbst unsere starken Väter Respekt hatten, und nun soll *ich* so jemand sein? Ich schüttle ratlos den Kopf bei dem Gedanken und hoffe, meine Kinder erwarten von mir nicht die fehlerlose Erfüllung dieser Rolle. Schon als Vater war ich ja immer unvollkommen – und durfte es zum Glück auch sein.

Die Rollenbilder in der Gesellschaft haben sich seit meiner eigenen Kindheit mehrmals revolutionär verändert. Vater zu sein hielt für meinen Vater ganz andere Aufgaben bereit als für mich, und für meinen Sohn bedeutet es wieder ein ganz anderes Verständnis. Und Großvater zu sein, das bedeutet gewiß nicht mehr annähernd das gleiche wie in meiner eigenen Kindheit. Hätte mein Großvater Heinrich sich in unserer neuen Zeit zurechtgefunden? Und was wird er seinen Ur-Ur-Enkeln bedeuten? Er wird in ihrem Leben sicher keine wichtige Rolle spielen. Ein paar Photos, ein Name, vielleicht eine geheimnisvolle Geschichte, mehr werden sie nicht mit ihm verbinden. Die Uhr werden meine Enkel zwar kennen, aber kaum noch das Spiel mit dem Klang der Zeit, das mein Großvater mit seinen Söhnen und mein Vater mit uns gespielt hat. Schon meine Kinder haben kaum Erinnerungen an dieses Spiel, das ich ihnen viel zuwenig nahegebracht habe, beinahe verloren im Strom der Zeit. Traditionen verblassen, werden durch neue ersetzt. Wahrscheinlich ist es gut so.

Die Bockelmannsche Familientradition, Weihnachten und Ostern auf russische Art zu feiern, ist beinahe ausgestorben. Mein Bruder Manfred ist der einzige von uns drei Brüdern, der sie noch hochhält und seiner dreizehnjährigen Tochter Leonie näherbringt. Und obwohl sie ihren Großvater Rudolf Bockelmann niemals kennengelernt hat, liebt sie wie er seit ihrer frühen Kindheit Tschaikowskijs »Schwanensee« und das Ballett. Merkwürdige Gemeinsamkeit von Lebenserfahrungen, durch Generationen und Zeiten getrennt. Es wird etwas ganz Neues daraus entstehen. Das Leben schreitet voran, und das einzig Beständige ist die Veränderung.

Ich beschließe, das Stück zum Lamisch zu Fuß zu gehen, den Weg, den ich auch immer wieder mit meinem Vater gegangen bin, wenn wir etwas zu besprechen hatten und er vorschlug: »Laß uns einen Spaziergang machen.« Hier wurden in Gesprächen wichtige Weichen für mein Leben gestellt.

Vom Waldrand aus, an dem ich entlangspaziere, sind die riesigen Felder zu sehen, die früher zu unserem Gut gehört haben, der Eixendorfer Boden, auf dem ich als Kind Rüben verziehen mußte, aber auch Traktorfahren gelernt habe.

Am Wegesrand die drei Eichen, die mein Vater für uns drei Söhne zu unserer Geburt gepflanzt hat. Inzwischen sind es stattliche Bäume, geprägt von der Zeit, dem Klima, den Kärntner Sommern und den oft harten Wintern. Ich setze mich am Fuße »meines« Baums auf die Wiese, kann von hier aus das ganze Tal überblicken, im Hintergrund die Karawanken. Ein Moment des Zurückgezogenseins von der Welt, ganz wie in meiner Kindheit. Die Sonne steht inzwischen tief, die Schatten sind härter geworden. Am Licht des späten Sommers ahnt man manchmal schon den September.

Wenn ich an all das denke, was ich in meinem Leben erfahren habe, kann ich manchmal kaum begreifen, daß das alles *mein* Leben gewesen ist und daß es nun bald sieben Jahrzehnte umfassen soll. Die Zahl, die mein Alter mißt, macht mir manchmal angst, flößt mir zumindest Respekt ein. Wieviel Zeit werde ich noch haben, um auch morgen etwas zu bewegen, um ein Leben zu führen, das nach vorne gerichtet ist? Die Perspektive in die Vergangenheit ist um so vieles länger als jene in die Zukunft. Durch die Sanduhr meines Lebens läuft schon lange nicht mehr Sand, sondern pures Gold.

Wie kann ich mit Mut auf die Zukunft zugehen, ohne jeden Tag als ein Abschiednehmen von der Welt zu empfinden, aber auch ohne mich mit einem peinlichen Festklammern an eine lang vergangene Jugend zu betäuben? Ich bin nicht mehr jung, aber ich fühle mich auch nicht alt, bin des Lebens und der Erfahrungen nicht müde, fühle mich nicht verbraucht oder kraftlos. Wie kann man mit diesem Lebensgefühl mit Würde, Selbstachtung und Ehrlichkeit sich selbst gegenüber den Stempel negieren, den die Zahl 70 einem aufdrückt? Welchen Rat kann ich mir selbst für die kommende Zeit geben? Sicher nur den, sehr bewußt mit der Zeit als der wichtigsten Ressource in meinem Leben umzugehen, sorgfältig zu planen, welchen Aufgaben ich mich stellen möchte.

Vorbilder dafür gibt es kaum. Früher ist man anders alt geworden. Mein Vater war mit 70 ein alter Mann, von beginnender schwerer Krankheit gezeichnet, ein Mann, der sein Leben gelebt hatte und seine Lebensfreude in großem Maße auf uns Söhne projiziert hat. In meiner Jugend waren die meisten Menschen jenseits der 60 Greise. Nicht nur, weil *wir* sie mit der Arroganz und Distanz der Jugend so gesehen haben, sondern sicher vor allem, weil sie *sich selbst* so gesehen und mit der Welt abgeschlossen haben. Mein Lied »Mit 66 Jahren fängt das Leben an« habe ich, als ich Anfang 40 war, sicher auch aus Beklemmung gegenüber einer Welt geschrieben, in der ein ganzer Teil der Gesellschaft sich selbst von aller Lebendigkeit ausgeschlossen hat.

Heute ist eine ganz andere Generation 60 und älter geworden, Menschen, die noch etwas bewegen, die nicht am Ende ihres Weges angekommen sind, die noch Ziele haben, neugierig sind, die Lebensfreude leben, die sich nicht einfach beiseite schieben lassen, die sich noch ernstnehmen und die ernstgenommen werden. Und auch meine eigene Antwort auf all die ungelösten Fragen des Lebens kann eigentlich nur eine einzige sein: weiter meinen Weg zu gehen – geradeaus, wie es mich mein Großvater und mein Onkel Johnny gelehrt haben – und zu sehen, wohin er mich führt. Und mein Weg ist nun einmal die Musik, eine andere Antwort auf alle Fragen, alle Euphorie und alle Beklemmung des Lebens habe ich nie kennengelernt. Und mein Beruf stellt mich vor die wunderbare Möglichkeit, in meinem Alter wie in jedem anderen Alter zuvor immer wieder neu beginnen zu können: Jedes neue Lied ist ein Neubeginn, der die neuen Erfahrungen, die neuen Themen, die neuen Klänge meines Lebens, der Zeit, in der ich lebe, mit erfaßt, jeder Auftritt muß aufs neue die Menschen erreichen, der Erfolg von gestern zählt dabei nicht, und jede neue Tournee ist ein neuer Lebensabschnitt, den es auszufüllen und zu bewältigen gilt. Jedes neue Programm ein Spiegelbild meiner Seele in der jeweiligen Zeit.

Seit mehr als dreißig Jahren mache ich Tourneen, an ihnen bemesse ich selbst mein Leben, meine Erinnerungen, Wegmarken meiner Zeit.

In wenigen Wochen beginnt wieder so eine Wegstrecke: Mehr als 100 Konzerte sind geplant. Ein Marathon, den ich kenne und immer wieder neu bewältigen muß. Ein enges Korsett aus Disziplin, geregelten Abläufen, Anforderungen, die es Tag für Tag aufs neue zu bestehen gilt, aber auch eine Phase der Freiheit. Wenn ich auf Tournee bin, muß ich keinen Alltag bewältigen, kein aufmerksamer Partner sein, nichts Geschäftliches entscheiden, mich um nichts anderes kümmern als darum, abends alle Kraft abzurufen und alle Sinne für jene drei Stunden zu öffnen, die zählen. Ein Leben im Ausnahmezustand der Musik. Und wenn es gelingt, gehört mir für Augenblicke die ganze Welt, dann bin ich der starke Ritter, der den Drachen besiegt und alle Abenteuer des Lebens besteht, wie ich es mir in meiner Kindheit immer erträumt habe.

Seit einem Jahr bereite ich mich darauf vor, habe in wochenlangen Diskussionen mit meinem Orchesterchef Pepe Lienhard und meinem Arrangeur Torsten Maaß mein Programm zusammengestellt, mit dem ich es mir nicht leichtmache, habe die Texte so lange gelernt, bis ich sie nun selbst bei laufendem Fernseher und anderen Störungen wiedergeben kann, habe mit Torsten die Arrangements gestaltet, eine Dramaturgie gefunden, die mich herausfordert. In wenigen Tagen beginnen die Proben, die ersten Stunden der Wahrheit. Mehr als 300 000 Menschen haben bereits jetzt ihre Eintrittskarten, Menschen, die ich überhaupt nicht kenne und mit denen mich doch irgend etwas verbindet, die von mir Antworten erwarten, Anregungen, Erinnerungen, vielleicht auch einfach nur einen schönen Abend. Daß ich das mit fast 70 Jahren erreiche, ist mir fast unvorstellbar, und es macht mich stolz.

Mein Manager Freddy Burger hat also mit seinem Satz »Du wirst auch in deinem siebzigsten Lebensjahr noch auf der Bühne stehen« recht behalten. Als er ihn aussprach, begannen wir unsere Zusammenarbeit, ich war Mitte Vierzig – und eigentlich schon längst zu alt für diesen Beruf, der doch immer vor allem der Jugend gehuldigt hat. Daß es mir gelungen ist, all dem meinen ganz anderen Weg entgegenzusetzen und ich selbst zu bleiben, gibt mir eine große innere Ruhe.

Eine Schwalbe zieht hoch über mir ihre Kreise. Mein Leben, meine Kindheit hier in dieser Landschaft, meine Eltern, aber auch meine Familie, die Lebensgeschichten meines Großvaters und Urgroßvaters, die Art, wie mein Vater und seine Brüder ihr Leben bewältigt haben, hat mich geprägt. Was würde mein Großvater empfinden, wenn er mich heutzutage kennenlernen, mich auf einer Bühne erleben könnte? Wie merkwürdig verschlingt sich das Schicksal von Generationen in meiner eigenen Seele, meinem kaum zu beschreibenden Lebensweg?

Die Sonne steht inzwischen tief, die Berge schimmern grau-silbrig gegen den im Abendlicht geröteten Himmel. Noch ein paar Minuten die Stille genießen. Leiser Wind läßt die Blätter »meines« Baumes rascheln.

Wie lauten noch gleich die ersten Zeilen des Liedes, mit dem ich in wenigen Wochen mein Konzert beginnen werde? Ich öffne meine Textmappe, die ich in diesen Tagen immer bei mir habe, obwohl ich längst auch ohne sie auskommen könnte, und vergewissere mich: »In mein Gesicht ist eingegraben, wie ich fühle, was ich bin, hier ein Lächeln und dort Narben, ein paar Tränen mittendrin.«

Auf der richtigen Seite des Vorhangs – München, 4. Oktober 2003

Olympiahalle. Das unnachahmliche Geräusch gedämpfter, vieltausendfacher Schritte. Das ineinander verwobene Klappern von Stühlen. Stimmengewirr, das anschwillt und gespannte Erwartung spüren läßt. Ein unergründliches, angespanntes Rauschen, Murmeln, Vibrieren, das den riesigen Raum erfaßt und meine innere Anspannung zu spiegeln scheint.

Jemand kommt auf mich zu, klopft mir auf die Schulter. Ich höre ein »toi, toi, toi«, das ich nicht zuordnen kann. Tunnelblick. Ich bin konzentriert auf das wesentliche, nehme nur meine Betreuer Nici Dumba und Alex Grabowsky wahr, die neben mir stehen und versuchen, mich vor jeder Ablenkung abzuschirmen. Veranstalter, die mir Minuten vor dem Auftritt die Hand schütteln wollen, Sicherheitsleute, die Fragen stellen, Ordner, die sich Autogramme wünschen, wenige Augenblicke vor dem Auftritt. Alles das wird so gut es geht von mir ferngehalten, vor allem heute, am Tag der Tourneepremiere, hier, in München, in der Stadt, in der ich viele Jahre meines Lebens gelebt habe, in der meine Kinder geboren wurden, mein Sohn Johnny mit seiner Familie lebt, viele Freunde von mir wohnen, sich unermeßliche Erinnerungen verbinden – auch an die schwierigen Jahre meines Anfangs. Damals habe ich in kleinen Clubs gespielt, heute fülle ich die Olympiahalle. Manchmal scheint es mir fast unbegreiflich.

103 Konzerte liegen vor mir. Ein Marathon. 103mal um 18 Uhr in der Halle sein – zum Soundcheck mit dem Orchester und der gesamten Technik, um den Raumklang und das Licht auf die jeweilige Halle abzustimmen und um das Monitoring einzurichten, das es uns auf der Bühne ermöglicht, uns gegenseitig zu hören. Manche Musiker sitzen ja bis zu 16 Metern voneinander entfernt und könnten einander ohne diese Bühnenlautsprecher nicht hören. Natürlich wird der Soundcheck aber auch für letzte Proben und das Beseitigen von Unsicherheiten genutzt. 103mal um 19 Uhr einen Teller klare Suppe und eine Scheibe Brot essen; ich darf nicht satt sein auf der Bühne, denn wer satt ist, überzeugt nicht. 103mal in oft desillusionierenden Garderoben auf meinen Auftritt warten, meine Motivation finden. 103mal zwischen 20 und 23 Uhr ein Höchstmaß an Konzentration, physischer und psychischer Kraft aufbringen. 103mal in fremden Städten nach einem Lokal suchen, das um Mitternacht noch etwas zu essen anbietet oder nachts mit einem Sandwich die Reise in die nächste Stadt antreten. 103mal in einem fremden Hotelbett übernachten und versuchen, die Unruhe und Anspannung zu verscheuchen, ein wenig inneren Frieden zu

finden. 103mal unterwegs sein, um meiner Musik auf zigtausenden Kilometern zu folgen.

Heute abend werde ich wissen, ob das Programm stimmt, die Arrangements gelungen sind. Alles andere kann ich nicht steuern. Erkältungen, die sicher kommen werden, technische Probleme, Ausfälle beim Orchester, was auch immer. Mit all dem werde ich in den nächsten Monaten zurechtkommen müssen, aber heute werde ich wissen, ob die Basis stimmt, ob ich das, was vor mir liegt, bewältigen kann, oder ob wir auf die schnelle einen »Notfallplan« mit massiven Umstellungen ausarbeiten und der Tournee ein ganz anderes Gesicht geben müssen als das, das ich mir wünsche. Ein Alptraum, den ich schnell verdränge.

Das vertraute Gefühl, meinen Pulsschlag deutlich überall in meinem Körper zu spüren. Ich versuche, ruhig zu atmen. Ein Schluck Weißwein hilft. Er beruhigt.

Der Geräuschpegel im Saal schwillt an. Viele Besucher nehmen erst in den letzten Minuten ihre Plätze ein. Noch ist es hell. Durch einen Spalt im Vorhang, der mich verbirgt, kann ich sie sehen. Eine bunte, anonyme Menge. Beinahe bis unter die merkwürdige, zirkuszeltartige Decke der Olympiahalle sitzen sie und warten auf etwas, das sie nicht benennen können, das ich aber erfüllen muß. Jung und alt, Tausende Menschen, jeder einzelne mit seiner eigenen Lebensgeschichte, seinen eigenen Problemen und Glücksmomenten, seinen ganz persönlichen Gründen, heute hier zu sein. Ich muß es schaffen, eine Beziehung herzustellen bis ganz oben zum letzten Rang. Alles, was ich auf der Bühne tue, muß auf die am weitesten entfernt sitzenden Menschen ausgerichtet sein. Nur wenn ich sie erreiche, kann ich in der ganzen Halle gewinnen.

Angst versucht, in mir hochzukriechen. Ich atme dagegen an. Ich kenne sie, ich mache sie mir zum Freund, zähme sie, lasse mich nicht von ihr lähmen. Lähmende Angst wäre fatal, doch ohne gezähmte Angst kein Respekt, ohne Respekt ist man nicht glaubwürdig.

Warum tue ich mir das an? Gerade deshalb. Nie spüre ich mich stärker. Nie weiß ich besser, wer ich bin und warum ich lebe, als in diesen Minuten, diesen Stunden – wenn es gelingt. Für Momente kann ich das Zentrum des Universums sein, unbesiegbar, frei wie ein Vogel, kann die Schwerkraft bezwingen und alles, was mir unbegreiflich ist, abwehren, kann Berge versetzen und Luftschlösser bauen, kann Illusionen für kurze Zeit zur Wahrheit werden lassen, wenn diese Magie entsteht, die man nicht beschreiben, nur fühlen kann.

Warum habe ich dieses Glück, mit bald siebzig Jahren das noch erleben zu dürfen?

Um mich herum gespannte Unruhe. Geigen werden gestimmt, die Cellistin übt ein letztes Mal leise eine besonders komplizierte Passage, dazwischen Töne einer Gitarre, mein Orchesterchef Pepe Lienhard, der die Oboe einspielt. Die typische Tonfarbe eines Orchesters vor dem großen Auftritt, ein Klang, der mir vertraut ist, seit ich damals, im Klagenfurter Stadttheater, bei meinem ersten Theaterbesuch beschlossen habe, daß mein wirkliches Leben *hinter* diesem geheimnisvollen Vorhang stattfinden wird, hinter dem die Wirklichkeit soviel bunter, schöner, intensiver zu sein versprach. Fast 60 Jahre ist das nun her. Ein Gefühl von Demut.

Pepe umarmt mich und lächelt mir aufmunternd zu. »Wir packen's!« Ich nicke schweigend.

»Einsteigen!« ruft der Technikchef Matthias Klette den Musikern zu. Sie nehmen ihre Plätze auf der Bühne ein, durch den Vorhang verborgen. Jetzt wird es ernst. Um mich herum wird es stiller. Noch drei Minuten.

Ich schließe die Augen. Ein paar letzte Momente des Innehaltens. Splitter wie Lichtblitze aus Erinnerungen: Das Klavier mit dem Trinkgeldteller in meinen Anfangsjahren, das Gesicht meines Vaters, als er mich als Zwölfjähriger in der Nacht nach meinem ersten Theaterbesuch zum ersten Mal hat spielen hören, mein Onkel Johnny und die Freiheit seines Geradeausgehens, mein Großvater, der gestorben ist, als ich zehn Jahre alt war und der sich nicht hatte vorstellen können, daß aus diesem schwächlichen, oft kranken, verträumten Jungen etwas werden würde, der »Mann mit dem Fagott«, der meine Familie und mich immer irgendwie beschützt hat, Apollo, der Held meines Vaters, der mir hoffentlich heute abend beistehen wird und der Freiheitstanz der Schwalben, die ich als Kind stundenlang beobachtet, in deren Welt ich mich geträumt habe.

Wie waren noch mal die ersten Zeilen des Liedes, mit dem ich beginnen werde? Jetzt ist es zu spät für Unsicherheiten und Zweifel. Jetzt müssen die Texte präsent sein, der Ablauf, jeder Ton, den ich auf dem Klavier spielen werde. Ich versuche, mich zu konzentrieren. Fast ein Jahr lang habe ich mich auf diesen Tag, diese Monate vorbereitet, nun wird sich zeigen, ob unsere Arbeit richtig war.

»Vorsicht, Stufe.« Alex Grabowsky, mit dem ich seit drei Tourneen zusammenarbeite, leuchtet meinen Weg auf die Bühne mit seiner Taschenlampe aus, damit ich über all die Kabel, herumstehende Kisten und dergleichen typisches Chaos, wie es überall hinter der Bühne herrscht, nicht stolpere. Noch ein Schluck Wein, dann reiche ich ihm das Glas. Er bleibt zurück, wünscht mir Glück, nickt mir ein letztes Mal zu. Nici Dumba, mein Jugendfreund, der mich auf dieser Tournee begleitet und betreut, spuckt mir über die Schulter. Er umarmt mich.

Die nächsten Schritte muß ich allein gehen. Nun kann mir niemand mehr helfen. Nicht meine Freunde, die im Publikum sitzen, nicht mein Sohn, dem der heutige Abend gewidmet ist, nicht meine Betreuer, nur noch meine Erfahrung und das Vertrauen in die Töne, die mein Leben sind.

Ich trete ins Dunkel. Ein Augenblick, dann blenden die Scheinwerfer auf, hüllen mich ein. Ich stehe vor 9000 Menschen und bin doch ganz bei mir selbst. Der Spot, der mich in grelles Licht taucht, beschützt mich. Er gibt mich preis und verbirgt mich gleichermaßen. Ein warmer, schützender Lichtdom, in den ich eintauche. Die Welt um mich herum wird ausgeblendet. Alles, was mich bedrohen, mir angst machen, mich verunsichern könnte, verschwindet im Dunkeln. Die Menschenmenge vor mir ist in eine undurchdringliche Wand aus purem Gefühl verwandelt. Ich kann sie nicht mehr sehen, nur noch spüren. Ich richte meinen Blick ins Nichts. Aufbrausender, schier endloser Auftrittsapplaus gibt mir Sicherheit. Er trägt mich. Ich spüre, wie beruhigende Kraft in meinen Körper strömt, spüre, daß mir heute alles gelingen kann, daß mir alles gelingen *wird*.

Ich bin dort, wo ich als Zwölfjähriger schon sein wollte, auf der richtigen Seite des Vorhangs, dort, wo, die Träume triumphieren und die Wirklichkeit das Nachsehen hat.

Es ist wieder soweit. – Das Spiel kann beginnen …

EPILOG

Norditalien und Meran, 27. und 28. Mai 1955

Die Reise

Beinahe unwirklich gleitet der schwere schwarz-gelbe Rolls Royce »Phantom« mit britischem Kennzeichen im Dunst eines niedergehenden Frühlingsregens durch die norditalienische Landschaft. Die mächtigen Alpen erheben sich rechts und links wie unscharfe Schattenrisse scheinbar aus dem Nichts. Der alte Mann fächert sich mit der »Harold Tribune« Luft zu, sieht auf seine Uhr, drückt dann auf den Knopf, der die Scheibe zwischen ihm und dem auf der rechten Seite sitzenden Fahrer absenkt, dem der kontinentale Rechtsverkehr erstaunlich wenig Probleme zu bereiten scheint.

Der alte Mann spricht Englisch mit einem starken russischen Akzent und dem typischen rollenden »r«. So gut wie Deutsch hat er die Sprache in all den Jahren nicht gelernt: »George, do you think, we will arrive at Meran before tea-time?«

George nickt. »Yes, I think so, Sir, indeed. It's not so much traffic. I guess, we'll need another two or three hours, not more.«

»That would be great. If not, we would have to take a rest at some other place along the road to have a cup of tea.«

»Of course, Sir.«

Der alte Mann hat es sich angewöhnt, pünktlich um 16:30 Uhr eine Teestunde abzuhalten, und daran möchte er auch auf Reisen nichts ändern. Da kommen die russische und die britische Tradition sich entgegen.

Der alte Mann schließt die Scheibe zwischen ihm und dem Fahrer wieder, blickt halb interessiert in seine Zeitung, die er im wesentlichen bereits gelesen hat. Große Artikel über die Wahlen zum britischen Unterhaus. Mit Befriedigung hat er zur Kenntnis genommen, daß die Konservativen unter Anthony Eden mit fast 50 Prozent die stärkste Partei geworden sind. Im internationalen Teil nimmt immer noch die Diskussion über die Auswirkungen des österreichischen Staatsvertrages den größten Raum ein, der vor wenigen Tagen unterzeichnet wurde und Österreich zum Opferland Hitlers erklärt und ihm die Freiheit unter der Bedingung »Immerwährender Neutralität« schenkt. Der alte Mann versteht es nicht, immerhin waren doch sehr viele der Nazigrößen Österreicher, sogar Hitler selbst, denkt er sich, und Deutschland und Österreich waren ein geeintes Land. Aber vielleicht kann man in seinem Alter die Welt auch einfach nicht mehr so ganz verstehen.

Im Kulturteil eine Notiz, die ihn nachdenklich stimmt: Bertolt Brecht hat in Moskau den sogenannten »Internationalen Friedenspreis« entgegengenommen. Der alte Mann spürt, daß ihn das Thema aufwühlt. Wie kann sich ein bedeutender westlicher Schriftsteller, ob nun Kommunist oder nicht, von so einem Land ehren lassen? Ist das Naivität? Dummheit kann es ja wohl bei Brecht nicht sein. Er versteht es nicht und versucht, das unangenehme Gefühl zu verdrängen. Die Börsenkurse sind wenigstens befriedigend und durch den konservativen Wahlsieg gestiegen. Das sind wirklich gute Nachrichten.

Er öffnet sein Fenster einen Spaltbreit. Es ist ungewöhnlich heiß für die frühe Jahreszeit. Auch der Regenschauer, der die Landschaft um ihn verhüllt, hat keine echte Abkühlung mit sich gebracht. Dunstfetzen und dunkle Wolkentürme tief vor den bewaldeten Berghängen. Dahinter, hoch oben, wo die blanken Felsen beginnen, klart es schon wieder auf.

Der Wagen bewegt sich fast geräuschlos. Nur das zischende Geräusch der Reifen auf dem nassen Asphalt ist zu hören. Seit einigen Tagen ist man nun schon unterwegs. Der alte Mann hat die Reise auch genützt, um Orte zu besuchen, die er noch nie in seinem Leben gesehen hat und von denen er sich immer vorgenommen hat, irgendwann in seinem Leben wenigstens noch einen kleinen Eindruck mitzunehmen. In zwei Jahren wird er neunzig Jahre alt sein, wahrscheinlich bleibt ihm nicht mehr viel Zeit.

Reisen hat er in all der Zeit keine unternommen, er war so froh gewesen, endlich seinen Lebensort London gefunden zu haben und dort zur Ruhe zu kommen, doch in letzter Zeit verstärkte sich die Sorge, etwas Wichtiges versäumt, so vieles auf der Welt nicht gesehen zu haben. Flugreisen sind ihm suspekt und unbequem, aber eine Reise von London nach Meran in seinem bequemen Rolls Royce, das schien ihm bewältigbar.

Und er ist noch nicht zu gebrechlich für so eine Reise, was ihn selbst erstaunt. Er ist gesund, schlank, braucht zum Gehen keinen Stock, hat sogar, wenn es ihm besonders gutgeht, die Sonne scheint, jemand ihm auf der Straße ein Lächeln schenkt, einen beinahe federnden Gang. Sein Haar war weiß geworden, aber das war schon Jahrzehnte her, und manchmal vergißt er sogar, daß er beinahe neunzig Jahre alt ist. Er fühlt sich jünger, beweglicher als vor dreißig Jahren, in seinem »anderen Leben«. Nur die Begrenztheit der Zeit ist ihm seit einigen Jahren eine ständig beklemmende Warnung, die Tage nicht zu verschwenden. So hat er die Gelegenheit genutzt: Von London ist er nach Paris gefahren, dann weiter nach Dijon, Genf und Mailand, nun ist man kurz vor Verona abgebogen und hat das letzte Stück auf dem Weg zu seinem Ziel, der Stadt Meran, vor sich.

Zuerst hatte der alte Mann erwogen, eine ganz andere Strecke zu fahren und auch Bremen einen Besuch abzustatten, doch er meidet Deutschland und Österreich. Der Krieg ist zwar seit zehn Jahren vorbei, doch er weiß, daß der Wiederaufbau noch lange nicht abgeschlossen ist. Zuviel Zerstörung möchte er in seinen alten Tagen nicht mehr sehen, und Bremen hat sich sicher auch sehr verändert. Er möchte es so in Erinnerung behalten, wie er es in seinen Jugendjahren erlebt hat, als er dort einige Jahre lang als Lehrer gearbeitet hat. Er hat es damals hinter sich gelassen, und wahrscheinlich war das auch gut so.

Was er unterwegs gesehen hat, hat ihn beruhigt: Die Orte, die man passiert oder in denen man sich aufgehalten hatte, berühmt oder nicht, mochten Interessantes zu bieten haben, aber sie waren keine Orte für seine Sehnsucht, hatten nichts mit ihm zu tun. Er konnte sie hinter sich lassen, hatte nichts versäumt.

Der alte Mann spürt eine seltsame Aufgewühltheit, die seinen Anfang nahm, als er damit begann, diese Reise zu planen, und die immer stärker wird, je näher er seinem Ziel kommt. Es ist ein wenig so, als würden alte Gefühle, fremde, weit zurückliegende Wirklichkeiten wieder lebendig und müßten noch einmal bewältigt werden. Vielleicht ist das so, wenn man alt wird. Zeit, um den Bogen seines Lebens abzurunden und mit sich selbst ins reine zu kommen.

Er holt aus seiner Brusttasche einen abgegriffenen, vergilbten Umschlag heraus, faltet den darin befindlichen Brief auseinander, dessen Inhalt er auswendig kennt. Die Handschrift jenes seltsamen Deutschen, die ihm beinahe so vertraut ist wie seine eigene, die fünfunddreißig Jahre alten, beinahe verblaßten Zeilen, die ihm sein »zweites Leben« geschenkt haben. Ohne diesen Brief wäre er heute wahrscheinlich gar nicht mehr am Leben. Im Elend wird man nicht alt.

Was hat diesen Mann, diesen seltsamen Deutschen wohl dazu bewogen, diesen Brief zu schreiben, diese Summe auf der Londoner Rothschild-Bank für ihn zu hinterlegen, »... zuwenig für einen dummen Mann, um sich ein schönes Leben zu machen, aber genug für einen klugen Mann, um sich etwas aufzubauen ...«? Vielleicht würde der alte Mann es morgen endlich erfahren.

Morgen war ein ganz besonderer Tag für ihn, ein Jahrestag, den er seit dreißig Jahren feierte – größer und wichtiger als seinen Geburtstag. Morgen würde es genau dreißig Jahre her sein, seit er das russische Frachtschiff Maxim Gorkij in Liverpool verlassen, sich nach London durchgeschlagen hatte und somit aus seiner russischen Heimat geflohen war. Freiheit, das war der wichtigste Wert, doch die Freiheit allein hätte ihm noch keine neue Existenz verschaffen können. Er wäre vom Bettler im Kommunismus zum Bettler in der Demokratie geworden.

Nur dank der Summe, die dieser seltsame Deutsche auf der Rothschild-Bank hinterlegt hatte, dank der Briefe, die in weiser Voraussicht für ihn dort bereitlagen und ihm Türen öffneten, hatte er es geschafft, sich schnell in England einbürgern zu lassen und sich eine Zukunft aufzubauen. Sein alter Onkel Pjotr mit dem kleinen, russischen Antiquitätenladen war damals noch am Leben gewesen. Er hatte in seinem Laden mitgeholfen, hatte das richtige »Händchen« für russische Antiquitäten, wertvolle Ikonen und echte, besonders kunstvolle russische Samoware gehabt, die bei den Briten sehr beliebt waren, hatte das Geld aus der Rothschild-Bank investiert und sich schließlich nach dem Tod des Onkels sein eigenes kleines »Imperium« mit mehreren Antiquitätengeschäften aufbauen können. Er genoß das Vertrauen seiner Kunden. Der Rest war noch etwas Glück an der Börse.

Heute scheint ihm sein früheres Leben fast unwirklich. Seine Kindheit in Rußland, die Zeit in Bremen, die Jahre als Bettler zurück in Moskau, seine Flucht nach England. Als seien es Erinnerungen aus einem anderen Leben, doch Erinnerungen, die ihn erst zu dem machten, der er heute war. Ohne diese schlimmen Zeiten würde er heute sein Leben nicht so genießen. Sie hatten ihn Demut, Dankbarkeit und Durchhaltevermögen gelehrt, und wenn er sich jetzt beinahe wie selbstverständlich in seinem luxuriösen Wagen von seinem Chauffeur durch Europa fahren ließ, in London ein herrschaftliches Haus mit Butler und Gärtner bewohnte, so hatte er doch nie vergessen, wie sich die andere Seite des Lebens anfühlte. Der Wohlstand hatte ihm nicht die Menschlichkeit und das Mitgefühl geraubt, und das Leben hatte ihm noch viele Jahre geschenkt, um seinen späten Reichtum zu genießen.

Der alte Mann steckt den Brief wieder ein, lehnt sich in seiner bequemen Ledersitzbank zurück. Die fremde Landschaft gleitet langsam an ihm vorbei, und er versinkt in ihr und seiner Gegenwart.

»It's tea-time, Sir«

Als der Rolls-Royce vor der Einfahrt des Grandhotels Bristol hält, schreckt der alte Mann hoch. Können die zwei bis drei Stunden, von denen George gesprochen hatte, so schnell vergangen sein? War er etwa eingeschlafen? Oder hatten seine Gedanken und Gefühle Raum und Zeit besiegt? Schon wird die Tür geöffnet, und George reicht ihm die Hand, um ihm beim Aussteigen zu helfen. Der Hotelpage macht sich inzwischen am Kofferraum und dem Gepäck zu schaffen.

»Nein, nicht den braunen Koffer! Den nehme ich selbst«, greift der alte Mann sofort ein. Seinen alten, braunen, etwas abgenutzten Koffer mit den Messingbeschlägen trägt er immer selbst. Auch

George oder sein Butler dürfen ihn nicht anrühren. Man tut es als eine Marotte ab und respektiert es selbstverständlich.

Das Hotel ist von außen einer jener eher häßlichen Neubauten, innen zwar sehr luxuriös, aber für seine Begriffe viel zu modern eingerichtet. Die neuen Zeiten hatten einen Geschmack hervorgebracht, der ihm völlig fremd war. Er wäre viel lieber in einem der alten Jugendstilhotels der Stadt, zum Beispiel dem legendären »Palace« abgestiegen, aber dieses Hotel hatte während des Krieges als Lazarett gedient und war dabei weitgehend ruiniert worden. Man arbeitete offenbar daran, es zu sanieren und wieder zu eröffnen, aber noch war es nicht soweit, und so war das Grandhotel Bristol das beste Haus der Stadt.

Der alte Mann legt den Koffer behutsam auf sein breites, für seinen Geschmack viel zu niedriges Bett, während George und der Hotelpage um ihn herum das übrige Gepäck versorgen, seine Anzüge in den Schrank hängen, sein mitgebrachtes Kissen bereitlegen. Er sieht auf seine Uhr. Es ist fünf Minuten nach vier. Bis zur Teestunde hat er noch genau 25 Minuten Zeit. Das müßte reichen. Er schickt George und den Pagen aus dem Zimmer.

Er greift nach dem Telefonhörer, läßt sich mit der Stadtverwaltung verbinden. Es dauert eine Weile bis die Verbindung steht, und er erwägt, den Hörer wieder aufzulegen. Plötzlich erfüllt ihn eine Nervosität, die ihm beinahe fremd ist und die sich nicht bezwingen läßt: Was wird er in diesen nächsten Minuten, an diesem nächsten Tag erfahren? Wie soll sein Leben weitergehen, wenn der Augenblick überschritten ist, den er jahrzehntelang in seinem Kopf und seinem Herzen vorausgelebt hat? »Ich würde Sie sehr gern noch einmal auf Ihrem Fagott spielen hören« hatte als Nachsatz in dem Brief gestanden. Würde seine Lebensaufgabe danach erfüllt sein? Würde dann nur noch Leere bleiben? Oder war der Mann, den er suchte, vielleicht gar nicht in der Stadt? Oder … vielleicht gar nicht mehr am Leben? Diesen Gedanken hatte er immer verdrängt. Wie würde er mit solch einer Erkenntnis umgehen? Doch der alte Mann weiß, daß er sich den Eventualitäten stellen muß, jetzt und hier. Was auch immer er erfahren wird, es wird Klarheit und vielleicht Ruhe in sein Leben bringen. Es wird gut sein, beruhigt er sich.

Eine Frauenstimme meldet sich auf Deutsch am anderen Ende der Leitung. In Meran wird erstaunlich viel deutsch gesprochen.

Der alte Mann braucht ein paar Sätze, bis er wieder mit dieser Sprache vertraut ist, die er so lange nicht gesprochen, aber nicht verlernt hat. Die Sprache schwemmt alte Gefühle in ihm hoch. Seine Stimme wird ihm fremd in dieser Sprache seiner Jugend.

Doch dann fängt er sich, und er trägt sein Anliegen vor. »Ich bin von weit her aus England gereist, um einen Mann zu finden, der mir vor vielen, vielen Jahren sehr viel bedeutet und mir das Leben gerettet hat. Ich habe herausgefunden, daß dieser Mann, ein Deutscher, der früher in Moskau einer der wichtigsten Privatbankiers war, vor ungefähr fünfzehn Jahren hierher in Ihre schöne Stadt gezogen ist. Er müßte inzwischen über 80 Jahre alt sein, vermute ich, und es würde mir unendlich viel bedeuten, wenn Sie mir helfen könnten, ihn zu finden. Sein Name lautet Heinrich Bockelmann.«

Der alte Mann hält in gespannter Erwartung inne und streicht sich nervös über das Haar.

»Einen Moment bitte.« Er hört ein Knacken in der Leitung. Die Wartezeit erscheint ihm endlos. Schließlich meldet sich ein Mann, der sich als stellvertretender Bürgermeister vorstellt und ihn in Meran herzlich willkommen heißt. »Meine Mitarbeiterin hat mich über Ihr Anliegen informiert. Tatsächlich hat Heinrich Bockelmann hier gelebt, ich habe ihn selbst noch kennengelernt.« Der alte Mann hält angstvoll den Atem an. Der stellvertretende Bürgermeister hat die Vergangenheitsform benutzt. Sollte Heinrich weggezogen sein? Oder gar …? – »Aber leider muß ich Ihnen mitteilen, daß Heinrich Bockelmann vor ungefähr zehn Jahren verstorben ist.«

Der alte Mann muß sich setzen. Natürlich hat er mit dieser Möglichkeit rechnen müssen, aber er hatte sie nie ernsthaft in Betracht gezogen. Heinrich Bockelmann mußte mindestens fünf bis zehn Jahre jünger sein als er, und so lange er selbst lebte und es ihm so gutging, konnte der Mann, dessen Schicksal so eng mit seinem verknüpft war, ohne daß sie sich je richtig kennenlernen konnten, nicht tot sein. Er hatte immer gedacht, daß er es fühlen würde, wenn Heinrich Bockelmann nicht mehr lebte. Und er war sich sicher gewesen, daß das Schicksal ihnen diese Begegnung nicht verwehren würde. Das war kindisch gewesen, er sieht es in diesem Augenblick ein.

»Wo …« Er räuspert sich. »Ich meine … Können Sie mir vielleicht sagen, wo Heinrich Bockelmann begraben liegt?«

Der alte Mann kämpft mit seiner brechenden Stimme.

»Natürlich. Sein Grab ist auf dem evangelischen Friedhof, hier in Meran.« Der stellvertretende Bürgermeister erklärt ihm den Weg, bedauert noch einmal, ihm keine bessere Nachricht geben zu können, bietet seine Dienste für weitere Fragen an und wünscht ihm trotz allem eine schöne Zeit in Meran.

Der alte Mann legt den Hörer auf die Gabel. Schmerzende Stille. Leere, Trauer und Angst. Selten hat er seine eigene Sterblichkeit so hautnah gespürt. Ihm ist, als habe man ihm einen ganz nahestehenden Menschen geraubt und damit auch ein großes Stück der eigenen Lebenskraft. Dabei kannte er Heinrich Bockelmann doch gar nicht... Er kämpft mit seinen sich widersprechenden Gefühlen. Trauer, Wut, Angst, aber auch Trotz nimmt er wahr, und noch vieles mehr, was er nicht benennen kann.

Mit ineinandergelegten Händen und geschlossenen Augen sitzt er in seinem nüchtern-zweckmäßigen Sessel und versucht, zur Ruhe zu kommen, die Gewißheit zu begreifen, die Stille zu ertragen.

Es klopft leise an der Tür, und George betritt diskret mit einem Tablett in der Hand den Raum und sagt gutgelaunt: »It's tea-time, Sir.«

Der friedliche Klang

Der alte Mann erwacht aus viel zu kurzem, unruhigem Schlaf. Er hatte wieder den wiederkehrenden Traum geträumt, er sei auf See, auf der Maxim Gorkij, irgendwo mitten im Ozean, wissend, daß er nie an Land, nie in Freiheit kommen würde. Lange schon war der Traum ferngeblieben, doch jetzt hatte er ihn wieder eingeholt. Heute, am dreißigsten Jahrestag seiner geglückten Flucht. Draußen dämmert es. Erste Vögel singen. Er ist sich nicht sofort bewußt, wo er sich befindet und was er gestern erfahren hat. Die Erinnerung ist zunächst nur ein undeutliches Gefühl eines Verlustes, einer Beklemmung. Dann, nach einigen Momenten der Besinnung steht ihm der gestrige Tag, das Telefonat mit dem stellvertretenden Bürgermeister und das, was er sich für heute vorgenommen hat, wieder klar vor seinen Augen. Vor dem Fenster die bizarren Bergmassive Norditaliens im Morgenlicht. Diese Landschaft also hatte Heinrich Bockelmann in den letzten Jahren seines Lebens täglich gesehen. Hier, wo der Blick überall an Grenzen stößt, ist er begraben. Es paßte gar nicht zu diesem Mann. Aber was wußte er schon von ihm.

Der alte, braune, etwas abgenutzte Koffer mit den Messingbeschlägen quietscht beim Öffnen. Die Scharniere müßten geölt werden. Aber eigentlich ist es auch gar nicht mehr wichtig. Wahrscheinlich öffnet er den Koffer heute ohnehin zum letzten Mal.

Behutsam streicht der alte Mann über den festen blauen Stoff der Jacke, die ihn nun bereits fast sein ganzes Leben lang begleitet hat. An manchen Stellen wird er inzwischen brüchig, aber es wird noch gehen, zumindest dieses eine Mal. Sorgsam wischt er einen kaum sichtbaren Staubfussel weg, legt die Jacke beiseite. Darunter das silberne Schimmern der Klappen seines Instruments. Sachte hebt er die einzelnen Teile aus dem Koffer, setzt sie mit geübten Fingern zusammen, fügt das Rohrblatt ins Mundstück ein und staunt selbst darüber, daß er die Handgriffe in all der Zeit, in der der Koffer verschlossen war, nicht verlernt hat. Er widersteht dem Bedürfnis, ein paar Töne zur Probe zu spielen. Er möchte die in den Nebenzimmern schlafenden Gäste des Hotels nicht wecken.

Er nimmt den zerknitterten Zylinder, lächelt, schüttelt ihn aus. Langsam zieht er seine Uniform an. Die Hose schlottert ein wenig am Bund, die Jacke hat etwas zuviel Spielraum an den Schultern. Er hat seit seiner Jugend abgenommen. Egal, darauf kommt es nicht an.

George klopft leise an die Tür und bringt das Frühstück. Dazu ein Stück Kuchen mit einer Kerze: »Happy 30th Birthday!« Seit dreißig Jahren feiert er nur noch *diesen* »Geburtstag«, seinen Freiheitstag. Seinen 88. Geburtstag hat er nicht gefeiert, dafür feiert er heute seinen 30.

George hat den alten Mann noch nie in seiner Uniform gesehen, doch sein Erstaunen ist nur für einen winzigen Moment in seiner Miene zu erkennen, dann ignoriert er den merkwürdigen Aufzug und wünscht einen guten Appetit, will gerade gehen, als der alte Mann ihn bittet, sich zu setzen und ihm Gesellschaft zu leisten.

Verwundert nimmt George auf der Kante des Sessels gegenüber Platz und hört sich die Geschichte des alten Mannes an, die er noch nicht kennt. Bisher wußte er nur, daß er vor dreißig Jahren aus Moskau geflohen war, daß ein deutscher Gönner ihm geholfen hat, sich in London eine Existenz aufzubauen und daß er in seiner Freizeit gerne Fagott spielt. Von der Zeit in Bremen, dem Kostüm, den Jahren als Bettler wußte er bisher nichts. Staunend lauscht er und beginnt zu begreifen, was er bisher nie verstanden hatte, was den Mann ausmacht und warum sie jetzt hier sind, in Italien, in Meran.

»Haben Sie den Weg zum evangelischen Friedhof ausfindig gemacht?« fragt der alte Mann schließlich auf Englisch.

»Yes, I did, Sir. It's not far from here.«

Der alte Mann ist beruhigt. Man wird gleich nach dem Frühstück aufbrechen. Er möchte die Ruhe des frühen Morgens ausnutzen. Und danach wird man die Rückreise beginnen. Jetzt, da er weiß, daß er Heinrich Bockelmann nicht mehr treffen kann, hält ihn nichts mehr hier.

Der evangelische Friedhof ist menschenleer. Leichter Nieselregen verhüllt die Konturen der Stadt. Die Bäume bieten dem alten Mann etwas Schutz. Nur manchmal fallen schwere Tropfen von den Blättern.

Der Grabstein ist schlicht. Er verrät nichts über den Mann, der hier liegt, über das, was ihn ausgemacht hat, was er im Leben geleistet hat, was ihm wichtig war. Und nichts über die Frau, deren Name auf einer zweiten Platte, links neben Heinrichs steht: Margarete. Es ist ein Gemeinschaftsgrab. Offenbar seine zweite Ehefrau. Sie ist knapp drei Jahre nach Heinrich gestorben. Das Grab ist leicht verwildert. Keine frischen Blumen, keine Kerze, aber es ist nicht ungepflegt.

Der alte Mann zögert. Soll er wirklich spielen? Hier, auf einem Friedhof, morgens um halb sieben Uhr? Sein Vorhaben erscheint ihm plötzlich beinahe aufdringlich. Soll er die Ruhe stören, hier, an diesem heiligen Ort? »Ich würde Sie sehr gern noch einmal auf Ihrem Fagott spielen hören«, hatte Heinrich Bockelmann geschrieben. Das war eine Verpflichtung. Daran fühlte er sich gebunden, über den Tod hinaus. Das war stärker als die Verunsicherung.

Der alte Mann betrachtet den Namen, als ließe sich in ihm eine Antwort finden. Er sieht die Daten: 28. Mai 1870 Osternburg –

7. Februar 1945 Meran. Er rechnet nach: Heinrich Bockelmann wurde nicht einmal 75 Jahre alt. Das ist ein viel zu kurzes Leben für so einen Mann. Dann stutzt er: 28. Mai, das ist heute – der Jahrestag seiner Flucht. Es war Heinrich Bockelmanns Geburtstag. Ein seltsames Schicksal hat die beiden Männer verbunden. Doch als wäre das nicht genug, hat eine merkwürdige Fügung, ein unbestimmbarer Zufall dem alten Mann ausgerechnet an Heinrich Bockelmanns Geburtstag die Freiheit geschenkt. Es war Heinrich Bockelmanns Geburtstag, den der alte Mann seit dreißig Jahren als seinen eigenen Geburtstag, den Geburtstag seiner Freiheit feierte.

Er setzt das Fagott an die Lippen. Leicht vorgebeugt, ein seltsames Lächeln auf seinem Gesicht steht er mit geschlossenen Augen an Heinrichs Grab, seinen zerknitterten Zylinder auf dem Kopf und seinen blauen Gehrock mit den rotumfaßten Knöpfen über seinem weißen Hemd. Er steht und spielt die ersten Töne, die noch etwas unsicher klingen, bis er die Ruhe in sich findet, die alte Vertrautheit zu seinem Instrument, eins wird mit sich – und mit seinem Leben.

»Kalinka – Kalinka ...«, erklingt es leise, geheimnisvoll über den Friedhof. Die Jahre gleiten an ihm vorbei. Der Weihnachtsmarkt in Bremen, 1891, vor 64 Jahren, damals war er noch ein junger Mann gewesen. Dann Rußland, die Zeiten als Bettler, der Mann in der Bank, Kropotkin, mit dem großen Leberfleck auf der linken Wange, die Maxim Gorkij, die Flucht. Plötzlich verschmilzt das ganze Leben zu einem einzigen Klang, einer einzigen Melodie, als wäre sie eine Antwort auf all die ungeklärten Fragen und Sehnsüchte des Lebens. Es gibt nur noch das Jetzt und Hier, den Augenblick, kein Gestern und kein Morgen.

Der alte Mann steht im Dunst der Morgendämmerung, ein ruhiges Lächeln auf seinem Gesicht. Der Gehrock weht im leichten Wind, die Morgennebel hüllen ihn ein, scheinen ihn zu verschlingen. Die Melodie trägt weithin, wird leiser, verhallt und liegt doch noch lange wie ein friedlicher Klang über dem langsam erwachenden Tag.

Dieses Buch wurde geschrieben von September 1998 bis Mai 2004 in:

Zürich, Wien, Kärnten,
am Bodensee, an der Algarve,
in München, Kitzbühel,
Moskau, St. Petersburg,
Lissabon, Budapest, New York,
Meran, Interlaken, Bad Ragaz, Luzern,
Berlin, Frankfurt, Hamburg,
Nassau/Bahamas und Barendorf bei Lüneburg

Wir danken:

Prof. Dr. Thomas Druyen, Düsseldorf für seinen unerschütterlichen Glauben an dieses Projekt, zahlreiche kreative und zielführende Diskussionen und das Lösen so mancher dramaturgischer Knoten

Michael Hanika, Barendorf und Berlin für die Hilfe bei vielen komplizierten Recherchen und sein enormes historisches, militär- und sprachgeschichtliches Wissen, das uns entscheidende Hinweise gegeben hat

Dr. Andrej Bockelmann, Köln und Bremen für Informationen, Recherchen und das Brückenbauen innerhalb der Familie

Dank an die Familie für Gespräche, zur Verfügung gestellte Bilder, Tagebücher, Dokumente und jede Form von Unterstützung in der Vergangenheit und heute:

Erwin und **Lilo Bockelmann**, Hamburg †

Rudolf (»Rudi«) und **Käthe Bockelmann,** Ottmanach †

Werner und **Rita Bockelmann,** Hamburg, Lüneburg, Frankfurt und Köln †

Gert Bockelmann, Barendorf †

Dr. Johann (»Johnny«) Bockelmann, Frankfurt †

Hilde Bockelmann, Frankfurt

Elke Bockelmann, Barendorf

Maria Bockelmann, Bremen

John (»Joe«) und **Christa Bockelmann**, Wien

Manfred und **Maria Bockelmann**, Ottmanach und München

Thomas Bockelmann, Intendant des Staatstheaters Kassel

Wolf-Dieter Bockelmann, Hamburg

Peter Bockelmann, Hamburg

Corinna Jürgens-Bockelmann, Düsseldorf und Zürich

Panja Jürgens-Bockelmann, New York, Paris, Zürich

John Jürgens-Bockelmann und **Hayah Bockelmann**, München

Jenny Jürgens-Bockelmann, Düsseldorf

Sonja Jürgens, New York und Berlin

Für historische und zeitgeschichtliche Beratung, Recherchen und Information:

Dr. habil. Jurij Petrov, Historiker, Russische Akademie der Wissenschaften

Irina und **Mascha Scherbakowa**, Moskau
Susanne Scholl, ORF Moskau
Prof. Dr. Stefan Karner, Leiter des Ludwig Boltzmann-Instituts für Kriegsfolgenforschung Graz – Wien – Klagenfurt, Leiter des Instituts für Wirtschafts- und Sozialgeschichte der Universität Graz
Wolfgang Sartor, St. Petersburg

Für das Überlassen von Photos, Dokumenten, Informationen, Erinnerungen und sonstige Unterstützung:
Heinz Spörli, Ballettchef und Choreograph Opernhaus Zürich
Dr. Michael Kunze, Hamburg
Bernhard Lackner, New York
Freddy Burger, Zürich
Hans R. Beierlein, München
Brigitta Köhler, Wien und München
Willy und **Sigi Uebelherr**, Augsburg
Peter Wagner, Berlin
Neumi Neumann, Berlin
Karl Schindler, Ottmanach †
Dr. Herwig Jasbetz, Klagenfurt
Sophie Rachlin, Wien
Dmitri Kuschnir, Wien
Dr. Elisabeth Koch, Zentralanstalt für Meteorologie und Geodynamik, Wien
Prof. Dr. Peter Kirchberg, Audi Tradition, Ingolstadt
Senatsrat Dr. Erich Marx, Direktor des Salzburger Museums CA
Erik Meyer, Köln
Gertrude Arp, Laboe

Für die Gastfreundschaft:
Nici Dumba, Kitzbühel
Dr. Kurt † und **Inge Unzeitig**, Klagenfurt und Pörtschach

Udo Jürgens-Bockelmann und Michaela Moritz

Die große Verfilmung von
UDO JÜRGENS' Familiengeschichte

Der Mann mit dem Fagott

VORWORT

»Vom Buch zum Film – Ein Weg mit verschlungenen Pfaden«

Als meine Co-Autorin und ich begonnen haben, dieses Buch zu schreiben, sollte es vor allem ein Dokument für meine Familie werden. Es sollte das, was mein Großvater, mein Vater und seine Brüder erlebt und bewältigt haben und ihre Biographien, die von der europäischen Geschichte des vergangenen Jahrhunderts geprägt wurden, vor dem Vergessen und Versinken in der Zeit bewahren.

Die Arbeit an diesem Buch gehört für mich zu den Meilensteinen meines Lebensweges. Wenn ich vorher gewußt hätte, daß wir sechs Jahre daran arbeiten würden, hätte mich vermutlich der Mut verlassen. Daß aus *Der Mann mit dem Fagott* schließlich ein Bestseller geworden ist und daß inzwischen auf der Basis dieses Buches gar ein Film gedreht wurde, erfüllt mich mit Freude und Stolz. Und wenn ich gewußt hätte, daß der Weg von der ersten Verfilmungsidee bis hin zum fertigen Film wiederum beinahe sieben Jahre dauern würde, hätte ich es wahrscheinlich nicht gewagt, mich darauf einzulassen. Heute bin ich sehr froh darüber, es getan zu haben.

Die Umsetzung eines Buches in einen Film ist immer ein schwieriger und oft auch schmerzlicher Akt. Die Dramaturgie dieser sehr unterschiedlichen Kunstform hat ihre eigenen Gesetze. Diese erfordern nicht nur eine massive Beschränkung auf wenige Stränge und Aspekte des Buches, sondern auch viele, viele Veränderungen, Verdichtungen, Anpassungen. Die beiden Drehbuchautoren Miguel Alexandre und Harry Göckeritz, meine Co-Autorin Michaela Moritz und ich haben viele Jahre lang intensiv daran gearbeitet, aus der Essenz des Romans ein verfilmbares Drehbuch zu gestalten. Vieles, woran unser aller Herz hing, mußte dabei auf der Strecke bleiben. Doch worauf es uns letztlich ankam, war nicht, eine genaue Verfilmung des Buches anzustreben – das wäre ohnehin vollkommen unmöglich gewesen –, sondern was uns die ganze Zeit geleitet hat, war der Anspruch, dem *Geist* des Buches, der Atmosphäre und den Charakteren der Figuren gerecht zu werden. Ich glaube, das ist uns gelungen.

Der Film läßt meinen Großvater, meinen Vater, einen seiner Brüder noch einmal auf andere Weise lebendig werden, als es das Buch tat. Es läßt mich als Zuschauer noch einmal in meine Kindheit und Jugend eintauchen. Ein wenig hatte ich Angst davor, mir selbst, durch zwei Schauspieler vertreten, aber auch meinen Eltern und Großeltern auf diese Weise wieder zu begegnen, doch diese Sorge ist inzwischen einer großen Freude gewichen.

Es ist ein mich tief berührendes Privileg, die Menschen, die mich geprägt haben und auch mich selbst von so großartigen Schauspielern und Schauspielerinnen verkörpert zu sehen wie Christian Berkel, Ulrich Noethen, David Rott (der die schwierige Herausforderung angenommen hat, mich in meinen jungen Jahren zu verkörpern), Alexander Kalodikis (der mich als Kind so spielt, daß mir meine Kindheit wieder ganz nah ist), Valerie Niehaus, Herbert Knaup, Fanny Stavjanik, Melika Foroutan, Otto Tausig und all den vielen, vielen anderen, hier Ungenannten, die unverzichtbar dazu beitragen, daß der Film zu dem geworden ist, was er ist.

Dabei kam es uns allen (außer bei meiner eigenen Figur) nicht hauptsächlich auf äußerliche Ähnlichkeit der Schauspieler mit den »echten« Figuren an, deren Aussehen ja ohnehin nur wenigen Menschen wirklich präsent ist, als vielmehr darauf, daß die *Ausstrahlung*, die *Persönlichkeit*, das *Wesen*, das, was die Figuren ausmacht, prägt und antreibt, im Film authentisch zu entdecken ist. Ich glaube, das ist uns gelungen, und mehr als einmal bekomme ich heute eine Gänsehaut, wenn ich sehe, auf welche Weise die Figuren und meine eigenen Erinnerungen in diesem Film wieder lebendig werden.

Wer das Buch gelesen hat, bevor er den Film sieht, wird manches vermissen, anderes verändert sehen, vieles wiederentdecken. Wer zuerst den Film gesehen hat und nun das Buch liest, bekommt hier vieles erzählt, was der Film aus dramaturgischen und zeitlichen Gründen übergehen mußte.

Ich bin sehr glücklich darüber, daß das Buch nun durch den Film eine Neuauflage erfährt und weiterlebt. Jede Phase der Arbeit an diesem Projekt war eine spannende, erfüllte, wichtige Phase meines Lebens, und ich möchte keinen Moment davon missen, vor allem nicht die, in denen es schwierig war. Ich habe aus jedem Augenblick unendlich viel gelernt und bewahrt.

Eine ganz besondere Erfahrung für mich war die Arbeit an der Filmmusik, die ich gemeinsam mit Nic Raine, unterstützt von Stephan Broedner und Peter Wagner, gestaltet habe. Den richtigen Klang, die richtige Melodie für jede Szene zu finden, sie durch Töne zu unterstützen, ob emotional, spannungsgeladen oder friedlich-harmonisch, hat meinem Musikerleben eine ganz besondere Farbe hinzugefügt. Für die Tonaufnahmen mit dem renommierten Filmorchester Babelsberg arbeiten zu können, bedeutet mir viel. Daß wir als Violinsolisten zudem meinen Freund Julian Rachlin, einen der besten klassischen Geiger der Welt, gewinnen konnten, verleiht dem Soundtrack für mich einen ganz besonderen Klang und Stellenwert.

Ich möchte jedem einzelnen danken, der die Verfilmung möglich gemacht hat. Allen voran der Produzentin Regina Ziegler, die von Anfang an fest an diesen Film geglaubt und selbst in den schwierigsten Momenten nie ans Aufgeben gedacht hat. Unbeirrbar, immer wieder Mut machend und im Hintergrund alle Fäden ziehend, um uns allen die besten Voraussetzungen zu schaffen, um den Film gedeihen zu lassen.

Danken möchte ich ebenso dem Produzenten Klaus Graf, einem guten Freund seit vielen Jahren, der uns immer wieder neu motiviert hat, wenn es an einem Punkt nicht voranzugehen schien.

Unserem Regisseur Miguel Alexandre, der sich mit großer Emotion und Zuversicht auf dieses Projekt eingelassen hat, ohne je den Mut zu verlieren, und mit dem mich – ebenso wie mit seinem Mit-Drehbuchautor Harry Göckeritz, dessen Können das Drehbuch entscheidend geprägt hat – inzwischen eine tiefe und wichtige Freundschaft verbindet.

Unserem Kameramann Gernot Roll, der es verstanden hat, mit Licht und Schatten, Farben und Schattierungen zu malen und eine Atmosphäre zu schaffen, an der man sich nicht sattsehen kann und in der die Figuren zusätzliche Authentizität gewinnen.

Was mich während der Dreharbeiten immer wieder besonders

fasziniert und berührt hat, waren die Begeisterung und die Intensität, mit denen jede und jeder einzelne, wie groß oder klein sein Anteil am Film auch sein mochte, sich für diesen Film eingesetzt hat. Von den Produzenten und dem Regisseur, über Schauspieler, Kameramann, Beleuchter, Script Continuity, Statisten, Maske, Kostüm, Ausstattung bis hin zu Set-Fahrern, Betreuern und den Menschen, die im Hintergrund in den Büros für einen reibungslosen Ablauf sorgten, jeder, egal ob vor oder hinter der Kamera, hat nicht nur sein ganzes Können, sondern auch seine ganze Begeisterung in die Arbeit an diesem Film gelegt und so jeden Augenblick dieser Arbeit zu etwas Besonderem gemacht.

Ich danke jedem einzelnen von Herzen dafür! Unendlich viele Augenblicke, Begegnungen, Gespräche, Momente, Kämpfe für ein gemeinsames Ziel. Ich werde sie alle in mir bewahren.

Udo Jürgens

EXKLUSIV-INTERVIEW MIT

UDO JÜRGENS

1. Hatten Sie mit der Verfilmung Ihres Romans *Der Mann mit dem Fagott* gerechnet? Wie kam es dazu?

Nein, ich habe nicht damit gerechnet, weil ich das Buch für unverfilmbar hielt. Und es hat sich ja dann auch herausgestellt, daß es sehr schwer werden wird. Aber ich habe mich darüber gefreut, als von zwei verschiedenen Produktionsfirmen Angebote kamen. Das Interesse zeigte dann doch letztlich, daß es ein großer Stoff ist.

2. Was bedeutet diese Verfilmung für Sie persönlich?

Es bedeutet mir unheimlich viel, denn es ist meine erste literarische Arbeit, die ich zusammen mit meiner Co-Autorin Michaela Moritz zusammen gemacht habe. Ich hätte nie den Mut gehabt, das alleine anzupacken. Und ich hätte es auch nicht geschafft. Daß es letztlich ein zweiteiliger Fernsehfilm geworden ist, macht es zum großen Ereignis für mich. So wie es aussieht, – wage ich mal vorsichtig zu sagen – könnte die Produktion sehr gelungen sein.

3. Hat Ihre Familie – Brüder und Vetter – den Film oder Auszüge davon schon gesehen? Wie haben sie auf die Verfilmung reagiert? Gab es Sonderwünsche bei der Figurenbesetzung?

Nein, das kann man natürlich nicht machen. Das blieb in unserer Hand. Wir haben meinen Bruder, der sehr viel Kenntnis in der Familienstruktur hat, gebeten bei der Besetzung zuzuschauen. Wir beide waren sehr beteiligt beim Aussuchen der Hauptrollen, die meine Familie darstellen. Manfred und ich waren darin sehr synchron, und wir haben eine sehr gute Wahl getroffen. Es ging ja bei der Besetzung meines Großvaters, meines Vaters und meiner Mutter nicht darum, daß sie der Wirklichkeit sehr nahe kamen, da diese Personen beim Publikum nicht bekannt sind. Dagegen mußten die Darsteller, die mich als Kind, Jugendlichen und besonders als jungen Mann spielen, Ähnlichkeit mit mir haben. Das war wirklich entscheidend wichtig, und da haben wir mit David Rott einen exzellenten Schauspieler gefunden, der unsere Erwartungen hundertprozentig erfüllt. Bei den anderen Rollen kam es darauf an, daß der Charakter der Figuren stimmt, und das ist großartig geworden.

4. Was war Ihnen bei der Verfilmung wichtig? Worauf haben Sie besonders viel Wert gelegt?

Wir haben besonders viel Wert auf die optischen Details gelegt. Um die Zeit zu Beginn des vorigen Jahrhunderts in Moskau und die Jahre des Zusammenbruchs in der Mitte des Jahrhunderts glaubwürdig darstellen zu können, mußten wir sehr auf Details wie Frisuren, Kleidung und Autos achten. Szenen im New York der fünfziger Jahre zum Beispiel waren schon eine große Herausforderung.

5. Waren Sie bei den Dreharbeiten immer dabei? Was hat Sie am meisten überrascht?

Ich war sehr viel dabei, aber nicht immer. Wenn es um die Familie ging, hat man mich immer geholt. Das hat sich als sehr hilfreich erwiesen. Überrascht haben mich die Qualität der Kameraarbeit und die Ausstattung. Die realitätsnahe und überzeugende Umsetzung der Szenen und Schauplätze hat mich sehr beeindruckt.

6. Im Gegensatz zu rein fiktionalen Romanen erzählt *Der Mann mit dem Fagott* eine wahre Geschichte – Ihre und die Ihrer Familie. Was empfinden Sie als Zuschauer Ihres eigenen Werdegangs?

Von mir selbst wird ja relativ wenig erzählt. Nur der Anfang meiner Karriere und meine Kindheit. Die Idee des Filmes ist, das Leben einer deutschen Familie, deren Wurzeln auch in Rußland liegen, durch ein wildes Jahrhundert aufzuzeigen. In Glück und Schmerz, in Reichtum und Armut, mit Leben und Tod. Es ist, so glaube ich, eine erschütternde Geschichte. Wenn man sich die Familienstrukturen ansieht, stellt man fest, daß in diesem Jahrhundert der Kriege und Umwälzungen viele deutsche Familien solche oder ähnliche Dinge selbst erlebt haben. Deshalb fand ich es einfach interessant, diese Geschichte zu erzählen.

7. Wie ist es, Romanfiguren/Familienmitglieder auf der Leinwand zu sehen?

Das sind in dem Fall, weil es gelang sie so umzusetzen, daß ihre Charaktere stimmen, umwerfende Erlebnisse für mich. Der Schauspieler, der Onkel Erwin spielt, schaut zum Beispiel genauso aus wie er. Oder mein Bruder John wird von einem zwölfjährigen Jungen gespielt, der ihm so ähnlich sieht, daß ich meinte, ihn auf der Leinwand herumgehen zu sehen. Auch die Darstellerin, die meine Mutter spielt, sieht ihr verblüffend ähnlich. Bei den anderen Schauspielern, die meinen Großvater und meinen Vater spielen, sind einfach die Charaktere dermaßen großartig getroffen, daß ich gar nicht darüber nachdenken muß, ob sie ihnen gleichen oder nicht.

8. Welche Szenen im Film haben Sie am meisten berührt? Warum?

Berührt haben mich sicherlich die Familienszenen. Am meisten, wie ich als Junge in der HJ die Ohrfeige bekomme, die dazu geführt hat, daß ich zeit meines Lebens auf dem linken Ohr sehr schlecht höre. Diese Szene ist sehr gelungen, obwohl ich eigentlich erwartet hatte, daß ich damit Schwierigkeiten haben werde. Auch meine eigene Jugend und die Anfänge meiner Karriere, die ich eigentlich für schwer umsetzbar hielt, empfinde ich jetzt im Film als sehr starke Elemente.

9. Haben Sie mit David Rott, der Sie im Film spielt, viel zusammengearbeitet?

Ja, sehr viel. Ich habe ihn gleich zu Beginn der Dreharbeiten einige Tage zu mir nach Zürich eingeladen, damit er mit mir zusammen in meinem Haus leben und mich beobachten konnte. Ich habe damals gerade meine Sommer-Tournee vorbereitet, dadurch konnte er mir beim Üben am Klavier zuschauen. Abends haben wir uns bei gemeinsamen Essen unterhalten und viel Spaß gehabt. Ich glaube diese Zeit war für ihn sehr hilfreich.

10. Im Film spielen Sie auch mit – und zwar sich selbst in der heutigen Zeit. War es für Sie eine Herausforderung? Wie haben Sie sich dabei gefühlt? Waren Sie aufgeregt?

Ein klein Bißchen schon, obwohl ich in meiner Jugend ja öfters in Filmen mitgespielt habe. Mir war diese Arbeit also durchaus vertraut. Aber natürlich habe ich mich gefragt, ob ich den Erwartungen der heutigen Zeit gerecht werde. Zu meiner Freude, scheint es so zu sein, daß alle sehr zufrieden waren, mit dem, was ich gemacht habe. Ich brauche mich in der heutigen Zeit allerdings nicht zu spielen. Da bin ich einfach ich selbst. Trotzdem muß man Texte lernen, und man hat Gesprächspartner, die Schauspieler sind. Aus diesem Grund muß man schon den Spagat zwischen Dokumentation und Schauspielerei hinkriegen.

11. Ihr Roman wird verfilmt, Ihr Musical *Ich war noch niemals in New York* ist ein Riesenerfolg. Was haben Sie noch alles vor? Wollen Sie einen neuen Roman schreiben?

Einen Roman nicht, aber ich schreibe zusammen mit Michaela Moritz an einem Buch mit Kurzgeschichten. Das wird kein großes, sondern eher ein kleines Buch mit berührenden Geschichten. Wir sind auch bereits in der Hälfte angelangt, aber wir stellen jetzt gerade fest, daß das Fertigstellen des Buches sich als schwieriger gestaltet, als das Beginnen. Nicht zuletzt auch deshalb, weil ich gleichzeitig noch so viele andere Projekte verfolge.

12. Haben Sie Träume, die noch nicht in Erfüllung gegangen sind? Würden Sie sie uns verraten?

Es ist einfach so, daß ich versuche, die Zukunft kreativ zu gestalten. Ich will noch so lange wie möglich Lieder schreiben und neue Ideen entwickeln. Ich habe auch noch ein Konzept für ein weiteres Buch im Kopf, das sich nur mit musikalischen Fragen beschäftigt. Ich finde immer, das Wichtigste im Leben ist, daß man sich auf den Weg begibt. Daß man Ideen hat und versucht, diese zu verwirklichen. Ob man's letztlich schafft oder nicht, ist gar nicht so entscheidend.

13. Wenn Sie die Möglichkeit hätten, in Ihrem Leben etwas anders zu machen, was würden Sie ändern?

Ich würde wenig anders machen. Ich glaube einfach, daß ein Leben nicht nur aus Siegen und Situationen besteht, die man spielend meistert, sondern auch aus Situationen, wo man am Rand steht und wo man nicht weiterweiß. Denn man wächst vor allem an den Aufgaben, die man nicht bewältigen kann. Aus diesem Grund glaube ich, daß ich sehr vieles richtig gemacht habe. Die schweren Stunden meines Lebens möchte ich nicht missen, denn sie waren zumindest dafür da, meinen Charakter zu formen. Und das gehört zu einem Lebensweg dazu.

14. Mit 66 fängt das Leben an. Mit 77 wird Ihre Lebensgeschichte verfilmt? Was passiert mit 88?

Das weiß ich nicht. Wir können nicht so weit in die Zukunft schauen. Das habe ich aber auch nie getan. Natürlich habe ich Projekte, die ich im nächsten Jahr verwirklichen möchte. Meine Konzerttournee zum Beispiel. Da mußte ich mindestens anderthalb Jahre vorher mit der Vorbereitung beginnen. Ansonsten glaube ich, wir sollten nicht den Fehler machen, unser eigenes Leben Jahre voraus mit festgelegten Konzepten zu verplanen, denn wir wissen alle nicht, wie das Schicksal uns gesinnt ist. Tausend Dinge können passieren und von außen an uns herangetragen werden, mit denen wir nicht rechnen. Aus diesem Grund plane ich nichts lange voraus, sondern bin dankbar dafür, daß mich vielleicht ein interessanter Tag erwartet, wenn ich morgens erwache.

STIMMEN ZU

Der Mann mit dem Fagott

»Seit meiner Kindheit begleitet mich Der Mann mit dem Fagott *durch mein Leben. Vor zwölf Jahren ist daraus ein literarisches Projekt geworden, an dem meine Co-Autorin und ich sechs Jahre lang intensiv gearbeitet haben. Weitere sechs Jahre sind seit Beginn der ersten Besprechungen über ein mögliches Drehbuch vergangen. Daß unser Buch nun tatsächlich durch einen Film noch einmal auf neue Weise zum Leben erweckt wird, bedeutet mir unendlich viel, und manchmal kann ich das selbst noch immer nicht ganz glauben.«* UDO JÜRGENS

»Man liest das Buch und denkt schon beim Lesen: kann man sich das als Film vorstellen? Die Lebensgeschichte eines populären Entertainers? Wollen die Menschen das sehen? Wollen sie Udo Jürgens auch sehen, wenn er nicht singt? Oder ist das wie bei Boxerfilmen, die jeden Boxfan vergraulen, weil nicht richtig geboxt wird? Und dann ist das ja eine sehr lange Geschichte, die im späten 19. Jahrhundert beginnt. Man fragt sich: Wer wird sich für Geschichte interessieren? Dafür, dass es eine Menge hoher Hürden gibt, habe ich eigentlich schon sehr früh gedacht: es geht. Und dann geht man auf diese lange Strecke, auf der man den Rest der Welt davon überzeugen muss. Sie war aber in diesem Fall ein bisschen kürzer als ich das erwartet habe. Hans-Wolfgang Jurgan / ARD-Degeto hat rasch ja gesagt. Und auch die Fernsehförderungen NRW und FFF haben mitgespielt. Und Klaus Graf, mein österreichischer Produzentenkollege, wollte sich dieses wunderbare Projekt nicht entgehen lassen. Sonst geht ein solcher Stoff überhaupt nicht.«

PRODUZENTIN REGINA ZIEGLER

»Wir freuen uns, das ambitionierte Projekt, an dem wir in mehr als vier Jahren Vorbereitungszeit engagiert gearbeitet haben, gemeinsam mit Ziegler Film, Graf Film, dem ORF und allen Partnern jetzt endlich umzusetzen. Udo Jürgens' Familiengeschichte bietet alles, was einen großartigen Film ausmacht: Eine bewegende Geschichte, historische Relevanz,

große Emotionen, einzigartige Schauplätze, ein phantastisches Schauspielerensemble.«

Co-Produzent Hans-Wolfgang Jurgan,
Geschäftsführer der ARD Degeto

»Lieber Udo, Dein Buch ist groß und bedeutend, klug und witzig. Besser als vieles der heutigen Literatur. Es wird Bestand haben. […] Ohne Dein ›Fagott‹ wird man die Kultur, die uns prägte nicht verstehen können.«

Frank Schirrmacher

»Vielschichtig, spannend und meisterhaft erzählt!«

Bernhard Schlink

»Ein Roman auf der Basis historischer Ereignisse, die Schicksalsschilderung einer Familie, deren drei Generationen umfassende Geschichte die aller Deutschen und Österreicher spiegelt.«

Frankfurter Allgemeine Zeitung

»Der Lebensbericht ist bewegend, weil er die Unsicherheiten von Udo Jürgens nicht verschweigt, seinen Hunger nach Anerkennung, sein Bedürfnis nach Harmonie, seine Angst vor Konflikten … Wie sollte dieses Leben auch ohne Selbstzweifel gelebt worden sein?« DIE WELT

»Herausgekommen ist bei dieser romanhaft unterfütterten, stellenweise anrührenden Lebensgeschichte mehr als die übliche Promi-Autobiographie. … Udo Jürgens-Fans kommen um dieses Buch sowieso nicht herum.« TZ

»Udo Jürgens hat ein wunderschönes, spannendes Familienepos geschrieben.« Kultur

»Der Musiker als Autor – Udo Jürgens beweist sich auch auf diesem Gebiet. Er kann wunderbar erzählen; er hat gründlich recherchiert, was die Familien- und Zeitgeschichte betrifft. Ein Mann also mit vielen Eigenschaften. Und welchen Anteil Michaela Moritz an diesem Buch haben mag – auch sie hat eine großartige schriftstellerische Leistung vollbracht.« Kölnische Rundschau

VOM BUCH ZUM FILM

Udo Jürgens' Familiengeschichte, eine unter die Haut gehende Saga von Glanz und Elend, Aufstieg und Fall, Angst und Triumph, wird als TV-Zweiteiler am 29. und 30.09.2011 in der ARD ausgestrahlt.

Sänger, Pianist, Komponist, Entertainer – Udo Jürgens ist einer der bedeutendsten deutschsprachigen Unterhaltungskünstler des 20. Jahrhunderts – und bis heute ein international gefeierter Star. Wie sehr dieses 20. Jahrhundert das Leben des Musikers und die Geschichte seiner Familie geprägt hat, erzählt der zweiteilige Spielfilm *Der Mann mit dem Fagott* nach dem gleichnamigen Bestsellerroman von Udo Jürgens und seiner Co-Autorin Michaela Moritz.

Für *Der Mann mit dem Fagott* hat Regisseur Miguel Alexandre (*Die Frau vom Checkpoint Charlie*, *Kinder des Sturms*) mit Harald Göckeritz (*Grüße aus Kaschmir*, *Tatort*) ein vielschichtiges Drehbuch verfasst, auf dessen Grundlage sich die Handlung des Romans in packenden Filmbildern neu erzählen läßt. Gemeinsam mit Kameramann Gernot Roll (*Heimat*, *Henri 4*) verweben sie die verschiedenen erzählerischen Zeitebenen zu einer Art filmischem Kaleidoskop, in dem der Perspektivenwechsel für durchgehende Spannung sorgt. Die leitmotivischen Auftritte des Fagottspielers geben der Handlung einen fast schon musikalischen Rhythmus.

Rund dreißig hervorragend besetzte Hauptrollen machen *Der Mann mit dem Fagott* auch zu einem großen Schauspielerfilm. Allen voran brillieren David Rott als Udo Jürgens, dessen Ähnlichkeit mit dem Musiker nach der Veröffentlichung des ersten Pressefotos bereits für Aufsehen sorgte, sowie Christian Berkel als Großvater Heinrich Bockelmann und Ulrich Noethen als Vater Rudi. Udo Jürgens selbst, der an der Entwicklung des Drehbuchs mitgewirkt hat und bei der Auswahl der Schauspieler unmittelbar eingebunden war, steht ebenfalls vor der Kamera. Die Dreharbeiten fanden in Deutschland, Österreich und Tschechien statt.

Der Mann mit dem Fagott ist eine Produktion der Ziegler Film GmbH & Co. KG und der Graf Filmproduktion GmbH, in Koproduktion mit der ARD Degeto, dem ORF, Zieglerfilm Köln GmbH und Mia Film s.r.o., unterstützt durch Film- und Medienstiftung NRW, Fernsehfonds Austria, Tschechischer Filmfond, FFF Bayern, MEDIA Programm der Europäischen Union, dem Land Kärnten und Filmfonds Wien.

DIE VERFILMUNG VON
Udo Jürgens'
FAMILIENSAGA
Ab 30.09.2011
auf DVD und
Blu-ray!
Der Mann mit
dem Fagott
Udo Jürgens
FAMILIENSAGA
Der Mann mit dem Fagott
Vorab-Cover
FSK 12 beantragt
Das Erste
universum film
www.universumfilm.de
ZIEGLER
GRAF FILM
ARD Degeto
ORF

Jetzt auf CD:
Der Soundtrack zum Film
mit Bonus-CD
„Reise durch das Leben“
Der Mann
mit dem Fagott
2 CDs
Der Soundtrack
zum Film im Ersten
Das Erste
Mit BONUS-CD
„Reise durch das Leben“
Udo Jürgens
88697 92034 2
Eine Achterbahnfahrt der Gefühle.
Voller Emotionen und Magie.
Schöne oder auch schmerzhafte Erinnerungen,
Träume, Sehnsüchte oder auch Hoffnungen.
Viel mehr als nur ein Soundtrack.
www.udojuergens.de
Ariola
www.ariola.de
SONY MUSIC

Christian Berkel
(Heinrich Bockelmann)

In Ingmar Bergmanns *Das Schlangenei* (1977) hatte Christian Berkel bereits als Neunzehnjähriger seinen ersten großen Auftritt. Der gebürtige Berliner, der in Paris aufwuchs, nahm Schauspielunterricht bei dem legendären französischen Pantomimen Jean-Louis Barrault. Seit den siebziger Jahren trat er an den renommiertesten deutschsprachigen Bühnen auf. Seit Anfang der Neunziger spielt er verstärkt in Fernsehproduktionen. Seine Darstellung des ehemaligen Hamburger Innensenators und späteren Bundeskanzlers Helmut Schmidt war in dem Zweiteiler *Die Sturmflut* (2006) so überzeugend, daß er zwei Jahre später in dem Thriller *Mogadischu* erneut diesen Politiker verkörperte. Mit Kinoproduktionen wie Oliver Hirschbiegels *Der Untergang* (2004), Bertrand Taverniers *Laissez-Passer* (2002), Bryan Singers *Operation Walküre – Das Stauffenberg Attentat* oder Quentin Tarantinos *Inglourious Basterds* machte sich Christian Berkel auch international einen Namen. Seit 2006 spielt er die Titelrolle in der TV-Serie *Der Kriminalist.*

David Rott
(Udo Jürgens)

»TV-Udo sieht wirklich echt aus!«, titelte *bild.de*, als das erste Foto von David Rott in der Rolle des jungen Udo Jürgens veröffentlicht wurde. Aber es ist nicht allein die verblüffende Ähnlichkeit, die den dreiunddreißigjährigen Leverkusener für diesen Part prädestiniert. Er ist einer der profiliertesten jungen deutschen Schauspieler. Ausgebildet am Max-Reinhardt-Seminar in Wien, war er zunächst festes Ensemble-Mitglied am Burgtheater. Später spielte er unter anderem am Deutschen Theater in Berlin und am Schauspielhaus

Zürich. Seine erste Filmrolle übernahm er 2003 in dem Kinofilm *Ganz und gar*, wofür er mit dem Max-Ophüls-Preis als bester Nachwuchsdarsteller ausgezeichnet wurde. Nach mehreren *Tatort*-Auftritten spielte er 2007 eine der beiden männlichen Hauptrollen in Jo Baiers hochgelobter Dreiecksgeschichte *Das letzte Stück Himmel*. 2010 war er in Michael Gutmanns Beziehungsdrama *Die letzten 30 Jahre*, das für den Deutschen Fernsehpreis nominiert war, als Revoluzzer Oskar Landrock zu sehen.

Ulrich Noethen (Rudi Bockelmann)

Seit seiner Ausbildung an der Staatlichen Hochschule für Musik und darstellende Kunst in Stuttgart arbeitete der gebürtige Münchener zunächst vor allem auf der Theaterbühne. Er spielte unter anderem beim Schauspiel Köln, später an der Staatlichen Schaubühne Berlin und beim Berliner Ensemble. Ab Mitte der neunziger Jahre agierte er verstärkt vor der Kamera. Mit Filmen wie Joseph Vilsmaiers *Comedian Harmonists* (1997) oder Xavier Kollers *Gripsholm* (2000) wurde er dem großen Publikum bekannt. In der Kinderkomödie *Das Sams* (2001) nach Paul Maar spielte er den Herrn Taschenbier und wurde dafür mit dem Bayerischen Filmpreis ausgezeichnet. Auch mit seiner abgründigen Darstellung des Heinrich Himmler in Oliver Hirschbiegels auch international viel beachtetem Film *Der Untergang* (2004) oder seiner Rolle in Rainer Kaufmanns Martin-Walser-Verfilmung *Ein fliehendes Pferd* (2007) feierte er große Erfolge.

Valerie Niehaus (Gitta)

Bereits als dreizehnjährige spielte Valerie Niehaus in der Bergarbeiterserie *Rote Erde* und gehört mittlerweile zu den gefragtesten Schauspielerinnen in Deutschland. Nach dem Abitur stieg sie 1995 bei der ARD-Daily *Verbotene Liebe* ein und wurde dadurch beinahe über Nacht bekannt. Zwei Jahre später verließ sie die Serie und ging nach New York, um am Lee Strasberg Institut Schauspiel zu studieren. Seit ihrer Rückkehr aus den USA spielte sie unter anderem in Kinofilmen wie *St. Pauli Nacht* (1999) von Sönke Wortmann und *Flashback – Mörderische Ferien* (2000) von Michael Karen. Später folgten aufwendige TV-Produktionen wie Joseph Vilsmaiers Zweiteiler *Die Gustloff* (2008) oder Roland Suso Richters mehrfach ausgezeichneter Thriller *Mogadischu* (2008). Zuvor hatte sie bereits in der Serie *Alles über Anna* (2006) die Titelrolle übernommen. Seit 2009 gehörte sie zur festen Besetzung der mehrfach preisgekrönten Krankenhausserie *Doctor's Diary*.

Herbert Knaup
(Onkel Erwin)

In Dominik Grafs Actionkrimi *Die Sieger* hatte Herbert Knaup 1993 seinen ersten großen Auftritt als Filmschauspieler. Für die Darstellung eines knallharten SEK-Polizisten erhielt er damals den Bayerischen Filmpreis. Bis dahin hatte der 1956 in Sonthofen geborene Künstler bereits große Erfolge auf deutschen Theaterbühnen gefeiert. Nach seiner Ausbildung an der Münchener Otto-Falckenberg-Schule wurde er in den achtziger Jahren unter anderem in Heidelberg, Basel, Bremen, Wien und Köln engagiert. Auf der Kinoleinwand war er in Produktionen wie Joseph Vilsmaiers *Schlafes Bruder* (1994), *Irren ist männlich* (1995) und *Lola rennt* (1997) zu sehen. Für seine Rolle in *Lola rennt* erhielt er 1999 den Deutschen Filmpreis. 2004 spielte er in Florian Henckel von Donnersmarcks Oscar prämiertem Welterfolg *Das Leben der anderen*. Es folgten Filme wie *Elementarteilchen*, *Agnes und seine Brüder*, *Der Brandner Kasper*, *Du bist nicht allein* und das Dokudrama *Eichmanns Ende – Liebe, Verrat, Tod*. 2010 wurde Herbert Knaup zum zweiten Mal mit dem Bayerischen Filmpreis geehrt. Weitere Preise seiner bisherigen Karriere sind die Goldene Kamera (2005) und der Hessische Fernsehpreis (2008).

Regina Ziegler
(Produzentin)

Regina Ziegler gilt laut *Hollywood Reporter* mit ihrer 1973 in Berlin gegründeten Filmproduktionsfirma als »Germany's Most Prolific Producer«. Heute ist die Ziegler Film GmbH & Co. KG mit Sitz in Berlin, Köln und München ein Familienunternehmen von Tanja und Regina Ziegler. Seit 2005 ist Regina Ziegler auch Honorarprofessorin an der HFF Potsdam. Viele Ziegler-Filme wurden mit nationalen und internationalen Preisen bedacht. Dazu zählen der Bundesfilmpreis, der Jurypreis beim Filmfest Cannes, der Goldene Löwe des Festivals Venedig sowie der Friedenspreis der Berlinale. 1998 verlieh Bundespräsident Roman Herzog Regina Ziegler das Bundesverdienstkreuz 1. Klasse. 1999 erhielt sie in Los Angeles den »American Cinema Foundation Award« für ihr außergewöhnliches Engagement in der Filmindustrie. 2006 wurde sie mit einer Retrospektive im Museum of Modern Art New York geehrt. 2009 erhielt sie für den ZDF-Dreiteiler *Die Wölfe* den renommierten International Emmy Award und die Goldene Nymphe des Monte Carlo TV-Festivals. Zu ihren jüngsten Produktionen gehört der internationale Kinofilm *Henri 4* nach dem Bestsellerroman von Heinrich Mann sowie die erfolgreiche ARD-Serie *Weissensee*.

Klaus Graf
(Produzent)

Seit Mitte der neunziger Jahre hat Klaus Graf zahlreiche prominent besetzte TV-Produktionen produziert. Über sechs Staffeln begleitete er die Erfolgsserie *Klinik unter Palmen*. In seinen Bereich fielen Produktionen mit Stars wie Ottfried Fischer, Fritz Wepper, Harald Juhnke, Uschi Glas, Rainhard Fendrich, Klausjürgen Wussow, Tobias Moretti und vielen anderen. Zunächst arbeitete der Klagenfurter in den achtziger Jahren als Leiter des Referates für berufliche Erwachsenenbildung beim WIFI Kärnten, bevor er sich ab 1995 ausschließlich dem Filmgeschäft widmete. 2001 gründete er seine eigene Produktionsfirma, die Graf Filmproduktion GmbH.

In den letzten Jahren hat er sich mit zahlreichen Fernsehfilmen und -serien für den deutschsprachigen Markt einen Namen gemacht. So produzierte Klaus Graf unter anderem den Thriller *Im Meer der Lügen* mit Ann-Kathrin Kramer in der Hauptrolle sowie die beliebten Reihen *Lilly Schönauer* und *Der Arzt vom Wörthersee*.

Miguel Alexandre (Regie und Drehbuch)

Nach ersten Super-8-Streifen und vielen kleinen Projekten studierte Miguel Alexandre von 1989 bis 1994 an der Münchener Hochschule für Film und Fernsehen Regie. Sein Kurzfilm *About War* erhielt 1993 eine Oscar-Nominierung in der Kategorie »Bester ausländischer Studentenfilm«. Zwei Jahre später wurde er für den Film *Der Pakt – Wenn Kinder töten* sowohl mit dem Telestar als auch mit dem Goldenen Löwen für die beste Nachwuchsregie ausgezeichnet. Spätestens seit seinem Kinodebüt *Gran Paradiso* (2000) zählt der gebürtige Portugiese zu den großen Hoffnungen des deutschen Films. Doch schon zuvor hatte er sich einen Namen gemacht, unter anderem mit dem Polit-Thriller *Macht* (1998) mit Katja Riemann und Peter Sattmann in den Hauptrollen. Für den Fernsehfilm *Grüsse aus Kaschmir* erhielt er 2005 den Grimme Preis. Einem breiten Publikum dürfte Miguel Alexandre vor allem durch seine vielbeachteten Fernsehfilme *Die Frau vom Checkpoint Charlie* (2006), *Die Patin – Kein Weg zurück* (2007) und *Kinder des Sturms* (2008) bekannt geworden sein.

Gernot Roll (Kamera)

Ob Timothy Dalton, Konstantin Wecker, Nina Hoss oder Heinz Rühmann – sie alle standen schon vor seiner Kamera: Gernot Roll ist einer der profiliertesten Kameraleute unserer Zeit. Die Karriere des gebürtigen Dresdeners begann klassisch mit einer Ausbildung bei den DEFA-Studios in Babelsberg. 1960 ging er nach München und agierte dort bei den unterschiedlichsten Produktionen hinter der Kamera. Roll hat bis dato bei hundert Film- und TV-Produktionen gedreht. Große Beachtung fand seine vielschichtige Bildsprache für Edgar Reitz' *Heimat*-Trilogie. Im Laufe seiner Karriere drehte er mit Top-Regisseuren wie Sönke Wortmann, Bernd Eichinger, Caroline Link, Heinrich Breloer, Helmut Dietl, Clive Donner, Wolfgang Staudte und vielen anderen. Darüber hinaus erhielt er zahlreiche Preise, darunter den Adolf-Grimme-Preis in Gold sowie den Deutschen Kamerapreis. Zuletzt drehte er mit Regisseur Jo Baier das Historiendrama *Henri 4* (2009).

BESETZUNG

Udo Jürgens	Udo Jürgens *(heute)* David Rott *(als junger Mann)* Alexander Kalodikis *(als Kind)*
Heinrich Bockelmann	Christian Berkel
Rudi Bockelmann	Ulrich Noethen *(als Erwachsener)* Joel Eisenblätter *(als Kind)*
Gitta	Valerie Niehaus
Onkel Erwin	Herbert Knaup
Käthe	Fanny Stavjanik
Anna	Melika Foroutan
Baron von Thaalen	Andreas Lust
Aljoscha Kasajev	*(heute)* Otto Tausig
Aljoscha Kasajev	*(als junger Mann)* Lenn Kudrjawizki
Sergej Kasajev	Lenn Kudrjawizki
Hans Beierlein	Fritz Hammel
Kropotkin	Mark Zak
Junius	Thando Wahlbaum
Brettschneider	Arthur Klemt
Chef der Bahnhofspolizei	Jewgenij Sitochin
Klaus	Patrick Jahns
Buddy	Jakob Seeböck
Gemeindesekretär	Martin Weinek
Robert Vogel	Mirko Lang
Werner Vogel	Alexander Lutz
Mann mit dem Fagott	Dieter Schaad *(als alter Mann)* Henning Stoll
Arzt	Johannes Silberschneider
Toningenieur	Paul Fassnacht
Alex	Gunther Gillian
Joe	Lino Sliskovic
Chauffeur Wasja	Maxim Kovalevski

Baronin von Thaalen	Nicole Beutler
Panja	Samantha Salamon

Stab

Drehbuch	Miguel Alexandre, Harald Göckeritz
Musik	Udo Jürgens, Nic Raine
Kamera	Gernot Roll
Kostümbild	Uli Fessler
Szenenbild	Benedikt Herforth
Filmarchitekt	Matthias Klemme
Aussenrequisite	Christoph Kettering
Innenrequisite	Axel Kahnt
Maskenbild	Gregor Eckstein
Licht	Harald Hauschildt
Ton	Dietmar Zuson
Standfotograf	Toni Muhr
Aufnahmeleitung	Michel Stritzel
Produktionsleitung	Cornelia Schmidt-Mathiesen
Schnitt	Tobias Forth
Producer	Marc Müller-Kaldenberg
Herstellungsleitung	Michal Pokorný (Österreich/ Tschechien)
Co-Produzenten	Elke Ried, Michal Pokorný
Ausführender Produzent	Hartmut Köhler
Redaktion	Hans-Wolfgang Jurgan ARD-Degeto, Klaus Lintschinger ORF
Produzenten	Regina Ziegler, Klaus Graf
Regie	Miguel Alexandre

Udo Jürgens (David Rott) und Gitta (Valerie Niehaus). –
Die erste große Liebe.

Der einflußreiche Bankier Heinrich Bockelmann (Christian Berkel) mit seiner Frau Anna (Melika Foroutan) als strahlender Mittelpunkt eines Festes in seiner Villa in Moskau.

Der mächtige Onkel Erwin (Herbert Knaup) sieht durch Udos Wunsch, Musiker zu werden, die Familienehre in Gefahr.

Am Set. – Valerie Niehaus als Gitta und David Rott als Udo konzentriert vor der nächsten Szene.

Udos Vater Rudi Bockelmann (Ulrich Noethen).

Rudi Bockelmann (Ulrich Noethen), Udo Jürgens (David Rott), Heinrich Bockelmann (Christian Berkel). – Drei Generationen, eine Geschichte.

Der Mann mit dem Fagott (Henning Stoll) auf dem Weihnachtsmarkt in Bremen 1891. – Eine Melodie, der Beginn eines Schicksals.

Udo Jürgens (David Rott) 1962 im Varieté auf St. Pauli.